ノンフィクション・評論・学芸の賞事典

日外アソシエーツ

A Reference Guide to Awards and Prizes of Nonfiction, Critique, Social Sciences and Humanities

Compiled by
Nichigai Associates, Inc.

©2015 by Nichigai Associates, Inc.
Printed in Japan

本書はディジタルデータでご利用いただくことができます。詳細はお問い合わせください。

●編集担当● 木村 月子
装 丁：赤田 麻衣子

刊行にあたって

　本書は日本国内のノンフィクション（ルポルタージュ、ドキュメンタリー、旅行記、随筆など）・評論・学芸に関する賞の概要、受賞情報を集めた事典である。ノンフィクション分野からは「大宅壮一ノンフィクション賞」「講談社エッセイ賞」「新潮ドキュメント賞」など、評論分野からは「大佛次郎論壇賞」「群像新人文学賞」「小林秀雄賞」など、学芸分野からは「河合隼雄学芸賞」「サントリー学芸賞」「菊池寛賞」などを収録している。

　ルポルタージュ、ドキュメンタリー、旅行記、随筆、評論、学芸などの国内の151賞について、関連賞を含めて賞ごとにその概要や歴代受賞者、受賞作品などを創設から一覧することができ、受賞者名索引や作品名・論題索引を利用すれば、特定の人物・作品別の受賞歴を通覧することも可能である。

　小社では、賞の概要や受賞者について調べたいときのツールとして、分野ごとに歴代の受賞情報を集めた「児童の賞事典」(2009)、「映画の賞事典」(2009)、「音楽の賞事典」(2010)、「ビジネス・技術・産業の賞事典」(2012)、「漫画・アニメの賞事典」(2012)、「環境・エネルギーの賞事典」(2013)、「女性の賞事典」(2014)、「小説の賞事典」(2015) を刊行している。本書と併せてご利用いただければ幸いである。

　　2015年4月

　　　　　　　　　　　　　　　　　　　　　　日外アソシエーツ

凡　例

1． 本書の内容

　　本書は国内のノンフィクション（ルポルタージュ、ドキュメンタリー、旅行記、随筆など）・評論・学芸に関する151賞の受賞情報を収録した事典である。

2． 収録範囲
 1) ノンフィクション・評論・学芸に関する賞を2015年4月末現在で収録した。
 2) 特定の時期にノンフィクション・評論・学芸関連の部門が設けられていたり、賞の一部に同関連部門が存在する場合は、該当する年・部門を収録した。

3． 賞名見出し

　　賞名の表記は原則正式名称を採用した。

4． 賞名見出しの排列

　　ノンフィクション・評論・学芸の分野ごとに、賞名の五十音順に排列した。その際、濁音・半濁音は清音とみなし、ヂ→シ、ヅ→スとした。促音・拗音は直音とみなし、長音（音引き）は無視した。

5． 記載内容
 1) 概　要
　　賞の概要として、賞の由来・趣旨／主催者／選考委員／選考方法／選考基準／締切・発表／賞・賞金／公式ホームページURLを記載した。記述内容は原則として最新回のものによった。
 2) 受賞記録
　　歴代受賞記録を受賞年（回）ごとにまとめ、部門・席次／受賞者名（受賞時の所属、肩書き等）／受賞作品または受賞理由の順に記載した。

主催者からの回答が得られず、他の方法によっても調査しきれなかった場合は"＊"印を付した。

6．受賞者名索引
1）受賞者名から本文での記載頁を引けるようにした。
2）排列は、姓の読みの五十音順、同一姓のもとでは名の読みの五十音順とした。姓名区切りのない人物は全体を姓とみなして排列した。アルファベットで始まるものはABC順とし、五十音の後においた。なお、濁音・半濁音は清音とみなし、ヂ→シ、ヅ→スとした。促音・拗音は直音とみなし、長音（音引き）は無視した。

7．作品名・論題索引
1）受賞作品名・論題から本文での記載頁を引けるようにした。
2）排列は読みの五十音順とし、作品名・論題に続けて著者名を括弧に入れて補記した。アルファベットで始まるものはABC順とし、五十音の後においた。なお、濁音・半濁音は清音とみなし、ヂ→シ、ヅ→スとした。促音・拗音は直音とみなし、長音（音引き）は無視した。

目　　　次

ノンフィクション

- *001*　IBCラジオノンフィクション大賞………………………………3
- *002*　一休とんち大賞……………………………………………………3
- *003*　一筆啓上賞…………………………………………………………6
- *004*　潮アジア・太平洋ノンフィクション賞…………………………8
- *005*　潮賞…………………………………………………………………8
- *006*　相知すだち文学賞…………………………………………………10
- *007*　大石りくエッセー賞………………………………………………12
- *008*　大宅壮一ノンフィクション賞……………………………………13
- *009*　開高健ノンフィクション賞………………………………………16
- *010*　岸野寿美・淳子賞…………………………………………………17
- *011*　北九州市自分史文学賞……………………………………………17
- *012*　健友館ノンフィクション大賞……………………………………20
- *013*　講談社エッセイ賞…………………………………………………21
- *014*　講談社ノンフィクション賞………………………………………22
- *015*　小諸・藤村文学賞…………………………………………………24
- *016*　桜文大賞……………………………………………………………30
- *017*　JTB紀行文学大賞…………………………………………………32
- *018*　JTB旅行記賞………………………………………………………33
- *019*　渋沢秀雄賞…………………………………………………………34
- *020*　週刊金曜日ルポルタージュ大賞…………………………………34
- *021*　「週刊読売」ノンフィクション賞………………………………39
- *022*　ジュニア・ノンフィクション文学賞……………………………40
- *023*　障害者ありのまま記録大賞………………………………………40
- *024*　小学館ノンフィクション大賞……………………………………42
- *025*　白神自然文化賞……………………………………………………44
- *026*　新潮ドキュメント賞………………………………………………46
- *027*　随筆春秋コンクール………………………………………………47
- *028*　啄木・賢治のふるさと「岩手日報随筆賞」……………………49
- *029*　旅のノンフィクション大賞………………………………………51
- *030*　千葉随筆文学賞……………………………………………………55

(6)

目　次

031　「Number」スポーツノンフィクション新人賞　55
032　日航海外紀行文学賞　56
033　新田次郎文学賞　57
034　日本エッセイスト・クラブ賞　58
035　日本随筆家協会賞　63
036　随筆にっぽん賞　65
037　日本ノンフィクション賞　66
038　日本文芸家クラブ大賞　67
039　日本旅行記賞　68
040　のこすことば文学賞　69
041　ノンフィクション朝日ジャーナル大賞　70
042　ふくい風花随筆文学賞　71
043　PLAYBOYドキュメント・ファイル大賞　76
044　平洲賞　76
045　報知ドキュメント大賞　79
046　北海道ノンフィクション賞　80
047　優駿エッセイ賞　82
048　読売・日本テレビWoman's Beat大賞カネボウスペシャル21　83
049　読売「ヒューマン・ドキュメンタリー」大賞　84
050　蓮如賞　86
051　わんマン賞　87

評　論

052　鮎川信夫賞〔詩論集部門〕　89
053　石橋湛山賞　89
054　伊藤整文学賞　91
055　「沖縄文芸年鑑」評論賞　92
056　奥の細道文学賞　93
057　尾崎秀樹記念・大衆文学研究賞　95
058　大佛次郎論壇賞　97
059　亀井勝一郎賞　98
060　群像新人文学賞〔評論部門〕　99
061　現代短歌評論賞　102
062　現代俳句評論賞　104
063　小林秀雄賞　105

(7)

064	斎藤緑雨賞	106
065	ザ・ビートルズ・クラブ大賞	106
066	新評賞	108
067	創元推理評論賞	110
068	日本SF評論賞	111
069	日本歌人クラブ評論賞	112
070	俳人協会評論賞	113
071	フォスコ・マライーニ賞	115
072	マルコ・ポーロ賞	115
073	三浦綾子作文賞	117
074	三田文学新人賞〔評論部門〕	120
075	宮沢賢治賞・イーハトーブ賞	121
076	やまなし文学賞〔研究・評論部門〕	125
077	吉田秀和賞	127
078	読売文学賞	128
079	読売・吉野作造賞	134

学芸

080	会田由賞（会田由翻訳賞）	136
081	青山杉雨記念賞	137
082	暁烏敏賞	138
083	梓会出版文化賞	141
084	安達峰一郎記念賞	143
085	阿南・高橋研究奨励賞	145
086	安吾賞	147
087	市井三郎賞	148
088	市河賞	148
089	井上靖文化賞	151
090	江馬賞	152
091	大平正芳記念賞	153
092	尾中郁夫・家族法学術賞	159
093	角川源義賞	163
094	角川財団学芸賞	166
095	カナダ首相出版賞	167
096	河合隼雄学芸賞	168

目　次

097	河上肇賞	169
098	菊池寛賞	170
099	郷土史研究賞	185
100	金田一京助博士記念賞	187
101	桑原武夫学芸賞	189
102	講談社出版文化賞	190
103	國華賞	197
104	今和次郎賞	199
105	サントリー学芸賞	201
106	司馬遼太郎賞	210
107	渋沢・クローデル賞	211
108	澁澤賞	216
109	ジャポニスム学会賞	219
110	女性史青山なを賞	221
111	新潮学芸賞	223
112	新村出賞	224
113	関根賞	226
114	第2次関根賞	226
115	田邉尚雄賞	227
116	茶道文化学術賞	229
117	茶道文化賞	230
118	東方学会賞	232
119	徳川賞	236
120	ドナルド・キーン日米学生日本文学研究奨励賞	237
121	中村元賞	238
122	日仏翻訳文学賞	240
123	日米友好基金賞	242
124	日本エスペラント学会小坂賞	244
125	日本オリエント学会奨励賞	246
126	日本写真協会賞〔学芸賞〕	249
127	日本宗教学会賞	250
128	日本出版学会賞	253
129	日本中国学会賞	256
130	日本図書館情報学会奨励賞	259
131	日本比較教育学会平塚賞	261
132	日本比較文学会賞	263
133	日本風俗史学会研究奨励賞	264
134	日本翻訳出版文化賞	265
135	日本民俗学会研究奨励賞	271

目　次

- *136* 日本歴史学会賞 …………………………………… 273
- *137* 野間アフリカ出版賞 ……………………………… 274
- *138* 野間文芸翻訳賞 …………………………………… 276
- *139* パピルス賞 ………………………………………… 277
- *140* 比較思想学会研究奨励賞 ………………………… 279
- *141* 文化財保存・修復 読売あをによし賞 ………… 280
- *142* 毎日出版文化賞 …………………………………… 281
- *143* 三田図書館・情報学会賞 ………………………… 295
- *144* 南方熊楠賞 ………………………………………… 298
- *145* 柳田賞 ……………………………………………… 300
- *146* 山片蟠桃賞 ………………………………………… 302
- *147* 山本七平賞 ………………………………………… 304
- *148* 雄山閣考古学賞 …………………………………… 306
- *149* 吉川英治文化賞 …………………………………… 307
- *150* 和辻賞 ……………………………………………… 316
- *151* 和辻哲郎文化賞 …………………………………… 319

　　受賞者名索引 ……………………………………… 323

　　作品名・論題索引 ………………………………… 377

ノンフィクション・評論・学芸の賞事典

ノンフィクション

001 IBCラジオノンフィクション大賞

昭和55年戦後35年を機会に、戦争体験への記憶が薄れないうちにと体験手記「戦争と私」を公募。第3回からはもっと幅広い世代に呼びかけようとテーマを「私の昭和史」と改めた。第13回からテーマは「愛」。受賞作は朗読番組の形式で放送。

【主催者】岩手放送

【選考委員】(第14回)委員長：七宮涬三(作家)、委員：吉田六太郎(教育評論家)、村田源一朗(岩手日報社)、沢口たまみ(エッセイスト)、佐々木篁(岩手放送)、村上宏(岩手放送)

【選考方法】公募

【選考基準】〔応募要領〕第14回のテーマは体験手記「愛」。家族によせる愛、ふるさとによせる愛あるいは広く人間に、大自然に、地球によせる愛などさまざまな愛をテーマに、400字詰原稿用紙6枚以内で

【締切・発表】(第14回)平成5年9月30日締切。放送は社内で選考の上、7月下旬から放送。放送作品は約50編。入賞作品は11月に岩手日報紙上他で発表

【賞・賞金】大賞(1編)：賞金10万円、優秀賞5編：賞金3万円、入選(10編)：賞金1万円。放送作品の版権はIBCに帰属

第1回(昭55年)
　鈴木 胤顕 「あかね色の空」
第2回(昭56年)
　平沢 若子 「特攻隊員の思い出」
第3回(昭57年)
　佐々木 進 「後ろめたさを背負って」
第4回(昭58年)
　大村 富士子 「少女時代のころに」
第5回(昭59年)
　佐々木 徳男 「この時私は救われた」
第6回(昭60年)
　千葉 昂 「泣き虫兵隊」
第7回(昭61年)
　林 政雄 「海が怖い」
第8回(昭62年)
　小守 ハリエ 「子守に行って苦労した」
第9回(昭63年)
　大内 貞子 「私の昭和史」
第10回(平1年)
　内村 幸助 「下町の染屋」
第11回(平2年)
　熊谷 文夫 「忘れ得ぬ告白」
第12回(平3年)
　瀬川 けい子 「私が初めて心の響きを感じた時」
第13回(平4年)
　千葉 守 「車窓の別れ」

002 一休とんち大賞

京田辺市にはトンチで有名な一休和尚の一休寺があり、平成4年に一休和尚生誕600年

002 一休とんち大賞　　　　　　　　　　　　　　　　　　　　ノンフィクション

を記念して，街おこしの意味から様々なイベントを実施した。その中の一つとしてこの賞を創立し，全国から風刺やとんちの利いた「こばなし」，こころ温まる「エッセイ」を募集。平成18年からは，新たに小中学生対象の「川柳の部」を創設。一時「川柳の部 大人の部」も募集していたが，平成25年からは小中学生のみを対象としている。

【主催者】京田辺市観光協会
【選考委員】（第23回）田宮宏悦（委員長），伊藤紀子，牧剛史，潮義行，田邊宗一，山口恭一
【選考方法】公募
【選考基準】〔対象〕エッセイ，こばなし，川柳，それぞれに風刺とユーモアのある作品。〔原稿〕こばなしの部：400字詰原稿用紙1枚（400字）以内。ワープロ原稿の場合は縦打ちで1行20字×20行以内。エッセイの部：400字詰原稿用紙2枚（800字）以内。ワープロ原稿の場合は縦打ちで1行20字×40行以内。川柳の部：小・中学生限定，様式は自由
【締切・発表】（第22回）平成25年7月24日締切，選考会9月下旬，発表11月
【賞・賞金】大賞（京都府知事賞）：賞状と賞金5万円及び副賞，優秀賞（京田辺市長賞）：賞状と賞金3万円及び副賞，佳作（京田辺市観光協会長賞）：賞状と賞金1万円及び副賞
【URL】http://kyotana.be/object/detail/137/

第1回（平4年）
◇こばなし
　奥田 富和　「川の着物」
第2回（平5年）
◇こばなし
　谷垣 吉彦　「お金のなる樹」
第3回（平6年）
◇こばなし
　木所 喜代美　「奇跡の土」
第4回（平7年）
◇こばなし
　野々上 浩美　「母と子」
第5回（平8年）
◇こばなし
　福岡 信之　「育児書」
第6回（平9年）
◇こばなし
　池田 宇三郎　「おちませんべい合格，大吉」
◇エッセイ
　柳瀬 ふみ子　「ポジテブで行こう」
第7回（平10年）
◇こばなし
　久末 伸　「正義の人」
◇エッセイ
　阿部 広海　「生き甲斐」
第8回（平11年）
◇こばなし
　江崎 リエ　「明日は日曜？」
◇エッセイ
　滝口 純子　「お口に合うおいしさ」
第9回（平12年）
◇こばなし
　田中 真紀　「天気予報」
◇エッセイ
　居村 哲也　「定年後の名刺」
第10回（平13年）
◇こばなし
　上田 勝彦　「帰国子女」
◇エッセイ
　上野 真弓　「パパの作ったママの家」
第11回（平14年）
◇こばなし
　中川 至　「木から落ちるのは？」
◇エッセイ
　村田 睦美　「赤いマフラーと茶色の手袋」
第12回（平15年）
◇こばなし
　千葉 一郎　「カメラ付きケータイ」
◇エッセイ
　宮崎 英明　「おつりは出ません」
第13回（平16年）
◇こばなし
　楓 まさみ　「大きめに丸」

◇エッセイ
　宮崎 英明　「サヨナラホームラン」
第14回（平17年）
◇こばなし
　齊藤 尚規　「侵略者」
◇エッセイ
　伊東 静雄　「ボーナス点」
第15回（平18年）
◇こばなし
　藤岡 靖朝　「仕事」
◇エッセイ
　草山 律子　「軍手のうさぎ」
◇川柳
　井上 こだま　「この夕日 一休さんも みたんだね」
第16回（平19年）
◇こばなし
　富田 直子　「会話」
◇エッセイ
　小林 浩子　「お金持ち」
◇川柳
　紲 亜緒衣　「また会いたい また会いたい から『またね』だよ」
第17回（平20年）
◇こばなし
　望月 要　「親子」
◇エッセイ
　三上 和輝　「夏の忘れ物」
◇川柳
　高畑 潤　「通知表 空気を読んで そっと出す」
第18回（平21年）
◇こばなし
　玉木 太　「補聴器」
◇エッセイ
　束央 早久亜　「迎え火」
◇川柳（大人の部）
　松川 涙紅　「窓際を 堂々渡る 橋ないか」
◇川柳（子どもの部）
　樋村 萌花　「おばあちゃん 私の子供に 生まれてね」
第19回（平22年）
◇こばなし
　岸野 由夏里　「我が身を守る」
◇エッセイ
　行森 碧　「アオイの花が咲く頃に」
◇川柳（大人の部）
　鯉田 みどり　「案山子にも 軽く会釈す 退職日」
◇川柳（子どもの部）
　南 拓弥　「夏休み 休めないのに 夏休み」
第20回（平23年）
◇こばなし
　℃（月と地球）「誕生日のプレゼント」
◇エッセイ
　小林 良之　「心優しき健太君」
◇川柳（大人の部）
　上中 直樹　「出産日 産まれた子より 泣いた親」
◇川柳（子どもの部）
　川村 望未　「ごめんなさい すぐいえなくて ごめんなさい」
第21回（平24年）
◇こばなし
　紙屋 里子　「くせ髪」
◇エッセイ
　牧野 千春　「優しい背中」
◇川柳（大人の部）
　竹内 照美　「ネクタイ屋 首絞められる クールビズ」
◇川柳（子どもの部）
　尾崎 結衣　「水族館 逆に魚に 見られてる」
第22回（平25年）
◇こばなし
　廣田 晃士　「素敵なプレゼント」
◇エッセイ
　伊東 静雄　「下駄の足音で」
◇川柳
　林 淳平　「出産時 泣きだしたのは お父さん」
第23回（平26年）
◇こばなし
　後藤 順　「僕がピンポーンです」
◇エッセイ
　永尾 美典　「我が家のおとぎばなし」
◇川柳（小学生の部）
　平石 弘喜　「手にかいた 買い物メモを 探す母」
◇川柳（中学生の部）
　田中 司　「校庭に 球追う子らの 影長し」

003 一筆啓上賞

　町にゆかりのある徳川家康の家臣・本多作左衛門重次が陣中から妻にあてて送った短い手紙「一筆啓上 火の用心 お仙泣かすな 馬肥やせ」にちなんで、平成5年に「一筆啓上賞」を創設。10年の節目を機に平成14年終了。平成15年からは往復書簡を募集する「新一筆啓上賞」に変更され、以降、20年に渡り手紙を通した心のこもった町づくりをコンセプトに、毎年、日本一短い手紙を募集。

【主催者】丸岡文化財団
【選考委員】（第23回）池田理代子, 小室等, 佐々木幹郎, 新森健之, 中山千夏
【選考方法】公募
【選考基準】（第23回）〔対象〕1〜40文字までの『うた』をテーマとした片道手紙文。作品には必ずテーマ文言を使用。手紙文のあて先は本人も含めて誰（事, 物）でも可。但し、確かなメッセージを伝える手紙形式であること。表現方法は自由、未発表の作品に限る。〔資格〕不問。〔原稿〕ひらがな・漢字・カタカナを使用のこと（漢字は読みにかかわらず一文字と数え、句読点も文字数に含める。難読漢字にはふりがなを付ける）。応募用紙か、便せんサイズの用紙を使用、応募作品用紙内に住所・氏名・年齢・職業・電話を明記し、必ず封書で応募する。応募作品に制限なし
【締切・発表】（第23回）平成27年10月9日締切（消印有効）, 平成28年1月発表, 入賞者への連絡はレタックスで行う
【賞・賞金】大賞5篇（越前織賞状・10万円）, 日本郵便株式会社社長賞5篇（賞状・3万円相当の記念品）, 秀作10篇（越前織賞状・5万円）, 日本郵便株式会社北陸支社長賞10篇（賞状・1万円相当の記念品）, 住友賞20篇（越前織賞状・5万円）, 坂井青年会議所賞5篇（越前織賞状・記念品）, 佳作160篇（越前織賞状）
【URL】http://maruoka-fumi.jp/ippitsu.html

第1回（平5年）
　天根 利徳（ほか9名）
第2回（平6年）
　稲本 仁江（ほか9名）
第3回（平7年）
　太田 博（ほか9名）
第4回（平8年）
　今村 嘉之子（ほか9名）
第5回（平9年）
　青木 真純（ほか9名）
第7回（平11年）
　沖中 美和子（伊達市）
　北村 幸子（草津市）
　木村 真智子（前橋市）
　工藤 直人（船橋市）
　小柳 幸子（武雄市）
　坂本 怜美（むつ市）
　真橋 尚吾（福井県坂井郡丸岡町）
　土井 尚弘（広島県山県郡千代田町）
　永岡 義久（東京都品川区）
　若森 貴幸（北海道標津郡中標津町）
第8回（平12年）
　浅原 昭子（黒石市）
　荒平 翔太（熊本県菊池郡合志町）
　海道 志寿佳（福井県坂井郡丸岡町）
　金島 道子（庄原市）
　黒木 かつよ（宮崎県児湯郡都農町）
　竹田 飛鳥（東京都江東区）
　陳許 玉蘭（台湾）
　堤 剛太（ブラジル）
　根市 政志（青森県三戸郡福地村）
　野村 朋史（藤沢市）
第9回（平13年）
　浅見 佳苗（柏市）

上古代 瞳（奈良県磯城郡田原本町）
　　河原崎 ひろみ（武蔵野市）
　　木下 和夫（大阪市淀川区）
　　小林 俊輔（平塚市）
　　下元 政代（高知市）
　　水野 綾香（瀬戸市）
　　寺田 弘晃（福井市）
　　緑川 なつみ（藤沢市）
　　四方田 栄子（朝霞市）
第10回（平14年）
　　金子 数栄（長崎県西彼杵郡琴海町）
　　寺沢 紗裕里（岩手県大船渡市）
　　田中 久美子（熊本県水俣市）
　　中江 三青（鳥取県鳥取市）
　　井邑 勝（福岡県北九州市）
　　塩見 直紀（京都府綾部市）
　　岸波 由佳（福島県福島市）
　　高橋 直美（青森県青森市）
　　石樽 美樹（新潟県長岡市）
　　加藤 裕美子（福井県福井市）
第1回（平15年）※新一筆啓上賞
◇大賞（日本郵政公社総裁賞）
　　常住 弥加（東京都葛飾区）
　　石正 篤司（大阪府大阪市）
　　長倉 良美（神奈川県厚木市）
　　戸澤 亮守（福井県坂井郡丸岡町）
　　武田 純樹（東京都八王子市）
◇秀作（日本郵政公社北陸支社長賞）
　　高井 俊宏（栃木県小山市）
　　宮川 力也（福井県鯖江市）
　　竹田 麻未（愛媛県松山市）
　　今永 恵子（大分県下毛郡）
　　渡邉 加奈子（沖縄県那覇市）
　　木佐貫 剛（福井県敦賀市）
　　山下 真司（兵庫県多可郡）
　　沢野 友美（兵庫県宝塚市）
　　島 幸恵（東京都世田谷区）
　　一坂 志保子（東京都荒川区）
第2回（平16年度）
◇大賞（日本郵政公社総裁賞）
　　大西 由佳（大阪府大阪市）
　　刀根 雅巳（三重県松阪市）
　　長山 京子（北海道茅部郡茅部町）
　　林 好栄（福井県福井市）
　　村井 加奈子（福井県坂井郡）
第3回（平17年度）

◇大賞（日本郵政公社総裁賞）
　　都筑 宗哉（福井県坂井郡）
　　高嶋 智樹（福井県坂井郡）
　　北尾 陽子（福井県三方上中郡）
　　三宅 英明（大分県大分市）
　　西村 瑛貴（兵庫県姫路市）
第4回（平18年度）
◇大賞（日本郵政公社総裁賞）
　　岩本 純弥（福井県福井市）
　　北 侑希子（福井県坂井市）
　　酒田 恵美子（兵庫県宝塚市）
　　津田 裕（東京都世田谷区）
　　吉田 翔悟（福井県勝山市）
第5回（平19年度）
◇大賞（郵便事業株式会社会長賞）
　　松永 佳二（愛媛県四国中央市）
　　小田村 修平（福井県坂井市）
　　宮国 泰佑（沖縄県宮古島市）
　　鹿江 圭介（福井県小浜市）
　　赤須 清志（東京都国分寺市）
第6回（平20年度）「夢」
◇大賞（郵便事業株式会社社長賞）
　　岩渕 正力（岩手県）
　　横山 ひろこ（福島県）
　　内田 晴佳（広島県）
　　伊藤 舞香（静岡県）
　　手賀 梨々子（福井県）
第7回（平21年度）「笑」
◇大賞（郵便事業株式会社社長賞）
　　山﨑 柊（福井県）
　　大久保 緒人（福井県）
　　伊賀 美和（兵庫県）
　　渡邉 明日香（石川県）
　　佐藤 弘子（北海道）
第8回（平22年度）「涙」
◇大賞（郵便事業株式会社社長賞）
　　天池 礼龍（石川県）
　　森下 昭汰（福井県）
　　冨川 法道（三重県）
　　淺倉 一真（滋賀県）
　　菅澤 正美（静岡県）
第9回（平23年度）「明日」
◇大賞（郵便事業株式会社社長賞）
　　渡会 克男（千葉県）
　　箱石 紅子（岩手県）
　　野坂 泰誠（福井県）

小田　俊助（長崎県）
　谷川　弓子（宮崎県）
第10回（平24年度）「ありがとう」
　◇大賞（日本郵便株式会社社長賞）
　　岡崎　仁彦（福井県）
　　野口　宗太郎（熊本県）
　　柿本　恭佑（和歌山県）
　　近藤　孝悦（宮城県）
　　西尾　萌香（愛知県）
第21回（平25年度）「わすれない」
　◇大賞（日本郵便株式会社 社長賞）
　　山田　芽依（京都府）

　花澤　かおり（兵庫県）
　樋口　陽大（福井県）
　大浦　みどり（岩手県）
　鷲橋　隆三（神奈川県）
第22回（平26年度）「花」
　◇大賞（日本郵便株式会社 社長賞）
　　前田　有加（長崎県）
　　海原　敏文（徳島県）
　　西田　晏晧（埼玉県）
　　阿江　美穂（兵庫県）
　　酒井　健太（福井県）

004 潮アジア・太平洋ノンフィクション賞

「アジア・太平洋」だけでなく、テーマは自由。グローバル化が進む社会情勢を照らし合わせ、より国際的な視点を加味した作品に対して授賞。

【主催者】潮出版社

【選考委員】（第3回）梯久美子, 後藤正治, 楊逸, 吉岡忍

【選考方法】自作未発表の日本語のものに限る。400字詰原稿用紙で、100枚～300枚。400字程度で梗概を付ける

【選考基準】〔対象〕徹底した取材にもとづくルポルタージュ・ドキュメンタリー、普遍性をもつ体験記・紀行文など

【締切・発表】『潮』紙面上にて発表（第3回は平成27年10月号予定）

【賞・賞金】（受賞作）賞状・記念品、副賞100万円（優秀作）賞状・記念品、副賞20万円

【URL】http://www.usio.co.jp/html/u_apn/index.html

第1回（平25年）
　麻生　晴一郎（東京都）「中国の草の根を探して」
　林　真司（大阪府）「沖縄シマ豆腐物語」

◇第2回（平26年）
　田口　佐紀子（東京都）「隣居（リンジュイ）—お隣さん」

005 潮賞

潮出版社創業20周年を記念して、ノンフィクション部門とあわせて、広く新人の発掘・育成をはかるため創設した。平成13年に第20回をもって終了。

【主催者】潮出版社

【選考委員】小島信夫, 村田喜代子, 山田太一（小説部門）, 猪瀬直樹, 鎌田慧, 筑紫哲也（ノンフィクション部門）

> 【選考方法】未発表原稿に限る。原稿枚数は50枚から300枚程度。
> 【締切・発表】毎年2月末日締切（当日消印有効）。「潮」8月号に発表。
> 【賞・賞金】賞状、記念品と副賞100万円

第1回（昭57年）
　◇小説
　　浅井 京子 「ちいさなモスクワ あなたに」
　◇ノンフィクション
　　谷合 規子 「薬に目を奪われた人々」
　◇ノンフィクション（特別賞）
　　大野 芳 「北針」
第2回（昭58年）
　◇小説
　　該当作なし
　◇ノンフィクション
　　植田 昭一 「蝸牛の詩―ある障害児教育の実践」
第3回（昭59年）
　◇小説
　　辻井 良 「河のにおい」
　◇ノンフィクション
　　佐山 和夫 「史上最高の投手はだれか」
　　山崎 摩耶 「やさしき長距離ランナーたち」
第4回（昭60年）
　◇小説
　　工藤 亜希子 「6000日後の一瞬」
　◇ノンフィクション
　　後藤 正治 「空白の軌跡」
　　やまもと くみこ 「"私"の存在」
　◇ノンフィクション（特別賞）
　　野村 沙知代 「きのう雨降り 今日は曇り あした晴れるか」
第5回（昭61年）
　◇小説
　　菅原 康 「津波」
　◇ノンフィクション
　　該当作なし
第6回（昭62年）
　◇小説
　　該当作なし
　◇ノンフィクション
　　高橋 幸春 「幻の楽園」
　◇ノンフィクション（特別賞）
　　渡部 保夫 「刑事裁判ものがたり」

第7回（昭63年）
　◇小説
　　橋本 康司郎 「遙かなるニューヨーク」
　　遊道 渉 「農林技官」
　◇ノンフィクション
　　柳河 勇馬 「ビリトン・アイランド号物語」
第8回（平1年）
　◇小説
　　斎藤 洋大 「水底の家」
　◇ノンフィクション
　　藤田 富美恵 「父の背中」
第9回（平2年）
　◇小説
　　金南 一夫 「風のゆくえ」
　◇ノンフィクション
　　宇野 淑子 「離別の四十五年―戦争とサハリンの朝鮮人」
　　古賀 ウタ子 「たおやかに風の中」
第10回（平3年）
　◇小説
　　森 直子 「スパイシー・ジェネレーション」
　◇ノンフィクション
　　渡辺 正清 「ミッション・ロード―証言・アメリカを生きる日本人」
第11回（平4年）
　◇小説
　　該当作なし
　◇ノンフィクション
　　該当作なし
第12回（平5年）
　◇小説
　　山路 ひろ子 「風花」
　◇ノンフィクション
　　益田 洋介 「オペラ座の快人たち」
　　水間 摩遊美 「いのちの約束」
第13回（平6年）
　◇小説
　　森野 昭 「離れ猿」
　　盛田 勝寛 「水族館の昼と夜」
　◇ノンフィクション

神田 憲行 「サイゴン日本語学校始末記」
第14回(平7年)
　◇小説
　　秦野 純一 「しろがねの雲」
　◇ノンフィクション
　　重本 恵津子 「評伝 花咲ける孤独―詩人・尾崎喜八 人と時代」
第15回(平8年)
　◇小説
　　伊達 虔 「滄海の海人(あま)」(応募時「枯木灘」)
　　内藤 みどり 「いふや坂」
　◇ノンフィクション
　　岸田 鉄也 「こちら川口地域新聞」
第16回(平9年)
　◇小説
　　該当作なし
　◇ノンフィクション
　　該当作なし
第17回(平10年)
　◇小説
　　該当作なし
　◇ノンフィクション
　　角皆 優人 「流れ星たちの長野オリンピック―ある選手とあるコーチの物語」
第18回(平11年)
　◇小説
　　該当作なし
　◇ノンフィクション
　　深沢 正雪 「パラレル・ワールド」
第19回(平12年)
　◇小説
　　野村 かほり 「雪の扇」
　◇ノンフィクション
　　井上 佳子 「孤高の桜」
第20回(平13年)
　◇小説
　　宮城 正枝 「ハーフドームの月」
　◇ノンフィクション
　　鳩飼 きい子 「不思議の薬―サリドマイドの話」

006 相知すだち文学賞

　昭和63年,地域おこしグループ「相知町まちづくりセミナー」を発足。平成8年「相知町屋根のない博物館」に改称し,さまざまな事業を展開している。そのなかの一環として文学賞を創設。人生の色々な節目の"巣立ち"にかかわるエピソード「心に残るすだちの一言」を募集。第15回(平成23年)で終了。

【主催者】相知町屋根のない博物館,相知郵便局

【選考委員】山下惣一,小松義弘,内山敬子

【選考方法】公募

【選考基準】〔原稿〕タイトル及び本文を葉書に書いて応募。表現形式,文字数は問わない。葉書の表に応募者の氏名,年齢,住所,電話番号を記入のこと。〔応募規定〕入賞作品の著作権は主催者に帰属する

【賞・賞金】最優秀賞1点:賞金3万円,優秀賞2点:賞金1万円,佳作(若干名):すだち商品詰め合わせ

第1回(平9年)
　◇大賞
　　仁平井 清次(東京都杉並区)「巣立ちの予感」
　◇優秀賞
　　甕岡 裕美子(東京都中野区)「父母の決断」
　　安達 光幸(埼玉県所沢市)「時の流れに苦笑い」
第2回(平10年)
　◇大賞

岡部 晋一（神奈川県横浜市）「横浜から林業に就職したK君へ」
◇優秀賞
工藤 加代子（静岡県清水町）「月夜の散歩」（絵手紙）
王 臻（千葉県千葉市）「甘酸っぱい"すだち"」

第3回（平11年）
◇最優秀賞
松山 建爾（大阪府豊中市）「卒業歌」
◇優秀賞
能隅 チトセ（佐賀県相知町）「待ってるよ」
村野 京子（山口県下松市）「バトンタッチ」

第4回（平12年）
◇大賞
神馬 せつを（金沢市田井町）「駆け落ち婚」
◇優秀賞
中野 香奈（西宮市甲子園口）「その殺し文句で結婚を決意した！」
浜本 多美子（広島市中区）「娘の結婚」

第5回（平13年）
◇最優秀賞
神代 佐和子（埼玉県和光市）「私の原点」
◇優秀賞
嶋倉 みどり（岐阜県恵那郡）「父と自転車」
西 容子（石川県金沢市）「すっぱい想い」

第6回（平14年）
◇最優秀賞
中村 弘之（熊本市）「ボランティアガイド一年生」
◇優秀賞
岸野 洋介（岡山県岡山市）「よし、やるぞ！」
◇優秀賞
竹内 祐司（愛知県）「おふろ」

第7回（平15年）
◇最優秀賞
中下 重美（兵庫県三田市）「4月に雪っちゃ」
◇優秀賞
田北 智之（大分市）「大丈夫―二つの卒業」

第8回（平16年）
◇最優秀賞
大橋 政美（北海道札幌市）「嗚呼、憧れの二世帯同居」

◇優秀賞
上村 季詠（東京都小平市）「小児科」
◇佳作
松下 弘美（兵庫県神戸市）「夢―かかあ天下」
浅野 政枝（北海道札幌市）「奥さんの巣立ち」
足立 有希（兵庫県丹波市）「脱・田舎願望」
松本 俊彦（京都府綾部市）「妻の午前さま」
堀米 薫（宮城県角田市）「営巣の糧」
堀田 光美（岡山県岡山市）「長生きしろよ」
村松 麻里（埼玉県三芳町）「無題」
今村 ゆかり（宮崎県宮崎市）「そろそろ自立しなくっちゃ」

第9回（平17年）
◇最優秀賞
水野 明日香（仙台市）「砥石ひとつ」
◇優秀賞
今岡 久美（福岡市東区）「もういいよ」
石田 亘（東京都立川市）「孫の夢」
◇佳作
岡崎 朱美（岡山市）「再起」
杉山 しげ行（新潟県三条市）「巣立ちゆく‥」
飯干 彩子（奈良県）「日常＝子供 日常＝親」
小堀 彰夫（大阪府藤井寺市）「白髪の巣立ち」
田上 幸子（札幌市）「初めての注射」
後藤 順（岐阜市）「新天地」
宮原 孝浩（北海道旭川）「厳しさを教えてくれた四十雀の巣立ち」

第10回（平18年）
◇最優秀賞
柴 理恵（東京都荒川区）「和菓子の甘さ」
◇優秀賞
竹田 稔和（中国・上海市）「工具書」
菊沢 将憲（福岡市）「すだちのきっかけ」
◇佳作
山中 基義（兵庫県西宮市）「青春の旅立ち」
浜田 光則（京都府京田辺市）「妻の一言」
大石 浩司（静岡県浜松市）「奇跡の命」
前原 貴正（千葉県八街市）「就職」
木村 久夫（京都府舞鶴市）「再就職」
佐藤 みどり（青森県三沢市）「くつひも―独り立ち」

古賀 高一(佐賀県唐津市)「ふたりの父」
第11回(平19年)
　◇最優秀賞
　　岩谷 隆司(三重県亀山市)「極めて主夫業」
　◇優秀賞
　　後藤 順(岐阜市)「はげたランドセル」
　　宮本 みづえ(大阪市西淀川区)「うぶ毛です!」
　◇佳作
　　岡本 邦夫(石川県金沢市)「卒業式前夜」
　　森 みゆき(鹿児島県いちき串木野市)「不登校児の卒業式」
　　佐藤 弘志(新潟県上越市)「巣立ちの日」
　　近(大阪府藤井寺市)「離婚(バツイチ)を『マルイチ』とよぶ母強し」
　　亀谷 侑久(京都府宇治市)「短歌」
第12回(平20年)
　◇最優秀賞
　　徳田 有美(岡山県)「落日」
　◇優秀賞
　　宮本 みづえ(大阪府)「馬の骨はいい奴だった」
　　薜 浩美(福岡県)「3勝40敗―再³就職」
　◇佳作
　　戸田 亮輔(奈良県)「ぼくのすだち」
　　柳 徳子(栃木県)「きりえ」
　　谷口 ゆみ子(兵庫県)「実習のヴェールの向こうへ」
　　武藤 洋子(埼玉県)「はじめての幼稚園」
　　井田 寿一(滋賀県)「就職」
第13回(平21年)
　◇最優秀賞
　　大谷 明日香(兵庫県)「花盛りじいさん」
　◇優秀賞

寺田 紀梅子(東京都)
杉山 正和(三重県)
　◇佳作
　　印南 房吉(神奈川県)
　　伊東 静雄(静岡県)
　　谷口 ゆみ子(兵庫県)
　　吉津 果美(兵庫県)
　　丸山 三治(新潟県)
第14回(平22年)
　◇最優秀賞
　　楠本 有佳子(兵庫県)「一番言いたかったのは…」
　◇優秀賞
　　松木 サトヨ(京都府)「友達」
　　岸本 和子(沖縄県)「森の翡翠」
　◇佳作
　　大西 賢(東京都)「初めてのアルバイト」
　　山本 鍛(北海道)「リンゴの絵」
　　今野 芳彦(秋田県)「心の煤払い」
　　藤野 かおり(神奈川県)「夢だった結婚」
　　松川 靖(埼玉県)「短歌」
　　高谷 宏(愛媛県)「俳句」
第15回(平23年)
　◇最優秀賞
　　泉 朝子(石川県)「心の声」
　◇優秀賞
　　友田 彩 「巣立ちたい」
　◇佳作
　　伊藤 よし子(岩手県)「歩み始めた青年」
　　上野 佳平(兵庫県)「鳩杖祈願で第3の人生の出発」
　　栄 大樹(愛媛県)「14歳の決意」
　　谷 浩子(神奈川県)「一緒に歩いた道」
　　二宮 正博(福岡県)「短歌」
　　志村 紀昭(愛知県)「俳句」

007 大石りくエッセー賞

「忠臣蔵」の主役である赤穂藩家老・大石内蔵助の妻・りくの偉業を偲び、顕彰するとともに生誕地・豊岡市の名を広めることを目的に実施した。第2回で終了。

【主催者】大石りくまつり実行委員会

【選考委員】上田平雄(教育者・作家), 尾崎龍(俳人), 有本倶子(作家)

【選考方法】公募

【選考基準】〔対象〕「りく女へのメッセージ」をテーマとしたエッセイ。〔原稿〕A4判400字詰め原稿用紙2枚以内,縦書きで清書。概ね750字以上800字未満(上限は厳守)。別に最初の1枚目として,住所・氏名・生年月日・性別・電話番号を明記。応募は一人1作品とし,作品の返却不可。諸権利は主催者に帰属

【締切・発表】(第2回)平成11年3月31日締切(当日消印有効),平成11年5月中旬発表で,入賞者には直接通知

【賞・賞金】大石りく賞・最優秀賞(1編):10万円と記念品,優秀賞(5編):各5万円と記念品,特別賞(10編):各2万円と記念品,佳作(約100点):各記念品

第1回(平9年)
◇大石りく賞(最優秀賞)
　大西 貴子 「香林院のアロマセラピー」
◇優秀賞
　岡 善博 「りく女からのメッセージ」
　石川 悟 「りく賛歌」
　山崎 正子 「りく様のごとく」
　村上 千恵子 「覚悟の絆」
　小埜寺 禮子 「大石りくさんへ」
◇特別賞
　中島 静美 「りく女へのメッセージ」
　堀田 雅司 「りくの告白」
　平井 芙美子 「りく女へのメッセージ」
　笠谷 茂 「大石りくへのメッセージ」
　武村 好郎 「柚子の女」
　長谷川 節子 「白菊の君へ」
　池田 淑子 「父の『りく女』」
　根本 騎兄 「夫の仕事・妻の仕事」
　森 玲子 「こひぶみ」
　杉村 栄子 「りく女の光と影」

第2回(平11年)
◇大石りくエッセー賞(最優秀賞)
　池田 伸一 「二人の『りく女』」
◇優秀賞
　松井 正明 「母・りくの悩みは今もなお」
　小崎 愛子 「りくという名の母」
　鈴木 みのり 「大石りく様へ」
　黒木 由紀子 「理玖になれなかった母より」
　若林 敏夫 「戦争未亡人,大石りく」
◇特別賞
　岡崎 英子 「りくのようでありたい」
　西野 由美子 「母の想い」
　小林 祐道 「りく女に学ぶ」
　本田 幸男 「母としてのりくへ」
　上間 啓子 「大きなマル」
　山田 公子 「平成の大三郎」
　石山 孝子 「りく様へ」
　根本 騎兄 「心の二人三脚」
　田村 久美子 「あなた色のタピストリー」
　辻元 久美子 「『母親』の解放」

008 大宅壮一ノンフィクション賞

　大宅壮一の半世紀にわたるマスコミ活動を記念して昭和44年に制定された賞で,新しいノンフィクション作家の登場を促すとともに,すぐれた作品を広く世に紹介することを目的とする。第45回(平成26年)より新たに雑誌部門が設けられた。

【主催者】日本文学振興会

【選考委員】書籍部門:梯久美子,片山杜秀,佐藤優　雑誌部門:奥野修司,後藤正治,エリック・タルマジ

【選考方法】自薦,他薦を問わない

【選考基準】〔対象〕ルポ,内幕もの,旅行記,戦記,日記,ドキュメンタリー等のノンフィクション作品。〔資格〕1月1日〜12月末までに公表された書籍および3月1日〜2月末

008 大宅壮一ノンフィクション賞　　ノンフィクション

日に発行された雑誌の署名記事が対象。〔原稿〕原稿枚数,記入要領に特に指定なし
【締切・発表】年1回,12月末日締切。「文藝春秋」6月号誌上にて発表
【賞・賞金】正賞100万円,副賞日本航空国際線往復航空券
【URL】http://www.bunshun.co.jp/award/ohya/index.htm

第1回（昭45年）
　尾川 正二 「極限のなかの人間」〔創文社〕
第2回（昭46年）
　イザヤ・ベンダサン 「日本人とユダヤ人」〔山本書店〕
　鈴木 俊子 「誰も書かなかったソ連」〔サンケイ新聞社〕
第3回（昭47年）
　桐島 洋子 「淋しいアメリカ人」〔文芸春秋〕
　柳田 邦男 「マッハの恐怖」〔フジ出版社〕
第4回（昭48年）
　鈴木 明 「『南京大虐殺』のまぼろし」〔諸君！ 47年4,8,10月号〕
　山崎 朋子 「サンダカン八番娼館」〔筑摩書房〕
第5回（昭49年）
　後藤 杜三 「わが久保田万太郎」〔青蛙房〕
　中津 燎子 「なんで英語やるの？」〔午夢館〕
第6回（昭50年）
　吉野 せい 「洟をたらした神」〔弥生書央公論社〕
　袖井 林二郎 「マッカーサーの二千日」〔中央公論社〕
第7回（昭51年）
　深田 祐介 「新西洋事情」〔北洋社〕
第8回（昭52年）
　木村 治美 「黄昏のロンドンから」〔PHP研究所〕
　上前 淳一郎 「太平洋の生還者」〔文芸春秋〕
第9回（昭53年）
　伊佐 千尋 「逆転」〔新潮社〕
第10回（昭54年）
　沢木 耕太郎 「テロルの決算」〔文芸春秋〕
　近藤 紘一 「サイゴンから来た妻と娘」〔文芸春秋〕

第11回（昭55年）
　春名 徹 「にっぽん音吉漂流記」〔晶文社〕
　ハロラン 芙美子 「ワシントンの街から」〔文芸春秋〕
第12回（昭56年）
　該当作なし
第13回（昭57年）
　早瀬 圭一 「長い命のために」〔新潮社〕
　宇佐美 承 「さよなら日本」〔晶文社論社〕
第14回（昭58年）
　小坂井 澄 「これはあなたの母」〔集英社〕
　小堀 桂一郎 「宰相鈴木貫太郎」〔文芸春秋〕
第15回（昭59年）
　西倉 一喜 「中国・グラスルーツ」〔めこん〕
　橋本 克彦 「線路工手の唄が聞えた」〔JICC出版局〕
第16回（昭60年）
　吉永 みち子 「気がつけば騎手の女房」〔草思社〕
第17回（昭61年）
　杉山 隆男 「メディアの興亡」〔文芸春秋〕
第18回（昭62年）
　猪瀬 直樹 「ミカドの肖像」〔小学館〕
　野田 正彰 「コンピュータ新人類の研究」〔文芸春秋〕
第19回（昭63年）
　吉田 司 「FF戦記」〔白水社〕
第20回（平1年）
　石川 好 「ストロベリー・ロード」〔早川書房〕
　中村 紘子 「チャイコフスキー・コンクール」〔中央公論社〕
第21回（平2年）
　辺見 じゅん 「収容所から来た遺書」〔文芸春秋〕
　中野 不二男 「レーザー・メス 神の指先」

〔新潮社〕
　久田 恵　「フィリピーナを愛した男たち」〔文芸春秋〕
第22回（平3年）
　家田 荘子　「私を抱いてそしてキスして」〔文芸春秋〕
　井田 真木子　「プロレス少女伝説」〔かのう書房〕
第23回（平4年）
　ドウス 昌代　「日本の陰謀」〔文芸春秋〕
第24回（平5年）
　塚本 哲也　「エリザベート」〔文芸春秋〕
第25回（平6年）
　小林 峻一, 加藤 昭　「闇の男 野坂参三の百年」〔文藝春秋〕
第26回（平7年）
　櫻井 よしこ　「エイズ犯罪 血友病患者の悲劇」〔中央公論社〕
　後藤 正治　「リターンマッチ」〔文藝春秋〕
第27回（平8年）
　佐藤 正明　「ホンダ神話 教祖のなき後で」〔文藝春秋〕
　吉田 敏浩　「森の回廊」〔NHK出版〕
第28回（平9年）
　佐野 眞一　「旅する巨人」〔文藝春秋〕
　野村 進　「コリアン世界の旅」〔講談社〕
第29回（平10年）
　阿部 寿美代　「ゆりかごの死」〔新潮社〕
第30回（平11年）
　萩原 遼　「北朝鮮に消えた友と私の物語」〔文藝春秋〕
　小林 照幸　「朱鷺の遺言」
第31回（平12年）
　高山 文彦　「火花」〔飛鳥新社〕
第32回（平13年）
　平松 剛　「光の教会 安藤忠雄の現場」〔建築資料研究社〕
　星野 博美　「転がる香港に苔は生えない」〔情報センター出版局〕
第33回（平14年）
　米原 万里　「嘘つきアーニャの真っ赤な真実」〔角川書店〕
第34回（平15年）
　近藤 史人　「藤田嗣治『異邦人』の生涯」〔講談社〕

第35回（平16年）
　渡辺 一史　「こんな夜更けにバナナかよ」〔北海道新聞社〕
第36回（平17年）
　稲泉 連　「ぼくもいくさに征くのだけれど」〔中央公論新社〕
　高木 徹　「大仏破壊」〔文藝春秋〕
第37回（平18年）
　奥野 修司　「ナッコ―沖縄密貿易の女王」〔文藝春秋〕
　梯 久美子　「散るぞ悲しき―硫黄島総指揮官・栗林忠道」〔新潮社〕
第38回（平19年）
　佐藤 優　「自壊する帝国」〔新潮社〕
　田草川 弘　「黒澤明 vs.ハリウッド―『トラ・トラ・トラ！』その謎のすべて」〔文藝春秋〕
第39回（平20年）
　城戸 久枝　「あの戦争から遠く離れて 私につながる歴史をたどる旅」〔情報センター出版局〕
　山田 和　「知られざる魯山人」〔文藝春秋〕
第40回（平21年）
　平敷 安常　「キャパになれなかったカメラマン―ベトナム戦争の語り部たち（上・下）」〔講談社〕
第41回（平22年）
　上原 善広　「日本の路地を旅する」〔文藝春秋〕
　川口 有美子　「逝かない身体―ALS的日常を生きる」〔医学書院〕
第42回（平23年）
　角幡 唯介　「空白の五マイル―チベット、世界最大のツアンポー峡谷に挑む」〔集英社〕
　国分 拓　「ヤノマミ」〔NHK出版〕
第43回（平24年）
　増田 俊也　「木村政彦はなぜ力道山を殺さなかったのか」〔新潮社〕
　森健と被災地の子どもたち　「つなみ 被災地のこども80人の作文集」「「つなみ」の子どもたち―作文に書かれなかった物語」〔文藝春秋〕
第44回（平25年）

船橋 洋一 「カウントダウン・メルトダウン（上・下）」〔文藝春秋〕
第45回（平26年）
◇書籍部門
佐々木 実 『市場と権力—「改革」に憑かれた経済学者の肖像』〔講談社〕

◇雑誌部門
神山典士，週刊文春取材班 「全聾の作曲家はペテン師だった！ ゴーストライター懺悔実名告白」〔週刊文春2014年2月13日号〕

009 開高健ノンフィクション賞

　行動する作家として，探究心と人間洞察の結晶を作品化された開高健を記念し，21世紀にふさわしいノンフィクションを推賞するため創設。政治，経済，社会，文化，歴史，スポーツ，科学技術など，あらゆるジャンルにわたる作品を募り，ノンフィクションに対する志のある方々に飛躍の機会を提供する。

【主催者】集英社

【選考委員】（第12回）姜尚中，田中優子，茂木健一郎，森達也，藤沢周

【選考方法】公募

【選考基準】〔対象〕日本語で書かれた未発表もしくは未刊行のノンフィクション作品（翻訳作品を除く）に限る。当賞の発表より前に公表予定のあるものについては選考の対象外とする。〔資格〕プロ，アマを問わない。〔原稿〕枚数は400字詰め原稿用紙で300枚程度。ワープロ原稿は1行30字×20～40行で作成，A4判のマス目のない紙に縦に印字し，400字換算枚数を明記。必ず通し番号（ページ数）を入れる。作品のタイトル・氏名（または筆名）を明記したタイトルページ，梗概，作品の目次，本文原稿の順に重ねて，右上を綴じる。原稿の末尾に，住所・氏名（本名，フリガナ）・年齢・職業・電話番号と簡単な経歴を付記する。入選作の諸権利は集英社に帰属。入選作は「集英社新書」あるいは「ノンフィクション単行本」として刊行されるが，その際は印税が発生する

【締切・発表】（第12回）平成26年2月末日締切（当日消印有効），9月HP上及び集英社クオータリー「kotoba」秋号，「小説すばる」「青春と読書」（ともに10月号）誌上で発表

【賞・賞金】賞金300万円

【URL】http://www.shueisha.co.jp/shuppan4syo/kaikou/

第1回（平15年）
　平岡 泰博 「虎山（こざん）へ」
◇優秀作
　駒村 吉重 「ダッカへ帰る日—故郷を見失ったベンガル人」
　姜 誠 「越境人たち 六月の祭」
第2回（平16年）
　廣川 まさき 「ウーマン アローン」
第3回（平17年）
　藤原 章生 「絵はがきにされた少年」
第4回（平18年）
　伊東 乾 「さよなら，サイレント・ネイビー——地下鉄に乗った同級生」
第5回（平19年）
　志治 美世子 「ねじれ 医療の光と影を越えて」
第6回（平20年）
　石川 直樹 「最後の冒険家」
第7回（平21年）
　中村 安希 「インパラの朝 ユーラシア・アフリカ大陸 684日」
第8回（平22年）

ノンフィクション　　　011 北九州市自分史文学賞

　　角幡 唯介 「空白の五マイル チベット、世界最大のツアンポー峡谷に挑む」
第9回(平23年)
　　水谷 竹秀 「日本を捨てた男たち フィリピンに生きる『困窮邦人』」
第10回(平24年)
　　佐々 涼子 「エンジェルフライト―国際霊柩送還士」
第11回(平25年)
　　黒川 祥子 「誕生日を知らない女の子 虐待―その後の子どもたち」
第12回(平26年)
　　田原 牧 『ジャスミンの残り香 ―「アラブの春」が変えたもの』

010 岸野寿美・淳子賞

　　雑誌「思想の科学」編集委員で乳ガンで亡くなった岸野淳子氏が貫いた弱者の側に身をおいた思想、母岸野寿美氏の母として暮しの歌を詠み続けた姿勢、両者の女の生きる志を尊重して、平成元年に設けられた。岸野家よりの志を基金として3年間(年一回)行い第3回をもって終了。

【主催者】思想の科学社
【選考委員】(第3回)熊谷順子,関千枝子,中村智子
【選考方法】公募
【選考基準】〔対象〕エッセイ,ノンフィクション 〔資格〕未発表作品に限る。〔原稿〕400字詰原稿用紙10〜30枚
【締切・発表】(第3回)締切は平成3年8月31日(当日消印有効)、発表は4年1月号「思想の科学」誌上
【賞・賞金】10万円

第1回(平1年度)
　　小川 輝芳 「虐トの里通信」
　　諫山 仁恵 「生きる」
第2回(平2年度)
　　佐藤 香代子 「あこがれて,大学」
第3回(平3年度)
　　大内 雅恵 「はぐるま太鼓」

011 北九州市自分史文学賞

　　明治32年から約4年間、第12師団軍医部長として小倉に滞在した森鷗外を記念して平成2年に創設された。鷗外が自身の「史伝もの」で取り上げた無名の人物たちの生き方は深い感銘を与えるものであったため、この「史伝もの」にちなんで「北九州市自分史文学賞」が生まれた。

【主催者】北九州市
【選考委員】(第24回)柴田翔,佐木隆三,久田恵
【選考方法】公募
【選考基準】〔対象〕日本語ノンフィクション,自作未発表に限る。体験を中心に自らのあり方を綴ったもの、又は自分自身に大きな影響や感銘を与えた人物(肉親や恩師な

011 北九州市自分史文学賞　　　　　　　　　　　　　　　　　　　　ノンフィクション

> ど)の生き方を描いたもの。人物名や団体名でプライバシーの侵害にならないこと。
> 〔原稿〕400字詰A4版原稿用紙200枚〜250枚。800字程度の梗概と応募用紙を添付
> 【締切・発表】(第24回)平成25年9月30日(当日消印有効)、平成26年1月中旬記者発表、応募者には直接通知
> 【賞・賞金】大賞(1編):賞金200万円、佳作(2編):賞金各50万円、北九州市特別賞(1編):賞金30万円。大賞作品は(株)学研教育出版から単行本として刊行予定
> 【URL】http://www.city.kitakyushu.lg.jp/kanko/menu02_0028.html

第1回(平2年度)
　◇大賞
　　岩田 礼　「聖馬昇天—坂本繁二郎と私」
　◇佳作
　　野木 英雄　「わが立坑独立愚連隊」
　　矢野 晶子　「夕日果つるまで」
　◇特別奨励賞
　　北地 恵　「私 負けたくない」
第2回(平3年度)
　◇大賞
　　ハート,ヤスコ　「一生に一度だけの」
　◇佳作
　　藤原 多門　「青葉散乱」
　　和田 隆三　「黄昏の明暗—おお定年されど」
第3回(平4年度)
　◇大賞
　　高畑 啓子　「風が止むまで」
　◇佳作
　　武田 裕　「琴鳴る霊歌」
　　寺田 テル　「三文役者の泣き笑い」
第4回(平5年度)
　◇大賞
　　島崎 聖子　「おーい!」
　◇佳作
　　黒薮 次男　「生きて虜囚の辱めを受ける」
　　司 正貴　「風と娼婦」
第5回(平6年度)
　◇大賞
　　川島 義高　「白い虹」
　◇佳作
　　木下 富砂子　「この流れの中に」
　　多賀 多津子　「頭状花」
第6回(平7年度)
　◇大賞
　　小川 薫　「遠い山なみをもとめて」
　◇佳作
　　諏訪山 みどり　「神戸で出会った中国人」
　　牧原 万里　「ジェットコースターのあとは七色の気球船に乗って」
第7回(平8年度)
　◇大賞
　　阿夫利 千恵　「蕎麦の花」
　◇佳作
　　出川 沙美雄　「死なんようにせいよ」
　　内田 道子　「ラボルさんの話」
第8回(平9年度)
　　林屋 祐子　「三年」
　◇佳作
　　中元 大介　「煤煙の街から」
　　横光 佑典　「新しい道を求めて」
　◇北九州市特別賞
　　中元 大介　「煤煙の街から」
第9回(平10年)
　◇大賞/北九州市特別賞
　　折世 凡樹　「それいけナイン−黒獅子旗に燃えた男たち−」
　◇佳作
　　林鄭 順娘　「二つの時代に生きて」
　　島田 和世　「市井に生きる」
第10回(平11年度)
　◇大賞
　　玉井 史太郎　「河伯洞余滴(かはくどうよてき)」
第11回(平12年度)
　◇大賞
　　金田 憲二　「母ちゃんが流れた川」
　◇佳作
　　山田 辰二郎　「門司発沖縄行きD51列車発車」
　　オクランド 早苗　「熟女少女」
第12回(平13年度)
　◇大賞

18　ノンフィクション・評論・学芸の賞事典

011 北九州市自分史文学賞

　　樋口 大成 「師団長だった父と私」
◇佳作・北九州市特別賞
　　宮城 しず 「天から降ってくる悔恨の声」
◇佳作
　　大江 和子 「レクイエム（鎮魂曲）」
第13回（平14年度）
◇大賞
　　横田 進 「死と向かい合って」
◇佳作
　　大田 倭子 「私の中の百年の断層」
　　中島 安祥 「証言」
第14回（平15年度）
◇大賞
　　田口 潔 「あの町」
◇佳作
　　ごんだ 淳平 「十五mの通学路」
　　原 水音 「平成野生家族」
◇北九州市特別賞
　　暮安 翠 「河童群像を求めて」
第15回（平16年度）
◇大賞
　　吐田 文夫（北九州市）「花筵」
◇佳作
　　桑原 史朗（京都府）「噫、ボクの二十年—青い心の染みあと」
　　杉山 慶子（東京都）「心の叫びのままに」
◇北九州市特別賞
　　谷口 善一（北九州市）「DNA蠢動記」
第16回（平17年度）
◇大賞
　　塚田 忠正（北九州市）「吹きドろす風」
◇佳作
　　小堀 文一（埼玉県）「私と妻の戦後史」
　　伊藤 文夫（神奈川県）「軍港の街・横須賀エレジー」
◇北九州市特別賞
　　天川 悦子（北九州市）「えにし断ちがたく—満州の興亡を体験した女の80年」
第17回（平18年度）
◇大賞
　　中田 勝康（福岡県）「大坂町筋鳥町通り」
◇佳作
　　山下 凱男（東京都）「絆〜ある海軍予備士官の足跡」
　　大西 功（千葉県）「臼ひき老安」

◇北九州市特別賞
　　中田 勝康（北九州市）「大坂町筋鳥町通り」
第18回（平19年度）
◇大賞
　　鈴木 政子（神奈川県）「わたしの赤ちゃん」
◇佳作
　　小畠 吉晴（神奈川県）「幻の川」
　　髙松 直躬（福岡県）「賤産なんて—父母と私の戦後史」
◇北九州市特別賞
　　阿部 照子（北九州市）「十坪の店の物語」
第19回（平20年度）
◇大賞
　　大西 功（千葉県）「ドックの落日」
◇佳作・北九州市特別賞
　　久野 利春（北九州市）「蛙の子は蛙」
◇佳作
　　森下 陽（埼玉県）「旅のかたち」
第20回（平21年度）
◇大賞
　　宗像 哲夫（福島県）「滝桜に会えたから」
◇佳作
　　竹中 祐典（東京都）「師風」
　　陳 秉珊（中国）「『徒然草』と出会って」
◇北九州市特別賞
　　審 亮一（北九州市）「A遺伝子の光芒」
第21回（平22年度）
◇大賞
　　小野 正之（千葉県）「鉄の時代を生きて」
◇佳作
　　北山 青史（山形県）「ドナウ漂流」
　　藍 友紀（神奈川県）「父を恋う」
◇北九州市特別賞
　　阿部 敏広（静岡県）「故郷」
第22回（平23年度）
◇大賞
　　阿部 敏広（静岡県）「素人酒場繁盛記」
◇佳作・北九州市特別賞
　　重本 惠津子（埼玉県）「歩き続けよう」
◇佳作
　　加納 孝子（愛知県）「三方の娘」
第23回（平24年度）
◇大賞
　　鳥山 二郎（福岡市）「父の中折れ帽（ソフト）」
◇佳作

茅野 りん(広島県)「カラス画家と共に」
熊谷 きよ(小郡市)「父の死の真相を求めて―『帰って来て欲しかった父』」
◇北九州市特別賞
内岡 貞雄(北九州市)「俺たち団塊世代ちゃ」

第24回(平25年度)
◇大賞
松久保 正行 「忘れ水」
◇佳作
横井 秀治 「ネッカー川清流 笑顔の人」
キャッツ・古閑邦子 「あなたの民はわたしの民」

012 健友館ノンフィクション大賞

「小説よりも迫力のある事実」に基づいた斬新な作品を募集。奇妙な体験記、半生記、人物伝、隠れた郷土の偉人伝、先祖の探求、事業奮闘記、夫婦の旅行記、留学記録、グルメ自慢、趣味の自慢、歴史的事件の新解釈、動物や自然の観察記など。時代は過去、現在を問わない。

【主催者】健友館

【選考委員】(第14回)船瀬俊介(作家)、立山学(作家)、水沢渓(作家)

【選考方法】公募

【選考基準】〔資格〕不問。〔応募規定〕400字詰原稿用紙30枚～350枚。同1枚程度のあらすじを添付。ワープロ原稿は40字×40行で縦に印字。日本語で書いた自作の未発表作品に限る

【締切・発表】(第16回)平成16年9月30日締切、発表は10月中旬～下旬

【賞・賞金】大賞(1編)：単行本化にて出版。副賞賞金20万円。佳作(10編以内)：入選作品は審査委員より書式によるアドバイスがうけられる。副賞図書券1万円

【URL】http://kenyukan.m78.com/nonfiction.html

第1回
◇大賞
　栗生 守 「枯れ逝く人 ドキュメント介護」
第2回
◇大賞
　横井 哲也 「不良少年のままで～放蕩のフリータ白書～」
第3回
◇大賞
　該当作なし
第4回
◇大賞
　該当作なし
第5回
◇大賞
　該当作なし
第6回
◇大賞
　西谷 尚 「祈りたかった」
第7回
◇大賞
　該当作なし
第8回
◇大賞
　佐藤 のり子 「未完成アレルギーっ子行進曲」
第9回
◇大賞
　朝霧 圭梧 「THE CROSS OF GUNS」
第10回
◇大賞
　内田 聖子 「雀百まで悪女に候」
第11回
◇大賞

ノンフィクション　　　　　　　　　　　　　　　　　　　　　013 講談社エッセイ賞

該当作なし
第12回
　◇大賞
　　該当作なし

第13回
　◇大賞
　　松風 爽　「反逆者たちの挽歌〜日本の夜明けはいつ来るのか〜」

013 講談社エッセイ賞

時代の感覚に即応したエッセイならびにその筆者を顕賞する賞として昭和60年に創設。

【主催者】講談社

【選考委員】（第30回）岸本佐知子, 酒井順子, 東海林さだお, 坪内祐三, 林真理子

【選考方法】自薦および他薦

【選考基準】〔対象〕前年5月1日より当年4月末日までに新しく刊行されたエッセイの単行本から、優秀作品を選ぶ。自選による単行本も郵送にて受け付けるが、生原稿による一般応募は受けつけていない

【締切・発表】講談社ノンフィクション賞と同時に7月初旬に雑誌・新聞などに発表, 受賞式は9月初旬

【賞・賞金】正賞賞状・記念品, 副賞100万円

【URL】http://www.kodansha.co.jp/about/nextgeneration/archive/22495

第1回（昭60年）
　野坂 昭如　「我が闘争 こけつまろびつ闇を撃つ」〔朝日新聞社〕
　沢木 耕太郎　「バーボン・ストリート」〔新潮社〕
第2回（昭61年）
　吉行 淳之介　「人工水晶体」〔講談社〕
　景山 民夫　「ONE FINE MESS 世間はスラップスティック」〔マガジンハウス〕
第3回（昭62年）
　尾辻 克彦　「東京路上探険記」〔新潮社〕
第4回（昭63年）
　嵐山 光三郎　「素人庖丁記」〔講談社〕
第5回（平1年）
　永倉 万治　「アニバーサリー・ソング」〔立風書房〕
第6回（平2年）
　早坂 暁　「公園通りの猫たち」〔講談社〕
第7回（平3年）
　須賀 敦子　「ミラノ 霧の風景」〔白水社〕
　伊藤 礼　「狸ビール」〔講談社〕
第8回（平4年）
　柴田 元幸　「生半可な学者」〔白水社〕
　出久根 達郎　「本のお口よごしですが」〔講談社〕
第9回（平5年）
　林 望　「林望のイギリス観察事典」〔平凡社〕
　和田 誠　「銀座界隈ドキドキの日々」〔文芸春秋〕
第10回（平6年）
　池内 紀　「海山のあいだ」〔マガジンハウス〕
第11回（平7年）
　東海林 さだお　「ブタの丸かじり」〔朝日新聞社〕
　高島 俊男　「本が好き、悪口言うのはもっと好き」〔大和書房〕
第12回（平8年）
　鹿島 茂　「子供より古書が大事と思いたい」〔青土社〕
　関 容子　「花の脇役」〔新潮社〕
第13回（平9年）
　米原 万里　「魔女のユダース」〔読売新

聞社〕
第14回(平10年)
　六嶋 由岐子 「ロンドン骨董街の人びと」
　〔新潮社〕
第15回(平11年)
　阿川 佐和子, 檀 ふみ 「ああ言えばこう食う」〔集英社〕
　いとう せいこう 「ボタニカル・ライフ」〔紀伊国屋書店〕
第16回(平12年)
　四方田 犬彦 「モロッコ流謫」〔新潮社〕
第17回(平13年)
　小池 昌代 「屋上への誘惑」〔岩波書店〕
　坪内 祐三 「慶応三年生まれ七人の旋毛曲(つむじまがり)り」〔マガジンハウス〕
第18回(平14年)
　該当作なし
第19回(平15年)
　到津 伸子 「不眠の都市」〔講談社〕
　関川 夏央 「昭和が明るかった頃」〔文藝春秋〕
第20回(平16年)
　荒川 洋治 「忘れられる過去」
　酒井 順子 「負け犬の遠吠え」
第21回(平17年)
　アーサー・ビナード 「日本語ぽこりぽこり」

第22回(平18年)
　野崎 歓 「赤ちゃん教育」
　福田 和也 「悪女の美食術」
第23回(平19年)
　青山 潤 「アフリカにょろり旅」
　岸本 佐知子 「ねにもつタイプ」
第24回(平20年)
　立川 談春 「赤めだか」〔扶桑社〕
第25回(平21年)
　青柳 いづみこ 「六本指のゴルトベルク」
　向井 万起男 「謎の1セント硬貨 真実は細部に宿る in USA」
第26回(平22年)
　長島 有里枝 「背中の記憶」
　山川 静夫 「大向うの人々 歌舞伎座三階人情ばなし」
第27回(平23年)
　内澤 旬子 「身体のいいなり」
　内田 洋子 「ジーノの家 イタリア10景」
第28回(平24年)
　平松 洋子 「野蛮な読書」
第29回(平25年)
　小川 恵 「銀色の月 小川国夫との日々」
　永田 和宏 「歌に私は泣くだらう 妻・河野裕子 闘病の十年」
第30回(平26年)
　末井 昭 「自殺」〔朝日出版社〕

014 講談社ノンフィクション賞

　日本のノンフィクションをさらに充実・発展させるため昭和54年に創設。前身は講談社出版文化賞のなかのノンフィクション部門。

【主催者】講談社

【選考委員】(第36回)後藤正治,重松清,高村薫,立花隆,中沢新一,野村進

【選考方法】公募も行う

【選考基準】〔対象〕書籍化された作品,あるいは新聞雑誌等に連載されたノンフィクション作品,および応募原稿で,前年5月1日から当該年の4月末日までに発表されたもの。〔原稿〕枚数制限なし

【締切・発表】4月末日締切,雑誌および新聞などで9月に発表。受賞式は10月下旬

【賞・賞金】賞状と記念品(正賞),100万円(副賞)

【URL】http://www.kodansha.co.jp/about/nextgeneration/archive/22458

第1回（昭54年）
　柳田 邦男　「ガン回廊の光と影」〔週刊現代連載〕
　立花 隆　「日本共産党の研究」（上・下）〔講談社〕
第2回（昭55年）
　亀井 宏　「ガダルカナル戦記」（全3巻）〔光人社〕
第3回（昭56年）
　平尾 和雄　「ヒマラヤ・スルジェ館物語」〔講談社〕
　大村 幸弘　「鉄を生みだした帝国―ヒッタイト発掘」〔日本放送出版協会〕
第4回（昭57年）
　徳永 進　「死の中の笑み」〔ゆみる出版〕
　松下 龍一　「ルイズ―父に貰いし名は」〔講談社〕
第5回（昭58年）
　塩田 潮　「霞が関が震えた日」〔サイマル出版会〕
第6回（昭59年）
　本田 靖春　「不当逮捕」〔講談社〕
第7回（昭60年）
　関川 夏央　「海峡を越えたホームラン」〔双葉社〕
第8回（昭61年）
　長尾 三郎　「マッキンリーに死す」〔講談社〕
　塚本 哲也　「ガンと戦った昭和史」（上・下）〔文芸春秋〕
第9回（昭62年）
　吉岡 忍　「墜落の夏」〔新潮社〕
第10回（昭63年）
　三神 真彦　「わがままいっぱい名取洋之助」〔筑摩書房〕
第11回（平1年）
　辺見 じゅん　「収容所（ラーゲリ）から来た遺書」〔文芸春秋〕
　大泉 実成　「説得―エホバの証人と輸血拒否事件」〔現代書館〕
第12回（平2年）
　後藤 正治　「遠いリング」〔講談社〕

　木村 裕主　「ムッソリーニを逮捕せよ」〔新潮社〕
第13回（平3年）
　工藤 美代子　「工藤写真館の昭和」〔朝日新聞社〕
　高橋 幸春　「蒼氓の大地」〔講談社〕
第14回（平4年）
　野田 正彰　「喪の途上にて」〔岩波書店〕
　渡瀬 夏彦　「銀の夢」〔講談社〕
第15回（平5年）
　井田 真木子　「小蓮の恋人」〔文芸春秋〕
　立石 泰則　「覇者の誤算 上・下」〔日本経済新聞社〕
第16回（平6年）
　辺見 庸　「もの食う人びと」〔共同通信社〕
　下嶋 哲朗　「アメリカ国家反逆罪」〔講談社〕
第17回（平7年）
　岩川 隆　「孤島の土となるも―BC級戦犯裁判」〔講談社〕
　合田 彩　「逃（TAO）―異端の画家・曹勇の中国大脱出」〔文藝春秋〕
第18回（平8年）
　岩上 安身　「あらかじめ裏切られた革命」〔講談社〕
第19回（平9年）
　野村 進　「コリアン世界の旅」〔講談社〕
　山田 和　「インド ミニアチュール幻想」〔平凡社〕
第20回（平10年）
　北島 行徳　「無敵のハンディキャップ―障害者がプロレスラーになった日」〔文藝春秋〕
　中村 智志　「段ボールハウスで見る夢―新宿ホームレス物語」〔草思社〕
第21回（平11年）
　高沢 皓司　「宿命『よど号』亡命者たちの秘密工作」〔新潮社〕
第22回（平12年）
　ドウス 昌代　「イサム・ノグチ―宿命の越境者」〔講談社〕
　髙山 文彦　「花火―北条民雄の生涯」〔飛

鳥新社〕
第23回（平13年）
　大崎 善生 「将棋の子」〔講談社〕
第24回（平14年）
　斉藤 道雄 「悩む力 べてるの家の人びと」〔みすず書房〕
　高木 徹 「ドキュメント 戦争広告代理店 情報操作とボスニア紛争」〔講談社〕
第25回（平15年）
　溝口 敦 「食肉の帝王 巨富をつかんだ男 浅田満」〔講談社〕
　渡辺 一史 「こんな夜更けにバナナかよ 筋ジス・鹿野靖明とボランティアたち」〔北海道新聞社〕
第26回（平16年）
　岩瀬 達哉 「年金大崩壊/年金の悲劇 老後の安心はなぜ消えたか」
　魚住 昭 「野中広務 差別と権力」
第27回（平17年）
　奥野 修司 「ナツコ 沖縄密貿易の女王」
　中川 一徳 「メディアの支配者（上・下）」
第28回（平18年）
　沢木 耕太郎 「凍（とう）」
　田草川 弘 「黒澤明vs.ハリウッド『トラ・トラ・トラ！』その謎のすべて」
第29回（平19年）
　最相 葉月 「星新一 一〇〇一話をつくった人」
　鈴木 敦秋 「明香（あきか）ちゃんの心臓〈検証〉東京女子医大病院事件」
第30回（平20年）

　城戸 久枝 「あの戦争から遠く離れて 私につながる歴史をたどる旅」〔情報センター出版局〕
　西岡 研介 「マングローブ テロリストに乗っ取られたJR東日本の真実」〔講談社〕
　原 武史 「滝山コミューン一九七四」〔講談社〕
第31回（平21年）
　佐野 眞一 「甘粕正彦 乱心の曠野」
第32回（平22年）
　中田 整一 「トレイシー 日本兵捕虜秘密尋問所」
　堀川 惠子 「死刑の基準―「永山裁判」が遺したもの」
第33回（平23年）
　角岡 伸彦 「カニは横に歩く 自立障害者たちの半世紀」
　森 達也 「A3」
第34回（平24年）
　大鹿 靖明 「メルトダウン ドキュメント 福島第一原発事故」〔講談社〕
　安田 浩一 「ネットと愛国 在特会の『闇』を追いかけて」〔講談社〕
第35回（平25年）
　角幡 唯介 「アグルーカの行方」〔集英社〕
　高野 秀行 「謎の独立国家ソマリランド」〔本の雑誌社〕
第36回（平26年）
　清武 英利 「しんがり 山一証券 最後の12人」〔講談社〕

015 小諸・藤村文学賞

小諸市と深い関係のある島崎藤村の誕生120年没後50年を記念して、平成4年に創設。

【主催者】小諸市，小諸市教育委員会

【選考委員】（第21回）高田宏，山口泉，森まゆみ，河合桃子

【選考方法】公募

【選考基準】〔対象〕随筆，エッセイ（題材自由）。中・高校生は日常生活を題材に自分の考えを綴ったエッセイ。未発表作品に限る。〔原稿〕一般の部は400字詰めで10枚程度（上限11枚），高校生の部・中学生の部はそれぞれ5枚程度（上限6枚）。上限枚数は厳守のこと

【締切・発表】（第21回）中学・高校の部：平成26年11月30日，一般の部：平成27年1月31日（当日消印有効），7月上旬，本人に通知，表彰式は8月21日（藤村忌前日）

【賞・賞金】賞状と賞金（中高生には図書カード）を贈呈。〔一般の部〕最優秀賞（1名）：30万円，優秀賞（2名）：10万円，佳作（若干名）：2万円，〔高校生の部〕最優秀賞（1名）：10万円，優秀賞（2名）：5万円，佳作（若干名）：1万円，〔中学生の部〕最優秀賞（1名）：5万円，優秀賞（2名）：3万円，佳作（若干名）：1万円

【URL】http://www.city.komoro.lg.jp/category/bunya/rekishi-bunka/bunkakatsudou/komoro-fujimura-bungaku-syou/

第1回（平4年）
　◇一般の部
　　浜田 亘代　「潮の音」
第2回（平6年）
　◇一般の部
　　片山 郷子　「柿の木」
第3回（平8年）
　◇一般の部
　　松岡 香　「もう一つの家・家族」
第4回（平9年）
　◇一般の部
　　キッフェル 恵美子　「素足で大地を踏みしめて」
第5回（平10年度）
　◇一般の部
　●最優秀賞
　　坂口 公代（長野県）「老人とハモニカ」
　●優秀賞
　　田中 房夫（栃木県）「蛙公」
　　峯村 隆（長野県）「ハラプク・ヒレ助・ユラリの物語」
　◇高校生の部
　●最優秀賞
　　丸林 愛（埼玉県）「屋根のある家」
　●優秀賞
　　村瀬 由衣（愛媛県）「ちょっと変わった私の友達」
　◇中学生の部
　●最優秀賞
　　新納 里子（長野県）「夏の思い出」
　●優秀賞
　　該当作なし
第6回（平11年度）
　◇一般の部
　●最優秀賞
　　水上 洪一（静岡県）「幻の牧水かるた」
　●優秀賞
　　金井 雅之（埼玉県）「それぞれの七年」
　　宮代 健（千葉県）「アヒルを飼う」
　◇高校生の部
　●最優秀賞
　　長田 ゆう子（宮城県）「『さだちゃん』と呼ぶ日々」
　●優秀賞
　　上條 千秋（長野県）「紙風船」
　◇中学生の部
　●最優秀賞
　　佐藤 翔（長野県）「メダカは目高」
　●優秀賞
　　小林 有里菜（長野県）「祖父の贈り物」
　　中谷 由衣（長野県）「私の大切なもの」
第7回（平12年度）
　◇一般の部
　●最優秀賞
　　石川 瑞枝（大阪府）「散華」
　●優秀賞
　　山下 奈美（静岡県）「ファミリー」
　　影山 信輝（東京都）「妻、紫陽花をきる」
　◇高校生の部
　●最優秀賞
　　田内 大平（神奈川県）「蟬」
　●優秀賞
　　片岡 純子（千葉県）「夜の足音」
　　大津 侑子（東京都）「オセロ日記」
　◇中学生の部
　●最優秀賞
　　川上 香織（長野県）「私の宝物」
　●優秀賞
　　柳原 陽子（新潟県）「うるめ」
　　小泉 藍香（長野県）「大切なもの それ

は命」
第8回（平13年度）
◇一般の部
- 最優秀賞
  牛山 喜美子（神奈川県）「華火」
- 優秀賞
  田子 雅子（千葉県）「冬富士」
  杉山 由枝（茨城県）「おんぶ」
- 特別賞
  富岡 次子（東京都） 再会、白壁の詩とともに
◇高校生の部
- 最優秀賞
  堀田 有未（埼玉県）「金色の目」
- 優秀賞
  梁 湛旭（千葉県）「銭湯で」
  久保 健太郎（東京都）「青い車」
◇中学生の部
- 最優秀賞
  小泉 茉莉（長野県）「父のカレンダー」
- 優秀賞
  須藤 舞子（東京都）「十五歳ってオバン？」
  宮澤 恒太（長野県）「トランペットとぼく」

第9回（平14年度）
◇一般の部
- 最優秀賞
  倉持 れい子（東京都）「物干し台は天文台」
- 優秀賞
  風越 みなと（広島県）「小屋の灯り」
  柿本 稔（福岡県）「『野菊の墓』追想」
◇高校生の部
- 最優秀賞
  小木 亜津子（茨城県）「私の看護師物語」
- 優秀賞
  寺尾 麻実（神奈川県）「水の音を聞く」
  須藤 舞子（東京都）「ロックな親父」
◇中学生の部
- 最優秀賞
  古藤 有理（東京都）「『何気に』使っている『微妙な』ことば」
- 優秀賞
  坪田 瑶（大阪府）「家族の意味」
  丸山 順子（長野県）「いちょうの木を見て」

第10回（平15年度）
◇一般の部
- 最優秀賞
  久松 由理（高知県高知市）「父の花道」
- 優秀賞
  本間 米子（愛知県犬山市）「鰹節を削るとき」
  近藤 健（東京都練馬区）「昆布干しの夏」
◇高校生の部
- 最優秀賞
  韓 旭（愛媛県）「私を知る旅」
- 優秀賞
  林 紫乃（茨城県）「夢の蕾」
  清水 泰雄（東京都）「猫」
◇中学生の部
- 最優秀賞
  加山 惠理（愛知県）「中華料理屋の灯り」
- 優秀賞
  尾野 亜裕美（北海道）「ふとしたことで」

第11回（平16年度）
◇一般の部
- 最優秀賞
  松浦 勝子（福岡県筑紫野市）「約束」
- 優秀賞
  蛇澤 美鈴（岩手県紫波郡）「森になった男」
  村松 靖彦（長野県小諸市）「ハッピー・デイズ！」
◇高校生の部
- 最優秀賞
  仁平 麻衣（東京都）「消せない記憶から」
- 優秀賞
  四戸 亜里沙（青森県）「ごりちゃんはスーパーマン」
  高井 里沙（群馬県）「少しだけ……」
◇中学生の部
- 最優秀賞
  本田 しおん（東京都）「鰯家族」
- 優秀賞
  椿 由美（神奈川県）「インコ」
  片山 彩花（兵庫県）「私の小さな家族」

第12回（平17年度）
◇一般の部
- 最優秀賞
  金田 貴子（三重県伊勢市）「決意」
- 優秀賞
  江尻 純子（東京都中央区）「父の通信」
  黒澤 絵美（茨城県取手市）「いつか見た青空」

◇高校生の部
- 最優秀賞
  滝川 ゆず（東京都）「三十一文字の世界」
  糸数 沙恵（宮崎県）「弟」
  君和田 未来（東京都）「ひとつ屋根の下」
◇中学生の部
- 最優秀賞
  新美 千尋（東京都）「ベッド」
- 優秀賞
  青木 瑞歩（長野県）「押してくれたのは誰だ」
  長合 誠也（三重県）「農作業から学ぶ」

第13回（平18年度）
◇一般の部
- 最優秀賞
  武仲 浩美（新潟県新潟市）「九十三歳差の友情」
- 優秀賞
  青山 治（長野県千曲市）「氷の鏡」
  洗平 信子（東京都目黒区）「家族待合室」
◇高校生の部
- 最優秀賞
  豊田 裕美（京都府京都市）「道を尋ねる」
- 優秀賞
  笛田 満里奈（鹿児島県鹿児島市）「戦跡をたどる」
  山崎 春香（長野県御代田町）「森のくまさんに寄せて」
◇中学生の部
- 最優秀賞
  平山 裕未花（愛知県春日井市）「かがやく命・明日へ」
- 優秀賞
  小林 沙貴（大阪府茨木市）「電車名人のススメ」
  橋本 紗季（兵庫県西宮市）「『知りたい』という好奇心」

第14回（平19年度）
◇一般の部
- 最優秀賞
  中川 晶子（東京都小平市）「爪」
- 優秀賞
  小山 隆司（神奈川県横浜市）「はんだがつかないだ幸せ」
  関根 靖子（新潟県新潟市）「ウルトラマンの末息子」
◇高校生の部
- 最優秀賞
  馬場 宏樹（埼玉県飯能市）「世界」
- 優秀賞
  北山 綾真（大阪府大阪市）「ムク」
  依田 みずき（長野県小諸市）「偉大なじじ」
◇中学生の部
- 最優秀賞
  上田 博友（山梨県甲府市）「カナカナ蝉の声を聞きながら」
- 優秀賞
  中村 周平（長野県駒ヶ根市）「人間とつばめの絆」
  飯森 七重（長野県長野市）「私の夏」

第15回（平20年度）
◇一般の部
- 最優秀賞
  飯島 もとめ（長野県長野市）「老いて」
- 優秀賞
  北村 大次（福岡県宗像市）「親父の味」
  野見山 潔子（宮崎県都城市）「タンスの中のブラウス」
- 佳作
  堀田 正子（愛知県豊田市）「九歳の養豚家」
  豊岡 靖子（京都府長岡京市）「草を引いた日」
  高橋 正美（埼玉県さいたま市）「見沼草子」
  真帆 沁（神奈川県横浜市）「死と再生の雪景色」
  桜井 優花（大阪府箕面市）「薫風」
◇高校生の部
- 最優秀賞
  石田 夏月（兵庫県三田市）「薄明りの月」
- 優秀賞
  金 悠天（大阪府大阪市）「自転車」
  山中 佳織（奈良県奈良市）「夕暮れの空と帰り道」
- 佳作
  高宮 紗綾（茨城県桜川市）「携帯電話とコミュニケーション」
  中山 翠（神奈川県川崎市）「変わる世界」
  金子 瞳（愛媛県松山市）「なくてはならない存在の人に」
◇中学生の部

015 小諸・藤村文学賞　　　　　　　　　　　　　　　　　　　　ノンフィクション

- 最優秀賞
  川瀬 彩(長野県小諸市)「浅科のおじいちゃん」
- 優秀賞
  川村 祥子(東京都港区)「サイクリング」
  白水 玖望(長野県飯山市)「夢へ向かって」
- 佳作
  一ノ瀬 祥(東京都小平市)「十四と十六の夏」
  滝川 沙也佳(東京都中野区)「小さなことへの意識」
  早川 史織(長野県松本市)「選挙カーちゃん」

第16回(平21年度)
◇一般の部
- 最優秀賞
  内村 和(長野県小諸市)「大雪の贈り物」
- 優秀賞
  大野 かほる(兵庫県川西市)「父の牛」
  中島 晶子(鹿児島県霧島市)「故郷の証明」
- 佳作
  高山 恵利子(群馬県前橋市)「家族ごっこ」
  浦田 久美子(富山県滑川市)「手紙」
  田原 芳広(大阪府豊中市)「母颯爽」
  武藤 蕢子(東京都多摩市)「妹」
◇高校生の部
- 最優秀賞
  白鳥 由莉(福岡県柳川市)「忘れない」
- 優秀賞
  岡部 達美(東京都千代田区)「お年寄りと話そう」
  黒瀬 加那子(岡山県倉敷市)「あの笑顔がもう一度見たい!」
- 佳作
  本田 しおん(東京都武蔵野市)「雨の日のマニフェスト」
  田熊 亮介(神奈川県横浜市)「もしも、僕が女の子だったら」
  滝川 沙也佳(東京都新宿区)「コミュニケーションとは—in台湾」
  島田 瞳(茨城県桜川市)「短歌の鼓動」
◇中学生の部
- 最優秀賞
  大橋 成美(長野県長野市)「四季それぞれのうちの庭」

- 優秀賞
  佐藤 朱音(長野県塩尻市)「輝き続けるいのち」
  後藤 のはら(秋田県横手市)「藤村先生へ」
- 佳作
  長房 勇之介(新潟県妙高市)「お気に入りのもの」
  内山 みどり(東京都青梅市)「感じるままに」
  副島 雄太(大分県大分市)「さんしろう」
  前田 美乃里(東京都墨田区)「ごっつんちゃん」
  松並 百合愛(大阪府池田市)「思い出の人形」

第17回(平22年度)
◇一般の部
- 最優秀賞
  松本 愛郎(和歌山県和歌山市)「あの道はあまりにも遠すぎて」
- 優秀賞
  大西 功(千葉県佐倉市)「心に降り積もる雪」
  岩上 巌(千葉県市原市)「だらだら坂」
- 佳作
  飯塚 洋子(群馬県渋川市)「助手席の人」
  冨岡 洋子(長野県小諸市)「挑戦」
  松山 良子(神奈川県横浜市)「とやま柿」
  本田 しおん(東京都武蔵野市)「モチベーション」
  林 久美子(長野県岡谷市)「思い出のかけは」
◇高校生の部
- 最優秀賞
  樮本 万里野(山口県光市)「私と母と大阪弁」
- 優秀賞
  萩尾 健司(愛媛県四国中央市)「僕とじいちゃんときつねうどん」
  伊東 詩織(愛知県豊橋市)「この宝物を胸に」
- 佳作
  永井 友理(兵庫県西宮市)「「命」を話し合う」
  岡部 達美(東京都渋谷区)「ことば」
  長友 未来(宮崎県日向市)「幸せの波紋」

◇中学生の部
- 最優秀賞
  橋本 珠衣（大阪府大阪市）「チンチン電車道中記」
- 優秀賞
  尾西 英（三重県津市）「金ちゃんとの思い出」
  カテザ・ニャーシャ（長野県諏訪郡富士見町）「日本とジンバブエの違いから感じること」
- 佳作
  鬼頭 あゆみ（三重県津市）「ベランダ菜園」
  澤田 颯（長野県岡谷市）「しばらくお待ちください」
  西山 由華（三重県津市）「鈴虫に教えられたこと」
  甲州 たかね（山梨県甲府市）「メロディ」
  森田 宙花（神奈川県横浜市）「お日様のにおい」

第18回（平23年度）
◇一般の部
- 最優秀賞
  森水 陽一郎（千葉県いすみ市）「五日間のお遍路」
- 優秀賞
  中田 澄江（山梨県南アルプス市）「大きな『コレ』と小さな母」
  高橋 由紀雄（北海道赤平市）「四十二回目のひな飾り」
- 佳作
  森 千恵子（福岡県福岡市）「サダさん」
  三浦 豊（神奈川県鎌倉市）「窓口のお客」
  笠原 さき子（愛知県豊田市）「木ささぎ」
  結那 禮子（宮城県仙台市）「『椰子の実』と私」
  松浦 勝子（福岡県筑紫野市）「冬のトマト」
◇高校生の部
- 最優秀賞
  由井 夏子（長野県南佐久郡川上村）「レタス農家に生まれて」
- 優秀賞
  佐藤 明日香（群馬県安中市）「母の背中」
  関澤 昌（東京都世田谷区）「十年目」
- 佳作
  浜川 沙彩（山口県岩国市）「一期一会」
  伊藤 恵（東京都稲城市）「ある夏の日の出会い」
  麓 日菜子（神奈川県横浜市）「その名は」
  十川 和樹（徳島県阿波市）「命」
  木村 依音（福井県福井市）「福島へ『おすそわけ』」
◇中学生の部
- 最優秀賞
  幸村 愛果（神奈川県茅ヶ崎市）「食べられたメダカと食べた金魚」
- 優秀賞
  村田 真吾（神奈川県横浜市）「一反のたんぽのカ」
  西山 由華（三重県津市）「パートナー」
- 佳作
  小梢 みなみ（静岡県浜松市）「しおあじ」
  成沢 自由（千葉県柏市）「消えたシュークリーム」
  平野 真悠（兵庫県西宮市）「夜空が教えてくれたこと」
  カテザ・ニャーシャ（長野県諏訪郡富士見町）「蹴球女子」
  吉田 知広（神奈川県三浦市）「祖母から学ぶ生きるためのエコ」

第19回（平24年度）
◇一般の部
- 最優秀賞
  中村 美技子（長野県長野市）「三途の川縁で」
- 優秀賞
  国方 勲（大阪府枚方市）「わが母の記」
  福田 茂（福岡県福岡市）「八十歳の引っ越し、八十歳のロマン」
- 佳作賞
  柴野 裕治（新潟県柏崎市）「ばあちゃんのがまぐち」
  後藤 康子（兵庫県神戸市）「湯気のむこう」
  松川 千鶴子（兵庫県尼崎市）「生き抜いた」
  高山 恵利子（群馬県前橋市）「椿油の香り」
  西園 多佳子（栃木県宇都宮市）「サーカスの少年」
◇高校生の部
- 最優秀賞
  新屋 和花（東京都小平市）「大切なもの」
- 優秀賞

小野寺 玲華（宮城県塩竈市）「母の鏡台」
後藤 のはら（秋田県横手市）「ハハと私」
- 佳作賞
前田 優香（長野県松本市）「輝いたとき」
大村 秀（静岡県静岡市）「双子」
土切 さつき（東京都足立区）「私が成長できる町」
図師 沙也佳（鹿児島県鹿児島市）「日本の心」
須原 健太（東京都世田谷区）「おじさんとダービー」
◇中学生の部
- 最優秀賞
堀内 祐輔（山梨県甲府市男）「老後の祖父母の安全で快適な生活」
- 優秀賞
宮原 さくら（東京都杉並区）「私のご飯茶碗」
小田 真愛（山口県光市）「私、反抗期卒業します」
- 佳作賞
小坂 由香子（宮城県本吉郡南三陸町）「ウーパールーパーと父」
曽根 レイ（長野県下伊那郡泰阜村）「東日本大震災から得たこと」
吉田 陽（大阪府泉南郡田尻町）「おっちゃん」
山田 京子（山口県光市）「おばあちゃんのトネリコ」
木村 和樹（宮城県仙台市）「木村の乱」
第20回（平25年度）
　◇一般の部
- 最優秀賞
柴野 裕治　「ひばり」

- 優秀賞
小林 孝俊　「櫓太鼓」
武藤 蓑子　「牛飼いの長靴」
- 佳作賞
荒田 正信　「一期一会の人生」
塩谷 靖子　「月は東に日は西に」
小出 雪香　「小児がんサバイバー記」
佐藤 隆定　「はじまりに山門あり」
川村 均　「函南原生林」
◇高校生の部
- 最優秀賞
荻野 晴　「私にしかできないこと」
- 優秀賞
桑子 麗以佳　「夏の名前」
齋藤 雅也　「お金をかせぐということ」
- 佳作賞
菅野 紫帆子　「内緒話」
伊集院 美奈　「みんなそろって」
川口 有里花　「お国言葉は不思議がいっぱい」
堀内 祐輔　「前へ」
◇中学生の部
- 最優秀賞
田中 ひかる　「私と屋代線」
- 優秀賞
宇田川 未森　「アントンは遠吠えをする」
後藤 ゆうひ　「ゴーシュがチェロを弾いたのは」
- 佳作賞
川野 永遠　「生きる力」
福永 葵　「夜の散歩」
小田 真愛　「笑いじわをつないで」
佐野 遥太　「魚料理」
鈴木 美彩　「優雅なる眠り姫」

016 桜文大賞

　富岡町の代名詞である桜をテーマに「桜にまつわる想い出」を手紙文で募集。この事業を通じて「桜の名所百選・別選」に選ばれている桜のトンネルを町民が誇りとし、一年中咲く心の桜を醸成するために創設した。平成9年前段階として「桜の思い出のエッセイ」募集事業を実施。平成10年第1回から平成17年第8回まで公募にて届けられた桜文は、8年間で21482通。18年度に入賞作のみを掲載した「さくらぶみ」を出版して終了となっている。

【主催者】富岡町観光協会「桜のとみおか」委員会
【選考委員】（第8回）特別選考委員：小室等
【選考方法】公募
【URL】http://www.haru-urara.com/sakulabumi/sakurabumi.html

(平9年)
◇最優秀賞
　鈴木 誠子 「故郷の桜」
◇優秀賞
　坪井 節子 「切通しの坂を走る花びら」
　富山 栄子 「天国のお義父さんへ」
第1回(平10年)
　小暮 晴美 「桜の想い出」
◇一般の部
●優秀賞
　貫目 桂子 「桜のネックレス」
　原口 登志子 「消えた"夜桜"」
　阿部 緑 「もう一度始めませんか」
◇中学生以下の部
●優秀賞
　渡辺 善行 「けんかしたお兄ちゃんへ」
　廣木 美由貴 「桜の想い出」
第2回(平11年)
◇桜文大賞
　小山 謙二 「ジジイへ」
◇審査員特別賞
　井出 正人 「母よりの手紙 中支の戦場にて」
◇優秀賞
　豊島 美代子 「『心の花』へありがとう」
　土田 稚子 「桜の想い出」
　秋本 芳成 「桜の想い出」
　田中 かえで 「桜の想い出」
　西本 經子 「お母さん」
　吉川 友理 「桜の想い出」
　金子 陽一郎 「桜の想い出」
　奥村 実 「桜の想い出」
　山本 ひろし 「花見と月見」
　関根 則子 「桜の想い出」
第3回(平12年)
◇桜文大賞
　大鐘 稔彦 「桜の想い出」
◇最優秀賞
　山本 治美 「お父さんへ」

◇優秀賞
　竹渕 千鶴子 「桜の想い出」
　高田 富子 「桜の想い出」
　平田 照子 「桜の想い出」
　佐藤 節子 「Y先生へ」
　赤松 乃里恵 「『友へ』」
　木田 孝夫 「桜の想い出」
　岡田 三智子 「四年目を迎えて」
　沼津 孝雄 「『花見』顛末紀」
　スズキ 恵里子 「『九十三歳の桜道』」
　関根 このみ 「自分で」
第4回(平13年)
◇桜文大賞
　天倉 純子 「桜の想い出」
◇最優秀賞
　佐藤 節子 「桜とおんちゃん」
◇優秀賞
　吉村 金一 「桜のおかげ」
　下平 万里子 「桜の想い出」
　谷井 弘美 「私と妹の初デート」
　毛利 きぬゑ 「桜の想い出」
　渡邉 祥平 「桜の想い出」
　堀池 潤 「桜の想い出」
　関口 泰雄 「桜の想い出」
　山内 ゆかり 「『娘への手紙』」
　中原 毅郎 「桜の想い出」
　坂井 良子 「桜の想い出」
第5回(平14年)
◇桜文大賞
　波多野 真喜子 「バアちゃんへ」
◇最優秀賞
　松田 梨奈 「母にあげた泥んこ桜」
◇優秀賞
　美濃部 八千江 「天国の母さんよ」
　豊田 裕子 「娘へ」
　橋本 真紀 「42歳の父へ」
　古川 未奈 「北村先生へ」
　久保木 里紗 「ようち園生へ」
　藤井 満子 「天国の息子へ」

菅野 正人　「お巡りさん」
　藤島 恵子　「亡き祖母へ」
　山本 恵理　「ママから娘へ」
　大岩 翔　「池の桜」
第6回（平15年）
◇桜文大賞
　佐藤 百合子　「若かりし頃の友人」
◇最優秀賞
　佐々木 美保　「桜の記憶」
◇優秀賞
　加藤 恵子　「2年前、バスの中で見かけた女の子」
　小畑 圭子　「父へ」
　高橋 さき子　「天国のばあちゃんへ」
　加藤 恵子　「石油缶の桜」
　齋藤 泰子　「父」
第7回（平16年）
◇桜文大賞
　中川 章治　「亡き伯父へ」
◇最優秀賞

　山影 茂之　「宮城県に住む大学時代の友人へ」
◇優秀賞
　福田 恵子　「のぶくんへ」
　前西 和夫　「公園の桜花」
　渡辺 未咲希　「思いだすよ」
　伊藤 智子　「エープリルフール」
　左古 善嗣　「服役中の友」
第8回（平17年）
◇桜文大賞
　和泉 まさ江　「お母さんへ」
◇最優秀賞
　登丸 しのぶ　「ニューヨークの友人へ」
◇優秀賞
　本田 昭毅　「天国の父へ」
　岡田 道子　「母の手に引かれ」
　佐野 正芳　「天国の兄へ」
　鈴木 玉喜　「わが家の嫁、朋子さんへ」
　安藤 知明　「弟 晴文へ」

017 JTB紀行文学大賞

　古来より西行、芭蕉をはじめ、田山花袋、大町桂月などの優れた紀行文学作品が数多く生み出されている。日本交通交社出版の旅行雑誌「旅」も大正13年創刊以来、その時代を代表する著名な作家による紀行文を紹介し続け、各出版社からも質の高い紀行文学作品が刊行されている。，そこで、優れた紀行文学作品を表彰することにより、何よりもまず他のジャンルの文学作品にはない独自の魅力をより多くの人に知らせる機会を作るとともに、良質な作品が今後もっと生み出されるための一助にしたいとの願いから創設したもの。JTBが創業80周年を記念して発足させた「JTB旅行文化賞」の1部門として、「JTB旅行記賞」「JTB旅行写真賞」とともに設定された。月刊誌「旅」休刊に伴い、第12回をもって終了。

【主催者】JTB

【選考委員】阿川弘之、今福龍太、半藤一利、平岩弓枝

【選考方法】公募（自薦、他薦）

第1回（平4年度）
　宮脇 俊三　「韓国・サハリン鉄道紀行」〔文芸春秋〕
第2回（平5年度）
　沢木 耕太郎　「深夜特急 第三便 飛光よ、飛光よ」〔新潮社〕
　赤瀬川 原平　「仙人の桜、俗人の桜」〔JTB〕
第3回（平6年度）
　辺見 庸　「もの食う人びと」〔共同通信社〕
第4回（平7年度）
　根深 誠　「遥かなるチベット」〔山と渓谷社〕

ノンフィクション　　　　　　　　　　　　　　　　　　　　　　　　　018 JTB旅行記賞

第5回（平8年度）
　池澤 夏樹　「ハワイイ紀行」〔新潮社〕
第6回（平9年度）
　森本 哲郎　「旅の半空（なかぞら）」〔新潮社〕
第7回（平10年度）
　伊藤 ユキ子　「紀行・お茶の時間」〔晶文社〕
第8回（平11年度）
　加藤 則芳　「ジョン・ミューア・トレイルを行く バッグパッキング340キロ」〔平凡社〕
◇奨励賞
　賀曽利 隆　「世界を駆けるゾ！ 20代編」

〔フィールド出版〕
第9回（平12年度）
　嵐山 光三郎　「芭蕉の誘惑」〔JTB〕
◇奨励賞
　前川 健一　「アフリカの満月」〔旅行人〕
第10回（平13年度）
　奥本 大三郎　「斑猫の宿」〔JTB〕
◇奨励賞
　稲葉 なおと　「遠い宮殿―幻のホテルへ」
第11回（平14年度）
　平出 隆　「ベルリンの瞬間」〔集英社〕
◇第12回（平15年度）
　森 まゆみ　「即興詩人のイタリア」〔講談社〕

018 JTB旅行記賞

JTBが創業80周年を記念し、平成4年度より発足させた「JTB旅行文化賞」の1部門で、「日本旅行記賞」をその前身とする。他部門にJTB紀行文学大賞，JTB旅行写真賞があり、ともに旅行をベースにおいた文化活動の中から特に優れた成果を選び表彰するのを主旨とする。月刊誌「旅」休刊に伴い、第12回をもって終了。

【主催者】JTB
【選考委員】島田雅彦，柴門ふみ，立松和平
【選考方法】公募

第1回（平4年度）
　今 業平　「暑い夏」
◇佳作
　酒井 牧子　「ドキドキ中国一人旅―南寧まで」
第2回（平5年度）
　小沢 隆明　「湖国・如幻」
◇佳作
　鈴木 喜一　「語りかける風景」
第3回（平6年度）
　高田 京子　「四国遍路を歩いてみれば」
◇佳作
　平塚 晶人　「ビバーク」
第4回（平7年度）
　該当作なし
◇佳作
　内田 和浩　「河西回廊のペンフレンド」

　風野 旅人　「新居浜にて」
第5回（平8年度）
　古賀 信夫　「札所紀行『閻魔の笑い』」
◇佳作
　大橋 碓　「バリでパパイア」
第6回（平9年度）
　青木 正　「『ひかり』で月見」
◇佳作
　澤 淳一　「パチンコ別れ旅」
第7回（平10年度）
　小林 和彦　「ネパール浪漫釣行」
◇佳作
　山崎 夏代　「松之山・大島村、棚田茅屋根ロケハン行」
第8回（平11年度）
　竹村 亜矢子　「ヴァルトミュラーの光」
第9回（平12年度）

金井 恵美 「都会の果て、秘境の外れ—無印辺境に来てみれば」
第10回(平13年度)
筋原 章博 「スリランカでの一日『総裁』体験記」
◇佳作
内山 弘紀 「熟年夫婦の特訓ステイ」
第11回(平14年度)
高田 郁 「金婚式にワルツを」

◇佳作
浅見 ゆり 「ほぼ完走、やや無謀 しまなみ海道自転車旅行記」
第12回(平15年度)
◇入選
山田 明希 「父娘チャリダー(自転車族)、白夜のアラスカを行く」
◇佳作
山田 まさ子 「面影の旅」

019 渋沢秀雄賞

随筆界の向上を図り創設された。渋沢秀雄氏の死去により,第7回をもって中止。

【主催者】日本随筆家協会
【選考委員】渋沢秀雄,清水基吉,神尾久義
【選考方法】400字詰原稿用紙5枚,生原稿(1〜12月)
【締切・発表】月刊「随筆」に発表
【賞・賞金】賞金は5万円

第1回(昭51年)
　岩本 松平 「百日紅」
　飯田 浅子 「ヤマツバキ」
第2回(昭52年)
　大出 京子 「晩翠橋を渡って」
第3回(昭53年)
　葛山 朝三 「仙丈岳とスーパー林道」
　市川 廉 「勘違い」
第4回(昭54年)
　横山 昭作 「針と糸」
　茂見 義勝 「四人の兵士」
第5回(昭55年)
　中道 操 「母のことば」
第6回(昭56年)
　石川 起観雄 「寝惚け始末記」
第7回(昭57年)
　池田 作之助 「蛸」
　松岡 喬 「定年考」

020 週刊金曜日ルポルタージュ大賞

「週刊金曜日」の創刊3周年記念として設立。本格的ルポルタージュの輩出,有力な新人の発掘を主な目的とする。取材活動によって得た事実や証言・証拠をもとに,一切の虚構を排して書かれた報告・記録,「一般に周知されていない事実を知らせる」ことに最大の意味をもつルポルタージュについて,本誌にふさわしい作品を求める。

【主催者】金曜日「週刊金曜日」
【選考委員】本誌編集委員(雨宮処凛,石坂啓,落合恵子,佐高信,田中優子,中島岳志,本多勝一)のうち審査可能なメンバーがあたる
【選考方法】公募
【選考基準】〔原稿〕1万字以上3万字以内(400字用紙25枚〜75枚)。日本語で縦書き。

タイトル、略歴のほかに住所・氏名・年齢・職業・電話・FAX番号を明記。文章の体裁は自由。作品の文頭に1000字以内の梗概(あらすじ)を付す。原稿は返却しない。未発表のもので1人1作品

【締切・発表】6月30日締切(当日消印有効)、締切後3カ月以内に本誌上にて発表。年1回実施

【賞・賞金】大賞：賞金100万円、優秀賞：賞金30万円、佳作：賞金10万円、選外期待賞。優秀賞までの作品を誌上発表

【URL】http://www.kinyobi.co.jp/event/rupo/rupo_index.php

第1回（平9年3月）
◇ルポルタージュ大賞
　該当作なし
◇特ダネ賞
　肥後 義弘 「アルミ片の恐怖—缶ビール・缶コーラ等の飲料公害」
◇報告文学賞
　樫田 秀樹 「雲外蒼天—ハンセン病の壁を超えて」
◇佳作
　暮山 悟郎 「刑務所—禁断の一六〇冊」
　竹内 真理 「女子高生」
◇準佳作
　平井 千尋 「検証『ザ・セイホ』—現代のタコ部屋」
　西村 満 「もう一つの食糧危機」
　鷹沢 のり子 「老いゆくふたり」
　三森 創 「現代日本の『心ない』若者たち」
◇選外期待賞
　工藤 章人
　岩城 春雄
　栗林 佐知
　松井 英介
　渡辺 一徳
　菊池 雅美
　鈴木 修治
　田端 宣貞
　村上 靖子
　齋藤 武一
　スギノ ユキコ
第2回（平9年9月）
◇ルポルタージュ大賞
　該当作なし
◇特ダネ賞
　該当作なし

◇報告文学賞
　該当作なし
◇佳作
　松隈 一輝 「第二・第三の豊島を許すな！—遠賀川流域における廃車・廃タイヤ活動を通じて」
　新井 由己 「芝居小屋から飛び出した人形師」
◇選外期待賞
　梅沢 広昭 「届かない住民の声—"民主的"な中部新国際空港計画」
第3回（平10年3月）
◇ルポルタージュ大賞
　該当作なし
◇特ダネ賞
　該当作なし
◇報告文学賞
　土居 尚子 「進めないベビーカー 子連れ外出の苦労と障害」
　黒藪 哲哉 「ある新聞奨学生の死」
◇佳作
　樫田 秀樹 「自分に嘘はつかない—普通学級を選んだ私」
　星 徹 「朝鮮人、日本人、そして人間—広島の街を救った朝鮮人『日本兵』」
　荒木 有希 「ウルルとエアーズロック」
◇選外期待賞
　青木 茂 「チプサンケ 1997年」
第4回（平10年9月）
◇ルポルタージュ大賞
　該当作なし
◇特ダネ賞
　該当作なし
◇報告文学賞
　星 徹 「最後の認罪」

◇佳作
　荒木 有希　「夕鶴の住む島」
◇選外期待賞
　平野 洋　「『新下級民』にさせられそうな旧東ドイツの人びと」
　相馬 一成　「王留根の根は絶えた―山西省の毒ガス戦」
　山中 純枝　「生協の姿勢を問う―人工甘味料・アスパルテーム使用食品取り扱いをめぐって」

第5回（平11年3月）
◇ルポルタージュ大賞
　該当作なし
◇報告文学賞
　浦島 悦子　「羽地大川は死んだ―ダムに沈む"ふるさと"と反対運動の軌跡」
　村上 恭介　「大阪路上生活報告―拡散する経済難民」
◇特ダネ賞
　該当作なし
◇佳作
　土居 忠幸　「ある都市銀行の影―不動産融資総量規制は何だったのか」
　福永 毅彦　「知的障害者更生施設」
　松野 敬子　「『安全』ブランコに殺される」
◇選外期待賞
　加茂 昭　「超音速スパイ機―嘉手納基地での22年」

第6回（平11年9月）
◇ルポルタージュ大賞
　今井 恭平　「死刑囚監房のジャーナリスト　ムミア・アブ・ジャマール」
◇報告文学賞
　佐久間 慶子　「私が生きた朝鮮　一九二二年植民地朝鮮に生まれる」
◇特ダネ賞
　該当作なし
◇佳作
　敦賀 敏　「悩める管理人　マンション管理の実態」
◇選外期待賞
　荒木 有希　「迷走都市」

第7回（平12年3月）
◇ルポルタージュ大賞
　該当作なし

◇異色特別賞
　柳生 純次　「ああ、日本人」
◇報告文学賞
　和賀 士郎　「たった一人の叛旗―宗森喬之と苫田ダムの42年」
◇特ダネ賞
　該当作なし
◇佳作
　尾高 亨　「死は誰のものか」
　仙石 英司　「重き扉を開けて―日系ブラジル人と日本人労働者の現状」
　古賀 正之　「前略　九〇歳を迎えた母上様―老人保健施設の実態」
　平舘 英明　「不登校のはざまで―親、教師たちの軌跡」
◇選外期待賞
　岸田 隆　「平成の『踏み絵』地獄―香川県豊島に不法投棄された推定五〇トンの産業廃棄物」

第8回（平12年9月）
◇ルポルタージュ大賞
　該当作なし
◇報告文学賞
　該当作なし
◇特ダネ賞
　該当作なし
◇佳作
　川崎 けい子　「アフガニスタン潜入記」
　細川 宗徳　「傷つけられた『飛騨の御嶽』　『自然遺産』で進むリゾート開発」
◇選外期待賞
　岡本 正　「父の遺骨を捜して」

第9回（平13年3月）
◇ルポルタージュ大賞
　林 克明　「ジャーナリストの誕生　チェチェン戦争とメディア」
◇特ダネ賞
　真喜志 好一　「密約なかりしか・SACO合意に隠された米軍の長期計画を追う―西山太吉記者へのオマージュ」
◇報告文学賞
　清水 靖子　「日商岩井が汚染したマタネコ・クリーク―熱帯雨林破壊とヒ素汚染」
◇佳作
　美奈川 由紀　「終わりなき旅路〜安住の地

を求めて」
　　内海　彰子　「『女王丸』牛窓に消ゆ」
◇選外期待賞
　　金井　玲　「コソボ・ロマ受難」
第10回（平13年9月）
◇ルポルタージュ大賞
　　該当作なし
◇報告文学賞
　　能瀬　英太郎　「紙のいしぶみ　公害企業に立ち向かったある個人の軌跡」
◇特ダネ賞
　　該当作なし
◇佳作
　　岡部　博閑　「有明海の魚介類は『安全』というまやかし　『風評被害』おそれてダイオキシン汚染かくし」
　　蒔田　実穂　「鍵の中」
◇選外期待賞
　　宇田　有三　「果てのないカレンの武装抵抗」
　　橋間　素基　「『麻薬戦争』に隠されて　米国の策略とコロンビアの内戦を追う」
第11回（平14年3月）
◇ルポルタージュ大賞
　　該当作なし
◇報告文学賞
　　栃原　哲則　「『日の丸』、レイテ、憲法」
◇特ダネ賞
　　該当作なし
◇佳作
　　広瀬　明子　「嘘」
　　加藤　譲二　「マンションラッシュ宴のあと」
◇選外期待賞
　　該当作なし
第12回（平14年9月）
◇ルポルタージュ大賞
　　該当作なし
◇優秀賞
　　三宅　勝久　「債権回収屋"G"野放しの闇金融・ある司法書士の記録」
　　早坂　隆　「地下生活者たちの情景　ルーマニア・マンホールピープルの記録」
◇佳作
　　大山　勝男　「泉芳朗の闘い～奄美復帰運動の父」
　　木附　千晶　「オウムの子どもに対する一時保護を検証する―改めて問われる日本社会の有り様」
◇選外期待賞
　　近藤　泰年　「広東への旅」
　　小石　理生　「ドイツのヒバクシャたち　青い光のメッセージ」
第13回（平15年3月）
◇ルポルタージュ大賞
　　該当作なし
◇優秀賞
　　北　健一　「海の学校『えひめ丸』指導教員たちの航跡」
　　山崎　千津子　「ボートピア騒動始末記―ボートピア建設阻止を勝ち取るまで」
◇佳作
　　大山　勝男　「教科書密輸事件～奄美教育秘史」
◇選外期待賞
　　該当作なし
第14回（平14年9月）
◇ルポルタージュ大賞
　　該当作なし
◇優秀賞
　　該当作なし
◇佳作
　　神林　毅彦　「フィリピン発"ジャパンマネーによる環境破壊"」
　　本田　進一郎　「農村に広がる恐怖　特許侵害で訴訟される北米の農民」
◇選外期待賞
　　該当作なし
第15回（平16年）
◇大賞
　　該当作なし
◇優秀賞
　　中島　由佳利　「ジランの『カギ』　難民申請した在日家族～絆を守る闘いへの序章」
　　有馬　光男　「わが昭和史・暗黒の記録　軍国、官僚主義に反抗した青春の軌跡」
◇佳作
　　姜　素美　「異国の歳輪」
　　辰巳　國雄　「消えた『夏休み帳』」
　　後藤　勝　「カンボジア　歴史の犠牲者たち」
第16回（平17年）
◇大賞

該当作なし
◇優秀賞
　小林 エミル 「反戦記者父と女子挺身隊員の記録」
　松平 純昭 「悲鳴が漏れる管理・警備業界の裏側」
◇佳作
　山田 塊也 「マリファナとヘンプの最後進国」
　河野 優司 「12年目の記憶」
　雨宮 清子 「"ふつう"は、やらない？」
第17回（平18年）
◇大賞
　該当作なし
◇優秀賞
　原 均 「フツー人たちのカクシュ」
　西尾 雄志 「散るもよし 今を盛りの桜かな 『らい予防法』廃止10年、国賠訴訟5年。ハンセン病のいま」
◇特別賞
　山口 宗一 「聴け!!南海の幽鬼の慟哭を 最後の一兵痛恨の記録」
◇佳作
　平野 幸子 「西山太吉国賠訴訟」
　和賀 正樹 「新大阪・被差別ブルース」
　宇敷 香津美 「地域のための『お産学』長野県のすてきなお産をめざして」
第18回（平19年）
◇大賞
　該当作なし
◇優秀賞
　石上 正夫 「見すてられた島の集団自決」
◇佳作
　有馬 光男 「絞首刑台からの手紙 戦場を盥廻しされ戦後生活苦に喘ぎ彼が死刑台から送った愛の辞世句は…」
　水野 裕隆 「反旗の行方 大阪市環境局・改革への内部告発」
　橋 しんご 「逃走記 戦時朝鮮人強制徴用者柳乗（ユンジュン）熈（ヒ）の記録」
　小高 真由美 「『夜遊び』議員の辞職を求めた長い道のり」
第19回（平20年）
◇大賞
　該当作なし

◇優秀賞
　入江 秀子 「この命、今果てるとも—ハンセン病『最後の闘い』に挑んだ90歳」
　前川 優 「推定有罪 すべてはここから始まった—ある痴漢えん罪事件の記録と記憶」
◇佳作
　西村 秀樹 「北朝鮮の日本人妻に、自由往来を！」
　片岡 健 「この壮大なる茶番 和歌山カレー事件『再調査』報告プロローグ」
第20回（平21年）
◇大賞
　該当作なし
◇優秀賞（審査員特別賞）
　藤井 孝良 「マハラバの息吹—もうひとつの1960年代」
◇佳作
　山下 由佳 「徒然憲法草子〜生かす法の精神〜 『修復的正義は機能しないのか』〜高知県警白バイ事件の真相究明を求める〜」
◇準佳作
　該当作なし
第21回（平22年）
◇大賞
　該当作なし
◇優秀賞
　該当作なし
◇佳作
　水島 伸敏 「ハイチ地震の傷跡」
　和田 通郎 「『おくりびと』の先に—ある火葬労働者の死が問うもの」
◇準佳作
　該当作なし
第22回（平23年）
◇大賞
　該当作なし
◇優秀賞
　該当作なし
◇佳作
　河野 啓 「ズリ山と市長選 過ぎてゆく夕張」
　三井 マリ子 「世界で最も住みやすい町」
◇準佳作

該当作なし
第23回（平24年）
◇大賞
　該当作なし
◇優秀賞
　該当作なし
◇佳作
　浅野 詠子 「重装備病棟の矛盾〜7年目の司法精神医療〜」
　前澤 ゆう子 「『認知症』病棟で働く」
◇準佳作
　谷 美穂 「上野英信の戦後/書かれなかった戦中」
第24回（平25年）
◇大賞
　該当作なし
◇優秀賞
　該当作なし
◇佳作
　ガンガーラ，田津美 「外食流民はクレームを叫ぶ—大手外食産業お客様相談室実録」
　肥後 義弘 「沈黙の坑口」
◇審査員特別賞
　長沼 節夫 「白を黒といいくるめた日本読書新聞『韓青同インタビュー』43年目の真実」
◇選外期待賞
　成川 順 「枯葉剤がカワウソを殺した」
　川原 茂雄 「原子力ムラと学校—教育という名のプロパガンダ」
第25回（平26年）
◇大賞
　該当作なし
◇優秀賞
　該当作なし
◇佳作
　安江 俊明 「銀さん帰還せず—タイ残留元日本兵の軌跡」
　吉川 さちこ 「デカダンス—それでも私は行く（織田作之助の苦悩）」
　原田 裕介 「リトル・ダマスカス」

021 「週刊読売」ノンフィクション賞

昭和51年創設，生活体験，海外紀行，ルポルタージュ，冒険探険記録，史伝，企業の内部告発，ドキュメントなどを募集。第4回の授賞をもって中止。

【主催者】 読売新聞社

【選考委員】 （昭和54年）五木寛之，菊地昌典，松本清張

【選考方法】 〔対象〕生活体験，海外紀行，探険記などのノンフィクション。〔資格〕未発表原稿に限る。〔原稿〕400字詰原稿用紙で60〜100枚以内，400字程度の梗概をつける。

【締切・発表】 第4回の締切は昭和55年6月末，発表は9月上旬の「週刊読売」誌上。

【賞・賞金】 入選作：賞金100万円，佳作：賞金20万円

第1回（昭52年）
　稲花 己桂 「カモ狩り」
第2回（昭53年）
　松村 健一 「タダの人の運動—斑鳩の実験」
第3回（昭54年）
　小山田 正 「動乱の原油航路—あるタンカー船長の悲哀」
第4回（昭55年）
　黒野 美智子 「南から来た人々」

022 ジュニア・ノンフィクション文学賞

創作中心の児童文学の世界に,ノンフィクションを取り入れようとして創設した賞。昭和52年で中止。

【主催者】 ジュニア・ノンフィクション作家協会
【選考委員】 会長石川光男他5名
【選考基準】 一年間に発表された作品の中から,アンケートで選ぶ。
【賞・賞金】 記念品と賞金10万円

第1回(昭49年)
　岡本 文良　「冠島のオオミズナギドリ」〔小峰書店〕
　中島 みち　「クワガタクワジ物語」〔筑摩書房〕
◇特別賞
　あかね書房編　「子どものころ戦争があった」〔あかね書房〕
第2回(昭50年)
　遠藤 公男　「帰らぬオオワシ」〔偕成社〕
　錦 三郎　「空を飛ぶクモ」〔学習研究社〕
第3回(昭51年)
　谷 真介　「台風の島に生きる」〔偕成社〕
◇特別賞
　最上書房編　「少年少女新人物伝記全集20巻」〔学秀図書〕
第4回(昭52年)
　上坂 高生　「あかりのない夜」〔童心社〕
　乾谷 敦子　「古都に燃ゆ」〔ポプラ社〕

023 障害者ありのまま記録大賞

あらゆる障害者を対象に,事実に即したあるのままの姿を赤裸々に綴った作品を募集する。これは障害者の埋もれた才能の一端を引き出し世に送り出すことで障害者の類い稀なる文章力をより多くの人々に知ってもらい,同時にその貴重な生の証言を伝えて行きたいという主旨である。

【主催者】 社会福祉法人ありのまま舎
【選考委員】 天沢退二郎,澤地久枝
【選考方法】 公募
【選考基準】 〔対象〕詩またはノンフィクション〔資格〕障害児・者であること。障害者手帳のコピーまたは全身像写真を要する〔原稿〕詩(5編)ノンフィクション400字詰め原稿用紙50枚以上〜上限なし,作品は未発表のものに限る(但し同人誌など任意なものについての発表は構わない)。基本的に用紙はA4判
【締切・発表】 毎年6月末日締切(当日消印有効),9月中旬頃朝日新聞全国版に掲載
【賞・賞金】 (ノンフィクション)大賞：賞状,楯,副賞100万円,澤地久枝賞：賞状,楯,副賞20万円,各奨励賞：賞状,楯,副賞5万円,(詩)大賞：賞状,楯,副賞30万円,天沢退二郎賞：賞状,楯,副賞10万円,各奨励賞：賞状,楯,副賞5万円

第1回(昭60年)　　　　　　　　　該当作なし

◇優秀賞・ノンフィクション
　熊倉 多佳子　「一本橋の向うに」新潮社
　　『私たちが生きること』掲載
　中野 昭南　「白い道標」
第2回（昭61年）
　該当作なし
◇優秀賞・ノンフィクション
　芳賀 吉則　「車いすのコンサート」ありのまま舎『刻まれなかった時』掲載
第3回（昭62年）
　該当作なし
◇最優秀賞・ノンフィクション
　村松 建夫　「出会い、そして…」
◇優秀賞・詩
　早川 聡　「美術館にて」「鼓動」「百日紅」「信仰」
第4回（昭63年）
　該当作なし
◇優秀賞・ノンフィクション
　村上 冴子　「私のパートナーその名は"情熱"」エフエー出版
第5回（平1年）
　該当作なし
◇佳作
　●ノンフィクション
　　大島 由美子　「四枚目の卒業証書」
　●詩
　　西江 英樹　「スタート・ライン」
第6回（平2年）
　該当作なし
◇佳作
　●ノンフィクション
　　竹村 実　「二人三脚」
　　宮内 勝　「視覚」
　　河合 一　「障害者万歳」
　●詩
　　山本 朋代　「紫陽花・落ち葉・道」
第7回（平3年）
　◇ノンフィクション
　　村松 建夫　「見えない絆」
第8回（平4年）
　該当作なし
　◇佳作
　　該当作なし
第9回（平5年）

　　宮内 勝　「命の詩片」
◇ノンフィクション
　●ありのまま奨励賞
　　喜多嶋 毅　「親父の手探り」
　　宇土 京子　「わたし」
　　高橋 徹　「限りない可能性を信じて」
　●特別賞 沢地久枝賞
　　斉藤 美加子　「明日への架け橋」
第10回（平6年）
◇エッセイ部門
　●大賞
　　該当作なし
　●澤地久枝賞
　　岩田 実　「百歳の鼓動」
　●大坂誠奨励賞
　　尾崎 真也　「わたしの夢」
　●久保田稔奨励賞
　　宮部 修一　「青春を可能性にかけて」
　●ありのまま奨励賞
　　伊藤 圭子　「私を支える七つ道具」
第11回（平7年）
◇エッセイ部門
　●大賞
　　該当作なし
　●審査員特別賞
　　該当作なし
　●大城誠奨励賞
　　吉田 貴芳　「一本と半分で歩む俺の人生」
　●久保田稔奨励賞
　　正岡 真紀　「太陽がまぶしい」
　●ありのまま奨励賞
　　加藤 雅子　「バリちゃん」
第12回（平8年）
◇ノンフィクション
　●大賞
　　該当作なし
　●澤地久枝賞
　　足立 義久　「息子、健次ありがとう」
　●大城誠奨励賞
　　河野 真由美　「一期一会（一生に一度の出会い）」
　●久保田稔奨励賞
　　沢田 清敏　「僕のマリアさま」
　●ありのまま奨励賞
　　須田 一輔　「失う前に」
第13回（平9年）

◇ノンフィクション
- 大賞
  該当作なし
- 澤地久枝賞
  吉岡 ゆかり 「これが私の生きる道」
- 大城誠奨励賞
  大野 牧子 「わ・た・し」
- 久保田稔奨励賞
  小林 延也 「生きること 生かされること 『命の綱の狭間で』」
- ありのまま奨励賞
  山本 栄子 「車椅子ごと抱きしめて」

第14回(平10年)
◇ノンフィクション
- 大賞
  該当者なし
- 澤地久枝賞
  須藤 叔彦 「わが障害人生ありのまま記」
- 大城誠奨励賞
  小森 洋司 「この旅敦子と共に」
- 久保田稔奨励賞
  井上 富博 「足の指に表彰を」
- ありのまま奨励賞
  三谷 泰夫 「明日へ続く轍」

024 小学館ノンフィクション大賞

小学館が「週刊ポスト」の25周年を記念し、平成5年に週刊ポスト創刊25周年記念21世紀国際ノンフィクション大賞として募集。第2回から名称を「週刊ポスト」「SAPIO」21世紀国際ノンフィクション大賞に変更。第7回から現在の名称に変更。海外の日本研究機関などからも広く募っている。

【主催者】小学館「週刊ポスト」「女性セブン」「SAPIO」

【選考委員】(第22回)椎名誠(作家)、関川夏央(作家)、髙山文彦(作家)、二宮清純(スポーツジャーナリスト)、平松洋子(エッセイスト)

【選考方法】公募

【選考基準】〔対象〕政治・社会・ビジネス・科学・スポーツなどの綿密な取材に基づくドキュメントから、これまでにないジャンルの冒険記や観察記、特異な日々を綴った体験記やユニークな研究の記録などの作品。未発表の作品に限る。〔資格〕プロ・アマ、性別・国籍、年齢不問。グループ、共同著作も可。〔原稿〕400字詰め原稿用紙に換算して200〜300枚程度。ワープロ原稿の場合は1行40字×40行の縦組みで50〜80枚程度。表紙に題名、住所、氏名(筆名の場合は本名も)、年齢、電話番号、職業を明記。1200字程度の「梗概」を添える

【締切・発表】4月末日締切(当日消印有効)、8月の「週刊ポスト」「女性セブン」「SAPIO」誌上で発表

【賞・賞金】大賞：500万円(複数受賞の場合は分割)、優秀作：100万円

【URL】http://www.shogakukan.co.jp/prize/

第1回(平6年)
 ◇大賞
  一志 治夫 「狂気の左サイドバック―日の丸ニッポンはなぜ破れたか」
 ◇優秀賞
  山下 柚実 「ショーン―横たわるエイズ・アクティビスト」
  富坂 聡 「龍の伝人たち」
第2回(平7年)
  三島 英子 「乳房再建」
第3回(平8年)
  該当作なし

◇優秀賞
　　林 克明 「カフカスの小さな国―チェチェン独立運動始末」
　　降旗 学 「残酷な楽園―ライフ・イズ・シット・サンドイッチ」
　　神山 典士 「ライオンの夢―コンデ・コマ＝前田光世伝」
第4回（平9年）
　　最相 葉月 「絶対音感」
◇優秀賞
　　鈴木 由紀子 「闇は我を阻まず―山本覚馬伝」
　　田沢 拓也 「ムスリム・ニッポン」
第5回（平10年）
◇大賞
　　鈴木 洋史 「百年目の帰郷」
◇優秀賞
　　島村 菜津 「エクソシストとの対話」
第6回（平11年）
　　平野 久美子 「淡淡有情―『忘れられた日本人』の物語」
◇優秀賞
　　若山 三千彦 「リアル・クローン―クローンが当たり前になる日」
第7回（平12年）
◇大賞
　　斎藤 健次 「まぐろ土佐船にわかコック奮戦記」
◇優秀賞
　　増田 晶文 「フィリピデスの懊悩」
第8回（平13年）
◇大賞
　　該当作なし
◇優秀賞
　　相馬 勝 「中国共産党に消された人々」
　　中村 勝雄 「パラダイスウォーカー」
　　渡辺 千尋 「マルチルの刻印」
第9回（平14年）
◇大賞
　　埜口 保男 「みかん畑に帰りたかった」
◇優秀賞
　　該当作なし
第10回（平15年）
◇大賞
　　該当作なし

◇優秀賞
　　やまもと くみこ 「赤と黒と緑の地にて」
第11回（平16年）
◇大賞
　　杉山 春 「ネグレクト 真奈ちゃんはなぜ死んだか」
◇優秀賞
　　該当作品なし
第12回（平17年）
◇大賞
　　片野 ゆか 「愛犬王 平岩米吉伝」
◇優秀賞
　　窪田 順生 「14階段 検証 新潟少女9年2ヵ月監禁事件」
第13回（平18年）
◇大賞
　　該当作品なし
◇優秀賞
　　江花 優子 「11時間 お腹の赤ちゃんは『人』ではないのですか」
　　田 月仙 「海峡のアリア」
　　山内 喜美子 「世界で一番売れている薬」
第14回（平19年）
◇大賞
　　駒村 吉重 「煙る鯨影」
　　高木 凛 「沖縄独立を夢見た伝説の女傑 照屋敏子」
◇優秀賞
　　該当作品なし
第15回（平20年）
◇大賞
　　該当作品なし
◇優秀賞
　　小川 善照 「我思う、ゆえに我あり」
　　田中 奈美 「北京陳情村」
第16回（平21年）
◇大賞
　　河合 香織 「ウスケボーイズ 日本ワインの革命児たち」
　　須藤 みか 「エンブリオロジスト いのちの素を生み出す人たち」
◇優秀賞
　　該当作品なし
第17回（平22年）
◇大賞

該当作品なし
◇優秀賞
　佐宮 圭　「鶴田錦史伝 大正、昭和、平成を駆け抜けた男装の天才琵琶師の生涯」
　西村 章　「最後の王者」
第18回（平23年）
◇大賞
　小倉 孝保　「柔の恩人 『女子柔道の母』ラスティ・カノコギが夢見た世界」
◇優秀賞
　河野 啓　「北緯43度の雪」
第19回（平24年）
◇大賞
　山口 由美　「R130-#34 封印された写真――ユージン・スミスの『水俣』」
◇優秀賞
　八木澤 高明　「マオキッズ 毛沢東のこどもたちを巡る旅」

第20回（平25年）
◇大賞
　松永 正訓　「トリソミー 産まれる前から短命と定まった子」
◇優秀賞
　城内 康伸　「朝鮮の海へ―日本特別掃海隊の軌跡」
　福場 ひとみ　「シロアリ 復興予算を食った人たち」
第21回（平26年）
◇大賞
　該当作なし
◇優秀賞
　宮下 洋一　「産めない先進国―世界の不妊治療現場を行く」
　角岡 伸彦　「ゆめいらんかね―やしきたかじん伝」

025 白神自然文化賞

　白神山地は世界遺産の自然遺産として登録され、その南麓に位置する能代山本広域市町村圏組合は、自然に係る保護、保全、自然と人間、環境と社会のあるべき共存の関係、自然に対する地域社会の役割などについて広く意見、提言を募集。内容は、第1回〜3回は白神山地・他の地域あるいは地域間相互に共通する自然に係わる種々の方向性について。第4,5回は白神山地からの恩恵やメッセージ・感銘を受けた内容とし、第5回までで終了した。

【主催者】能代山本広域市町村圏組合（能代市、琴丘町、二ッ井町、八森町、山本町、藤里町、八竜町、峰浜村）

【選考委員】小笠原喜、見城美枝子、立松和平、新野直吉、矢口高雄

【選考方法】公募

【選考基準】〔原稿〕日本文で400字詰原稿用紙20枚程度（ワープロ可）、A4版、縦長、横書き（20字×20行）、住所、氏名、性別、生年月日、電話番号、職業（学校名）を明記。〔対象〕未発表の自然に対する意見、提言、白神山地からの恩恵やメッセージなど。〔資格〕第2回、3回は、前回までの大賞、優秀賞、佳作の入賞者は不可。第4回,5回は一般の部（高校生以上）と小中学生の部とした

【締切・発表】（第5回）平成13年10月1日〜12月31日締切（当日消印有効）、平成14年3月発表、応募者に通知

【賞・賞金】大賞（1点）：30万円、地元特産品、優秀賞（5点）：5万円、地元特産品、佳作（5点）：1万円、地元特産品。〔小中学生の部〕大賞（1点）：5万円分図書券、優秀賞（5点）：1万円分図書券、佳作（5点）：5000円分図書券。入賞作品の一切の権利は、能代山本広

025 白神自然文化賞

域市町村圏組合の所有

第1回(平9年)
◇大賞
　平塚 力 「能代山本環境広域圏設立構想(提案書)〜環境によるまちづくりを目指して」
◇優秀賞
　福司 朝子 「白神山地のすばらしさに気づき、大切にしようとする子どもを育てるための小さな試み」
　工藤 義範 「『世界自然遺産・白神』』の保存と活用について」
　山崎 秀樹 「自然に優しい観光と人に優しい街づくりについての提案」
　大村 一彦 「白神山地の自然と人間社会〜森と樹木の言葉を聞け」
　小林 公司 「白神環境文化の創造」
◇佳作
　寺田 高久 「子供達の野性の復権」
　高橋 充 「白神山地を遠くに見ながら」
　豊澤 一明 「白神山地の保全・利活用に関する四つの提言」
　畠山 智 「白神山地の利活用に関する提言〜高齢化社会に向けての地域振興」

第2回(平10年)
◇大賞
　工藤 金悦(秋田県八森町)「続『TOGETHER WITH FOREST(森と共に)』構想」
◇優秀賞
　辻 徹(天童市)「ふれ合いの森 白神—失われつつある精神風土を引き戻すために」
　黒田 長裕(仙台市)「白神三六景の提案—景観による街づくり」
　牧野 清利(松本市)「白神山地に思う」
　武田 英文(秋田県二ツ井町)「遺産地域周辺部の整備を図る際の具体的方策について—実践例からの提案」
　吉崎 晴子(市川市)「懐かしい故郷白神山地」
◇佳作
　野崎 実(大宮市)「生きている大地」
　山本 幸一(常滑市)「自然と地元民の素敵な関係」
　大山 正則(秋田県八森町)「白神世界遺産の保存と後世の人へ」
　稲村 茂(千葉市)「自然と共に生きる場としての白神山地をめざして—都会人のための心の故郷づくり」
　永盛 勝也(下館市)「消える気配、消す気配」

第3回(平11年)
◇大賞
　川村 四朗(能代市)「白神世界遺産のいのちを育む」
◇優秀賞
　内田 三千代(岡崎市)「自然の力 白神山地に抱かれて」
　山地 勤(香川県詫間町)「世界遺産としての白神山地—保護に欠かせない住民の国際感覚」
　猪口 泰徳(尼崎市), 有田 洋人, 小林 誠, 谷口 祐二(三田市)「地域を結ぶ」
　飯野 桃子(横浜市)「白神山地を日本の誇りとなる場所に」
　加藤 長光(秋田県二ツ井町)「自立する町づくり構想」
◇佳作
　土井 敏秀(男鹿市)「白神山地を遊ぶ」
　角掛 利雄(盛岡市)「神々の山・白神山地が教えるもの」
　去来川 政明(群馬県大泉町)「自然との共生への提言」
　伊久美 嘉男(東京都杉並区)「シャングリラ—理想郷・白神山地と町や村」
　小沢 悟(秋田県峰浜村)「白き山の神のささやきを聴く—いまこそ大自然の念いを受け取る時」
◇ジュニア奨励賞
　喜田 文造(宮崎市)「白神山地」

第4回(平12年)
◇一般の部
● 大賞
　石岡 リホ(秋田県藤里町)「森の息吹」
● 優秀賞

小沢 興太郎(草加市)「世界遺産『白神山地』からの恩恵」
小林 治夫(大館市)「白神山地と私」
土佐 隆二郎(秋田県合川町)「偉大なる遺産白神」
角掛 十三子(盛岡市)「世界自然遺産『白神山地』二ツ森からのメッセージ」
安田 ますみ(大阪市)「白神山地はブナの海」
- 佳作

下野 健一(宮古市)「山への思いと二一世紀の白神山地」
鍋倉 勝夫(大曲市)「神々しい御座への畏敬—想い出多き白神山地周辺の旅」
照井 文雄(横手市)「世界遺産白神山地への思い」
佐藤 栄喜(水沢市)「白神山地の恵み」
岩野 陽子(能代市)「思い出」

◇小中学生の部
- 大賞

秋田県八森町立八森小学校5年生13名「白神の恵みを感じて!—われらのぶなっこプロジェクト」
- 優秀賞

伊藤 信義(山梨県都留市立都留第一中学校1年)「共に生きる」
嶋田 修一郎(山梨県玉穂町立三村小学校5年)「すばらしい思い出—白神山地」
藤田 一夢(秋田県八森町立八森中学校3年)「白神と生きる」
- 佳作

宮崎 翔子(秋田県大館市立桂城小学校5年)「きらきら光る白神山地のすばらしさ」
鈴木 未央(秋田県大館市立桂城小学校5年)「白神山地のすばらしさと私の思い・その感動」

第5回(平13年)

◇一般の部
- 大賞

伊藤 博忠(能代市)「世界自然遺産『白神山地』に学び自らの生き方を考える藤里中生の育成」
- 優秀賞

大塚 節子(町田市)「白神山地からの贈り物〜ミクロなる生命の確かな証」
鹿野 雄一(長野県白馬村)「何も無い白神山地」
- 佳作

多賀谷 雅人(能代市)「『学びの森』に創る『総合的な学習』の構想」
秋山 和子(山梨県竜王町)「白神山地への想い〜遙かなる時空を超えて」
桝井 幸子(佐倉市)「ブナ林にて、さらなる環境保護の決意」

◇小中学生の部
- 大賞

小田 真也(大阪府堺市浜寺昭和小学校5年)「白神山地と反抗期—ぼくが白神山地から感銘を受けたこと」
- 優秀賞

宮田 浩一(秋田県琴丘町鯉川小学校5年)「大好き! 白神山地」
藤原 雄太, 桐越 公紀, 石田 一貴, 石田 雄太, 福司 陽平(秋田県藤里町藤里中学校2年)「白神と共に生きる」
- 佳作

八柳 明生菜, 佐藤 ゆり, 保坂 未樹, 平野 直樹, 田村 大輔, 織田 梨恵子(秋田県能代市能代第二中学校3年)「『白神山地からの警告』—ブナの森と動物たちのかかわりに学ぶ」
村岡 幸恵, 細田 早希子, 佐々木 容子, 加藤 香奈, 山田 雪奈(秋田県藤里町藤里中学校2年)「白神山地からの贈りもの」

026 新潮ドキュメント賞

新潮学芸賞のあとを受けて,平成14年小林秀雄賞とともに創設。ジャーナリスティックな視点から現代社会と深く切り結んだノンフィクション作品で,その構成・表現において文学的にも良質と認められる作品一篇に授与する。

【主催者】新潮文芸振興会
【選考委員】(第13回)恩田陸, 櫻井よしこ, 福田和也, 藤原正彦, 保阪正康
【選考方法】非公募
【選考基準】〔対象〕ノンフィクション作品。選考は1年ごと。各年7月1日から翌年6月30日までを対象期間とし, この期間内に発表・発行されたもの
【締切・発表】8月発表(「新潮45」誌上にて), 10月贈呈式
【賞・賞金】記念品および賞金100万円
【URL】http://www.shinchosha.co.jp/prizes/documentsho/

第1回(平14年)
　高木 徹 「ドキュメント 戦争広告代理店――情報操作とボスニア紛争」〔講談社〕
第2回(平15年)
　磯田 道史 「武士の家計簿――『加賀藩御算用者』の幕末維新」〔新潮新書〕
第3回(平16年)
　日垣 隆 「そして殺人者は野に放たれる」〔新潮社〕
　山本 譲司 「獄窓記」〔新潮社〕
第4回(平17年)
　中川 一徳 「メディアの支配者(上・下)」〔講談社〕
第5回(平18年)
　佐藤 優 「自壊する帝国」〔新潮社〕
第6回(平19年)
　福田 ますみ 「でっちあげ――福岡『殺人教師』事件の真相」〔新潮社〕
第7回(平20年)
　長谷川 まり子 「少女売買 インドに売られたネパールの少女たち」〔光文社〕
第8回(平21年)
　蓮池 薫 「半島へ、ふたたび」
第9回(平22年)
　熊谷 晋一郎 「リハビリの夜」
第10回(平23年)
　堀川 惠子 「裁かれた命 死刑囚から届いた手紙」
第11回(平24年)
　増田 俊也 「木村政彦はなぜ力道山を殺さなかったのか」
第12回(平25年)
　佐々木 実 「市場と権力 『改革』に憑かれた経済学者の肖像」
第13回(平26年)
　清水 潔 「殺人犯はそこにいる――隠蔽された北関東連続幼女誘拐殺人事件」

027　随筆春秋コンクール

　平成6年, 演出家堀川とんこう氏のご母堂, としさんを代表として随筆春秋を発足させた。同時に佐藤愛子, 北杜夫, 金田一春彦, 早坂暁の各氏の協力を得てコンクールを創設。平成8年には堀川としさんの逝去に伴い, 元朝日新聞記者の斎藤信也氏を代表に迎えた。随筆を書くことが好きな人達のための気軽な発表の場として20年以上継続している。

【主催者】随筆春秋
【選考委員】佐藤愛子, 布勢博一, 堀川とんこう, 竹山洋, 石田多絵子
【選考方法】公募(公募ガイド, インターネットのホームページ)
【選考基準】〔対象〕随筆に限る。テーマは自由。〔資格〕不問。〔原稿〕400字×5枚以上8枚まで。〔応募料〕1000円。応募者全員に簡単な作品の講評を送付する

027 随筆春秋コンクール　　　　　　　　　　　　　　　　　ノンフィクション

【締切・発表】毎年8月31日締切, 毎年3月末日発行の随筆春秋春号誌上で発表
【賞・賞金】随筆春秋賞（優秀賞）（1本）：賞金10万円, 佳作（数本）：賞金1万円, 他
【URL】http://www.随筆春秋.jp/

第1回（平7年）
　◇随筆春秋優秀賞
　　藤森 悠子　「昼の月」
　　太田 幸昌　「高原の牧場は楽園じゃない」
第2回（平8年）
　◇随筆春秋優秀賞
　　該当者なし
　◇佳作
　　大森 久美子　「錆びたネックレス」
　　中西 キヨ子　「ばなし父さん」
第3回（平9年）
　◇随筆春秋優秀賞
　　該当者なし
　◇佳作
　　大川本 愛子　「海」
　　島田 清純　「入歯屋の日常」
　　山田 三陽子　「故郷のうた」
第4回（平10年）
　◇随筆春秋優秀賞
　　中川 織江　「避寒旅行」
　◇佳作
　　中田 裕子　「蛇の情」
　　花田 美佐子　「消えた自転車」
第5回（平11年）
　◇随筆春秋優秀賞
　　該当者なし
　◇佳作
　　石田 多重　「おまじない」
　　山本 勉　「比良山」
　　日向野 雄一　「おふくろの味」
第6回（平12年）
　◇随筆春秋優秀賞
　　該当者なし
　◇佳作
　　土方 五百子　「最後の嫁」
　　多呂 恵子　「鳴らない電話」
第7回（平13年）
　◇随筆春秋優秀賞
　　上田 文子　「そういうこともありましたかね」

　◇佳作
　　原田 江里子　「肩書きだけの世界」
　　味澤 宏　「共同風呂とお月さん」
第8回（平14年）
　◇随筆春秋優秀賞
　　近藤 健　「祝電」
　◇佳作
　　寺田 貢　「犬と汎神論」
　　後藤 妙子
第9回（平15年）
　◇随筆春秋優秀賞
　　該当者なし
　◇佳作
　　井原 昭　「ピコのさだめ」
　　文月 はつか　「父の指」
第10回（平16年度）
　◇随筆春秋賞
　　該当作なし
　◇佳作
　　金 京順　「おばあちゃんのカラス実」
　　高倉 忠義　「公民館長！　ションベンまりかぶったへ？」
　　涌井 康之　「鮎釣り」
第11回（平17年度）
　◇随筆春秋賞
　　該当作なし
　◇佳作
　　濱本 久子　「コパートメントの友情」
　　渡辺 裕香子　「すがちゃんの思い出」
　　倉内 清隆　「我が家にテレビがやってきた」
第12回（平18年度）
　◇随筆春秋賞
　　渡辺 克己　「鯉取りのまぁしゃん」
　◇佳作
　　田中 忠義　「食えぬサカナ」
　　島田 ユリ　「うばざくら会の崩壊」
第13回（平19年度）
　◇随筆春秋賞
　　該当作なし
　◇佳作

48　ノンフィクション・評論・学芸の賞事典

ノンフィクション　　　　　　　　　　　　　　028 啄木・賢治のふるさと「岩手日報随筆賞」

　　山村 信男　「鶴首の花瓶」
　　海野 光祥　「縷紅草」
　　秋元 宣籌　「鍵」
第14回（平20年度）
◇随筆春秋賞
　　巴山 はる美　「カラス」
◇佳作
　　上坪 一郎　「偶像」
　　川島 功　「見たことなかタイ」
第15回（平21年度）
◇随筆春秋賞
　　該当作なし
◇佳作
　　犬木 莉彩　「盛夏風物語」
　　亀澤 厚雄　「遥かな幻影」
　　谷 都留子　「ぼくには歴史がない」
第16回（平22年度）
◇随筆春秋賞
　　手塚 崇　「イモ駅」
◇佳作
　　西澤 貞雄　「ウォーキングの代償」
　　渡辺 瑞代　「隣家の坪庭」
第17回（平23年度）
◇随筆春秋賞
　　該当作なし
◇佳作
　　池田 元　「苔のテレポーテーション」
　　槇 勝博　「妻の聴力」
第18回（平24年度）
◇随筆春秋賞
　　該当作なし
◇佳作
　　上田 教雄　「ハングル」
　　佐藤 憲明　「湯灌」
　　七里 彰人　「白い運動靴」
第19回（平25年度）
◇随筆春秋賞
　　鈴木 功男　「陽だまりラウンジ」
　　高館 作夫　「じいちゃん」
　　横山 絹子　「失せ物」
第20回（平26年度）
　　きひつかみ　「は・げ・る」
◇佳作
　　月川 力江　「大失敗」
　　橋本 忠尚　「外出禁止のホッチキス」
◇特別賞
　　中井 勝人　「メロン」

028 啄木・賢治のふるさと「岩手日報随筆賞」

　平成17年まで20回にわたって実施した「岩手日報文学賞」に替え，創刊130年を記念して創設した。

【主催者】岩手日報社

【選考委員】（第10回）城戸朱理（委員長，詩人），平谷美樹（作家），千葉万美子（エッセイスト）

【選考方法】公募

【選考基準】〔資格〕15歳以上の県内在住者。未発表で1年以内に執筆した作品

【締切・発表】5月31日締切，7月上旬岩手日報紙上で発表

【賞・賞金】最優秀賞：正賞「星の雫」像（照井栄氏制作）と賞状および賞金20万円，優秀賞：賞状と賞金5万円，佳作：賞状と賞金3万円，奨励賞（20歳未満対象）：賞状と図書カード（1万円相当）

【URL】http://www.iwate-np.co.jp/syakoku/1502031.html

第1回（平18年）　　　　　　　　　　　　三田地 信一　「母を恋（こ）うる歌」
◇最優秀賞

◇優秀賞
　上田 敏雄　「よみがえる化石」
　大木戸 浩子　「遠い嫁ぎ先」
　野中 康行　「旅立ち」
◇佳作
　遠藤 朝子　「父のいた村」
　菊池 百合子　「ビワの木を持って」
　菅原 孝　「谷間の音」
　宮本 義孝　「山婆の涙」
◇奨励賞
　大久保 貴裕　「『世界』を見つけに」
第2回（平19年）
◇最優秀賞
　今野 紀昭　「ひつじ雲」
◇優秀賞
　野中 康行　「山王海」
　白金 英美　「ミヤコワスレ」
　大木戸 浩子　「『父の指』」
◇佳作
　上柿 早苗　「孫太郎虫」
　稗貫 イサ　「姉からの贈りもの」
　小野 まり子　「牛飼い」
　中村 キヨ子　「いつもの道」
第3回（平20年）
◇最優秀賞
　野中 康行　「リッチモンドの風」
◇優秀賞
　井手 厚子　「妹」
　上柿 早苗　「祈るとき」
　佐藤 勇子　「母の置土産（おきみやげ）」
◇佳作
　稗貫 イサ　「ほおずき」
　松川 章　「三毛猫物語」
第4回（平21年度）
◇最優秀賞
　小野 まり子　「牛飼い、再び」
◇優秀賞
　神田 由美子　「花の町にて」
　佐藤 明美　「アルバム」
　吉田 真人　「ロレッタ」
◇佳作
　石川 勝幸　「古稀の初舞台」
　及川 博子　「味噌玉」
　太田代 公　「預かり地蔵」
　佐藤 淳子　「五十」
　平野 孝子　「ゆりかご」

◇奨励賞
　該当なし
第5回（平22年度）
◇最優秀賞
　渡辺 治　「一本の古クギ」
◇優秀賞
　鈴木 紀子　「おやすみ、大好きなお母さん」
　沢内 建志　「命の誕生」
　平松 真紀子　「熊さんの杉」
◇佳作
　高橋 政彦　「ギター大作戦」
　平沢 和志　「葉（ば）らん」
◇奨励賞
　該当なし
第6回（平23年度）
◇最優秀賞
　太田 崇　「父の行程表」
◇優秀賞
　石川 啓子　「引き継ぐ」
　大沼 勝雄　「津軽山唄」
　稗貫 イサ　「父の匂い」
◇佳作
　小玉 すみ香　「石田坂と笑顔の彼」
　遠藤 カオル　「両親の米作り」
　小川 クニ　「北へ―子を連れて」
◇奨励賞
　該当なし
第7回（平24年度）
◇最優秀賞
　工藤 玲音　「春の雨」
◇優秀賞
　伊藤 由紀子　「川岸」
　吉田 澄江　「雲よ」
　中村 キヨ子　「父の講義」
◇佳作
　岩渕 真理子　「大雪の朝」
　山谷 裕美子　「父の涙」
　菅野 由美子　「望郷」
◇奨励賞
　該当なし
第8回（平25年度）
◇最優秀賞
　田辺 るり子　「たいせつな場所」
◇優秀賞
　稗貫 イサ　「結びの宿」
　太田代 公　「輪の中へ」

武田　洋子　「伝える喜び」
◇佳作
　　吉田　澄江　「夕映え」
　　平沢　裕子　「兄のことづて」
　　小川　クニ　「夕日と貝殻」
　　高橋　由紀子　「星になれたら」
　　浅田　和子　「母と針箱」
◇奨励賞
　　千葉　桃　「自分探し」
第9回（平26年度）
◇最優秀賞
　　小川　クニ　「ゆりかごごっこ」

◇優秀賞
　　佐藤　洋子　「アゲハチョウ」
　　高橋　久美　「素敵な板挟み」
　　山口　トヨ子　「おもかげ」
◇佳作
　　神田　由美子　「オシラサマ伝説」
　　沼倉　規子　「蓬餅（よもぎもち）」
　　中村　幸子　「最後の言葉」
◇奨励賞
　　佐々木　もなみ　「あなたが育てた私の世界で」

029 旅のノンフィクション大賞

　海外旅行での人とのふれあいや、異文化、外国の歴史や芸術、自然などとの出会い、感動を素直に表現した作品を募集。エッセー部門とフォト部門がある。特別協力・阪南大学。

【主催者】読売新聞大阪本社

【選考委員】椎名誠、家田荘子、足立照也

【選考方法】公募

【選考基準】〔資格〕不問。〔応募規定〕本人の実体験を元に日本語で書かれた未発表作品。800字以上、4000字以内とする

【締切・発表】（第17回）平成26年9月12日締切（必着）、11月下旬読売新聞紙上（大阪本社版）にて発表

【賞・賞金】（一般の部）大賞：1点（賞状、賞金30万円）、優秀賞：1点（賞状、賞金15万円）、佳作：若干（賞状、賞金3万円）（高校生の部）最優秀賞：1点（賞状、教育奨励賞5万円）、優秀賞：2点（賞状、教育奨励賞3万円）佳作：若干（賞状、教育奨励賞1万円）

【URL】http://www.yomiuri-osaka.com/tabinon/

第1回（平9年）
　　八田　真貴子　「ハートにインディアン・スパイスを」
◇優秀賞
　　葉宮　寧　「マハムード、いわく」
　　関矢　磨美　「サハリン鉄道の夜」
◇佳作
　　丸井　葡萄　「私の卒業新婚家族旅行」
　　中山　智晴　「四畳半からゾウに乗って」
　　田中　晶善　「カモの授業料」
　　宮田　真知子　「はじめてのなつかしい国　韓国」
　　村越　英之　「マドゥーラ島へようこそ」
　　三嶋　晶恵　「赤道の向こう側」
第2回（平10年）
　　新田　由起子　「北京ロッカーがくれた土産」
◇優秀賞
　　清井　優子　「十二月の花火」
　　上原　亜樹子　「モハーの叫び」
◇佳作
　　山内　陽子　「モンゴルの風のうた」
　　西　大輔　「人間を見つめて―戦禍の街サラエボに考えたこと」
　　南埜　徳三郎　「シナイ山に登る」

029 旅のノンフィクション大賞

大村 嘉正 「日本人の作った村へ―北の大河ユーコンを下る」
高島 香代 「窓」

第3回（平11年）
◇エッセー部門
- 大賞
  古谷 綾（高知県須崎市）「ラオスゆらゆら日記」
- 優秀賞
  小林 晴美（東京都世田谷区）「ヨウル―フィンランドのクリスマス」
  米田 恵悟（兵庫県神戸市）「サルとインド」
- 佳作
  宮入 由美（東京都八王子市）「チャオ！ランポ 名犬ランポは旅のナビゲータ」
  戸谷 知恵子（東京都世田谷区）「私を蘇生させた旅」
  川原 峰子（富山県富山市）「モンゴル当たり前の日々」
  正田 志保（大阪府寝屋川市）「思いやりのバトン」
  小志戸前 紫乃（岩手県雫石町）「次はどこに行こう」

第4回（平12年）
◇エッセー部門
- 大賞
  千葉 美由樹（大阪府箕面市）「蓮のうてな」
- 優秀賞
  川上 景子（和歌山県和歌山市）「David said "Japanese is beautiful"」
  財家 美智子（神戸市兵庫区）「ジェネレーションギャップもなんのその in Egypt」
- 佳作
  岩谷 泰幸（神奈川県秦野市）「トラベランティア」
  大沼 祥子（神戸市西区）「MY HERO」
  木島 英登（大阪府豊中市）「困難を楽しみに変えて～トラブルこそ人との出会い～」
  廣澤 純子（兵庫県西宮市）「トルコはトルコ人抜きにして成らず」
  矢野 リエ（兵庫県太子町）「8日間のカナダ」

第5回（平13年）
◇エッセー部門
- 大賞
  坂井 美水（京都市左京区）「ポンチャックバスで行こう」
- 優秀賞
  河原崎 理佳（千葉県船橋市）「砂に漂う神」
  山口 恵子（札幌市東区）「ウィーン―『独り立ち』への旅」
- 阪南大学賞
  松井 香奈（奈良県橿原市）「シリア万歳！」
- 佳作
  片山 ひとみ（岡山県備前市）「父のピンクのスニーカー」
  佐伯 恭教（奈良県天理市）「忘れ得ぬ蓬莱の短歌人」
  田中 涼子（広島市安佐南区）「アメリカでの十日間・私の旅」
  中江 寛子（大阪府茨木市）「海外授業」
  法月 利紀（山口県光市）「プッカンサン（北漢山）の寺を訪ねて」

第6回（平14年）
◇エッセー部門
- 大賞
  荒巻 康子（埼玉県戸田市）「古いアルバムに導かれた旅」
- 優秀賞
  野口 孝志（広島市安佐南区）「百年の時を超えて」
  浜村 淳（大阪府吹田市）「ニューヨーク・映画想い出の旅」
- 阪南大学賞
  織田 翔子（愛媛県今治市）「I will never forget America!!」
- 佳作
  奥野 歩（大阪市平野区）「マイクログローリー漂流記」
  瀬口 愛（埼玉県戸田市）「遠いどこかの小さな旅路」
  竹内 昭人（愛知県美浜町）「森のおばあさん」
  橋本 忍（神戸市垂水区）「逃亡女」
  安岡 裕介（大阪市北区）「逆さ水平線」

第7回（平15年）
◇エッセー部門
- 大賞
  酢田 祐子（奈良県御所市）「メコンの夕

ノンフィクション　　　　　　　　　　　　　　　　　　　　　　　　029 旅のノンフィクション大賞

　　焼け」
- 優秀賞
　　安齋 礼恵（川崎市川崎区）「或るアビニヨンの一日」
　　田中 麻江（京都市伏見区）「バスの窓から見た上海」
- 阪南大学賞
　　小野 友佳子（京都府長岡京市）「異国の飛行機に乗って」
- 佳作
　　石上 佐知子（神奈川県三浦郡）「その時を待っていて」
　　泉谷 晴香（大阪府堺市）「安徽省を訪ねて」
　　乾 優紀（大阪府岸和田市）「駅で」
　　川浪 みゆき（兵庫県西宮市）「出会い、それは私の宝物」
　　児島 誉人（大阪府三島郡）「水をすくう」

第8回～第10回
　　＊
第11回（平19年）
◇エッセー部門
- 大賞
　　加藤 みさ（名古屋市）「わたしのひとり旅」
- 優秀賞
　　川中 由美子（大阪市）「天空のとんぼ」
　　森中 公子（大阪府八尾市）「夕暮れのトラクター」
- 阪南大学賞・最優秀賞
　　荒堀 みのり（京都市）「ある一回の昼食のはなし」
- 阪南大学賞・優秀賞
　　片桐 つぐみ（東京都大田区）「祖母の愛したパリ」
　　高畠 伶奈（神戸市）「千載一遇の旅」

第12回（平20年）
◇エッセー部門
- 大賞
　　三浦 俊彦　「アンダルシアのデイビッド」
- 優秀賞
　　岩井 三笑　「ペナン島の一人ぼっちのおかん」
　　竹花 外記　「カルチャーシック」
- 佳作
　　池田 桂子　「祖母に導かれて生まれ故郷へ」
　　上田 純子　「国境を越えた鍵」

　　日野 友紀　「ことばの向こう」
　　此元 美幸　「チュニジアの夜」
　　松尾 健太朗　「贅沢な旅、贅沢な暮らし」
- 阪南大学賞・最優秀賞
　　八木 智大　「出会い」
- 阪南大学賞・優秀賞
　　荒堀 みのり　「日本と韓国への散文」
　　薛 沙耶伽　「アメリカン・マジック」

第13回（平21年）
◇エッセー部門
- 大賞
　　小澤 正博（京都市）「お米をリュックにドイツ一人旅（娘のピアノ演奏会に～）」
- 優秀賞
　　三品 麻衣（埼玉県鶴ヶ島市）「NEVER SAY GOODBYE」
　　三浦 俊彦（千葉県）「神の木の島で」
- 阪南大学賞・最優秀賞
　　十川 麗美（徳島文理高等学校）「あたたかく心豊かでおだやかな国・タイ」
- 阪南大学賞・優秀賞
　　尾崎 夏海（兵庫県立淡路三原高等学校）「一期一会、そして幸あれ」
　　久林 千菜恵（樟蔭高等学校）「～英語嫌いの私が、オーストラリアでホームステイをしました。～」

第14回（平22年）
◇エッセー部門
- 大賞
　　高橋 さつき（東京都福生市）「ごろつき娘、旅に出る」
- 優秀賞
　　向井 範雄（大阪府枚方市）「ニューデリーの少年」
- 阪南大学賞・最優秀賞
　　平林 美穂（静岡県立吉原高等学校）「ラオスで感じたこと」
- 阪南大学賞・優秀賞
　　十川 和樹（徳島文理高等学校）「優しさと寛容の国マレーシア」

第15回（平23年）
◇一般部門 エッセーの部
- 大賞
　　遠山 まさし（名古屋市）「光を求めて」
- 優秀賞

ノンフィクション・評論・学芸の賞事典　53

島岡 千紘（京都市）「自分の起源を訪ねる旅」
◇高校生部門（旅-1グランプリ）テーマ：わたしが旅した、あの町、この国
- 最優秀賞
加藤 由貴（大阪学芸中等教育学校高校）「韓国人は大阪のおばちゃん?!」
- 優秀賞
久保 千夏（愛知県立西尾高等学校）「マレーシアが教えてくれたこと」
◇高校生部門（旅-1グランプリ）テーマ：わたしが見つけた、まちの宝もの
- 最優秀賞
中嶋 詩織（中村学園女子高等学校）「七色の故郷」
- 優秀賞
河野 華寿美（宮崎県立高鍋高等学校）「宝よ、永遠に」

第16回（平24年）
◇一般部門 エッセーの部
- 大賞
富沢 規子（エジプト）「シーワ・オアシスの祭りにて」
- 優秀賞
長尾 光玲（淑徳SC中等部）「私のアフリカ物語〜意味を捨てられる国」
◇高校生部門（旅-1グランプリ）テーマ：わたしが旅した、あの町、この国
- 最優秀賞
芋縄 由加里（四條畷学園高校）「感動と勇気」
- 優秀賞
福本 菜津子（プール学院高校）「心の宝ばこ」
◇高校生部門（旅-1グランプリ）テーマ：わたしが見つけた、まちの宝もの
- 最優秀賞
西畑 万葉（済美高校）「誕生日プレゼント」
- 優秀賞
吉本 七永（追手門学院大手前高校）「里山の魅力は無限大！」

第17回（平25年）
◇一般部門 エッセーの部
- 大賞
遠藤 由次郎（東京都）「東ティモール、"2人目の英雄"」
- 優秀賞
伊藤 真奈（東京都）「セネガルがくれた宝物」
◇高校生部門（旅-1グランプリ）テーマ：わたしが旅した、あの町、この国
- 最優秀賞
尾西 英（高田高校）「マンザナール」
- 優秀賞
達知 瑚都海（高田高校）「思い出ステンドグラス」
◇高校生部門（旅-1グランプリ）テーマ：わたしが見つけた、まちの宝もの
- 最優秀賞
笹原 心（高知県立中村高校）「帰りたくなる町」
- 優秀賞
森脇 嘉菜（智辯学園高校）「なんでもない」

第18回（平26年）
◇一般部門 エッセーの部
- 大賞
南川 亜樹子（徳島県）「カルダモンの思い出」
- 優秀賞
羽石 雅也（茨城県）「ココブランコへようこそ！」
◇高校生部門（旅-1グランプリ）テーマ：わたしが旅した、あの町、この国
- 最優秀賞
舩津 翔（智辯学園高校）「滋賀からの贈り物」
- 優秀賞
松田 くるみ（大阪府立能勢高学）「つなぐ」
◇高校生部門（旅-1グランプリ）テーマ：わたしが見つけた、まちの宝もの
- 最優秀賞
伊藤 葉る香（愛知県立西尾高校）「町のにおい」
- 優秀賞
竹内 佐代子（香川県立高松工芸高校）「迷いたくなる町」

030 千葉随筆文学賞

　千葉日報創刊50周年にあたり、房総の文学活動の振興を目的に、平成18年度に創設。「千葉文学賞」「千葉児童文学賞」とあわせ、千葉文学三賞と称する。

【主催者】 千葉日報社

【選考委員】 大野彩子（作家）、佐藤毅（江戸川大学教授）、宍倉さとし（児童文学者）、松島義一（元すばる編集者）、山本紘太郎（旅行作家）

【選考方法】 公募

【選考基準】 〔対象〕自分史、紀行文、身辺雑記などノンフィクションエッセー、未発表のもの。〔資格〕千葉県内在住か在勤、在学者。職業作家は除く。〔原稿〕400字詰原稿用紙10～15枚

【締切・発表】 （第9回）平成27年1月31日締切（当日消印有効）、随時「千葉日報」紙上に発表

【賞・賞金】 賞金10万円

【URL】 http://www.chibanippo.co.jp/

第1回（平19年）
　渡辺　昌子　「海辺の町から」
第2回（平20年）
　該当作品なし
　◇佳作
　池上　正子　「温泉王国はお熱いのがお好き」
第3回
　　＊
第4回（平21年度）
　小柳　なほみ　「野辺の花火」
　佐藤　球子　「記憶絵本」
第5回（平22年度）
　該当者なし
　●佳作
　こっこ　「道、はるかに遠く」
第6回（平23年度）
　該当作なし
第7回（平24年度）
　三越　あき子　「目が合った」
第8回（平25年度）
　該当者なし
第9回（平26年度）
　小松　菜生子　「お蚕讃」

031 「Number」スポーツノンフィクション新人賞

　新しいスポーツライターの発掘・育成を目的に、文藝春秋社の「ナンバー」誌が創設した。第13回をもって終了。

【主催者】 文藝春秋

【選考委員】 （第13回）海老沢泰久、後藤正治、高山文彦、ナンバー編集長

【選考方法】 公募

【選考基準】 〔対象〕未発表のスポーツノンフィクション〔原稿〕400字詰原稿用紙30枚以上、80枚以内。ワープロの場合はそれに相当する量

【締切・発表】 「Number」平成17年5月中旬発売号にて発表

032 日航海外紀行文学賞

【賞・賞金】正賞100万円、副賞スポーツウオッチ（オメガ・スピードマスター・プロフェッショナル）。当選作の出版権その他の権利は文藝春秋社に帰属

第1回（平5年）
　高橋 直人　「ボクシング中毒者（ジャンキー）」
　村本 浩平　「無制限一本勝負」
第2回（平6年）
　金原 以苗　「SURF RESCUE」
第3回（平7年）
　木村 公一　「ブルペンから見える風景（フィールド）」
第4回（平8年）
　平塚 晶人　「走らざる者たち」
第5回（平9年）
　リー・小林　「マイ ライト フット（MY RIGHT FOOT）」
第6回（平10年）
　増田 晶文　「果てしなき渇望 至高の肉体を求めて」
第7回（平11年）
　城島 充　「武蔵野のローレライ」
第8回（平12年）
　梅田 明宏　「背番号「1」への途中」
第9回（平13年）
　早川 竜也　「SOUL BOX-あるボクサーの彷徨」
第10回（平14年）
　会津 泰成　「ヌンサヤーム」
第11回（平15年）
　小堀 隆司　「風を裁く。」
第12回（平16年）
　森高 多美子　「逃げる男」
第13回（平17年）
　辰己 寛　「甲子園を知らない球児たち」

032 日航海外紀行文学賞

昭和54年に、日本航空機内誌として「WINDS」が創刊されたのを記念して、国際交流を考えるコミュニケーション誌という雑誌の性格から、海外紀行文学という新しいジャンルの確立のために創設された。第8回で中断。

【主催者】日本航空
【選考委員】阿川弘之, 遠藤周作, 開高健, 安岡章太郎
【選考方法】〔対象〕海外での旅行体験、生活記録をテーマにしたノンフィクション, ルポルタージュに類する作品　〔資格〕未発表原稿　〔原稿〕枚数は400字詰原稿用紙で50枚、これに800字程度の概要をつける
【締切・発表】第8回の締切は昭和61年11月25日当日必着。入選作は「WINDS」62年5月号に発表。年1回。
【賞・賞金】賞金30万円、副賞アメリカ西海岸往復日本航空・航空券 佳作賞金10万円

第1回（昭54年）
　賀曽利 洋子　「赤ちゃんシベリア→サハラを行く」〔WINDS55年5月号〕
第2回（昭55年）
　庄司 晴彦　「早春のチトラル―辺境へのビジネス特急」〔WINDS56年5月号〕
第3回（昭56年）
　夏江 航　「藍のアオテアロア」〔WINDS57年5月号〕
第4回（昭57年）
　三田村 博史　「過去への旅」〔WINDS58年5月号〕
第5回（昭58年）
　磯部 映次　「ペン・フレンドを訪ねて」

〔WINDS59年5月号〕
第6回（昭59年）
　村主 次郎　「ローカル航空（エア）ショーの裏方達」〔WINDS60年5月号〕
第7回（昭60年）

　不二 陽子　「『信じがたい（ウングラウプリッヒ）!』は別れの言葉」
第8回（昭61年）
　辻本 充子　「黄山帰来不看山」

033 新田次郎文学賞

新田次郎の遺産の一部を基金として、昭和56年に財団法人新田次郎記念会が創設された。文学賞の設立を強く願っていた故人の遺志をついで「新田次郎文学賞」が創設され、翌57年第1回授賞が行われた。

【主催者】 新田次郎記念会

【選考委員】 阿刀田高、伊藤桂一、岩橋邦枝、長部日出雄、宮城谷昌光

【選考方法】 非公募。アンケートその他によって候補作をあげ、選考委員が選ぶ

【選考基準】 〔対象〕前年1年間に初めて刊行された作品で、小説、伝記、エッセイ、長短篇等の形式の如何を問わない。歴史、現代にわたり、ノンフィクション文学、または自然界（山岳、海洋、動植物等）に材を取ったもの

【締切・発表】 授賞決定は4月頃、授賞式は5月末、発表は「小説新潮」7月号誌上

【賞・賞金】 記念品（正賞）及び副賞（賞金100万円）

【URL】 https://www.shinchosha.co.jp/prizes/

第1回（昭57年）
　沢木 耕太郎　「一瞬の夏」〔新潮社〕
第2回（昭58年）
　若城 希伊子　「小さな島の明治維新—ドミンゴ松次郎の旅」〔新潮社〕
第3回（昭59年）
　辺見 じゅん　「男たちの大和」〔上下、角川書店〕
第4回（昭60年）
　佐藤 雅美　「大君の通貨—幕末『円ドル戦争』」〔講談社〕
　角田 房子　「責任—ラバウルの将軍 今村均」〔新潮社〕
第5回（昭61年）
　岡松 和夫　「異郷の歌」〔文芸春秋〕
第6回（昭62年）
　長部 日出雄　「見知らぬ戦場」〔文芸春秋〕
第7回（昭63年）
　海老沢 泰久　「F1地上の夢」〔朝日新聞社〕
　中野 孝次　「ハラスのいた日々」〔文芸春秋〕
第8回（平1年）
　入江 曜子　「我が名はエリザベス」〔筑摩書房〕
第9回（平2年）
　鎌田 慧　「反骨—鈴木東民の生涯」〔講談社〕
　佐江 衆一　「北の海明け」〔新潮社〕
　早坂 暁　「華日記—昭和いけ花戦国史」〔新潮社〕
第10回（平3年）
　宮城谷 昌光　「天空の舟」〔海越出版社〕
第11回（平4年）
　大島 昌宏　「九頭竜川」〔新人物往来社〕
　高橋 揆一郎　「友子」〔河出書房新社〕
第12回（平5年）
　もりた なるお　「山を貫く」〔文芸春秋〕
　池宮 彰一郎　「四十七人の刺客」〔新潮社〕
　半藤 一利　「漱石先生ぞな、もし」〔文芸春秋〕

第13回（平6年）
　岩橋 邦枝 「評伝 長谷川時雨」〔筑摩書房〕
第14回（平7年）
　西木 正明 「夢幻の山旅」〔中央公論社〕
第15回（平8年）
　谷 甲州 「白き嶺の男」ほか
第16回（平9年）
　吉川 潮 「江戸前の男 春風亭柳朝一代記」〔新潮社〕
第17回（平10年）
　山崎 光夫 「藪の中の家―芥川自死の謎を解く」〔文芸春秋〕
第18回（平11年）
　大村 彦次郎 「文壇栄華物語」〔筑摩書房〕
第19回（平12年）
　熊谷 達也 「漂泊の牙」〔集英社〕
　酒見 賢一 「周公旦」〔文芸春秋〕
第20回（平13年）
　杉山 正樹 「寺山修司・遊戯の人」〔新潮社〕
第21回（平14年）
　佐々木 譲 「武揚伝」〔中央公論新社〕
第22回（平15年）
　津野 海太郎 「滑稽な巨人 坪内逍遙の夢」〔平凡社〕
第23回（平16年）
　東郷 隆 「狙うて候―銃豪村田経芳の生涯」〔実業之日本社〕
第24回（平17年）
　中村 彰彦 「落花は枝に還らずとも―会津藩士・秋月悌次郎」〔中央公論新社〕
第25回（平18年）
　真保 裕一 「灰色の北壁」〔講談社〕
第26回（平19年）
　諸田 玲子 「奸婦（かんぷ）にあらず」〔日本経済新聞社〕
第27回（平20年）
　見延 典子 「頼山陽」〔徳間書店〕
第28回（平21年）
　植松 三十里 「群青―日本海軍の礎を築いた男」〔文藝春秋〕
第29回（平22年）
　帚木 蓬生 「水神」〔新潮社〕
　松本 侑子 「恋の蛍」〔光文社〕
第30回（平23年）
　竹田 真砂子 「あとより恋の責めくれば 御家人南畝（なんぽ）先生」〔集英社〕
第31回（平24年）
　角幡 唯介 「雪男は向こうからやって来た」〔集英社〕
第32回（平25年）
　澤田 瞳子 「満つる月の如し 仏師・定朝」〔徳間書店〕
第33回（平26年）
　川内 有緒 「バウルを探して―地球の片隅に伝わる秘密の歌」〔幻冬舎〕
　幸田 真音 「天佑なり―高橋是清・百年前の日本国債」上・下〔角川書店〕

034 日本エッセイスト・クラブ賞

　日本エッセイスト・クラブが昭和27年に創設した賞。随想，評論，ノンフィクション，伝記，研究，ドキュメント，旅行記など，エッセーを広い範囲でとらえ，特に新鮮で感銘を覚える新人の発掘に努める。

【主催者】日本エッセイスト・クラブ

【選考委員】（第62回）審査委員長：倉部行雄

【選考方法】日本エッセイスト・クラブの会員推薦，または出版社推薦が原則だが，一般からの直接応募も可能

【選考基準】〔対象〕4月1日より3月31日までの間に，初版として出版された書籍。クラブの正会員（個人会員）の作品，及び共同著作は原則として審査の対象としない。故人の作品は審査の対象としない（但し，入会の翌年度から5年以内の発表作品は審査対象）。著者の国籍は問わないが，日本語で書かれたもの（翻訳不可）。新聞，雑誌等に掲

載され，その後出版されたものも可。他の類似の賞を最近受賞している者，及びすでに文名を広く知られている者の作品は除く

【締切・発表】（第63回）平成27年3月10日締切,6月発表

【賞・賞金】受賞作は，原則として毎年2点。賞金：100万円（総額）

【URL】http://essayistclub.jp/

第1回（昭28年）
　市川 謙一郎　「一日一言」北海タイムス主筆の「1日1言」夕刊
　吉田 洋一　「数学の影絵」〔東和社〕
　内田 亨　「きつつきの路」〔東和社〕
第2回（昭29年）
　島村 喜久治　「院長日記」〔筑摩書房〕
　秋山 ちえ子　「私のみたこと聞いたこと」〔NHK放送〕
　須田 栄　「千夜一夜」〔東京新聞社〕
第3回（昭30年）
　木下 広居　「イギリスの議会」〔読売新聞社〕
　片山 広子　「燈下節」〔暮しの手帖社〕
第4回（昭31年）
　小林 勇　「遠いあし音」〔文芸春秋新社〕
　清水 一　「すまいの四季」〔暮しの手帖社〕
　藤田 信勝　「不思議な国イギリス」〔毎日新聞社〕
第5回（昭32年）
　小熊 捍　「桃栗三年」〔内田老鶴圃〕
　中西 悟堂　「野鳥と生きて」〔ダヴィッド社〕
　森 茉莉　「父の帽子」〔筑摩書房〕
第6回（昭33年）
　大牟羅 良　「ものいわぬ農民」〔岩波書店〕
　佐々木 祝雄　「38度線」〔全国引揚孤児育英援護会〕
　松村 緑　「薄田泣菫」〔角川書店〕
第7回（昭34年）
　竹田 米吉　「職人」〔工作社〕
　曽宮 一念　「海辺の熔岩」〔創文社〕
　村川 堅太郎　「地中海からの手紙」〔毎日新聞社〕
第8回（昭35年）
　高橋 喜平　「雪国動物記」〔明玄書房〕
　中尾 佐助　「秘境ブータン」〔毎日新聞社〕

　萩原 葉子　「父・萩原朔太郎」〔筑摩書房〕
第9回（昭36年）
　塚田 泰三郎　「和時計」〔東峰書院〕
　宮本 常一　「日本の離島」〔未来社〕
　庄野 英二　「ロッテルダムの灯」〔レグホン舎〕
第10回（昭37年）
　小門 勝二　「散人」〔私家版〕
　小島 亮一　「ヨーロッパ手帖」〔朝日新聞社〕
　大平 千枝子　「父阿部次郎」〔角川書店〕
第11回（昭38年）
　新保 千代子　「室生犀星」〔角川書店〕
　林 良一　「シルクロード」〔美術出版社〕
　石井 好子　「巴里の空の下オムレツのにいは流れる」〔暮しの手帖社〕
第12回（昭39年）
　片岡 弥吉　「浦上四番崩れ」〔筑摩書房〕
　錦 三郎　「蜘蛛百態」〔赤光発行所〕
　関山 和夫　「説教と話芸」〔青蛙房〕
第13回（昭40年）
　佐々木 たづ　「ロバータさあ歩きましょう」〔朝日新聞社〕
　阪田 貞之　「列車ダイヤの話」〔中央公論社〕
　秋吉 茂　「美女とネズミと神々の島」〔河出書房〕
第14回（昭41年）
　白崎 秀雄　「真贋」〔講談社〕
　西山 卯三　「住み方の記」〔文芸春秋〕
　阿部 孝　「ばら色のバラ」〔高知新聞社〕
第15回（昭42年）
　宮本 又次　「関西と関東」〔青蛙房〕
　安住 敦　「春夏秋冬帖」〔牧羊社〕
　佐藤 達夫　「植物誌」〔雪華社〕
第16回（昭43年）
　団藤 重光　「刑法紀行」〔創文社〕
　泉 靖一　「フィールド・ノート」〔新潮社〕

畑 正憲 「われら動物みな兄弟」〔協同企画出版社〕
第17回(昭44年)
　佐貫 亦男 「引力とのたたかい―とぶ」〔法政大学出版局〕
　戸井田 道三 「きものの思想」〔毎日新聞社〕
　坂東 三津五郎 「戯場戯語」〔中央公論社〕
第18回(昭45年)
　仲田 定之助 「明治商売往来」〔青蛙房〕
　島田 謹二 「アメリカにおける秋山真之」〔朝日新聞社〕
　芥川 比呂志 「決められた以外のせりふ」〔新潮社〕
　菊池 誠 「情報人間の時代」〔実業之日本社〕
第19回(昭46年)
　池宮城 秀意 「沖縄に生きて」〔サイマル出版会〕
　大谷 晃一 「続関西名作の風土」〔大阪創元社〕
第20回(昭47年)
　堀 淳一 「地図のたのしみ」〔河出書房新社〕
　角川 源義 「雉子の声」〔東京美術社〕
第21回(昭48年)
　鳥羽 欽一郎 「二つの顔の日本人」〔中央公論社〕
　斎藤 真一 「瞽女」〔日本放送出版協会〕
　樋口 敬二 「地球からの発想」〔新潮社〕
第22回(昭49年)
　上田 篤 「日本人とすまい」〔岩波書店〕
　川田 順造 「曠野から」〔筑摩書房〕
　早川 良一郎 「けむりのゆくえ」〔文化出版局〕
第23回(昭50年)
　加古 里子 「遊びの四季」〔じゃこめてい出版〕
　木村 尚三郎 「ヨーロッパとの対話」〔日本経済新聞社〕
　児玉 隆也 「一銭五厘たちの横丁」〔晶文社〕
　松本 重治 「上海時代」(上・中・下)〔中央公論社〕
第24回(昭51年)

中野 孝次 「ブリューゲルへの旅」〔河出書房新社〕
渡部 昇一 「腐敗の時代」〔文芸春秋〕
高峰 秀子 「わたしの渡世日記」〔朝日新聞社〕
第25回(昭52年)
　沢村 貞子 「私の浅草」〔暮しの手帖社〕
　杉本 秀太郎 「洛中生息」〔みすず書房〕
　亀井 俊介 「サーカスが来た!」〔東京大学出版会〕
第26回(昭53年)
　野見山 暁治 「四百字のデッサン」〔河出書房新社〕
　藤原 正彦 「若き数学者のアメリカ」〔新潮社〕
　長坂 覚 「隣の国で考えたこと」〔日本経済新聞社〕
第27回(昭54年)
　篠田 桃紅 「墨いろ」〔PHP研究所〕
　斉藤 広志 「外国人になった日本人」〔サイマル出版会〕
　百目鬼 恭三郎 「奇談の時代」〔朝日新聞社〕
第28回(昭55年)
　三国 一朗 「肩書きのない名刺」〔自由現代社〕
　太田 愛人 「羊飼の食卓」〔築地書館〕
　小松 恒夫 「百姓入門記」〔農山漁村文化協会〕
第29回(昭56年)
　関 容子 「日本の鶯」〔角川書店〕
　古波蔵 保好 「沖縄物語」〔新潮社〕
　両角 良彦 「1812年の雪」〔筑摩書房〕
第30回(昭57年)
　足立 巻一 「虹滅記」〔朝日新聞社〕
　伊藤 光彦 「ドイツとの対話」〔毎日新聞社〕
　岡田 恵美子 「イラン人の心」〔日本放送出版協会〕
第31回(昭58年)
　舟越 保武 「巨岩と花びら」〔筑摩書房〕
　藤原 作弥 「聖母病院の友人たち」〔新潮社〕
　志賀 かう子 「祖母, わたしの明治」〔北上書房〕

第32回(昭59年)
　吉行 和子 「どこまで演れば気がすむの」〔潮出社〕
　尾崎 左永子 「源氏の恋文」〔求龍堂〕
　佐橋 慶女 「おじいさんの台所」〔文芸春秋〕
第33回(昭60年)
　関 千枝子 「広島第二県女二年西組」〔筑摩書房〕
　北小路 健 「古文書の面白さ」〔新潮社〕
　清水 俊二 「映画字幕六十年」〔早川書房〕
第34回(昭61年)
　田村 京子 「北洋船団女ドクター航海記」〔集英社〕
　豊田 正子 「花の別れ」〔未来社〕
　中村 伸郎 「おれのことなら放っといて」〔早川書房〕
第35回(昭62年)
　金森 久雄 「男の選択」〔日本経済新聞社〕
　堀尾 真紀子 「画家たちの原風景」〔日本放送出版協会〕
　渡辺 美佐子 「ひとり旅一人芝居」〔講談社〕
第36回(昭63年)
　北見 治一 「回想の文学座」〔中央公論社〕
　田中 トモミ 「天からの贈り物」〔アドア出版〕
　山形 孝夫 「砂漠の修道院」〔新潮社〕
第37回(平1年)
　河村 幹夫 「シャーロック・ホームズの履歴書」〔講談社〕
　酒井 寛 「花森安治の仕事」〔朝日新聞社〕
　平原 毅 「英国大使の博物誌」〔朝日新聞社〕
第38回(平2年)
　沢口 たまみ 「虫のつぶやき聞こえたよ」〔白水社〕
　二宮 正之 「私の中のシャルトル」〔筑摩書房〕
　山川 静夫 「名手名言」〔中央法規出版〕
第39回(平3年)
　岩城 宏之 「フィルハーモニーの風景」〔岩波書店〕
　林 望 「イギリスはおいしい」〔平凡社〕
　山崎 章郎 「病院で死ぬということ」〔主婦の友社〕
第40回(平4年)
　加藤 雅彦 「ドナウ河紀行」〔岩波書店〕
　山崎 柄根 「鹿野忠雄―台湾に魅せられたナチュラリスト」〔平凡社〕
　山本 博文 「江戸お留守居役の日記」〔読売新聞社〕
第41回(平5年)
　志村 ふくみ 「語りかける花」〔人文書院〕
　鈴木 博 「熱帯の風と人と」〔新宿書房〕
　中野 利子 「父 中野好夫のこと」〔岩波書店〕
第42回(平6年)
　伊吹 和子 「われよりほかに―谷崎潤一郎最後の十二年」〔講談社〕
　岸 恵子 「ベラルーシの林檎」〔朝日新聞社〕
　中山 士朗 「原爆亭折ふし」〔西田書店〕
第43回(平7年)
　加藤 恭子 「日本を愛した科学者」〔ジャパンタイムズ〕
　徐 京植 「子どもの涙」〔柏書房〕
　星野 慎一 「俳句の国際性」〔博文館新社〕
第44回(平8年)
　石坂 昌三 「小津安二郎と茅ケ崎館」〔新潮社〕
　辻 由美 「世界の翻訳家たち」〔新評論〕
　柳沢 桂子 「二重らせんの私」〔早川書房〕
第45回(平9年)
　中丸 美絵 「嬉遊曲、鳴りやまず」〔新潮社〕
　松本 仁一 「アフリカで寝る」〔朝日新聞社〕
　山田 稔 「ああ、そうかね」〔京都新聞社〕
◇特別賞
　加藤 シヅエ 「百歳人 加藤シヅエ 生きる」〔日本放送出版協会〕
第46回(平10年)
　岸田 今日子 「妄想の森」〔文藝春秋〕
　小林 和男 「エルミタージュの緞帳(どんちょう)」〔NHK出版〕
　細川 俊夫 「魂のランドスケープ」〔岩波書店〕
第47回(平11年)
　小塩 節 「木々を渡る風」〔新潮社〕
　金森 敦子 「江戸の女俳諧師「奥の細道」

を行く」〔晶文社〕
浜辺 祐一 「救命センターからの手紙」〔集英社〕
第48回（平12年）
多田 富雄 「独酌余滴」〔朝日新聞社〕
鶴ヶ谷 真一 「書を読んで羊を失う」〔白水社〕
八百板 洋子 「ソフィアの白いばら」〔福音館書店〕
第49回（平13年）
青柳 いづみこ 「青柳瑞穂の生涯」〔新潮社〕
三宮 麻由子 「そっと耳を澄ませば」〔日本放送出版協会〕
簾内 敬司 「菅江真澄 みちのく漂流」〔岩波書店〕
第50回（平14年）
デビット・ゾペティ 「旅日記」〔集英社〕
日高 敏隆 「春の数えかた」〔新潮社〕
四方田 犬彦 「ソウルの風景」〔岩波書店〕
第51回（平15年）
上野 創 「がんと向き合って」〔晶文社〕
黒川 鍾信 「神楽坂ホン書き旅館」〔日本放送出版協会〕
古庄 ゆき子 「ここに生きる 村の家・村の暮らし」〔ドメス出版〕
第52回（平16年）
畠山 重篤 「日本＜汽水＞紀行」〔文藝春秋〕
松尾 文夫 「銃を持つ民主主義」〔小学館〕
柳澤 嘉一郎 「ヒトという生きもの」〔草思社〕
第53回（平17年）
久我 なつみ 「日本を愛したティファニー」〔河出書房新社〕
滝沢 荘一 「名優・滝沢修と激動昭和」〔新風舎〕
竹山 恭二 「報道電報検閲秘史」〔朝日新聞社〕
第54回（平18年）
小林 弘忠 「逃亡『油山事件』戦犯告白録」〔毎日新聞社〕

内藤 初穂 「星の王子の影とかたちと」〔筑摩書房〕
中島 さおり 「パリの女は産んでいる」〔ポプラ社〕
第55回（平19年）
植村 鞆音 「歴史の教師 植村清二」〔中央公論新社〕
畑中 良輔 「オペラ歌手誕生物語」〔音楽之友社〕
山口 仲美 「日本語の歴史」〔岩波書店〕
第56回（平20年）
堤 未果 「ルポ 貧困大国アメリカ」〔岩波書店〕
山本 一生 「恋と伯爵と大正デモクラシー」〔日本経済新聞出版社〕
第57回（平21年）
平川 裕弘 「アーサー・ウェイリー『源氏物語』の翻訳者」〔白水社〕
池谷 薫 「人間を撮る—ドキュメンタリーがうまれる瞬間」〔平凡社〕
第58回（平22年）
秋尾 沙戸子 「ワシントンハイツ—GHQが東京に刻んだ戦後」〔新潮社〕
第59回（平23年）
田中 伸尚 「大逆事件—死と生の群像」〔岩波書店〕
内田 洋子 「ジーノの家 イタリア10景」〔文藝春秋〕
第60回（平24年）
井口 隆史 「安部磯雄の生涯」〔早稲田大学出版部〕
小池 光 「うたの動物記」〔日本経済新聞出版社〕
第61回（平25年）
尾崎 俊介 「S先生のこと」〔新宿書房〕
第62回（平26年）
後藤 秀機 「天才と異才の日本科学史—開国からノーベル賞まで、150年の軌跡」〔ミネルヴァ書房〕
佐々木 健一 「辞書になった男—ケンボー先生と山田先生」〔文藝春秋〕

035 日本随筆家協会賞

随筆家養成の一環として昭和52年に創設された。昭和58年度より春と秋の年2回発表。それまでは年1回。随筆界の高揚・発展に寄与するもの。日本随筆家協会の閉鎖に伴い第60回（平成21年8月）をもって終了。

【主催者】日本随筆家協会
【選考委員】神尾久義,森聡,柏木亜希
【選考方法】公募
【選考基準】〔対象〕随筆,素材は自由。〔原稿〕未発表原稿5枚前後（400字詰原稿用紙）
【締切・発表】毎年,春と秋の年2回「月刊ずいひつ」で発表
【賞・賞金】置き時計と賞金10万円

第1回（昭52年）
　高沢 圭一　「画になる女」
　神坂 春美　「モクセイの咲くとき」
第2回（昭53年）
　市川 靖人　「ヤマトンチュー」
　田口 龍造　「汲み取り始末記」
第3回（昭54年）
　水口 純一　「凝る」
　内藤 清枝　「合掌」
第4回（昭55年）
　押田 ゆき子　「合わせ鏡」
第5回（昭56年）
　長谷川 淳士　「懺悔」
第6回（昭57年）
　石橋 愛子　「子孝行」
第7回（昭58.5）
　岩崎 太郎　「眠れぬ夜」
　河野 由美子　「志保ちゃん」
第8回（昭58.11）
　富永 真紀子　「一筋の人」
第9回（昭59.5）
　菊地 忠雄　「報道写真初体験」
　桐原 祐子　「冷蔵庫」
　斎藤 博子　「彼女の名はラビット」
第10回（昭59.11）
　阿部 周平　「父ありて」
　橘 良一　「訪問者たち」
第11回（昭60.5）
　寺田 テル　「母と芸居」
　後藤 たづる　「厳冬」

第12回（昭60.11）
　平出 价弘　「坊主の不信心」
　紫 みほこ　「編む」
第13回（昭61.5）
　堀川 とし　「元旦の梅」
　池部 ちゑ　「おいらん草」
　宮田 智恵子　「古大島」
第14回（昭61.11）
　高橋 三郎　「豆腐」
　馬場 三枝子　「北国にて」
第15回（昭62.5）
　阿部 恭子　「壺」
　青柳 静枝　「打ち出の小づち」
第16回（昭62.11）
　松浦 一彦　「電車ごっこ」
　宮本 利緒　「足音」
　熊谷 優利枝　「さだすぎ果てて」
第17回（昭63.5）
　倉島 久子　「蒸発」
　上田 謙二　「父の涙」
第18回（昭63.11）
　伊波 信光　「十五夜の一日」
　井上 ミツ　「指輪」
　宮城 レイ　「桜花」
第19回（平1.5）
　奈良迫 ミチ　「わたしの中の蝶々夫人」
　森 シズエ　「観劇」
第20回（平1年11月）
　小柴 温子　「たらちね」
　佃 陽子　「通過駅・上大岡」

035 日本随筆家協会賞　　　　　　　　　　　　　ノンフィクション

第21回（平2年5月）
　細川 芳文 「相撲」
　石丸 正 「柊の花」
　中村 清次 「月下氷人」
第22回（平2年11月）
　絵鳩 恭子 「稲架」
　藤堂 船子 「やくそく」
第23回（平3年5月）
　大垣 千枝子 「朴散華」
　早藤 貞二 「ひめすいれん」
　又野 京子 「ブランデー・グラスの中で」
第24回（平3年11月）
　梅田 文子 「作文」
　山口 富士雄 「いまさら…」
　杉野 久男 「十姉妹」
第25回（平4年5月）
　石川 のり子 「白もくれん」
　本島 マスミ 「焼き芋」
　高石 正八 「靴下」
第26回（平4年11月）
　城山 記井子 「桜南風（まじ）に吹かれて」
　木村 富美子 「ランドセル」
第27回（平5年5月）
　渡辺 つぎ 「マフラー」
　角 千鶴 「文庫本」
　山内 いせ子 「夢運び人」
第28回（平5年11月）
　渡辺 通枝 「心のページ」
　及川 貞四郎 「おだまきの花」
　三浦 由巳 「すばれすね」
第29回（平6年5月）
　山本 くに子 「一隅の秋」
　鎌田 宏 「新聞の来ない日」
　輪座 鈴枝 「拝啓 伊藤桂一様」
第30回（平6年11月）
　松浦 初恵 「窓」
　佐々木 時子 「百歳の藍」
　岩本 紀子 「母の黒髪」
第32回（平7年11月）
　塩原 恒子 「鳥居峠にて」
　菊池 きみ 「野良になった猫」
　佐藤 二三江 「私だけの母の日」
第33回（平8年5月）
　大津 七郎 「老師」
　上滝 和洋 「月曜日の席」
　三条 嘉子 「天使のいたずら」

第34回（平8年11月）
　佐藤 幸子 「姑の気くばり」
　森田 磧子 「姥捨て」
　須田 洋子 「天国へ行ける靴」
第35回（平9年5月）
　石井 岳祥 「見守られて」
　児玉 洋子 「いとしき者たち」
　福谷 美那子 「母の微笑」
第36回（平9年11月）
　末広 由紀 「再会」
　菊池 興安 「父母の絶叫」
　称原 雅子 「不思議な関係」
第37回（平10年5月）
　徳光 彩子 「月夜のできごと」
　柳田 一 「あざなえる縄」
　赤松 愛子 「いざというときに」
第38回（平10年11月）
　伊与田 茂 「藤の花」
　長嶋 富士子 「牡丹江からの道」
　小野 公子 「心の故郷」
第39回（平11年5月）
　石井 勲 「献体を志願して」
　菅野 正人 「思い出さがし」
　雨宮 敬子 「心の家族」
第40回（平11年11月）
　竹本 静夫 「古い箸箱」
　佐々倉 洋一 「心の夗」
　大野 忠春 「蟬の話」
第41回（平12年5月）
　安慶名 一郎 「お礼肥」
　秋葉 佳助 「神様のサジ加減」
　岡本 光夫 「欅しぐれ」
第42回（平12年11月）
　斎藤 淳子 「エンゼルトランペット」
　山内 美恵子 「誕生日の贈り物」
　徳永 名知子 「記憶の一ページめ」
第43回（平13年5月）
　葦乃原 光晴 「初恋の女性」
　沼口 満津男 「京のしだれ桜」
　海老原 英子 「友への詫び状」
第44回（平13年11月）
　里柳 沙季 「子供時代」
　木村 しづ子 「柿の木の下で」
　仲田 サチ子 「娘」
第45回（平14年5月）
　田口 兵 「やさしさを」

まつした とみこ　「あけぼの森の藤」
　　清水 啓子　「羽衣」
第46回（平14年11月）
　　中尾 賢吉　「Y先生」
　　平野 芳子　「無縁仏」
　　軽部 やす子　「山茶花梅雨」
第47回（平15年5月）
　　石橋 勇喜　「『みずき』と金木犀」
　　美馬 清子　「一羽のツグミ」
　　根岸 保　「思い出の間瀬峠」
第48回（平15年9月）
　　今井 由子　「庭の世界」
　　豊丘 時竹　「身から出た錆」
　　増澤 昭子　「兄の戦死」
第49回（平16年2月）
　　羽田 竹美　「風呂焚き」
　　宮本 瀧夫　「幻の花」
　　福本 直美　「青磁の香合」
第50回（平16年8月）
　　林 昭彦　「おふくろ弁当」
　　黒瀬 長生　「私の名前」
　　西村 虎治　「みかんの花咲く丘」
第51回（平17年2月）
　　上野 道雄　「冬の実」
　　山田 みさ子　「サト子さんの花」
　　押久保 千鶴子　「夏の山に」
第52回（平17年8月）
　　河村 透　「日野先生」
　　鈴木 萬里代　「さぶ」
　　大森 テルヱ　「不揃いのシルバーたち」
第53回（平18年2月）
　　二ノ宮 一雄　「好意」

　　稲葉 哲栄　「めし代」
　　山村 勝子　「父の願い」
第54回（平18年8月）
　　水品 彦平　「ぬくもりの原点」
　　玉木 恭子　「もがり笛」
　　高橋 甲四郎　「秋の気配」
第55回（平19年2月）
　　小泉 誠志　「母の目蓋」
　　竹田 朋子　「風の吹く道」
　　竹本 秀子　「孫娘たちと一緒に」
第56回（平19年8月）
　　前田 静良　「ツアー」
　　鈴木 博之　「待つ」
　　三浦 澄子　「花はどこへいった」
第57回（平20年2月）
　　紀川 しのろ　「カサブランカ」
　　大江 武夫　「霊異の凌霄花（のうぜんかずら）」
　　中井 和子　「庭で」
第58回（平20年8月）
　　飯田 義忠　「朝の宿」
　　松坂 暲政　「銭金平次のふるさと」
　　伊集田 ヨシ　「自生した菜の花」
第59回（平21年2月）
　　榎並 掬水　「今朝の一徳」
　　大瀬 久男　「三聖会談の地」
　　栗原 暁　「いちじく」
第60回（平21年8月）
　　堀切 綾子　「まみと学校」
　　広石 勝彦　「母の遺産」
　　圷 たけお　「飛翔」

036　随筆にっぽん賞

　随筆文化推進協会は、日本随筆家協会閉鎖後の平成22年に発足し、日本随筆家協会賞と同様の、随筆界の高揚・発展に寄与する賞を設けようと、平成23年から随筆にっぽん賞を実施している。日本語の美しさを自らのことばで綴り、人々に感銘をあたえる随筆作品を募集する。

【主催者】随筆文化推進協会

【選考方法】公募

【選考基準】〔対象〕随筆または随想。〔原稿〕未発表原稿、400字詰原稿用紙5枚（2000字）

【締切・発表】（第3回）平成25年2月末締切、4月発表

【賞・賞金】随筆にっぽん大賞(1篇)：賞状と賞状と記念ブロンズ像，随筆にっぽん賞(2篇)：賞状と記念ブロンズ像

【URL】http://inatetsu.at.webry.info/

第1回（平23年）
　◇優秀賞
　　大野 比呂志　「淡墨桜」
　◇審査員賞
　　島崎 輝雄　「クニオとベニマシコ」
第2回（平24年）
　　該当者なし
第3回（平25年）
　◇随筆にっぽん大賞
　　澤 和江　「月下美人」
　◇随筆にっぽん賞
　　柴田 裕巳　「落ち葉の季節」
　　本宮 八重子　「みょうとなか」
第4回（平26年）
　　安田 順子　「ラインの川底へ」
　　竹澤 美惠子　「魔法のことば」
　　藤咲 みつを　「芍薬」

037 日本ノンフィクション賞

　角川書店の創業30周年と，雑誌「野性時代」の創刊を記念して「野性時代新人文学賞」とともに，ノンフィクション分野の活性化のため昭和49年に制定された賞。昭和62年に中止となる。

【主催者】角川文化振興財団

【選考委員】会田雄次，陳舜臣，尾崎秀樹，上前淳一郎，角川書店社長

【選考方法】〔対象〕ルポ，体験記，紀行，伝記，ドキュメンタリー，記録写真集など。〔資格〕前年9月から当年8月までに，雑誌，単行本で既発表の作品か，未発表の投稿原稿。昭和54年からとくに未発表作品のための新人賞が設けられた。〔原稿〕投稿原稿の場合，特に枚数についての規定はないが単行本，雑誌掲載作品と同等の量が必要。原稿用紙2枚程度の要約をつける。

【締切・発表】投稿は6月末締切，「野性時代」新年号に発表。10月中旬頃本人宛通知。

【賞・賞金】ブロンズ像と賞金50万円，新人賞は時計及び賞金30万円

第1回（昭49年）
　岡 茂雄　「本屋風情」〔平凡社〕
　野本 三吉　「裸足の原始人たち」〔田畑書店〕
第2回（昭50年）
　西村 滋　「雨にも負けて風にも負けて」〔双葉社〕
第3回（昭51年）
　谷 泰　「牧夫フランチェスコの一日」〔日本放送出版協会〕
　上前 淳一郎　「太平洋の生還者」〔文芸春秋〕
第4回（昭52年）
　　該当作なし
第5回（昭53年）
　宮脇 俊三　「時刻表2万キロ」〔河出書房新社〕
　沢地 久枝　「火はわが胸中にあり―忘れられた近衛兵士の叛乱・竹橋事件」〔角川書店〕
第6回（昭54年）
　春名 徹　「にっぽん音吉漂流記」〔晶文社〕
　◇新人賞
　　大谷 勲　「日系アメリカ人」

第7回(昭55年)
　吉野　孝雄　「宮武外骨」〔河出書房新社〕
◇新人賞
　西本　正明　「オホーツク諜報船」〔角川書店〕
第8回(昭56年)
　小関　智弘　「大森界隈職人往来」〔朝日新聞社〕
　山際　淳司　「スローカーブを、もう一球」〔角川書店〕
◇新人賞
　該当作なし
第9回(昭57年)
　和田　誠　「ビギン・ザ・ビギン―日本ショウビジネス楽屋」〔文芸春秋〕
　生江　有二　「無冠の疾走者たち」〔角川書店〕
◇新人賞
　野田　知佑　「日本の川を旅する―カヌー単独行」〔日本交通公社〕

第10回(昭58年)
　工藤　久代　「ワルシャワ猫物語」〔文芸春秋〕
◇新人賞
　舟越　健之輔　「箱族の街」〔新潮社〕
第11回(昭59年)
　中野　不二男　「カウラの突撃ラッパ―零戦パイロットはなぜ死んだか」〔文芸春秋〕
　読売新聞大阪社会部　「警官汚職」〔角川書店〕
◇新人賞
　該当作なし
第12回(昭60年)
　該当作なし
◇新人賞
　天野　洋一　「ダバオ国の末裔たち」
第13回(昭61年)
　該当作なし
◇新人賞
　該当作なし

038 日本文芸家クラブ大賞

　エンターテインメント文芸の質的な向上を期し、且つ会員の創作活動の旺盛な展開を助長するために設定。文芸賞と出版美術賞を設け、そのほかにエンターテインメント文芸に貢献し話題を提供した作品に特別賞を授与する。第10回授賞のあと休止。

【主催者】日本文芸家クラブ

【選考委員】文芸部門：志茂田景樹,長谷部史親,南里征典美,出版美術部門：堂昌一,粟屋充,小妻要

【選考方法】公募

【選考基準】〔対象〕文芸部門：長編小説,短編小説,ノンフィクション(評論,エッセイを含む)。締切日まで1年間以内に発表された作品ならば既発表作品も可,出版美術部門：雑誌単行本の為の出版美術作品。〔資格〕会員に限る。〔原稿〕長編小説：400字詰原稿用紙300～400枚,短編小説：40～80枚,ノンフィクション：40～400枚

【賞・賞金】各賞：正賞賞状,賞金20万円,記念品

第1回(平4年)
　◇評論部門
　　遠藤　昭二郎　「さらば胃袋」
　　よしかわ　つねこ　「女ひとりアルジェリア」
第2回(平5年)
　◇エッセイ部門

　　北山　悦史　「心気功」
第3回(平6年)
　◇エッセイ部門
　　該当作なし
第4回(平7年)
　◇エッセイ部門

039 日本旅行記賞　　　　　　　　　　　　　　　　　　　　　　　　　　　　ノンフィクション

　　該当作なし
第5回（平8年）
　◇エッセイ賞
　　該当作なし
第6回（平9年）
　◇エッセイ部門
　　島 一春 「のさりの山河」
第7回（平10年）
　◇エッセイ・ノンフィクション部門
　　喜安 幸夫 「台湾の歴史」

　　南条 岳彦 「家族のおいたち」
第8回（平11年）
　◇エッセイ・ノンフィクション部門
　　該当作なし
第9回（平12年）
　◇エッセイ・ノンフィクション部門
　　該当作なし
第10回（平13年）
　◇エッセイ・ノンフィクション部門
　　該当作なし

---

039 日本旅行記賞

　日本交通公社の月刊雑誌「旅」が主催していた,昭和35年創設の「紀行文学賞」と,44年創設の「パイオニア文学賞」を統合する形で,49年に創設された。平成3年第18回をもって終了。同年新たに「JTB文化賞」が設けられ,その1部門の「JTB旅行記賞」にほぼ内容が引きつがれた。

【主催者】日本交通公社

【選考委員】（第18回）平岩弓枝,宮脇俊三,西木正明,杉浦日向子

【選考方法】公募

【選考基準】〔対象〕旅行記。テーマは自由,国内,国外を問わず,最近2～3年以内の旅であること〔原稿〕400字詰原稿用紙で30～50枚。これに400字程度の概要をつける

【締切・発表】（第18回）平成3年8月31日締切（当日消印有効）,4年2月号「旅」に発表

【賞・賞金】賞金30万円,佳作（2篇）賞金10万円

第1回（昭49年）
　亀井 真理子 「よみがえる山」
第2回（昭50年）
　増沢 以知子 「アリゾナの隕石孔」
第3回（昭51年）
　八重野 充弘 「「三角池」探検記」
第4回（昭52年）
　島田 浩治 「遙かなるナイルの旅」
第5回（昭53年）
　若宮 道子 「メキシコにラカンドン族を尋ねて」
第6回（昭54年）
　矢野 憲一 「私の旅はサメの旅」
第7回（昭55年）
　海古 渡 「スカラベ紀行」
第8回（昭56年）
　新田 澪 「ブルーミントンまで」

第9回（昭57年）
　肥岡 暎 「放老記」
第10回（昭58年）
　長岡 鶴一 「同行二人の一人旅」
第11回（昭59年）
　中丸 明 「京城まで」
第12回（昭60年）
　該当作なし
第13回（昭61年）
　該当作なし
第14回（昭62年）
　渡部 潤一 「冬の山陰・灯台紀行」
第15回（昭63年）
　小川 与次郎 「ツギ之助か,ツグ之助か──長岡藩総督,河井継之助をめぐる旅」
第16回（平1年）
　隠田 友子 「光と影──ソル・イ・ソンブラ」

◇佳作
　小田 周行 「その名に魅せられて―金湯・銀湯」
第17回（平2年）
　張山 秀一 「マチャプチャレへ」
◇佳作
　にしうら ひろき 「沖縄無宿, 二人」

田中 知子 「グランドキャニオン川下りの旅」
第18回（平3年）
　織本 瑞子 「犬と旅した遙かな国」
　牧野 誠義 「ツンサイオカカと旅すれば」
◇佳作
　名越 康次 「ラジオ体操の旅」

040 のこすことば文学賞

　佐久間勉艇長（福井県三方町出身）は、明治43年、国産初の第六号潜水艇の潜航訓練中、山口県新湊沖で部下13名とともに殉職した。乗組員全員は最後まで持ち場を死守。佐久間勉艇長は、小さな手帳に沈没原因や部下の家族を気遣う遺書を残した。本賞は佐久間艇長の遺徳を顕彰して設けられたもので、ただ「遺書」というイメージだけでなく、「明日へ」「未来へ」という希望のメッセージでもあることを強調している。第8回（平成21年度）をもって終了。

【主催者】福井県若狭町

【選考委員】梅原猛（哲学者）, 神坂次郎（作家）, 道浦母都子（歌人）, 金田久璋（民俗学者）, 増永迪男（山岳エッセイスト）

【選考方法】公募

【選考基準】エッセイで原稿用紙3枚以内。未発表の作品

【締切・発表】例年9月30日締切, 発表は翌年の2月中旬

【賞・賞金】最優秀賞（1名）：賞金30万円, 優秀賞（5名）：賞金5万円, 佳作（34名）：賞金1万円

第1回（平15年）
◇最優秀賞
　高間 史絵 「病という名のあなたへ」
◇優秀賞
　橋立 英樹 「最期の言葉」
　今井 保子 「生きるって素晴らしい」
　越野 みゆき 「日本人としての誇りと志を高く持とう」
　山崎 輝 「子供や孫にブナの森を」
　山本 裕美 「これから出会う 大切な人へ」
第2回（平16年）
◇最優秀賞
　該当者なし
◇優秀賞
　和多田 俊子 「息子からの贈りもの」
　酒井 裕子 『諦める』勇気」
　佐藤 貴典 「勘当しても家族」

　冨永 實 「幸せでした」
　沖西 和子 「神様からいただいた時間」
　田中 伊出吾 「サンタさんからの贈り物」
第3回（平16年度）
◇最優秀賞
　原 千津子（福井県）「義父の戦争」
◇優秀賞
　谷 和子（静岡県）「阿―吽」
　西田 昌代（徳島県）「息子へ愛を込めて」
　坂本 ユミ（兵庫県）「貧乏は恥ずかしくない」
　赤梨 和則（山口県）「反復」
　杉本 和（福井県）「最後の一人、失われた母校」
第4回（平17年度）
◇最優秀賞
　相沢 恵子（埼玉県）「あはれ花びらながれ」

◇優秀賞
　田中 恵子（千葉県）「恥じぬ命として」
　斉藤 和也（山形県）「黄色信号のすすめ」
　福島 千佳（奈良県）「よかよ、よか、よか」
　加藤 望（茨城県）「我が家の家宝」
　有馬 光男（大阪府）「私の終戦日十月二十八日」

第5回（平18年度）
◇最優秀賞
　渡辺 季子（山形県）「草を見ずして草を取る」
◇優秀賞
　鈴木 みのり（静岡県）「幸せのイエローカード」
　山下 純子（岐阜県）「ちゃんと食べなさいね」
　高村 陽子（兵庫県）「最高のプレゼント」
　今川 有梨（福井県）「『悔いなく死ぬ』ことを目標に」
　仲間 秀典（長野県）「母」

第6回（平19年度）
◇最優秀賞
　舘澤 史岳（埼玉県）「二十二歳の自分にのこしたい言葉」
◇優秀賞
　加藤 美恵子（神奈川県）「祖母の秘密」
　川田 恵理子（埼玉県）「染み込んだ記憶」
　カワーンシャノーク・ボリース（福井県）「日本での私の思い」
　髙橋 咲紀（新潟県）「17才（1）」
　石田 健悟（福井県）「あきらめない」

第7回（平20年度）
◇最優秀賞
　佐々木 光紗　「チャンプールダブルス語」
◇優秀賞
　岩谷 隆司　「諭された娘の言葉」
　石橋 尚美　「父さんと呼びたかった」
　冨田 麻衣子　「好きなものを見つけなさい」
　髙田 外亀雄　「仕事頭」
　髙村 陽子　「秘密の言葉」

第8回（平21年度）
◇最優秀賞
　高橋 育恵　「釜山（プサン）の初雪」
◇優秀賞
　栄 大樹　「お金で買えない大切な物」
　與那嶺 拓也　「命の温もり」
　松野 保子　「今日は、良うございましたな」
　二本松 大夢　「いじわる兄貴のノミほどの親切」
　上野 絢子　「魔法の言葉」
　常田 千菜　「今までの自分、これからの自分」
　小畑 美南海　「大切な、あなたへ」

041 ノンフィクション朝日ジャーナル大賞

　週刊誌「朝日ジャーナル」が昭和60年に創設したノンフィクション賞。第7回（最終回）は趣向を変え、各選考委員別にテーマを設け、テーマ別に募集を始めた。平成4年休刊と同時に廃止。

【主催者】 朝日新聞社朝日ジャーナル編集部

【選考委員】 立松和平（肖像部門），田原総一郎（時代部門），本多勝一（旅・異文化部門），嵐山光三郎（日常の冒険部門），山崎朋子（女の生き方・男の生き方部門）

【選考方法】 公募

【選考基準】 〔対象〕未発表のルポルタージュ，ドキュメント，旅行記，自分史など〔原稿〕400字詰原稿用紙50～300枚

【締切・発表】 （第7回）平成3年11月15日締切，「朝日ジャーナル」4年4月発売号誌上で発表

【賞・賞金】大賞（1編）：100万円，テーマ賞（各1編）：20万円

第1回（昭60年）
　多賀 たかこ　「はいすくーる落書」
第2回（昭61年）
　ふくお ひろし　「たった一人の革命」
第3回（昭62年）
　岡固 一美　「ルノー家の人々」
　沢田 欣子　「米作りプロ」
第4回（昭63年）
　デニス・J.バンクス，森田 ゆり　「聖なる魂」
第5回（平1年）
　今井 一　「チェシチ！―うねるポーランドへ」
第6回（平2年）
　横田 一　「漂流者たちの楽園」
第7回（平3年）
　班 忠義　「曽おばさんの海」
　◇肖像
　　国弘 三恵　「花信」
　◇時代
　　長沼 明　「ノン・リケット」
　◇旅・異文化
　　黒藪 哲哉　「説教ゲーム」
　◇日常の冒険
　　柳原 和平　「葬儀は踊る」

042 ふくい風花随筆文学賞

　福井県出身の芥川賞作家津村節子氏の随筆集『風花の街から』の「風花（かざはな）」を冠した文学賞。文学愛好者の創作活動を奨励し，文学の振興と発展を図ることを目的とする。仁愛女子短期大学が平成7年に開学30周年を記念して開室した「津村節子文学室」の活動の一環として，平成9年度に第1回目を実施。第6回からは，「風花随筆文学賞」実行委員会が仁愛女子短期大学からその事業を引き継ぐ。平成23年度には，「風花随筆文学賞」から「ふくい風花随筆文学賞」に名称変更した。

【主催者】「ふくい風花随筆文学賞」実行委員会，福井県

【選考委員】（第18回）津村節子（特別審査委員長），伊与登志雄，大河晴美，中島美千代，増永迪男，向井清和

【選考方法】公募

【選考基準】〔対象〕随筆（人とのふれあい，見たこと聞いたこと，またはそれについて考えたこと，旅の思い出など自由）。〔資格〕高校生以上。〔原稿〕A4判400字詰原稿用紙3〜5枚。作品は日本語で書かれた自作，未発表のもの。新聞，雑誌，同人雑誌，インターネット上などに既に発表したもの，他の文学賞に応募したものは不可。ワープロ可。〔応募料〕無料

【締切・発表】（第18回）平成26年10月31日締切（消印有効），平成27年3月上旬ごろ発表（入賞者に直接通知し，福井新聞紙上で発表する）

【賞・賞金】〔一般の部〕最優秀賞：1名30万円，優秀賞：若干名5万円，U30賞：1名5万円〔高校生の部〕最優秀賞：1名10万円（図書カード），優秀賞：若干名3万円（図書カード），佳作：若干名5千円（図書カード），奨励賞：20名程度3千円（図書カード）。入賞作品の諸権利は，主催者側に帰属する

042 ふくい風花随筆文学賞　　　　　　　　　　　　　　　　　　ノンフィクション

【URL】http://www.pref.fukui.lg.jp/doc/syoubun/kazahana.html

第1回（平9年）
　◇一般の部
　●最優秀賞
　　中村 綾子 「母の子宮」
　●優秀賞
　　片山 ひとみ 「約束の時効」
　　船波 幸雄 「ぼくちゃん」
　　迫田 勝恵 「化粧直し」
　　上山 トモ子 「母」
　◇高校生の部
　●最優秀賞
　　若栗 ひとみ 「私だけの出発」
　●優秀賞
　　成田 すず 「猫娘」
　　倉田 真理子 「子守りのこと」
　　中屋 望 「理系選択」
第2回（平10年）
　◇一般の部
　●最優秀賞
　　喜田 久美子 「化粧」
　●優秀賞
　　高野 麻詩子 「アメリカの祖母たち」
　　井須 はるよ 「しゅちんの帯」
　　杉谷 芳子 「遠距離電話」
　　古瀬 陽子 「微風」
　◇高校生の部
　●最優秀賞
　　成田 すず 「歌を聴かせてね」
　●優秀賞
　　上田 晴子 「『愛しい』から」
　　海木 茜 「運命のウサギ」
　　塩野 伯枝 「命」
　　西村 美恵子 「今を生きる」
　　益本 光章 「SANPATSUYA」
第3回（平11年度）
　◇一般の部
　●最優秀賞・福井県知事賞
　　滝本 順子 「さくらもち」
　●優秀賞・福井新聞社賞
　　朴 真理子 「鶏龍山の男」
　●優秀賞
　　志摩 末男 「心の風物詩」
　　高柳 和子 「老樟の下で」

　　中村 薫 「灰色の国で見たちいさいもの」
　　森 合音 「特技」
　◇高校生の部
　●最優秀賞・福井県教育委員会賞
　　小藤 真紗子 「一緒に生きて行こうの」
　●優秀賞・福井新聞社賞
　　池田 麻侑美 「水田の清少納言」
　●優秀賞
　　滝田 良美 「煌きを忘れない」
　　豆原 啓介 「振り返りながら」
第4回（平12年度）
　◇一般の部
　●最優秀賞・福井県知事賞
　　山下 奈美 「晴れた空から」
　●優秀賞・福井新聞社賞
　　山中 れい子 「弔いの焼き芋」
　●優秀賞
　　大瀧 直子 「応援歌」
　　菅野 倶子 「花鋏」
　　永吉 喜恵子 「記念写真」
　　渕田 美佐子 「秋色のゼッケン」
　◇高校生の部
　●最優秀賞・福井県教育委員会賞
　　水上 貴洋 「言い切れない気持ち」
　●優秀賞・福井新聞社賞
　　杉浦 彰子 「天使の涙と歌声と」
　　小林 愛 「手と手」
　　高城 望 「我が愛すべき弟について」
第5回（平13年度）
　◇一般の部
　●最優秀賞・福井県知事賞
　　有本 庸夫 「木槿（むくげ）」
　●優秀賞・福井新聞社賞
　　池田 智恵美 「父と鈴虫」
　●優秀賞
　　青木 せい子 「プロの仕事」
　　向井 成子 「伊吹おろしがやってくると」
　◇高校生の部
　●最優秀賞・福井県教育委員会賞
　　井上 宏人 「あの木の香りをかげば」
　●優秀賞・福井新聞社賞
　　城地 大祐 「てっせん」
　●優秀賞

笠原 亜紀 「うちのお母さん」
酒井 麻貴 「祖父の健康法」
朴 沙羅 「化け物について」
第6回（平14年度）
◇一般の部
- 最優秀賞・福井県知事賞
  水木 亮 「こころとこころをつなぐもの」
- 優秀賞・福井新聞社賞
  岩越 義正 「蒸し芋と緑先生」
- 優秀賞・仁愛女子短期大学賞
  江崎 恵美子 「笑顔の天使」
- 優秀賞・げんでんふれあい福井財団賞
  野波 成恵 「敦賀・金ヶ崎から」
- 優秀賞
  今野 和子 「カバキコマチグモとの出会い」
  印南 房吉 「魚は泳ぐ」
◇高校生の部
- 最優秀賞・福井県教育委員会賞
  坪川 沙穂梨 「ありがとう」
- 優秀賞・福井新聞社賞
  日向 夏海 「ふれあい、一期一会」
- 優秀賞・仁愛女子短期大学賞
  成沢 未来 「I校長先生への手紙」
- 優秀賞・げんでんふれあい福井財団賞
  田崎 舞 「おばあちゃんへ」
- 優秀賞
  綾部 真紀 「未熟な旅」
  山田 小夏 「水のない池」

第7回（平15年度）
◇一般の部
- 最優秀賞・福井県知事賞
  小堀 彰夫 「月」
- 優秀賞・福井新聞社賞
  藤井 正男 「二通の督促状」
- 優秀賞・仁愛女子短期大学賞
  鈴木 美紀 「もうしわけなし」
- 優秀賞・げんでんふれあい福井財団賞
  畠山 かなこ 「負けるもんか！」
- 優秀賞
  帰来 冨士子 「男どうし」
  谷門 展法 「ご迷惑をおかけします」
◇高校生の部
- 最優秀賞・福井県教育委員会賞
  田中 綾乃 「いつでもそれが大事」
- 優秀賞・福井新聞社賞
  鈴木 梢 「帰り道」

- 優秀賞・仁愛女子短期大学賞
  伊藤 香織 「ふれあいを通して」
- 優秀賞・げんでんふれあい福井財団賞
  道下 愛恵 「ありがとう」
- 優秀賞
  佐々木 麻梨奈 「涙の価値」

第8回（平16年度）
◇一般の部
- 最優秀賞・福井県知事賞
  本間 素登（北海道）「円山八十八ヶ所」
- 優秀賞・福井新聞社賞
  西川 聡（福井県）「初めてのお小遣い」
- 優秀賞・仁愛女子短期大学賞
  新海 紀佐子（岩手県）「面影」
- 優秀賞・げんでんふれあい福井財団賞
  小島 瑞恵（福井県）「銭湯の牛乳」
- 優秀賞
  石神 悦子（千葉県）「風のような」
  鈴木 治雄（神奈川県）「二枚の百円玉」
◇高校生の部
- 最優秀賞・福井県教育委員会賞
  竹内 幹恵 「祖父の秘密」
- 優秀賞・福井新聞社賞
  田中 綾乃 「"勝負する"ということ」
- 優秀賞・仁愛女子短期大学賞
  矢代 くるみ 「B神父様」
- 優秀賞・げんでんふれあい福井財団賞
  牛房 翔子 「じいちゃんの自転車にのってきた木」
- 優秀賞
  金森 由朗 「独り」
  前田 愛美 「無戦世代」

第9回（平17年度）
◇一般の部
- 最優秀賞・福井県知事賞
  川田 恵理子 「初めてもらった満点！」
- 優秀賞・福井新聞社賞
  山本 貞子 「竹人」
- 優秀賞・仁愛女子短期大学賞
  山根 幸子 「口紅」
- 優秀賞・げんでんふれあい福井財団賞
  山岸 麻美 「お兄ちゃん」
- 優秀賞
  松尾 文雄 「純錦の握り飯」
◇高校生の部
- 最優秀賞・福井県教育委員会賞

安井 佐和子 「日々を積み重ねて」
- 優秀賞・福井新聞社賞
  山元 梢 「野良猫ラヴレター」
- 優秀賞・仁愛女子短期大学賞
  栗田 愛弓 「妹」
- 優秀賞・げんでんふれあい福井財団賞
  大橋 茉莉奈 「家族のこれから」
- 優秀賞
  伊藤 舞 「魔法の香り」
  合田 優 「道草、寄り道、冒険の始まり」

第10回（平18年度）
  ◇一般の部
- 最優秀賞・福井県知事賞
  高橋 光行 「貝殻の家」
- 優秀賞・福井新聞社賞
  藤井 仁司 「おおきに」
- 優秀賞・仁愛女子短期大学賞
  与田 久美子 「走れ島鉄」
- 優秀賞・げんでんふれあい福井財団賞
  土肥 春夫 「生きる」
- 優秀賞
  井上 壽 「二人三脚」
  城山 記井子 「夏の日の思い出」
  ◇高校生の部
- 最優秀賞・福井県教育委員会賞
  野島 亜悠 「プラットホームに残った人」
- 優秀賞・福井新聞社賞
  小川 知恵 「十年前の手紙」
- 優秀賞・仁愛女子短期大学賞
  八杉 美紗子 「心からの笑顔」
- 優秀賞・げんでんふれあい福井財団賞
  田畑 美美子 「夏のできごと」
- 優秀賞
  木原 瑞希 「絆」
  佐々木 ちぐさ 「ピンポン イズ マイ ライフ」

第11回（平19年度）
  ◇一般の部
- 最優秀賞・福井県知事賞
  岩切 寿美 「45年目の約束」
- 優秀賞・福井新聞社賞
  佐藤 幸枝 「浮いてこい」
- 優秀賞・仁愛女子短期大学賞
  印南 房吉 「ガンバって、ガンバって…」
- 優秀賞・げんでんふれあい福井財団賞
  羽生 たまき 「化石の涙」

- 優秀賞
  岡部 かずみ 「水の風景」
  浜詰 涼子 「たまご焼き記念日」
  ◇高校生の部
- 最優秀賞・福井県教育委員会賞
  鷲田 早紀 「光、求めて」
- 優秀賞・福井新聞社賞
  牧野 聡子 「弟」
- 優秀賞・仁愛女子短期大学賞
  永坂 佳緒里 「消火器は家族の絆を救う」
- 優秀賞・げんでんふれあい福井財団賞
  東 秀樹 「一年前の入学祝」
- 優秀賞
  梶田 琴理 「二度の春」
  佐野 利恵 「高台」

第12回（平20年度）
  ◇一般の部
- 最優秀賞・福井県知事賞
  木村 恭子 「こいのぼり」
- 優秀賞・福井新聞社賞
  中田 澄江 「残された時間は限られていようとも」
- 優秀賞・仁愛女子短期大学賞
  永田 祐子 「旅立ちの場所」
- 優秀賞・げんでんふれあい福井財団賞
  渡利 與一郎 「最後の志願兵」
- 優秀賞
  中村 妙子 「自然のままに」
  大堂 洋子 「父からの電話」
  ◇高校生の部
- 最優秀賞・福井県教育委員会賞
  黒坂 穂波 「おじいちゃんと私の帰り道」
- 優秀賞・福井新聞社賞
  岡部 憲和 「友」
- 優秀賞・仁愛女子短期大学賞
  田中 美有紀 「『後悔先に立たず』と言う事」
- 優秀賞・げんでんふれあい福井財団賞
  石橋 あすか 「頑張れや。」
- 優秀賞
  牧野 良成 「空端色のジャム」
  荒木 沙都子 「平和を生きる私達」

第13回（平21年度）
  ◇一般の部
- 最優秀賞・福井県知事賞
  宮本 晃子 「オムライス」

- 優秀賞・福井新聞社賞
  中村 祥子 「無い、もないから」
- 優秀賞・仁愛女子短期大学賞
  日沼 よしみ 「「おばすて」へ」
- 優秀賞・げんでんふれあい福井財団賞
  宮西 祐里 「心をつなぐローカル線」
- 優秀賞
  高橋 正美 「ツキヌキニンドウ」
◇高校生の部
- 最優秀賞・福井県教育委員会賞
  小澤 郁美 「バスと私」
- 優秀賞・福井新聞社賞
  八橋 萌 「聞こえないアスリートを目指して」
- 優秀賞・仁愛女子短期大学賞
  保坂 美季 「ユ・ガンスンに導かれて」
- 優秀賞・げんでんふれあい福井財団賞
  吉田 里沙 「空色を知る」
- 優秀賞
  前川 幹 「十六歳の僕の生きる」
  永田 美穂 「希望の箱」

第14回（平22年度）
◇一般の部
- 最優秀賞・福井県知事賞
  蛯沢 博行 「父・吉五郎の洗濯機」
- 優秀賞・福井新聞社賞
  植松 二郎 「ちぎれ雲」
- 優秀賞・仁愛女子短期大学賞
  藤本 美智子 「赤いカンナの花の下に」
- 優秀賞・げんでんふれあい福井財団賞
  大川 進 「代役」
- 優秀賞
  与田 久美子 「息子の恩返し」
  孫 美幸 「中学生になった母」
◇高校生の部
- 最優秀賞・福井県教育委員会賞
  高田 千種 「風鎮」
- 優秀賞・福井新聞社賞
  谷口 友布稀 「水色の浴衣」
- 優秀賞・仁愛女子短期大学賞
  山本 真央 「桜さく」
- 優秀賞・げんでんふれあい福井財団賞
  内海 玲奈 「グミとチョコレート越しに」
- 優秀賞
  長尾 有紗 「生まれたという奇跡」
  十川 和樹 「花火」

第15回（平23年度）
◇一般の部
- 最優秀賞・福井県知事賞
  中田 朋樹 「忘れがたき人々」
- 優秀賞・げんでんふれあい福井財団賞
  大城 未沙央 「モハメッドの卒業」
- 優秀賞・福井新聞社賞
  原 和義 「川筋の生徒たち」
- 優秀賞・仁愛女子短期大学賞
  家森 澄子 「小さな秘め事」
- 優秀賞
  今野 紀昭 「おたふく面」
  泉 直樹 「窯焚き」
◇高校生の部
- 最優秀賞・福井県教育委員会賞
  竹内 浩輔 「ひかり」
- 優秀賞・げんでんふれあい福井財団賞
  田上 慶一 「川での出会い」
- 優秀賞・福井新聞社賞
  平澤 佳奈 「大晦日に」
- 優秀賞・仁愛女子短期大学賞
  小林 なつみ 「マラソン」
- 優秀賞
  寺阪 明莉 「例外な私」
  加地 理沙 「帰り途」

第16回（平24年度）
◇一般の部
- 最優秀賞・福井県知事賞
  和田田 勢津 「風呂敷包み」
- 優秀賞・げんでんふれあい福井財団賞
  藤田 智恵子
- 優秀賞・福井新聞社賞
  遠藤 薫 「遠い・・・旅立ちの日」
- 優秀賞・福井仁愛学園賞
  土居 義彦 「花は咲く」
- 優秀賞
  錦糸帖 始 「にぎりめし」
  菊池 和徳 「ハルさんの鳩サブレ」
◇高校生の部
- 最優秀賞・福井県知事賞
  加藤 玲佳 「祖母と書道」
- 優秀賞・げんでんふれあい福井財団賞
  河合 慎之介 「"いってらっしゃい"の力」
- 優秀賞・福井新聞社賞
  片桐 聡子 「通心技術」
- 優秀賞・福井仁愛学園賞

043 PLAYBOYドキュメント・ファイル大賞　　　　　　　　　　　　　　　　ノンフィクション

　　山田 憧子 「祖父」
● 優秀賞
　　米川 稜也 「感謝の言葉」
第17回（平25年度）
◇一般の部
● 最優秀賞・福井県知事賞
　　高山 恵利子 「父の杉」
● 優秀賞・げんでんふれあい福井財団賞
　　河野 真知子 「ホタルのくつ」
● 優秀賞・福井新聞社賞
　　近藤 幹夫 「父の万能薬」
● 優秀賞・福井仁愛学園賞
　　千々岩 拓郎 「鉄心がつなぐ」
● 優秀賞・実行委員会賞
　　大野 かほる 「父の豆乳」

● 優秀賞・実行委員会賞
　　川上 由起 「ミスターゴルバチョフの奇跡」
◇高校生の部
● 最優秀賞・福井県知事賞
　　成沢 希望 「子守唄」
● 優秀賞・げんでんふれあい福井財団賞
　　三上 操 「祖母のマフラー」
● 優秀賞・福井新聞社賞
　　砂川 城二 「二つの国籍を持つ僕」
● 優秀賞・福井仁愛学園賞
　　濱田 実桜 「気持ちで聴かせる音楽」
● 優秀賞・実行委員会賞
　　重根 梨花 「私の心のふるさと」
● 優秀賞・実行委員会賞
　　山田 紗冬 「祖父からのメッセージ」

---

043 PLAYBOYドキュメント・ファイル大賞

昭和56年に創設され、第5回で中止となる。
【主催者】集英社
【選考委員】安部公房,大島渚,小田実,開高健,立花隆,立木義浩,筑紫哲也,藤原新也
【締切・発表】1月末日締切,5月発表。
【賞・賞金】最優秀作品賞200万円

第1回（昭56年）
　　佐伯 泰英 「闘牛士エル・コルドベス」
第2回（昭57年）
　　広河 ルティ 「私の中のユダヤ人」
第3回（昭58年）
　　折原 恵 「クリスマスツリー・スタンド―

ポートフォリオ・ジャナ1979〜1982」
第4回（昭59年）
　　安保 隆 「一枚の写真からの旅」
　　志村 岳 「金子健太郎とドラム缶のイカダ」
第5回（昭60年）
　　宮嶋 康彦 「お月さん釣れた」

---

044 平洲賞

細井平洲は、江戸時代の教育者。米沢藩（今の山形県）中興の祖と言われる上杉鷹山の師として、多くの教えを残している。西暦2000年に平洲没後200年を迎えるに当たり、平洲ののこした教えを通じて「21世紀への人づくり,心そだて」の在り方を探るため、平成8年から12年にかけて5回開催。第5回は「故郷（ふるさと）」をテーマにエッセイを募集。平成13年から「童話と子守歌」募集に移行した。

【主催者】東海市,細井平洲没後200年記念事業実行委員会,PHP研究所
【選考委員】童門冬二（作家）,上之郷利昭（評論家）,久野弘（東海市長）,江口克彦（PHP

044 平洲賞

研究所副社長)

【選考方法】公募

【選考基準】〔対象〕エッセイ(「21世紀の人づくり，心そだて」，第5回のテーマは「故郷(ふるさと)」，一般の部：「故郷と私」，中学・高校生の部：「私にとっての故郷」，小学生の部：「私の住んでいるまち」)。〔原稿〕一般の部：原稿用紙6枚(2400字)程度，中学・高校生の部：原稿用紙3枚(1200字)程度，小学生の部：原稿用紙2〜3枚(800〜1200字)程度。ワープロ原稿でも可。インターネットでの応募も可

【締切・発表】(第5回)平成12年9月30日締切(当日消印有効)，平成13年3月21日，東海市にて発表および受賞式。平洲賞・エッセイ募集の第1回から5回までの入賞作品(佳作以上)を「心そだて」(平成13年3月1日発売，PHP研究所発行)として単行本にまとめ発刊した

【賞・賞金】〔一般の部〕平洲賞(1編)正賞，副賞賞金20万円，優秀賞(3編)：正賞，副賞賞金5万円，佳作(5編)：正賞，副賞賞金1万円，〔中学・高校生の部・小学生の部〕平洲賞(1編)：正賞，副賞図書券2万円，優秀賞(3編)：正賞，副賞図書券1万円，佳作(5編)：正賞，副賞図書券5千円

第1回(平9年)
◇一般の部
● 平洲賞
　峯島 明 「手袋のグローブ」
● 優秀賞
　前田 美香 「私の忘れ得ぬ先生」
　吉田 達也 「明日にかける橋」
　斎藤 一恵 「母と私の担任」
● 佳作
　若林 敏夫 「グローブのプレゼント」
　池田 伸一 「いじめの向こう側」
　渡部 真理子 「ノートに書いた手紙」
　山下 有子 「あの声を待っている」
　二瓶 みち子 「おぼろ月夜のグランドピアノ」
◇小学生・中学生の部
　花田 美咲 「私の大好きな先生」
　大石 麻里子 「私の大好きな先生」
　小島 りさ 「私の好きな先生」
　有馬 智 「私のじまんの先生」
　前田 佳子 「私の大好きな先生」
　郷原 美里 「T先生へ…」
　奥山 麻里奈 「私の大好きな先生」
　榊原 恵美 「いつか先生のように」
　八巻 いづみ 「私の大好きな先生」
第2回(平10年)
◇一般の部
● 平洲賞
　浜 勝江 「優しさの直送便」
● 優秀賞
　市瀬 頼子 「S子」
　大島 由美子 「結婚、おめでとう」
　福田 源太郎 「四十歳ちがいの同級生」
◇佳作
　伊藤 とも子 「やくそく」
　大熊 奈留美 「極上の贈りもの」
　鈴木 昭二 「動いていた時計」
　曹 光子 「友だちと一緒に」
　田口 兵 「ふれあい」
◇中学・高校生の部
● 平洲賞
　川村 菜津美 「伝えたい気持ち、『ありがとう』」
● 優秀賞
　伊藤 靖子 「手のぬくもり」
　太田 愛子 「友だち」
　村上 奈央 「友だちへ」
◇佳作
　臼崎 満朱美 「友だちと『友情』という一曲」
　杉本 奈美 「心のアルバム」
　永田 まゆり 「ともだち」
　橋本 優佳 「一生大事にする友達」
　百合草 真里 「謎だらけのT」
◇小学生の部

- 平洲賞
  早川 裕希 「四日かんだけのともだち」
- 優秀賞
  安野 舞里子 「いじめを解決した仲間たち」
  中村 紗矢香 「友だち」
  森 紗奈美 「本当の友達」
- ◇佳作
  大槻 智紀 「友だち」
  高山 和香奈 「本当のともだち」
  武田 早世 「キラキラかがやく宝物」
  田代 実穂 「うれしかったあのとき」
  寺田 昭子 「私にとって」

第3回（平10年）
◇一般の部
- 平洲賞
  兼光 惠二郎 「刀と真珠」
- 優秀賞
  藤谷 百合 「不器用なお父さん」
  佐藤 節子 「スマイル美人」
  長谷川 節子 「葉桜の頃」
- 佳作
  川井 良浩 「父と母の思いやり」
  高橋 信夫 「満月の下で」
  渡部 淳巳 「母に学んだ思いやり」
  藤井 順子 「見守るちから」
  本田 由紀子 「父と娘」
◇中学生・高校生の部
- 平洲賞
  竹之内 友美 「私のお父さん、お母さん」
- 優秀賞
  一宮 美奈巳 「お父さんとお母さん」
  佐々木 鮎美 「父のいびき」
  安部 茉莉子 「世界一大好きな両親」
- 佳作
  篠塚 綾乃 「母への手紙」
  佐野 絵里子 「私の自慢の母親」
  荒川 祐衣 「大きな存在の父」
  大森 知佳 「雪が降ったら」
  坂野 愛 「わたしのお父さん」
◇小学生の部
- 平洲賞
  安田 那々 「お母さんの夢」
- 優秀賞
  堤 一馬 「ぼくの両親」
  牧原 尚輝 「ぼくのお父さん」
  中津 花 「だいすきなおかあさん」

- 佳作
  近藤 史菜 「わたしのだいすきなおとうさん」
  市野 成美 「おとうさんはにんきもの」
  白川 みゆ希 「わたしのお父さん」
  鴻巣 彩 「私の大好きなお父さんお母さん」
  佐藤 隆光 「ぼくのお父さん」

第4回（平11年）
◇一般の部
- 平洲賞
  沼田 明美 「忘れられない、あの人のあの一言」
- 優秀賞
  小泉 博 「『恕』は先生の『一』だった」
  桜井 敏彦 「忘れられない, あの人のあの一言」
  藤原 有子 「金色の言葉」
- 佳作
  田口 兵 「共に生きる言葉」
  木幡 利枝 「生きる言葉」
  濱田 美喜 「忘れられない, あの人の一言」
  佐々木 美由紀 「良い子からの脱出」
  島谷 浩資 「あまのじゃくの思い出」
◇中学・高校生の部
- 平洲賞
  福田 めぐみ 「私が忘れられない言葉」
- 優秀賞
  竹内 優子 「忘れられない詩」
  小原 裕樹 「僕が忘れられない言葉」
  林 宏明 「私の忘れられない言葉」
- 佳作
  山中 尚香 「私の忘れられない言葉」
  加古 恵梨奈 「人は傷つくべきだ」
  木村 恵梨香 「私が忘れられない言葉」
  太田 麻衣子 「その命を下さい」
  岡安 美穂 「私が忘れられない言葉」
◇小学生の部
- 平洲賞
  佐藤 李香 「私の大好きな言葉」
- 優秀賞
  高橋 俊也 「何事も経験だ！」
  佐野 淳一 「ぼくの好きなことば」
  中津 花 「おかあさんのたからもの」
- 佳作
  山本 かおり 「言葉のまほう」

石川 紀実　「沖縄が教えてくれた事」
　　岡田 麻友子　「わたしのすきなことば」
　　尾崎 広章　「獅子」
　　吉岡 絵梨香　「私の大好きな言葉」
第5回（平12年）
◇一般の部
● 平洲賞
　　大澤 幸子　「故郷の空き家」
● 優秀賞
　　鈴木 みのり　「キャラメルの思い出」
　　山口 宗一　「故郷は生命の源」
　　渡辺 祐子　「黄昏時のベランダ」
● 佳作
　　上田 幸一　「母が繋ぎとめたふるさと」
　　柏井 史子　「同窓会の夜」
　　瀧下 むつ子　「母の背中に思う私の故郷」
　　田所 和子　「私の故郷、東京タワー」
　　横田 郁子　「義姉さん、私の故郷は貴女がいた村」
◇中学・高校生の部
● 平洲賞
　　相馬 史子　「私の帰る場所」
● 優秀賞
　　阿知波 憲　「夏だけの故郷」

　　荻野 冴美　「海を渡ってみれば…」
　　中根 絵美子　「私は、村っ子です」
● 佳作
　　金田 夏輝　「私にとっての故郷」
　　近藤 光恵　「優しさと温もりのある町」
　　髙橋 直之　「僕にとっての二つの故郷」
　　都筑 麻貴　「私のふるさと、故郷」
　　藤井 麻未　「私にとっての故郷」
◇小学生の部
● 平洲賞
　　中畑 七代　「ふるさとをつないでくれた平洲先生」
● 優秀賞
　　嶋田 修一郎　「ぼくのすばらしいふるさと」
　　山本 雄太　「うら島太ろうのふる里」
　　吉岡 絵梨香　「私の住む町」
● 佳作
　　井沢 美加子　「わたしの住んでいる町」
　　神谷 優里　「あなたと出会えた私は幸せです」
　　久野 敬統　「ぼくのすきなさか道」
　　五島 智美　「私のふるさと『人吉』」
　　三宅 真由美　「私の住んでいる町」

045 報知ドキュメント大賞

　ノンフィクション作家の発掘と育成を目指し、平成8年新設。第5回で終了した。
【主催者】報知新聞社
【選考委員】井沢元彦,海老名泰久,大林宣彦,西木正明
【選考方法】公募
【選考基準】〔対象〕未発表のノンフィクション。〔原稿〕400字詰原稿用紙50～100枚。ワープロ原稿は20字×20行で白地に印字のこと
【締切・発表】（第3回）平成10年10月31日締切（当日消印有効）,11年1月下旬報知新聞紙上にて発表
【賞・賞金】大賞：賞金200万円,記念品、優秀作（2編）：賞金50万円,記念品

第1回（平9年）
　　織口 ノボル　「サルサ・ガムテープ」
　◇優秀作
　　リー・小林　「ダブル」
第2回（平10年）

　　宇喜田 けい　「いつか、やってくる日…。」
　◇優秀作
　　万波 歌保　「たった1人の大リーグ」
第3回（平11年）
　　岡 邦行　「野球に憑かれた男・日本大学野

球部監督鈴木博識」
◇優秀作
　尾田 みどり　「おりづる、空に舞え」
第4回（平12年）
　藁科 れい　「ウィーンのバレエの物語」
第5回（平13年）

佐藤 忠広　「僕、死ぬんですかね」
◇優秀作
　小野 正之　「神様のメッセージ」
　葛西 文子　「不安の海の中で～JCO臨界事故と中絶の記録」

046 北海道ノンフィクション賞

昭和54年,北海道の生きた「市井文化」発掘の一助に資することを目的に創設された。第34回（平成25年）で終了。平成26年より「北海道文芸賞」を創設。

【主催者】月刊クォリティの(株)太陽
【選考方法】公募
【選考基準】〔対象〕北海道にかかわるノンフィクション。既発表,未発表は問わない。〔資格〕主に北海道内在住者。〔原稿〕400字詰原稿用紙15枚以上
【締切・発表】毎年11月末日締切,翌年の「月刊クォリティ」3月号誌上にて発表（募集は終了）
【賞・賞金】入選作には懐中時計（正賞）と賞金10万円,佳作には若干の賞金
【URL】http://www.qualitynet.co.jp/

第1回（昭55年）
　合田 一道　「定山坊行方不明の謎」
　阿部 信一　「濃霧の里―あの子たちはいま」
第2回（昭57年）
　菅 忠淳　「ジャスパーは呻く―インデギルガ号遭難の顛末」
第3回（昭58年）
　該当作なし
◇佳作
　水根 義雄　「雪の慟哭」
　斧 二三夫　「アイヌの戦い」
第4回（昭59年）
　該当作なし
◇特別賞
　工藤 しま　「黒松内つくし園遺稿集 漣（さざなみ）日記」
第5回（昭60年）
　該当作なし
◇佳作
　川嶋 康男　「幻華―小樽花魁道中始末記」
　中村 美彦　「太棹に思いをのせて」
第6回（昭61年）

笹川 幸震　「ミニSL"トテッポ"の光と影―異色の私鉄・十勝鉄道裏面史」
第7回（昭62年）
　該当作なし
◇奨励賞
　佐々木 農　「幻の木製戦闘機キ～106」
　村上 輝行　「遠い接近―父と小笠原丸遺骨引上げ」
第8回（昭63年）
　龍 泉　「佐々城信子とその周辺の群像」
第9回（平1年）
　該当作なし
◇奨励賞
　桜川 郁　「曼陀羅薄荷考」
第10回（平2年）
　秋庭 功　「森広の軌跡―新渡戸稲造と片山潜」
◇佳作
　伊藤 純子　「失われた線路を辿って」
◇奨励賞
　新井 喜美子　「花の夕張岳に魅せられ

た人々」
第11回（平3年）
　該当作なし
　◇佳作
　　鈴木 紘子　「馬鈴薯の花」
　　近藤 明美　「大和田盛衰記」
　◇奨励賞
　　緑 はな　「あの車が走っていなければ」
　　原口 清澄　「北海道開拓に賭けた陸軍中将」
第12回（平4年）
　　小馬谷 秀吉　「ある追跡記―前進座事件」
第13回（平5年）
　　原口 清澄　「雄叫び」
　◇奨励賞
　　大和 史郎　「夏休みの長い一日」
第14回（平6年）
　◇佳作
　　大和 史郎　「今甦る白鳥の沼」
第15回（平7年）
　　該当作なし
第16回（平8年）
　◇佳作
　　続橋 利雄　「碑の詩」
　◇特別賞
　　吉川 雄三　「971日の慟哭」
第17回（平9年）
　◇佳作
　　穂里 かほり　「子育て列車は各駅停車」
　◇特別賞
　　戸澤 富雄　「大介22歳の軌跡」
第18回（平10年）
　◇佳作
　　富田 祐行　「北海道爾志郡熊石町」
第19回（平11年）
　◇大賞
　　佐藤 道子　「議会お茶出し物語」
　◇特別賞
　　前田 保仁　「甦ったホタテの浜―猿払村の苦闘のものがたり」
第20回（平12年）
　◇大賞
　　菊地 友則　「親馬鹿サッカー奮戦記」
第21回（平13年）
　◇佳作
　　三澤 正道　「朽ちた墓標〜シベリア捕虜体験と墓参の旅〜」

第22回（平14年）
　◇大賞
　　穂里 かほり　「"たま"身請けの件―箱館開港異聞」
第23回（平15年）
　◇大賞
　　堂場 利通　「コムカラ峠〜雲に架ける小さな橋〜」
　◇佳作
　　春月 和佳　「春煌いて」
第24回（平16年）
　◇佳作
　　矢野 牧夫　「ソ連潜水艦L-19号応答なし・・・―留萌沖三船遭難、もうひとつの悲劇」
第25回（平17年）
　◇佳作
　　栗山 佳子　「ギーコの青春」
第26回（平18年）
　◇大賞
　　奥田 静夫　「魂を燃焼し尽くした男―松本十郎の生涯」
　　矢野 牧夫　「北海道北部を占領せよ―1945年夏、スターリンの野望」
　◇特別賞
　　遠藤 知里　「広野の兵村」
第27回（平19年）
　　該当作なし
第28回（平20年）
　◇大賞
　　放生 充　「40歳からの就職活動、現在24敗中」
　◇準大賞
　　斉藤 秀世　「幸せを、ありがとう」
第29回（平21年）
　◇佳作
　　津本 青長　「二股口の戦闘 土方歳三の戦術」
　　橘 逸朗　「北に死す」
第30回（平22年）
　◇大賞
　　佐々木 信恵　「啄木を愛した女たち―釧路時代の石川啄木」
　◇佳作
　　森山 祐吾　「太平洋戦争秘話 珊瑚礁に

散った受刑者たち」
　岩城　由榮　「きよき みたまよ―唱歌『ふるさと』『おぼろ月夜』の作曲者岡野貞一の生涯」
第31回（平23年）
◇佳作
　森山　祐吾　「彫る、彫る、僕の生命を彫る―版画に祈りをこめた阿部貞夫の生涯」
◇特別賞
　北野　いなほ　「ホームランに夢をのせて」
第32回（平24年）
◇準大賞

　森山　祐吾　「至誠に生きた男―実業家新田長次郎の生涯」
◇特別賞
　前田　武　「摩周湖」
第33回（平25年）
◇大賞
　森山　祐吾　「リンゴ侍と呼ばれた開拓者―汚名を返上した会津藩士の軌跡」
◇佳作
　下山　光雄　「羊蹄山麓」
第34回（平26年）
◇大賞 他
　該当者なし

047 優駿エッセイ賞

　昭和58年、第50回日本ダービーを記念して創設。61年から毎年募集。馬、競馬文化の向上と、新人作家の発掘に努める。

【主催者】日本中央競馬会広報部「優駿」編集部
【選考委員】古井由吉、石川喬司、吉永みち子、高橋三千綱、「優駿」編集部員
【選考方法】公募
【選考基準】〔対象〕競馬、馬を題材としたエッセイ、形式自由、未発表作品に限る。〔資格〕プロ、アマ、年齢、性別、国籍不問。過去に本賞を受賞した者を除く。〔原稿〕1行20字400字詰め原稿用紙10枚。日本語に限る
【締切・発表】（第29回）平成25年7月12日必着。「優駿」平成25年11月号で発表
【賞・賞金】グランプリ（1篇）賞金50万円、次席（2篇）賞金10万円、佳作（7篇）記念品
【URL】http : //www.prcenter.jp/yushun/

第1回（昭58年）
　吉永　みち子
第2回（昭61年）
　宮城　直子　「魅せられて」
第3回（昭62年）
　川口　明子　「心の闇と星のしづく」
第4回（昭63年）
　江島　新　「ルドルフの複勝を200円」
　林　瑠依　「風を感じて」
第5回（平1年）
　河内　淳　「永遠なるものパドック」
第6回（平2年）
　熊沢　佳子　「三河での日々」

第7回（平3年）
　船津　久美子　「馬キチ夫婦の牧場開拓記」
　久保田　将照　「私の競馬昔物語」
第8回（平4年）
　小栗　康之　「人間オグリの馬遍歴」
　新間　達子　「7歳の先行馬」
第9回（平5年）
　青木　娃耶子　「金沢へ行った日」
第10回（平6年）
　橘　市郎　「一瞬の静寂」
第11回（平7年）
　大塚　香緒里　「逝ってしまったマイ・フレンド」

第12回（平8年）
　河村 清明 「500円の指定席券」
第13回（平9年）
　加藤 エイ 「義父（ちち）を語れば、馬がいる」
第14回（平10年）
　堀井 敦 「わしは、あなたに話したい」
第15回（平11年）
　小林 常浩 「騎手の卵を作る法」
第16回（平12年）
　山本 美穂 「たこの天ぷら」
第17回（平13年）
　菅原 武志 「心の天秤」
第18回（平14年）
　小林 あゆみ 「あれもサイン、これもサイン」
第19回（平15年）
　冨井 穣 「南国競馬珍道中」
第20回（平16年）
　横山 美加 「万馬券が当たるとき」
第21回（平17年）
　式守 漱子 「ウインズのある村」
第22回（平18年）
　川合 茂美 「場外乱闘！ エクセル田無！」
第23回（平19年）
　神 栄作 「二人連れ」
第24回（平20年）
　アタマでコンカイ！ 「おまえは競馬にグッドバイ」
第25回（平21年）
　松田 正弘 「下を向いて歩こう」
第26回（平22年）
　佐藤 和也 「雲間からの光」
第27回（平23年）
　宝守満 「十勝の広い空の下で」
第28回（平24年）
　澁谷 浩一 「万馬券親子」
第29回（平25年）
　髙橋 郁子 「忘れ形見」

048 読売・日本テレビWoman's Beat大賞カネボウスペシャル21

　21世紀という時代を自分らしく生きていく女性の姿が、同時代を生きる女性たちに希望や勇気を与え、新しい女性の生き方の一つとして共感できるドキュメンタリー作品を募集する。テレビドラマ化を念頭にして選考する。

【主催者】読売新聞社、日本テレビ、カネボウ（後援）

【選考委員】（第3回）宮本輝、内館牧子、阿川佐和子、林真理子、島田雅彦、浅海保

【選考方法】公募

【選考基準】〔対象〕主人公が女性であること。自分自身の体験を基にしたもの、または周辺で多彩な生き方、魅力的で心を打つ生き方をしている女性を取材したもの。〔資格〕男女、年齢、国籍、プロ・アマを問わない。未発表作品に限る。〔応募規定〕日本語に限る。B4判400字詰め縦書き原稿用紙を使用。ワープロで応募の場合は普通紙に1行20字まで20行、縦書き。50枚以上、100枚以内

【締切・発表】（第3回）平成15年9月30日締切、16年3月発表

【賞・賞金】大賞：賞金1000万円、優秀賞：賞金300万円、入選：賞金30万円、読者賞：賞金50万円

【URL】http://www.womansbeat.com/

第1回（平14年）　　　　　　　　　　　　　　　　俣木 聖子（堺市）「花、咲きまっか」

049 読売「ヒューマン・ドキュメンタリー」大賞

◇優秀賞
　鈴木 やえ（松戸市）「P-5インマイライフ」
◇入選
　渡部 京子（郡山市）「雪国のたより」
　大和田 暢子（世田谷区）「ハウス・グーテンベルクの夏」
　河原 有伽（京都市）「社長と呼ばないで」
◇読者賞
　鈴木 やえ 「P-5インマイライフ」
第2回（平15年）
◇優秀賞
　内山 弘紀（山梨県）「今 何かを摑みかけて」
　新田 順子（兵庫県）「彩・生」
◇入選
　比留間 典子（千葉県）「あこがれ・たそがれ郵便車」
　落合 洋子（神奈川県）「天職」
　大島 千代子（大阪府）ロールレタリング～手を洗う私～
第3回（平16年）
◇大賞
　藤﨑 麻里（茨城県）「溺れる人」
◇優秀賞
　八木沼 笙子（福島市）「夜はこれから」
◇入選
　髙橋 和子（福島市）「人生どんとこい」
　竹内 みや子（岡山県）「夏樹と雅代」
　カウマイヤー 香代子（カリフォルニア州）「自分を信じて」

049 読売「ヒューマン・ドキュメンタリー」大賞

　日本中の女性に向けて、「生まれよ、新しい女流文芸」と高らかに呼びかけ、人間の生きる姿をあるがままに描いた自由な形式の文芸作品を募集するために昭和55年に創設された。平成5年第15回から応募資格を男女不問とし、賞名を『読売「女性ヒューマン・ドキュメンタリー」大賞』から『読売「ヒューマン・ドキュメンタリー」大賞』と改称。

【主催者】読売新聞社
【選考委員】（第20回）三好徹（作家）、佐藤愛子（作家）、橋田寿賀子（脚本家）、野上龍雄（脚本家）、五木寛之（作家）、椎名誠（作家）、小谷直道（読売新聞社編集局次長）
【選考方法】公募
【選考基準】〔対象〕人間の「生きる姿」をテーマとする未発表の文芸作品〔資格〕年齢、国籍、アマ・プロの別は問わない〔原稿〕400字詰め原稿用紙で90枚以上100枚以内、縦書き、ワープロの場合は20字×20行
【締切・発表】（第20回）平成10年9月30日締切（当日消印有効）。11年3月、選考結果を読売新聞紙上で発表の予定
【賞・賞金】大賞（1編）：賞状・賞牌・賞金1000万円、優秀賞（1編）：賞状・賞牌・賞金300万円、入選（3編）：賞状・賞牌・賞金各50万円、奨励賞（若干）：賞状・賞金各20万円。受賞作のうち1編をドラマ化、日本テレビ系列で放映予定。版権・著作権は読売新聞社に帰属

第1回（昭55年）
　江川 晴 「小児病棟」
第2回（昭56年）
　大森 黎 「大河の一滴」
第3回（昭57年）
◇優秀賞
　深貝 裕子 「母ちゃんの黄色いトラック」
　加野 ヒロ子 「142号室」
第4回（昭58年）
◇優秀賞
　大日方 妙子 「こぶしの花」

遠藤 誉　「不条理のかなたに」
第5回（昭59年）
　◇優秀賞
　　柴田 亮子　「かんころもちの島で」
　　野上 照代　「父へのレクイエム」
第6回（昭60年）
　　藤村 志保　「脳死をこえて」
　　荻原 恵子　「花冷え」
　　清水 まち子　「迎え坂」
第7回（昭61年）
　◇優秀賞
　　良永 勢伊子　「赤い夕日の大地で」
第8回（昭62年）
　　板見 陽子　「ダイアリー」
第9回（昭63年）
　　三田 公美子　「空飛ぶ母子企業」
第10回（平1年）
　◇優秀賞
　　星野 由樹子　「オレは彦っぺだ」
　　蟹江 緋沙　「友情の反乱」
第11回（平2年）
　　徳永 瑞子　「プサ マカシ」
　◇入選
　　坂上 富志子　「まみの選択」
　　井上 洋子　「スターライト」
　　行宗 登美　「十勝野の空は青い」
　　榎本 佳余子　「夕焼け道を歩きたい」
　◇佳作
　　峰谷 良香　「銀の針」
　　永田 万里子　「生きる」
第12回（平3年）
　　古越 富美恵　「終の夏かは」
　◇入賞
　　竹下 妙子　「十二年目の奇跡」
　◇入選
　　吉沢 岩子　「カリーライス屋一代記」
　　田村 明子　「オークウットの丘の上で」
第13回（平4年）
　　該当者なし
　◇優秀賞
　　吉開 若菜　「殴られる人」
　◇入賞
　　山岸 昭枝　「ちゃんめろの山里で」
　◇入選

　　小川 弥栄子　「おまけのおまけの汽車ポッポ」
　　玉置 和子　「ソウル・ツイン・ブラザーズ」
　　沖野 智津子　「ダウン・タウンへ」
第14回（平5年）
　　該当者なし
　◇優秀賞
　　藤田 直子　「ばいばい, フヒタ」
　　奥田 昌美　「ディスポの看護婦にはなりたくない」
　　藤本 仁美　「人生の夏休み」
第15回（平6年）
　　該当者なし
　◇優秀賞
　　田辺 郁　「ハナの気配」
　◇入選
　　岩森 道子　「抱卵」
　　小島 淑子　「群れなす星とともに」
　　佐藤 尚爾, 佐藤 栄子　「翼をもがれた天使たち」
　　矢吹 正信　「もう一つの俘虜記」
　◇奨励賞
　　国本 憲明　「二つの祖国」
　　樋口 てい子　「徒労の人」
　　宮本 まどか　「風の旋律」
第16回（平7年）
　　該当者なし
　◇優秀賞
　　松本 悦子　「生きのびて」
　　斉藤 郁夫　「神様はいる」
　◇入選
　　松岡 香　「恵子のこと」
　　菊地 由夏　「生きてるって楽しいよ」
　　野口 良子　「シゲは夜間中学生」
　◇奨励賞
　　山地 美登子　「ウォーク号の金メダル」
　　中山 智奈弥　「16歳のままの妹」
第17回（平8年）
　　松沢 倫子　「岡田嘉子 雪の挽歌」
第18回（平9年）
　　該当作なし
第19回（平10年）
　　高橋 靖子　「家族の回転扉」
　　西川 のりお　「オカン」

050 蓮如賞

　本賞は、蓮如上人500回忌を記念し、上人の徳を顕彰する文学賞として平成6年、財団法人本願寺維持財団によって創立された。第7回（平成13年）までは未発表作品を公募して賞の対象にしたが、親鸞賞が同財団によって創設されたことに伴い、第8回（平成15年）から運営方法を一新、2年に1回、親鸞賞と交互に実施し、既に発表されたノンフィクション作品を対象とする。

【主催者】本願寺維持財団

【選考委員】梅原猛、三浦朱門、柳田邦男、山折哲雄

【選考方法】選出。予備選考会で選んだ4,5点の中から、本選考会で最優秀作品1点を評決する

【選考基準】〔対象〕最近の2年間に商業出版されたノンフィクション作品。宗教的テーマに限らないが、日本人の精神文化を深く捉えた文学的価値の高い作品を評価の対象とする。選出される作品は、全体の構成力がすぐれ、豊かな日本語の表現力、格調の高さを備えていること

【締切・発表】親鸞賞と隔年で行い、10月に発表、12月に授賞式・公開シンポジウム

【賞・賞金】正賞（記念品）と賞状ならびに副賞（賞金200万円）

【URL】http://www.honganjifoundation.org/culture/rennyo/index.html

第1回（平6年）
　渡辺 千尋 「石榴（ざくろ）身をむき澄み行く空」
第2回（平7年）
　該当作なし
◇優秀作
　道下 匡子 「ダスビダーニャ、我が樺太」
　小沢 美智恵 「嘆きよ、僕をつらぬけ」
第3回（平8年）
　該当作なし
◇優秀作
　末永 直海（本名＝直美）「薔薇（ばら）の鬼ごっこ」
　新妻 香織 「楽園に帰ろう」
第4回（平9年）
　劉 岸麗 「風雲北京」
第5回（平10年）
　久我 なつみ 「フェノロサと魔女の町」
◇佳作
　大澤 恒保 「独り信ず」
第6回（平11年）
　ブレイズデル, クリストファー遙盟 「尺八オデッセイ―天の音色に魅せられて」
第7回（平13年）
　関岡 英之 「汝自身のために泣け」
◇奨励賞
　寺田 ふさ子 「黄沙が舞う日」
第8回（平15年）
　田辺 聖子 「姥ざかり花の旅笠」〔集英社〕
第9回（平17年）
　三木 卓 「北原白秋」〔筑摩書房〕
第10回（平19年）
　出口 裕弘 「坂口安吾 百歳の異端児」〔新潮社〕
第11回（平21年）
　三田村 雅子 「記憶の中の源氏物語」〔新潮社〕
第12回（平23年）
　芳賀 徹 「藝術の国 日本 画文交響」〔角川学芸出版〕
第13回（平25年）
　岩橋 邦枝 「評伝 野上彌生子―迷路を抜けて森へ」〔新潮社〕

051 わんマン賞

「犬と人とのワンダフルな関係」をテーマに,実話をもとにしたドキュメンタル童話を募集する。第12回(平成21年)で休止。

- 【主催者】ハート出版
- 【選考委員】ハート出版編集部
- 【選考方法】公募
- 【選考基準】〔対象〕テーマは「子供たちに伝えたい犬の話」未発表のオリジナル作品,事実に基づく童話(創作童話は不可)。小学生中学年を中心に,小学生が読める文章。〔原稿〕400字詰め原稿用紙50～100枚前後。〔応募規定〕応募は1人1点のみ。原稿は返却しない
- 【締切・発表】毎年発表の要項に準ずる
- 【賞・賞金】大賞:単行本化の上,全国販売,賞金30万円(再版以降に規定の印税支給)。佳作:受賞作品をホームページにて掲載,賞金3万円
- 【URL】http://www.810.co.jp/submenu/invite.html

第1回(平9年)
　◇文芸
　　前川 ひろ子 「犬バカママと3匹の娘たち」
　◇童話
　　山田 三千代 「名優犬トリス」
第2回(平10年)
　◇文芸長編
　　小澤 倫子 「ありがとう,そしてごめんね チャコ」
　◇文芸短編
　　園部 邦子 「黒と白の天使たち」
　　千葉 直子 「始まりはワスオ道」
　　阿南 さちこ 「私はこまちになりたい」
　　服部 ゆう子 「街角の犬」
　　柴田 正子 「ごめんねサチ」
　　小田 昭子 「マイフレンドサスケ」
　　松川 明子 「めっこりちゃん」
　　中路 寛子 「輝く未来を求めて」
　　大橋 千恵子 「しっぽのついた娘」
　　木佐木 翠子 「ロン太 十六年の犬生」
　　木佐木 淳平 「Ronta On You Crazy Diamond」
　　山田 香里 「ペットは責任を持って飼って!」
第3回(平11年)
　◇文芸部門
　　中岡 正代 「愛犬ムクと幸せ半分こ」
　◇短篇部門
　　矢島 友幸,杉山 沙耶香,らかれん,近藤 幸恵,茂垣 竜彦,小田 昭子,今田 秋津,志野 和美,山本 ひろし,中田 慶,沢田 はるか,田邉 智子 「犬と人のこんないい関係」
第4回(平12年)
　◇童話部門
　　井口 絵理 「赤ちゃん盲導犬コメット」
第5回(平13年)
　◇童話部門
　　甲斐 望 「犬ぞり兄弟ヤマトとムサシ」
第6回(平14年)
　◇童話部門
　　該当作なし
第7回(平16年)
　◇グランプリ
　　林 優子 「こころの介助犬 天ちゃん」
第8回(平17年)
　◇グランプリ
　　該当作なし
第9回(平18年)
　◇グランプリ
　　中野 英明 「ごみを拾う犬もも子のねがい」
第10回(平19年)

◇グランプリ
  中島 晶子〔作〕，つるみ ゆき〔画〕 「牧場犬になったマヤ」
第11回（平20年）
  ◇大賞
   樋浦 知子 「捨て犬フラワーの奇跡 余命一週間のダルメシアン」
第12回（平21年）
  ◇大賞
   該当作なし
  ●佳作
   冴 綸子 「おやすみ ウメ、チョビン」
   松田 英雄 「大地震にあったアレックス」

評論

052 鮎川信夫賞〔詩論集部門〕

雑誌「現代詩手帖」の創刊50周年を記念して創設された。戦後現代詩を代表する詩人・鮎川信夫の業績にちなみ、時代に向き合う優れた詩集・詩論集に贈られる。

【主催者】鮎川信夫現代詩顕彰会
【選考委員】天沢退二郎,澤地久枝
【選考方法】公募と推薦
【選考基準】〔対象〕詩論集(ただし翻訳、再版、選集、外国語によるものは除く)のうち、前年の1月1日から12月31日に刊行され、公募もしくは推薦のあった作品
【締切・発表】2月～3月頃の選考会にて決定
【賞・賞金】賞金50万円
【URL】http://www.shichosha.co.jp/

第1回(平22年)
　稲川 方人　「瀬尾育生氏『詩的間伐―対話2002-2009』」〔思潮社〕
第2回(平23年)
　神山 睦美　「小林秀雄の昭和」〔思潮社〕
第3回(平24年)
　野村 喜和夫　「移動と律動と眩暈と」〔書肆山田〕,「萩原朔太郎」〔中央公論新社〕
第4回(平25年)
　坪井 秀人　「性が語る―二〇世紀日本文学の性と身体」〔名古屋大学出版会〕
第5回(平26年)
　高橋 睦郎　「和音羅読―詩人が読むラテン文学」〔幻戯書房〕
第6回(平27年)
　阿部 嘉昭　「換喩詩学」〔思潮社〕

053 石橋湛山賞

石橋湛山が生前堅持してきた自由主義,民主主義,平和主義の思想の継承・発展に最も貢献したと考えられる論文,評論に贈られる賞。昭和55年に創設された。

【主催者】石橋湛山記念財団
【選考委員】最終選考委員：相田雪雄・叶芳和・増田弘・宮崎勇
【選考方法】関係者の推薦を受けて選考により決定
【選考基準】〔対象〕前年度中に一般に公表された,内外の経済・政治・外交・社会等の領域で自由主義・民主主義・平和主義の思想に基づいて書かれた論文・評論
【締切・発表】例年,推薦の締切3月末、発表7月、表彰10月
【賞・賞金】賞状,賞牌,副賞

053 石橋湛山賞　　　　　　　　　　　　　　　評論

【URL】 http://www.ishibashi-mf.org/prize/

第1回（昭55年）
　飯田 経夫（名古屋大学教授）「高い自己調整力をもつ日本経済」〔現代経済 昭54年冬号〕

第2回（昭56年）
　叶 芳和（国民経済研究協会研究部長）「農業革命を展望する」〔経済評論 昭55年11月号〕

第3回（昭57年）
　長谷川 慶太郎（国際エコノミスト）「世界が日本を見倣う日」〔文芸春秋 昭56年11号〕

第4回（昭58年）
　天谷 直弘（産業研究所顧問）「日米「愛憎」関係 今後の選択」〔ボイス 昭57年10月号〕

第5回（昭59年）
　宮崎 勇（大和証券経済研究所代表取締役，理事長）「陽はまた昇る―経済力の活用と国際的な貢献」〔中央公論 昭58年7月号〕

第6回（昭60年）
　竹内 啓（東京大学教授）「無邪気で危険なエリートたち―現代を支配する技術合理主義を批判する」〔世界 昭59年2月号〕

第7回（昭61年）
　松山 幸雄（朝日新聞社取締役，論説主幹）「国際対話の時代」〔朝日新聞社 昭60年10月〕

第8回（昭62年）
　大沼 保昭（東京大学法学部教授）「歴史と文明のなかの経済摩擦」〔中央公論 昭61年8月号〕「経済摩擦の歴史的定位」〔中央公論 昭61年9月号〕

第9回（昭63年）
　中谷 巌（大阪大学経済学部教授）「責任国家・日本への選択」〔季刊アステイオン 1987年秋号〕

第10回（平1年）
　坂本 義和（明治学院大学教授）「平和・開発・人権」〔世界 平1年1月号〕

第11回（平2年）
　増田 弘（東洋英和女子大学教授）「石橋湛山研究」〔東洋経済 平2年6月刊〕
　中西 輝政（静岡県立大学教授）「日米同盟の新しい可能性」〔季刊アステイオン 平1年10月号〕

第12回（平3年）
　鴨 武彦（東京大学教授）「国際安全保障の構想」

第13回（平4年）
　船橋 洋一（朝日新聞社編集委員）「冷戦後の世界と日本」「成功物語」

第14回（平5年）
　姜 克実（岡山大学教養学部助教授）「石橋湛山の思想的研究」

第15回（平6年）
　寺島 実郎（米国三井物産ワシントン事務所長）「新経済主義宣言―政治改革論議を超えて」〔中央公論 平6年2月号〕

第16回（平7年）
　伊藤 元重（東京大学教授）「挑戦する流通」〔講談社 平6年12月刊〕

第17回（平8年）
　田中 直毅（評論家）「新しい産業社会の構想」〔日本経済新聞社〕

第18回（平9年）
　八代 尚宏（上智大学国際関係研究所教授）「日本的雇用慣行の経済学」〔日本経済新聞社〕

第19回（平10年）
　鶴田 俊正（専修大学経済学部教授）「規制緩和」〔ちくま新書〕

第20回（平11年）
　猪木 武徳（大阪大学教授）「競争社会の二つの顔」〔中央公論1998年5月号掲載〕

第21回（平12年）
　奥村 洋彦（学習院大学教授）「現代日本経済論」〔東洋経済新報社〕

第22回（平13年）
　井堀 利宏（東京大学教授）「財政赤字の正しい考え方」〔東洋経済新報社〕

第23回（平14年）

評論　　　　　　　　　　　　　　　　　　　　　　　　　　　　　　054 伊藤整文学賞

　　植草 一秀（野村総合研究所主席エコノミスト）「現代日本経済政策論」〔岩波書店〕
第24回（平15年）
　　神野 直彦（東京大学大学院経済学研究科教授）「地域再生の経済学―豊かさを問い直す」〔中公新書〕
第25回（平16年）
　　橘木 俊詔（京都大学大学院経済学研究科教授）「家計からみる日本経済」〔岩波新書〕
第26回（平17年）
　　藤原 帰一（東京大学大学院・法学政治学研究科教授）「平和のリアリズム」〔岩波書店〕
第27回（平18年）
　　小菅 信子（山梨学院大学教授）「戦後和解」〔中公新書〕
第28回（平19年）
　　毛里 和子（早稲田大学政治経済学術院教授）「日中関係―戦後から新時代へ」〔岩波新書〕
第29回（平20年）
　　原田 泰（大和総研常務理事・チーフエコノミスト）「日本国の原則」〔日本経済新聞出版社〕
第30回（平21年）
　　深津 真澄（フリージャーナリスト）「近代日本の分岐点」〔ロゴス〕
第31回（平22年）
　　若田部 昌澄（早稲田大学教授）「危機の経済政策―なぜ起きたのか,何を学ぶのか」〔日本評論社〕
第32回（平23年）
　　牧野 邦昭　「戦時下の経済学者」〔中央公論新社〕
第33回（平24年）
　　齊藤 誠　「原発危機の経済学―社会科学者として考えたこと」〔日本評論社〕
第34回（平25年）
　　該当者なし
第35回（平26年）
　　松元 雅和　「平和主義とは何か―政治哲学で考える戦争と平和」
　　白井 聡　「永続敗戦論―戦後日本の核心」

---

054 伊藤整文学賞

　詩人・作家・評論家として先鋭的な作品を発表した伊藤整の没後20年を契機に,氏の業績を顕彰するため,氏とゆかりの深い小樽市内の有志の手によって平成2年2月に創設された。

【主催者】伊藤整文学賞の会,小樽市,北海道新聞社

【選考委員】黒井千次,菅野昭正,松山巌,増田みず子

【選考方法】非公募。新聞社,出版社,伊藤整文学賞の会が選んだ作家,評論家の推薦によって選出する

【選考基準】〔対象〕前年4月1日から当年3月末日までに発表された小説,評論。〔資格〕原則として日本語で書かれたものとする

【締切・発表】例年4月末日推薦締切,5月中旬発表

【賞・賞金】正賞としてブロンズ像「カモメ呼ぶ少女」,副賞（賞金100万円）

【URL】http://www.akara.net/itousei/

第1回（平2年）
　◇評論
　　秋山 駿　「人生の検証」〔新潮社〕

第2回（平3年）
　　佐木 隆三　「身分帳」
第3回（平4年）

055 「沖縄文芸年鑑」評論賞

　◇評論
　　川村 二郎 「アレゴリーの織物」〔講談社〕
第4回(平5年)
　◇評論
　　該当作なし
第5回(平6年)
　◇評論
　　池沢 夏樹 「楽しい終末」〔文芸春秋〕
第6回(平7年)
　◇評論
　　桶谷 秀昭 「伊藤整」〔新潮社〕
第7回(平8年)
　◇評論
　　柄谷 行人 「坂口安吾と中上健次」〔太田出版〕
第8回(平9年)
　◇評論
　　井口 時男 「柳田国男と近代文学」〔講談社〕
第9回(平10年)
　◇評論
　　加藤 典洋 「敗戦後論」〔講談社〕
第10回(平11年)
　◇評論
　　多田 道太郎 「変身放火論」〔講談社〕
第11回(平12年)
　◇評論
　　四方田 犬彦 「モロッコ流謫」〔新潮社〕
第12回(平13年)
　◇評論
　　中沢 新一 「フィロソフィア・ヤポニカ」〔集英社〕
第13回(平14年)
　◇評論
　　三浦 雅士 「青春の終焉」〔講談社〕
第14回(平15年)
　◇評論
　　該当作なし
第15回(平16年)
　◇評論
　　川村 湊 「補陀落 観音信仰への旅」〔作品社〕
第16回(平17年)
　◇評論部門
　　富岡 多恵子 「西鶴の感情」〔講談社〕
第17回(平18年)
　◇評論部門
　　川西 政明 「武田泰淳伝」〔講談社〕
第18回(平19年)
　　青来 有一(長崎市)「爆心」〔文藝春秋〕
　◇評論部門
　　出口 裕弘(東京都)「坂口安吾 百歳の異端児」〔新潮社〕
第19回(平20年)
　　荻野 アンナ(横浜市)「蟹と彼と私」〔集英社〕
　◇評論部門
　　穂村 弘(東京都, 歌人)「短歌の友人」〔河出書房新社〕
第20回(平21年)
　◇評論部門
　　安藤 礼二 「光の曼陀羅 日本文学論」〔講談社〕
第21回(平22年)
　◇評論部門
　　高橋 英夫 「母なるもの―近代文学と音楽の場所」〔文藝春秋〕
　　宮沢 章夫 「時間のかかる読書」〔河出書房新社〕
第22回(平23年)
　◇評論部門
　　受賞作品なし
第23回(平24年)
　◇評論部門
　　川本 三郎 「白秋望景」〔新書社〕
第24回(平25年)
　◇評論部門
　　受賞作品なし
第25回(平26年)
　◇評論部門
　　黒川 創 「国境完全版」〔河出書房新社〕

055 「沖縄文芸年鑑」評論賞

沖縄タイムス社では,「沖縄文芸年鑑」の充実を図り,新しい書き手の発掘をめざして,平成6年に「沖縄文芸年鑑」評論賞を創設。斬新な評論が数多く寄せられることを期待。第5回をもって終了。

【主催者】沖縄タイムス社

【選考委員】大城貞俊,翁長直樹,渡名喜明

【選考方法】公募

【選考基準】〔対象〕文学・芸術・文化・思想に関する評論。基本的に沖縄・奄美に関連する内容であること。ただし,未発表原稿に限る〔資格〕県内外を問わない〔原稿〕400字詰め30枚前後(ワープロ原稿可。ただし400字詰め換算枚数を明記のこと)原稿の末尾に住所,電話番号,氏名(本名),年齢,職業を明記

【賞・賞金】受賞作(1編):賞金5万円,「沖縄文芸年鑑」1999年版(1999年12月下旬刊行予定)に掲載

第1回(平6年)
　該当者なし
第2回(平7年)
　比屋根 薫　「B'zをめぐる冒険」
第3回(平8年)
　該当者なし
第4回(平9年)
　興儀 秀武　"沖縄学"の誕生」
第5回(平10年)
　鈴木 次郎　「オキナワ的な,あまりに,オキナワ的な―東峰夫の〈方法〉」

056 奥の細道文学賞

　「おくのほそ道」紀行300年にちなんで,国際化時代にも対応した「奥の細道国際シンポジウム」を開催して以来,奥の細道とのゆかりを大切にしたまちづくりを進めてきた草加市が,市制施行35周年を記念して平成4年に創設。第7回(平成25年)から「ドナルド・キーン賞」を創設。

【主催者】草加市

【選考委員】(第7回)堀切実(国文学者),長谷川櫂(俳人),黒田杏子(俳人・エッセイスト)

【選考方法】公募

【選考基準】〔対象〕奥の細道文学賞は,奥の細道の旅,さらには広く日本の旅を対象とした紀行文,評論及び随筆作品。ドナルド・キーン賞は,奥の細道や芭蕉,その他近世の代表的な俳人・作品の評論・論文。ともに未発表の創作作品及び,所定の期間内に刊行又は発表される作品に限る。日本語作品(翻訳作品可)。〔資格〕不問。〔原稿〕400字詰め原稿用紙35枚前後

【締切・発表】(第7回)平成25年1月10日締切(当日消印有効),発表は平成25年10月応募者全員に通知

【賞・賞金】奥の細道文学賞,ドナルド・キーン賞各1編(正賞:賞状及び芭蕉翁像,副賞:賞金100万円)他

【URL】http://www.city.soka.saitama.jp/index.html

第1回（平5年度）
　清水 候鳥（長雄）「「利根川図志」吟行」
◇優秀賞
　三嶋 忠　「風に誘われ…」
　江連 晴生（剛）「「夜色楼台雪万家図」巡礼」
第2回（平8年）
　本田 成親　「佐分利谷の奇遇」
◇優秀賞
　太田 かほり　「あなたなる不器男の郷・放哉の海を訪ねて」
　久高 幸子　「「空ぞ忘れぬ」〈わたしの式子内親王抄〉」
◇佳作
　奥村 せいち　「紀行「お伊勢まいり」」
　徳岡 弘之　「芭蕉—その旅と詩」
　荻野 進一　「古代さきたま紀行」
　原田 治　「辺鄙を求めて」
第3回（平10年）
　山田 たかし　「有明物語」
◇優秀賞
　大屋 研一　「愛山渓」
　該当なし
◇佳作
　山之内 朗子　「鎮魂の旅の歌」
　松本 黎子　「私の旅 墓のある風景」
　矢沢 昭郎　「「吉備の国原」に古代ロマンを訪ねて」
　山口 仁奈子　「旅の途上で」
第4回（平13年）
◇奥の細道文学賞
　矢野 晶子　「つばなの旅路」〔紀行文〕
◇優秀賞
　平野 ゆき子　「あけびの里」(紀行文)
　高野 文生　「闇に出会う旅」(随筆)
◇佳作
　千原 昭彦　「古武士のような建物たち」(随筆)
　黒澤 彦治　「月山への遠い道」(紀行文)
　清水 ひさ子　「そぞろ神の木偶廻し」(紀行文)
　大舘 勝治　「心の蟬」(紀行文)
第5回（平16年）
◇奥の細道文学賞
　清水 ひさ子　「春帰家」(随筆)
◇優秀賞
　大舘 勝治　「旅の花嫁」(随筆)
　仲馬 達司　「『終の住処』考」(紀行文)
◇佳作
　七尾 一央　「南蛮の陽」(随筆)
　久野 陽子　「イセのマトヤのヒヨリヤマ」(随筆)
　風越 みなと　「輝ける貧しき旅に」(紀行文)
　本多 美也子　「塩原まで」(紀行文)
第6回（平20年）
◇奥野細道文学賞
　星野 透　「父母との細道」
◇優秀賞
　長谷川 知水　「千住宿から」
　岩崎 まさえ　「笹の葉」
◇佳作
　宗像 哲夫　「小さな三十五年目の旅」
　杉本 員博　「山寺や石にしみつく蟬の声」
　松丸 春生　「芭蕉の声を求めて—おくのほそ道の旅への旅」
第7回（平25年）
◇奥の細道文学賞
　宗像 哲夫　「阿武隈から津軽へ」
●優秀賞
　風越 みなと　「行きかふ年」
　森本 多岐子　「『奥の細道』蘇生と創作の旅」
◇ドナルド・キーン賞
　該当作なし
●奨励賞
　金田 房子　「西行・兼好の伝説と芭蕉の画賛句」
　山形 彩美　「三宅嘯山の芭蕉神聖化批判—『荴亭画讃集』『芭蕉翁讃』をめぐって」

評論

057 尾崎秀樹記念・大衆文学研究賞

　大衆文学研究及び評論のうえで、大衆文学研究の向上、発展に寄与した人々を顕彰する目的で、昭和62年に「大衆文学研究賞」を創設。平成11年の尾崎秀樹没後、平成12年からは「尾崎秀樹記念・大衆文学研究賞」として継続している。

【主催者】大衆文学研究会
【選考委員】縄田一男、末國善己、春日太一
【選考方法】推薦
【選考基準】その年度内(前年4月1日〜当年3月末日)に発表された作品(研究・考証・評論・伝記)
【締切・発表】10月発表

第1回（昭62年）
◇研究・考証
　福島 鋳郎 「雑誌で見る戦後史」
◇評論・伝記
　神坂 次郎 「縛られた巨人—南方熊楠の生涯」

第2回（昭63年）
◇研究・考証
　新青年研究会 「新青年読本」
◇評論・伝記
　村松 定孝 「あぢさゐ供養頌—わが泉鏡花」

第3回（平1年）
◇研究・考証
　伊藤 秀雄 「黒岩涙香—探偵小説の元祖」〔三一書房〕
◇評論・伝記
　村松 暎 「色機嫌—村松梢風の生涯」〔彩古書房〕
◇特別賞
　尾崎 秀樹 「大衆文学の歴史」〔講談社〕

第4回（平2年）
◇研究・考証
　今井 金吾 「半七は実在した—半七捕物帳江戸めぐり」〔河出書房新社〕
　橋本 勝三郎 「森の石松の世界」〔新潮社〕
◇評論・伝記
　平岡 正明 「大歌謡論」〔筑摩書房〕

第5回（平3年）
◇研究・考証
　高島 俊男 「水滸伝と日本人—江戸から昭和まで」〔大修館書店〕
◇評論・伝記
　巌谷 大四 「明治文壇外史」〔新人物往来社〕

第6回（平4年）
◇研究・考証
　塩浦 林也 「鷲尾雨工の生涯」〔恒文社〕
◇評論・伝記
　峯島 正行 「ナンセンスに賭ける」〔青蛙房〕

第7回（平5年）
◇研究・考証
　新庄 哲夫 「ある翻訳家の雑記帳」〔河出書房新社〕
◇評論・伝記
　清原 康正 「中山義秀の生涯」〔新人物往来社〕

第8回（平6年）
◇研究・考証
　長谷部 史親 「日本ミステリー進化論」〔日本経済新聞社〕
◇評論・伝記
　秋元 藍 「碑文 花の生涯」〔講談社〕
◇特別賞
　資延 勲 「小田富弥さしえ画集」（私家版）

第9回（平7年）
◇研究・考証
　縄田 一男 「捕物帖の系譜」〔新潮社〕
◇評論・伝記
　福島 行一 「大仏次郎」〔草思社〕

057 尾崎秀樹記念・大衆文学研究賞　　評論

第10回（平8年）
　◇研究・考証
　　長山 靖生　「偽史冒険世界」〔筑摩書房〕
　◇評論・伝記
　　矢野 誠一　「戸板康二の歳月」〔文藝春秋〕
第11回（平9年）
　◇研究・考証
　　セシル・サカイ　「日本の大衆文学」〔平凡社〕
　◇評論・伝記
　　林 えり子　「川柳 川上三太郎」〔河出書房新社〕
第12回（平10年）
　◇研究・考証
　　高三 啓輔　「鵠沼・東屋旅館物語」〔博文館新社〕
　◇評論・伝記
　　該当者なし
第13回（平12年）
　◇研究・考証
　　能村 庸一　「実録テレビ時代劇史」〔東京新聞出版局〕
　◇評論・伝記
　　藤倉 四郎　「カタクリの群れ咲く頃の」〔青蛙房〕
第14回（平13年）
　◇研究・考証
　　高橋 千劔破　「花鳥風月の日本史」〔黙出版〕
　◇評論・伝記
　　磯貝 勝太郎　「司馬遼太郎の風音」〔NHK出版〕
第15回（平14年）
　◇研究・考証
　　林 哲夫　「喫茶店の時代」〔編集工房ノア〕
　◇評論・伝記
　　高橋 敏夫　「藤沢周平 負を生きる物語」〔集英社〕
　◇特別賞
　　古川 薫　「花も嵐も 女優・田中絹代の生涯」〔文藝春秋〕
第16回（平16年）
　◇研究・考証
　　古川 隆久　「戦時下の日本映画―人々は国策映画を観たか」〔吉川弘文館〕
　◇評論・伝記
　　安宅 夏夫　「『日本百名山』の背景―深田久弥・二つの愛」〔集英社〕
　◇特別賞
　　早乙女 貢　「わが師・山本周五郎」〔第三文明社〕
第17回（平16年）
　◇研究・考証部門
　　光森 忠勝（作家）「伝統芸能に学ぶ 躾と父親」〔恒文社21〕
　◇評論・伝記部門
　　中島 誠（作家）「松本清張の時代小説」〔現代書館〕
　◇特別賞
　　出久根 達郎（作家）「昔をたずねて今を知る 読売新聞で読む明治」〔中央公論新社〕
第18回（平17年）
　◇研究・考証部門
　　小沢 昭一（俳優）「日本の放浪芸」〔白水社〕
　◇評論・伝記部門
　　吉川 潮（作家）「流行歌―西條八十物語」〔新潮社〕
　◇特別賞
　　新田次郎記念会　「新田次郎文学事典」〔新人物往来社〕
第19回（平18年）
　◇研究・考証部門
　　大村 彦次郎（文芸評論）「時代小説盛衰史」〔筑摩書房〕
　◇評論・伝記部門
　　植村 鞆音　「直木三十五伝」〔文芸春秋〕
第20回（平19年）
　◇研究・考証部門
　　利根川 裕（作家）「歌舞伎ヒーローの誕生」「歌舞伎ヒロインの誕生」〔右文書院〕
　◇評論・伝記部門
　　校條 剛（編集者）「ぬけられますか―私漫画家 滝田ゆう」〔河出書房新社〕
第21回（平20年）
　◇研究・考証部門
　　関 肇（大学助教授）「新聞小説の時代 メディア・読者・メロドラマ」〔新曜社〕
　◇評論・伝記部門
　　秋山 真志（ノンフィクション）「寄席の人

たち 現代寄席人物列伝」〔創美社〕
第22回（平21年）
◇研究・考証部門
　実業之日本社　「『少女の友』創刊100周年記念号」
◇評論・伝記部門
　菊池 仁　「ぼくらの時代には貸本屋があった」（新人物往来社）
第23回（平22年）
◇研究・考証部門
　碓井 昭雄　「司馬遼太郎とエロス」〔白順社〕
◇評論・伝記部門
　権田 萬治　「松本清張 時代の闇を見つめた作家」〔文藝春秋〕
◇特別賞
　峯島 正行　「荒野も歩めば径になる ロマンの猟人・尾崎秀樹の世界」〔実業之日本社〕

第24回（平23年）
◇大衆文学部門
　横田 順彌　「近代日本奇想小説史 明治篇」〔ピラールプレス〕
◇大衆文化部門
　米沢 嘉博　「戦後エロマンガ史」〔青林工藝舎〕
第25回（平24年）
◇大衆文学部門
　今井 照容　「三角寛『サンカ小説』の誕生」〔現代書館〕
◇大衆文化部門
　中山 涙　「浅草芸人—エノケン、ロッパ、欽ちゃん、たけし、浅草演芸150年史」〔マイナビ〕
第26回（平25年）
◇大衆文学部門
　中辻 理夫　「淡色の熱情 結城昌治論」〔東京創元社〕

058 大佛次郎論壇賞

　小説，ノンフィクション，歴史記述など幅広い分野で多くの作品を残したほか，知識人の立場から核廃絶，環境保護などを訴えた発言でも知られた大佛次郎の業績をたたえ，平成13年に創設。論壇の活性化に寄与し，21世紀の我が国の針路を指し示すことを目的とする。現代日本の現実にかかわりながら，よりよい社会の創造を目指す，政治・経済・社会・文化・国際関係などをめぐる独創的で優れた論考に贈る。

【主催者】朝日新聞社

【選考基準】〔対象〕前年9月からその年の9月末までに発表された作品〔選考基準〕(1) 現代日本と日本人に関して，世界への発信性を備えた論考 (2) 歴史的考察を踏まえつつ，独創性に富む論考 (3) 未来への指針を示す意義深い論考

【締切・発表】例年12月発表

【賞・賞金】（1件）賞金200万円

【URL】http://www.asahi.com/shimbun/award/osaragi/#rondan

第1回（平13年）
　大野 健一（政策研究大学院大学教授）「途上国のグローバリゼーション」〔東洋経済新報社〕
◇奨励賞
　苅谷 剛彦（東京大学教授）「階層化日本と教育危機」〔有信堂〕

　小林 慶一郎，加藤 創太（経済産業研究所研究員）「日本経済の罠」〔日本経済新聞社〕
◇特別賞
　ダワー，ジョン（米マサチューセッツ工科大学教授）「敗北を抱きしめて 上・下」

059 亀井勝一郎賞

〔岩波書店〕
第2回(平14年)
　池内 恵(アジア経済研究所研究員)「現代アラブの社会思想—終末論とイスラーム主義」〔講談社現代新書〕
第3回(平15年)
　篠田 英朗(広島大平和科学研究センター助手)「平和構築と法の支配」〔創文社〕
　小熊 英二(慶應大助教授)「〈民主〉と〈愛国〉」〔新曜社〕
第4回(平16年)
　ケネス・ルオフ(ポートランド州立大助教授)「国民の天皇—戦後日本の民主主義と天皇制」(高橋紘監修,木村剛久・福島睦男訳)〔共同通信社〕
　瀧井 一博(兵庫県立大助教授)「文明史のなかの明治憲法—この国のかたちと西洋体験」〔講談社選書メチエ〕
第5回(平17年)
　中島 岳志(日本学術振興会特別研究員,京都大人文科学研究所研修員)「中村屋のボース—インド独立運動と近代日本のアジア主義」〔白水社〕
第6回(平18年)
　岩下 明裕(北海道大学教授)「北方領土問題 4でも0でも,2でもなく」〔中公新書〕
◇奨励賞
　本田 由紀(東京大学助教授)「多元化する『能力』と日本社会 ハイパー・メリトクラシー化のなかで」〔NTT出版〕
第7回(平19年)
　朴 裕河 「和解のために」〔平凡社〕
第8回(平20年)
　湯浅 誠 「反貧困—『すべり台社会』からの脱出」〔岩波新書〕
第9回(平21年)
　広井 良典 「コミュニティを問いなおす—つながり・都市・日本社会の未来」〔ちくま新書〕
第10回(平22年)
　竹中 治堅 「参議院とは何か 1947〜2010」〔中公叢書〕
第11回(平23年)
　服部 龍二 「日中国交正常化—田中角栄、大平正芳、官僚たちの挑戦」〔中公新書〕
第12回(平24年)
　大島 堅一 「原発のコスト—エネルギー転換への視点」〔岩波新書〕
第13回(平25年)
　今野 晴貴 「ブラック企業 日本を食いつぶす妖怪」〔文春新書〕
第14回(平26年)
　遠藤 典子 「原子力損害賠償制度の研究 東京電力福島原発事故からの考察」〔岩波書店〕

059 亀井勝一郎賞

　故亀井勝一郎の業績を記念して亀井家(のち講談社)が、昭和44年創設した賞。第14回の授賞をもって中止。

【主催者】講談社

【選考委員】(第14回)遠藤周作、川村二郎、高橋英夫、中村光夫、山本健吉

【選考基準】単行本等に発表された新人の評論中、すぐれた作品に与えられる。

【締切・発表】年1回、11月14日亀井勝一郎の命日に発表。

【賞・賞金】賞状と賞金30万円

第1回(昭44年)
　川村 二郎 「限界の文学」〔河出書房新社〕
第2回(昭45年)
　武田 友寿 「遠藤周作の世界」〔中央出

版社〕
第3回（昭46年）
　高橋 英夫　「批評の精神」〔中央公論社〕
第4回（昭47年）
　入江 隆則　「幻想のかなたに」〔新潮社〕
第5回（昭48年）
　野口 武彦　「谷崎潤一郎論」〔中央公論社〕
第6回（昭49年）
　該当作なし
第7回（昭50年）
　上田 三四二　「眩暈を鎮めるもの」〔河出書房新社〕
　上原 和　「斑鳩の白い道のうえに—聖徳太子論」〔朝日新聞社〕
第8回（昭51年）
　前田 愛　「成島柳北」〔朝日新聞社〕
第9回（昭52年）
　該当作なし

第10回（昭53年）
　柄谷 行人　「マルクスその可能性の中心」〔講談社〕
　高田 宏　「言葉の海へ」〔新潮社〕
第11回（昭54年）
　宮内 豊　「ある殉死, 花田清輝論」〔講談社〕
　池内 紀　「諷刺の文学」〔白水社〕
第12回（昭55年）
　渋沢 孝輔　「蒲原有明論」〔海53年4月号〜54年11月号連載〕
第13回（昭56年）
　野島 秀勝　「迷宮の女たち」〔TBSブリタニカ〕
　十川 信介　「島崎藤村」〔筑摩書房〕
第14回（昭57年）
　渡辺 一民　「岸田国士論」〔岩波書店〕
　粟津 則雄　「正岡子規」〔朝日新聞社〕

060 群像新人文学賞〔評論部門〕

　優秀な新人の発掘を目的として昭和33年創設される。文学賞は「小説」と「評論」の2部門に分かれている。第60回より「群像新人評論賞」に名称変更。

【主催者】講談社

【選考委員】大澤真幸, 熊野純彦, 鷲田清一

【選考方法】〔対象〕未発表の評論に限る。卒業論文, 同人雑誌発表作, 他の新人賞への応募作品, ネット上で発表した作品等は対象外〔資格〕自作未発表原稿（同人雑誌発表作品は不可）〔原稿〕枚数は400字詰原稿用紙で70枚以内。ワープロ原稿の場合は400字詰換算の枚数を必ず明記。応募は1人1編

【締切・発表】（第60回）平成28年3月31日締切, 11月号の「群像」紙面上にて発表

【賞・賞金】賞金50万円（受賞作複数の場合は分割）

【URL】http://gunzo.kodansha.co.jp/award

第1回（昭33年）
　◇評論
　　足立 康　「宝石の文学」
第2回（昭34年）
　◇評論
　　佐野 金之助　「活力の造型」
第3回（昭35年）
　◇評論
　　秋山 駿　「小林秀雄」

第4回（昭36年）
　◇評論
　　成相 夏男（上田三四二）「斎藤茂吉論」
第5回（昭37年）
　◇評論
　　大炊絶（小笠原克）「私小説論の成立をめぐって」
第6回（昭38年）
　◇評論

060 群像新人文学賞〔評論部門〕　　評　論

　　　月村　敏行　「中野重治論序説」
第7回（昭39年）
　◇評論
　　　松原　新一　「亀井勝一郎論」
第8回（昭40年）
　◇評論
　　　渡辺　広士　「三島由紀夫と大江健三郎」
第9回（昭41年）
　◇評論
　　　該当作なし
第10回（昭42年）
　◇評論
　　　宮内　豊　「大岡昇平論」
　　　利沢　行夫　「自己救済のイメージ―大江健三郎論」
第11回（昭43年）
　◇評論
　　　該当作なし
第12回（昭44年）
　◇評論
　　　柄谷　行人　「〈意識〉と〈自然〉―漱石試論」
第13回（昭45年）
　◇評論
　　　該当作なし
第14回（昭46年）
　◇評論
　　　該当作なし
第15回（昭47年）
　◇評論
　　　西村　亘　「ギリシア人の歎き―悲劇に於ける宿命と自由との関係の考察」
第16回（昭48年）
　◇評論
　　　本村　敏雄　「傷痕と回帰―＜月とかがり火＞を中心に」
第17回（昭49年）
　◇評論
　　　勝又　浩　「我を求めて―中島敦による私小説論の試み」
第18回（昭50年）
　◇評論
　　　該当作なし
第19回（昭51年）
　◇評論
　　　該当作なし

第20回（昭52年）
　◇評論
　　　中島　梓　「文学の輪郭」
第21回（昭53年）
　◇評論
　　　該当作なし
第22回（昭54年）
　◇評論
　　　該当作なし
第23回（昭55年）
　◇評論
　　　該当作なし
　◇評論（優秀作）
　　　川村　湊　「異様（ことやう）なるものをめぐって―徒然草論」
第24回（昭56年）
　◇評論
　　　小林　広一　「斎藤緑雨論」
第25回（昭57年）
　◇評論
　　　加藤　弘一　「コスモスの知慧」
第26回（昭58年）
　◇評論
　　　井口　時男　「物語の身体―中上健次論」
　　　千石　英世　「ファルスの複層―小島信夫論」
第27回（昭59年）
　◇評論
　　　該当作なし
　◇評論（優秀作）
　　　松下　千里　「生成する「非在」―古井由吉をめぐって」
　　　山内　由紀人　「生きられた自我―高橋たか子論」
第28回（昭60年）
　◇評論
　　　該当作なし
第29回（昭61年）
　◇評論
　　　清水　良典　「記述の国家」
第30回（昭62年）
　◇評論
　　　高橋　勇夫　「帰属と彷徨―芥川龍之介論」
第31回（昭63年）
　◇評論
　　　室井　光広　「零の力―J.Lボルヒスをめぐる

断章」
第32回（平1年）
◇評論
該当作なし
第33回（平2年）
◇評論
森 孝雅 「「豊饒の海」あるいは夢の折り返し点」
●優秀作
風丸 良彦 「カーヴァーが死んだことなんてだあれも知らなかった—極小主義者たちの午後」
第34回（平3年）
◇評論
渡辺 諒 「異邦の友への手紙—ロラン・バルト「記号の帝国」再考」
●優秀作
佐飛 通俊 「静かなるシステム」
第35回（平4年）
◇評論
武田 信明 「二つの「鏡地獄」—乱歩と牧野信一における複数の「私」」
山城 むつみ 「小林批評のクリティカル・ポイント」
第36回（平5年）
◇評論
大杉 重男 「「あらくれ」論」
第37回（平6年）
◇評論
池田 雄一 「原形式に抗して」
紺野 馨 「哀しき主（ヘル）—小林秀雄と歴史」
第38回（平7年）
◇評論
該当作なし
第39回（平8年）
◇評論
該当作なし
●優秀作
川田 宇一郎 「由美ちゃんとユミヨシさん—庄司薫と村上春樹の『小さき母』」
高原 英理 「語りの自己現場」
第40回（平9年）
◇評論
斎藤 礎英 「逆説について」

●優秀作
丸川 哲史 「『細雪』試論」
第41回（平10年）
◇評論
鎌田 哲哉 「丸山真男論」
千葉 一幹 「文学の位置—森鷗外試論」
日比 勝敏 「物語の外部・構造化の軌跡—武田泰淳論序説」
第42回（平11年）
当選作なし
◇評論優秀作
山岡 頼弘 「中原中也の「履歴」」
水谷 真人 「批評と文芸批評と」
第43回（平12年）
当選作なし
◇評論優秀作
生田 武志 「つぎ合わせの器は、ナイフで切られた果物となりえるか？」
第44回（平13年）
青木 純一 「法の執行停止—森鷗外の歴史小説」
第45回（平14年）
伊藤 氏貴 「他者の在処—芥川の言語論」
◇評論優秀作
安藤 礼二 「神々の闘争—折口信夫論」
第46回（平15年）
佐藤 康智 「『奇跡』の一角」
第47回（平16年）
◇評論当選作
該当なし
◇評論優秀作
中井 秀明 「変な気持」
和田 茂俊 「汽車に乗る中野重治」
第48回（平17年）
◇評論当選作
該当なし
◇評論優秀作
水牛 健太郎 「過去メタファー中国—ある『アフターダーク』論」
山田 茂 「赤坂真理」
第49回（平18年）
◇評論当選作
該当なし
◇評論優秀作
田中 弥生 「乖離する私—中村文則」

061 現代短歌評論賞

第50回（平19年）
　◇評論当選作
　　該当なし
　◇評論優秀作
　　岩月 悟 「《無限》の地平の《彼方》へ〜チェーホフのリアリズム」
　　橋本 勝也 「具体的（デジタル）な指触り（キータッチ）」
第51回（平20年）
　◇評論当選作
　　武田 将明 「囲われない批評—東浩紀と中原昌也」
第52回（平21年）
　◇評論当選作
　　永岡 杜人 「言語についての小説—リービ英雄論」
第53回（平22年）
　◇評論当選作
　　当選作なし
第54回（平23年）
　◇評論当選作
　　彌榮 浩樹 「1%の俳句——一挙性・露呈性・写生」
第55回（平24年）
　◇評論当選作
　　該当作なし
第56回（平25年）
　◇評論当選作
　　該当作なし
　◇評論優秀作
　　木村 友彦 「不可能性としての〈批評〉—批評家 中村光夫の位置」
　　多羽田 敏夫 「〈普遍倫理〉を求めて—吉本隆明「人間の『存在の倫理』」論註」
第57回（平26年）
　◇評論当選作
　　該当作なし
　◇評論優秀作
　　坂口 周 「運動する写生—映画の時代の子規」
　　矢野 利裕 「自分ならざる者を精一杯に生きる—町田康論」

061 現代短歌評論賞

　雑誌「短歌研究」発行の短歌研究社が主催する評論賞。各回の課題に沿った、新しい短歌の地平を開く評論を広く募集する。昭和29（1954）年に第1回が開催され、昭和36（1961）年までに4回が開催されたが一旦中止され、昭和58（1983）年から新たに第1回として開催されている。

【主催者】短歌研究社

【選考委員】篠弘, 佐佐木幸綱, 大島史洋, 三枝昂之

【選考方法】公募

【選考基準】〔対象〕課題（第33回：戦後短歌70年を現代の視点で考察する）に則した論文であること、未発表の論文であること〔原稿〕400字詰め原稿用紙20〜30枚程度、表題を付す

【締切・発表】（第33回）平成27年7月1日、「短歌研究」10月号誌上にて発表

【URL】http://www.tankakenkyu.co.jp/award/hyouronsyou.html

第1回（昭29年）
　菱川 善夫 「敗北の抒情」
　上田 三四二 「異質への情熱」
第2回（昭32年）
　該当者なし
第3回（昭33年）
　秋村 功 「短歌散文化の性格」
第4回（昭36年）

現代短歌評論賞

第1回（昭58年）
　該当者なし
第2回（昭59年）
　該当者なし
　◇特別賞
　　山下 雅人，日夏 也寸志
第3回（昭60年）
　山下 雅人 「現代短歌における『私』の変容」
第4回（昭61年）
　喜多 昭夫 「母性のありか」
第5回（昭62年）
　谷岡 亜紀 「『ライトヴァース』の残した問題」
第6回（昭63年）
　加藤 孝男 「言葉の権力への挑戦」
第7回（平1年）
　坂出 裕子 「持続の志―岡部文夫論」
　大野 道夫 「思想兵・岡井隆の軌跡」
第8回（平2年）
　島瀬 信博 「鳥はどこでなくのか」
第9回（平3年）
　柴田 典昭 「大衆化時代の短歌の可能性」
第10回（平4年）
　小塩 卓哉 「緩みゆく短歌形式」
第11回（平5年）
　猪熊 健一 「太平洋戦争と短歌という『制度』」
第12回（平6年）
　吉川 宏志 「妊娠・出産をめぐる人間関係の変容」
第13回（平7年）
　田中 綾 「アジアにおける戦争と短歌」
第14回（平8年）
　◇優秀作
　　岩井 謙一，田中 晶子
第15回（平9年）
　◇優秀作
　　岩井 謙一，河路 由佳
第16回（平10年）
　岩井 謙一 「短歌と病」
第17回（平11年）
　小澤 正邦 「『も』『かも』の歌の試行―歌集『草の庭』をめぐって」
第18回（平12年）
　小林 幹也 「塚本邦雄と三島事件―身体表現に向かう時代のなかで」
第19回（平13年）
　森本 平 「『戦争と虐殺』後の現代短歌」
第20回（平14年）
　川本 千栄 「時間を超える視線」
第21回（平15年）
　矢部 雅之 「死物におちいる病―明治期前半の歌人による現実志向の歌の試み」
第22回（平16年）
　森井 マスミ 「インターネットからの叫び―「文学」の延長線上に」
第23回（平17年）
　なみの 亜子 「寺山修司の見ていたもの」
第24回（平18年）
　高橋 啓介 「現実感喪失の危機―離人症的短歌」
第25回（平19年）
　藤島 秀憲 「日本語の変容と短歌―オノマトペからの一考察」
第26回（平20年）
　今井 恵子 「求められる現代の言葉」
第27回（平21年）
　山田 航 「樹木を詠むという思想」
第28回（平22年）
　松井 多絵子 「或るホームレス歌人を探る―響きあう投稿歌」
第29回（平23年）
　梶原 さい子 「短歌の口語化がもたらしたもの―歌の『印象』からの考察」
第30回（平24年）
　三宅 勇介 「抑圧され、記号化された自然～機会詩についての考察」
第31回（平25年）
　久真 八志 「相聞の社会性―結婚を接点として」
第32回（平26年）
　寺井 龍哉 「うたと震災と私」

062 現代俳句評論賞

現代俳句を志向する俳句に関する評論を、現代俳句協会の協会員に限らず、応募資格に制限を設けずに広く募集する。

【主催者】現代俳句協会
【選考委員】綾野道江、岩淵喜代子、大畑等、恩田侑布子、高橋修宏、林桂、柳生正名
【選考方法】公募
【選考基準】〔対象〕応募作品（前年または前々年の俳句総合誌などに発表された既発表作品も含）は400字詰め原稿用紙30枚程度（12,000字）以内。単行本は対象外
【締切・発表】（第33回）平成27年6月1日、「現代俳句」等に発表
【賞・賞金】賞状および賞金10万円
【URL】http://www.gendaihaiku.gr.jp/prize/hyoron/

第1回（昭57年度）
　大橋 嶺夫
第2回（昭58年度）
　中里 麦外
　四ツ谷 龍
第3回（昭59年度）
　綾野 道江
　鈴木 蚊都夫
第4回（昭60年度）
　松林 尚志
第5回（昭61年度）
　星野 昌彦
第6回（昭62年度）
　該当者なし
第7回（昭62年度）
　成井 恵子
第8回（昭63年度）
　前川 剛
　村松 彩石
第9回（平元年度）
　該当者なし
第10回（平2年度）
　細井 啓司
第11回（平3年度）
　秋尾 敏
第12回（平4年度）
　該当者なし
第13回（平5年度）
　前川 紅楼

第14回（平6年度）
　谷川 昇
第15回（平7年度）
　該当者なし
第16回（平8年度）
　江里 昭彦
第17回（平9年度）
　久保田 耕平
第18回（平10年度）
　該当者なし
第19回（平11年度）
　五島 高資　「欲望の世紀と俳句―真実の探求」
第20回（平12年度）
　該当者なし
第21回（平13年度）
　大畑 等，守谷 茂泰
第22回（平14年度）
　小野 裕三　「西東三鬼試論〜日本語の「くらやみ」をめぐって」
　高橋 修宏　「鈴木六林男〜その戦争俳句の展開」
第23回（平15年度）
　五十嵐 秀彦　「寺山修二俳句論-私の墓は、私のことば」
第24回（平16年度）
　白石 司子，山本 千代子
第25回（平17年度）
　柳生 正名

第26回（平18年度）
　宇井 十間
第27回（平19年度）
　高岡 修　「蝶の系譜－言語の変容にみるもうひとつの現代俳句史」
第28回（平20年度）
　松田 ひろむ　「白い夏野―高屋正國ときどき窓秋」
第29回（平21年度）
　該当者なし
第30回（平22年度）
　近藤 栄治　「高柳重信―俳句とロマネスク」

第31回（平23年度）
　神田 ひろみ　「加藤楸邨―その父と「内部生命論」」
第32回（平24年度）
　松下 カロ　「象を見にゆく 言語としての津沢マサ子論」
第33回（平25年度）
　山田 征司　「渡辺白泉私論『支那事変群作』を巡って」
第34回（平26年度）
　竹岡 一郎　「攝津幸彦、その戦争詠の二重性」

063 小林秀雄賞

新潮学芸賞のあとを受けて、平成14年新潮ドキュメント賞とともに創設。文芸評論家・小林秀雄生誕100年を記念した。自由な精神と柔軟な知性で新しい世界像を作り上げた日本語作品を授賞対象とする。フィクションは除く。

【主催者】新潮文芸振興会
【選考委員】（第13回・平26年）加藤典洋，関川夏央，橋本治，堀江敏幸，養老孟司
【選考基準】〔対象〕日本語によって行われた言語表現作品一般とし、自由な精神と柔軟な知性に基づいて新しい世界像を呈示した作品一篇に授与する。ただしフィクション（小説・戯曲・詩歌等）は除外する。各年7月1日から翌年6月30日までを対象期間とし、この期間内に発表・発行された作品を選考対象とする
【締切・発表】「考える人」秋号誌上で発表
【賞・賞金】記念品及び賞金100万円
【URL】http://www.shinchosha.co.jp/prizes/kobayashisho/

第1回（平14年）
　橋本 治　「『三島由紀夫』とはなにものだったのか」〔新潮社〕
　斎藤 美奈子　「文章読本さん江」〔筑摩書房〕
第2回（平15年）
　吉本 隆明　「夏目漱石を読む」〔筑摩書房〕
　岩井 克人　「会社はこれからどうなるのか」〔平凡社〕
第3回（平16年）
　佐野 洋子　「神も仏もありませぬ」〔筑摩書房〕
　中沢 新一　「対称性人類学―カイエ・ソバージュⅤ」〔講談社〕
第4回（平17年）
　茂木 健一郎　「脳と仮想」〔新潮社〕
第5回（平18年）
　荒川 洋治　「文芸時評という感想」〔四月社〕
第6回（平19年）
　内田 樹　「私家版・ユダヤ文化論」〔文藝春秋〕
第7回（平20年）
　多田 富雄　「寡黙なる巨人」〔集英社〕
第8回（平21年）
　水村 美苗　「日本語が亡びるとき 英語の

064 斎藤緑雨賞　　　　　　　　　　　　　　　　　　　　　　　　　　　　評論

　　世紀の中で」
第9回（平22年）
　　加藤 陽子 「それでも、日本人は『戦争』を選んだ」
第10回（平23年）
　　髙橋 秀実 「ご先祖様はどちら様」
第11回（平24年）

　　小澤 征爾, 村上 春樹 「小澤征爾さんと、音楽について話をする」
第12回（平25年）
　　山口 晃 「ヘンな日本美術史」
第13回（平26年）
　　山田 太一 「月日の残像」

064 斎藤緑雨賞

　明治文壇において、多彩な文筆活動を展開させた鈴鹿市出身の斎藤緑雨の文学的業績を讃え、これを広く世に伝えるとともに、その偉業を現代に継ぐ新鋭中堅のすぐれた文芸作品を顕彰することを目的として、平成4年創設された。第4回をもって終了。

【主催者】鈴鹿市

【選考委員】（第2回）選考委員：五木寛之,清水信,高井有一,中田耕治,推薦委員：清水信,井上武彦,藤田充伯,衣斐弘行,福島礼子

【選考方法】全国の出版社,文芸関係者らの推薦を参考として,推薦委員会が推薦

【選考基準】〔対象〕評論、エッセー、伝記、ノンフィクションで締切の前年10月から1年間に単行本として刊行された作品。ただし、合著・編著は除く

【締切・発表】（第2回）推薦締切は平成5年10月20日,発表は平成6年2月上旬（各報道関係に発表）,贈呈式は平成6年3月上旬

【賞・賞金】賞状,賞金100万円,記念品

第1回（平5年）
　　四方田 犬彦 「月島物語」〔集英社〕
　　平岡 正明 「浪曲的」〔青土社〕
第2回（平6年）
　　松岡 正剛 「ルナティックス」〔作品社〕
第3回（平7年）

　　種村 季弘 「ビンゲンのヒルデガルトの世界」〔青土社〕
第4回（平8年）
　　中沢 新一 「哲学の東北」〔青土社〕
　　海野 弘 「江戸ふしぎ草子」〔河出書房新社〕

065 ザ・ビートルズ・クラブ大賞

　ザ・ビートルズをテーマにした文芸作品のコンクール。ビートルズの作品から感じたこと,ビートルズに関するできごとや体験などをテーマにした,多くのビートルズ・ファンに共感や感動を与える作品を募る。1991年から開始された。

【主催者】ザ・ビートルズ・クラブ

【選考委員】ザ・ビートルズ・クラブ大賞選考委員会

【選考方法】公募

【選考基準】〔対象〕ビートルズを中心テーマとするもの。エッセイ,散文,小説,詩（挿

し絵付きも可）、短歌、俳句、川柳、シナリオ（ラジオドラマ、テレビ、演劇）、研究・評論等。多くのビートルズ・ファンに共感や感動を与える作品を期待する。〔応募規定〕手書き、ワープロとも1行20字。小説以外は2,400文字以内。小説の枚数は自由。タイトル、郵便番号、住所、氏名、年令、電話番号を明記した表紙を付け、左肩をホチキス等で、とめること。すでに別の媒体に発表されたことのない未発表作品に限る。受賞作、掲載作の著作権はザ・ビートルズ・クラブに帰属。

【締切・発表】発表は月刊『ザ・ビートルズ』

【賞・賞金】ザ・ビートルズ大賞：賞状、副賞ザ・ビートルズ・クラブ商品券10万円。優秀賞：賞状、副賞ザ・ビートルズ・クラブ商品券5万円。佳作：賞状、副賞ザ・ビートルズ・クラブ商品券2万円。奨励賞、ジュニア奨励賞：ザ・ビートルズ・クラブ商品券1万円。商品券は月刊『ザ・ビートルズ』の通信販売で利用可。(平成16年3月12日現在)

【URL】http : //www.thebeatles.co.jp/contents/index2.htm

第1回（平3年）
◇文学部門
● 優秀賞
　山城屋 哲 「復活祭の朝に」(エッセイ)
第2回（平4年）
◇文学部門
● 優秀賞
　浜田 亘代 「黄色い潜水艦」(エッセイ)
第3回（平5年）
◇文学部門
● 優秀賞
　近藤 菜穂子 「青春を過ぎてこそ」(エッセイ)
第4回（平6年）
◇文学部門
● 佳作
　早坂 彰二 「レット・イット・ビー讃歌」(エッセイ)
第5回（平7年）
◇文学部門
● 佳作
　増井 潤子 「私のなかのビートルズ」(エッセイ)
　麗呑「リアルなフィクション『サージェント』」(エッセイ)
第6回（平8年）
◇文学部門
● 佳作
　富田 康博 「辞書になかったキーワード『BEATLES』」(エッセイ)
第7回（平9年）

◇文学部門
● 優秀賞
　東 義久 「銀の雨降る」(小説)
第8回（平10年）
◇文学部門
● 佳作
　三好 智之 「18年目のアンソロジー」(エッセイ)
　石河 真知子 「もうひとりの僕」(小説)
第9回（平11年）
◇文学部門
● 優秀賞
　石河 真知子 「冬の歌」(小説)
第10回（平12年）
◇文学部門
● 佳作
　村岡 秀也 「パパ・ジョン、ママ・ルーシー」(小説)
　国斗 純 「オマージュ」(詩)
　山田 裕子 「どこかにいる私のお父さんへ」(小説)
第11回（平13年）
◇文学部門
● 優秀賞
　高山 信哉 「SHE LOVES YOU」(小説)
第12回（平14年）
◇文学部門
● 優秀賞
　須藤 敦子 「LUBBER SOUL」(小説)
第13回（平15年）
◇文学部門

該当作なし
◇研究・評論部門
- 大賞
　　該当作なし
- 優秀賞
　　木村 秀樹　「日本版レコードジャケット写真の検証」

第14回（平16年）
◇文学部門
- 大賞
　　該当者なし
- 佳作
　　蜂屋 正純　「苺のニュース」
- 奨励賞
　　山城屋 哲　「心が疲れ果てるまで」
　　与田 亜紀　「音楽教室のイエスタディ」
◇研究・評論部門
- 大賞
　　該当者なし

第15回（平17年）
◇文学部門
- 大賞
　　該当者なし
- 奨励賞
　　市原 琢哉　「Long Long Long」
　　小平田 史穂　「正体不明の子守唄」
- 特別賞
　　浦上 昭一　「人生（ひとよ）を謳ひし」
◇研究・評論部門
- 大賞
　　該当者なし
- 奨励賞
　　森 泰宏　「日本のロックとビートルズ（サザンオールスターズを例にして）」

第16回（平18年）
◇文学部門
　　該当者なし
◇研究・評論部門
　　該当者なし

第17回（平19年）
◇文学部門

- 大賞
　　該当者なし
- 奨励賞
　　未来谷 今芥　「～the Beatles来日40's Anniversary リッケンバッカー2006&特別読み切りリッケンバッカー2007」
- 企画賞
　　名古屋 山三　「二十一世紀ポップ歌集「ビートルズ編」五十首」
◇研究・評論部門
　　該当者なし

第18回（平20年）
◇文学部門
　　該当者なし
◇研究・評論部門
　　応募作品なし

第19回（平21年）
◇文学部門
　　該当者なし
◇研究・評論部門
　　該当者なし

第20回（平22年）
◇文学部門
　　該当者なし
◇研究・評論部門
　　該当者なし

第21回（平23年）
◇文学部門
- 大賞
　　該当者なし
- 優秀賞
　　松阪 表　「僕の"StrawberryFields"」
- 佳作
　　泉 美樹　「いつも行く場所」
◇研究・評論部門
- 大賞
　　該当者なし
- 佳作
　　木村 秀樹　「ビートルズが"あなたの街にやってくる"～およびビートルズメンバーの来日検証～」

066 新評賞

評論　　　　　　　　　　　　　　　　　　　　　　　　　　　066 新評賞

「新評」創刊5周年を記念して,マスコミに関係する若者の記事ならびに,編集者を対象として昭和46年に創設。昭和57年,第12回の授賞をもって中止。

【主催者】新評社,評論新社
【選考委員】荒垣秀雄,加藤秀俊,藤井丙午,安岡章太郎,渡部昇一
【選考方法】〔対象〕記事,評論,ルポルタージュなど。〔資格〕特になし。〔原稿〕400字詰原稿用紙で300枚以上。
【締切・発表】毎年12月31日締切,翌年の「新評」5月号に発表,年1回。
【賞・賞金】時計と賞金30万円,発表紙担当部門賞金10万円

第1回(昭46年)
◇第1部門＝交通問題(正賞)
　近藤 武 「欠陥車に乗る欠陥者」文芸春秋44年8月号
　岡 並木 「自動車は永遠の乗物か」諸君44年9月号
◇第1部門＝交通問題(掲載紙誌担当部門賞)
　「文芸春秋」編集部,「諸君」編集部
第2回(昭47年)
◇第1部門＝交通問題(正賞)
　特集「自動車に未来はあるか」(清水馨八郎「車文明の不幸な運命」,田口憲一「追いつめられた自動車産業」,玉井義臣「この家庭(マイホーム)破壊者」)朝日ジャーナル46年11月5日号
◇第1部門＝交通問題(掲載紙誌担当部門賞)
　朝日ジャーナル編集部
◇第2部門＝老人と社会(正賞)
　岩手日報社報道部 「老人」岩手日報46年1月1日より50回連載
◇第2部門＝老人と社会(掲載紙誌担当部門賞)
　岩手日報社
第3回(昭48年)
◇第1部門＝交通問題(正賞)
　津田 康 「くるまろじい―自動車と人間の狂葬曲」毎日新聞47年1月～12月掲載,六月社書房刊
◇第1部門＝交通問題(掲載紙誌担当部門賞)
　毎日新聞大阪本社社会部,六月社書房編集部
◇第2部門＝現代の女性
　該当作なし

第4回(昭49年)
◇第1部門＝交通問題(正賞)
　河北新報社報道部 「植物人間」河北新報48年4月12日号より18回連載
◇第1部門＝交通問題(掲載紙誌担当部門賞)
　河北新報社
◇第2部門＝社会問題一般(正賞)
　大森 実 「大森実の直撃インタビュー」週刊現代48年1月3日号より連載
◇第2部門＝社会問題一般(掲載紙誌担当部門賞)
　週刊現代編集部
第5回(昭50年)
◇第1部門＝交通問題(正賞)
　北海道新聞社社会部 「人間復権シリーズ」北海道新聞49年1月より76回連載
◇第1部門＝交通問題(掲載紙誌担当部門賞)
　北海道新聞社
◇第2部門＝社会問題一般(正賞)
　立花 隆(代表)「田中角栄研究―その金脈と人脈」文芸春秋11月号
◇第2部門＝社会問題一般(掲載紙誌担当部門賞)
　文芸春秋編集部
第6回(昭51年)
◇第1部門＝交通問題(正賞)
　熊本日日新聞社社会部 「あすの都市交通」熊本日日新聞50年1月より72回連載
◇第1部門＝交通問題(掲載紙担当部門賞)
　熊本日日新聞社
◇第2部門＝社会問題一般(正賞)
　松下幸之助 「崩れゆく日本をどう救うか」PHP研究所
◇第2部門＝社会問題一般(掲載紙誌担当部門

067 創元推理評論賞

賞)
　PHP研究所
第7回(昭52年)
◇第1部門=交通問題
　該当作なし
◇第2部門=社会問題一般(正賞)
　高知新聞社社会部 「解放への闘い」高知新聞社
　鎌田 慧 「逃げる民」日本評論社
◇第2部門=社会問題一般(掲載紙誌担当部門賞)
　高知新聞社,日本評論社
第8回(昭53年)
◇第1部門=交通問題(正賞)
　大谷 健 「国鉄は生き残れるか」産業能率短期大学出版部
◇第1部門=交通問題(掲載紙誌担当部門賞)
　産業能率短期大学出版部
◇第2部門=社会問題一般(正賞)
　NHK経済部取材班 「ある総合商社の挫折」日本放送出版協会
◇第2部門=社会問題一般(掲載紙誌担当部門賞)
　日本放送出版協会
第9回(昭54年)
◇第1部門=交通問題(正賞)
　宮脇 俊三 「時刻表2万キロ」河出書房新社
◇第1部門=交通問題(掲載紙誌担当部門賞)
　河出書房新社
◇第2部門=社会問題一般(正賞)
　共同通信社社会部 「父よ母よ」全国28加盟紙に掲載
◇第2部門=社会問題一般(掲載紙誌担当部門賞)
　共同通信社

第10回(昭55年)
◇第1部門=農業問題(正賞)
　安達 生恒 「むらの再生」日本経済新聞社
◇第1部門=農業問題(掲載紙誌担当部門賞)
　日本経済評論社
◇第2部門=社会問題一般(正賞)
　村山 元英 「わが家の日米文化合戦」PHP研究所
◇第2部門=社会問題一般(掲載紙誌担当部門賞)
　PHP研究所
第11回(昭56年)
◇第1部門=農業問題(正賞)
　信濃毎日新聞文化部 「信州の土」信濃毎日新聞社
◇第1部門=農業問題(掲載紙誌担当部門賞)
　信濃毎日新聞社
◇第2部門=社会問題一般(正賞)
　ユスフザイ,U・D・カーン 「私のアラブ・私の日本」CBSソニー出版
◇第2部門=社会問題一般(掲載紙誌担当部門賞)
　CBSソニー出版
第12回(昭57年)
◇第1部門=農業問題(正賞)
　デーリー東北新聞社報道部 「米」デーリー東北新聞社
◇第1部門=農業問題(掲載紙誌担当部門賞)
　デーリー東北新聞社
◇第2部門=社会問題一般(正賞)
　黒柳 徹子 「窓ぎわのトットちゃん」講談社
◇第2部門=社会問題一般(掲載紙誌担当部門賞)
　講談社

067 創元推理評論賞

新しい推理評論の地平を拓く才能を求める。平成15年度第10回を最後に休止。
【主催者】東京創元社
【選考委員】権田萬治,巽昌章,法月綸太郎
【選考方法】公募

【選考基準】〔対象〕推理小説評論。未発表作品。〔原稿〕400字詰め原稿用紙換算で30〜100枚程度

【締切・発表】（第10回）平成15年3月末日締切、発表は6月末、10月刊行の「ミステリーズ！」に掲載

【賞・賞金】賞金30万円

【URL】http://www.tsogen.co.jp/

第1回（平6年）
　涛岡 寿子　「都市の相貌」
第2回（平7年）
　千街 晶之　「終わらない伝言ゲーム」
第3回（平8年）
　鷹城 宏　「あやかしの贄（にえ）―京極ミステリーのルネッサンス」
第4回（平9年）
　並木 士郎　「モルグ街で起こらなかったこと（または起源の不在）」
第5回（平10年）
　該当作なし
第6回（平11年）
　円堂 都司昭　「シングル・ルームとテーマパーク―綾辻行人『館』論」
第7回（平12年）
　波多野 健　「無時間性の芸術へ―推理小説の神話的本質についての試論」
第8回（平13年）
　該当作なし
第9回（平14年）
　該当作なし
第10回（平15年）
　中辻 理夫　「ノワール作家・結城昌治」

068 日本SF評論賞

　SF評論が、創作以外の多くの領域をカバーするもうひとつの表現形式として評価されるべき時代に到来した。伝統的な文芸評論の枠には収まらなくとも、独自の作家論や作品論、伝記、ノンフィクション、超科学研究、また映画やマンガやアニメ、現代芸術、さらにはそこに惹きつけられる感性自体を中心とした文化研究に至るまで、SF的想像力あふれる書き手は今日決して少なくない。そこから新世紀を担う才能を積極的に発見し発掘するために、平成17年に創設した。第9回（平成25年）までで一旦休止し、平成26年は募集を行わない（以後は未定）。

【主催者】日本SF作家クラブ

【選考委員】川又千秋、新城カズマ、図子慧、森下一仁、SFマガジン編集長

【選考方法】公募

【選考基準】〔対象〕メディアを問わない広義のSF作品及び周辺ジャンル（ファンタジイ、ホラーを含む）を対象とする評論。〔原稿〕400字詰原稿用紙50枚以上100枚以下（ワープロ原稿は1枚40字×40行、縦書きで印字の上、400字詰原稿用紙換算枚数を明記）。原稿の表紙に、タイトル・氏名（ペンネームの場合は本名も）・要約（400字以内）・年齢・住所・電話番号・職業・略歴を明記。応募原稿は返却しない

【締切・発表】（第9回）平成25年8月31日（当日消印有効）、12月発表

【賞・賞金】トロフィー

ノンフィクション・評論・学芸の賞事典　111

【URL】http://sfwj.jp/

第1回（平17年）
　横道 仁志　「『鳥姫伝』評論―断絶に架かる一本の橋」
◇選考委員特別賞
　鼎 元亨　「ナガサキ生まれのミュータント―ペリー・ローダンシリーズにおける日本語固有名詞に関する論考 および 命名者は長崎におけるオランダ人捕虜被爆者であったとする仮説」

第2回（平18年）
◇優秀賞
　海老原 豊　「グレッグ・イーガンとスパイラルダンスを『適切な愛』『祈りの海』『しあわせの理由』に読む境界解体の快楽」
　磯部 剛喜　「国民の創世―〈第三次世界大戦〉後における〈宇宙の戦士〉の再読」

第3回（平19年）
　宮野 由梨香　「光瀬龍『百億の昼と千億の夜』小論 旧ハヤカワ文庫版「あとがきにかえて」の謎」
◇選考委員特別賞
　藤田 直哉　「消失点、暗黒の塔―『暗黒の塔』V部、VI部、VII部を検討する」

第4回（平20年）
◇優秀賞
　石和 義之　「アシモフの二つの顔」

第5回（平21年）
◇優秀賞
　岡和田 晃　「『世界内戦』とわずかな希望―伊藤計劃『虐殺器官』へ向き合うために」
◇選考委員特別賞
　高槻 真樹　「文字のないSF―スフェークを探して」

第6回（平22年）
◇優秀賞
　関 竜司　「玲音の予感―『serial experiments lain』の描く未来」
◇選考委員特別賞
　藤元 登四郎　「『高い城の男』―ウクロニーと『易教』」

第7回（平23年）
◇優秀賞
　渡邊 利道　「独身者たちの宴 上田早夕里『華竜の宮』論」
◇選考委員特別賞
　忍澤 勉　「『惑星ソラリス』理解のために―『ソラリス』はどう伝わったのか」

第8回（平24年）
◇選考委員特別賞
　タヤンディエー・ドゥニ　「荒巻義雄の『ブヨブヨ工学』SF、シュルレアリスム、そしてナノテクノロジーのイマジネーション」

第9回（平25年）
◇奨励賞
　進藤 洋介　「『ジュラシック・パーク』のフラクタル」

069 日本歌人クラブ評論賞

　日本歌人クラブの創立55周年記念事業の一環として設立された、短歌・歌人に対する評論書や研究書を対象とする。

【主催者】日本歌人クラブ
【選考委員】（第13回）谷岡亜紀、三枝昂之、久保田登、戸田佳子、長澤ちづ
【選考基準】〔対象〕前年度に刊行された短歌関連の図書
【賞・賞金】正賞並びに副賞10万円

第1回（平15年）
　藤岡 武雄 「書簡にみる斎藤茂吉」〔短歌新聞社〕
　秋山 佐和子 「歌ひつくさば ゆるされむかも 歌人三ヶ島葭子の生涯」〔TBSブリタニカ〕
第2回（平16年）
　該当者なし
第3回（平17年）
　原田 清 「會津八一 人生と芸術」〔砂子屋書房〕
　松坂 弘 「定型の力と日本語表現」〔雁書館〕
第4回（平18年）
　三枝 昂之 「昭和短歌の精神史」〔本阿弥書店〕
　青井 史 「与謝野鉄幹」〔深夜叢書社〕
第5回（平19年）
　坂井 修一 「斉藤茂吉から塚本邦雄へ」〔五柳書院〕
第6回（平20年）
　今西 幹一 「佐藤佐太郎短歌の研究」〔おうふう〕
　山本 司 「［初評伝］坪野哲久」〔角川書店〕
第7回（平21年）
　来嶋 靖生 「大正歌壇史私稿」〔ゆまに書房〕
第8回（平22年）
　大辻 隆弘 「アララギの脊梁」〔青磁社〕
第9回（平23年）
　品田 悦一 「斎藤茂吉」〔ミネルヴァ書房〕
　松村 正直 「短歌は記憶する」〔六花書林〕
第10回（平24年）
　渡 英子 「メロディアの笛」〔ながらみ書房〕
第11回（平25年）
　小野 弘子 「父・矢代東村」〔現代短歌社〕
第12回（平26年）
　杜澤 光一郎 「宮柊二・人と作品」〔いりの社〕
第13回（平27年）
　永田 和宏 「現代秀歌」〔岩波書店〕

070 俳人協会評論賞

俳人協会の協会会員による、評論的著作を表彰するもの。

【主催者】俳人協会

【選考基準】平成26年11月1日から平成27年10月31日に発行された俳人協会員の評論的著作物（但し、正岡子規以降近年のものを対象）。対象作品の奥付の日付が期間内であっても、俳人協会に期間内に未到着の場合は除外する場合あり

【URL】http://www.haijinkyokai.jp/event/prize-list.html

第1回（昭54年度）
　松本 旭 「村上鬼城の研究」
第2回（昭56年度）
　桑原 視草 「出雲俳壇の人々」
第3回（昭58年度）
　小室 善弘 「漱石俳句の評釈」
第4回（昭60年度）
　村松 友次 「芭蕉の手紙」
　室岡 和子 「子規山脈の人々」
第5回（昭62年度）
　平井 照敏 「かな書きの詩」
第6回（平1年度）
　◇奨励賞
　長谷川 櫂 「俳句の宇宙」
第7回（平3年度）
　杉橋 陽一 「剥落する青空」
第8回（平5年度）

070 俳人協会評論賞

堀 古蝶 「俳人松瀬青々」
◇新人賞
　片山 由美子 「現代俳句との会話」
第9回（平6年度）
　大串 章 「現代俳句の山河」
◇新人賞
　足立 幸信 「狩行俳句の現代性」
　筑紫 磐井 「飯田龍太の彼方へ」
第10回（平7年度）
　澤木 欣一 「昭和俳句の青春」
　成瀬 櫻桃子 「久保田万太郎の俳句」
◇新人賞
　中田 水光 「芥川龍之介文章修行」
第11回（平8年度）
　茨木 和生 「西の季語物語」
◇新人賞
　松岡 ひでたか 「竹久夢二の俳句」
第12回（平9年度）
　石原 八束 「飯田蛇笏」
　渡辺 勝 「比較俳句論 日本とドイツ」
◇新人賞
　見目 誠 「呪われた詩人 尾崎放哉」
第13回（平10年度）
　川崎 展宏 「俳句初心」
◇新人賞
　中岡 毅雄 「高浜虚子論」
第14回（平11年度）
　正木 ゆう子 「起きて、立って、服を着ること」
　蓬田 紀枝子 「葉柳に…」
第15回（平12年度）
　栗田 靖 「河東碧梧桐の基礎的研究」
第16回（平13年度）
　阿部 誠文 「ソ連抑留俳句 人と作品」
　西嶋 あさ子 「俳人 安住敦」
第17回（平14年度）
　星野 恒彦 「俳句とハイクの世界」
　柴田 奈美 「正岡子規と俳句分類」
第18回（平15年度）
　坂本 宮尾 「杉田久女」
◇新人賞
　櫂 未知子 「季語の底力」

第19回（平16年度）
　西村 和子 「虚子の京都」
◇新人賞
　小川 軽舟 「魅了する詩型 現代俳句私論」
第20回（平17年度）
　田島 和生 「新興俳人の群像」
第21回（平18年度）
　片山 由美子 「俳句を読むということ」
　仁平 勝 「俳句の射程」
第22回（平19年度）
　小澤 實 「俳句のはじまる場所」
◇新人賞
　高柳 克弘 「凛然たる青春」
第23回（平20年度）
　綾部 仁喜 「山王林だより」
　栗林 圭魚 「知られざる虚子」
◇新人賞
　岸本 尚毅 「俳句の力学」
第24回（平21年度）
　角 光雄 「俳人青木月斗」
　日野 雅之 「松江の俳人・大谷繞石」
第25回（平22年度）
　中坪 達哉 「前田普羅」
第26回（平23年度）
　岸本 尚毅 「高浜虚子 俳句の力」
　中岡 毅雄 「壺中の天地」
第27回（平24年度）
　筑紫 磐井 「伝統の探求〈題詠文学論〉」
　中村 雅樹 「俳人 橋本鷄二」
第28回（平25年度）
　仲村 青彦 「輝ける挑戦者たち─俳句表現考序説」
◇新人賞
　長嶺 千晶 「今も沖には未来あり 中村草田男句集「長子」の世界」
第29回（平26年度）
　岩淵 喜代子 「二冊の「鹿火屋」─原石鼎の憧憬」
　榎本 好宏 「懐かしき子供の遊び歳時記」
◇新人賞
　青木 亮人 「その眼、俳人につき」

071 フォスコ・マライーニ賞

昭和初期に来日した日本研究者、フォスコ・マライーニの名を冠し、昭和53年から平成19年まで続いた、「マルコ・ポーロ賞」を継承する賞。日本におけるイタリア文化への理解と関心を促進することを目的に、イタリアに関する優れた日本語の著作へ贈られる。

- 【主催者】イタリア文化会館
- 【選考委員】西谷修,小佐野重利,尾崎真理子,酒井啓子,和田忠彦(委員長)
- 【選考基準】〔対象〕平成23年1月から25年6月までの間に、日本語で出版されたイタリアに関する著作
- 【締切・発表】(平成26年)11月15日授賞式
- 【賞・賞金】正賞(盾),副賞50万円
- 【URL】http://www.iictokyo.esteri.it/IIC_Tokyo/webform/SchedaEvento.aspx?id=549

第1回(平26年)
水野 千依 「イメージの地層 ルネサンスの図像文化における奇跡・分身・予言」〔名古屋大学出版会〕

072 マルコ・ポーロ賞

昭和52年に創設され、日本におけるイタリア文化への理解を深めるためにその紹介・普及・発展に貢献した作品の著者を表彰する賞。特に、従来の日本におけるイタリア文化の紹介と理解が歴史的・伝統的なもの、もしくは音楽・映画など特定の分野に限られていたため、その偏向を正すべく、日本であまり知られていない分野、あるいは従来とは異なった新しい観点からとらえた作品が評価される。第28回をもって一旦終了し、フォスコ・マライーニ賞へ受けつがれた。

- 【主催者】イタリア文化会館
- 【選考委員】加藤周一,大谷啓治,都留重人
- 【選考方法】公募および推薦
- 【選考基準】〔対象〕過去1年間に刊行された、日本におけるイタリア文化の普及と発展に寄与した作品
- 【締切・発表】(平成15年)6月13日授賞式
- 【賞・賞金】1点。表彰楯と賞金100万円
- 【URL】http://www.italcult.or.jp
  http://www.iictokyo.esteri.it/NR/rdonlyres/90277B0C-AA9B-47F4-9DBF-58A034E990DF/121375/PREMIOMARCOPOLO.pdf

第1回(昭52年度)
千種 堅(イタリア文学者)「ダンテの末裔たち」〔三省堂〕

第2回(昭53年度)

宮沢 智士（文化庁文化財保護部建造物課）「イタリア中部の一山岳集落における民家調査報告」〔奈良国立文化財研究所〕
第3回（昭54年度）
◇イタリア文化奨励部門
芦原 義信（建築家，武蔵野美大教授）「街並みの美学」〔岩波書店〕
◇イタリア・ジャーナリズム部門
坂本 鉄男（ナポリ東洋大学教授）「イタリア通信」〔サンケイ新聞紙上の定期寄稿〕
◇イタリア語学部門
谷 一郎（東京大学名誉教授），小野 健一（東京大学名誉教授），斎藤 泰弘（都都産業大学助教授〔訳〕）「鳥の飛翔に関する手稿」〔レオナルド・ダ・ヴィンチ著 岩波書店〕
第4回（昭55年度）
◇イタリア文化奨励部門
霜田 美樹雄（早稲田大学教授）「キリスト教は如何にしてローマに広まったか」〔早稲田大学出版部〕
◇イタリア・ジャーナリズム部門
藤川 鉄馬（大蔵省）「明けても暮れてもイタリア」〔時事通信社〕
◇イタリア語学部門
該当者なし
第5回（昭56年度）
田之倉 稔（イタリア文学演劇研究家）「イタリアのアヴァンギャルド 未来派からピランデルロへ」〔白水社〕
第6回（昭57年度）
平田 隆一（東北大学教授）「エトルスキ国制の研究」〔南窓社〕
第7回（昭58年度）
池田 廉（大阪外国語大学教授），ほか「小学館伊和中辞典」〔小学館〕
第8回（昭59年度）
近藤 恒一（東京学芸大学教授）「ペトラルカ研究」〔創文社〕
第9回（昭60年度）
松嶋 敦茂（滋賀大学教授）「経済から社会へ パレートの生涯と思想」〔みすず書房〕
第10回（昭61年度）
桐敷 真二郎「パラーディオ：建築四書：注解」〔中央公論美術出版〕
第11回（昭62年度）
藤沢 房俊 「赤シャツの英雄ガリバルディ—伝説から神話への変容」
第12回（昭63年度）
石鍋 真澄 「聖母の都市 シエナ」
第13回（平1年度）
佐々木 英也 「ジョットの芸術」〔中央公論美術出版〕
第14回（平2年度）
青柳 正規 「古代都市ローマ」〔中央公論美術出版〕
第15回（平3年度）
日本放送出版協会 「NHK フィレンツェ・ルネサンス 全6巻」
第16回（平4年度）＜オサノ／シゲトシ＞
小佐野 重利 「記憶の中の古代—ルネサンス美術にみられる古代の受容」〔中央公論美術出版〕
第17回（平5年度）
高山 博（東大文学部教授）「中世地中海世界とシチリア王国」〔東大出版会〕
第18回（平6年度）
永井 三明 「ヴェネツィア貴族の世界 社会と意識」〔刀水書房〕
第19回（平8年度）
辻 茂（元・東京芸術大学教授）「遠近法の誕生—ルネサンスの芸術家と科学」〔朝日新聞社〕，「遠近法の発見」〔現代企画室〕
第20回（平9年度）
根占 献一（学習院女子短期大学人文学科教授）「ロレンツォ・デ・メディチ—ルネサンス期フィレンツェ社会における個人の形成」〔南窓社〕
第21回（平10年度）
末吉 孝州（就実女子大学教授）「グイッチャルディーニの生涯と時代」〔太陽出版〕
第22回（平11年度）
徐 京植（東京経済大講師）「プリーモ・レーヴィへの旅」〔朝日新聞社〕
石井 元章（大阪芸術大助教授）「ヴェネツィアと日本—美術をめぐる交流」〔ブリュッケ〕

評論

第23回(平12年度)
　高橋 友子(神戸女学院大助教授)「捨児たちのルネッサンス」〔名古屋大学出版会〕
第24回(平13年度)
　佐藤 眞典(広島大学教授)「中世イタリア都市国家成立史研究」〔ミネルヴァ書房〕
第25回(平14年度)
　今道 友信(東京大学名誉教授,英知大学教授)「ダンテ「神曲」講義」〔みすず書房〕
第26回(平15年度)
　◇学術部門
　　京谷 啓徳 「ボルソ・デステとスキファノイア壁画」〔中央公論美術出版〕

◇ジャーナリスト部門
　小林 元 「イタリアのビジネスモデルに学ぶもの」〔繊維ビジネス〕
第27回(平16年度)
　◇学術部門
　　水谷 彰良 「サリエーリ モーツァルトに消された宮廷楽長」〔音楽之友社〕
　◇ジャーナリスト部門
　　竹山 博英 「ローマの泉の物語」〔集英社新書〕
第28回(平18年度)
　ファビオ・ランベッリ 「イタリア的「南」の魅力」〔講談社選書メチエ〕

073 三浦綾子作文賞

　三浦綾子文学が多くの人々に親しまれ、その文学的精神が幅広く継承されていくことを願うとともに、児童生徒たちが文章を書くことを通じて、社会のあり方と人間の生き方を深く見つめ、たくましく生きて行く力を養っていくことを目的としている。第14回(平成24年)から自由作文部門と三浦綾子読書感想文部門の二部門の募集となった。

【主催者】三浦綾子記念文化財団

【選考委員】(第16回)片山晴夫(北海道教育大学特任教授),神谷忠孝(北海道文教大学教授),加藤多一(作家・児童文学),大橋賢一(北海道教育大学准教授),田中綾(北海学園大学准教授),菅野浩(公益財団法人三浦綾子記念文化財団副理事長)

【選考方法】公募

【選考基準】(第16回)〔部門〕A.自由作文部門(創作や感想文,評論,童話等も可)小学生の部,中学生の部,高校生の部。B.三浦綾子読書感想文部門(課題図書:『氷点』『塩狩峠』『泥流地帯』『千利休とその妻たち』『母』『銃口』から選択)中学生の部,高校生の部。〔原稿〕小学生の部は400字詰め原稿用紙3〜5枚程度。中・高校生の部は原稿用紙5〜10枚程度。封筒の表に「三浦綾子作文賞作品在中」と明記,別紙に表題,住所,名前,生年月日,学校名などを記入して郵送する。〔応募規定〕一人一作品とする。応募作品は返却しない

【締切・発表】毎年10月31日締切,12月中旬発表

【賞・賞金】最優秀賞:A部門,B部門から各1編。優秀賞:A部門「小学生の部」「中学生の部」「高校生の部」,B部門「中学生の部」「高校生の部」各部1編

【URL】http://www.hyouten.com/

第1回(平11年)
　◇高校生の部
　　●最優秀賞
　　　原田 侑美子 「思春期の悩み」

　　●優秀賞
　　　小森 利絵 「深樹の葬送」
　　　吉田 美希 「もう一度輝いて」
　　◇中学生の部

ノンフィクション・評論・学芸の賞事典　117

073 三浦綾子作文賞　　　　　　　　　　　　　　　　　　評論

　該当作なし
　◇小学生の部
　　該当作なし
第2回（平12年）
　◇高校生の部
　●最優秀賞
　　宮田 征　「ほんとうの私を求めて」
　●優秀賞
　　二瓶 美保　「花束」
　　牛久保 景子　「シンクロニシティー」
第3回（平13年）
　◇高校生の部
　●最優秀賞
　　松倉 有希　「通学路」
　●優秀賞
　　瀬戸 佑美　「私は0じゃない」
　◇中学生の部
　●最優秀賞
　　該当作なし
　●優秀賞
　　佐久間 美佳　「十三歳の夏」
　　外山 沙絵　「未来への一言」
　　小林 由季　「私が進んだ一歩」
　◇小学生の部
　●最優秀賞
　　林 龍之介　「ぼくのいもうと」
　●優秀賞
　　梅井 美帆　「日記・作文 がんばっています」
第4回（平14年）
　◇高校生の部
　●最優秀賞
　　該当作なし
　●優秀賞
　　大村 結花　「十分間の過去と思い」
　　栗林 恵里菜　「脱皮」
　◇中学生の部
　●最優秀賞
　　該当作なし
　●優秀賞
　　角田 和歌子　「私の頑張れる時」
　◇小学生の部
　●最優秀賞
　　該当作なし
　●優秀賞
　　岡崎 佑哉　「かわのおはなし」

　　稲場 瑞紀　「大好き!!先生」
第5回（平15年）
　◇高校生の部
　●最優秀賞
　　川島 裕子　「猫と伯父さん」
　●優秀賞
　　水戸 佐和子　「桜咲く」
　　岡野 早苗　「永訣」
　◇中学生の部
　●最優秀賞
　　該当作なし
　●優秀賞
　　佐々木 満ちる　「クリスチャンの僕が考えている事」
　◇小学生の部
　●最優秀賞
　　上西 希生　「祖父から聞いた話」
　●優秀賞
　　河原 茜　「せかい一ちいさなクラス」
　　稲場 優美　「わたし」
第6回（平16年度）
　◇小学生の部
　●最優秀賞
　　岡崎 佑哉　「おさかなけいかく」
　●優秀賞
　　上西 のどか　「私の出会った国」
　◇中学生の部
　●最優秀賞
　　上西 希生　「僕の失敗」
　●優秀賞
　　矢野 淳一　「自分を信じることの大切さ」
　　中島 美咲　「十回目の春」
　　加藤 しおり　「努力の先に見えるもの～私の生き方～」
　◇高校生の部
　●優秀賞
　　川島 裕子　「死をはさんで君と僕」
　　河上 尚美　「まさか母が」
　　角田 和歌子　「馬を洗はば」
第7回（平17年度）
　◇小学生の部
　●最優秀賞
　　上西 のどか　「命を救う温かい心」
　●優秀賞
　　河野 奈緒美　「『フッコの会』ありがとう」
　　脇田 晃成　「あきらめかけた新幹線」

◇中学生の部
　●優秀賞
　　上西　希生　「死について」
　　高畑　早紀　「閉ざした心」
◇高校生の部
　●優秀賞
　　川島　裕子　「机の中の記憶」
　　佐々木　まこと　「心の置き場」
　　佐々木　結咲子　「15歳の軌跡」
　●奨励賞
　　京田　華英　「夢に向かって」
第8回（平18年度）
◇小学生の部
　●最優秀賞
　　神谷　沙紀　「森内先生」
　●優秀賞
　　安達　裕貴　「9にんきょうだい」
◇中学生の部
　●優秀賞
　　上西　のどか　「いじめについて思うこと」
　　高畑　早紀　「油性マジックな人生」
◇高校生の部
　●優秀賞
　　大内　美季　「私がペンを取るワケ」
　　石本　彩貴　「成長した泣き虫」
第9回（平19年度）
◇小学生の部
　●最優秀賞
　　村松　美悠加　「バスていくん」
　●優秀賞
　　植村　優香　「十分の一の命」
　　水関　実法子　「弟になったおにいちゃん」
◇中学生の部
　●最優秀賞
　　脇田　彩衣　「たぐりよせる心」
　●優秀賞
　　上西　のどか　「命の雫が輝くとき」
◇高校生の部
　●最優秀賞
　　佐藤　みどり　「心の声」
　　稲葉　美幸　「自分として生きる」
　●優秀賞
　　大村　まや　「友達依存症」
第10回（平20年度）
◇小学生の部
　●最優秀賞
　　山崎　歩美　「密柑の味」
　●優秀賞
　　小野　瑞貴　「はじめての山」
　　水関　実法子　「不思議なテレビ」
◇中学生の部
　●最優秀賞
　　佐藤　香奈恵　「保健室のカタツムリ」
◇高校生の部
　●最優秀賞
　　安藤　優記　「僕らにできることは」
　●優秀賞
　　高橋　彩由美　「マリアとの出会い」
第11回（平21年）
◇小学生の部
　●最優秀賞
　　該当なし
　●優秀賞
　　渡邉　凜太郎　「友達」
◇中学生の部
　●最優秀賞
　　該当なし
　●優秀賞
　　入江　翼　「食べれども食べれども」
◇高校生の部
　●最優秀賞
　　堀　香澄　「平和の実現に向けて」
　●優秀賞
　　今泉　あずさ　「一奏伝心」
第12回（平22年）
◇小学生の部
　●最優秀賞
　　該当なし
　●優秀賞
　　石井　妙子　「こどもだけの国」
◇中学生の部
　●最優秀賞
　　該当なし
　●優秀賞
　　田之上　聖佳　「私たちの夏は、銀賞」
　　北條　弘晟　「祭りに行かない男」
◇高校生の部
　●最優秀賞
　　該当なし
　●優秀賞
　　該当なし
第13回（平23年）

◇小学生の部
- 最優秀賞
  石井 妙子 「お姉ちゃんへ」
- 優秀賞
  大橋 文香 「あーちゃんみーちゃんのたのしいたんけん」
◇中学生の部
- 最優秀賞
  田島 優花 「私のピアノ人生」
- 優秀賞
  酒井 陽菜 「ありがとう曾祖母(ひいばば)」
  細川 加菜美 「温かさの距離と量」
◇高校生の部
- 最優秀賞
  今泉 あずさ 「語り継ぐひと受け継ぐひと」
- 優秀賞
  川上 万里花 「戦場は人が人ではなくなってしまう所」

第14回(平24年)
◇自由作文部門・小学生の部
- 最優秀賞
  寺田 夕樹乃 「百人一首と百人一首の先生について」
- 優秀賞
  小林 達矢 「勇気を出して」
◇自由作文部門・中学生の部
- 最優秀賞
  佐々木 実法 「『がんばれ』という言葉」
- 優秀賞
  三城 南泉 「ハクと過ごした8年間」
◇自由作文部門・高校生の部
- 最優秀賞
  佐藤 香奈恵 「髪を梳く風」
- 優秀賞
  該当作なし
◇三浦綾子読書感想文部門・中学生の部
- 最優秀賞
  安田 沙弥華 「氷点を読んで」
- 優秀賞
  鈴木 美紀 「塩狩峠から考えた『生きること』」
◇三浦綾子読書感想文部門・高校生の部
- 最優秀賞
  田崎 陽子 「塩狩峠を読んで」
- 優秀賞
  該当作なし

第15回(平25年)
◇自由作文部門・小学生の部
- 最優秀賞
  該当なし
- 優秀賞
  佐々木 楓乃 「守銭奴」
◇自由作文部門・中学生の部
- 最優秀賞
  該当なし
- 優秀賞
  上野 雅奈 「私の祖母」
  加藤 葵 「「変わる」ってこと」
◇自由作文部門・高校生の部
- 最優秀賞
  渡部 祥乃 「心臓病と闘って」
- 優秀賞
  該当なし
◇三浦綾子読書感想文部門・中学生の部
- 最優秀賞
  照山 遥己 「『氷点』を読み終えて」
- 優秀賞
  畔高 貴晶 「「希望」を見出す〜『氷点』を読んで〜」
◇三浦綾子読書感想文部門・高校生の部
- 最優秀賞
  該当なし
- 優秀賞
  成沢 自由 「選択」

074 三田文学新人賞〔評論部門〕

三田文学会が主催の公募による文学賞。小説部門と評論部門に分かれる。
【主催者】三田文学会

> 【選考委員】いしいしんじ, 佐伯一麦, 青来有一, 持田叙子
> 【選考基準】小説・評論ともに未発表作品に限る。小説・評論ともに400字詰原稿用紙100枚以内。縦書き。応募資格は不問
> 【賞・賞金】当選作に賞金50万円, 佳作に10万円を贈呈
> 【URL】http://www.mitabungaku.jp/shinjin.html

第1回（1994年度）
　◇佳作
　　福田はるか 「匿名〈久保田あら、ぎ生〉考」
第2回（1995年度）
　　該当者なし
第3回（1996年度）
　◇佳作
　　五味渕 典嗣 「谷崎潤一郎―散文家の執念」
第4回（1997年度）
　　該当者なし
第5回（1998年度）
　　該当者なし
第6回（1999年度）
　　永原 孝道 「お伽ばなしの王様―青山二郎論のために」
第7回（2000年度）
　　田中 和生 「欠落を生きる―江藤淳論」
第8回（2001年度）
　　該当者なし
第9回（2002年度）
　　該当者なし
第10回（2003年度）
　　該当者なし
第11回（2004年度）
　　該当者なし
第12回（2005年度）
　　該当者なし
第13回（2006年度）
　　該当者なし
第14回（2007年度）
　　若松 英輔 「越知保夫とその時代―求道の文学」
第15回（2008年度）
　　該当者なし
第16回（2009年度）
　　該当者なし
第17回（2010年度）
　　岡本 英敏 「モダニストの矜持―勝本清一郎論」
第18回（創刊一〇〇年記念 2011年度）
　　金子 遊 「弧状の島々―ソクーロフとネフスキー」
第19回（2013年度）
　◇佳作
　　川﨑 秋光 「「喪失」の系譜―江藤淳の変遷と現代文学の「喪失感」」
第20回（2014年度）
　　該当者なし
第21回（2015年度）
　　該当者なし

075 宮沢賢治賞・イーハトーブ賞

　花巻市のふるさと創生事業として, 平成2年9月22日設立された。宮沢賢治の名において顕彰されるにふさわしい業績をあげた個人または団体を表彰する。

> 【主催者】花巻市
> 【選考方法】宮沢賢治学会イーハトーブセンター会員からの推薦に基づいて賞選考委員会が選考, 理事会の承認を経て花巻市長に答申する。
> 【選考基準】〔宮沢賢治賞〕研究, 評論及び創作を行った個人又は団体で, 概ね3年以内に発表されたもの。〔イーハトーブ賞〕実践的な活動を行った個人又は団体

075 宮沢賢治賞・イーハトーブ賞　　評論

【締切・発表】毎年5月末日締切,8月発表
【賞・賞金】本賞：賞状,正賞,副賞100万円,奨励賞：賞状,記念品,副賞30万円
【URL】http://www.kenji.gr.jp/prize.html

第1回（平3年）
　◇宮沢賢治賞
　　堀尾 青史 "「宮沢賢治年譜」などで賢治の人間像を詳細に浮き彫りにした功績に対して"
　　柚木 沙弥郎 "版画集「宮沢賢治遠景」などで賢治作品を民芸調の画風で表現した功績に対して"
　◇イーハトーブ賞
　　該当者なし
第2回（平4年）
　◇宮沢賢治賞
　　小倉 豊文 "「雨ニモマケズ手帳」研究などの功績に対して"
　●奨励賞
　　モリタ,エレーヌ（Morita, Hélène）"「銀河鉄道の夜」（'89年）と「雪渡り」（'91年）の仏訳に対して"
　　ストロング,サラ・M. "論文「溶媒と沈殿――「春と修羅」第1集の世界」"
　　対馬 美香 「宮沢賢治の絵画――萩原朔太郎「月に吠える」挿絵の投影」
　◇イーハトーブ賞
　　照井 謹二郎 "永年にわたる賢治精神の普及"
　●奨励賞
　　岩手絵の会 "子どもたちによる賢治童話の再創造"
第3回（平5年）
　◇宮沢賢治賞
　　原 子朗 "「宮沢賢治語彙辞典」の編著をはじめとする業績,および多くの新人研究者の育成と,海外学術交流への寄与"
　●奨励賞
　　「オペレッタ・注文の多い料理店」上演グループ（代表・仙道作三）"「オペレッタ＜注文の多い料理店＞」のすぐれた上演とその成果"
　◇イーハトーブ賞
　　ほべつ銀河鉄道の里づくり委員会（代表・高橋政春）"賢治精神を求め・生かした地域づくり"
　●奨励賞
　　宮沢賢治の会（代表・吉田六太郎）"故菊池暁輝氏創設以来の永年にわたる宮沢賢治精神の継承普及活動"
　　吉田 昌男 "多くの分野にわたる宮沢賢治精神の普及活動"
第4回（平6年）
　◇宮沢賢治賞
　　森 荘已池 "著作「私たちの詩人宮沢賢治」など長年にわたって賢治研究を続ける"
　◇イーハトーブ賞
　　林 洋子 "国内外で賢治作品の一人語り公演を千回以上にわたって行う"
第5回（平7年）
　◇宮沢賢治賞
　　該当なし
　●奨励賞
　　中野 新治 「宮沢賢治・童話の読解」
　◇イーハトーブ賞
　　高木 仁三郎 "賢治科学思想の伝承と実践"
　　ものがたり文化の会（代表・橋本順吉）"人体交響劇による賢治文学・思想の普及活動"
　●奨励賞
　　花巻混声合唱団（代表・西村博）"昭和35年（1960年）以来の一貫した宮沢賢治作品の演奏活動"
第6回（平8年）
　◇宮沢賢治賞
　　斎藤 文一 "科学者の立場から,長年にわたり宮沢賢治の世界を解明"
　　シャスティーン・ヴィデーウス "宮沢賢治童話全般にわたる英文による精密な研究の完成"
　●奨励賞
　　鈴木 健司 「宮沢賢治 幻想空間の構造」

◇イーハトーブ賞
　田ケ谷 雅夫 "宮沢賢治の思想による障害者福祉への40年余りに及ぶ献身的活動"
　松村 彦次郎 "多年にわたる宮沢賢治作品の一人芝居（舞台化）の活動"
第7回（平9年）
◇宮沢賢治賞
　宇佐見 英治 「明るさの神秘」
　佐藤 泰正 「佐藤泰正著作集（6）宮沢賢治論」
●奨励賞
　秋枝 美保 「宮沢賢治 北方への志向」
　西 成彦 「森のゲリラ 宮沢賢治」
◇イーハトーブ賞
　牧野 財士 "1958年渡印以来、40年近く現地において農業指導のため、夫人ともども献身的な努力、苦労を重ねて来た業績"
●奨励賞
　鈴木 實 "永年にわたる賢治精神の普及活動"
　ガブリエル・メランベルジェ 「宮沢賢治をフランス語で読む」
第8回（平10年）
◇宮沢賢治賞
　該当なし
●奨励賞
　多田 幸正 「賢治童話の方法」
　奥山 文幸 「宮沢賢治『春と修羅』論」
　齋藤 孝 「宮沢賢治という身体」
◇イーハトーブ賞
　長岡 輝子 "永年にわたり宮沢賢治作品の朗読を通して広く一般に興味と感銘を与えたその活躍"
　山﨑 善次郎 "永年にわたりみずから賢治精神を実践し賢治研究にも陰ながら貢献した地道な業績"
●奨励賞
　該当なし
第9回（平11年）
◇宮沢賢治賞
　入沢 康夫 "膨大な草稿から賢治の詩作過程を解明した"
　続橋 達雄 "近代児童文学界での賢治童話の位置付けを明らかにした"
◇イーハトーブ賞
　井上 ひさし "劇作「イーハトーボの劇列車」で等身大の賢治像を浮き彫りにした"
●奨励賞
　谷口 秀子 "賢治作品の朗読指導に尽力した"
　中村 伸一郎 "賢治の詩を合唱曲にして小中学生の音楽指導に努めた"
第10回（平12年）
◇宮沢賢治賞
　佐藤 通雅 「宮沢賢治 東北砕石工場技師論」〔洋々社〕
●奨励賞
　押野 武志 「宮沢賢治の美学」〔翰林書房〕
◇イーハトーブ賞
　該当者なし
●奨励賞
　花巻農高鹿踊り部
第11回（平13年）
◇宮沢賢治賞
　天沢 退二郎 "「宮沢賢治の彼方へ」など長年にわたる賢治研究と、厳密な本文校訂"
●奨励賞
　コリガンテイラー、カレン "「雪渡り」「よだかの星」の英訳"
◇イーハトーブ賞
　増村 博
　菊池 裕
第12回（平14年）
◇宮沢賢治賞
　松田 司郎 "賢治の深層世界を哲学・心理学的に考察。自ら現地を歩いた写真集の出版や、雑誌「ワルトラワラ」の主宰など多彩な活動を展開"
●奨励賞
　近藤 晴彦 "短歌や心象スケッチなどを中原中也などの同時代詩と比較対照"
　ジョージ、プラット・アブハラム "インド西南部ケーララ州の公用語マラヤラム語で童話作品を翻訳"
◇イーハトーブ賞
　オペラシアターこんにゃく座 "「シグナルとシグナレス」「セロ弾きのゴーシュ」などの童話をオペラで上演"
●奨励賞

佐藤 孝 "童話「なめとこ山の熊」に出てくるナメトコ山の所在地確認を始めとした現地調査を実施"

第13回（平15年）
◇宮沢賢治賞
池沢 夏樹（作家）"評論「言葉の流星群」で，賢治作品の具体的検証に加え自身の感動体験を分析。明せきかつ平明な文章で新たな魅力を掘り起こし，学界に新風を巻き起こした"
小林 敏也（画家）"「どんぐりと山猫」を皮切りに童話作品15点を絵本化。持続的に創作に携わるとともに，内容に応じた独創的な絵は賢治の魅力を十分に伝え，子どもに広く親しまれている"
◇イーハトーブ賞
赤坂 憲雄（東北芸術工科大教授）"「東北学へ（全3巻）」をはじめとする著作で東北学を提唱。新たな東北観を形作り学問分野を開拓した研究活動は，賢治の郷土岩手から未来に向けた創作に重なり，評価に値する"

第14回（平16年）
◇宮沢賢治賞
該当なし
• 奨励賞
小川 達雄
山根 知子
松澤 和宏
◇イーハトーブ賞
中村 哲
畠山 重篤
• 奨励賞
該当なし

第15回（平17年）
◇宮沢賢治賞
奥田 弘
• 奨励賞
石黒 耀
◇イーハトーブ賞
川村 光夫
• 奨励賞
花巻ユネスコ・ペ・セルクル

第16回（平18年）
◇宮沢賢治賞
高橋 源一郎
• 奨励賞
岡澤 敏男
◇イーハトーブ賞
内橋 克人
服部 匡志
• 奨励賞
コーラスせきれい

第17回（平19年）
◇宮沢賢治賞
菊池 忠二
• 奨励賞
加藤 碩一
中村 三春
◇イーハトーブ賞
該当なし
• 奨励賞
ウプレティ，ナンダ・プラサド
御舩 道子（三朝温泉かじか蛙保存研究会）

第18回（平20年）
◇宮沢賢治賞
パルバース，ロジャー
• 奨励賞
浜垣 誠司
◇イーハトーブ賞
高嶋 由美子
• 奨励賞
長津 功三良
鈴木 比佐雄
山本 十四尾

第19回（平21年）
◇宮沢賢治賞
吉本 隆明
• 奨励賞
岡村 民夫
◇イーハトーブ賞
該当なし
• 奨励賞
桑島 法子

第20回（平22年）
◇宮沢賢治賞
西田 良子
• 奨励賞
該当なし
◇イーハトーブ賞
該当なし

評論　　　　　　　　　　　　　　　　　　　　　　　076 やまなし文学賞〔研究・評論部門〕

- 奨励賞
  花巻・賢治を読む会
  劇団らあす
第21回（平23年）
◇宮沢賢治賞
  吉田 文憲
- 奨励賞
  信時 哲郎
◇イーハトーブ賞
  該当なし
- 奨励賞
  安斉 重夫
  川野目亭 南天
第22回（平24年）
◇宮沢賢治賞
  該当なし
- 奨励賞
  島田 隆輔
◇イーハトーブ賞
  むの たけじ

- 奨励賞
  該当なし
第23回（平25年）
◇宮沢賢治賞
  冨田 勲
- 奨励賞
  佐々木 ボグナ
  平澤 信一
◇イーハトーブ賞
  片田 敏孝
- 奨励賞
  一般社団法人社会的包摂サポートセンター
第24回（平26年）
◇宮沢賢治賞
  藤城 清治
◇奨励賞
  大島 丈志
◇イーハトーブ賞
  三陸鉄道株式会社
◇奨励賞
  KAGAYA

076 やまなし文学賞〔研究・評論部門〕

　山梨県にゆかりの深い樋口一葉の生誕120年を記念し、平成4年創設。小説部門と研究・評論部門がある。

【主催者】やまなし文学賞実行委員会

【選考委員】（第23回）研究・評論部門：菅野昭正, 十川信介, 兵藤裕己

【選考方法】小説：公募, 研究・評論：推薦（自薦・他薦を問わず）

【選考基準】〔対象〕研究・評論は日本文学にかかわる著書または論文で、前年11月1日から当該年10月31日までに発表されたもの

【締切・発表】当該年11月末締切、翌年3月発表・表彰式

【賞・賞金】〔研究・評論部門〕（2編）賞金各50万円

【URL】http://www.bungakukan.pref.yamanashi.jp/bungaku/bungaku.html

第1回（平4年度）
◇研究・評論部門
　牟礼 慶子　「鮎川信夫―路上のたましい」〔思潮社〕
　栗原 敦　「宮沢賢治 透明な軌道の上から」〔新宿書房〕

第2回（平5年度）
◇研究・評論部門
　谷川 恵一　「言葉のゆくえ―明治二十年代の文学」〔平凡社〕
　林 淑美　「中野重治―連続する転向」〔八木書店〕

第3回（平6年度）
　◇研究・評論部門
　　目崎 徳衛 「南城三余集私抄」〔小沢書店〕
　　中島 国彦 「近代文学にみる感受性」〔筑摩書房〕
第4回（平7年度）
　◇研究・評論部門
　　酒井 憲二 「甲陽軍鑑大成」〔全4巻，汲古書院〕
　　宮岸 泰治 「木下順二論」〔岩波書店〕
第5回（平8年度）
　◇研究・評論部門
　　菅野 昭正 「永井荷風巡歴」〔岩波書店〕
　　細谷 博 「凡常の発見 漱石・谷崎・太宰」〔明治書院〕
第6回（平9年度）
　◇研究・評論部門
　　内田 道雄 「内田百閒―『冥途』の周辺」〔翰林書房〕
　　関 礼子 「語る女たちの時代――一葉と明治女性表現」〔新曜社〕
第7回（平10年度）
　◇研究・評論部門
　　亀井 秀雄，松木 博 「朝天虹（ちょうてんにじ）ヲ吐ク 志賀重昂『在札幌農学校第弐年期中日記』」〔北海道大学図書刊行会〕
　　松下 裕 「評伝中野重治」〔筑摩書房〕
第8回（平11年度）
　◇研究・評論部門
　　高田 衛 「女と蛇―表徴の江戸文学誌」〔筑摩書房〕
　　関口 安義 「芥川龍之介とその時代」〔筑摩書房〕
第9回（平12年度）
　◇研究・評論部門
　　伊藤 博之（故人）「西行・芭蕉の詩学」〔大修館書店〕
　　相馬 庸郎 「深沢七郎 この面妖なる魅力」〔勉誠出版〕
第10回（平13年度）
　◇研究・評論部門
　　東郷 克美 「太宰治という物語」〔筑摩書房〕
　　兵藤 裕己 「〈声〉の国民国家・日本」〔日本放送出版協会〕

第11回（平14年度）
　◇研究・評論部門
　　清水 孝純 「笑いのユートピア『吾輩は猫である』の世界」〔翰林書房〕
　　山崎 一穎 「森鷗外・歴史文学研究」〔おうふう〕
第12回（平15年度）
　◇研究・評論部門
　　オリガス，ジャン・ジャック 「物と眼 明治文学論集」〔岩波書店〕
　　花崎 育代 「大岡昇平研究」〔双文社出版〕
第13回（平16年度）
　◇研究・評論部門
　　勝又 浩 「中島敦の遍歴」〔筑摩書房〕
　　宗像 和重 「投書家時代の森鷗外 草創期活字メディアを舞台に」〔岩波書店〕
第14回（平17年度）
　◇研究・評論部門
　　三枝 昂之 「昭和短歌の精神史」
　　坪井 秀人 「戦争の記憶をさかのぼる」
第15回（平18年度）
　◇研究・評論部門
　　長谷川 郁夫 「美酒と革囊 第一書房・長谷川巳之吉」〔河出書房新社〕
　　瀬尾 育生 「戦争詩論 1910-1945」〔平凡社〕
第16回（平19年度）
　◇研究・評論部門
　　高橋 英夫 「音楽が聞える―詩人たちの楽興のとき」〔筑摩書房〕
　　西田 耕三 「主人公の誕生 中世禅から近世小説へ」〔ぺりかん社〕
第17回（平20年度）
　◇研究・評論部門
　　関 肇 「新聞小説の時代―メディア・読者・メロドラマ」〔新曜社〕
　　松本 章男 「西行 その歌その生涯」〔平凡社〕
第18回（平21年度）
　◇研究・評論部門
　　揖斐 高 「近世文学の境界―個我と表現の変容」〔岩波書店〕
　　紅野 謙介 「検閲と文学 1920年代の攻防」〔河出書房新社〕
第19回（平22年度）

戸松 泉 「複数のテクストへ 樋口一葉と草稿研究」〔翰林書房〕
　齋藤 希史 「漢文スタイル」〔羽鳥書店〕
第20回（平23年度）
◇研究・評論部門
　藤田 真一 「蕪村余響 そののちいまだ年くれず」〔岩波書店〕
　金子 幸代 「鷗外と近代劇」〔大東出版社〕
第21回（平24年度）
◇研究・評論部門
　安藤 宏 「近代小説の表現機構」〔岩波書店〕
　鷺 只雄 「評伝 壺井栄」〔翰林書房〕
第22回（平25年度）
◇研究・評論部門
　高田 知波 「姓と性 近代文学における名前とジェンダー」〔翰林書房〕
　齋藤 愼爾 「周五郎伝 虚空巡礼」〔白水社〕
第23回（平26年度）
◇研究・評論部門
　奥 武則 「ジョン・レディ・ブラック―近代日本ジャーナリズムの先駆者」〔岩波書店〕
　品田 悦一 「斎藤茂吉 異形の短歌」〔新潮社〕

077 吉田秀和賞

音楽・演劇・美術などの各分野で優れた芸術評論活動を行った人に贈られる賞。平成3年から授賞が開始された。

【主催者】吉田秀和芸術振興基金

【選考委員】委員長：杉本秀太郎（文学者・国際日本文化研究センター名誉教授），委員：片山杜秀（評論家・慶應義塾大学法学部教授）

【選考方法】推薦（各出版社，委員）

【選考基準】〔対象〕前年7月より当年6月までに出版された日本語による芸術評論に関する著作（文学評論を除く）

【締切・発表】毎年8〜9月選考，9月発表，11月贈呈式

【賞・賞金】表彰状と賞金200万円

【URL】http://arttowermito.or.jp/yoshida/yoshida01.html

第1回（平3年）
　秋山 邦晴（音楽評論家）「エリック・サティ覚え書」〔青土社〕
第2回（平4年）
　持田 季未子（東京造形大学助教授）「絵画の思考」〔岩波書店〕
第3回（平5年）
　該当者なし
第4回（平6年）
　渡辺 保（演劇評論家,淑徳短期大学教授）「昭和の名人豊竹山城少掾」〔新潮社〕
第5回（平7年）
　松浦 寿輝（東京大学教養学部助教授）「エッフェル塔試論」〔筑摩書房〕
第6回（平8年）
　長木 誠司（東邦音楽大学助教授）「フェルッチョ・ブゾーニ」〔みすず書房〕
第7回（平9年）
　伊東 信宏（大阪教育大助教授）「バルトーク〜民謡を「発見」した辺境の作曲家」〔中公新書〕
第8回（平10年）
　該当者なし
第9回（平11年）
　青柳 いづみこ（ピアニスト,大阪音楽大学教授）「翼のはえた指 評伝安川加寿子」

〔白水社〕
第10回（平12年）
　小林 頼子（美術史家）「フェルメール論〜神話解体の試み」〔八坂書房〕，「フェルメールの世界—17世紀オランダ風俗画家の軌跡」〔日本放送出版協会〕
第11回（平13年）
　加藤 幹郎（映画批評家，京都大総合人間学部助教授）「映画とは何か」〔みすず書房〕
第12回（平14年）
　該当者なし
第13回（平15年度）
　岡田 温司（京都大大学院教授）「モランディとその時代」〔人文書院〕
第14回（平16年度）
　湯沢 英彦（明治学院大学文学部教授）「クリスチャン・ボルタンスキー—死者のモニュメント」〔水声社〕
第15回（平17年度）
　宮澤 淳一（法政大学講師）「グレン・グールド論」〔春秋社〕
第16回（平18年度）
　有木 宏二（宇都宮美術館学芸員）「ピサロ／砂の記憶—印象派の内なる闇」〔人文書館〕
第17回（平19年度）
　該当者なし
第18回（平20年度）
　片山 杜秀 「音盤考現学」「音盤博物誌」〔アルテスパブリッシング〕
第19回（平21年度）
　岡田 暁生 「音楽の聴き方」〔中央公論新社〕
第20回（平22年度）
　白石 美雪 「ジョン・ケージ 混沌ではなくアナーキー」〔武蔵野美術大学出版局〕
第21回（平23年度）
　椎名 亮輔 「デオダ・ド・セヴラック—南仏の風、郷愁の音画」〔アルテスパブリッシング〕
第22回（平24年度）
　新関 公子 「ゴッホ 契約の兄弟 フィンセントとテオ・ファン・ゴッホ」〔ブリュッケ〕
第23回（平25年度）
　末永 照和 「評伝 ジャン・デュビュッフェ アール・ブリュットの探求者」〔青土社〕
第24回（平26年度）
　通崎 睦美 「木琴デイズ 平岡養一「天衣無縫の音楽人生」」〔講談社〕

078 読売文学賞

　昭和24年，戦後の文芸復興と日本文学の振興を目的に制定された。小説，戯曲，評論・伝記，詩歌俳句，研究・翻訳の5部門について授賞。第19回からは随筆・紀行を加え全6部門とし，第46回から戯曲を戯曲・シナリオ部門に改め現在に至っている。

【主催者】読売新聞社

【選考委員】（第65回・平25年度）池澤夏樹（作家），伊藤一彦（歌人），小川洋子（作家），荻野アンナ（作家，仏文学者），川本三郎（文芸評論家），高橋睦郎（詩人），辻原登（作家），沼野充義（文芸評論家，ロシア・東欧文学者），野田秀樹（劇作家），松浦寿輝（詩人，作家，批評家），山崎正和（劇作家，評論家）

【選考方法】推薦（毎年11月に既受賞者をはじめ文芸界の多数に文書で推薦を依頼し，12月に第一次選考会，1月に第二次選考会）

【選考基準】〔対象〕1年間（前年11月からその年の11月まで）に発表・刊行された文学作品の中から各部門について最も優れた作品に授賞する。小説，戯曲・シナリオ，随筆・紀行，評論・伝記，研究・翻訳，詩歌俳句の6部門

評論　　　　　　　　　　　　　　　　　　　　　　　　　　　　　　　*078* 読売文学賞

> 【締切・発表】例年1月末〜2月に発表
> 【賞・賞金】正賞として硯、副賞（賞金200万円）
> 【URL】http://info.yomiuri.co.jp/culture/bungaku/

第1回（昭24年）
　◇文芸評論賞
　　青野 季吉　「現代文学論」〔六興出版〕
　◇文学研究賞
　　日夏 耿之介　「改定増補明治大正詩史」〔創元社〕
第2回（昭25年）
　◇文芸評論賞
　　亀井 勝一郎
　◇文学研究賞
　　和辻 哲郎　「鎖国」〔筑摩書房〕
第3回（昭26年）
　◇文芸評論賞
　　中村 光夫
　◇文学研究賞
　　鈴木 信太郎　「ステファヌ・マラルメ詩集考」
第4回（昭27年）
　◇文芸評論賞
　　小林 秀雄　「ゴッホの手紙」〔新潮社〕
　◇文学研究・翻訳賞
　　米川 正夫　「ドストエーフスキイ全集」〔河出書房〕
第5回（昭28年）
　◇文芸評論賞
　　河上 徹太郎　「私の詩と真実」〔新潮1〜12月号〕
　◇文学研究賞
　　佐藤 輝夫　「ヴィヨン詩研究」〔中央公論社〕
第6回（昭29年）
　◇文芸評論賞
　　高橋 義孝　「森鷗外」〔新潮社〕
　◇文学研究賞
　　深瀬 基寛　「エリオット」〔英宝社〕
第7回（昭30年）
　◇文芸評論賞
　　山本 健吉　「古典と現代文学」〔講談社〕
　　唐木 順三　「中世の文学」〔筑摩書房〕
　◇文学研究・翻訳賞
　　昇 曙夢　「ロシヤ・ソヴェト文学史」〔河出書房〕
第8回（昭31年）
　◇文芸評論賞
　　吉田 健一　「シェイクスピア」〔垂水書房〕
　◇文学研究・翻訳賞
　　河野 与一　「プルターク英雄伝」〔辞退〕
第9回（昭32年）
　◇評論・伝記賞
　　安倍 能成　「岩波茂雄伝」〔岩波書店〕
　◇研究・翻訳賞
　　高橋 健二　"ヘッセ研究とその訳業"
　　東郷 豊治　「良寛」
第10回（昭33年）
　◇評論・伝記賞
　　中村 光夫　「二葉亭四迷伝」〔講談社〕
　　千谷 道雄　「秀十郎夜話」〔文芸春秋新社〕
　◇研究・翻訳賞
　　呉 茂一　「イーリアス」〔岩波書店〕
第11回（昭34年）
　◇評論・伝記賞
　　長与 善郎　「わが心の遍歴」〔筑摩書房〕
　◇研究・翻訳賞
　　渡辺 一夫，佐藤 正彰，岡部 正孝〔訳〕「千一夜物語」〔岩波書店〕
第12回（昭35年）
　◇評論・伝記賞
　　福田 恆存　「私の国語教室」と昨年度の諸作品
　　青柳 瑞穂　「ささやかな日本発掘」〔新潮社〕
　◇研究・翻訳賞
　　福原 麟太郎　「トマス・グレイ研究抄」〔研究社〕
第13回（昭36年）
　◇評論・伝記賞
　　竹山 道雄（海外紀行文一般）
　◇研究・翻訳賞
　　土居 光知　「古代伝説と文学」〔岩波書店〕
　　河盛 好蔵　「フランス文壇史」〔文芸春秋

ノンフィクション・評論・学芸の賞事典　　**129**

第14回(昭37年)
◇評論・伝記賞
　山本 健吉 「柿本人麻呂」〔新潮社〕
　安東 次男 「澱河歌の周辺」〔未来社〕
◇研究・翻訳賞
　星川 清孝 「楚辞の研究」〔養徳社〕
第15回(昭38年)
◇評論・伝記賞
　福原 麟太郎 「チャールズ・ラム伝」〔垂水書房〕
◇研究・翻訳賞
　白洲 正子 「能面」〔求龍堂〕
　中西 進 「万葉集の比較文学的研究」〔南雲堂桜楓社〕
第16回(昭39年)
◇評論・伝記賞
　深田 久弥 「日本百名山」〔新潮社〕
◇研究・翻訳賞
　渡辺 一夫 「ガルガンチュワとパンタグリュエル物語」〔ラブレー著,白水社〕
第17回(昭40年)
◇評論・伝記賞
　柳田 泉 「明治初期の文学思想」〔春秋社〕
◇研究・翻訳賞
　中西 悟堂 「定本野鳥記」〔春秋社〕
第18回(昭41年)
◇評論・伝記賞
　後藤 亮 「正宗白鳥」〔思潮社〕
◇研究・翻訳賞
　朱牟田 夏雄 「紳士トリストラム・シャンディの生涯と意見」〔スターン著,筑摩書房〕
　松本 克平 「日本新劇史」〔筑摩書房〕
第19回(昭42年)
◇随筆・紀行賞
　団 伊玖磨 「パイプのけむり(正・続)」〔朝日新聞社〕
◇評論・伝記賞
　富士川 英郎 「江戸後期の詩人たち」〔麦書房〕
◇研究・翻訳賞
　福田 恒存 「シェイクスピア全集」〔新潮社〕
第20回(昭43年)
◇随筆・紀行賞
　永井 龍男 「わが切抜帖より」〔講談社〕
◇評論・伝記賞
　塩谷 賛 「幸田露伴」〔中央公論社〕
◇研究・翻訳賞
　該当作なし
第21回(昭44年)
◇評論・伝記賞
　草野 心平 「わが光太郎」〔二玄社〕
　田中 美知太郎 「人生論風に」〔新潮社〕
◇研究・翻訳賞
　小堀 桂一郎 「若き日の森鷗外」〔東京大学出版会〕
◇随筆・紀行賞
　該当作なし
第22回(昭45年)
◇随筆・紀行賞
　里見 弴 「五代の民」〔読売新聞社〕
◇研究・翻訳賞
　手塚 富雄 「ファウスト」〔ゲーテ著,中央公論社〕
◇評論・伝記賞
　該当作なし
第23回(昭46年)
◇随筆・紀行賞
　花森 安治 「一銭五厘の旗」〔暮しの手帖社〕
　井伏 鱒二 「早稲田の森」〔講談社〕
◇評論・伝記賞
　大岡 信 「紀貫之」〔筑摩書房〕
◇研究・翻訳賞
　森 銑三 「森銑三著作集」〔全12巻,中央公論社〕
第24回(昭47年)
◇随筆・紀行賞
　白洲 正子 「かくれ里」〔新潮社〕
◇評論・伝記賞
　山崎 正和 「鷗外、闘う家長」〔河出書房新社〕
◇研究・翻訳賞
　山本 健吉 「最新俳句歳時記」〔文芸春秋〕
第25回(昭48年)
◇随筆・紀行賞
　石川 桂郎 「俳人風狂列伝」〔角川書店〕
◇評論・伝記賞

評論

　　丸谷 才一 「後鳥羽院」〔筑摩書房〕
　◇研究・翻訳賞
　　鈴木 力衛 「モリエール全集」〔全4巻, 中央公論社〕
第26回（昭49年）
　◇評論・伝記賞
　　池田 健太郎 「プーシキン伝」〔中央公論社〕
　◇研究・翻訳賞
　　尾形 仂 「蕪村自筆句帳」〔筑摩書房〕
　　佐藤 正彰 「ボードレール雑話」〔筑摩書房〕
　◇随筆・紀行賞
　　該当作なし
第27回（昭50年）
　◇随筆・紀行賞
　　野口 冨士男 「わが荷風」〔集英社〕
　◇評論・伝記賞
　　該当作なし
　◇研究・翻訳賞
　　該当作なし
第28回（昭51年）
　◇評論・伝記賞
　　伊藤 信吉 「萩原朔太郎」〔北洋社〕
　　河野 多恵子 「谷崎文学と肯定の欲望」〔文芸春秋〕
　◇研究・翻訳賞
　　秋庭 太郎 「永井荷風伝」〔春陽堂〕
　　寿岳 文章 「神曲」〔集英社〕
　◇随筆・紀行賞
　　該当作なし
第29回（昭52年）
　◇評論・伝記賞
　　蓮実 重彦 「反日本語論」〔筑摩書房〕
　◇研究・翻訳賞
　　白井 浩司 「アルベール・カミュその光と影」〔講談社〕
　◇随筆・紀行賞
　　瓜生 卓造 「桧原村紀聞」〔東京書籍〕
第30回（昭53年）
　◇評論・伝記賞
　　遠藤 周作 「キリストの誕生」〔新潮社〕
　◇研究・翻訳賞
　　瀬沼 茂樹 「日本文壇史」〔全6巻, 講談社〕
　◇随筆・紀行賞

　　清岡 卓行 「芸術的な握手」〔文芸春秋〕
第31回（昭54年）
　◇随筆・紀行賞
　　武田 百合子 「犬が星見た―ロシア旅行」〔中央公論社〕
　◇評論・伝記賞
　　佐伯 彰一 「物語芸術論」〔講談社〕
　◇研究・翻訳賞
　　小竹 武夫 「漢書」〔全3巻, 筑摩書房〕
第32回（昭55年）
　◇随筆・紀行賞
　　田中 澄江 「花の百名山」〔文芸春秋〕
　◇評論・伝記賞
　　河竹 登志夫 「作者の家」〔講談社〕
　　石川 淳 「江戸文学掌記」〔新潮社〕
　◇研究・翻訳賞
　　中村 幸彦 「此ほとりの一夜四歌仙評釈」〔角川書店〕
　　柳田 聖山 「一休―『狂雲集』の世界」〔人文書院〕
第33回（昭56年）
　◇随筆・紀行賞
　　奥本 大三郎 「虫の宇宙誌」〔青土社〕
　◇評論・伝記賞
　　高橋 英夫 「志賀直哉」〔文芸春秋〕
　◇研究・翻訳賞
　　柴生田 稔 「斎藤茂吉伝」「続斎藤茂吉伝」〔新潮社〕
第34回（昭57年）
　◇随筆・紀行賞
　　黒田 末寿 「ピグミーチンパンジー」〔筑摩書房〕
　　本多 秋五 「古い記憶の井戸」〔武蔵野書房〕
　◇研究・翻訳賞
　　稲垣 達郎 「稲垣達郎学芸文集」〔全3巻, 筑摩書房〕
　◇評論・伝記賞
　　該当作なし
第35回（昭58年）
　◇評論・伝記賞
　　磯田 光一 「鹿鳴館の系譜」〔文芸春秋〕
　　川村 二郎 「内田百閒論」〔福武書店〕
　◇研究・翻訳賞
　　野間 光辰 「刪補西鶴年譜考証」〔中央公

078 読売文学賞　　　　　　　　　　　　　　　　　　　　　評論

　　　論社〕
　　井筒 俊彦 「意識と本質」〔岩波書店〕
　◇随筆・紀行賞
　　該当作なし
第36回（昭59年）
　◇随筆・紀行賞
　　木下 順二 「ぜんぶ馬の話」〔文芸春秋〕
　◇評論・伝記賞
　　キーン, ドナルド 「百代の過客」〔金関寿夫訳, 朝日新聞社〕
　　上田 三四二 「この世この生」〔新潮社〕
　◇研究・翻訳賞
　　該当作なし
第37回（昭60年）
　◇随筆・紀行賞
　　佐多 稲子 「月の宴」
　◇評論・伝記賞
　　該当作なし
　◇研究・翻訳賞
　　菅野 昭正 「ステファヌ・マラルメ」
　　松平 千秋 「クセノポン『アナバシス』」
第38回（昭61年）
　◇随筆・紀行賞
　　宮本 徳蔵 「力士漂泊」
　　司馬 遼太郎 「ロシアについて」
　◇評論・伝記賞
　　江川 卓 「謎とき『罪と罰』」
　◇研究・翻訳賞
　　渡辺 保 「娘道成寺」
第39回（昭62年）
　◇随筆・紀行賞
　　近藤 啓太郎 「奥村土牛」
　　杉本 秀太郎 「徒然草」
　◇評論・伝記賞
　　望月 洋子 「ヘボンの生涯と日本語」
　◇研究・翻訳賞
　　該当作なし
第40回（昭63年）
　◇随筆・紀行賞
　　陳 舜臣 「茶事遍路」〔朝日新聞社〕
　◇評論・伝記賞
　　大岡 昇平 「小説家夏目漱石」〔筑摩書房〕
　◇研究・翻訳賞
　　中井 久夫 「カヴァフィス全詩集」〔みすず書房〕

第41回（平1年）
　◇随筆・紀行賞
　　高田 宏 「木に会う」〔新潮社〕
　◇評論・伝記賞
　　中村 真一郎 「蠣崎波響の生涯」〔新潮社〕
　　山本 夏彦 「無想庵物語」〔文芸春秋〕
　◇研究・翻訳賞
　　該当者なし
第42回（平2年）
　◇随筆・紀行賞
　　該当者なし
　◇評論・伝記賞
　　大庭 みな子 「津田梅子」〔朝日新聞社〕
　◇研究・翻訳賞
　　茨木 のり子 「韓国現代詩選」〔花神社〕
　　平川 裕弘 「いいなづけ」〔マンゾーニ, 河出書房新社〕
第43回（平3年）
　◇随筆・紀行賞
　　金関 寿夫 「現代芸術のエポック・エロイク」〔青土社〕
　◇評論・伝記賞
　　中村 稔 「束の間の幻影―銅版画家駒井哲郎の生涯」〔新潮社〕
　◇研究・翻訳賞
　　森 亮 「森亮訳詩集 晩国仙果1〜3」〔小沢書店〕
第44回（平4年）
　◇随筆・紀行賞
　　池沢 夏樹 「母なる自然のおっぱい」〔新潮社〕
　◇評論・伝記賞
　　吉田 秀和 「マネの肖像」〔白水社〕
　　中沢 新一 「森のバロック」〔せりか書房〕
　◇研究・翻訳賞
　　該当者なし
第45回（平5年）
　◇随筆・紀行賞
　　該当作なし
　◇評論・伝記賞
　　富岡 多恵子 「中勘助の恋」〔創元社〕
　　張 競 「恋の中国文明史」〔筑摩書房〕
　◇研究・翻訳賞
　　小川 和夫 「ドン・ジュアン」〔冨山房〕
　　大野 晋 「係り結びの研究」〔岩波書店〕

評論

第46回（平6年）
◇随筆・紀行賞
　米原 万里　「不実な美女か貞淑な醜女か」〔徳間書店〕
◇評論・伝記賞
　該当者なし
◇研究・翻訳賞
　沢崎 順之助〔訳〕　「パターソン」〔W・C・ウィリアムズ, 思潮社〕
第47回（平7年）
◇随筆・紀行賞
　安岡 章太郎　「果てもない道中記」
◇評論・伝記賞
　三浦 雅士　「身体の零度」
◇研究・翻訳賞
　該当者なし
第48回（平8年）
◇随筆・紀行賞
　伊藤 信吉　「監獄裏の詩人たち」
◇評論・伝記賞
　川本 三郎　「荷風と東京」
　松山 巌　「群衆」
◇研究・翻訳賞
　篠田 勝英　「薔薇物語」〔ギヨーム・ド・ロリス, ジャン・ド・マン〕
第49回（平9年）
◇随筆・紀行賞
　河盛 好蔵　「藤村のパリ」
◇評論・伝記賞
　渡辺 保　「黙阿弥の明治維新」
第50回（平10年）
◇随筆・紀行賞
　該当者なし
◇評論・伝記賞
　田辺 聖子　「道頓堀の雨に別れて以来なり」
◇研究・翻訳賞
　揖斐 高　「江戸詩歌論」
　工藤 幸雄〔訳〕　「ブルーノ・シュルツ全集」
第51回（平11年）
◇随筆・紀行賞
　関 容子　「芸づくし忠臣蔵」
◇評論・伝記賞
　鹿島 茂　「パリ風俗」
◇研究・翻訳賞
　該当者なし
第52回（平12年）
◇随筆・紀行賞
　高島 俊男　「漱石の夏やすみ」〔朔北社〕
◇研究・翻訳賞
　岩佐 美代子　「光厳院御集全釈」〔風間書房〕
第53回（平13年）
◇随筆・紀行賞
　阿川 弘之　「食味風々録」〔新潮社〕
◇研究・翻訳賞
　清水 徹　「書物について」〔岩波書店〕
　鈴木 道彦〔訳〕　「失われた時を求めて」〔プルースト, 集英社〕
第54回（平14年）
◇随筆・紀行賞
　佐々木 幹郎　「アジア海道紀行」〔みすず書房〕
◇評論・伝記賞
　野口 武彦　「幕末気分」〔講談社〕
◇研究・翻訳賞
　高松 雄一　「イギリス近代詩法」〔研究社〕
第55回（平15年）
◇随筆・紀行賞
　若島 正　「乱視読者の英米短篇講義」〔研究社〕
◇評論・伝記賞
　沼野 充義　「ユートピア文学論」〔作品社〕
◇研究・翻訳賞
　谷沢 永一　「文豪たちの大喧嘩」〔新潮社〕
第56回（平16年）
◇随筆・紀行賞
　該当作なし
◇評論・伝記賞
　前田 速夫　「余多歩き 菊池山哉の人と学問」〔晶文社〕
◇研究・翻訳賞
　該当作なし
第57回（平17年）
　堀江 敏幸　「河岸忘日抄」〔新潮社〕
　宮内 勝典　「焼身」〔集英社〕
　菱田 信也　「パウダア」（上演台本）
◇随筆・紀行賞
　河島 英昭　「イタリア・ユダヤ人の風景」〔岩波書店〕

◇評論・伝記賞
　筒井 清忠 「西条八十」〔中央公論新社〕
　小沢 実 「瞬間」〔句集,角川書店〕
◇研究・翻訳賞
　該当作なし

第58回（平18年度）
◇随筆・紀行賞
　宮坂 静生 「語りかける季語 ゆるやかな日本」
◇評論・伝記賞
　嵐山 光三郎 「悪党芭蕉」
◇研究・翻訳賞
　渡辺 守章 ロラン・バルト「ラシーヌ論」

第59回（平19年度）
◇随筆・紀行賞
　川村 湊 「牛頭天王と蘇民将来伝説」〔作品社〕
◇評論・伝記賞
　大笹 吉雄 「女優二代」〔集英社〕
◇研究・翻訳賞
　押川 典昭 プラムディヤ・アナンタ・トゥール「人間の大地」4部作（「プラムディヤ選集2〜7」）〔めこん〕

第60回（平20年度）
◇随筆・紀行賞
　白石 かずこ 「詩の風景・詩人の肖像」
◇評論・伝記賞
　岡田 温司 「フロイトのイタリア」
◇研究・翻訳賞
　細川 周平 「遠きにありてつくるもの」

第61回（平21年度）
◇随筆・紀行賞
　堀江 敏幸 「正弦曲線」
◇評論・伝記賞
　湯川 豊 「須賀敦子を読む」
◇研究・翻訳賞
　丸谷 才一 ジェイムズ・ジョイス「若い藝術家の肖像」

第62回（平22年度）
◇随筆・紀行賞
　管 啓次郎 「斜線の旅」
　梨木 香歩 「渡りの足跡」
◇評論・伝記賞
　黒岩 比佐子 「パンとペン 社会主義者・堺利彦と『売文社』の闘い」
◇研究・翻訳賞
　野崎 歓 「異邦の香り―ネルヴァル『東方紀行』論」

第63回（平23年度）
◇随筆・紀行賞
　星野 博美 「コンニャク屋漂流記」〔文藝春秋〕
◇評論・伝記賞
　鷲田 清一 「『ぐずぐず』の理由」〔角川学芸出版〕
◇研究・翻訳賞
　なし

第64回（平24年度）
◇随筆・紀行賞
　なし
◇評論・伝記賞
　池内 紀 「恩地孝四郎一つの伝記」〔幻戯書房〕
◇研究・翻訳賞
　亀山 郁夫 「謎とき『悪霊』」〔新潮社〕
　宮下 志朗 ラブレー「ガルガンチュアとパンタグリュエル（全5巻）」〔筑摩書房〕

第65回（平25年度）
◇随筆・紀行賞
　旦 敬介 「旅立つ理由」〔岩波書店〕
　栩木 伸明 「アイルランドモノ語り」〔みすず書房〕
◇評論・伝記賞
　小笠原 豊樹 「マヤコフスキー事件」〔河出書房新社〕
◇研究・翻訳賞
　中務 哲郎〔訳〕「ヘシオドス 全作品」〔京都大学学術出版会〕

079 読売・吉野作造賞

　読売新聞社主催の「読売論壇賞」と中央公論新社主催の「吉野作造賞」を一本化し、平成11年「読売・吉野作造賞」として創設。政治・経済・社会・歴史・文化の各分野にお

評 論   079 読売・吉野作造賞

ける優れた論文および評論を顕彰する。

【主催者】読売新聞社,中央公論新社

【選考委員】猪木武徳(座長:青山学院大学大学院特任教授),宮崎勇(経済評論家),山崎正和(劇作家),山内昌之(明治大学国際総合研究所特任教授),北岡伸一(国際大学学長),白石隆(政策研究大学院大学学長),老川祥一(読売新聞グループ本社取締役最高顧問),小林敬和(中央公論新社社長)

【選考方法】各委員および識者に広く推薦を依頼,その結果をもとにまず読売新聞社および中央公論新社で構成する社内推薦委員会が,第一次選考を行い,候補作品を決め,この中から選考委員会が受賞作を決定する

【選考基準】〔対象〕前年1月から12月までに発表された単行本、雑誌論文

【締切・発表】例年6月上旬発表,7月中旬贈賞式

【賞・賞金】正賞:文箱,副賞:賞金300万円

【URL】http://info.yomiuri.co.jp/yri/s-prize/

第1回(平12年)
　吉川 洋(東京大学教授)「転換期の日本経済」〔岩波書店〕
　白石 隆(京都大学教授)「海の帝国」〔「中央公論」1999年7月～2000年4月号連載〕
第2回(平13年)
　田中 明彦(東京大学教授)「ワード・ポリティクス」〔筑摩書房〕
第3回(平14年)
　猪木 武徳(国際日本文化研究センター教授)「自由と秩序競争社会の二つの顔」〔中央公論新社〕
第4回(平15年)
　竹森 俊平(慶應義塾大学教授)「経済論戦は甦る」〔東洋経済新報社〕
　中西 寛(京都大学大学院教授)「国際政治とは何か」〔中央公論新社〕
第5回(平16年)
　古田 博司(筑波大学人文社会科学研究科教授)「東アジア・イデオロギーを超えて」〔新書館〕
第6回(平17年)
　阿川 尚之「憲法で読むアメリカ史」
第7回(平18年)
　長谷川 毅(米カリフォルニア大学サンタバーバラ校歴史学部教授)「暗闘 スターリン,トルーマンと日本降伏」〔中央公論新社〕
第8回(平19年)
　山本 吉宣(青山学院大学国際政治経済学部国際政治学科教授)「帝国の国際政治学」〔東信堂〕
第9回(平20年)
　飯尾 潤(政策研究大学院大学教授)「日本の統治構造」〔中公新書〕
第10回(平21年)
　小池 和男(法政大学名誉教授)「日本産業社会の『神話』」〔日本経済新聞出版社〕
第11回(平22年)
　細谷 雄一(慶應義塾大学法学部准教授)「倫理的な戦争―トニー・ブレアの栄光の挫折」〔慶應義塾大学出版会〕
第12回(平23年)
　上山 隆大(上智大学教授)「アカデミック・キャピタリズムを超えて―アメリカの大学と科学研究の現在」〔NTT出版〕
第13回(平24年)
　竹内 洋(関西大学東京センター長)「革新幻想の戦後史」〔中央公論新社〕
第14回(平25年)
　秋田 茂(大阪大学文学研究科教授)「イギリス帝国の歴史」〔中央公論新社〕
第15回(平26年)
　遠藤 乾(北海道大学教授)「統合の終焉 EUの実像と論理」〔岩波書店〕

ノンフィクション・評論・学芸の賞事典　135

学 芸

080 会田由賞（会田由翻訳賞）

　セルバンテスの「ドン＝キホーテ」他数多くの翻訳に功績のあった故会田由氏を記念して、昭和50年に創設された。優れたスペイン語訳及び和訳の訳者に贈られる。平成8年を最後に授賞を停止。平成22（2010）年度より「会田由翻訳賞」。

【主催者】日本スペイン協会
【選考委員】会田由翻訳賞選考委員会（委員長：鼓直）
【選考方法】公募
【選考基準】〔資格〕現存の翻訳者。〔対象〕文学・社会・経済・法律他の分野でのスペイン語訳及び和訳で、出版、発表された作品の訳者

第1回（昭51年）
　荒井 正道（東京外国語大学名誉教授）"ベッケル「抒情小曲集」、ヒメーソス「石と空」"
第2回（昭55年）
　長南 実（清泉女子大学講師）"ラス・カサス「インディアス史」、ガルシア・ロルカ「マリアナ・ピネーダ」"
第3回（昭56年）
　鼓 直（法政大学教授）"ガルシア・マルケス「百年の孤独」、ボルヘス「創造者」"
第4回（昭57年）
　江崎 桂子（日本翻訳協会理事）"日本とスペインの演劇・児童文学、サンテエス・シルバ「汚れなき悪戯」、木下順二「夕鶴」"
第5回（昭58年）
　高見 英一（法政大学教授）"ガルシア・マルケス「落葉」、バルガス・リョサ「パンタレオン大尉と女達」"
第6回（昭60年）
　神吉 敬三（上智大学教授）"スペイン美術史・哲学、オルテガ「芸術論」、ドルス「バロック論」"
第7回（昭63年）
　桑名 一博（東京外国語大学教授）"アラルコン「死神の友達」、ケベード「大悪党」"
第8回（平3年）
　木村 栄一（神戸市外国語大学教授）"中南米文学、イサベル・アジェンデ「精霊たちの家」、バルガス・リョサ「緑の家」"
第9回（平4年）
　吉田 秀太郎（大阪外国語大学教授）"随筆・小説、ロア・バストス「汝・人の子よ」、ガブレラ・インファンテ「平和のときも、戦いのときも」"
第10回（平6年）
　内田 吉彦（フェリス女学院教授）"小説、ガルシア・ロルカ「イエルマ」、アストリアス「大統領閣下」"
第11回（平8年）
　東谷 穎人（神戸市外国語大学教授）"スペイン近現代文学の意欲的な紹介が評価"
第12回（平20年）
　染田 秀藤（大阪大学大学院教授）"「インカの反乱」などの翻訳"
平22年度
　野谷 文昭（東京大学人文社会系研究科教授）

081 青山杉雨記念賞

　故青山杉雨の遺志を継ぎ,没後開催された「青山杉雨展」収益を基金として,書に関する学術分野での若手の自由な研究活動を奨励する目的で設けられた。平成10年を起点に5年間にわたり毎年1回開催。

【主催者】青山杉雨記念賞実行委員会

【選考方法】公募

【選考基準】〔資格〕日本の大学院(修士・博士課程)在籍者,日本の大学もしくは大学院卒業・修了生で,年齢35歳まで〔対象〕書道史・書道文化史・書論・教育書道等の書分野に関わる日本語で書かれた論文。未発表作品。(狭義の書道に限定せず,広く文字文化に関わるテーマを含む)〔原稿〕400字詰原稿用紙・50〜70枚程度(20000〜28000字)。本文字数には「注」記を含む。参照図版,表等は本文とは別に扱う(分量は任意,但し常識の範囲を超えぬものとし,その判断は論文選考委員会にて行う)本文の他に,200字程度の概要を添付。縦書きを原則とし,手書き,ワープロ使用のいずれでも可。ワープロ使用の場合は書式設定はA4・縦書き,1頁当たりの字詰め及び行数は,投稿者の任意でよい。但し読み易さを考慮し,前記の字数を超えぬよう留意すること。なお入賞者は,別途事務局の指示に従い,入賞原稿を入力したフロッピー・ディスクを提出する。投稿時には添付不要

【賞・賞金】青山杉雨記念賞(年間1名):正賞(奨励金)50万円,奨励賞(年間2名):正賞(奨励金)30万円,入賞論文は当該年度内に公刊する。(青山杉雨記念賞「学術奨励論文選」)

第1回(平10年)
　萱 のり子　「作品の在りか―書の芸術学の課題」
◇奨励賞
　丸山 猶計　「九条道家の書について」
　飯島 広子　「伝聖徳太子筆法華義疏の書風―巻四第六紙の書風をめぐって」
第2回(平11年)
　該当者なし
◇奨励賞
　矢野 千載　「隷変における造形美の推移について―筆画の変容とその書法的分析」
　高城 弘一　「「香紙切」寄合書論」
第3回(平12年)
　該当者なし
◇奨励賞
　菅野 智明　「近代における南北書派説の展開」

　永田 徳夫　「「夜鶴庭訓抄」の研究」
第4回(平13年)
　直井 誠　「黄庭堅の「禽縦」表現をめぐって」
　宮崎 肇　「中世書流の成立―世尊寺家と世尊寺流」
◇奨励賞
　家入 博徳　「藤原俊成と書写本」
　小林 比出代　「日米の書字教育に関する比較研究―二十世紀における活字及び印字機器の普及と書字教育」
第5回(平14年)
　瀬筒 寛之　「郭店楚簡の文字の研究」
◇奨励賞
　川畑 薫　「近世前期・筆道伝書作成に関する一考察―「松花堂流」の確立をめぐって」

082 暁烏敏賞

　石川県白山市出身の歌人、仏教学者・暁烏敏にちなみ、同市の文化的伝統を更に継承発展させ、併せて21世紀を担う青少年の健全育成を図り、広く有為な人材の輩出を目的として昭和59年5月に創設された。

【主催者】白山市

【選考委員】（第30回）深川明子（金沢大学名誉教授：国語教育学）、山田邦男（大阪府立大学名誉教授：人間学・人間形成論）、梶田叡一（奈良学園大学学長）、山本哲也（元NHK金沢放送局局長）、上原麻有子（京都大学教授：日本哲学）

【選考方法】公募

【選考基準】〔対象〕第1部門：哲学・思想に関する論文。第2部門：次代を担う子どもの育成に関する論文または実践記録またはエッセイ。〔応募規定〕400字詰原稿用紙第一部門は30～50枚以内、第2部門は20～30枚以内の未発表作品。800字程度の梗概を添付

【締切・発表】（第30回）締切8月25日（消印有効）、贈呈式11月1日

【賞・賞金】第1部門（1点）：表彰状、正賞「火焔様式楽人像」と副賞50万円。第2部門（1点）：表彰状、正賞「覚華鏡」と副賞30万円

【URL】http://www.city.hakusan.lg.jp/kankoubunkabu/bunkasinkou/akegarasu_sho/bunka5-1.html

---

第1回（昭60年）
◇第1部門
　池田 長康（通産省工業技術院電子技術総合研究所エネルギー部プラズマ研究室主任,工学博士）"時間と行動そして自己"
◇第2部門
　和田 明広（所沢市立清進小学校教諭）"第2回所沢サマースクール—高校生ボランティアの受け入れを通じて"

第2回（昭61年）
◇第1部門
　アーサー, クリス（英国エジンバラ大学研究員,宗教学博士）"21世紀への霊性への展望"
●佳作
　岡崎 勇（建築設計,自営業）"新地域主義—地球から地域へ"
◇第2部門
　波母山 矩子（主婦）"大人達の責任"

第3回（昭62年）
◇第1部門
　足立 幸子（大谷大学院生）"法然の信と親鸞の信について—その構造上の比較"
◇第2部門
　森田 俊和（品川区立東海中学校教諭）"中学生の生徒指導におけるある試み"

第4回（昭63年）
◇第1部門
　長沢 靖浩（大阪府立勝山高校教諭）"念仏もうさんとおもいたつこころ"
●優秀作品
　宇田 茂"あはれの構造"
　尾上 新太郎"田辺元の「種の論理」批判"
◇第2部門
　山崎 健治（長野県児童福祉専門員）"青少年健全育成活動の在り方"

第5回（平1年）
◇第1部門
　深川 助雄（新潟大学人文学部助教授）"我は此の如く如来を信ず—清沢満之先生の信仰について"
◇第2部門
　該当者なし
●奨励作品

清水 健一（埼玉県立富士見高校教諭）"子供たちの社会性の育成について―しつけのなされていない子供たちにどう社会性を身につけさせるか"

第6回（平2年）
◇第1部門
尾上 新太郎（大阪外国語大学助教授）"日本人の宗教心批判"
◇第2部門
秦 辰也（曹洞宗ボランティア会バンコク事務所長）"地球社会を共に生きる―タイでのボランティア活動を通して"

第7回（平3年）
◇第1部門
徳岡 弘之（クラシカル・ギタリスト）"契沖の末古古呂について"
◇第2部門
該当者なし
●奨励作品
三浦 精子（児童文学者）"絵本で子育て，心育て―今，心豊かな家庭教育に可能なこと"

第8回（平4年）
◇第1部門
該当者なし
●佳作
池田 邦彦（東大寺学園高等部教員）"しな離る越に五筒年―大友家持論"
朱 全安（早稲田大学非常勤講師）"国際化の中で―外国語教育を考える"
◇第2部門
上田 泉（熊本県人吉市役所職員）"子供に夢と誇りと思いやりの心を（人吉市西間下町子供会活動実践事例）"

第9回（平5年）
◇第1部門
吉永 慎二郎（秋田大学助教授）"義理と人情―日本文学の普遍的価値"
●佳作
浅見 洋（国立石川工業高等専門学校助教授）"西田幾多郎の末公開俳句と純粋経験論"
◇第2部門
松吉 久美子（ほりたわんぱくクラブ指導員）"わんぱくオリンピック―手を通して心を学ぶ"

第10回（平6年）
◇第1部門
茶谷 十六（民族芸術研究所研究員）"「団七踊り」の生命力―「奥州白石噺」の系譜とその思想にふれて"
●佳作
室 弥太郎（会社役員）"「間」の感覚―技術時代の感性"
◇第2部門
小林 公司（相模原市立麻溝台中学校教諭）"学校と地域との"共育"による青少年の健全育成"

第11回（平7年）
◇第1部門
青木 英実（大学助教授）"「理性」の〈深み〉へ―合理主義と教養教育"
●佳作
リックス，ボ・アンドレアセン（デンマーク癌協会研究員）"現代社会における死の定義―生と死に関する新しい概念を若者達はいかに学ぶべきなのか？"
◇第2部門
小久保 純一（専門学校講師）"教え育てる真の"教育"をめざして"

第12回（平8年）
◇第1部門
菰淵 和士（大学教授）"「聞く」態度をきわめた人―暁烏敏小論"
◇第2部門
本間 友巳（教育センター研修指導主事）"子どもと居場所―不登校児への援助を通して"

第13回（平9年）
◇第1部門
室 弥太郎（会社役員）"日本の芸道に含む感性とモラル"
◇第2部門
小泉 博（平塚市青少年相談室）"相談活動から見えてきたもの"

第14回（平10年）
◇第1部門
山竹 伸二（会社員）"自由と主体性を求め

て"
◇第2部門
　森 紘（九州大学工学部助教授）"子育て心温計"
第15回（平11年）
◇第1部門
　該当者なし
● 佳作
　前田 嘉則（教員）"「言葉だ，言葉，言葉」…心的唯言論序説"
　安田 暁男（農業）"長塚節における「自然」について"
◇第2部門
　中川 美保子（教員）"「現代子ども事情」―新たな援助の視点を探る―"
第16回（平12年）
◇第1部門
　小平 慎一（フリーランスライター）"連帯する市民 21世紀の創造と生産の現場"
◇第2部門
　竹俣 由美子（養護教諭）"心の居場所としての保健室―その意味を探る―"
第17回（平13年）
◇第1部門
　鈴木 一典（福祉施設職員）"河上肇とこの時代"
◇第2部門
　高田 咲子（教育相談員）"中学校「心の教育相談員」のあり方について"
第18回（平14年）
◇第1部門
　吉野 美智子（フリーランス哲学研究者）"近代の問題としての地球温暖化"
● 奨励賞
　角田 佑一（上智大学哲学研究科修士課程在学中）"清澤満之における信念"
◇第2部門
　加藤 宣彦（私立武蔵国際総合学園校長）"心に翼が生えるまで"
第19回（平15年度）
◇第1部門
　該当なし
◇第2部門
　野村 洋一 "野坂中学校区『おやじの会』の活動を通じて観じること"

第20回（平16年度）
◇第1部門
　小川 仁志 "地球時代によみがえるヘーゲルの市民社会論―『ネオコンの論理』を超えて"
◇第2部門
　上農 肇 "『つながり』という支援〜教育相談機関における電話相談の実践を振り返って〜"
第21回（平17年度）
◇第1部門
　光明 祐寛 "ありのまま・そのままの生き方―幾多郎・大拙・啓治の自然法爾"
◇第2部門
　松浦 一樹 "福祉と非行―元刑事と非行少年の軌跡"
第22回（平18年度）
◇第1部門
　後藤 靖英 "更生の仏道"
◇第2部門
　該当なし
第23回（平19年度）
◇第1部門
　宮本 佳範 "自然に対する『責任の感情』の形成を担うものとして自然保護教育―H・ヨナスの思想に基づく自然保護教育の基礎付けとその応用の試み"
◇第2部門
　寺岸 和光 "『いじめ』を越えた子どもたちとの歩み〜教室の人間化から生まれる成長の姿〜"
第24回（平20年度）
◇第1部門
　南 コニー "今，独自的普遍（Universel Singulier）というあり方"
◇第2部門
　三野 陽子 "言葉で心と心をつなぐ子をめざして〜俳句・短歌を取り入れた授業の創造〜"
第25回（平21年度）
◇第1部門
　梶尾 悠史 "苦悩の倫理学―死なないでいることの〈理由〉"
◇第2部門
　村瀬 智之，土屋 陽介，山田 圭一 "深く考

え，思いを伝えあう場をつくるために〜哲学的議論を通じたコミュニケーションの試み〜"
第26回（平22年度）
　◇第1部門
　　鈴木 朋子 "清沢満之における至誠心と道徳"
　◇第2部門
　　高 賢一 "いじめ・不登校問題等と向き合って"
第27回（平23年度）
　◇第1部門
　　下西 善三郎 "宮沢賢治と〈まことの文学〉—暁烏敏の受容を視野に収めて"
　◇第2部門
　　久原 弘 "生きた相談室にするには〜相談しやすい雰囲気の醸成〜"
第28回（平24年度）
　◇第1部門
　　該当者なし
　◇第2部門
　　中橋 和昭 "「宗教的なもの」を考える「畏敬の念」の道徳授業の試み"
第29回（平25年度）
　◇第1部門
　　碧海 寿広 "教養主義者の救済論—読書家としての暁烏敏—"
　◇第2部門
　　羽田 里加子 "「子育て支援は親支援」という視点—電話相談での十年余の実践を通して—"
第30回（平26年度）
　◇第1部門
　　舟木 徹男 "親鸞思想における「生きる意味」—神谷美恵子とフランクルを媒介に—"
　◇第2部門
　　稲荷 正明 "親の背中"

083 梓会出版文化賞

出版文化の向上と発展に寄与することを目的として，昭和59年に創設された。また第20回を記念して新たに創設した「新聞社学芸文化賞」は，主要新聞社・通信社の文化部長で構成した選考委員会が選考にあたる。

【主催者】出版梓会
【選考委員】五十嵐太郎，上野千鶴子，斎藤美奈子，外岡秀俊，竹内薫
【選考方法】出版社からの自薦，梓会発行紙により公募した一般読者からの推薦図書
【選考基準】〔資格〕年間の新刊発行点数が5点以上であり，かつ10年以上継続して出版活動を行なっている中小出版社。〔対象〕年間を通じて，優れた出版活動を展開し，その業績が著しく顕著な中小出版社
【締切・発表】例年自薦の締切は7月末日，発表12月，表彰は1月
【賞・賞金】梓会出版文化賞：賞状，副賞50万円と記念品，梓会出版文化賞特別賞：賞状，副賞20万円と記念品，新聞社学芸文化賞：賞状，副賞20万円と記念品
【URL】http://www.azusakai.or.jp/bunka.html

第1回（昭60年）
　弘文堂
　◇特別賞
　　理論社
第2回（昭61年）
　海鳴社
　◇特別賞
　　井村文化事業社
第3回（昭62年）
　農山漁村文化協会

083 梓会出版文化賞

　◇特別賞
　　創文社
第4回（昭63年）
　　筑摩書房
　◇特別賞
　　六興出版
第5回（平1年）
　　ミネルヴァ書房
　◇特別賞
　　該当者なし
第6回（平2年）
　　晶文社
　◇特別賞
　　葦書房
　　径書房
第7回（平3年）
　　雄山閣出版
　◇特別賞
　　草思社
第8回（平4年）
　　吉川弘文館
　◇特別賞
　　偕成社
第9回（平5年）
　　法政大学出版局
　◇特別賞
　　築地書館
第10回（平6年）
　　木鐸社
　◇特別賞
　　どうぶつ社
第11回（平7年）
　　青木書店
　◇特別賞
　　学陽書房
　　どうぶつ社
第12回（平8年）
　　ドメス出版
　◇特別賞
　　白水社
第13回（平9年）
　　日本図書センター
　◇特別賞
　　みすず書房
第14回（平10年）
　　作品社

　◇特別賞
　　名古屋大学出版会
第15回（平11年）
　　柏書房
　◇特別賞
　　中山書店
第16回（平12年）
　　明石書店
　◇特別賞
　　法蔵館
第17回（平13年）
　　東海大学出版会
　◇特別賞
　　思潮社
　　平凡社
第18回（平14年）
　　緑風出版
　◇特別賞
　　かもがわ出版
　　東京美術
第19回（平15年度）
　　人文書院
　◇特別賞
　　金の星社
第20回（平16年度）
　　新曜社
　◇特別賞
　　凱風社
　　影書房
　◇出版梓会新聞社学芸文化賞
　　現代書館
　　東京堂出版
　◇第20回記念特別賞
　　京都大学学術出版会
　　工作舎
　　青土社
第21回（平17年度）
　　御茶の水書房
　◇特別賞
　　ナカニシヤ出版
　　保育社
　◇出版梓会新聞社学芸文化賞
　　現代思潮新社
第22回（平18年度）
　　北海道出版企画センター
　◇特別賞

医学書院
　　編集工房ノア
　◇出版梓会新聞社学芸文化賞
　　八木書店出版部
第23回（平19年度）
　　二玄社
　◇特別賞
　　教文館，地人書館
　◇出版梓会新聞社学芸文化賞
　　リトルモア
第24回（平20年度）
　　小峰書店
　◇特別賞
　　コモンズ，桂書房
　◇出版梓会新聞社学芸文化賞
　　弘文堂
第25回（平21年度）
　　合同出版
　◇特別賞
　　筑波書房，七つ森書館
　◇出版梓会新聞社学芸文化賞
　　こぐま社
第26回（平22年度）
　　紀伊國屋書店出版部
　◇特別賞
　　せりか書房，西村書店
　◇出版梓会新聞社学芸文化賞

　　皓星社
第27回（平23年度）
　　創元社
　◇特別賞
　　亜紀書房，化学同人
　◇出版梓会新聞社学芸文化賞
　　荒蝦夷
第28回（平24年度）
　　吉川弘文館
　◇特別賞
　　弦書房，社会批評社
　◇出版梓会新聞社学芸文化賞
　　新曜社
第29回（平25年度）
　　（株）童心社
　◇特別賞
　　（株）赤々舎，深夜叢書社
　◇出版梓会新聞社学芸文化賞
　　幻戯書房
第30回（平26年度）
　　あけび書房
　◇特別賞
　　高文研，原書房
　◇第30回記念特別賞
　　みずのわ出版
　◇出版梓会新聞社学芸文化賞
　　ミシマ社

084 安達峰一郎記念賞

　元常設国際司法裁判所長・故安達峰一郎（1869-1934）の偉業を記念し，国際法研究の発展に寄与することを目的として1968（昭和43）年に創設された。国際法に関する優秀な研究業績をあげた者に贈られる。

【主催者】安達峰一郎記念財団
【選考委員】山本草二，松井芳郎，奥脇直也
【選考方法】国際法学の権威20余名による推薦をもとに選考委員会で協議
【選考基準】〔資格〕概ね45歳以下の国際法学者。〔対象〕前年度（前年4月から当年3月まで）に発表された国際法に関する論文または著書
【締切・発表】締切：6月末，発表：9月，贈賞式：10月
【賞・賞金】賞状，純銀製メダルと副賞60万円

084 安達峰一郎記念賞

【URL】http://www.ab.auone-net.jp/~m.adachi/scholarship01.html

第1回（昭43年）
　佐藤 和男（青山学院大）"国際経済機構の研究"
第2回（昭44年）
　広瀬 善男（明治学院大）"国家及び政府承認の国際法構造"
　三好 正弘（愛知大）"国連の強制行動―実行におけるその意味"
第3回（昭45年）
　深津 栄一（日本大）"国際社会における法適用過程の研究"
第4回（昭46年）
　関野 昭一（国学院大）"任意条項に基づく義務的裁判制度の現状と問題に関する一連の研究"
　広瀬 和子（上智大）"紛争と法―システム分析による国際法社会学の試み"
第5回（昭47年）
　内田 久司（東京大）"安全保障理事会の表決における棄権と欠席"
第6回（昭48年）
　杉原 高嶺（北海道大）"国際司法裁判所における勧告的意見機能の発展"
第7回（昭49年）
　藤田 久一（関西大）"民族解放戦争と戦争法"
第8回（昭50年）
　本間 浩（国立国会図書館）"政治亡命の法理"
　大沼 保昭（東京大）"平和に対する罪の形成過程"
第9回（昭51年）
　小寺 初世子（鹿児島大）"人権条約の履行確保"
第10回（昭52年）
　川島 慶雄（大阪大）"庇護権の性質と内容"
第11回（昭53年）
　落合 淳隆（立正大）"石油と国際法"
第12回（昭54年）
　栗林 忠男（慶応大）"航空犯罪と国際法"
第13回（昭55年）
　横田 洋三（国際基督教大）"国際組織の法構造―機能的統合説の限界"
第14回（昭56年）
　臼杵 知史（北海道大）"国際法における権利濫用の成立態様"
第15回（昭57年）
　東 泰介（大阪外国語大）"国連安全保障理事会の拒否権の再検討"
第16回（昭58年）
　小寺 彰（東京都立大）"国際機構の法的性格に関する一考察"
　岩沢 雄司（大阪市立大）"条約の国内適用可能性"
第17回（昭59年）
　島田 征夫（早稲田大）"庇護権の研究"
第18回（昭60年）
　森川 俊孝（山形大）"コンセッションに関する国家継承法の形成と発展非植民地化と既得権の法理"
第19回（昭61年）
　村瀬 信也（立教大）"国際立法学の存在証明 現代国際法における法源論の動揺―国際立法論の前提的考察として"
第20回（昭62年）
　黒沢 満（新潟大）"軍縮国際法の新しい視座―核兵器不拡散体制の研究"
第21回（昭63年）
　中谷 和弘（東京大）"経済制裁の国際法上の機能とその合法性―国際違法行為の法的結果に関する一考察"
第22回（平1年）
　兼原 敦子（帝京大）"大陸棚の境界画定における衡平の原則―慣習国際法の形成過程の視点に基づいて"
第23回（平2年）
　奥脇 直也（立教大）"現代国際法における合意基盤の二層性―国連システムにおける規範形式と秩序形成"
　位田 隆一（京都大）"「開発の国際法」理論―フランス国際法学の一端"
第24回（平3年）
　佐藤 哲夫（一橋大）"国際組織設立文書の解釈プロセス―法創造的解釈をめぐっ

第25回（平4年）
　高島 忠義（愛知県立大）"ロメ協定と開発の国際法"
第26回（平5年）
　柳原 正治（九州大）"ヴォルフの国際法理論—意思の国際法概念を中心として"
第27回（平6年）
　植木 俊哉（東北大）"国際組織の国際責任に関する一考察—欧州共同体の損害賠償責任を手がかりとして"
第28回（平7年）
　小森 光夫（千葉大）"「一般国際法の法源の慣習法への限定とその理論的影響（1）（2）」〔千葉大学法学部論集 8巻3号,9巻1号〕"
第29回（平8年）
　森川 幸一 "国際連合の強制措置とその法の支配（一）（二）—安全保障理事会の裁量権の限界をめぐって—"
第30回（平9年）
　北村 泰三 "国際人権と刑事拘禁"
第31回（平10年）
　該当者なし
第32回（平11年）
　明石 欽司 "Cornelius van Bynkershoek: His Role in the History of International Law"
第33回（平12年）
　申 惠丰 "人権条約上の国家の義務"
第34回（平13年）
　森田 章夫 "国際コントロールの理論と実行"
第35回（平14年）
　該当者なし
第36回（平15年）
　受賞者なし
第37回（平16年）
　寺谷 広司（東京大学助教授）"国際人権の逸脱不可能性"「国際人権の基礎—国際人権はいかにして可能か」
第38回（平17年）
　坂元 茂樹（神戸大学大学院教授）"条約法の理論と実際"
第39回（平18年）
　受賞者なし
第40回（平19年）
　児矢野 マリ（静岡県立大学准教授）"国際環境法における事前協議制度"
第41回（平20年）
　李 禎之（長崎県立大学准教授）"国際裁判の動態"
第42回（平21年）
　森 肇志（首都大学東京大学院教授）"自衛権の基層"
第43回（平22年）
　許 淑娟（立教大学准教授）"領域権原論再考"
　和仁 健太郎（大阪大学准教授）"伝統的中立制度の法的性格"
第44回（平23年）
　阿部 達也（青山学院大学准教授）"大量破壊兵器と国際法"
　佐藤 宏美（防衛大学校准教授）"違法な命令の実行と国際刑事責任"
第45回（平24年）
　該当者なし
第46回（平25年）
　玉田 大（神戸大学大学院法学研究科准教授）"国際裁判の判決効論"

085 阿南・高橋研究奨励賞

　故防衛大学校教授阿南惟敬氏の遺贈された基金をもとに,軍事史研究の奨励を目的とし,「阿南惟敬研究奨励賞」として昭和51年に創立された。その後63年に軍事史学会会員・故高橋茂夫氏より遺贈された基金を合わせたため,賞の名称が「阿南・高橋研究奨励賞」に改称された。平成3年度から2年に1回の開催となった。
　【主催者】軍事史学会

085 阿南・高橋研究奨励賞

【選考委員】軍事史学会編集委員
【選考方法】軍事史学会編集委員会において選考
【選考基準】〔資格〕同学会会員で,主として新進の研究者。〔対象〕当該年度の学会機関誌・季刊「軍事史学」に掲載された研究論文
【締切・発表】発表・表彰は例年,5～6月に開催される研究大会席上
【賞・賞金】賞状と金一封
【URL】http://www.mhsj.org/

(昭51年度)
　遠藤 芳信(東京大学大学院)「19世紀ドイツ徴兵制の一考察」
(昭52年度)
　該当者なし
(昭53年度)
　高田 甲子太郎(防衛研修所戦史部)「毛沢東戦略思想の源流」
　中村 好寿(防衛大学校)「建国期におけるアメリカ社会と軍隊」
(昭54年度)
　工藤 美知尋(東海大学大学院)「海軍軍縮条約離脱後の日本海軍」
(昭55年度)
　清家 基良(軍事史学会員)「昭和18年の絶対国防圏構想について」
(昭56年度)
　波多野 澄雄(防衛研修所戦史部)「対米開戦史研究の諸段階」
(昭57年度)
　村井 友秀(防衛大学校)「中印戦争への道」
(昭58年度)
　赤木 完爾(防衛研修所戦史部)「イギリス海軍の太平洋戦域参加問題」
　纐纈 厚(一橋大学大学院)「浜口・若槻内閣の軍制改革問題と陸軍」
(昭59年度)
　該当者なし
(昭60年度)
　太田 弘毅(桐蔭学園高等学校教諭)「南方における日本軍政の衝撃」
　黒沢 文貴(日比谷高等学校講師)「田中外交と陸軍」
(昭61年度)
　守屋 純(暁星学園教諭)「三人の参謀総長」

(昭62年度)
　該当者なし
(昭63年度)
　白石 博司(防衛研修所戦史部)「満州事変における参謀総長委任命令」
　戸部 良一(防衛大学校)「「日支新関係調整方針」の策定」
(平1年度)
　該当者なし
(平2年度)
　西岡 香織(軍事史学会員)「日本陸軍における軍医制度の成立」
　藤本 元啓(熱田神宮文化研究所)「熱田大宮司家の一側面」
(平4年度)
　森山 優(九州大学大学院)「「非決定」の構図」
　小堤 盾(早稲田大学大学院)「ハンス・デルブリュックとドイツ戦略論争」
(平6年度)
　下河辺 宏満(航空自衛隊幹部学校)「硫黄島作戦の一考察」
(平9年度)
　影山 好一郎(防衛研究所)「大山事件の一考察」
(平11年度)
　黒野 耐(防衛研究所)「昭和初期海軍における国防思想の対立と混迷」
　相澤 淳(防衛研究所)「日中戦争の全面化と米内光政」
(平13年度)
　喜多 義人(日本大学)「英軍による降伏日本軍人の取扱い」
　中島 信吾(慶応大学(院生))「アメリカの

東アジア戦略と日本」
(平15年度)
　等松 春夫(玉川大学)「一九三二年未発の
　　『満州PKF』」
(平17年度)
　淺川 道夫(東京理科大学)「江戸湾内海の
　　防衛と品川台場」
(平19年度)
　竹本 知行(花園大学)「大村益次郎の建軍
　　思想—『一新之名義』と仏式兵制との関
　　連を中心に」
(平21年度)

馮 青(スタンフォード大学)「北洋海軍と
　日本」
(平23年度)
　広中 一成(愛知大学大学院)「国立故宮博
　　物院からの金属製文物の対日『献納』—
　　一九四四〜一九四五」
(平25年度)
　畑野 勇(海洋政策研究財団)「海上自衛隊
　　の発足と米海軍・旧日本海軍軍人—艦艇
　　建造再開の過程とその背景」
　山本 政雄(防衛大学校)「海難事故として
　　の「千島艦事件」に関する考察」

086 安吾賞

作家・坂口安吾の生誕100周年を記念し、出生地の新潟市が平成18年に創設した。活動分野を問わず、反骨精神に代表される安吾の人間性を体現した個人や団体に贈る。

【主催者】新潟市

【選考委員】委員長：三枝成彰(作曲家)、副委員長：齋藤正行(安吾の会世話人代表、新潟・市民映画館シネ・ウインド代表)、角川歴彦(株式会社KADOKAWA取締役会長)、手塚眞(ヴィジュアリスト)、三好一美(日本MITベンチャーフォーラム理事、パイロエンタープライズ代表取締役社長)

【選考方法】推薦人、及び一般から広く推薦を募集。自薦または他薦

【選考基準】〔資格〕国籍、居住地、性別・年齢は問わない。〔対象〕さまざまな社会活動・文化活動において、新しい時代や新たな分野を切り開き、人々に勇気や元気を与えて、かつ共感を持って迎えられた個人または団体。表彰は1名または1団体とする

【締切・発表】(第9回)授賞式：平成27年1月

【賞・賞金】正賞、副賞(賞金100万円)

【URL】https://www.city.niigata.lg.jp/info/bunka/ango/

第1回(平18年)
　野田 秀樹(劇作家)
　◇新潟市特別賞
　　横田 滋、横田 早紀江(北朝鮮による拉致
　　被害者家族連絡会(家族会)代表)
第2回(平19年)
　野口 健(アルピニスト)
　◇新潟市特別賞
　　カール・ベンクス(建築デザイナー)
第3回(平20年)
　瀬戸内 寂聴(作家・僧侶)

　◇新潟市特別賞
　　近藤 亨(NPOネパール・ムスタン地域開
　　発協力会理事長)
第4回(平21年)
　渡辺 謙(俳優)
　◇新潟市特別賞
　　野坂 昭如(作家)
第5回(平22年)
　ドナルド・キーン(日本文学・日本文化研
　　究者)
　◇新潟市特別賞

月乃 光司(「こわれ者の祭典」代表)　　　　　　天野 尚(写真家)
　第6回(平23年)　　　　　　　　　　　　　　第8回(平25年)
　　　荒木 経惟(写真家)　　　　　　　　　　　　　会田 誠(美術家)
　◇新潟市特別賞　　　　　　　　　　　　　　◇新潟市特別賞
　　　能登 剛史(「にいがた総おどり」副会長,総　　　大友 良英(音楽家)
　　　合プロデューサー)　　　　　　　　　　第9回(平26年)
　第7回(平24年)　　　　　　　　　　　　　　　　草間 彌生(前衛芸術家、小説家)
　　　若松 孝二(映画監督)　　　　　　　　　　◇新潟市特別賞
　◇新潟市特別賞　　　　　　　　　　　　　　　　coba(アコーディオニスト,作曲家)

087 市井三郎賞

　　哲学・論理学者で,執筆者,編集者として「思想の科学」に関わった故市井三郎氏を記念し,平成6年,7年の2年間に限り実施された。新しい思索の担い手の登場を期待し,市井氏の研究領域での主要な課題をテーマにした優れた論文の著者に贈られる。

【主催者】思想の科学社

【選考委員】加々美光行,高井治,黒川創

【選考方法】公募

【選考基準】〔応募規定〕4点のテーマ(弁証法論理学と形式論理学の関係,キーパースン論,歴史の進歩とは何か,偶然性の問題)の中からいずれかを選ぶ。テーマとは別に表題をつける。未発表に限る。〔原稿〕400字詰め原稿用紙20枚をめどに。ワープロ可

【締切・発表】(第2回)平成6年11月末日締切,7年「思想の科学」7月号で発表

【賞・賞金】時計,副賞15万円

第1回(平6年)　　　　　　　　　　　　　　　　　　問題を考える"
　　高橋 一行 "偶然・必然・自由─偶然性の　　第2回(平7年)
　　　　　　　　　　　　　　　　　　　　　　　　市原 修 "試行と反復"

088 市河賞

　　財団法人語学教育研究所所長,東京大学教授・市河三喜博士の傘寿を記念し,同博士からの寄付金を基金として,昭和41年に創設された。英語教育の優れた論文を公刊した若手研究者に対して贈られる。

【主催者】語学教育研究所

【選考委員】市河賞委員会委員長：中島平三,幹事：高見健一,委員：池内正幸,稲田俊明,今西典子,大庭幸男,加賀信宏,窪薗晴夫,中村捷,原口庄輔,丸田忠雄,山梨正明

【選考方法】選考委員の推薦による

【選考基準】〔資格〕40歳前後。〔対象〕最近1年間に発表された現代英語を中心とする語学的研究で,日本の英語教育にも関係のある著書・論文

【締切・発表】例年, 推薦の締切は9月, 発表・授賞式は10月か11月の同研究所研究大会席上
【賞・賞金】賞状と記念品
【URL】http://www.irlt.or.jp/modules/bulletin/

第1回（昭42年）
　大江 三郎（立教大助教授）「言語接触における音韻上の問題点」ほか
第2回（昭43年）
　国広 哲弥（茨城大助教授）「構造的意味論」
第3回（昭44年）
　梶田 優（東京教育大助教授）「A Generative Transformational study of Semi―Aux」
第4回（昭45年）
　池上 嘉彦（東京大助教授）「The Semological Structure of the English Verbs of Motion」
第5回（昭46年）
　該当者なし
第6回（昭47年）
　池谷 彰（東北大助教授），村田 勇三郎（立教大助教授）「文法論」
第7回（昭48年）
　三宅 鴻（成蹊大教授）「英語学と言語学」
第8回（昭49年）
　長谷川 欣佑（東京大助教授）「文法の説明力」ほか
第9回（昭50年）
　柴田 省三（東京学芸大教授）「語彙論」
第10回（昭51年）
　安藤 貞雄（島根大教授）「Descriptive Syntax of C.Marlowe's Language」
第11回（昭52年）
　中村 捷（東京学芸大学講師）「形容詞」
第12回（昭53年）
　山梨 正明（大阪大講師）「Generative Semantic Studies of Conceptual Nature of Pred」
第13回（昭54年）
　宇賀治 正朋（東京学芸大教授）「Imperative Sentences in Early Mod. English」

第14回（昭55年）
　影山 太郎（大阪大助教授）「日英比較・語彙の構造」
第15回（昭56年）
　原口 庄輔（筑波大助教授）「変形文法の視点」
第16回（昭57年）
　武田 修一（静岡県立大講師）「Reference and Noun Phrases」
第17回（昭58年）
　秋元 実治（青山学院大助教授）「Idiomaticity」
第18回（昭59年）
　中島 平三（千葉大助教授）「英語の移動現象研究」
第19回（昭60年）
　福地 肇（東北大助教授）「談話の構造」
第20回（昭61年）
　該当者なし
第21回（昭62年）
　千葉 修司（津田塾大助教授）「Present Subjunctives in Present―Day English」
第22回（昭63年）
　大石 強（新潟大助教授）「形態論」
第23回（平1年）
　稲田 俊明（九州大助教授）「補文の構造」
第24回（平2年）
　長原 幸雄（東京学芸大助教授）「関係節」
　今西 典子（お茶の水女子大助教授）「昭応と削除」
第25回（平3年）
　島村 礼子（津田塾大助教授）「英語の諸形式とその生産性」
第26回（平4年）
　京見 健一（静岡大助教授）Preposition Stranding
第27回（平5年）
　沢田 治美（学習院大学教授）「視点と主

観性」
　　安井 泉（筑波大学助教授）「音声学」
第28回（平6年）
　　中右 実（筑波大学教授）「認知意味論の原理」
　　中野 弘三（名古屋大学教授）「英語法助動詞の意味論」
第29回（平7年）
　　窪薗 晴夫（大阪外国語大学国際文化学科助教授）「語形成と音韻構造」
第30回（平8年）
　　田中 茂範（慶應義塾大学環境情報学部教授）「コトバの〈意味づけ論〉」
第31回（平9年）
　　神尾 昭雄（独協大学教授）「Territory of Information」
　　渡辺 明（神田外語大学助教授）「Case Absorption and WH-Agreement」
第32回（平10年）
　　大庭 幸男（大阪大学文学部助教授）「英語構文研究―素性とその照合を中心に」
　　萩原 裕子（東京都立大学人文学部助教授）「脳にいどむ言語学」
第33回（平11年）
　　天野 政千代（名古屋大学教授）「英語二重目的語構文の統語構造に関する生成理論的研究」,「言語要素の認可」
　　吉村 あき子（奈良女子大学助教授）「否定極性現象」
　　丸田 忠雄（山形大学人文学部人間科学講座教授）「使役動詞のアナトミー語彙的使役動詞の語彙概念構造」
第34回（平12年）
　　浦 啓三（関西学院大学文学部助教授）「Checking Theory and Grammatical Functions in Universal Grammar」
第35回（平13年）
　　福井 直樹（カリフォルニア大学アーヴァイン校言語学科教授）「自然科学としての言語学―生成文法とは何か」
　　松井 智子（国際基督教大学教養学部助教授）「Bridging and Relevance」
第36回（平14年）
　　小川 芳樹（北見工業大学工学部教授）

「A Unified Theory of Verbal and Nominal Projection」〔Oxford University Press New York & Oxford, 2001,xi+323pp〕
第37回（平15年）
　　岡田 禎之（神戸市外国語大学）「現代英語の等位構造―その形式と意味機能」
　　﨑田 智子 「Reporting Discourse,Tense, and Cognition」
第38回（平16年）
　　池内 正幸（津田塾大学）「Predication and Modification：A Minimalist Approach」
第39回（平17年）
　　本多 啓 「アフォーダンスの認知意味論―生態心理学から見た文法現象」
　　三原 健一 「アスペクト解釈と統語現象」
第40回（平18年）
　　該当者なし
第41回（平19年）
　　該当者なし
第42回（平20年）
　　加賀 信広（筑波大学）「Thematic Structure：A Theory of Argument Linking and Comparative Syntax」
第43回（平21年）
　　金子 義明（東北大学大学院）「助動詞システムの諸相―統語論・意味論インターフェイス研究」
　　長野 明子（筑波大学）「Conversion and Back-Formation in English：Toward a Theory of Morpheme-based Morphology」
第44回（平22年）
　　塩原 佳世乃（文京学院大学）「Derivational Linearization at the Syntax-Prosody Interface」
第45回（平23年）
　　＊
第46回（平24年）
　　高橋 英光（北海道大学大学院文学研究科）「A Cognitive Linguistic Analysis of the English Imperative： With Special Reference to Japanese Imperatives」
第47回（平25年）

安原 和也（明浄大学農学部准教授）
「Conceptual Blending and Anaphoric Phenomena： A Cognitive Semantics Approach」
第48回（平26年）

三間 英樹（神戸市外国語大学英米学科教授）「Patterns and Categories in English Suffixation and Stress Placement： A Theoretical and Quantitative Study」

089 井上靖文化賞

井上靖氏を記念し、日本文化の向上に資するため、平成4年12月に創設された。文学・美術・歴史等の分野において優れた業績をあげた人または団体に贈られる。第15回をもって一旦終了。

【主催者】井上靖記念文化財団、一ツ橋綜合財団（後援）

【選考委員】（第15回）大岡信、菅野昭正、平山郁夫

【選考方法】文学・美術・歴史等の各界における専門家および作家・評論家・ジャーナリストなどからの推薦

【選考基準】〔対象〕文学・美術・歴史等の分野における創造的な芸術活動や、卓抜した学術の成果ならびに多年にわたる実践や地道な研究で、今後一層の活躍が期待されるもの。当年度の業績に限らない

【締切・発表】毎年11月選考会、翌年1月贈賞式

【賞・賞金】賞状、記念レリーフと賞金100万円

【URL】http://www.inouezaidan.or.jp/zaidan.htm

第1回（平5年）
　小沢 征爾 "音楽の指揮を通して日本の文化を世界に知らしめ芸術活動と国際貢献に範を示した業績"
第2回（平6年）
　キーン, ドナルド "古典から現代文学にいたる日本の文学を研究、紹介し続けた集積を「日本文学の歴史 全18巻」に結実"
第3回（平7年）
　陳 舜臣
第4回（平8年）
　白土 吾夫
　日本中国文化交流協会
第5回（平9年）
　梅原 猛
第6回（平10年）
　加山 又造
第7回（平11年）
　大野 晋
第8回（平12年）
　白川 静
第9回（平13年）
　安田 侃
第10回（平14年）
　本間 一夫
　日本点字図書館
第11回（平15年）
　直木 孝次郎
第12回（平16年）
　中村 稔
第13回（平17年）
　辞退
第14回（平18年）
　志村 ふくみ
第15回（平19年）
　嶋田 しづ

090 江馬賞

日本風俗史学会創立者,京都女子大学教授・故江馬務会長の寄託金を基に,風俗史研究に貢献した業績を表彰するため,昭和47年に創設された。

【主催者】日本風俗史学会

【選考委員】澤野勉(委員長),鈴木章生,髙橋春子,時枝久子,永田雄次郎,野口榮子,長谷川喜久子,矢萩昭二,横山則孝

【選考方法】同学会会員の推薦によるものを選考委員会において検討

【選考基準】〔資格〕同学会会員。〔対象〕当該年度1月から12月までに公表された著述論文の内,風俗史研究に著しく貢献した業績

【締切・発表】推薦締切は8月,発表・表彰は10月通常総会席上

【賞・賞金】記念楯

【URL】http://fuzokushi.jp/prize3.html

第1回(昭48年)
　山中 裕(東京大学教授)「平安朝の年中行事」〔塙書房〕
第2回(昭49年)
　丹野 郁(埼玉大学教授)「近代西欧服飾発達文化史」〔光生館〕
第3回(昭50年)
　篠田 統(日本風俗史学会理事)「中国食物史」〔柴田書店〕
第4回(昭51年)
　崎山 直(日本放送協会考証資料主査),崎山 小夜子(家具研究家)「西洋家具文化史」〔雄山閣出版〕
第5回(昭52年)
　今井 むつ子(第1美術協会工芸部長)「日本の刺繍」〔毎日新聞出版〕
第6回(昭53年)
　伊原 昭(梅光女学院大学教授)「日本文学色彩用語集成―中古」〔笠間書院〕
第7回(昭54年)
　林 美一(江戸文学刊行会主宰)「江戸看板図譜・江戸店舗図譜」〔三樹書房〕
第8回(昭55年)
　杉本 正年(文化女子大学講師)「東洋服装史論攷―古代編」〔文化出版局〕
第9回(昭57年)
　清田 倫子(大阪樟蔭女子大学講師)「宮廷女流日記文学の風俗史的研究」
第10回(昭58年)
　井筒 雅風(京都成安女子短期大学教授)「原色日本服飾史」〔光琳出版〕
第11回(昭59年)
　小泉 和子(生活史研究所代表)「簞笥」〔法政大学出版局〕
第12回(昭60年)
　岡田 章雄(東京大学史料編纂所教授)「キリシタン信仰と習俗・キリシタン風俗と南蛮文化」〔思文閣〕
第13回(昭61年)
　柴田 実(仏教大学教授)「日本庶民信仰史 全3巻」
第14回(昭62年)
　遠藤 元男(東京都文化財保護審議会委員)「日本職人史の研究 全6冊」〔雄山閣出版〕
第15回(昭63年)
　中山 千代(フェリス女学院短期大学講師,文学博士)「日本婦人洋装史」〔吉川弘文館〕
　服部 照子(日本大学短期大学教授)「ヨーロッパの生活美術と服飾文化1,2」〔源流社〕
第16回(平1年)
　該当者なし
第17回(平2年)

太田 臨一郎(日本近代服制史研究者)「日本服制史 全3巻」〔文化出版局〕
徳永 幾久(山形県立米沢女子短期大学名誉教授)「民俗服飾文化―刺し子の研究」〔衣生活研究会〕
第18回(平3年)
上田 正昭(大阪女子大学学長)「古代伝承史の研究」〔塙書房〕
中村 太郎(羽衣学園短期大学教授)「日本の風俗と文化」〔創元社〕
第19回(平7年)
小川 恭一(近世武家制度研究者)「江戸幕藩大名家事典 上中下」〔原書房〕
第20回(平8年)
増田 美子(学習院短期大学教授)「古代服飾の研究―縄文から奈良時代」〔源流社〕
第21回(平10年)
江原 絢子(東京家政大学教授)「高等学校における食物教育の形成と展開」〔雄山閣〕
第22回(平11年)
奥村 万亀子(元京都府立大学教授)「京に服飾を読む」〔染織と生活社〕
第23回(平12年)
飯塚 恵理人(椙山女学園大学助教授)「近世能楽史の研究―東海地域を中心に」〔雄山閣〕
第24回(平18年)
芳井 敬郎(花園大学教授・副学長)「民俗文化複合体論」〔思文閣出版〕
第25回(平19年)
林 淳(愛知学院大学教授)「近世陰陽道の研究」〔吉川弘文館〕
第26回(平22年)
滝口 正哉(千代田区教育委員会,文化財調査指導員)「江戸の社会と御免富―富くじ・寺社・庶民」(近世史研究叢書22)〔岩田書院〕

091 大平正芳記念賞

　故大平正芳首相の偉業を記念し,氏が生前提唱した環太平洋連帯構想の発展に貢献した政治・経済・文化・科学技術に関する優れた著作・論文を顕彰するため,昭和60年に創設された。

【主催者】大平正芳記念財団

【選考基準】〔資格〕受賞時から数えて2年以内に刊行された,「環太平洋連帯構想」の発展に貢献する政治・経済・文化・科学技術に関する優れた著書・共著・編著。著者は原則として50歳未満の若手学者・研究者とする。外国人も可

【締切・発表】自由応募募集時期は毎年8月初から10月末,発表3月,表彰は6月に開催される総会席上

【賞・賞金】賞:楯と副賞100万円。特別賞:賞金50万円

【URL】http://www.ohira.org/

第1回(昭60年)
土屋 健治(京都大学東南アジア研究センター助教授)「インドネシア民族主義研究―タマン・シスワの成立と展開」
林 吉郎(青山学院大学国際政治経済学部教授)「異文化インターフェース管理―海外における日本的経営」
森谷 正規(野村総合研究所)「日本・中国・韓国産業技術比較―「比較技術論」からの接近」
Chaloemtiarana,Thak(コーネル大学准教授)「THAILAND - The Politics of Despotic Paternalism」
Rohlen,Thomas P.(カリフォルニア大学

サンタクルス校准教授)「Japan's High Schools」
第2回(昭61年)
石森 秀三(国立民族学博物館助教授)「危機のコスモロジー——ミクロネシアの神々と人間」
関口 末夫(成蹊大)「環太平洋圏と日本の直接投資」
読売新聞経済部 「環太平洋の時代」
Ileto,Reynaldo Clemena(豪洲ジェームス・クック大学専任講師)「PASYON AND REVOLUTION」
Harding,Harry(米国ブルッキングス研究所主任研究員)「ORGANIZING CHINA：The Problem of Bureaucracy 1949～1976」
第3回(昭62年)
渡辺 利夫(筑波大学社会工学系助教授)「開発経済学——経済学と現代アジア」
細野 昭雄(筑波大学社会工学系助教授),恒川 恵市(東京大学教養学部助教授)「ラテンアメリカ危機の構図——累積債務と民主化のゆくえ」
石井 米雄(京都大学東南アジア研究センター所長)「東南アジアを知る事典」
Stewart,Charles T.Jr.(米国ジョージワシントン大学教授),二瓶 恭太(慶応義塾大学教授)「Technology Transfer and Human Factors」
Siegel,James T.(米国コーネル大学教授)「Solo in the New Order——Language and Hierarchy in an Indonesian City」
第4回(昭63年)
小池 和男(法政大学経営学部教授),猪木 武徳(大阪大学経済学部教授)「人材形成の国際比較——東南アジアと日本」
松下 洋(南山大学外国語学部教授)「ペロニズム・権威主義と従属——ラテンアメリカの政治外交研究」
Buszynski,Leszek(オーストラリア国立大戦略防衛研究センター上級研究員) 「Soviet Foreign Policy Southeast Asia」
Samuels,Richard J.(米国マサチューセッツ工科大学政治学部准教授)「The Business of the Japanese State——Energy Markets in Comparative and Historical Perspective」
◇特別賞
村屋 勲夫(毎日新聞「記者の目」担当編集委員)「パックス・パシフィカ——環太平洋構想の系譜と現状」
PBEC(太平洋経済委員会)日本委員会「PEC statistics」
第5回(平1年)
服部 民夫(アジア経済研究所海外調査員,米国ハーバード大学フェアバンクセンター客員研究員)「韓国の経営発展」
安田 信之(アジア経済研究所研究員,英国ロンドン大学東洋アフリカ研究所客員研究員)「アジアの法と社会」
Lincoln,Edward J.(米国ブルッキングス研究所上級圏,吸引)「Japan：Facing Economic Maturity」
Curtis,Gerald L.(米国コロンビア大学政治学部教授)「Japanese Way of Politics」
Dower,John W.(米国カリフォルニア大サンディエゴ校歴史・日本研究教授) 「War without Mercy：Race and Power in the Pacific War」
第6回(平2年)
宮本 信生(在ポーランド日本大使館公使)「中ソ対立の史的構造」
末広 昭(大阪市立大学経済研究所助教授)「Capital Accumulation in Thailand 1855—1985」
Calder,Kent E.(プリンストン大学政治学部助教授)「Crisis and Compensation」
◇特別賞
太平洋学会(代表・赤沢璋一)「太平洋諸島百科事典」
The MIT Commission on Industrial Productivity(代表・マイケル・L.ダートウゾス)「Made In America」
第7回(平3年)
石井 明(東京大学教養学部教授)「中ソ関係史の研究 1945—1950」
Shiraishi,Takashi(コーネル大学東南アジアプログラム副所長)「An Age in

Motion：Popular Radicalism in Java, 1912—1926」
Welfield,John（国際大学教授）「An Empire in Eclipse：Japan in the Postwar American Alliance System」
Fransman,Martin（エジンバラ大学経済学部助教授）「The Market and Beyond：Cooperation and Competition in Information Technology in the Japanese System」
ORR.,Robert M.Jr.（スタンフォード日本センター所長）「The Emergence of Japan's Foreign Aid Power」

◇特別賞
小島 麗逸（大東文化大学国際関係学部教授）「中国経済統計・経済法解説」

第8回（平4年）
山影 進（東京大学教養学部教授）「ASEAN シンボルからシステムへ」
朱 建栄（東洋女子短期大学助教授）「毛沢東の朝鮮戦争」
Schmiegelow,Michèle（ルーヴァン大学教授），Schmiegelow,Henrik（ドイツ連邦共和国大統領府企画主幹）「Strategic Pragmatism：Japanese Lessons in the Use of Economic Theory」
Patrick,Hugh（コロンビア大学教授）「Pacific Basin industries in Distress」
White,G.M.（イーストウエストセンター文化・情報研究所研究員），Lindstrom,L.（タルサ大学教授）「The Pacific Theater：Island Representations of World War II」

◇特別賞
吉川 洋子（京都産業大学外国語学部教授）「日比賠償外交交渉の研究—1949〜1956」

第9回（平5年）
中兼 和津次（東京大学経済学部教授）「中国経済論—農工関係の政治経済学」
Campbell,John Creighton（ミシガン大学政治学部教授）「How Policies change：the Japanese Government and the Aging Society」
Large,Stephen S.（ケンブリッジ大学東洋学部講師）「Emperor Hirohito & Showa Japan：a political biography」

◇特別賞
フクシマ，グレン・S.（日本AT&T社総合政策本部長，市場開発本部長）「日米経済摩擦の政治学」
Gibney,Frank（環太平洋研究所所長）「The Pacific Century：America and Asia in a changing world」

第10回（平6年）
大串 和雄（国際基督教大学国際関係学科准教授）「軍と革命—ペルー軍事政権の研究」
Katzenstein,Peter J.（コーネル大学政治学部教授），Okawara,Nobuo（九州大学法学部助教授）「Japan's National Security：Structures, Norms and Policy Responses in a Changing World」

◇特別賞
Teranishi,Juro（一橋大学経済研究所教授），Kosai,Yutaka（日本経済研究センター理事長）「The Japanese Experience of Economic Reforms」
Frankel,J.A.（カルフォルニア大学バークレー校経済学教授），Kahler,M.（カルフォルニア大学サンディエゴ校国際関係・太平洋研究教授）「Regionalism and Rivalry：Japan and the United States in Pacific Asia」

第11回（平7年）
河野 康子（法政大学法学部教授）「沖縄返還をめぐる政治と外交—日米関係史の文脈」
田中 孝彦（一橋大学法学部助教授）「日ソ国交回復の史的研究—戦後日ソ関係の起点：1945〜1956」
加藤 淳子（東京大学教養学部助教授）「The Problem of Bureaucratic Rationality：Tax Politics in Japan」
Anderson,Stephen J.（国際大学助教授）「Welfare Policy and Politics in Japan—Beyond the Developmental State」

◇特別賞

小林　泉（大阪学院大学国際学部助教授）「太平洋島嶼諸国論」，「アメリカ極秘文書と信託統治の終焉—ソロモン報告・ミクロネシアの独立」

第12回（平8年）
原　洋之介（東京大学東洋文化研究所教授）「東南アジア諸国の経済発展—開発主義的政策体系と社会の反応」
鄭　大均（東京都立大学人文学部助教授）「韓国のイメージ—戦後日本人の隣国観」
劉　傑（早稲田大学社会科学部専任講師）「日中戦争下の外交」
Pilat,Dirk（グロニンゲン大学研究員，オランダ）「The Economics of Rapid Growth：The Experience of Japan and Koria」

◇特別賞
山本　正（日本国際交流センター理事長）「Emerging Civil Society in the Asia Pacific Community」

第13回（平9年）
木畑　洋一（東京大学大学院総合文化研究科・教養学部教授）「帝国のたそがれ—冷戦下のイギリスとアジア」
李　鍾元（立教大学法学部助教授）「東アジア冷戦と韓米日関係」
ノートン，バリー（米カリフォルニア大学サンディエゴ校准教授）「Growing out of the Plan：Chinese Economic Reform 1978-1993」

第14回（平10年）
加藤　弘之（神戸大学経済学部教授）「中国の経済発展と市場化—改革・開放時代の検証」
深川　由起子（青山学院大学経済学部助教授）「韓国・先進国経済論」
Vogel,Steven K.（ハーバード大学政治学助教授）「Freer Markets, More Rules：Regulatory Reform in Advanced Industrial Countries」
Dobson,Wendy（トロント大学国際ビジネス研究センター所長兼教授），Yue,Chia Siow（シンガポール東南アジア研究所長）「Multinationals and East Asian Integration」

◇特別賞
関　満博（一橋大学商学部教授）「上海の産業発展と日本企業」等3部作

第15回（平11年）
毛里　和子（早稲田大学政治経済学部教授）「周縁からの中国—民族問題と国家」
吉岡　政徳（神戸大学国際文化学部教授）「メラネシアの位階階梯制社会—北部ラガにおける親族・交換・リーダーシップ」
村松　伸（東京大学生産技術研究所助手）「中華中毒—中国的空間の解剖学」

第16回（平12年）
小島　朋之（慶応義塾大学総合政策学部教授）「現代中国の政治—その理論と実践」〔慶応義塾大学出版会〕
岡本　隆司（宮崎大学教育文化学部助教授）「近代中国の海関」〔名古屋大学出版会〕
Milly,Deborah J.（バージニア州立大学政治学部教授）「Poverty, Equality and Growth： The Politics of Economic Need in Postwar Japan」〔Harvard Univ. Asian Center〕
Cha,Victor D.（ジョージタウン大学政治学部助教授）「Alignment Despite Antagonism： The US-Korea-Japan Security Triangle」〔Stanford University Press〕

第17回（平13年）
陳　肇斌（東京大学法学部附属近代日本法政史料センター助教授）「戦後日本の中国政策—1950年代東アジア国際政治の文脈」
柿崎　一郎（横浜市立大学国際文化学部講師）「タイ経済と鉄道—1885〜1935年」
都丸　潤子（神戸大学大学院国際協力科助教授）「The Postwar Rapprochement of Malaya and Japan, 1945-61：The Roles of Britain and Japan in South-East Asia」
小代　有希子（ウィリアムズ大学アジア研究学部客員助教授）「Trans-Pacific Racisms and the U.S.Occupation of Japan」

Broadbent,Jeffrey（ミネソタ大学社会学部助教授）「Environmental Politics in Japan：Network of Power and Protest」
McConnel,David I.（ウースター大学文化人類学部准教授）「Importing Diversity：Inside Japan's JET Program」
Mulgan,Aurelia George（ニューサウスウェールズ大学政治学部准教授）「The Politics of Agriculture in Japan」

第18回（平14年）
武田 康裕（防衛大学校国際関係学科教授）「民主化の比較政治─東アジア諸国の体制変動過程」
高橋 昭雄（東京大学東洋文化研究所助教授）「現代ミャンマーの農村経済─移行経済下の農民と非農民」
唐 亮（横浜市立大学国際文化学部助教授）「変貌する中国政治─漸進路線と民主化」
李 恩民（宇都宮大学国際学部外国人教師）「転換期の中国・日本と台湾─1970年代中日民間経済外交の経緯」
Noland,Marcus（国際経済研究所上級研究員）「Avoiding the Apocalypse：the Future of the Two Koreas」
片田 さおり（南カリフォルニア大学国際関係学部教授）「Banking on Stability：Japan and the Cross-Pacific Dynamics of International Financial Management」
Huang,Jing（ユタ大学政治学部助教授）「Factionalism in Chinese Communist Politics」

第19回（平15年）
藤井 省三（東京大学人文社会系研究科文学部教授）「魯迅事典」
李 愛俐娥（国立民族学博物館研究部客員研究員）「中央アジア少数民族社会の変貌─カザフスタンの朝鮮人を中心に」
丸川 知雄（東京大学社会科学研究所助教授）「シリーズ現代中国経済 第3巻─労働市場の地殻変動」

第20回（平16年）
早瀬 晋三（大阪市立大学教授）「海域イスラーム社会の歴史」〔岩波書店〕
秋田 茂（大阪大学教授）「イギリス帝国とアジア国際秩序」〔名古屋大学出版会〕
玉田 芳史（京都大学助教授）「民主化の虚像と実像」〔京都大学学術出版会〕
何 義麟（台北師範学院助理教授）「二・二八事件」〔東京大学出版会〕
井口 治夫（名古屋大学助教授）「Unfinished Business」〔ハーバード大学アジアセンター〕

第21回（平17年）
徐 承元（関東学院大学法学部助教授）「日本の経済外交と中国」
大庭 三枝（東京理科大学工学部助教授）「アジア太平洋地域形成への道程─境界国家日豪のアイデンティティ模索と地域主義」
Amyx,Jennifer（ペンシルヴァニア大学政治学部助教授）「Japan's Financial Crisis-Institutional Rigidity and Reluctant Change」
楊 麗君（元・一橋大学大学院社会学研究科助手）「文化大革命と中国の社会構造」

第22回（平18年）
大西 裕（神戸大学教授）「韓国経済の政治分析─大統領の政策選択」〔有斐閣〕
天野 倫文（法政大学助教授）「東アジアの国際分業と日本企業─新たな企業成長への展望」〔有斐閣〕

第23回（平19年）
青山 和佳（日本大学生物資源科学部国際地域開発学科准教授）「貧困の民族誌─フィリピン・ダバオ市のサマの生活」〔東京大学出版会〕
澤田 康幸（東京大学大学院経済学研究科准教授），園部 哲史（国際開発高等教育機構主任研究員，政策研究大学院大学連携教授）「市場と経済発展─途上国における貧困消滅に向けて」〔東洋経済新報社〕
三輪 芳朗（東京大学大学院経済学部教授），Ramseyer,J. Mark（ハーバード大学ロー・スクール教授）「The Fable of the Keiretsu：Urban Legends of the Japanese Economy」〔University of

Chicago Press〕
三宅 康之（愛知県立大学外国語学部准教授）「中国・改革開放の政治経済学」〔ミネルヴァ書房〕
◇特別賞
田中 重光（東急設計コンサルタント）「近代・中国の都市と建築―広州、黄浦、上海、南京、武漢、重慶、台北」〔相模書房〕

第24回（平20年）
大野 明彦（青山学院大学国際政治経済学部教授）「アジアにおける工場労働力の形成―労務管理と職務意識の変容」
Pekkanen,Robert（ワシントン大学日本研究学科長准教授）「Japan's Dual Civil Society - Members Without Advocates」
中野 聡（一橋大学大学院社会学研究科教授）「歴史経験としてのアメリカ帝国―米比関係史の群像」
青山 瑠妙（早稲田大学教育・総合科学学術院教授）「現代中国の外交」
飯笹 佐代子（財団法人 総合研究開発機構リサーチフェロー）「シティズンシップと多文化国家―オーストラリアから読み解く」
関 恒樹（広島大学大学院国際協力研究科助教）「海域世界の民族誌―フィリピン島嶼部における移動・生業・アイデンティティ」

第25回（平21年）
浅野 豊美（中京大学国際教養学部教授）「帝国日本の植民地法制―法域統合と帝国秩序」
福岡 愛子（東京大学大学院人文社会系研究科博士課程）「文化大革命の記憶と忘却―回想録の出版にみる記憶の個人化と共同化」
Estevez-Abe,Margarita（シラキューズ大学マックスウェル大学院政治学准教授）「Welfare and Capitalism in Postwar Japan」
磯部 靖（慶應義塾大学法学部准教授）「現代中国の中央・地方関係―広東省における地方分権と省指導者」

矢倉 研二郎（阪南大学経済学部准教授）「カンボジア農村の貧困と格差拡大」
保城 広至（日本学術振興会特別研究員 コーネル大学客員研究員）「アジア地域主義外交の行方：1952-1966」
◇特別賞
Dent,Christopher M.（リーズ大学東アジア学部准教授）「East Asian Regionalism」
呉 軍華（日本総合研究所理事 日経投資諮詢有限公司会長・首席研究員）「中国 静かなる革命―官製資本主義の終焉と民主化へのグランドビジョン」

第26回（平22年）
中西 嘉宏（日本貿易振興機構・アジア経済研究所 地域研究センター研究員）「軍政ビルマの権力構造―ネー・ウィン体制下の国家と軍隊 1962-1988」
酒井 一臣（大阪大学大学院文学研究科招聘研究員）「近代日本外交とアジア太平洋秩序」
グライムズ、ウィリアム・W.（ボストン大学国際関係学部準教授（兼）アジア研究所所長）「Currency and Contest in East Asia：The Great Power Politics of Financial Regionalism」
ジョ、ヤンヒョン（韓国外交通商部外交安保研究院助教授）「アジア地域主義とアメリカ―ベトナム戦争期のアジア太平洋国際関係」
鄭 浩瀾（フェリス女学院大学国際交流学部准教授）「中国農村社会と革命―井岡山の村落の歴史的変遷」
◇特別賞
厳 善平（桃山学院大学経済学部教授）「農村から都市へ―1億3000万人の農民大移動」

第27回（平23年）
東 裕（苫小牧駒澤大学国際文化学部教授）「太平洋島嶼国の憲法と政治文化―フィジー1997年憲法とパシフィック・ウェイ」
鈴木 絢女（福岡女子大学講師）「＜民主政治＞の自由化と秩序―マレーシア政治体制論の再構築」

増原 綾子（亜細亜大学国際関係学部専任講師）「スハルト体制のインドネシア―個人支配の変容と一九九八年政変」

竹中 千春（立教大学法学部教授）「盗賊のインド史―帝国・国家・無法者（アウトロー）」

鄭 浩瀾（フェリス女学院大学国際交流学部准教授）「中国農村社会と革命―井岡山の村落の歴史的変遷」

◇特別賞

デビッド・アラセ（ポモナ大学政治学部教授），ツネオ・アカハ（モントレー国際大学大学院国際政策学教授（兼）東アジア研究センター所長）「The US-Japan Alliance—Balancing soft and hard power in East Asia」

小林 道彦（北九州市立大学基盤教育センター教授）），中西 寛（京都大学大学院法学研究科教授）「歴史の桎梏を越えて―20世紀日中関係への新視点」

第28回（平24年）

李 東俊（高麗大学アジア問題研究所HK研究教授）「未完の平和―米中和解と朝鮮問題の変容、1969―1975年」

武田 友加（一橋大学経済研究所専任講師）「現代ロシアの貧困研究」

キース・L.カマチョ（カリフォルニア大学ロサンゼルス校アジア系アメリカ人研究学部准教授）「Cultures of Commemoration—The Politics of War, Memory, and History in the Mariana Islands」

城山 智子（一橋大学大学院経済学研究科教授）「大恐慌下の中国―市場・国家・世界経済」

遠藤 環（埼玉大学経済学部准教授）「都市を生きる人々―バンコク都市下層民のリスク対応」

◇特別賞

馬場 公彦（岩波書店編集局副部長）"戦後日本人の中国像―日本敗戦から文化大革命・日中復交まで"

第29回（平25年）

梶谷 懐（神戸大学大学院経済学研究科准教授）「現代中国の財政金融システム―グローバル化と中央‐地方関係の経済学」

川上 桃子（日本貿易振興機構アジア経済研究所海外調査員在台北）「圧縮された産業発展―台湾ノートパソコン企業の成長メカニズム」

岡崎 匡史（東洋大学国際共生社会研究センター研究助手）「日本占領と宗教改革」

第30回（平26年）

クリスティーナ・デイビス（プリンストン大学政治学部教授，同大学 ウッドロー・ウィルソン公共政策大学院兼任教授）「Why Adjudicate？ -Enforcing Trade Rules in the WTO」

日下 渉（名古屋大学大学院国際開発研究科准教授）「反市民の政治学―フィリピンの民主主義と道徳」

リュウ・ヨウ（独立行政法人経済産業研究所研究員）「China's Urban Labor Market -A Structural Econometric Approach」

鈴木 一敏（広島大学大学院社会科学研究科准教授）「日米構造協議の政治過程―相互依存下の通商交渉と国内対立の構図」

092 尾中郁夫・家族法学術賞

日本加除出版社長・故尾中郁夫氏が生前出版事業を通して，家族法関係の理論的・制度的な発展に多大な貢献をしたことを顕彰するため，平成元年に創設された。家族法の研究に優れた業績をあげ，啓蒙的な役割を果たした者を表彰するとともに，今後の活躍を期待する。平成2年には家族法学術奨励賞を，平成10年には家族法新人奨励賞を設けた。

【主催者】日本加除出版

092 尾中郁夫・家族法学術賞　　　　　　　　　　　　　　　　　学芸

【選考委員】米倉明（東京大学名誉教授），村重慶一（弁護士），木棚照一（名古屋学院大学法学部教授），犬伏由子（慶応義塾大学法学部教授），佐藤義彦（同志社大学名誉教授）
【選考方法】学界法曹界関係者300名のアンケートによる推薦をもとに選考委員会で決定する。選考委員会は2月初旬と3月初旬の2回開催される
【選考基準】〔資格〕奨励賞：原則として45歳以下。新人賞：原則として30歳以下。〔対象〕前年1月から12月までに日本国内で日本語で公表された著作・論文とする。但し，共著・共編・翻訳・判例解説・教科書等は選考対象から除外する。応募規程等はない。なお，1年間の主要著作・論文リストを作成してアンケート依頼者に送付している
【締切・発表】（平成27年）発表は3月20日，贈呈式は5月29日とする
【賞・賞金】賞：正賞と副賞と記念品。副賞は学術賞30万円，奨励賞20万円，新人賞10万円
【URL】http://www.kajo.co.jp/

第1回（平1年）
　中川 淳（広島大学教授）「相続法逐条解説」〔日本加除出版〕
第2回（平2年）
　高野 耕一（大東文化大学教授）「財産分与・家事調停の道」〔日本評論社〕
◇奨励賞
　田中 通裕（関西学院大学教授）「フランス親権法の発展」
第3回（平3年）
　山本 正憲（岡山商科大学教授）「養子法の研究」〔法律文化社〕
◇奨励賞
　二宮 周平（立命館大学教授）「事実婚の現代的課題」
第4回（平4年）
　島津 一郎（創価大学教授）「転換期の家族法」〔日本評論社〕
◇奨励賞
　水野 紀子（名古屋大学教授）「フランスにおける親子関係の決定と民事身分の保護，親子関係在否確認訴訟の生成と戸籍訂正」
第5回（平5年）
　該当者なし
◇奨励賞
　鈴木 賢（北海道大学助教授）「現代中国相続法の原理」
　鈴木 真次（広島大学助教授）「離婚給付の決定基準」

第6回（平6年）
　浦本 寛雄（西南学院大学教授）「破綻主義離婚法の研究」〔有斐閣〕
◇奨励賞
　大村 敦志（東京大学助教授）「フランス家族法改革と立法学」
第7回（平7年）
　該当者なし
◇奨励賞
　新井 誠（千葉大学教授）「高齢社会の成年後見法」
　松原 正明（青森地家裁弘前支部長判事）「判例先例相続法I遺産分割」
（平8年）
◇学術賞
　木棚 照一（立命館大学法学部教授）「国際相続法の研究」〔有斐閣〕
　石川 稔（上智大学法学部教授）「家族法における子どもの権利」〔日本評論社〕
◇学術奨励賞
　該当者なし
（平9年）
◇学術賞
　太田 武男（京都大学名誉教授）「現代の内縁問題」〔有斐閣〕
◇学術奨励賞
　該当者なし
（平10年）
◇学術賞
　川田 昇（神奈川大学法学部教授）「イギリス親権法史」〔一粒社〕

◇学術奨励賞
　該当者なし
◇新人奨励賞
　浦野 由紀子（京都大学大学院博士課程）「遺言の補充的解釈」〔民商法雑誌〕
（平11年）
◇学術賞
　松倉 耕作（南山大学法学部教授）「血統訴訟と真実志向」〔成文堂〕
◇学術奨励賞
　該当者なし
◇新人奨励賞
　関 ふ佐子（北海道大学大学院博士課程）「アメリカの高齢者ケアにおける社会保障と家族の役割」〔北大法学論集〕
（平12年）
◇学術賞
　米倉 明（早稲田大学法学部教授）「家族法の研究」〔新青出版〕
◇学術奨励賞
　高橋 朋子（東海大学法学部教授）「近代家族団体論の形成と展開」〔有斐閣〕
（平13年）
◇学術賞
　該当者なし
◇学術奨励賞
　清水 節（那覇地方裁判所判事）「判例先例親権法 III 親権」〔日本加除出版〕
（平14年）
◇学術賞
　該当者なし
◇学術奨励賞
　柳橋 博之（東京大学大学院助教授）「イスラーム家族法」〔創文社〕
◇新人奨励賞
　合田 篤子（神戸大学大学院博士課程）「親権者による財産管理権の濫用的行使の規制」〔神戸法学雑誌〕
（平15年）
◇学術賞
　大島 俊之（神戸学院大学法学部教授）「性同一性障害と法」〔日本評論社〕
◇学術奨励賞
　該当者なし
◇新人奨励賞
　金 汶淑（京都大学大学院研修員）「国際私法における養子縁組の効力」〔法学論叢〕
（平16年）
◇学術賞
　該当者なし
◇学術奨励賞
　伊丹 一浩（茨城大学農学部助教授）「民法典相続法と農民の戦略—19世紀フランスを対象に」〔御茶の水書房〕
　横田 光平（筑波大学社会科学系講師）「親の権利・子どもの自由・国家の関与—憲法理論と民法理論の統合的理解」〔法学協会雑誌〕
◇新人奨励賞
　該当者なし
（平17年）
◇学術賞
　該当者なし
◇学術奨励賞
　金子 敬明（千葉大学法経学部助教授）「相続財産の重層性をめぐって」〔法学協会雑誌〕
◇新人奨励賞
　該当者なし
（平18年）
◇学術賞
　該当者なし
◇学術奨励賞
　三成 美保（摂南大学法学部教授）「ジェンダーの法史学—近代ドイツの家族とセクシュアリティ」〔勁草書房〕
◇新人奨励賞
　該当者なし
（平19年）
◇学術賞
　松本 博之（大阪市立大学大学院法学研究科教授）「人事訴訟法」〔弘文堂〕
◇学術奨励賞
　該当者なし
◇新人奨励賞
　宮本 誠子（大阪大学大学院法学研究科博士後期課程）「フランス法における遺産の管理」〔阪大法学〕
（平20年）
◇学術賞

該当者なし
◇学術奨励賞
　該当者なし
◇新人奨励賞
　大島 梨沙（北海道大学大学院法学研究科博士後期課程）「フランス法における非婚カップルの法的保護―パックスとコンキュビナージュの研究」〔北大法学論集〕
（平21年）
◇学術賞
　松川 正毅（大阪大学大学院高等司法研究科教授）「医学の発展と親子法」〔有斐閣〕
◇学術奨励賞
　西 希代子（上智大学法学部准教授）「遺留分の再検討」〔法学協会雑誌〕
　倉田 賀世（関西外国語大学外国語学部講師）「子育て支援の理念と方法―ドイツ法の視点」〔北海道大学出版会〕
◇新人奨励賞
　該当者なし
（平22年）
◇学術賞
　該当者なし
◇学術奨励賞
　小口 恵巳子（お茶の水女子大学大学院人間文化創成科学研究科研究院研究員）「親の懲戒権はいかに形成されたか―明治民法編纂過程からみる」〔日本経済評論社〕
◇新人奨励賞
　羽生 香織（東京経済大学現代法学部専任講師）「実親子関係確定における真実主義の限界」〔一橋法学〕
　松久 和彦（沖縄大学法経学部専任講師）「ドイツにおける夫婦財産制の検討―剰余共同制の限界と改正の動向」「ドイツにおける夫婦財産契約の自由とその制限」〔立命館法学〕
（平23年）
◇学術賞
　該当者なし
◇学術奨励賞
　平田 厚（明治大学法科大学院専任教授，弁護士）「親権と子どもの福祉―児童虐待時代に親の権利はどうあるべきか」

◇新人奨励賞
　白須 真理子（大阪大学大学院法学研究科博士後期課程）「フランス法における親権の第三者への委譲」
　黄 浄愉（北海道大学大学院法学研究科博士後期課程）「台湾における養子縁組の制度的特徴と現実の機能―特に日本法との対比で」
（平24年）
◇学術賞
　該当者なし
◇学術奨励賞
　該当者なし
◇新人奨励賞
　栗林 佳代（佐賀大学経済学部准教授）「子の利益のための面会交流―フランス訪問権論の視点から」
　木村 敦子（京都大学大学院法学研究科准教授）「法律上の親子関係の構成原理―ドイツにおける親子関係法の展開を手がかりとして」
（平25年）
◇学術賞
　該当者なし
◇学術奨励賞
　中山 直子（東京地方裁判所立川支部判事）「判例先例 親族法―扶養」
◇新人奨励賞
　稲垣 朋子（日本学術振興会特別研究員PD）「離婚後の父母共同監護について―ドイツ法を手がかりに」
（平26年）
◇学術賞
　該当者なし
◇学術奨励賞
　該当者なし
◇新人奨励賞
　上條 聡子（東京法務局法務事務官）「戸籍記載の真実性確保をめぐる諸問題について（虚偽記載の防止措置及び是正措置の検討）」
（平27年）
◇学術賞
　該当者なし
◇学術奨励賞

大塚 正之(弁護士,早稲田大学法学学術院招聘研究員)「判例先例 渉外親族法」〔日本加除出版〕
◇新人奨励賞

石綿 はる美(東北大学大学院法学研究科准教授)「遺言における受遺者の処分権の制限—相続の秩序と物権の理念」〔法学協会雑誌〕

093 角川源義賞

角川書店創立者である角川源義の遺志に基づき,昭和54年に設定。日本文化の振興・発展のため,日本文学・日本史の両分野における優れた業績を顕彰する。

【主催者】角川文化振興財団
【選考委員】〔文学研究部門〕安藤宏,揖斐高,久保田淳,原岡文子〔歴史研究部門〕石上英一,黒田日出男,高村直助,藤井讓治
【選考方法】非公募
【選考基準】前年度1月から12月までに刊行された日本文学研究と日本史研究における,原則として個人の学術書が対象
【締切・発表】例年10月に受賞作を決定,各新聞紙上に発表
【賞・賞金】賞状・記念品,副賞各100万円
【URL】http://www.kadokawa-zaidan.or.jp/kensyou/kadokawa/

第1回(昭54年)
　目崎 徳衛 「西行の思想史的研究」〔吉川弘文館〕
第2回(昭55年)
　◇国文学
　　水原 一 「延慶本平家物語論考」〔加藤中道館〕
　◇国史学
　　小木 新造 「東京(とうけい)庶民生活史研究」〔日本放送出版協会〕
第3回(昭56年)
　◇国文学
　　佐竹 昭広 「万葉集抜書」〔岩波書店〕
　◇国史学
　　玉村 竹二 「日本禅宗史論集」〔思文閣〕
第4回(昭57年)
　◇国文学
　　中野 三敏 「戯作研究」〔中央公論社〕
　◇国史学
　　新井 恒易 「農と田遊びの研究」〔明治書院〕
第5回(昭58年)

◇国文学
　樋口 芳麻呂 「平安・鎌倉時代散逸物語の研究」〔ひたく書房〕
　中村 義雄 「絵巻物詞書の研究」〔角川書店〕
◇国史学
　新城 常三 「新稿社寺参詣の社会経済史的研究」〔塙書房〕
第6回(昭59年)
◇国文学
　谷山 茂 「谷山茂著作集第5巻・新古今集とその歌人」〔角川書店〕
◇国史学
　吉田 孝 「律令国家と古代の社会」〔岩波書店〕
第7回(昭60年)
◇国文学
　野村 純一 「昔話伝承の研究」〔同朋舎〕
◇国史学
　黒田 日出男 「日本中世開発史の研究」〔校倉書房〕
第8回(昭61年)

◇国文学
　粕谷 宏紀 「石川雅望の研究」〔角川書店〕
◇国史学
　片桐 一男 「阿蘭陀通詞の研究」〔吉川弘文館〕
第9回(昭62年)
◇国文学
　峰岸 明 「平安時代古記録の国語学的研究」〔東京大学出版会〕
◇国史学
　田中 圭一 「佐渡金山の史的研究」〔刀水書房〕
第10回(昭63年)
◇国文学
　小林 芳規 「角筆文献の国語学的研究」〔汲古書院〕
◇国史学
　太田 清六 「寝殿造の研究」〔吉川弘文館〕
第11回(平1年度)
◇国文学
　松本 隆信〔編〕 「室町時代物語大成」〔角川書店〕
◇国史学
　中井 信彦 「色川三中の研究 伝記編」〔塙書房〕
第12回(平2年度)
◇国文学
　西郷 信綱 「古事記注釈」〔全4巻, 平凡社〕
◇国史学
　平川 南 「漆紙文書の研究」〔吉川弘文館〕
第13回(平3年度)
◇国文学
　鈴木 日出男 「古代和歌史論」〔東京大学出版会〕
◇国史学
　橋本 初子 「中世東寺と弘法大師信仰」〔思文閣出版〕
第14回(平4年度)
◇国文学
　信多 純一 「近松の世界」〔平凡社〕
◇国史学
　該当者なし
第15回(平5年度)
◇国文学
　ハルオ・シラネ 「夢の浮橋―『源氏物語』の詩学」〔中央公論社〕
◇国史学
　青木 和夫 「日本律令国家論攷」〔岩波書店〕
第16回(平6年度)
◇国文学
　浜田 啓介 「近世小説・営為と様式に関する私見」〔京都大学学術出版会〕
◇国史学
　栄原 永遠男 「日本古代銭貨流通史の研究」〔塙書房〕
第17回(平7年度)
◇国文学
　表 章 「喜多流の成立と展開」〔平凡社〕
◇国史学
　朝尾 直弘 「将軍権力の創出」〔岩波書店〕
第18回(平8年度)
◇国文学
　外間 守善 「南島文学論」〔角川書店〕
　室伏 信助 「王朝物語史の研究」〔角川書店〕
◇国史学
　服部 英雄 「景観にさぐる中世―変貌する村の姿と荘園史研究」〔新人物往来社〕
第19回(平9年度)
◇国文学
　朝倉 尚 「抄物の世界と禅林の文学」〔清文堂〕
◇国史学
　勝俣 鎮夫 「戦国時代論」〔岩波書店〕
第20回(平10年度)
◇国文学
　島津 忠夫 「和歌文学史の研究 和歌編・短歌編」〔角川書店〕
◇国史学
　石上 英一 「古代荘園史料の基礎的研究 上・下」〔塙書房〕
第21回(平11年度)
◇国文学
　神野藤 昭夫 「散逸した物語世界と物語史」〔若草書房〕
◇国史学
　上島 有 「東寺・東寺文書の研究」〔思文閣出版〕
第22回(平12年度)

◇国文学
　日野 龍夫　「服部南郭伝攷」〔ぺりかん社〕
◇国史学
　池上 裕子　「戦国時代社会構造の研究」〔校倉書房〕
第23回（平13年度）
◇国文学
　藤井 貞和　「源氏物語論」〔岩波書店〕
◇国史学
　永村 眞　「中世寺院史料論」〔吉川弘文館〕
第24回（平14年度）
◇国文学
　佐藤 恒雄　「藤原定家研究」〔風間書房〕
◇国史学
　鎌田 元一　「律令公民制の研究」〔塙書房〕
第25回（平15年度）
◇文学研究部門
　今 榮藏　「初期俳諧から芭蕉時代へ」〔笠間書院〕
◇歴史研究部門
　脇田 晴子　「日本中世被差別民の研究」〔岩波書店〕
第26回（平16年）
◇文学研究部門
　川平 ひとし　「中世和歌論」〔笠間書院刊〕
◇歴史研究部門
　五味 文彦　「書物の中世史」〔みすず書房刊〕
第27回（平17年）
◇文学研究部門
　稲田 利徳　「西行の和歌の研究」〔笠間書院刊〕
◇歴史研究部門
　東野 治之　「日本古代金石文の研究」〔岩波書院刊〕
第28回（平18年）
◇文学研究部門
　小川 剛生　「二条良基研究」〔笠間書院刊〕
◇歴史研究部門
　藤田 覚　「近世後期政治史と対外関係」〔東京大学出版会刊〕
第29回（平19年）
◇文学研究部門
　楠元 六男　「芭蕉、その後」〔竹林舎刊〕
◇歴史研究部門
　本多 博之　「戦国織豊期の貨幣と石高制」〔吉川弘文館刊〕
第30回（平20年）
◇文学研究部門
　大谷 節子　「世阿弥の中世」〔岩波書店刊〕
◇歴史研究部門
　眞壁 仁　「徳川後期の学問と政治—昌平坂学問所儒者と幕末外交変容」〔名古屋大学出版会刊〕
　松方 冬子　「オランダ風説書と近世日本」〔東京大学出版会刊〕
第31回（平21年）
◇文学研究部門
　大谷 雅夫　「歌と詩のあいだ—和漢比較文学論攷」〔岩波書店〕
◇歴史研究部門
　坂野 潤治　「日本憲政史」〔東京大学出版会〕
第32回（平22年）
◇文学研究部門
　揖斐 高　「近世文学の境界—個我と表現の変容」〔岩波書店〕
◇歴史研究部門
　前田 勉　「江戸後期の思想空間」〔ぺりかん社〕
第33回（平23年）
◇文学研究部門
　渡邉 裕美子　「新古今時代の表現方法」〔笠間書院〕
◇歴史研究部門
　上島 享　「日本中世社会の形成と王権」〔名古屋大学出版会〕
第34回（平24年）
◇文学研究部門
　牧野 陽子　「〈時〉をつなぐ言葉—ラフカディオ・ハーンの再話文学」〔新曜社〕
◇歴史研究部門
　伊藤 聡　「中世天照大神信仰の研究」〔法藏館〕
第35回（平25年）
◇文学研究部門
　安藤 宏　「近代小説の表現機構」〔岩波書店〕
◇歴史研究部門
　鈴木 靖民　「倭国史の展開と東アジア」

〔岩波書店〕
第36回（平26年）
　◇文学研究部門
　　原 道生 「近松浄瑠璃の作劇法」〔八木書店〕
　◇歴史研究部門
　　村井 章介 「日本中世境界史論」〔岩波書店〕

094 角川財団学芸賞

「日本文化の振興」をはかるため設立された角川文化振興財団が，平成15年創設。アカデミズムの成果を広く読書人・読書界につなげ，もって研究諸分野の発展に寄与することを目的とする。

【主催者】角川文化振興財団

【選考委員】鹿島茂，佐藤優，松岡正剛，山折哲雄

【選考方法】非公募

【選考基準】〔対象〕前年度1月から12月までに刊行された，日本の文芸・文化に関わる，あるいはそれらを広範・多義的にテーマとする諸分野の個人の著作

【締切・発表】例年10月に決定・発表，12月に贈呈式

【賞・賞金】賞状・記念品，副賞・賞金100万円

【URL】http://www.kadokawa-zaidan.or.jp/kensyou/gakugei/

第1回（平15年）
　　三浦 佑之 「口語訳古事記〈完全版〉」〔文芸春秋〕
　◇奨励賞
　　宮脇 真彦 「芭蕉の方法―連句というコミュニケーション」〔角川書店〕
第2回（平16年）
　　滝井 一博 「文明史のなかの明治憲法」〔講談社〕
第3回（平17年）
　　佐伯 真一 「戦場の精神史―武士道という幻影」〔日本放送出版協会〕
第4回（平18年）
　　三枝 昂之 「昭和短歌の精神史」〔本阿弥書店刊〕
第5回（平19年）
　　大塚 英志 「『捨て子』たちの民俗学―小泉八雲と柳田國男」〔角川学芸出版刊〕
第6回（平20年）
　　太田 素子 「子宝と子返し―近世農村の家族生活と子育て」〔藤原書店刊〕
　　黒岩 比佐子 「編集者国木田独歩の時代」〔角川学芸出版刊〕
第7回（平21年）
　　上野 誠 「魂の古代学―問いつづける折口信夫」〔新潮社〕
第8回（平22年）
　　小熊 英二 「1968（上・下）」〔新曜社〕
第9回（平23年）
　　金 文京 「漢文と東アジア―訓読の文化圏」〔岩波書店〕
第10回（平24年）
　　桜井 英治 「贈与の歴史学―儀礼と経済のあいだ」〔中央公論新社〕
第11回（平25年）
　　斎藤 環 「世界が土曜の夜の夢なら―ヤンキーと精神分析」〔角川書店〕
第12回（平26年）
　　呉座 勇一 戦争の日本中世史―「下剋上」は本当にあったのか〔新潮社〕
　　白井 聡 「永続敗戦論―戦後日本の核心」〔太田出版〕

095 カナダ首相出版賞

カナダまたは日加関係に関する日本語学術書の出版を助成するため、昭和63年に創設された。その後、平成20年度にカナダ出版賞に名称変更。

【主催者】 カナダ政府
【選考委員】 同賞審査委員会
【選考方法】 公募
【選考基準】〔対象〕カナダまたは日加関係に関する日本語学術書のうち、特に優秀な著作品を出版予定の出版社。〔基準〕全ての学術分野が対象だがフィクションは除く。また、特に現代カナダに関するものが優先される
【締切・発表】 例年、締切は11月中～下旬、発表は翌年3月頃
【賞・賞金】 日本語原稿部門、翻訳部門、共同研究著作部門の3部門、賞金各150万円
【URL】 tokyo.lib-bib@international.gc.ca

第1回（平1年）
◇日本語原稿部門
　未来社 「カナダ社会の展開と展望」〔新保満著〕
◇日本語訳部門
　同文館出版 「カナダの労働関係と法」〔国武輝久著〕
◇翻訳部門
　御茶の水書房 「カナダ政治入門」〔ジョン・レデコップ著 吉田健正, 竹本徹訳〕
◇共同研究著作部門
　該当者なし
第2回（平2年）
◇日本語原稿部門
　勁草書房 「誕生から死まで―カナダと日本の生活文化比較」〔関口礼子著〕
●審査員特別賞
　未来社 「多元国家カナダの実験」〔加藤普章著〕
◇日本語訳部門
●審査員特別賞
　御茶の水書房 「連邦主義の思想と構造」〔ピエール・トルドー著 田中浩, 加藤普章訳〕
◇共同研究著作部門
　該当者なし
第3回（平3年）
◇日本語原稿部門
　東京大学出版会 「カナダ現代政治」〔岩崎美紀子著〕
●特別賞
　開文社出版 「カナダ文学の諸相」〔渡辺昇著〕
◇日本語訳部門
　該当者なし
◇共同研究著作部門
　該当者なし
第4回（平5年）
◇日本語原稿部門
　近代文芸社 「カナダの金融政策と金融制度改革」〔林直嗣著〕
●特別賞
　人間の科学社 「カナダ日系移民の軌跡」〔吉田忠雄著〕
◇日本語訳部門
　現代書館 「ほろ苦い勝利：戦後日系カナダ人リドレス運動史」〔マリカ・オマツ著 田中裕介, 田中デアドリ訳〕
●特別賞
　立風書房 「野性の一族」〔チャールズ・G・D・ロバーツ著 桂宥子訳〕
◇共同研究著作部門
　同文館出版 「カナダの地域と民族―歴史的アプローチ」〔ダグラス・フランシス, 木村和男編著〕

第5回（平6年）
◇日本語原稿部門
　古今書院　「カナダの土地と人々」〔島崎博文著〕
◇日本語訳部門
　三交社　「カナダのナショナリズム」〔ラムゼイ・クック著 小浪充、矢頭典枝訳〕
◇共同研究著作部門
　彩流社　「太平洋国家のトライアングル―現代日米加関係」〔黒沢満、飯沢英昭、川崎剛、桜田大造,John Kirton,Michael Donnelly共著〕
第6回（平7年）
◇日本語原稿部門
　該当者なし
◇日本語訳部門
　御茶の水書房　「サヴァイヴァル：現代カナダ文学入門」〔マーガレット・アトウッド著 加藤裕佳子訳〕
●特別賞
　つむぎ出版　「正された歴史―日系カナダ人への謝罪と補償」〔ロイ・ミキ、カサンドラ・コバヤシ著 佐々木敏二監修 下村雄紀、和泉真澄訳〕
●審査員特別賞
　彩流社　「ワシントン村 大使は走る―体験的対米交渉の教訓」〔アラン・ゴトリーブ著 吉田健正訳〕
◇共同研究著作部門
　該当者なし
平8年〜平11年
　＊
（平12年）
◇日本語原稿部門
　彩流社　「カナダ：大いなる孤高の地―カナダ的想像力の展開」〔竹中豊著〕
平13年〜平18年
　＊
（平19年）
◇日本語原稿部門
　世界思想社　「カナダ・イヌイットの食文化と社会変化」〔岸上伸啓著〕
◇特別賞
　彩流社　「ケベックの生成と「新世界」」〔竹中豊監修〕
第20回（平21年度 2008/2009）
◇日本語原稿部門
　御茶の水書房　「カナダ先住民と近代産業の民族誌―北西海岸におけるサケ漁業と先住民漁師の技術的適応」〔立川陽仁著〕
◇翻訳原稿部門
　日本林業調査会　「森林大国カナダからの警鐘―脅かされる地球の未来と生物多様性」〔エリザベス・メイ 著、香坂玲、深澤雅子訳〕
第21回（平23年度 2010/2011年度）
◇日本語オリジナル原稿部門
　東京大学出版会　「現代カナダ経済研究―州経済の多様性と自動車産業」〔栗原/武美子〕
◇翻訳原稿部門
　東信堂　「ロッキーの麓の学校から―第2次世界大戦中の日系カナダ人収容所の学校教育」〔フランク・モリツグ翻訳代表：小川洋・溝上智恵子〕
　関西学院大学出版会　「連邦制入門」〔ジョージ・アンダーソン著,監訳：新川敏光 翻訳：城戸英樹、辻由希、岡田健太郎〕

096 河合隼雄学芸賞

　河合隼雄の遺志を受け継ぎ、現代社会を生きる人びとのこころを豊かにし、日本文化の発展に寄与することを目的として設立された河合隼雄財団により、河合隼雄の思想と研究の根幹をなす「物語」を中心に据え、様々な世界を読み解き、個々の人びとを支えるような生き生きとした物語を創出した著作を顕彰するため、河合隼雄物語賞とともに平成24年に創設された。

【主催者】河合隼雄財団
【選考委員】岩宮恵子,中沢新一,山極寿一,鷲田清一
【選考方法】非公募
【選考基準】〔対象〕優れた学術的成果と独創をもとに,様々な世界の深層を物語性豊かに明らかにした著作に与えられる。選考は1年ごとに行い,毎年3月からさかのぼって2年の期間内に発表・発行された作品を選考対象とする
【締切・発表】選考結果の公式発表は「考える人」(新潮社)夏号誌上にて行う。候補作品については公表しない
【賞・賞金】記念品および副賞100万円
【URL】http://www.kawaihayao.jp/ja/gakugei/

第1回(平25年度)
　藤原 辰史 「ナチスのキッチン」〔水声社〕
第2回(平26年度)
　与那原 恵 「首里城への坂道:鎌倉芳太郎と近代沖縄の群像」〔筑摩書房〕

097 河上肇賞

　明治から昭和にかけて,学者,文人,ジャーナリストとして幅広く活躍した河上肇(1879～1946)の歿後60周年を記念して平成17年に創設された。河上肇の業績に該当する領域の作品で,狭い専門分野にとどまらない広く今日性を備えた視野に立ち,かつ散文としてもすぐれた仕事を顕彰し,将来の飛躍を支援する。

【主催者】藤原書店
【選考委員】一海知義(顧問),赤坂憲雄,川勝平太,新保祐司,田中秀臣,中村桂子,橋本五郎,三砂ちづる,山田登世子,藤原良雄
【選考方法】公募
【選考基準】〔対象〕12万字～20万字(400字詰300枚～500枚)の日本語による未発表の単著論文(一部分既発表でも可。詳細は事務局に問合せる)。経済学・文明論・文学評論・時論・思想・歴史の領域で,狭い専門分野にとどまらない広い視野に立ち,今日的な観点に立脚し,散文としてもすぐれた作品。〔提出要領〕A4用紙に40字30行(縦に使い横書きで印字,または横に使い縦書きで印字)で印刷されたワープロ原稿(電子メールへの添付またはフロッピーディスクにて電子データも提出する)。目次と梗概(4000字),自己業績と履歴を必ず添付する
【締切・発表】例年8月末日事務局必着,11月発表,翌年1月授賞式
【賞・賞金】本賞(1名):藤原書店から単行本として公刊,および記念品。奨励賞(若干名):記念品
【URL】http://www.fujiwara-shoten.co.jp/main/kawakami_prize/

第1回(平17年)
　安達 誠司(ドイツ証券会社経済調査部シニアエコノミスト)「レジーム間競争の思想史―通貨システムとデフレーションの

関連,そしてアジア主義の呪縛」
　◇奨励賞
　　小川 和也(一橋大学大学院生)「鞍馬天狗と憲法—大仏次郎の「個」と「国民」」
第2回(平18年)
　該当作なし
　◇奨励賞
　　太田 素子(埼玉県立大学教授)「子宝と子返し—近世農村の家族生活と子育て」
第3回(平19年)
　該当作なし
　◇奨励賞
　　丹野 さきら(明治学院大学非常勤講師)「真珠採りの詩,高群逸枝の夢」
　　松尾 匡(久留米大学経済学部教授)「商人道!」
第4回(平20年)
　　片岡 剛士(三菱UFJリサーチ&コンサルティング主任研究員)「我が国の経済政策はどこに向かうのか—「失われた10年」以降の日本経済」
　◇奨励賞
　　平山 亜佐子(エディトリアルデザイナー,文筆家)「明治 大正 昭和 莫連女と少女ギャング団」
　　和田 みき子(助産師)「1920年代の都市における巡回産婆事業—経済学者,猪間驥一の調査研究を通して」
第5回(平21年)
　　鈴木 順子(明治学院大学非常勤講師)「シモーヌ・ヴェイユ晩年における犠牲の観念をめぐって」
　◇奨励賞
　　佐藤 信(東京大学法学部在学中)「鈴木茂三郎—二大政党制のつくりかた」
　　貝瀬 千里(新潟市役所)「岡本太郎の仮面」
第6回(平22年)
　該当作なし
　◇奨励賞
　　該当作なし
第7回(平23年)
　　志村 三代子(早稲田大学演劇博物館招聘研究員)「映画人・菊池寛」
　　西脇 千瀬(フリーランス)「地域と社会史—野蒜築港にみる周縁の自我」
第8回(平24年)
　該当作無し
　◇奨励賞
　　該当作無し
第9回(平25年)
　該当作無し
　◇奨励賞
　　川口 有美子(日本ALS協会理事)「生存の技法—ALSの人工呼吸療法を巡る葛藤」
第10回(平26年)
　　大石 茜(筑波大学大学院人文社会科学研究科)「「近代的家族」の誕生—二葉幼稚園の事例から」
　◇奨励賞
　　飯塚 数人(評論家)「詩の根源へ」

---

098 菊池寛賞

　昭和13年に菊池寛の提唱により創設されたときは,先輩作家に敬意を表して顕彰するための賞で,45歳以下の作家,評論家が選考委員となり,46歳以上の作家に贈られた。一時中断したのち,故人となった菊池寛の日本文化の各方面に遺した功績を記念して,昭和27年に復活。賞の対象も同氏が生前特に関係の深かった文学,映画・演劇,放送,出版(雑誌含)など文化活動一般に広げて授賞するように変更された。

【主催者】日本文学振興会
【選考委員】第62回(平成26年) 東海林さだお,半藤一利,平岩弓枝,養老孟司
【選考方法】関係者のアンケートによる
【選考基準】〔対象〕前年9月1日～当該年8月末日の1年間に発表された著書,映画・演

劇, 放送, 新聞などにおいて最も清新で創造的な業績をあげた個人・団体

【締切・発表】発表は「文芸春秋」12月号誌上

【賞・賞金】正賞置時計, 副賞100万円

【URL】http://www.bunshun.co.jp/award/kikuchi/

第1回 (昭13年)
　徳田 秋声 "「仮装人物」〔経済往来 10年7月号～13年8月号〕"
第2回 (昭14年)
　武者小路 実篤 "文学業績"
　里見 弴 "文学業績"
　宇野 浩二 "文学業績"
第3回 (昭15年)
　室生 犀星 "「戦死」〔中央公論 6月号〕"
　田中 貢太郎 "生前の文学業績"
第4回 (昭16年)
　久保田 万太郎 "文学業績"
　長谷川 時雨 "文学業績"
　中村 吉蔵 "生前の功労"
第5回 (昭17年)
　佐藤 春夫 "「芬爾行」〔文芸春秋 12月号〕"
　上司 小剣 「伴林光平」
第6回 (昭18年)
　川端 康成 "「故園」「夕日」〔文芸, 日本評論〕"
復活第1回 (昭28年)
　吉川 英治 「新・平家物語」〔朝日新聞社〕
　水木 洋子 "映画のシナリオ"
　俳優座演劇部研究所 "演劇活動"
　週刊朝日編集部 (代表・扇谷正造) "雑誌編集"
　読売新聞社会部 (代表・原四郎) "同社会部の暗黒面摘発活動"
　岩波書店 「写真文庫」
第2回 (昭29年)
　永田 雅一 "日本映画の海外進出の活動"
　中島 健蔵 "著作権確立に関する努力"
　横山 泰三 「プーサン」
　朝日新聞 "第三頁の総合解説面"
　石井 桃子 "児童文学活動"
　岩田 専太郎 "挿絵および表紙絵"
第3回 (昭30年)
　木村 伊兵衛 "日本写真界に尽くした功績, 特に外遊作品"
　安部 光恭 "世界的ニュース「ビキニの灰」のスクープ"
　徳川 夢声 "年毎に円熟を示している著述・話術・演芸などの活躍"
　阿部 真之助 "自由且つ気骨ある政治評論家として, 民衆の政治意識を高めた近年の活動"
　石山 賢吉 "雑誌経営ならびに編集者としての一貫して変わらぬ精進"
第4回 (昭31年)
　荒垣 秀雄 "「天声人語」〔朝日新聞〕の執筆"
　長谷川 伸 "多年の文学活動と「日本捕虜志」大衆文芸連載"
　花森 安治,「暮しの手帖」編集部 "婦人家庭雑誌に新しい形式を生み出した努力"
　河竹 繁俊 "多年にわたる歌舞伎研究"
　淡路 千景 "本年度に於ける演技の著しい進歩"
第5回 (昭32年)
　正宗 白鳥 "いよいよ盛んな批評活動"
　水谷 八重子 "常に新生面を拓く努力"
　長谷川 一夫 "三十年にわたるたゆまぬ精進"
　毎日新聞社会部 "「官僚にっぽん」その他一連の連載記事"
　大修館書店 "諸橋大漢和辞典の出版への苦心"
　依田 孝喜 "記録映画「マナスルに立つ」のカメラマンとしての功績"
第6回 (昭33年)
　野村 胡堂 "庶民の英雄「銭形平次」〔オール読物連載〕を主題として, 27年に渡り420余編を創作した功績"
　川端 康成 "世界ペン大会開催への努力と功績"
　市川 寿海 "劇壇の最長老として益々新鮮

ノンフィクション・評論・学芸の賞事典　171

にして円熟のその演技"
石川 武美 "婦人家庭雑誌の創造と確立、またその大型化のための編集経営活動"
昭和女子大学近代文学研究室 "共同研究「近代文学研究叢書」54巻刊行への真摯なる態度"

第7回（昭34年）
真山 美保 "新劇の大衆化、特に文化に恵まれない地方公演の成果"
NHKテレビ芸能局 "「私の秘密」企画の苦心とその成功"

第8回（昭35年）
菊田 一夫 "ロングラン新記録「がめつい奴」の脚本、演出の努力"
石井 茂吉 "写真植字機の発明ならびに写植文字の筆者としての功績"
長谷川 路可 "イタリア、チビタベッキア修道院における日本26聖人殉教大壁画の完成"
東芝日曜劇場 "KRテレビ開局以来一貫した正統演劇を放送し、テレビ番組の質的向上をめざした製作関係者及びスポンサーの努力"

第9回（昭36年）
花柳 章太郎 "「京米」「夢の女」等の名演技と、多年にわたる演劇への功績"
岡田 桑三 "氏を中心とする科学映画への貢献"
伊藤 正徳 "太平洋戦争外史ともいうべき一連の作品"
NHKテレビ「バス通り裏」スタッフ "多くの家庭で親しまれ、700回を越えるそのスタッフ一同の努力"
三原 修 "作戦統率の妙を得て、最下位球団をしてよく優勝させた努力"
吉田 幸三郎 "有形無形文化財の保存・保護に尽力した功績"

第10回（昭37年）
子母沢 寛 "「逃げ水」「父子鷹」「おとこ鷹」等、幕末明治を時代的背景にした一連の作品"
キーン、ドナルド "古典並びに現代日本文学の翻訳による海外への紹介"
伊藤 熹朔 "40年にわたる舞台美術確立と後進育成の功績"
石原 登（国立きぬ川学院長） "28年の長きにわたって独自の理論と実践により非行少年の補導に当たり顕著な成果を上げた"

第11回（昭38年）
伊藤 整 "「日本文壇史」〔群像連載、講談社〕"
川口 松太郎 "30年に渡り作者と同時に指導者として「新派」を育成し続けた功績"
「点字毎日」編集部 "点字新聞の創始者としての40年間の努力"
吉川弘文館、日本歴史学会 "「人物叢書」100巻の刊行"
堀江 謙一 "単身ヨットを駆って世界最初の太平洋横断をした快挙"

第12回（昭39年）
日本近代文学館の設立運動 "高見順、小田切進らを中心として開館にまで漕ぎつけた努力と功績"
宝塚歌劇団 "レビュー、ショーの先駆として50年健全な娯楽を提供し続けた努力と多数の女優を輩出した功績"
三宅 周太郎 "永年劇評を続け、且つ文楽の保護など斬界に尽くした功績"
本多 勝一、藤木 高嶺（朝日新聞記者） "未開民族（カナダ・エスキモー）の間に挺身しての画期的な報道"

第13回（昭40年）
亀井 勝一郎 "「日本人の精神史研究」をはじめ、永年にわたる日本人の魂の遍歴を考察した功績"
「中国新聞」 "地域社会に密着する地元紙として暴力団追放キャンペーンを展開、徹底した報道活動を続けた勇気"
みすず書房「現代史資料」編集部 "貴重な記録・資料を多年にわたり、苦心の末、収集・整理し刊行した意義"
大宅 壮一 "マスコミにおける評論活動生活50年"

第14回（昭41年）
司馬 遼太郎 "新鮮な史眼による小説「竜馬がゆく」（全5巻）「国盗り物語」（全4巻）の完結に対して"

石坂 洋次郎 "常に健全な常識に立ち,明快な作品を書きつづけた功績"
毎日新聞外信部 "「燕山夜話」のいち早い紹介批評し,中国文化大革命の核心を追求した鋭敏な感覚"
博物館「明治村」 "民間独自の力で明治の文化財の保存再現の努力"

第15回(昭42年)
吉屋 信子 "半世紀にわたる読者と共に歩んだ衰えない文学活動"
宮田 輝 "「ふるさとの歌まつり」での軽妙な司会と丹念な構成企画"
青蛙房 "特殊文献特に失われつつある江戸時代風俗研究書の永年にわたる良心的な出版"

第16回(昭43年)
海音寺 潮五郎 "歴史伝記文学作家としての努力と功績"
渋谷 天外 "新喜劇のリーダーとして,同時に優れた作者館直志として永年に渡り大衆に健全な笑いを提供してきた"
毎日新聞「教育の森」村松喬を中心とする取材グループ "3年にわたり一貫して戦後日本の教育の批判と向上を目ざしたシリーズ全巻の完結"
読売新聞 "「昭和史の天皇」の六百数十回におよぶ的確な調査に基づいた終戦時の生きた記録を興味深く叙述している点"
布川 角左衛門 "永年に渡り著作権出版権の擁護に活動,「日本出版百年史年表」編集長としての努力"

第17回(昭44年)
石川 達三 "社会派文学への積年の努力"
大仏 次郎 "「三姉妹」に代表される劇作活動"
日本経済新聞文化部 "バラエティーと創意に富む紙面づくりに対して"

第18回(昭45年)
松本 清張 "「昭和史発掘」を軸とする意欲的な創作活動"
江藤 淳 "評伝「漱石とその時代」の優れた業績に対して"
新潟日報 "特集「あすの日本海」の地域社会を原点として未来圏を描く積極的な企画構成"
平凡社 "「東洋文庫」の精密な注解を付した稀覯名著の復刻"
西川 鯉三郎 "文芸作品の舞踊化および日本舞踊に新鮮な流風を創った功績"

第19回(昭46年)
水上 勉 "独自の伝記文学「宇野浩二伝」"
尾上 多賀之丞 "歌舞伎の脇役として,たゆまざる努力とその至芸"
黛 敏郎 "テレビ番組「題名のない音楽会」の卓抜な企画と独創的な司会に対して"
土門 拳 "ライフワーク写真集「古寺巡礼」の完成"
ストラウス,ハロルド "出版編集人として日本文学をひろく海外に紹介した功績"

第20回(昭47年)
豊平 良顕 "戦後沖縄の伝統文化全般にわたり保護推進してきた功績"
永井 龍男 "市民生活の哀歓をみごとに結晶させた作家活動"
倉林 誠一郎 "労作「新劇年代記 全3巻」の完成"
武原 はん "地唄舞の今日の隆盛をもたらした功績"
山田 洋次 "庶民感覚にあふれる映画「男はつらいよ」シリーズに対して"

第21回(昭48年)
吉村 昭 "「戦艦武蔵」「関東大震災」など一連のドキュメント作品"
小林 秀雄 "「八丈実記」(緑地社)の原本を10年がかりで公刊した業績"
北條 秀司 "演劇協会の創始者として,また劇作家として演劇文化に貢献"
土方 定一 "鎌倉近代美術館長としての卓抜な企画力による業績"

第22回(昭49年)
丹羽 文雄 "多年にわたり「文学者」を主宰し,後進育成につくした努力"
東京空襲を記録する会 "貴重な記録「東京大空襲・戦災誌 全5巻」の完成"
城戸 四郎 "50数年にわたり,一貫して日本映画の発展につくした功績"
NHKラジオ「日曜名作座」スタッフ "優れたラジオ文芸として,17年間,日本文学

の理解・普及につとめた功績"
第23回（昭50年）
　高木 俊朗 "「陸軍特別攻撃隊」その戦争記録文学としての出色"
　サンケイ新聞社会部 "連続爆破事件犯人逮捕のスクープ"
　萱野 茂 "「ウエペケレ集大成」を刊行し、アイヌの伝統文化を自らの手で守り続ける独自性"
　近藤 日出造 "漫画で政治を大衆に近づけた多年の功績"
第24回（昭51年）
　戸板 康二 "近代批評を織り込んだ歌舞伎評を書いて30年、劇評の権威を貫いた功績"
　毎日新聞社 "「宗教を現代に問う」で時代が要請しながら取り上げられなかった宗教問題に取り組み、日本人と信仰の現在的な態様をとらえた独自性"
　TBSテレビ「時事放談」スタッフ "巧みな話術で社会時評を一千回、20年つづけ、政治を市民に接近させた細川隆元ほかのスタッフの努力"
　入江 泰吉 "「花火和」「万葉大和路」「古色大和路」京都奈良の寺社風物と自然とを索めて6年、みごとな写真芸術に仕上げた三部作の色彩美"
第25回（昭52年）
　川崎 長太郎 "私小説をひたむきに書きつづけて半世紀、近作に実った精進の足跡"
　サイデンステッカー, E.G. "「源氏物語」英訳（完訳）をはじめ日本文学の研究紹介につくした功績"
　宇野 信夫 "継承困難な歌舞伎劇の唯一の伝承者として、現在も活躍しつづける貴重な劇作・演出家"
　井上 安正（読売新聞記者）"弘前大学教授夫人殺し再審に関する報道を身をもって示した新聞記者の執念"
　畑 正憲 "ムツゴロウものをはじめ、数多くの作品で人と動物の心のふれあいを描き、北海道に"動物王国"を造るまで、その全生活を賭けた環境の文学"
　水本光任、サンパウロ新聞 "ブラジル在住の日本人75万人に対する邦字新聞としての報道、啓蒙、親善に果たした役割"
第26回（昭53年）
　木村 毅 "明治文化研究者として一時代を画し、文化交流に在野から幾多の貢献をし、常に時代の先導的役割を果たした"
　五味川 純平 "「人間の条件」「戦争と人間」「ノモンハン」「御前会議」など一連の作品によって太平洋戦争の錯誤と悲惨を問い直す執念とその戦争文学としての結実"
　毎日新聞「記者の目」"部署にとらわれず、適材の記者を選び、自由にペンを運ばせて新聞記事に新風をもたらした企画"
　沢田 美喜、日本テレビ "「子供たちは七つの海を越えた」―7月12日放映―で、サンダースホームの歴史と現実を見事に映像化した"
　植村 直己 "犬ぞりによる単独北極点到達とグリーンランド縦断―日本の青年の声価を内外に高めた二大冒険"
第27回（昭54年）
　山口 瞳 "独自の手法により、自分の家族の生涯を赤裸々に綴った私小説「血族」に対して"
　松竹演劇部・歌舞伎海外公演スタッフ "昭和3年の訪ソ公演より、本年2月のアメリカ公演まで15ケ国の海外公演を行ない、文字通り「歌舞伎は旅する大使館」と賞讃されるまでに至った文化交流に尽くした努力"
　柴田 穂 "「毛沢東の悲劇」（サンケイ新聞連載中）をはじめ、文化大革命当時から終始一貫、真実の報道によって読者に説得力のある分析と予見をうち出してきた新聞記者魂に対して"
　文学界同人雑誌評グループ（久保田正文・駒田信二・小松伸六・林富士馬）"20数年にわたって同人雑誌評を試み、文学を志す者に大きな励みを与えるとともに、数多くの作家を育成した功績"
第28回（昭55年）
　福田 恒存 "昭和29年「平和論の進め方に

ついての疑問」を発表以来26年間変らない言論を貫き通してきた毅然たる評論活動"
大岡 信 "「折々のうた」によって朝日新聞第1面に活性を与えたこの珠玉のコラムは歴史の流れに立って詩歌のこころと魅力を広く読者に植えつけた"
井上 靖、NHK「シルクロード」取材班 "井上氏の西域小説にかけた永年の情熱が、NHKのドキュメンタリー制作陣によって世界で初めて映像化された"
講談社 "50有余年に渡り激動の時代を生き抜いてきた人々の感情を、「昭和万葉集」4万5千首の短歌に託した国民の昭和史全20巻の完成に対して"

第29回（昭56年）
山本 七平 "日本人の思想と行動を独自の視点からとらえたいわゆる「山本学」の創造に対して"
川喜多 かしこ、高野 悦子 "岩波ホールを拠点として世界の埋もれた名画を上映する「エキプ・ド・シネマ」運動の主宰者としての努力"
開高 健 "「ベトナム戦記」から「アメリカ縦断記」に至る国際的視野に立つ優れたルポルタージュ文学に対して"
中央公論社 "「フロイス日本史 全12巻」において散逸した一級資料を収集し、判読困難な原典写本からの完訳を実現させた松田毅一、川崎桃太の功績"

第30回（昭57年）
宇野 千代 "透徹した文体で情念の世界を凝視しつづける強靱な作家精神"
東京新聞 "「裁かれる首相の犯罪―ロッキード疑獄全記録」昭和52年1月初公判以来の裁判記録を欠かさず報道してきたユニークな紙面構成"
塩野 七生 "イタリアの歴史を通して現代の日本に問いかける鋭い洞察力に富んだ「海の都の物語」その他の著作"
大宅壮一文庫 "我が国唯一の雑誌図書館として、昭和46年以来、社会に寄与してきた実績"

第31回（昭58年）
竹山 道雄 "一貫して時流を批判し、常に人間とは何かを探り続けた勇気ある発言―著作集全8巻刊行を機として"
サンケイ新聞社行革取材班 "一連の行革キャンペーン―特に大きな反響を呼んだ武蔵野市退職金問題を報道し、地方自治体改革の先べんをつけた"
立花 隆 "徹底した取材と卓抜した分析力により幅広いニュージャーナリズムを確立した文筆活動"
山藤 章二 "独自のイラストによる「ブラック＝アングル」「世相あぶり出し」などの痛烈な風刺"

第32回（昭59年）
永井 路子 "難解な資料をもとに複雑な中世社会のすがたを歴史小説に導入して新風をもたらした"
山本 夏彦 "軽妙辛辣な文体で歪んだ世相を諷刺し、常識の復権に寄与し続ける現代稀少のコラムニスト"
日本経済新聞連載企画「サラリーマン」 "日本の企業を支えるサラリーマンの生きがいと苦悩を、すべて実在の人物を通したドキュメントとして5年間にわたり報道し、読者の共感を呼んだ"
橋田 寿賀子 "家庭内における人情の機微と世相批評をみごとにドラマの中に再現し、特に「おしん」はこの1年の話題をさらった"

第33回（昭60年）
河盛 好蔵 "明晰にして中正、旺盛な意欲と豊かな常識とを合わせもったモラリストとしての文筆活動"
山田 太一 "家庭や職場等のごく平凡な日常を、抜群のドラマに仕上げて、人間愛を訴えつづけている"
読売新聞大阪社会部「シリーズ・戦争」担当者 "戦争を庶民の視点からとらえ、新聞記者が語りついだ10年におよぶ努力"
田沼 武能 "世界78ヵ国、20年にわたって、戦火・飢餓に苦しみながらも純真さを失わない子供たちを撮りつづけ、感動的な成果をあげた"
日本航空写真文化社、末永 雅雄〔監修〕

"「日本史・空から読む」で日本の遺跡をはじめて精密な航空写真に撮り、古代人の文化、生活を解明して、古代史の研究に大きな貢献をした"

第34回（昭61年）
野口 冨士男 "「感触的昭和文壇史」で著者みずからの見聞をもとに、多彩なエピソードをちりばめて生き生きと描いた"
沢地 久枝 "ミッドウェー海戦を克明に跡づけるとともに、不明だった戦死者3419名を全く個人的な努力で掘り起こした"
徳岡 孝夫 "気鋭のジャーナリストとしての文筆活動のかたわら、時代の書の翻訳紹介に優れた業績をあげている"
槙 佐知子 "「医心方」とともに古代医書の双璧とされながら、難解ゆえに幻の書といわれた「大同類聚方」を初めて解説した"

第35回（昭62年）
村松 剛 "「醒めた炎—木戸孝允」で維新三傑の一人・木戸孝允の思想と行動を通じて今まで無視されてきた日本精神史の部分を照射した功績"
笠 智衆 "昭和の時代とともに俳優生活を始め、その間愛される父親像の原型を演じ続けてきた名バイプレイヤー"
岩波書店 "岩波文庫創刊60年「万人の必読すべき古典の価値ある書」という理想を掲げて60年、発行部数3億冊、日本人の文化的水準向上に貢献"
大山 康晴 "15世名人、A級在位40年いまなお現役棋士として活躍する一方、将棋界の発展につくした"

第36回（昭63年）
池波 正太郎 "大衆文学の真髄である新しいヒーローを創出し、現代の男の生き方を時代小説の中に活写、読者の圧倒的支持を得た"
林 健太郎 "戦後40年間空白に曝されてきた歴史教育を社会科の枠から独立させ、本来の姿に復活させた"
白川 義員 "「聖書の世界」「中国大陸」「仏教伝来」など、世界の大自然を"地球再発見による人間性回復"を理念として撮り続けている"
日本近代文学館 "設立以来25年にわたって「近代日本文学」の資料収集保存に献身し、文学振興に大きな役割を果たしてきた"
加藤 芳郎 "40年ナンセンス漫画一筋、「この人をおいて昭和の漫画は語れない」といわしめた異能の才"

第37回（平1年）
藤沢 周平 "江戸市井に生きる人々の思いを透徹した筆で描いて、現代の読者の心を摑み、時代小説に新境地をひらいた"
NHKスペシャル「忘れられた女たち」のスタッフ "繁栄の影に忘れられ、40年も放置されてきた満州開拓団残留婦人の昭和を感動的にとらえた歴史的映像に対して"
筑摩書房 "「明治文学全集」で厳しい出版状況を克服して達成された明治の文化遺産の集大成、索引を含む全100巻完成に対して"
石井 勲 "漢字を正しく知ることは美しく正しい心を養い、文化遺産を継承する能力を養うとの信念から、幼児教育に画期的な石井式漢字教育の指導法を樹立した"

第38回（平2年）
八木 義徳 "純文学40有余年。私小説の精髄をひたむきに追求し、独自の境地を守り抜いた"
永山 武臣 "伝統歌舞伎を現代の演劇として国民の間に間に広く浸透させ、あわせて海外公演を積極的に推進し、文化交流と国際親善につくした功績"
児島 襄 "明治維新から太平洋戦争、さらに戦後まで—外交史、戦史をふまえた独自の視点から日本の現代史を詳細に書き続けた"
兼高 かおる "海外旅行がまだ夢であった昭和34年の第1回放映から30余年、「兼高かおる世界の旅」で未知の国々を紹介し、われわれの身近なものとした"
島田 謹二 "日本における比較文学研究の

創始者。あえて軍人研究をテーマに選び,秋山真之,広瀬武夫という2人の典型的な明治軍人の肖像をいきいきと描いた"

第39回(平3年)

白川 静 "東アジア古代文化への広い視野を生かし,いかに漢字が国語として摂取されたかを研究,「字統」「字訓」でその成果を示した"

山崎 豊子 "大型社会派作家として「白い巨塔」「不毛地帯」「大地の子」—綿密な取材と豊かな構成力で多数の読者を魅了した"

信濃毎日新聞社 "「扉を開けて」で増大する外国人就労問題を地方の視点で捉え,その対応について提言,日本の国際化への未知を示唆した"

秋山 ちえ子 "ラジオ番組「秋山ちえ子の談話室」で庶民の良識を語り続けること34年間,ただの1度も休むことなく,1万回を目前に迎えた快挙に対して"

思潮社 "困難な出版状況に耐え,現代詩文庫(第1期・100冊)をはじめとする詩作品の刊行を続けて35年,詩壇を支えてきた真摯な努力"

デーケン,アルフォンス "迫り来る高齢化社会に生きる人々に指標を与え,日本に初めて「死生学」という新らしい概念を定着させた"

第40回(平4年)

黒岩 重吾 "古代に材をとり巷説伝承を越えて,雄大な構想と艶やかな感情で,時代に光芒を放つ新しい人間像を創出した一連の歴史ロマンに対して"

島田 正吾 "卒寿を前になお矍鑠。盟友・辰巳柳太郎倒れ新国劇解散の悲運にも屈せず,青春の追慕の「ひとり芝居・白野弁十郎」でパリ公演を果たし,伝統の旗を振りつづける執念"

NHKモスクワ支局 "「ソ連崩壊」など一連のニュース番組によって,共産主義の実態と崩壊を映像が持つ有無を言わせぬ迫真力を持って存分に伝えた,その取材の前線を担当した功労に対して"

「産経抄」担当者 "20有余年にわたり時にユーモラスに,時にするどく世相を活写し,新聞コラムに新たな楽しさを与えてくれる,優れた観察眼に対して"

ひめゆり平和祈念資料館 "戦争を知らない世代が増えてきた今,鉄の暴風・沖縄戦で犠牲になった女学生たちの悲惨をきわめた全容を,戦争と教育という観点から遺品とジオラマで再現・展示した努力"

第41回(平5年)

杉森 久英(作家) "数々の強烈な個性を的確且つ辛辣な筆致で描いて伝記小説に一時代を画し,現代も汪兆銘伝に取り組み新生面を開拓しつつある活力に"

劇団四季(代表・浅利慶太) "創立40年,築地小劇場以来の演劇体質を否定し,斯界に新風を吹き込むとともに,はじめてミュージカルを日本に定着させ,多数の観客動員に成功した"

秦 郁彦(拓殖大学教授) "近著「昭和史の謎を追う」など斬新かつ公正な昭和史観の確立と「日本陸海軍総合事典」「戦前期日本官僚制の制度・組織・人事」等,日本近現代史研究資料を編纂集成した功績"

上坂 冬子(ノンフィクション作家) "時代を直視し事物の正邪を率直勇敢に表現する旺盛な言論活動と,そのノンフィクション作家としての史眼に"

中 一弥(挿絵画家) "歴史・時代小説の挿絵を時代に忠実に,情感豊かにひとすじに描き続けた努力に対して"

第42回(平6年)

田辺 聖子 "王朝期から現代まで幅広く多彩な文筆活動に加えて,「花衣ぬぐやまつわる…」「ひねくれ一茶」などの評伝作品に新たな達成を果たした"

マクレラン,エドウィン "「こゝろ」「暗夜行路」などの優れた翻訳(英訳)の業績のみならず,幾多の研究者を育成して,米国有力大学に教官として奉職せしめ,今日の日本文学研究の隆盛を導いた"

和田 誠 "イラストレーション,ブックデザイン,推理小説の翻訳,エッセイ,映画製作の全ての分野で一級の業績を上げた上

質かつ今日的なマルチタレントぶりに対して"
日本テレビ放送網 "システィーナ礼拝堂の壁画修復作業費用を全額負担するかたわら,13年に及び修復作業をくまなく映像で記録し,世界的文化財の保護と日欧友好に尽くした功績に対して"
中島 みち "優れた評論により医療と法律の接点,及び医療・福祉の場の陽のあたらぬ部門の啓蒙・改善に尽くした功績,とくに「看護の日」の発案,制定への努力"
安田 祥子,由紀 さおり "全国くまなく「童謡コンサート」の巡演を重ね,先人の残した美しい日本童謡を次代に伝え,正しい日本語を普及すべく努めたこの10年間の精進と成果"

第43回(平7年)

野茂 英雄 "快投が,震災,オウム,不況―暗い世相に沈む日本人の心に唯一明るい灯を点じ,いらだちを増す日米関係に好ましい影響を与えた"
江川 紹子 "6年余りオウム真理教の真実解明に沈着冷静な取材活動を行い,教団を追い詰めた勇気と努力"
柳田 邦男 "ノンフィクションのジャンル確立をめざし,積み重ねてきた功績"
NHK名古屋放送局「中学生日記」制作スタッフ "いじめ,不登校など思春期の子供が直面する諸問題に正面から取り組んだドラマ制作34年の成果"
東京裁判資料刊行会 "東京裁判で却下された弁護側資料の再収集・編集の努力"
佐藤 喜徳 "戦場体験を記録した小冊子「集録『ルソン』」を独力で編集・発行し続け,戦史資料として結実させた努力"

第44回(平8年)

城山 三郎 "「もう、きみには頼まない―石坂泰三の世界」「わしの眼は十年先が見え―大原孫三郎の生涯」「『粗にして野だが卑ではない』―石田禮助の生涯」など,気骨ある経営者の堂々たる人生を描き,伝記文学の新しい領域を拓いた功績"

集英社(孤蓬萬里編著「台灣萬葉集」) "「日本語のすでに滅びし国」台湾にあって日本語を深く愛し,格調ある生活実感ゆたかな短歌を作家編集した業績に対して"
読売新聞社健康医療問題取材班 "医療、医学の最前線を取材し,医療従事者と患者・家族の心が通い合う"優しい医療"を求める長期連載「医療ルネサンス」の企画と紙面構成"
有森 裕子 "バルセロナ・オリンピックのマラソン銀メダル獲得以後,踵の故障や精神的な悩みを克服してアトランタの銅メダルに輝き,さわやかな生き方で感動を与えた"
「朝の読書」運動(提唱者林公教諭) "児童・生徒が自由選択による図書を,毎朝十分間,静寂の中でひもとき,やわらかい心に読書に親しむ習慣をつける読書普及運動の成果"
市川 猿之助(3代目) "スーパー歌舞伎の創造,埋もれた通し狂言の復活によって歌舞伎を活性化し,ファン層を大きく拡げ,門閥によらぬ若手俳優の育成にも大きな功績をあげた"
「大地の子」製作スタッフ(NHKテレビドラマ) "戦争の悲惨さと,父と子の恩愛を通して,日中近現代史を日中共同製作によって映像化し,国内外に大反響を巻き起こした"

第45回(平9年)

山田 風太郎 "激動の時代の生の証をとどめる「戦中不戦日記」「あと千回の晩飯」などの著作のほか,一世を風靡した「忍法小説」,歴史と虚構を自在に操り文明開化期の世相を描く「明治小説」などで,大衆文芸に新たな面白さをもたらした功績"
吉川弘文館(「国史大辞典」) "編纂着手より三十二年,三千五百余人の歴史学者が執筆にたずさわり,昭和五十四年から十八年の歳月をかけて刊行した総頁数五万四千余,本格大辞典全十五巻十七冊の完結に至る努力に対して"

中坊 公平（弁護士），山陽放送報道部 "香川県豊島の不法投棄の産業廃棄物をめぐる住民の公害調停の弁護団長をつとめ、さらに住宅金融債権管理機構社長を無給で引き受け巨額の負債処理に立ち向かう中坊公平氏の生命を賭しての活動と、その一連の活動を克明に報道し続ける山陽放送報道部"

東海林 さだお "ナンセンス漫画の旗手として、サラリーマン哀歓を描いて共感を得る一方、「ショージ君」「丸かじり」シリーズでは独特の軽妙な文体を生み出し、多くの読者を魅了、雑誌読み物に新しい領域をひらいた功績"

阿久 悠 "他の追随を許さぬ、オリジナリティをそなえる作詞、その数約五千百。日本人の心をつかみ、絶えずヒット曲を生み続ける作詞活動三十年の業績"

第46回（平10年）

平岩 弓枝 "江戸の風物、人情を豊かに謳いあげ、日本の情緒を満喫させる「御宿かわせみ」シリーズ、世の悪を一手に引き受けた幕閣・鳥居甲斐守忠耀を描く「妖怪」など、歴史・時代小説に独自の世界を確立した"

木津川 計（「上方芸能」編集長）"芸能の衰亡は民族の興亡にまで関わるとの理念に基き、私費を投じて季刊「上方芸能」を刊行し続けて三十年。上方の伝統芸能と大衆芸能の継承と発展に尽くし、次代を担う人材を育てた"

櫻井 よしこ "従軍慰安婦、エイズ、政官の腐敗、税制、教育など多岐にわたる諸問題を、ねばり強く追求し、現下の「日本の危機」の本質を鋭く証す言論活動に対して"

「ソ連における日本人捕虜の生活体験を記録する会」（「捕虜体験記」全八巻）"抑留者六十二万人、うち六万人が死亡した過酷なソ連強制労働体験を、延べ三百二十六人が執筆し、一九八四年から十四年をかけて全八巻にまとめあげた。思想や信条にとらわれず体験事実を尊重する編集方針を貫き、後世に貴重な記録を残した"

村上 豊 "卓抜で変幻自在な挿絵や斬新な構図と豊かな彩りの装幀で、画家として出版ジャーナリズムに新生面を拓いた"

「ラジオ深夜便」製作スタッフ（NHK）"若者向けであった深夜の放送の中に中高年齢層にも聴くに耐える心やさしい番組を定着させるとともに、定時ニュースや緊急災害時の速報など、ラジオの役割の再認識とメディアとしての可能性を拡げた"

第47回（平11年）

井上 ひさし "戦中戦後の庶民の真実の姿を活写した『東京セブンローズ』の完成、「こまつ座」の座付き作者としての活躍、そして「ことば」をめぐる軽妙洒脱なエッセイなど、多岐にわたる文学活動の充実"

中村 又五郎 "歌舞伎役者として、立役から老役、老女形まで、広い芸域のますますの円熟に加え、三十年にわたり国立劇場の伝承者養成事業に携わり、伝統芸能の土台を支える後進の育成を続けた功績に対して"

「毛沢東秘録」取材班（産経新聞）"膨大な内部資料や回想記を渉猟し、これまで報道されなかった多くの事実をもとに、日本の新聞ジャーナリズムが初めて毛沢東と文化大革命の全体像を鮮明に浮かび上がらせた歴史ドキュメント"

宮脇 俊三（「鉄道紀行」）"旧国鉄全線完乗をはじめ世界の鉄道に乗車を続け、これまでレイルファンの趣味の読み物だった鉄道紀行を、文芸の一ジャンルとして確立した"

「すばる」プロジェクトチーム（国立天文台）"宇宙を見通す眼、巨大望遠鏡「すばる」を、日本で初めて外国領土ハワイのマウナケア山頂に造る、その構想から完成までの二十年間の研究者およびスタッフたちの情熱と弛まざる努力に対して"

小沢征爾，サイトウ・キネン・フェスティバル松本実行委員会 "教育者・斎藤秀雄の門下生を中心に結成されたサイトウ・キネン・オーケストラによる音楽会を開催し、松本から最高水準の音楽を世界に送りつづける指揮者小沢征爾と松本実行委員会の営為に対して"

第48回（平12年）

佐藤 愛子 "紅緑、ハチローそして愛子……、欲望と情念に惑わされる佐藤一族の壮絶な生の姿を、12年の歳月をかけて20世紀の歴史のなかに描いた大河小説『血脈』の完成"

古山 高麗雄 "著者自らも戦った大東亜戦争・ビルマ戦線での死者と生者のありのままを、『断作戦』『龍陵会戦』『フーコン戦記』の三部作に書き続けて20年、戦争のむなしさを語り伝える作家活動"

「金丸座」のこんぴら歌舞伎（香川県琴平町） "現存する最古の芝居小屋「金丸座」での歌舞伎公演を昭和60年以来、町をあげて継続し、江戸文化の伝統を現代に蘇らせ、新しい息吹を与えた"

永 六輔 "放送タレントとしてTBSラジオ「土曜ワイド」などを担当し、庶民感覚あふれる内容と語り口でラジオ放送に一層の親しみと楽しみを与えつづけてきた活動"

佐々 淳行 "社会の治安を乱す破壊活動との戦いに半生を尽くし、その切実な体験を『完本 危機管理のノウハウ』にまとめて刊行するなど、広く一般に危機管理の要諦を訴えた功績"

田村 亮子 "日本人の精神を高揚させたシドニー五輪での金メダル獲得。国民の期待を一身に背負い悲願を達成した、その弛まざる努力に対して"

第49回（平13年）

丸谷 才一 "創作、批評、書評、エッセイから対談・挨拶まで、多ジャンルにわたる知的にして旺盛な文筆活動により、日本文学に豊かな広がりをもたらした"

宮崎 駿 "世界的にも高水準のアニメーション作品を20年以上にわたって製作し、世代を越えて人々に感動を与えつづけた"

旧石器遺跡取材班（毎日新聞） "衝撃のスクープ・旧石器発掘捏造の取材・報道によって考古学界を根底から揺さぶり、日本の先史時代を大きく見直す役割を果たした"

「プロジェクトX」制作スタッフ（NHK） "戦後日本を築き上げた名も無き人々の挑戦の物語を描き、元気を喪失している多くの日本人に明日への勇気を与えた"

双葉 十三郎 "半世紀以上に及ぶ、高い見識とユーモア精神に溢れた映画批評の集大成『西洋シネマ大系—ぼくの採点表』全6巻の刊行"

イチロー "米国大リーグの選手として攻走守にわたる卓越した野球術を発揮し、日本人のみならず米国人まで魅了した活躍"

第50回（平14年）

五木 寛之 "デビュー以来、現代性に富んだ作品を常に世に問い続けてきた作家活動。また多岐にわたる文明批評、とりわけ日本人の高い精神性を平易な文章で説き、広汎な読者を獲得した功績"

杉本 苑子 "独自の視点と手法により歴史上の人物に新しい光をあてた豊潤な作品群に対して。またテレビラジオ放送講座によって日本の歴史を親しみのあるものとした功績"

松本 幸四郎 "歌舞伎役者の枠を越えて、二十六歳のときミュージカル「ラ・マンチャの男」に主演、今年千回上演を達成するなど、その充実した舞台活動に対して"

倉本 聰，「北の国から」制作出演スタッフ（フジテレビ） "二十一年間に及ぶ前人未到の長期シリーズにより日本人の原点を見つめなおし、世代を超えて感動を与えた"

国谷 裕子，NHKテレビ「クローズアップ現代」制作スタッフ "発足以来十年、千

六百回を超える番組で、身近な暮らしから政治、経済、国際情勢まで、現代が抱える諸問題を平易かつ的確にレポートし続けてきた功績"

風間 完 "長年にわたり新聞、雑誌に小説の挿絵を描きつづけ、情感あふれる美人画、風景画で独自の境地に達した画業"

第51回（平15年）

渡辺 淳一 "医学小説から歴史小説、恋愛小説に至る幅広い作品群、また最近作『エ・アロール』で老人問題に取り組むなど、時代の抱えるテーマに果敢に挑みながら、常に多くの読者を獲得してきた旺盛な作家活動に対して。"

沢木 耕太郎 "ノンフィクション作品においてユニークで清新なスタイルを確立、常に単身で息の長い取材を続け、質の高い作品を世に問い続けてきた功績。"

紀伊國屋ホール "一九六四年に開場して以来、多くの若い演劇人に表現の場を与え、日本の演劇や落語などの芸能を地道に育ててきた功績。"

長岡 輝子 "長年にわたる舞台女優、演出家としての活動、および方言を生かした朗読によって宮澤賢治作品の新たな魅力を引き出して一般に広めた功績。"

雑誌「國華」 "一八八九年に創刊以来、百十余年にわたり、質の高い図版と論考によって、すぐれた美術工芸品を世界に紹介するなど、日本の美術史学界を主導してきた文化的偉業に対して。"

夢路いとし，喜味こいし "コンビ結成以来六十年以上、第一線に立ちつづけ、近代漫才の本道を行く話芸で日本の大衆芸能を豊かなものにした。"

第52回（平16年）

宮城谷 昌光 "中国古代王朝という前人未踏の世界をロマンあふれる雄渾な文体で描き、多くの読者を魅了した功績。"

木村 光一，「地人会」 "被爆した子供たちや母親たちの手記、日記などで原爆の悲惨さを訴える朗読劇『この子たちの夏―1945・ヒロシマ ナガサキ』を二十年にわたって全国で上演、また台本を公開して自主上演に協力し、多大な感銘を与え続けた実績。"

中村 勘九郎 "「コクーン歌舞伎」「野田版研辰の討たれ」「平成中村座」など歌舞伎の新たな可能性を探る様々な試みを成功させ、この七月にはニューヨークで「平成中村座」の「夏祭浪花鑑」を公演し高い評価を受けるなど、歌舞伎の魅力を世界に広げた功績。"

「道警裏金疑惑」取材班（北海道新聞） "北海道警の裏金疑惑を長期にわたって追及し、組織ぐるみの腐敗構造を明らかにした功績。"

保阪 正康 "独力で冊子「昭和史講座」の刊行を続け、無名の人々の証言や貴重な史料を残すべく努めるなど、一貫した昭和史研究の仕事に対して。"

『日本歴史地名大系』（平凡社） "地名研究の精髄を集約した郷土の歴史事典を二十五年にわたって刊行し続けた志と尽力に対して。"

第53回（平17年）

津本 陽 "「乾坤の夢」「薩南示現流」など、歴史小説、剣豪小説に新境地を開き、さらに戦記文学へと幅を広げる旺盛な作家活動。"

蜷川 幸雄 "歌舞伎座7月公演「NINAGAWA十二夜」において、シェイクスピアと歌舞伎を見事に融合させた画期的な舞台を創造。歌舞伎の可能性を飛躍させた演出に対して。"

黒田 勝弘 "四半世紀にわたり韓国に特派員として駐在し、その政治、経済、歴史、文化のみならず日韓関係全般を、広く深く報道し続けた功績。"

テレビマンユニオン "表現の自立を目指した放送人たちが民放から独立、以来三十五年、「遠くへ行きたい」をはじめとする良質で息の長い番組を制作し続けてきた実績。"

野見山 暁治，窪島 誠一郎，戦没画学生慰霊美術館「無言館」 "絵を描き続けるこ

とを願いながら戦没した画学生たちの遺作を集めて展示し、人々の心に感動を与え続けている営為に対して"
日本スピンドル製造株式会社 "JR福知山線の事故に際して、社員約二百三十人が現場へ急行、負傷者の救助に当たった決断と行動力をたたえ、救援活動に駆けつけた多くの人々の代表として"

第54回（平18年）
小林 信彦 "純文学、エンターテイメント、評伝、映画研究、コラムなど多方面にわたってすぐれた作品を発表し、その文業の円熟と変わらぬ実験精神によって「うらなり」を完成させた"
いしい ひさいち "「鏡の国の戦争」「忍者無芸帖」「ののちゃん」など特異なキャラクター作りと鋭い風刺の効いた四コマ漫画を衰えぬパワーで描き、多くの読者を楽しませてきた手腕に対して"
黒柳 徹子、「徹子の部屋」 "本人のたゆまぬ精進とスタッフの協力により、三十年間一回も休むことなく良質かつヴィヴィッドな対談番組を送りつづけている努力に対して"
『徳田秋聲全集』（八木書店） "明治・大正・昭和三代にわたって活躍した作家の膨大な作品の発掘につとめ、十年間の歳月をかけて四十三巻に及ぶ貴重な大全集を刊行した"
旭川市旭山動物園 "人間と動物との新しい触れ合い方を多彩に創出し、廃園の危機から十年あまりで「入園者数日本一」まで育て、新たな動物園のスタイルを創設すると共に、地方活性化の新しい可能性を提示した"
竹中 文良、「ジャパン・ウェルネス」 "医師としての知見とがん患者としての体験をもとに、がん患者とその家族の心の問題を追求する執筆活動の傍ら、NPO「ジャパン・ウェルネス」を設立、多くの患者と家族の心のケアにつとめた功績に対して"

第55回（平19年）
阿川 弘之 "「阿川弘之全集」全二十巻に結実した六十年に及ぶ端正で格調高い文業と、今なお旺盛な執筆活動に対して"
市川 團十郎（12代目） "様々の困難を乗り越えて、パリ・オペラ座での史上初の歌舞伎公演を成功させ、日本の伝統文化の価値を国際的に認識させた"
「全国訪問おはなし隊」（講談社） "キャラバンカーに児童書を積んで全国を巡回し、幼稚園、図書館、公民館、書店などで、各地のボランティアと共に、読み聞かせや紙芝居など、子どもたちと本との出会いの場をひろげている"
桂 三枝 "永年にわたり幅広い活躍を続け、また上方落語協会会長として六十年ぶりの落語定席「天満天神繁昌亭」の建設、運営に尽力、上方落語を隆盛にみちびく"
小沢 昭一 "TBSラジオ「小沢昭一の小沢昭一的こころ」で三十五年にわたり中高年へ励ましのメッセージを送り続け、また亡びゆく風俗や放浪芸の記録と紹介にも大きな役割を果たしている"
マツノ書店 "地方の一個人古書店でありながら、明治維新史に関する貴重な文献の復刻出版などですでに二百点以上を刊行、社会的文化的貢献をおこなっている"

第56回（平20年）
宮尾 登美子 "「櫂」「一絃の琴」「松風の家」から今年出版された「錦」まで、日本の伝統文化や歴史の中の女性の生き方をテーマに数々の名作を執筆し続けている"
安野 光雅 "絵画、デザイン、装幀、文筆など多方面にわたるすぐれた業績と、その結晶ともいうべき「繪本平家物語」「繪本三国志」の刊行に対して"
松本清張記念館（北九州市） "地方財政が厳しい折から各地の公立文学館などが苦戦するなか、水準の高い研究誌を刊行しつつ、多彩な企画展を催すなど、健闘しながら開館十周年を迎えた"
かこ さとし "「だるまちゃんとてんぐちゃ

ん」「からすのパンやさん」など、絵本作家、児童文学者としてのユニークな活動と、子供の遊びについての資料集成「伝承遊び考」全四巻の完成"

羽生 善治 "永世名人をはじめとする数々のタイトルを獲得し、将棋界の頂点に立ちながら、将棋の創造性、魅力をさまざまな形で発信している"

第57回(平21年)

佐野 洋 "作家生活50年、特に著作「推理日記」(現在第11巻)は、30年以上にわたって丹念にミステリー作品を論評した貴重な推理小説文壇史となっている"

本木 雅弘、映画「おくりびと」制作スタッフ "映画化の企画・実現に尽力。主演した「おくりびと」はアカデミー賞外国語映画賞を受賞し、言語や宗教の壁を越えて、日本映画の実力を世界に示した"

坂東 玉三郎 "泉鏡花の戯曲「海神別荘」「天守物語」の決定版ともいえる優れた舞台をつくりあげた。正統的な歌舞伎のみならず近代劇、映像、中国昆劇と、その活躍の場をひろげている"

今井書店グループ、「本の学校」"「地域から」を原点に、米子で「生涯読書の推進」「出版界や図書館界の明日を問うシンポジウム」「職能教育としての業界書店人研修」につとめてきた努力に対して"

蓬田 やすひろ "歴史・時代小説の挿絵画家・装丁家として永年にわたり活躍、独自の繊細で流麗な画風は多くの人に愛されている"

高見山 大五郎 "ジェシーと呼ばれ、明るいキャラクターと異文化のもとで 厳しい稽古に耐える姿が共感を呼んだ。大相撲の国際化に貢献し、世界各国から力士が集まる道を拓く"

第58回(平22年)

筒井 康隆 "作家生活五十年、常に実験的精神を持って、純文学、SF、エンターテインメントに独自の世界を開拓してきた。"

金子 兜太 "自由闊達な精神のもと、九十歳を越えてなお旺盛な句作を続けて現代俳句を牽引し、その魅力を全身で発信している。"

NHKスペシャル「無縁社会」 "家族、ふるさと、地域や企業社会で人間の絆を失い、急速に孤立化する日本人。世代を超えて広がる新たな現代社会の病巣を丁寧な取材で抉りだし、警鐘を鳴らしている。"

「はやぶさ」プロジェクトチーム(JAXA) "プロジェクトがスタートして十五年、打ち上げてから七年、小惑星「イトカワ」に着陸し、数々の困難を克服して帰還を果たす。日本の科学技術力を世界に知らしめ、国民に希望と夢を与えてくれた"

吉岡 幸雄 "「染司よしおか」五代目当主として、伝統的な染色法による豊かな日本の色を探求し、古代色の復元と技法も究明した。東大寺等の伝統行事、国文学、国宝修復など幅広い分野に貢献している。"

中西 進(「万葉みらい塾」) "グローバルな視点から「万葉集」の研究・普及に務める。七年前から始めた小中学生のための出前授業は四十七都道府県すべてを巡り、古代の心の豊かさを伝え続けている"

第59回(平23年)

津村 節子 "夫・吉村昭の闘病から壮絶な死までを描いた『紅梅』は、作家という存在の厳しさを改めて世に示し、多くの人々に深い共感と感銘を与えた。"

新藤 兼人 "独立プロを率いて多くの傑作映画を世に送り出し、九十九歳の日本最高齢現役監督として、今年は『一枚のハガキ』(監督・脚本・原作)を完成させた。"

石巻日日新聞社、河北新報社 "3・11東日本大震災で被災、数々の困難に直面しながら、地元新聞社としての役割と責務をそれぞれの報道において果たした、そのジャーナリズム精神に対して。"

前新 透,「竹富方言辞典」(南山舎) "前新透氏が二十七年の歳月をかけて採集した

方言を収録し、日本最南端の出版社から刊行されたこの辞典は、琉球語と日本語の古層、民俗を研究するための貴重な文化遺産である。"

澤 穂希 "日本女子サッカーの歴史を切り拓き、「なでしこJAPAN」の中心選手として活躍、チームをまとめあげたリーダーシップに対して。"

水戸岡 鋭治 "今春に開通した九州新幹線など、永年にわたり手がけてきた斬新な鉄道デザインの数々は、上品さ・遊び心・和の風合いと最新技術を大胆に融合させ、列車旅の世界を革新した。"

第60回（平24年）

曾野 綾子 "永年にわたる文学者としての業績、鋭く社会問題に斬り込んだ評論活動、JOMAS（海外邦人宣教者活動援助後援会）を通じた開発途上国の貧困救援活動への献身"

高倉 健 "最新作「あなたへ」をはじめとする五十有余年におよぶ活躍と、孤高の精神を貫き、独自の境地を示す映画俳優としての存在感"

「原発事故取材班」、東京新聞 "福島第一原発事故はなぜ起きたのかを調査報道の手法で探り、情報を隠蔽しようとする政府・東京電力を告発し続けた果敢なるジャーナリズム精神に対して"

近藤 誠 "乳房温存療法のパイオニアとして、抗がん剤の毒性、拡大手術の危険性など、がん治療における先駆的な意見を、一般人にもわかりやすく発表し、啓蒙を続けてきた功績"

伊調 馨，吉田 沙保里 "ロンドン五輪の女子レスリングで金メダルを獲得し、日本人女子として初の五輪三連覇という偉業を成し遂げた"

新潟県佐渡トキ保護センター "トキを日本に甦らせるため、人工繁殖、自然放鳥を地道に継続し、二〇一二年四月、三十六年ぶりの自然下における繁殖を成功させた努力に対して"

第61回（平25年）

中川 李枝子，山脇 百合子 "誕生五十周年を迎える「ぐりとぐら」シリーズや「いやいやえん」など、数々の名作絵本、童話によって、子供たちの豊かな想像力と感性を育んできた功績。"

竹本 住大夫 "八十八歳のいまも文楽の人気太夫として活躍。戦後の文楽を牽引し、昨年、病気で倒れた後もリハビリを経て舞台に復帰、語り続ける情熱に対して。"

「深海の巨大生物」（NHKスペシャルシリーズ）"国立科学博物館およびJAMSTEC（海洋研究開発機構）との十年余の調査を経て、世界で初めて伝説のダイオウイカの撮影に成功。深海の生物の映像を広く紹介し、国民的関心を呼んだ。"

中村 哲 "医師としてパキスタン・アフガニスタンの山岳地帯で医療活動を行なう。また、アフガン難民の対策事業、井戸掘りによる水源確保など三十年にわたるその活動と努力に対して。"

サザンオールスターズ "デビュー三十五周年の今日まで、その音楽性、キャラクター、メッセージで現代日本の文化に多大な影響を与えてきた。これからも走り続ける日本を代表するバンドに。"

第62回（平26年）

阿川 佐和子 "一九九三年に始まった週刊文春の連載対談「阿川佐和子のこの人に会いたい」が1000回を達成。著書『聞く力』、テレビ番組の司会など、幅広い分野で読者、視聴者に支持されてきた"

白石 加代子 "早稲田小劇場での初舞台から約半世紀にわたり活躍。怪談会を模した朗読劇「百物語」は二十二年間続け、本年九十九話で幕を下した。独りで様々な人物を演じ分け、観客に恐怖と感動を与えた"

毎日新聞特別報道グループ取材班「老いてさまよう」、NHKスペシャル「認知症行方不明者一万人 〜知られざる徘徊の実態〜」"認知症の身元不明者という極めて今日的なテーマについて、それぞれ新聞

とテレビにおいて報道。家族との再会が実現し、国も実態調査に着手するなど、報道が社会を動かすきっかけとなった"
タモリ "三十二年にわたって生放送の司会を務めた「笑っていいとも!」をはじめ、「タモリ倶楽部」「ブラタモリ」など独自の視点をもつ数多いテレビ番組の「顔」として、日本の笑いを革新した"
若田 光一 "二〇〇九年に国際宇宙ステーション(ISS)長期滞在ミッションを達成、二〇一三年十一月から一四年五月までの滞在ではISSコマンダー(三月～五月)の重責を果たすなど、日本人初の快挙を成し遂げた"

099 郷土史研究賞

昭和51年,月刊「歴史読本」が通巻250号を迎えたのを記念して創設された。学術文化の分野で研究に励む隠れた人材の育成と貴重な文化遺産の保護保存を期して創られた由良哲次博士による「由良学術文化基金」に基づき,郷土史研究の奨励と振興を目的とする。のち表彰事業を終了。

【主催者】新人物往来社
【選考方法】公募
【選考基準】〔対象〕古代(考古学を含む)から現代に至る郷土史研究。通史でも特定の時代でも,特定のテーマでも可。但し書下し新稿に限る

第1回(昭51年度前期)
◇特賞
　山田 良三(花園大学非常勤講師)「栗隈県寺院址の歴史的背景」
◇優秀賞
　東京北斎会 「北斎と名古屋書肆永楽屋」
　藤井 重寿(日東輸送専務取締役)「加紫久利神社と薩摩建国史」
　小園 公雄(鹿児島県立財部高校教諭)「大隅国止上神社の成立由来と歴史関係の考察」
第2回(昭51年度後期)
◇特賞
　網干 善教(関西大学教授)「大和における寺院跡の研究」
◇優秀賞
　江戸 建雄(国立山中病院付属看護学校講師)「河鍋暁斎の生涯と芸術」
　上田 宏範(奈良県立橿原考古学研究所研究員),小沢 一雄(大阪電気通信大学工学部助教授)「前方後円墳の型式学並に計測学的研究」
第3回(昭52年度)
◇特賞
　近藤 映子(ジェノヴァ市立キオッソーネ東洋美術館)「お雇い外国人エドアルド・キオッソーネ」
◇優秀賞
　松下 亀太郎(滋賀県・中学校教員)「中江藤樹の郷土史研究」
　福山 義一 「大和都祁村上深川の宮座"題目立"(芸能)について」
　増田 善之助(東京都・地方公務員)「江戸と周辺—幕末の街道と道しるべ」
第4回(昭53年度)
◇優秀賞
　吉崎 志保子(地方史研究協議会会員)「備前社軍隊」
　桐生 敏明(政府刊行物大阪サービス・ステーション)「背教者ジョアン末次平蔵とアントニオ村山当安の対立」
第5回(昭54年度)
◇優秀賞
　胡口 靖夫(神奈川県立柿生高校教諭)「古代における近江国蒲生郡の水田開発」
　山下 尚志(私立武庫川高校講師)「経島」

099 郷土史研究賞

第6回(昭55年度)
　◇特別優秀賞
　　奥野 正男(筑紫古代文化研究会主幹)「三角縁神獣鏡の研究」
　　山崎 正治(新潟県越路町立越路小学校)「勝平城の城壁を解明する」
　◇優秀賞
　　阿達 義雄(新潟県刈羽郡高柳町町史編纂委員)「会津人の斗南藩移住と新潟港」

第7回(昭56年度)
　◇特別優秀賞
　　米村 竜治(正竜寺住職)「宮崎地方に於ける逃散一揆と隠れ念仏」
　◇優秀賞
　　浅田 晃彦(横川鉄道診療所長)「考証岡上景能」

第8回(昭57年度)
　◇優秀賞
　　鈴木 真哉(神奈川県地方労働委員会事務局)「雑賀合戦の再検討—太田牛一「信長記」の記述をめぐって」
　　杉原 丈夫(福井県立図書館長)「忠直配流—その説話と史実」

第9回(昭58年度)
　◇優秀賞
　　岡田 博(鳩ヶ谷市文化財保護委員)「小谷三志と富士信仰教典」
　　宿南 保(八鹿町立八鹿中学校教諭)「但馬出石藩幣制の沿革」

第10回(昭59年度)
　◇特別優秀賞
　　力丸 光雄(岩手医科大学教授)「莇内の大型土偶仮面の系譜」
　◇優秀賞
　　土屋 悦之助 「三笠附」
　　川副 義敦(佐賀県立伊万里高校教諭)「肥前国一宮相論について」

第11回(昭60年度)
　◇特賞
　　多田 憲美(千葉県袖ヶ浦町町史編纂委員)「近世西上総地方における相論」
　◇優秀賞
　　川副 義敦(佐賀県立伊万里高校教諭)「肥後国阿蘇神社の支配と権能」
　　岸 浩(獣医学博士)「朝鮮人送り」

第12回(昭61年度)
　◇特別優秀賞
　　服部 良一(三重大学名誉教授)「紀州藩松坂御城番の士族商法」
　　立川 初義(長崎図書館史料課長)「代官戸長の死と明治の戸長制度」
　◇優秀賞
　　兵頭 与一郎(歴史研究会会員)「安土城天守閣と復原考証について」

第13回(昭62年度)
　◇優秀賞
　　石村 与志(東京)「小石川大下水と嫁入橋縁起」
　　中井 正弘(大阪)「旧堺港灯台築造時の復元と沿革」
　　勝村 公(愛知)「天正以前の木曽川流路と濃尾国境」

第14回(昭63年度)
　◇特別優秀賞
　　平山 裕人 「夷千島王とウソリケシ政権」
　　岩城 邦子 「七夕人形考—長野県松本市の七夕人形を中心に」
　◇優秀賞
　　西沢 朱実 「箱館戦争と旧幕軍箱館病院」
　　大谷 従二 「出雲阿国の新研究—出雲から見た阿国」
　　坂田 大爾 「東播磨における悪党の質的転換について—東大寺領大部荘を中心として」

第15回(平1年度)
　◇特別優秀賞
　　五十嵐 秀太郎(新潟県文化財調査審議会委員長)「和算学者佐藤雪山とその周辺」
　◇優秀賞
　　安西 勝 「大塔宮・渕辺伝説の胚胎と形成」
　　今井 昭彦 「群馬県下における戦没者慰霊施設の展開」
　　清水 清次郎 「函館志海苔の埋蔵金考」
　　大條 和雄 「津軽三味線のルーツを求めて—その精神と風土」

第16回(平2年度)
　◇特別優秀賞
　　佐藤 和夫(捜真女学校中高等学部教諭)「梶原水軍の成立と展開」
　◇優秀賞

東原 那美 「武蔵悲田処の研究」
乾 敬治 「楠木氏の周辺をめぐって」
第17回（平3年度）
◇特賞
坂田 大爾 「文観僧正私論―元弘の乱と西大寺律宗」
◇優秀賞
河合 敦（町田養護学校教諭）「小野路城について」
木村 髙士（協同運輸社長）「一枚の免許状と諸隊の反乱」
第18回（平4年度）
◇特別優秀賞
早川 和見 「藩祖土井利勝について」
◇優秀賞
境 淳伍 「山城カモ氏の研究―葛城原郷説批判」
広野 卓 「古代大和の乳製品―酥（そ）と蘇についての考察」
本多 勉 「海保青陵が出会った上毛文人の調査」
第19回（平5年度）
◇特別優秀賞
中 好幸 「大和川付替運動史の虚構をつく」
◇優秀賞
佐藤 次郎（福島大学名誉教授）「奥州半田銀山坑業史」

第20回（平6年度）
◇特別優秀賞
相川 淳 「長崎唐人・林公琰と大村藩」
◇優秀賞
大槻 満 「龍安寺庭園の歴史的背景」
白浜 信之 「お伊勢参り「光と影」―大神宮碑と餓死供養塔」
第21回（平7年度）
◇特賞
宮島 正人（福岡県立糸島高校教諭）「妖怪形成論―「キチキチ」伝承の成立と展開」
◇優秀賞
川村 たづ子 「「柳屋」活鯛御用50年の足跡―家伝書による時代考証」
長屋 清臣 「長屋王の年齢二説考」
第22回（平8年度）
◇特賞
丸島 隆雄 「相模国中郡煤ケ谷村における由井正雪一党捕取の一件―近世の治安に関する一考察」
◇優秀賞
玉置 博司 「久米直と久米部についての一考察」
川村 たづ子 「柳家活鯛三代目長十郎と日野家三右衛門―二人は同一人物か」
辻尾 栄市 「奇縁冰人石の系譜」

100 金田一京助博士記念賞

日本及び周辺諸民族の言語、または関連文化についての研究に従事する新進の研究者を励ましたいとの金田一京助博士の遺志により、昭和47年に創立された。言語・文化に関する新進研究者の研究成果を顕彰し、激励する。

【主催者】金田一京助博士記念会
【選考委員】金田一京助博士記念賞選考委員会
【選考方法】公募（自薦、他薦）
【選考基準】〔資格〕応募論文公刊の時点で46歳未満であること。共同研究・グループ研究などの場合は、メンバーの全員がこの条件を満たしている必要がある〔対象〕前年4月から当該年3月までに公刊された、日本及び周辺諸民族の言語、または関連文化の科学的な研究・業績。但し、文学研究、歴史学研究および英語を対象とした言語研究は除く。〔応募規定〕使用言語は自由。但し、日本語以外は必ず日本語訳を添える
【締切・発表】6月30日締切、10月（予定）に三省堂ホームページ上で発表

【賞・賞金】賞状と記念品, 副賞50万円
【URL】http://dictionary.sanseido-publ.co.jp/affil/kkprize/

第1回(昭48年度)
  田村 すゞ子(早稲田大学講師)"「アイヌ語沙流方言の人称の種類」ほか一連のアイヌ語研究に対して"
第2回(昭49年度)
  該当者なし
第3回(昭50年度)
  大橋 勝男(新潟大学助教授)"「関東地方域方言事象分布地図第一巻音声篇」「関東地方域の方言についての方言地理学的研究序説(5)」ほか一連の方言研究に対して"
第4回(昭51年度)
  柳田 征司(愛媛大学助教授)"「詩学大成抄の国語学的研究」を中心とする一連の抄物研究に対して"
第5回(昭52年度)
  村崎 恭子(東京外国語大学助教授)"「カラフトアイヌ語」を中心とする一連のアイヌ語研究に対して"
第6回(昭53年度)
  遠藤 和夫(成城短期大学助教授)"「「和字正濫鈔」考」等, 一連の文献学的研究に対して"
第7回(昭54年度)
  該当者なし
第8回(昭55年度)
  沼本 克明(信州大学助教授)"日本古代漢字音に関する一連の研究に対して"
  小島 幸枝(東海学園女子短期大学助教授)"キリシタン語学資料の歴史的位置づけに関する一連の研究に対して"
第9回(昭56年度)
  毛利 正守(親和女子大学助教授)"古代和歌の字余りに関する一連の研究に対して"
  荻野 綱男(東京大学助手)"敬語の社会言語学的研究における数量化の方法の開発に対して"
第10回(昭57年度)
  栗林 均(一橋大学特別研修生)"蒙古語史における「*iの折れ」に関する一連の研究に対して"
第11回(昭58年度)
  中嶋 幹起(東京外国語大学助教授)"「呉語の研究―上海語を中心にして」に対して"
  小林 隆(国立国語研究所員)"文献と方言分布からみた「顔」「くるぶし」を中心とする語誌研究に対して"
第12回(昭59年度)
  山口 仲美(共立女子短期大学助教授)"「平安文学の文体の研究」に対して"
第13回(昭60年度)
  長野 泰彦(国立民族学博物館助教授)"ギャロン語の動詞構造に関する一連の研究に対して"
  井上 史雄(東京外国語大学教授)"「新方言」の唱導とその一連の研究に対して"
第14回(昭61年度)
  該当者なし
第15回(昭62年度)
  宮本 勝(国立民族学博物館助教授)"フィリピンのハヌノウ・マンヤン族の民族誌的研究に対して"
第16回(昭63年度)
  高田 時雄(京都大学教養部助教授)"敦煌資料による中国語史の研究に対して"
  煎本 孝(北海道大学文学部助教授)"沙流川流域アイヌに関する歴史的資料の文化人類学的分析に対して"
第17回(平1年度)
  柴谷 方良(神戸大学文学部助教授)"「フィリピン諸語のヴォイス」「フィリピン諸語から見た類型論の実証的問題点」をはじめとする類型学的研究に対して"
第18回(平2年度)
  真田 信治"「地域言語の社会言語学的研究」に対して"
  切替 英雄"「アイヌ神謡集」の言語学的研

第19回（平3年度）
　樋口 康一 "「蒙古語訳「宝徳蔵般若経」の研究」に対して"
第20回（平4年度）
　森 博達 "「古代の音韻と日本書紀の成立」に対して"
◇創設20周年記念奨励賞
　成田 修一 "近世に於けるアイヌ語語彙集類の編纂に対して"
第21回（平5年度）
　該当者なし
第22回（平6年度）
　影山 太郎 "「文法と語形成」に対して"
第23回（平7年度）
　中川 裕 "「アイヌ語千歳方言辞典」を中心とするアイヌ語・アイヌ文化の研究に対して"
　菊地 康人 "「敬語」を中心とする一連の現代敬語の研究に対して"
第24回（平8年度）
　該当者なし
第25回（平9年度）
　窪薗 晴夫 "「語形成と音韻構造」に対して"
第26回（平10年度）
　該当者なし
第27回（平11年度）
　中井 幸比古 "「高知市方言アクセント小辞典」をはじめとする京阪式アクセントの一連の調査研究に対して"
第28回（平12年度）
　近藤 泰弘 "「日本語記述文法の理論」に対して"
　奥田 統己 "「アイヌ語静内方言文脈つき語彙集」と静内方言に関する一連の研究に対して"
第29回（平13年度）
　藤田 保幸 "「国語引用構文の研究」に対して"
第30回（平14年度）
　金田 章宏 "「八丈方言動詞の基礎研究」に対して"
　今野 真二 "「仮名表記論攷」に対して"
第31回（平15年度）
　李 長波 "「日本語指示体系の歴史」に対して"
第32回（平16年度）
　藤井 俊博 "「今昔物語集の表現形成」に対して"
第33回（平17年度）
　該当者なし
第34回（平18年度）
　田中 宣廣 "「付属語アクセントからみた日本語アクセントの構造」に対して"
第35回（平19年度）
　笹原 宏之 "「国字の位相と展開」に対して"
第36回（平20年度）
　伊藤 智ゆき "「朝鮮漢字音研究」に対して"
第37回（平21年度）
　風間 伸次郎 "ツングース諸語の言語と文化に関する一連の調査研究に対して"
第38回（平22年度）
　岡﨑 友子 "「日本語指示詞の歴史的研究」に対して"
第39回（平23年度）
　千葉 謙悟 "「中国語における東西言語文化交流」に対して"
第40回（平24年度）
　高田 三枝子 "「日本語の語頭閉鎖音の研究」に対して"
第41回（平25年度）
　該当者なし
第42回（平26年度）
　松浦 年男 "「長崎方言からみた語音調の構造」に対して"

101 桑原武夫学芸賞

　日本の指導的知識人であった桑原武夫の没後10年を記念して創設。氏の多岐にわたる学術研究活動に見合うようなジャンルの単行本を公募し、顕彰する。平成24年、第15回

をもって終了。

【主催者】 潮出版社

【選考委員】 梅原猛(哲学者),杉本秀太郎(フランス文学者),鶴見俊輔(評論家),山田慶兒(科学史家)

【選考方法】 有識者からのアンケートおよび一般読者からの推薦

【選考基準】〔対象〕前年1月から当該年2月末日までに刊行された単著の単行本。〔基準〕(1)人間認識への着眼点にみるべきものがあること。(2)明断な日本語で書かれた散文であること。(3)現代人にとって意義のある,独創的な内容であること

【締切・発表】 2月末締切,5月中旬発表,7月贈賞式。選考過程は「潮」7月号に掲載

【賞・賞金】 正賞:賞状及び記念品,副賞:賞金100万円

【URL】 http://www.usio.co.jp/html/culture/index.php

第1回(平10年)
　長田 弘 「記憶のつくり方」〔晶文社〕
第2回(平11年)
　村上 春樹 「約束された場所で」〔文芸春秋〕
第3回(平12年)
　鷲田 清一 「「聴く」ことの力―臨床哲学試論」〔TBSブリタニカ〕
第4回(平13年)
　小沢 信男 「裸の大将一代記―山下清の見た夢」〔筑摩書房〕
第5回(平14年)
　池内 紀 「ゲーテさんこんばんは」〔集英社〕
第6回(平15年)
　川本 三郎 「林芙美子の昭和」〔新書館〕
第7回(平16年)
　加藤 典洋 「テクストから遠く離れて」〔講談社〕,「小説の未来」〔朝日新聞社〕
第8回(平17年)
　池澤 夏樹 「パレオマニア 大英博物館からの13の旅」〔集英社インターナショナル〕
　猪木 武徳 「文芸にあらわれた日本の近代 社会科学と文学のあいだ」〔有斐閣〕
第9回(平18年)
　中沢 新一 「アースダイバー」〔講談社〕
第10回(平19年)
　井波 律子 「トリックスター群像 中国古典小説の世界」〔筑摩書房〕
第11回(平20年)
　四方田 犬彦 「日本のマラーノ文学」「翻訳と雑神」〔人文書院〕
第12回(平21年)
　平林 敏彦 「戦中戦後 詩的時代の表現」〔思潮社〕
　茂木 健一郎 「今,ここからすべての場所へ」〔筑摩書房〕
第13回(平22年)
　坪内 稔典 「モーロク俳句ますます盛ん 俳句百年の遊び」〔岩波書店〕
第14回(平23年)
　後藤 正治 「清冽 詩人茨木のり子の肖像」〔中央公論新社〕
第15回(平24年)
　西尾 成子 「科学ジャーナリズムの先駆者 評伝 石原純」〔岩波書店〕

102 講談社出版文化賞

　さしえ,写真,ブックデザイン,児童漫画,絵本の5部門において,それぞれ新分野を開拓しその質的向上をはかり,出版文化の発展に寄与することを目的として,昭和45年に創設された。その後児童漫画部門が講談社漫画賞として独立し,60年新たに科学出版賞が加え

られたが,平成19年講談社科学出版賞として独立した。

【主催者】講談社

【選考委員】（さしえ賞）宇野亜喜良,灘本唯人,村上豊,山藤章二（写真賞）熊切圭介,椎名誠,篠山紀信,田沼武能（ブックデザイン賞）逢坂剛,鈴木成一,鈴木一誌,南伸坊,山本容子（絵本賞）あべ弘士,荒井良二,きたやまようこ,長谷川義史,もとしたいづみ

【選考方法】新聞社,出版社,有識者にアンケートによる推薦を依頼

【選考基準】〔対象〕前年3月1日から当年2月末日までに刊行された図書

【締切・発表】発表は4月上旬,贈呈式5月

【賞・賞金】賞状,記念品と副賞（賞金各100万円）

【URL】http://www.kodansha.co.jp/about/nextgeneration/award/25048.html

第1回（昭45年）
◇さしえ部門
　山藤 章二　「鼠小僧次郎吉」「エロトピア」「珍魂商才」
◇写真部門
　久保田 博二　「ブラック・ピープル,カルカッタ」「沖縄―その二つの顔」
◇ブック・デザイン部門
　亀倉 雄策　「シカゴ,シカゴ」
　新潮社出版部　「丸岡明小説全集」
　滝平 二郎　「花さき山」
◇児童漫画部門
　手塚 治虫　「火の鳥」
◇絵本部門
　中谷 千代子　「まちのねずみといなかのねずみ」
第2回（昭46年）
◇さしえ部門
　三井 永一　「沈下」ほか
◇写真部門
　沢田 教一　「ある戦場カメラマンの記録」「あるカメラマンの死」
◇ブック・デザイン部門
　杉浦 康平　闇のなかの黒い馬
◇児童漫画部門
　真崎 守　「ジロがゆく」「はみだし野郎の子守唄」
◇絵本部門
　斎藤 博之　「しらぬい」
　油野 誠一　「おんどりのねがい」
第3回（昭47年）

◇さしえ部門
　宮田 雅之　「砂絵呪縛後日怪談」ほか
◇写真部門
　大倉 舜二　"ファッション・料理に関する一連の写真"
　与田 弘志　「GREEN」「ある日曜日の午後」
◇ブック・デザイン部門
　勝井 三雄　「池田満寿夫全版画作品集」
◇児童漫画部門
　松本 零士　「男おいどん」
◇絵本部門
　朝倉 摂　「日本の名作スイッチョねこ」
第4回（昭48年）
◇さしえ部門
　岡田 嘉夫　「その名は娼婦」ほか
◇写真部門
　篠山 紀信　「小袖の時代」「家」「大女優」ほか
◇ブック・デザイン部門
　田中 一光　「文楽」
◇児童漫画部門
　水島 新司　「野球狂の詩」
◇絵本部門
　赤羽 末吉　「（源平絵巻物語）衣川のやかた」
　梶山 俊夫　「いちにちにへんとおるバス」
第5回（昭49年）
◇さしえ部門
　片岡 真太郎　「銃声に醒めた」ほか
◇写真部門

秋山 庄太郎　「週刊現代および週刊ポスト
　　の表紙」「現代の作家」
◇ブック・デザイン部門
　江島 任　「いけばな花材総事典」
　和田 誠　「和田誠肖像画集PEOPLE」
◇児童漫画部門
　里中 満智子　「あした輝く」「姫がいく！」
　矢口 高雄　「釣りキチ三平」
◇絵本部門
　田島 征三　「ふきまんぶく」
第6回（昭50年）
◇さしえ部門
　浜野 彰親　「歌謡祭を狙え」ほか
◇写真部門
　佐伯 義勝　「婦人各誌における一連の料理
　　写真」
　増淵 達夫　「婦人各誌におけるインテリア
　　写真及びファッション写真"
◇ブック・デザイン部門
　原 弘　「東洋陶磁大観」
◇児童漫画部門
　ながやす 巧〔画〕　「愛と誠」
◇進歩賞
　井浜 三樹男
◇グラフィックアーツ賞
　小野 善雄（大日本スクリーン）
第7回（昭51年）
◇さしえ部門
　長尾 みのる　「深夜美術館」ほか
◇写真部門
　斎藤 康一　シリーズ「この人」
◇ブック・デザイン部門
　司 修　「金子光晴全集」
◇児童漫画部門
　ちば てつや　「おれは鉄兵」
◇絵本部門
　安野 光雅　「かぞえてみよう」
第8回（昭52年）
◇さしえ部門
　小松 久子　「黄色い鼠」ほか
◇写真部門
　週刊現代写真班　「走るワセダ」
◇ブック・デザイン部門
　石岡 瑛子　「倉俣史朗の仕事」
◇絵本部門
　長 新太　「はるですよ ふくろうおばさん」
　さの ようこ　「わたしのぼうし」
第9回（昭53年）
◇さしえ部門
　楢 喜八　「スタンピード！」ほか
◇写真部門
　富山 治夫　「佐渡」
◇ブック・デザイン部門
　横尾 忠則　「地獄を読む」「妖星伝」
◇絵本部門
　岡野 薫子，遠藤 てるよ　「ミドリがひろっ
　　た ふしぎなかさ」
第10回（昭54年）
◇さしえ賞
　灘本 唯人　「にんげん望艶鏡」ほか
◇写真賞
　沢渡 朔　「美少女シリーズ」ほか
◇ブック・デザイン賞
　市川 英夫　「江戸川乱歩全集」の装幀
　篠山 昌三　「江戸川乱歩全集」の装画
◇絵本賞
　市川 里美　「春のうたがきこえる」
第11回（昭55年）
◇さしえ賞
　鈴木 正　「明日なき巡礼たち」ほか
◇写真賞
　稲越 功一　「男の肖像」
◇ブック・デザイン賞
　福田 繁雄　「福田繁雄作品集」
◇絵本賞
　杉田 豊　「うれしい ひ」
第12回（昭56年）
◇さしえ賞
　和田 誠　「あ、文士劇」「インタビュー」
◇写真賞
　操上 和美　「裸婦」
　水谷 章人　"ザ・シーン"ほか一連のス
　　ポーツ写真"
◇ブック・デザイン賞
　早川 良雄　「吉村貞司著作集」
◇絵本賞
　太田 大八　「ながさきくんち」
第13回（昭57年）
◇さしえ賞
　宇野 亜喜良　「パリの扇」「美食者」
◇写真賞

横須賀 功光 "「山口小夜子」および一連のファッション写真"
◇ブック・デザイン賞
　田村 義也 「俳諧誌」
◇絵本賞
　寺村 輝夫, 和歌山 静子 「おおきな ちいさいぞう」

第14回（昭58年）
◇さしえ賞
　須田 剋太 「街道をゆく」
◇写真賞
　高橋 昇 「オーパ, オーパ」「ヒューマンドキュメント」「JUST JAPAN'82」「おんな」
◇ブック・デザイン賞
　高岡 一弥 「千年一久留幸子写真集」
◇絵本賞
　谷内 こうじ 「かぜのでんしゃ」

第15回（昭59年）
◇さしえ賞
　長友 啓典 「続・時代屋の女房」ほか
◇写真賞
　管 洋志 「バリ島の公開火葬」ほか
◇ブック・デザイン賞
　平野 甲賀 「本郷」
◇絵本賞
　梅田 俊作, 梅田 佳子 「このゆびとーまれ」

第16回（昭60年）
◇さしえ賞
　黒田 征太郎 「迷魚図鑑」ほか
◇写真賞
　岩合 光昭 「サバンナからの手紙」ほか
◇ブック・デザイン賞
　戸田 ツトム 「エリック・サティ」ほか
◇絵本賞
　丸木 俊, 丸木 位里 「おきなわ島のこえ」
◇科学出版賞
　青木 重幸 「兵隊を持ったアブラムシ」

第17回（昭61年）
◇さしえ賞
　北村 治 「遠いアメリカ」ほか
◇写真賞
　広川 泰士 「家族の肖像」
◇ブック・デザイン賞
　仲條 正義 「マール・デコのパッケージ」

◇絵本賞
　甲斐 信枝 「雑草のくらし」
◇科学出版賞
　近藤 宗平 「人は放射線になぜ弱いか」

第18回（昭62年）
◇さしえ賞
　黒鉄 ヒロシ 「ここが地獄の一丁目」ほか
◇写真賞
　立木 義浩 「大原麗子」ほか
◇ブック・デザイン賞
　遠藤 享 「年鑑広告美術」
◇絵本賞
　にしまき かやこ 「えのすきなねこさん」
◇科学出版賞
　甘利 俊一 「バイオコンピュータ」

第19回（昭63年）
◇さしえ賞
　大竹 明輝 「鎮西八郎為朝」ほか
◇写真賞
　野村 誠一 "一連の人物写真"
◇ブック・デザイン賞
　菊地 信義 「高丘親王航海記」「講談社文芸文庫」ほか
◇絵本賞
　瀬川 康男 「ぼうし」
◇科学出版賞
　尾本 恵市 「ヒトの発見」

第20回（平1年）
◇さしえ賞
　浅賀 行雄 「ワープロ爺さん」「四畳半調理の拘泥」ほか
◇写真賞
　広河 隆一 "「四番目の恐怖」ほか一連の報道写真"
◇ブック・デザイン賞
　細谷 巖 「世界の建築Carlo Scarpa」
◇絵本賞
　きたやま ようこ 「ゆうたくんちのいばりいぬ」
　康 禹鉉, 田島 伸二 「さばくのきょうりゅう」
◇科学出版賞
　島村 英紀 「地球の腹と胸の内」

第21回（平2年）
◇さしえ賞

下谷 二助 「親銭子銭」「嘯く」ほか
毛利 彰 「エル・キャブ」ほか
◇写真賞
大石 芳野 「カンボジア」「イラン」「ルーマニア」「カンボジアを見つめて」
◇ブック・デザイン賞
中垣 信夫 「今井俊満 花鳥風月」
◇絵本賞
林 明子 「ことあき」
◇科学出版賞
田中 敬一 「超ミクロ世界への挑戦」
第22回（平3年）
◇さし絵賞
沢野 ひとし 「猫舐祭」ほか
◇写真賞
水口 博也 「オルカ アゲイン」ほか
◇ブック・デザイン賞
羽良多 平吉 「一千一秒物語」
◇絵本賞
于 大武, 唐 亜明 「ナージャとりゅうおう」
◇科学出版賞
吉永 良正 「数学・まだこんなことがわからない」
第23回（平4年）
◇さしえ賞
蓬田 やすひろ 「かかし長屋」
◇写真賞
今枝 弘一 "一連の旧ソ連に関するルポルタージュ"
◇ブック・デザイン賞
坂川 栄治, 山本 容子 「Lの贈り物」
◇絵本賞
武田 美穂 「となりのせきのますだくん」
◇科学出版賞
竹内 久美子 「そんなバカな！」
第24回（平5年）
◇さしえ賞
鴇田 幹 "「誘死者」ほか一連の歴史小説のさしえ"
小島 武 「越境者」〔「小説現代」の連作〕
◇写真賞
野町 和嘉 「地球へ―RIFT VALLEY ODYSSEY」ほか
◇ブックデザイン賞
亀海 昌次 「三位一体の神話 上下」

◇絵本賞
片山 健 「タンゲくん」
◇科学出版賞
本川 達雄 「ゾウの時間ネズミの時間」
第25回（平6年）
◇さしえ賞
峰岸 達 「忘れてほしい」「翼ある船は」
◇写真賞
水越 武 「ボルネオ」「HIMALAYA」
◇ブックデザイン賞
鈴木 成一 「寺山修司コレクション」「共産主義者宣言」ほか
◇絵本賞
井上 洋介〔絵〕, 渡辺 茂男〔作〕 「月夜のじどうしゃ」
◇科学出版賞
柳沢 桂子 「卵が私になるまで」
第26回（平7年）
◇さしえ賞
山野辺 進 「霧の密約」ほか
◇写真賞
宮崎 学 「アニマル黙示録」ほか
◇ブックデザイン賞
望月 通陽 「サリーガーデン」ほか
矢萩 喜從郎 「ルネ・マルグリット展」
◇絵本賞
あべ 弘士〔絵〕, 木村 裕一〔文〕 「あらしのよるに」
◇科学出版賞
藤田 紘一郎 「笑うカイチュウ」
第27回（平8年）
◇さしえ賞
横山 明 「水色の羽衣」ほか
◇写真賞
村田 信一 「エボラ出血熱」「ソマリア」ほか
◇ブックデザイン賞
原 研哉 「ポスターを盗んでください」〔新潮社〕
◇絵本賞
いとう ひろし 「だいじょうぶ だいじょうぶ」〔講談社〕
◇科学出版賞
田口 善弘 「砂時計の七不思議 粉粒体の動力学」〔中央公論社〕

学芸

第28回（平9年）
　◇さしえ賞
　　山下 勇三　「寝ずの番」「セピアの客」
　◇写真賞
　　中村 征夫　「海のなかへ」ほか
　◇ブックデザイン賞
　　祖父江 慎　「杉浦茂のマンガ館」〔筑摩書房〕
　◇絵本賞
　　いわむら かずお　「かんがえるカエルくん」〔福音館書店〕
　◇科学出版賞
　　池内 了　「科学の考え方・学び方」〔岩波書店〕

第29回（平10年）
　◇さしえ賞
　　井筒 啓之　「女王」「女たちのジハード」
　◇写真賞
　　石川 梵　「海人」〔新潮社〕「鯨を殺す！」（週刊現代）
　◇ブックデザイン賞
　　鈴木 一誌　「ランティエ叢書」（角川春樹事務所）（ほか）
　　南 伸坊　「山田風太郎明治小説全集」〔筑摩書房〕
　◇絵本賞
　　スギヤマ，カナヨ，ウータン，カー　「ペンギンの本」〔講談社〕
　◇科学出版賞
　　中谷 陽二　「精神鑑定の事件史」〔中公新書〕

第30回（平11年）
　◇さしえ賞
　　ささめや ゆき　"「真幸くあらば」ほかの小嵐九八郎作品のさし絵"
　◇写真賞
　　倉田 精二　「ジャパン」〔新潮社〕
　◇ブックデザイン賞
　　葛西 薫　「彼が泣いた夜」（角川書店）（ほか）
　◇絵本賞
　　宮西 達也　「きょうはなんてうんがいいんだろう」〔鈴木書店〕
　◇科学出版賞
　　山田 克哉　「宇宙のからくり 人間は宇宙をどこまで理解できるか？」〔講談社ブルーバックス〕

第31回（平12年）
　◇さしえ賞
　　佐々木 悟郎　"「花探し」林真理子著，「望郷の右腕」樋口貴之著"
　◇写真賞
　　大西 成明　「病院の時代」〔FRIDAY連載〕
　◇ブックデザイン賞
　　中島 かほる　「椿しらべ」〔講談社〕
　◇絵本賞
　　荒井 良二〔絵〕，長田 弘〔文〕　「森の絵本」〔講談社〕
　◇科学出版賞
　　小林 一輔　「コンクリートが危ない」〔岩波書店〕

第32回（平13年）
　◇さしえ賞
　　西 のぼる　"「はやぶさ新八御用旅『東海道五十三次』」（平岩弓枝作品，小説現代）「華栄の丘」（宮城谷昌光作品，オール読物）のさし絵"
　◇写真賞
　　斎門 富士男　"新潮ムック月刊シリーズ，「トーキョーカーニバル」（新潮社）ほか一連の人物写真"
　◇ブックデザイン賞
　　吉田 篤弘，吉田 浩美　「稲垣足穂全集」「らくだこぶ書房21世紀古書目録」〔ともに筑摩書房〕
　◇絵本賞
　　大塚 敦子〔文・写真〕　「さよなら エルマおばあさん」〔小学館〕
　◇科学出版賞
　　串田 嘉男　「地震予報に挑む」〔PHP新書〕

第33回（平14年）
　◇さしえ賞
　　安里 英晴　「浮かれ坊主法界」〔「小説新潮」連載，東郷隆著〕
　◇写真賞
　　長谷川 健郎　シリーズ「病んだニッポン」〔「FRIDAY」連載〕
　◇ブックデザイン賞
　　木村 裕治　「文学を探せ」〔文芸春秋，坪内祐三著〕

◇絵本賞
　武 建華〔絵〕，千葉 幹夫〔文〕　「舌ながばあさん」〔小学館〕
◇科学出版賞
　宮治 誠　「カビ博士奮闘記」〔講談社〕

第34回（平15年）
◇さしえ賞
　白浜 美千代　"「酷薄な天国」（オール読物）「憧れの地獄」（小説推理，ともに岩井志麻子作）"
◇写真賞
　藤代 冥砂　「新潮ムック月刊シリーズ」〔新潮社〕
◇ブックデザイン賞
　中島 英樹　"「アルゼンチンババア」（ロッキング・オン，よしもとばなな著）"
◇絵本賞
　長谷川 義史〔絵〕，日之出の絵本制作実行委員会〔文〕　「おたまさんのおかいさん」〔解放出版社〕
◇科学出版賞
　林 純一　「ミトコンドリア・ミステリー」〔講談社ブルーバックス〕

第35回（平16年）
◇さしえ賞
　安久利 徳　「沢彦」（文芸ポスト，火坂雅志作）「十七年蟬」（小説宝石，横山秀夫作）
◇写真賞
　山本 皓一　「来た、見た、撮った！ 北朝鮮」〔集英社インターナショナル〕
◇ブックデザイン賞
　有山 達也　「100の指令」〔朝日出版社，日比野克彦著〕
◇絵本賞
　スズキ コージ　「おばけドライブ」〔ビリケン社〕
◇科学出版賞
　粂 和彦　「時間の分子生物学」〔講談社現代新書〕

第36回（平17年）
◇さしえ賞
　木内 達朗　"「月の光」（「小説すばる」掲載，作・重松清）など"
◇写真賞
　長倉 洋海　「ザビット一家、家を建てる」〔偕成社〕
◇ブックデザイン賞
　渡辺 良重　「ブローチ」〔リトル・モア，文・内田也哉子〕
◇絵本賞
　パヴリーシン,G.D.〔絵〕，神沢 利子〔作〕　「鹿よ おれの兄弟よ」〔福音館書店〕
◇科学出版賞
　桑村 哲生　「性転換する魚たち」〔岩波書店〕

第37回（平18年）
◇さしえ賞
　小野 利明　「使える男」（「小説現代」作・佐々木譲），「広域」（「小説現代」作・横山秀夫），「64（ロクヨン）」（「別冊文芸春秋」作・横山秀夫）
◇写真賞
　榎並 悦子　「Little People 榎並悦子写真集」〔朝日新聞社〕
◇ブックデザイン賞
　長友 啓典，十河 岳男　「新緑や歳時記を手に初投句」ほか（梧葉出版，山元重男著）
　松田 行正　「眼の冒険─デザインの道具箱」〔紀伊国屋書店，松田行正著〕
◇絵本賞
　鈴木 まもる　「ぼくの鳥の巣絵日記」〔偕成社〕
◇科学出版賞
　福岡 伸一　「プリオン説はほんとうか？」〔講談社ブルーバックス〕

第38回（平19年）
◇さしえ賞
　網中 いづる　「壁」「猿の子ども」「がらくた」
◇写真賞
　小林 伸一郎　「亡骸劇場（なきがらげきじょう）」「東京ディズニーシー」
◇ブックデザイン賞
　大久保 明子　「真鶴（まなづる）」
◇絵本賞
　いせ ひでこ　「ルリユールおじさん」

第39回（平20年）
◇さしえ賞
　水口 理恵子　「楽園」「蛇」「IN（イン）」
◇写真賞

石川 直樹　「NEW DIMENSION」「POLAR」
◇ブックデザイン賞
　　川上 成夫　「人形が死んだ夜＋天狗の面 限定セット」
　　寄藤 文平　「暮らしの雑記帖」「ナガオカケンメイのやりかた」
◇絵本賞
　　石井 聖岳，もとした いづみ　「ふってきました」
第40回（平21年）
◇さしえ賞
　　牧野 千穂　「魔法使いの弟子たち」「鵲の橋」「同窓会」
◇写真賞
　　大塚 幸彦　「うみのいえ」
◇ブックデザイン賞
　　池田 進吾　「四とそれ以上の国」「ラン」
◇絵本賞
　　酒井 駒子，湯本 香樹実　「くまとやまねこ」
第41回（平22年）
◇さしえ賞
　　あずみ虫　「チョコレートの町」「ふたりの距離の概算」
◇写真賞
　　小檜山 賢二　「象虫」
◇ブックデザイン賞
　　多田 進　「酒中日記」
　　帆足 英里子　「ゼロの王国」
◇絵本賞
　　おくはら ゆめ　「くさをはむ」
第42回（平23年）
◇さしえ賞
　　城芽 ハヤト　「さくらの結婚」「美しい家」「雨のなまえ」「新月譚」
◇写真賞
　　川島 小鳥　「未来ちゃん」「THERME BOOKS 未来ちゃん」
◇ブックデザイン賞
　　勝呂 忠，水戸部 功　「ハヤカワ・ポケット・ミステリ」シリーズ

◇絵本賞
　　高畠 純　「ふたりのナマケモノ」
第43回（平24年）
◇さしえ賞
　　丹下 京子　「赤ヘル1975」「プレイバック16」
◇写真賞
　　佐藤 信一　「南三陸から 2011.3.11〜2011.9.11」
◇ブックデザイン賞
　　岡 孝治　「地の底のヤマ」「裂」
　　副田 高行　「ゴルフのすべて」「ダウン・ザ・フェアウェイ」BOX入り 2冊セット
◇絵本賞
　　コマヤ スカン　「新幹線のたび〜はやぶさ・のぞみ・さくらで日本縦断〜」
第44回（平25年）
◇さしえ賞
　　伊野 孝行　「長州シックス 夢をかなえた白熊」「立身いたしたく候 水練男子」
　　ヤマモト マサアキ　「潮鳴り」「アンダーカバー 秘密調査」
◇写真賞
　　権 徹　「歌舞伎町」
◇ブックデザイン賞
　　菊地 敦己　「もののみごと 江戸の粋を継ぐ職人たちの、確かな手わざと名デザイン。」
◇絵本賞
　　アーサー・ビナード　「さがしています」
第45回（平26年）
◇さしえ賞
　　岡田 航也　「啓火心」「死んでたまるか」
◇写真賞
　　半田 也寸志　「IRON STILLS ― アメリカ，鉄の遺構」
◇ブックデザイン賞
　　名久井 直子　「愛の夢とか」「イタリアの道」「島はぼくらと」「ミシンのうた」
◇絵本賞
　　ミロコ マチコ　「てつぞうはね」

103 國華賞

103 國華賞

明治22年に岡倉天心,高橋健三らにより発刊された日本・東洋美術の専門誌「國華」が平成1年創刊100周年を迎えるのを記念して,その前年に設けられた国華賞顕彰基金に基づき,日本・東洋美術の優れた研究を顕彰するため創立された。

【主催者】国華社

【選考委員】(第26回)委員長：河合正朝(千葉市美術館),荒川正明(学習院大学),泉武夫(東北大学),板倉聖哲(東京大学東洋文化研究所),井出誠之輔(九州大学),五十殿利治(筑波大学),長岡龍作(東北大学),中野照男(成城大学),仲町啓子(実践女子大学),成澤勝嗣(早稲田大学),根立研介(京都大学),丸山伸彦(早稲田大学)

【選考方法】美術史学会会員,大学,美術・博物館などによる推薦

【選考基準】〔対象〕当該年の6月までに発表,刊行された日本・東洋美術に関する研究論文。単行本,紀要など発表形式は問わない

【締切・発表】毎年6月末日締切,10月1日朝日新聞紙上に発表,10月20日頃贈呈式

【賞・賞金】特別賞：賞状と副賞100万円,賞：賞状と副賞各50万円

第1回(平1年)
　松田 誠一郎(東京芸術大学大学院)「東京国立博物館保管十一面観音像(多武峯伝来)について」〔国華 1118,1119号〕
　泉 武夫(京都国立博物館美術室)「十体阿弥陀像の成立」〔仏教芸術 165〕
◇特別賞
　島田 修二郎(プリンストン大学名誉教授)「松斎梅譜校定解題」〔広島市立中央図書館 昭63.3〕

第2回(平2年)
　小林 宏光(実践女子大学)
　奥平 俊六(大阪府立大学)
　河上 繁樹(京都国立博物館学芸課)

第3回(平3年)
　中里 寿克(東京国立文化財研究所)「中尊寺金色堂と平安時代漆芸技法の研究」
　加須屋 誠(京都大学)「二河白道図試論」〔美術史 127号〕
　藤岡 穣(大阪市立美術館)「興福寺南円堂四天王像と中金堂四天王像について」〔国華 1138号〕

第4回(平4年)
　岸 文和(近畿大学助教授)「延享二年のパースペクティヴ—奥村政信画〈大浮絵〉をめぐって」
　佐藤 康宏(文化庁)「蕭白新論」
◇特別賞
　宮治 昭(名古屋大学教授)「涅槃と弥勒の図像学—インドから中央アジアへ」

第5回(平5年)
　成瀬 不二雄(大和文華館)「司馬江漢の肖像画制作を中心として—西洋画法による肖像画の系譜」〔国華 1170号〕
　竹内 順一(五島美術館)「茶碗三題と乾山焼制作年代について」〔国華 1169号〕
　山下 裕二(明治学院大学)「夏珪と室町水墨画」〔日本美術史の水脈所載〕

第6回(平6年)
　平田 寛(長崎純心大学教授)「絵仏師の時代」〔中央公論美術出版〕

第7回(平7年)
　長岡 龍作(東京国立文化財研究所)「神護寺薬師如来像の位相—平安時代初期の山と薬師」〔美術研究 359号〕

第8回〜第15回
　　　＊

第16回(平16年度)
　玉蟲 敏子 「都市のなかの絵—酒井抱一の絵事とその遺響」〔星雲社〕

第17回(平17年度)
　武藤 純子 「初期浮世絵と歌舞伎—役者絵に注目して—」〔笠間書院〕

第18回(平18年度)
　須藤 弘敏 「転写と伝承」
　根立 研介 「日本中世の仏師と社会」〔塙

書房〕
第19回（平19年度）
大久保 純一 「広重と浮世絵風景画」〔東京大学出版会〕
第20回（平20年度）
相澤 正彦，橋本 慎司 「関東水墨画 型とイメージの系譜」〔国書刊行会〕
日高 薫 「異国の表象－近世輸出漆器の創造力」〔星雲社〕
第21回（平21年度）
小川 裕充 「臥遊 中国山水画－その世界」〔中央公論美術出版〕
第22回（平22年度）
古原 宏伸 「米芾「画史」註解」〔中央公論美術出版〕
内藤 栄 「舎利荘厳美術の研究」〔地方小出版流通〕
第23回（平23年度）
宮崎 隆旨 「奈良甲冑師の研究」〔吉川弘文館〕
勝盛 典子 「近世異国趣味美術の史的研究」〔臨川書店〕
第24回（平24年度）
肥田 路美 「初唐仏教美術の研究」〔中央公論美術出版〕
塚本 麿充 「皇帝の文物と北宋初期の開封」
第25回（平25年度）
谷口 耕生 「倶舎曼陀羅と天平復古」
第26回（平26年度）
泉 万里 「中世屏風絵研究」〔中央公論美術出版〕
笠嶋 忠幸 「日本美術における「書」の造形史」〔笠間書院〕

104 今和次郎賞

　生活学の提唱者である日本生活学会初代会長・今和次郎氏を記念し，生活研究の振興を目的として，昭和50年に制定された。

【主催者】 日本生活学会

【選考委員】 理事会が指名し，構成された選考委員会による。選考委員のうち1名以上は過去の受賞者を含む

【選考方法】 推薦

【選考基準】〔資格〕原則として同学会会員。〔対象〕近年に公表された個人または集団の優秀な業績（著書または論文など）を対象とする。1月1日より12月31日の間に公表されたものを中心に，概ね，過去3年以内に完成されたものとする

【締切・発表】 推薦締切は1月末日，発表は5月の日本生活学会総会席上

【賞・賞金】 賞状，賞牌

【URL】 http://www.lifology.jp/syou.htm

第1回（昭50年度）
真島 俊一（テム研究所所長），林 道明（佐渡国小木民俗博物館館長）「南佐渡の漁村と漁業」〔テム研究所〕
一番ヶ瀬 康子（日本女子大）「養育院百年史」〔東京都〕
第2回（昭51年度）
篭山 京（上智大）「戦後日本における貧困層の創出過程」〔東大出版会〕
第3回（昭52年度）
宮本 常一（武蔵野美術大）「宮本常一著作集 第1期全25巻」〔未来社〕
第4回（昭53年度）
中鉢 正美（慶応大）「家族周期と児童養育費」「家族周期と家計構造」「高齢化社会の家族周期」「家族周期と世代間扶養」

〔至誠堂〕
第5回（昭54年度）
　栗田 靖之（国立民族学博物館），紅林 宏和，疋田 正博（商品科学研究所，シィー・ディー・アイ）「生活財生態学—家庭における商品構成からみたライフスタイルの研究」「LDK研究—くつろぎの場における人間と生活財のかかわり」「生活財の国際比較—ヨーロッパと日本」〔商品科学研究所＋CDI〕
第6回（昭55年度）
　該当者なし
第7回（昭56年度）
　梅棹 忠夫（国立民族学博物館）「美意識と神さま」〔中央公論社〕
　竹内 芳太郎（中部工業大）「野の舞台」〔ドメス出版〕
第8回（昭57年度）
　川添 登　「生活学の提唱」〔ドメス出版〕
第9回（昭58年度）
　高取 正男　「高取正男著作集 全5巻」〔法蔵館〕
第10〜11回（昭59〜60年度）
　該当者なし
第12回（昭61年度）
　米山 俊直（京都大）「都市と祭りの人類学」〔河出書房新社〕
第13回（昭62年度）
　該当者なし
第14回（昭63年度）
　相沢 韶男（武蔵野美術大）「宿場大内茅葺きの家並み—下郷町大内宿伝統的建造物群保存地区見直し調査報告書」〔福島県下郷町・下郷町教育委員会〕「馬宿（旧大竹家）母家解体直前民俗調査報告書—田島町文化財調査報告書」〔福島県田島町教育委員会〕
　山口 昌伴（GK道具学研究所）「台所空間学—その原型と未来」〔建築知識社〕
第15回（平1年度）
　該当者なし
第16回（平2年度）
　松平 誠　「都市祝祭の社会学」
第17回（平3年度）

　該当者なし
第18回（平4年度）
　小川 信子（日本女子大学）「子供と住まい」〔頸草書房〕
第19回（平5年度）
　早川 和男（神戸大学）「居住福祉の論理」〔東京大学出版会〕
第20回（平6年度）
　佐々木 高明（国立民族学博物館）「日本文化の基層を探る」〔NHKブックス〕
　佐藤 健（東京大学）「風景の生産・風景の解放」〔講談社〕
第21回（平7年度）
　寺出 浩司（実践女子短期大学）「生活文化論への招待」〔弘文堂〕
第22回（平8年）
　和崎 春日「大文字の都市人類学的研究—左大文字を中心にして」〔刀水書房〕
第23回（平9年）
　古林 詩瑞香　「生活福祉への助走」〔ドメス出版〕
第24回（平10年）
　足立 己幸　「栄養の世界—探検図鑑」〔大日本図書〕
第25回（平11年）
　石毛 直道 講座「食の文化」〔味の素食の文化センター〕
第26回（平12年）
　鬼頭 宏　「人口から読む日本の歴史」〔講談社学術文庫〕
第27回（平13年）
　天野 寛子　「戦後日本の女性農業者の地位—男女平等の生活文化の創造へ」〔ドメス出版〕
第28回（平14年）
　川崎 衿子　「蒔かれた「西洋の種」—宣教師が伝えた洋風生活」〔ドメス出版〕
　塩谷 壽翁　「異文化としての家—住まいの人類学事始め」〔圓津喜屋〕
第29回（平15年）
　森栗 茂一（大阪外国語大学教授）「河原町の歴史と都市民俗学」〔明石書店〕
第30回（平16年）
　内田 青藏（文化女子大学教授）「同潤会に学べ 住まいの思想とそのデザイン」〔王

国社〕
　清水 美知子（関西国際大学助教授）「〈女中〉イメージの家族文化史」〔世界思想社〕
第31回（平17年）
　阿部 祥子（佛教大学教授）「もう一つの子供の家（ホーム）—教護院から児童自立支援施設へ」〔ドメス出版〕
第32回（平18年）
　田村 善次郎（武蔵野美術大学名誉教授）"宮本学研究原資の有効化をはかる一連の学術的業績—田村善次郎編『宮本常一著作集』（未来社）第2期第47巻公刊を契機に"
第33回（平19年）
　印南 敏秀（愛知大学教授）「京文化と生活技術—食・職・農と博物館」〔慶友社〕
第34回（平20年）
　石村 眞一（九州大学大学院教授）「自家製味噌のすすめ」〔雄山閣〕
第35回（平21年）
　該当者なし
第36回（平22年）
　女性とすまい研究会 「同潤会 大塚女子アパートメントハウスが語る」〔ドメス出版〕
　須藤 護 「木の文化の形成—日本の山野利用と木器の文化」〔未来社〕
第37回（平23年）
　進士 五十八 「日比谷公園100年の矜持に学ぶ」〔鹿島出版会〕
第38回（平24年）
　乾 亨，延藤 安弘 「マンションをふるさとにしたユーコート物語—これからの集合住宅育て」〔昭和堂〕
　瀝青会 「今和次郎「日本の民家」再訪」〔平凡社〕
第39回（平25年）
　該当者なし

105 サントリー学芸賞

　我が国の国際化，情報化の時代に応えて，社会と文化に関する学術研究の助成，これらの分野における有能な人材の育成をめざし，我が国及び世界の学術文化の発展に寄与することを目的として，昭和54年に設立された。

【主催者】 サントリー文化財団

【選考委員】 芸術・文学部門：大笹吉雄（演劇評論家），沼野充義（東京大学教授），三浦篤（東京大学教授），三浦雅士（文芸評論家），渡辺裕（東京大学教授）

【選考方法】 選考委員の推薦による

【選考基準】 〔対象〕前年1月以降に出版された著作（日本語による）で，広く社会と文化を考える独創的で優れた研究，評論活動をした者。これまでの著作活動の業績も含まれる。〔基準〕個性豊かで将来が期待される新進の評論家，研究者で，本人の思想・主張が明確な作品

【締切・発表】 毎年発表は11月上旬，贈呈式は12月上旬

【賞・賞金】 副賞各200万円

【URL】 http://www.suntory.co.jp/sfnd/prize_ssah/index.html

第1回（昭54年度）
◇政治・経済部門
　斎藤 明（毎日新聞社政治部副部長）「転換期の安保」への寄与を中心として
　小池 和男（名古屋大学教授）「労働者の経営参加」を中心として

大嶽 秀夫(東北大学助教授)「現代日本の政治権力経済権力」
◇芸術・文学部門
　長谷川 堯(武蔵野美術大学助教授)「建築有情」を中心として
　酒井 忠康(鎌倉近代美術館学芸員)「開化の浮世絵師 清親」を中心として
　磯田 光一(文芸評論家)「永井荷風」
◇社会・風俗部門
　藤原 房子(日本経済新聞社記者)「手の知恵」
　福田 紀一(大阪・明星学園教諭)「おやじの国史とむすこの日本史」
　日下 公人(日本長期信用銀行参与)「新・文化産業論」

第2回(昭55年度)
◇政治・経済部門
　野口 悠紀夫(一橋大学助教授)「財政危機の構造」を中心として
　香西 泰(経済企画庁経済研究所総括主任研究官)「日本経済展望」への寄与を中心として
◇芸術・文学部門
　若桑 みどり(東京芸術大学助教授)「寓意と象徴の女性像」を中心として
　谷沢 永一(関西大学教授)「完本 紙つぶて」を中心として
　小泉 文夫(東京芸術大学教授)「民族音楽研究ノート」を中心として
◇社会・風俗部門
　立川 昭二(北里大学教授)「歴史紀行 死の風景」
◇思想・歴史部門
　野口 武彦(神戸大学助教授)「江戸の歴史家」
　阿部 謹也(一橋大学助教授)「中世を旅する人びと」

第3回(昭56年度)
◇政治・経済部門
　安場 保吉(大阪大学教授)「経済成長論」
　村松 岐夫(京都大学教授)「戦後日本の官僚制」
　中嶋 嶺雄(東京外国語大学教授)「北京烈烈」

◇芸術・文学部門
　芳賀 徹(東京大学教授)「平賀源内」
　中野 三敏(九州大学助教授)「戯作研究」
◇社会・風俗部門
　平川 裕弘(東京大学教授)「小泉八雲」を中心として
　金子 務(中央公論社『自然』編集部次長)「アインシュタイン・ショック」
　岡崎 久彦(駐米日本国大使館公使)「国家と情報」
◇思想・歴史部門
　吉沢 英成(甲南大学教授)「貨幣と象徴」
　塩野 七生(評論家)「海の都の物語」

第4回(昭57年度)
◇政治・経済部門
　長尾 龍一(東京大学教授)「日本国家思想史研究」
　猪口 孝(東京大学助教授)「国際政治経済の構図」
◇芸術・文学部門
　樋口 忠彦(山梨大学助教授)「日本の景観」
　辻 佐保子(名古屋大学教授)「古典世界からキリスト教世界へ」
　海老沢 敏(国立音楽大学学長)「ルソーと音楽」を中心として
◇社会・風俗部門
　本間 千枝子(主婦)「アメリカの食卓」
　浜口 恵俊(大阪大学教授)「間人主義の社会 日本」
◇思想・歴史部門
　中村 良夫(東京工業大学教授)「風景学入門」
　清水 廣一郎(広島大学教授)「中世イタリア商人の世界」

第5回(昭58年度)
◇政治・経済部門
　植田 和男(大阪大学助教授)「国際マクロ経済学と日本経済」
　石 弘光(一橋大学教授)「財政改革の論理」
◇芸術・文学部門
　佐々木 健一(東京大学助教授)「せりふの構造」
　小林 忠(東京国立博物館)「江戸絵画史論」
　郷原 宏(詩人、読売新聞社記者)「詩人の妻」

◇社会・風俗部門
　向井 敏（批評家）「虹をつくる男たち」
　船橋 洋一（朝日新聞社記者）「内部（neibu）」
◇思想・歴史部門
　増成 隆士（筑波大学助教授）「思考の死角を視る」
　本城 靖久（著述、翻訳業）「グランド・ツアー」
　有泉 貞夫（東京商船大学教授）「星亨」
第6回（昭59年度）
◇政治・経済部門
　吉川 洋（大阪大学助教授）「マクロ経済学研究」
　竹中 平蔵（大蔵省財政金融研究室主任研究官）「研究開発と設備投資の経済学」
◇芸術・文学部門
　吉田 敦彦（学習院大学教授）「ギリシァ文化の深層」を中心として
　三浦 雅士（評論家）「メランコリーの水脈」を中心として
　田中 日佐夫（成城大学教授）「日本画 繚乱の季節」
◇社会・風俗部門
　西部 邁（東京大学助教授）「生まじめな戯れ」を中心として
　天野 郁夫（東京大学教授）「試験の社会史」
◇思想・歴史部門
　中沢 新一（東京外国語大学助手）「チベットのモーツァルト」
　菅野 盾樹（大阪大学助教授）「我、ものに遭う」
第7回（昭60年度）
◇政治・経済部門
　五百旗頭 真（神戸大学教授）「米国の日本占領政策」
　青木 昌彦（京都大学教授）「現代の企業」
◇芸術・文学部門
　船山 隆（東京芸術大学教授）「ストラヴィンスキー」
　玉泉 八州男（東京工業大学教授）「女王陛下の興行師たち」
　大笹 吉雄（演劇評論家）「日本現代演劇史 明治・大正篇」
◇社会・風俗部門

　陣内 秀信（法政大学助教授）「東京の空間人類学」
　青木 保（大阪大学教授）「儀礼の象徴性」
◇思想・歴史部門
　二木 謙一（国学院大学助教授）「中世武家儀礼の研究」
　武田 佐知子（大阪外国語大学助教授）「古代国家の形成と衣服制」
　佐伯 啓思（滋賀大学助教授）「隠された思考」
第8回（昭61年度）
◇政治・経済部門
　斎藤 修（一橋大学助教授）「プロト工業化の時代」
◇芸術・文学部門
　守屋 毅（国立民族学博物館助教授）「近世芸能興行史の研究」
　井上 章一（京都大学助手）「つくられた桂離宮神話」を中心として
　阿満 利麿（NHKチーフディレクター）「宗教の深層」
◇社会・風俗部門
　堀内 勝（中部大学教授）「ラクダの文化誌」
　藤森 照信（東京大学助教授）「建築探偵の冒険・東京篇」
　大貫 恵美子（ウィスコンシン大学教授）「日本人の病気観」
◇思想・歴史部門
　坂部 恵（東京大学教授）「和辻哲郎」を中心として
　今田 高俊（東京工業大学助教授）「自己組織性」
　井上 達夫（千葉大学助教授）「共生の作法」
第9回（昭62年度）
◇政治・経済部門
　北岡 伸一（立教大学教授）「清沢洌」
　猪木 武徳（大阪大学教授）「経済思想」
◇芸術・文学部門
　宮岡 伯人（北海道大学教授）「エスキモー」を中心として
　井上 和雄（神戸商船大学教授）「モーツァルト 心の軌跡」
　伊藤 俊治（美術評論家）「ジオラマ論」
◇社会・風俗部門
　袴田 茂樹（青山学院大学教授）「深層の社

会主義」
　　長島 伸一(長野大学講師)「世紀末までの大英帝国」
◇思想・歴史部門
　　山内 昌之(東京大学助教授)「スルタンガリエフの夢」
　　延広 真治(東京大学助教授)「落語はいかにして形成されたか」
第10回(昭63年度)
◇政治・経済部門
　　関場 誓子(ボストン総領事館領事)「超大国の回転木馬」
　　大津 定美(龍谷大学教授)「現代ソ連の労働市場」
◇芸術・文学部門
　　松木 寛(東京都美術館学芸員)「蔦屋重三郎」
　　原 広司(東京大学教授)「空間〈機能から様相へ〉」
　　佐々木 幹郎(詩人)「中原中也」
◇社会・風俗部門
　　鳴海 邦碩(大阪大学助教授)「アーバン・クライマクス」を中心として
　　梶田 孝道(津田塾大学助教授)「エスニシティと社会変動」
◇思想・歴史部門
　　笠谷 和比古(国文学史料館助手)「主君「押込(おしこめ)」の構造」
第11回(平1年度)
◇政治・経済部門
　　島田 晴雄(慶應義塾大学教授)「ヒューマンウェアの経済学」
◇芸術・文学部門
　　渡辺 裕(玉川大学専任講師)「聴衆の誕生」
　　森 洋子(明治大学教授)「ブリューゲルの「子供の遊戯」」
◇社会・風俗部門
　　養老 孟司(東京大学教授)「からだの見方」
　　原田 信男(札幌大学女子短期大学部助教授)「江戸の料理史」
　　荒俣 宏(作家・翻訳家)「世界大博物図鑑　第2巻 魚類」
◇思想・歴史部門
　　鷲田 清一(関西大学教授)「分散する理性」および『モードの迷宮』

　　堀池 信夫(筑波大学助教授)「漢魏思想史研究」
　　安野 眞幸(弘前大学教授)「バテレン追放令」
第12回(平2年度)
◇政治・経済部門
　　J.マーク・ラムザイヤー(UCLA教授)「法と経済学」
　　石井 菜穂子(大蔵省主税局国際租税課課長補佐)「政策協調の経済学」
◇芸術・文学部門
　　長谷川 櫂(俳人)「俳句の宇宙」
　　鈴木 博之(東京大学教授)「東京の「地霊(ゲニウス・ロキ)」」を中心として
　　北澤 憲昭(美術評論家)「眼の神殿」
◇社会・風俗部門
　　劉 香織(東京大学博士課程)「断髪」
　　上垣外 憲一(国際日本文化研究センター助教授)「雨森芳洲」
◇思想・歴史部門
　　西村 清和(埼玉大学教授)「遊びの現象学」
　　石川 九楊(書家)「書の終焉」
第13回(平3年度)
◇政治・経済部門
　　塩沢 由典(大阪市立大学教授)「市場の秩序学」
◇芸術・文学部門
　　西垣 通(明治大学教授)「デジタル・ナルシス」
　　五味 文彦(東京大学助教授)「中世のことばと絵」を中心として
　　鹿島 茂(共立女子大学助教授)「馬車が買いたい！」
◇社会・風俗部門
　　川本 三郎(評論家)「大正幻影」
◇思想・歴史部門
　　山室 恭子(神戸大学助教授)「中世のなかに生まれた近世」
　　坂本 多加雄(学習院大学教授)「市場・道徳・秩序」
第14回(平4年度)
◇政治・経済部門
　　白石 隆(コーネル大学准教授)「インドネシア 国家と政治」
◇芸術・文学部門

中川 真(京都市立芸術大学助教授)「平安京 音の宇宙」
川本 皓嗣(東京大学教授)「日本詩歌の伝統」
◇社会・風俗部門
劉 岸偉(札幌大学助教授)「東洋人の悲哀」
倉沢 愛子(在インドネシア日本大使館専門調査員)「日本占領下のジャワ農村の変容」
◇思想・歴史部門
新村 拓(神奈川県立茅ケ崎高校定時制教諭)「老いと看取りの社会史」を中心として
坂本 一登(北海学園大学助教授)「伊藤博文と明治国家形成」

第15回(平5年度)
◇政治・経済部門
岡崎 哲二(東京大学助教授)「日本の工業化と鉄鋼産業」
岩井 克人(東京大学教授)「貨幣論」
赤根谷 達雄(筑波大学専任講師)「日本のガット加入問題」
◇芸術・文学部門
馬渕 明子(日本女子大学助教授)「美のヤヌス」
杉田 英明(東京大学助教授)「事物の声 絵画の詩」
木下 直之(兵庫県立近代美術館学芸員)「美術という見世物」
◇社会・風俗部門
松山 巌(評論家)「うわさの遠近法」
◇思想・歴史部門
高山 博(東京大学助教授)「中世地中海世界とシチリア王国」
佐々木 力(東京大学教授)「近代学問理念の誕生」

第16回(平6年度)
◇政治・経済部門
真渕 勝(大阪市立大学助教授)「大蔵省統制の政治経済学」
黒田 明伸(名古屋大学助教授)「中華帝国の構造と世界経済」
◇芸術・文学部門
尹 相仁(韓国・漢陽大学校文科大学助教授)「世紀末と漱石」
玉蟲 敏子(静嘉堂文庫美術館主任学芸員)「酒井抱一筆 夏秋草図屛風」
今橋 映子(筑波大学専任講師)「異都憧憬 日本人のパリ」
◇社会・風俗部門
大塚 英志(評論家)「戦後まんがの表現空間」
上野 千鶴子(東京大学助教授)「近代家族の成立と終焉」
◇思想・歴史部門
本村 凌二(東京大学教授)「薄闇のローマ世界」
園田 英弘(国際日本文化研究センター教授)「西洋化の構造」
小杉 泰(国際大学助教授)「現代中東とイスラーム政治」

第17回(平7年度)
◇政治・経済部門
該当者なし
◇芸術・文学部門
張 競(東北芸術工科大学助教授)「近代中国と「恋愛」の発見」
川崎 賢子(文芸・演劇評論家)「彼等の昭和」
今橋 理子(東海大学専任講師)「江戸の花鳥画」
◇社会・風俗部門
武田 雅哉(北海道大学助教授)「蒼頡たちの宴」
奥本 大三郎(埼玉大学教授)「楽しき熱帯」
◇思想・歴史部門
杉山 正明(京都大学助教授)「クビライの挑戦」
石川 達夫(広島大学助教授)「マサリクとチェコの精神」

第18回(平8年度)
◇政治・経済部門
御厨 貴(東京都立大学教授)「政策の総合と権力」を中心として
田中 明彦(東京大学助教授)「新しい「中世」」
杉原 薫(大阪大学教授)「アジア間貿易の形成と構造」
◇芸術・文学部門

兵藤 裕己(成城大学教授)「太平記＜よみ＞の可能性」
飯沢 耕太郎(写真評論家)「写真美術館へようこそ」
◇社会・風俗部門
小熊 英二(東京大学博士課程)「単一民族神話の起源」
安 克昌(神戸大学助手)「心の傷を癒すということ」
◇思想・歴史部門
坂本 達哉(慶應義塾大学教授)「ヒュームの文明社会」
王 柯(神戸大学助教授)「東トルキスタン共和国研究」

第19回(平9年度)
◇政治・経済部門
若林 正丈(東京大学教授)「蔣経国と李登輝」を中心として
関 満博(専修大学助教授)「空洞化を超えて」を中心として
◇芸術・文学部門
仁平 勝(俳人・評論家)「俳句が文学になるとき」を中心として
稲賀 繁美(国際日本文化研究センター助教授)「絵画の黄昏」
イ・ヨンスク(一橋大学助教授)「「国語」という思想」
◇社会・風俗部門
港 千尋(多摩美術大学助教授)「記憶」
西川 恵(毎日新聞社ローマ支局長)「エリゼ宮の食卓」
◇思想・歴史部門
三谷 博(東京大学教授)「明治維新とナショナリズム」
広田 照幸(東京大学助教授)「陸軍将校の教育社会史」

第20回(平10年度)
◇政治・経済部門
高尾 義一(野村総合研究所研究理事)「金融デフレ」を中心として
ポール・シェアード(ベアリング投信株式会社・ストラテジスト)「メインバンク資本主義の危機」
◇芸術・文学部門
高橋 裕子(学習院大学教授)「イギリス美術」
佐伯 順子(帝塚山学院大学助教授)「「色」と「愛」の比較文化史」
岩佐 壯四郎(関東学院女子短期大学教授)「抱月のベル・エポック」
◇社会・風俗部門
四方田 犬彦(明治学院大学教授)「映画史への招待」を中心として
原 武史(山梨学院大学助教授)「「民都」大阪対「帝都」東京」
◇思想・歴史部門
山内 進(一橋大学教授)「北の十字軍」を中心として
豊永 郁子(九州大学助教授)「サッチャリズムの世紀」

第21回(平11年度)
◇政治・経済部門
村田 晃嗣(広島大学教授)「大統領の挫折」
◇芸術・文学部門
永渕 康之(名古屋工業大学助教授)「バリ島」
佐藤 道信(東京芸術大学助教授)「明治国家と近代美術」
榎本 泰子(同志社大学専任講師)「楽人の都・上海」
◇社会・風俗部門
結城 英雄(法政大学教授)「「ユリシーズ」の謎を歩く」
古田 博司(筑波大学助教授)「東アジアの思想風景」を中心として
◇思想・歴史部門
下條 信輔(カリフォルニア工科大学教授)「＜意識＞とは何だろうか」を中心として
東 浩紀(日本学術振興会特別研究員)「存在論的、郵便的」

第22回(平12年度)
◇政治・経済部門
坂元 一哉(大阪大学教授)「日米同盟の絆」
◇芸術・文学部門
蒲池 美鶴(京都大学助教授)「シェイクスピアのアナモルフォーズ」
◇芸術・文学部門
吉田 憲司(国立民族学博物館教授)「文化

の「発見」」
　　成 恵卿（ソウル女子大学校副教授）「西洋の夢幻能」
◇社会・風俗部門
　　武田 徹（ジャーナリスト・評論家）「流行人類学クロニクル」
　　勝見 洋一（著述業）「中国料理の迷宮」
◇思想・歴史部門
　　新宮 一成（京都大学教授）「夢分析」を中心として
　　酒井 健（法政大学教授）「ゴシックとは何か」
　　金森 修（東京水産大学教授）「サイエンス・ウォーズ」
第23回（平13年度）
◇政治・経済部門
　　田所 昌幸（防衛大学校教授）「「アメリカ」を超えたドル」
　　大野 健一（政策研究大学院大学教授）「途上国のグローバリゼーション」を中心として
◇芸術・文学部門
　　田中 優子（法政大学教授）「江戸百夢」
　　河合 祥一郎（東京大学助教授）「ハムレットは太っていた！」
　　岡田 暁生（神戸大学助教授）「オペラの運命」
◇社会・風俗部門
　　野崎 歓（東京大学助教授）「ジャン・ルノワール 越境する映画」を中心として
　　春日 直樹（大阪大学教授）「太平洋のラスプーチン」
◇思想・歴史部門
　　菅野 覚明（東京大学助教授）「神道の逆襲」
第24回（平14年度）
◇政治・経済部門
　　細谷 雄一（敬愛大学専任講師）「戦後国際秩序とイギリス外交」
　　玄田 有史（東京大学助教授）「仕事のなかの曖昧な不安」
◇芸術・文学部門
　　沼野 充義（東京大学助教授）「徹夜の塊 亡命文学論」
　　小谷野 敦（東京大学非常勤講師、明治大学兼任講師）「聖母のいない国」

　　加藤 徹（広島大学助教授）「京劇」
◇社会・風俗部門
　　切通 理作（文筆者）「宮崎駿の＜世界＞」
　　河東 仁（立教大学助教授）「日本の夢信仰」
◇思想・歴史部門
　　田中 純（東京大学助教授）「アビ・ヴァールブルク 記憶の迷宮」
　　長尾 伸一（名古屋大学助教授）「ニュートン主義とスコットランド啓蒙」
第25回（平15年度）
◇政治・経済部門
　　牧原 出（東北大学大学院助教授）「内閣政治と「大蔵省支配」」
　　津上 俊哉（独立行政法人経済産業研究所上席研究員）「中国台頭」
　　木村 幹（神戸大学助教授）「韓国における「権威主義的」体制の成立」
◇芸術・文学部門
　　宮崎 法子（実践女子大学教授）「花鳥・山水画を読み解く」
　　飯島 洋一（建築評論家・多摩美術大学助教授）「現代建築・アウシュヴィッツ以後」を中心として
◇社会・風俗部門
　　瀬川 千秋（翻訳家・フリーランスライター）「闘蟋（とうしつ）」
　　佐藤 卓己（国際日本文化研究センター助教授）「「キング」の時代」
◇思想・歴史部門
　　六車 由実（東北芸術工科大学研究員）「神、人を喰う」
　　ロバート・D・エルドリッヂ（大阪大学助教授）「沖縄問題の起源」
第26回（平16年度）
◇政治・経済部門
　　国分 良成（慶應義塾大学教授）「現代中国の政治と官僚制」を中心として
　　川島 真（北海道大学助教授）「中国近代外交の形成」
◇芸術・文学部門
　　原 研哉（グラフィックデザイナー・武蔵野美術大学教授）「デザインのデザイン」
　　田中 貴子（京都精華大学助教授）「あやかし考」を中心として
◇社会・風俗部門

渡辺 靖（慶應義塾大学助教授）「アフター・アメリカ」
黒岩 比佐子（ノンフィクションライター）「「食道楽」の人 村井弦斎」
◇思想・歴史部門
平野 聡（東京大学助教授）「清帝国とチベット問題」

第27回（平17年度）
◇政治・経済部門
宮城 大蔵（北海道大学専任講師）「戦後アジア秩序の模索と日本」
岡本 隆司（京都府立大学助教授）「属国と自主のあいだ」
大竹 文雄（大阪大学教授）「日本の不平等」
◇芸術・文学部門
宮下 規久朗（神戸大学助教授）「カラヴァッジョ」
柴田 元幸（東京大学教授）「アメリカン・ナルシス」
齋藤 希史（東京大学助教授）「漢文脈の近代」
◇社会・風俗部門
該当者なし
◇思想・歴史部門
村井 良太（駒澤大学講師）「政党内閣制の成立 一九一八～二七年」
関口 すみ子（法政大学助教授）「御一新とジェンダー」
苅谷 剛彦（東京大学教授）「教育の世紀」を中心として

第28回（平18年度）
◇政治・経済部門
神門 善久（明治学院大学教授）「日本の食と農」
黒崎 輝（立教大学兼任講師）「核兵器と日米関係」
◇芸術・文学部門
竹内 一郎（劇作家・演出家）「手塚治虫＝ストーリーマンガの起源」
鈴木 禎宏（お茶の水女子大学助教授）「バーナード・リーチの生涯と芸術」
◇社会・風俗部門
マイク・モラスキー（ミネソタ大学准教授）「戦後日本のジャズ文化」
◇思想・歴史部門

中島 秀人（東京工業大学助教授）「日本の科学/技術はどこへいくのか」を中心として
苅部 直（東京大学教授）「丸山眞男」を中心として

第29回（平19年度）
◇政治・経済部門
土居 丈朗（慶應義塾大学准教授）「地方債改革の経済学」
飯尾 潤（政策研究大学院大学教授）「日本の統治構造」
◇芸術・文学部門
山本 淳子（京都学園大学准教授）「源氏物語の時代」
三浦 篤（東京大学教授）「近代芸術家の表象」
河本 真理（京都造形芸術大学准教授）「切断の時代」
◇社会・風俗部門
ヨコタ村上 孝之（大阪大学准教授）「色男の研究」
福岡 伸一（青山学院大学教授）「生物と無生物のあいだ」
◇思想・歴史部門
納富 信留（慶應義塾大学准教授）「ソフィストとは誰か？」
宇野 重規（東京大学准教授）「トクヴィル 平等と不平等の理論家」

第30回（平20年度）
◇政治・経済部門
松田 宏一郎（立教大学教授）「江戸の知識から明治の政治へ」
堂目 卓生（大阪大学教授）「アダム・スミス」
◇芸術・文学部門
林 洋子（京都造形芸術大学准教授）「藤田嗣治 作品をひらく」
奥中 康人（大阪大学招聘研究員）「国家と音楽」
◇社会・風俗部門
平松 剛（ノンフィクション作家）「磯崎新の「都庁」」
片山 杜秀（慶應義塾大学准教授）「音盤考現学・音盤博物誌」

◇思想・歴史部門
　松木 武彦（岡山大学准教授）「列島創世記」
　日暮 吉延（鹿児島大学教授）「東京裁判」
第31回（平21年度）
◇政治・経済部門
　武内 進一（国際協力機構JICA研究所上席研究員）「現代アフリカの紛争と国家」
◇芸術・文学部門
　矢内 賢二（日本芸術文化振興会（国立劇場）職員）「明治キワモノ歌舞伎 空飛ぶ五代目菊五郎」
　藤原 貞朗（茨城大学准教授）「オリエンタリストの憂鬱」
　伊東 信宏（大阪大学准教授）「中東欧音楽の回路」
◇社会・風俗部門
　持田 叙子（近代文学研究者）「荷風へ、ようこそ」
　秋山 聰（東京大学准教授）「聖遺物崇敬の心性史」
◇思想・歴史部門
　松森 奈津子（静岡県立大学講師）「野蛮から秩序へ」
　池内 恵（東京大学准教授）「イスラーム世界の論じ方」
第32回（平22年度）
◇政治・経済部門
　瀧井 一博（国際日本文化研究センター准教授）「伊藤博文」
　倉田 徹（金沢大学准教授）「中国返還後の香港」
◇芸術・文学部門
　古田 亮（東京藝術大学准教授）「俵屋宗達」
　北河 大次郎（イクロム プロジェクト・マネージャー）「近代都市パリの誕生」
　石原 あえか（慶應義塾大学教授）「科学する詩人 ゲーテ」
◇社会・風俗部門
　米田 綱路（図書新聞スタッフライター）「モスクワの孤独」
◇思想・歴史部門
　田中 久美子（東京大学准教授）「記号と再帰」
第33回（平23年度）
◇政治・経済部門
　古川 隆久（日本大学教授）「昭和天皇」
　井上 正也（香川大学准教授）「日中国交正常化の政治史」
◇芸術・文学部門
　輪島 裕介（大阪大学准教授）「創られた「日本の心」神話」
　大和田 俊之（慶應義塾大学准教授）「アメリカ音楽史」
◇社会・風俗部門
　小川 さやか（国立民族学博物館機関研究員）「都市を生きぬくための狡知」
◇思想・歴史部門
　伊達 聖伸（上智大学准教授）「ライシテ、道徳、宗教学」
　隠岐 さや香（広島大学准教授）「科学アカデミーと「有用な科学」」
第34回（平24年度）
◇政治・経済部門
　待鳥 聡史（京都大学教授）「首相政治の制度分析」
　鈴木 一人（北海道大学教授）「宇宙開発と国際政治」
　井口 治夫（名古屋大学教授）「鮎川義介と経済的国際主義」
◇芸術・文学部門
　水野 千依（京都造形芸術大学教授）「イメージの地層」
　堀 まどか（国際日本文化研究センター機関研究員）「「二重国籍」詩人 野口米次郎」
◇社会・風俗部門
　渡辺 一史（フリーライター）「北の無人駅から」
　酒井 隆史（大阪府立大学准教授）「通天閣」
◇思想・歴史部門
　篠田 英朗（広島大学平和科学研究センター准教授）「「国家主権」という思想」
　鷲山 裕二（日本学術振興会特別研究員）「トクヴィルの憂鬱」
第35回（平25年度）
◇政治・経済部門
　中島 琢磨（龍谷大学准教授）「沖縄返還と日米安保体制」
　砂原 庸介（大阪大学准教授）「大阪」
◇芸術・文学部門
　岡田 万里子（ミシガン大学客員研究員）

「京舞井上流の誕生」
阿部 公彦(東京大学准教授)「文学を〈凝視する〉」
◇社会・風俗部門
中西 竜也(京都大学特定助教)「中華と対話するイスラーム」
青木 深(一橋大学特任講師)「めぐりあうものたちの群像」
◇思想・歴史部門
将基面 貴巳(ニュージーランド・オタゴ大学准教授)「ヨーロッパ政治思想の誕生」
工藤 晶人(学習院女子大学准教授)「地中海帝国の片影」
第26回(平26年度)
◇政治・経済部門
大西 裕(神戸大学教授)「先進国・韓国の憂鬱」
中澤 渉(大阪大学准教授)「なぜ日本の公教育費は少ないのか」
◇芸術・文学部門
互 盛央(出版社勤務)「言語起源論の系譜」
長門 洋平(国際日本文化研究センター機関研究員)「映画音響論」
◇社会・風俗部門
小川 和也(中京大学教授) 儒学殺人事件
通崎 睦美(木琴・マリンバ奏者) 木琴デイズ
◇思想・歴史部門
福嶋 亮大(京都造形芸術大学非常勤講師、日本学術振興会特別研究員)「復興文化論」
本田 晃子(北海道大学共同研究員)「天体建築論」

106 司馬遼太郎賞

司馬遼太郎の作家活動を記念して、平成10年より授賞開始。第8回までは人とその業績に重点をおいていたが、第9回からは、文芸、学芸、ジャーナリズムの広い分野の中から、創造性にあふれ、さらなる活躍を予感させる作品を対象とする。

【主催者】司馬遼太郎記念財団

【選考委員】井上章一,後藤正治,辻原登,柳田邦男

【選考方法】非公募。全国のマスコミ,文化人から候補作品のアンケートを取り,その集計をもとに選定作業を行い,その後,選考委員会で決定

【選考基準】文芸,学芸,ジャーナリズムの広い分野の中から,創造性にあふれ,さらなる活躍を予感させる作品

【締切・発表】12月中旬発表。2月開催の菜の花忌の会場で贈賞式を行う

【賞・賞金】正賞:懐中時計,副賞:賞金100万円

【URL】http://www.shibazaidan.or.jp/shibasho/

第1回(平10年)
立花 隆 "旺盛な知的好奇心と探求心をもって今日的テーマを掘り下げ、常にジャーナリズム・学芸分野を刺激し続ける幅広い文筆活動に対して"
第2回(平11年)
塩野 七生 "歴史家の能力と作家の資質を見事に結晶させ,史料実証主義を超越して刺激的な物語としての史書を創出した執筆活動に対して"
第3回(平12年)
宮城谷 昌光 "古代中国の興亡に光をあて格調高く抑制のきいた文体で歴史上の人物に血肉をそそぎ入れ、現代によみがえらせた作家活動に対して"
宮崎 駿 "アニメーション映画の分野で独

自の世界をつくり,子供だけでなく大人にも夢を与える創作活動に対して"
- 第4回(平13年)
  - 関川 夏央 "「二葉亭四迷の明治四十一年」"など、人間と時代を丹念に等身大で捉えた評論の域を超えるその斬新な創作活動に対して"
  - 青森県教育庁の岡田康博氏を中心とする「三内丸山遺跡」の官・民・学に支えられた発掘調査チーム "縄文時代を代表する三内丸山遺跡の発掘調査を通じて、日本の古代観を塗り替えた功績に対して"
- 第5回(平14年)
  - 宮部 みゆき "「理由」「模倣犯」など大ベストセラーとなった推理小説にとどまらず、時代小説やSFなど幅広い範囲で書きつづける意欲的な創作活動に対して"
  - 山内 昌之 "近現代イスラーム地域の人間と文明の歴史、国際関係を広く研究し、日本とイスラームとの関係について実践的な提言を行なってきたことに対して"
- 第6回(平15年)
  - 杉山 正明 "モンゴル時代史を永年研究し、中央アジアの遊牧民の視点から、斬新で画期的なユーラシア世界史観を提唱してきたことに対して"
- 第7回(平16年)
  - 池沢 夏樹 "「静かな大地」「すばらしい新世界」などの長編小説にとどまらず、イラクやアジアを旅して独自の新鮮な視点で発言するなど幅広い創作活動に対して"
- 第8回(平17年)
  - 松本 健一 「評伝 北一輝」全5巻によって完成された独創的な近現代史研究の成果に対して"
- 第9回(平18年)
  - 北方 謙三 「水滸伝(全19巻)」〔集英社〕
- 第10回(平19年)
  - 浅田 次郎 「お腹召しませ」〔中央公論新社〕
  - 長谷川 毅 「暗闘 スターリン,トルーマンと日本降伏」〔中央公論新社〕
- 第11回(平20年)
  - 山室 信一 「憲法9条の思想水脈」〔朝日新聞社〕
- 第12回(平21年)
  - 原 武史 「昭和天皇」〔岩波新書〕
- 第13回(平22年)
  - 宮本 輝 「骸骨ビルの庭(上・下)」〔講談社〕
- 第14回(平23年)
  - 楊 海英 「墓標なき草原(上・下)」〔岩波書店〕
  - 片山 杜秀 「未完のファシズム—「持たざる国」日本の運命」〔新潮社〕
- 第15回(平24年)
  - 伊藤 之雄 「昭和天皇伝」〔文藝春秋〕
  - 辻原 登 「韃靼の馬」〔日本経済新聞出版社〕
- 第16回(平25年)
  - 赤坂 真理 「東京プリズン」〔河出書房新社〕
- 第17回(平26年)
  - 沢木 耕太郎 「キャパの十字架」〔文藝春秋〕
- 第18回(平27年)
  - 伊集院 静 「ノボさん 小説 正岡子規と夏目漱石」〔講談社〕

107 渋沢・クローデル賞

　昭和58年、財団法人日仏会館の創立60周年を機に、会館の創立者渋沢栄一とポール・クローデルの両氏を記念して創設された。フランス語著書の日本語訳の奨励を目的に昭和41年に創設され、50年に中断されていた「クローデル」賞を発展的に継承している。日仏双方においてそれぞれ相手国の文化に関する優れた研究成果に贈られる。両国でそれぞれ1名が受賞する。第3回より特別賞も贈呈。

107 渋沢・クローデル賞

【主催者】日仏会館,読売新聞社

【選考方法】日仏会館ならびに関連諸学会の会員のみならず広く一般に呼びかけ,また出版社等に対しても候補者の推薦を依頼する

【選考基準】〔資格〕当該年を含めて過去2年間に出版されたもの。候補者の年齢が当該年末に45歳未満の者。〔対象〕歴史,文学,芸術,哲学,法律,経済,人文科学,自然科学。翻訳に限らず,それぞれ相手国の文化に関する研究。〔応募規定〕候補者略歴および業績書,応募または推薦の理由書,候補作品(翻訳の場合は原書も)

【締切・発表】(第32回)締切は3月末日,読売新聞紙面及び日仏会館ウェブサイトにて5月下旬に発表予定

【賞・賞金】賞状と賞金(東京・パリ往復航空運賃と滞在費)

【URL】http://www.mfjtokyo.or.jp/ja/events/shibukuro.html

第1回(昭59年)
◇日本側
工藤 庸子(フェリス女学院大助教授) "アンリ・トロワイヤの著書の翻訳"
◇フランス側
フロレ,エリザベート(民族学研究家) "柳宗悦と民芸運動の研究"

第2回(昭60年)
◇日本側
篠田 勝英(白百合女子大助教授) "ジョルジュ・デュビーの著書の翻訳"
◇フランス側
テュルク,ドミニク(パリ高等商科大助教授) "日本企業に関する著作"

第3回(昭61年)
◇日本側
滝沢 正(上智大助教授) "フランス行政法に関する著作"
◇日本側特別賞
塩川 徹也(東京大助教授) "パスカルに関する著作"
◇フランス側
グリオレ,パスカル(パリ第3大講師) "日本の国字改革に関する著作"

第4回(昭62年)
◇日本側
彌永 信美(東洋学研究家) "オリエンタリズムに関する著作"
◇日本側特別賞
竹内 信夫(東京大助教授) "モーリス・パンゲの著書の翻訳"

◇フランス側
コダマ,クリスチーヌ(国際基督教大助教授) "梶井基次郎の世界に関する著作"

第5回(昭63年)
◇日本側
坪井 善明(北海道大助教授) "越南帝国に関する仏文著作"
◇日本側特別賞
木村 三郎(日本大助教授) 「世界の巨匠シリーズ」(ダヴィット社)の翻訳"
◇フランス側
ロベール,ジャン・ノエル(CNRS研究員) "日本の天台宗の教義に関する著作"

第6回(平1年)
◇日本側
吉岡 知哉(立教大助教授) "ジャン・ジャック・ルソーに関する著作"
◇日本側特別賞
中地 義和(東京大助教授) "アルチュール・ランボーに関する仏文著作"
◇フランス側
グラヴロー,ジャック(ヨーロッパ・アジア研究所)「日本—ヒロヒトの時代」

第7回(平2年)
◇日本側
辻村 みよ子(成城大助教授)「フランス革命の憲法原理」〔日本評論社〕
●日本側特別賞
新谷 昌宏(東京医科歯科大助手)「ニューロン人間」〔みすず書房〕
◇フランス側

森田 エレーヌ 「仏訳「銀河鉄道の夜」」〔宮沢賢治著〕

第8回（平3年）
◇日本側
　石井 洋二郎（東京大学助教授）「ディスタンクシオン」〔藤原書店〕
● 日本側特別賞
　前田 英樹（立教大学助教授）「沈黙するソシュール」〔書肆山田〕
◇フランス側
　セイズレ, エリック（フランス国立科学研究センター研究員）「戦後日本の君主制と民主主義」

第9回（平4年）
◇日本側
　渡辺 啓貴（京都外国語大学専任講師）「ミッテラン時代のフランス」
● 日本側特別賞
　梅本 洋一（横浜国立大学教育学部助教授）「サッシャ・ギトリ―都市・演劇・映画」
◇フランス側
　ジェラール, フレデリック（フランス極東学校教諭）「明恵上人―鎌倉時代・華厳宗の一僧」

第10回（平5年）
◇日本側
　松沢 和宏（大東文化大学助教授）「ギュスターヴ・フローベール「感情教育」草稿の生成批評研究序説―恋愛・金銭・言葉」〔フランス図書〕
◇日本側特別賞
　栗田 啓子（小樽商科大学教授）「エンジニア・エコノミスト―フランス公共経済学の成立」〔東京大学出版会〕
◇第10回記念日本側特別賞
　月村 辰雄（東京大学助教授）「恋の文学誌―フランス文学の原風景を求めて」〔筑摩書房〕

第11回（平6年）
◇日本側
　西野 嘉章（東京大学文学部助教授）「十五世紀プロヴァンス絵画研究―祭壇画の図像プログラムをめぐる一試論」〔岩波書店〕

◇フランス側
　セギ, クリスチャンヌ（ストラスブール大学助教授）「明治期における日本新聞史」〔ピュブリカシオン・オリエンタリスト・ド・フランス社〕
◇日本側特別賞（ルイ・ヴィトンジャパン特別賞）
　今橋 映子（筑波大学専任講師）「異都憧憬―日本人のパリ」〔柏書房〕
◇藤田亀太郎特別賞
　森村 敏己（明治学院大学非常勤講師）「名誉と快楽―エルヴェシウスの功利主義」〔法政大出版局〕

第12回（平7年）
◇日本側
　金森 修（筑波大学助教授）「フランス認識論の系譜―カンギレム、ダゴニエ、フーコー」〔勁草書房〕
◇日本側特別賞（ルイ・ヴィトンジャパン特別賞）
　小倉 孝誠（東京都立大学助教授）「挿絵入新聞「イリュストラシオン」にたどる19世紀フランス夢と創造」〔人文書院〕
◇フランス側
　アヴリンヌ, ナターシャ（都市問題国際研究センター研究員）「泡となった日本の土地」〔adef〕

第13回（平8年）
◇日本側
　大村 敦志（東京大学助教授）「法源・解釈・民法学―フランス民法総論研究」〔有斐閣〕
◇日本側特別賞（ルイ・ヴィトン・ジャパン特別賞）
　山下 雅之（近畿大学助教授）「コントとデュルケームのあいだ―1870年代のフランス社会学」〔木鐸社〕
◇日本側平山郁夫特別賞
　松浦 寿輝（東京大学助教授）「平面論―1880年代西欧」〔岩波書店〕
◇フランス側
　ゴトリーブ, ジョルジュ（アルジャントイユ市図書館司書）「日本の小説の1世紀」〔フィリップ・ピキエ〕

107 渋沢・クローデル賞

◇フランス側審査員特別賞
　ローズラン, エマニュエル (フランス国立東洋言語文化学院講師)「1912年から1921年の森鷗外・林太郎」

第14回 (平9年)
◇日本側
　川出 良枝 (放送大学助教授)「貴族の徳, 商業の精神—モンテスキューと専制批判の系譜」〔東京大学出版会〕
◇ルイ・ヴィトン・ジャパン特別賞
　稲賀 繁美 (国際日本文化研究センター助教授)「絵画の黄昏—エドゥアール・マネ没後の闘争」〔名古屋大学出版会〕
◇フランス側
　フィエーベ, ニコラ (国立科学研究センター研究員)「近代以前の日本の建築と都市—京の町の建築空間と14,15世紀の将軍の住まい」

第15回 (平10年)
◇日本側
　橋本 博之 (立教大学教授)「行政法学と行政判例—モーリス・オーリウ行政法学の研究」〔有斐閣〕
◇ルイ・ヴィトン・ジャパン特別賞
　青柳 悦子 (筑波大学専任講師)「言葉の国のアリス—あなたにもわかる言語学」〔マリナ・ヤゲーロ著, 夏目書房〕
◇フランス大使館・エールフランス特別賞
　星埜 守之 (白百合女子大学助教授)「テキサコ」
　ペルティエ, フィリップ (リヨン第二大学教授)「ラ・ジャポネジー」
◇フランス側

第16回 (平11年)
◇日本側
　坂倉 裕治 (立教大学専任講師)「ルソーの教育思想—利己的情念の問題をめぐって」〔風間書房〕
◇ルイ・ヴィトン・ジャパン特別賞
　永井 真貴子「きのこの名優たち」〔ジョルジュ・ベッケル, ロラン・サバティエ共著, 山と渓谷社〕
◇フランス大使館・エールフランス特別賞
　中野 知律 (一橋大学助教授)「プルースト感じられる時」〔ジュリア・クリスティヴァ著, 筑摩書房〕

第17回 (平12年)
◇日本側
　矢後 和彦 (東京都立大学経済学部助教授)「フランスにおける公的金融と大衆貯蓄 預金供託金庫と貯蓄金庫1816-1944」〔東京大学出版会〕
◇ルイ・ヴィトン・ジャパン特別賞
　塚本 昌則 (東京大学大学院人文社会系研究科助教授)「コーヒーの水」〔ラファエル・コンフィアン著, 紀伊国屋書店〕
◇現代フランス・エッセー賞
　鈴木 裕之 (国士舘大学法学部助教授)「ストリートの歌—現代アフリカの若者文化」〔世界思想社〕
　西川 長夫 (立命館大学国際関係学部教授)「フランスの解体?—もうひとつの国民国家論」〔人文書院〕

第18回 (平13年)
◇日本側
　秋吉 良人 (国学院大学講師)「サドにおける言葉と物」〔風間書房〕
◇ルイ・ヴィトン・ジャパン特別賞
　高階 絵里加 (京都大人文科学研究所助教授)「異界の海—芳翠・清輝・天心における西洋」〔三好企画〕
◇現代フランス・エッセー賞
　大谷 悟 (フランス国立衛生医学研究所上級研究員)「みちくさ生物哲学—フランスからよせる「こころ」のイデア論」〔海鳴社〕

第19回 (平14年度)
◇日本側
　中山 洋平「戦後フランス政治の実験」〔東京大学出版会〕
◇ルイ・ヴィトン・ジャパン特別賞
　亀井 克之「新版フランス企業の経営戦略とリスクマネジメント」〔法律文化社〕

第20回 (平15年度)
◇日本側
　山口 裕之 (成城大学文芸学部非常勤講師)「コンディヤックの思想—哲学と科学のはざまで」〔勁草書房〕

◇ルイ・ヴィトン・ジャパン特別賞
　長谷川　秀樹（千葉大学大学院社会文化科学研究科助手）「コルシカの形成と変容—共和主義フランスから多元主義ヨーロッパへ」〔三元社〕
第21回（平16年度）
◇日本側
　木村　琢磨（千葉大学助教授）「財政法理論の展開とその環境—モーリス・オーリウの公法総論研究」〔有斐閣〕
◇ルイ・ヴィトン ジャパン特別賞
　桑瀬　章二郎（同志社女子大学専任講師）「フランスにおけるルソーの『告白』」〔シャンピオン, 仏文〕
◇フランス側
　ファビエンヌ・デュテイユ・オガタ "東京の下町における日常生活の中の宗教"（博士論文）
◇フランス側特別賞
　ミッシェル・ビエイヤール・バロン（フランス国立東洋言語文化学院助教授）「作庭記」翻訳〔日仏会館〕
第22回（平17年度）
◇日本側
　竹中　幸史（名古屋外国語大学助教授）「フランス革命と結社」〔昭和堂〕
◇ルイ・ヴィトン ジャパン特別賞
　宇野　重規（東京大学社会科学研究所助教授）「政治哲学へ—現代フランスとの対話」〔東京大学出版会〕
◇フランス側
　エマニュエル・ロズラン（仏国立東洋言語文化学院（INALCO）教授）「文学と国民性—19世紀日本における文学史の誕生」〔レ・ベル・レットル〕
第23回（平18年度）
◇日本側
　寺戸　淳子（専修大学非常勤講師）「ルルド傷病者巡礼の世界」〔知泉書館〕
◇ルイ・ヴィトン ジャパン特別賞
　鳥海　基樹（首都大学東京都市環境学部准教授）「オーダー・メイドの街づくり」〔学芸出版社〕
◇フランス側
　アルノ・ナンタ（仏国立科学研究センター（CNRS）助教授）「日本列島の住民の起源に関する人類学的・考古学的考察—1870〜1990年」
第24回（平19年度）
◇日本側
　原　大地（東京女子大学非常勤講師）「ロートレアモン—他者へ」〔アルマッタン出版社〕
◇ルイ・ヴィトン ジャパン特別賞
　河本　真理（京都造形芸術大学比較芸術学研究センター准教授）「切断の時代—20世紀におけるコラージュの美学と歴史」〔ブリュッケ社〕
◇フランス側
　ミッシェル・ダリシエ（慶應義塾大学講師, 大阪大学講師）「西田幾多郎—統一の哲学」
第25回（平20年度）
◇日本側
　川嶋　周一「独仏関係と戦後ヨーロッパ国際秩序：ドゴール外交とヨーロッパの構築 1959-1963」〔創文社〕
◇ルイ・ヴィトン ジャパン特別賞
　高村　学人「アソシアシオンへの自由—〈共和国〉の論理」〔勁草書房〕
◇フランス側
　ギブール・ドラモット「日本の防衛政策の決定要因と政治ゲーム」（博士論文）
第26回（平21年度）
◇日本側
　藤原　貞朗「オリエンタリストの憂鬱—植民地主義時代のフランス東洋学者とアンコール遺跡の考古学」〔めこん〕
◇ルイ・ヴィトン ジャパン特別賞
　林　洋子「藤田嗣治 作品をひらく 旅・手仕事・日本」〔名古屋大学出版会〕
◇フランス側
　カリン・ブペ「LES JAPONAIS 日本人」〔Tallandier社〕
第27回（平22年度）
◇日本側
　互　盛央（岩波書店「思想」編集長）「フェルディナン・ド・ソシュール—〈言語学〉

の孤独, 『一般言語学の』の夢」〔作品社〕
◇ルイ・ヴィトン ジャパン特別賞
　陳岡 めぐみ (国立西洋美術館研究員)「市場のための紙上美術館—19世紀フランス, 画商たちの複製イメージ戦略」〔三元社〕
◇特別賞
　田口 卓臣 (宇都宮大学専任講師)「ディドロ 限界の思考—小説に関する試論」〔風間書房〕
◇フランス側
　クレール＝碧子・ブリッセ (パリ第7大学准教授)「A la croisée du texte et de l'image : cryptiques et poemes caches (Ashide) dans le Japon classique et medieval」(「文章と絵画の交差点で」)〔College de France, Institut des Hautes Etudes Japonaises〕

第28回 (平23年度)
◇日本側
　重田 園江 「連帯の哲学I-フランス社会連帯主義」〔勁草書房〕
◇LVJ特別賞
　伊達 聖伸 「ライシテ、道徳、宗教学—もうひとつの19世紀フランス宗教史」〔勁草書房〕
◇フランス側
　ニコラ・ボーメール 「Le saké une exception japonaise」

第29回 (平24年度)
◇日本側
　小田 涼 「認知と指示 定冠詞の意味論」〔京都大学学術出版会〕
◇LVJ特別賞
　高山 裕二 「トクヴィルの憂鬱—フランス・ロマン主義と〈世代〉の誕生」〔白水社〕
◇フランス側
　マチュー・セゲラ 「ジョルジュ・クレマンソーと極東」の博士論文

第30回 (平25年度)
◇日本側
　吉川 順子 「詩のジャポニスム—ジュディット・ゴーチエの自然と人間」〔京都大学学術出版会〕
◇LVJ特別賞
　小島 慎司 「制度と自由—モーリス・オーリウによる修道会教育規制法律批判をめぐって」〔岩波書店〕
◇フランス側
　クレア・パタン 「日本美術市場の社会学的アプローチ 美術品の販売、流通、普及、価値形成のための仲介業者ネットワーク」

第31回 (平26年度)
◇日本側
　泉 美知子 「文化遺産としての中世—近代フランスの知・制度・感性に見る過去の保存」〔三元社〕
◇LVJ特別賞
　橋本 周子 「美食家の誕生—グリモと「食」のフランス革命」〔名古屋大学出版会〕
◇フランス側
　ノエミ・ゴドフロワ 「古代から19世紀初頭までの蝦夷地をめぐる交流、支配と対外関係」

108 澁澤賞

　元日銀総裁で民俗学者・渋沢敬三氏の朝日賞受賞を記念し、広く人類の文化を研究する民族学、文化人類学、社会人類学などの分野で刊行した個人としての業績を称え、民族学的研究の振興を目的として昭和38年に設立された。その後、基金創設の目的にかなうものとし、澁澤民族学振興基金が賞事業を引き継いでいる。

【主催者】澁澤民族学振興基金

【選考委員】(運営委員会) 杉本良男 (委員長：国立民族学博物館教授)、綾部真雄 (首都大学東京教授)、栗本英世 (大阪大学大学院教授)、関根康正 (関西学院大学教授)、三尾裕

子（東京外国語大学教授），森山工（東京大学大学院教授），山本真鳥（法政大学教授）

【選考方法】自薦のみ

【選考基準】〔対象〕前々年1月から12月，前年1月から12月までに刊行された，人類の文化を研究する民族学，文化人類学，社会人類学などの分野における個人の優秀な業績を有した著書，論文。〔資格〕満40歳未満

【締切・発表】（第43回）授賞式は平成28年12月3日（予定）

【賞・賞金】賞状・賞牌と賞金50万円

【URL】http://www.sfes.jp/

第1回（昭39年）
　伊藤 幹治 「稲作儀礼の類型的研究」
第2回（昭40年）
　中根 千枝 「家族とカースト」ほか
第3回（昭42年）
　山田 隆治 「ムンダ族の農耕文化」
第4回（昭43年）
　杉山 晃一 「稲作儀礼の対比研究の試み」
第5回（昭44年）
　日野 舜也 「東アフリカ都市の近隣集団」
　加児 弘明 「香港艇家的研究」
第6回（昭45年）
　原 忠彦 「東パキスタン・チッタゴン地区・モスレム村落研究」の3論文
第7回（昭47年）
　石毛 直道 「住居空間の人類学」
　宮良 高弘 「波照間島民俗史」
第8回（昭48年）
　川田 順造 「無文字社会の歴史—西アフリカ・モシ族の事例を中心に（1）～（7）」
　末成 道男 「台湾パイワン族の〈家族〉—M村における長子への贈与慣行Pasadaを中心として」
第9回（昭52年）
　伊藤 亜人 「契システムにみられるch'in hai—saiの分析—韓国全羅南道における村落構造の一考察」
　田辺 繁治 「ノンパーマンの灌漑体系—ラーンナータイ稲作民の民族誌的研究（1）」
　宮本 勝 「ハヌヌー・マンギャン社会の構成について」
第10回（昭53年）
　小松 和彦 「神々の精神史」

第11回（昭54年）
　福井 勝義 「Cattle Colour Symbolism and Inter—Tribal Homicide among the Bodi」
第12回（昭55年）
　石井 溥 「ネワール村落の社会構造とその変化—カースト社会の変容」
第13回（昭56年）
　内堀 基光 「神霊化する死者—サラワク・イバン族の死生観の一側面」
第14回（昭57年）
　関本 照夫 「サウイト事件の文化論的考察」
第15回（昭58年）
　松井 健 「自然認識の人類学」
第16回（昭59年）
　安渓 遊地 「Fish as "Primitive Money"：Barter Markets of the Songola」
　須藤 健一 「サンゴ礁の島における土地保有と資源利用の体系—ミクロネシア・サタワル島の事例分析」
第17回（昭60年）
　嶋田 義仁 カメルーンの「レイ・ブーバ王国における国家形成と権力の構造」をめぐる4論文
第18回（昭61年）
　該当者なし
第19回（昭62年）
　福島 真人 「閉ざされた言語—サミン運動とその言語哲学」「内なる王国を求めて—ジャワ農民運動（サミン運動）に於ける権力否定とその帰結」
第20回（昭63年）
　山下 晋司 「儀礼の政治学」

第21回(平2年)
　大塚 和夫(東京都立大学助教授)「異文化としてのイスラーム―社会人類学的視点から」
第22回(平3年)
　清水 展(九州大学助教授)「出来事の民族誌―フィリピン・ネグリート社会の変化と持続」
第23回(平5年)
　杉島 敬志(国立民族学博物館助教授)「リオ族における農耕儀礼の記述と解釈」〔国立民族学博物館研究報告1990 15巻3号所収〕
　聶 莉莉(西南学院大学文学部助教授)「劉堡―中国東北地方の家族とその変容」
第24回(平7年)
　瀬川 昌久 「客家―華南漢族のエスニシティーとその境界」〔風響社〕
　竹沢 泰子 「日系アメリカ人のエスニシティ―強制収容と補償運動による変遷」〔東京大学出版会〕
第25回(平9年)
　森山 工 「墓を生きる人々―マダガスカル、シハナカにおける社会的実践」〔東京大学出版会〕
　佐々木 史郎 「北方から来た交易民―絹と毛皮とサンタン人」〔NHKブックス〕
第26回(平11年)
　西川 麦子 「ある近代産婆の物語―能登・竹島みいの語りより」〔桂書房〕
第27回(平13年)
　床呂 郁哉 「越境―スールー海域世界から」〔岩波書店〕
第28回(平14年)
　佐々木 重洋 「仮面パフォーマンスの人類学―アフリカ、豹の森の仮面文化と近代」〔世界思想社〕
第29回(平15年)
　真島 一郎 「歴史主体の構築技術と人類学―ヴィシー政権期・仏領西アフリカにおける原住民首長の自殺事件から」〔民族學研究第64巻4号所収〕
第30回(平16年)
　名和 克郎 「ネパール、ビャンスおよび周辺地域における儀礼と社会範疇に関する民族誌的研究―もう一つの「近代」の布置」〔三元社〕
第31回(平17年)
　シンジルト 「民族の語りの文法―中国青海省モンゴル族の日常・紛争・教育」〔風響社〕
第32回(平18年)
　中谷 文美 「「女の仕事」のエスノグラフィ―バリ島の布・儀礼・ジェンダー」〔世界思想社〕
第33回(平19年)
　桑原 牧子 「Tattoo： An Anthropology」〔Berg〕
第34回(平20年)
　花渕 馨也 「精霊の子供―コモロ諸島における憑依の民族誌」〔春秋社〕
第35回(平20年)
　石井 美保 「精霊たちのフロンティア―ガーナ南部の開拓移民社会における<超常現象>の民族誌」〔世界思想社〕
第36回(平21年)
　板垣 竜太 「朝鮮近代の歴史民族誌：慶北尚州の植民地経験」〔明石書店〕
第37回(平22年)
　松村 圭一郎 「所有と分配の人類学―エチオピア農村社会の土地と富をめぐる力学」〔世界思想社〕
第38回(平23年)
　丸山 淳子 「変化を生きぬくブッシュマン―開発政策と先住民運動のはざまで」〔世界思想社〕
　北村 毅 「死者たちの戦後誌―沖縄戦跡をめぐる人びとの記憶」〔御茶の水書房〕
第39回(平24年)
　山口 裕子 「歴史語りの人類学―複数の過去を生きるインドネシア東部の小地域社会」〔世界思想社〕
第40回(平25年)
　佐川 徹 「暴力と歓待の民族誌―東アフリカ牧畜社会の戦争と平和」〔昭和堂〕
第41回(平26年)
　森田 敦郎 「野生のエンジニアリング―タイ中小工業における人とモノの人類学」〔世界思想社〕

109 ジャポニスム学会賞

ジャポニスム研究奨励と若い研究者の活動支援のため,昭和55年に創設された。日本と欧米の美術の相互関係についての研究業績に贈られる。平成10年ジャポネズリー研究学会がジャポニスム学会と名称変更したのにともない,賞名もジャポネズリー研究学会賞からジャポニスム学会賞に変更した。また、平成25年度から、ジャポニスムあるいは日本・海外との文化交流を主題とし、優れた展覧会を顕彰するためにジャポニスム学会展覧会賞を創設した。

【主催者】ジャポニスム学会

【選考方法】公募(自薦・他薦を問わない)

【選考基準】本学会の正会員(学会賞担当理事を除く)および学生会員によるジャポニスム研究に寄与する次の業績。日英仏語で刊行された著作,論文,評論,翻訳(展覧会図録,紀要掲載のものを含む)および展覧会企画等。応募は一業績につき一回に限る。賛助会員については正会員資格をもつ個人に限る

【締切・発表】(第36回)平成27年5月末日 学会事務局必着

【賞・賞金】学会賞:本賞と副賞10万円 奨励賞:本賞と副賞5万円

【URL】http://japonisme-studies.jp/ja/

第1回(昭55年度)
　大森 達次(ブリヂストン美術館主任学芸員)
　稲賀 繁美(東京大学大学院)"浮世絵と印象派展"カタログの編集及び執筆"
第2回(昭56年度)
　定塚 武敏(高岡市立美術館館長)「海を渡る浮世絵」〔美術公論社〕
　ペテルノッリ,ジョヴァンニ(ボローニャ大学文学部助教授)「1800年代のフランスにおける北斎評価の変遷」〔浮世絵芸術58号〕および「エドモン・ド・ゴンクール宛の林忠正未刊書簡について」〔浮世絵芸術62,63号〕
第3回(昭57年度)
　鶴園 紫磯子(桐朋学園大学講師)「近代フランス音楽にあらわれたオリエントと日本」〔ジャポネズリー研究学会会報2号〕
第4回(昭58年度)
　該当者なし
　◇特別賞
　　ヴィッヒマン,ジークフリート
　　「Japonismus:Ostasien—Europa Begegnungen in der Kunst des 19.und 20.Jahrhunderts」〔Schuler Verlagsgesellschaft Herrsching 1980〕
第5回(昭59年度)
　三輪 英夫(東京国立文化財研究所美術部第2研究室長)「久米桂一郎素描集」〔日動出版〕,「方眼美術論」〔中央公論美術出版〕
第6回(昭60年度)
　宮島 久雄(京都工芸繊維大学助教授)「サミュエル・ビングと日本」〔国立国際美術館紀要1〕
　近藤 映子(ボローニャ大学契約教授)「パリ国立図書館蔵未発表摺物アルバム三巻について(上中下)」〔浮世絵芸術80～82〕
第7回(昭61年度)
　谷田 博幸「W.M.Rossetti's Hoxai'〔Hokusai〕」〔The Journal of Pre-Raphaelite Studies vol.VI no.1(Nov. 1985〕,「英国における〈日本趣味(ジャパニズム)〉の形成に関する序論1851～1862」〔比較文学年誌 第22号 早稲田大学比較文学研究室 1986年〕

◇特別賞
　猪瀬 直樹 「ミカドの肖像」〔小学館 1986年〕
第8回（昭63年度）
　該当者なし
第9回（平1年度）
　三浦 篤（日本女子大学講師）「サロンにおける日本趣味―1850年～1880年のパリのサロンに発表された日本を主題とする絵画作品に関する研究」〔美術史論叢（東京大学文学部美術史研究室紀要）第4号 1988年〕
第10回（平2年度）
　該当者なし
第11回（平3年度）
　該当者なし
第12回（平4年度）
　渡辺 俊夫（チェルシー・スクール・オブ・アート美術史学科教授）「High Victorian Japonisme」〔Peter Lang Bern 1991〕
第13回（平5年度）
　該当者なし
第14回（平6年度）
　該当者なし
第15回〜第18回
　＊
第19回（平10年）
　馬渕 明子（日本女子大学教授）「ジャポニスム―幻想の日本」〔ブリュッケ,1997〕
第20回（平11年）
　マルケ,クリストフ（フランス国立東洋言語文化研究所助教授）「H.チェルヌスキ（1821-1890）その政治・経済活動と東洋美術蒐集」〔Ebisu 1998冬期特別号〕
　鈴木 弘子（筆名＝桂木紫穂）（総合美術研究所主任研究員）「〔画商の使徒〕テオ・ファン・ゴッホとカミーユ・ピサロ」〔「印象派から20世紀への絵画名品展」図録,1998〕
◇特別賞
　深井 晃子（京都服飾文化研究財団チーフ・キュレイター,静岡文化芸術大学教授）"「モードのジャポニスム」展 ロサンゼルス展（1998年）ならびにニューヨーク展（1998/99年）の企画"
第21回（平12年）
　高木 陽子（文化女子大学助教授）'Le Japonisme et les livres ornementés à la fin du dix-neuvième siècle en Belgique'〔Le Livre et Lestampe,1999,no.151〕
第22回（平13年）
　隠岐 由紀子（明治学院大学・女子美術大学非常勤講師）「ギュスターヴ・モローと仏教美術」〔ジャポニスム研究 第20号,2000〕
第23回（平14年）
　小山 ブリジット（武蔵大学教授）"Japon Rêvé-Edmond de Goncourt et Hayashi Tadamasa"〔Hermann,Paris,2001〕
第24回（平15年度）
　松村 恵理 「壁紙のジャポニスム」〔思文閣出版〕
第25回（平16年度）
　小野 文子（信州大学教育学部芸術教育講座講師,グラスゴー大学ホイスラー研究センター客員研究員）「Japonisme in Britain Whistler,Menpes,Henry,Hornel and nineteenth-century Japan」（英語版）
第26回（平17年度）
　クラウディア・デランク 「ドイツにおける〈日本＝像〉ユーゲントシュティールからバウハウスまで」（水藤竜彦ほか訳）〔思文閣出版〕
　羽田 美也子 「ジャポニスム小説の世界 アメリカ編」〔彩流社〕
第27回（平18年度）
　鈴木 禎宏（お茶の水女子大学助教授）「バーナード・リーチの生涯と芸術」〔ミネルヴァ書房〕
第28回（平19年度）
　岡部 昌幸（帝京大学助教授）「ジャポニスムのテーブルウエア―西洋の食卓を彩った"日本"」展の企画および同展図録掲載論文「ジャポニスムのテーブルウエア―19世紀末,欧米の食卓を彩った日本の美意識」

第29回（平20年度）
　宮崎 克己　「西洋絵画の到来 日本人を魅了したモネ、ルノワール、セザンヌなど」〔日本経済新聞出版社〕
第30回（平21年度）
　土田 ルリ子（サントリー美術館学芸員）「ガレとジャポニスム」展の展覧会企画, 同展図録編集および掲載論文「ガレが見た日本の美意識」
第31回（平22年度）
　柴田 依子　「俳句のジャポニスム クーシューと日仏文化交流」〔角川芸術出版〕
第32回（平23年度）
　マヌエラ・モスカティエッロ　「ジョゼッペ・デ・ニッティスのジャポニスム、19世紀末のフランスで活躍したイタリア人画家」
第33回（平24年度）
　今井 朋　"展覧会図録 Un Goût d'Extrême-Orient. Collection Charles Cartier-Bresson（Juin, 2011）に収録された論文《Un Goût d'Extrême-Orient, un regard de collectionneur de la fin du XIXe siècle》および図録編纂"
第34回（平25年度）
◇学会賞
　廣瀬 緑　「アール・ヌーヴォーのデザイナー M. P. ヴェルヌイユと日本」〔クレオ〕
◇学会奨励賞
　三谷 理華　「ラファエル・コランの極東美術コレクション―新出旧蔵品について」〔静岡県立美術館紀要第28号所収〕
◇学会展覧会賞（第1回）
　KATAGAMI Style（会場・会期：三菱一号館美術館・2012年4月6日〜5月27日/京都国立近代美術館・2012年7月7日〜8月19日/三重県立美術館・2012年8月28日〜10月14日）"出品内容：型紙、テキスタイル、壁紙、家具、工芸品、ポスター等計456点"
第35回（平26年度）
◇学会賞
　リカル・ブル・トゥルイ　「エロティック・ジャポニスム：西洋美術における日本の性的画像の影響」
◇学会奨励賞
　安永 麻里絵　「伝統と近代のはざまで―美術史家カール・ヴィートの日本滞在と『日本の仏教彫刻』」〔『超域18号』所収〕
◇学会展覧会賞（第2回）
　「没後100年 徳川慶喜」展（会場・会期：第1会場：松戸市戸定歴史館（2013年10月5日〜12月15日）第2会場：静岡市美術館（2013年11月2日〜12月15日））

110 女性史青山なを賞

　女性史研究に先駆的業績を残した故青山なを氏の遺贈による基金に基づき、昭和61年に創設された。

【主催者】東京女子大学青山なを記念基金運営委員会

【選考方法】公募, 推薦の中から専門家数名による選考委員会にて審査

【選考基準】〔対象〕前年4月から当該年3月末日までに日本語で著され, 日本で出版された女性史研究の単行本および研究報告書。著者の年齢・性別・国籍は問わない。

【締切・発表】5月中旬締切, 9月中旬発表

【賞・賞金】副賞20万円

【URL】http://lab.twcu.ac.jp/iws/nawo.htm

第1回（昭61年度）
　脇田 晴子〔編〕　「母性を問う―歴史的変遷 上下」〔人文書院〕
第2回（昭62年度）
　林 玲子〔ほか〕　「論集・近世女性史」〔吉川弘文館〕
　◇特別賞
　粟津 キヨ　「光に向って咲け―斉藤百合の生涯」〔岩波書店〕
第3回（昭63年度）
　該当者なし
第4回（平1年度）
　久武 綾子　「氏と戸籍の女性史―わが国における変遷と諸外国との比較」〔世界思想社〕
第5回（平2年度）
　堀場 清子　「イナグヤナナバチ…沖縄女性史を探る」〔ドメス出版〕
第6回（平3年度）
　服藤 早苗　「平安朝の母と子」〔中央公論社〕「家成立史の研究―祖先祭祀・女・子ども」〔校倉書房〕
第7回（平4年度）
　今井 けい　「イギリス女性運動史―フェミニズムと女性労働運動の結合」〔日本経済評論社〕
　◇特別賞
　ルーシュ, バーバラ　「もう一つの中世像」〔思文閣出版〕
第8回（平5年度）
　小桧山 ルイ　「アメリカ婦人宣教師―来日の背景とその影響」〔東京大学出版会〕
第9回（平6年度）
　福岡県女性史編纂委員会　「光をかざす女たち―福岡県女性のあゆみ」〔西日本新聞社〕
第10回（平7年度）
　藤田 苑子　「フランソワとマルグリット―18世紀フランスの未婚の母と子どもたち」〔同文館〕
第11回（平8年度）
　勝浦 令子　「女の信心―妻が出家した時代」〔平凡社〕
第12回（平9年度）
　義江 明子　「日本古代の祭祀と女性」〔吉川弘文館〕
第13回（平10年度）
　鈴木 七美　「出産の歴史人類学―産婆世界の解体から自然出産運動へ」〔新曜社〕
第14回（平11年度）
　沢山 美果子　「出産と身体の近世」〔勁草書房〕
第15回（平12年度）
　平田 由美　「女性表現の明治史―樋口一葉以前」〔岩波書店〕
第16回（平13年度）
　該当者なし
第17回（平14年度）
　洪 郁如　「近代台湾女性史―日本の植民統治と「新女性」の誕生」〔頸草書房〕
　◇特別賞
　黒田 弘子　「女性からみた中世社会と法」〔校倉書房〕
第18回（平15年度）
　曽根 ひろみ　「娼婦と近世社会」〔吉川弘文館〕
第19回（平16年度）
　井野瀬 久美惠　「植民地経験のゆくえ―アリス・グリーンのサロンと世紀転換期の大英帝国」〔人文書院〕
第20回（平17年度）
　野村 育世　「仏教と女の精神史」〔吉川弘文館〕
第21回（平18年度）
　川島 慶子　「エミリー・デュ・シャトレとマリー・ラヴワジエ―18世紀フランスのジェンダーと科学」〔東京大学出版会〕
第22回（平19年度）
　柳谷 慶子　「近世の女性相続と介護」〔吉川弘文館〕
　◇特別賞
　田間 泰子　「『近代家族』とボディ・ポリティクス」〔世界思想社〕
第23回（平20年度）

渡部 周子 「〈少女〉像の誕生——近代日本における「少女」規範の形成」〔新泉社〕
第24回（平21年度）
　荻野 美穂 「「家族計画」への道——近代日本の生殖をめぐる政治」〔岩波書店〕
第25回（平22年度）
　小山 静子 「戦後教育のジェンダー秩序」〔勁草書房〕
第26回（平23年度）
　池川 玲子 「「帝国」の映画監督坂根田鶴子 『開拓の花』」〔吉川弘文館〕
第27回（平24年度）
　永原 和子 「近現代女性史論 家族・戦争・平和」〔吉川弘文館〕
第28回（平25年度）
　坂井 博美 「「愛の争闘」のジェンダー力学」〔ぺりかん社〕
第29回（平26年度）
　吉良 智子 「戦争と女性画家——もうひとつの近代「美術」」〔星雲社〕

111 新潮学芸賞

　財団法人新潮文芸振興会は20周年を迎え、昭和62年に三島由紀夫賞、山本周五郎賞を設立した。これに伴い、従来の日本文学大賞学芸部門を新潮学芸賞と改称した。（日本文学大賞文芸部門は廃止となった）。広く学芸、文化に寄与した清新かつ創造的な作品に授賞する。平成13年第14回までで授賞を終了、14年から「小林秀雄賞」「新潮ドキュメント賞」に発展改組した。

【主催者】新潮文芸振興会
【選考委員】（第14回）河合隼雄, 関川夏央, 藤原正彦, 柳田邦男, 養老孟司
【選考方法】非公募
【選考基準】〔対象〕伝記, エッセイ, 史伝, ノンフィクション。〔資格〕前年4月から当該年3月までに単行本として刊行された作品
【締切・発表】毎年5月下旬発表
【賞・賞金】記念品と副賞100万円

第1回（昭63年）
　角田 房子 「閔妃暗殺」
　河合 隼雄 「明恵夢を生きる」
第2回（平1年）
　原 ひろ子 「ヘヤー・インディアンとその世界」
第3回（平2年）
　鶴見 良行 「ナマコの眼」〔筑摩書房〕
第4回（平3年）
　立花 隆, 利根川 進〔共著〕 「精神と物質」〔文芸春秋社〕
第5回（平4年）
　ドウス 昌代 「日本の陰謀」〔文芸春秋社〕
第6回（平5年）
　塩野 七生 「ローマ人の物語1 ローマは一日にして成らず」〔新潮社〕
　足立 邦夫 「ドイツ 傷ついた風景」〔講談社〕
第7回（平6年）
　アレックス・カー 「美しき日本の残像」〔新潮社〕
第8回（平7年）
　該当作なし
第9回（平8年）
　橋本 治 「宗教なんかこわくない！」〔マドラ出版〕
　杉山 隆男 「兵士に聞け」〔新潮社〕
第10回（平9年）
　加藤 典洋 「言語表現法講義——三島由紀夫私記」〔岩波書店〕
　徳岡 孝夫 「五衰の人」〔文藝春秋〕

第11回（平10年）
　　船橋 洋一　「同盟漂流」〔岩波書店〕
第12回（平11年）
　　小沢 昭一　「ものがたり 芸能と社会」〔白水社〕
　　瀬戸 正人　「トオイと正人」〔朝日新聞社〕

第13回（平12年）
　　大崎 善生　「聖の青春」〔講談社〕
第14回（平13年）
　　斎藤 孝　「身体感覚を取り戻す―腰・ハラ文化の再生」〔日本放送出版協会〕

112 新村出賞

言語学者・新村出を記念するため，昭和57年に創設された。言語学・日本語学及びこれに関連する分野における個人または団体の研究活動で，主として公表された研究業績に対して贈られる。

【主催者】新村出記念財団

【選考方法】公募（自薦，他薦）

【選考基準】（第33回）〔対象〕原則として言語学・日本語学に関する研究業績。審査対象は，原則として平成24年4月1日から26年6月30日までに発表されたもの

【締切・発表】7月末日締切，10月中旬発表，11月中・下旬贈呈式

【賞・賞金】賞状と副賞100万円

【URL】http://www13.ocn.ne.jp/~s-chozan/index2.html

第1回（昭57年）
　　ウラル学会（会長・小泉保 大阪外国語大学教授）"「ウラリカ5号」の研究業績"
　　国語語彙史研究会（幹事・根来司 神戸大学教授）"「国語語彙史研究」第2集・第3集の研究業績"
第2回（昭58年）
　　法宝義林研究所（代表・ユベール・デュルト）"仏教辞典「法宝義林」の研究業績"
第3回（昭59年）
　　石塚 晴通（北海道大学助教授）"「図書寮本日本書紀」研究篇"
　　遠藤 潤一（奈良大学教授）"「伊曽保物語」の原典的研究正編・続編"
第4回（昭60年）
　　山口 幸洋（山口燃料社長）"新居町の方言体系〔新居町史 第3巻〕"
　　山口 佳紀（聖心女子大学教授）「古代日本語文法の成立の研究」
第5回（昭61年）
　　峰岸 明（横浜国立大学教授）「平安時代古記録の国語学的研究」
第6回（昭62年）
　　大高 順雄（大阪大学教授）「Marie de France：Oeuvres Complétes」
　　竹内 和夫（岡山大学教授）「トルコ語辞典」
　　鎌倉時代語研究会（代表・小林芳規 広島大学教授）"「鎌倉時代語研究」〔第1～10輯〕"
第7回（昭63年）
　　福田 昆之「満洲語文語辞典」
第8回（平1年）
　　青木 晴夫（カリフォルニア大学バークレー校教授）"「ネズ・パース民話集」の転写と翻訳"
第9回（平2年）
　　日本方言研究会（代表・平山輝男）"日本方言研究"
第10回（平3年）
　　吉田 和彦（京都大学講師）"「ヒッタイト語の中・受動態語尾―ri」（英文）を出版"
　　秋永 一枝（早稲田大学教授）「古今和歌集

声点本の研究」
第11回（平4年）
　馬瀬 良雄（広島女学院大学教授）"「『長野県史』方言編」をまとめた"
第12回（平5年）
　松田 正義，糸井 寛一（大分大学名誉教授），日高 貢一郎（大分大学助教授）「方言生活30年の変容 上下」〔桜楓社〕
第13回（平6年）
　中嶋 幹起（東京外国語大学教授）"「現代広東語辞典」の出版"
第14回（平7年）
　酒井 憲二（調布学園女子短大学長）「甲陽軍艦大成 全4巻」
　武内 紹人（京都教育大学助教授）「Old Tibetan Contracts from Central Asia」
第15回（平8年）
　添田 建治郎 「日本語アクセント史の諸問題」
第16回（平9年）
　該当者なし
第17回（平10年）
　日本手話研究所〔編〕 「日本語手話辞典」〔全日本ろうあ連盟〕
　蜂矢 真郷（大阪大学教授）「国語重複語の語構成論的研究」〔塙書房〕
　迫野 虔徳（九州大学教授）「文献方言史研究」〔清文堂〕
第18回（平11年）
　沼本 克明（広島大学教授）「日本漢字音の歴史的研究―体系と表記をめぐって」〔汲古書院〕
　松田 清（京都大学教授）「洋学の書誌的研究」〔臨川書店〕
第19回（平12年）
　山口 康子（長崎純心大学教授）「今昔物語集の文章研究―書きとめられた「ものがたり」」〔おうふう〕
第20回（平13年）
　該当者なし
第21回（平14年）
　室山 敏昭（比治山大学教授）「「ヨコ」社会の構造と意味―方言性向語彙に見る」〔和泉書院〕
　小林 千草（成城大学短期大学教授）「中世文献の表現論的研究」〔武蔵野書院〕

第22回（平15年度）
　加藤 広重（富山大学人文学部助教授）「日本語修飾構造の語用論的研究」〔ひつじ書房〕
第23回（平16年度）
　小林 隆（東北大学教授）「方言学的日本語史の方法」〔ひつじ書房〕
第24回（平17年度）
　渡辺 己（香川大学助教授）「スライアモン語形態法記述」〔中西印刷〕
　由本 陽子（大阪大学助教授）「複合動詞・派生動詞の意味と統語」〔ひつじ書房〕
第25回（平18年度）
　山本 真吾（白百合女子大学教授）「平安鎌倉時代における表白・願文の文体の研究」〔汲古書院〕
　金水 敏（大阪大学大学院文学研究科教授）「日本語存在表現の歴史」〔ひつじ書房〕
第26回（平19年度）
　該当者なし
第27回（平20年度）
　該当者なし
第28回（平21年度）
　佐々木 勇（広島大学大学院教育学研究科教授）「平安鎌倉時代における日本漢音の研究 研究篇・資料篇」〔汲古書院〕
第29回（平22年度）
　該当者なし
第30回（平23年度）
　上野 和昭（早稲田大学文化構想学部教授）「平曲譜本による近世京都アクセントの史的研究」
　宮井 里佳（埼玉工業大学人間社会学部准教授），本井 牧子（筑波大学人文社会科学研究科助教）「金蔵論 本文と研究」
第31回（平24年度）
　小林 正人（東京大学大学院人文社会系研究科准教授）「Texts and Grammar of Malto」
第32回（平25年度）
　該当者なし
第33回（平26年度）
　工藤 真由美（大阪大学大学院文学研究科教授）現代日本語ムード・テンス・アスペクト論」

113 関根賞

お茶の水女子大学名誉教授の関根慶子氏の基金をもとに、新進・中堅の女性研究者による平安時代の日本文学・語学研究を奨励する目的で創設。平成6年度より授賞開始。

【主催者】関根賞運営委員会事務局

【選考委員】目加田さくを(委員長)、秋永一枝、梅野きみ子、後藤祥子、清水婦久子、清水好子、永井和子、林マリヤ、平野由紀子

【選考方法】推薦

【選考基準】〔対象〕前年に公表された女性研究者の著書・論文。国籍,年齢は問わない

【締切・発表】毎年3月締切,7月に発表

【賞・賞金】正賞：賞状,副賞：賞金20万円

第1回(平5年度)
　望月 育子 「類聚名義抄の文献学的研究」〔笠間書院〕
　川添 房江 「源氏物語の喩と王権」〔有精堂〕
第2回(平6年度)
　該当作なし
第3回(平7年度)
　宮川 葉子 「三条西実隆と古典学」〔風間書房〕
第4回(平8年度)
　米田 明美 「『風葉和歌集』の構造に関する研究」〔笠間書院〕
第5回(平9年度)
　清水 婦久子(帝塚山短期大学助教授)「源氏物語の風景と和歌」〔和泉書院〕
第6回(平10年度)
　安田 徳子(岐阜聖徳学園大学教授)「中世和歌研究」〔和泉書院〕
第7回(平11年度)
　斎藤 熙子 「赤染衛門とその周辺」〔笠間書院〕
第8回(平12年度)
　張 龍妹(北京日本学センター助教授)「源氏物語の救済」〔風間書房〕
第9回(平13年度)
　胡 潔(お茶の水女子大学人間文化研究所研究員)「平安貴族の婚姻慣習と源氏物語」〔風間書房〕
第10回(平14年度)
　該当作なし
第11回(平15年度)
　新田 孝子 「栄花物語の乳母の系譜」〔風間書房〕
　加藤 静子 「王朝歴史物語の生成と方法」〔風間書房〕

114 第2次関根賞

お茶の水女子大学名誉教授の関根慶子氏の基金をもとに、新進・中堅の女性研究者による平安時代の日本文学・語学研究を奨励する目的で創設。平成6年度より授賞開始。平成18年度より「第2次関根賞」と改称。

【主催者】関根賞運営委員会事務局

【選考委員】永井和子(委員長),梅野きみ子,加藤静子,河添房江,後藤祥子,清水婦久子,平野由紀子,安田徳子

【選考方法】推薦

【選考基準】各年1月から12月までに公表された平安時代の日本文学・語学を中心とする業績（著書・論文）に対して，女性研究者に贈られる

第1回・通算13回（平18年）
　中村 文 「後白河院時代歌人伝の研究」〔笠間書院〕
第2回・通算14回（平19年）
　丁 莉 「伊勢物語とその周縁 ジェンダーの視点から」〔風間書房〕
第3回・通算15回（平20年）
　渡邉 裕美子 「最勝四天王院障子和歌全釈」〔風間書房〕
第4回・通算16回（平21年度）
　和田 律子 「藤原頼通の文化世界と更級日記」〔新典社〕
第5回・通算17回（平22年度）
　植田 恭代 「源氏物語の宮廷文化 後宮・雅楽・物語世界」〔笠間書院〕
第6回・通算18回（平23年度）
　岡嶌 偉久子 「源氏物語写本の書誌学的研究」〔おうふう〕
第7回・通算19回（平24年度）
　李 宇玲 「古代宮廷文学論—中日文化交流史の視点から」〔勉誠出版〕
第8回・通算20回（平25年度）
　家永 香織 「転換期の和歌表現 院政期和歌文学の研究」〔青簡舎〕
第9回・通算21回（平26年度）
　大津 直子 「源氏物語の淵源」〔おうふう〕

115 田邊尚雄賞

東洋音楽研究のいっそうの発展を促し，もってわが国における学術の発展に寄与するために，東洋音楽に関する研究の奨励及び会員の研究業績を表彰することを目的として創設された。

【主催者】東洋音楽学会

【選考委員】田邊尚雄賞選考委員会，(第32回)金城厚，福岡まどか，横井雅子，加納マリ，三浦裕子

【選考方法】受賞候補者の選考に先立って全会員にアンケートを行う

【選考基準】〔資格〕同学会会員および同学会会員が過半数であるグループ。〔対象〕前年1月1日から12月31日までに刊行された東洋音楽，邦楽に関する著書・論文等

【締切・発表】（第32回）平成27年2月上旬締切

【賞・賞金】賞状と賞金10万円

【URL】http://tog.a.la9.jp/prize.html

第1回（昭58年度）
　蒲生 美津子 「早歌の音楽的研究」
第2回（昭59年度）
　佐藤 道子 「小観音のまつり」
第3回（昭60年度）
　小林 責 「狂言辞典 資料編」
第4回（昭61年度）
　牧野 英三 「東大寺修二会声明の旋律に関する研究」
第5回（昭62年度）
　平野 健次 「三味線と箏の組歌—箏曲地歌研究」
第6回（昭63年度）
　該当者なし

第7回（平1年度）
　竹内 道敬 「近世邦楽研究ノート」
第8回（平2年度）
　横道 万里雄，羽田 昶，蒲生 郷昭，蒲生 美津子，西野 春雄，松本 雍 「能の囃子事」〔音楽之友社〕
第9回（平3年度）
　徳丸 吉彦 「民族音楽学」〔放送大学教育振興会〕
　井野辺 潔 「浄瑠璃史考説」〔風間書房〕
第10回（平4年度）
　安田 文吉 「常磐津節の基礎的研究」〔和泉書院〕
第11回（平5年度）
　久万田 晋〔ほか11名〕 「日本民謡大観（沖縄・奄美）奄美諸島篇」
　塚原 康子 「十九世紀の日本における西洋音楽の受容」
第12回（平6年度）
　荻 美津夫 「平安朝音楽制度史」
第13回（平7年度）
　大塚 拜子 「三味線音楽の音高理論」〔音楽之友社〕
　グローマー，ジェラルド 「幕末のはやり唄」〔名著出版〕
第14回（平8年度）
　酒井 正子 「奄美歌掛けのディアローグ」〔第一書房〕
第15回（平9年度）
　山田 陽一 「Songs of Spirits： An Ethnography of Sounds in a Papua New Guinea Society」
第16回（平10年度）
　新井 弘順，内田 敦，近藤 静乃，ネルソン，スティーブン・G. 「新義真言声明集成 楽譜編」
第17回（平11年度）
　岸辺 成雄 「江戸時代の琴士物語」〔楽道 618～698号〕
第18回（平12年度）
　谷本 一之 「アイヌ絵を聴く」〔北海道大学図書刊行会〕
　磯 水絵 「説話と音楽伝承」〔和泉書院〕
第19回（平13年度）
　青柳 隆志 「日本朗詠史 年表篇」〔笠間書院〕
第20回（平14年度）
　根岸 正海 「宮古路節の研究」〔南窓社〕
　福岡 まどか 「ジャワの仮面舞踊」〔勁草書房〕
第21回（平15年度）
　高桑 いづみ 「能の囃子と演出」〔音楽之友社〕
第22回（平16年度）
　山口 修 「応用音楽学と民族音楽学」〔放送大学教育振興会〕
　金城 厚 「沖縄音楽の構造;歌詞のリズムと楽式の理論」〔第一書房〕
第23回（平17年度）
　遠藤 徹 「平安朝の雅楽 古楽譜による唐楽曲の楽理的研究」〔東京堂出版〕
　横道 万里雄 「体現芸術として見た 寺事の構造」〔岩波書店〕
第24回（平18年度）
　武内 恵美子 「歌舞伎囃子方の楽師論的研究—近世上方を中心として」〔和泉書院〕
第25回（平19年度）
　ジェラルド・グローマー 「瞽女と瞽女唄の研究 研究篇・史料篇」〔名古屋大学出版会〕
　谷 正人 「イラン音楽 声の文化と即興」〔青土社〕
第26回（平20年度）
　田中 多佳子 「ヒンドゥー教徒の集団歌謡—神と人との連鎖構造」〔世界思想社〕
第27回（平21年度）
　Hugh de Ferranti "The Last Biwa Singer: A Blind Musician in History, Imagination and Performance"（Cornell University.）
　塚原 康子 「明治国家と雅楽−伝統の近代化/国楽の創成」〔有志舎〕
第28回（平22年度）
　水野 信男，新井 裕子，飯野 りさ，斎藤 完，谷 正人，樋口 美治，米山 知子，西尾 哲夫，水野 信男，堀内 正樹 「アラブの音文化〜グローバル・コミュニケーションへのいざない」〔スタイルノート〕
第29回（平23年度）

蒲生 郷昭 「初期三味線の研究」〔出版芸術社〕
第30回（平24年度）
　三島 暁子 「天皇・将軍・地下楽人の室町音楽史」〔思文閣出版〕

山寺 美紀子 「国宝「碣石調幽蘭第五」の研究」〔北海道大学出版会〕
第31回（平25年度）
　梶丸 岳 「山歌の民族誌―歌で詞藻を交わす」〔京都大学学術出版会〕

116 茶道文化学術賞

明治31年より茶道の理論的研究と日本特有の文化としての茶道の認識の普及を目的に掲げて活動してきた大日本茶道学会が、平成2年に本部を財団法人化したのに伴い、茶道文化研究の振興を目的として、茶道文化学術助成金の制度と合わせて創設された。

【主催者】三徳庵

【選考委員】竹内順一（選考委員長：永青文庫館長）、門脇佳吉（上智大学名誉教授）、熊倉功夫（静岡文化芸術大学学長）、荒川浩和（東京国立博物館名誉館員）、島尾新（学習院大学教授）、田中仙翁（大日本茶道学会会長）

【選考方法】当該年中に出版、あるいは発表された茶道文化研究に関する優れた単行本・雑誌論文を事務局で収集

【選考基準】〔対象〕茶道史、茶道具に限らず、広く茶道文化に関連する研究

【締切・発表】発表は毎年3月、授賞式は6月

【賞・賞金】賞状、賞金100万円（学術賞）、50万円（奨励賞）

【URL】http://www.santokuan.or.jp/?page_id=19

第1回（平3年）
　スミス、ヘンリー（コロンビア大学教授）"松浦武四郎の書斎「一畳敷」についての論文"
第2回（平3年）
　村井 康彦（国際日本文化研究センター教授）「平安京と京都」「茶と花の世界」「武家と文化と同朋衆」〔三一書房〕
第3回（平4年）
　◇奨励賞
　中村 羊一郎（静岡県教育委員会県史編纂室室長補佐）「茶の民俗学」〔名著出版〕
第4回（平5年）
　米原 正義（国学院大学名誉教授）「天下一名人 千利休」〔淡交社〕
第5回（平6年）
　戸田 勝久（裏千家学園茶道専門学校講師）「千利休の美学」〔平凡社〕
第6回（平7年）

◇奨励賞
　矢部 良明（東京国立博物館陶磁室長）「千利休の創意―冷・凍・寂からの飛躍」〔角川書店〕
　谷 晃（野村美術館学芸課長）「茶会記の風景」〔河原書店〕
第7回（平8年）
　該当者なし
第8回（平9年）
　◇奨励賞
　平丸 誠（上越市役所職員）「上越の茶の湯」〔北越出版〕
第9回（平10年）
　神原 邦男（就実女子大学文学部教授）「速水宗達の研究」〔吉備人出版〕
　◇奨励賞
　山田 新市（お茶の水文化研究会主宰）「日本喫茶世界の成立」〔ラ・テール出版局〕
第10回（平11年）

117 茶道文化賞

矢野 環(埼玉大学理学部教授)「君台観左右帳記の総合研究」〔勉誠出版〕

第11回(平12年)
 ◇奨励賞
  川上 美智子(茨城キリスト教大学生活科学部教授)「茶の香り研究ノート」〔光生館〕

第12回(平13年)
 ◇奨励賞
  生形 貴重(大谷女子短期大学生涯学習エクステンションセンター教授)「利休の逸話と徒然草」〔河原書店〕
  谷村 玲子(ロンドン大学アジア・アフリカ語学院客員研究員)「井伊直弼 修養としての茶の湯」〔創文社〕

第13回(平14年)
  筒井 紘一(今日庵文庫長)「懐石の研究 わび茶の食礼」〔淡交社〕
 ◇奨励賞
  堀内 國彦(堀内長生庵主)「茶の湯の科学入門」〔淡交社〕

第14回(平15年度)
  矢部 誠一郎(玉川大学文学部助教授)「細川三斎 茶の湯の世界」〔淡交社〕
 ◇奨励賞
  内田 篤呉(MOA美術館学芸部長)「塗物茶器の研究」〔淡交社〕

第15回(平16年度)
  該当者なし
 ◇奨励賞
  該当者なし

第16回(平17年度)
  谷端 昭夫(裏千家学園講師)「公家茶道の研究」〔思文閣出版〕
 ◇奨励賞
  該当者なし

第17回(平18年度)
  該当者なし
 ◇奨励賞
  竹本 千鶴(國學院大學文学部兼任講師)「織豊期の茶会と政治」〔思文閣出版〕

第18回(平19年度)
  該当者なし
 ◇奨励賞
  該当者なし

第19回(平20年度)
  西田 宏子(根津美術館副館長)「東西交流の陶磁史」〔中央公論美術出版〕
 ◇奨励賞
  該当者なし

第20回(平21年度)
  該当者なし
 ◇奨励賞
  深谷 信子(専修大学非常勤講師)「小堀遠州の茶会」〔柏書房〕

第21回(平22年度)
  該当作なし
 ◇奨励賞
  松岡 博和(福岡地方史研究会幹事)「茶の湯と筑前」〔海鳥社〕

第22回(平23年度)
  該当作なし

第23回(平24年度)
  該当作なし
 ◇奨励賞
  岡本 文音(高野山大学客員教授)「茶の湯と音楽」〔思文閣出版〕

第24回(平25年度)
  該当者なし
 ◇奨励賞
  依田 徹(東海大非常勤講師)「近代の『美術』と茶の湯」〔思文閣出版〕
  木津 宗詮 「千一翁宗守 宗旦の子に生まれて」〔宮帯出版社〕

117 茶道文化賞

裏千家第14代家元・淡々斎千宗室宗匠の遺徳をしのび創設された「淡々斎茶道文化賞」を刷新。第16代坐忘斎千宗室の裏千家家元継承を機に、「茶道文化賞」として平成15年に創設。

【主催者】今日庵
【選考委員】(第10回)千容子,熊谷信昭,小坂敬,坂本眞一,芳賀徹,八村輝夫,日野西光尊
【選考方法】推薦
【選考基準】〔対象〕茶道文化の高揚に寄与した功労者
【締切・発表】毎年11月上旬決定,授賞式は次年2月中旬に開催の茶道裏千家淡交会総会席上
【賞・賞金】賞状,表彰楯,副賞
【URL】http://www.urasenke.or.jp/textc/tan/index.html

第1回(平14年度)
 ◇茶道文化賞
  フジオ・マツダ(ハワイ大学元総長・ハワイ協会名誉会長)
 ◇茶道文化振興賞
  大樋 長左衛門(10代大樋窯当代・日本芸術院会員)
 ◇特別功労賞
  山本 紀一(NHKエデュケーショナル統括エグゼクティブプロデューサー,北九州市立小倉城庭園館長・日本ペンクラブ会員)
第2回(平15年度)
 ◇茶道文化賞
  島津 修久(島津藩主島津家当代,島津興業会長)"茶道を通して鹿児島,奄美大島,沖縄の三地域の交流を図ろうと,1999年から「沖縄・奄美大島・鹿児島交流茶会」を開き,各地域の振興に尽力"
 ◇特別功労賞
  根岸 照彦(今日庵営繕部長)"国内外の数多くの茶室建築に携わり,茶道の国際化に貢献,重要文化財の茶室「今日庵」の保全にも寄与"
第3回(平16年度)
 ◇茶道文化賞
  楽 吉左衛門(15代目)(陶芸家)"楽家の伝統を継承するとともに,現代陶芸作家として優れた作家活動を展開し,茶道文化の評価を高めた"
 ◇茶道文化振興賞
  秀明学園(学校法人)(埼玉県川越市)"日本の伝統文化を身につけた生徒の育成を目的として茶道を正課に採り入れ,卒業後も茶道の修道を継続するよう指導"
第4回(平17年度)
 ◇茶道文化賞
  上林 春松(14代目)(上林春松本店会長)"桃山時代から抹茶を製造し続け記念館開設や製茶工場の見学などに取り組んでいる"
 ◇茶道文化振興賞
  井上 隆雄(写真家)"写真を通して広く京都文化や茶の心を伝えている"
第5回(平18年度)
 ◇茶道文化賞
  村井 康彦(歴史学者)"歴史学者として,社会経済史を基礎とした伝統文化論の研究を通じ,『千利休』をはじめ茶道史にかかわる多くの著作を発表し,茶道研究に大きな業績を残した"
 ◇茶道文化振興賞
  木下 孝一(数寄建築棟梁)"数寄建築棟梁として,伝統の木組み技術を生かし,新たな素材を活用するなど,工夫を重ねた優れた茶室を建築し,茶道文化の振興に寄与した"
  山田 伊織(亀屋伊織17代当主)"干菓子亀屋伊織の17代当主として独自の伝統技術を継承しつつも,現代の茶席に相応しい干菓子を作り続け,茶道の普及に努めた"
第6回(平19年度)
 ◇茶道文化賞
  倉澤 行洋(宝塚造形芸術大学大学院教授,神戸大学名誉教授)"総合文化としての茶道を,広く哲学・芸術学・日本学の立

場から研究し，桃山時代の茶道研究に大きく寄与した"
◇茶道文化振興賞
宮﨑 寒雄（釜師，14代宮﨑寒雄）　"加賀茶の湯釜の伝統技術を受け継ぎ，茶道文化を支えてきた"
立命館アジア太平洋大学　"世界各国からの多数の留学生に茶道を通じて日本文化への理解を深めてきた"

第7回（平20年度）
◇茶道文化賞
大松 節子（大松美術館館長）　"国内において，茶道文化の普及に貢献してきた"
◇茶道文化振興賞
髙橋 英一（瓢亭14代当主）　"茶の湯のもてなしの心で懐石料理を作り後進の育成にもつとめた"

第8回（平21年度）
◇茶道文化賞
松本 静枝（茶道家）　"米国において多くの茶道家を育生し，茶道文化を米国に根付かせた"
◇茶道文化振興賞
中村 義明（数寄屋大工）　"数寄屋建築の名匠として，国内外で数多くの茶室建築に携わってきた"
◇特別功労賞
臼井 史朗（著述家）　"出版の分野で国内外における茶道文化水準の向上に寄与してきた"

第9回（平22年度）
◇茶道文化賞
矢部 良明（人間国宝美術館館長）
◇茶道文化振興賞
山口 富蔵（末富社長）

第10回（平23年度）
◇茶道文化賞
梶田 叡一
◇茶道文化振興賞
内田 繁，黒川 雅之，麹谷 宏，杉本 貴志，（茶美会グループ）

第11回（平24年度）
◇茶道文化賞
心茶会（一般社団法人）
◇茶道文化貢献賞
寺西 宗二（今日庵業躰）

第12回（平25年度）
◇茶道文化賞
芳賀 徹（東京大学名誉教授）
◇茶道文化貢献賞
黒田 正玄（13代）（千家十職）

118 東方学会賞

　我が国の東方学研究に従事する少壮学者の業績を顕彰して，その研究を奨励し，斯学の発展に資することを目的とし，学会創立35周年ならびに国際交流基金賞受賞を記念して昭和57年に創設された。

【主催者】東方学会
【選考委員】（第32回）大木康，大津透，神塚淑子，興膳宏，斎藤明，夫馬進
【選考方法】役員および地区委員の推薦にもとづき，選考委員会が決定
【選考基準】〔資格〕原則として45歳までの同学会会員。〔対象〕最近2年以内に機関誌「東方学」に発表された論文及びこれと関連する研究活動において示された優秀な業績
【締切・発表】8〜9月に選考委員会を開催，贈呈式は11月の秋季学術大会において行う
【賞・賞金】賞状と奨励金15万円および記念品
【URL】http://www.tohogakkai.com/kitei.html

第1回（昭57年度）

北村 良和(桃山大学講師)"「劉向史学管見」およびこれと関連する研究活動"
工藤 元男(早稲田大学非常勤講師)"「戦国秦の都官—主として睡虎地秦墓竹簡による」およびこれと関連する研究活動"
金 文京(慶應義塾大学文学部助手)"「劉知遠の物語」およびこれと関連する研究活動"

第2回(昭58年度)
浜口 富士雄(秋田大学教育学部講師)"「王念孫における訓詁の意義」およびこれと関連する研究活動"
奥山 憲夫(埼玉県立蕨高等学校教諭)"「嘉靖二十九年の京営改革について」およびこれと関連する研究活動"
藤井 省三(東京大学助手)"「魯迅・周作人における「ネーション」と文学—〈河南〉雑誌掲載論文の比較研究」およびこれと関連する研究活動"

第3回(昭59年度)
小南 一郎(京都大学人文科学研究所助教授)"「顔之推「冤魂志」をめぐって—六朝志怪小説の性格」およびこれと関連する研究活動"
鈴木 博之(山形県立米沢女子短期大学講師)"「明代における包攬の展開」およびこれと関連する研究活動"

第4回(昭60年度)
木村 秀海(関西学院大学文学部講師)"「六餌の緘構成について—盠方尊銘文を中心にして」およびこれと関連する研究活動"
高津 孝(京都大学大学院博士課程)"「蓬佐文庫本「王荊文公詩箋註」について」およびこれと関連する研究活動"

第5回(昭61年度)
佐藤 錬太郎(東京大学大学院生)"「李卓吾評「忠義水滸伝」について」およびこれと関連する研究活動"
山内 弘一(東京大学文学部助手)"「北宋時代の神御殿と景霊宮」およびこれと関連する研究活動"
沢井 義次(天理大学おやさと研究所講師)"「シャンカラ派僧院の歴史と伝承」およびこれと関連する研究活動"
高田 時雄(京都大学教養部助教授)"「ウイグル字音考」およびこれと関連する研究活動"

第6回(昭62年度)
原田 二郎(帝京大学文学部専任講師)"「養生家の内体現象について」およびこれと関連する研究活動"
松浦 章(関西大学文学部助教授)"「清代における山東・盛京間の海上交通について」およびこれと関連する研究活動"
西原 一幸(金城学院大学助教授)"「敦煌出土「時要字様」残巻について」およびこれと関連する研究活動"

第7回(昭63年度)
土田 健次郎(早稲田大学文学部助教授)"「陳襄の思想とその周辺—道学形成史への一視角として」およびこれと関連する研究活動"
森安 孝夫(大阪大学文学部助教授)"「敦煌と西ウイグル王国—トゥルファンからの書簡と贈り物を中心に」およびこれと関連する研究活動"
山口 建治(神奈川大学助教授)"「馮夢龍「智嚢」と開読の変」およびこれと関連する研究活動"

第8回(平1年度)
柴田 篤(九州大学文学部助教授)"「明末天主教の霊魂観—中国思想と対話をめぐって」およびこれと関連する研究活動"
宇野 伸浩(東洋文庫奨励研究員)"「モンゴル帝国のオルド」およびこれと関連する研究活動"
高橋 文治(追手門学院大学文学部助教授)"「元刊本「薛仁貴衣錦還郷」劇をめぐって」およびこれと関連する研究活動"

第9回(平2年度)
丸井 浩(武蔵野女子大学講師)"「命令機能の論理的解明—インド論理学派の儀軌解釈を中心として」およびこれと関連する研究活動"
大櫛 敦弘(高知大学人文学部講師)"「漢代の鉄専売と鉄器生産—「徐偃矯制」事件より見た」およびこれと関連する研究

活動"

磯部 彰(富山大学人文学部助教授) "「広勝寺明応王殿の元代戯曲壁画の画題について」およびこれと関連する研究活動"

第10回(平3年度)

井上 進(三重大学人文学部助教授) "「「北渓字義」版本考」およびこれと関連する研究活動"

広瀬 玲子(東京大学文学部助手) "「臧懋循による牡丹亭還魂記の改編について」およびこれと関連する研究活動"

第11回(平4年度)

引田 弘道(愛知学院大学助教授) "「最高神の展開説—サートヴァタ・サンヒターを中心として」およびこれと関連する研究活動"

吉本 道雅(京都大学助手) "「左氏探原序説」およびこれと関連する研究活動"

高橋 孝信(四天王寺国際仏教大学助教授) "「タミル古典文学の理論と実際—恋愛詩の一テーマを中心に」およびこれと関連する研究活動"

第12回(平5年度)

下田 正弘(東京外語大学, 日本大学非常勤講師) "「「大乗涅槃経」と「宝積経・摩訶迦葉会」—仏塔信仰の否定」およびこれと関連する研究活動"

佐々木 楊(佐賀大学教育学部教授) "「清国初代駐英公使郭嵩燾の明治初期日本論」およびこれと関連する研究活動"

釜谷 武志(神戸大学文学部助教授) "「漢武帝楽府創設の目的」およびこれと関連する研究活動"

第13回(平6年度)

斎藤 明(三重大学人文学部教授) "「「入菩薩行論」の謎と諸問題—現行本第九「智慧の完成(般若波羅蜜)」章を中心として」およびこれと関連する研究活動"

斎木 哲郎(鳴門教育大学学校教育学部助教授) "「「塩鉄論」中の賢良・文学と孟子—漢代における孟子思想の展開緒論」およびこれと関連する研究活動"

戸崎 哲彦(滋賀大学助教授) "「柳宗元「終に永州の民と為るに甘んず」—「西山」の発見と「愚渓」移居の裏にあるもの」およびこれと関連する研究活動"

第14回(平7年度)

南澤 良彦(日本学術振興会特別研究員) "「張衡の宇宙論とその政治的側面」〔東方学 第89輯〕およびこれと関連する研究活動"

稲葉 穣(京都大学人文科学研究所助手) "「ガズナ朝のナディーム」〔東方学 第89輯〕およびこれと関連する研究活動"

市川 桃子(明海大学助教授) "「楽府詩「採蓮曲」の誕生」〔東方学 第87輯〕およびこれと関連する研究活動"

第15回(平8年度)

勝畑 冬実(慶應義塾高等学校教諭) "「北魏の効甸と「畿上塞囲」—胡族政権による長城建設の意義」〔東方学 第90輯〕およびこれと関連する研究活動"

日山 美紀(名古屋大学大学院) "「清代典當業の利子率に関する一考察—康熙〜乾隆期の江南を中心として」〔東方学 第91輯〕およびこれと関連する研究活動"

第16回(平9年度)

古勝 隆一(東京大学大学院人文科学科) "「郭象による「荘子」刪定」〔東方学 第92輯〕およびこれと関連する研究活動"

中島 楽章(早稲田大学大学院博士課程) "「徽州の地域名望家と明代の老人制」〔東方学 第90輯〕およびこれと関連する研究活動"

第17回(平10年度)

野中 敬(東京都立晴海総合高等学校教諭) "「西晋戸調式の「夷人輸賨布」條をめぐって」〔東方学 第95輯〕およびこれと関連する研究活動"

小松 謙(京都府立大学文学部助教授) "「詞話系小説考」〔東方学 第95輯〕およびこれと関連する研究活動"

第18回(平11年度)

新宮 学(山形大学人文学部助教授) "「初期明朝政権の建都問題について—洪武二十四年皇太子の陝西派遣をめぐって」〔東方学 第94輯〕およびこれと関連する研究活動"

第19回（平12年度）
　水上 雅晴（北海道大学文学部助手）"「史承節碑の発見とその影響—清儒による『後漢書』鄭玄傳の校訂」〔東方学 第98輯〕およびこれと関連する研究活動"
　大木 康（東京大学大学院人文社会系研究科助教授）"「黄牡丹詩会—明末清初江南文人点描」〔東方学 第99輯〕およびこれと関連する研究活動"
第20回（平13年度）
　阿部 幸信（東京大学大学院人文社会系研究科博士課程）"「漢代における印綬の追贈」〔東方学 第101輯〕およびこれと関連する研究活動"
　上田 望（金沢大学文学部助教授）"「毛綸,毛宗崗批評『四大奇書三國志演義』と清代の出版文化」〔東方学 第101輯〕およびこれと関連する研究活動"
第21回（平14年度）
　渡邉 義浩（大東文化大学文学部助教授）"「「寛」治から「猛」政へ」〔東方学 第102輯〕およびこれと関連する研究活動"
第22回（平15年度）
　宮 紀子（京都大学人文科学研究所助手）"論文『廟學典禮』箚記」〔東方学 第104輯〕およびこれと関連する研究活動"
第23回（平16年度）
　稲田 奈津子（東京大学史料編纂所助手）"論文「唐日律令賤民制の一考察—賤民間の階層的秩序について」〔東方学 第105輯〕およびこれと関連する研究活動"
　松井 太（弘前大学人文学部助教授）"論文「モンゴル時代の度量衡—東トルキスタン出土文献からの再検討」〔東方学 第107輯〕およびこれと関連する研究活動"
第24回（平17年度）
　保科 季子（京都大学COE研究員）"論文「漢代の女性秩序—命婦制度淵源考」〔東方学 第108輯〕およびこれと関連する研究活動"
第25回（平18年度）
　鶴成 久章（福岡教育大学教育学部教授）"論文「明代餘姚の『礼記』学と王守仁—陽明学成立の一背景について」〔東方学 第111輯〕およびこれと関連する研究活動"
　山下 将司（岐阜聖徳学園大学教育学部講師）"論文「隋・唐初の河西ソグド人軍団—天理図書館蔵『文館詞林』「安修仁墓碑銘」残巻をめぐって」〔東方学 第110輯〕およびこれと関連する研究活動"
第26回（平19年度）
　堀内 俊郎（日本学術振興会特別研究員）"論文「『釋軌論』における「隠没」経の理論」〔東方学 第112輯〕およびこれと関連する研究活動"
第27回（平20年度）
　白井 順（関西学院大学非常勤講師）"論文「陽明後学と楊應詔—嘉靖年間の理学と『閩南道学源流』の背景」〔東方学 第115輯〕およびこれと関連する研究活動"
　岩尾 一史（日本学術振興会海外特別研究員）"論文「キャ制（rkya）の研究序説—古代チベット帝国の社会制度」〔東方学 第113輯〕およびこれと関連する研究活動"
第28回（平21年度）
　守川 知子（北海道大学大学院文学研究科准教授）"論文「バイエルン州立図書館蔵 Cod.pers.431写本をめぐって—書写奥書署名 "Ismāʻīl b. Haydar al-Husaynī" とは誰か？」〔東方学 第117輯〕およびこれと関連する研究活動"
　吉田 ゆか子（筑波大学大学院博士課程日本学術振興会特別研究員DC2）"論文「バリ島仮面舞踊劇トペン・ワリと「観客」—シアターと儀礼の狭間で」〔東方学 第117輯〕およびこれと関連する研究活動"
第29回（平22年度）
　田中 靖彦（大東文化大学非常勤講師）"論文「澶淵の盟と曹操祭祀—真宗朝における「正統」の萌芽」〔東方学 第119輯〕およびこれと関連する研究活動"
　仙石 知子（駿河台大学非常勤講師）"論文「明清小説に描かれた不再娶」〔東方学 第118輯〕およびこれと関連する研究活動"
第30回（平23年度）
　江川 式部 "「唐代の上墓儀礼—墓祭習俗の

禮典編入とその意義について」〔東方学第120輯〕およびこれと関連する研究活動"
福田 素子 "「雑劇『崔府君断冤家債主』と討債鬼故事」〔東方学 第121輯〕およびこれと関連する研究活動"

第31回(平24年度)
戸川 貴行 "「東晋南朝における伝統の創造について—楽曲編成を中心としてみた」〔東方学 第122輯〕およびこれと関連する研究活動"

第32回(平25年度)
青野 道彦 "「僧残罪を犯した比丘尼の謹慎処分—パーリ律註釈文献を中心に」〔東方学 第123輯〕およびこれと関連する研究活動"
武井 紀子 "「古代日本における贓贖物の特徴」〔東方学 第125輯〕およびこれと関連する研究活動"

第33回(平26年度)
高橋 晃一 "「求那跋陀羅訳『相続解脱経』と『第一義五相略』—『解深密教』の部分訳に関する疑問」〔東方学 第127輯〕およびこれと関連する研究活動"

119 徳川賞

徳川記念財団の事業の一つとして日本近世に関する研究を積極的に奨励し支援する目的で、平成15年に制定。

【主催者】徳川記念財団

【選考委員】委員長：竹内誠(東京都江戸東京博物館館長・東京学芸大学名誉教授)、小林忠(学習院大学名誉教授・岡田美術館館長・國華社主幹)、高埜利彦(学習院大学文学部教授・日本学術会議会員)、田代和生(慶應義塾大学名誉教授)、松尾正人(中央大学文学部教授)

【選考方法】選考委員会にて選定

【選考基準】〔対象〕(イ)前年1月1日より12月31日までに日本語にて刊行された、日本近世に関するすぐれた研究著書 (ロ)日本近世の範囲は徳川時代を中心に、織・豊時代および明治初期を含むものとする (ハ)日本近世における政治・経済・行政・外交・生活・文化・思想・芸術・宗教・教育・建築・医学・言語等全分野および周辺分野、またはこれ等多くの分野を横断した総合的な領域についての実証的かつ顕著な研究成果の著書 (ニ)編纂書・注釈書・辞書・調査報告書等は含まない

【締切・発表】毎年11月3日開催

【賞・賞金】賞金100万円

【URL】http://www.tokugawa.ne.jp/encourage.htm

第1回(平15年)
橋本 政宣(東京大学史料編纂所教授)「近世公家社会の研究」〔吉川弘文館〕
藤井 讓治(京都大学大学院教授)「幕藩領主の権力構造」〔岩波書店〕

第2回(平16年)
遠藤 正治(愛知大学大学院講師)「本草学と洋学」〔思文閣出版〕

第3回(平17年)
飯島 千秋(横浜商科大学教授)「江戸幕府財政の研究」〔吉川弘文館〕
秀村 選三(九州大学名誉教授)「幕末期薩摩藩の農業と社会」〔創文社〕

第4回(平18年)
武藤 純子(玉川大学・清泉女子大学・拓殖大学・大東文化大学講師)「初期浮世絵

と歌舞伎」〔笠間書院〕
宮本 雅明(九州大学大学院教授)「都市空間の近世史研究」〔中央公論美術出版〕
第5回(平19年)
高瀬 弘一郎(王陽明研究会幹事)「モンスーン文書と日本」〔八木書店〕
第6回(平20年)
黒田 泰三((財)出光美術館学芸課長)「狩野光信の時代」〔中央公論美術出版〕
眞壁 仁(北海道大学大学院准教授)「徳川後期の学問と政治」〔名古屋大学出版会〕
第7回(平21年)
該当作なし
◇佳作
宇佐美 英機(滋賀大学教授)「近世京都の金銀出入と社会慣習」〔清文堂出版〕
西村 慎太郎(日本学術振興会特別研究員)「近世朝廷社会と地下官人」〔吉川弘文館〕
◇特別功労賞
大野 端男(東洋大学名誉教授)「江戸幕府財政史料集成(上・下)」〔吉川弘文館〕
第8回(平22年)
杉 仁 「近世の在村文化と書物出版」〔吉川弘文館〕
第9回(平23年)
該当作なし
◇特別功労賞
田中 康雄 「江戸商家・商人名データ総覧(全7巻)」〔柊風舎〕
第10回(平24年)
梅木 哲人 「近世琉球国の構造」〔第一書房〕
第11回(平25年)
三鬼 清一郎 「織豊期の国家と秩序」「豊臣政権の法と朝鮮出兵」〔青史出版〕
◇特別功労賞
宮家 準 「修験道の地域的展開」〔春秋社〕
第12回(平26年)
吉村 豊雄 「日本近世の行政と地域社会」〔校倉書房〕

120 ドナルド・キーン日米学生日本文学研究奨励賞

米国コロンビア大学名誉教授のドナルド・キーン氏が日本文学研究で果たした業績をたたえるとともに今後における日本文学研究の一層の発展を祈念して創設。平成22年度より募集停止。

【主催者】 大阪青山短期大学

【選考委員】 委員長:ドナルド・キーン,青木生子,片桐洋一,バーバラ・ルーシュ

【選考方法】 公募

【選考基準】 〔対象〕日本文学に関する日本語または英語による研究論文。卒業3年以内に学会誌などに掲載されたもの〔資格〕日本の大学と短大,米国の大学で日本文学を専攻した学生

【締切・発表】 毎年8月末締切,翌年1月発表及び表彰

【賞・賞金】 賞状・賞金30万円

【URL】 http://www1.osaka-aoyama.ac.jp/junior/education/DKprize.html

第1回(平9年)
◇四大部
西村 準吉(成城大学大学院生)「徒然草序の説」〔成城国文学 12号〕
◇短大部
和田 真季(光華女子大学)「「孤高の歌声」—源氏物語の独詠歌」〔青須我波良 51号〕
第2回(平10年)
◇四大部
瀬崎 圭二(名古屋大学大学院生)「「読者」

とのコミュニケーション／作者の介入―谷崎潤一郎大正期の〈語り〉」〔名古屋近代文学研究 15号〕

第3回（平11年）
◇四大部
　神南 葉子 「「「だいのさか」と流行歌謡―ある盆踊り唄の変遷過程」〔清泉語文 1号〕

第4回（平12年）
◇四大部
　倉元 優子 「「心中宵庚申」考―そのイメージ追求を軸に」〔神女大国文 10号〕
◇短大部
　添田 理恵子 「楽園喪失者の行方―村上春樹「ノルウェイの森」」〔大阪青山短大国文 15号〕

第5回（平13年）
◇四大部
　和田 京子（大谷女子大学大学院生）「御伽草子「清水冠者物語」の一考察」〔大谷女子大国文 30号〕

第6回（平14年）
◇四大部
　福田 博則 「谷崎潤一郎―母恋いものに見られる父親の存在」〔花園大学国文学論究 29号〕
◇短大部
　鳥島 あかり 「「修紫田舎源氏」論」〔長野国文 9号〕

第7回（平15年）
◇4年制大学の部
　武内 佳代 「三島由紀夫『暁の寺』，その戦後物語―覗き見にみるダブルメタファー」〔お茶の水女子大学人文科学紀要 第55巻〕

第8回（平16年）
◇4年制大学の部
　笹尾 佳代 「『美人写真』のドラマトゥルギー――『にごりえ』における〈声〉の機能」〔奈良教育大学国文―研究と教育 第26号〕
◇短期大学の部
　東田 愛子 「源氏物語の和歌と人物造型―六条御息所の人物造型」〔青須我波良 第58号〕

第9回（平17年）
◇4年制大学の部
　服部 友香 「『小町集』における「あま」の歌の増補について」〔三重大学日本語学文学 第15号〕
◇短期大学の部
　渕上 英理 「『落窪物語』「あこぎ」を通しての長寿者の役割について」〔長野国文 第12号〕

第10回（平18年）
◇4年制大学の部
　森 陽香 「カムムスヒの資性」〔上代文学 第94号〕
◇短期大学の部
　小出 千恵 「『仁勢物語』における「浮世」観」〔長野国文 第13号〕

第11回（平19年）
◇4年制大学の部
　久保 明恵 「太宰治『皮膚と心』のレトリック―方法としての身体」〔奈良教育大学国文―研究と教育 第29号〕

第12回（平20年）
◇短期大学の部
　鈴木 明日香 「少年美と男色における美意識について―『男色大鑑』巻三―四「薬はきかぬ房枕」を通して」〔長野国文 第15号〕

第13回（平21年）
◇4年制大学の部
　田中 裕也 「三島由紀夫『サーカス』成立考―執筆時間と改稿原因をめぐって」〔昭和文学研究 第57号〕

121 中村元賞

　インド哲学・仏教学・比較思想の分野で独創的な業績をあげてきた中村元・東大名誉教授を記念し，平成4年に創設された。若手研究者の育成・研究促進を目的に，東西の宗

教・思想・文化のそれぞれの学術領域における優れた研究活動に対して贈られる。

【主催者】 宝積比較宗教・文化研究所

【選考委員】 福井一光（鎌倉女子大学副学長），月本昭男（立教大学教授），鍛治哲郎（東京大学教授），鎌田繁（東京大学教授），末木文美士（東京大学教授），竹内整一（東京大学教授），森秀樹（立教大学教授），その他専門委員

【選考方法】 公募

【選考基準】 〔資格〕満40歳未満。〔応募規定〕著作は1編（過去1年以内に発表），論文は2編以上5編まで（4年以内のもの）。簡単な履歴書と業績表を添える

【締切・発表】 各年度9月30日締切，翌年2月発表，3月授賞式

【賞・賞金】 正賞と賞金30万円

第1回（平4年度）
　田中 久文（日本大学理工学部講師）「九鬼周造―偶然と自然」〔ぺりかん社〕
　中島 隆博（東大文学部助手）　論文「荀子における〈正しい言語の暴力とそのほころび〉」ほか3編

第2回（平5年度）
　深沢 英隆（東京大学助手）「宗教言語の生誕―カール・アルプレヒトの言語実践をめぐって」ほか4編
　前川 輝光（成蹊大学講師）「マックス・ヴェーバーとインド―甦るクシャトリヤ」〔未来社〕

第3回（平6年度）
　久保田 力（東北芸術工科大学助教授）「マナス（こころ）の原風景 上中下」

第4回（平8年）
　頼住 光子（山口大学助教授）「和辻哲郎の思想における"かたち"の意義について―その成立と展開に関する比較思想的探求」，その他三編

第5回（平9年）
　梁 賢恵（梨花女子大学非常勤講師）「尹至昊（ユン・チホ）と金教臣（キム・キョシン）その親日と抗日の論理―近代朝鮮における民族的アイデンティティとキリスト教」〔新教出版社〕

第6回（平10年）
　加藤 隆（千葉大学助教授）La pensée sociale de Luc-Actes,〔Presses Universitaires de France, Paris 1997〕（邦題「ルカ文書の社会思想」〔フランス大学出版会〕）
　一ノ瀬 正樹（東京大学助教授）「人格知識論の生成―ジョン・ロックの瞬間」〔東京大学出版会〕

第7回（平11年）
　西本 照真（武蔵野女子大学専任講師）「三階教の研究」〔春秋社〕
　土井 健司（玉川大学専任講師）「神認識とエペクタシス―ニュッサのグレゴリオスによるキリスト教的神認識論の形成」〔創文社〕

第8回（平12年）
　蓑輪 顕量（愛知学院大学助教授）「中世初期 南都戒律復興の研究」〔法蔵館〕
　岡野 潔（東北大学非常勤講師）「"Sarvaraksitas Mahāsamvartanīkathā"—Ein Sanskrit-Kāvya über die Kosmologie der Sāmmitīya-Schule des Hīnayāna-Buddhismus」（「サルヴァラクシタの「マハーサンヴァルタニーカター」―小乗仏教正量部の宇宙論に関するサンスクリット詩」）〔東北大学〕

第9回（平13年）
　奥山 倫明（南山大学助教授）「エリアーデ宗教学の展開―比較・宗教・解釈」〔刀水書房〕
　三橋 正（大倉山精神文化研究所研究員）「平安時代の信仰と宗教儀礼」〔続群書類従完成会〕

第10回(平14年)
　大谷 栄一(東洋大学非常勤講師)「近代日本の日蓮主義運動」〔法蔵館〕
第11回～第12回
　＊
第13回(平17年)
　深井 智朗 「超越と認識 20世紀神学史における神認識の問題」
第14回
　＊
第15回(平19年)
　菊地 達也 「イスマーイール派の神話と哲学」

122 日仏翻訳文学賞

　小西国際交流財団の設立10周年記念事業として,平成5年から開始された。日仏翻訳者の地道な努力に応え,優れた翻訳に賞を授与することによって,日仏文化交流の促進と両国親善を企ることを目的とする。平成15年,第10回をもって休止していた。3年後の平成18年に第11回を再開し,以後継続中。

【主催者】小西国際交流財団

【選考委員】日本側選考委員:野崎歓(東京大学教授),堀江敏幸(早稲田大学教授),澤田直(立教大学教授),フランス側選考委員:セシル・坂井(パリ・ディドロ・パリ第7大学教授),ドミニック・パルメ(翻訳家),ジャン＝ノエル・ロベール(コレージュ・ド・フランス教授),フィリップ・フォレスト(ナント大学教授),ダニエル・ストゥルーヴ(パリ・ディドロ・パリ第7大学教授)

【選考基準】〔対象〕文学を中心に人文科学分野の出版物の日本語をフランス語へ,並びにフランス語を日本語へ翻訳された出版物を賞の対象とする。2年間(当年の3月31日まで)に発表されたものとする

【締切・発表】例年12月後半から1月後半に発表,授賞式は4月(日本側),9月～11月(フランス側)ぐらいまでとする

【賞・賞金】フランス語から日本語への翻訳と日本語からフランス語への翻訳で,各賞金200万円とし,複数授賞の場合この賞金を分ける。また,特別賞(200万円)を別途設けている

【URL】http://konishi-zaidan.org/award/

第1回(平5年)
　◇日本語訳
　　阿部 良雄(上智大学教授)"「ボードレール全集」〔筑摩書房〕"
　◇フランス語訳
　　コラ,アラン・ルイ(東京芸術大学外国人教師)"「五山禅詩集」〔Maisonneuve & Larose版〕"
第2回(平6年)
　◇日本語訳
　　野沢 協(駒沢大学教授)"「ピェール・ベール著作集」〔法政大学出版局〕"
　◇フランス語訳
　　パルメ,ドミニック(翻訳家)"「中村真一郎(夏)」〔Philippe Picquier版〕"
第3回(平8年)
　◇日本語訳
　　酒詰 治男 "ジョルジュ・ペレック「人生使用法」〔水声社〕"
　◇フランス語訳
　　該当者なし
第4回(平9年)
　◇日本語訳

斎藤 一郎 "「ゴンクールの日記」〔岩波書店〕"
◇フランス語訳
リンハルトヴァ, ヴェラ "Sur un fond blanc(白地に)」〔Gallimard〕"
第5回(平10年)
◇日本語訳
高坂 和彦 "ルイ＝フェルディナン・セリーヌ「なしくずしの死」〔国書刊行会〕"
◇フランス語訳
ピジョー, ジャクリーヌ〔ほか〕 "「谷崎潤一郎全集1」〔Gallimard〕"
第6回(平11年)
◇日本語訳
山田 稔 "ロジェ・グルニエ「フラゴナールの婚約者」他小説3編〔みすず書房〕"
◇フランス語訳
シフェール, ルネ "「万葉集」第1巻, 第2巻〔POF(フランス東洋学出版社)〕"
第7回(平12年)
◇日本語訳
西永 良成 "ポール・ヴェーヌ「詩におけるルネ・シャール」〔法政大学出版局〕"
◇フランス語訳
坂井 セシル, 坂井 アンヌ "円地文子「女坂」〔Gallimard〕"
第8回(平13年)
◇日本語訳
星埜 守之 "アンドレイ・マキーヌ「フランスの遺言」〔水声社〕"
塚本 昌則 "ラファエル・コンフィアン「コーヒーの水」〔紀伊国屋書店〕"
◇フランス語訳
ペラン, ヴェロニック "古井由吉「聖」〔Seuil〕"
第9回(平14年)
◇日本語訳
天沢 退二郎 "フランソワ・ヴィヨン「ヴィヨン詩集成」〔白水社〕"
石井 洋二郎 "ロートレアモン(イジドール・デュカス)「ロートレアモン全集」〔筑摩書房〕"
◇フランス語訳
レヴィ, ジャック "阿部和重「インディヴィジュアル・プロジェクション」〔Actes Sud〕"
第10回(平15年)
◇日本語訳
有田 忠郎 "ヴィクトール・セガレン「セガレン著作集6—碑, 頌, チベット」〔水声社〕"
秋山 伸子 "モリエール「モリエール全集第1〜9巻」〔臨川書店〕"
ダニエル・ストゥルーヴ "井原西鶴「西鶴置土産」「嵐無常物語」〔フィリップ・ピキエ〕"
◇フランス語訳
コリンヌ・アトラン, カリンヌ・シェスノウ "村上春樹「ねじまき鳥クロニクル」〔スーユ〕"
第11回(平18年)
小笠原 豊樹 "アンリ・トロワイヤ「石, 紙, 鋏」「クレモニエール事件」「サトラップの息子」〔草思社〕"
◇日本語訳
田中 成和 "ジャン＝ピエール・リシャール「マラルメの想像的宇宙」〔水声社〕"
ブリジット・小山＝リシャール "井上靖「おろしや国酔夢譚」〔フェブユス〕"
◇フランス語訳
アラン・ロシェ "後深草院二条「とはずがたり」〔フィリップ・ピキエ〕"
◇特別賞・フランス語訳
フランシーヌ・エライユ "「藤原道長の日記 三巻」「藤原資房の日記 二巻」〔ドローズ書店〕"
第12回(平19年)
◇日本語訳
渡邊 守章 "ポール・クローデル「繻子の靴」〔岩波書店〕"
◇フランス語訳
イヴ＝マリー・アリュー "中原中也「中原中也全詩歌集」〔フィリップ・ピキエ〕"
第13回(平20年)
◇日本語訳
金井 裕 "エミール・シオラン「カイエ 1957〜1972」〔法政大学出版局〕"
渋谷 豊 "エマニュエル・ボーヴ「ぼくのともだち」「きみのいもうと」〔白水社〕"

◇フランス語訳
　　　シルヴァン・カルドネル　"沼正三「家畜人ヤプー」〔ロッシェ〕"
　　　ジェローム・デュコール　"法然「選択本願念仏集」〔ファイヤール〕"
　　◇特別賞・フランス語訳
　　　石井 晴一　"オノレ・ド・バルザック「艶笑滑稽譚」〔岩波書店〕"
第14回（平21年）
　　◇日本語訳
　　　該当者なし
　　◇フランス語訳
　　　ブリジット・アリュー　"小林一茶「おらが春」〔セシル・デフォ〕"
　　　ジャック・ラロズ　"大仏次郎「赤穂浪士」〔フィリップ・ピキエ〕"
第15回（平22年）
　　◇日本語訳
　　　澤田 直　"フィリップ・フォレスト「さりながら」〔白水社〕"
　　　笠間 直穂子　"マリー・ンディアイ「心ふさがれて」〔インスクリプト社〕"
　　◇フランス語訳
　　　マルク・メクレアン　"志賀直哉「暗夜行路」〔ガリマール社〕"
第16回（平23年）
　　◇日本語訳
　　　鈴木 雅生　"J.M.G・ル・クレジオ「地上の見知らぬ少年」〔河出書房新社〕"
　　◇フランス語訳
　　　ルネ・ギャルド　「とりかへばや物語」

　　◇特別賞
　　　清水 徹　"ポール・ヴァレリー、ステファヌ・マラルメ、ミシェル・ビュトール、アルベール・カミュに関する近年の訳業"
第17回（平24年）
　　◇日本語訳
　　　恒川 邦夫　"ポール・ヴァレリーに関する近年の訳業"
　　◇フランス語訳
　　　パトリック・オノレ　"リリー・フランキー「東京タワー」"
　　　ミカエル・ルケン　"岸田劉生「生き生きした絵画・浮世絵論及び芸術観」"
第18回（平25年）
　　◇日本語訳
　　　宮下 志朗　"フランソワ・ラブレー「ガルガンチュアとパンタグリュエル」（全5巻）〔筑摩書房〕"
　　◇フランス語訳
　　　末次・エリザベート　"島尾敏雄「死の棘」"
第19回（平26年）
　　◇日本語訳
　　　朝比奈 弘治　"ジュール・ヴァレス「子ども」（上・下）〔岩波書店〕"
　　◇フランス語訳
　　　マチュー・カペル　"吉田喜重「メヒコ 歓ばしき隠喩」"
　　◇特別賞
　　　ジャン＝ジャック・チュディン　"石川淳「六道遊行」"

123 日米友好基金賞

　日本におけるアメリカ研究を振興するため、アメリカに関する学術書の中から特に優れた作品に贈られる賞。平成2年度で中止された。

【主催者】日米友好基金

【選考委員】アメリカ学会との協議により指名された学者4名（委員長1名と各部門を代表する学者3名）、日米友好基金事務総長代理、在日米国大使館の文化担当官

【選考方法】選考委員の推薦による

【選考基準】〔対象〕アメリカ文学、アメリカ史・アメリカ文明、アメリカ社会の分野において真剣な研究活動に基づき、具体的で優れた成果を示すもの。前年授賞年から12

ケ月以内に出版された単独の著者による著作で,著者の処女出版であること
【締切・発表】例年8月頃発表
【賞・賞金】アメリカ文学,アメリカ史・アメリカ文明,アメリカ社会の3部門。賞金50万円と賞状

第1回(昭54年度)
◇アメリカ文学部門
　須山 静夫(明治大学)「神の残した黒い穴」〔花曜社〕
第2回(昭55年度)
◇アメリカ史・アメリカ文明部門
　亀井 俊介(東京大学)「サーカスが来た」〔東京大学出版会〕
第3回(昭56年度)
◇アメリカ社会部門
　藤本 一美(国立国会図書館調査局)「アメリカ近代政党の形成」〔お茶の水書房〕
第4回(昭57年度)
◇アメリカ文学部門
　杉浦 銀策(東京都立大学)「メルヴィル」〔冬樹社〕
第5回(昭58年度)
◇アメリカ史・アメリカ文明部門
　砂田 一郎(東海大学)「現代アメリカ政治」〔芦書房〕
第6回(昭59年度)
◇アメリカ社会部門
　草野 厚(国際大学)「日米オレンジ交渉」〔日本経済新聞出版局〕
第7回(昭60年度)
◇アメリカ文学部門
　稲田 勝彦(広島大学)「エミリ・ディキンスン天国獲得のストラテジー」〔金星堂〕
◇特別賞
　大橋 吉之輔(慶応大学)「アンダスンと3人の日本人—昭和初年の「アメリカ文学」」〔研究社出版〕
第8回(昭61年度)
◇アメリカ史・アメリカ文明部門
　田島 恵児(青山学院大学)「ハミルトン体制研究序説—建国初期アメリカ合衆国の経済史」〔勁草書房〕
第9回(昭62年度)
◇アメリカ文学部門
　村山 淳彦(一橋大学経済学部教授)「セオドア・ドライサー論—アメリカと悲劇」〔南雲堂〕
◇アメリカ史・アメリカ文明部門
　池本 幸三(龍谷大学経済学部教授)「近代奴隷制社会の史的展開—チェサピーク湾ヴァージニア植民地を中心として」〔ミネルヴァ書房〕
◇アメリカ社会部門
　渋谷 博史(日本証券経済研究所勤務)「現代アメリカ財政論」〔お茶の水書房〕
第10回(昭63年度)
◇アメリカ文学部門
　巽 孝之(慶応義塾大学文学部助教授)「サイバーパンク・アメリカ」〔勁草書房〕
◇アメリカ史・アメリカ文明部門
　有賀 夏紀(埼玉大学教養学部教授)「アメリカ・フェミニズムの社会史」〔勁草書房〕
◇アメリカ社会部門
　樋口 範雄(学習院大学法学部教授)「親子と法—日米比較の試み」〔弘文堂〕
第11回(平1年度)
◇アメリカ文学部門
　佐藤 良明(東京大学教養学部助教授)「ラバーソウルの弾みかた」〔岩波書店〕
◇アメリカ史・アメリカ文明部門
　秋元 英一(千葉大学法経学部教授)「ニューディールとアメリカ資本主義」〔東京大学出版会〕
◇アメリカ社会部門
　該当者なし

124 日本エスペラント学会小坂賞

日本エスペラント学会創設者で日本エスペラント運動の父,小坂狷二氏の功績を記念して,昭和14年に創設された。過去数年間にエスペラント運動に貢献した個人または団体に贈られる。

【主催者】日本エスペラント学会
【選考委員】小坂賞委員会
【選考方法】関係者の推薦による
【選考基準】〔資格〕エスペランチスト・エスペラント団体。〔対象〕エスペラント運動に顕著な貢献をした個人・団体
【締切・発表】日本エスペラント大会開催日の5ケ月以前に同学会機関誌で公表し,その後50日以上経った日まで推薦を受けつける。発表は日本大会会場及び機関誌で
【賞・賞金】賞状,副賞5万円,記念品
【URL】http://www.jei.or.jp/hp/materialo/ossaka.htm

第1回(昭14年)
　野原 休一 "「日本書記」翻訳"
第2回(昭15年)
　城戸崎 益敏 「エスペラント第一歩」
第3回(昭16年)
　藤間 常太郎 「日本国際語思想史」
第4回(昭23年)
　井上 万寿蔵,長谷川 理英 "「日本国憲法」完訳"
第5回(昭24年)
　栗栖 継 "ジャーナリズムを通しての普及宣伝"
第6回(昭25年)
　伊東 三郎 「エスペラントの父・ザメンホフ」
第7回(昭26年)
　和田 美樹子,碧川 澄子 "療養者エスペラント運動への貢献"
第8回(昭28年)
　岡 一太 "児童文学の分野でエスペラント普及に貢献"
第9回(昭31年)
　高杉 一郎 "「盲目の詩人エロシェンコ」著述そのほかの普及活動"
第10回(昭32年)
　丹羽 正久 "地方運動(名古屋地方)への貢献"

第11回(昭33年)
　植田 半次 "地方運動(九州地方)への貢献"
第12回(昭36年)
　石黒 彰彦 "家族ぐるみの運動,文学作品翻訳と平和運動への貢献"
第13回(昭37年)
　和田 幸太郎 "世界救世教におけるエスペラント普及活動"
第14回(昭38年)
　松原 言登彦 "天母学院の出版活動と通信講座による貢献"
第15回(昭41年)
　出口 京太郎 「エスペラント国周遊記」
第16回(昭44年)
　石黒 なみ子 「エスペラントの世界」
第17回(昭46年)
　松葉 菊延 "著述および教育による普及活動,とくに「生命を探る」の翻訳"
第18回(昭47年)
　川村 信一郎 "農業科学分野での著述によるエスペラント活動"
第19回(昭48年)
　宮本 正男 "各種著述,とくに関西地区における組織活動による貢献"
第20回(昭49年)
　大島 義夫 ""NOVA RONDO"発行など"

第21回（昭51年）
　三宅 史平 "(財)日本エスペラント学会（JEI）常務理事として学会運営と普及活動に貢献"
第22回（昭52年）
　いとう かんじ "著述活動"
第23回（昭53年）
　斎藤 英三 ""L'OMNIBUSO"発行,各種書籍出版による貢献"
第24回（昭54年）
　福田 正男 "「八か国語辞典」などの著述,"SAMIDEANO"の発行など"
第25回（昭55年）
　「広島・長崎」を世界に送るエスペランチストの会（代表・小西岳）"原爆記録写真集「広島・長崎」エスペラント版の発行"
第26回（昭63年）
　松本 健一 "「国際ビジネス用語集」の日本語対訳部分の編集,ならびに東京地方におけるエスペラント運動の貢献"
第27回（平1年）
　阪 直 ""エスペラント誌"連載の「やさしい作文」による長年の学習指導"
第28回（平2年）
　野村 理兵衛 ""Zamenhofa Ekzemplaro"の著作"
第29回（平3年）
　田中 良克 "日本エスペラントアマチュア無線クラブの活動,"エスペラントの世界"編集"
第30回（平4年）
　土居 敬和, 土居 智江子 "横浜エスペラント会の育成,日本大会への貢献,著作出版活動"
第31回（平5年）
　坂本 昭二 "入門講習用書の著作,出版活動,関西エスペラント連盟事務"
第32回（平6年）
　森 真吾 ""弔銃"の翻訳・出版。地域に根ざした国際交流の実践,紹介"
第33回（平7年）
　水野 義明 "多くの著述,翻訳によりエスペラントの意義を内外に知らせた功績"
第34回（平8年）
　山添 三郎 "医学用語集の執筆,医学分野におけるエスペラントの実践活動"
第35回（平9年）
　小林 司, 萩原 洋子 "企画力に富む著述,出版活動によるエスペラント文化の向上に寄与"
第36回（平10年）
　藤巻 謙一 "通信講座教材の開発と永年にわたる指導及びその他の著述活動"
第37回（平11年）
　竹内 義一 "アジアにおけるエスペラント運動に対する多大の寄与"
第38回（平12年）
　小西 岳 "日本の歌曲および文芸作品のエスペラント翻訳"
第39回（平13年）
　野村 忠綱 "「日本語エスペラント生物学用語集」編集と地元での広報活動"
第40回（平14年）
　松原 八郎 "「エスペラントつながり小辞典（A-K）」の刊行と,L以後の執筆継続"
第41回（平15年）
　山野 敏夫 "エスペラント語翻訳支援ソフト,エスペラント語読み上げソフトなどの開発"
第42回（平16年）
　堀 泰雄 "KAEMを中心としたアジアでの活動,および"Raportoj el Japanio N-ro. 1-7"での日本紹介（KAEM＝Komisiono de la Azia Esperanto-Movado de UEA）"
第43回（平17年）
　ヤマサキ セイコー "著述・講習およびJEI,UEA,SATを通じてのエスペラントの発展への貢献"
第44回（平18年）
　日本エスペラント学会エスペラント日本語辞典編集委員会 "高度な学習辞典「エスペラント日本語辞典」の編集・発行"
第45回（平19年）
　三好 鋭郎 "欧州におけるエスペラントの広報活動を中心として,普及活動へ貢献"
第46回（平20年）
　藤本 達生 "エスペラント学習書執筆と実

践力養成指導"

峰 芳隆 "宮沢賢治とエロシェンコの研究およびエスペラント図書と雑誌の編集"

第47回(平21年)

東海林 敬子 "出版事業「リブロテーコ東京」を自ら起し,25年にわたり良質のエスペラント図書を世に送り出してきた。その他,ルドビキート刊「ザメンホフ著作全集」の出版・普及に協力,長年にわたる西日暮里エスペラントクラブの主宰,第92回世界エスペラント大会(横浜)成功への貢献"

第48回(平22年)

忍岡 守隆,忍岡 妙子 "広島の平和活動をエスペラントを使って世界に発信"

第49回(平23年)

山田 義 "エスペラント歌集の編集および出版により,エスペラント界の文化的水準の向上に貢献したこと。また八ヶ岳エスペラント館の管理に力を注ぎ,利用者の便宜に資したこと"

第50回(平24年)

星田 淳 "長年にわたり北海道のエスペラント運動へ貢献し,『アイヌ神謡集』、『よみがえれ、えりもの森』などのエスペラント共同翻訳を指導した"

第51回(平25年)

栗田 公明 "1994年に八ヶ岳エスペラント館が創設されて以来、長年にわたって運営委員を務め、同館で様々な活動を展開、現在の運営、企画広報、文化交流の基盤を築くことに貢献した。"

---

125 日本オリエント学会奨励賞

日本オリエント学会創立25周年を記念して、昭和54年に創設された。我が国のオリエント学に関する研究を奨励し、発展に資することを目的とする。

【主催者】日本オリエント学会

【選考委員】理事会が委託する選考委員会による

【選考方法】同学会理事の推薦による

【選考基準】〔資格〕同学会正会員に限る。35歳未満。〔対象〕学会の出版物に掲載された業績、または当該年度の前年に出版された研究

【締切・発表】例年11月開催の年次学術大会で発表

【賞・賞金】賞状と副賞20万円

【URL】http://www.j-orient.com/prize/

第1回(昭54年度)

五味 亨(静岡女子大学)「A Drehem Text CT32,BM 103431」〔ORIENT Vol.14 1978〕

第2回(昭55年度)

私市 正年(中央大学)「Ibn Tumart時代のアルモハード・ヒエラルヒー」〔オリエント 第22巻第1号 1979〕

前田 徹(早稲田大学)「ウル第三王朝時代の労働集団について—ウンマ都市の耕作集団」〔日本オリエント学会創立25周年記念オリエント学論集 1979〕

松島 英子(古代オリエント博物館)「ウンタシュ・ガル銘土製釘について」〔オリエント 第22巻第1号 1979〕

第3回(昭56年度)

小山 雅人(平安博物館)「「シヌーヘ物語」の文体構造」〔オリエント 第23巻第1号 1980〕

吉田 豊(京都大学)「キリスト教ソグド語

の方言について」〔オリエント 第23巻第1号 1980〕

第4回（昭57年度）
　大城 光正（岡山理科大学）「ヒッタイト語における中性名詞の衰退について」〔オリエント 第24巻第1号 1981〕
　小林 登志子 「dlugal-é-mùs 雑纂」〔オリエント 第24巻第2号 1981〕
　月本 昭男（立教大学）「古代メソポタミアにおける鳥ト占（auspicium）について」〔オリエント 第24巻第1号 1981〕

第5回（昭58年度）
　鎌田 繁（東京大学）「Nabulusi's Commentary on Ibn al‐Fāri∴d's Khamrīyah」〔ORIENT Vol.18 1982〕
　竹下 政孝（東海大学）「「叡知の宝石」（Fusūs al‐Hikam）にみられるイブン＝アラビーの「完全人間」」〔オリエント 第25巻第1号 1982〕

第6回（昭59年度）
　該当者なし

第7回（昭60年度）
　加藤 博（東洋大学）「エジプト近代史研究動向―オラービー運動研究を題材として」〔オリエント 第27巻第2号 1984〕
　谷一 尚（岡山市立オリエント美術館）「江蘇省邗江県甘泉出土のモザイクガラス―漢代ガラスとその出自」〔日本オリエント学会創立30周年記念オリエント学論集 1984〕

第8回（昭61年度）
　新井 政美（大阪市立大学）「「テュルク・ユルドゥ」（Türk Yurdu）研究序説」〔オリエント 第28巻第1号 1985〕
　嶋本 隆光（大阪外国語大学）「バスト考―イラン近代史における宗教的慣習の一考察」〔オリエント 第28巻第2号 1985〕

第9回（昭62年度）
　藤井 純夫（岡山市立オリエント美術館）「カイト・サイト―レヴァント地方先土器新石器文化の一側面」〔オリエント 第29巻第2号 1986〕
　藤井 守男（東京外国語大学）「アーホンド・ザーデ Ākhond—zāde（1812―78）に見る〈イラン・ナショナリズム〉の諸相」〔オリエント 第29巻第2号 1986〕
　柳橋 博之（東京大学）「イスラム法における先買権」〔オリエント 第29巻第1号 1986〕

第10回（昭63年度）
　羽田 正（京都橘女子大学）「シャー・タフマースプのキジルバシ政策」〔オリエント 第30巻第2号 1987〕
　小池 やよい（広島大学）「初期王朝期の小神殿における中庭の形成」〔オリエント 第30巻第1号 1987〕

第11回（平1年度）
　小牧 昌平（上智大学）「ホセイン・コリー・ハーンの叛乱,1769～1777」〔オリエント 第31巻第1号 1988〕
　徐 朝龍（京都大学）「「初期ハラッパー文化」の分布とその否定」〔オリエント 第31巻第2号 1988〕

第12回（平2年度）
　小林 春夫（東京大学大学院博士課程）「イブン・スィーナーにおける「自覚」論」〔オエリント 第32巻第1号 1989〕

第13回（平3年度）
　内田 杉彦（早稲田大学非常勤講師）「古代エジプトにおける生者と死者との互恵関係に関する一考察」〔オリエント 第33巻第1号 1990〕
　東長 靖（東京大学助手）「マムルーク朝期のタサウッフの位置をめぐる一考察」〔オリエント 第33巻第1号 1990〕

第14回（平4年度）
　太田 敬子（日本学術振興会特別研究員）「The Expansion of the Muslims and Mountain Folk of Northern Syria」〔ORIENT Vol.27 1991〕
　西尾 哲夫（東京外国語大学アジア・アフリカ言語文化研究所助手）「16～17世紀のアラビア語エジプト方言」〔オリエント 第34巻第2号 1991〕

第15回（平5年度）
　中田 考（サウディアラビア日本国大使館専門調査員）「ジハード（聖戦）論再考」〔オリエント 第35巻第1号 1992〕

春田 晴郎(日本学術振興会特別研究員)
「Formation of Verbal Logograms (Aramaeograms) in Parthian」〔ORIENT Vol.28 1992〕

第16回(平6年度)
医王 秀行(中東経済研究所非常勤研究員)
「ファダルの土地と予言者の遺産」〔オリエント 第36巻第1号 1993〕
大稔 哲也(日本学術振興会特別研究員)
「The Manners, Customs, and Mentality of Pilgrims to the Egyptian City of the Dead：1100〜1500A.D.」〔ORIENT Vol.29 1933〕
西秋 良宏(東海大学講師)「北メソポタミア土器新石器時代初頭の竪穴掘削行動」〔オリエント 第36巻第2号 1993〕

第17回(平7年度)
川崎 康司 「キュルテペ文書中の結婚契約から見た女性の地位と結婚形態」〔オリエント 37/1〕
三沢 伸生 「16世紀のオスマン朝における土地問題：東アナトリアにおける『ティマー制』の施行」〔オリエント 37/2〕
山田 雅道 「エマル文書の年代学序説：絶対年代と対照年代」〔オリエント 37/1〕

第18回(平8年度)
池田 潤 「エマルのアッカド語の言語的特徴」〔オリエント 38/1〕
清水 和裕 「ムスアブ・ブン・アッズバイル墓参詣：ブワイフ朝の宗派騒乱と『第2次内乱』」〔オリエント 38/2〕

第19回(平9年度)
小林 一枝 「『海の人』の図像成立をめぐって：『千夜一夜物語』の挿絵と人魚図像」〔オリエント 39/1〕
中野 智章 「エジプト第1王朝の王墓地比定に関する一試論：輸入土器からの視点」〔オリエント 39/1〕

第20回(平10年度)
小泉 龍人 「ウバイド文化における葬法：レンガ列を伴う墓の構造」〔オリエント 40/1〕
渡辺 千香子 「アッシリアの帝王獅子狩りと王権：祭儀的側面と社会的機能」〔オリエント 40/1〕

第21回(平11年度)
鵜木 元尋 「ナボドニス治世下のエアンナ神殿におけるsa res sarribel piqitti Eannaの地位について」〔オリエント 18/2〕
菊地 達也 「ファーティマ朝期イスマーイール派終末論の変容：ハミードゥッディーン・キルマーニーの役割と意義」〔オリエント 41/1〕

第22回(平12年度)
河合 望 「Development of the Burial Assemblage of the Eighteenth Dynasty Royal Tombs」〔Orient 35〕
鈴木 貴久子 「中世イスラーム世界のパスタ」〔オリエント 42/2〕

第23回(平13年度)
足立 拓朗 「レヴァント鉄器時代の鉢形土器に見るアッシリアの影響について」〔オリエント 43/1〕
吉田 京子 「ガイバ論における伝承の変遷：イブン・バーブーヤとトゥースィーの伝承観の比較」〔オリエント 43/1〕

第24回(平14年度)
該当者なし

第25回(平15年度)
青木 健 「近世ゾロアスター教の救世主思想：ゾロアスター教神聖皇帝の到来から宗教思想の変容へ」〔オリエント 45/1 (2002)〕
徳永 里砂 「碑文及び考古学資料から見た古代エジプトと南アラビアの関係」〔オリエント 45/1 (2002)〕
堀井 聡江 「マーリク派におけるヒヤルの適用：サハヌーン『ムダッワナ』より」〔オリエント 45/1 (2002)〕

第26回(平16年度)
永井 正勝 「中エジプト語のm=k構文の統語構造」〔オリエント 46/1 (2003)〕
中町 信孝 「バフリー・マムルーク朝時代史料としてのアイニーの年代記：ヒジュラ暦728年の記述を中心に」〔オリエント 46/2 (2003)〕
渡部 良子 「モンゴル時代におけるペル

シャ語インシャー術指南書」〔オリエント 46/2（2003）〕
第27回（平17年度）
　青柳 かおる 「ガザーリーの婚姻論：スーフィズムの視点から」〔オリエント 47/2（2004）〕
　須藤 寛史 「西アジア銅石器時代の繊維利用：シリア、テル・コサック・シャマリ遺跡出土資料からの検討」〔オリエント 47/2（2004）〕
第28回（平18年度）
　石川 博樹 「ブラガ地方文書館所蔵イエズス会エチオピア北部布教関係文書集MS779の内容と来歴—その史料的価値の解明のために」〔オリエント 48/1（2005）〕
第29回（平19年度）
　柴田 大輔 「古代メソポタミアにおける神名の解釈学：シュメル語シュイラ祈禱 ur-sag úru ur4-ur4『勇士、逆巻く洪水』におけるマルドゥクの名前と称号」〔オリエント 49/2（2006）〕
　橋爪 烈 「『時代の鏡』諸写本研究序説」〔オリエント 49/1（2006）〕
第30回（平20年度）
　有松 唯 「イラン北部における青銅器時代から初期鉄器時代への移行—ノールズ・マハレ遺跡下層出土土器を中心に」〔オリエント 50/2（2007）〕
　長谷川 敦章 「ミネト・エル・ベイダ出土新資料の考古学的検討—埋葬遺構の年代考察を中心に」〔オリエント 50/2（2007）〕
第31回（平21年度）
　小笠原 弘幸 「オスマン王家の始祖としてのヤペテとエサウ—古典期オスマン朝における系譜意識の一側面」〔オリエント 51/1（2008）〕
　小高 敬寛 「「西方」のサマッラ土器—その地域性とハラフ土器の成立をめぐって」〔オリエント 51/2（2008）〕
第32回（平22年度）
　門脇 誠二 「北ヨルダン，タバカト・アル＝ブーマ遺跡における後期新石器集落の構造—建築物と場の利用パターンに基づく世帯間関係の考察」〔オリエント 52/1（2009）〕
第33回（平23年度）
　杉江 拓磨 「前7世紀のアッシュルにおける『マルドゥク予言』の受容」〔オリエント 53/2〕
第34回（平24年度）
　小野塚 拓造 「Keeping Up with the Demand for Oil？：Reconsidering the Unique Oil Press from Late Bronze Age IIB to Iron Age IIA in the Southern Levant」〔オリエント47〕
　貝原 哲生 「6-7世紀中部エジプトにおける宗教的対立—地域社会の視点から」〔オリエント 54/1〕
第35回（平25年度）
　安部 雅史（東京文化財研究所文化遺産国際協力センター特別研究員）「初期完新世湿潤期とマラリア—先土器新石器時代に起きたヨルダン渓谷からヨルダン高地への集落シフトに関する一仮説」
　遠藤 春香（京都大学大学院アジア・アフリカ地域研究研究科博士後期課程）「シャアラーニーの完全人間論—形而上学から社会的側面への展開」

126 日本写真協会賞〔学芸賞〕

日本国内において、優れた写真評論・写真研究などを発表し、広く一般に上梓して写真界に多大な影響を及ぼした個人または団体に贈られる。日本写真協会賞の一部門。

【主催者】日本写真協会
【選考委員】佐藤時啓（写真家）、島本脩二（編集者）、白鳥真太郎（写真家）、百々俊二（写

真家），松本徳彦（写真家）
- 【選考方法】協会正会員，協会委嘱のノミネーターによる推薦の中から，当該年度の選考委員によって決定
- 【選考基準】〔対象〕日本国内ですぐれた写真評論・研究などを発表し，一般に上梓し写真界に多大な影響を及ぼした個人または団体
- 【締切・発表】毎年6月1日（写真の日）決定
- 【URL】http://www.psj.or.jp/psjaward/index.html

（平16年）
　今橋 映子 「<パリ写真>の世紀」〔白水社〕
◇（平17年）
　該当者なし
（平18年）
　岡井 耀毅 「土門拳の格闘」〔成甲書房〕
（平19年）
　光田 由里 「写真、「芸術」との界面に」〔青弓社〕
（平20年）
　深川 雅文 「光のプロジェクト」〔青弓社〕
（平21年）
　飯沢 耕太郎 "「「芸術写真」とその時代」から新作「日本の写真家101」に至る休むことのない執筆活動と、熱心な新人発掘など、写真界のナビゲーターとしての大きな功績に対して"
（平22年）
　石黒 敬章 "父・石黒敬七のコレクションをもとに幕末明治に活躍した146人のポートレートを集大成した労作『幕末明治の肖像写真』をはじめとした、古写真研究の成果に対して"
　金子 隆一 "自身の膨大な写真集コレクションから貴重な写真集を紹介した『日本写真集史 1956-1986』の発行をはじめとする、写真史に対する誠実で精微な検証と啓蒙に対して"
（平23年）
　倉石 信乃 "豊富な知識を駆使し、スナップショットの歴史と、写真家たちの試みを力強い論理と流麗な筆致により迫った著書『スナップショット 写真の輝き』に対して"
（平24年）
　岡塚 章子 "「140年前の江戸城を撮った男―横山松三郎」展（江戸東京博物館）をはじめとする数多くの展覧会の企画立案、作品収集、図録編集・執筆などに携わり、独自の視点による写真へのアプローチを示したキュレーション活動に対して"
（平25年）
　上野 修 "幅広く柔軟な視点とゆるぎない知識、美意識に基づき、長年にわたり地道な写真評論を展開し、『写真 批評 集成』に集大成した。その包括的かつ正統な写真評論活動に対して"
（平26年）
　蔦谷 典子 "米子市美術館及び島根県立美術館において、「芸術写真」、植田正治、森山大道、亀井茲明、奈良原一高などの充実した写真展を企画し実現させた、その精力的なキュレーター活動に対して"

127 日本宗教学会賞

　昭和30年，日本宗教学会創立25周年に設立された「姉崎記念賞」を継承し，宗教の学的研究を振興することを目的として，昭和40年に創立された。
- 【主催者】日本宗教学会

> 【選考委員】日本宗教学会賞選考委員会7名毎年度,理事の中から会長が指名
> 【選考方法】学会評議員の推薦による
> 【選考基準】〔資格〕40歳未満の同学会会員。〔対象〕前年度および前々年度に刊行された著書・論文
> 【締切・発表】例年、推薦の締切は5月末日、発表・表彰は大会の会員総会席上
> 【賞・賞金】賞状と賞金20万円
> 【URL】http://jpars.org/prize/award

第1回（昭41年度）
　上田 閑照 「Die Gottesgeburt in der Seele und der Durchbruch zur Gottheit,1965, Gutersloher Verlagshaus Gerd Mohn」
　塚本 啓祥 「初期仏教教団史の研究」
第2回（昭42年度）
　宮家 準 「修験道における調状の論理」ほか、修験道に関する一連の論文
第3回（昭43年度）
　原 実 「灰」
第4回（昭44年度）
　田川 建三 「原始キリスト教史の一断面」
第5回（昭45年度）
　松本 滋 「Motoori Norinaga,1730—1801」
第6回（昭46年度）
　小川 一乗 「インド大乗文教における如来蔵・仏性の研究—ダルマリンチェン造宝性論釈疏の解読」
　宮田 登 「ミロク信仰の研究—日本における伝統的メシア観」
第7回（昭47年度）
　鈴木 範久 「倉田百三—近代日本人と宗教」
　出村 彰 「スイス宗教改革史研究」
第8回（昭48年度）
　藤井 正雄 「仏教儀礼の構造比較」
第9回（昭49年度）
　該当者なし
第10回（昭50年度）
　津田 真一 「The Samvarodaya - Tantra : Selected Chapters」
　中村 広治郎 「Ghazali on Prayer」
第11回（昭51年度）
　薗田 稔 「The Traditional Festival in Urban Society」
　土屋 博 「イエス生誕物語における歴史と虚構」
第12回（昭52年度）
　該当者なし
第13回（昭53年度）
　芹川 博通 「渡辺海旭研究—その思想と行動」
第14回（昭54年度）
　木村 清孝 「初期中国華厳思想の研究」
　島薗 進 「生神思想論—新宗教による〈民俗〉宗教の止揚について」
第15回（昭55年度）
　横山 紘一 「唯識の哲学」
第16回（昭56年度）
　星野 英紀 「巡礼体験の意味」
第17回（昭57年度）
　金井 新二 「「神の国」思想の現代的展開—社会主義的・実践的キリスト教の根本構造」
第18回（昭58年度）
　永藤 武 「文学と日本的感性—近代作家と聖なるもの」「遠藤周作・信仰と文学のはざまで——日本カトリック作家の誕生」
第19回（昭59年度）
　関 一敏 「聖母出現をめぐる一考察」他7論文
第20回（昭60年度）
　大貫 隆 「Gemeinde und Welt im Johannesevangelium. Ein Beitrag zur Frage nach der theologischen und pragmatischen Funktion des johanneischen Dualismus.」
第21回（昭61年度）
　竹村 牧男 「大乗起信論読釈」

月本 昭男 「Untersuchung zur Totenpfegen (Kispum) in alten Mesopotamien」
第22回（昭62年度）
安酸 敏眞 「Ernst Troeltsch：Systematic Theologian of Radical Historicality」
第23回（昭63年度）
沢井 義次 「Śaṃkara's Theory of Samnyāsa」ほか4論文
竹沢 尚一郎 「象徴と権力―儀礼の一般理論」
第24回（平1年度）
渡辺 和子 「Die adê‐Vereidigung Anlässlich der Thronfolgergelung Asarhaddons」「エサルハドン宗主権条約再考」
第25回（平2年度）
星川 啓慈 「ウィトゲンシュタインと宗教哲学―言語・宗教・コミトメント」「宗教者ウィトゲンシュタイン」「A・シュッツの「日常生活世界論」」〔図書館情報大学研究報告 8巻2号〕
第26回（平3年度）
山中 弘 「イギリス・メソディズム研究」
第27回（平4年度）
気多 雅子 「宗教経験の哲学―浄土教世界の解明」
渡辺 学 「ユングにおける心と体験世界」
第28回（平5年度）
該当者なし
第29回（平6年度）
石井 研士 「銀座の神々―都市に溶け込む宗教」
中里 巧 「キルケゴールとその思想風土―北欧ロマンティークと敬虔主義」
第30回（平7年度）
芦名 定道（京都大学助教授）「ティリッヒと現代宗教論」
第31回（平8年度）
津城 寛文（城西国際大学助教授）「日本の深層文化序説―三つの深層と宗教」
第32回（平9年度）
下田 正弘（東京大学助教授）「涅槃経の研究―大乗経典の研究方法試論」

第33回（平10年度）
杉村 靖彦（京都大学助教授）「ポール・リクールの思想―意味の探究」
第34回（平11年度）
該当者なし
第35回（平12年度）
何 燕生（郡山女子大学短期大学部助教授）「道元と中国禅思想」
第36回（平13年度）
大谷 栄一（東洋大学非常勤講師）「近代日本の日蓮主義運動」
第37回（平14年度）
該当者なし
第38回（平15年度）
細田 あや子（新潟大学助教授）「Darstellungen der Parabel vom barmherzigen Samariter, Michael Imhof Verlag」
小野 真（大阪外国語大学非常勤講師）「ハイデッガー研究―死と言葉の思索」〔京都大学学術出版会〕
第39回（平16年度）
該当者なし
第40回（平17年度）
徳田 幸雄（東北大学非常勤講師）「宗教学的回心研究―新島襄・清沢満之・内村鑑三・高山樗牛」〔未來社〕
第41回（平18年度）
矢野 秀武（駒澤大学専任講師）「現代タイにおける仏教運動―タンマガーイ式瞑想とタイ社会の変容」〔東信堂〕
第42回（平19年度）
冲永 宜司（帝京大学教授）「心の形而上学―ジェイムズ哲学とその可能性」〔創文社〕
ランジャナ・ムコパディヤーヤ（名古屋市立大学准教授）「日本の社会参加仏教―法音寺と立正佼成会の社会活動と社会倫理」〔東信堂〕
第43回（平20年度）
杉木 恒彦（早稲田大学高等研究所助教）「サンヴァラ系密教の諸相―行者・聖地・身体・時間・死生」〔東信堂〕
第44回（平21年度）

長谷 千代子（南山宗教文化研究所非常勤研究員）「文化の政治と生活の詩学――中国雲南省徳宏タイ族の日常的実践」〔風響社〕

第45回（平22年度）
岩谷 彩子（広島大学准教授）「夢とミメーシスの人類学――インドを生き抜く商業移動民ヴァギリ」〔明石書店〕

第46回（平23年度）
伊達 聖伸（上智大学准教授）「ライシテ、道徳、宗教学――もうひとつの19世紀フランス宗教史」〔勁草書房〕

第47回（平24年度）
該当者なし

第48回（平25年度）
岡本 亮輔（成蹊大学非常勤講師）「聖地と祈りの宗教社会学――巡礼ツーリズムが生み出す共同性」〔春風社〕
奥山 史亮（日本学術振興会特別研究員）「エリアーデの思想と亡命――クリアーヌとの関係において」〔北海道大学出版会〕

第49回（平26年度）
門田 岳久（立教大学助教）「巡礼ツーリズムの民族誌――消費される宗教経験」〔森話社〕

128 日本出版学会賞

昭和54年，日本出版学会創立10周年を記念し，出版およびそれに関連する事項の調査・研究の促進事業の一環として設立された。

【主催者】日本出版学会

【選考委員】（委員長）川井良介，浅岡邦雄，柴野京子，玉川博章，塚本晴二朗，橋元博樹，樋口清一

【選考方法】出版学会会員の推薦

【選考基準】〔対象〕1月から12月31日までに発表された出版の調査・研究の著作（書籍・雑誌論文）で以下のいずれかに属するもの。(1)学術論文・学術書，(2)評論・記録等，(3)出版実務書，(4)その他（翻訳・編纂等）

【締切・発表】日本出版学会定期総会で発表

【賞・賞金】賞状と賞品

【URL】http://www.shuppan.jp/jyusho.html

第1回（昭55年）
該当者なし
◇佳作
箕輪 成男 「出版と開発――出版開発における離陸現象の社会学的考察」〔出版研究第9号〕
出版 太郎 「朱筆」〔みすず書房〕

第2回（昭56年）
該当者なし
◇佳作
山田 昭広 「本とシェイクスピア時代」〔東京大学出版会〕
清水 一嘉 「作家への道――イギリスの小説出版」〔日本エディタースクール出版部〕

第3回（昭57年）
矢作 勝美〔編〕「有斐閣百年史」〔有斐閣〕

第4回（昭58年）
該当者なし
◇佳作
長友 千代治 「近世貸本屋の研究」〔東京堂出版〕
福島 鋳郎，大久保 久雄〔編〕「大東亜戦争書誌（シリーズ大東亜戦争下の記録1）」「戦時下の言論（シリーズ大東亜戦

第5回（昭59年）
　香内 三郎　「活字文化の誕生」〔晶文社〕
第6回（昭60年）
　該当者なし
第7回（昭61年）
　山本 武利　「広告の社会史」〔法政大学出版局〕
第8回（昭62年）
　該当者なし
　◇佳作
　小野 二郎　「小野二郎著作集 全3巻」〔晶文社〕
第9回（昭63年）
　該当者なし
第10回（平1年）
　該当者なし
　◇佳作
　ヘリング，アン　「江戸児童図書へのいざない」〔くもん出版〕
第11回（平2年）
　井上 輝子，女性雑誌研究会　「女性雑誌を解読するComparepolitan―日・米・メキシコ比較研究」〔垣内出版社〕
　◇佳作
　山口 知三，平田 達治，鎌田 道生，長橋 芙美子　「ナチス通りの出版社 ドイツの出版人と作家たち―1886～1950」〔人文書院〕
第12回（平3年）
　該当者なし
　◇佳作
　牧野 正久　「ドイツ理工系出版界の構造分析」〔講談社〕
　渡辺 慎也　「文部省蔵版教科書の地方における翻刻実態」〔出版研究 20号〕
　根本 彰　「日米比較を通してみる出版流通と図書館との関係」〔図書館情報大学研究報告 第8巻2号〕
　◇特別賞
　弥吉 光長　「未刊史料による日本出版文化 第1～5巻」
第13回（平4年）
　該当者なし
　◇佳作

　大和 博幸　「江戸時代地方書肆の基礎的考察」〔国学院雑誌 92巻3号〕
　永嶺 重敏　「明治期「太陽」の受容構造」〔出版研究 21号〕
第14回（平5年）
　稲岡 勝　「蔵版偽版・板権―著作権前史の研究」〔東京都立中央図書館研究紀要 22号〕
第15回（平6年）
　辻 由美　「翻訳史のプロムナード」〔みすず書房〕
　佐藤 隆司，杉本 昌彦　「わが国における専門辞書の成立と発展」〔出版研究 24号〕
第16回（平7年）
　該当者なし
　◇特別賞
　大阪府立中之島図書館（代表・中村政司）「大坂本屋仲間記録 全18巻」
第17回（平8年）
　◇特別賞
　日本書籍出版協会京都支部　「京都出版史 明治元年～昭和20年」
　京都府書店商業組合　「出版文化の源流 京都書肆変遷史 江戸時代～昭和20年」
第18回（平9年）
　荘司 徳太郎　「私家版・日配史 出版業界の戦中・戦後を解明する年代記」〔出版ニュース社〕
第19回（平10年）
　武塙 修　「流通データでみる出版界'74～'95」〔出版ニュース社〕
第20回（平11年）
　横山 和雄　「日本の出版労働運動〈戦後・戦中編〉」〔出版ニュース社〕
　◇特別賞
　多川 精一　雑誌「E＋D＋P」〔東京エディトリアルセンター〕
第21回（平12年）
　藤実 久美子　「武鑑出版と近世社会」〔東洋書林〕
　宮田 昇　「翻訳権の戦後史」〔みすず書房〕
　城 市郎〔コレクション〕，米沢 嘉博〔構成〕　「別冊太陽 発禁本」〔平凡社〕
第22回（平13年）
　印刷史研究会〔編〕　「本と活字の歴史事

典」〔柏書房〕
◇奨励賞
羽生 紀子 「西鶴と出版メディアの研究」〔和泉書院〕
小野 高裕，西村 美香，明尾 圭造 「モダニズム出版社の光芒―プラトン社の1920年代」〔淡交社〕
第23回（平14年）
全国出版協会出版科学研究所〔編〕 「出版指標・年報」〔出版科学研究所〕
賀川 洋 「出版再生」〔文化通信社〕
◇特別賞
凸版印刷印刷博物誌編纂委員会〔編〕「印刷博物誌」〔凸版印刷〕
第24回（平15年）
佐藤 卓己 「「キング」の時代―国民大衆雑誌の公共性」〔岩波書店〕
◇奨励賞
鳥越 信〔編〕 「はじめて学ぶ日本の絵本史Ⅰ・Ⅱ・Ⅲ」〔ミネルヴァ書房〕
◇特別賞
箕輪 成男 「パピルスが伝えた文明―ギリシア・ローマの本屋たち」〔出版ニュース社〕，「出版学序説」〔日本エディタースクール出版部〕など一連の出版研究書
森 啓〔執筆〕 「活版印刷技術調査報告書」〔青梅市教育委員会〕
第25回（平15年度）
該当者なし
◇奨励賞
長谷川 一 「出版と知のメディア論―エディターシップの歴史と再生」〔みすず書房〕
◇特別賞
布川 角左衛門〔監修〕，浅岡 邦雄，稲岡 勝，佐藤 研一，佐野 眞〔編集〕 「日本出版関係書目1868-1996」〔日本エディタースクール出版部〕
第26回（平16年度）
鈴木 俊幸（中央大教授）「近世近代出版史に関する研究書および論文と書籍研究文献目録」
◇奨励賞
中野 晴行（評論家）「マンガ産業論」〔筑摩書房〕
第27回（平17年度）
該当者なし
第28回（平18年度）
◇特別賞
長谷川 郁夫 「美酒と革嚢 第一書房・長谷川巳之吉」〔河出書房新社〕
◇奨励賞
蔡 星慧 「出版産業の変遷と書籍出版流通―日本の書籍出版産業の構造的特質」〔出版メディアパル〕
馬 静 「実業之日本社の研究 近代日本雑誌史研究への序章」〔平原社〕
第29回（平19年度）
和田 敦彦 「書物の日米関係―リテラシー史に向けて」〔新曜社〕
◇特別賞
小尾 俊人 「出版と社会」〔幻戯書房〕
印刷学会出版部〔編〕 「「印刷雑誌」とその時代―実況・印刷の近現代史」〔印刷学会出版部〕
「50年史」編集委員会〔編〕 「日本雑誌協会 日本書籍出版協会 50年史」〔日本雑誌協会・日本書籍出版協会〕
第30回（平20年度）
阪本 博志 「「平凡」の時代―1950年代の大衆娯楽雑誌と若者たち」〔昭和堂〕
第31回（平21年度）
浅岡 邦雄 「〈著者〉の出版史―権利と報酬をめぐる近代」〔森話社〕
◇奨励賞
柴野 京子 「書棚と平台―出版流通というメディア」〔弘文堂〕
三宅 興子，香曽我部 秀幸〔編〕 「大正期の絵本・絵雑誌の研究――少年のコレクションを通して」〔翰林書房〕
第32回（平22年度）
木村 涼子 「〈主婦〉の誕生―婦人雑誌と女性たちの近代」〔吉川弘文館〕
第33回（平23年度）
該当社なし
第34回（平24年度）
該当者なし
◇奨励賞
岡村 敬二 「満洲出版史」〔吉川弘文館〕

牧野 智和 「自己啓発の時代―「自己」の文化社会学的探究」〔勁草書房〕
第35回（平25年度）
　　大久保 純一 「浮世絵出版論―大量生産・消費される〈美術〉」〔吉川弘文館〕
　　豊島 正之 「キリシタンと出版」〔八木書店〕
◇奨励賞
　　金子 貴昭 「近世出版の板木研究」〔法藏館〕

129 日本中国学会賞

慶応大学教授故・奥野信太郎氏の遺族からの基金をもとに、昭和45年に創設された。この基金は後に九州大学助教授故佐藤震二氏未亡人、および広島大学名誉教授池田末利氏からの寄付金も加えられた。中国学に関する顕著な業績をあげた者を表彰し、特に新人の研究を奨励する。

【主催者】日本中国学会
【選考方法】学会員の投票によって選出された学術専門委員の選考による
【選考基準】〔資格〕同学会員で、45歳以下の役員歴のない者。〔対象〕前年度の機関誌「日本中国学会報」掲載論文
【締切・発表】発表は大会の総会席上
【賞・賞金】2名程度（哲学思想から1名、文学・語学から1名）。賞状と副賞8万円
【URL】http：//nippon-chugoku-gakkai.org/index.cgi

第1回（昭45年）
　該当者なし
第2回（昭46年）
　◇哲学
　　鈴木 喜一（舞鶴工業高専）「孔子の知識論」
　◇文学
　　田仲 一成（熊本大学）「南宋時代の福建地方劇について」
第3回（昭47年）
　◇哲学
　　三浦 国雄（尼崎南高校）「資治通鑑考」
　◇文学
　　村上 哲見（東北大学）「「詞」についての認識とその名称の変遷」
第4回（昭48年）
　◇哲学
　　日原 利国（大阪大学）「春秋公羊伝における俠気の礼賛」
　◇文学
　　小南 一郎（京都大学人文研）「「西京雑記」の伝承者たち」
第5回（昭49年）

　◇哲学
　　後藤 延子（乙訓高校）「康有為と礼教」
　◇文学
　　岡村 貞雄（山口県教育研修所）「梁の武帝と楽府詩」
第6回（昭50年）
　◇哲学
　　佐野 公治（愛知県立大学）「明代前半期の思想動向」
　◇文学
　　該当者なし
第7回（昭51年）
　◇哲学
　　田上 泰治（北野高校）「春秋左氏伝の方法とその思想」
　◇文学
　　該当者なし
第8回（昭52年）
　◇哲学
　　該当者なし
　◇文学

学芸

　　森瀬 寿三（立命館大学）「李賀における道教的側面」
第9回（昭53年）
　◇哲学
　　内山 俊彦（山口大学）「孟子における天と人」
　◇文学
　　遠藤 光正（大秦野高校）「類書の伝来と軍記物語」
第10回（昭54年）
　◇哲学
　　中嶋 隆蔵（東北大学）「蕭子良の精神生活」
　◇文学
　　竹村 則行（九州大学）「"己亥雑詩"に現れた龔自珍の"落花"意識」
第11回（昭55年）
　◇哲学
　　宇佐美 一博　「董仲舒の政治思想」
　◇文学
　　磯部 彰（東北大学大学院）「西遊記における猪八戒像の形成」
第12回（昭56年）
　◇哲学
　　砂山 稔（岩手大学）「成玄英の思想について」
　◇文学
　　藤井 省三（東京大学大学院）「中国におけるバイロン受容」
第13回（昭57年）
　◇哲学
　　土田 健次郎（早稲田大学）「楊時の立場」
　◇文学
　　該当者なし
第14回（昭58年）
　◇哲学
　　浅野 裕一（島根大学）「墨家集団の質的変化—説話類の意味するもの」
　◇文学
　　鷲野 正明（筑波大学大学院）「帰有光の寿序—民間習俗に参加する古文」
第15回（昭59年）
　◇哲学
　　近藤 則之（久留米工高専）「左伝の成立に関する新視点—礼理論の再評価を通じて」

　◇文学
　　尾崎 文昭（東京大学）「陳独秀と別れるに至った周作人—1922年非基督教運動の中での衝突を中心に」
第16回（昭60年）
　◇哲学
　　原田 二郎（東京大学大学院）「太平経の生命観・長生説について」
　◇文学
　　衣川 賢次（花園大学）「謝霊運の山水詩論—山水の中の体験と詩」
第17回（昭61年）
　◇哲学
　　間嶋 潤一（香川大学）「鄭玄の「魯礼禘祫義」の構造とその意義」
　◇文学
　　詹 満江（慶応義塾高校）「甘露の恋と詩人たち—李商隠を中心として」
第18回（昭62年）
　◇哲学
　　谷中 信一（早稲田高等学院）「「逸周書」の思想と成立について—斉学術の一側面の考察」
　◇文学
　　宮尾 正樹（お茶の水女子大学）「新文化運動における張厚載と胡適—旧劇改良論争を中心に」
第19回（昭63年）
　◇哲学
　　武田 時昌（京都大学）「「易緯坤霊図」象数考」
　◇文学
　　岡崎 由美（早稲田大学）「「科日亭」伝奇流伝考」
第20回（平1年）
　◇哲学
　　該当者なし
　◇文学
　　長堀 祐造（桜美林大学）「魯迅革命文学論に於けるトロツキー文芸理論」
第21回（平2年）
　◇哲学
　　該当者なし
　◇文学
　　佐藤 正光（二松学舎大学大学院）「宣城時

代の謝朓」
第22回（平3年）
　◇哲学
　　前田 繁樹（山村女子短期大学）「「老子西昇経」考」
　◇文学
　　芳村 弘道（就実女子大学）「元版「分類補註李太白詩」と蕭士贇」
第23回（平4年）
　◇哲学
　　該当者なし
　◇文学
　　静永 健（九州大学大学院）「元槇「和李校書新題楽府十二首」の創作意図」
第24回（平5年）
　◇哲学
　　該当者なし
　◇文学
　　野村 鮎子（立命館大学大学院）「銭謙益の帰有光評価をめぐる諸問題」
第25回（平6年）
　◇哲学
　　該当者なし
　◇文学
　　林 香奈（神戸大学大学院）「漢魏六朝の誄について」
第26回（平7年）
　◇哲学
　　吾妻 重二（関西大学）「太極図の形成」
　　白杉 悦雄（京都大学大学院）「九宮八風図の成立と河図・洛書伝承」
　◇文学
　　上田 望 「清代英雄伝奇小説成立の背景」
平8年〜平11年
　　　＊
（平12年度）
　◇哲学思想
　　辛 賢（筑波大学大学院）「「太玄」の「首」と「賛」について」
　◇文学・語学
　　小松 謙（京都府立大学）「「脈望館鈔古今雑劇」考」
（平13年度）
　◇哲学思想
　　内山 直樹（二松学舎大学大学院）「漢代における序文の体例」
　◇文学・語学
　　宮 紀子（京都大学人文研究所科学）「モンゴル朝廷と「三国志」」
（平14年度）
　◇哲学
　　該当者なし
　◇文学・語学
　　諸田 龍美 「好色の風流―「長恨歌」をさえた中唐の美意識」
（平15年度）
　◇哲学
　　該当者なし
　◇文学・語学
　　太田 亨 「日本禪林における中國の杜詩注釋書受容―『集千家註分類杜工部詩』から『集千家註批點杜工部詩集』へ」
（平16年度）
　◇哲学
　　工藤 卓司 「『賈誼新書』の諸侯王國對策」
　◇文学・語学
　　長谷部 剛 「杜甫『兵車行』と古樂府」
（平17年度）
　◇哲学
　　該当者なし
　◇文学・語学
　　田中 智行 「『金瓶梅』の感情観―感情を動かすものへの認識とその表現」
（平18年度）
　◇哲学
　　白井 順 「『朱子訓蒙絶句』は如何に讀まれたか―朱子學の普及と傳播の一側面―」
　◇文学・語学
　　佐藤 浩一 「仇兆鰲『杜詩詳註』の音注について――萬を超す音注が意味するもの―」
（平19年度）
　◇哲学
　　該当者なし
　◇文学・語学
　　藤原 祐子 「『草堂詩餘』と書會」
（平20年度）
　◇哲学
　　該当者なし
　◇文学・語学

該当者なし
(平21年度)
◇哲学
　齊藤 正高　「『物理小識』の腦と心」
◇文学・語学
　船越 達志　「巧姐の「忽大忽小」と林黛玉の死―『紅樓夢』後四十回の構想考―」
(平22年度)
◇哲学
　久米 晋平　李二曲の「反身實踐」思想―その四書解釋をめぐって―
◇文学・語学
　大渕 貴之　「『藝文類聚』編纂考」
　橘 千早　「講經文の上演に關する一考察―P.二四一八《佛説父母恩重經講經文》の分析を中心に―」
(平23年度)
◇哲学
　該当者なし

◇文学・語学
　松浦 智子　「楊家將の系譜と石碑―楊家將故事發展との關わりから」
　上原 究一　「『李卓吾先生批評西遊記』の版本について」
(平24年度)
◇哲学
　佐々木 聡　「『開元占經』の諸抄本と近世以降の伝来について」
◇文学・語学
　濱田 麻矢　「女学生だったわたし―張愛玲『同学少年都不賤』における回想の叙事」
(平25年度)
◇哲学
　該当者なし
◇文学・語学
　遠藤 星希　「李賀の詩にみる循環する時間と神仙の死」

130 日本図書館情報学会奨励賞

　日本図書館学会創立20周年を記念して、昭和47年に創設された。図書館情報学に関する若手会員の優れた研究業績を優先的に評価してこれを表彰し、研究活動の奨励を目的とする。平成10年日本図書館学会の日本図書館情報学会への改称に伴い、日本図書館情報学会奨励賞に名称変更。

【主催者】日本図書館情報学会

【選考方法】同学会会員の推薦、公募

【選考基準】同学会個人会員。〔対象〕前年度中に「日本図書館情報学会誌」に収録された論文を中心とする

【締切・発表】締切は7月、発表・授賞は10月ないし11月の臨時総会席上

【賞・賞金】賞状と副賞

【URL】http://wwwsoc.nii.ac.jp/jslis/index.html

第1回(昭47年)
　加納 正己(静岡女子大学)
　黒木 努(静岡女子短期大学)
第2～7回(昭48～53年)
　該当者なし
第8回(昭54年)
　河井 弘志(日本体育大学図書館)
第9～12回(昭55～58年)
　該当者なし
第13回(昭59年)
　薬袋 秀樹(図書館情報大学)「公共図書館と文学作品書誌1,2」
第14回(昭60年)
　川崎 良孝(椙山女子学園大学)「Sidney Ditzionと図書館史研究」

渡辺 重夫（札幌静修高等学校）「国民の権利としての図書館利用」
第15回（昭61年）
　糸賀 雅児（慶応義塾大学）「公共図書館利用と文化活動の関連性」
　根本 彰（図書館情報大学）「図書館学の基礎概念としての書誌コントロール」
第16回（昭62年）
　戸田 慎一（東京大学）「エキスパート・システムによる出版地の鑑定」
第17回（昭63年）
　斎藤 陽子（東京大学大学院）「精神医学雑誌における多国間の情報の流れ」
　小黒 浩司（都立羽田工業高等学校）「北京近代科学図書館史の研究」
第18回（平1年）
　津田 純子（ゲッティンゲン大学図書館）「近代的学術図書館の先駆」
第19回（平2年）
　斉藤 泰則（東京大学大学院教育学研究科）「情報ニーズの認識レベルと表現レベル」
第20回（平3年）
　谷口 祥一（図書館情報大学）「記述目録法のための3層構造モデル」
第21回（平4年）
　該当者なし
第22回（平5年）
　李 常慶（日外アソシエーツ）「中国公共図書館の有料サービスに関する考察」
第23回（平6年）
　大庭 一郎（筑波大学附属図書館）「米国の公共図書館における専門的職務と非専門的職務の分離」
　黄 純原（東京大学大学院教育学研究科）「米国教育情報システムERICの組織構造」
第24回（平7年度）
　神門 典子（学術情報センター研究開発部）「原著論文の機能構造の分析とその応用」
第25回（平8年度）
　吉田 右子（東京大学大学院博士課程）「図書館とラジオ・メディア：1920年代〜40年代アメリカ公共図書館のラジオ放送活動」

第26回（平9年度）
　岸田 和明（駿河台大学）「貸出回数による図書の分布のモデル化：経年変化を予測するモデルの拡張の試み」
　平久江 祐司「自己教育力を育成するための学校図書館利用指導：教育改革の観点から」「学校図書館利用教育における批判的思想の育成：情報の評価スキルとしての役割」
　渡辺 智山（愛知淑徳大学大学院）「利用者研究の新たな潮流：C.C.Kuhlthauの認知的利用者モデルの世界」
第27回（平10年度）
　若松 昭子（慶應義塾大学大学院）「ピアス・バトラーによる印刷史コレクションの形成：インクナブラの収集を中心に」
第28回（平11年度）
　森山 光良（岡山県生涯学習センター）「わが国の公共図書館の都道府県域総合目録ネットワークに関する考察：目録データ処理方式を中心に」
第29回（平12年度）
　池内 淳（相模女子大学（非常勤））「公共図書館における費用便益分析」
　三浦 太郎（東京大学大学院）「占領期初代図書館担当官 キーニーの来日・帰国の経緯および彼の業績について」
　芳鐘 冬樹（東京大学大学院）「計量書誌学的分布における集中度：集中度の概念と指標の特徴」
第30回（平13年度）
　古賀 崇（東京大学大学院）「アメリカ連邦政府刊行物寄託図書館制度の電子化への過程とその背景」
第31回（平14年度）
　該当者なし
第32回（平15年度）
　中村 百合子（東洋大学）「戦後日本における学校図書館改革の着手：1945-47」
第33回（平16年度）
　野口 武悟（筑波大学大学院図書館情報メディア研究科）「盲学校図書館における地域の視覚障害者に対する図書館サービスの構想と展開：学校図書館法成立期前

後から1960年代の検討を通して」
第34回（平17年度）
曺 在順（韓国国立中央図書館・東京大学大学院）「1950年代韓国における図書館学教育の導入背景：「ピーボディ・プロジェクト」の展開を中心に」
第35回（平18年度）
青柳 英治（日本貿易振興機構アジア経済研究所/図書館・筑波大学図書館情報メディア研究科）「企業内専門図書館におけるアウトソーシングに関する一考察」
第36回（平19年度）
林 炯延（梨花女子大学生涯学習センター）「韓国公共図書館の読書教育プログラムにおける構成主義教授学習モデルの教育効果観察調査」
鴇田 拓哉（筑波大学大学院図書館情報メディア研究科）「電子資料を対象にしたFRBRモデルの展開」
第37回（平20年度）
氣谷 陽子（筑波大学附属図書館）「「学術情報システム」の総体としての蔵書における未所蔵図書の発生」
第38回（平21年度）
汐﨑 順子（慶應義塾大学）「児童サービスの歴史：戦後日本の公立図書館における児童サービスの発展」
松戸 宏予（コロンビア大学ティーチャーズカレッジ日本校）「特別な教育的ニーズをもつ児童生徒に関わる学校職員の図書館に対する認識の変化のプロセス」
第39回（平22年度）
長谷川 昭子 「専門図書館における人材育成：非正規職員を視野に入れた検討」
第40回（平23年度）
利根川 樹美子（筑波大学大学院図書館情報メディア研究科）「大学図書館の司書職法制化運動：昭和27年（1952）～40年（1965）」
第41回（平24年度）
匂坂 佳代子（電気通信大学）「中小規模の理工医学系国立大学における電子ジャーナルの需要と提供の実態」
第42回（平25年度）
該当作なし
第43回（平26年度）
野口 久美子（大妻女子大学）「教員の読書指導への意識や実態を踏まえた学校図書館の支援のあり方：高等学校を対象とした調査をもとに」

131 日本比較教育学会平塚賞

日本比較教育学会初代会長・平塚益徳博士の業績を記念し，平成3年から開始された。比較教育学研究の発展を期して，若手学会員の研究を奨励することを目的とする。

【主催者】日本比較教育学会
【選考方法】自薦あるいは他薦
【選考基準】〔対象〕前年の1月から12月までに公刊された学会紀要掲載論文ならびに比較教育学研究に関する著書・論文（分担執筆を含む。但し連名のものを除く）
【締切・発表】締切：毎年1月15日必着，2～3月に審査・決定，発表：年次大会
【賞・賞金】賞：賞状ならびに賞金10万円
【URL】http://www.gakkai.ne.jp/jces/hiratsuka.html

第1回（平3年）
西野 節男（東京大学）「インドネシアのイスラム教育」

第2回（平4年）
◇奨励賞
中園 優子（筑波大学大学院生）「タイ国に

131 日本比較教育学会平塚賞

おける識字教育の特質と問題点―キットペン政策の分析を通して」
第3回(平5年)
　　該当者なし
　◇奨励賞
　　永岡 真波(九州大学助手)「マレーシア人留学生の日本留学選択動機」
第4回(平6年)
　　近藤 孝弘(東京学芸大学講師)「ドイツ現代史と国際教科書改善―ポスト国民国家の歴史意識」
第5回(平7年)
　　該当者なし
　◇奨励賞
　　小川 佳万(名古屋大学大学院生)「中国における少数民族高等教育政策―「優遇」と「統制」のメカニズム」
第6回(平8年)
　◇奨励賞
　　服部 美奈(名古屋大学大学院生)「女子イスラーム教育における「近代性」の創出と展開―インドネシア・西スマトラ州のケース・スタディー」〔同学会紀要 第21号 1995年〕
第7回(平9年)
　◇奨励賞
　　鈴木 康郎(筑波大学大学院生)「戦後タイに見られる華人系学校の特質―国民総合政策との関連を中心として」〔同学会紀要 第22号 1996年〕
第8回(平10年)
　◇本賞
　　平田 諭治(広島大学大学院生)「教育勅語国際関係史の研究―官定翻訳教育勅語を中心として」〔風間書房 1997〕
第9回(平11年)
　◇本賞
　　竹熊 尚夫(九州大学)「マレーシアの民族教育制度研究」〔九州大学出版会 1998〕
第10回(平12年)
　◇本賞
　　市川 誠(立教大学)「フィリピンの公教育と宗教―成立と展開過程」〔東信堂 1999〕
第11回(平13年)

　◇本賞
　　杉村 美紀 「マレーシアの教育政策とマイノリティー国民統合のなかの華人学校」〔東京大学出版会 2000〕
　◇奨励賞
　　森下 稔(東京商船大学)「タイにおける前期中等教育機会拡充後の農村児童の進路選択―農村における学校の多様化を中心として」〔同学会紀要 第26号 2000〕
第12回(平14年)
　◇本賞
　　服部 美奈(岐阜聖徳学園大学)「インドネシアの近代女子教育―イスラーム改革運動のなかの女性」〔勁草書房 2001〕
第13回(平15年)
　　該当作品なし
第14回(平16年)
　　杉本 和弘(広島大学)「戦後オーストラリアの高等教育改革研究」〔東信堂〕
第15回(平17年)
　　乾 美紀(日本学術振興会特別研究員)「ラオス少数民族の教育問題」〔明石書店〕
第16回(平18年)
　　近田 政博(名古屋大学)「近代ベトナム高等教育の政策史」〔多賀出版〕
第17回(平19年)
　　該当作品なし
第18回(平20年)
　　日下部 達哉(九州大学)「バングラディシュ農村の初等教育制度受容」〔東信堂〕
第19回(平21年)
　　鴨川 明子(早稲田大学)「マレーシア青年期女性の進路形成」〔東信堂〕
第20回(平22年)
　　植村 広美(愛知淑徳大学非常勤講師)「中国における「農民工子女」の教育機会に関する制度と実態」〔風間書房〕
第21回(平23年)
　　該当作品なし
第22回(平24年)
　　石川 裕之(畿央大学)「韓国の才能教育制度－その構造と機能－」〔東信堂〕
第23回(平25年)
　　佐藤 仁(福岡大学)「現代米国における教員養成評価制度の研究―アクレディテー

ションの展開過程」〔多賀出版〕
第24回(平26年)
　武 小燕(名古屋経営短期大学)「改革開放後中国の愛国主義教育―社会の近代化と徳育の機能をめぐって」〔大学教育出版〕

132 日本比較文学会賞

　国際比較文学会(ICLA)東京会議(平成3年)を記念して平成8年に創設された。比較文学・比較文化に関する新進学徒の最優秀の研究書に贈呈される。(第12回は存在しない)

【主催者】日本比較文学会

【選考方法】公募(「自薦」を含む)

【選考基準】〔対象〕前々年1月1日～前年12月31日までに公刊された,45歳以下の本学会会員(原則)による単著

【締切・発表】1月末締切,6月全国大会で発表,表彰

【賞・賞金】正賞：賞状、副賞：5万円

【URL】http://www.nihon-hikaku.org/index.html

第1回(平8年)
　佐々木 英昭(名古屋工業大学)「『新しい女』の到来―平塚らいてうと漱石」〔名古屋大学出版会〕
第2回(平9年)
　杉田 英明(東京大学)「日本人の中東発見―逆遠近法のなかの比較文化史」〔東京大学出版会〕
　◇50周年記念大賞
　　坪井 秀人「声の祝祭―日本近代詩と戦争」〔名古屋大学出版会〕
第3回(平10年)
　西 成彦(立命館大学)「森のゲリラ―宮沢賢治」〔岩波書店〕
　◇学会創立50周年記念大賞
　　坪井 秀人(名古屋大学)「声の祝祭―日本近代詩と戦争」〔名古屋大学出版会〕
第4回(平11年)
　榎本 泰子(同志社大学)「楽人の都・上海―近代中国における西洋音楽の受容」〔研文出版〕
第5回(平12年)
　成 恵卿(ソウル女子大学)「西洋の夢幻能―イェイツとパウンド」〔河出書房新社〕
第6回(平13年)
　劉 建輝(国際日本文化研究センター)「魔都上海―日本知識人の『近代』体験」〔講談社〕
(平14年)
　該当者なし
第7回(平15年)
　松井 貴子(熊本大学)「写生の変容―フォンタネージから子規,そして直哉へ」〔明治書院〕
第8回(平16年)
　西原 大輔(広島大学)「谷崎潤一郎とオリエンタリズム―大正日本の中国幻想」〔中央公論新社〕
第9回(平17年)
　中根 隆行(愛媛大学)「＜朝鮮＞表象の文化誌―近代日本と他者をめぐる知の植民地化」〔新曜社〕
　諸坂 成利(日本大学)「虎の書跡―中島敦とボルヘス、あるいは換喩文学論」〔水声社〕
第10回(平18年)
　唐 権(関西外国語大学・非常勤講師)「海を越えた艶ごと―日中文化交流秘史」〔新曜社〕
第11回(平19年)

鈴木 禎宏(お茶の水女子大学)「バーナード・リーチの生涯と芸術─『東と西の結婚』のヴィジョン」〔ミネルヴァ書房〕
第13回(平20年)
　受賞者なし
第14回(平21年)
　林 洋子 「藤田嗣治 作品をひらく─旅・手仕事・日本」〔名古屋大学出版会〕
第15回(平22年)
　山中 由里子 「アレクサンドロス変相─古代から中世イスラームへ」〔名古屋大学出版会〕
第16回(平23年)
　加瀬 佳代子 「M.K.ガンディーの心理と非暴力をめぐる言説史─ヘンリー・ソロー,R.K.ナラヤン,V.S.ナイポール,映画『ガンジー』を通して」〔ひつじ書房〕
第17回(平24年)
　秋草 俊一郎 「ナボコフ訳すのは『私』─自己翻訳がひらくテクスト」〔東京大学出版会〕
第18回(平25年)
　友田 義行 「戦後前衛映画と文学─安部公房×勅使河原宏」〔人文書院〕
　平石 典子 「煩悶青年と女学生の文学誌─『西洋』を読み替えて」〔新曜社〕
第19回(平26年)
　大東 和重 「郁達夫と大正文学─<自己表現>から<自己実現>の時代へ」〔東京大学出版会〕

133 日本風俗史学会研究奨励賞

日本風俗史学会における研究の奨励のため,特に将来有望な若い研究者について表彰することを目的に平成5年に設立された。

【主催者】日本風俗史学会
【選考方法】同学会会員の推薦によるものを,選考委員会において検討
【選考基準】〔資格〕同学会会員で3年以上在籍し,研究意欲旺盛なる者。〔対象〕前年1年間に刊行した著作・論文のうち,特に将来性ありと認められたもの
【締切・発表】締切8月,発表・表彰,10月総大会席上
【賞・賞金】賞状及び賞品
【URL】http://fuzokushi.jp/prize2.html

第1回(平5年)
　猿田 佳那子(広島女学院大学助教授)「服装関連学術図書目録形成論」〔風俗 29巻4号〕ほか
　水谷 昌義(大阪明星学園明星高校教諭)「京都御所常御殿の床の間」〔風俗 28巻2号〕ほか
　松岡 俊(明治大学博士課程後期研究生,伊勢原市役所市史編纂室)「大山不動信仰」
第2回(平6年)
　日比野 光敏(岐阜市歴史博物館学芸員)「ぎふのすし」〔岐阜新聞,岐阜放送〕
第3回(平7年)
　佐多 芳彦(国学院大学大学院特別研究生)「輦輿の雨皮」〔風俗 32巻4号〕
　高橋 知子(愛知学泉女子短期大学講師)「「家の光」における農村婦人作業服の変遷とその背景─昭和15年の懸賞募集を中心に」〔衣の民俗館研究紀要 第4号〕
　夫馬 佳代子(岐阜大学助教授)「昭和初期考案の農村婦人作業服の復元とその形態的特質─地域に伝承される労働着との比較を通して」〔衣の民俗館研究紀要 第4号〕
第4回(平8年)
　松本 由香(中京短期大学助教授)「衣生活

にみる伝統と創造―インドネシアの手織布と現代のモードより」〔風俗34巻1号〕

第5回（平10年）
片岸 博子（大阪樟蔭女子大学非常勤講師）「茶色名分化の源流と下染茶」〔風俗史学第2号〕

第6回（平11年）
濱田 雅子（武庫川女子大学生活環境学部教授）「アメリカ史にみる職業着」〔せせらぎ出版〕

第7回（平12年）
村田 あが（跡見短期大学助教授）「江戸時代の家相説」〔雄山閣〕

第8回（平13年）
菅原 嘉孝（渋谷区教育委員会）「平安時代の年中行事にかんする論文」〔風俗史学〕
矢萩 昭二（岩手県立みたけ養護学校教頭）「東北の民俗に関する一連の論文」〔東北生活文化論文集他〕

第9回（平15年）
刑部 芳則（中央大学大学院生）「岩倉遣欧使節と文官大礼服について」〔風俗史学19号〕
村上 弘子（明治大学大学院生）「『高野山往生伝』撰者如寂について―その信仰と撰術意識を中心に」〔駿台史学 第115号〕

第10回（平16年）
安原 美帆（奈良女子大学COE研究員）「雑誌『糧友』にみる兵食と一般家庭の食との関連について」〔風俗史学 22号〕

第11回（平17年）
荒尾 美代（昭和女子大学国際文化研究所客員研究員）「明和年間から天明年間における池上太郎左衛門幸豊の白砂糖生産法―精糖技術「分蜜法」を中心として」〔風俗史学 28号〕

第12回（平18年）
小沢 詠美子（成城大学非常勤講師）「浅草花屋敷の成立と展開―幕末・維新期を中心に」〔風俗史学 29号〕

第13回（平19年）
橋爪 伸子（香蘭女子短期大学准教授）「埋もれた朝鮮菓子―くわすり」を事例として」〔風俗史学 33号〕

第14回（平20年）
青木 美保子（神戸ファッション造形大学准教授）「大正・昭和初期の着物図案―松坂屋の標準図案をめぐって」〔風俗史学 34号〕

第15回（平21年）
宮坂 新（中央大学大学院文学研究科博士後期課程（日本史学専攻）在学）「江戸周辺農村における「余業」経営者の存在形態」〔風俗史学 35号〕
宇田 哲雄（川口市教育委員会）「鋳物工場の屋号と家印について」〔風俗史学 38号〕

134 日本翻訳出版文化賞

昭和39年に設立された日本翻訳文化賞に続き，その翌年優れた翻訳図書を刊行した出版社を表彰するために設立された。

【主催者】日本翻訳家協会（特定非営利活動法人）

【選考方法】公募

【選考基準】〔対象〕人文・社会科学，自然科学の分野で外国文から日本文へ，あるいは日本文から外国文へ翻訳したもの。前年の8月1日から，翌年（当年度）の7月31日までの1年間に発行された翻訳作品（全集などは，最終巻がその中の期間に含まれるもの）。海外出版物も対象となる

【締切・発表】例年締切は8月末日，発表・表彰は9月30日（世界翻訳の日）～10月31日の間

【賞・賞金】賞状，賞牌，賞金

【URL】 http://www.japan-s-translators.org/sub5.html

第1回（昭40年）
　新潮社　「人類の美術・シュメール」〔アンドレ・マルロー, アンドレ・パロ共著　青柳瑞穂, 小野山節共訳〕
第2回（昭41年）
　理想社　「カント全集 第15巻・自然地理学」〔カント著 三枝充悳訳〕
　筑摩書房　「世界文学大系 第76巻・パミラ」〔S・リチャードソン著 海老池俊治訳〕「トリストラム・シャンディ」〔R・スターン著 朱牟田夏雄訳〕
　人文書院　「転身物語」〔オウィディウス著 田中秀央 前田敬作訳〕
　タイムライフインターナショナル社　「ライフ人間世界史・古代ギリシア」〔C・M・パウラ著〕「ローマ帝国」〔M・ハダス著 日本語監修村川堅太郎 タイムライフブックス編集部訳編〕
第3回（昭42年）
　岩波書店　「トウキュディデース戦史 全3冊」〔久保正彰訳〕
　読売新聞社　「毛沢東の中国」〔K・S・カロル著 内山敏訳〕
　筑摩書房　「シェクスピアー全集 全8巻」〔小田島雄志ほか訳〕
第4回（昭43年）
　岩波書店　「世界大航海時代叢書」
第5回（昭44年）
　文理書院　「妖精の女王」〔エドマンド・スペンサー著 和田勇一ほか訳〕
第6回（昭45年）
　主婦の友社　「ノーベル賞文学全集 全25巻」
　冨山房　「フォークナー全集 全24巻」
第7回（昭46年）
　TBSブリタニカ出版社　「世界こども百科 全16巻」
　美術出版社　「ザ・ヌード（裸体芸術論）」〔ケネス・クラーク著 高階秀爾, 佐々木英也訳〕
第8回（昭47年）
　朝日新聞社・事典編集室　「世界動物百科 全192巻」〔朝日＝ラルース週刊〕

　経済往来社　「完訳・歴史の研究 全25巻」〔A・J・トインビー著〕
　チャールズ・イー・タトル・カンパニイ　"夏目漱石著「明暗」「門」「わが輩は猫である」, 永井荷風著「墨東紀譚」, および「日本書紀」,「方丈記」,「平家物語」その他1971年9月—1972年8月の英訳図書と, 多年にわたる日本の文学・記録・歴史・美術等の英訳出版の功績"
第9回（昭48年）
　河出書房新社　「ベルトルト・ブレヒトの仕事 全6巻」
　主婦と生活社　「少年少女世界の美術館 全12巻」〔E・ラボフ編〕
　共立出版　「レーザーと光 全5巻」〔サイエンティフィック・アメリカン編〕と多年にわたる科学図書の翻訳出版
　福音館書店　「インガルス一家の物語 全5巻」〔L・ワイルダー著〕
第10回（昭49年）
　五月書房　「バーナード・リーチ詩画集」〔B・リーチ著 福田陸太郎訳〕
　講談社　「聖書の世界 本巻6冊, 別巻4冊」〔日本聖書学研究所〕
　TBS出版会　「世界ワンダー百科 全12巻」
　小学館　「小学館ランダムハウス英和大辞典 全4巻」〔稲村松雄ほか訳〕
　河出書房新社　「ホーフマンスタール選集 全4巻」〔H・ホーフマンスタール著 川村二郎ほか訳〕
第11回（昭50年）
　朝日出版社　「世界児童名作集 全8巻」〔グラビアンスキー挿絵 関楠生ほか訳〕
　TBSブリタニカ　「ブリタニカ国際大百科事典 全28巻」
　インターナショナル・タイムズ社　「女性生活百科 全8巻」〔石田アヤ監修〕
第12回（昭51年）
　郁文堂　「トリスタンとイゾルデ」〔G・V・シュトラーズブルク著 石川敬三訳〕
　国書刊行会　「世界幻想文学大系 第1期15

巻」〔紀田順一郎, 荒俣宏編〕
フィールド・エンタプライジズ・インターナショナル 「チャイルドクラフト 全15巻」〔平塚益徳ほか編〕
研究社 「アメリカ古典文庫全集 全23巻」〔斉藤真, 大橋健三郎ほか編〕
英潮社 「ホガース」〔F・アンタル著 中森義宗, 蛭川久康共訳〕
講談社インターナショナル 「BIOGRAPHICAL DICTIONARY OF JAPANESE LITERATURE (英語版「日本文学人名辞典」)」〔久松潜一著 国際教育情報センター編〕
TBSブリタニカ 「海のドラマ」〔E・M・ボージェーザ著 竹内均訳〕

第13回（昭52年）
評論社 「世界の文豪叢書 全25巻」〔モンタドーリー社刊 鎌田博夫ほか訳〕
ぎょうせい 「世界の民話 全12巻」〔オイゲン・ディーデリクス社刊 小沢俊夫ほか訳〕
刊々堂出版社 「針灸学」〔上海中医学院編 浅川要ほか訳〕
講談社インターナショナル 「WAR CRIMINAL（英訳・城山三郎作「落日燃ゆ」)」〔ジョン・ベスター訳〕

第14回（昭53年）
講談社インターナショナル 「TUN HUANG（英訳・井上靖作「敦煌」)」〔ジーン・オダ・モイ訳〕
中央公論社 「日本史」〔ルイス・フロイス著 松田毅一, 川崎桃太訳〕
朝日出版社 「ニャールのサガ」〔植田兼義訳〕
大修館書店 「ウィトゲンシュタイン全集 全10巻」〔山本信ほか訳〕
草思社 「栄光と夢（アメリカ現代史）全5巻」〔W・マンチェスター著 鈴木主税訳〕

第15回（昭54年）
春秋社 「チェスタトン著作集 10巻」〔チェスタトン著 別宮貞徳ほか訳〕
二見書房 「コレット著作集 12巻」〔コレット著 新庄嘉章監修〕
井村文化事業社 「タイ民衆生活誌」〔プラヤー・アヌマーン・ラーチャトン著 森幹男訳〕他の出版
中国漢方 「傷寒論」〔中国中医研究院編 中沢信三, 鈴木達也訳〕
あかね書房 「こちらマガーク探偵団 8巻」〔E・W・ヒルディック著 蕗沢忠枝訳〕

第16回（昭55年）
新潮社 「アイスランド・サガ」〔F・ヨンソン編他 谷口幸男訳〕
恒文社 「ハンガリー史」〔パムレーニ・エルヴィン編 田代文雄・鹿島正裕訳〕
講談社インターナショナル 「The Reluctant Admiral：山本五十六伝」〔阿川弘之著 ジョン・ベスター訳〕
成美堂 「諸王の賦」〔トマス・ハーディ著 長谷安生訳〕
法政大学出版局 「批評の解剖」〔ノースロップ・フライ著 海老根宏, 中村健二, 出淵博, 山内久明訳〕

第17回（昭56年）
朝日出版社 「科学の名著 第1期10巻」〔弥永昌吉ほか監修 伊東俊太郎ほか編 高橋憲一ほか訳〕
旺文社 「オーデュボン・ソサイエティ・ブック（野生の鳥, 野生の花, 野生の樹, 海の野生動物)」〔藤川正信, 中村凪子, 谷地令子訳〕
サイマル出版会 「歴史の探究 上下」〔T・H・ホワイト著 堀たお子訳〕
岩波書店 「広島・長崎の原爆災害（広島市・長崎市原爆災害誌編集委員会著の英訳版)」〔石川栄世, D・L・スエイン訳〕

◇特別賞
白水社 「仏和大辞典」〔伊吹武彦, 渡辺明正, 後藤敏雄, 本城格, 大橋保夫編〕

第18回（昭57年）
東京書籍 「現代アジア児童文学選 全2巻」〔ユネスコ・アジア文化センター編 松岡享子監訳〕
集英社 「壮大なる宇宙の誕生」「もう一つの宇宙」「太陽が死ぬ日まで」〔ロバート・ジャストロウ著 小尾信弥ほか訳〕
タイム・ライフ・ブックス社 「ライフ写真年鑑 全10巻」〔タイム・ライフ・ブッ

クス社編　秋山亮二訳〕

中国漢方　「金匱要略」〔中医研究院編　鈴木達也訳〕

第19回（昭58年）

サイマル出版会　「かわいそうな私の国　全11巻」〔ザビア・ハーバート著　越智道雄訳〕

◇特別賞

インター・プレス社　「科学技術二十五万語・英和・和英大辞典　全2巻」

福武書店　「福武オックスフォード・カラー英和大辞典　全8巻」

小学館　「伊和中辞典」

第20回（昭59年）

時事通信社　「中国人　上下」〔フォックス・バターフィールド著　佐藤亮一訳〕

ぎょうせい　「世界の至宝　全12巻」〔イタリア・ファブリ社刊　友部直ほか訳〕

大修館書店　「イメージ・シンボル事典」〔ド・フリース著　山下主一郎ほか訳〕

のら社　「クシュラの奇跡」〔ドロシー・バトラー著　百々佑利子訳〕

◇特別賞

研究社　「リーダーズ英和辞典」〔松田徳一郎監修〕

第21回（昭60年）

法政大学出版局　「言語と精神」〔ヴィルヘルム・フォン・フンボルト著　亀山健吉訳〕

集英社　「ラテン・アメリカの文学　全18巻」〔桑名一博,土岐恒二ほか訳〕

◇特別賞

小学館　「独和大辞典」〔国松孝二ほか編〕

第22回（昭61年）

名古屋大学出版会　「ターヘル・アナトミアと解体新書」〔ヨハン・アダム・クルムス著　小川鼎三監修　酒井恒訳編〕

晶文社　「思い出のオーウェル」〔オードリィ・コパード,バーナード・クリック編　オーウェル会訳〕

平凡社　「聖フランシスコ・ザビエル全書簡」〔河野純徳訳〕

雄山閣　「プリニウスの博物誌　全3巻」〔中野定雄,中野里美,中野美代訳〕

第23回（昭62年）

言叢社　「インド＝ヨーロッパ諸制度語彙集　全2巻」〔エミール・ヴァンヴェニスト著　蔵持不三也,田口良司,渋谷利雄,鶴岡真弓,桧枝陽一郎,中村忠男訳〕

吉川弘文館　「韓国絵画史」〔安輝濬著　藤本幸夫,吉田宏志訳〕

東京創元社　「ジャン・コクトー全集　全8巻」〔ジャン・コクトー著　堀口大学,佐藤朔他訳〕

朝日新聞社　「MADE IN JAPAN」〔盛田昭夫著　下村満子訳〕

第24回（昭63年）

大東出版社　「国訳一切経　全225巻」

SUHRKAMP社　「DENKEN IN JAPAN（Wolfgang Schamoni,Wolfgang Seifert）」

名古屋大学出版会　「ロシア原初年代記」〔国本哲夫,山口巌,中条直樹ほか訳〕

第25回（平1年）

恒文社　"東ヨーロッパの文学　第1期・全34冊"に対して

◇特別賞

小学館　「小学館ロベール仏和大辞典」〔同編集委員会〕

アスキー出版　「MS‐DOS エンサイクロペディア　全2巻」〔野中浩一,三浦明美訳〕

第26回（平2年）

法政大学出版局　「スウィフト政治,宗教論集」〔ジョナサン・スウィフト著　中野好之,海保真夫訳〕「歴史哲学「諸国民の風俗と精神について」序論」〔ヴォルテール著　安斎和雄訳〕「ヴィーコ自叙伝」〔福鎌忠恕訳〕,「平等原理と社会主義」〔ローレンツ・シュタイン著　石川三義,石塚正英,柴田隆行訳〕

河出書房新社　「カトリーヌ・ド・メディシス　上下」〔ジャン・オリュー著　田中梓訳〕「いいなづけ」〔アレッサンドロ・マンゾーニ著　平川祐弘訳〕

恒文社　「ロシア教会史」〔N.M.ニコリスキー著　宮本延治訳〕

未来社　「イプセン戯曲全集　全5巻」〔原千代海訳〕

東京創元社　「薔薇の名前　上下」〔ウンベルト・エーコ著　河島英昭訳〕
◇特別賞
　毎日コミュニケーションズ　「外国新聞に見る日本」〔内川芳美,宮地正人監修〕
　小学館　「西和中辞典」
第27回（平3年）
　原書房　「通辞ロドリゲス」〔松本たま訳〕
　河出書房新社　「リルケ全集」〔堀越敏,田口義弘ほか訳〕
◇特別賞
　筑摩書房　「カルミナ・ブラーナ」〔永野藤夫訳〕
　中教出版　「全訳万葉集」〔須賀照雄訳〕
第28回（平4年）
　原書房　「古英詩大観―頭韻詩の手法による」「続・古英詩大観」
　白水社　「フランス中世文学集 全3巻」〔新倉俊一,神沢栄三,天沢退二郎訳〕
◇特別賞
　岩波書店　「岩波ロシア語辞典」〔和久利誓一,飯田規和,新田実編〕
　商務印書館（北京）,小学館　「中日辞典」
第29回（平5年）
　みすず書房　「ロッシーニ伝」〔スタンダール著　山辺雅彦訳〕
　河出書房新社　「差異と反復」〔ジル・ドゥルーズ著　財津理訳〕
　法政大学出版局　「叢書・ウニベルシタス」〔「宗教と魔術の衰退 上下」キース・トマス著　荒木正純訳,「青春ジュール・ベルヌ論」ミッシェル・セール著　豊田彰訳,「理解の鋳型」ジョーゼフ・ニーダム著　井上英明訳〕
◇特別賞
　金星出版社（韓国）,小学館　「朝鮮語辞典」
第30回（平6年）
　青土社　「ランボー全詩集」〔平井啓之ほか訳〕
　早稲田大学出版部　「新しい中国文学 全6巻」〔岸陽子ほか訳〕
　筑摩書房　「ローマ帝国衰亡史 全11巻」〔中野好之ほか訳〕
　博品社　「博物学ドキュメント 全10巻」

〔関本栄一ほか訳〕
◇特別賞
　原書房　「図説キリスト教文化史 全3巻」〔別宮貞徳監訳〕
　大修館書店　「ブルーワー英語故事成語大辞典」〔加島祥造主幹〕
第31回（平7年）
　未知谷社　「薔薇物語」〔見目誠訳〕
　河出書房新社　「千のプラトー」〔宇野邦一ほか訳〕
　言叢社　「山の神」〔野村伸一,桧枝陽一郎訳〕
　藤原書店　「地中海」〔浜名優美訳〕
第32回（平8年）
　紀伊國屋書店　「科学者たちのポール・ヴァレリー」〔菅野昭正ほか訳〕
　国文社　「シェイマス・ヒーニー全詩集 全2巻」〔村田辰夫ほか訳〕
　青土社　「元型と象徴の事典」〔橋本槇矩ほか訳〕
　みすず書房　「フランス革命事典 全2巻」〔河野健二ほか訳〕
第33回（平9年）
　大修館書店　「世界シンボル大辞典」〔金子仁三郎ほか訳〕
　青土社　「象徴のラビリンス（全9巻）」〔種村季弘訳「遍歴」ほか〕
　水声社　「セリーヌ伝」〔権寧訳〕
第34回（平10年）
　鹿島出版会　「白い机 若い時」「白い机 モダンタイムス」「白い机 円熟期」〔田中雅美ほか訳〕
　恒文社　「クリスタ・ヴォルフ選集（全7巻）」〔保坂一夫ほか訳〕
　早川書房　「五輪の薔薇」〔甲斐万里江訳〕
　三一書房　「マハーバーラタ（全9巻）」〔山際素男編訳〕
第35回（平11年）
　工作舎　「ライブニッツ著作集（全10巻）」（山下正男ほか訳）
　筑摩書房　「過去と思索（全3巻）」（金子幸彦ほか訳）
　紀伊國屋書店　「シートン動物誌（勢12巻）」（今泉吉晴監訳）

第36回（平12年）
　大東出版社　「ウパニシャッド」〔湯田豊訳〕,「一万頌般若経」〔蔵文和訳〕
　九州大学出版会　「ヨーロッパ中世古文書学」〔ジャン・マビヨン著, 宮松浩憲訳〕
　朝日新聞社　「辞書の世界史」〔ジョナサン・グリーン著, 三川基好訳〕
第37回（平13年）
　大阪教育図書　「スタインベック全集（全20巻）」
　筑摩書房　「ロートレアモン全集」〔石井洋二郎訳〕
　大修館書店　「世界神話大事典」〔イヴ・ボンヌフォワ著, 金光仁三郎主幹〕
第38回（平14年）
　勁草書房　「フレーゲ著作集（全6巻）」
　日本文献出版　「THE IWAKURA EMBASSY（米欧回覧実記）（全5巻）」
第39回（平15年）
　平凡社　「中世思想原典集成（全20巻, 別巻1）」〔上智大学中世思想研究所編訳・監修〕
◇特別賞
　法政大学出版局　「ラブレーの宗教」〔高橋薫訳〕
　筑摩書房　「コンスタンティヌス大帝の時代」〔新井靖一訳〕
第40回（平16年）
　日本教文社　「フロイト最後の日記1929-1939」〔小林司訳〕
　柏書房　「ホロコースト大事典」〔井上茂子ほか訳〕
　段々社　「現代アジアの女性作家秀作シリーズ（全12巻）」〔岡田知子ほか訳〕
◇特別賞
　岩波書店　「ミルン自伝 今からでは遅すぎる」〔石井桃子訳〕
第41回（平17年）
　東京大学出版会　「社会の教育システム」〔村上淳一訳〕
　藤原書店　「サルトルの世紀」〔石崎晴己監訳〕
　法政大学出版局　「モン・サン・ミシェルとシャルトル」〔野島秀勝訳〕

第42回（平18年）
　未知谷　「ポーランド文学史」〔関口時正, 西成彦, 沼野充義, 長谷見一雄, 森安達也訳〕
　新潮社　「ドン・キホーテ（全4巻）」〔荻内勝之訳〕
　教文館　「マイモニデス伝」〔森泉弘次訳〕
　法政大学出版局　「ジャン・メリエ遺言集」〔石川光一, 三井吉俊訳〕
第43回（平19年）
　教文館　「宣教師ニコライの全日記（全9巻）」〔中村健之介監訳, 清水俊行, 長縄光男, 安村仁志他訳〕
　八月舎　「チャペック戯曲全集」〔田才益夫訳〕
　水声社　「神話の詩学」〔津久井定雄, 直野洋子訳〕
　大同生命国際文化基金　「地獄の一三三六日―ポル・ポト政権下での真実」〔岡田知子訳〕
第44回（平20年）
　東京大学出版会　「動物生理学 環境への適応（原書第5版）」〔沼田英治, 中嶋康裕監訳〕
　刀水書房　「中世歴史人類学試論身体・祭儀・夢幻・時間」〔渡邊昌美訳〕
　臨川書店　「ヘルマン・ヘッセ全集（全16巻）」〔日本ヘルマン・ヘッセ友の会・研究会編〕
◇特別賞
　Columbia University Press「One Hundred Poets, One Poem Each：A Translation of the Ogura hyakunin isshu」〔Peter Mcmillan〕
第45回（平21年）
　南江堂　「ワインバーグ・がんの生物学」〔武藤誠, 青木正博訳〕
　未来社　「俳優の仕事（全3巻）」〔岩田貴, 堀江新二, 浦雅春, 安達紀子訳〕
　工作舎　「宇宙の調和」〔岸本良彦訳〕
◇特別賞
　山崎洋　「「古事記」のセルビア語訳〔ダニエラ・ヴァーシッチ, ダリボル・クリチコヴィッチ, ディヴナ・グルマッツ訳〕
　筑摩書房　「カフカ・セレクション（全3

巻)」〔平野嘉彦編訳,柴田翔,浅井健二郎訳〕
第46回(平22年)
　春秋社　「パーリ仏教辞典」〔村上真完,及川真介著〕
　同学社　「湖の騎士 ランツェレト」〔平尾浩三訳〕
◇特別賞
　学術出版会　「ロマン語 新ラテン語の生成と進化」〔大高順雄訳〕
第47回(平23年)
　集英社　「慈しみの女神たち 上下」〔菅野昭正他訳〕
　言叢社　「プリミティブ アート」〔大村敬一訳〕
　藤原書店　「身体の歴史 全3巻」〔鷲見洋一,小倉孝誠,岑村傑監訳〕
◇翻訳特別賞
　大同生命国際文化基金　「イクバール詩集『ジブリールの翼』」〔片岡弘次訳〕
　I-House Press（国際文化会館・出版部）「Taction ：The Drama of the Stylus in Oriental Calligraphy」〔Waku Miller訳〕（「書－筆蝕の宇宙を読み解く」石川九楊著の英語版）
　GIPERION出版社　「Onyshchenko」〔Vyacheslav訳〕(「平治物語」のロシア語訳)
第48回(平24年)
　平凡社　「インドの驚異譚 10世紀＜海のアジア＞の説話集 全2巻」〔家島彦一訳〕
　国書刊行会　「カイロ三部作 全3巻」〔塙治夫訳〕
◇翻訳特別賞
　岩波書店　「フランス・プロテスタントの反乱 カミザール戦争の記録」〔二宮フサ訳〕
　筑摩書房　「ジェイムズ・ジョイス全評論」〔吉川信訳〕
　南雲堂　「チャールズ・オルソン マクシマス詩篇」〔平野順雄訳〕
第49回(平25年)
　早川書房　「チューリングの大聖堂 コンピュータの創造とデジタル世界の到来」〔吉田三知世訳〕
　平凡社　「完訳 日本奥地紀行 全4巻」〔金坂清則訳注〕
◇翻訳特別賞
　九州大学出版会　「オーロラ・リー ある女性詩人の誕生と熟成の物語」〔小塩トシ子訳〕
　水声社　「ユダヤ小百科」〔鈴木隆雄他訳〕
第50回(平26年)
　日本文献出版　「CLOUDS ABOVE THE HILL」〔Juliet Winters Carpenter他訳〕（司馬遼太郎著『坂の上の雲』の英語訳）
　東洋書林　「アメリカ西漸史≪明白なる運命≫とその未来」〔渡辺将人訳〕
◇翻訳特別賞
　玄文社　「≪シェイクスピアはどのようにしてシェイクスピアになったか≫と≪『ハムレット』の「ことば、ことば、ことば」とはどんな「ことば」か≫2冊に対して。」〔大井邦雄訳〕
　国文社　「シェイマス・ヒーニー詩作品の全訳」に対して：『シェイマス・ヒーニー全詩集（1966～91』『水準器』『電燈』『郊外線と環状線』『さ迷えるスウィニー』『人間の鎖』〔村田辰夫、坂本完春、杉野徹、薬師川虹一（ABC順）訳〕

135 日本民俗学会研究奨励賞

若手研究者の研究を奨励して、日本民俗学の発展に寄与することを目的に創設された。本賞は、戦前の民俗学会をリードした雑誌「旅と伝説」全32巻復刻版の利益金から岩崎美術出版が500万円を日本民俗学会に寄託、これを基金として昭和56年に設立されたもので、受賞者の多くは現在研究者として活躍している。

【主催者】日本民俗学会

【選考方法】 自薦・他薦
【選考基準】〔資格〕年齢35歳未満の同学会員。〔対象〕当該年度中に刊行された論文、著書、報告
【締切・発表】 例年10月に開催される同学会の年会で発表・表彰
【賞・賞金】（第34回）正賞、副賞10万円（柳田國男生誕地の兵庫県神崎郡福崎町より）
【URL】 http://www.fsjnet.jp/research/award.html

第1回（昭56年）
　小川 直之（神奈川県平塚市博物館学芸員）「関東地方における摘田の伝承（下）」〔平塚市博物館研究報告自然と文化 第4号〕
　佐々木 長生（会津民俗館学芸員）「会津地方における近世農具―絵画文献資料を中心に」〔日本常民文化研究所調査報告 第8集〕

第2回（昭57年）
　大本 憲夫（共立女子大学講師）「沖縄宮古群島の祭祀体系」〔民俗学研究所紀要 6号〕

第3回（昭58年）
　神野 善治（沼津市歴史民俗資料館）「筌漁の研究」〔沼津市歴史民俗資料館紀要 第6号,7号〕

第4回（昭59年）
　小島 博巳（成城大学短期学部講師）「〈俗信〉覚書―概念の再検討に向けて」
　山中 清次（栃木県立小山高校教諭）「タタリについての一考察―栃木県の事例を中心として」

第5回（昭60年）
　西海 賢二 「近世遊行聖の研究―木食観正を中心として」〔三一書房〕

第6回（昭61年）
　該当者なし

第7回（昭62年）
　野地 恒有 「飛魚と漁撈儀礼―対島暖流沿岸域の漁撈民俗研究序論」〔民俗学評論 26号〕

第8回（昭63年）
　安室 知 「水魚―用水潅漑稲作地における稲作と漁撈の複合」〔信濃 第40巻第1号〕

第9回（平1年）
　関沢 まゆみ 「「村の年齢」をさずける者―近江における長老と「座人帖」」〔日本民俗学 174号〕

第10回（平2年）
　斎藤 純 伝説・世間話の交錯と異伝の成立〔世間話研究 第1号〕
　永松 敦 椎葉神楽「板起し」考―奥日向地方の霜月神楽と動物供犠〕〔民俗宗教 第2集〕

第11回（平3年）
　橋本 裕之 「仕掛けとしての演劇空間」〔国立歴史民俗博物館研究報告 第25集〕

第12回（平4年）
　飯島 康夫 「ナントモ関係にみる家の統合と生活互助機能」〔群馬県立歴史民俗博物館研究紀要 第12号〕
　上野 誠 「民俗芸能における見立てと再解釈」〔日本民俗学 第184号〕

第13回（平5年）
　政岡 伸洋 「近江湖東における神社祭祀の地域的展開」〔鷹陵史学 18号〕
　菅 豊 「サケをめぐる宗教的世界」〔国立歴史民俗博物館研究報告 40集〕

第14回（平6年）
　徳丸 亜木 「漁民信仰論序説」
　服部 誠 「婚礼披露における女客の優位」

第15回（平7年）
　該当者なし

第16回（平8年）
　梅野 光興 「天の神論」
　島村 恭則 「沖縄における民俗宗教と新宗教―龍泉の事例から」

第17回（平9年）
　蔡 文高 「福建省西部地域の洗骨改葬―沖縄との若干の比較もかねて」

第18回（平10年）

小池　淳一　「イチダイ様信仰の生成」
第19回（平11年）
　　　前田　俊一郎　「近代の神葬化と葬墓制の変容―河口湖町河口の事例」
　　　中野　泰　「月齢階梯制における差異化のシステムと正当化」
第20回（平12年）
　　　六車　由実　「「人身御供」と祭―尾張大国霊神社の儺追祭をモデルケースにして」
第21回（平13年）
　　　大野　啓　「同族集団の構造と社会的機能―口丹波の株を事例に」
第22回（平14年）
　　　越川　次郎　「薬と信仰―身廷日蓮寺院の諸薬とその法的規制をめぐって」
第23回（平15年）
　　　該当者なし
第24回（平16年度）
　　　武井　基晃　「史縁集団の伝承論―文字記録の読解と活用を中心に」〔日本民俗学 235号〕
第25回（平17年度）
　　　厚　香苗　「テキヤ集団の構造と維持原理」〔日本民俗学 238号〕
　　　丸山　泰明　「モニュメントと記憶―八甲田山雪中行軍遭難事件をめぐる記憶の編成」〔日本民俗学 238号〕
第26回（平18年度）
　　　老　文子（滋賀県立大学大学院人間文化学研究科）「桶風呂の形態と使用域―滋賀県を中心とした事例研究」〔道具学論集 第11号〕

　　　加賀谷　真梨（お茶の水女子大学）「沖縄県・小浜島における生涯学習システムとしての年中行事」〔日本民俗学 第242号〕
第27回（平19年度）
　　　前野　雅彦　「伝承される開拓」〔日本民俗学 第248号〕
第28回（平20年度）
　　　松田　睦彦　「瀬戸内島嶼部の生業におけるタビの位置」〔国立歴史民俗博物館研究報告 136号〕
第29回（平21年度）
　　　今野　大輔　「ハンセン病差別の民俗学的研究に向けて」〔日本民俗学 256号〕
第30回（平22年度）
　　　柏木　亨介　「和歌森太郎の伝承論における社会規範概念」〔史境 59〕
　　　渡部　圭一　「頭役祭祀の集権的構成―近江湖南の集落神社の一例」〔京都民俗 26〕
第31回（平23年度）
　　　該当者なし
第32回（平24年度）
　　　渡部　鮎美　「機械化転換期における稲作技術の多様化とリスク―秋田県大潟村を事例に」〔国立歴史民俗博物館研究報告 162号〕
第33回（平25年度）
　　　後藤　麻衣子　「カマクラと雪室―その歴史的変遷と地域性」〔岩田書院〕
第34回（平26年度）
　　　谷岡　優子　「風土病の民俗学～六甲山東麓における『斑状歯』をめぐって～」〔関西学院大学社会学部紀要』117〕

136　日本歴史学会賞

　日本史研究の発展と研究者への奨励を目的として，日本歴史学会が平成11年に創設。毎年，同学会が刊行する月刊雑誌「日本歴史」に掲載された論文の中から，完成度の高い論文および問題提起に富んだ論文の執筆者1名に授賞する。

【主催者】日本歴史学会
【選考方法】同学会評議員による推薦にもとづき，理事会において選考
【選考基準】〔対象〕「日本歴史」の前年1月号から12月号に掲載された論文
【締切・発表】毎年6月1日発表，7月（第2土曜日）贈呈式

【賞・賞金】表彰状、楯、賞金10万円
【URL】http://www.yoshikawa-k.co.jp/news/n345.html

第1回（平12年）
　酒入 陽子　「家康家臣団における大須賀康高の役割」〔日本歴史 第612号 1999年〕
　清水 克行　「足利義持の禁酒令について」〔日本歴史 第619号 1999年〕
第2回（平13年）
　伊川 健二　「中世後期における外国使節と遣外国使節」〔日本歴史 第626号 2000年〕
第3回（平14年）
　谷口 眞子　「近世における「無礼」の概念」〔日本歴史 第636号 2001年〕
第4回（平15年）
　成田 一江　「「模範的工場」の労働史的研究―江口章子の「女工解放」を手がかりとして」〔日本歴史 第651号 2002年〕
第5回（平16年）
　堀越 祐一　「豊臣『五大老』・『五奉行』についての再検討―その呼称に関して」〔日本歴史 2003年4月号〕
第6回（平17年）
　官田 光史（日本学術振興会特別研究員）「国体明徴運動と政友会」〔日本歴史 2004年5月号〕
第7回（平18年）
　渡邉 俊（東北大学大学院博士後期課程）「使庁と没官領―『宝鏡寺文書』所収売券案の考察」〔日本歴史 2005年2月号〕

第8回（平19年）
　服部 一隆（明治大学文学部兼任講師）「娍子立后に対する藤原道長の論理」〔日本歴史 2006年4月号〕
第9回（平20年）
　下重 直樹　「日露戦後財政と桂新党―桂系官僚と財界の動向を中心に」〔日本歴史 2007年7月号〕
第10回（平21年）
　李 炯植　「南次郎総督時代における中央朝鮮協会」〔日本歴史 2008年5月号〕
第11回（平22年）
　磐下 徹　「郡司職分田試論」〔日本歴史 2009年1月号〕
第12回（平23年）
　長村 祥知　「承久三年五月十五日付の院宣と官宣旨―後鳥羽院宣と伝奏葉室光親」〔日本歴史 第744号〕
第13回（平24年）
　荒船 俊太郎　「大正前・中期の西園寺公望と「元老制」の再編」〔日本歴史 第760号〕
第14回（平25年）
　山田 徹　「土岐頼康と応安の政変」〔日本歴史 第769号〕
第15回（平26年）
　宮川 麻紀　「八世紀における諸国の交易価格と估価」〔日本歴史 第778号〕

137 野間アフリカ出版賞

　講談社社長・故野間省一氏の提唱により昭和54年に創設された。アフリカ人による著作活動とアフリカ諸国内での出版活動の奨励を目的とする。第30回（平21年）をもって終了。

【主催者】講談社
【選考方法】公募
【選考基準】〔対象〕アフリカ人の手により、アフリカで出版された作品。学術、児童、文芸の3分野
【締切・発表】（第30回）平成21年10月に選考会、22年6月にスウェーデン、イエテボリに

て贈呈式
【賞・賞金】賞状と賞金10,000ドル

第1回（昭55年度）
　バ，マリアマ（セネガル・女性作家）「かくも長き手紙」
第2回（昭56年度）
　アディ，フェリックス（ナイジェリア・医学教授）「コミュニティーの保健教育」
第3回（昭57年度）
　アサレ，メサック（ガーナ・作家）「金工少年の秘密」
第4回（昭58年度）
　アミサー，オースチン・N.E.（前ガーナ副司法長官）「ガーナの刑事訴訟」
第5回（昭59年度）
　ヌデベレ，ジャブロ（南アフリカ・亡命作家）「愚か者たち，ほか」
　ガカラ・ワ・ワンジャウ（ケニア・解放運動作家）「マウマウ獄中記」
第6回（昭60年度）
　ナンガ，ベルナール（カメルーン・作家）「マリアンヌの裏切り」
第7回（昭61年度）
　ジャシント，アントニオ（アンゴラ・詩人）「詩集・サンチアゴのタラファル監獄を生きのびる」
第8回（昭62年度）
　キプレ，ピエール「コートジボアールの都市 1893〜1940」
第9回（昭63年度）
　カリニコス，ルリ「労働と生活 1886〜1940年―ランドの工場・町・民衆文化」〔レイバン・プレス〕
第10回（平1年度）
　ホーベ，チェンジェライ（ジンバブエ・作家）「骨」
第11回（平2年度）
　ウィルソン，フランシス，ランフェレ，マンデラ「貧困の断絶」
第12回（平3年度）
　オスンダレ，ニイ「ウエイティング・ラフターズ」〔WAITING LAUGHTERS〕
第13回（平4年度）
　ホッジャ，スワッド「アルジェリア女性讃」
　ムンゴシ，チャールズ「あの日あのころ―ショナ族の子供の物語」
第14回（平5年度）
　セローテ，モンガネ・ウオリィ「第三世界特急便」
第15回（平6年度）
　ゼレーザ，ポール・ティアンベ（マラウイ・歴史・経済学者）「アフリカ現代経済史」〔アフリカ社会科学研究振興協会〕
第16回（平7年度）
　ナイケルク，マリーヌ・ヴァン（南アフリカ）「Triomf（トゥリオンフ）」
第17回（平8年度）
　トゥーレ，キッチャ（コートジボワール）「デスタン パラレル」
第18回（平9年度）
　ボアヘン，アルバート・アデュー（ガーナ共和国）「ムファントシピム中等学校とガーナ建国」
第19回（平10年度）
　ニヤバ，ピーター・アドウック（スーダン）「証言・南スーダンの解放闘争」〔ファウンテン出版社〕
第20回（平11年度）
　サンブ，ジブリル（セネガル共和国）「セネガルの夢判断」
第21回（平12年度）
　Njogo,Kimani, Chimerah,Rocha（ケニア）「Ufundishaji wa Fasihi：Nadharia na Mbinu」〔Jomo Kenyatta Fondation〕
第22回（平13年度）
　Emanuel,Abosede（ナイジェリア）「Ifa Festival（ヨルバ人の伝統宗教祭儀・Ifaの歴史的考察）」
第23回（平14年度）
　Sakkut,Hamdi（エジプト）「アラビア文学：近代アラビア小説の書目と批評 全6巻」

第24回（平15年度）
　エリノー・シスル　「アフリカの偉大なリーダー・シスルの物語」
第25回（平16年度）
　該当者なし
第26回（平17年度）
　ウェレウェレ・リキン　「ラ・メモワール・アンピュテ」
第27回（平18年度）
　レボガン・マシーレ　「In a Ribbon of Rhythm」
第28回（平19年度）
　シマー・チノジャ　「STRIFE」
第29回（平20年度）
　ザカリハ・ラポーラ　「BEGINNINGS OF A DREAM」
第30回（平21年度）
　セフィ・アッタ　「LAWLESS & Other Stories」

138　野間文芸翻訳賞

講談社創業80周年を記念して、平成元年に創設された。日本の文芸作品を海外に紹介し、国際相互理解の増進に寄与する優れた翻訳者の育成を目的としている。隔年開催にて各回ごとに対象言語を設定。

【主催者】講談社

【選考委員】（第20回）川村湊（法政大学教授）、きむふな（翻訳家）、ヤンユンオク（翻訳家）、渡辺直紀（武蔵大学教授）

【選考方法】選考委員の推薦

【選考基準】〔対象〕（第20回）1945年以降の日本の文学作品を外国語に翻訳・発表した作品の中から最も優れた業績を上げた翻訳者。第20回の対象言語は韓国語。

【締切・発表】通常3～4月末に選考会、10月に贈呈式。平成27年は9月に韓国・ソウルの新羅ホテルにて贈呈式予定

【賞・賞金】賞状と賞金1万ドル

【URL】http://www.kodansha.co.jp/about/nextgeneration/award/25056.html

第1回（平2年）
　ベスター，ジョン　"「三島由紀夫短編集」の翻訳"
第2回（平3年）
　ヴォス，パトリック・ドゥ　"村上春樹「羊をめぐる冒険」の翻訳"
　ペラン，ヴェロニック　"古井由吉「杳子」の翻訳"
第3回（平4年）
　キーン，デニス　"北杜夫「幽霊」の翻訳「Ghosts」"
第4回（平5年）
　ベルント，ユルゲン（フンボルト大学日本文学科教授）"遠藤周作の一連の作品の翻訳など"
　シャールシュミット，ジークフリード　"三島由紀夫「天人五衰」の翻訳など"
第5回（平6年）
　オルシ，マリーア・テレーザ（ローマ大学日本語日本文学教授）"坂口安吾「桜の森の満開の下 ほか」などをイタリア語訳"
第6回（平7年）
　マクレラン，エドウィン（イェール大学教授）"吉川英治「忘れ残りの記」の英語訳に対して"
第7回（平8年）
　イスキエルド，フェルナンド・ロドリゲス（スペイン）"「El rostro ajeno」（安部公

房「他人の顔」のスペイン語訳）を中心とする永年の業績に対して"

第8回（平9年）
　ワダ，グニッラ・リンドベリィ（スウェーデン）"三島由紀夫「春の雪」の翻訳を中心とする日本文学研究"

第9回（平10年）
　アンスロー，カトリーヌ（フランス）"丸谷才一「たった一人の反乱」のフランス語訳"
　ラルーズ，ジャック（フランス）"開高健「夏の闇」のフランス語訳"

第10回（平11年）
　プッツ，オットー（ドイツ）"夏目漱石「吾輩は猫である」と大江健三郎「芽むしり仔撃ち」のドイツ語訳"

第11回（平12年）
　ウェスタホーベン，ジャック（弘前大学助教授）"奥泉光「石の来歴」のオランダ語訳"

第12回（平13年）
　アミトラーノ，ジョルジオ（ナポリ東洋大学教授）"宮沢賢治「銀河鉄道の夜」のイタリア語訳"

第13回（平14年）
　陳薇（同志社女子大非常勤講師）"「永井荷風選集」の中国語訳"

第14回（平15年）
　ジェイ・ルービン（ハーバード大学教授）"村上春樹の小説「ねじまき鳥クロニクル」の英訳に対して"

第15回（平16年）
　ヤン ユンオク "「日蝕」（平野啓一郎著）の韓国語版の翻訳に対して"

第16回（平19年）
　グリゴーリィ・チハルチシヴィリ "三島由紀夫「著作集」（アズブカ社）の翻訳に対して"

第17回（平21年）
　アンヌ・バヤール・坂井 "Ikebukuro West Gate Park（石田衣良「池袋ウェストゲートパーク」）"
　ジャック・レヴィ "Miracle（中上健次「奇蹟」）"

第18回（平23年）
　岳 遠坤　「徳川家康 13」（山岡荘八「徳川家康25・26巻」）
　陸 求実　「東京湾景」（吉田修一「東京湾景」）

第19回（平25年）
　ロジャー・パルバース　「STRONG IN THE RAIN SELECTED POEMS」（宮澤賢治「雨ニモマケズ」ほか）

第20回（平27年）
　クォン・ヨンジュ "「三月は深き紅の淵を」（恩田陸著）の韓国語翻訳に対して"

139 パピルス賞

関科学技術振興記念財団設立10周年を記念し創設。アカデミズムの外で達成された在野の学問的業績，学問と社会をつなぐ業績を顕彰。

【主催者】関科学技術振興記念財団

【選考委員】（平25年）澤岡昭，末松安晴，柴垣和夫，樋口陽一，加藤隆史，長井寿，納富信留，萩本和男

【選考方法】選考委員および財団理事，評議員の推薦に基づき選考委員が決定

【選考基準】〔対象〕自然科学・技術書部門，人文・社会科学部門から出版された書物を対象に，在野の研究者，またはすぐれた啓蒙的活動をする研究者。〔応募規定〕公刊された推薦する作品に推薦理由（A4判1枚）を付して提出

【締切・発表】（第12回）平成26年10月決定

【賞・賞金】賞金各30万円
【URL】http://www2.ocn.ne.jp/~seki_mfs/seki-papirus.html

第1回(平15年)
◇自然科学・技術書部門
　山本 義隆(駿台予備校講師)「磁力と重力の発見」〔みすず書房〕
◇人文・社会科学書部門
　若林 啓史(在イラン日本大使館)「聖像画論争とイスラーム」〔知泉書館〕
第2回(平16年)
◇自然科学・技術書部門部門
　該当作なし
◇人文・社会科学書部門
　大村 幸弘(中近東文化センター)「アナトリア発掘記―カマン・カレホユック遺跡の20年」〔日本放送出版協会〕
第3回(平17年)
◇自然・科学技術書部門
　大石 道夫(かずさDNA研究所所長)「DNAの時代―期待と不安」〔文春新書〕
◇人文・社会科学書部門
　該当作なし
第4回(平18年)
◇自然科学・技術書部門
　梅田 望夫(株式会社はてな取締役)「ウェブ進化論」〔ちくま新書〕
◇人文・社会科学書部門
　坂中 英徳(元・東京入国管理局長,外国人政策研究所所長)「入管戦記―「在日」差別,「日系人」問題,外国人犯罪と,日本の近未来」〔講談社〕
第5回(平19年)
◇自然科学・技術書部門
　五島 綾子(静岡県立大学経営情報学部教授)「ブレークスルーの科学―ノーベル賞受賞学者白川英樹博士の場合」〔日経BP社〕
◇人文・社会科学書部門
　小尾 俊人(前・みすず書房編集者)「出版と社会」〔幻戯書房〕
第6回(平20年)
◇自然科学・技術書部門
　池内 了(総合研究大学大学院教授)"科学は今どうなっているの?」(晶文社)から「疑似科学入門」(岩波新書)まで,一連の啓蒙的著作"
◇人文・社会科学書部門
　該当作なし
第7回(平21年)
◇自然科学・技術書部門
　該当作なし
◇人文・社会科学書部門
　加藤 九祚(前・国立民族博物館教授) 一人雑誌「アイハヌム」〔東海大学出版会〕
第8回(平22年)
◇自然科学・技術書部門
　板倉 聖宣(板倉研究室主宰)「増補 日本理科教育史 付・年表」〔仮説社〕
◇人文・社会科学書部門
　松原 國師 「西洋古典学事典」〔京都大学学術出版会〕
第9回(平23年)
◇自然科学・技術書部門
　佐伯 康治 「徹底検証 21世紀の全技術」
　隠岐 さや香 「科学アカデミーと「有用な科学」―フォントネルの夢からコンドルセのユートピアへ」
◇人文・社会科学書部門
　古曳 正夫 「読書地図帳 ヘロドトス「歴史」」
第10回(平24年)
◇自然科学・技術書部門
　丹波 康頼〔撰〕,槇 佐知子〔全訳精解〕「医心方 全33冊」〔筑摩書房〕
◇人文・社会科学書部門
　NHKスペシャル取材班 「ヒューマン なぜヒトは人間になれたのか」〔角川グループパブリッシング〕
第11回(平25年)
　植木 雅敏〔訳〕 「梵漢和対照・現代語訳 維摩経」〔岩波書店〕
　T.ホッブズ 「哲学原論 自然法および国家法の原理」〔柏書房〕

第12回（平26年）
　◇自然科学・技術書部門
　　中沢　弘基（物質・材料研究機構名誉フェロー）「生命誕生 地球史から読み解く新しい生命像」〔講談社〕
　◇人文・社会科学書部門
　　野間　秀樹〔編〕（国際教養大学客員教授）「韓国・朝鮮の知を読む」〔CUON〕

140 比較思想学会研究奨励賞

東洋思想と西洋思想を比較研究する，特に新進の研究者の研究を助成するために設立された。

【主催者】比較思想学会
【選考委員】同賞選考委員会
【選考基準】〔資格〕満40歳未満の同学会会員。〔対象〕学会誌「比較思想研究」掲載論文
【締切・発表】毎年6月に開催される同学会年次大会総会席上で発表
【賞・賞金】賞状と副賞5万円
【URL】http://www.jacp.org/journal/shourei/

第1回（平1年）
　渡辺　明照（大正大学，東海大学講師）「天台円融論における弁証法的思惟—ヘーゲル哲学と関説させて」〔比較思想研究 6号〕ほか
第2回（平2年）
　頼住　光子（東京大学大学院，工学院大学講師）「和辻哲郎と解釈学—比較思想的探求」
第3回（平3年）
　吉田　喜久子（法政大学講師）「キリスト教神秘思想に於ける三一性の問題—新プラトン主義的一性とキリスト教的三一性の問題をめぐって」〔比較思想研究 16号〕
第4回（平4年）
　保坂　俊司（麗沢大学専任講師）「シュク教の神の概念についての一考察—SukuとHukamuを中心として」〔比較思想研究 13号〕ほか
第5回（平5年）
　木村　博也（法政大学）「行と行為—江渡狄嶺とフィヒテ」〔比較思想研究 18号〕
第6回（平6年）
　該当者なし
第7回（平7年）
　根田　隆平（明治学院大学非常勤講師）「西田とベルクソンにおける「空間」の意義について—行為的事項と逆理の図式」〔比較思想研究 20号〕
第8回（平8年）
　酒井　潔「宮沢賢治のモナドロジー」
第9回（平9年）
　辻口　雄一郎　「「正法眼蔵」と「存在と時間」における自己の所在について」
第10回（平10年）
　福島　揚　「和辻哲郎とカール・レーヴィット—二つの「人−間」存在論」，「カール・レーヴィットと昭和初期の日本—「コスモス」と「風土」を巡って」
第11回（平11年）
　田中　かの子　「「空の御座」考—諸宗教における至聖所の比較研究」，「「生命尊重」の思想と実践—現代インドにおけるゾロアスター教とジャイナ教の場合」
第12回（平12年）
　司馬　春英　「唯識思想と現象学—比較論的諸観点の提示を通して」
第13回（平13年）
　冲永　宜司　「宗教経験と悟り—ジェイムズと白隠との比較から」，「禅言語の逆説

構造—ウィトゲンシュタインの規則論を手がかりに」
相楽 勉 「なぜ「陳述」は批判されねばならないか？—時枝誠記・西田幾多郎・ハイデガー」
第14回（平14年）
水野 友晴 「理想主義的理性的信仰—T.H.グリーンの心霊的原理と西田幾多郎の純粋経験」
第15回（平15年）
千田 智子 「南方熊楠におけるヨーロッパ的科学思想と密教的世界観の統合」
第16回（平16年）
浅見 洋 「西田における生命論の宗教的背景とその展開—仏基儒の生命観の受容と生物学との対話」
第17回（平17年）
橋 ひさき 「後期西田の自然哲学—20世紀物理学と後期西田の場所的論理」
第18回（平18年）
今村 純子 「「詩」をもつこと—シモーヌ・ヴェイユと鈴木大拙」
第19回（平19年）
横田 理博 「近代西洋のエートスを相対化するウェーバーの比較思想的視座」
第20回（平20年）
佐々木 慎吾 「生物学と宗教的世界観—西田幾多郎とJ.S.ホールデーンとの「収斂」をめぐって」
第21回（平21年）
浅倉 祐一朗 「西田幾多郎とK.フィードラー——その芸術論をめぐって」
第22回（平22年）
熊谷 征一郎 「西田哲学における「習慣」の意義—ラヴェッソン、ベルクソン、メーヌ・ド・ビランの受容において」
第23回（平23年）
岩脇リーベル, 豊美 「ニヒリズム克服への仏教および異文化解釈—ニーチェにおける身体性へのパースペクティヴ変換」「比較思想論の展開と問題としてのコスモポリタニズム—カント、ヘルダーリン、ニーチェ」
第24回（平24年）
金澤 修 「根源的体験とその描写—プロティノスとウパニシャッド比較再考」
第25回（平25年）
該当者なし
第26回（平26年）
岩崎 陽一 「情報の信頼性の問題をインド哲学から考える」

141 文化財保存・修復 読売あをによし賞

かけがえのない文化遺産を優れた技などを駆使して最前線の現場で守り伝え、特に卓越した業績を挙げた人たちを顕彰する。読売新聞大阪本社発刊55周年を記念して、平成19年に創設。

【主催者】読売新聞社

【選考委員】（第9回）稲葉政満（東京芸術大大学院教授）,上野博司（日本文化財保護協会専務理事）,亀井伸雄（東京文化財研究所長）,中西進（奈良県立万葉文化館長）,平岩弓枝（作家）,松村恵司（奈良文化財研究所長）,三輪嘉六（九州国立博物館長）,湯山賢一（奈良国立博物館長）

【選考方法】公募（自薦または他薦）

【選考基準】〔資格対象〕文化財保存・修復に取り組む個人、または団体。海外での活動も含む〔応募規定〕(1)住所・氏名（団体の代表者名）・生年月日・連絡先・主な取り組み、業績などを応募書にまとめ、自治体や博物館、学会・団体など第3者の推薦書を付ける。各A4判で書式自由、(2)参考資料として報告書や図面、電子データなどもあれば

学芸　　　　　　　　　　　　　　　　　　　　　　　　　　*142* 毎日出版文化賞

添付する（要返却の場合は明記を），(3)あて先は〒530-8551大阪市北区野崎町5-9,読売新聞大阪本社編集局「読売あをによし賞」事務局
【締切・発表】2月末締切,5月初め発表
【賞・賞金】本賞（賞金300万円と記念品），奨励賞（同100万円），特別賞（記念品）
【URL】http://www.yomiuri.co.jp/osaka/feature/kansai1286326072980_02/index.htm

第1回（平19年）
　財団法人文化財虫害研究所
◇奨励賞
　富沢 千砂子（模写制作家），加藤 純子（模写制作家）
第2回（平20年）
　隅田 隆蔵（茅葺き棟梁）
◇奨励賞
　大川 昭典（和紙技術研究者）
◇特別賞
　財団法人中近東文化センター附属アナトリア考古学研究所
第3回（平21年）
　白鷹 幸伯（鍛冶）
◇奨励賞
　森 義男（本藍染）
◇特別賞
　一般社団法人国宝修理装潢師連盟
第4回（平22年）
　山領 まり（絵画修復家）
◇奨励賞
　北野 一成（建材壁茢製造）
◇特別賞
　財団法人元興寺文化財研究所

第5回（平23年）
　小澤 正実（甲冑修理士）
◇奨励賞
　大山 明彦（絵画記録保存（奈良教育大准教授））
◇特別賞
　日本うるし掻き技術保存会
第6回（平24年）
　山本 忠義（手漉和紙用具製作）
◇奨励賞
　黒坂 登（名勝桜の保存管理）
◇特別賞
　財団法人美術院
第7回（平25年）
　粟田 純司（城郭石垣修理）
◇奨励賞
　島原 雄治（金銀糸・平箔製造）
◇特別賞
　住友財団
第8回（平26年）
　昭和村からむし生産技術保存教会
◇奨励賞
　泉 清吉（漆刷毛の製作）
◇特別賞
　NPO法人沖縄伝承話資料センター

142 毎日出版文化賞

　優れた著作,出版活動を表彰するために昭和22年に創設された。出版文化が到達した水準を示す賞として1年間に発行された出版物（電子出版物・翻訳本を含む）の中から,文学・芸術部門,人文・社会部門,自然科学部門,企画部門の4部門に分けて特に優れたものを選び,著編者,翻訳者,出版社を顕彰する。
【主催者】毎日新聞社
【選考委員】（第68回）五百旗頭真,白石太一郎,武田徹,成毛眞,林真理子,松浦寿輝,松本健一,御厨貴,伊藤芳明（毎日新聞社専務取締役主筆）

142 毎日出版文化賞

【選考方法】著編者,翻訳者,出版社の自薦および,毎日新聞社が依頼した有識者からの推薦

【選考基準】前年9月1日から当該年8月末日までの1年間に初版が刊行された出版物。また、最終巻が同じ時期に刊行された「全集」「講座」などの出版物。但し、原則として次のような出版物は除く。(1)専門的な研究者などに向けた出版物で、一般の読書対象になじまないもの。(2)教科書、副読本、限定出版物、非売品など、読者が特殊な範囲に限定され、一般に入手困難なもの。(3)政治結社、宗教団体などの組織がもっぱら活動の一環として刊行したもので、一般の読書対象になじまないもの。(4)雑誌の形態で刊行されたもの

【締切・発表】例年8月31日締切、発表は11月3日の毎日新聞紙上

【賞・賞金】4部門から原則各1点。著・編・訳者に賞状と賞金100万円、賞品「パーカー」万年筆セット。出版社に賞状と賞牌

【URL】http://www.mainichi.co.jp/event/aw.html#001886

第1回(昭22年)
　戒能 通孝　「入会の研究」〔日本評論社〕
　大塚 久雄　「近代欧州経済史序説」〔日本評論社〕
　田辺 元　「懺悔道としての哲学」〔岩波書店〕
　久保 亮五, 戸田 盛和, 小島 昌治　物理学集書「ゴム弾性」「液体理論」「真空管の物理」の3冊〔河出書房〕
　宮本 百合子　「風知草」〔文芸春秋新社〕
　宮本 百合子　「播州平野」〔河出書房〕
　谷崎 潤一郎　「細雪」〔中央公論社〕
　小林 太市郎　「大和絵史論」〔全国書房〕
　河上 肇　「自叙伝」〔世界評論社〕
　宮本 忍　「気胸と成形」〔真善美社〕
　緒方 富雄　「みんなも科学を」〔朝日新聞社〕

第2回(昭23年)
　田中 美知太郎　「ロゴスとイデア」〔岩波書店〕
　川島 武宜　「日本社会の家族的構成」〔学生書房〕
　大内 力　「日本資本主義の農業問題」〔日本評論社〕
　歴史学研究会〔編〕「歴史学研究」〔岩波書店〕
　上原 専禄　「歴史的省察の新対象」〔弘文堂〕
　内田 清之助　「日本動物図鑑」〔北隆館〕
　きだ みのる　「気違い部落周游紀行」〔吾妻書房〕
　渡辺 一　「東山水墨画の研究」〔座右宝〕
　竹山 道雄　「ビルマの竪琴」〔中央公論社〕
　西山 卯三　「これからのすまい」〔相模書房〕

第3回(昭24年)
　波多野 精一　「波多野精一全集 全5巻」〔岩波書店〕
　蝋山 政道　「日本における近代政治学の発達」〔実業之日本社〕
　古島 敏雄　「日本農業技術史 上下」〔時潮社〕
　西岡 虎之助　「民衆生活史研究」〔福村書店〕
　遠山 茂樹, 石母田 正, 高橋 礦一　「世界の歴史・日本」〔毎日新聞社〕
　井上 清　「日本女性史」〔三一書房〕
　玉木 英彦, 田島 英三　「物質—その窮極構造」〔日本評論社〕
　隈部 英雄　「結核の正しい知識」〔保健同人社〕
　中島 敦　「中島敦全集 全3巻」〔筑摩書房〕
　吉川 逸治　「中世の美術」〔東京堂〕
　高森 敏夫　「考える子供たち」〔角川書店〕
　松田 道雄　「赤ん坊の科学」〔創元社〕

第4回(昭25年)
　今井 誉次郎　「農村社会科カリキュラムの実践」〔牧書店〕
　南 博　「社会心理学」〔光文社〕
　小島 祐馬　「中国の革命思想」〔弘文堂〕

古島 敏雄 「山村の構造」〔日本評論社〕
湯浅 光朝〔編〕 「科学文化史年表」〔中央公論社〕
岩波書店編集部〔編〕 「科学の事典」〔岩波書店〕
辰野 隆〔訳〕 「フィガロの結婚(ボオマルシェエ著)」〔要書房〕
堀 辰雄 「堀辰雄作品集 全7巻」〔角川書店〕
菊池 一雄 「ロダン」〔中央公論社〕
高橋 磌一, 松島 栄一, 宮森 繁 「日本の国ができるまで」〔日本評論社〕
農村文化協会長野県支部(代表・八木林二)〔編〕 「明日への待望(農村青年叢書)」

第5回(昭26年)
桑原 武夫〔編〕 「ルソー研究」〔岩波書店〕
滝川 幸辰 「刑法講話」〔日本評論社〕
末弘 厳太郎 「日本労働組合運動史」〔日本労働組合運動史刊行会〕
原 奎一郎〔編〕 「原敬日記 全9巻」〔乾元社〕
日夏 耿之介, 山宮 允, 矢野 峰人, 三好 達治, 中野 重治〔編〕 「日本現代詩大系 全10巻」〔河出書房〕
田宮 虎彦 「絵本」〔目黒書店〕
平凡社 「世界美術全集 第8巻 隋唐編」
小山書店 「私たちの生活百科事典 第1巻 家」
八杉 竜一 「動物の子どもたち」〔光文社〕
柳田 国男〔監修〕, 民俗学研究所〔編〕 「民俗学辞典」〔東京堂〕

第6回(昭27年)
堀 一郎 「民間信仰」〔岩波書店〕
信夫 清三郎 「大正政治史」〔河出書房〕
近藤 康男 「農地改革の諸問題」〔有斐閣〕
安芸 皎一 「日本の資源問題」〔古今書院〕
日本生理学会〔編〕 「生理学講座 全18巻」〔中山書店〕
野間 宏 「真空地帯」〔河出書房〕
岡 鹿之助, 今泉 篤男, 滝口 修造〔編〕 「日本の彫刻 全6巻」〔美術出版社〕
日本放送協会〔編〕 「日本民謡大観・東北編」〔日本放送出版協会〕
長田 新〔編〕 「原爆の子」〔岩波書店〕
湊 正雄 「湖の一生」〔福村書店〕

第7回(昭28年)
和辻 哲郎 「日本倫理思想史 上下」〔岩波書店〕
藤田 五郎 「封建社会の展開過程」〔有斐閣〕
丸山 真男 「日本政治思想史研究」〔東京大学出版会〕
杉本 栄一 「近代経済学史」〔岩波書店〕
三輪 知雄〔監修〕 「生物学大系 全8巻」〔中山書店〕
柴田 天馬〔訳〕 「聊斎志異 全10巻」〔創元社〕
堀口 捨巳〔著〕, 佐藤 辰三〔写真〕 「桂離宮」〔毎日新聞社〕
井口 基成〔編〕 「世界音楽全集・ピアノ編」〔春秋社〕
細井 輝彦 「蚊のいない国」〔岩波書店〕

第8回(昭29年)
日本応用心理学会〔編〕 「心理学講座」〔中山書店〕
野口 弥吉〔編〕 「農業図説大系」〔中山書店〕
湯浅 光朝〔編〕 「自然科学の名著」〔毎日新聞社〕
岩波書店 「村の図書室」
西村 貞, 美術出版社 「民家の庭」
平凡社 「世界歴史事典」
畔柳 二美 「姉妹」〔講談社〕
波多野 勤子 「幼児の心理」〔光文社〕
住井 すゑ 「夜あけ朝あけ」〔新潮社〕
中教出版社 「学生の理科辞典」

第9回(昭30年)
服部 之総 「明治の政治家たち 上下」〔岩波書店〕
近藤 康男〔編〕 「日本の農業」〔毎日新聞社〕
岩波書店 「科学の学校 全5巻」
宮沢 俊義〔ほか〕 「わたくしたちの憲法」〔有斐閣〕
青野 季吉〔ほか〕 「現代文学論大系 全8巻」〔河出書房〕
土門 拳〔撮影〕, 北川 桃雄〔解説〕 「室生寺」〔美術出版社〕
成瀬 政男 「歯車の話」〔牧書店〕
伊谷 純一郎〔著〕, 今西 錦司〔編〕 「高

崎山のサル（日本動物記2）」〔光文社〕
中野 重治 「むらぎも」〔講談社〕
金井 喜久子 「琉球の民謡」〔音楽之友社〕
◇特別賞
日本聖書協会〔編〕 「口語聖書」〔日本聖書協会〕
河盛 好蔵, ほか〔監修〕 「学校図書館文庫 第1期全50巻」〔牧書店〕

第10回（昭31年）
岡 義武 「国際政治史」〔岩波書店〕
三枝 博音 「日本の唯物論者」〔英宝社〕
小倉 金之助 「近代日本の数学」〔新樹社〕
前田 千寸 「むらさきくさ」〔河出書房〕
小西 健二郎 「学級革命」〔牧書店〕
西野 辰吉 「秩父困民党」〔講談社〕
渡辺 護 「現代演奏家事典」〔修道社〕
勝田 守一, 国分 一太郎, 丸岡 秀子〔共編〕 「お母さんから先生への百の質問 正・続」〔中央公論社〕
平凡社 「児童百科事典 全24巻」
杉 靖三郎, 石田 周三, 宮城 音弥, 川島 武宜, 加茂 儀一, 岸本 英夫, 増谷 文雄, 湯川 秀樹〔共編〕 「人間の科学 全6巻」〔中山書店〕

第11回（昭32年）
日本近代史研究会〔編〕 「写真図説総合日本史 9冊」〔国際文化情報社〕
いぬい とみこ 「ながいながいペンギンの話」〔宝文館〕
宮 柊二 「宮柊二全歌集」〔東京創元社〕
霜多 正次 「沖縄島」〔筑摩書房〕
飯塚 浩二〔編著〕 「世界と日本 上下」〔大修館書店〕
芦原 英了 「巴里のシャンソン」〔白水社〕
中村 吉右衛門〔著〕, 波野 千代〔編〕 「吉右衛門日記」〔演劇出版社〕
柳田 国男〔監修〕, 民俗学研究所〔編〕 「綜合日本民俗語彙 全5巻」〔平凡社〕
海後 宗臣, 沢田 慶輔, 宮原 誠一〔編〕 「教育学事典 全6巻」〔平凡社〕
谷口 吉郎〔著〕, 佐藤 辰三〔写真〕 「修学院離宮」〔毎日新聞社〕
伏見 康治, 林 髞, 三輪 知雄, 沼野井 春雄, 八杉 竜一〔共編〕 「生命の科学 全6巻」〔中山書店〕

第12回（昭33年）
佐藤 功〔編〕 「警察」〔有斐閣〕
石光 真清 「城下の人」「曠野の花」〔竜星閣〕
野上 丹治, 野上 洋子, 野上 房雄 「つづり方兄妹」〔理論社〕
蜂屋 慶, 宇野 登 「子どもらが道徳を創る」〔黎明書房〕
海津 八三, 相良 守次, 宮城 音弥, 依田 新〔共編〕 「心理学事典」〔平凡社〕
大牟羅 良 「ものいわぬ農民」〔岩波書店〕
木村 健康, 古谷 弘〔編〕 「近代経済学教室 全4巻」〔勁草書房〕
神西 清〔訳〕 「チェーホフ戯曲集」〔中央公論社〕
青野 季吉 「文学五十年」〔筑摩書房〕
遠藤 周作 「海と毒薬」〔文芸春秋新社〕
浜谷 浩〔写真〕 「裏日本」〔新潮社〕

第13回（昭34年）
高見 順 「昭和文学盛衰史 1,2」〔文芸春秋新社〕
美濃部 亮吉 「苦悶するデモクラシー」〔文芸春秋新社〕
沢田 允茂 「少年少女のための論理学」〔牧書店〕
佐藤 暁 「だれも知らない小さな国」〔講談社〕
山本 周五郎 「樅ノ木は残った 上下」〔講談社〕
菊池 誠 「トランジスタ」〔六月社〕
二川 幸夫〔写真〕, 伊藤 ていじ〔著〕 「日本の民家」のうち「山陽路」「高山・白川」〔美術出版社〕
中根 千枝 「未開の顔・文明の顔」〔中央公論社〕
室生 犀星 「我が愛する詩人の伝記」〔中央公論社〕
木下 順二 「ドラマの世界」〔中央公論社〕
◇特別賞
下中 弥三郎〔編〕 「世界大百科事典 全32巻」〔平凡社〕

第14回（昭35年）
芦田 均 「第二次世界大戦外交史」〔時事通信社〕

学芸

宮沢 俊義〔編〕 「世界憲法集」〔岩波書店〕
宮地 伝三郎 「アユの話」〔岩波書店〕
荒畑 寒村 「寒村自伝」〔論争社〕
佐々 学 「日本の風土病」〔法政大学出版局〕
坪田 譲治〔ほか編〕 「新美南吉童話全集 全3巻」〔大日本図書〕
高崎 正秀〔ほか編〕 「民俗文学講座 全6巻」〔弘文堂〕
川添 登 「民と神の住まい」〔光文社〕
田中 惣五郎 「北一輝」〔未来社〕
大原 富枝 「婉という女」〔講談社〕
◇特別賞
河出書房新社 「日本歴史人辞典 全20巻」
第15回(昭36年)
遠山 啓 「数学入門 上下」〔岩波書店〕
柳田 泉,勝本 清一郎,猪野 謙二〔編〕 「座談会・明治文学史」〔岩波書店〕
大岡 昇平 「花影」〔中央公論社〕
岡本 太郎 「忘れられた日本」〔中央公論社〕
大村 喜吉 「斎藤秀三郎伝」〔吾妻書房〕
福永 武彦 「ゴーギャンの世界」〔新潮社〕
寺村 輝夫 「ぼくは王さま」〔理論社〕
青木 恵一郎 「日本農民運動史 全5巻」〔日本評論新社〕
岡田 要〔ほか編〕 「原色動物大図鑑 全4巻」〔北隆館〕
◇特別賞
田中 親美,神田 喜一郎〔監修〕 「書道全集 全25巻」〔平凡社〕
桧山 義夫,安田 富士郎〔編〕 「日本水産魚譜」〔内田老鶴圃〕
第16回(昭37年)
金田一 京助,荒木田 家寿 「アイヌ童話集」〔東都書房〕
川端 康成 「眠れる美女」〔新潮社〕
貝塚 茂樹 「諸子百家」〔岩波書店〕
花田 清輝 「鳥獣戯話」〔講談社〕
赤座 憲久 「目のみえぬ子ら」〔岩波書店〕
土屋 忠雄 「明治前期教育政策史の研究」〔講談社〕
喜多村 緑郎 「喜多村緑郎日記」〔演劇出版社〕
水尾 比呂志 「デザイナー誕生」〔美術出版社〕
日本建築協会 「ふるさとのすまい」〔日本建築協会〕
泉 靖一 「インカの祖先たち」〔文芸春秋新社〕
◇特別賞
奈良本 辰也〔編集代表〕 「図説日本庶民生活史 全8巻」〔河出書房新社〕
第17回(昭38年)
三田村 泰助 「宦官」〔中央公論社〕
時実 利彦 「脳の話」〔岩波書店〕
桑原 万寿太郎 「動物と太陽とコンパス」〔岩波書店〕
平野 謙 「文芸時評」〔河出書房新社〕
広津 和郎 「年月のあしおと」〔講談社〕
土方 定一 「ブリューゲル」〔美術出版社〕
桂 ユキ子 「女ひとり原始部落に入る」〔光文社〕
福武 直 「世界農村の旅」〔東京大学出版会〕
岡 潔 「春宵十話」〔毎日新聞社〕
吉沢 章 「たのしいおりがみ」〔フレーベル館〕
◇特別賞
小原 国芳〔監修〕 「玉川百科大辞典 全30巻」〔誠文堂新光社〕
第18回(昭39年)
岸本 英夫 「死をみつめる心」〔講談社〕
添田 知道 「演歌の明治大正史」〔岩波書店〕
野上 素一〔編〕 「新伊和辞典」〔白水社〕
東上 高志 「同和教育入門」〔汐文社〕
小川 鼎三 「医学の歴史」〔中央公論社〕
北 杜夫 「楡家の人びと」〔新潮社〕
青野 季吉 「青野季吉日記」〔河出書房新社〕
至光社 「おはなしのえほん 全5巻」
上野 照夫 「インドの美術」〔中央公論美術出版社〕
藤森 栄一 「銅鐸」〔学生社〕
◇特別賞
林屋 辰三郎〔ほか〕 「光悦」〔第一法規出版社〕
毎日新聞社 「毎日新聞マイクロ版」〔日本マイクロ写真〔協力〕〕

第19回(昭40年)
　牧野 純夫　「ドルの歴史」〔日本放送出版協会〕
　望月 信成〔ほか〕　「仏像―心とかたち」〔日本放送出版協会〕
　永井 道雄　「日本の大学」〔中央公論社〕
　中根 実宝子　「疎開学童の日記」〔中央公論社〕
　松田 権六　「うるしの話」〔岩波書店〕
　畑中 武夫　「宇宙空間への道」〔岩波書店〕
　梅崎 春生　「幻化」〔新潮社〕
　本多 秋五　「物語戦後文化史 3巻」〔新潮社〕
　小林 行雄〔編〕, 藤本 四八〔撮影〕　「装飾古墳」〔平凡社〕
　依田 義賢　「溝口健二の人と芸術」〔映画芸術社〕
　◇特別賞
　安松 京三〔ほか〕　「原色昆虫大図鑑 3巻」〔北隆館〕
第20回(昭41年)
　歴史学研究会〔編〕　「日本史年表」〔岩波書店〕
　木村 重信　「カラハリ砂漠」〔講談社〕
　浦本 昌紀, 小原 秀雄, 小森 厚　「現代の記録・動物の世界 全6巻」〔紀伊国屋書店〕
　木下 順二　「無限軌道」〔講談社〕
　木戸 幸一, 木戸日記研究会(代表・岡義武)〔校訂〕　「木戸幸一日記 上下」〔東京大学出版会〕
　上 笙一郎, 山崎 朋子　「日本の幼稚園」〔理論社〕
　児島 襄　「太平洋戦争 上下」〔中央公論社〕
　藤井 隆　「生物学序説」〔岩波書店〕
　中国新聞社〔編〕　「証言は消えない・広島の記録1」「炎の日から20年・広島の記録2」「ヒロシマの記録・年表・資料編」〔未来社〕
　◇特別賞
　家永 三郎〔ほか編〕　「日本文化史 全8巻」〔筑摩書房〕
　横山 隆一　「勇気(横山隆一漫画集)」〔日本YMCA同盟出版部〕
第21回(昭42年)

　杉原 荘介〔ほか編著〕　「日本の考古学 全7巻」〔河出書房〕
　石田 英一郎　「マヤ文明」〔中央公論社〕
　戸坂 潤　「戸坂潤全集 全5巻」〔勁草書房〕
　片山 泰久　「量子力学の世界」〔講談社〕
　江上 不二夫　「生命を探る」〔岩波書店〕
　中野 好夫　「シェイクスピアの面白さ」〔新潮社〕
　神川 信彦　「グラッドストン 上下」〔潮出版社〕
　安岡 章太郎　「幕がおりてから」〔講談社〕
　藤沢 衛彦〔編〕　「おとぎばなし 全10巻」〔盛光社〕
　◇特別賞
　井上 光貞〔ほか〕　「日本の歴史 全26巻」〔中央公論社〕
　天理大学〔編〕　「現代朝鮮語辞典」〔養徳社〕
　文化財保護委員会〔監修〕, 毎日新聞社国宝委員会〔編〕　「国宝 全6巻」〔毎日新聞社〕
第22回(昭43年)
　内田 義彦　「日本資本主義の思想像」〔岩波書店〕
　江上 波夫　「騎馬民族国家」〔中央公論社〕
　上山 春平　「明治維新の分析視点」〔講談社〕
　村松 喬　「教育の森 全12巻」〔毎日新聞社〕
　開高 健　「輝ける闇」〔新潮社〕
　富士 正晴　「桂春団治」〔河出書房新社〕
　本多 勝一　「戦場の村」〔朝日新聞社〕
　今堀 和友　「生命と分子」〔ダイヤモンド社〕
　尾川 宏　「紙のフォルム」〔求竜堂〕
　◇特別賞
　新世紀辞典編集部〔編〕　「学研新世紀大辞典」〔学習研究社〕
第23回(昭44年)
　岩波書店　「近代日本総合年表」
　もろさわ ようこ　「信濃のおんな 上下」〔未来社〕
　三上 次男　「陶磁の道」〔岩波書店〕
　中野 光　「大正自由教育の研究」〔黎明書房〕
　海域工学研究会, 合田 周平〔編〕　「海洋

工学入門」〔講談社〕
長谷川 四郎 「長谷川四郎作品集 全4巻」〔晶文社〕
宇野 重吉 「新劇・愉し哀し」〔理論社〕
杉山 二郎 「大仏建立」〔学生社〕
矢内原 伊作 「ジャコメッティとともに」〔筑摩書房〕
坪田 譲治〔編〕 「びわの実学校名作選幼年・少年」〔東都書房〕
◇特別賞
大河内 一男,海後 宗臣,波多野 完治〔監修〕 「教育学全集 全15巻」〔小学館〕
久米 又三〔ほか編〕 「原色現代科学大事典 全10巻」〔学習研究社〕

第24回(昭45年)
上田 正昭 「日本神話」〔岩波書店〕
竹内 好 「中国を知るために」〔勁草書房〕
宮脇 昭 「植物と人間—生物社会のバランス」〔日本放送出版協会〕
北小路 健 「木曽路・文献の旅」〔芸艸堂〕
北日本新聞地方自治取材班 「よみがえれ地方自治」〔勁草書房〕
高田 誠二 「単位の進化」〔講談社〕
宮沢 俊義 「天皇機関説事件 上下」〔有斐閣〕
なだ いなだ 「お医者さん」〔中央公論社〕
塩野 七生 「チェーザレ・ボルジア あるいは優雅なる冷酷」〔新潮社〕
寺田 透 「芸術の理路」〔河出書房新社〕
◇特別賞
松永 伍一 「日本農民詩史 上中下」〔法政大学出版局〕

第25回(昭46年)
松下 圭一 「シビル・ミニマムの思想」〔東京大学出版会〕
陳 舜臣 「実録アヘン戦争」〔中央公論社〕
鈴木 信太郎〔監修〕 「スタンダード和仏辞典」〔大修館書店〕
斎藤 喜博 「斎藤喜博全集 全15巻別巻2」〔国土社〕
曽田 範宗 「摩擦の話」〔岩波書店〕
峠 三吉 「にんげんをかえせ・峠三吉全詩集」〔風土社〕
堀田 善衛 「方丈記私記」〔筑摩書房〕
儀間 比呂志 「ふなひき太良」〔岩崎書店〕

暮しの手帖編集部〔編〕 「からだの読本 全2巻」〔暮しの手帖社〕
◇特別賞
我妻 栄〔ほか編〕 「日本政治裁判史録 全5巻」〔第一法規出版〕
岩生 成一〔ほか監修〕 「大航海時代叢書 全11巻別巻1」〔岩波書店〕
社会科学大事典編集委員会〔編〕 「社会科学大事典 全20巻」〔鹿島研究所出版会〕

第26回(昭47年)
梅原 猛 「隠された十字架」〔新潮社〕
服部 正也 「ルワンダ中央銀行総裁日記」〔中央公論社〕
福島 鋳郎〔編著〕 「戦後雑誌発掘」〔日本エディタースクール出版部〕
兼子 仁 「国民の教育権」〔岩波書店〕
野島 徳吉 「ワクチン」〔岩波書店〕
島尾 敏雄 「硝子障子のシルエット」〔創樹社〕
杉浦 明平 「小説渡辺華山 上下」〔朝日新聞社〕
野村 尚吾 「伝記谷崎潤一郎」〔六興出版〕
庄野 潤三 「明夫と良二」〔岩波書店〕
柳 宗玄〔編著〕 「ロマネスク美術」〔学習研究社〕
◇特別賞
林 達夫 「林達夫著作集 全6巻」〔平凡社〕
細谷 千博〔ほか編〕 「日米関係史 全4巻」〔東京大学出版会〕

第27回(昭48年)
辻 哲夫 「日本の科学思想」〔中央公論社〕
宇井 純〔編〕 「公開自主講座・公害原論 第2学期 全4巻」〔勁草書房〕
西川 幸治 「都市の思想」〔日本放送出版協会〕
中井 信彦 「歴史学的方法の基準」〔塙書房〕
波多野 誼余夫,稲垣 佳世子 「知的好奇心」〔中央公論社〕
阿部 昭 「千年」〔講談社〕
三田 博雄 「山の思想史」〔岩波書店〕
きたむら えり 「こぐまのたろの絵本 全3冊」〔福音館書店〕
草森 紳一 「江戸のデザイン」〔駸々堂〕
村松 貞次郎 「大工道具の歴史」〔岩波

書店〕
◇特別賞
　谷川 健一〔ほか編〕　「日本庶民生活史料集成 全20巻」〔三一書房〕
　小田切 進〔編著〕　「現代日本文芸総覧 全4巻」〔明治文献〕
第28回 (昭49年)
　宇沢 弘文　「自動車の社会的費用」〔岩波書店〕
　袖井 林二郎　「マッカーサーの二千日」〔中央公論社〕
　大仏 次郎　「天皇の世紀 全10巻」〔朝日新聞社〕
　吉川 庄一　「核融合への挑戦」〔講談社〕
　藤岡 喜愛　「イメージと人間」〔日本放送出版協会〕
　城山 三郎　「落日燃ゆ」〔新潮社〕
　中村 真一郎　「この百年の小説」〔新潮社〕
　岩田 久二雄　「ハチの生活」〔岩波書店〕
　森 藴　「庭ひとすじ」〔学生社〕
◇特別賞
　三枝 博音　「三枝博音著作集 全12巻」〔中央公論社〕
　勝田 守一　「勝田守一著作集 全7巻」〔国土社〕
　丸安 隆和〔ほか〕　「日本の衛星写真」〔朝倉書店〕
第29回 (昭50年)
　藤村 信　「プラハの春モスクワの冬」〔岩波書店〕
　山崎 正和　「病みあがりのアメリカ」〔サンケイ新聞社〕
　色川 大吉　「ある昭和史」〔中央公論社〕
　千葉 喜彦　「生物時計の話」〔中央公論社〕
　山室 静　「アンデルセンの生涯」〔新潮社〕
　小松 真一　「虜人日記」〔筑摩書房〕
　小泉 明〔ほか編〕　「小学館の学習百科図鑑8 人間」〔小学館〕
　伊藤 雅子　「子どもからの自立」〔未来社〕
　長谷川 堯　「都市廻廊」〔相模書房〕
◇特別賞
　中村 元　「仏教語大辞典 全3巻」〔東京書籍〕
　日本作文の会〔編〕　「子ども日本風土記 全47巻」〔岩崎書店〕
　信多 純一〔編著〕　「のろまそろま狂言集成」〔大学堂書店〕
第30回 (昭51年)
　冨田 博之　「日本児童演劇史」〔東京書籍〕
　堀米 庸三〔編著〕　「西欧精神の探究」〔日本放送出版協会〕
　子安 美知子　「ミュンヘンの小学生」〔中央公論社〕
　田久保 英夫　「髪の環」〔講談社〕
　田辺 明雄　「真山青果」〔北洋社〕
　林 竹二　「田中正造の生涯」〔講談社〕
　高木 貞敬　「記憶のメカニズム」〔岩波書店〕
　日高 敏隆　「チョウはなぜ飛ぶか」〔岩波書店〕
　坂本 義和　「平和―その現実と認識」〔毎日新聞社〕
◇特別賞
　岸本 英夫　「岸本英夫集 全6巻」〔渓声社〕
　ギブニー，フランク・B.〔編〕　「ブリタニカ国際大百科事典 全28巻」〔TBSブリタニカ〕
　日本大辞典刊行会〔編〕　「日本国語大辞典 全20巻」〔小学館〕
第31回 (昭52年)
　篠原 一　「市民参加」〔岩波書店〕
　田岡 良一　「大津事件の再評価」〔有斐閣〕
　三戸 公　「公と私」〔未来社〕
　岩田 慶治〔編〕　「民族探検の旅・第2集 東南アジア」〔学習研究社〕
　稲垣 忠彦　「アメリカ教育通信」〔評論社〕
　森下 郁子　「川の健康診断」〔日本放送出版協会〕
　山田 智彦　「水中庭園」〔文芸春秋〕
　中上 健次　「枯木灘」〔河出書房新社〕
　村上 信彦　「高群逸枝と柳田国男」〔大和書房〕
◇特別賞
　宮崎 竜介, 小野川 秀美〔編〕　「宮崎滔天全集 全5巻」〔平凡社〕
　内川 芳美〔ほか編〕　「現代史資料 全45巻」〔みすず書房〕
　鳥越 信〔編〕　「日本児童文学史年表 全2巻」〔明治書院〕
第32回 (昭53年)

武田 清子 「天皇観の相剋」〔岩波書店〕
溪内 謙 「現代社会主義の省察」〔岩波書店〕
養護施設協議会〔編〕 「作文集 泣くものか—子どもの人権10年の証言」〔亜紀書房〕
田中 了, ゲンダーヌ, D. 「ゲンダーヌ—ある北方少数民族のドラマ」〔現代史出版会〕
多田 道太郎〔ほか編〕 「クラウン仏和辞典」〔三省堂〕
横瀬 浜三 「化学症」〔三省堂〕
土橋 寛 「万葉開眼 上下」〔日本放送出版協会〕
田中 千禾夫 「劇的文体論序説 上下」〔白水社〕
新川 明 「新南島風土記」〔大和書房〕

◇特別賞
太平出版社 「シリーズ・戦争の証言 全20巻」
梅根 悟〔ほか編〕 「世界教育史大系 全40巻」〔講談社〕
小田切 秀雄〔ほか編〕 「小熊秀雄全集 全5巻」〔創樹社〕

第33回（昭54年）
富岡 儀八 「日本の塩道—その歴史地理学的研究」〔古今書院〕
松岡 英夫 「大久保一翁—最後の幕臣」〔中央公論社〕
鶴見 和子 「南方熊楠—日本民俗文化大系 第4巻」〔講談社〕
田岡 典夫 「小説野中兼山 全3巻」〔平凡社〕
渡辺 京二 「北一輝」〔朝日新聞社〕
佐原 雄二 「さかなの食事」〔岩波書店〕
芦原 義信 「街並みの美学」〔岩波書店〕
エコノミスト編集部〔編〕 「戦後産業史への証言 全5巻」〔毎日新聞社〕

◇特別賞
正木 ひろし 「近きより 全5巻」〔旺文社〕
日本医史学会〔編〕 「図録 日本医事文化史料集成 全5巻」〔三一書房〕
有馬 澄雄〔編〕 「水俣病—20年の研究と今日の課題」〔青林舎〕
伊藤 清三 「日本の漆」〔東京文庫〕

第34回（昭55年）
山本 市朗 「北京三十五年 上下」〔岩波書店〕
小木 新造 「東京時代」〔日本放送出版協会〕
吉田 拡〔ほか〕 「源氏物語の英訳の研究」〔教育出版センター〕
河竹 登志夫 「作者の家」〔講談社〕
早川 一光 「わらじ医者京日記」〔ミネルヴァ書房〕
小池 滋 「英国鉄道物語」〔晶文社〕
中川 李枝子 「子犬のロクがやってきた」〔岩波書店〕

◇特別賞
田中正造全集編纂会〔編〕 「田中正造全集 全19巻別巻1」〔岩波書店〕
半沢 敏郎 「童遊文化史 全4巻別巻1」〔東京書籍〕
信濃教育会〔編〕 「一茶全集 全8巻別巻1」〔信濃毎日新聞社〕
京都府医師会〔編〕 「京都の医学史 全2巻」〔思文閣出版〕

第35回（昭56年）
日高 六郎 「戦後思想を考える」〔岩波書店〕
野々山 真輝帆 「スペイン内戦—老闘士たちとの対話」〔講談社〕
西村 三郎 「地球の海と生命—海洋生物地理学序説」〔海鳴社〕
滑川 道夫 「桃太郎像の変容」〔東京書籍〕
井上 千津子 「ヘルパー奮戦の記—お年寄りとともに」〔ミネルヴァ書房〕

◇特別賞
田辺 昭三 「須恵器大成」〔角川書店〕
丸岡 秀子〔ほか編〕 「日本婦人問題資料集成 全10巻」〔ドメス出版〕
松田 毅一, 川崎 桃太〔訳〕 「フロイス日本史 全12巻」〔中央公論社〕

第36回（昭57年）
井筒 俊彦 「イスラーム文化」〔岩波書店〕
木村 修一, 足立 己幸〔編〕 「食塩—減塩から適塩へ」〔女子栄養大学出版部〕
真壁 仁 「みちのく山河行」〔法政大学出版局〕

長田 弘 「私の二十世紀書店」〔中央公論社〕
岡本 途也〔編著〕 「難聴―それを克服するために」〔真興交易〕
◇特別賞
岡崎 文彬 「造園の歴史 全3巻」〔同朋舎出版〕
中本 正智 「図説 琉球語辞典」〔力富書房〕
福音館書店 「落穂ひろい―日本の子どもの文化をめぐる人びと 上下」
岡本 茂男〔写真〕，村田 治郎〔ほか監修〕 「桂離宮」〔毎日新聞社〕
第37回（昭58年）
藤森 照信 「明治の東京計画」〔岩波書店〕
井上成美伝記刊行会 「井上成美」
金田一 春彦 「十五夜お月さん―本居長世人と作品」〔三省堂〕
山本 高次郎 「母乳」〔岩波書店〕
寺内 大吉 「念仏ひじり三国志―法然をめぐる人々 全5巻」〔毎日新聞社〕
◇特別賞
日本化石集編集委員会〔編〕 「日本化石集 全58集・別集1」〔築地書館〕
現代彫刻懇談会〔編〕 「世界の広場と彫刻」〔中央公論社〕
沖縄大百科事典刊行事務局〔編〕 「沖縄大百科事典 上中下別巻1」〔沖縄タイムス社〕
臼井 吉見〔ほか編〕 「明治文学全集 全99巻」〔筑摩書房〕
第38回（昭59年）
上村 希美雄 「宮崎兄弟伝 日本篇 全2巻」〔葦書房〕
細谷 千博 「サンフランシスコ講和への道」〔中央公論社〕
石川 栄吉 「南太平洋物語―キャプテン・クックは何を見たか」〔力富書房〕
水野 祥太郎 「ヒトの足―この謎にみちたもの」〔創元社〕
阪田 寛夫 「わが小林一三―清く正しく美しく」〔河出書房新社〕
◇特別賞
戦後日本教育資料集成編集委員会〔編〕 「戦後日本教育史料集成 全12巻別巻1」

「戦後日本教育史料集成」〔三一書房〕
日本児童文学者協会〔編〕 「県別ふるさとの民話 全47巻別巻1」〔偕成社〕
白川 静 「字統」〔平凡社〕
第39回（昭60年）
山室 信一 「法制官僚の時代」〔木鐸社〕
和 秀雄 「ゴンはオスでノンはメス」〔どうぶつ社〕
石井 威望，小林 登，清水 博，村上 陽一郎〔編〕 「ヒューマンサイエンス 全5巻」〔中山書店〕
吉村 典子 「お産と出会う」〔勁草書房〕
上田 篤 「流民の都市とすまい」〔駸々堂出版〕
◇特別賞
鈴木 竹雄，田中 二郎，兼子 一，石井 照久〔編〕 「法律学全集 全60巻」〔有斐閣〕
熊野 正平〔編〕 「熊野中国語大辞典・新装版」〔三省堂〕
前田 真三 「奥三河」〔グラフィック社〕
鈴木 重三，木村 八重子，中野 三敏，肥田 晧三〔編〕 「近世子どもの絵本集・江戸篇上方篇」〔岩波書店〕
第40回（昭61年）
宮崎 義一 「世界経済をどう見るか」〔岩波書店〕
天野 忠 「続天野忠詩集」〔編集工房ノア〕
金 時鐘 「在日のはざまで」〔立風書房〕
粟津 キヨ 「光に向って咲け―斎藤百合の生涯」〔岩波書店〕
蜂谷 緑作，津田 櫓冬〔画〕 「ミズバショウの花いつまでも 尾瀬の自然を守った平野長英」〔佼成出版社〕
◇特別賞
谷川 健一〔ほか編〕 「日本民俗文化大系 全14巻」〔小学館〕
八杉 竜一〔ほか監修〕 「現代生物学大系 全14巻」〔中山書店〕
並河 万里 「イスファハン」〔グラフィック社〕
枝松 茂之〔ほか編〕 「明治ニュース事典 全8巻索引」〔毎日コミュニケーションズ〕
第41回（昭62年）

学芸

立花 隆 「脳死」〔中央公論社〕
中尾 佐助 「花と木の文化史」〔岩波書店〕
杉森 久英 「近衛文麿」〔河出書房新社〕
武田 正倫〔著〕，金尾 恵子〔画〕 「干潟のカニ・シオマネキ―大きなはさみのなぞ」〔文研出版〕
毛利 子来 「ひとりひとりのお産と育児の本」〔平凡社〕

◇特別賞
安藤昌益研究会〔編〕 「安藤昌益全集 全21巻別巻1」〔農山漁村文化協会〕
高木 健夫〔編〕 「新聞小説史年表」〔国書刊行会〕
飯島 春敬 「飯島春敬全集 全12巻」〔書芸文化新社〕
小原 秀雄〔ほか編著〕 「世界の天然記念物 全9巻」〔講談社〕

第42回（昭63年）
山口 瑞鳳 「チベット 上下」〔東京大学出版会〕
石 弘之 「地球環境報告」〔岩波書店〕
高柳 先男 「ヨーロッパの精神と現実」〔勁草書房〕
横井 清 「的と胞衣―中世人の生と死」〔平凡社〕
小田切 秀雄 「私の見た昭和の思想と文学の五十年 上下」〔集英社〕

◇特別賞
塚本 洋太郎〔監修〕 「原色茶花大事典」〔淡交社〕
島田 修二郎，入矢 義高〔監修〕 「禅林画賛―中世水墨画を読む」〔毎日新聞社〕
日本児童文学学会〔編〕 「児童文学事典」〔東京書籍〕

第43回（平1年）
犬養 道子 「国境線上で考える」〔岩波書店〕
米本 昌平 「遺伝管理社会―ナチスと近未来」〔弘文堂〕
網野 善彦〔ほか編〕 「瓜と龍蛇」〔福音館書店〕

◇特別賞
黒川 洋一〔ほか編〕 「中国文学歳時記 全7巻」〔同朋舎出版〕

井上 幸治〔ほか編〕 「秩父事件史料集成 全6巻」〔二玄社〕
新潮社 「新潮日本古典集成 全82巻」

第44回（平2年）
赤井 達郎 「京都の美術史」〔思文閣出版〕
山内 昌之 「瀕死のリヴァイアサン」〔TBSブリタニカ〕
石田 雄 「日本の政治と言葉 上下」〔東京大学出版会〕

◇特別賞
野村 純一〔ほか編〕 「日本伝説大系 全15巻別巻2」〔みずうみ書房〕
塚本 洋太郎〔監修〕 「園芸植物大事典 全6巻」〔小学館〕
岡本 達明，松崎 次夫〔編〕 「聞書水俣民衆史 全5巻」〔草風館〕

第45回（平3年）
中村 伝三郎 「明治の彫塑―「像ヲ作ル術」以後」〔文彩社〕
鎌田 慧 「六ケ所村の記録 上下」〔岩波書店〕
一色 八郎 「箸の文化史―世界の箸・日本の箸」〔御茶の水書房〕

◇特別賞
西沢 爽 「日本近代歌謡史 全3巻」〔編〕〔桜楓社〕
義太夫年表近世篇刊行会 「義太夫年表・近世篇 全5巻別巻1」〔八木書店〕
竹内 理三〔ほか編〕 「角川日本地名大辞典 全47巻別巻2」〔角川書店〕

第46回（平4年）
川田 順造 「口頭伝承伝」〔河出書房新社〕
桶谷 秀昭 「昭和精神史」〔文芸春秋〕
河合 雅雄 「人間の由来 上下」〔小学館〕

◇特別賞
布目 順郎 「目で見る繊維の考古学」〔染色と生活社〕
網野 善彦，大隅 和雄，小沢 昭一，服部 幸雄，宮田 登，山路 興造〔編〕，日本ビクター 「大系日本歴史と芸能 全14巻」〔平凡社〕
矢野 暢〔編集代表〕 「講座・東南アジア学 全10巻別巻1」〔弘文堂〕

第47回（平5年）

青柳 正規 「皇帝たちの都ローマ」〔中央公論社〕
中村 桂子 「自己創出する生命」〔哲学書房〕
有岡 利幸 「松と日本人」〔人文書院〕
◇特別賞
　薮内 久 「シャンソンのアーティストたち」〔松本工房〕
　土呂久を記録する会 「記録・土呂久」〔本多企画〕
　浅野 建二，平井 康三郎 「日本のわらべ歌全集」〔柳原書店〕
　天理大学 「ひとものこころ」〔天理教道友社〕
第48回（平6年）
　森田 勝昭 「鯨と捕鯨の文化史」〔名古屋大学出版会〕
　阿川 弘之 「志賀直哉 上下」〔岩波書店〕
　今森 光彦 「世界昆虫記」〔福音館書店〕
◇特別賞
　熊谷 元一 「熊谷元一写真全集 全4巻」〔郷土出版社〕
　平山 輝男〔編著〕 「現代日本語方言大辞典 全9巻」〔明治書院〕
　辻 達也〔編〕，朝尾 直弘〔編〕 「日本の近世 全18巻」〔中央公論社〕
◇奨励賞
　任 展慧 「日本における朝鮮人の文学の歴史」〔法政大学出版局〕
　白幡 洋三郎 「プラントハンター」〔講談社〕
　稲本 正〔文〕，岡崎 良一〔写真〕 「森の形森の仕事」〔世界文化社〕
第49回（平7年）
　福田 真人 「結核の文化史」〔名古屋大学出版会〕
　佐藤 忠男 「日本映画史 全4巻」〔岩波書店〕
　石井 謙治 「和船 全2巻」〔法政大学出版局〕
◇特別賞
　村井 吉敬〔代表編集〕 「アジアを考える本 全7巻」〔岩崎書店〕
　国立劇場近代歌舞伎年表編纂室〔編〕 「近代歌舞伎年表 大阪篇 全9巻」〔八木書店〕
　中山 茂〔代表編集〕 「通史 日本の科学技術 全5巻」〔学陽書房〕
◇奨励賞
　五十殿 利治 「大正期新興美術運動の研究」〔スカイドア〕
第50回（平8年）
◇第1部門（文学・芸術）
　秋山 駿 「信長」〔新潮社〕
◇第2部門（人文・社会）
　中井 久夫 「家族の深淵」〔みすず書房〕
◇第3部門（自然科学）
　サックス, オリバー〔著〕，佐野 正信〔訳〕 「手話の世界へ」〔晶文社〕
◇企画部門
　水俣病研究会〔編〕 「水俣病事件資料集 1926-1968 全2巻」〔葦書房〕
◇特別賞
　石原 慎太郎 「弟」〔幻冬舎〕
第51回（平9年）
◇第1部門（文学・芸術）
　立松 和平 「毒—風聞・田中正造」〔東京書籍〕
◇第2部門（人文・社会）
　中西 輝政 「大英帝国衰亡史」〔PHP研究所〕
◇第3部門（自然科学）
　新妻 昭夫 「種の起源をもとめて—ウォーレスの「マレー諸島」探検」〔朝日新聞社〕
◇企画部門
　田主丸町 「田主丸町誌（全3巻）」〔田主丸町誌編集委員会〕
◇特別賞
　妹尾 河童 「少年H（上・下）」〔講談社〕
第52回（平10年）
◇第1部門（文学・芸術）
　高村 薫 「レディ・ジョーカー（上・下）」〔毎日新聞社〕
◇第2部門（人文・社会）
　門 玲子 「江戸女流文学の発見—光ある身こそくるしき思ひなれ」〔藤原書店〕
◇第3部門（自然科学）
　岩田 誠 「見る脳・描く脳—絵画のニューロサイエンス」〔東京大学出版会〕

◇企画部門
　萱野 茂 「萱野茂のアイヌ神話集成(全10巻)」〔ビクターエンタテインメント〕
◇特別賞
　筑摩書房 「筑摩世界文学大系(全89巻・91冊)」
第53回(平11年)
◇第1部門(文学・芸術)
　カザン,エリア, 佐々田 英則, 村川 英〔訳〕 「エリア・カザン自伝(上・下)」〔朝日新聞社〕
◇第2部門(人文・社会)
　大林 太良 「銀河の道 虹の架け橋」〔小学館〕
◇第3部門(自然科学)
　山田 真弓, 内田 亨〔監修〕 「動物系統分類学(全10巻・24冊)」〔中山書店〕
◇企画部門
　和田 肇〔企画〕 「日本の名随筆(全200巻)」〔作品社〕
◇特別賞
　赤瀬川 原平 「老人力」〔筑摩書房〕
第54回(平12年)
◇第1部門(文学・芸術)
　池澤 夏樹 「花を運ぶ妹」〔文芸春秋〕
◇第2部門(人文・社会)
　森 博達 「日本書紀の謎を解く—述作者は誰か」〔中央公論新社〕
◇企画部門
　池内 紀 「ファウスト(全2巻)」〔集英社〕
　谷本 一之 「アイヌ絵を聴く—変容の民族音楽誌」〔北海道大学図書刊行会〕
◇特別賞
　シュリンク,ベルンハルト, 松永 美穂〔訳〕 「朗読者」〔新潮社〕
第55回(平13年)
◇第1部門(文学・芸術)
　富岡 多恵子 「釋迢空ノート」〔岩波書店〕
◇第2部門(人文・社会)
　原 武史 「大正天皇」〔朝日新聞社〕
◇第3部門(自然科学)
　西村 肇, 岡本 達明 「水俣病の科学」〔日本評論社〕
◇企画部門
　江戸遺跡研究会 「図説 江戸考古学研究事典」〔柏書房〕
◇特別賞
　宮部 みゆき 「模倣犯」〔小学館〕
第56回(平14年)
◇第1部門(文学・芸術)
　石川 九楊 「日本書史」〔名古屋大学出版会〕
◇第2部門(人文・社会)
　キーン,ドナルド, 角地 幸男〔訳〕 「明治天皇(上・下)」〔新潮社〕
◇第3部門(自然科学)
　酒井 邦嘉 「言語の脳科学—脳はどのようにことばを生みだすか」〔中央公論新社〕
◇企画部門(全集・講座・事典など)
　岩波イスラーム辞典編集委員会〔編〕 「岩波イスラーム辞典」〔岩波書店〕
◇特別賞
　齋藤 孝 「声に出して読みたい日本語」〔草思社〕
第57回(平15年)
◇第1部門(文学,芸術)
　川本 三郎 「林芙美子の昭和」〔新書館〕
◇第2部門(人文,社会)
　小熊 英二 「〈民主〉と〈愛国〉戦後日本のナショナリズムと公共性」〔新曜社〕
◇第3部門(自然科学)
　山本 義隆 「磁力と重力の発見(全3巻)」〔みすず書房〕
◇企画部門(全集,講座,事典など)
　網野 善彦, 石井 進〔編著〕 「日本の中世 全12巻」〔中央公論新社〕
◇特別賞
　養老 孟司 「バカの壁」〔新潮社〕
第58回(平16年)
◇第1部門(文学・芸術)
　阿部 和重 「シンセミア(上・下)」〔朝日新聞社〕
◇第2部門(人文・社会)
　奥野 正男 「神々の汚れた手 旧石器捏造・誰も書かなかった真相」〔梓書院〕
◇第3部門(自然科学)
　ガブリエル・ウォーカー〔著〕, 渡会 圭子〔訳〕 「スノーボール・アース」〔早川書房〕
◇企画部門(全集・講座・事典など)

講談社文芸文庫出版部 「講談社文芸文庫」〔講談社〕
◇特別賞
　該当者なし
第59回（平17年）
◇文学・芸術部門
　村上 龍 「半島を出よ（上・下）」〔幻冬舎〕
◇人文・社会部門
　松本 健一 「評伝 北一輝（全5巻）」〔岩波書店〕
◇自然科学部門
　中西 準子 「環境リスク学」〔日本評論社〕
◇企画部門
　形の科学会〔編〕 「形の科学百科事典」〔朝倉書店〕
◇特別賞
　佐藤 優 「国家の罠」〔新潮社〕
第60回（平18年）
◇文学・芸術部門
　ポール・クローデル〔著〕，渡辺 守章〔訳〕 「繻子の靴（上・下）」〔岩波書店〕
◇人文・社会部門
　中田 整一 「満州国皇帝の秘録」〔幻戯書房〕
◇自然科学部門
　高橋 憲一 「ガリレオの迷宮」〔共立出版〕
◇企画部門
　益田 勝実 「益田勝実の仕事（全5巻）」〔筑摩書房〕
◇特別賞
　半藤 一利 「昭和史 1926-1945」「昭和史 戦後篇」〔平凡社〕
第61回（平19年）
◇文学・芸術部門
　吉田 修一 「悪人」〔朝日新聞社〕
◇人文・社会部門
　大澤 真幸 「ナショナリズムの由来」〔講談社〕
◇自然科学部門
　松井 孝典 「地球システムの崩壊」〔新潮社〕
◇企画部門
　鶴見 祐輔〔著〕，一海 知義〔校訂〕 「決定版 正伝 後藤新平（全8巻・別巻1）」〔藤原書店〕

◇特別賞
　ドストエフスキー〔著〕，亀山 郁夫〔訳〕 「カラマーゾフの兄弟（全5巻）」〔光文社〕
第62回（平20年）
◇文学・芸術部門
　橋本 治〔著〕 「双調 平家物語（全15巻）」〔中央公論新社〕
◇人文・社会部門
　東野 治之〔著〕 「遣唐使」〔岩波書店〕
◇自然科学部門
　福嶌 義宏〔著〕 「黄河断流―中国巨大河川をめぐる水と環境問題」〔昭和堂〕
◇企画部門
　植木 雅俊〔訳〕 「梵漢和対照・現代語訳 法華経（上・下）」〔岩波書店〕
◇特別賞
　「哲学の歴史」編集委員会〔編〕〔内山勝利，小林道夫，中川純男，松永澄夫各編集委員〕 「哲学の歴史（全12巻・別巻1巻）」〔中央公論新社〕
第63回（平21年）
◇文学・芸術部門
　村上 春樹〔著〕 「1Q84（BOOK1, BOOK2）」〔新潮社〕
◇人文・社会部門
　田中 純〔著〕 「政治の美学―権力と表象」〔東京大学出版会〕
◇自然科学部門
　藤井 直敬〔著〕 「つながる脳」〔NTT出版〕
◇企画部門
　潁原 退蔵〔著〕，尾形 仂〔編〕 「江戸時代語辞典」〔角川学芸出版〕
◇特別賞
　山崎 豊子〔著〕 「運命の人（全4冊）」〔文藝春秋〕
第64回（平22年）
◇文学・芸術部門
　浅田 次郎〔著〕 「終わらざる夏（上・下）」〔集英社〕
◇人文・社会部門
　曽根 英二〔著〕 「限界集落 吾の村なれば」〔日本経済新聞出版社〕
◇自然科学部門
　木村 敏〔著〕 「精神医学から臨床哲学

学芸

へ」〔ミネルヴァ書房〕
◇企画部門
　池澤 夏樹〔編〕　「池澤夏樹＝個人編集 世界文学全集（第Ⅰ・Ⅱ期）」〔河出書房新社〕
◇特別賞
　五木 寛之〔著〕　「親鸞（上・下）」〔講談社〕

第65回（平23年）
◇文学・芸術部門
　山城 むつみ〔著〕　「ドストエフスキー」〔講談社〕
◇人文・社会部門
　開沼 博〔著〕　「「フクシマ」論」〔青土社〕
◇自然科学部門
　松沢 哲郎〔著〕　「想像するちから」〔岩波書店〕
◇企画部門
　戸沢 充則〔監修〕　「シリーズ「遺跡を学ぶ」」〔新泉社〕
◇特別賞
　北方 謙三〔著〕　「楊令伝 全15巻」〔集英社〕

第66回（平24年）
◇文学・芸術部門
　赤坂 真理〔著〕　「東京プリズン」〔河出書房新社〕
◇人文・社会部門
　服部 英雄〔著〕　「河原ノ者・非人・秀吉」〔山川出版社〕
◇自然科学部門
　三橋 淳〔著〕　「昆虫食文化事典」〔八坂書房〕
◇企画部門
　見田 宗介〔著〕　「定本 見田宗介著作集 全10巻」〔岩波書店〕
◇特別賞
　加賀 乙彦〔著〕　「雲の都 全5巻」〔新潮社〕

第67回（平25年）
◇文学・芸術部門
　天童 荒太〔著〕　「歓喜の仔（上下）」〔幻冬舎〕
◇人文・社会部門
　中島 琢磨〔著〕　「沖縄返還と日米安保体制」〔有斐閣〕
◇自然科学部門
　岩波書店自然科学書編集部　「岩波科学ライブラリー」〔岩波書店〕
◇企画部門
　稲垣 良典〔他訳〕　「トマス・アクィナス 神学大全 全45巻」〔創文社〕
◇特別賞
　林 望〔著〕　「謹訳 源氏物語 全10巻」〔祥伝社〕

第68回（平26年）
◇文学・芸術部門
　重松 清〔著〕　「ゼツメツ少年」〔新潮社〕
◇人文・社会部門
　秦 郁彦〔著〕　「明と暗のノモンハン戦史」〔PHP研究所〕
◇自然科学部門
　渡辺 佑基〔著〕　「ペンギンが教えてくれた物理のはなし」〔河出書房新社〕
◇企画部門
　末木 文美士，下田 正弘，堀内 伸二〔編著〕　「仏教の事典」〔朝倉書店〕
◇特別賞
　佐藤 賢一〔著〕　「小説フランス革命（全12巻完結）」〔集英社〕

143 三田図書館・情報学会賞

昭和52年に図書館・情報学研究奨励の一助として創設された。

【主催者】三田図書館・情報学会

【選考委員】学会賞選考委員会（委員長：池谷のぞみ）

【選考基準】〔対象〕同学会機関誌「Library and Information Science」に過去1年間に掲載された論文

三田図書館・情報学会賞

【締切・発表】毎年10月末～11月初に開催される同学会研究大会において発表, 贈呈
【賞・賞金】賞金10万円
【URL】http://www.mslis.jp/prize.html

第1回（昭52年）
　上田 修一（慶応義塾大学文学部助教授）「引用分析にもとづく欧文誌の評価」
第2回（昭53年）
　是友 等子「農学系研究者の情報要求」
第3回（昭54年）
　沢井 清（宮城女子学院大学助教授）「わが国の耳鼻咽喉科研究者の発表した欧文研究論文」
第4回（昭55年）
　舘田 鶴子（慶応義塾医学情報センター），岡沢 和世（愛知淑徳大学）「わが国の知覚心理学者間の非公式コミュニケーション」
第5回（昭56年）
　斉藤 泰則（慶応義塾三田情報センター）「引用分析から把えた図書館情報学雑誌群の構造」
第6回（昭57年）
　該当者なし
第7回（昭58年）
　糸賀 雅児（慶応義塾大学文学部助手）「図書館未設置町村解消のための方策―組合立図書館の可能性をめぐって」
第8回（昭59年）
　松山 典子（東京慈恵会医科大学）「我が国の医療情報の伝達と収集における製薬企業の医薬情報担当者の役割と機能」
　後藤 智範（愛知淑徳大学講師）「索引過程における認知構造」
第9回（昭60年）
　須加井 澄子（上智大学図書館）「情報の圧縮化―言語学分野におけるメディアの性質を例として」
第10回（昭61年）
　倉田 敬子（慶応義塾大学文学研究科博士課程）「日本の物理学者の生産性に影響を及ぼす要因」
　真弓 育子（慶応義塾大学文学研究科博士課程）「国文学研究における発表メディアの特徴」
第11回（昭62年）
　牛崎 進（立教大学図書館）「オンライン共同分担目録作業―立教大学図書館における3年間のUTLAS利用分析を通して」
第12回（昭63年）
　該当者なし
第13回（平1年）
　海野 敏（東京大学大学院教育学研究科博士課程）「出現頻度情報に基づく単語重み付けの原理」
　稲垣 幾世枝（慶応義塾大学文学研究科修士課程）「地域の情報環境―情報アクセシビリティからみた情報格差」
第14回（平2年）
　岸田 和明（慶応義塾大学文学研究科博士課程）「図書の貸出頻度を記述する負の二項分布モデルの演繹的導出とその一般化」
第15回（平3年）
　池谷 のぞみ（慶応義塾大学文学研究科博士課程）「レファレンス・ライブラリアンが用いる知識と判断の枠組み―質問応答プロセスにおける適切性の判断を中心に」
第16回（平4年）
　安藤 由美子（国立国会図書館）「教育活動における教員の記録情報利用―中学校教員を対象に実施した質問紙調査」
　鈴木 志元（東京大学大学院教育学研究科）「多属性教養理論による情報検索の再定式化」
第17回（平5年）
　牛沢 典子（東邦大学医学部図書館）「被引用文献の概念シンボル化―医学雑誌論文を事例として」
　谷口 祥一（図書館情報大学助手）「80年代における情報検索モデル研究の展開：文

第18回（平6年）
　森岡 倫子（国立音楽大学付属図書館）「さまざまな属性からみた学術雑誌の定義」
第19回（平7年）
　岡野 純子（慶應義塾大学）「絵本と年齢：ディック・ブルーナを中心に」
第20回（平8年）
　柏木 美穂（慶應義塾大学）「Brookesの《基本方程式》と「情報」概念」
第21回（平9年）
　該当者なし
第22回（平10年）
　秋山 佳子（慶應義塾幼稚舎）「画像認知の枠組みを利用した絵画データベースの索引法」
第23回（平11年）
　加藤 修子（駿河台大学）「全国11都道府県の公立図書館における音環境調査の総合報告と比較分析：図書館におけるサウンドスケープ・デザイン」
第24回（平12年）
　池内 淳（慶應義塾大学大学院）「大学図書館効果の次元」
第25回（平13年）
　該当者なし
第26回（平14年）
　金津 有紀子（中央大学図書館）「戦前におけるレファレンス・ワークの導入」
第27回（平15年）
　塩﨑 亮（国立国会図書館）「各ステークホルダーがもつ公共図書館像：競合可能性の定性的把握」
第28回（平16年）
　該当者なし
第29回（平17年）
　荻原 幸子（専修大学）「公共図書館サービスにおけるガバナンス概念の適用：住民セクターとの新たな関係性の構築に向けて」
第30回（平18年）
　森岡 倫子（国立音楽大学附属図書館）「電子ジャーナル黎明期の変遷：1998年から2002年までの定点観測」

　安形 輝（亜細亜大学）「圧縮プログラムを応用した著者推定」
　安形 麻理（慶應義塾大学）「グーテンベルク聖書と写本の伝統」
第31回（平19年）
　瀬戸口 誠（梅花女子大学）「情報リテラシー教育における関係論的アプローチの意義と限界：Christine S. Bruceの理論を中心に」
第32回（平20年）
　江藤 正己「引用箇所間の意味的な近さに基づく共引用の多値化：列挙形式の引用を例として」
　平久江 祐司「日本の小学校図書館担当者の職務の現状と意識に関する研究：学習情報センターにおける図書館担当者の職務構成の在り方」
第33回（平21年）
　三根 慎二「学術情報メディアとしてのarXivの位置づけ」
　谷口 祥一「FRBR OPAC構築に向けた著作の機械的同定法の検証：JAPAN/MARC書誌レコードによる実験」
第34回（平22年）
　長谷川 豊祐「日本の大学図書館業務電算化における課題構造の解明：フォーカス・グループ・インタビューによる調査」
　粟村 倫久「Elfreda A. Chatmanの研究視点が情報利用研究に持つ意義」
第35回（平23年）
　吉田 昭子「東京市立日比谷図書館構想と設立経過：論議から開館まで」
　酒井 由紀子「健康医学情報を伝える日本語テキストのリーダビリティの改善とその評価：一般市民向け疾病説明テキストの読みやすさと内容理解のしやすさの改善実験」
第36回（平24年）
　岡田 将彦「大学図書館における無線綴じ図書の損傷」
第37回（平25年）
　木村 麻衣子「中国人・団体著者名典拠データの表記の相違：中国, 日本, 韓国を

中心に」
第38回(平26年)
　汐﨑 順子 「日本の文庫：運営の現状と運営者の意識」
　横井 慶子 「学術雑誌出版状況から見るオープンアクセスジャーナルの進展」

144 南方熊楠賞

田辺市で後半生を送った博物学者・南方熊楠氏の没後50年を記念して、平成3年に創設された。博物学や民俗学の分野で優れた功績を上げた研究者に贈られる。

【主催者】田辺市, 南方熊楠邸保存顕彰会
【選考委員】(第25回)自然科学の部選考委員会(委員長：加藤雅啓)
【賞・賞金】人文科学の部(1件)：トロフィーと賞金100万円, 自然科学の部(1件)：トロフィーと賞金100万円, 特別賞人文科学の部(1件)：トロフィーと賞金50万円, 特別賞自然科学の部(1件)：トロフィーと賞金50万円
【URL】http://www.minakata.org/cnts/syou/

第1回(平3年)
　◇人文科学の部
　　ルーシュ, バーバラ(コロンビア大学教授・中世日本研究所長) "中世日本文学や「奈良絵本」などに関する研究に対して"
　◇自然科学の部
　　神谷 宣郎(国立基礎生物学研究所名誉教授) "粘菌を用いた細胞運動の研究に対して"
　◇特別賞人文科学の部
　　長谷川 興蔵(八坂書房参与) "「南方熊楠日記」などの編集や校訂に対して"
　◇特別賞自然科学の部
　　小林 義雄(小林菌類研究所長) "「南方熊楠菌類彩色図譜百選」刊行への貢献"
第2回(平4年)
　◇人文科学の部
　　谷川 健一(民俗学者) "「地名を守る会」「日本地名研究所」創設など"
第3回(平5年)
　◇自然科学の部
　　椿 啓介(筑波大学名誉教授) "菌類の分類学, 生態学の分野での多大な貢献"
第4回(平6年)
　◇人文科学の部
　　国分 直一(梅光女学院大学教授) "東アジア・環南海の民族文化研究"

第5回(平7年)
　◇自然科学の部
　　吉良 龍夫(大阪市立大学名誉教授) "水圏生態学の研究"
　◇人文の部
　　鶴見 和子(上智大学名誉教授) "南方熊楠研究の功績"
第6回(平8年)
　◇自然科学の部
　　竹内 郁夫(京都大学名誉教授) "細胞性粘菌を用いた発生生物学研究"
第7回(平9年)
　◇人文の部
　　川添 登(郡山女子大学教授) "都山市民を対象にした新しい民俗学の分野として「生活学」を提唱, 体系化した功績"
　●特別賞
　　ブラッカー, カーメン(元・ケンブリッジ大学教授) "海外での南方熊楠紹介に大きく貢献"
第8回(平10年)
　◇自然科学の部
　　四手井 綱英(京都大学農学部教授, 森林生態学者) "森林植生分布や里山林の起源, 森林での水と養分の循環や動物の役割などの研究"

第9回(平11年)
　◇人文の部
　　加藤 九祚(国立民族学博物館名誉教授)　"シベリアや中央アジアなどのユーラシア内陸部全域にわたるフィールドワークをおこない,歴史民族学の新しい分野を開拓した"
第10回(平12年)
　◇人文の部
　　上田 正昭(京都大学名誉教授)　"日本古代史,文化をアジア的視野で研究"
　◇自然科学の部
　　日高 敏隆(滋賀県立大学長)　"動物行動学の基礎を確立"
第11回(平13年)
　◇自然科学の部
　　青木 淳一(横浜国立大学教授)　"ダニの研究,およびダニ研究を通しての環境評価や環境診断の基準の確立,日本土壌動物学の確立"
　●功労賞
　　樋口 源一郎(シネ・ドキュメント代表取締役)　"日本における科学映画の第一人者"
第12回(平14年)
　◇人文の部
　　櫻井 德太郎(元駒沢大学学長)　"民間信仰の調査研究"
　●特別賞
　　神坂 次郎(作家)　"評伝「縛られた巨人──南方熊楠の生涯」を出版し熊楠ブームのきっかけをつくった"
第13回(平15年)
　◇自然科学の部
　　本郷 次雄(滋賀大学名誉教授)　"菌類,特に日本産担子菌門ハラタケ目の分類学的研究"
　●特別賞
　　後藤 伸(故人)　"南方熊楠の植物生態研究を再評価するとともに,残された標本資料の整理・研究にも貢献"
第14回(平16年)
　◇人文の部
　　佐々木 高明(元国立民族学博物館長)　"東アジアや世界における日本文化の形成過程を研究。さまざまな民族の文化を比較する点が熊楠に通じる"
　◇特別賞
　　飯倉 照平(東京都立大名誉教授)　"「南方熊楠全集」(平凡社刊)の校訂に携わった"
第15回(平17年)
　◇自然科学の部
　　柴岡 弘郎(大阪大学名誉教授)　"植物の成長を制御する生理活性物質の発見など,植物生理学・細胞生物学の研究"
第16回(平18年)
　◇人文の部
　　岩田 慶治(文化人類学者,国立民族学博物館名誉教授)　"タイなど東南アジアの稲作民族の調査から日本文化の南方渡来の視点を明確にした"
第17回(平19年)
　◇自然科学の部
　　伊藤 嘉昭(名古屋大学名誉教授)　"生態学や社会生物学が胎動し始めた時代に,それらの学問をいちはやく取り入れ,先駆的な業績を公表し,それを一般に広く紹介した"
第18回(平20年)
　◇人文の部
　　伊藤 幹治(国立民族学博物館名誉教授)　"日本の民俗文化を集中的に研究する民俗学と,世界の諸民族の社会や文化の比較研究を行う民族学の統合から新しい日本人・日本文化論を構築した"
第19回(平21年)
　◇自然科学の部
　　堀田 満(鹿児島大学名誉教授・鹿児島県立短期大学名誉教授)　"サトイモ科の研究から始まり,数々の分類を手がけるとともに植物の分布形成過程を究明,人とイモの関係に関する民族植物学の視点からの論考など"
第20回(平22年)
　◇人文の部
　　山折 哲雄(国際日本文化研究センター名誉教授)　"インドをはじめ,アジアや欧米の宗教思想史の研究を背景に,日本の民俗文化や日本人の心の問題を深く考察"

第21回（平23年）
　◇自然科学の部
　　河野 昭一 "「種生物学研究会」（のちに「種生物学会」に改称）を立ち上げ、数多くの研究者を育て上げるとともに、機関紙「種生物学研究」「Plant Species Biology」を刊行し、植物の種生物学の発展に大いに寄与した。また、日本の自然、特に中池見湿原の保護、各地の国有林における不法伐採の摘発と保護等に活躍している"

第22回（平24年）
　◇人文の部
　　森 浩一（故人）"考古学研究成果を社会に還元するために労力を惜しむべきではないと、調査研究の優れた業績だけではなく、執筆、講演、シンポジウムの企画立案など多彩な啓蒙活動や遺跡保存への働きかけなどの活躍による。"

第23回（平25年）
　◇自然科学の部
　　杉山 純多 "フィールドから分子にまで及ぶ幅広い研究を続け、菌類の多様な形態やその実体を明らかにし、菌類という生物の生き方の謎の解明に大きな前進をもたらした"

　◇特別賞
　　中瀬 喜陽 "今日のように進んだ熊楠研究の基礎をつくったパイオニアの一人であり、長年地元を対象にした地域文化の研究に力を傾注してきた。翁が残した書簡や日記等の膨大な資料を根気強く解読し、また翁を知る人への聞き取りを通して、熊楠研究に次々と新資料を加えた。氏はその成果を単に著作としてまとめるだけでなく、市民や研究者を対象に熊楠自筆資料の解読講座を開き、後進の指導にも取り組んできた"

第24回（平26年）
　◇人文の部
　　石毛 直道 "食文化研究のパイオニアで、「料理」を、歴史、習俗、暮らし、自然環境などを網羅した生活体系の一つの「食文化」として捉え、人類史的な視野での比較文明論の主要素であることを提示した"

第25回（平27年）
　◇人文の部
　　井上 勲 "細胞生物学から分類学に及ぶ幅広い研究により、現代的な博物学ともいえる藻類学の分野を推進した"
　◇特別賞
　　萩原 博光

145 柳田賞

柳田国男が民俗学に残した大きな功績を記念して創設された。民俗学に業績のあったものに贈られる。

【主催者】柳田賞委員会
【選考方法】日本民俗学会員の推薦による
【選考基準】〔対象〕過去1年間に民俗学に多大な業績を残した者
【締切・発表】毎年7月31日発表
【賞・賞金】正賞メダルと副賞20万円

第1回（昭37年度）
　下野 敏見（種子島高校）"種子島の研究"
　桜井 徳太郎（東京教育大助教授）"溝の研究"

第2回（昭38年度）
　岩崎 敏夫（福島県相馬女高教頭）"小祠の研究"

第3回（昭39年度）

小野 重朗(鹿児島県立甲南高教諭)「南九州の柴祭,打植祭の研究」〔自費出版〕
竹田 旦(東京教育大助手)「民俗慣行としての隠居の研究」〔未来社〕
第4回(昭40年度)
該当者なし
第5回(昭41年度)
堀田 吉雄(三重県文化財保護専門委)"山の神信仰の研究"
直江 広治(東京教育大)"屋敷神の研究"
第6回(昭42年度)
該当者なし
第7回(昭43年度)
上毛民俗学会(代表・上野勇・高崎市高関町)""北橘村の民俗"ほか一連の群馬県民俗調査の業績"
第8回(昭44年度)
西谷 勝也 「季節の神々」〔慶友社〕
第9回(昭45年度)
向山 雅重 「信濃民俗記」「続・信濃民俗記」〔慶友社〕
千葉 徳爾 「狩猟伝承の研究」〔風間書房〕
第10回(昭46年度)
喜舎場 永珣「八重山古謡 上下」〔沖縄タイムス〕
第11回(昭47年度)
該当者なし
第12回(昭48年度)
北見 俊夫(東京都立白鷗高)「日本海上交通史の研究—民俗文化史的考察」
第13回(昭49年度)
戸川 安章(庄内民俗学会)"出羽三山修験道の研究"
第14回(昭50年度)
内田 武志 「菅江真澄全集」の解題と多年にわたる真澄研究
第15回(昭51年度)
該当者なし
第16回(昭52年度)
関 敬吾 「日本の昔話—比較研究序説」〔日本放送出版協会〕
第17回(昭53年度)
天野 武 「若者組の研究—能登柴垣の若者組」〔柏書房〕
第18回(昭54年度)
該当者なし
第19回(昭55年度)
石塚 尊俊(島根・雲根神社宮司)「西日本諸神楽(かぐら)の研究」〔慶友社〕
第20回(昭56年度)
瀬川 清子 「女の民俗誌—そのけがれと神秘」〔東京書籍〕ほか
坂口 一雄 「伊豆諸島民俗考」〔未来社〕ほか
第21回(昭57年度)
岡山民俗文化学会 "多年にわたる地域社会における民俗学の研究と普及,とくに昨年の「岡山民俗文化論集」刊行に対して"
第22回(昭58年度)
該当者なし
第23回(昭59年度)
桂井 和雄 「土佐民俗選集 全3巻」〔高知新聞社〕
第24回(昭60年度)
該当者なし
第25回(昭61年度)
牛尾 三千男 「神楽と神がかり」〔名著出版〕
亀山 慶一 「漁民文化の民俗研究」〔弘文堂〕
第26回(昭62年度)
該当者なし
第27回(昭63年度)
酒井 卯作 「琉球列島における死霊祭祀の構造」〔第一書房〕
第28回(平1年度)
該当者なし
第29回(平2年度)
三浦 秀宥 「荒神とミサキ—岡山県の民間信仰」〔名著出版〕
田辺 悟 「日本蜑人(あま)伝統の研究」〔法政大学出版局〕
第30回(平3年度)
根岸 謙之助(上武大学教授)「医療民俗論」〔雄山閣出版〕
平敷 令治(沖縄国際大学教授)「沖縄の祭祀と信仰」〔第一書房〕
第31回(平4年度)
本田 安次(元早稲田大学教授)「沖縄の祭と芸能」〔第一書房〕

第32回（平5年度）
　高松 敬吉（豊田短期大学教授）「巫俗と他界観の民俗学的研究」〔法政大学出版局〕
第33回（平6年度）
　該当者なし
第34回（平7年度）
　橘 礼吉（加能民俗の会副会長，雑穀研究会会員）「白山麓の焼畑農耕―その民俗学的生態誌」〔白水社〕
第35回（平8年度）
　該当者なし
第36回（平9年度）
　神野 善治（武蔵野美術大学助教授）「人形道祖神」〔白水社〕
第37回（平10年度）
　該当者なし
第38回（平11年度）
　該当者なし
第39回（平12年度）
　小島 瓔礼（琉球大学大学院教授）「太陽と稲の神殿」〔白水社〕
　宮田 登（筑波大学名誉教授）"「日本人と宗教」「冠婚葬祭」（岩波書店）など一連の業績"
第40回（平13年）
　該当者なし
第41回～第45回
　＊
第46回
　三田村 佳子（埼玉県立歴史と民俗の博物館学芸主幹）「風流としてのオフネ」〔信濃毎日新聞社〕
平24年
　新潟県民俗学会
第49回
　蒲池 勢至（真宗大谷派長善寺住職）「真宗民俗史論」〔法蔵館〕

146 山片蟠桃賞

　近世期大阪の生んだ世界的町人学者である山片蟠桃の名にちなみ，日本文化の国際通用性を高めた優秀な著作とその著者を顕彰し，あわせて大阪の国際都市としての役割と文化・学術の国際性を高めることを目的として，大阪府文化問題懇話会委員を務めていた作家の司馬遼太郎氏の提唱により創設された。平成13年度以降，3年に1回の開催に変更。

【主催者】大阪府

【選考委員】（第24回）今西祐一郎（国文学研究資料館長），小松和彦（国際日本文化研究センター所長），斎木宣隆（国際交流基金京都支部長），佐藤友美子（サントリー文化財団上席研究フェロー），須藤健一（国立民族学博物館館長），中西進（堺市博物館館長），蓑豊（兵庫県立美術館館長、大阪市立美術館名誉館長）

【選考方法】学識経験者，大学，研究所，国際交流機関などの推薦を受けた受賞候補作及び著作について，学識経験者からなる審査委員会において審査の上，1件を決定

【選考基準】〔資格〕著者の国籍は問わない。〔対象〕国外において刊行された日本文化の国際通用性を高めるためにふさわしい著作とその著者。〔基準〕(1)著作の範囲は，日本文化についての研究，紹介及び日本文学の翻訳を指すが，文章による表現が主体となっているもの。(2)日本文化とは，日本文学，芸術及び思想の分野とする。(3)著作の発行形態は，それぞれの国で国民一般が入手できるよう公表されたものとする。(4)著作の刊行の時期は，ここ数年間のものとする

【賞・賞金】賞状

【URL】http://www.pref.osaka.lg.jp/bunka/news/bantou.html

第1回（昭57年度）
キーン，ドナルド（米・コロンビア大学教授）"「World Within Walls」をはじめとする著作"
第2回（昭58年度）
アクロイド，ジョイス（オーストラリア・クィーンズランド大学教授）"「Lessons from History」をはじめとする著作"
第3回（昭59年度）
フォス，フリッツ（オランダ・ライデン大学名誉教授）"「日本語の中のオランダ語」をはじめとする著作"
第4回（昭60年度）
金 思燁（韓国・東国大学校教授，東国大学付設日本学研究所長）"「日本の万葉集」をはじめとする著作"
第5回（昭61年度）
ゴレグリヤード，ヴラジスラフ（ソ連・ソ連科学アカデミー東洋学研究所レニングラード支部極東部長，レニングラード大学日本語科主任教授）"「10～13世紀日本文学における日記と随筆」をはじめとする著作"
第6回（昭62年度）
マイナー，アール（米・プリンストン大学教授）"「日本古典文学事典」をはじめとする著作"
第7回（昭63年度）
ピジョー，ジャクリーヌ（フランス・パリ第7大学教授）"「道行文」をはじめとする著作"
第8回（平1年度）
ナジタ，テツオ（アメリカ合衆国シカゴ大学教授）"「18世紀日本の「徳」の諸相―大坂商人の学問所・懐徳堂」をはじめとする著作"
第9回（平2年度）
コータッチ，ヒュー（元駐日大使）"「歴史的日本に対する文明論的あるいは学問的考察」に基づく一連の著作"
第10回（平3年度）

サイデンスティッカー，エドワード（米国コロンビア大学名誉教授）""The Tale of Genji"（「源氏物語」全訳）の翻訳をはじめとする一連の著作"
第11回（平4年度）
ジャンセン，マリウス（米国プリンストン大学名誉教授）"「坂本龍馬と明治維新」をはじめとする一連の著作"
第12回（平5年度）
エライユ，フランシーヌ（フランス国立高等研究院教授）"「御堂関白記」をはじめとする著作"
第13回（平6年度）
ガードナー，ケネス（元大英図書館東洋コレクション副主席）"「大英図書館蔵日本古版本目録」をはじめとする著作"
第14回（平7年度）
ヨーゼフ・クライナー（ボン大学教授、ドイツ―日本研究所所長）"奄美・沖縄を中心とする調査と研究をはじめ、民族学的考察に基づく日本研究の一連の著作（奄美・沖縄を中心とする民族学研究）"
第15回（平8年度）
周 一良（北京大学教授）"「中日文化関係史論」をはじめ，日本の歴史と文化の研究に基づく一連の著作"
第16回（平9年度）
ベルク，オギュスタン（国立社会科学高等研究院教授，現代日本研究所長）"「地球と存在の哲学 環境倫理を越えて」にいたる一連の著作"
第17回（平10年度）
コタンスキ，ヴィエスワフ（ワルシャワ大学名誉教授）"日本研究推進への多年の貢献と，「古事記」の言語学的考察による一連の著作"
第18回（平11年度）
ルーシュ，バーバラ（コロンビア大学日本文学・文化名誉教授，中世日本研究所所長）"多年にわたる日本文学・日本文化史研究の功績と「もう一つの中世像」を

中心とする一連の著作"
第19回（平12年度）
　ローゼンフィルド，ジョン（ハーバード大学東洋美術史名誉教授）"「近世畸人の芸術」と，日本美術研究に関する一連の著作"
第20回（平13年度）
　ダワー，ジョン（マサチューセッツ工科大学教授）"「敗北を抱きしめて」をはじめとする一連の著作"
第21回（平16年度）
　セップ・リンハルト（ウィーン大学日本学科教授，同大学東アジア研究所長）"「余暇を通じてみた日本文化」や「拳の文化史」をはじめとする余暇社会学，娯楽史的分野に関する一連の著作"

第22回（平19年度）
　エドウィン・A.クランストン（ハーバード大学日本文学教授）"「A Waka Anthology, Volume One」をはじめとする一連の著作"
第23回（平22年度）
　厳 紹璗（北京大学教授）"「日蔵漢籍善本書録」をはじめとする一連の著作"
第24回（平25年度）
　ピーター・コーニツキー（ケンブリッジ大学教授）"「日本の書籍—始発より19世紀にいたる文化史」及び江戸時代の書籍文化に関する一連の著作，また欧州所在の日本古典籍の書誌調査に基づくデータベースの整備"

147 山本七平賞

　平成3年12月10日に逝去した山本七平の長年にわたる思索，著作，出版活動の業績を顕彰することを願い，その比類なき知的遺産を正しく受け継ぐ新たなる思索家の誕生を期待するものである。

【主催者】PHP研究所

【選考委員】（第23回・平26年）伊藤元重，呉善花，中西輝政，養老孟司，渡部昇一

【選考方法】選考委員の推薦

【選考基準】〔対象〕前年7月1日から当年6月末日までに発表された，政治・経済・歴史・思想・宗教・比較文化等の人文社会科学部門の作品で，日本語表記による既発表論文・著作

【締切・発表】例年10月中旬決定，「Voice」誌上にて発表

【賞・賞金】正賞・副賞（賞金300万円），記念品。推薦賞：正賞・副賞（賞金30万円），記念品

【URL】https://www.php.co.jp/company/yamamoto/

第1回（平4年）
　竹内 靖雄 「正義と嫉妬の経済学」〔講談社〕
第2回（平5年）
　孫崎 亨 「日本外交 現場からの証言」〔中央公論〕
第3回（平6年）
　稲垣 武 『「悪魔祓い」の戦後史』〔文芸春秋〕
◇特別賞
　天谷 直弘 "一連の執筆活動"
第4回（平7年）
　大石 慎三郎 「将軍と側用人の政治」〔講談社〕
　唐津 一 「デフレ繁栄論—日本を強くする逆転の発想」〔PHP研究所〕

第5回（平8年）
　呉 善花（エッセイスト）「攘夷の韓国 開国の日本」〔文芸春秋〕
第6回（平9年）
　中西 輝政（京都大学教授）「大英帝国衰亡史」〔PHP研究所〕
　◇推薦賞
　鈴木 静夫（ミシシッピー州立大学客員教授）「物語 フィリピンの歴史」〔中公新書（中央公論社）〕
第7回（平10年）
　半藤 一利（作家）「ノモンハンの夏」〔文芸春秋〕
　◇推薦賞
　武田 修志（鳥取大学助教授）「人生の価値を考える」〔講談社現代新書（講談社）〕
第8回（平11年）
　李 登輝 「台湾の主張」〔PHP研究所〕
第9回（平12年）
　該当作なし
第10回（平13年）
　牛村 圭（明星大学助教授）「『文明』の裁きをこえて」〔中央公論新社〕
第11回（平14年）
　福田 和也（慶応義塾大学助教授）「地ひらく―石原莞爾と昭和の夢」〔文芸春秋〕
第12回（平15年）
　羽入 辰郎（青森県立保健大学教授）「マックス・ヴェーバーの犯罪―『倫理』論文における資料操作の詐術と「知的誠実性」の崩壊」〔ミネルヴァ書房〕
第13回（平16年）
　石井 宏 「反音楽史 さらば、ベートーヴェン」〔新潮社〕
　◇推薦賞
　深田 祐介 「大東亜会議の真実 アジアの解放と独立を目指して」〔PHP研究所〕
第14回（平17年）
　北 康利 「白洲次郎 占領を背負った男」〔講談社〕
　◇特別賞
　筒井 清忠 「西条八十」〔中央公論新社〕
第15回（平18年）

　竹田 恒泰（ロングステイ財団専務理事）「語られなかった皇族たちの真実」〔小学館〕
　◇特別賞
　杉本 信行（元日本国際問題研究所主任研究員）「大地の咆哮」〔PHP研究所〕
第16回（平19年）
　該当作なし
　◇奨励賞
　小谷 賢（防衛省防衛研究所戦史部教官）「日本軍のインテリジェンスなぜ情報が活かされないのか」〔講談社〕
第17回（平20年）
　髙橋 洋一（東洋大学教授）「さらば財務省！ 官僚すべてを敵にした男の告白」〔講談社〕
第18回（平21年）
　長谷川 幸洋 「日本国の正体 政治家・官僚・メディア―本当の権力者は誰か」〔講談社〕
第19回（平22年）
　門田 隆将 「この命、義に捧ぐ―台湾を救った陸軍中将根本博の奇跡」〔集英社〕
第20回（平23年）
　該当作なし
　◇奨励賞
　加藤 康男 「謎解き『張作霖爆殺事件』」〔PHP新書〕
第21回（平24年）
　川田 稔 「昭和陸軍の軌跡」〔中公新書〕
　◇奨励賞
　中野 剛志 「日本思想史新論」〔ちくま新書〕
第22回（平25年）
　岡部 伸 「消えたヤルタ密約緊急電」〔新潮社〕
　◇奨励賞
　渡辺 惣樹 「日米衝突の萌芽 1898-1918」〔草思社〕
第23回（平26年）
　石 平 「なぜ中国から離れると日本はうまくいくのか」〔PHP研究所〕

148 雄山閣考古学賞

考古学・歴史学の専門出版社である雄山閣の創立75周年を記念して創設された。考古学の振興発展に業績を挙げた研究書に贈られる。第9回をもって休止。

【主催者】雄山閣

【選考委員】委員長：斎藤忠，委員：坂詰秀一，桜井清彦，潮見浩，西谷正，藤本強

【選考方法】選考委員会各委員をはじめ，考古学関係の研究機関，大学，日本考古学協会会員などの有識者の推薦による

【選考基準】〔対象〕賞：(1) 日本考古学に関する著作（外国人による日本考古学研究書の邦文化されたものも含む），日本人研究者による外国考古学に関する著作，および隣接諸科学で考古学に関連する研究成果。(2) 前年の1月から12月までに発刊された誰にでも入手可能な研究書。特別賞：賞に準ずるが，著作のほか，雑誌掲載論文及び発掘調査報告書なども含む

【締切・発表】締切は毎年1月，発表は創立記念日5月12日，授賞式は6月

【賞・賞金】賞：賞状・記念品と副賞100万円。特別賞：記念品と副賞20万円

【URL】http://yuzankaku.co.jp

第1回（平4年）
　小田 富士雄（福岡大学教授），韓 炳三（韓国国立中央博物館館長）「日韓交渉の考古学―弥生時代篇」〔六興出版〕
　◇特別賞
　　宇野 隆夫（富山大学助教授）「律令社会の考古学的研究―北陸を舞台として」〔桂書房〕

第2回（平5年）
　橋本 久和（高槻市埋蔵文化財センター主任技師）「中世土器研究序論」〔真陽社〕
　◇特別賞
　　日本第四紀学会，小野 昭，春成 秀爾，小田 静夫「図解・日本の人類遺跡」〔東京大学出版会〕

第3回（平6年）
　川越 哲志（広島大学教授）「弥生時代の鉄器文化」〔雄山閣出版〕

第4回（平7年）
　藤田 等（静岡大学名誉教授）「弥生時代ガラスの研究」〔名著出版〕
　◇特別賞
　　山中 敏史（奈良国立文化財研究所埋蔵文化財センター研究指導部集落遺跡研究室長）「古代地方官衙遺跡の研究」〔塙書房〕

第5回（平8年）
　田中 良之（九州大学教授）「古墳時代親族構造の研究―人骨が語る古代社会」〔柏書房〕
　◇特別賞
　　河瀬 正利（広島大学文学部助教授）「たたら吹製鉄の技術と構造の考古学的研究」〔渓水社〕

第6回（平9年）
　木下 尚子（熊本大助教授）「南島貝文化の研究―貝の道の考古学」〔法政大学出版局〕
　◇特別賞
　　雪野山古墳発掘調査団（団長・都出比呂志）（大阪大学文学部考古学研究室）「雪野山古墳の研究（報告編）（考察編）」〔滋賀県八日市市教育委員会〕

第7回（平10年）
　山中 章（三重大学教授）「日本古代都城の研究」〔柏書房〕
　◇特別賞
　　木村 英明（札幌大学教授）「シベリアの旧

石器文化」〔北海道大学図書刊行会〕
第8回（平11年）
　工藤 雅樹（福島大学教授）「古代蝦夷の考古学」〔吉川弘文館〕など「蝦夷論集三部作」
　◇特別賞
　山田 邦和（花園大学講師）「須恵器生産の研究」〔学生社〕
第9回（平14年）
　白石 太一郎（国立歴史民俗博物館教授）

「古墳と古墳群の研究」〔塙書房〕
　林 謙作（元北大学教授）「縄文社会の考古学」〔同成社〕
　◇特別賞
　松本 直子（岡山大講師）「認知考古学の理論と実践的研究」〔九州大学出版会〕
　小野 正敏（国立歴史民俗博物館助教授）「図解・日本の中世遺跡」〔東京大学出版会〕

149 吉川英治文化賞

　日本の典型的な国民作家として広く読者に親しまれてきた故吉川英治氏の業績を記念して、昭和42年に設立された。吉川英治賞には他に「吉川英治文学賞」とその後55年になって新たに設けられた「吉川英治文学新人賞」がある。

【主催者】　吉川英治国民文化振興会

【選考委員】　(第49回) 阿刀佐和子, 出久根達郎, 堀田力, 柳田邦男, 吉川英明

【選考方法】　文化人・マスコミ・官公庁などに広く推薦を依頼する

【選考基準】　〔対象〕日本文化の向上に尽くし、讃えられるべき業績をあげながらも、報われることの少ない個人・団体

【締切・発表】　例年4月に贈呈式を開催

【賞・賞金】　3〜5件。賞牌と副賞100万円と賞牌

【URL】　http://www.kodansha.co.jp/about/nextgeneration/award/25036.html

第1回（昭42年度）
　相沢 忠洋（群馬県）"独学で考古学を学び、昭和21年秋、岩宿遺跡を発見して日本における旧石器時代の存在を確認する端緒を作った功績及び、文化財保護活動に対して"
　荒木 初子（高知県）"高知県の離れ小島、沖ノ島で県の駐在保健婦として挺身し、献身的な協力により乳児死亡率の低下、風土病フィラリアの減少に貢献"
　岩野 平三郎（福井県）"わが国和紙界における伝統技術としての越前和紙抄造技術を伝承し、よくその名声を発揚した"
　平 三郎（岩手県）"緯度観測のための望遠鏡「視天頂儀」に張る1ミクロン以下のクモの糸を採集、接眼レンズに張りつけるという地味ではあるが大切な仕事を四十余年続けた"
　宮崎 康平（長崎県），宮崎 和子 "盲目という身体的ハンディキャップを克服して、日本史の上で謎とされている邪馬台国問題に独力で挑戦、ついに執念の労作をつくりあげた、宮崎氏の努力並びに夫人の内助の功に対して"

第2回（昭43年度）
　今泉 済（岡山県）"衰亡に瀕した備前長船に伝わる日本刀の鍛刀技術を再興し錬磨研鑽を重ねて、よく伝統技術を継承、発揚している"
　上野 満（茨城県）"農業協同組合組織による新しい明るい農村の樹立をめざして、

新利根川流域の湿地に実験農場を作りみごとに成功。さらに私財を投じて「新利根協同農学塾」を創立して近代的農業の荷い手となるべき農村青少年の育成に尽力している"
後藤 楢根(東京都) "日本の童話文学発展のため,独力よく日本童話会を設立,機関誌「童話」を二十有余年150号以上,一回の休刊もなく継続発刊している"
近藤 えい子(長崎県) "夫君の遺志を継ぎ,貧苦と闘いながら,独力で重症精神薄弱児のための施設「のぎく学園」の母として挺身"
渡辺 市美(山形県),渡辺 洋子 "山形県の最僻地七軒西小学校古寺分校に赴任以来,夫妻協力して児童の学力,体力の向上に努めたほか,地域住民の生活改善に優れた成果をあげている"

第3回(昭44年度)
大熊 喜代松(千葉県) "わが国言語障害児教育の先駆者として情熱,知力,体力のすべてを投じつつ言語障害教育に優れた成果をあげている"
小百合 葉子(静岡県) "劇団「たんぽぽ」の主宰者として,創立以来23年にわたり,文化に恵まれない地方を巡演,日本の少年少女文化向上に貢献している"
品川 博(群馬県) "戦後,「少年の家」を設立,戦災孤児や親のない不幸な子供達を収容,立派な社会人として世に送り出し,青少年育成に尽力している"
鈴木 邦治(山形県) "身体障害者というハンディキャップを克服し,目の不自由な人達のために点訳奉仕を続け,優れた成果をあげている"
三松 正夫(北海道) "昭和18年暮の地震にはじまる昭和新山生成活動の変動経過を克明に観測記録し,世界地質学界に貴重な文献を提供し,大きな成果をあげた"

第4回(昭45年度)
阿寒中学校(北海道) "戦後衰亡に瀕した丹頂鶴の保護活動に全校の先生・生徒が一致協力して,ツルの繁殖及び保護に成功,教育面にも優れた成果をあげている"
木辺 成麿(滋賀県) "寺門を守るかたわら,天体望遠鏡の反射鏡磨きを生涯の仕事にし,今日では世界でも五指の中に入る名人になり,天文学発展に貢献している"
福来 四郎(兵庫県) "盲児たちに,独特の粘土工作を指導,触覚の世界の中から造形能力を引き出すと共に,子どもの作品を通じて,国際親善をも願い,盲児教育に挺身している"

第5回(昭46年度)
土方 浩平(長野県),土方 令子 "「おんどり座」を通じて,日本の少年少女たちに夢と希望を与え,文化向上に尽力している"
平賀 練吉(ブラジル) "多年にわたり,ブラジル移住者のために胡椒栽培を指導し,また移住者子弟の教育・文化向上に献身している"
三原 スエ(香川県) "「丸亀少女の家」「和光園」の園長として,非行少女たちの更生保護に尽力,青少年育成に優れた成果をあげている"
山崎 勲(高知県) "競輪選手をしながら,私財を投じ重症心身障害施設「土佐希望の家」を建設,心身障害児のため献身している"
渡部 忍(青森県) "リンゴ畑に撒布された害虫殺虫剤ホリドールが人体に害をおよぼすことを発見,以来18年間住民の健康保持に挺身,農薬研究に著しい業績を挙げている"

第6回(昭47年度)
県 治朗(東京都) "平安時代から伝わる金銀砂子,切箔・切つぎ・やぶりつぎの手法をとりいれた料紙を研究し装飾豊かな壁面画の製作に挺身している"
秋月 辰一郎(長崎県) "長崎で被爆,自身原爆症におかされながら,26年間ひたすら被爆者診療に献身している"
佐野 藤右衛門(京都府) "親子二代,多年にわたり,私財を投じ,桜の育成,保護活動に尽力している"
鈴木 弥美(山形県) "飯豊山の麓で,少数

主義,独立精神をかかげ,師弟愛あふれる,ユニークな教育を実践している"
橋本 広三郎(埼玉県) "人体解剖図を描いて40年,解剖図を通して日本の医学進歩発展のため,貢献をしている"
第7回(昭48年度)
岩村 昇(ネパール) "ネパール医療協力に献身して11年,ネパール王国の全域の公衆衛生の指導者として活躍,海外医療協力に優れた業績をあげている"
大島 詮幸(長崎県),大島 シヅエ "刑余者と起居を共にし,夫妻一体となり更生指導に優れた成果をあげ多くの更生者を送り出している"
宮城 まり子(東京都) "わが国で最初の「肢体不自由児養護施設」ねむの木学園を設立,園長として心身障害児のため挺身"
森 豊(神奈川県) "登呂遺跡の考古学的価値を積極的に報道する一方同遺跡の保存に尽力"
横井 隆俊(埼玉県) "住職のかたわら,家庭的に恵まれない子供たちを世話して19年,80名をこえる子弟を世に送り出した"
第8回(昭49年度)
西岡 楢光,西岡 常一,西岡 楢二郎 "西岡家は,代々法隆寺宮大工の棟梁をつとめ,この国家的な建築遺産の保存に尽力"
藤岡 博昭(広島県) "養護学級の担任を続けて10年,特に土器,はにわ学習は生徒の特性を引き出し,障害児に生きる自信を与えた"
三戸 サツヱ(宮崎県) "幸島の野生ザルの生態記録を続けること27年,人類学,霊長類学発展のため貢献"
宮坂 英弌(長野県) "「尖石遺跡」を発掘し縄文時代中期の集落研究の基礎を築き,長野県古代文化研究,遺跡の保護・保存に貢献"
第9回(昭50年度)
菅 寿子(神奈川県) "独力で女子精神薄弱者のための施設「紅梅学園」を設立し,21年の長きにわたり,園長として,挺身している"

高橋 竹山(青森県) "貧苦とたたかいながら,郷土芸能である津軽三味線の第一人者として,日本の伝統芸能を継承しつづけている"
中村 裕(大分県) "社会福祉法人「太陽の家」を建設し,身体障害者スポーツの振興につとめるなど,身体障害者の社会復帰に尽力している"
梁瀬 義亮(奈良県) "農薬パラチオンが人体に害を及ぼすことを発見して以来,無農薬農業の啓蒙運動を進める一方,「慈光会」を設立して独自の農法を実践し成果をあげている"
与那覇 しづ(沖縄県) "離島「与那国島」の保健婦として,結核をはじめ,ハンセン氏病患者の治療につとめ,19年にわたり島民の健康向上に貢献している"
第10回(昭51年度)
大江 巳之助(徳島県) "文楽人形の頭製作に従事すること45年,伝統芸術の陰の功労者として貢献している"
鈴木 セイ(群馬県) "重症心身障害児施設「はんな・さわらび学園」を創立するなど,40年間にわたり社会福祉事業に尽力している"
高垣 昕二(千葉県) "重度身体障害者でありながら「私設家庭相談所」を開設し,恵まれない人々のため29年間挺身している"
永松 カズ(大韓民国) "韓国社会で25年間にわたり,孤児を養育し,国境を越えた愛の社会事業に挺身している"
馬場 脩(東京都) "千島,カラフトなど北方民族資料の探査,収集につとめ,優れた研究成果をあげている"
第11回(昭52年度)
高橋 喜平(岩手県) "なだれの調査研究に従事すること45年,雪害防止に多大の成果をあげている"
知念 芳子(沖縄県) "沖縄の「愛楽園」に看護婦として,らい患者の治療に挺身すること38年,看護婦の養成にも尽力している"
美術院国宝修理所(京都府) "わが国の仏

像の修理復元に多大の功績をあげ,修理技術の伝承・開発につとめている"

本間 一夫(東京都) "私財を投じ,日本点字図書館を開設以来36年間,点字図書,テープ図書の貸し出し,盲人用器具の開発,普及に貢献している"

第12回(昭53年度)

岡崎 英彦(滋賀県) "重症心身障害児施設「びわこ学園」の園長を務めるほか,大津市の障害乳幼児対策に多大の成果をおさめている"

田中 多聞(福岡県) "「悠生園」の園長として,身体障害者老人の機能回復と,在宅老人指導に優れた成果をあげている"

辻本 繁(北海道),辻本 モト "50年の長きにわたり,夫妻協力して聾唖教育に献身し,特に口話法教育に優れた成果をあげている"

富田 見二(兵庫県),富田 まさゑ "刑余者,非行少年の更生指導に挺身して三十余年,多くの更生者を社会復帰させている"

西浦田楽能保存会(静岡県) "厳しい戒律の下によく民俗芸能「西浦田楽能」を保存継承している"

第13回(昭54年度)

大野 貢(アメリカ) "科学研究に欠かせない「ガラス装置」の製作に尽力し,科学発展の陰の功労者として挺身している"

ゼブロフスキー,ゼノ(東京都) "孤児や浮浪者の救援活動に多大の功績をあげ,半世紀にわたりわが国の社会福祉に貢献した"

中城 イマ(東京都) "母子寮ならびに老人ホームの施設長として挺身すること三十数年,社会福祉に貢献している"

中村 孝三郎(新潟県) "独力で考古学を学び百カ所を越える遺跡を発掘調査し,縄文時代中期を解明した"

馬場 省二(沖縄県) "らい患者の治療に専念すること40年,らい撲滅に挺身している"

第14回(昭55年度)

天野 芳太郎(ペルー) "私財を投じペルー各地の遺跡を発掘・蒐集して「天野博物館」を設立,アンデス文化研究に大きく貢献している"

昇地 三郎(福岡県),昇地 露子 "25年にわたり,夫妻協力して心身障害児教育に挺身し,「早期発見」「早期教育」に優れた成果をあげている"

田辺 仁市(新潟県) "実験用動物の飼育管理に従事して40年,医学発展の陰の功労者として挺身している"

平野 長英(福島県) "尾瀬の自然保護のため,60年にわたって献身的な努力を続けている"

本田 良寛(大阪府) "釜ヶ崎の医師として尽力すること17年,地域医療対策に多大の成果をあげている"

第15回(昭56年度)

片桐 格(秋田県) "言語障害児・自閉症児などの「早期教育」を提唱し,治療教育をしながら普通幼児との統合保育を実践,新しい障害児教育に挺身"

高橋 重敏(愛知県) "大学の機械工作において電子回折および電子顕微鏡装置の設計・製作に挺身し,日本の自然科学の研究発展に寄与"

町田 佳声(東京都) "日本各地の民謡発掘のため,全国を行脚して採譜録音し,我が国の膨大な民謡を体系づけその発展に尽力"

百瀬 ヤエ子(愛知県) "二十余年にわたり非行少年と起居を共にし,更生指導に優れた成果をあげ,多くの少年を社会復帰させた功績"

第16回(昭57年度)

塩屋 賢一(東京都) "日本ではじめて盲導犬を育成し,その普及に尽力すること三十有余年,手さぐり訓練から380頭を世に送り出し,盲人福祉に献身"

高橋 久(新潟県) "英語教師のかたわら,独力で35年の歳月をかけ,日本で最初の「和伊辞典」を完成させた多大な功績"

中山 修一(京都府) "長岡宮の所在地を発見確定させるとともに,その発掘・調査に尽力,保護活動にも優れた成果をあげ

山下 め由（東京都）"300年の歴史をもつ黄八丈の染めに従事すること77年，その秘法を後継者に伝承し，伝統工芸を守り続けている功績"

山本 慈昭（長野県）"「日中友好手をつなぐ会」を設立，中国残留日本人孤児の肉親探しのパイプ役として挺身すること16年，200名にのぼる孤児を再会させた功績"

第17回（昭58年度）

栗田 万喜三（滋賀県）"日本で唯一人「穴太衆石垣積み」の技術を伝承し，これまで安土城をはじめとして千数百件の修復を行ない，日本古来の文化財の保存に尽力している"

田村 キヨノ（奈良県）"奈良「日吉館」の主人として五十有余年の永きにわたり，古文化研究の陰の理解者として献身したその功績に対し"

中沢 源一郎（ブラジル）"ブラジルで日系移住者のための地域医療をはじめ，社会福祉事業に優れた成果をあげ，日伯文化の交流にも貢献。在伯日系人の支えとなっている"

西谷 英雄（高知県）"精神薄弱児のために，私財を投じ「光の村養護学校」を設立。精神薄弱児の生涯教育を旗印に技術教育，更生自立に優れた成果をあげている"

吉村 シズエ（香川県）"46年間の永きにわたり福祉事業一筋に挺身し，託児所「坂出育愛館」や瀬戸内海の豊島に「神愛館」を開設，700人以上の子供たちを養育している"

第18回（昭59年度）

飯田東中学校（長野県）"大火後の荒廃した街路に「りんご」を植樹，三十余年にわたり教師と生徒が協力し，育成保護の活動をとおして優れた教育成果をあげている"

黒川能保存会（山形県）"黒川能は農民の神事能として，室町時代より伝承されてきた伝統芸能であり，農民芸能古来の姿を保存している"

シルバ，ジェラルド・ハドソン（スリランカ）"自ら創設したアイバンクの運営に取り組んで19年，世界各国の盲人に光を与え，国際アイバンク理事長として日本アイバンク運動の推進に寄与された"

和田 フレッド・勇（アメリカ）"資産を投じ，日系人のために老人ホームを設立，23年にわたり，その維持，推進に挺身"

第19回（昭60年度）

小南 みよ子（神奈川県）"私財を投じ，「国際女子研修センター」を設立，南米移民の青年に日本の花嫁を紹介すること30年。海外移住者の母として貢献している"

シャプラニール＝市民による海外協力の会（東京都）"発展途上国の自立を援けるため，特異な協力をつづけているグループ"

平野 清介（東京都）"丹念な調査と綿密な編集で「新聞集成大正編年史」等70冊以上を発行し続けている"

本田 実（岡山県）"彗星・新星の世界的発見者として知られ，天文学研究の基礎を支えるとともに，多くの後続者を輩出させて，日本天文学の発展に寄与している"

松井 新二郎（東京都）"盲人録音速記タイピストの新職業を開拓するなど，盲人の職域に一筋の光をもたらすとともに，視覚障害者の福祉増進と文化の向上に寄与"

第20回（昭61年度）

鎌田 孝一（秋田県）"我が国最大の"ブナ原生林"を守る運動をはじめ，地道な自然保護活動を20数年間にわたり続け，多大の成果をあげている"

北島 忠治（東京都）"明大ラグビー部監督として57年間，大学ラグビーの一主流をつくりあげるとともにすべてのラガーに門戸を開放，フェアプレイを重視する人間道場として若きラガーを数多く育成している"

斎藤 アサ子（茨城県）"脳卒中対策にとりくむこと20年，全国で最初のプログラム

カード方式で,地域医療活動に挺身しその献身的な努力により村民の健康保持に多大な成果をあげた"

平良 敏子(沖縄県),喜如嘉の芭蕉布保存会 "沖縄の喜如嘉に伝わる芭蕉布の伝統を掘りおこし,その技能をよく伝承して保存に努めている"

野沢 重雄(兵庫県) "二十余年の研究をもとに,水気耕栽培ハイポニカ法を考案,トマトをはじめ多くの野菜・花卉の育成をして農業生産の新しい道を拓く"

第21回 (昭62年度)

石井 勇(愛知県) "一貫して交通政策にとり組み,弱者の立場で考案したアイディアを次々に実現化させ,40年間を福祉事業一筋に挺身"

小野 倉蔵(山口県) "私財を投じ社会福祉法人「中部少年学院」を設立し,福祉事業一筋に挺身すること41年。2000人に及ぶ子供たちが社会に巣立っている"

竹柴 蟹助(神奈川県) "69年の長きにわたり歌舞伎座・国立劇場の裏方として挺身する一方,勘亭流文字の第一人者として才能を発揮している"

法月 惣次郎(静岡県) "小さな鉄工所を経営する傍ら,これまで数百台以上の各種パラボラアンテナをつくりあげてきた,日本の電波天文学発展の陰の功労者"

三谷 一馬(東京都) "失われゆく江戸風俗を40年の歳月をかけ,それらを「江戸職人図聚」はじめ数著に集大成,江戸風俗の "絵引き" として貴重な資料を提供している"

第22回 (昭63年度)

元興寺文化財研究所(奈良県) "民俗文化財の調査研究および,文化財の科学的保存処理法の研究・開発に著しい成果を上げている"

金 竜成(大韓民国) "韓国社会で孤児施設をはじめ,多くの社会福祉事業を手がける一方残留日本人妻の世話を献身的に行なっている福祉の父"

高橋 良治(北海道) "特別天然記念物タンチョウの人工ふ化,人工飼育に世界で初めて成功,生態研究・保護増殖に貢献"

宮崎 亮(バングラデシュ),宮崎 安子 "自然環境の厳しい,ナイジェリア・バングラディシュにおいて,夫婦協力し医療奉仕一筋に挺身,海外協力に優れた業績をあげている"

山野 忠彦(大阪府)「熊野の長藤」はじめ名木・巨木を980本以上も回生させた「名樹医」

第23回 (平1年度)

萱野 茂(北海道) "失われゆくアイヌ民俗資料の探査,収集につとめ,「二風谷アイヌ文化資料館」を設立,アイヌ文化の保護保存に貢献している"

粉川 忠(東京都) "私財を投じ世界各国のゲーテ関連書を収集して,「東京ゲーテ記念館」を設立,専門家をはじめゲーテ研究に大きく貢献"

小嶋 昭,小嶋 トキ "貧苦とたたかいながら,全盲というハンディキャップを克服し,夫妻協力して自立更生にはげみ,障害者の社会復帰指導に尽力している"

森田 三郎(千葉県) "谷津干潟の自然保護に尽力すること15年,死に瀕した干潟を鳥獣の楽園に甦らせた功績"

第24回 (平2年度)

飯島 実(静岡県) "伊豆地方をはじめ,各地の船歌200曲を採譜し,船歌の研究・保存に尽力"

宇治 達郎(埼玉県),杉浦 睦夫(東京都),深海 正治(神奈川県) "3氏共同で開発した胃カメラは,日本のみならず世界の医学界に不可欠で,エックス線検査との併用によって医学の進歩に大きく貢献"

渋谷 正吉 "親子二代にわたり気象観測に従事し,その貴重な資料はダム開発や農業改善に貢献"

広岡 知彦,憩いの家 "23年間にわたり,家庭崩壊で行き場を失った少年少女を引き取り,家庭的雰囲気の中で自立援助に貢献"

第25回 (平3年度)

古田 忠久(愛知県) "ゲンジボタルの人工養殖など広く自然保護に貢献"

佐伯 輝子（神奈川県）"横浜のドヤ街・寿町診療所所長として尽力した12年間の実績"

中田 正一（千葉県）"青年を「風の学校」で育て、井戸掘りなどの技術を伝授、民間レベルでの発展途上国支援に貢献"

吉原 昭夫（栃木県）"東照宮ほか日光2社1寺の各文化財の修理保存に尽くしてきた功績"

第26回（平4年度）

浅田 隆子（大分県）"児童福祉施設「清浄園」園長として児童福祉に貢献"

渡辺、とみ・マルガリータ（ブラジル・サンパウロ）"老人ホーム「憩の園」を設立するなど日系人の援護活動に貢献"

野村 達次（東京都）"実験動物中央研究所長として医学・薬学の発展に貢献"

佐々木 徳夫（宮城県）"東北各地で1万を超える民話を採集し、その伝承に尽力"

第27回（平5年度）

紙屋 克子（札幌麻生脳神経外科病院看護部長）、札幌麻生脳神経外科病院看護部 "意識障害者の回復に成果"

忠鉢 繁（気象研究所主任研究員）"南極上空のオゾンホールを観測"

遠山 正瑛（鳥取大学名誉教授）、遠山 柾雄（鳥取大学助教授）"砂漠緑化と農業開発に成果"

本間 昭雄（聖明福祉協会常務理事）、本間 麻子（聖明福祉協会富士見荘施設長）"視覚障害者の福祉向上に貢献"

第28回（平6年度）

高見 敏弘 "発展途上国の指導者を養成"

中川 与志夫 "新潟県朝日村大須戸能を保護"

奈良たんぽぽの会 "重度障害児の福祉施設作り運動"

宮本 ヒサ子 "刑余者を更生指導"

第29回（平7年度）

石井 謙治（日本海事史学会長）"文化遺産「和船」の調査・研究で高い評価"

大場 茂俊（侑愛会理事長）、大場 光 "総合障害児療育施設「おしまコロニー」を創設、障害児・者福祉に貢献42年"

平井 正（平井点字社長）"日本初の楽譜点訳社を創設、56年にわたり盲人の音楽教育に貢献"

道下 俊一（浜中町立浜中診療所長）"へき地医療に携わって41年、住民の文化面にも挺身"

第30回（平8年度）

金井 弘夫 "10年かけて「新日本地名索引」を私費を投じて制作"

篠遠 喜彦 "遺跡から発掘の釣り針を手掛かりにポリネシア諸島の文化編年と相互交流関係を解明"

福島 令子、福島 智 "重複障害を持ちながら自立のために母子一体となって尽力"

守谷 光基、守谷 房子 "刑余者の更生保護施設に夫婦で住み込み、寝食を共にして自立更生に尽力"

第31回（平9年度）

石井 薫 "60年近くにわたり社会福祉活動に尽力"

角花 菊太郎 "伝統的な揚浜式塩田製塩技術の保存、継承"

曽野 綾子、海外邦人宣教者活動援助後援会 "25年にわたる奉仕活動への支援"

馬塚 丈司 "アカウミガメやコアジサシの保護活動"

光谷 拓実 "樹木年輪による年代測定法の完成"

第32回（平10年度）

高橋 實 "視覚障害学生の支援と職域拡大に尽力"

長谷川 博 "20年以上にわたるアホウドリの研究と保護活動"

森下 一 "全寮制高校を設立し不登校児の教育に成果"

アクショノフ、ユージン "人種、宗教、階層を問わない外国人患者への診療"

第33回（平11年度）

河合 正泰、河合 美登利 "更生保護施設を運営し自立更生に尽力"

見城 慶和 "夜間中学での指導"

近藤 亨 "ネパールでの農業支援"

橋本 梧郎 "ブラジルでの植物採集と分類にとりくむ"

第34回（平12年度）
　親盛 長明 "60年にわたり，沖縄の離島で「医介輔」として住民の診療にあたる"
　黒森歌舞伎妻堂連中，黒森地区の皆さん "酒田市黒森に260年以上続く地歌舞伎の保存伝承に尽力"
　田中 肇 "40年にわたり，独学で花と虫の共生を研究する「市井の植物学者」"
　牟田 悌三，世田谷ボランティア協会 "牟田氏を中心とした幅広いボランティア活動に対して"
第35回（平13年度）
　木村 稔，木村 圭子 "身寄りのない刑務所出身者らに更生施設を提供し社会復帰に尽力"
　近藤 恒夫 "更生施設を運営し薬物依存者の社会復帰に尽力"
　白鷹 幸伯 "古代建築復元のため「千年の釘」を製作した鍛冶職人"
　菅谷 昭 "チェルノブイリ原発事故のがん患者の医療活動に取り組む"
　原田 正純 "水俣病事件を後世に残す「水俣学」の確立目指す"
第36回（平14年度）
　ガリレオ工房 "東京都内の中学，高校の理科教師を中心に結成。科学の楽しさを提唱する科学サークル"
　小林 ハル "瞽女（ごぜ）歌の伝承と普及に尽力"
　佐藤 エミ子 "稀少難病者全国連合会を結成し，悩める患者たちに貢献"
第37回（平15年度）
　えりも岬の緑を守る会 "地域の各組合や自治会及び住民を組織し襟裳岬の緑化を推進，子供たちの緑化意識の向上にも貢献"
　菅波 茂 "「アジア医師連絡協議会」を設立，世界各地での緊急医療活動を続ける"
　東京シューレ "フリースクールを都内に開設，子供たちの指導にあたる"
　永井 利夫，永井 サヨコ "養育里親として長年にわたって60人以上の子供たちの育成に尽くす"
第38回（平16年度）
　岩渕 文雄 "伝統の技術と手法で，50年以上独力で木造船を作り続けている船大工"
　荻巣 樹徳 "過酷なフィールドワークをこなし，植物の新種発見や保存に尽力"
　沖縄戦記録フィルム一フィート運動の会 "沖縄戦の記録フィルムを買い取り，上映会を通して平和運動を続ける"
　内藤 裕史 "財団法人日本中毒情報センターを設立し，中毒学の確立に貢献"
　中本 ムツ子 "「アイヌ神謡集」のCDを制作するほか，アイヌ文化の伝承に寄与"
第39回（平17年度）
　名取 美和 "タイ・チェンマイ市にHIV孤児の施設設立，孤児たちの将来のための自立支援を続ける"
　平沢 保治 "ハンセン病患者に対する偏見や差別をなくすために活動"
　松田 富士弥 "精密機器へのはんだ付け技師として，日本の技術者への指導啓蒙に尽力"
　山之内 義一郎 "総合教育のための「学校の森」作りを提唱，国内外で実践"
第40回（平18年度）
　田村 晧司 "病で右腕が使えなくなった逆境を克服して琵琶を製作"
　松島 興治郎 "コウノトリ保護増殖と野生復帰活動"
　村山 常雄 "シベリア抑留死亡者の名簿を調査してネットで公開"
　本村 義雄 "「くまごろう号」に乗り全国で口演童話活動"
第41回（平19年度）
　雨宮 清 "カンボジアほかで地雷除去機の開発につとめ，世界に埋没される地雷除去のために貢献"
　菊本 照子 "ケニア共和国のストリートチルドレンの救援のため，保護教育と生活自立支援に尽力"
　桜井 政太郎 "視覚障害者のために「手でみる博物館」を設立し，三千点の資料を収集製作するほか，障害者の知識向上に貢献"
　左野 勝司 "国内外の石造り遺跡の修復や発掘に独学で技術を開発し，文化財の保存に尽力"

堀田 健一 "障害者の希望に合わせた「障害者用自転車」を製作"

第42回（平20年度）
伊藤 明彦 "被爆者を訪ねて声を収録し、録音テープにまとめ施設に寄贈"
岩澤 信夫 "「不耕起移植栽培」の普及に尽力"
児童虐待防止協会 "子どもの虐待の相談と予防を目的に活動を続ける"
嶽釜 徹 "ドミニカ移住問題の解決に尽力"
宮城 信勇 "「石垣方言辞典」を完成"

第43回（平21年度）
垣見 一雅 "ネパールに居住し、生活の自立を支援"
田村 恒夫 "阿波木偶の伝統技法を伝承発展"
中野 主一 "新天体の軌道計算を続け、新天体発見へ貢献"
長尾 直太郎 "浮世絵版画の制作に打ち込み、後継者の育成にも尽力"

第44回（平22年度）
川田 昇 "「こころみる会」を設立し、社会と園生との共生のため様々な施策を成功"
久連子古代踊り保存会 "絶滅の危機に瀕した久連子鶏を飼育から手掛けて装束を整え保存に尽力"
菅原 幸助 "「中国残留孤児」の帰国支援活動に尽力"
明珍 宗恭 "甲冑の制作と修復に尽力"

第45回（平23年度）
宇梶 静江 "「古布絵」の創作や絵本の出版をとおし、失われ行くアイヌ文化の伝承に努めるほか、海外との文化交流にも尽力。"
木村 若友 "長年にわたり、浪曲師として活躍するとともに後進の指導と、広く日本の伝統文化の継承のために尽力。"
具志堅 隆松 "沖縄において、開発・市街地化が進み時間との戦いのなかで、遺骨収集を市民とともに続けている。"
斎藤 晶 "山地牧場で自然に順応した「蹄耕法」による飼育方法を確立し、大地に根ざした酪農を実践。また、広く市民に開放し交流の場として提供。"
笹本 恒子 "長年にわたり、女性報道写真家として"時代"を撮り続け、多くの貴重な作品を発表し、今なお精力的に活躍を続ける。"

第46回（平24年度）
大山 泰弘 "知的障害者雇用の草分けとして52年。「働くことで人間は幸せになれる」を実践し続ける。"
岡野 眞治 "放射能計測器を独自開発。チェルノブイリ、福島でも現地調査を行い、汚染を測定。"
畠山 重篤 "「人の心に木を植える」植林活動を続けて20年。森を守ることで海の再生を果たす。"

第47回（平25年度）
片野 清美 "夜間保育園を続けて30年、小学生対象の学童クラブも創設。"
杉浦 銀治 "炭を使った土壌改良、環境改善型農業を世界中に指導する。"
二宮 康明 "45年間、紙飛行機の設計・開発を通して科学の楽しさを伝え続ける。"

第48回（平26年度）
加藤 源重 "六十種類以上の障害者用自助具を作り続ける「三河のエジソン」。"
志賀高原漁業協同組合 "「魚を守るには山を守れ」で日本有数のイワナの漁場を保全。"
中 一弥 "八十年以上にわたり名作家と伴走してきた現役最高齢の挿絵画家。"

第49回（平27年度）
遠藤 尚次 "シベリア抑留者の遺骨収集を二十年以上続ける、抑留経験者"
野口 義弘 "非行少年・少女の雇用を二十年以上にわたり続け、その数百二十名余り。"
日置 英剛 "半世紀にわたり『新・国史大年表』の執筆、編纂を続ける。"
日吉 フミコ "水俣病患者、被害者支援組織を立ち上げ、四十七年にわたり闘う。"

150 和辻賞

昭和27年、和辻哲郎倫理学会会長の寄付を基金として「日本倫理学会賞」が制定された。和辻氏の逝去を機に、昭和36年10月「和辻賞」と改称された。平成20年度より、著作部門と論文部門の2部門を設定した。

【主催者】日本倫理学会

【選考委員】(平25年度)伊藤益、荻原理、佐藤義之、髙橋雅人、成田和信、御子柴善之、山内志郎、山田忠彰

【選考方法】公募。なお当該年度の学会誌に掲載された有資格会員による論文は自動的に選考対象となる

【選考基準】〔資格〕学部卒業後15年以内の同学会会員。〔対象〕前年4月から当該年3月までに刊行された論文及び著作〔基準〕若手研究者による斯学の研究業績で優れたもの

【締切・発表】締切は当年度の4月30日、発表は同学会大会・会員総会席上

【URL】http://jse.trustyweb.jp/2007/02/post_24.html

第1回(昭28年度)
　該当者なし
第2回(昭29年度)
　相良 亨(茨城大助教授)「近世日本儒学史上の荻生徂徠」〔倫理学年報 第2集〕
　式部 久(広島大講師)「デューイ価値論の仮説主義について」〔倫理学年報 第2集〕「ソクラテスの方法について」〔広島大学文学部紀要 第5号〕
第3回(昭30年度)
　小倉 志祥(学習院大助教授)「シェリングの積極哲学」〔学習院大学紀要 第1集〕
第4回(昭31年度)
　城塚 登(東大教養学部講師)「社会主義思想の成立」〔弘文堂〕
第5回(昭32年度)
　該当者なし
第6回(昭33年度)
　久野 昭(日本経済短大)「魔術的観念論の根源」〔倫理学年報 第6集〕
第7回(昭34年度)
　吉沢 伝三郎 「倫理学の成立」〔講座近代思想史 第4巻〕
第8回(昭35年度)
　谷嶋 喬四郎(東海大助教授)「若きマルクスの思想的エートス」〔倫理学年報 第9集〕

　源 了円(京大大学院)「加藤弘之の倫理思想」〔倫理学年報 第8集〕
第9回(昭36年度)
　尾田 幸雄(東大文学部助手)「ヘーゲル初期におけるロゴス解釈の変遷」〔倫理学年報 第10集〕
　高橋 進(東京教育大講師)「周易正義の思想史的研究」〔倫理学研究 第8号〕
第10回(昭37年度)
　上妻 精(東邦大助教授)「愛の倫理」〔実存主義 23号〕
　茂泉 明男(東北学院大助教授)「アウグスティヌスにおけるsymbolism」〔文化 第25巻4号〕
第11回(昭38年度)
　門脇 卓爾(学習院大助教授)「Das radikal Böse bei Kant」〔学習院大学研究年報 9輯〕
第12回(昭39年度)
　副島 正光(幾徳工業高専助教授)「PrajΦnapāramitā - hrdayaの基礎的研究」〔倫理学研究 第11号〕
　小西 国夫(広島工業大助教授)「カントの定言命法について」〔哲学 15輯〕
第13回(昭40年度)
　小林 一郎(東北大教養部講師)

「APOLOGIA 31D・32Dについて」
中島 文夫（独協大講師）「アリストテレスにおける「実践理性」」
野町 啓（弘前大講師）「紀元一世紀前半におけるAlexandriaのユダヤ人〈πολιτευμα〉—Philoの歴史的背景」
第14回（昭41年度）
浜井 修 「古代ユダヤ教の合理的分析」「マンハイムにおける構造論的方法」
第15回（昭42年度）
久重 忠夫 「罪責感についての一考察」〔理想 第406号〕
第16回（昭43年度）
該当者なし
第17回（昭44年度）
該当者なし
第18回（昭45年度）
小原 信 「神の死とラディカリズム—創造的否定の志向」〔中央公論 5月号〕
第19回（昭46年度）
子安 宣邦 「近世思想における「道」の展開」〔第20回大会報告集〕
第20～23回（昭47～50年度）
該当者なし
第24回（昭51年度）
片山 洋之介 「習慣と身体—メルロ・ポンティを手がかりに」〔実存主義 74号〕
第25～28回（昭52～55年度）
該当者なし
第29回（昭56年度）
小島 康敬 「広瀬淡窓の敬天思想—徂徠を手がかりに」〔季刊日本思想史 15〕
第30回（昭57年度）
該当者なし
第31回（昭58年度）
該当者なし
第32回（昭59年度）
笹沢 豊 「ヘーゲル哲学形成の過程と論理」〔晢書房〕
第33回（昭60年度）
山本 真功 「「心学五倫書」の基礎的研究」
第34回（昭61年度）
藤田 正勝 若きヘーゲル
第35回（昭62年度）
関根 清三 「第3イザヤの編年体的解釈—イザヤ書61章1・3節の位置および意味付の問題を中心に」
第36回（昭63年度）
該当者なし
第37回（平1年度）
永井 均 「魂に対する態度—他人と他者の存在論的差異について」ほか2編
第38回（平2年度）
該当者なし
◇佳作
平井 洋 「大西祝とその時代」〔日本図書センター〕
第39回（平3年度）
該当者なし
◇佳作
斎藤 慶典 「他者と時間性—超越論的現象学とE.レヴィナス」〔現象学年報 5号〕
松尾 宣昭 「フッサールの思索に特徴的な二つの態度について」〔倫理学年報 40集〕
第40回（平4年度）
伊藤 益 「ことばと時間—古代日本人の思想」〔大和書房〕
第41回（平5年度）
斎藤 慶典 「他者と倫理—現象学における他者問題の諸相」〔日本倫理学論集 27〕ほか5編
第42回（平6年度）
長滝 祥司 「人間存在の両義性—〈見ること〉と〈触れること〉をめぐって」〔倫理学年報 43集〕ほか
第43回（平7年度）
金子 昭 「シュヴァイツァー—その倫理的神秘主義の構造と展開」〔白馬社〕
第44回（平8年度）
寄川 条路 「Hegels Weg zum System. Die Entwicklung der Phirosophie Hegels 1797-1803」〔PETER-LANG GwbH〕
第45回（平9年度）
石井 敏夫 「ベルクソンの知覚理論」「イマージュの哲学」「哲学と笑い」
第46回（平10年度）
該当者なし
第47回（平11年度）
羽入 辰郎 「マックス・ヴェーバーの呪縛—「倫理」におけるヴェーバーの魔術か

第48回（平12年度）
　奥野 満里子 「シジウィックと現代功利主義」〔勁草書房〕
第49回（平13年度）
　該当者なし
第50回（平14年度）
　朽木 祐二 「「ヨブ記」の正義論―同書三十八〜四十二章を中心に」〔倫理学年報 第51集〕
第51回（平15年度）
　山本 史華 「犯罪における責任と人称―人称の修復的倫理の構築に向けて」〔倫理学年報 第52集〕
第52回（平16年度）
　田村 圭一 「倫理学におけるアメリカ実在論と道徳的な相対主義の二つの形態」〔倫理学年報 第53集〕
第53回（平17年度）
　吉田 量彦 「Vernunft und Affektivitaet : Untersuchungen zu Spinozas Theorie der Politik」〔Königshausen & Neumann〕
第54回（平18年度）
　古田 徹也 「人間的自然とは何か―言語の習得をめぐるウィトゲンシュタインの考察から」〔倫理学年報 第55集〕
　宮野 真生子 「個体性と邂逅の倫理―田辺元・九鬼周造往復書簡から見えるもの」〔倫理学年報 第55集〕
第55回（平19年度）
　中川 雅博 「ロシア精神史における戦争道徳論の系譜について」〔倫理学年報 第56集〕
　福間 聡 「ロールズのカント的構成主義―理由の倫理学」〔勁草書房〕
　沖永 宜司 「心の形而上学―ジェイムズ哲学とその可能性」〔創文社〕
第56回（平20年度）
　◇著作部門
　　該当作なし
　◇論文部門
　　該当作なし
第57回（平21年度）
　◇著作部門
　　吉田 真樹 「平田篤胤 霊魂のゆくえ」〔講談社〕
　◇論文部門
　　伊藤 由希子 「「聖」と「凡人」―『日本霊異記』の執筆意図をめぐって」〔倫理学年報 第58集〕
第58回（平22年度）
　◇著作部門
　　山田 圭一 「ウィトゲンシュタイン最後の思考―確実性と偶然性の邂逅」〔勁草書房〕
　◇論文部門
　　板東 洋介 「和歌・物語の倫理的意義について―本居宣長の『もののあはれ』論を手がかりに」〔倫理学年報 第59集〕
第59回（平23年度）
　◇論文部門
　　松元 雅和 「ダブル・エフェクトの原理―正戦論における適用とその問題―」〔倫理学年報 第60集〕
　◇著作部門
　　児玉 聡 「功利と直観―英米倫理思想史入門―」〔勁草書房〕
第60回（平24年度）
　◇論文部門
　　＊
　◇著作部門
　　吉川 孝（高知県立大学文化学部准教授）「フッサールの倫理学 生き方の探究」〔知泉書館〕
第61回（平25年度）
　◇論文部門
　　該当作なし
　◇著作部門
　　佐藤 岳詩 「R.M.ヘアの道徳哲学」〔勁草書房〕

151 和辻哲郎文化賞

兵庫県姫路市出身の哲学者・和辻哲郎の生誕100周年と姫路市制100周年を記念し,氏の業績を顕彰するとともにその精神を広く伝え,日本文化の総合的な発展向上を願い昭和63年に創設された。

【主催者】姫路市

【選考委員】一般部門:梅原猛,山折哲雄,阿刀田高,学術部門:鷲田清一,関根清三,黒住真

【選考方法】推薦(自薦,他薦)

【選考基準】〔対象〕一般部門:前年9月1日から当該年8月末日までに発刊された(復刊は除く)著作物(単行本)の中で,日本文化,伝統文化,風土と人間生活との関連等に関するもので国際的普遍性,斬新な視点及び深い思索性のある評論。学術部門:前年9月1日から当該年8月末日までに発刊(復刊は除く)または発表された著作物(単行本)の中で,哲学,倫理学,宗教,思想,比較文化等に関するもので高い水準に達した論文

【締切・発表】締切は9月5日,発表は2月初旬,3月初旬に贈呈式

【賞・賞金】正賞として蒔絵源氏絵千姫羽子板と副賞100万円

【URL】http://www.city.himeji.hyogo.jp/bungaku/watsuji/index1.htm

第1回(昭63年)
　◇一般部門
　　大久保 喬樹(東京女子大助教授)「岡倉天心」〔小沢書店〕
　◇学術部門
　　ラフルーア,ウィリアム・R.(UCLA東アジア言語文化部教授)「廃墟に立つ理性―戦後合理性論争における和辻哲郎学の位相」〔岩波書店〕
第2回(平1年)
　◇一般部門
　　宇佐美 斉(京都大学人文科学研究所助教授)「落日論」〔筑摩書房〕
　◇学術部門
　　上山 安敏(奈良産業大学教授)「フロイトとユング」〔岩波書店〕
第3回(平2年)
　◇一般部門
　　中西 進(国際日本文化研究センター教授)「万葉と海彼」〔角川書店〕
　◇学術部門
　　永積 洋子(東京大学教授)「近世初期の外交」〔創文社〕
第4回(平3年)
　◇一般部門
　　野口 武彦(神戸大学教授)「江戸の兵学思想」〔中央公論社〕
　◇学術部門
　　オームス,ヘルマン(カリフォルニア大学ロサンゼルス校教授)「徳川イデオロギー」〔ぺりかん社〕
第5回(平4年)
　◇一般部門
　　郡司 正勝(早稲田大学名誉教授)「删定集(さんていしゅう)」〔白水社〕
　◇学術部門
　　大森 荘蔵(東京大学名誉教授)「時間と自我」〔青土社〕
第6回(平5年)
　◇一般部門
　　土居 良三(元会社役員)「咸臨丸海を渡る―曽父・長尾幸作の日記より」〔未来社〕
　◇学術部門
　　加藤 尚武(千葉大学文学部教授)「哲学の使命―ヘーゲル哲学の精神と世界」〔未来社〕
第7回(平6年)
　◇一般部門

堀田 善衛(作家)「ミシェル城館の人」〔集英社〕
山内 昶(甲南大学文学部教授)「『食』の歴史人類学―比較文化論の地平」〔人文書院〕
◇学術部門
関根 清三(東京大学文学部教授)「旧約における超越と象徴―解釈学的経験の系譜」〔東京大学出版会〕

第8回(平7年)
◇一般部門
井上 義夫(一橋大学教授)「評伝D・H・ロレンス」〔小沢書店〕
◇学術部門
阿部 良雄(東京大学名誉教授)「シャルル・ボードレール 現代性(モデルニテ)の成立」

第9回(平8年)
◇一般部門
長谷川 三千子(埼玉大学教授)「バベルの謎」〔中央公論社〕
◇学術部門
小野 清美(大阪外国語大学教授)「テクノクラートの世界とナチズム」〔ミネルヴァ書房〕

第10回(平9年)
◇一般部門
徳永 恂(大阪国際大学教授)「ヴェニスのゲットーにて 反ユダヤ主義思想史への旅」〔みすず書房〕
◇学術部門
一ノ瀬 正樹(東京大学助教授)「人格知識論の生成 ジョン・ロックの瞬間」〔東京大学出版会〕

第11回(平10年)
◇一般部門
嶋田 義仁(静岡大学教授)「稲作文化の世界観 『古事記』神代神話を読む」〔平凡社〕
◇学術部門
佐々木 毅(東京大学教授)「プラトンの呪縛 二十世紀の哲学と政治」〔講談社〕

第12回(平11年)
◇一般部門

西村 三郎(京都大学名誉教授)「文明のなかの博物学 西欧と日本」〔紀伊國屋書店〕
渡辺 京二(評論家)「逝きし世の面影 日本近代素描I」〔葦書房〕
◇学術部門
宇都宮 芳明(北海道情報大学教授)「カントと神 理性信仰・道徳・宗教」〔岩波書店〕

第13回(平12年)
◇一般部門
稲賀 繁美(国際日本文化研究センター助教授)「絵画の東方」〔名古屋大学出版会〕
◇学術部門
小林 道夫(大阪市立大学教授)「デカルト哲学とその射程」〔弘文堂〕

第14回(平13年)
◇一般部門
岡野 弘彦(国学院大学栃木短期大学長)「折口信夫伝 その思想と学問」〔中央公論新社〕
山折 哲雄(国際日本文化研究センター所長)「愛欲の精神史」〔小学館〕
◇学術部門
ナカイ,ケイト・W.(上智大学教授)「新井白石の政治戦略 儒学と史論」〔東京大学出版会〕

第15回(平14年)
◇一般部門
長部 日出雄(作家)「桜桃とキリスト もう一つの太宰治伝」〔文芸春秋〕
◇学術部門
木村 敏(京都大学名誉教授)「木村敏著作集第7巻 臨床哲学論文集」〔弘文堂〕
植村 恒一郎(群馬県立女子大学教授)「時間の本性」〔勁草書房〕

第16回(平15年)
◇一般部門
秋山 駿 「神経と夢想 私の『罪と罰』」〔講談社〕
◇学術部門
塩川 徹也 「パスカル考」〔岩波書店〕

第17回(平16年)
◇一般部門
平川 裕弘 「ラフカディオ・ハーン 植民地化・キリスト教化・文明開化」〔ミネ

ヴァ書房〕
　◇学術部門
　　井上 達夫　「法という企て」〔東京大学出版会〕
第18回（平17年）
　◇一般部門
　　新倉 俊一（明治学院大学名誉教授）「評伝 西脇順三郎」〔慶応義塾大学出版会〕
　◇学術部門
　　佐藤 康邦（東京大学大学院教授）「カント『判断力批判』と現代―目的論の新たな可能性を求めて」〔岩波書店〕
第19回（平18年度）
　◇一般部門
　　大泉 光一（日本大学国際関係学部・同大学院国際関係研究家主任教授）「支倉常長慶長遣欧使節の真相 肖像画に秘められた実像」〔雄山閣〕
　◇学術部門
　　今道 友信（哲学美学比較研究国際センター所長、東京大学名誉教授）「美の存立と生成」〔ピナケス出版〕
第20回（平19年度）
　◇一般部門
　　岩下 尚史（作家）「芸者論 神々に扮することを忘れた日本人」〔雄山閣〕
　◇学術部門
　　伊藤 邦武（京都大学大学院文学研究科教授）「パースの宇宙論」〔岩波書店〕
第21回（平20年度）
　◇一般部門
　　岡谷 公二（跡見学園女子大学名誉教授）「南海漂蕩 ミクロネシアに魅せられた土方久功・杉浦佐助・中島敦」〔冨山房インターナショナル〕
　◇学術部門
　　森 一郎（東京女子大学文理学部教授）「死と誕生 ハイデガー・九鬼周造・アーレント」〔東京大学出版会〕
第22回（平21年度）
　◇一般部門
　　今橋 理子（学習院女子大学国際文化交流学部教授）「秋田蘭画の近代 小田野直武「不忍池図」を読む」〔東京大学出版会〕

　◇学術部門
　　互 盛央（出版社勤務）「フェルディナン・ド・ソシュール〈言語学〉の孤独,「一般言語学」の夢」〔作品社〕
第23回（平22年度）
　◇一般部門
　　杉田 弘子　「漱石の『猫』とニーチェ 稀代の哲学者に震撼した近代日本の知性たち」〔白水社〕
　◇学術部門
　　権左 武志　「ヘーゲルにおける理性・国家・歴史」〔岩波書店〕
第24回（平23年度）
　◇一般部門
　　末延 芳晴　「正岡子規、従軍す」〔平凡社〕
　◇学術部門
　　中畑 正志　「魂の変容 心的基礎概念の歴史的構成」〔岩波書店〕
第25回（平24年度）
　◇一般部門
　　劉 岸偉　「周作人伝 ある知日派文人の精神史」〔ミネルヴァ書房〕
　◇一般部門
　　安住 恭子　「『草枕』の那美と辛亥革命」〔白水社〕
　◇学術部門
　　中島 隆博　「共生のプラクシス 国家と宗教」〔東京大学出版会〕
第26回（平25年度）
　◇一般部門
　　池田 美紀子　「夏目漱石 眼は識る東西の字」〔国書刊行会〕
　◇学術部門
　　野本 和幸　「フレーゲ哲学の全貌 論理主義と意味論の原型」〔勁草書房〕
第27回（平26年度）
　◇一般部門
　　亀井 俊介　「有島武郎 世間に対して真剣勝負をし続けて」〔ミネルヴァ書房〕
　◇学術部門
　　稲垣 良典　「トマス・アクィナスの神学」〔創文社〕,「トマス・アクィナス「存在」の形而上学」〔春秋社〕

受賞者名索引

【あ】

藍 友紀 …………… 19
相川 淳 …………… 187
相沢 恵子 …………… 69
相澤 淳 …………… 146
相沢 忠洋 …………… 307
相沢 韶男 …………… 200
相澤 正彦 …………… 199
会津 泰成 …………… 56
合田 彩 …………… 23
合田 一道 …………… 80
合田 周平 …………… 286
会田 誠 …………… 148
アヴリンヌ, ナターシャ
　…………………… 213
阿江 美穂 …………… 8
青井 史 …………… 113
青木 娃耶子 …………… 82
青木 亮人 …………… 114
青木 和夫 …………… 164
青木 恵一郎 …………… 285
青木 健 …………… 248
青木 茂 …………… 35
青木 重幸 …………… 193
青木 淳一 …………… 299
青木 純一 …………… 101
青木 せい子 …………… 72
青木 正 …………… 33
青木 保 …………… 203
青木 晴夫 …………… 224
青木 英実 …………… 139
青木 深 …………… 210
青木 昌彦 …………… 203
青木 真純 …………… 6
青木 瑞歩 …………… 27
青木 美保子 …………… 265
青木書店 …………… 142
青野 季吉 …………… 129, 283, 284, 285
青野 道彦 …………… 236
青森県教育庁の岡田康博氏
　を中心とする「三内丸山遺
　跡」の官・民・学に支えら
　れた発掘調査チーム … 211
青柳 いづみこ … 22, 62, 127
青柳 英治 …………… 261
青柳 悦子 …………… 214

青柳 かおる …………… 249
青柳 静枝 …………… 63
青柳 隆志 …………… 228
青柳 正規 …………… 116, 292
青柳 瑞穂 …………… 129
青山 治 …………… 27
青山 潤 …………… 22
青山 瑠妙 …………… 158
青山 和佳 …………… 157
赤々舎 …………… 143
赤井 達郎 …………… 291
赤木 完爾 …………… 146
赤座 憲久 …………… 285
赤坂 真理 …………… 211, 295
赤坂 憲雄 …………… 124
明石 欽司 …………… 145
明石書店 …………… 142
赤須 清志 …………… 7
赤瀬川 原平 …………… 32, 293
県 治朗 …………… 308
安形 輝 …………… 297
安形 麻理 …………… 297
赤梨 和則 …………… 69
あかね書房 …………… 40, 267
赤根谷 達雄 …………… 205
アカハ, ツネオ …………… 159
赤羽 末吉 …………… 191
赤松 愛子 …………… 64
赤松 乃里恵 …………… 31
阿川 佐和子 …………… 22, 184
阿川 尚之 …………… 135
阿川 弘之 …………… 133, 182, 292
阿寒中学校 …………… 308
安芸 皎一 …………… 283
秋枝 美保 …………… 123
秋尾 沙戸子 …………… 62
秋尾 敏 …………… 104
秋草 俊一郎 …………… 264
亜紀書房 …………… 143, 289
秋月 辰一郎 …………… 308
秋田 茂 …………… 135, 157
秋田県八森町立八森小学校
　5年生13名 …………… 46
秋永 一枝 …………… 224
秋庭 功 …………… 80
秋庭 太郎 …………… 131
秋葉 佳助 …………… 64
秋村 功 …………… 102
秋元 藍 …………… 95

秋元 英一 …………… 243
秋元 実治 …………… 149
秋元 宣籌 …………… 49
秋本 芳成 …………… 31
秋山 和子 …………… 46
秋山 邦晴 …………… 127
秋山 聰 …………… 209
秋山 佐和子 …………… 113
秋山 駿 … 91, 99, 292, 320
秋山 庄太郎 …………… 192
秋山 伸子 …………… 241
秋山 ちえ子 …………… 59, 177
秋山 真志 …………… 96
秋山 佳子 …………… 297
秋吉 茂 …………… 59
秋吉 良人 …………… 214
審 亮一 …………… 19
阿久悠 …………… 179
アクショノフ, ユージン
　…………………… 313
芥川 比呂志 …………… 60
圷 たけお …………… 65
安久利 徳 …………… 196
アクロイド, ジョイス … 303
安慶名 一郎 …………… 64
あけび書房 …………… 143
アーサー, クリス …………… 138
浅井 京子 …………… 9
朝尾 直弘 …………… 164, 292
浅岡 邦雄 …………… 255
浅賀 行雄 …………… 193
淺川 道夫 …………… 147
朝霧 圭梧 …………… 20
淺倉 一真 …………… 7
朝倉 摂 …………… 191
朝倉 尚 …………… 164
浅倉 祐一朗 …………… 280
朝倉書店 …………… 288, 294, 295
浅田 晃彦 …………… 186
浅田 和子 …………… 51
浅田 次郎 …………… 211, 294
浅田 隆子 …………… 313
浅野 詠子 …………… 39
浅野 建二 …………… 292
浅野 豊美 …………… 158
浅野 政枝 …………… 11
浅野 裕一 …………… 257
「朝の読書」運動 …………… 178
浅原 昭子 …………… 6
旭川市旭山動物園 …………… 182

ノンフィクション・評論・学芸の賞事典　325

朝日ジャーナル編集部 …… 109	阿南 さちこ …………… 87	安室 知 ……………… 272
朝日出版社 ………… 266, 267	阿夫利 千恵 …………… 18	天倉 純子 ……………… 31
朝日新聞社 …………… 171, 268, 270, 282, 286, 287, 288, 289, 292, 293, 294	阿部 昭 ……………… 287	雨宮 清 ……………… 314
	阿部 嘉昭 ……………… 89	雨宮 敬子 ……………… 64
	阿部 和重 …………… 293	雨宮 清子 ……………… 38
朝日新聞社・事典編集室 …………………… 266	阿部 公彦 …………… 210	綾野 道江 …………… 104
朝比奈 弘治 ………… 242	阿部 恭子 ……………… 63	綾部 仁喜 …………… 114
浅見 佳苗 ……………… 6	阿部 謹也 …………… 202	綾部 真紀 ……………… 73
浅見 洋 ………… 139, 280	阿部 周平 ……………… 63	新井 喜美子 …………… 80
浅見 ゆり ……………… 34	阿部 祥子 …………… 201	新井 弘順 …………… 228
アサレ, メサック …… 275	阿部 信一 ……………… 80	新井 恒易 …………… 163
葦書房 …………… 142, 292	阿部 真之助 ………… 171	新井 誠 ……………… 160
芦田 均 ……………… 284	阿部 寿美代 …………… 15	新井 政美 …………… 247
芦名 定道 …………… 252	阿部 孝 ………………… 59	荒井 正道 …………… 136
芦原 英了 …………… 284	阿部 達也 …………… 145	新井 裕子 …………… 228
芦原 義信 ………… 116, 289	阿部 照子 ……………… 19	新井 由己 ……………… 35
アスキー出版 ………… 268	阿部 敏広 ……………… 19	荒井 良二 …………… 195
梓書院 ………………… 293	あべ 弘士 …………… 194	洗平 信子 ……………… 27
吾妻 重二 …………… 258	阿部 広海 ……………… 4	荒蝦夷 ……………… 143
東 秀樹 ………………… 74	安部 雅史 …………… 249	荒尾 美代 …………… 265
吾妻書房 ………… 282, 285	阿部 誠文 …………… 114	荒垣 秀雄 …………… 171
安住 敦 ………………… 59	安部 茉利子 …………… 78	荒川 祐衣 ……………… 78
安住 恭子 …………… 321	安部 光恭 …………… 171	荒川 洋治 …………… 105
あずみ虫 …………… 197	阿部 緑 ………………… 31	荒木 沙都子 …………… 74
畔高 貴晶 …………… 120	阿部 幸信 …………… 235	荒木 経惟 …………… 148
畔柳 二美 …………… 283	阿部 良雄 ……… 240, 320	荒木 初子 …………… 307
麻生 晴一郎 …………… 8	安倍 能成 …………… 129	荒木 有希 ………… 35, 36
安宅 夏夫 ……………… 96	網干 善教 …………… 185	荒木田 寿 …………… 285
安達 生恒 …………… 110	阿満 利麿 …………… 203	新倉 俊一 …………… 321
足立 邦夫 …………… 223	天池 礼龍 ……………… 7	嵐山 光三郎 …… 21, 33, 134
足立 巻一 ……………… 60	天川 悦子 ……………… 19	アラセ, デビッド …… 159
足立 幸子 …………… 138	天沢 退二郎 ……… 123, 241	荒田 正信 ……………… 30
安達 誠司 …………… 169	天根 利徳 ……………… 6	荒畑 寒村 …………… 285
足立 拓朗 …………… 248	天野 郁夫 …………… 203	荒平 翔太 ……………… 6
安達 光幸 ……………… 10	天野 尚 ……………… 148	荒船 俊太郎 ………… 274
足立 己幸 ………… 200, 289	天野 武 ……………… 301	荒堀 みのり ………… 53
足立 康 ………………… 99	天野 忠 ……………… 290	荒巻 康子 ……………… 52
安達 裕貴 …………… 119	天野 倫文 …………… 157	荒俣 宏 ……………… 204
足立 有希 ……………… 11	天野 寛子 …………… 200	新谷 昌宏 …………… 212
足立 幸信 …………… 114	天野 政千代 ………… 150	有泉 貞夫 …………… 203
阿達 義雄 …………… 186	天野 洋一 ……………… 67	有岡 利幸 …………… 292
足立 義久 ……………… 41	天野 芳太郎 ………… 310	有木 宏二 …………… 128
アタマでコンカイ！ …… 83	天谷 直弘 ……… 90, 304	有田 忠郎 …………… 241
阿知波 憲 ……………… 79	甘利 俊一 …………… 193	有田 洋人 ……………… 45
厚 香苗 ……………… 273	アミサー, オースチン・N. E. ……………… 275	有馬 智 ……………… 77
アッタ, セフィ ……… 276		有馬 澄雄 …………… 289
アディ, フェリックス … 275	アミトラーノ, ジョルジオ …………………… 277	有馬 光男 ……………… 37
アトラン, コリンヌ … 241		有松 唯 ……………… 249
	網中 いづる ………… 196	有本 庸夫 ……………… 72
	網野 善彦 ……… 291, 293	有森 裕子 …………… 178

有山 達也 …………… 196	飯塚 洋子 …………… 28	池田 智恵美 ………… 72
アリュー, イヴ=マリー	飯田 浅子 …………… 34	池田 長康 …………… 138
……………………… 241	飯田 経夫 …………… 90	池田 元 ……………… 49
アリュー, ブリジット …… 242	飯田 義忠 …………… 65	池田 麻侑美 ………… 72
有賀 夏紀 …………… 243	飯田東中学校 ……… 311	池田 美紀子 ………… 321
淡路 千景 …………… 171	飯野 桃子 …………… 45	池田 雄一 …………… 101
粟津 キヨ ………… 222, 290	飯野 りさ …………… 228	池田 淑子 …………… 13
粟津 則雄 …………… 99	飯干 彩子 …………… 11	池谷 彰 ……………… 149
粟田 純司 …………… 281	飯森 七重 …………… 27	池谷 のぞみ ………… 296
粟村 倫久 …………… 297	家入 博徳 …………… 137	池波 正太郎 ………… 176
安 克昌 ……………… 206	家田 荘子 …………… 15	池部 ちゑ …………… 63
安渓 遊地 …………… 217	家永 香織 …………… 227	池宮 彰一郎 ………… 57
安斉 重夫 …………… 125	家永 三郎 …………… 286	池宮城 秀意 ………… 60
安齋 礼恵 …………… 53	家森 澄子 …………… 75	池本 幸三 …………… 243
安西 勝 ……………… 186	医王 秀行 …………… 248	池谷 薫 ……………… 62
アンスロー, カトリーヌ	五百旗頭 真 ………… 203	憩いの家 …………… 312
……………………… 277	伊賀 美和 …………… 7	伊佐 千尋 …………… 14
安藤 貞雄 …………… 149	医学書院 …………… 143	去来川 政明 ………… 45
安東 次男 …………… 130	五十嵐 秀太郎 ……… 186	諫山 仁恵 …………… 17
安藤 知明 …………… 32	五十嵐 秀彦 ………… 104	井沢 美加子 ………… 79
安藤 宏 ……………… 127	伊川 健二 …………… 274	石 弘光 ……………… 202
安藤 優記 …………… 119	生田 武志 …………… 101	石 弘之 ……………… 291
安藤 由美子 ………… 296	井口 絵理 …………… 87	石井 明 ……………… 154
安藤 礼二 ………… 92, 101	井口 隆史 …………… 62	石井 勲 …………… 64, 176
安藤昌益研究会 …… 291	井口 時男 ………… 92, 100	石井 勇 ……………… 312
安野 眞幸 …………… 204	井口 治夫 ……… 157, 209	石井 威望 …………… 290
安野 舞里子 ………… 78	井口 基成 …………… 283	石井 薫 ……………… 313
安野 光雅 ……… 182, 192	郁文堂 ……………… 266	石井 聖岳 …………… 197
安保 隆 ……………… 76	伊久美 嘉男 ………… 45	石井 研士 …………… 252
	池内 紀 … 21, 99, 134, 190, 293	石井 謙治 ………… 292, 313
【い】	池内 恵 …………… 98, 209	石井 進 ……………… 293
	池内 淳 …………… 260, 297	石井 晴一 …………… 242
李 鍾元 ……………… 156	池内 正幸 …………… 150	石井 妙子 ………… 119, 120
イ・ヨンスク ………… 206	池内 了 …………… 195, 278	石井 岳祥 …………… 64
飯尾 潤 …………… 135, 208	池上 正子 …………… 55	石井 照久 …………… 290
飯倉 照平 …………… 299	池上 裕子 …………… 165	石井 敏夫 …………… 317
飯笹 佐代子 ………… 158	池上 嘉彦 …………… 149	石井 菜穂子 ………… 204
飯沢 耕太郎 ……… 206, 250	池川 玲子 …………… 223	いしい ひさいち …… 182
飯島 春敬 …………… 291	池澤 夏樹 ……… 33, 92,	石井 宏 ……………… 305
飯島 千秋 …………… 236	124, 132, 190, 211, 293, 295	石井 溥 ……………… 217
飯島 広子 …………… 137	池田 宇三郎 ………… 4	石井 美保 …………… 218
飯島 実 ……………… 312	池田 廉 ……………… 116	石井 茂吉 …………… 172
飯島 もとめ ………… 27	池田 邦彦 …………… 139	石井 竜章 …………… 116
飯島 康夫 …………… 272	池田 桂子 …………… 53	石井 桃子 …………… 171
飯島 洋一 …………… 207	池田 健人 …………… 131	石井 洋二郎 ……… 213, 241
飯塚 恵理人 ………… 153	池田 作之助 ………… 34	石井 好子 …………… 59
飯塚 数人 …………… 170	池田 潤 ……………… 248	石井 米雄 …………… 154
飯塚 浩二 …………… 284	池田 伸一 ………… 13, 77	石岡 瑛子 …………… 192
	池田 進吾 …………… 197	石岡 リホ …………… 45
		石神 悦子 …………… 73

石上 佐知子 …………… 53	石原 登 …………… 172	市川 謙一郎 …………… 59
石上 正夫 …………… 38	石原 八束 …………… 114	市川 里美 …………… 192
石川 栄吉 …………… 290	石丸 正 …………… 64	市川 寿海 …………… 171
石川 勝幸 …………… 50	石光 真清 …………… 284	市川 團十郎(12代目) … 182
石川 紀実 …………… 79	石村 眞一 …………… 201	市川 英夫 …………… 192
石川 起観雄 …………… 34	石村 与志 …………… 186	市川 誠 …………… 262
石川 九楊 ……… 204, 293	石母田 正 …………… 282	市川 桃子 …………… 234
石川 啓子 …………… 50	石本 彩貴 …………… 119	市川 靖人 …………… 63
石川 桂郎 …………… 130	石森 秀三 …………… 154	市川 廉 …………… 34
石川 悟 …………… 13	石山 賢吉 …………… 171	市野 成美 …………… 78
石川 淳 …………… 131	石山 孝平 …………… 13	一坂 志保子 …………… 7
石川 武美 …………… 172	伊集院 静 …………… 211	一ノ瀬 祥 …………… 28
石川 達夫 …………… 205	伊集院 美奈 …………… 30	一ノ瀬 正樹 ……… 239, 320
石川 達三 …………… 173	伊集田 ヨシ …………… 65	市瀬 頼子 …………… 77
石川 直樹 ……… 16, 197	伊和 義之 …………… 112	一宮 美奈巳 …………… 78
石川 のり子 …………… 64	伊綿 はる美 …………… 163	市原 修 …………… 148
石川 博樹 …………… 249	井須 はるよ …………… 72	市原 琢哉 …………… 108
石川 裕之 …………… 262	イスキエルド, フェルナン	一番ヶ瀬 康子 …………… 199
石川 梵 …………… 195	ド・ロドリゲス ……… 276	伊調 馨 …………… 184
石河 真知子 …………… 107	泉谷 晴香 …………… 53	イチロー …………… 180
石川 瑞枝 …………… 25	井筒 雅風 …………… 152	一海 知義 …………… 294
石川 稔 …………… 160	井筒 俊彦 ……… 132, 289	五木 寛之 ……… 180, 295
石川 好 …………… 14	井筒 啓之 …………… 195	一志 治夫 …………… 42
石榑 美樹 …………… 7	泉 靖一 ……… 59, 285	一色 八郎 …………… 291
石黒 彰彦 …………… 244	泉 清吉 …………… 281	井手 厚子 …………… 50
石黒 耀 …………… 124	泉 武夫 …………… 198	井出 正人 …………… 31
石黒 敬章 …………… 250	泉 朝子 …………… 12	糸井 寛一 …………… 225
石黒 なみ子 …………… 244	泉 直樹 …………… 75	伊藤 明彦 …………… 315
石毛 直道 …… 200, 217, 300	泉 万里 …………… 199	伊藤 亜人 …………… 217
石坂 昌三 …………… 61	和泉 まさ江 …………… 32	伊藤 氏貴 …………… 101
石坂 洋次郎 …………… 173	泉 美樹 …………… 108	伊藤 香織 …………… 73
石塚 尊俊 …………… 301	泉 美知子 …………… 216	いとう かんじ …………… 245
石塚 晴通 …………… 224	いせ ひでこ …………… 196	伊藤 幹治 ……… 217, 299
石田 英一郎 …………… 286	磯 水絵 …………… 228	伊藤 嘉朔 …………… 172
石田 雄 …………… 291	磯貝 勝太郎 …………… 96	伊藤 邦武 …………… 321
石田 一貴 …………… 46	磯田 光一 ……… 131, 202	伊藤 圭子 …………… 41
石田 健悟 …………… 70	磯田 道史 …………… 47	伊東 乾 …………… 16
石田 周三 …………… 284	石上 英一 …………… 164	伊藤 聡 …………… 165
石田 多重 …………… 48	磯部 彰 ……… 234, 257	伊東 三郎 …………… 244
石田 夏月 …………… 27	磯部 映次 …………… 56	伊東 詩織 …………… 28
石田 雄太 …………… 46	磯部 剛喜 …………… 112	伊東 静雄 ……… 5, 12
石田 亘 …………… 11	磯部 靖 …………… 158	伊藤 純子 …………… 80
石鍋 真澄 …………… 116	井田 寿一 …………… 12	伊藤 俊治 …………… 203
石巻日日新聞社 …………… 183	井田 真木子 ……… 15, 23	伊藤 信吉 …………… 131
石橋 愛子 …………… 63	位田 隆一 …………… 144	伊藤 益 …………… 317
石橋 あすか …………… 74	板垣 竜太 …………… 218	伊藤 整 …………… 172
石橋 尚美 …………… 70	板倉 聖宣 …………… 278	いとう せいこう …………… 22
石橋 勇喜 …………… 65	伊丹 一浩 …………… 161	伊藤 清三 …………… 289
石原 あえか …………… 209	板見 陽子 …………… 85	伊藤 智ゆき …………… 189
石原 慎太郎 …………… 292	市川 猿之助(3代目) …… 178	伊藤 ていじ …………… 284

伊藤 智子 …… 32	稲葉 穰 …… 234	猪瀬 直樹 …… 14, 220
伊藤 とも子 …… 77	稲場 優美 …… 118	葦乃原 光晴 …… 64
伊東 信宏 …… 127, 209	井波 律子 …… 190	井野辺 潔 …… 228
伊藤 信義 …… 46	稲村 茂 …… 45	伊波 信光 …… 63
伊藤 葉る香 …… 54	稲本 正 …… 292	井浜 三樹男 …… 192
伊藤 秀雄 …… 95	稲本 仁江 …… 6	伊原 昭 …… 152
いとう ひろし …… 194	稲荷 正明 …… 141	井原 昭 …… 48
伊藤 博忠 …… 46	乾 敬治 …… 187	茨木 和生 …… 114
伊藤 博之 …… 126	乾 亨 …… 201	茨木 のり子 …… 132
伊藤 文夫 …… 19	いぬい とみこ …… 284	揖斐 高 …… 126, 133, 165
伊藤 舞 …… 74	乾 美紀 …… 262	伊吹 和子 …… 61
伊藤 舞香 …… 7	乾 優紀 …… 53	井伏 鱒二 …… 130
伊藤 雅彦 …… 288	乾谷 敦子 …… 40	井堀 利宏 …… 90
伊藤 正徳 …… 172	犬養 道子 …… 291	今 業平 …… 33
伊藤 真奈 …… 54	犬木 莉彩 …… 49	今井 昭彦 …… 186
伊藤 光彦 …… 60	猪野 謙二 …… 285	今井 恭平 …… 36
伊藤 恵 …… 29	伊野 孝行 …… 197	今井 金吾 …… 95
伊藤 元重 …… 90	井上 勲 …… 300	今井 けい …… 222
伊藤 靖子 …… 77	井上 和雄 …… 203	今井 恵子 …… 103
伊藤 之雄 …… 211	井上 清 …… 282	今井 誉次郎 …… 282
伊藤 ユキ子 …… 33	井上 幸治 …… 291	今井 照容 …… 97
伊藤 由希子 …… 318	井上 こだま …… 5	今井 朋 …… 221
伊藤 由紀子 …… 50	井上 章一 …… 203	今井 一 …… 71
伊藤 嘉昭 …… 299	井上 進 …… 234	今井 むつ子 …… 152
伊藤 よし子 …… 12	井上 隆雄 …… 231	今井 保子 …… 69
伊藤 礼 …… 21	井上 達夫 …… 203	今井 由子 …… 65
糸賀 雅児 …… 260, 296	井上 千津子 …… 289	今井書店グループ …… 183
糸数 沙恵 …… 27	井上 輝子 …… 254	今泉 あずさ …… 119, 120
到津 伸子 …… 22	井上 富博 …… 42	今泉 篤男 …… 283
稲泉 連 …… 15	井上 ひさし …… 123, 179	今泉 済 …… 307
稲岡 勝 …… 254, 255	井上 壽 …… 74	今枝 弘一 …… 194
稲花 己桂 …… 39	井上 宏人 …… 72	今岡 久美 …… 11
稲賀 繁美 …… 206, 214, 219, 320	井上 史雄 …… 188	今川 有梨 …… 70
稲垣 幾世枝 …… 296	井上 正也 …… 209	今田 秋津 …… 87
稲垣 佳世子 …… 287	井上 万寿蔵 …… 244	今田 高俊 …… 203
稲垣 武 …… 304	井上 ミツ …… 63	今永 恵子 …… 7
稲垣 忠彦 …… 288	井上 光貞 …… 286	今西 幹一 …… 113
稲垣 達郎 …… 131	井上 靖 …… 175	今西 錦司 …… 283
稲垣 朋子 …… 162	井上 安正 …… 174	今西 典子 …… 149
稲垣 良典 …… 321	井上 洋子 …… 85	今橋 映子 …… 205, 213, 250
稲川 方人 …… 89	井上 洋介 …… 194	今橋 理子 …… 205, 321
稲越 功一 …… 192	井上 義夫 …… 320	今堀 和友 …… 286
稲田 勝彦 …… 243	井上 佳子 …… 10	今道 友信 …… 117, 321
稲田 俊明 …… 149	井上成美伝記刊行会 …… 290	今村 嘉之子 …… 6
稲田 利徳 …… 165	猪木 武徳 …… 90, 135, 154, 190, 203	今村 純子 …… 280
稲田 奈津子 …… 235	猪口 孝 …… 202	今村 ゆかり …… 11
稲葉 哲栄 …… 65	猪口 泰徳 …… 45	居村 哲也 …… 4
稲葉 なおと …… 33	猪熊 健一 …… 103	井邑 勝 …… 7
稲場 瑞紀 …… 118	井野瀬 久美恵 …… 222	井村文化事業社 …… 141, 267
稲葉 美幸 …… 119		

芋縄 由加里 ………… 54	岩手日報社 ………… 109	ウィルソン,フランシス
伊谷 純一郎 ………… 283	岩手日報社報道部 …… 109	…………………… 275
彌永 信美 ………… 212	岩波イスラーム辞典編集委	上柿 早苗 ………… 50
伊与田 茂 ………… 64	員会 …………… 293	植木 俊哉 ………… 145
入江 泰吉 ………… 174	岩波書店 …… 171, 176, 266,	植木 雅俊 ………… 294
入江 隆則 ………… 99	267, 269, 270, 271, 282, 283,	植木 雅敏 ………… 278
入江 翼 ………… 119	284, 285, 286, 287, 288, 289,	植草 一秀 ………… 91
入江 秀子 ………… 38	290, 291, 292, 293, 294, 295	上島 享 ………… 165
入江 曜子 ………… 57	岩波書店自然科学書編集部	上島 有 ………… 164
入沢 康夫 ………… 123	…………………… 295	ウェスタホーベン,ジャック ……… 277
煎本 孝 ………… 188	岩波書店編集部 …… 283	上田 篤 ……… 60, 290
入矢 義高 ………… 291	岩野 平三郎 ………… 307	上田 泉 ………… 139
色川 大吉 ………… 288	岩野 陽子 ………… 46	植田 和男 ………… 202
岩井 克人 …… 105, 205	岩橋 邦枝 ……… 58, 86	上田 勝彦 ………… 4
岩井 謙一 ………… 103	岩淵 喜代子 ………… 114	上田 謙二 ………… 63
岩井 三笑 ………… 53	岩淵 正力 ………… 7	上田 幸一 ………… 79
岩尾 一史 ………… 235	岩渕 文雄 ………… 314	上田 閑照 ………… 251
岩生 成一 ………… 287	岩渕 真理子 ………… 50	上田 修一 ………… 296
岩上 巌 ………… 28	いわむら かずお …… 195	上田 純子 ………… 53
岩上 安身 ………… 23	岩村 昇 ………… 309	植田 昭一 ………… 9
岩川 隆 ………… 23	岩本 純弥 ………… 7	上田 晴子 ………… 72
岩城 邦子 ………… 186	岩本 松平 ………… 34	上田 敏雄 ………… 50
岩城 春雄 ………… 35	岩本 紀子 ………… 64	上田 望 …… 235, 258
岩城 宏之 ………… 61	岩森 道子 ………… 85	上田 教雄 ………… 49
岩城 由榮 ………… 82	岩谷 彩子 ………… 253	植田 半次 ………… 244
岩切 寿美 ………… 74	巌谷 大四 ………… 95	上田 博友 ………… 27
岩合 光昭 ………… 193	岩谷 泰幸 ………… 52	上田 宏範 ………… 185
岩越 義正 ………… 73	岩脇リーベル,豊美 … 280	上田 文子 ………… 48
岩佐 壯四郎 ………… 206	尹 相仁 ………… 205	上田 正昭 …… 153, 287, 299
岩佐 美代子 ………… 133	印刷学会出版部 …… 255	上田 三四二 … 99, 102, 132
岩崎 太郎 ………… 63	印刷史研究会 ……… 254	植田 恭代 ………… 227
岩崎 敏夫 ………… 300	印南 敏秀 ………… 201	上滝 和洋 ………… 64
岩崎 まさえ ………… 94	印南 房吉 ……… 12, 73	上西 のどか ………… 118
岩崎 陽一 ………… 280	インターナショナル・タイムズ社 …………… 266	上西 希生 ………… 118
岩崎書店 …… 287, 288, 292	インター・プレス社 … 268	上野 絢子 ………… 70
岩澤 信夫 ………… 315		上野 修 ………… 250
岩沢 雄司 ………… 144		上野 和昭 ………… 225
岩下 明裕 ………… 98	【う】	上野 雅奈 ………… 120
磐下 徹 ………… 274		上野 佳平 ………… 12
岩下 尚史 ………… 321	呉 軍華 ………… 158	上野 千鶴子 ………… 205
岩瀬 達哉 ………… 24	武 小燕 ………… 263	上野 創 ………… 62
岩田 久二雄 ………… 288	于 大武 ………… 194	上野 照夫 ………… 285
岩田 慶治 …… 288, 299	宇井 純 ………… 287	上野 誠 …… 166, 272
岩田 専太郎 ………… 171	宇井 十明 ………… 105	上野 真弓 ………… 4
岩田 誠 ………… 292	ヴィッヒマン,ジークフリート ……………… 219	上野 満 ………… 307
岩田 実 ………… 41	シャスティーン・ヴィデーウス …………… 122	上野 道雄 ………… 65
岩田 礼 ………… 18		上原 亜樹子 ………… 51
岩谷 隆司 ……… 12, 70		上原 和 ………… 99
岩月 悟 ………… 102		上原 究一 ………… 259
岩手絵の会 ………… 122		

上原 専禄 …………… 282	内田 敦 …………… 228	梅田 明宏 …………… 56
上原 善広 …………… 15	内田 和浩 …………… 33	梅田 俊作 …………… 193
上間 啓子 …………… 13	内田 繁 …………… 232	梅田 文子 …………… 64
植松 二郎 …………… 75	内田 杉彦 …………… 247	梅田 望夫 …………… 278
植松 三十里 …………… 58	内田 聖子 …………… 20	梅田 佳子 …………… 193
上村 季詠 …………… 11	内田 青藏 …………… 200	梅根 悟 …………… 289
上村 希美雄 …………… 290	内田 清之助 …………… 282	梅野 光興 …………… 272
植村 恒一郎 …………… 320	内田 武志 …………… 301	梅原 猛 …………… 151, 287
植村 鞆音 …………… 96	内田 樹 …………… 105	梅本 洋一 …………… 213
植村 直己 …………… 174	内田 亨 …………… 59, 293	浦 啓三 …………… 150
植村 広美 …………… 262	内田 篤呉 …………… 230	浦上 昭一 …………… 108
植村 優香 …………… 119	内田 晴佳 …………… 7	浦島 悦子 …………… 36
ウェレウェレ・リキン … 276	内田 久司 …………… 144	浦田 久美子 …………… 28
ウォーカー, ガブリエル	内田 道雄 …………… 126	浦野 由紀子 …………… 161
…………… 293	内田 道子 …………… 18	浦本 寛雄 …………… 160
ヴォス, パトリック・ドゥ	内田 三千代 …………… 45	浦本 昌紀 …………… 286
…………… 276	内田 洋子 …………… 22, 62	ウラル学会 …………… 224
魚住 昭 …………… 24	内田 義彦 …………… 286	瓜生 卓造 …………… 131
宇梶 静江 …………… 315	内田 吉彦 …………… 136	上前 淳一郎 …………… 14, 66
宇賀治 正朋 …………… 149	内田 老鶴圃 …………… 285	芸艸堂 …………… 287
宇喜田 けい …………… 79	内橋 克人 …………… 124	海野 敏 …………… 296
宇佐見 英治 …………… 123	内堀 基光 …………… 217	海野 弘 …………… 106
宇佐美 一博 …………… 257	内村 和 …………… 28	海野 光祥 …………… 49
宇佐美 承 …………… 14	内村 幸助 …………… 3	
宇佐美 斉 …………… 319	内山 俊彦 …………… 257	【え】
宇佐美 英機 …………… 237	内山 直樹 …………… 258	
宇沢 弘文 …………… 288	内山 弘紀 …………… 34, 84	永 六輔 …………… 180
宇治 達郎 …………… 312	内山 みどり …………… 28	映画「おくりびと」制作ス
牛尾 三千男 …………… 301	宇都宮 芳明 …………… 320	タッフ …………… 183
潮出版社 …………… 286	内海 彰子 …………… 37	映画芸術社 …………… 286
宇敷 香津美 …………… 38	内海 玲奈 …………… 75	英潮社 …………… 267
牛久保 景子 …………… 118	宇土 京子 …………… 41	英宝社 …………… 284
牛崎 進 …………… 296	宇野 亜喜良 …………… 192	江上 波夫 …………… 286
牛沢 典子 …………… 296	宇野 浩二 …………… 171	江上 不二夫 …………… 286
牛房 翔子 …………… 73	宇野 重規 …………… 208, 215	江川 式部 …………… 235
牛村 圭 …………… 305	宇野 信夫 …………… 174	江川 紹子 …………… 178
牛山 喜美子 …………… 26	宇野 重吉 …………… 287	江川 卓 …………… 132
碓井 昭雄 …………… 97	宇野 隆夫 …………… 306	江川 晴 …………… 84
臼井 史朗 …………… 232	宇野 千代 …………… 175	エコノミスト編集部 …………… 289
臼井 吉見 …………… 290	宇野 伸浩 …………… 233	江﨑 恵美子 …………… 73
臼杵 知史 …………… 144	宇野 登 …………… 284	江崎 桂子 …………… 136
臼崎 満朱美 …………… 77	宇野 淑子 …………… 9	江崎 リエ …………… 4
宇田 茂 …………… 138	鵜木 元尋 …………… 248	江島 新 …………… 82
宇田 哲雄 …………… 265	ウプレティ, ナンダ・プラサ	江島 任 …………… 192
宇田 有三 …………… 37	ド …………… 124	江尻 純子 …………… 26
宇田川 未森 …………… 30	梅井 美帆 …………… 118	江連 晴生(剛) …………… 94
ウータン, カー …………… 195	梅木 哲人 …………… 237	枝松 茂之 …………… 290
内岡 貞雄 …………… 20	梅棹 忠夫 …………… 200	江戸 建雄 …………… 185
内川 芳美 …………… 288	梅崎 春生 …………… 286	
内澤 旬子 …………… 22	梅沢 広昭 …………… 35	

江戸遺跡研究会 ……… 293	遠藤 公男 ……………… 40	大内 力 ……………… 282
江藤 淳 ……………… 173	遠藤 乾 ……………… 135	大内 雅恵 ……………… 17
江藤 正己 ……………… 297	遠藤 周作 ………… 131, 284	大内 美季 ……………… 119
榎並 悦子 ……………… 196	遠藤 潤一 ……………… 224	大浦 みどり ……………… 8
榎並 掬水 ……………… 65	遠藤 正治 ……………… 236	大江 三郎 ……………… 149
NHK経済部取材班 …… 110	遠藤 尚次 ……………… 315	大江 武夫 ……………… 65
NHK「シルクロード」取材班 …… 175	遠藤 昭二郎 ……………… 67	大江 巳之助 ……………… 309
NHKスペシャル取材班 …… 278	遠藤 星希 ……………… 259	大江 和子 ……………… 19
NHKスペシャル「認知症行方不明者一万人～知られざる徘徊の実態～」… 184	遠藤 環 ……………… 159	大岡 昇平 ………… 132, 285
	遠藤 知里 ……………… 81	大岡 信 ………… 130, 175
	遠藤 てるよ ……………… 192	大垣 千枝子 ……………… 64
	遠藤 享 ……………… 193	大鐘 稔彦 ……………… 31
NHKスペシャル「無縁社会」…… 183	遠藤 徹 ……………… 228	大川 昭典 ……………… 281
NHKスペシャル「忘れられた女たち」のスタッフ … 176	円堂 都司昭 ……………… 111	大川 進 ……………… 75
	遠藤 典子 ……………… 98	大河内 一男 ……………… 287
NHKテレビ「クローズアップ現代」制作スタッフ … 180	遠藤 春香 ……………… 249	大川本 愛子 ……………… 48
NHKテレビ芸能局 …… 172	遠藤 誉 ……………… 85	大木 康 ……………… 235
NHKテレビ「バス通り裏」スタッフ …… 172	遠藤 光正 ……………… 257	大木戸 浩子 ……………… 50
NHK名古屋放送局「中学生日記」制作スタッフ … 178	遠藤 元男 ……………… 152	大串 章 ……………… 114
	延藤 安弘 ……………… 201	大櫛 敦弘 ……………… 233
NHKモスクワ支局 …… 177	遠藤 由次郎 ……………… 54	大串 和雄 ……………… 155
NHKラジオ「日曜名作座」スタッフ …… 173	遠藤 芳信 ……………… 146	大久保 明子 ……………… 196
NTT出版 ……………… 294		大久保 純一 ………… 199, 256
榎本 泰子 ………… 206, 263	【お】	大久保 喬樹 ……………… 319
榎本 好宏 ……………… 114		大久保 貴裕 ……………… 50
絵鳩 恭子 ……………… 64	呉 善花 ……………… 305	大久保 緒人 ……………… 7
江花 優子 ……………… 43	老 文子 ……………… 273	大久保 久雄 ……………… 253
江原 絢子 ……………… 153	及川 貞四郎 ……………… 64	大熊 喜代松 ……………… 308
穎原 退蔵 ……………… 294	及川 博子 ……………… 50	大熊 奈留美 ……………… 77
蛯沢 博行 ……………… 75	王 柯 ……………… 206	大倉 舜二 ……………… 191
海老沢 敏 ……………… 202	黄 純艶 ……………… 260	大阪教育図書 ……………… 270
海老沢 泰久 ……………… 57	黄 浄愉 ……………… 162	大阪府立中之島図書館 … 254
海老原 英子 ……………… 64	王 臻 ……………… 11	大崎 善生 ………… 24, 224
海老原 豊 ……………… 112	甕岡 裕美子 ……………… 10	大笹 吉雄 ………… 134, 203
エライユ, フランシーヌ …… 241, 303	桜楓社 ……………… 291	大澤 幸子 ……………… 79
	旺文社 ………… 267, 289	大澤 恒保 ……………… 86
江里 昭彦 ……………… 104	大石 茜 ……………… 170	大澤 真幸 ……………… 294
えりも岬の緑を守る会 … 314	大石 浩司 ……………… 11	大鹿 靖明 ……………… 24
エルドリッヂ, ロバート・D. …… 207	大石 慎三郎 ……………… 304	大島 堅一 ……………… 98
	大石 強 ……………… 149	大島 シヅエ ……………… 309
演劇出版社 ………… 284, 285	大石 麻里子 ……………… 77	大島 丈志 ……………… 125
遠藤 朝子 ……………… 50	大石 道夫 ……………… 278	大島 千代子 ……………… 84
遠藤 カオル ……………… 50	大石 芳野 ……………… 194	大島 俊之 ……………… 161
遠藤 薫 ……………… 75	大泉 光一 ……………… 321	大島 昌宏 ……………… 57
遠藤 和夫 ……………… 188	大泉 実成 ……………… 23	大島 由美子 ………… 41, 77
	大出 京子 ……………… 34	大島 義夫 ……………… 244
	大岩 翔 ……………… 32	大島 詮幸 ……………… 309
	大内 貞子 ……………… 3	大島 梨沙 ……………… 162
		大城 未沙央 ……………… 75
		大城 光正 ……………… 247

大杉 重男 …………… 101	大辻 隆弘 …………… 113	大村 敦志 ………… 160, 213
大隅 和雄 …………… 291	大友 良英 …………… 148	大村 一彦 ……………… 45
大瀬 久男 ……………… 65	大西 功 ………………… 19	大村 喜吉 …………… 285
太田 愛子 ……………… 77	大西 賢 ………………… 12	大村 秀 ………………… 30
太田 愛人 ……………… 60	大西 貴子 ……………… 13	大村 彦次郎 ………… 58, 96
太田 かほり …………… 94	大西 成明 …………… 195	大村 富士子 …………… 3
太田 敬子 …………… 247	大西 由佳 ……………… 7	大村 まや …………… 119
太田 弘毅 …………… 146	大西 裕 …………… 157, 210	大村 結花 …………… 118
大田 倭子 ……………… 19	大貫 恵美子 ………… 203	大村 幸弘 ………… 23, 278
太田 清六 …………… 164	大貫 隆 ……………… 251	大村 嘉正 ……………… 52
太田 大八 …………… 192	大沼 勝雄 ……………… 50	大牟羅 良 ………… 59, 284
太田 崇 ………………… 50	大沼 祥子 ……………… 52	大森 久美子 …………… 48
太田 武男 …………… 160	大沼 保昭 ………… 90, 144	大森 荘蔵 …………… 319
太田 亨 ……………… 258	大野 明彦 …………… 158	大森 達次 …………… 219
太田 博 ………………… 6	大野 芳 ………………… 9	大森 知佳 ……………… 78
太田 麻衣子 …………… 78	大野 かほる ………… 28, 76	大森 テルヱ …………… 65
太田 素子 …………… 170	大野 啓 ……………… 273	大森 実 ……………… 109
太田 幸昌 ……………… 48	大野 健一 ………… 97, 207	大森 黎 ………………… 84
太田 臨一郎 ………… 153	大野 晋 …………… 132, 151	大屋 研一 ……………… 94
大高 順雄 …………… 224	大野 忠春 ……………… 64	大宅 壮一 …………… 172
大瀧 直子 ……………… 72	大野 端男 …………… 237	大宅壮一文庫 ……… 175
大竹 明輝 …………… 193	大野 比呂志 …………… 66	大山 明彦 …………… 281
大嶽 秀夫 …………… 202	大野 牧子 ……………… 42	大山 勝男 ……………… 37
大竹 文雄 …………… 208	大野 道夫 …………… 103	大山 正則 ……………… 45
太田代 公 ……………… 50	大野 貢 ……………… 310	大山 康晴 …………… 176
大舘 勝治 ……………… 94	大庭 一郎 …………… 260	大山 泰弘 …………… 315
大谷 明日香 …………… 12	大庭 三枝 …………… 157	大和田 俊之 ………… 209
大谷 勲 ………………… 66	大場 茂俊 …………… 313	大和田 暢子 …………… 84
大谷 栄一 ………… 240, 252	大場 光 ……………… 313	岡 一太 ……………… 244
大谷 健 ……………… 110	大庭 みな子 ………… 132	岡 潔 ………………… 285
大谷 晃一 ……………… 60	大庭 幸男 …………… 150	岡 邦行 ………………… 79
大谷 悟 ……………… 214	大橋 確 ………………… 33	岡 孝治 ……………… 197
大谷 節子 …………… 165	大橋 勝男 …………… 188	岡 鹿之助 …………… 283
大谷 雅夫 …………… 165	大橋 吉之輔 ………… 243	岡 茂雄 ………………… 66
大谷 従二 …………… 186	大橋 千恵子 …………… 87	岡 並木 ……………… 109
大津 定美 …………… 204	大橋 成美 ……………… 28	岡 義武 ……………… 284
大津 七郎 ……………… 64	大橋 文香 …………… 120	岡 善博 ………………… 13
大津 直子 …………… 227	大橋 政美 ……………… 11	岡井 耀毅 …………… 250
大津 侑子 ……………… 25	大橋 茉莉奈 …………… 74	岡固 一美 ……………… 71
大塚 敦志 …………… 195	大橋 嶺夫 …………… 104	岡崎 朱美 ……………… 11
大塚 英志 ………… 166, 205	大畑 等 ……………… 104	岡崎 英子 ……………… 13
大塚 香緒里 …………… 82	大林 太良 …………… 293	岡崎 匡史 …………… 159
大塚 和夫 …………… 218	大原 富枝 …………… 285	岡崎 哲二 …………… 205
大塚 節子 ……………… 46	大樋 長左衛門 ……… 231	岡崎 友子 …………… 189
大塚 拜仁 …………… 228	大日方 妙子 …………… 84	岡崎 久彦 …………… 202
大塚 久雄 …………… 282	大平 千枝子 …………… 59	岡崎 英芽 …………… 310
大塚 正之 …………… 163	大渕 貴之 …………… 259	岡崎 文彬 …………… 290
大塚 幸彦 …………… 197	大本 憲夫 …………… 272	岡崎 仁彦 ……………… 8
大槻 智紀 ……………… 78	大松 節子 …………… 232	岡崎 勇 ……………… 138
大槻 満 ……………… 187	碧海 寿広 …………… 141	岡崎 佑哉 …………… 118

ノンフィクション・評論・学芸の賞事典　333

岡崎 由美 …… 257	岡本 太郎 …… 285	沖西 和子 …… 69
岡崎 良一 …… 292	岡本 英敏 …… 121	荻野 アンナ …… 92
岡沢 和世 …… 296	岡本 文良 …… 40	荻野 冴美 …… 79
岡澤 敏男 …… 124	岡本 途也 …… 290	荻野 進一 …… 94
小笠原 豊樹 …… 134, 241	岡本 光夫 …… 64	沖野 智津子 …… 85
小笠原 弘幸 …… 249	岡本 亮輔 …… 253	荻野 綱男 …… 188
小笠原 克（大炊絶）…… 99	岡谷 公二 …… 321	荻野 晴 …… 30
岡嶌 偉久子 …… 227	岡安 美穂 …… 78	荻野 美穂 …… 223
岡田 暁生 …… 128, 207	岡山民俗文化学会 …… 301	荻原 恵子 …… 85
岡田 章雄 …… 152	小川 一乗 …… 251	荻原 幸子 …… 297
岡田 温司 …… 128, 134	小川 薫 …… 18	奥 武則 …… 127
岡田 恵美子 …… 60	小川 和夫 …… 132	奥田 統己 …… 189
岡田 要 …… 285	小川 和也 …… 170, 210	奥田 静夫 …… 81
岡田 航也 …… 197	小川 恭一 …… 153	奥田 富和 …… 4
岡田 桑三 …… 172	小川 輝芳 …… 17	奥田 弘 …… 124
尾形 仂 …… 131, 294	小川 クニ …… 50, 51	奥田 昌美 …… 85
緒方 富雄 …… 282	小川 恵 …… 22	奥平 俊六 …… 198
岡田 博 …… 186	小川 軽舟 …… 114	奥中 康人 …… 208
岡田 将彦 …… 297	小川 さやか …… 209	奥野 歩 …… 52
岡田 麻友子 …… 79	尾川 正二 …… 14	奥野 修司 …… 15
岡田 万里子 …… 209	小川 剛生 …… 165	奥野 正男 …… 186, 293
岡田 三智子 …… 31	小川 達雄 …… 124	奥野 満里子 …… 318
岡田 道子 …… 32	小川 知恵 …… 74	おくはら ゆめ …… 197
岡田 嘉夫 …… 191	小川 鼎三 …… 285	奥村 せいち …… 94
岡田 禎之 …… 150	小川 直之 …… 272	奥村 洋彦 …… 90
岡塚 章子 …… 250	小川 信子 …… 200	奥村 万亀子 …… 153
岡野 薫子 …… 192	小川 仁志 …… 140	奥村 実 …… 31
岡野 潔 …… 239	尾川 宏 …… 286	奥本 大三郎 …… 33, 131, 205
岡野 早苗 …… 118	小川 裕充 …… 199	奥山 倫明 …… 239
岡野 純子 …… 297	小川 弥栄子 …… 85	奥山 憲夫 …… 233
岡野 眞治 …… 315	小川 佳万 …… 262	奥山 史亮 …… 253
岡野 弘彦 …… 320	小川 芳樹 …… 150	奥山 文幸 …… 123
岡部 かずみ …… 74	小川 善照 …… 43	奥山 麻里奈 …… 77
岡部 晋一 …… 11	小川 与次郎 …… 68	小倉 金之助 …… 284
岡部 達美 …… 28	岡和田 晃 …… 112	小倉 孝誠 …… 213
岡部 伸 …… 305	小木 亜津子 …… 26	小倉 孝保 …… 44
岡部 憲和 …… 74	隠岐 さや香 …… 209, 278	小倉 豊文 …… 122
岡部 博閎 …… 37	小木 新造 …… 163, 289	小倉 志祥 …… 316
岡部 正孝 …… 129	荻 美津夫 …… 228	オクランド 早苗 …… 18
岡部 昌幸 …… 220	隠岐 由紀子 …… 220	小栗 康之 …… 82
岡松 和夫 …… 57	荻巣 樹徳 …… 314	小黒 浩司 …… 260
岡村 敬二 …… 255	沖永 宜司 …… 252, 279, 318	奥脇 直也 …… 144
岡村 貞雄 …… 256	沖中 美和子 …… 6	桶谷 秀昭 …… 92, 291
岡村 民夫 …… 124	沖縄戦記録フィルム一フィート運動の会 …… 314	刑部 芳則 …… 265
岡本 文音 …… 230		小崎 愛子 …… 13
岡本 邦夫 …… 12	沖縄大百科事典刊行事務局 …… 290	尾崎 左永子 …… 61
岡本 茂男 …… 290		尾崎 俊介 …… 62
岡本 隆司 …… 156, 208	沖縄タイムス社 …… 290	尾崎 真也 …… 41
岡本 正 …… 36	沖縄伝承話資料センター …… 281	尾崎 夏海 …… 53
岡本 達明 …… 291, 293		尾崎 秀樹 …… 95

尾崎 広章 …………… 79	小竹 武夫 …………… 131	尾本 恵市 …………… 193
尾崎 文昭 …………… 257	小田村 修平 …………… 7	親盛 長明 …………… 314
尾崎 結衣 …………… 5	落合 淳隆 …………… 144	オリガス, ジャン・ジャック …………… 126
長田 新 …………… 283	落合 洋子 …………… 84	
長田 弘 …… 190, 195, 290	御茶の水書房 ……………	織口 ノボル …………… 79
長田 ゆう子 …………… 25	142, 167, 168, 291	折原 恵 …………… 76
小佐野 重利 …………… 116	尾辻 克彦 …………… 21	織本 瑞子 …………… 69
長部 日出雄 …… 57, 320	尾西 英 …………… 54	オルシ, マリーア・テレーザ …………… 276
大仏 次郎 …… 173, 288	小野 昭 …………… 306	
小澤 郁美 …………… 75	小野 文子 …………… 220	音楽之友社 …………… 284
小沢 詠美子 …………… 265	尾野 亜裕美 …………… 26	隠田 友子 …………… 68
小沢 一雄 …………… 185	小野 公子 …………… 64	
小沢 興太郎 …………… 46	小野 清美 …………… 320	【か】
小沢 悟 …………… 45	小野 倉蔵 …………… 312	
小沢 昭一 … 96, 182, 224, 291	小野 健一 …………… 116	カー, アレックス …… 223
小澤 征爾 …… 106, 151, 180	小野 重朗 …………… 301	何 燕生 …………… 252
小沢 隆明 …………… 33	小野 二郎 …………… 254	何 義麟 …………… 157
小沢 信男 …………… 190	小野 高裕 …………… 255	甲斐 望 …………… 87
小澤 正邦 …………… 103	小野 利明 …………… 196	甲斐 信枝 …………… 193
小澤 正博 …………… 53	小野 弘子 …………… 113	櫂 未知子 …………… 114
小澤 正実 …………… 281	斧 二三夫 …………… 80	海域工学研究会 …… 286
小沢 美智恵 …………… 86	小野 真 …………… 252	海音寺 潮五郎 …… 173
小澤 倫子 …………… 87	小野 正敏 …………… 307	海外邦人宣教者活動援助後援会 …………… 313
小沢 実 …………… 134	小野 正之 …… 19, 80	
小澤 實 …………… 114	小野 まり子 …………… 50	海木 茜 …………… 72
小塩 節 …………… 61	小野 瑞貴 …………… 119	海後 宗臣 …… 284, 287
小塩 卓哉 …………… 103	小野 裕三 …………… 104	海古 渡 …………… 68
押川 典昭 …………… 134	小野 友佳子 …………… 53	開高 健 …… 175, 286
押久保 千鶴子 …………… 65	小野 善雄 …………… 192	海津 八三 …………… 284
忍澤 勉 …………… 112	尾上 新太郎 …… 138, 139	貝塚 茂樹 …………… 285
押田 ゆき子 …………… 63	尾上 多賀之丞 …… 173	貝瀬 千里 …………… 170
押野 武志 …………… 123	小野川 秀美 …………… 288	偕成社 …… 142, 290
オスンダレ, ニイ …… 275	小野塚 拓造 …………… 249	海道 志寿佳 …………… 6
小田 昭子 …………… 87	小野寺 玲華 …………… 30	開沼 博 …………… 295
小田 静夫 …………… 306	小埜寺 禮子 …………… 13	戒能 通孝 …………… 282
小田 俊助 …………… 8	オノレ, パトリック …… 242	貝原 哲生 …………… 249
織田 翔子 …………… 52	小畑 圭子 …………… 32	海原 敏文 …………… 8
小田 真也 …………… 46	小畑 美南海 …………… 70	凱風社 …………… 142
小田 周行 …………… 69	小原 国芳 …………… 285	開文社出版 …………… 167
小田 富士雄 …………… 306	小原 信 …………… 317	海鳴社 …… 141, 289
小田 真愛 …………… 30	小原 秀雄 …………… 286	カウマイヤー 香代子 …… 84
尾田 みどり …………… 80	小原 裕樹 …………… 78	楓 まさみ …………… 4
尾田 幸雄 …………… 316	小尾 俊人 …… 255, 278	加賀 乙彦 …………… 295
織田 梨恵子 …………… 46	オペラシアターこんにゃく座 …………… 123	加賀 信広 …………… 150
小田 涼 …………… 216		化学同人 …………… 143
尾高 亨 …………… 36	「オペレッタ・注文の多い料理店」上演グループ …… 122	加賀谷 真梨 …………… 273
小高 真由美 …………… 38		ガカラ・ワ・ワンジャウ …… 275
小田切 進 …………… 288	五十殿 利治 …………… 292	賀川 洋 …………… 255
小田切 秀雄 …… 289, 291	オームス, ヘルマン …… 319	
	表 章 …………… 164	

ノンフィクション・評論・学芸の賞事典 **335**

かきさ　受賞者名索引

柿崎 一郎 …… 156	柏木 美穂 …… 297	桂書房 …… 143
垣見 一雅 …… 315	柏木 亨介 …… 273	角 光雄 …… 114
柿本 恭佑 …… 8	柏書房 …… 142, 270, 293	門 玲子 …… 292
柿本 稔 …… 26	梶原 さい子 …… 103	加藤 葵 …… 120
岳 遠坤 …… 277	和 秀雄 …… 290	加藤 昭 …… 15
角花 菊太郎 …… 313	春日 直樹 …… 207	加藤 エイ …… 83
角皆 優人 …… 10	粕谷 宏紀 …… 164	加藤 香奈 …… 46
学習研究社 …… 286, 287, 288	加須屋 誠 …… 198	加藤 九祚 …… 278, 299
学術出版会 …… 271	葛山 朝三 …… 34	加藤 恭子 …… 61
学生社 …… 285, 287, 288	加瀬 佳代子 …… 264	加藤 恵子 …… 32
学生書房 …… 282	風丸 良彦 …… 101	加藤 源重 …… 315
角幡 唯介 …… 15	賀曽利 洋子 …… 56	加藤 弘一 …… 100
学陽書房 …… 142, 292	賀曽利 隆 …… 33	加藤 しおり …… 118
影書房 …… 142	片岡 純子 …… 25	加藤 シヅエ …… 61
梯 久美子 …… 15	片岡 真太郎 …… 191	加藤 静子 …… 226
影山 好一郎 …… 146	片岡 健 …… 38	加藤 修子 …… 297
景山 民夫 …… 21	片岡 剛士 …… 170	加藤 淳子 …… 155
影山 太郎 …… 149, 189	片岡 弥吉 …… 59	加藤 純子 …… 281
影山 信輝 …… 25	片岸 博子 …… 265	加藤 譲二 …… 37
加古 恵莉奈 …… 78	片桐 格 …… 310	加藤 創太 …… 97
加古 里子 …… 60, 182	片桐 一男 …… 164	加藤 孝男 …… 103
笂山 京 …… 199	片桐 聡子 …… 75	加藤 隆 …… 239
葛西 薫 …… 195	片桐 つぐみ …… 53	加藤 徹 …… 207
葛西 文子 …… 80	片田 さおり …… 157	加藤 尚武 …… 319
風越 みなと …… 26, 94	片田 敏孝 …… 125	加藤 長光 …… 45
笠嶋 忠幸 …… 199	形の科学会 …… 294	加藤 望 …… 70
笠谷 和比古 …… 204	片野 清美 …… 315	加藤 宣彦 …… 140
笠谷 茂 …… 13	片野 ゆか …… 43	加藤 典洋 …… 92, 190, 223
笠原 亜紀 …… 73	片山 彩花 …… 26	加藤 則芳 …… 33
笠原 さき子 …… 29	片山 郷子 …… 25	加藤 碩一 …… 124
風間 完 …… 181	片山 健 …… 194	加藤 博 …… 247
風間 伸次郎 …… 189	片山 ひとみ …… 52, 72	加藤 広重 …… 225
笠間 直穂子 …… 242	片山 広子 …… 59	加藤 弘之 …… 156
カザン, エリア …… 293	片山 杜秀 …… 128, 208, 211	加藤 雅子 …… 41
加児 弘明 …… 217	片山 泰久 …… 286	加藤 雅彦 …… 61
加地 理沙 …… 75	片山 由美子 …… 114	加藤 美恵子 …… 70
梶尾 悠史 …… 140	片山 洋之介 …… 317	加藤 幹郎 …… 128
梶田 叡一 …… 232	勝井 三雄 …… 191	加藤 みさ …… 53
梶田 琴理 …… 74	勝浦 令子 …… 222	加藤 康男 …… 305
梶田 孝道 …… 204	勝盛 典子 …… 199	加藤 由貴 …… 54
樫田 秀樹 …… 35	勝田 守一 …… 284, 288	加藤 裕美子 …… 7
梶田 優 …… 149	勝畑 冬実 …… 234	加藤 陽子 …… 106
梶谷 懐 …… 159	勝俣 鎮夫 …… 164	加藤 芳郎 …… 176
鹿島 茂 …… 21, 133, 204	勝又 浩 …… 100, 126	加藤 玲佳 …… 75
鹿島研究所出版会 …… 287	勝見 洋一 …… 207	角岡 伸彦 …… 24, 44
鹿島出版会 …… 269	勝村 公 …… 186	角川 源義 …… 60
梶丸 岳 …… 229	勝本 清一郎 …… 285	角川学芸出版 …… 294
梶山 俊夫 …… 191	桂 三枝 …… 182	角川書店 …… 282, 283, 289, 291
柏井 史子 …… 79	桂 ユキ子 …… 285	門田 岳久 …… 253
	桂井 和雄 …… 301	門田 隆将 …… 305

336　ノンフィクション・評論・学芸の賞事典

角地 幸男 …… 293	加納 正己 …… 259	亀井 宏 …… 23
ガードナー, ケネス …… 303	叶 芳和 …… 90	亀井 真理子 …… 68
門脇 誠二 …… 249	鹿江 圭介 …… 7	亀海 昌次 …… 194
門脇 卓爾 …… 316	カペル, マチュー …… 242	亀倉 雄策 …… 191
金井 恵美 …… 34	河北新報社 …… 109, 183	亀澤 厚雄 …… 49
金井 喜久子 …… 284	河北新報社報道部 …… 109	亀谷 侑久 …… 12
金井 新二 …… 251	蒲池 勢至 …… 302	亀山 郁夫 …… 134, 294
金井 弘夫 …… 313	鎌倉時代語研究会 …… 224	亀山 慶一 …… 301
金井 雅之 …… 25	鎌田 孝一 …… 311	加茂 昭 …… 36
金井 裕 …… 241	鎌田 慧 …… 57, 110, 291	加茂 儀一 …… 284
金井 玲 …… 37	鎌田 繁 …… 247	鴨 武彦 …… 90
鼎 元亨 …… 112	鎌田 哲哉 …… 101	蒲生 郷昭 …… 228, 229
金尾 恵子 …… 291	鎌田 宏 …… 64	蒲生 美津子 …… 227, 228
金澤 修 …… 280	鎌田 道生 …… 254	鴨川 明子 …… 262
金津 有紀子 …… 297	鎌田 元一 …… 165	かもがわ出版 …… 142
金関 寿夫 …… 132	蒲池 美鶴 …… 206	萱 のり子 …… 137
金田 房子 …… 94	カマチョ, キース・L. …… 159	萱野 茂 …… 174, 293, 312
「金丸座」のこんぴら歌舞伎 …… 180	釜谷 武志 …… 234	茅野 りん …… 20
金森 敦子 …… 61	上笙一郎 …… 286	萱場 利通 …… 81
金森 修 …… 207, 213	神尾 昭雄 …… 150	加山 恵理 …… 26
金森 久雄 …… 61	上垣外 憲一 …… 204	加山 又造 …… 151
金森 由朗 …… 73	神川 信彦 …… 286	唐木 順三 …… 129
蟹江 緋沙 …… 85	上坂 高生 …… 40	柄谷 行人 …… 92, 99, 100
金子 昭 …… 317	上坂 冬子 …… 177	唐津 一 …… 304
金子 幸代 …… 127	上條 聡子 …… 162	カリニコス, ルリ …… 275
兼子 仁 …… 287	上條 千秋 …… 25	苅谷 剛彦 …… 97, 208
金子 数栄 …… 7	上司 小剣 …… 171	ガリレオ工房 …… 314
金子 敬明 …… 161	上坪 一郎 …… 49	カルドネル, シルヴァン …… 242
金子 貴昭 …… 256	上妻 精 …… 316	
金子 務 …… 202	上中 直樹 …… 5	苅部 直 …… 208
金子 兜太 …… 183	神野 善治 …… 272, 302	軽部 やす子 …… 65
兼子 一 …… 290	神野 直彦 …… 91	河合 敦 …… 187
金子 瞳 …… 27	神野藤 昭夫 …… 164	河合 香織 …… 43
金子 遊 …… 121	上山 春平 …… 286	川合 茂美 …… 83
金子 陽一郎 …… 31	上山 隆大 …… 135	河合 祥一郎 …… 207
金子 義明 …… 150	上山 トモ子 …… 72	河合 慎之介 …… 75
金子 隆一 …… 250	上山 安敏 …… 319	河合 望 …… 248
金島 道子 …… 6	神原 邦男 …… 229	河合 一 …… 41
金田 章宏 …… 189	紙屋 克子 …… 313	河合 隼雄 …… 223
金田 憲二 …… 18	神谷 沙紀 …… 119	河井 弘志 …… 259
金田 貴子 …… 26	紙屋 里子 …… 5	河合 雅雄 …… 291
金田 夏輝 …… 79	神谷 宣郎 …… 298	河合 正泰 …… 313
兼高 かおる …… 176	神谷 優里 …… 79	河合 美登利 …… 313
兼原 敦子 …… 144	神山 睦美 …… 89	川井 良浩 …… 78
金原 以苗 …… 56	神代 佐和子 …… 11	川出 良枝 …… 214
兼光 恵二郎 …… 78	亀井 勝一郎 …… 129, 172	川上 香織 …… 25
加野 ヒロ子 …… 84	亀井 兌之 …… 214	川上 景子 …… 52
鹿野 雄一 …… 46	亀井 俊介 …… 60, 243, 321	川上 成夫 …… 197
加納 孝子 …… 19	亀井 秀雄 …… 126	河上 繁樹 …… 198
		河上 徹太郎 …… 129

河上 尚美	118
河上 肇	282
川上 万里花	120
川上 美智子	230
川上 桃子	159
川上 由起	76
川喜多 かしこ	175
川口 明子	82
川口 松太郎	172
川口 有美子	15, 170
川口 有里花	30
川越 哲志	306
川崎 衿子	200
川崎 けい子	36
川崎 賢子	205
川崎 康司	248
川崎 秋光	121
川崎 長太郎	174
川崎 展宏	114
川崎 桃太	289
川崎 良孝	259
河路 由佳	103
川島 功	49
川島 慶子	222
川島 小鳥	197
川嶋 周一	215
川島 武宜	282, 284
河島 英昭	133
川嶋 真	207
川嶋 康男	80
川島 裕子	118
川島 慶雄	144
川島 義高	18
川瀬 彩	28
河瀬 正利	306
川添 登	200, 285, 298
川添 房江	226
川副 義敦	186
川田 宇一郎	101
川田 恵理子	70
川田 順造	60, 217, 291
川田 昇	160, 315
川田 稔	305
河竹 繁俊	171
河竹 登志夫	131, 289
河内 淳	82
河出書房	282, 283, 284
河出書房新社	110, 266, 268, 269, 285, 286, 287, 288, 290, 291, 295
河東 仁	207
川中 由美子	53
川浪 みゆき	53
川西 政明	92
河野 華寿美	54
河野 昭一	300
河野 多恵子	131
川野 永遠	30
河野 真知子	76
河野 真由美	41
河野 康子	155
河野 由美子	63
河野 与一	129
河野目亭 南天	125
川畑 薫	137
川端 康成	171, 285
河原 茜	118
川原 茂雄	39
川原 峰子	52
河原 有伽	84
川平 ひとし	165
河村 清明	83
川村 祥子	28
川村 四朗	45
川村 二郎	92, 98, 131
川村 信一郎	244
川村 たづ子	187
河村 透	65
川村 菜津美	77
川村 望未	5
川村 均	30
河村 幹夫	61
川村 光夫	124
川村 湊	92, 100
川本 皓嗣	205
川本 三郎	92, 133, 190, 204, 293
川本 千栄	103
河本 真理	208, 215
河盛 好蔵	129, 133, 175, 284
河原崎 ひろみ	7
河原崎 理佳	52
カワーンシャノーク・ボリース	70
康 禹鉉	193
韓 旭	26
管 啓次郎	134
姜 誠	16
管 洋志	193
韓 炳三	306
管 豊	272
ガンガーラ,田津美	39
刊々堂出版社	267
神吉 敬三	136
元興寺文化財研究所	281, 312
神坂 次郎	95, 299
神坂 春美	63
神沢 利子	196
関西学院大学出版会	168
官田 光史	274
神田 喜一郎	285
神田 憲行	10
神田 ひろみ	105
神田 由美子	50, 51
菅野 昭正	126, 132
菅野 正人	32
菅野 由美子	50
上林 春松（14代目）	231
神林 毅彦	37
貫目 桂子	31

【き】

紀川 しのろ	65
寄川 条路	317
菊沢 将憲	11
菊田 一夫	172
菊地 敦己	197
菊池 興安	64
菊池 一雄	283
菊池 和徳	75
菊池 きみ	64
菊池 仁	97
菊地 忠雄	63
菊地 達也	240, 248
菊池 忠二	124
菊地 友則	81
菊地 信義	193
菊池 誠	60, 284
菊地 雅美	35
菊地 康人	189
菊地 由夏	85
菊池 裕	123
菊池 百合子	50
菊本 照子	314
氣谷 陽子	261
私市 正年	246

受賞者名索引　きゆう

木佐木 淳平 ……… 87	……… 287	儀間 比呂志 ……… 287
木佐木 翠子 ……… 87	北野 いなほ ……… 82	喜味 こいし ……… 181
木佐貫 剛 ……… 7	北野 一成 ……… 281	君和田 未来 ……… 27
岸 恵子 ……… 61	「北の国から」制作出演ス	金 悠天 ……… 27
岸 浩 ……… 186	タッフ ……… 180	木村 敦子 ……… 162
岸 文和 ……… 198	北見 俊夫 ……… 301	木村 依音 ……… 29
岸田 和明 ……… 260, 296	北見 治一 ……… 61	木村 伊兵衛 ……… 171
岸田 今日子 ……… 61	きたむら えり ……… 287	木村 栄一 ……… 136
岸田 鉄也 ……… 10	北村 治 ……… 193	木村 英明 ……… 306
岸田 隆 ……… 36	北村 幸子 ……… 6	木村 恵利香 ……… 78
岸波 由佳 ……… 7	北村 大次 ……… 27	木村 和樹 ……… 30
岸野 由夏里 ……… 5	北村 泰三 ……… 145	木村 恭子 ……… 74
岸野 洋介 ……… 11	北村 毅 ……… 218	木村 清孝 ……… 251
岸辺 成雄 ……… 228	北村 良和 ……… 233	木村 圭子 ……… 314
木島 英登 ……… 52	喜多村 緑郎 ……… 285	木村 健康 ……… 284
城島 充 ……… 56	北山 悦史 ……… 67	木村 光一 ……… 181
来嶋 靖生 ……… 113	北山 青史 ……… 19	木村 公一 ……… 56
岸本 和子 ……… 12	きたやま ようこ ……… 193	木村 高士 ……… 187
岸本 佐知子 ……… 22	北山 綾真 ……… 27	木村 敏 ……… 294, 320
岸本 尚毅 ……… 114	義太夫年表近世篇刊行会	木村 三郎 ……… 212
岸本 英夫 ……… 284, 285, 288	……… 291	木村 重信 ……… 286
喜舎場 永珣 ……… 301	吉川 友理 ……… 31	木村 しづ子 ……… 64
喜如嘉の芭蕉布保存会 ……… 312	キッフェル 恵美子 ……… 25	木村 修一 ……… 289
木津 宗詮 ……… 230	木戸 幸一 ……… 286	木村 琢麿 ……… 215
木津川 計 ……… 179	城戸 四郎 ……… 173	木村 毅 ……… 174
木附 千晶 ……… 37	城戸 久枝 ……… 15	木村 友彦 ……… 102
喜多 昭夫 ……… 103	鬼頭 あゆみ ……… 29	木村 尚三郎 ……… 60
喜田 久美子 ……… 72	鬼頭 宏 ……… 200	木村 治美 ……… 14
北 健一 ……… 37	木所 喜代美 ……… 4	木村 久夫 ……… 11
木田 孝夫 ……… 31	城戸崎 益敏 ……… 244	木村 秀樹 ……… 108
喜田 文造 ……… 45	木戸日記研究会 ……… 286	木村 秀海 ……… 233
気多 雅子 ……… 252	生形 貴重 ……… 230	木村 裕主 ……… 23
きだ みのる ……… 282	衣川 賢次 ……… 257	木村 博也 ……… 279
北 杜夫 ……… 285	木内 達朗 ……… 196	木村 富美子 ……… 64
北 康利 ……… 305	紀伊国屋書店 ……… 269, 286	木村 麻衣子 ……… 297
北 侑希子 ……… 7	紀伊国屋書店出版部 ……… 143	木村 真智子 ……… 6
喜多 義人 ……… 146	紀伊国屋ホール ……… 181	木村 幹 ……… 207
北尾 陽子 ……… 7	木下 和夫 ……… 7	木村 稔 ……… 314
北岡 伸一 ……… 203	木下 孝一 ……… 231	木村 八重子 ……… 290
北方 謙三 ……… 211, 295	木下 広居 ……… 59	木村 裕 ……… 194
北河 大次郎 ……… 209	木下 順二 ……… 132, 284, 286	木村 裕治 ……… 195
北川 桃雄 ……… 283	木下 尚子 ……… 306	木村 涼子 ……… 255
北小路 健 ……… 61, 287	木下 直之 ……… 205	木村 若友 ……… 315
北澤 憲昭 ……… 204	木下 富砂子 ……… 18	喜安 幸夫 ……… 68
北地 恵 ……… 18	木畑 洋一 ……… 156	キャッツ・古閑 邦子 ……… 20
北島 忠治 ……… 311	木原 瑞希 ……… 74	城山 三郎 ……… 178, 288
喜多嶋 毅 ……… 41	きひつかみ ……… 49	城山 智子 ……… 159
北島 行徳 ……… 23	ギブニー, フランク・B. ……… 288	ギャルド, ルネ ……… 242
木棚 照一 ……… 160	キプレ, ピエール ……… 275	九州大学出版会 ……… 270, 271
北日本新聞地方自治取材班	木辺 成麿 ……… 308	旧石器遺跡取材班 ……… 180

ノンフィクション・評論・学芸の賞事典　339

【く】

求竜堂	286
許 淑娟	145
姜 克実	90
姜 素美	37
教育出版センター	289
ぎょうせい	267, 268
京田 華英	119
京谷 啓徳	117
共同通信社	110
共同通信社社会部	110
郷土出版社	292
京都大学学術出版会	142
京都府医師会	289
京都府書店商業組合	254
教文館	143, 270
京見 健一	149
共立出版	266, 294
清岡 卓行	131
清武 英利	24
吉良 龍夫	298
吉良 智子	223
帰来 冨士子	73
切替 英雄	188
桐越 公紀	46
桐敷 真二郎	116
桐島 洋子	14
切通 理作	207
桐原 祐子	63
桐生 敏明	185
金 京順	48
金 時鐘	290
金 思燁	303
キーン, デニス	276
キーン, ドナルド	132, 147, 151, 172, 293, 303
金 文京	166, 233
金 汶淑	161
金 竜成	312
錦糸帖 始	75
金城 厚	228
金水 敏	225
金星出版社	269
金田一 京助	285
金田一 春彦	290
近代文芸社	167
金の星社	142

クォン, ヨンジュ	277
久我 なつみ	86
日下 公人	202
日下 渉	159
日下部 達哉	262
草野 厚	243
草野 心平	130
草間 彌生	148
草森 紳一	287
草山 律子	5
具志堅 隆松	315
串田 嘉男	195
楠元 六男	165
楠本 有佳子	12
久高 幸子	94
朽木 祐二	318
工藤 亜希子	9
工藤 章人	35
工藤 晶人	210
工藤 金悦	45
工藤 加代子	11
工藤 しま	80
工藤 卓司	258
工藤 直人	6
工藤 久代	67
工藤 雅樹	307
工藤 真由美	225
工藤 美知尋	146
工藤 美代子	23
工藤 元男	233
工藤 幸雄	133
工藤 庸子	212
工藤 義範	45
工藤 玲音	50
宮内 勝	41
宮内 豊	99, 100
国方 勲	29
国広 哲弥	149
国弘 三恵	71
国本 憲明	85
国谷 裕子	180
久野 昭	316
久野 敬統	79
久野 利春	19
久野 陽子	94

久原 弘	141
久保 健太郎	26
久保 千夏	54
久保 明恵	238
久保 亮五	282
久保木 里紗	31
窪島 誠一郎	181
窪蘭 晴夫	150, 189
久保田 耕平	104
久保田 力	239
久保田 博二	191
窪田 順生	43
久保田 将照	82
久保田 万太郎	171
久真 八志	103
熊谷 きよ	20
熊谷 晋一郎	47
熊谷 征一郎	280
熊谷 達也	58
熊谷 文夫	3
熊谷 元一	292
熊谷 優利枝	63
熊倉 多佳子	41
熊沢 佳子	82
久万田 晋	228
熊野 正平	290
隈部 英雄	282
熊本日日新聞社	109
熊本日日新聞社社会部	109
粂 和彦	196
久米 晋平	259
久米 又三	287
栩木 伸明	134
倉石 信乃	250
クライナー, ヨーゼフ	303
グライムズ, ウィリアム・W.	158
倉内 清隆	48
グラヴロー, ジャック	212
倉沢 愛子	205
倉澤 行洋	231
暮しの手帖社	287
暮しの手帖編集部	171, 287
倉島 久子	63
倉田 賀世	162
倉田 敬子	296
倉田 精二	195
倉田 徹	209
倉田 真理子	72
倉林 誠一郎	173

グラフィック社 ……… 290	黒瀬 長生 …………… 65	玄田 有史 …………… 207
倉持 れい子 …………… 26	黒田 明伸 …………… 205	現代史出版会 ………… 289
倉本 聰 ……………… 180	黒田 勝弘 …………… 181	現代思潮新社 ………… 142
倉元 優子 …………… 238	黒田 正玄（13代）…… 232	現代書館 ……… 142, 167
クランストン, エドウィン・	黒田 末寿 …………… 131	現代彫刻懇談会 ……… 290
A. ………………… 304	黒田 征太郎 ………… 193	ゲンダーヌ, D. ……… 289
栗生 守 ……………… 20	黒田 泰三 …………… 237	幻冬舎 ……… 292, 294, 295
グリオレ, パスカル … 212	黒田 長裕 …………… 45	原発事故取材班 ……… 184
操上 和美 …………… 192	黒田 日出男 ………… 163	玄文社 ……………… 271
栗田 愛弓 …………… 74	黒田 弘子 …………… 222	
栗田 啓次 …………… 213	クローデル, ポール … 294	【こ】
栗田 公明 …………… 246	黒野 耐 ……………… 146	
栗田 万喜三 ………… 311	黒野 美智子 ………… 39	胡 潔 ……………… 226
栗田 靖 ……………… 114	グローマー, ジェラルド	小池 和男 …… 135, 154, 201
栗田 靖之 …………… 200	…………………… 228	小池 滋 …………… 289
栗林 恵里菜 ………… 118	黒森歌舞伎妻堂連中 … 314	小池 淳一 ………… 273
栗林 佳代 …………… 162	黒森地区の皆さん …… 314	小池 光 …………… 62
栗林 圭魚 …………… 114	黒柳 徹子 ……… 110, 182	小池 昌代 ………… 22
栗林 佐知 …………… 35	黒藪 哲哉 ……… 35, 71	小池 やよい ……… 247
栗林 忠男 …………… 144	桑子 麗以佳 ………… 30	小石 理生 ………… 37
栗林 均 ……………… 188	桑島 法子 …………… 124	小泉 藍香 ………… 25
栗原 敦 ……………… 125	桑瀬 章二郎 ………… 215	小泉 明 …………… 288
栗原 暁 ……………… 65	桑名 一博 …………… 136	小泉 和子 ………… 152
栗山 佳子 …………… 81	桑原 視草 …………… 113	小泉 誠志 ………… 65
栗栖 継 ……………… 244	桑原 史朗 …………… 19	小泉 龍人 ………… 248
呉 茂一 ……………… 129	桑原 武夫 …………… 283	小泉 博 ……… 78, 139
久連子古代踊り保存会 … 315	桑原 牧子 …………… 218	小泉 文夫 ………… 202
紅林 宏和 …………… 200	桑原 万寿太郎 ……… 285	小泉 茉莉 ………… 26
暮安 翠 ……………… 19	桑村 哲生 …………… 196	鯉田 みどり ……… 5
暮山 悟郎 …………… 35	郡司 正勝 …………… 319	小出 千恵 ………… 238
黒岩 重吾 …………… 177		小出 雪香 ………… 30
黒岩 比佐子 … 134, 166, 208	【け】	洪 郁如 …………… 222
黒鉄 ヒロシ ………… 193		香内 三郎 ………… 254
黒川 鍾信 …………… 62	経済往来社 ………… 266	興儀 秀武 ………… 93
黒川 祥子 …………… 17	渓声社 ……………… 288	繳纈 厚 …………… 146
黒川 創 ……………… 92	勁草書房 …………… 167,	香西 泰 …………… 202
黒川 雅之 …………… 232	270, 284, 286, 287, 291	工作舎 ……… 142, 269, 270
黒川 洋一 …………… 291	劇団四季 …………… 177	麹谷 宏 …………… 232
黒川能保存会 ………… 311	劇団らあす ………… 125	甲州 たかね ……… 29
黒木 かつよ …………… 6	嚴 紹璗 …………… 304	高津 孝 …………… 233
黒木 努 ……………… 259	厳 善平 …………… 158	皓星社 …………… 143
黒木 由紀子 ………… 13	権 徹 ……………… 197	佼成出版社 ……… 290
黒坂 登 ……………… 281	幻戯書房 ……… 143, 294	香曽我部 秀幸 …… 255
黒坂 穂波 …………… 74	研究社 ……… 267, 268	合田 篤子 ………… 161
黒崎 輝 ……………… 208	乾元社 …………… 283	幸田 真音 ………… 58
黒澤 絵美 …………… 26	見城 慶和 ………… 313	合田 優 …………… 74
黒澤 彦治 …………… 94	弦書房 …………… 143	講談社 ……… 110, 175,
黒沢 文貴 …………… 146	言叢社 ……… 268, 269, 271	266, 283, 284, 285, 286, 287,
黒沢 満 ……………… 144		
黒瀬 加那子 ………… 28		

こうた　288, 289, 291, 292, 294, 295	国立劇場近代歌舞伎年表編纂室　292	小寺 彰　144
講談社インターナショナル　267	小暮 晴美　31	小寺 初世子　144
講談社文芸文庫出版部　294	古今書院　168, 283, 289	五島 綾子　278
高知新聞社　110	呉座 勇一　166	後藤 順　5, 11
高知新聞社社会部　110	小坂 由香子　30	後藤 伸　299
近藤 恒一　116	小坂井 澄　14	後藤 妙子　48
合同出版　143	越川 次郎　273	五島 高資　104
金南 一夫　9	小志戸前 紫乃　52	後藤 たづる　63
河野 啓　38, 44	越野 みゆき　69	後藤 智範　296
紅野 謙介　126	小柴 温子　63	五島 智美　79
河野 奈緒美　118	小嶋 昭　312	後藤 楢根　308
河野 優司　38	児島 襄　176, 286	後藤 のはら　28
鴻巣 彩　78	小島 慎司　216	後藤 延子　256
郷原 宏　202	児島 誉人　53	後藤 秀機　62
郷原 美里　77	小島 武　194	後藤 麻衣子　273
高文研　143	小嶋 トキ　312	後藤 正治　9, 15, 23, 190
光文社　282, 283, 285, 294	古島 敏雄　282, 283	後藤 勝　37
恒文社　267, 268, 269	小島 淑子　85	後藤 杜三　14
弘文堂　141, 143, 282, 285, 291	小島 朋之　156	後藤 康子　29
光明 祐寛　140	小島 博巳　272	後藤 靖英　140
神山 典士　43	小島 昌治　282	後藤 ゆうひ　30
神山典士　16	小島 瑞恵　73	後藤 亮　130
古賀 ウタ子　9	小島 康敬　317	ゴドフロワ, ノエミ　216
古賀 高一　12	小島 祐馬　282	ゴトリープ, ジョルジュ　213
古賀 信夫　33	小島 幸枝　188	小西 国夫　316
古賀 崇　260	小島 瓔礼　302	小西 健二郎　284
古賀 正之　36	小島 りさ　77	小西 岳　245
古勝 隆一　234	小島 亮一　59	コーニツキー, ピーター　304
五月書房　266	小島 麗逸　155	此元 美幸　53
粉川 忠　312	「50年史」編集委員会　255	coba　148
国語語彙史研究会　224	小代 有希子　156	古波蔵 保好　60
国際文化情報社　284	小梢 みなみ　29	木幡 利枝　78
国書刊行会　266, 271, 291	小杉 泰　205	小畠 吉晴　19
小口 恵巳子　162	小菅 信子　91	小林 愛　72
胡口 靖夫　185	小堤 盾　146	小林 あゆみ　83
国斗 純　107	小関 智弘　67	小林 勇　59
国土社　287, 288	小園 公雄　185	小林 泉　156
国分 一太郎　284	小平 慎一　140	小林 一郎　316
国分 直一　298	小高 敬寛　249	小林 エミル　38
国分 良成　207	コータッチ, ヒュー　303	小林 一枝　248
国分 拓　15	小谷 賢　305	小林 和男　61
国文社　269, 271	コダマ, クリスチーヌ　212	小林 一輔　195
小久保 純一　139	児玉 聡　318	小林 和彦　33
国宝修理装磺師連盟　281	小玉 すみ香　50	小林 慶一郎　97
小熊 英二　98, 166, 206, 293	児玉 隆也　60	小林 広一　100
小熊 捍　59	児玉 洋子　64	小林 公也　45, 139
こぐま社　143	コタンスキ, ヴィエスワフ　303	小林 沙貴　27
黒薮 次男　18	こっこ　55	小林 峻一　15

小林 俊輔	7	
小林 伸一郎	196	
小林 祐道	13	
小林 貴	227	
小林 太市郎	282	
小林 孝俊	30	
小林 達矢	120	
小林 千草	225	
小林 忠	202	
小林 司	245	
小林 常浩	83	
小林 照幸	15	
小林 登志子	247	
小林 敏也	124	
小林 なつみ	75	
小林 信彦	182	
小林 延也	42	
小林 登	290	
小林 元	117	
小林 ハル	314	
小林 治夫	46	
小林 春夫	247	
小林 晴美	52	
小林 秀雄	129, 173	
小林 比出代	137	
小林 浩子	5	
小林 弘忠	62	
小林 宏光	198	
小林 誠	45	
小林 正人	225	
小林 幹也	103	
小林 道夫	320	
小林 道彦	159	
小林 由季	118	
小林 行雄	286	
小林 有里菜	25	
小林 義雄	298	
小林 芳規	164	
小林 良之	5	
小林 頼子	128	
小林 リー	56	
小林 隆	188, 225	
古原 宏伸	199	
古曳 正夫	278	
小檜山 賢二	197	
小桧山 ルイ	222	
小平田 史穂	108	
小藤 真紗子	72	
小堀 彰夫	11, 73	
小堀 桂一郎	14, 130	
小堀 隆司	56	
小堀 文一	19	
小牧 昌平	247	
小松 和彦	217	
小松 謙	234, 258	
小松 真一	288	
小松 恒夫	60	
小松 菜生子	55	
小松 久子	192	
駒村 吉重	16	
コマヤスカン	197	
小馬谷 秀吉	81	
五味 亨	246	
五味 文彦	165, 204	
五味川 純平	174	
径書房	142	
小南 一郎	233, 256	
小南 みよ子	311	
小峰書店	143	
五味渕 典嗣	121	
小室 善弘	113	
菰淵 和士	139	
小森 厚	286	
小守 ハリエ	3	
小森 光夫	145	
小森 洋司	42	
小森 利絵	117	
小門 勝二	59	
コモンズ	143	
子安 宣邦	317	
子安 美知子	288	
小柳 幸子	6	
小柳 なほみ	55	
小谷野 敦	207	
児矢野 マリ	145	
小山 謙二	31	
古山 高麗雄	180	
小山 静子	223	
小山 隆司	27	
小山 ブリジット	220, 241	
小山 雅人	246	
小山書店	283	
小山田 正	39	
コラ,アラン・ルイ	240	
コーラスせきれい	124	
コリガンテイラー, カレン	123	
ゴレグリヤード, ヴラジスラフ	303	
近	12	
今 榮藏	165	
権左 武志	321	
今森 光彦	292	
ごんだ 淳平	19	
権田 萬治	97	
近藤 明美	81	
近藤 えい子	308	
近藤 映子	185, 219	
近藤 栄治	105	
近藤 啓太郎	132	
近藤 健	26, 48	
近藤 紘一	14	
近藤 孝悦	8	
近藤 静乃	228	
近藤 宗平	193	
近藤 孝弘	262	
近藤 武	109	
近藤 恒夫	314	
近藤 亨	147, 313	
近藤 菜穂子	107	
近藤 則之	257	
近藤 晴彦	123	
近藤 日出造	174	
近藤 史人	15	
近藤 史菜	78	
近藤 誠	184	
近藤 幹夫	76	
近藤 光恵	79	
近藤 康男	283	
近藤 泰年	37	
近藤 泰弘	189	
近藤 幸恵	87	
紺野 馨	101	
今野 真二	189	
今野 晴貴	98	
今野 大輔	273	
今野 紀昭	50, 75	
今野 芳彦	12	
今野 和子	73	

【さ】

蔡 星慧	255
蔡 文高	272
財家 美智子	52
斎木 哲郎	234
三枝 昻之	113, 126
三枝 博音	284, 288

西郷 信綱 …… 164	サイマル出版会 …… 267, 268	坂口 公代 …… 25
最相 葉月 …… 24	斎門 富士男 …… 195	坂口 周 …… 102
サイデンスティッカー,エドワード …… 174, 303	彩流社 …… 168	坂倉 裕治 …… 214
	座右宝 …… 282	酒詰 治男 …… 240
サイデンステッカー,E.G. …… 174	佐江 衆一 …… 57	酒田 恵美子 …… 7
斎藤 晶 …… 315	冴 綸子 …… 88	阪田 貞之 …… 59
斎藤 明 …… 201, 234	佐伯 啓思 …… 203	坂田 大爾 …… 186, 187
斎藤 アサ子 …… 311	佐伯 康治 …… 278	阪田 寛夫 …… 290
斉藤 郁夫 …… 85	佐伯 順子 …… 206	坂中 英徳 …… 278
斎藤 一郎 …… 241	佐伯 彰一 …… 131	坂野 愛 …… 78
斎藤 英三 …… 245	佐伯 真一 …… 166	坂野 潤治 …… 165
斎藤 修 …… 203	佐伯 輝子 …… 313	坂部 恵 …… 203
斎藤 一恵 …… 77	佐伯 恭教 …… 52	相模書房 …… 282, 288
斉藤 和也 …… 70	佐伯 泰英 …… 76	坂本 一登 …… 205
斎藤 完 …… 228	佐伯 義勝 …… 192	坂元 一哉 …… 206
斎藤 健次 …… 43	早乙女 貢 …… 96	坂本 怜美 …… 6
斎藤 康一 …… 192	阪 直 …… 245	坂元 茂樹 …… 145
斎藤 純 …… 272	坂井 アンヌ …… 241	坂本 昭二 …… 245
斎藤 淳子 …… 64	酒井 卯作 …… 301	坂本 多加雄 …… 204
斎藤 真一 …… 60	酒井 一臣 …… 158	坂本 達哉 …… 206
齋藤 愼爾 …… 127	酒井 潔 …… 279	坂本 鉄男 …… 116
斎藤 礎英 …… 101	酒井 邦嘉 …… 293	阪本 博志 …… 255
斎藤 孝 …… 224	酒井 健 …… 207	坂本 宮尾 …… 114
齋藤 孝 …… 123, 293	酒井 憲二 …… 126, 225	坂本 ユミ子 …… 69
齋藤 武一 …… 35	酒井 健太 …… 8	坂本 義和 …… 90, 288
斎藤 環 …… 166	酒井 駒子 …… 197	相楽 勉 …… 280
斉藤 尚規 …… 5	坂井 修一 …… 113	相良 亨 …… 316
斉藤 秀世 …… 81	酒井 順子 …… 22	相良 守次 …… 284
斎藤 博子 …… 63	サカイ セシル …… 96, 241	佐川 徹 …… 218
斎藤 煕子 …… 226	酒井 隆史 …… 209	鷺 只雄 …… 127
斉藤 広志 …… 60	酒井 忠康 …… 202	佐木 隆三 …… 91
斎藤 博之 …… 191	酒井 陽菜 …… 120	匂坂 佳代子 …… 261
斎藤 文一 …… 122	酒井 寛 …… 61	﨑田 智子 …… 150
齊藤 誠 …… 91	酒井 博美 …… 223	﨑山 小夜子 …… 152
齊藤 正高 …… 259	酒井 麻貴 …… 73	﨑山 直 …… 152
齋藤 雅也 …… 30	酒井 牧子 …… 33	作品社 …… 142, 293
齋藤 希史 …… 127, 208	酒井 正子 …… 228	佐久間 慶子 …… 36
斉藤 美加子 …… 41	酒井 裕子 …… 69	佐久間 美佳 …… 118
斉藤 道雄 …… 24	酒井 由紀子 …… 297	桜井 英治 …… 166
斎藤 美奈子 …… 105	坂井 良子 …… 31	桜井 徳太郎 …… 299, 300
齋藤 泰子 …… 32	坂井 美水 …… 52	桜井 敏彦 …… 78
斉藤 泰則 …… 260, 296	坂出 裕子 …… 103	桜井 政太郎 …… 314
斎藤 泰弘 …… 116	酒入 陽子 …… 274	桜井 優花 …… 27
斎藤 陽子 …… 260	坂上 忠志子 …… 85	櫻井 よしこ …… 15, 179
斎藤 洋大 …… 9	栄 大樹 …… 12, 70	桜川 郁 …… 80
斎藤 喜博 …… 287	栄原 永遠男 …… 164	酒見 賢一 …… 58
斎藤 慶典 …… 317	坂川 栄治 …… 194	左古 善嗣 …… 32
サイトウ・キネン・フェスティバル松本実行委員会 …… 180	榊原 恵美 …… 77	迫田 勝恵 …… 72
	坂口 一雄 …… 301	佐々 学 …… 285
		佐々 涼子 …… 17

笹尾 佳代 …………… 238	佐多 芳彦 …………… 264	佐藤 輝夫 …………… 129
笹川 幸震 …………… 80	佐竹 昭広 …………… 163	佐藤 憲明 …………… 49
佐々木 鮎美 ………… 78	定塚 武敏 …………… 219	佐藤 のり子 ………… 20
佐々木 勇 …………… 225	サックス, オリバー … 292	佐藤 春夫 …………… 171
佐々木 楓乃 ………… 120	佐々 淳行 …………… 180	佐藤 弘子 …………… 7
佐々木 健一 …… 62, 202	雑誌「國華」………… 181	佐藤 弘志 …………… 12
佐々木 高明 …… 200, 299	札幌麻生脳神経外科病院看	佐藤 宏美 …………… 145
佐々木 悟郎 ………… 195	護部 ………………… 313	佐藤 二三江 ………… 64
佐々木 聡 …………… 259	佐藤 愛子 …………… 180	佐藤 正彰 ……… 129, 131
佐々木 重洋 ………… 218	佐藤 朱音 …………… 28	佐藤 正明 …………… 15
佐々木 実法 ………… 120	佐藤 暁 ……………… 284	佐藤 雅美 …………… 57
佐々木 史郎 ………… 218	佐藤 明美 …………… 50	佐藤 正光 …………… 257
佐々木 慎吾 ………… 280	佐藤 明日香 ………… 29	佐藤 優 ……………… 15
佐々木 進 …………… 3	佐藤 功 ……………… 284	佐藤 道子 ……… 81, 227
佐々木 たづ ………… 59	佐藤 栄喜 …………… 46	佐藤 道信 …………… 206
佐々木 力 …………… 205	佐藤 栄子 …………… 85	佐藤 通雅 …………… 123
佐々木 ちぐさ ……… 74	佐藤 エミ子 ………… 314	佐藤 みどり ………… 119
佐々木 長生 ………… 272	佐藤 翔 ……………… 25	佐藤 康邦 …………… 321
佐々木 毅 …………… 320	佐藤 和男 …………… 144	佐藤 康智 …………… 101
佐々木 時子 ………… 64	佐藤 和夫 …………… 186	佐藤 康宏 …………… 198
佐々木 徳男 ………… 3	佐藤 和也 …………… 83	佐藤 泰正 …………… 123
佐々木 徳夫 ………… 313	佐藤 香奈恵 …… 119, 120	佐藤 勇子 …………… 50
佐々木 信惠 ………… 81	佐藤 香代子 ………… 17	佐藤 幸枝 …………… 74
佐々木 祝雄 ………… 59	佐藤 健 ……………… 200	佐藤 ゆり …………… 46
佐々木 英昭 ………… 263	佐藤 研一 …………… 255	佐藤 百合子 ………… 32
佐々木 英也 ………… 116	佐藤 賢一 …………… 295	佐藤 洋子 …………… 51
佐々木 ボグナ ……… 125	佐藤 浩一 …………… 258	佐藤 良明 …………… 243
佐々木 まこと ……… 119	佐藤 幸子 …………… 64	佐藤 喜徳 …………… 178
佐々木 麻梨奈 ……… 73	佐藤 淳一 …………… 50	佐藤 李香 …………… 78
佐々木 幹郎 …… 133, 204	佐藤 尚爾 …………… 85	佐藤 錬太郎 ………… 233
佐々木 光紗 ………… 70	佐藤 次郎 …………… 187	里中 満智子 ………… 192
佐々木 満ちる ……… 118	佐藤 信 ……………… 170	里見 弴 ………… 130, 171
佐々木 農 …………… 80	佐藤 仁 ……………… 262	里柳 沙季 …………… 64
佐々木 実 ………… 16, 47	佐藤 信一 …………… 197	真田 信治 …………… 188
佐々木 美保 ………… 32	佐藤 眞典 …………… 117	佐貫 亦男 …………… 60
佐々木 美由紀 ……… 78	佐藤 節子 ……… 31, 78	佐野 絵里子 ………… 78
佐々木 もなみ ……… 51	佐藤 隆定 …………… 30	佐野 金之助 ………… 99
佐々木 結咲子 ……… 119	佐藤 孝 ……………… 124	佐野 公治 …………… 256
佐々木 譲 …………… 58	佐藤 隆司 …………… 254	佐野 淳一 …………… 78
佐々木 楊 …………… 234	佐藤 貴典 …………… 69	佐野 眞一 ……… 15, 24
佐々木 容子 ………… 46	佐藤 隆光 …………… 78	佐野 洋 ……………… 183
佐々倉 洋一 ………… 64	佐藤 卓己 ……… 207, 255	佐野 藤右衛門 ……… 308
笹沢 豊 ……………… 317	佐藤 岳詩 …………… 318	佐野 真 ……………… 255
佐々田 英則 ………… 293	佐藤 忠男 …………… 292	佐野 正信 …………… 292
笹原 心 ……………… 54	佐藤 忠広 …………… 80	佐野 正芳 …………… 32
笹原 宏之 …………… 189	佐藤 達夫 …………… 59	さのようこ …………… 192
ささめや ゆき ……… 195	佐藤 辰三 ……… 283, 284	佐野 洋子 …………… 105
笹本 恒子 …………… 315	佐藤 球子 …………… 55	佐野 遥太 …………… 30
サザンオールスターズ … 184	佐藤 恒雄 …………… 165	佐野 利恵 …………… 74
佐多 稲子 …………… 132	佐藤 哲夫 …………… 144	佐橋 慶女 …………… 61

佐原 雄二 …………… 289	サンブ, ジブリル …… 275	時潮社 …………… 282
佐飛 通俊 …………… 101	山野 忠彦 …………… 312	七里 彰人 …………… 49
佐宮 圭 ……………… 44	山野 敏夫 …………… 245	実業之日本社 …… 97, 282
左野 勝司 …………… 314	山陽放送報道部 …… 179	四手井 綱英 ………… 298
佐山 和夫 ……………… 9	三陸鉄道株式会社 … 125	児童虐待防止協会 … 315
小百合 葉子 ………… 308		品川 博 …………… 308
猿田 佳那子 ………… 264		品田 悦一 ……… 113, 127
澤 和江 ……………… 66	【し】	信濃教育会 ………… 289
澤 淳一 ……………… 33		信濃毎日新聞社 ‥ 110, 177, 289
澤 穂希 ……………… 184	椎名 亮輔 …………… 128	信濃毎日新聞文化部 … 110
沢井 清 ……………… 296	シェアード, ポール … 206	志野 和美 …………… 87
沢井 義次 ………… 233, 252	シェスノウ, カリンヌ … 241	篠塚 綾乃 …………… 78
沢内 建志 …………… 50	ジェラール, フレデリック	篠田 統 ……………… 152
澤木 欣一 …………… 114	……………………… 213	篠田 勝英 ……… 133, 212
沢木 耕太郎 ………… 14,	塩浦 林也 …………… 95	信多 純一 ……… 164, 288
21, 24, 32, 57, 181, 211	塩川 徹也 ……… 212, 320	篠田 昌三 …………… 192
沢口 たまみ ………… 61	汐崎 順子 ……… 261, 298	篠田 桃紅 …………… 60
沢﨑 順之助 ………… 133	塩﨑 亮 ……………… 297	篠田 英朗 ……… 98, 209
沢地 久枝 ………… 66, 176	塩沢 由典 …………… 204	篠遠 喜彦 …………… 313
沢田 教一 …………… 191	塩田 潮 ……………… 23	篠原 一 ……………… 288
沢田 清敏 …………… 41	塩谷 賛 ……………… 130	信夫 清三郎 ………… 283
沢田 欣子 …………… 71	塩谷 壽翁 …………… 200	忍岡 妙子 …………… 246
沢田 慶輔 …………… 284	塩野 七生 …………… 175,	忍岡 守隆 …………… 246
澤田 瞳子 …………… 58	202, 210, 223, 287	四戸 亜里沙 ………… 26
澤田 直 ……………… 242	塩野 伯枝 …………… 72	篠山 紀信 …………… 191
沢田 允茂 …………… 284	塩谷 靖子 …………… 30	司馬 春英 …………… 279
澤田 颯 ……………… 29	塩原 佳世乃 ………… 150	柴 理恵 ……………… 11
沢田 はるか ………… 87	塩原 恒夫 …………… 64	司馬 遼太郎 …… 132, 172
沢田 治美 …………… 149	塩見 直紀 ……………… 7	柴生田 稔 …………… 131
沢田 美喜 …………… 174	塩屋 賢一 …………… 310	柴岡 弘郎 …………… 299
澤田 康幸 …………… 157	志賀 かう子 ………… 60	柴田 篤 …………… 233
沢渡 朔 ……………… 192	志賀高原漁業協同組合 … 315	柴田 省三 …………… 149
沢野 友美 ……………… 7	四方田 犬彦 ………… 22,	柴田 大輔 …………… 249
沢野 ひとし ………… 194	62, 92, 106, 190, 206	柴田 天馬 …………… 283
沢村 貞子 …………… 60	四方田 栄子 …………… 7	柴田 奈美 …………… 114
三一書房 …………… 269,	式部 久 ……………… 316	柴田 典昭 …………… 103
282, 288, 289, 290	式守 漱子 …………… 83	柴田 裕巳 …………… 66
産業能率短期大学出版部	茂泉 明男 …………… 316	柴田 正子 …………… 87
……………………… 110	重田 園江 …………… 216	柴田 実 …………… 152
「産経抄」担当者 …… 177	重根 梨花 …………… 76	柴田 穂 …………… 174
サンケイ新聞社 …… 288	重松 清 ……………… 295	柴田 元幸 ……… 21, 208
サンケイ新聞社会部 … 174	茂見 義勝 …………… 34	柴田 依子 …………… 221
サンケイ新聞社行革取材班	重本 恵津子 ……… 10, 19	柴田 亮子 …………… 85
……………………… 175	至光社 ……………… 285	柴谷 方良 …………… 188
三交社 ……………… 168	志治 美世子 …………… 16	柴野 京子 …………… 255
三城 南泉 …………… 120	時事通信社 ……… 268, 284	柴野 裕治 ……… 29, 30
三条 嘉子 …………… 64	静永 健 ……………… 258	CBSソニー出版 …… 110
三省堂 …………… 289, 290	シスル, エリノー …… 276	シフェール, ルネ …… 241
三宮 麻由子 ………… 62	思潮社 …………… 142, 177	渋沢 孝輔 …………… 99
サンパウロ新聞 …… 174		

346 ノンフィクション・評論・学芸の賞事典

澁谷 浩一 ……………… 83	清水 清次郎 ………… 186	集英社 …………… 178, 267,
渋谷 天外 ……………… 173	清水 孝純 …………… 126	268, 271, 291, 293, 294, 295
渋谷 博史 ……………… 243	清水 展 ……………… 218	週刊朝日編集部 ………… 171
渋谷 正吉 ……………… 312	清水 徹 …………… 133, 242	週刊現代写真班 ………… 192
渋谷 豊 ………………… 241	清水 博 ……………… 290	週刊現代編集部 ………… 109
思文閣出版 ………… 289, 291	清水 ひさ子 …………… 94	週刊文春取材班 ………… 16
島 一春 ………………… 68	清水 一 ……………… 59	修道社 ………………… 284
志摩 末男 ……………… 72	清水 婦久子 ………… 226	秀明学園 ……………… 231
島 幸恵 ………………… 7	清水 節 ……………… 161	寿岳 文章 ……………… 131
島尾 敏雄 ……………… 287	清水 まち子 …………… 85	宿南 保 ……………… 186
島岡 千紘 ……………… 54	清水 美知子 ………… 201	出版 太郎 …………… 253
嶋倉 みどり …………… 11	清水 泰雄 ……………… 26	主婦と生活社 ………… 266
島崎 聖子 ……………… 18	清水 靖子 ……………… 36	主婦の友社 …………… 266
島﨑 輝雄 ……………… 66	清水 良典 …………… 100	朱牟田 夏雄 ………… 130
島津 一郎 …………… 160	志村 岳 ……………… 76	シュリンク，ベルンハルト
島津 忠夫 …………… 164	志村 紀昭 ……………… 12	………………………… 293
島津 修久 …………… 231	志村 ふくみ ……… 61, 151	春月 和佳 ……………… 81
島瀬 信博 …………… 103	志村 三代子 ………… 170	春秋社 …………… 267, 271, 283
島薗 進 ……………… 251	下河辺 宏満 ………… 146	徐 承元 ……………… 157
島田 和世 ……………… 18	子母沢 寛 …………… 172	徐 朝龍 ……………… 247
島田 謹二 ………… 60, 176	下嶋 哲朗 ……………… 23	ジョ，ヤンヒョン …… 158
島田 浩治 ……………… 68	下重 直樹 …………… 274	城芽 ハヤト ………… 197
嶋田 しづ …………… 151	下條 信輔 …………… 206	小学館 …………… 266, 268,
嶋田 修一郎 ………… 46, 79	霜多 正次 …………… 284	269, 287, 288, 290, 291, 293
島田 修二郎 ……… 198, 291	下田 正弘 …… 234, 252, 295	将基面 貴巳 ………… 210
島田 正吾 …………… 177	霜田 美樹雄 ………… 116	上古代 瞳 ……………… 7
島田 清純 ……………… 48	下平 万里子 …………… 31	東海林 敬子 ………… 246
島田 隆輔 …………… 125	下谷 二助 …………… 194	東海林 さだお …… 21, 179
島田 晴雄 …………… 204	下野 敏見 …………… 300	荘司 徳太郎 ………… 254
島田 瞳 ………………… 28	下中 弥三郎 ………… 284	庄司 晴彦 ……………… 56
島田 征夫 …………… 144	下西 善三郎 ………… 141	常住 弥加 ……………… 7
島田 ユリ …………… 310	下野 健一 ……………… 46	昇地 三郎 …………… 310
嶋田 義仁 ………… 217, 320	下元 政代 ……………… 7	城地 大祐 ……………… 72
島谷 浩資 ……………… 78	下山 光雄 ……………… 82	昇地 露子 …………… 310
島原 雄治 …………… 281	社会科学大事典編集委員会	松竹演劇部・歌舞伎海外公
島村 喜久治 …………… 59	………………………… 287	演スタッフ ………… 174
島村 菜津 ……………… 43	一般社団法人社会的包摂サ	正田 志保 ……………… 52
島村 英紀 …………… 193	ポートセンター …… 125	祥伝社 ………………… 295
島村 恭則 …………… 272	社会批評社 …………… 143	庄野 英二 ……………… 59
島村 礼子 …………… 149	ジャシント，アントニオ	庄野 潤三 …………… 287
嶋本 隆光 …………… 247	………………………… 275	上農 肇 ……………… 140
清水 和裕 …………… 248	ジャパン・ウェルネス … 182	称原 雅子 ……………… 64
清水 一嘉 …………… 253	シャプラニール＝市民によ	晶文社 ………………… 142,
清水 克行 …………… 274	る海外協力の会 …… 311	268, 287, 289, 292
清水 潔 ………………… 47	シャールシュミット，ジーク	商務印書館 …………… 269
清水 啓介 ……………… 65	フリード ……………… 276	上毛民俗学会 ………… 301
清水 健一 …………… 139	ジャンセン，マリウス … 303	昭和女子大学近代文学研究
清水 廣一郎 ………… 202	朱 建栄 ……………… 155	室 …………………… 172
清水 候鳥（長雄）……… 94	朱 全安 ……………… 139	昭和堂 ………………… 294
清水 俊二 ……………… 61	周 一良 ……………… 303	昭和村からむし生産技術保

存教会	281	
「諸君」編集部	109	
書芸文化新社	291	
ジョージ, プラット・アブハラム	123	
女子栄養大学出版部	289	
女性雑誌研究会	254	
女性とすまい研究会	201	
鄭 大均	156	
白井 浩司	131	
白井 聡	91, 166	
白井 順	235, 258	
白石 かずこ	134	
白石 加代子	184	
白石 太一郎	307	
白石 司子	104	
白石 博司	146	
白石 美雪	128	
白石 隆	135, 204	
白川 静	151, 177, 290	
白川 みゆ希	78	
白川 義員	176	
白洲 正子	130	
白須 真理子	162	
白土 吾夫	151	
白鳥 由莉	28	
シラネ, ハルオ	164	
白幡 洋三郎	292	
白浜 信之	187	
白浜 美千代	196	
白水 玖望	28	
シルバ, ジェラルド・ハドソン	311	
城 市郎	254	
城内 康伸	44	
白金 英美	50	
白崎 秀雄	59	
城塚 登	316	
白杉 悦雄	258	
城山 記井子	64, 74	
神 栄作	83	
辛 賢	258	
申 恵丰	145	
新海 紀佐子	73	
深海 正治	312	
深海の巨大生物	184	
陳岡 めぐみ	216	
真壁 仁	289	
新川 明	289	
真喜志 好一	36	

新宮 一成	207	
新宮 学	234	
真興交易	290	
神西 清	284	
進士 五十八	201	
新樹社	284	
新城 常三	163	
新庄 哲夫	95	
新書館	293	
シンジルト	218	
駸々堂出版	287, 290	
新世紀辞典編集部	286	
新青年研究会	95	
新関 公子	128	
新泉社	295	
真善美社	282	
心茶会	232	
新潮社	266, 267, 270, 283, 284, 285, 286, 287, 288, 291, 292, 293, 294, 295	
新潮社出版部	191	
新田 孝子	226	
新藤 兼人	183	
進藤 洋介	112	
陣内 秀信	203	
神南 葉子	238	
真橋 尚吾	6	
人文書院	142, 266, 292	
新保 千代子	59	
真保 裕一	58	
新間 達人	82	
新村 拓	205	
神馬 せつを	11	
神門 典子	260	
神門 善久	208	
新屋 和花	29	
深夜叢書社	143	
新曜社	142, 143, 293	

【す】

水声社	269, 270, 271	
末井 昭	22	
末木 文美士	295	
末次 エリザベート	242	
末永 照和	128	
末永 直海	86	
末永 雅雄	175	

末成 道男	217	
末延 芳晴	321	
末広 昭	154	
末弘 厳太郎	283	
末広 由紀	64	
末吉 孝州	116	
須賀 敦子	21	
菅 忠淳	80	
菅 寿子	309	
須加井 澄子	296	
スカイドア	292	
菅澤 正美	7	
菅波 茂	314	
菅野 覚明	207	
菅野 紫帆子	30	
菅野 盾樹	203	
菅野 智明	137	
菅野 倶子	72	
菅谷 昭	314	
菅原 幸助	315	
菅原 孝	50	
菅原 武志	83	
菅原 康	9	
菅原 嘉孝	265	
杉 仁	237	
杉 靖三郎	284	
杉浦 彰子	72	
杉浦 明平	287	
杉浦 銀策	243	
杉浦 銀治	315	
杉浦 康平	191	
杉浦 睦夫	312	
杉江 拓磨	249	
杉木 恒彦	252	
杉島 敬志	218	
杉田 英明	205, 263	
杉田 弘子	321	
杉田 豊	192	
杉谷 芳子	72	
杉野 久男	64	
スギノ ユキコ	35	
杉橋 陽一	113	
杉原 薫	205	
杉原 丈夫	186	
杉原 荘介	286	
杉原 高嶺	144	
杉村 栄子	13	
杉村 美紀	262	
杉村 靖彦	252	
杉本 栄一	283	

杉本 員博 ………… 94	鈴木 昭二 ………… 77	須田 洋子 ………… 64
杉本 和弘 ………… 262	鈴木 次郎 ………… 93	須藤 敦子 ………… 107
杉本 和 ………… 69	鈴木 真次 ………… 160	須藤 健一 ………… 217
杉本 貴志 ………… 232	鈴木 信太郎 …… 129, 287	須藤 叔彦 ………… 42
杉本 苑子 ………… 180	鈴木 真哉 ………… 186	須藤 寛史 ………… 249
杉本 奈美 ………… 77	鈴木 弼美 ………… 308	須藤 弘敏 ………… 198
杉本 信行 ………… 305	鈴木 セイ ………… 309	須藤 舞子 ………… 26
杉本 秀太郎 …… 60, 132	鈴木 成一 ………… 194	須藤 護 ………… 201
杉本 正年 ………… 152	鈴木 誠子 ………… 31	須藤 みか ………… 43
杉本 昌彦 ………… 254	鈴木 竹雄 ………… 290	ストゥルーヴ, ダニエル
杉森 久英 …… 177, 291	鈴木 正 ………… 192	………… 241
スギヤマ カナヨ …… 195	鈴木 胤顕 ………… 3	ストラウス, ハロルド …… 173
杉山 慶子 ………… 19	鈴木 玉喜 ………… 32	ストロング, サラ・M. …… 122
杉山 晃一 ………… 217	鈴木 俊子 ………… 14	砂川 城二 ………… 76
杉山 沙耶香 ………… 87	鈴木 俊幸 ………… 255	砂田 一郎 ………… 243
杉山 しげ行 ………… 11	鈴木 朋子 ………… 141	砂原 庸介 ………… 209
杉山 純多 ………… 300	鈴木 七美 ………… 222	砂山 稔 ………… 257
杉山 正和 ………… 12	鈴木 敦秋 ………… 24	簾内 敬司 ………… 62
杉山 二郎 ………… 287	鈴木 紀子 ………… 50	須原 健太 ………… 30
杉山 隆男 …… 14, 223	鈴木 範久 ………… 251	「すばる」プロジェクトチーム ………… 179
杉山 春 ………… 43	鈴木 博 ………… 61	角 千鶴 ………… 64
杉山 正明 …… 205, 211	鈴木 治雄 ………… 73	住井 すゑ ………… 283
杉山 正樹 ………… 58	鈴木 比佐雄 ………… 124	スミス, ヘンリー ………… 229
杉山 由枝 ………… 26	鈴木 日出男 ………… 164	隅田 隆蔵 ………… 281
村主 次郎 ………… 57	鈴木 一誌 ………… 195	住友財団 ………… 281
勝呂 忠 ………… 197	鈴木 弘子 ………… 220	須山 静夫 ………… 243
資延 勲 ………… 95	鈴木 紘子 ………… 81	諏訪山 みどり ………… 18
図師 沙也佳 ………… 30	鈴木 洋史 ………… 43	
筋原 章博 ………… 34	鈴木 裕之 ………… 214	【せ】
鈴木 明 ………… 14	鈴木 博之 …… 204, 233	
鈴木 明日香 ………… 238	鈴木 雅生 ………… 242	青蛙房 ………… 173
鈴木 功男 ………… 49	鈴木 政子 ………… 19	清家 基良 ………… 146
スズキ 恵美子 ………… 31	鈴木 まもる ………… 196	清原 康正 ………… 95
鈴木 一人 ………… 209	鈴木 萬里代 ………… 65	セイズレ, エリック ………… 213
鈴木 一敏 ………… 159	鈴木 未央 ………… 46	清井 優子 ………… 51
鈴木 一典 ………… 140	鈴木 美紀 …… 73, 120	清田 倫子 ………… 152
鈴木 蚊都夫 ………… 104	鈴木 美彩 ………… 30	青土社 …… 142, 269, 295
鈴木 喜一 …… 33, 256	鈴木 道彦 ………… 133	成美堂 ………… 267
鈴木 貴久子 ………… 248	鈴木 みのり …… 13, 70, 79	誠文堂新光社 ………… 285
鈴木 邦治 ………… 308	鈴木 實 ………… 123	青来 有一 ………… 92
鈴木 賢 ………… 160	鈴木 やえ ………… 84	青林舎 ………… 289
鈴木 健司 ………… 122	鈴木 康郎 ………… 262	瀬尾 育生 ………… 126
鈴木 絢乃 ………… 158	鈴木 靖民 ………… 165	世界思想社 ………… 168
スズキ コージ ………… 196	鈴木 由紀子 ………… 43	世界評論社 ………… 282
鈴木 梢 ………… 73	鈴木 志元 ………… 296	世界文化社 ………… 292
鈴木 禎宏 …… 208, 220	鈴木 力衛 ………… 131	瀬川 けい子 ………… 3
鈴木 重三 ………… 290	須田 一輔 ………… 41	瀬川 清子 ………… 301
鈴木 静夫 ………… 305	須田 剋太 ………… 193	
鈴木 修治 ………… 35	須田 栄 ………… 59	
鈴木 順子 ………… 170	酢田 祐介 ………… 52	

瀬川 千秋 ･････････････ 207
瀬川 昌久 ･････････････ 218
瀬川 康男 ･････････････ 193
関 一敏 ･･･････････････ 251
セギ, クリスチャンヌ ･･･ 213
関 敬吾 ･･･････････････ 301
関 千枝子 ･････････････ 61
関 恒樹 ･･･････････････ 158
関 肇 ････････････ 96, 126
関 ふ佐子 ･････････････ 161
石 平 ･････････････････ 305
関 満博 ･･････････ 156, 206
関 容子 ･･･････ 21, 60, 133
関 竜司 ･･･････････････ 112
関 礼子 ･･･････････････ 126
関岡 英之 ･････････････ 86
関川 夏央 ･････ 22, 23, 211
関口 末夫 ･････････････ 154
関口 すみ子 ･･･････････ 208
関口 泰雄 ･････････････ 31
関口 安義 ･････････････ 126
関澤 昌 ･･･････････････ 29
関沢 まゆみ ･･･････････ 272
石正 篤司 ･････････････ 7
関根 このみ ･･･････････ 31
関根 清三 ･･････････ 317, 320
関根 則子 ･････････････ 31
関根 靖子 ･････････････ 27
関野 昭一 ･････････････ 144
関場 誓子 ･････････････ 204
関本 照夫 ･････････････ 217
関矢 磨美 ･････････････ 51
関山 和夫 ･････････････ 59
瀬口 愛 ･･･････････････ 52
セゲラ, マチュー ･･･････ 216
瀬崎 圭二 ･････････････ 237
世田谷ボランティア協会
　････････････････････ 314
薛 沙耶伽 ･････････････ 53
薛 浩美 ･･･････････････ 12
折世 凡樹 ･････････････ 18
瀬戸 正人 ･････････････ 224
瀬戸 佑美 ･････････････ 118
瀬筒 寛之 ･････････････ 137
瀬戸内 寂聴 ･･･････････ 147
瀬戸口 誠 ･････････････ 297
瀬沼 茂樹 ･････････････ 131
妹尾 河童 ･････････････ 292
ゼブロフスキー, ゼノ ･･･ 310

是友 等子 ･････････････ 296
せりか書房 ･･･････････ 143
芹川 博通 ･････････････ 251
ゼレーザ, ポール・ティアンベ ･･･ 275
セローテ, モンガネ・ウオリィ ･･･ 275
千街 晶之 ･････････････ 111
仙石 英司 ･････････････ 36
仙石 知子 ･････････････ 235
千石 英世 ･････････････ 100
全国出版協会出版科学研究所 ･･･ 255
全国書房 ･･････････････ 282
全国訪問おはなし隊 ･･･ 182
戦後日本教育資料集成編集委員会 ･･･ 290
染色と生活社 ･････････ 291
前新 透 ･･･････････････ 183
千田 智子 ･････････････ 280
川内 有緒 ･････････････ 58
船波 幸雄 ･････････････ 72
戦没画学生慰霊美術館「無言館」 ･･･ 181

【そ】

徐 京植 ･･･････････ 61, 116
曺 在順 ･･･････････････ 261
曹 光平 ･･･････････････ 77
創元社 ･･･････ 143, 282, 283, 290
草思社 ･･･････････ 142, 267, 293
創樹社 ･･･････････････ 287, 289
草風館 ･･･････････････ 291
創文社 ･･････････････ 142, 295
相馬 一成 ･････････････ 36
相馬 庸郎 ･････････････ 126
相馬 史子 ･････････････ 79
相馬 勝 ･･･････････････ 43
副島 正光 ･････････････ 316
副島 雄太 ･････････････ 28
添田 建治郎 ･･･････････ 225
副田 高行 ･････････････ 197
添田 知道 ･････････････ 285
添田 理恵子 ･･･････････ 238
十川 和樹 ･･････････ 53, 75
十川 信介 ･････････････ 99
十川 麗美 ･････････････ 53

十河 岳男 ･････････････ 196
曽田 範宗 ･････････････ 287
袖井 林二郎 ････････ 14, 288
曽根 英二 ･････････････ 294
曽根 ひろみ ･･･････････ 222
曽根 レイ ･････････････ 30
曾野 綾子 ･･････････ 184, 313
園田 英弘 ･････････････ 205
薗田 稔 ･･･････････････ 251
園部 邦子 ･････････････ 87
園部 哲史 ･････････････ 157
祖父江 慎 ･････････････ 195
ゾペティ, デビット ･････ 62
曽宮 一念 ･････････････ 59
染田 秀藤 ･････････････ 136
ソ連における日本人捕虜の生活体験を記録する会 ･･･ 179
孫 美幸 ･･･････････････ 75

【た】

第一法規出版 ･････････ 285
大学堂書店 ･･･････････ 288
大修館書店 ･････････ 171, 267, 268, 269, 270, 284, 287
大條 和雄 ･････････････ 186
大稔 哲也 ･････････････ 248
「大地の子」製作スタッフ
　････････････････････ 178
大東 和重 ･････････････ 264
大堂 洋子 ･････････････ 74
大東出版社 ･･････････ 268, 270
大同生命国際文化基金
　････････････････････ 270, 271
大日本図書 ･･･････････ 285
太平出版社 ･･･････････ 289
太平洋学会 ･･･････････ 154
タイム・ライフ・ブックス社 ･･･ 267
タイムライフインターナショナル社 ･･･ 266
ダイヤモンド社 ･･･････ 286
平 三郎 ･･･････････････ 307
平良 敏子 ･････････････ 312
大和書房 ･･････････ 288, 289
田内 大平 ･････････････ 25
田岡 典夫 ･････････････ 289
田岡 良一 ･････････････ 288

高 賢一	141	高館 作夫	49	高橋 文治	233
多賀 たかこ	71	高谷 宏	12	高橋 政彦	50
多賀 多津子	18	高槻 真樹	112	高橋 正美	27, 75
高井 俊宏	7	高取 正男	200	高橋 光行	74
互 盛央	210, 215, 321	高野 悦子	175	高橋 充	45
高井 里沙	26	高野 耕一	160	高橋 實	313
高石 正八	64	高野 秀行	24	高橋 睦郎	89
高尾 義一	206	高野 文生	94	高橋 靖子	85
高岡 修	105	高野 麻詩子	72	高橋 裕子	206
高岡 一弥	193	高橋 昭雄	157	高橋 郁子	83
高垣 昕二	309	高橋 彩由美	119	高橋 由紀雄	29
高城 弘一	137	高橋 育恵	70	高橋 由紀子	51
高木 貞敬	288	高橋 勇夫	100	高橋 幸春	9, 23
高木 健夫	291	高橋 一行	148	高橋 洋一	305
高木 徹	15, 24, 47	髙橋 英一	232	高橋 義孝	129
高木 俊朗	174	高橋 揆一郎	57	鷲橋 隆三	8
高木 仁三郎	122	高橋 喜平	59, 309	高橋 良治	312
高城 望	72	高橋 久美	51	高橋 和子	84
高木 陽子	220	高橋 啓介	103	高畑 啓子	18
高木 凛	43	高橋 憲一	294	高畑 早紀	119
高倉 健	184	高橋 源一郎	124	高畑 潤	5
高倉 忠義	48	高橋 健二	129	高畠 伶奈	53
高桑 いづみ	228	高橋 晃一	236	高畠 純	197
高坂 和彦	241	高橋 甲四郎	65	高原 英理	101
高崎 正秀	285	髙橋 咲紀	70	高間 史絵	69
高沢 圭一	63	高橋 さき子	32	高松 敬吉	302
高沢 皓司	23	高橋 さつき	53	髙松 直躬	19
鷹沢 のり子	35	高橋 三郎	63	高松 雄一	133
高階 絵里加	214	高橋 重敏	310	高見 英一	136
高島 香代	52	高橋 信夫	78	田上 慶一	75
高島 忠義	145	高橋 礒一	282, 283	高三 啓輔	96
高島 俊男	21, 95, 133	高橋 進	316	田上 幸子	11
高嶋 智樹	7	高橋 孝信	234	高見 順	284
高嶋 由美子	124	高橋 竹山	309	田上 泰治	256
鷹城 宏	111	高橋 千劔破	96	高見 敏弘	313
高杉 一郎	244	高橋 徹	41	高峰 秀子	60
高瀬 弘一郎	237	高橋 敏夫	96	高宮 紗綾	27
高田 外亀雄	70	高橋 俊也	78	高見山 大五郎	183
高田 郁	34	高橋 朋子	161	高村 薫	292
高田 甲子太郎	146	高橋 友子	117	高村 学人	215
高田 京子	33	高橋 知子	264	髙村 陽子	70
高田 咲子	140	高橋 直子	56	高森 敏夫	282
高田 誠二	287	高橋 直美	7	田ケ谷 雅夫	123
高田 千種	75	高橋 直之	79	多賀谷 雅人	46
高田 知波	127	高橋 修宏	104	高柳 和子	72
高田 時雄	188, 233	高橋 昇	193	高柳 克弘	114
高田 富子	31	高橋 久	310	高柳 先男	291
高田 宏	99, 132	高橋 英夫	92, 99, 131	高山 恵利子	28, 76
高田 衛	126	高橋 秀実	106	高山 信哉	107
高田 三枝子	189	高橋 英光	150	高山 博	116, 205

髙山 文彦 …………… 15, 23	竹内 幹恵 …………… 73	武仲 浩美 …………… 27
高山 裕二 …………… 216	竹内 道敬 …………… 228	竹中 文良 …………… 182
鷲山 裕二 …………… 209	竹内 みや子 …………… 84	竹中 平蔵 …………… 203
髙山 和香奈 …………… 78	竹内 靖雄 …………… 304	竹中 祐典 …………… 19
宝塚歌劇団 …………… 172	竹内 優子 …………… 78	竹中 幸史 …………… 215
田川 建三 …………… 251	竹内 祐司 …………… 11	竹之内 友美 …………… 78
多川 精一 …………… 254	竹内 芳太郎 …………… 200	武塙 修 …………… 254
滝井 一博 …………… 98, 166, 209	竹内 好 …………… 287	竹花 外記 …………… 53
滝川 沙也佳 …………… 28	竹内 理三 …………… 291	武原 はん …………… 173
滝川 幸辰 …………… 283	竹岡 一郎 …………… 105	竹渕 千鶴子 …………… 31
滝川 ゆず …………… 27	嶽釜 徹 …………… 315	竹俣 由美子 …………… 140
滝口 修造 …………… 283	竹熊 尚夫 …………… 262	竹村 亜矢子 …………… 33
滝口 純一 …………… 4	竹沢 尚一郎 …………… 252	竹村 則行 …………… 257
滝口 正哉 …………… 153	竹澤 美惠子 …………… 66	竹村 牧男 …………… 251
滝沢 荘一 …………… 62	竹沢 泰子 …………… 218	竹村 実 …………… 41
滝沢 正 …………… 212	竹下 妙子 …………… 85	武村 好郎 …………… 13
瀧下 むつ子 …………… 79	竹下 政孝 …………… 247	竹本 静夫 …………… 64
田北 智之 …………… 11	竹柴 蟹助 …………… 312	竹本 住大夫 …………… 184
滝田 良美 …………… 72	茸書房 …………… 290	竹本 千鶴 …………… 230
滝平 二郎 …………… 191	竹田 麻未 …………… 7	竹本 知行 …………… 147
滝本 順子 …………… 72	竹田 旦 …………… 301	竹本 秀子 …………… 65
沢山 美果子 …………… 222	竹田 飛鳥 …………… 6	竹森 俊平 …………… 135
田口 潔 …………… 19	武田 佐知子 …………… 203	竹山 恭二 …………… 62
田口 佐紀子 …………… 8	武田 修一 …………… 149	竹山 博英 …………… 117
田口 卓臣 …………… 216	武田 修志 …………… 305	竹山 道雄 …………… 129, 175, 282
田口 兵 …………… 64, 77, 78	武田 純樹 …………… 7	田子 雅子 …………… 26
田口 善弘 …………… 194	武田 清子 …………… 289	田﨑 舞 …………… 73
田口 龍造 …………… 63	武田 早世 …………… 78	田崎 陽子 …………… 120
田久保 英夫 …………… 288	武田 恒泰 …………… 305	田沢 拓也 …………… 43
田熊 亮介 …………… 28	武田 徹 …………… 207	田島 英三 …………… 282
武井 紀子 …………… 236	武田 時昌 …………… 257	田島 和生 …………… 114
武井 基晃 …………… 273	竹田 稔和 …………… 11	田島 恵児 …………… 243
竹内 昭人 …………… 52	竹田 朋子 …………… 65	田島 伸二 …………… 193
竹内 郁夫 …………… 298	武田 友寿 …………… 98	田島 征三 …………… 192
竹内 一郎 …………… 208	武田 信明 …………… 101	田島 優花 …………… 120
竹内 恵美子 …………… 228	武田 英文 …………… 45	田代 実穂 …………… 78
竹内 和夫 …………… 224	武田 将明 …………… 102	田草川 弘 …………… 15
竹内 佳代 …………… 238	竹田 真砂子 …………… 58	多田 進 …………… 197
竹内 義一 …………… 245	武田 正倫 …………… 291	多田 富雄 …………… 62, 105
竹内 久美子 …………… 194	武田 雅哉 …………… 205	多田 憲美 …………… 186
竹内 啓 …………… 90	武田 美穂 …………… 194	多田 道太郎 …………… 92, 289
竹内 浩輔 …………… 75	武田 康裕 …………… 157	多田 幸正 …………… 123
竹内 佐代子 …………… 54	武田 友加 …………… 159	糺 亜緒衣 …………… 5
竹内 信夫 …………… 212	武田 裕 …………… 18	達知 瑚都海 …………… 54
竹内 順一 …………… 198	武田 百合子 …………… 131	立川 昭二 …………… 202
武内 進一 …………… 209	武田 洋子 …………… 51	立川 初義 …………… 186
武内 紹人 …………… 225	竹田 米吉 …………… 59	立木 義浩 …………… 193
竹内 照美 …………… 5	竹富方言辞典 …………… 183	橘 市郎 …………… 82
竹内 洋 …………… 135	竹中 千春 …………… 159	橘 逸朗 …………… 81
竹内 真理 …………… 35	竹中 治堅 …………… 98	橘 千早 …………… 259

立花 隆 …… 23, 109, 175, 210, 223, 291	田中 知子 …… 69	谷内 こうじ …… 193
橘 良一 …… 63	田中 トモミ …… 61	谷岡 亜紀 …… 103
橘 礼吉 …… 302	田中 直毅 …… 90	谷岡 優子 …… 273
橘木 俊詔 …… 91	田中 奈美 …… 43	谷垣 吉彦 …… 4
辰野 隆 …… 283	田中 宣廣 …… 189	谷門 展法 …… 73
辰巳 國雄 …… 37	田中 伸尚 …… 62	谷川 恵一 …… 125
巽 孝之 …… 243	田中 肇 …… 314	谷川 健一 …… 288, 290, 298
辰己 寛 …… 56	田中 ひかる …… 30	谷川 昇 …… 104
伊達 聖伸 …… 209, 216, 253	田中 日佐夫 …… 203	谷川 弓子 …… 8
伊達 慶 …… 10	田中 久文 …… 239	谷口 吉郎 …… 284
立石 泰則 …… 23	田中 裕也 …… 238	谷口 耕生 …… 199
立川 談春 …… 22	田中 房夫 …… 25	谷口 祥一 …… 260, 296, 297
舘澤 史岳 …… 70	田中 麻江 …… 53	谷口 秀子 …… 123
舘田 鶴子 …… 296	田中 真紀 …… 4	谷口 眞一 …… 274
立松 和平 …… 292	田中 美知太郎 …… 130, 282	谷口 友布稀 …… 75
田所 和子 …… 79	田中 通裕 …… 160	谷口 祐二 …… 45
田所 昌幸 …… 207	田中 美有紀 …… 74	谷口 ゆみ子 …… 12
田中 晶子 …… 103	田中 康雄 …… 237	谷口 善一 …… 19
田中 明彦 …… 135, 205	田中 靖彦 …… 235	谷崎 潤一郎 …… 282
田中 晶善 …… 51	田中 弥生 …… 101	谷沢 永一 …… 133, 202
田中 綾 …… 103	田中 優子 …… 207	谷端 昭夫 …… 230
田中 綾乃 …… 73	田中 良克 …… 245	谷村 玲子 …… 230
田中 伊出吾 …… 69	田中 良之 …… 306	谷本 一之 …… 228, 293
田中 かえで …… 31	田中 了 …… 289	谷山 茂 …… 163
田中 和生 …… 121	田中 涼子 …… 52	田主丸町 …… 292
田仲 一成 …… 256	田中正造全集編纂会 …… 289	田主丸町誌編集委員会 …… 292
田中 一光 …… 191	田辺 明雄 …… 288	田沼 武能 …… 175
田中 かの子 …… 279	田辺 郁 …… 85	種村 季弘 …… 106
田中 久美子 …… 7, 209	田辺 悟 …… 301	田之上 聖佳 …… 119
田中 圭一 …… 164	田辺 繁治 …… 217	田之倉 稔 …… 116
田中 敬一 …… 194	田辺 昭三 …… 289	多羽田 敏夫 …… 102
田中 恵子 …… 70	田辺 聖子 …… 86, 133, 177	田端 宣貞 …… 35
田中 貢太郎 …… 171	田邉 智子 …… 87	田畑 芙美子 …… 74
田中 成和 …… 241	田辺 仁市 …… 310	田原 牧 …… 17
田中 茂範 …… 150	田辺 元 …… 282	田原 芳広 …… 28
田中 重光 …… 158	田辺 るり子 …… 50	田間 泰子 …… 222
田中 純 …… 207, 294	谷 晃 …… 229	玉井 史太郎 …… 18
田中 二郎 …… 290	谷 一郎 …… 116	玉泉 八州男 …… 203
田中 親美 …… 285	谷 和子 …… 69	玉置 和子 …… 85
田中 澄江 …… 131	谷 甲州 …… 58	玉木 恭子 …… 65
田中 惣五郎 …… 285	谷 真介 …… 40	玉木 英彦 …… 282
田中 貴子 …… 207	谷 都留子 …… 49	玉置 博司 …… 187
田中 多佳子 …… 228	谷 浩二 …… 12	玉木 太 …… 5
田中 孝彦 …… 155	谷 正人 …… 228	玉田 大 …… 145
田中 忠義 …… 48	谷 美穂 …… 39	玉田 芳史 …… 157
田中 多聞 …… 310	谷 泰 …… 66	玉蟲 敏子 …… 198, 205
田中 千禾夫 …… 289	谷合 規子 …… 9	玉村 竹二 …… 163
田中 智行 …… 258	谷井 弘美 …… 31	田宮 虎彦 …… 283
田中 司 …… 5	谷一 尚 …… 247	田村 明子 …… 85
	渓内 謙 …… 289	田村 京子 …… 61

田村 キヨノ …………… 311	千葉 直子 …………… 87	塚田 忠正 …………… 19
田村 久美子 …………… 13	千葉 守 ……………… 3	塚原 康子 …………… 228
田村 圭一 …………… 318	千葉 幹夫 …………… 196	津上 俊哉 …………… 207
田村 晧司 …………… 314	千葉 美由樹 ………… 52	塚本 啓祥 …………… 251
田村 すゞ子 ………… 188	千葉 桃 ……………… 51	塚本 哲也 ………… 15, 23
田村 善次郎 ………… 201	千葉 喜彦 …………… 288	塚本 昌則 ……… 214, 241
田村 大輔 …………… 46	千原 昭彦 …………… 94	塚本 麿充 …………… 199
田村 恒夫 …………… 315	チハルチシヴィリ, グリゴー	塚本 洋太郎 ………… 291
田村 義也 …………… 193	リィ ………………… 277	月川 力江 …………… 49
田村 亮子 …………… 180	茶谷 十六 …………… 139	築地書館 ……… 142, 290
タモリ ……………… 185	茶美会グループ ……… 232	℃（月と地球）………… 5
ダリシエ, ミッシェル … 215	チャールズ・イー・タトル・	月乃 光司 …………… 148
多呂 恵子 …………… 48	カンパニィ ………… 266	月村 辰雄 …………… 213
ダワー, ジョン … 97, 304	中央公論社 ………… 175,	月村 敏行 …………… 100
団 伊玖磨 …………… 130	267, 282, 283, 284, 285, 286,	月本 昭男 ……… 247, 252
旦 敬介 ……………… 134	287, 288, 289, 290, 291, 292	佃 陽子 ……………… 63
檀 ふみ ……………… 22	中央公論新社 …… 293, 294	筑波書房 …………… 143
詹 満江 ……………… 257	中央公論美術出版社 … 285	辻 佐保子 …………… 202
唐 亮 ………………… 157	中教出版社 ……… 269, 283	辻 茂 ………………… 116
丹下 京子 …………… 197	中近東文化センター附属アナ	辻 達也 ……………… 292
淡交社 ……………… 291	トリア考古学研究所 … 281	辻 哲夫 ……………… 287
段々社 ……………… 270	中元 大介 …………… 18	辻 徹 ………………… 45
団藤 重光 …………… 59	中国漢方 ………… 267, 268	辻 由美 ………… 61, 254
丹野 郁 ……………… 152	中国新聞社 ……… 172, 286	辻井 良 ……………… 9
丹野 さきら ………… 170	忠鉢 繁 ……………… 313	辻尾 栄市 …………… 187
丹波 康頼 …………… 278	中鉢 正美 …………… 199	辻口 雄一郎 ………… 279
	仲馬 達司 …………… 94	辻原 登 ……………… 211
【ち】	チュディン, ジャン＝ジャッ	対馬 美香 …………… 122
	ク …………………… 242	辻村 みよ子 ………… 212
近田 政博 …………… 262	張 競 …………… 132, 205	辻元 久美子 ………… 13
千種 堅 ……………… 115	長 新太 ……………… 192	辻本 繁 ……………… 310
筑紫 磐井 …………… 114	張 龍妹 ……………… 226	辻本 充子 …………… 57
筑摩書房 ……… 142, 176,	長木 誠司 …………… 127	辻本 モト …………… 310
266, 269, 270, 271, 282, 284,	長南 実 ……………… 136	津城 寛文 …………… 252
286, 287, 288, 290, 293, 294	汐文社 ……………… 285	都筑 宗哉 …………… 7
千々岩 拓郎 ………… 76	陳 舜臣 ………… 132, 151, 287	続橋 達雄 …………… 123
地人会 ……………… 181	陳 肇斌 ……………… 156	続橋 利雄 …………… 81
地人書館 …………… 143	陳 薇 ………………… 277	鼓 直 ………………… 136
千谷 道雄 …………… 129	陳 乗珊 ……………… 19	津田 純子 …………… 260
知念 芳子 …………… 309	陳許 玉蘭 …………… 6	津田 真一 …………… 251
チノジャ, シマー …… 276		津田 康 ……………… 109
千葉 昂 ……………… 3	【つ】	津田 裕 ……………… 7
千葉 一郎 …………… 4		津田 櫓冬 …………… 290
千葉 一幹 …………… 101	通崎 睦美 ……… 128, 210	蔦谷 典子 …………… 250
千葉 謙悟 …………… 189	束央 早久亜 ………… 5	土切 さつき ………… 30
千葉 修司 …………… 149	司 修 ………………… 192	土田 健次郎 …… 233, 257
ちば てつや ………… 192	司 正貴 ……………… 18	土田 ルリ子 ………… 221
千葉 徳爾 …………… 301	塚田 泰三郎 ………… 59	土田 稚子 …………… 31
		土屋 悦之助 ………… 186
		土屋 健治 …………… 153

土屋 忠雄 ……………… 285	TBSブリタニカ ………	…………………… 110
土屋 博 ………………… 251	266, 267, 288, 291	照井 謹二郎 …………… 122
土屋 陽介 ……………… 140	TBS出版会 …………… 266	照井 文雄 ……………… 46
筒井 清忠 ……………… 134	デイビス, クリスティーナ	照山 遥己 ……………… 120
筒井 紘一 ……………… 230	…………………… 159	テレビマンユニオン …… 181
筒井 康隆 ……………… 183	手賀 梨々子 …………… 7	田 月仙 ………………… 43
都筑 麻貴 ……………… 79	出川 沙美雄 …………… 18	「点字毎日」編集部 …… 172
堤 一馬 ………………… 78	出口 京太郎 …………… 244	天童 荒太 ……………… 295
堤 剛太 ………………… 6	出口 裕弘 ……………… 86	天理教道友社 ………… 292
堤 未果 ………………… 62	出久根 達郎 ………… 21, 96	天理大学 …………… 286, 292
恒川 邦夫 ……………… 242	デーケン, アルフォンス	
恒川 恵市 ……………… 154	…………………… 177	【と】
津野 海太郎 …………… 58	手塚 治虫 ……………… 191	
角掛 利雄 ……………… 45	手塚 崇 ………………… 49	土井 健司 ……………… 239
角掛 十三子 …………… 46	手塚 富雄 ……………… 130	土居 丈朗 ……………… 208
角田 房子 …………… 57, 223	哲学書房 ……………… 292	土居 忠幸 ……………… 36
角田 佑一 ……………… 140	「哲学の歴史」編集委員会	土居 智江子 …………… 245
角田 和歌子 …………… 118	…………………… 294	土井 敏秀 ……………… 45
椿 啓介 ………………… 298	徹子の部屋 …………… 182	土居 尚子 ……………… 35
椿 由美 ………………… 26	出村 彰 ………………… 251	土井 尚弘 ……………… 6
坪井 節子 ……………… 31	デュコール, ジェローム	土居 敬和 ……………… 245
坪井 秀人 ……… 89, 126, 263	…………………… 242	土居 光知 ……………… 129
坪井 善明 ……………… 212	デュテイユ・オガタ, ファビ	土居 義彦 ……………… 75
坪内 稔典 ……………… 190	エンヌ ………………… 215	土居 良三 ……………… 319
坪内 祐三 ……………… 22	テュルク, ドミニク …… 212	戸板 康二 ……………… 174
坪川 沙穂梨 …………… 73	寺井 龍哉 ……………… 103	戸井田 道三 …………… 60
坪田 譲治 …………… 285, 287	寺出 浩司 ……………… 200	唐 亜明 ………………… 194
坪田 瑶 ………………… 26	寺内 大吉 ……………… 290	唐 権 …………………… 263
つむぎ出版 …………… 168	寺尾 麻実 ……………… 26	東海大学出版会 ……… 142
津村 節子 ……………… 183	寺岸 和光 ……………… 140	同学社 ………………… 271
津本 青長 ……………… 81	寺阪 明莉 ……………… 75	東京空襲を記録する会 … 173
津本 陽 ………………… 181	寺沢 紗裕里 …………… 7	東京裁判資料刊行会 …… 178
敦賀 敏 ………………… 36	寺島 実郎 ……………… 90	東京シューレ ………… 314
鶴ヶ谷 真一 …………… 62	寺田 昭子 ……………… 78	東京書籍 ……………… 267,
鶴園 紫磯子 …………… 219	寺田 紀梅子 …………… 12	288, 289, 291, 292
鶴田 俊正 ……………… 90	寺田 高久 ……………… 45	東京新聞 …………… 175, 184
鶴成 久章 ……………… 235	寺田 テル …………… 18, 63	東京創元社 …… 268, 269, 284
鶴見 和子 …………… 289, 298	寺田 透 ………………… 287	東京大学出版会 ……… 167,
鶴見 祐輔 ……………… 294	寺田 弘晁 ……………… 7	168, 270, 283, 285,
つるみ ゆき …………… 88	寺田 ふさ子 …………… 86	286, 287, 291, 292, 294
鶴見 良行 ……………… 223	寺田 貢 ………………… 48	東京堂出版 …… 142, 282, 283
	寺田 夕樹乃 …………… 120	東京美術 ……………… 142
【て】	寺戸 淳子 ……………… 215	東京文庫 ……………… 289
	寺西 宗六 ……………… 232	東京北斎会 …………… 185
鄭 浩瀾 …………… 158, 159	寺村 輝夫 …………… 193, 285	峠 三吉 ………………… 287
丁 莉 …………………… 227	寺谷 広司 ……………… 145	「道警裏金疑惑」取材班 … 181
TBSテレビ「時事放談」ス	デランク, クラウディア	東郷 克美 ……………… 126
タッフ ………………… 174	…………………… 220	東郷 豊治 ……………… 129
	デーリー東北新聞社 …… 110	
	デーリー東北新聞社報道部	

ノンフィクション・評論・学芸の賞事典　355

東郷 隆 58	戸澤 亮守 7	巴山 はる美 49
東芝日曜劇場 172	戸澤 富雄 81	土門 拳 173, 283
東上 高志 285	戸沢 充則 295	外山 沙絵 118
童心社 143	利沢 行夫 100	富山 治夫 192
東信堂 168	豊島 正之 256	富山房 266
ドウス 昌代 15, 23, 223	豊島 美代子 31	豊丘 時竹 65
刀水書房 270	戸田 勝久 229	豊岡 靖子 27
藤堂 船子 64	戸田 慎一 260	豊澤 一明 45
東都書房 285	戸田 ツトム 193	豊田 裕子 31
ドウニ, タヤンディエー	戸田 盛和 282	豊田 裕美 27
.... 112	戸田 亮輔 12	豊田 正子 61
東野 治之 165, 294	戸谷 知恵子 52	豊永 郁子 206
どうぶつ社 142, 290	栃原 哲則 37	豊平 良顕 173
同文館出版 167	凸版印刷印刷博物誌編纂委	ドラモット, ギブール .. 215
同朋舎出版 290, 291	員会 255	鳥海 基樹 215
等松 春夫 147	刀根 雅巳 7	鳥越 信 255, 288
堂目 卓生 208	利根川 樹美子 261	鳥島 あかり 238
東洋書林 271	利根川 進 223	鳥山 二郎 19
トゥーレ, キッチャ 275	利根川 裕 96	土呂久を記録する会 292
遠山 茂樹 282	鳥羽 欽一郎 60	
遠山 正瑛 313	土橋 寛 289	【 な 】
遠山 啓 285	土肥 春夫 74	
遠山 柾雄 313	戸部 良一 146	成 恵卿 207, 263
遠山 まさし 53	戸松 泉 127	ナイケルク, マリーヌ・ヴァ
戸川 貴行 236	登丸 しのぶ 32	ン 275
戸川 安章 301	都丸 潤子 156	内藤 清枝 63
時実 利彦 285	冨井 穣 83	内藤 栄 199
鍋田 拓哉 261	富岡 儀八 289	内藤 初穂 62
常田 千菜 70	富岡 次子 26	内藤 裕史 314
鍋田 幹 194	富岡 多恵子 92, 132, 293	内藤 みどり 10
徳岡 孝夫 176, 223	富岡 洋子 28	直井 誠 137
徳岡 弘之 94, 139	冨川 法道 7	直江 広治 301
徳川 夢声 171	富坂 聡 42	直木 孝次郎 151
徳田 秋声 171	富沢 千砂子 281	中 一弥 177, 315
徳田 幸雄 252	富沢 規子 54	中 好幸 187
徳田 有美 12	冨田 勲 125	中井 和子 65
「徳田秋聲全集」 182	富田 見二 310	中井 勝人 49
徳永 幾久 153	富田 祐行 81	ナカイ, ケイト・W. 320
徳永 恂 320	冨田 直子 5	永井 サヨコ 314
徳永 進 23	富田 博之 288	永井 龍男 130, 173
徳永 名知子 64	富田 麻衣子 70	永井 利夫 314
徳永 瑞仁 85	冨田 まさゐ 310	中井 信彦 164, 287
徳永 里砂 248	富田 康博 107	中井 久夫 132, 292
徳丸 亜木 272	冨永 真紀子 63	中井 秀明 101
徳丸 吉彦 228	冨永 實 69	永井 均 317
徳光 彩子 64	富山 栄子 31	永井 真貴子 214
床呂 郁哉 218	百目鬼 恭三郎 60	永井 正勝 248
土佐 隆二郎 46	ドメス出版 142, 289	中井 正弘 186
戸坂 潤 286	友田 彩 12	
戸崎 哲彦 234	友田 義行 264	

永井 道雄	286	中沢 新一	92, 105, 106, 132, 190, 203	中田 澄江	29, 74
永井 路子	175			中田 整一	24, 294
永井 三明	116	中沢 弘基	279	永田 徳夫	137
中井 幸比古	189	長沢 靖浩	138	中田 朋樹	75
永井 友理	28	中澤 渉	210	永田 雅一	171
中右 実	150	中路 寛子	87	永田 まゆみ	77
中江 三青	7	中下 重美	11	永田 万里子	85
中江 寛子	52	中島 晶子	28	永田 美穂	75
長尾 有紗	75	中島 梓	100	永田 祐子	74
中尾 賢吉	65	中島 敦	282	中田 裕子	48
中尾 佐助	59, 291	中島 楽章	234	長滝 祥司	317
長尾 三郎	23	中島 かほる	195	中谷 文美	218
長尾 伸一	207	中島 国彦	126	中谷 巌	90
長尾 直太郎	315	中島 健蔵	171	中谷 和弘	144
長尾 みのる	192	中島 さおり	62	中谷 千代子	191
長尾 光玲	54	中嶋 詩織	54	中谷 由衣	25
永尾 美典	5	中島 静美	13	中谷 陽二	195
長尾 龍一	202	中島 晶子	88	中地 義和	212
中岡 毅雄	114	長島 伸一	204	中町 信孝	248
長岡 鶴一	68	中島 信吾	146	長津 功三良	124
長岡 輝子	123, 181	中島 隆博	239, 321	中津 花	78
中岡 正代	87	中島 琢磨	209, 295	中津 燎子	14
永岡 真波	262	中島 岳志	98	中務 哲郎	134
永岡 杜人	102	中島 英樹	196	中辻 理夫	97, 111
永岡 義久	6	中島 秀人	208	中坪 達哉	114
長岡 龍作	198	長嶋 富士子	64	長門 洋平	210
中垣 信夫	194	中島 文夫	317	長友 啓典	193, 196
中兼 和津次	155	中島 平三	149	長友 千代治	253
中上 健次	288	中島 誠	96	長友 未来	28
中川 至	4	中島 美咲	118	中西 キヨ子	48
中川 織江	48	中島 みち	40, 178	中西 悟堂	59, 130
中川 一徳	24	中嶋 嶺雄	202	中西 準子	294
中川 淳	160	中嶋 幹起	188, 225	中西 進	130, 183, 319
中川 章治	32	中島 安祥	19	中西 竜也	210
中川 裕	189	中島 由佳利	37	中西 輝政	90, 292, 305
中川 真	205	長島 有里枝	22	中西 寛	135, 159
中川 晶子	27	中嶋 隆蔵	257	中西 嘉宏	158
中川 雅博	318	仲條 正義	193	ナカニシヤ出版	142
中川 美保子	140	中城 イマ	310	長沼 明	71
中川 与志夫	313	永積 洋子	319	長沼 節夫	39
中川 李枝子	184, 289	中瀬 喜陽	300	中根 絵美子	79
長倉 洋海	196	中園 優子	261	中根 隆行	263
永倉 万治	21	永田 和宏	113	中根 千枝	217, 284
長倉 良美	7	中田 勝康	19	中根 実宝子	286
永坂 佳緒里	74	中田 慶	87	長野 明子	150
長坂 覚	60	中田 考	247	中野 香奈	11
中里 巧	252	仲田 定之助	60	中野 孝次	57, 60
中里 寿克	198	仲田 サチ子	64	中野 弘三	150
中里 麦外	104	中田 正一	313	中野 聡	158
中沢 源一郎	311	中田 水光	114		

中野 重治 …………… 283, 284	中村 広治郎 …………… 251	中山 直子 …………… 162
中野 主一 …………… 315	中村 幸子 …………… 51	中山 涙 …………… 97
中野 昭南 …………… 41	中村 智志 …………… 23	中山 翠 …………… 27
中野 新治 …………… 122	中村 紗矢香 …………… 78	長山 靖生 …………… 96
中野 剛志 …………… 305	中村 周平 …………… 27	中山 洋平 …………… 214
中野 知律 …………… 214	中村 捷 …………… 149	中山書店 …………… 142,
中野 利子 …………… 61	中村 祥子 …………… 75	283, 284, 290, 293
中野 智章 …………… 248	長村 祥知 …………… 274	長与 善郎 …………… 129
中野 晴行 …………… 255	永村 眞 …………… 165	永吉 喜恵子 …………… 72
中野 光 …………… 286	中村 伸一郎 …………… 123	名久井 直子 …………… 197
中野 英明 …………… 87	中村 真一郎 …………… 132, 288	長合 誠也 …………… 27
中野 不二男 …………… 14, 67	中村 清次 …………… 64	名越 康次 …………… 69
中野 三敏 …………… 163, 202, 290	中村 妙子 …………… 74	名古屋 山三 …………… 108
中野 泰 …………… 273	中村 太郎 …………… 153	名古屋大学出版会
長野 泰彦 …………… 188	中村 伝三郎 …………… 291	…………… 142, 268, 292, 293
中野 好夫 …………… 286	中村 伸郎 …………… 61	梨木 香歩 …………… 134
中橋 和昭 …………… 141	中村 元 …………… 288	ナジタ テツオ …………… 303
長橋 芙美子 …………… 254	中村 紘子 …………… 14	なだ いなだ …………… 287
中畑 七代 …………… 79	中村 弘之 …………… 11	灘本 唯人 …………… 192
中畑 正志 …………… 321	中村 文 …………… 227	夏江 航 …………… 56
永原 和子 …………… 223	中村 雅樹 …………… 114	名取 美和 …………… 314
中原 毅郎 …………… 31	中村 又五郎 …………… 179	七尾 一央 …………… 94
永原 孝道 …………… 121	中村 美技子 …………… 29	七つ森書館 …………… 143
長原 幸雄 …………… 149	中村 光夫 …………… 129	鍋倉 勝夫 …………… 46
長房 勇之介 …………… 28	中村 稔 …………… 132, 151	生江 有二 …………… 67
永藤 武 …………… 251	中村 三春 …………… 124	涛岡 寿子 …………… 111
永渕 康之 …………… 206	中村 征夫 …………… 195	並河 万里 …………… 290
中坊 公平 …………… 179	中村 幸彦 …………… 131	並木 士郎 …………… 111
長堀 祐造 …………… 257	中村 裕 …………… 309	なみの 亜子 …………… 103
仲間 秀典 …………… 70	中村 百合子 …………… 260	波野 千代 …………… 284
永松 敦 …………… 272	中村 羊一郎 …………… 229	滑川 道夫 …………… 289
永松 カズ …………… 309	中村 義明 …………… 232	楢 喜八 …………… 192
中丸 明 …………… 68	中村 義雄 …………… 163	奈良迫 ミチ …………… 63
中丸 美絵 …………… 61	中村 良夫 …………… 202	奈良たんぽぽの会 …………… 313
中道 操 …………… 34	中村 美彦 …………… 80	奈良本 辰也 …………… 285
永嶺 重敏 …………… 254	中村 好寿 …………… 146	成相 夏男 …………… 99
長嶺 千晶 …………… 114	中本 正智 …………… 290	成川 順 …………… 39
仲村 青彦 …………… 114	中本 ムツ子 …………… 314	成沢 希望 …………… 76
中村 安希 …………… 16	永盛 勝也 …………… 45	成沢 未来 …………… 73
中村 彰彦 …………… 58	長屋 清臣 …………… 187	成田 一江 …………… 274
中村 哲 …………… 124, 184	中屋 望 …………… 72	成田 修一 …………… 189
中村 綾子 …………… 72	ながやす 巧 …………… 192	成田 すず …………… 72
中村 薫 …………… 72	長山 京子 …………… 7	成井 恵子 …………… 104
中村 勝雄 …………… 43	中山 茂 …………… 292	成沢 自由 …………… 29, 120
中村 勘九郎 …………… 181	中山 修一 …………… 310	成瀬 櫻桃子 …………… 114
中村 吉右衛門 …………… 284	中山 士朗 …………… 61	成瀬 不二雄 …………… 198
中村 吉蔵 …………… 171	永山 武臣 …………… 176	成瀬 政男 …………… 283
中村 キヨ子 …………… 50	中山 智奈弥 …………… 85	鳴海 邦碩 …………… 204
中村 桂子 …………… 292	中山 千代 …………… 152	名和 克郎 …………… 218
中村 孝三郎 …………… 310	中山 智晴 …………… 51	縄田 一男 …………… 95

南雲堂	271
ナンガ, ベルナール	275
南江堂	270
南条 岳彦	68
ナンタ, アルノ	215
南埜 徳三郎	51

【に】

新潟県佐渡トキ保護センター	184
新潟県民俗学会	302
新潟日報	173
新妻 昭夫	292
新妻 香織	86
新納 里子	25
新美 千尋	27
聶 莉莉	218
二木 謙一	203
二玄社	143, 291
西 希代子	162
西 成彦	123, 263
西 大輔	51
西 のぼる	195
西 容子	11
西秋 良宏	248
にしうら ひろき	69
西浦田楽能保存会	310
西江 英樹	
西尾 哲夫	228, 247
西尾 成子	190
西尾 萌香	8
西尾 雄志	38
西岡 香織	146
西岡 研一	24
西岡 常一	309
西岡 虎之助	282
西岡 楢二郎	309
西岡 楢光	309
西海 賢二	272
西垣 通	204
西川 鯉三郎	173
西川 幸治	287
西川 聡	73
西川 長夫	214
西川 のりお	85
西川 麦子	218
西川 恵	206

錦 三郎	40, 59
西木 正明	58
西倉 一喜	14
西沢 朱実	186
西澤 貞雄	49
西沢 爽	291
西嶋 あさ子	114
西園 多佳子	29
西田 耕三	126
西田 晏皓	8
西田 宏子	230
西田 昌代	69
西田 良子	124
西谷 英雄	311
西谷 勝也	301
西谷 尚	20
西永 良成	241
西野 節男	261
西野 辰吉	284
西野 春雄	228
西野 由美子	13
西野 嘉章	213
西畑 万葉	54
西原 一幸	233
西原 大輔	263
西部 邁	203
にしまき かやこ	193
西村 瑛治	7
西村 和子	114
西村 三郎	289, 320
西村 滋	66
西村 準吉	237
西村 章	44
西村 慎太郎	237
西村 清和	204
西村 貞	283
西村 虎治	65
西村 肇	293
西村 秀樹	38
西村 美恵子	72
西村 美香	255
西村 満	35
西村 亘	100
西村書店	143
西本 經子	31
西本 照真	239
西本 正明	67
西山 卯三	59, 282
西山 由華	29
西脇 千瀬	170

新田 順子	84
新田 澪	68
新田 由起子	51
新田次郎記念会	96
蜷川 幸雄	181
二ノ宮 一雄	65
二宮 周平	160
二宮 正博	12
二宮 正之	61
二宮 康明	315
仁平井 麻衣	26
仁平井 清次	10
仁平 勝	114, 206
二瓶 みち子	77
二瓶 美保	118
二瓶 恭光	154
日本医史学会	289
日本うるし掻き技術保存会	281
日本エスペラント学会エスペラント日本語辞典編集委員会	245
日本エディタースクール出版部	287
日本応用心理学会	283
日本化石集編集委員会	290
日本教文社	270
日本近代史研究会	284
日本近代文学館	176
日本近代文学館の設立運動	172
日本経済新聞出版社	294
日本経済新聞文化部	173
日本経済新聞連載企画「サラリーマン」	175
日本経済評論社	110
日本建築協会	285
日本航空写真文化社	175
日本作文の会	288
日本児童文学学会	291
日本児童文学者協会	290
日本手話研究所	225
日本書籍出版協会京都支部	254
日本スピンドル製造株式会社	182
日本聖書協会	284
日本生理学会	283
日本大辞典刊行会	288
日本第四紀学会	306

日本中国文化交流協会 …… 151
日本テレビ …………………… 174
日本テレビ放送網 ………… 178
日本点字図書館 …………… 151
日本図書センター ………… 142
日本ビクター ……………… 291
日本評論社 ………………… 110,
　　　　282, 283, 293, 294
日本評論新社 ……………… 285
日本文献出版 ……… 270, 271
日本方言研究会 …………… 224
日本放送協会 ……………… 283
日本放送出版協会 ………… 110,
　　　116, 283, 286, 287, 288, 289
日本マイクロ写真 ………… 285
二本松 大夢 ………………… 70
日本林業調査会 …………… 168
日本歴史学会 ……………… 172
『日本歴史地名大系』 …… 181
日本労働組合運動史刊行会
　　　…………………………… 283
日本YMCA同盟出版部
　　　…………………………… 286
ニャーシャ, カテザ ………… 29
ニヤバ, ピーター・アドワッ
　　ク ………………………… 275
丹羽 文雄 …………………… 173
丹羽 正久 …………………… 244
任 展慧 ……………………… 292
人間の科学社 ……………… 167

【ぬ】

ヌデベレ, ジャブロ ………… 275
布川 角左衛門 ……… 173, 255
布目 順郎 …………………… 291
沼口 満津男 ………………… 64
沼倉 規子 …………………… 51
沼津 孝雄 …………………… 31
沼田 明美 …………………… 78
沼野 充義 …………… 133, 207
沼野井 春雄 ……………… 284
沼本 克明 …………… 188, 225

【ね】

根市 政志 ……………………… 6

根岸 謙之助 ……………… 301
根岸 保 ……………………… 65
根岸 照彦 ………………… 231
根岸 正海 ………………… 228
根占 献一 ………………… 116
根田 隆平 ………………… 279
根立 研介 ………………… 198
根深 誠 …………………… 32
根本 彰 …………… 254, 260
根本 騎兄 ………………… 13
ネルソン, スティーブン・
　　G. ……………………… 228

【の】

能隅 チトセ ……………… 11
農山漁村文化協会 … 141, 291
農村文化協会長野県支部
　　…………………………… 283
納富 信留 ………………… 208
能村 庸一 ………………… 96
野上 素一 ………………… 285
野上 丹治 ………………… 284
野上 照代 ………………… 85
野上 房雄 ………………… 284
野上 洋子 ………………… 284
野木 英雄 …………………… 18
野口 久美子 ……………… 261
野口 健 …………………… 147
野口 孝志 ………………… 52
野口 宗太郎 ………………… 8
野口 武悟 ………………… 260
野口 武彦 … 99, 133, 202, 319
野口 冨士男 ……… 131, 176
埜口 保男 ………………… 43
野口 弥吉 ………………… 283
野口 悠紀夫 ……………… 202
野口 良了 ………………… 85
野口 義弘 ………………… 315
野坂 昭如 ………… 21, 147
野坂 泰誠 …………………… 7
野崎 歓 …………… 134, 207
野崎 実 …………………… 45
野沢 協 …………………… 240
野沢 重雄 ………………… 312
野地 恒有 ………………… 272
野島 亜悠 ………………… 74
野島 徳吉 ………………… 287

野島 秀勝 …………………… 99
能瀬 英太郎 ………………… 37
野田 知佑 …………………… 67
野田 秀樹 ………………… 147
野田 正彰 …………… 14, 23
能登 剛史 ………………… 148
ノートン, バリー ………… 156
野中 敬 …………………… 234
野中 康行 ………………… 50
野波 成恵 …………………… 73
野々上 浩美 ………………… 4
野々山 真輝帆 …………… 289
野原 休一 ………………… 244
信時 哲郎 ………………… 125
延広 真治 ………………… 204
昇 曙夢 …………………… 129
野間 光辰 ………………… 131
野間 秀樹 ………………… 279
野間 宏 …………………… 283
野町 和嘉 ………………… 194
野町 啓 …………………… 317
野見山 暁治 ……… 60, 181
野見山 潔子 ………………… 27
野村 鮎子 ………………… 258
野村 育世 ………………… 222
野村 かほり ……………… 10
野村 喜和夫 ………………… 89
野村 胡堂 ………………… 171
野村 沙知代 ………………… 9
野村 純一 ………… 163, 291
野村 尚吾 ………………… 287
野村 進 ……………… 15, 23
野村 誠一 ………………… 193
野村 忠綱 ………………… 245
野村 達次 ………………… 313
野村 朋史 …………………… 6
野村 洋一 ………………… 140
野村 理兵衛 ……………… 245
野茂 英雄 ………………… 178
野本 和幸 ………………… 321
野本 三吉 …………………… 66
野谷 文昭 ………………… 136
のら社 …………………… 268
法月 惣次郎 ……………… 312
法月 利紀 ………………… 52

【は】

バ, マリアマ 275
俳優座演劇部研究所 171
パヴリーシン, G.D. 196
芳賀 徹 86, 202, 232
芳賀 吉則 41
袴田 茂樹 203
萩尾 健司 28
萩原 博光 300
萩原 裕子 150
萩原 葉子 59
萩原 洋子 245
萩原 遼 15
朴 沙羅 73
朴 真理子 72
朴 裕河 98
白水社 142,
        267, 269, 284, 285, 289
白鷹 幸伯 281, 314
博品社 269
博物館「明治村」......... 173
迫野 虔徳 225
箱石 紅ご 7
橋 しんご 38
橋 ひさき 280
橋爪 伸子 265
橋爪 烈 249
橋田 寿賀子 175
橋立 英樹 69
橋間 素基 37
本の学校 183
橋本 治 105, 223, 294
橋本 勝三郎 95
橋本 克彦 14
橋本 勝也 102
橋本 康司郎 9
橋本 梧郎 313
橋本 紗季 27
橋本 忍 52
橋本 真紀 31
橋本 慎司 199
橋本 忠尚 49
橋本 珠衣 29
橋本 周子 216
橋本 初子 164
橋本 久和 306

橋本 広三郎 309
橋本 博之 214
橋本 裕之 272
橋本 政宣 236
橋本 優佳 77
蓮池 薫 47
蓮実 重彦 131
長谷 千代子 253
長谷川 昭子 261
長谷川 淳士 63
長谷川 敦章 249
長谷川 郁夫 126
長谷川 櫂 113, 204
長谷川 一夫 171
長谷川 欣佑 149
長谷川 慶太郎 90
長谷川 健郎 195
長谷川 興蔵 298
長谷川 時雨 171
長谷川 四郎 287
長谷川 伸 171
長谷川 節子 13, 78
長谷川 堯 202, 288
長谷川 毅 135
長谷川 知水 94
長谷川 豊祐 297
長谷川 一 255
長谷川 秀樹 215
長谷川 博 313
長谷川 理英 244
長谷川 まり子 47
長谷川 三千子 320
長谷川 幸洋 305
長谷川 義史 196
長谷川 路可 172
長谷部 剛 258
長谷部 史親 95
櫨本 万里野 28
秦 郁彦 177, 295
秦 辰也 139
羽田 昶 228
畑 正憲 60, 174
畠山 かなこ 73
畠山 重篤 124, 315
畠山 智 45
畑中 武夫 286
畑中 良輔 62
波多野 勤子 283
波多野 完治 287
波多野 誼余夫 287

波多野 健 111
秦野 純一 10
波多野 澄雄 146
波多野 精一 282
波多野 真喜子 31
畑野 勇 147
パタン, クレア 216
八月舎 270
蜂屋 慶 284
蜂屋 正純 108
蜂矢 真郷 225
峰谷 良香 85
蜂谷 緑作 290
八田 真貴子 51
服部 一隆 274
服部 之総 283
服部 匡志 124
服部 民夫 154
服部 照子 152
服部 英雄 164, 295
服部 誠 272
服部 正也 287
服部 美奈 262
服部 ゆう子 87
服部 友香 238
服部 幸雄 291
服部 龍二 98
服部 良一 186
ハート, ヤスコ 18
鳩飼 きい子 10
花崎 育代 126
花澤 かおり 8
花田 清輝 285
花田 美咲 77
花田 美佐子 48
花渕 馨也 218
花巻・賢治を読む会 125
花巻混声合唱団 122
花巻農高鹿踊り部 123
花巻ユネスコ・ペ・セルク
    ル 124
花森 安治 130, 171
花柳 章太郎 172
塙書房 287
羽生 香織 162
羽入 辰郎 305, 317
羽生 たまき 74
羽生 紀子 255
羽石 雅也 54
羽田 竹美 65

羽田 正 …………… 247	林 謙作 …………… 307	原口 登志子 ………… 31
羽田 美也子 ………… 220	林 健太郎 ………… 176	原書房 ………… 143, 269
羽田 里加子 ………… 141	林 紫乃 ……………… 26	原田 江里子 ………… 48
馬場 公彦 …………… 159	林 淳 ……………… 153	原田 治 ……………… 94
馬場 脩 ……………… 309	林 純一 …………… 196	原田 清 …………… 113
馬場 省二 …………… 310	林 淳平 ………………… 5	原田 二郎 ……… 233, 257
馬場 宏樹 …………… 27	林 真司 ………………… 8	原田 信男 …………… 204
馬場 三枝子 ………… 63	林 躁 ……………… 284	羽良多 平吉 ………… 194
帚木 蓬生 …………… 58	林 竹二 …………… 288	原田 正純 …………… 314
羽生 善治 ………… 183	林 達夫 …………… 287	原田 裕介 …………… 39
波母山 矩子 ………… 138	林 哲夫 ……………… 96	原田 泰 ……………… 91
浜 勝江 ……………… 77	林 望 ………… 21, 295	原田 侑美子 ………… 117
浜井 修 …………… 317	林 宏明 ……………… 78	張山 秀一 …………… 69
浜垣 誠司 …………… 124	林 克明 ………… 36, 43	春田 晴郎 …………… 248
浜川 沙彩 …………… 29	林 政雄 ………………… 3	春名 徹 ………… 14, 66
浜口 恵俊 ………… 202	林 道明 …………… 199	春成 秀爾 …………… 306
浜口 富士雄 ………… 233	林 優子 ……………… 87	パルバース, ロジャー ‥ 124, 277
浜詰 涼子 …………… 74	林 洋子 …… 122, 208, 215, 264	パルメ, ドミニク ……… 240
浜田 啓介 …………… 164	林 好栄 ………………… 7	ハロラン 芙美子 ……… 14
浜田 亘代 ……… 25, 107	林 美一 …………… 152	班 忠義 ……………… 71
濱田 雅子 …………… 265	林 龍之介 …………… 118	バンクス, デニス・J. …… 71
濱田 麻矢 …………… 259	林 良一 ……………… 59	半沢 敏郎 …………… 289
濱田 実桜 …………… 76	林 瑠依 ……………… 82	吐田 文夫 …………… 19
濱田 美喜 …………… 78	林 玲子 …………… 222	半田 也寸志 ………… 197
浜田 光則 …………… 11	林屋 辰三郎 ………… 285	半藤 一利 …… 57, 294, 305
浜野 彰親 …………… 192	林屋 祐子 …………… 18	坂東 玉三郎 ………… 183
浜辺 祐一 …………… 62	早瀬 圭一 …………… 14	坂東 三津五郎 ……… 60
浜村 淳 ……………… 52	早瀬 晋三 ………… 157	板東 洋介 …………… 318
浜本 多美子 ………… 11	「はやぶさ」プロジェクト	
濱本 久子 …………… 48	チーム …………… 183	【ひ】
浜谷 浩 …………… 284	早藤 貞二 …………… 64	
早川 和男 ………… 200	バヤール・坂井, アンヌ ‥ 277	樋浦 知子 …………… 88
早川 和見 ………… 187	原 和義 ……………… 75	PHP研究所 ‥‥ 110, 292, 295
早川 一光 ………… 289	原 奎一郎 ………… 283	ビエイヤール・バロン, ミッ
早川 史織 …………… 28	原 研哉 ………… 194, 207	シェル …………… 215
早川 竜也 …………… 56	原 子朗 …………… 122	稗貫 イサ …………… 50
早川 裕希 …………… 78	原 大地 …………… 215	肥岡 暎 ……………… 68
早川 良雄 ………… 192	原 武史 ‥‥ 24, 206, 211, 293	日置 英剛 …………… 315
早川 良一郎 ………… 60	原 忠彦 …………… 217	日垣 隆 ……………… 47
早川書房 …… 269, 271, 293	原 千津子 …………… 69	東 泰介 …………… 144
早坂 暁 ………… 21, 57	原 均 ………………… 38	東 浩紀 …………… 206
早坂 彰二 …………… 107	原 ひろ子 ………… 223	東 裕 ……………… 158
早坂 隆 ……………… 37	原 弘 ……………… 192	東 義久 …………… 107
林 明子 …………… 194	原 広司 …………… 204	東田 愛子 …………… 238
林 昭彦 ……………… 65	原 水音 ……………… 19	東谷 穎人 …………… 136
林 えり子 …………… 96	原 道生 …………… 166	東長 靖 …………… 247
林 香奈 …………… 258	原 実 ……………… 251	東原 那美 …………… 187
林 吉郎 …………… 153	原 洋之介 ………… 156	引田 弘道 …………… 234
林 久美子 …………… 28	原口 庄輔 ………… 149	
林 炯延 …………… 261	原口 清澄 …………… 81	

ビクターエンタテインメント	会 ………… 196	平塚 力 ………… 45
……………… 293	日原 利国 ………… 256	平出 价弘 ………… 63
樋口 敬二 ………… 60	日比 勝敏 ………… 101	平出 隆 ………… 33
樋口 源一郎 ………… 299	樋村 萌花 ………… 5	平野 久美子 ………… 43
樋口 康一 ………… 189	ひめゆり平和祈念資料館	平野 健次 ………… 227
樋口 忠彦 ………… 202	……………… 177	平野 甲賀 ………… 193
樋口 てい子 ………… 85	比屋根 薫 ………… 93	平野 幸子 ………… 38
樋口 範雄 ………… 243	日山 美紀 ………… 234	平野 聡 ………… 208
樋口 大成 ………… 19	桧山 義夫 ………… 285	平野 清介 ………… 311
樋口 陽大 ………… 8	日向 夏海 ………… 73	平野 孝子 ………… 50
樋口 美治 ………… 228	日向野 雄一 ………… 48	平野 長英 ………… 310
樋口 芳麻呂 ………… 163	馮 青 ………… 147	平野 直樹 ………… 46
日暮 吉延 ………… 209	兵藤 裕己 ………… 126, 206	平野 洋 ………… 36
肥後 義弘 ………… 35, 39	兵頭 与一郎 ………… 186	平野 謙 ………… 285
久重 忠夫 ………… 317	評論社 ………… 267, 288	平野 真悠 ………… 29
久末 伸 ………… 4	日吉 フミコ ………… 315	平野 ゆき子 ………… 94
久田 恵 ………… 15	平井 康三郎 ………… 292	平野 芳子 ………… 65
久武 綾子 ………… 222	平井 千尋 ………… 35	平林 敏彦 ………… 190
久林 千菜恵 ………… 53	平井 照敏 ………… 113	平林 美穂 ………… 53
久松 由理 ………… 26	平井 洋 ………… 317	平松 剛 ………… 15, 208
土方 五百子 ………… 48	平井 芙美子 ………… 13	平松 真紀子 ………… 50
土方 浩平 ………… 308	平井 正 ………… 313	平松 洋子 ………… 22
土方 定一 ………… 173, 285	平原 毅 ………… 61	平丸 誠 ………… 229
土方 令子 ………… 308	平石 典子 ………… 264	平山 亜佐子 ………… 170
菱川 善夫 ………… 102	平石 弘喜 ………… 5	平山 輝男 ………… 292
菱田 信也 ………… 133	平岩 弓枝 ………… 179	平山 裕人 ………… 186
日比野 光敏 ………… 264	平尾 和雄 ………… 23	平山 裕未花 ………… 27
美術院 ………… 281	平岡 正明 ………… 95, 106	比留間 典子 ………… 84
美術院国宝修理所 ………… 309	平岡 泰博 ………… 16	広井 良典 ………… 98
美術出版社 …… 266, 283, 284, 285	平賀 練吉 ………… 308	広石 勝彦 ………… 65
ビジョー, ジャクリーヌ	平川 祐弘 …… 62, 132, 202	広岡 知彦 ………… 312
……………… 241, 303	平川 南 ………… 164	広川 泰士 ………… 193
肥田 晧三 ………… 290	平久江 祐司 …… 260, 297	廣川 まさき ………… 16
肥田 路美 ………… 199	平沢 和志 ………… 50	広河 隆一 ………… 193
日高 薫 ………… 199	平澤 佳奈 ………… 75	広河 ルティ ………… 76
日高 貢一郎 ………… 225	平澤 信一 ………… 125	廣木 美由貴 ………… 31
日高 敏隆 …… 62, 288, 299	平沢 保治 ………… 314	廣澤 純子 ………… 52
日高 六郎 ………… 289	平沢 裕子 ………… 51	「広島・長崎」を世界に送るエ
疋田 正博 ………… 200	平沢 若子 ………… 3	スペランチストの会 … 245
秀村 選三 ………… 236	平敷 安常 ………… 15	広瀬 明子 ………… 37
日夏 耿之介 …… 129, 283	平敷 令治 ………… 301	広瀬 和子 ………… 144
日夏 也寸志 ………… 103	平田 厚 ………… 162	廣瀬 緑 ………… 221
ビナード, アーサー … 22, 197	平田 達治 ………… 254	広瀬 善男 ………… 144
日沼 よしみ ………… 75	平田 照子 ………… 31	広瀬 玲子 ………… 234
日野 舜也 ………… 217	平田 諭治 ………… 262	廣田 晃士 ………… 5
日野 龍夫 ………… 165	平田 由美 ………… 222	広田 照幸 ………… 206
日野 雅之 ………… 114	平田 隆一 ………… 116	広津 和郎 ………… 285
日野 友紀 ………… 53	平舘 英明 ………… 36	広中 一成 ………… 147
日之出の絵本制作実行委員	平塚 晶人 ………… 33, 56	広野 卓 ………… 187

【ふ】

武 建華 ……………… 196
フィエーベ,ニコラ …… 214
フィールド・エンタプライ
　ジズ・インターナショナ
　ル ……………… 267
風土社 ……………… 287
風野 旅人 ……………… 33
笛田 満里奈 …………… 27
フォス,フリッツ ……… 303
深井 晃子 ……………… 220
深井 智朗 ……………… 240
深貝 裕子 ……………… 84
深川 雅文 ……………… 250
深川 由起子 …………… 156
深沢 正雪 ……………… 10
深沢 助雄 ……………… 138
深沢 英隆 ……………… 239
深瀬 基寛 ……………… 129
深田 久弥 ……………… 130
深田 祐介 …………… 14, 305
深津 栄一 ……………… 144
深津 真澄 ……………… 91
深谷 信子 ……………… 230
福来 四郎 ……………… 308
福井 勝義 ……………… 217
福井 直樹 ……………… 150
福音館書店 ………… 266,
　　　　　287, 290, 291, 292
ふくお ひろし ………… 71
福岡 愛子 ……………… 158
福岡 伸一 ………… 196, 208
福岡 信之 ……………… 4
福岡 まどか …………… 228
福岡県女性史編纂委員会
　………………………… 222
福司 朝子 ……………… 45
福地 肇 ……………… 149
福司 陽平 ……………… 46
フクシマ,グレン・S. …… 155
福島 行一 ……………… 95
福島 智 ……………… 313
福島 鑄郎 ……… 95, 253, 287
福島 千佳 ……………… 70
福島 真人 ……………… 217
福島 揚 ……………… 279

福嶌 義宏 ……………… 294
福嶋 亮大 ……………… 210
福島 令子 ……………… 313
福田 和也 ………… 22, 305
福田 紀一 ……………… 202
福田 恵子 ……………… 32
福田 源太郎 …………… 77
福田 昆之 ……………… 224
福田 繁雄 ……………… 192
福田 茂 ……………… 29
福田 真人 ……………… 292
福田 素子 ……………… 236
福田 恆存 ……… 129, 130, 174
福田 はるか …………… 121
福田 博則 ……………… 238
福田 正男 ……………… 245
福田 ますみ …………… 47
福田 めぐみ …………… 78
福武 直 ……………… 285
福武書店 ……………… 268
福谷 美那子 …………… 64
服藤 早苗 ……………… 222
福永 葵 ……………… 30
福永 毅彦 ……………… 36
福永 武彦 ……………… 285
福場 ひとみ …………… 44
福原 麟太郎 ……… 129, 130
福間 聡 ……………… 318
福村書店 ………… 282, 283
福本 直美 ……………… 65
福本 菜津子 …………… 54
福山 義一 ……………… 185
富士 正晴 ……………… 286
不二 陽子 ……………… 57
藤井 麻未 ……………… 79
藤井 重寿 ……………… 185
藤井 順子 ……………… 78
藤井 讓治 ……………… 236
藤井 省三 ……… 157, 233, 257
藤井 貞和 ……………… 165
藤井 純夫 ……………… 247
藤井 孝良 ……………… 38
藤井 俊博 ……………… 189
藤井 直敬 ……………… 294
藤井 仁司 ……………… 74
藤井 正雄 ……………… 251
藤井 正男 ……………… 73
藤井 満子 ……………… 31
藤井 守男 ……………… 247
藤井 隆 ……………… 286

藤岡 穣 ……………… 198
藤岡 武雄 ……………… 113
藤岡 博昭 ……………… 309
藤岡 靖朝 ……………… 5
藤岡 喜愛 ……………… 288
藤川 鉄馬 ……………… 116
富士川 英郎 …………… 130
藤木 高嶺 ……………… 172
藤倉 四郎 ……………… 96
藤﨑 麻里 ……………… 84
藤咲 みつを …………… 66
藤沢 周平 ……………… 176
藤沢 房俊 ……………… 116
藤沢 衛彦 ……………… 286
藤島 恵子 ……………… 32
藤島 秀憲 ……………… 103
藤城 清治 ……………… 125
藤代 冥砂 ……………… 196
藤田 一夢 ……………… 46
藤田 久一 ……………… 144
藤田 紘一郎 …………… 194
藤田 五郎 ……………… 283
藤田 覚 ……………… 165
藤田 真一 ……………… 127
藤田 苑子 ……………… 222
藤田 智恵子 …………… 75
藤田 直子 ……………… 85
藤田 直哉 ……………… 112
藤田 信勝 ……………… 59
藤田 等 ……………… 306
藤田 富美恵 …………… 9
藤田 正勝 ……………… 317
藤田 保幸 ……………… 189
藤谷 百合 ……………… 78
藤野 かおり …………… 12
藤間 常太郎 …………… 244
藤巻 謙一 ……………… 245
藤実 久美子 …………… 254
伏見 康治 ……………… 284
藤村 志保 ……………… 85
藤村 信 ……………… 288
藤本 一美 ……………… 243
藤本 四八 ……………… 286
藤本 達生 ……………… 245
藤元 登四郎 …………… 112
藤本 仁美 ……………… 85
藤本 美智子 …………… 75
藤本 元啓 ……………… 146
藤森 栄一 ……………… 285
藤森 照信 ………… 203, 290

藤森 悠子 ……………… 48	古谷 綾 ……………… 52	北條 秀司 ……………… 173
藤原 章生 ……………… 16	古谷 弘 ……………… 284	北條 弘晟 ……………… 119
藤原 帰一 ……………… 91	ブレイズデル，クリストフ	芳鐘 冬樹 ……………… 260
藤原 作弥 ……………… 60	ァー遙盟 …………… 86	放生 充 ……………… 81
藤原 貞朗 ……… 209, 215	フレーベル館 ………… 285	宝守満 ……………… 83
藤原 辰史 ……………… 169	「プロジェクトX」制作スタッ	法政大学出版局 ‥ 142, 267, 268,
藤原 多門 ……………… 18	フ ……………………… 180	269, 270, 285, 287, 289, 292
藤原 房子 ……………… 202	フロレ，エリザベート … 212	法蔵館 ……………… 142
藤原 正彦 ……………… 60	文学界同人雑誌評グループ	宝文館 ……………… 284
藤原 有子 ……………… 78	……………………… 174	法宝義林研究所 ………… 224
藤原 祐子 ……………… 258	文化財虫害研究所 ……… 281	外間 守善 ……………… 164
藤原 雄太 ……………… 46	文化財保護委員会 ……… 286	木鐸社 …………… 142, 290
藤原書店 ………… 269,	文芸春秋 ‥ 288, 291, 293, 294	北洋社 ……………… 288
270, 271, 292, 294	文芸春秋新社 ‥ 282, 284, 285	北隆館 ……… 282, 285, 286
文月 はつか ……………… 48	「文芸春秋」編集部 …… 109	保健同人社 ……………… 282
二川 幸夫 ……………… 284	文研出版 ……………… 291	保坂 俊次 ……………… 279
双葉 十三郎 …………… 180	文彩社 ……………… 291	保阪 正康 ……………… 181
二見書房 ……………… 267	文理書院 ……………… 266	保坂 未樹 ……………… 46
渕上 英理 ……………… 238		保坂 美季 ……………… 75
渕田 美佐子 …………… 72	【へ】	星 徹 ……………… 35
プッツ，オットー ……… 277		星川 清孝 ……………… 130
舟木 徹男 ……………… 141	平凡社 ……… 142, 173, 268,	星川 啓慈 ……………… 252
舟越 健之輔 …………… 67	270, 271, 283, 284, 285, 286,	星田 淳 ……………… 246
船越 達志 ……………… 259	287, 288, 289, 290, 291, 294	保科 季子 ……………… 235
舟越 保武 ……………… 60	ベスター，ジョン ……… 276	星野 慎一 ……………… 61
舩津 翔 ……………… 54	ペテルノッリ，ジョヴァン	星野 恒彦 ……………… 114
船津 久美子 …………… 82	ニ ……………………… 219	星野 透 ……………… 94
船橋 洋一 …… 16, 90, 203, 224	蛇澤 美鈴 ……………… 26	星野 英紀 ……………… 251
船山 隆 ……………… 203	ペラン，ヴェロニック ‥ 241, 276	星野 博美 ……… 15, 134
プペ，カリン ……………… 215	ヘリング，アン ………… 254	星野 昌彦 ……………… 104
夫馬 佳代子 ……………… 264	ベルク，オギュスタン …… 303	星埜 守之 ……… 214, 241
麓 日菜子 ……………… 29	ベルティエ，フィリップ	星野 由樹子 ……………… 85
ブラッカー，カーメン … 298	……………………… 214	保城 広至 ……………… 158
ブリッセ，クレール=碧子	ベルント，ユルゲン …… 276	細井 啓司 ……………… 104
……………………… 216	ベンクス，カール ……… 147	細井 輝彦 ……………… 283
降旗 学 ……………… 43	編集工房ノア ……… 143, 290	細川 加菜美 …………… 120
古川 薫 ……………… 96	ベンダサン，イザヤ …… 14	細川 周平 ……………… 134
古川 隆久 ………… 96, 209	辺見 じゅん …… 14, 23, 57	細川 俊夫 ……………… 61
古川 未奈 ……………… 31	辺見 庸 ………… 23, 32	細川 宗徳 ……………… 36
古越 富美恵 …………… 85		細川 芳文 ……………… 64
古庄 ゆき子 …………… 62	【ほ】	細田 あや子 …………… 252
古瀬 陽子 ……………… 72		細田 早希子 …………… 46
古田 忠久 ……………… 312	帆足 英里子 …………… 197	細野 昭雄 ……………… 154
古田 徹也 ……………… 318	ボアヘン，アルバート・ア	細谷 巌 ……………… 193
古田 博司 ……… 135, 206	デュー ……………… 275	細谷 千博 ……… 287, 290
古田 亮 ……………… 209	保育社 ……………… 142	細谷 博 ……………… 126
ブル・トゥルイ，リカル ‥ 221		細谷 雄一 ……… 135, 207
古林 詩瑞香 …………… 200		北海道出版企画センター
古藤 有理 ……………… 26		……………………… 142
		北海道新聞社 ………… 109

北海道新聞社社会部 …… 109	本川 達雄 …………… 194	毎日新聞社国宝委員会 …… 286
北海道大学図書刊行会 …… 293	本郷 次雄 …………… 299	毎日新聞特別報道グループ取材班「老いてさまよう」 …………… 184
「没後100年 徳川慶喜」展 …………… 221	本城 靖久 …………… 203	
ホッジャ, スワッド …… 275	本田 晃子 …………… 210	
堀田 健一 …………… 315	本多 勝一 ………… 172, 286	前川 健一 …………… 33
堀田 光美 …………… 11	本多 啓 …………… 150	前川 紅楼 …………… 104
堀田 正子 …………… 27	本田 しおん …………… 26	前川 剛 …………… 104
堀田 雅司 …………… 13	本田 成親 …………… 94	前川 輝光 …………… 239
堀田 満 …………… 299	本多 秋五 ………… 131, 286	前川 ひろ子 …………… 87
堀田 有木 …………… 26	本田 昭毅 …………… 32	前川 幹 …………… 75
堀田 善衞 ………… 287, 320	本田 進一郎 …………… 37	前川 優 …………… 38
堀田 吉雄 …………… 301	本多 勉 …………… 187	前澤 ゆう子 …………… 39
ホッブズ, T. …………… 278	本多 博之 …………… 165	前田 愛 …………… 99
ホーベ, チェンジェライ …………… 275	本田 実 …………… 311	前田 繁樹 …………… 258
	本多 美也子 …………… 94	前田 静良 …………… 65
ほべつ銀河鉄道の里づくり委員会 …………… 122	本田 安次 …………… 301	前田 俊一郎 …………… 273
	本田 靖春 …………… 23	前田 真三 …………… 290
穂村 弘 …………… 92	本田 由紀 …………… 98	前田 武 …………… 82
ボーメール, ニコラ …… 216	本田 幸男 …………… 13	前田 勉 …………… 165
堀 一郎 …………… 283	本田 由紀子 …………… 78	前田 徹 …………… 246
堀 香澄 …………… 119	本田 良寛 …………… 310	前田 速夫 …………… 133
穂里 かほり …………… 81	本多企画 …………… 292	前田 英樹 …………… 213
堀 古蝶 …………… 114	本間 昭雄 …………… 313	前田 愛美 …………… 73
堀 淳一 …………… 60	本間 麻子 …………… 313	前田 美香 …………… 77
堀 辰雄 …………… 283	本間 一夫 ………… 151, 310	前田 美乃里 …………… 28
堀 まどか …………… 209	本間 素登 …………… 73	前田 保仁 …………… 81
堀 泰雄 …………… 245	本間 千枝子 …………… 202	前田 有加 …………… 8
堀井 敦 …………… 83	本間 友巳 …………… 139	前田 優香 …………… 30
堀井 聡江 …………… 248	本間 浩 …………… 144	前田 千寸 …………… 284
堀池 信夫 …………… 204	本間 米子 …………… 26	前田 佳子 …………… 77
堀池 潤 …………… 31		前田 嘉則 …………… 140
堀内 國彦 …………… 230	**【ま】**	前西 和夫 …………… 32
堀内 伸二 …………… 295		前野 雅彦 …………… 273
堀内 俊郎 …………… 235	馬 静 …………… 255	前原 貴正 …………… 11
堀内 正樹 …………… 228	マイナー, アール …………… 303	眞壁 仁 ………… 165, 237
堀内 勝 …………… 203	毎日コミュニケーションズ …………… 269, 290	槇 勝博 …………… 49
堀内 祐輔 …………… 30		槇 佐知子 ………… 176, 278
堀江 謙一 …………… 172	毎日新聞「記者の目」 …… 174	牧書店 ……… 282, 283, 284
堀江 敏幸 ………… 133, 134	毎日新聞「教育の森」村松喬を中心とする取材グループ …………… 173	蒔田 実穂 …………… 37
堀尾 青史 …………… 122		牧野 英三 …………… 227
堀尾 真紀子 …………… 61		牧野 清利 …………… 45
堀川 惠子 ………… 24, 47	毎日新聞大阪本社社会部 …………… 109	牧野 邦昭 …………… 91
堀川 とし …………… 63		牧野 財士 …………… 123
堀切 綾子 …………… 65	毎日新聞外信部 …………… 173	牧野 聡介 …………… 74
堀口 捨巳 …………… 283	毎日新聞社 ………… 174, 282, 283, 284, 285, 286, 288, 289, 290, 291, 292	牧野 純夫 …………… 286
堀越 祐一 …………… 274		牧野 千春 …………… 5
堀米 薫 …………… 11		牧野 千穂 …………… 197
堀米 庸三 …………… 288		牧野 智和 …………… 256
堀場 清子 …………… 222	毎日新聞社会部 …………… 171	牧野 正久 …………… 254
		牧野 誠義 …………… 69

牧野 陽子 ……………… 165	松井 正明 ……………… 13	松下 洋 ……………… 154
牧野 良成 ……………… 74	松浦 章 ……………… 233	松下 弘美 ……………… 11
牧原 出 ……………… 207	松浦 一樹 ……………… 140	松下 裕 ……………… 126
牧原 尚輝 ……………… 78	松浦 一彦 ……………… 63	松下 龍一 ……………… 23
牧原 万里 ……………… 18	松浦 勝子 ……………… 26	松嶋 敦茂 ……………… 116
マクレラン,エドウィン ……………… 177, 276	松浦 年男 ……………… 189	松島 栄一 ……………… 283
孫崎 亨 ……………… 304	松浦 智子 ……………… 259	松島 英子 ……………… 246
政岡 伸洋 ……………… 272	松浦 初恵 ……………… 64	松島 興治郎 ……………… 314
正岡 真紀 ……………… 41	松浦 寿輝 ……… 127, 213	松田 毅一 ……………… 289
正木 ひろし ……………… 289	松尾 健太朗 ……………… 53	松田 清 ……………… 225
真崎 守 ……………… 191	松尾 宣昭 ……………… 317	松田 くるみ ……………… 54
正木 ゆう子 ……………… 114	松尾 文夫 ……………… 62	松田 宏一郎 ……………… 208
正宗 白鳥 ……………… 171	松尾 文雄 ……………… 73	松田 権六 ……………… 286
真島 一郎 ……………… 218	松岡 香 ……………… 25, 85	松田 司郎 ……………… 123
間嶋 潤一 ……………… 257	松岡 俊 ……………… 264	松田 誠一郎 ……………… 198
真島 俊一 ……………… 199	松岡 正剛 ……………… 106	松田 英雄 ……………… 88
マシーレ,レボガン ……………… 276	松岡 喬 ……………… 34	松田 ひろむ ……………… 105
桝井 幸子 ……………… 46	松岡 英夫 ……………… 289	マツダ フジオ ……………… 231
増井 潤子 ……………… 107	松岡 ひでたか ……………… 114	松田 富士弥 ……………… 314
馬塚 丈司 ……………… 313	松岡 博和 ……………… 230	松田 正弘 ……………… 83
増澤 昭子 ……………… 65	松風 爽 ……………… 21	松田 正義 ……………… 225
増沢 以知子 ……………… 68	松方 冬子 ……………… 165	松田 道雄 ……………… 282
益田 勝実 ……………… 294	松川 明子 ……………… 87	松田 睦彦 ……………… 273
増田 善之助 ……………… 185	松川 章 ……………… 50	松田 行正 ……………… 196
増田 俊也 ……… 15, 47	松川 千鶴子 ……………… 29	松田 梨奈 ……………… 31
増田 弘 ……………… 90	松川 正毅 ……………… 162	松平 純昭 ……………… 38
増田 晶文 ……… 43, 56	松川 靖 ……………… 12	松平 千秋 ……………… 132
益田 洋介 ……………… 9	松川 涙紅 ……………… 5	松平 誠 ……………… 200
増田 美子 ……………… 153	松木 サトヨ ……………… 12	松戸 宏予 ……………… 261
増谷 文雄 ……………… 284	松木 武彦 ……………… 209	松永 伍一 ……………… 287
増成 隆士 ……………… 203	松木 寛 ……………… 204	松永 正訓 ……………… 44
増原 綾子 ……………… 159	松木 博 ……………… 126	松永 美穂 ……………… 293
増淵 達夫 ……………… 192	松久 和彦 ……………… 162	松永 佳二 ……………… 7
増村 博 ……………… 123	松久保 正行 ……………… 20	松並 百合愛 ……………… 28
益本 光章 ……………… 72	松隈 一輝 ……………… 35	松野 敬子 ……………… 36
馬瀬 良雄 ……………… 225	松倉 耕作 ……………… 161	松野 保子 ……………… 70
俣木 聖子 ……………… 83	松倉 有希 ……………… 118	マツノ書店 ……………… 182
又野 京子 ……………… 64	松坂 暲政 ……………… 65	松葉 菊延 ……………… 244
町田 佳声 ……………… 310	松阪 表 ……………… 108	松林 尚志 ……………… 104
待鳥 聡史 ……………… 209	松坂 弘 ……………… 113	松原 國師 ……………… 278
松井 英介 ……………… 35	松崎 次夫 ……………… 291	松原 言登彦 ……………… 244
松井 香奈 ……………… 52	松沢 和宏 ……… 124, 213	松原 新一 ……………… 100
松井 健 ……………… 217	松沢 哲郎 ……………… 295	松原 八郎 ……………… 245
松井 新二郎 ……………… 311	松沢 倫子 ……………… 85	松原 正明 ……………… 160
松井 多絵子 ……………… 103	松下 亀太郎 ……………… 185	松丸 春生 ……………… 94
松井 貴子 ……………… 263	松下 カロ ……………… 105	松村 恵理 ……………… 220
松井 孝典 ……………… 294	松下 圭一 ……………… 287	松村 圭一郎 ……………… 218
松井 智子 ……………… 150	松下 幸之助 ……………… 109	松村 健一 ……………… 39
松井 太 ……………… 235	松下 千里 ……………… 100	松村 彦次郎 ……………… 123
	まつした とみこ ……………… 65	松村 正直 ……………… 113

松村 緑	59	
松本 愛郎	28	
松本 章男	126	
松本 旭	113	
松本 悦子	85	
松本 克平	130	
松本 健一	211, 245	
松本 幸四郎	180	
松本 重治	60	
松本 滋	251	
松本 静枝	232	
松本 仁一	61	
松本 清張	173	
松本 隆信	164	
松本 俊彦	11	
松本 直子	307	
松本 博之	161	
松元 雅和	91, 318	
松本 侑子	58	
松本 由香	264	
松本 雍	228	
松本 黎子	94	
松本 零士	191	
松本工房	292	
松本清張記念館	182	
松森 奈津子	209	
松山 巌	133, 205	
松山 建爾	11	
松山 典子	296	
松山 幸雄	90	
松山 良子	28	
松吉 久美子	139	
万波 歌保	79	
松尾 匡	170	
馬渕 明子	205, 220	
真渕 勝	205	
真帆 沁	27	
豆原 啓介	72	
真山 美保	172	
黛 敏郎	173	
真弓 育子	296	
丸井 浩	233	
丸井 葡萄	51	
丸岡 秀子	289	
丸岡 秀子	284	
丸川 哲史	101	
丸川 知雄	157	
丸木 位里	193	
丸木 俊	193	
マルケ, クリストフ	220	

丸島 隆雄	187	
丸田 忠雄	150	
丸林 愛	25	
丸谷 才一	131, 134, 180	
丸安 隆和	288	
丸山 淳子	218	
丸山 順子	26	
丸山 猶計	137	
丸山 真男	283	
丸山 三治	12	
丸山 泰明	273	

【み】

三浦 篤	208, 220	
三浦 国雄	256	
三浦 秀宥	301	
三浦 佑之	166	
三浦 澄子	65	
三浦 精一	139	
三浦 太郎	260	
三浦 俊彦	53	
三浦 雅士	92, 133, 203	
三浦 豊	29	
三浦 由巳	64	
彌榮 浩樹	102	
水尾 比呂志	285	
三上 和輝	5	
三上 次男	286	
三神 真彦	23	
三上 操	76	
三木 卓	86	
三鬼 清一郎	237	
三国 一朗	60	
御厨 貴	205	
三沢 伸生	248	
三澤 正道	81	
三品 麻衣	53	
三嶋 晶恵	51	
三島 暁子	229	
三島 英子	42	
三嶋 忠	94	
ミシマ社	143	
水牛 健太郎	101	
みずうみ書房	291	
水上 勉	173	
水木 亮	73	
水木 洋子	171	

水口 純一	63	
水口 博也	194	
水口 理恵子	196	
水越 武	194	
水品 彦平	65	
水島 新司	191	
水島 伸敏	38	
みすず書房	142, 269, 288, 292, 293	
みすず書房「現代史資料」編集部	172	
水関 実法子	119	
水谷 章人	192	
水谷 彰良	117	
水谷 竹秀	17	
水谷 真人	101	
水谷 昌義	264	
水谷 八重子	171	
水根 義雄	80	
水野 明日香	11	
水野 綾香	7	
水野 祥太郎	290	
水野 千依	115, 209	
水野 友晴	280	
水野 信男	228	
水野 紀子	160	
水野 裕隆	38	
水野 義明	245	
みずのわ出版	143	
水原 一	163	
水間 摩遊美	9	
水村 美苗	105	
水本 光任	174	
溝口 敦	24	
三田 公美子	85	
三田 博雄	287	
見田 宗介	295	
味澤 宏	48	
三田地 信一	49	
三谷 一馬	312	
三谷 博	206	
三谷 泰夫	42	
三谷 理華	221	
三田村 泰助	285	
三田村 博史	56	
三田村 雅子	86	
三田村 佳子	302	
道下 匡子	86	
道下 俊一	313	
道下 愛恵	73	

未知谷社 ………… 269, 270	三原 スエ ………… 308	宮崎 肇 ………… 137
三井 永一 ………… 191	御舩 道子 ………… 124	宮崎 英明 ………… 4
三井 マリ子 ………… 38	美馬 清子 ………… 65	宮崎 亮 ………… 312
三越 あき子 ………… 55	三松 正夫 ………… 308	宮崎 学 ………… 194
光田 由里 ………… 250	見目 誠 ………… 114	宮崎 安子 ………… 312
光谷 拓実 ………… 313	三森 創 ………… 35	宮崎 義一 ………… 290
三根 慎二 ………… 297	宮 柊二 ………… 284	宮崎 竜介 ………… 288
三野 陽子 ………… 140	宮 紀子 ………… 235, 258	宮沢 章夫 ………… 92
三橋 淳 ………… 295	宮井 里佳 ………… 225	宮沢 智士 ………… 116
三橋 正 ………… 239	宮入 由美 ………… 52	宮澤 淳一 ………… 128
三間 英樹 ………… 151	宮内 勝典 ………… 133	宮澤 恒太 ………… 26
光森 忠勝 ………… 96	宮尾 登美子 ………… 182	宮沢 俊義 ……… 283, 285, 287
三戸 公 ………… 288	宮尾 正樹 ………… 257	宮沢賢治の会 ………… 122
三戸 サツヱ ………… 309	宮岡 伯人 ………… 203	宮治 昭 ………… 198
水戸 佐和子 ………… 118	宮川 麻紀 ………… 274	宮治 誠 ………… 196
水戸岡 鋭治 ………… 184	宮川 葉子 ………… 226	宮下 規久朗 ………… 208
水戸部 功 ………… 197	宮川 力也 ………… 7	宮下 志朗 ………… 134, 242
緑 はな ………… 81	宮城 大蔵 ………… 208	宮下 洋一 ………… 44
碧川 澄子 ………… 244	宮城 音弥 ………… 284	宮島 久雄 ………… 219
緑川 なつみ ………… 7	宮城 しず ………… 19	宮島 正人 ………… 187
葉袋 秀樹 ………… 259	宮城 信勇 ………… 315	宮嶋 康彦 ………… 76
水上 洪一 ………… 25	宮城 直子 ………… 82	宮代 健 ………… 25
水上 貴洋 ………… 72	宮城 正枝 ………… 10	宮田 浩一 ………… 46
水上 雅晴 ………… 235	宮城 まり子 ………… 309	宮田 征 ………… 118
美奈川 由紀 ………… 36	宮城 レイ ………… 63	宮田 智恵子 ………… 63
港 千尋 ………… 206	宮岸 泰治 ………… 126	宮田 輝 ………… 173
湊 正雄 ………… 283	宮城谷 昌光 …… 57, 181, 210	宮田 昇 ………… 254
水俣病研究会 ………… 292	宮国 泰佑 ………… 7	宮田 登 ……… 251, 291, 302
南 コニー ………… 140	三宅 勝久 ………… 37	宮田 雅之 ………… 191
南 伸坊 ………… 195	三宅 興子 ………… 255	宮田 真知子 ………… 51
南 拓弥 ………… 5	三宅 鴻 ………… 149	宮地 伝三郎 ………… 285
南 博 ………… 282	三宅 周太郎 ………… 172	宮西 達也 ………… 195
南川 亜樹子 ………… 54	宮家 準 ………… 237, 251	宮西 祐里 ………… 75
南澤 良彦 ………… 234	三宅 英明 ………… 7	宮野 真生子 ………… 318
源 了円 ………… 316	三宅 史平 ………… 245	宮野 由梨香 ………… 112
三成 美保 ………… 161	三宅 真由美 ………… 79	宮原 さくら ………… 30
峰 芳隆 ………… 246	三宅 康之 ………… 158	宮原 誠一 ………… 284
峰岸 明 ………… 164, 224	三宅 勇介 ………… 103	宮原 孝浩 ………… 11
峰岸 達 ………… 194	宮坂 英弌 ………… 309	宮部 修一 ………… 41
峯島 明 ………… 77	宮坂 静生 ………… 134	宮部 みゆき ………… 211, 293
峯島 正行 ………… 95, 97	宮坂 新 ………… 265	宮本 晃子 ………… 74
峯村 隆 ………… 25	宮崎 勇 ………… 90	宮本 忍 ………… 282
ミネルヴァ書房 … 142, 289, 294	宮崎 和子 ………… 307	宮本 誠二 ………… 161
見延 典子 ………… 58	宮崎 克己 ………… 221	宮本 瀧夫 ………… 65
美濃部 八千江 ………… 31	宮崎 寒雄 ………… 232	宮本 常一 ………… 59, 199
美濃部 亮吉 ………… 284	宮崎 康平 ………… 307	宮本 輝 ………… 211
箕輪 顕量 ………… 239	宮崎 駿 ………… 180, 210	宮本 徳蔵 ………… 132
箕輪 成男 ………… 253, 255	宮崎 翔子 ………… 46	宮本 利緒 ………… 63
三原 修 ………… 172	宮崎 隆旨 ………… 199	宮本 信生 ………… 154
三原 健一 ………… 150	宮崎 法子 ………… 207	宮本 ヒサ子 ………… 313

宮本 雅明 …………… 237	村井 章介 …………… 166	村屋 勲夫 …………… 154
宮本 正男 …………… 244	村井 友秀 …………… 146	村山 淳彦 …………… 243
宮本 勝 ………… 188, 217	村井 康彦 ……… 229, 231	村山 常雄 …………… 314
宮本 又次 …………… 59	村井 吉敬 …………… 292	村山 元英 …………… 110
宮本 まどか ………… 85	村井 良太 …………… 208	牟礼 慶子 …………… 125
宮本 みづえ ………… 12	村岡 秀也 …………… 107	室 弥太郎 …………… 139
宮本 百合子 ………… 282	村岡 幸恵 …………… 46	室井 光広 …………… 100
宮本 義孝 …………… 50	村上 恭介 …………… 36	室生 犀星 ……… 171, 284
宮本 佳範 …………… 140	村上 冴子 …………… 41	室岡 和子 …………… 113
宮森 繁 ……………… 283	村上 千恵子 ………… 13	室伏 信助 …………… 164
宮良 高弘 …………… 217	村上 哲見 …………… 256	室山 敏昭 …………… 225
宮脇 昭 ……………… 287	村上 輝行 …………… 80	ムンゴシ, チャールズ … 275
宮脇 俊三 … 32, 66, 110, 179	村上 奈央 …………… 77	
宮脇 真彦 …………… 166	村上 信彦 …………… 288	【め】
明珍 宗恭 …………… 315	村上 春樹 …… 106, 190, 294	
三好 鋭郎 …………… 245	村上 弘子 …………… 265	明治書院 ……… 288, 292
三好 達治 …………… 283	村上 靖子 …………… 35	明治文献 …………… 288
三好 智之 …………… 107	村上 豊 ……………… 179	明尾 圭造 …………… 255
三好 正弘 …………… 144	村上 陽一郎 ………… 290	メクレアン, マルク …… 242
未来社 ……………… 167,	村上 龍 ……………… 294	目黒書店 …………… 283
268, 270, 285, 286, 288	村川 英 ……………… 293	目崎 徳衛 ……… 126, 163
未来谷 今芥 ………… 108	村川 堅太郎 ………… 59	メランベルジェ, ガブリエ
ミロコ マチコ ……… 197	村越 英之 …………… 51	ル …………………… 123
三輪 知雄 ……… 283, 284	村崎 恭子 …………… 188	校條 剛 ……………… 96
三輪 英夫 …………… 219	紫 みほこ …………… 63	
三輪 芳朗 …………… 157	村瀬 信也 …………… 144	【も】
民俗学研究所 …… 283, 284	村瀬 智之 …………… 140	
	村瀬 由衣 …………… 25	「毛沢東秘録」取材班 … 179
【む】	村田 あが …………… 265	毛利 彰 ……………… 194
	村田 晃嗣 …………… 206	毛里 和子 ……… 91, 156
向井 敏 ……………… 203	村田 治郎 …………… 290	毛利 きぬゑ ………… 31
向井 成子 …………… 72	村田 信一 …………… 194	毛利 子来 …………… 291
向井 範雄 …………… 53	村田 真吾 …………… 29	毛利 正守 …………… 188
向井 万起男 ………… 22	村田 睦美 …………… 4	茂垣 竜彦 …………… 87
六車 由実 ……… 207, 273	村田 勇三郎 ………… 149	最上書房 …………… 40
向山 雅重 …………… 301	村野 京子 …………… 11	茂木 健一郎 …… 105, 190
ムコパディヤーヤ, ランジャ	村松 暎 ……………… 95	モスカティエッロ, マヌエ
ナ …………………… 252	村松 彩石 …………… 104	ラ …………………… 221
六嶋 由岐子 ………… 22	村松 定孝 …………… 95	望月 育子 …………… 226
武者小路 実篤 ……… 171	村松 伸 ……………… 156	望月 要 ……………… 5
牟田 悌三 …………… 314	村松 喬 ……………… 286	望月 信成 …………… 286
武藤 純子 ……… 198, 236	村松 剛 ……………… 176	望月 通陽 …………… 194
武藤 葉子 ……… 28, 30	村松 建夫 …………… 41	望月 洋子 …………… 132
武藤 洋子 …………… 12	村松 貞次郎 ………… 287	持田 季未子 ………… 127
宗像 和重 …………… 126	村松 友次 …………… 113	持田 叙子 …………… 209
宗像 哲夫 ……… 19, 94	村松 麻里 …………… 11	本井 牧子 …………… 225
むの たけじ ………… 125	村松 岐夫 …………… 202	
村井 加奈子 ………… 7	村松 美悠加 ………… 119	
	村松 靖彦 …………… 26	
	村本 浩平 …………… 56	

本木 雅弘 ……… 183	森下 陽 ……… 19	八木書店出版部 ……… 143
もとした いづみ ……… 197	森瀬 寿三 ……… 257	八木沼 笙子 ……… 84
本島 マスミ ……… 64	森田 章夫 ……… 145	柳生 純次 ……… 36
本宮 八重子 ……… 66	森田 敦郎 ……… 218	柳生 正名 ……… 104
本村 敏雄 ……… 100	森田 エレーヌ ……… 122, 213	矢口 高雄 ……… 192
本村 義雄 ……… 314	森田 勝昭 ……… 292	矢倉 研二郎 ……… 158
本村 凌二 ……… 205	盛田 勝寛 ……… 9	矢後 和彦 ……… 214
ものがたり文化の会 ……… 122	森田 三郎 ……… 312	八坂書房 ……… 295
百瀬 ヤエ子 ……… 310	森田 俊和 ……… 138	矢沢 昭郎 ……… 94
モラスキー，マイク ……… 208	もりた なるお ……… 57	谷嶋 喬四郎 ……… 316
森 合音 ……… 72	森田 宙花 ……… 29	矢島 友幸 ……… 87
森 一郎 ……… 321	森田 礦子 ……… 64	矢代 くるみ ……… 73
森 蘊 ……… 288	森田 ゆり ……… 71	安井 泉 ……… 150
森 啓 ……… 255	森高 多美子 ……… 56	安井 佐和子 ……… 74
森 浩一 ……… 300	森谷 正規 ……… 153	安江 俊明 ……… 39
森 紗奈美 ……… 78	森中 公子 ……… 53	安岡 章太郎 ……… 133, 286
森 シズエ ……… 63	森野 昭 ……… 9	安岡 裕介 ……… 52
森 真吾 ……… 245	森水 陽一郎 ……… 29	安酸 敏眞 ……… 252
森 銑三 ……… 130	盛光社 ……… 286	八杉 美紗子 ……… 74
森 荘已池 ……… 122	森村 敏己 ……… 213	八杉 竜一 ……… 283, 284, 290
森 孝雅 ……… 101	森本 平 ……… 103	安里 英晴 ……… 195
森 肇志 ……… 145	森本 多岐子 ……… 94	安田 暁男 ……… 140
森 達也 ……… 24	森本 哲郎 ……… 33	安田 侃 ……… 151
森 千恵子 ……… 29	守谷 茂泰 ……… 104	安田 浩一 ……… 24
森 直子 ……… 9	守屋 純 ……… 146	安田 沙弥華 ……… 120
森 紘 ……… 140	守屋 毅 ……… 203	安田 順子 ……… 66
森 博達 ……… 189, 293	守谷 房子 ……… 313	安田 祥子 ……… 178
森 まゆみ ……… 33	守谷 光基 ……… 313	安田 徳子 ……… 226
森 茉莉 ……… 59	森安 孝夫 ……… 233	安田 那々 ……… 78
森 みゆき ……… 12	森山 工 ……… 218	安田 信之 ……… 154
森 泰宏 ……… 108	森山 光良 ……… 260	安田 富士郎 ……… 285
森 豊 ……… 309	森山 優 ……… 146	安田 文吉 ……… 228
森 陽香 ……… 238	森山 祐吾 ……… 81	安田 ますみ ……… 46
森 洋子 ……… 204	森脇 嘉菜 ……… 54	安永 麻里絵 ……… 221
森 義男 ……… 281	諸坂 成利 ……… 263	安場 保吉 ……… 202
森 亮 ……… 132	もろさわ ようこ ……… 286	安原 和也 ……… 151
森 玲子 ……… 13	両角 良彦 ……… 60	安原 美帆 ……… 265
森井 マスミ ……… 103	諸田 龍美 ……… 258	安松 京三 ……… 286
森岡 倫子 ……… 297	諸田 玲子 ……… 58	谷田 博幸 ……… 219
森川 幸一 ……… 145		八代 尚宏 ……… 90
森川 俊孝 ……… 144	【や】	八橋 萌 ……… 75
守川 知子 ……… 235		八柳 明生菜 ……… 46
森栗 茂一 ……… 200	八重野 充弘 ……… 68	矢内 賢二 ……… 209
森健と被災地の子どもたち	八百板 洋子 ……… 62	矢内原 伊作 ……… 287
……… 15	八木 智大 ……… 53	谷中 信一 ……… 257
杜澤 光一郎 ……… 113	八木 義徳 ……… 176	柳河 勇馬 ……… 9
森下 郁子 ……… 288	八木澤 高明 ……… 44	柳 宗玄 ……… 287
森下 昭汰 ……… 7	八木書店 ……… 291, 292	柳 徳子 ……… 12
森下 一 ……… 313		柳澤 嘉一郎 ……… 62
森下 稔 ……… 262		柳沢 桂子 ……… 61, 194

柳田 泉 …………… 130, 285	山形 孝夫 …………… 61	山地 勤 …………… 45
柳田 国男 ………… 283, 284	山川 静夫 ………… 22, 61	山路 ひろ子 …………… 9
柳田 邦男 ……… 14, 23, 178	山川出版社 ………… 295	山地 美登子 ………… 85
柳田 聖山 …………… 131	八巻 いづみ …………… 77	山下 純子 …………… 70
柳田 征司 …………… 188	山岸 昭枝 …………… 85	山下 晋司 …………… 217
柳田 一 …………… 64	山岸 麻美 …………… 73	山下 真司 …………… 7
柳谷 慶子 …………… 222	山際 淳司 …………… 67	山下 尚志 …………… 185
柳橋 博之 ………… 161, 247	山口 晃 …………… 106	山下 奈美 ………… 25, 72
柳原 和平 …………… 71	山口 修 …………… 228	山下 将司 …………… 235
柳原書店 …………… 292	山口 恵子 …………… 52	山下 雅人 …………… 103
柳原 正治 …………… 145	山口 建治 …………… 233	山下 雅之 …………… 213
柳原 陽子 …………… 25	山口 瑞鳳 …………… 291	山下 め由 …………… 311
柳瀬 ふみ子 …………… 4	山口 宗一 ………… 38, 79	山下 有子 …………… 77
梁瀬 義亮 …………… 309	山口 富蔵 …………… 232	山下 裕二 …………… 198
矢野 晶子 ………… 18, 94	山口 知三 …………… 254	山下 勇三 …………… 195
矢野 憲一 …………… 68	山口 トヨ子 …………… 51	山下 由佳 …………… 38
矢野 淳一 …………… 118	山口 仲美 ………… 62, 188	山下 柚実 …………… 42
矢野 誠一 …………… 96	山口 仁奈子 …………… 94	山下 凱男 …………… 19
矢野 千載 …………… 137	山口 瞳 …………… 174	山城 むつみ ……… 101, 295
矢野 環 …………… 230	山口 裕之 …………… 214	山城屋 哲 ……… 107, 108
矢野 利裕 …………… 102	山口 富士雄 …………… 64	山添 三郎 …………… 245
矢野 暢 …………… 291	山口 昌伴 …………… 200	山田 明希 …………… 34
矢野 秀武 …………… 252	山口 康子 …………… 225	山田 昭広 …………… 253
矢野 牧夫 …………… 81	山口 裕子 …………… 218	山田 伊織 …………… 231
矢野 峰人 …………… 283	山口 幸洋 …………… 224	山田 塊也 …………… 38
矢野 リエ …………… 52	山口 由美 …………… 44	山田 香里 …………… 87
矢作 勝美 …………… 253	山口 佳紀 …………… 224	山田 和 ………… 15, 23
矢萩 喜従郎 …………… 194	山崎 歩美 …………… 119	山田 克哉 …………… 195
矢萩 昭二 …………… 265	山崎 勲 …………… 308	山田 公子 …………… 13
薮内 久 …………… 292	山崎 一穎 …………… 126	山田 京子 …………… 30
矢吹 正信 …………… 85	山崎 健治 …………… 138	山田 邦和 …………… 307
矢部 誠一郎 …………… 230	山崎 柊 …………… 7	山田 圭一 ……… 140, 318
矢部 雅之 …………… 103	ヤマサキ セイコー …… 245	山田 小夏 …………… 73
矢部 良明 ……… 229, 232	山崎 善次郎 …………… 123	山田 紗冬 …………… 76
山内 いせ子 …………… 64	山崎 千津子 …………… 37	山田 茂 …………… 101
山内 喜美子 …………… 43	山崎 柄根 …………… 61	山田 憧子 …………… 76
山内 弘一 …………… 233	山崎 輝 …………… 69	山田 新市 …………… 229
山内 進 …………… 206	山崎 朋子 ……… 14, 286	山田 征司 …………… 105
山内 昶 …………… 320	山崎 豊子 ……… 177, 294	山田 太一 ……… 106, 175
山内 昌之 …… 204, 211, 291	山崎 夏代 …………… 33	山田 たかし …………… 94
山内 美恵子 …………… 64	山崎 春香 …………… 27	山田 辰二郎 …………… 18
山内 ゆかり …………… 31	山崎 秀樹 …………… 45	山田 徹 …………… 274
山内 由紀人 …………… 100	山崎 洋 …………… 270	山田 智彦 …………… 288
山内 陽子 …………… 51	山崎 章郎 …………… 61	山田 風太郎 …………… 178
山岡 頼弘 …………… 101	山崎 正和 ……… 130, 288	山田 まさ子 …………… 34
山折 哲雄 ……… 299, 320	山崎 正子 …………… 13	山田 雅道 …………… 248
山影 茂之 …………… 32	山崎 正治 …………… 186	山田 真弓 …………… 293
山影 進 …………… 155	山崎 摩耶 …………… 9	山田 みさ子 …………… 65
山形 彩美 …………… 94	山崎 光夫 …………… 58	山田 三千代 …………… 87
	山路 興造 …………… 291	山田 稔 ………… 61, 241

山田 三陽子	48	
山田 芽依	8	
山田 裕子	107	
山田 雪奈	46	
山田 陽一	228	
山田 洋次	173	
山田 義	246	
山田 隆治	217	
山田 良三	185	
山田 航	103	
山竹 伸二	139	
山寺 美紀子	229	
大和 史郎	81	
大和 博幸	254	
山中 章	306	
山中 佳織	27	
山中 尚香	78	
山中 純枝	36	
山中 清次	272	
山中 敏史	306	
山中 弘	252	
山中 基義	11	
山中 裕	152	
山中 由里子	264	
山中 れい子	72	
山梨 正明	149	
山根 幸子	73	
山根 知子	124	
山之内 朗子	94	
山之内 義一郎	314	
山野辺 進	194	
山藤 章二	175, 191	
山宮 允	283	
山村 勝子	65	
山村 信男	49	
山室 恭子	204	
山室 静	288	
山室 信一	211, 290	
山本 市朗	289	
山本 一生	62	
山本 栄一	42	
山本 恵理	32	
山本 かおり	78	
山本 紀一	231	
山本 くに子	64	
やまもと くみこ	9, 43	
山本 健吉	129, 130	
山本 皓一	196	
山本 幸一	45	
山元 梢	74	
山本 貞子	73
山本 七平	175
山本 周五郎	284
山本 淳子	208
山本 譲司	47
山本 真吾	225
山本 高次郎	290
山本 武利	254
山本 忠義	281
山本 鍛	12
山本 千代子	104
山本 司	113
山本 勉	48
山本 十四尾	124
山本 朋代	41
山本 夏彦	132, 175
山本 治美	31
山本 ひろし	31, 87
山本 博文	61
山本 裕美	69
山本 史華	318
山本 真央	75
ヤマモト マサアキ	197
山本 政雄	147
山本 正	156
山本 真功	317
山本 正憲	160
山本 美穂	83
山本 雄太	79
山本 容子	194
山本 慈昭	311
山本 義隆	278, 293
山本 吉宣	135
山谷 裕美子	50
山領 まり	281
山脇 百合子	184
弥吉 光長	254
梁 湛旭	26
梁 賢恵	239
ヤン ユノオク	277

【ゆ】

湯浅 誠	98
湯浅 光朝	283
由井 夏子	29
結那 禮子	29
結城 英雄	206
雄山閣出版	142, 268
遊道 渉	9
有斐閣	283, 284, 287, 288, 290, 295
湯川 秀樹	284
湯川 豊	134
由紀 さおり	178
雪野山古墳発掘調査団	306
行宗 登美	85
幸村 愛果	29
行森 碧	5
湯沢 英彦	128
ユスフザイ,U.D.カーン	110
油野 誠一	191
柚木 沙弥郎	122
夢路 いとし	181
湯本 香樹実	197
榎本 佳余子	85
由本 陽子	225
百合草 真里	77

【よ】

楊 海英	211
ヨウ リュウ	159
楊 麗君	157
葉宮 寧	51
養護施設協議会	289
要書房	283
養徳社	286
養老 孟司	204, 293
横井 清	291
横井 慶子	298
横井 隆俊	309
横井 哲也	20
横井 秀治	20
横尾 忠則	192
横須賀 功光	193
横瀬 浜三	289
横田 郁子	79
横田 光平	161
横田 早紀江	147
横田 滋	147
横田 順彌	97
横田 進	19
横田 一	71
横田 理博	280

横田 洋三	……………	144
ヨコタ村上 孝之	………	208
横道 仁志	……………	112
横道 万里雄	……………	228
横光 佑典	……………	18
横山 明	……………	194
横山 絹子	……………	49
横山 和雄	……………	254
横山 紘一	……………	251
横山 昭作	……………	34
横山 泰三	……………	171
横山 ひろこ	……………	7
横山 美加	……………	83
横山 隆一	……………	286
芳井 敬郎	……………	153
義江 明子	……………	222
吉岡 絵梨香	……………	79
吉岡 忍	……………	23
吉岡 知哉	……………	212
吉岡 政徳	……………	156
吉岡 ゆかり	……………	42
吉岡 幸雄	……………	183
吉開 若菜	……………	85
吉川 逸治	……………	282
吉川 潮	……………	58
吉川 英治	……………	171
吉川 さちこ	……………	39
吉川 順子	……………	216
吉川 庄一	……………	288
吉川 孝	……………	318
よしかわ つねこ	………	67
吉川 洋	……… 135,	203
吉川 宏志	……………	103
吉川 雄三	……………	81
吉川 洋子	……………	155
吉川弘文館	………… 142,	
	143, 172, 178,	268
吉崎 志保子	……………	185
吉崎 晴子	……………	45
吉沢 章	……………	285
吉沢 岩才	……………	85
吉沢 伝三郎	……………	316
吉沢 英成	……………	202
吉津 果美	……………	12
吉田 昭子	……………	297
吉田 陽	……………	30
吉田 敦彦	……………	203
吉田 篤弘	……………	195
吉田 量彦	……………	318
吉田 和彦	……………	224

吉田 喜久子	……………	279
吉田 京子	……………	248
吉田 健一	……………	129
吉田 憲司	……………	206
吉田 幸三郎	……………	172
吉田 沙保里	……………	184
吉田 修一	……………	294
吉田 翔悟	……………	7
吉田 澄江	……………	50
吉田 孝	……………	163
吉田 貴芳	……………	41
吉田 達也	……………	77
吉田 司	……………	14
吉田 敏浩	……………	15
吉田 知広	……………	29
吉田 秀和	……………	132
吉田 秀太郎	……………	136
吉田 拡	……………	289
吉田 浩美	……………	195
吉田 文憲	……………	125
吉田 真樹	……………	318
吉田 昌男	……………	122
吉田 真人	……………	50
吉田 美希	……………	117
吉田 右子	……………	260
吉田 ゆか子	……………	235
吉田 豊	……………	246
吉田 洋一	……………	59
吉田 里沙	……………	75
吉永 慎二郎	……………	139
良永 勢伊子	……………	85
吉永 みち子	……… 14,	82
吉永 良正	……………	194
吉野 せい	……………	14
吉野 孝雄	……………	67
吉野 美智子	……………	140
吉村 あき子	……………	150
吉村 昭	……………	173
吉村 金一	……………	31
吉村 シズエ	……………	311
吉村 豊雄	……………	237
吉村 典子	……………	290
芳村 弘道	……………	258
吉本 隆明	……… 105,	124
吉本 七永	……………	54
吉本 道雅	……………	234
吉屋 信子	……………	173
吉行 和子	……………	61
吉行 淳之介	……………	21
吉原 昭夫	……………	313

与田 亜紀	……………	108
依田 新	……………	284
与田 久美子	……… 74,	75
依田 孝喜	……………	171
依田 徹	……………	230
与田 弘志	……………	191
依田 みずき	……………	27
依田 義賢	……………	286
四ツ谷 龍	……………	104
与那覇 しづ	……………	309
与那原 恵	……………	169
與那嶺 拓也	……………	70
米本 昌平	……………	291
米川 正夫	……………	129
米川 稜也	……………	76
米倉 明	……………	161
米沢 嘉博	……… 97,	254
米田 明美	……………	226
米田 恵悟	……………	52
米田 綱路	……………	209
米原 正義	……………	229
米原 万里	…… 15, 21,	133
米村 竜治	……………	186
米山 俊直	……………	200
米山 知子	……………	228
読売新聞大阪社会部	………	67
読売新聞大阪社会部「シリーズ・戦争」担当者	……	175
読売新聞経済部	……………	154
読売新聞社	……… 173,	266
読売新聞社会部	……………	171
読売新聞社健康医療問題取材班	……	178
蓬田 紀枝子	……………	114
蓬田 やすひろ	…… 183,	194
頼住 光子	……… 239,	279
寄藤 文平	……………	197

【ら】

らかれん	……………	87
楽 吉左衛門(15代目)	……	231
「ラジオ深夜便」製作スタッフ	……………	179
ラフルーア、ウィリアム・R.	……………	319
ラポーラ、ザカリハ	………	276
ラムザイヤー、J.マーク	…	204

ラルーズ, ジャック …… 277	ルケン, ミカエル …… 242	若松 昭子 …… 260
ラロス, ジャック …… 242	ルーシュ, バーバラ	若松 英輔 …… 121
ランフェレ, マンデラ …… 275	…… 222, 298, 303	若松 孝二 …… 148
ランベッリ, ファビオ …… 117	ルービン, ジェイ …… 277	若宮 道子 …… 68
		若森 貴幸 …… 6

【り】

【れ】

		和歌山 静子 …… 193
		若山 三千彦 …… 43
李 愛俐娥 …… 157	麗呑 …… 107	脇田 晃成 …… 118
李 宇玲 …… 227	黎明書房 …… 284, 286	脇田 彩衣 …… 119
李 恩民 …… 157	レヴィ, ジャック …… 241, 277	涌井 康之 …… 48
李 炯植 …… 274	歴史学研究会 …… 282, 286	輪座 鈴枝 …… 64
李 常慶 …… 260	瀝青会 …… 201	和崎 春日 …… 200
李 長波 …… 189		鷲田 清一 …… 134, 190, 204
李 登輝 …… 305		鷲田 早紀 …… 74
李 東俊 …… 159	## 【ろ】	鷲野 正明 …… 257
李 禎之 …… 145		輪島 裕介 …… 209
力富書房 …… 290		早稲田大学出版部 …… 269
力丸 光雄 …… 186	蠟山 政道 …… 282	和田 明広 …… 138
陸 求実 …… 277	六月社 …… 284	和田 敦彦 …… 255
理想社 …… 266	六月社書房編集部 …… 109	和田 京子 …… 238
リックス, ボ・アンドレアセ	ロシェ, アラン …… 241	ワダ, グニッラ・リンドベ
ン …… 139	ローズラン, エマニュエル	リィ …… 277
立風書房 …… 167, 290	…… 214	和田 幸太郎 …… 244
立命館アジア太平洋大学	ロズラン, エマニュエル	和田 茂俊 …… 101
…… 232	…… 215	和田 肇 …… 293
リトルモア …… 143	ローゼンフィルド, ジョン	和田 フレッド勇 …… 311
リンハルトヴァ, ヴェラ	…… 304	和田 真季 …… 237
…… 241	六興出版 …… 142, 287	和田 誠 …… 21, 67, 177, 192
龍 泉 …… 80	ロベール, ジャン・ノエル	和田 美樹子 …… 244
劉 香織 …… 204	…… 212	和田 みき子 …… 170
劉 岸偉 …… 205, 321	論争社 …… 285	和田 通郎 …… 38
劉 岸麗 …… 86		和田 律子 …… 227
劉 建輝 …… 263		和田 隆三 …… 18
劉 傑 …… 156	## 【わ】	渡瀬 夏彦 …… 23
笠 智衆 …… 176		和多田 俊子 …… 69
竜星閣 …… 284		渡辺 明照 …… 279
緑風出版 …… 142	和井田 勢津 …… 75	渡辺 明 …… 150
理論社 …… 141,	脇田 晴子 …… 165, 222	渡邉 明日香 …… 7
284, 285, 286, 287	和賀 士郎 …… 36	渡辺 市美 …… 308
林 淑美 …… 125	和賀 正樹 …… 38	渡辺 治 …… 50
臨川書店 …… 270	若栗 ひとみ …… 72	渡辺 己 …… 225
林鄭 順娘 …… 18	若桑 みどり …… 202	渡辺 一夫 …… 129, 130
リンハルト, セップ …… 304	若島 正 …… 133	渡辺 和子 …… 252
	若城 希伊子 …… 57	渡辺 一民 …… 99
	若田部 昌澄 …… 91	渡辺 一徳 …… 35
## 【る】	我妻 栄 …… 287	渡辺 一史 …… 15, 24, 209
	若林 啓史 …… 278	渡辺 克己 …… 48
	若林 敏夫 …… 13, 77	渡邉 加奈子 …… 7
ルオフ, ケネス …… 98	若林 正丈 …… 206	渡部 京子 …… 84
		渡辺 京二 …… 289, 320

渡辺 謙 ……………… 147	渡部 昇一 ……………… 60	Large,Stephen S. ……… 155
渡辺 茂男 ……………… 194	渡部 周子 ……………… 223	Lincoln,Edward J. ……… 154
渡辺 重夫 ……………… 260	渡部 真理子 …………… 77	Lindstrom,L. …………… 155
渡辺 淳一 ……………… 181	渡部 保夫 ……………… 9	McConnel,David I. ……… 157
渡邉 祥平 ……………… 31	渡部 良子 ……………… 248	Milly,Deborah J. ………… 156
渡邉 慎也 ……………… 254	渡会 克男 ……………… 7	Mulgan,Aurelia George
渡邉 俊 ………………… 274	渡会 圭子 ……………… 293	…………………………… 157
渡辺 惣樹 ……………… 305	渡 英子 ………………… 113	Njogo,Kimani ………… 275
渡辺 保 ………… 127, 132	渡利 與一郎 …………… 74	Noland,Marcus ………… 157
渡辺 千香子 …………… 248	和辻 哲郎 ………… 129, 283	Okawara,Nobuo ……… 155
渡辺 千尋 ………… 43, 86	和仁 健太郎 …………… 145	ORR.,Robert M.Jr. …… 155
渡辺 つぎ ……………… 64	藁科 れい ……………… 80	Patrick,Hugh …………… 155
渡辺 俊夫 ……………… 220		PBEC（太平洋経済委員会）
渡辺 利夫 ……………… 154	【英字】	日本委員会 …………… 154
渡辺 季子 ……………… 70		Pekkanen,Robert ……… 158
渡辺 智山 ……………… 260	Amyx,Jennifer ………… 157	Pilat,Dirk ……………… 156
渡邊 利道 ……………… 112	Anderson,Stephen J. … 155	Ramseyer,J. Mark …… 157
渡辺 とみ・マルガリータ	Broadbent,Jeffrey …… 157	Rohlen,Thomas P. …… 153
…………………………… 313	Buszynski,Leszek …… 154	Sakkut,Hamdi ………… 275
渡辺 一 ………………… 282	Calder,Kent E. ………… 154	Samuels,Richard J. …… 154
渡辺 啓貴 ……………… 213	Campbell,John Creighton	Schmiegelow,Henrik … 155
渡辺 広士 ……………… 100	…………………………… 155	Schmiegelow,Michèle … 155
渡辺 正清 ……………… 9	Cha,Victor D. ………… 156	Shiraishi,Takashi ……… 154
渡辺 昌子 ……………… 55	Chaloemtiarana,Thak	Siegel,James T. ……… 154
渡辺 勝 ………………… 114	…………………………… 153	Stewart,Charles T.Jr.
渡辺 学 ………………… 252	Chimerah,Rocha ……… 275	…………………………… 154
渡辺 護 ………………… 284	Columbia University	SUHRKAMP社 ………… 268
渡辺 未咲希 …………… 32	Press ………………… 270	Teranishi,Juro ………… 155
渡辺 美佐子 …………… 61	Curtis,Gerald L. ……… 154	The MIT Commission on
渡辺 瑞代 ……………… 49	Dent,Christopher M. … 158	Industrial Productivity
渡辺 通枝 ……………… 64	Dobson,Wendy ………… 156	…………………………… 154
渡辺 守章 ………… 134, 241	Dower,John W. ……… 154	Vogel,Steven K. ……… 156
渡辺 靖 ………………… 208	Emanuel,Abosede …… 275	Welfield,John ………… 155
渡辺 佑基 ……………… 295	Estevez-Abe,Margarita	White,G.M. …………… 155
渡辺 祐子 ……………… 79	…………………………… 158	Yue,Chia Siow ………… 156
渡辺 裕香子 …………… 48	Frankel,J.A. …………… 155	
渡辺 裕 ………………… 204	Fransman,Martin ……… 155	
渡邉 裕美子 …………… 165	Gibney,Frank ………… 155	
渡邉 洋子 ……………… 308	GIPERION出版社 …… 271	
渡辺 良重 ……………… 196	Harding,Harry ………… 154	
渡邉 義浩 ……………… 235	Huang,Jing …………… 157	
渡辺 善行 ……………… 31	Hugh de Ferranti ……… 228	
渡辺 諒 ………………… 101	I-House Press（国際文化会	
渡邉 凜太郎 …………… 119	館・出版部） ………… 271	
渡部 淳巳 ……………… 78	Ileto,Reynaldo Clemena	
渡部 鮎美 ……………… 273	…………………………… 154	
渡部 圭一 ……………… 273	KAGAYA ……………… 125	
渡部 祥乃 ……………… 120	Kahler,M. ……………… 155	
渡部 忍 ………………… 308	KATAGAMI Style …… 221	
渡部 潤一 ……………… 68	Katzenstein,Peter J. … 155	
	Kosai,Yutaka ………… 155	

作品名・論題索引

【あ】

嗚呼、憧れの二世帯同居（大橋政美）・・・・・・・・・・・・ 11
ああ言えばこう食う（阿川佐和子ほか）・・・・・・・・・ 22
ああ、そうかね（山田稔）・・・・・・・・・・・・・・・・・・・・・ 61
ああ、日本人（柳生純次）・・・・・・・・・・・・・・・・・・・・ 36
あ、文士劇（和田誠）・・・・・・・・・・・・・・・・・・・・・・・・ 192
噫、ボクの二十年―青い心の染みあと（桑原史朗）・・ 19
愛犬王 平岩米吉伝（片野ゆか）・・・・・・・・・・・・・・・ 43
愛犬ムクと幸せ半分こ（中岡正代）・・・・・・・・・・・・ 87
I校長先生への手紙（成沢未来）・・・・・・・・・・・・・・ 73
愛山渓（大屋研一）・・・・・・・・・・・・・・・・・・・・・・・・・ 94
会津人の斗南藩移住と新潟港（阿達義雄）・・・・・186
会津地方における近世農具―絵画文献資料を中心に（佐々木長生）・・・・・・・・・・・・・・・・・・・・・ 272
會津八一 人生と芸術（原田清）・・・・・・・・・・・・・ 113
愛と誠（ながやす巧）・・・・・・・・・・・・・・・・・・・・・・ 192
アイヌ絵を聴く（谷本一之）・・・・・・・・・・・・・・・・ 228
アイヌ絵を聴く―変容の民族音楽誌（谷本一之）・・ 293
アイヌ童話集（金田一京助ほか）・・・・・・・・・・・・ 285
アイヌの戦い（斧二三夫）・・・・・・・・・・・・・・・・・・・ 80
藍のアオテアロア（夏江航）・・・・・・・・・・・・・・・・・ 56
「愛の争闘」のジェンダー力学（坂井博美）・・・223
愛の夢とか（名久井直子）・・・・・・・・・・・・・・・・・・ 197
愛の倫理（上妻精）・・・・・・・・・・・・・・・・・・・・・・・・ 316
愛欲の精神史（山折哲雄）・・・・・・・・・・・・・・・・・・ 320
アイルランドモノ語り（栩木伸明）・・・・・・・・・・ 134
アインシュタイン・ショック（金子務）・・・・・・ 202
アウグスティヌスにおけるsymbolism（茂泉昭男）・・ 316
阿―吽（谷和子）・・・・・・・・・・・・・・・・・・・・・・・・・・・ 69
青い車（久保健太郎）・・・・・・・・・・・・・・・・・・・・・・・ 26
アオイの花が咲く頃に（行森碧）・・・・・・・・・・・・・・ 5
青野季吉日記（青野季吉）・・・・・・・・・・・・・・・・・・ 285
青葉散乱（藤原多門）・・・・・・・・・・・・・・・・・・・・・・・ 18
青柳瑞穂の生涯（青柳いずみこ）・・・・・・・・・・・・・ 62
赤いカンナの花の下に（藤本美智子）・・・・・・・・・ 75
赤いマフラーと茶色の手袋（村田睦美）・・・・・・・・ 4
赤い夕日の大地で（良永勢伊子）・・・・・・・・・・・・・ 85
赤坂真理（山田茂）・・・・・・・・・・・・・・・・・・・・・・・・ 101
赤シャツの英雄ガリバルディ―伝説から神話への変容（藤沢房俊）・・・・・・・・・・・・・・・・・・・・ 116
赤染衛門とその周辺（斎藤熙子）・・・・・・・・・・・・ 226
赤ちゃん教育（野崎歓）・・・・・・・・・・・・・・・・・・・・・ 22
赤ちゃんシベリア→サハラを行く（賀曽利洋

子）・・ 56
赤ちゃん盲導犬コメット（井口絵理）・・・・・・・・・ 87
アカデミック・キャピタリズムを超えて―アメリカの大学と科学研究の現在（上山隆大）・・・・135
赤と黒と緑の地にて（やまもとくみこ）・・・・・・・ 43
あかね色の空（鈴木胤顕）・・・・・・・・・・・・・・・・・・・・ 3
赤ヘル1975（丹下京子）・・・・・・・・・・・・・・・・・・・・ 197
赤めだか（立川談春）・・・・・・・・・・・・・・・・・・・・・・・ 22
あかりのない夜（上坂高生）・・・・・・・・・・・・・・・・ 40
明るさの神秘（宇佐見英治）・・・・・・・・・・・・・・・ 123
赤ん坊の科学（松田道雄）・・・・・・・・・・・・・・・・・ 282
秋色のゼッケン（渕田美佐子）・・・・・・・・・・・・・・ 72
明夫と良二（庄野潤三）・・・・・・・・・・・・・・・・・・・ 287
明香（あきか）ちゃんの心臓〈検証〉東京女子医大病院事件（鈴木敦秋）・・・・・・・・・・・・・・・ 24
秋田蘭画の近代 小田野直武「不忍池図」を読む（今橋理子）・・・・・・・・・・・・・・・・・・・・・・・・・ 321
秋の気配（高橋甲四郎）・・・・・・・・・・・・・・・・・・・・ 65
空端色のジャム（牧野良成）・・・・・・・・・・・・・・・・ 74
あきらめかけた新幹線（脇田晃成）・・・・・・・・・・ 118
あきらめない（石田健悟）・・・・・・・・・・・・・・・・・・ 70
『諦める』勇気（酒井裕子）・・・・・・・・・・・・・・・・・ 69
悪女の美食術（福田和也）・・・・・・・・・・・・・・・・・・ 22
芥川龍之介とその時代（関口安義）・・・・・・・・・・ 126
芥川龍之介文章修行（中田水光）・・・・・・・・・・・・ 114
悪党芭蕉（嵐山光三郎）・・・・・・・・・・・・・・・・・・・ 134
悪人（吉田修一）・・・・・・・・・・・・・・・・・・・・・・・・・ 294
『悪魔祓い』の戦後史（稲злата武）・・・・・・・・・・・・・・ 304
アグルーカの行方（角幡唯介）・・・・・・・・・・・・・・ 24
明けても暮れてもイタリア（藤川鉄馬）・・・・・・ 116
アゲハチョウ（佐藤洋子）・・・・・・・・・・・・・・・・・・ 51
あけびの里（平野ゆき子）・・・・・・・・・・・・・・・・・・ 94
あけぼの森の藤（まつしたとみこ）・・・・・・・・・・ 65
あこがれ・たそがれ郵便車（比留間典子）・・・・・ 84
あこがれて、大学（佐藤香代子）・・・・・・・・・・・・ 17
アーサー・ウェイリー 『源氏物語』の翻訳者（平川裕弘）・・・・・・・・・・・・・・・・・・・・・・・・・・・・・ 62
浅草芸人―エノケン、ロッパ、欽ちゃん、たけし、浅草演芸150年史（中山涙）・・・・・・・・ 97
浅草花屋敷の成立と展開―幕末・維新期を中心に（小沢詠美子）・・・・・・・・・・・・・・・・・・・・・・ 265
浅科のおじいちゃん（川瀬彩）・・・・・・・・・・・・・・ 28
あざなえる縄（柳田一）・・・・・・・・・・・・・・・・・・・・ 64
朝の宿（飯田義忠）・・・・・・・・・・・・・・・・・・・・・・・・ 65
アジアを考える本 全7巻（村井吉敬）・・・・・・・ 292
アジア海道紀行（佐々木幹郎）・・・・・・・・・・・・・ 133
アジア間貿易の形成と構造（杉原薫）・・・・・・・ 205
アジア太平洋地域形成への道程―境界国家日豪のアイデンティティ模索と地域主義（大庭三枝）・・・・・・・・・・・・・・・・・・・・・・・・・・・・・・・・・・ 157

あしあ　　　　　　　　　　作品名・論題索引

アジア地域主義外交の行方：1952-1966（保城広至） 158
アジア地域主義とアメリカ―ベトナム戦争期のアジア太平洋国際関係（ジョ，ヤンヒョン） 158
アジアにおける工場労働力の形成―労務管理と職務意識の変容（大野明彦） 158
アジアにおける戦争と短歌（田中綾） 103
アジアの法と社会（安田信之） 154
足音（宮本利緒） 63
足利義持の禁酒令について（清水克行） 274
紫陽花・落ち葉・道（山本朋代） 41
あぢさゐ供養頌―わが泉鏡花（村松定孝） 95
あした輝く（里中満智子） 192
足の指に表彰を（井上富博） 42
アシモフの二つの顔（石和義之） 112
預かり地蔵（太田代公） 50
アースダイバー（中沢新一） 190
安土城天守閣と復原考証について（兵頭与一郎） 186
明日なき巡礼たち（鈴木正） 192
明日にかける橋（吉田達也） 77
あすの都市交通（熊本日日新聞社社会部） 109
明日は日曜？（江崎リエ） 4
アスペクト解釈と統語現象（三原健一） 150
明日へ続く轍（三谷泰夫） 42
明日への架け橋（斉藤美加子） 41
明日への待望（農村青年叢書）（農村文化協会長野県支部） 283
アソシアシオンへの自由―〈共和国〉の論理（高村学人） 215
遊びの現象学（西村清和） 204
遊びの四季（加古里子） 60
あたたかく心豊かでおだやかな国・タイ（十川麗美） 53
温かさの距離と量（細川加菜美） 120
アダム・スミス（堂目卓生） 208
新しい「中世」（田中明彦） 205
『新しい女』の到来―平塚らいてうと漱石（佐々木英昭） 263
新しい産業社会の構想（田中直毅） 90
新しい道を求めて（横光佑典） 18
あーちゃんみーちゃんのたのしいたんけん（大橋文香） 120
暑い夏（今業平） 33
圧縮された産業発展―台湾ノートパソコン企業の成長メカニズム（川上桃子） 159
圧縮プログラムを応用した著者推定（安形輝） 297
アッシリアの帝王獅子狩りと王権：祭儀的側面と社会的機能（渡辺千香子） 248
熱田大宮司家の一側面（藤本元啓） 146

あとより恋の責めくれば 御家人南畝（なんぽ）先生（竹田真砂子） 58
あなた色のタピストリー（田村久美子） 13
あなたが育てた私の世界で（佐々木もなみ） 51
あなたと出会えた私は幸せです（神谷優里） 79
あなたなる不器男の郷・放哉の海を訪ねて（太田かほり） 94
あなたの民はわたしの民（キャッツ・古閑邦子） 20
アナトリア発掘記―カマン・カレホユック遺跡の20年（大村幸弘） 278
兄のことづて（平沢裕子） 51
兄の戦死（増澤昭子） 65
アニバーサリー・ソング（永倉万治） 21
アニマル黙示録（宮崎学） 194
姉からの贈りもの（稗貫イサ） 50
あの笑顔がもう一度見たい！（黒瀬加那子） 28
あの木の香りをかげば（井上宏人） 72
あの車が走っていなければ（緑はな） 81
あの声を待っている（山下有子） 77
あの戦争から遠く離れて　私につながる歴史をたどる旅（城戸久枝） 15,24
あの日あのころ―ショナ族の子供の物語（ムンゴシ，チャールズ） 275
あの町（田口潔） 19
あの道はあまりにも遠すぎて（松本愛郎） 28
あはれ花びらながれ（相沢恵子） 69
「アーバン・クライマクス」を中心として（鳴海昇碩） 204
アビ・ヴァールブルク 記憶の迷宮（田中純） 207
アヒルを飼う（宮代健） 25
アフォーダンスの認知意味論―生態心理学から見た文法現象（本多啓） 150
アフガニスタン潜入記（川崎けい子） 36
阿武隈から津軽へ（宗像哲夫） 94
アフター・アメリカ（渡辺靖） 208
アフリカ現代経済史（ゼレーザ，ポール・ティアンベ） 275
アフリカで寝る（松本仁一） 61
アフリカによろり旅（青山潤） 22
アフリカの偉大なリーダー・シスルの物語（エリノー・シスル） 276
アフリカの満月（前川健一） 33
安部磯雄の生涯（井口隆史） 62
アーホンド・ザーデ Ākhond—zāde（1812—78）に見る〈イラン・ナショナリズム〉の諸相（藤井守男） 247
海人（石川梵） 195
甘粕正彦 乱心の曠野（佐野眞一） 24
甘酸っぱい"すだち"（王臻） 11

380　ノンフィクション・評論・学芸の賞事典

あまのじゃくの思い出（島谷浩資）……………… 78
奄美歌掛けのディアローグ（酒井正子）………228
編む（紫みほこ）……………………………………… 63
雨にも負けて風にも負けて（西村滋）…………… 66
雨のなまえ（城芽ハヤト）……………………………197
雨の日のマニフェスト（本田しおん）…………… 28
雨森芳洲（上垣外憲一）……………………………204
「アメリカ」を超えたドル（田所昌幸）…………207
アメリカ音楽史（大和田俊之）……………………209
アメリカ教育通信（稲垣忠彦）……………………288
アメリカ近代政党の形成（藤本一美）……………243
アメリカ極秘文書と信託統治の終焉—ソロモン報告・ミクロネシアの独立（小林泉）……156
アメリカ国家反逆罪（下嶋哲朗）…………………… 23
アメリカ史にみる職業着（濱田雅子）……………265
アメリカでの十日間・私の旅（田中涼子）……… 52
アメリカにおける秋山真之（島田謹二）………… 60
アメリカの高齢者ケアにおける社会保障と家族の役割（関ふ佐子）………………………………161
アメリカの食卓（本間千枝子）……………………202
アメリカの祖母たち（高野麻詩子）……………… 72
アメリカの東アジア戦略と日本（中島信吾）……146
アメリカ・フェミニズムの社会史（有賀夏紀）……243
アメリカ婦人宣教師—来日の背景とその影響（小桧山ルイ）………………………………………222
アメリカ連邦政府刊行物寄託図書館制度の電子化への過程とその背景（古賀崇）……………260
アメリカ・ナルシス（柴田元幸）…………………208
アメリカン・マジック（薛沙耶伽）……………… 53
「あやかし考」を中心として（田中貴子）……207
あやかしの贄（にえ）—京極ミステリーのルネッサンス（鷹城宏）………………………………111
彩・生（新田順子）…………………………………… 84
鮎川信夫—路上のたましい（牟礼慶子）………125
鮎川義介と経済的国際主義（井口治夫）………209
鮎釣り（涌井康之）…………………………………… 48
アユの話（宮地伝三郎）……………………………285
歩み始めた青年（伊藤よし子）…………………… 12
新井白石の政治戦略 儒学と史論（ナカイ、ケイト・W．）………………………………………………320
あらかじめ裏切られた革命（岩上安身）………… 23
「あらくれ」論（大杉重男）………………………101
あらしのよるに（あべ弘士ほか）…………………194
曠野から（川田順造）……………………………… 60
アラビア文学：近代アラビア小説の書目と批評 全6巻（Sakkut,Hamdi）………………………275
アラブの音文化～グローバル・コミュニケーションへのいざない（水野信男ほか）……………228
荒巻義雄の『ブヨブヨ工学』SF、シュルレアリスム、そしてナノテクノロジーのイマジ

ネーション（タヤンディエー・ドゥニ）……112
アララギの脊梁（大辻隆弘）………………………113
有明海の魚介類は『安全』というまやかし『風評被害』おそれてダイオキシン汚染かくし（岡部博関）………………………………………… 37
有明物語（山田たかし）…………………………… 94
ありがとう（坪田沙穂梨）………………………… 73
ありがとう（道下愛恵）…………………………… 73
ありがとう，そしてごめんねチャコ（小澤倫子）‥ 87
ありがとう曾祖母（ひいばば）（酒井陽菜）……120
有島武郎 世間に対して真剣勝負をし続けて（亀井俊介）………………………………………321
アリストテレスにおける「実践理性」（中島文夫）……………………………………………………317
アリゾナの隕石孔（増沢以知子）………………… 68
或るアビニョンの一日（安齋礼恵）……………… 53
ある一回の昼食のはなし（荒堀みのり）………… 53
あるカメラマンの死（沢田教一）…………………191
歩き続けよう（重本惠津子）……………………… 19
ある近代産婆の物語—能登・竹島みいの語りより（西川麦子）………………………………218
アルジェリア女性讃（ホッジャ，スワッド）……275
ある殉死，花田清輝論（宮内豊）………………… 99
ある昭和史（色川大吉）……………………………288
ある新聞奨学生の死（黒藪哲哉）………………… 35
ある戦場カメラマンの記録（沢田教一）………191
ある総合商社の挫折（NHK経済部取材班）……110
ある追跡記—前進座事件（小馬谷秀吉）……… 81
ある都市銀行の影—不動産融資総量規制は何だったのか（土居忠幸）…………………………… 36
ある夏の日の出会い（伊藤恵）…………………… 29
ある日曜日の午後（与田弘志）……………………191
アール・ヌーヴォーのデザイナー M．P．ヴェルヌイユと日本（廣瀬緑）…………………………221
アルバム（佐藤明美）……………………………… 50
アルベール・カミュその光と影（白井浩司）……131
或るホームレス歌人を探る——響きあう投稿歌（松井多絵子）………………………………103
ある翻訳家の雑記帳（新庄哲夫）………………… 95
アルミ片の恐怖—缶ビール・缶コーラ等の飲料公害（肥後義弘）………………………………… 35
アレクサンドロス変相—古代から中世イスラームへ（山中由里子）…………………………264
アレゴリーの織物（川村二郎）…………………… 92
あれもサイン、これもサイン（小林あゆみ）…… 83
合わせ鏡（押田ゆき子）…………………………… 63
泡となった日本の土地（アヴリンス，ナターシャ）…………………………………………………213
安徽省を訪ねて（泉谷晴香）……………………… 53
『安全』ブランコに殺される（松野敬子）……… 36

あんた　　　　　作品名・論題索引

アンダーカバー 秘密調査(ヤマモトマサアキ) ……………………………… 197
アンダスンと3人の日本人―昭和初年の「アメリカ文学」(大橋吉之輔) ……… 243
アンダルシアのデイビッド(三浦俊彦) ……… 53
アンデルセンの生涯(山室静) ……………… 288
安藤昌益全集 全21巻別巻1(安藤昌益研究会) ‥291
暗闘 スターリン,トルーマンと日本降伏(長谷川毅) ……………………………… 211
アントンは遠吠えをする(宇田川未森) ……… 30

【い】

言い切れない気持ち(水上貴洋) ……………… 72
飯島春敬全集 全12巻(飯島春敬) …………… 291
飯田蛇笏(石原八束) …………………………… 114
飯田龍太の彼方へ(筑紫磐井) ………………… 114
井伊直弼 修養としての茶の湯(谷村玲子) … 230
いいなづけ(平川祐弘) ………………………… 132
家(篠山紀信) …………………………………… 191
イエス生誕物語における歴史と虚構(土屋博) ‥251
家成立史の研究―祖先祭祀・女・子ども(服藤早苗) ……………………………… 222
「家の光」における農村婦人作業服の変遷とその背景―昭和15年の懸賞募集を中心に(高橋知子) ………………………………… 264
家康家臣団における大須賀康高の役割(酒入陽子) ……………………………………… 274
硫黄島作戦の一考察(下河辺宏満) …………… 146
異界の海―芳翠・清輝・天心における西洋(高階絵里加) ……………………………… 214
医学の発展と親子法(松川正毅) ……………… 162
医学の歴史(小川鼎三) ………………………… 285
逝かない身体―ALS的日常を生きる(川口有美子) ……………………………………… 15
斑鳩の白い道のうえに―聖徳太子論(上原和) ‥99
行きかふ年(風越みなと) ……………………… 94
生き甲斐(阿部広海) …………………………… 4
生きている大地(野崎実) ……………………… 45
生きて虜囚の辱めを受ける(黒藪次男) ……… 18
生きてるって楽しいよ(菊地由夏) …………… 85
生き抜いた(松川千鶴子) ……………………… 29
生きのびて(松本悦子) ………………………… 85
異郷の歌(岡松和夫) …………………………… 57
生きられた自我―高橋たか子論(山内由紀人) ‥100
イギリス海軍の太平洋戦域参加問題(赤木完爾) ……………………………………… 146
イギリス近代詩法(高松雄一) ………………… 133

イギリス女性運動史―フェミニズムと女性労働運動の結合(今井けい) ……………… 222
イギリス親権法史(川田昇) …………………… 160
イギリス帝国とアジア国際秩序(秋田茂) … 157
イギリス帝国の歴史(秋田茂) ………………… 135
イギリスの議会(木下広居) …………………… 59
イギリスはおいしい(林望) …………………… 61
イギリス美術(高橋裕子) ……………………… 206
イギリス・メソディズム研究(山中弘) …… 252
生きる(土肥春夫) ……………………………… 74
生きる(諫山仁恵) ……………………………… 17
生きる(永田万里子) …………………………… 85
生きること 生かされること『命の綱の狭間で』(小林延也) ………………………… 42
生きる言葉(木幡利枝) ………………………… 78
生きる力(川野永遠) …………………………… 30
生きるって素晴らしい(今井保子) …………… 69
育児書(福岡信之) ……………………………… 4
郁達夫と大正文学―<自己表現>から<自己実現>の時代へ(大東和重) ……………… 264
池澤夏樹=個人編集 世界文学全集(第Ⅰ・Ⅱ期)(池澤夏樹) ……………………………… 295
池田満寿夫全版画作品集(勝井三雄) ……… 191
池の桜(大岩翔) ………………………………… 32
いけばな花材総事典(江島任) ……………… 192
異国の歳輪(姜豪美) …………………………… 37
異国の飛行機に乗って(小野友佳子) ………… 53
異国の表象-近世輸出漆器の創造力(日高薫) ‥199
いざというときに(赤松愛子) ………………… 64
イサム・ノグチ―宿命の越境者(ドウス昌代) ‥23
遺産地域周辺部の整備を図る際の具体的方策について―実践例からの提案(武田英文) ‥45
石川雅望の研究(粕谷宏紀) ………………… 164
〈意識〉と〈自然〉―漱石試論(柄谷行人) …… 100
「<意識>とは何だろうか」を中心として(下條信輔) ……………………………… 206
意識と本質(井筒俊彦) ………………………… 132
石田坂と笑顔の彼(小玉すみ香) ……………… 50
異質への情熱(上田三四二) …………………… 102
石橋湛山研究(増田弘) ………………………… 90
石橋湛山の思想的研究(姜克実) …………… 90
碑の詩(続橋利雄) ……………………………… 81
いじめを解決した仲間たち(安野舞里子) …… 78
いじめについて思うこと(上西のどか) …… 119
いじめの向こう側(池田伸一) ………………… 77
いじわる兄貴のノミほどの親切(二本松大夢) ‥70
医心方 全33冊(丹波康頼ほか) …………… 278
伊豆諸島民俗考(坂口一雄) ………………… 301
イスファハン(並河万里) …………………… 290
イスマーイール派の神話と哲学(菊地達也) ‥240

泉芳朗の闘い〜奄美復帰運動の父(大山勝男)‥37
出雲阿国の新研究—出雲から見た阿国(大谷従二)‥186
出雲俳壇の人々(桑原視草)‥113
イスラーム家族法(柳橋博之)‥161
イスラーム世界の論じ方(池内恵)‥209
イスラーム文化(井筒俊彦)‥289
イスラーム法における先買権(柳橋博之)‥247
衣生活にみる伝統と創造—インドネシアの手織布と現代のモードより(松本由香)‥264
イセのマトヤのヒヨリヤマ(久野陽子)‥94
伊勢物語とその周縁 ジェンダーの視点から(丁莉)‥227
磯崎新の「都庁」(平松剛)‥208
偉大なじじ(依田みずき)‥27
偉大なる遺産白神(土佐隆二郎)‥46
イタリア中部の一山岳集落における民家調査報告(宮沢智士)‥116
イタリア通信(坂本鉄男)‥116
イタリア的「南」の魅力(ファビオ・ランペッリ)‥117
イタリアのアヴァンギャルド 未来派からピランデルロへ(田之倉稔)‥116
イタリアのビジネスモデルに学ぶもの(小林元)‥117
イタリアの道(名久井直子)‥197
イタリア・ユダヤ人の風景(河島英昭)‥133
1Q84(BOOK1,BOOK2)(村上春樹)‥294
一隅の秋(山本くに子)‥64
一期一会(浜川沙彩)‥29
一期一会(一生に一度の出会い)(河野真由美)‥41
一期一会、そして幸あれ(尾崎夏海)‥53
一期一会の人生(荒田正信)‥30
苺のニュース(蜂屋正純)‥108
いちじく(栗原暁)‥65
「一日一言」北海タイムス主筆の「1日1言」夕刊(市川謙一郎)‥59
イチダイ様信仰の生成(小池淳一)‥273
いちにちにへんとおるバス(梶山俊夫)‥191
一年前の入学祝(東秀樹)‥74
1%の俳句—一挙性・露呈性・写生(彌榮浩樹)‥102
一番言いたかったのは…(楠本有佳子)‥12
一枚の写真からの旅(安保隆)‥76
一枚の免許状と諸隊の反乱(木村高士)‥187
いちょうの木を見て(丸山順子)‥26
一羽のツグミ(美馬清子)‥65
五日間のお遍路(森水陽一郎)‥29
いつか見た青空(黒澤絵美)‥26
いつか先生のように(榊原恵美)‥77

いつか、やってくる日…。(宇喜田けい)‥79
一休—『狂雲集』の世界(柳田聖山)‥131
一茶全集 全8巻別巻1(信濃教育会)‥289
「逸周書」の思想と成立について—斉学術の一側面の考察(谷中信一)‥257
一瞬の静寂(橘市郎)‥82
一瞬の夏(沢木耕太郎)‥57
一生大事にする友達(橋本優佳)‥77
一生に一度だけの(ハート、ヤスコ)‥18
一緒に歩いた道(谷浩子)‥12
一緒に生きて行こうの(小藤真紗子)‥72
一千一秒物語(羽良多平吉)‥194
一銭五厘たちの横丁(児玉隆也)‥60
一銭五厘の旗(花森安治)‥130
一反のたんぽの力(村田真吾)‥29
逝ってしまったマイ・フレンド(大塚香緒里)‥82
いつでもそれが大事(田中綾乃)‥73
"いってらっしゃい"の力(河合慎之介)‥75
一本と半分で歩く俺の人生(吉田貴方)‥41
一本の古クギ(渡辺治)‥50
一本橋の向うに(熊倉多佳子)‥41
いつも行く場所(泉美樹)‥108
いつもの道(中村キヨ子)‥50
遺伝管理社会—ナチスと近未来(米本昌平)‥291
伊藤整(桶谷秀昭)‥92
移動と律動と眩暈と(野村喜和夫)‥89
伊藤博文(瀧井一博)‥209
伊藤博文と明治国家形成(坂本一登)‥205
『愛しい』から(上田晴子)‥72
いとしき者たち(児玉清子)‥64
異都憧憬—日本人のパリ(今橋映子)‥213
異都憧憬 日本人のパリ(今橋映子)‥205
稲垣達郎学芸文集(稲垣達郎)‥131
稲垣足穂全集(吉田篤弘ほか)‥195
イナグヤナナバチ…沖縄女性史を探る(堀場清子)‥222
稲作儀礼の対比研究の試み(杉山晃一)‥217
稲作儀礼の類型的研究(伊藤幹治)‥217
稲作文化の世界観 『古事記』神代神話を読む(嶋田義仁)‥320
犬が星見たーロシア旅行(武田百合子)‥131
犬ぞり兄弟ヤマトとムサシ(甲斐望)‥87
犬と旅した遙かな国(織本瑞子)‥69
犬と汎神論(寺田貢)‥48
犬と人のこんないい関係(矢島友幸ほか)‥87
犬バカママと3匹の娘たち(前川ひろ子)‥87
井上成美(井上成美伝記刊行会)‥290
命(十川和樹)‥29
命(塩野伯枝)‥72
命を救う温かい心(上西のどか)‥118

「命」を話し合う(永井友理)……………… 28
命の雫が輝くとき(上西のどか)…………… 119
命の詩片(宮内勝)……………………………… 41
命の誕生(沢内建志)…………………………… 50
命の温もり(與那嶺拓也)……………………… 70
いのちの約束(水間摩遊美)…………………… 9
祈りたかった(西谷尚)………………………… 20
祈るとき(上柿早苗)…………………………… 50
伊吹おろしがやってくると(向井成子)…… 72
いぶや坂(内藤みどり)………………………… 10
異文化インターフェース管理―海外における日本的経営(林吉郎)……………… 153
異文化としての家―住まいの人類学事始め(塩谷壽翁)……………………………… 200
異文化としてのイスラーム―社会人類学的視点から(大塚和夫)…………………… 218
イブン・スィーナーにおける「自覚」論(小林春夫)………………………………… 247
異邦の香り―ネルヴァル『東方紀行』論(野崎歓)…………………………………… 134
異邦の友への手紙―ロラン・バルト「記号の帝国」再考(渡辺諒)…………………… 101
今井俊満 花鳥風月(中垣信夫)……………… 194
今を生きる(西村美恵子)……………………… 72
今、ここからすべての場所へ(茂木健一郎)… 190
いまさら…(山口富士雄)……………………… 64
イマージュの哲学(石井敏夫)………………… 317
今 何かを摑みかけて(内山弘紀)…………… 84
今までの自分、これからの自分(常田千菜)… 70
今も沖には未来あり 中村草田男句集「長子」の世界(長嶺千晶)………………… 114
今甦る白鳥の沼(大和史郎)…………………… 81
イメージと人間(藤岡喜愛)…………………… 288
イメージの地層(水野千依)………………… 115, 209
妹(武藤蓉子)……………………………………… 28
妹(井手厚子)……………………………………… 50
妹(栗田愛弓)……………………………………… 74
イモ駅(手塚崇)…………………………………… 49
鋳物工場の屋号と家印について(宇田哲雄)… 265
イラン(大石芳野)……………………………… 194
イラン音楽 声の文化と即興(谷正人)…… 228
イラン人の心(岡त恵美子)…………………… 60
イラン北部における青銅器時代から初期鉄器時代への移行―ノールズ・マハレ遺跡下層出土土器を中心に(有松唯)………… 249
入会の研究(戒能通孝)………………………… 282
イーリアス(呉茂一)…………………………… 129
遺留分の再検討(西希代子)…………………… 162
医療民俗学論(根岸謙之助)…………………… 301
入歯屋の日常(島田清純)……………………… 48

色男の研究(ヨコタ村上孝之)………………… 208
色川三中の研究 伝記編(中井信彦)………… 164
色機嫌―松梢風の生涯(村松暎)…………… 95
「色」と「愛」の比較文化史(佐伯順子)…… 206
岩倉遣欧使節と文官大礼服について(刑部芳則)……………………………………… 265
鰯家族(本田しおん)…………………………… 26
岩波イスラーム辞典(岩波イスラーム辞典編集委員会)……………………………… 293
岩波科学ライブラリー(岩波書店自然科学書編集部)……………………………………… 295
岩波茂雄伝(安倍能成)………………………… 129
IN(イン)(水口理恵子)……………………… 196
インカの祖先たち(泉靖一)…………………… 285
インコ(椿由美)…………………………………… 26
「印刷雑誌」とその時代―実況・印刷の近代史(印刷学会出版部)…………………… 255
印刷博物誌(凸版印刷印刷博物誌編纂委員会)… 255
インターネットからの叫び―「文学」の延長線上に(森井マスミ)…………………… 103
インタビュー(和田誠)………………………… 192
院長日記(島村喜久治)………………………… 59
インド大乗文教における如来蔵・仏性の研究―ダルマリンチェン造宝性論釈疏の解読(小川一乗)………………………………… 251
インドネシア 国家と政治(白石隆)………… 204
インドネシアのイスラム教育(西野節男)… 261
インドネシアの近代女子教育―イスラム改革運動のなかの女性(服部美奈)………… 262
インドネシア民族主義研究―タマン・シスワの成立と展開(土屋健治)………………… 153
インドの美術(上野照夫)……………………… 285
インド ミニアチュール幻想(山田和)……… 23
インパラの朝 ユーラシア・アフリカ大陸 684 日(中村安希)………………………………… 16
引用箇所間の意味的な近さに基づく共引用の多値化：列挙形式の引用を例として(江藤正己)……………………………………… 297
引用分析から把えた図書館情報学雑誌群の構造(斉藤泰則)………………………………… 296
引用分析にもとづく欧文誌の評価(上田修一)… 296
引力とのたたかい―とぶ(佐貫亦男)……… 60

【う】

ヴァルトミュラーの光(竹村亜矢子)………… 33
浮いてこい(佐藤幸枝)………………………… 74
ウィトゲンシュタイン最後の思考―確実性と偶然性の邂逅(山田圭一)………………… 318

ウィトゲンシュタインと宗教哲学―言語・宗教・コミットメント(星川啓慈)……………252
ヴィヨン詩研究(佐藤輝夫)………………129
ウィーン―『独り立ち』への旅(山口恵子)……52
ウインズのある村(式守漱子)……………83
ウィーンのバレエの物語(藁科れい)………80
ウエイティング・ラフターズ(オスンダレ、ニイ)………………………………………275
ヴェニスのゲットーにて 反ユダヤ主義思想史への旅(徳永恂)………………………320
ヴェネツィア貴族の世界 社会と意識(永井三明)………………………………………116
ヴェネツィアと日本―美術をめぐる交流(石井元章)………………………………116
上野英信の戦後/書かれなかった戦中(谷美穂)……39
ウェブ進化論(梅田望夫)…………………278
ウォーキングの代償(西澤貞雄)……………49
ウォーク号の金メダル(山地美登子)………85
浮かれ坊主法422(安里英晴)………………195
浮世絵出版論―大量生産・消費される〈美術〉(大久保純一)…………………………256
動いていた時計(鈴木昭二)…………………77
潮の音(浜田亘代)……………………………25
牛飼い(小野まり子)…………………………50
牛飼いの長靴(武藤蕘子)……………………30
牛飼い、再び(小野まり子)…………………50
氏と戸籍の女性史―わが国における変遷と諸外国との比較(久武綾子)……………222
失う前に(須田一輔)…………………………41
失われた線路を辿って(伊藤純子)…………80
失われた時を求めて(鈴木道彦)…………133
後ろめたさを背負って(佐々木進)……………3
薄明りの月(石田夏月)………………………27
ウスケボーイズ 日本ワインの革命児たち(河合香織)………………………………43
淡墨桜(大野比呂志)…………………………66
臼ひき老安(大西功)…………………………19
薄闇のローマ世界(本村凌二)……………205
失せ物(横山絹子)……………………………49
嘘(広瀬明子)…………………………………37
嘘つきアーニャの真っ赤な真実(米原万里)……15
歌を聴かせてね(成田すず)…………………72
歌と詩のあいだ―和漢比較文学論攷(大谷雅夫)………………………………………165
うたと震災と私(寺井龍哉)………………103
歌に私は泣くだらう 妻・河野裕子 闘病の十年(永田和宏)……………………………22
詩の根源へ(飯塚数人)……………………170
うたの動物記(小池光)………………………62
詩の風景・詩人の肖像(白石かずこ)……134

歌ひつくさば ゆるされむかも 歌人三ヶ島葭子の生涯(秋山佐和子)………………113
内田百閒―『冥途』の周辺(内田道雄)……126
内田百閒論(川村二郎)……………………131
打ち出の小づち(青柳静枝)…………………63
内なる王国を求めて―ジャワ農民運動(サミン運動)に於ける権力否定とその帰結(福島真人)………………………………217
うちのお母さん(笠原亜紀)…………………73
宇宙開発と国際政治(鈴木一人)…………209
宇宙空間への道(畑中武夫)………………286
宇宙のからくり 人間は宇宙をどこまで理解できるか?(山田克哉)……………………195
美しい家(城芽ハヤト)……………………197
美しき日本の残像(アレックス・カー)……223
ウバイド文化における葬法:レンガ列を伴う墓の構造(小泉龍人)…………………248
姥ざかり花の旅笠(田辺聖子)………………86
うばざくら会の崩壊(島田ユリ)……………48
姥捨て(森田磧子)……………………………64
ウーバールーバーと父(小坂由香子)………30
うぶ毛です!(宮本みづえ)…………………12
馬を洗はば(角田和歌子)…………………118
馬キチ夫婦の牧場開拓記(船津久美子)……82
馬の骨はいい奴だった(宮本みづえ)………12
生まれたという奇跡(長尾有紗)……………75
ウーマン アローン(廣川まさき)…………16
海(大川本愛子)………………………………48
海を越えた艶ごと―日中文化交流秘史(唐権)…263
海を渡ってみれば…(荻野冴美)……………79
海を渡る浮世絵(定塚武敏)………………219
海が怖い(林政雄)………………………………3
海と毒薬(遠藤周作)………………………284
うみのいえ(大塚幸彦)……………………197
海の学校『えひめ丸』指導教員たちの航跡(北健一)…………………………………37
海の帝国(白石隆)…………………………135
海のなかへ(中村征夫)……………………195
『海の人』の図像成立をめぐって:『千夜一夜物語』の挿絵と人魚図像(小林一枝)…248
海の都の物語(塩野七生)…………………202
海辺の町から(渡辺昌子)……………………55
海辺の熔岩(曽宮一念)………………………59
産めない先進国―世界の不妊治療現場を行く(宮下洋一)……………………………44
埋もれた朝鮮菓子―くわすり」を事例として(橋爪伸子)…………………………265
浦上四番崩れ(片岡弥吉)……………………59
うら島太ろうのふる里(山本雄太)…………79
裏日本(浜谷浩)……………………………284

瓜と龍蛇（網野善彦〈ほか〉） ………… 291
生神思想論—新宗教による〈民俗〉宗教の止揚
　について（島薗進） ………………………… 251
漆紙文書の研究（平川南） ……………… 164
うるしの話（松田権六） ………………… 286
ウル第三王朝時代の労働集団について—ウン
　マ都市の耕作集団（前田徹） ………… 246
ウルトラマンの末息子（関根靖子） …… 27
うるめ（柳原陽子） ………………………… 25
ウルルとエアーズロック（荒木有希） … 35
うれしい ひ（杉田豊） ………………… 192
うれしかったあのとき（田代実穂） …… 78
うわさの遠近法（松山巖） ……………… 205
雲外蒼天—ハンセン病の壁を超えて（樫田秀
　樹） ………………………………………… 35
ウンタシュ・ガル銘土製釘について（松島英
　子） ……………………………………… 246
運動する写生—映画の時代の子規（坂口周）… 102
運命のウサギ（海木茜） ………………… 72
運命の人（全4冊）（山崎豊子） ………… 294

【 え 】

永遠なるものパドック（河内淳） ……… 82
映画音響論（長門洋平） ………………… 210
「映画史への招待」を中心として（四方田犬
　彦） ……………………………………… 206
映画字幕六十年（清水俊二） …………… 61
映画人・菊池寛（志村三代子） ………… 170
映画とは何か（加藤幹郎） ……………… 128
栄花物語の乳母の系譜（新田孝子） …… 226
英軍による降伏日本軍人の取扱い（喜多義人）… 146
永訣（岡野早苗） ………………………… 118
英語学と言語学（三宅鴻） ……………… 149
〜英語嫌いの私が、オーストラリアでホーム
　ステイをしました。〜（久林千菜恵） … 53
英国大使の博物誌（平原毅） …………… 61
英国鉄道物語（小池滋） ………………… 289
英国における〈日本趣味（ジャパニズム）〉の
　形成に関する序論1851〜1862（谷田博幸）… 219
英語構文研究—素性とその照合を中心に（大
　庭幸男） ………………………………… 150
英語二重目的語構文の統語構造に関する生成
　理論的研究（天野政千代） …………… 150
英語の移動現象研究（中島平三） ……… 149
英語の諸形式とその生産性（島村礼子） … 149
英語法助動詞の意味論（中野弘三） …… 150
エイズ犯罪 血友病患者の悲劇（櫻井よしこ）… 15

営巣の糧（堀米薫） ……………………… 11
永続敗戦論—戦後日本の核心（白井聡） …… 91,166
「叡知の宝石」にみられるイブン＝アラービーの
　「完全人間」（竹下政孝） ……………… 247
A遺伝子の光芒（審亮一） ………………… 19
栄養の世界—探検図鑑（足立己幸） …… 200
笑顔の天使（江崎恵美子） ……………… 73
「易緯坤霊図」象数考（武田時昌） ……… 257
エキスパート・システムによる出版地の鑑定
　（戸田慎一） …………………………… 260
液体理論（戸田盛和） …………………… 282
駅で（乾優紀） …………………………… 53
エクソシストとの対話（島村菜津） …… 43
エサルハドン宗主権条約再考（渡辺和子）… 252
エジプト近代史研究動向—オラービー運動研
　究を題材として（加藤博） …………… 247
エジプト第1王朝の王墓地比定に関する一試
　論：輸入土器からの視点（中野智章） … 248
「エスキモー」を中心として（宮岡伯人） … 203
S子（市瀬頼子） ………………………… 77
S先生のこと（尾崎俊介） ……………… 62
エスニシティと社会変動（梶田孝道） … 204
夷千島王とウソリケシ政権（平山裕人） … 186
蝦夷論集三部作（工藤雅樹） …………… 307
越境—スールー海域世界から（床呂郁哉）… 218
越境人たち 六月の祭（姜誠） …………… 16
越境者（小島武） ………………………… 194
エッフェル塔試論（松浦寿輝） ………… 127
江戸お留守居役の日記（山本博文） …… 61
江戸絵画史論（小林忠） ………………… 202
江戸川乱歩全集（市川238夫） ………… 192
江戸川乱歩全集（篠田昌三） …………… 192
江戸看板図譜・江戸店舗図譜（林美一）… 152
江戸後期の詩人たち（富士川英郎） …… 130
江戸後期の思想空間（前田勉） ………… 165
江戸詩歌論（揖斐高） …………………… 133
江戸時代語辞典（顎原退蔵ほか） ……… 294
江戸時代地方書肆の基礎的考察（大和博幸）… 254
江戸時代の家相説（村田あが） ………… 265
江戸時代の琴士物語（岸田成雄） ……… 228
江戸児童図書へのいざない（ヘリング、アン）… 254
江戸周辺農村における「余業」経営者の存在
　形態（宮坂新） ………………………… 265
江戸商家・商人名データ総覧（全7巻）（田中康
　雄） ……………………………………… 237
江戸女流文学の発見—光ある身こそくるしき
　思ひなれ（門玲子） …………………… 292
江戸と周辺—幕末の街道と道しるべ（増田善
　之助） …………………………………… 185
江戸の女俳諧師「奥の細道」を行く（金森敦

子) ……………………………… 61
江戸の花鳥画(今橋理子) ……………… 205
江戸の社会と御免富―富くじ・寺社・庶民(滝口正哉) ………………………… 153
江戸の知識から明治の政治へ(松田宏一郎) …… 208
江戸のデザイン(草森紳一) …………… 287
江戸の兵学思想(野口武彦) …………… 319
江戸の料理史(原田信男) ……………… 204
江戸の歴史家(野口武彦) ……………… 202
江戸幕藩大名家事典 上中下(小川恭一) …… 153
江戸幕府財政史料集成(上・下)(大野瑞男) …… 237
江戸幕府財政の研究(飯島千秋) ……… 236
江戸百夢(田中優子) …………………… 207
江戸ふしぎ草子(海野弘) ……………… 106
江戸文学掌記(石川淳) ………………… 131
江戸前の男 春風亭柳朝一代記(吉川潮) …… 58
エドモン・ド・ゴンクール宛の林忠正未刊書簡について(ペテルノッリ, ジョヴァンニ) …… 219
エトルスキ国制の研究(平田隆一) …… 116
江戸湾内海の防衛と品川台場(淺川道夫) …… 147
えにし断ちがたく―満州の興亡を体験した女の80年(天川悦子) …………………… 19
画になる女(高沢圭一) ………………… 63
NHK フィレンツェ・ルネサンス 全6巻(日本放送出版協会) ………………………… 116
えのすきなねこさん(にしまきかやこ) …… 193
絵仏師の時代(平田寛) ………………… 198
エープリルフール(伊藤智子) ………… 32
F1地上の夢(海老沢泰久) ……………… 57
エボラ出血熱(村田信一) ……………… 194
絵本(田宮虎彦) ………………………… 283
絵本と年齢:ディック・ブルーナを中心に(岡野純子) ………………………………… 297
絵巻物詞書の研究(中村義雄) ………… 163
エマルのアッカド語の言語的特徴(池田潤) …… 248
エマル文書の年代学序説:絶対年代と対照年代(山田雅道) ……………………………… 248
エミリ・ディキンスン天国獲得のストラテジー(稲田勝彦) ……………………………… 243
エミリー・デュ・シャトレとマリー・ラヴワジエ―18世紀フランスのジェンダーと科学(川島慶子) …………………………… 222
エリア・カザン自伝(上・下)(カザン, エリアほか) ……………………………………… 293
エリアーデ宗教学の展開―比較・宗教・解釈(奥山倫明) ……………………………… 239
エリアーデの思想と亡命―クリアーヌとの関係において(奥山史亮) ………………… 253
エリオット(深瀬基寛) ………………… 129
エリザベート(塚本哲也) ……………… 15

エリゼ宮の食卓(西川恵) ……………… 206
エリック・サティ(戸田ツトム) ……… 193
エリック・サティ覚え書(秋山邦晴) … 127
エル・キャブ(毛利彰) ………………… 194
Lの贈り物(坂川栄治ほか) …………… 194
エルミタージュの緞帳(どんちょう)(小林和男) ……………………………………… 61
エロティック・ジャポニスム:西洋美術における日本の性的画像の影響(リカル・ブル・トゥルイ) ……………………………… 221
エロトピア(山藤章二) ………………… 191
遠いアメリカ(北村治) ………………… 193
遠い嫁ぎ先(大木戸浩子) ……………… 50
演歌の明治大正史(添田知道) ………… 285
延享二年のパースペクティヴ―奥村政信画〈大浮絵〉をめぐって(岸文和) ……… 198
遠距離電話(杉谷芳子) ………………… 72
遠近法の誕生―ルネサンスの芸術家と科学(辻茂) …………………………………… 116
遠近法の発見(辻茂) …………………… 116
園芸植物大事典 全6巻(塚本洋太郎) … 291
延慶本平家物語論考(水原一) ………… 163
エンジェルフライト―国際霊柩送還士(佐々涼子) ……………………………………… 17
エンジニア・エコノミスト―フランス公共経済学の成立(栗田啓子) ……………… 213
エンゼルトランペット(斎藤淳子) …… 64
婉という女(大原富枝) ………………… 285
遠藤周作・信仰と文学のはざまで――日本カトリック作家の誕生(永藤武) ……… 251
遠藤周作の世界(武田友寿) …………… 98
エンブリオロジスト いのちの素を生み出す人たち(須藤みか) ……………………… 43

【 お 】

おーい!(島崎聖子) …………………… 18
お医者さん(なだいなだ) ……………… 287
お伊勢参り「光と影」―大神宮碑と餓死供養塔(白浜信之) ……………………………… 187
老いて(飯島もとめ) …………………… 27
「老いと看取りの社会史」を中心として(新村拓) ……………………………………… 205
老いゆくふたり(鷹沢のり子) ………… 35
おいらん草(池部ちえ) ………………… 63
応援歌(大瀧直子) ……………………… 72
桜花(宮城レイ) ………………………… 63
鷗外、闘う家長(山崎正和) …………… 130

おうか　　　作品名・論題索引

鷗外と近代劇（金子幸代）･････････････ 127
奥州半田銀山坑業史（佐藤次郎）･････ 187
王朝物語史の研究（室伏信助）･･･････ 164
王朝歴史物語の生成と方法（加藤静子）･･ 226
桜桃とキリスト　もう一つの太宰治伝（長部日
　　出雄）･････････････････････････････ 320
近江湖東における神社祭祀の地域的展開（政
　　岡伸洋）･････････････････････････ 272
オウムの子どもに対する一時保護を検証する
　　―改めて問われる日本社会の有り様（木附
　　千晶）････････････････････････････ 37
応用音楽学と民族音楽学（山口修）･････ 228
王留根の根は絶えた―山西省の毒ガス戦（相
　　馬一成）････････････････････････ 36
大石りく様へ（鈴木みのり）･･････････ 13
大石りくさんへ（小埜寺禮子）･･････ 13
大石りくへのメッセージ（笠谷茂）････ 13
大岡昇平研究（花崎育代）･･･････････ 126
大岡昇平論（宮内豊）････････････････ 100
大歌謡論（平岡正明）･･･････････････ 95
大きな『コレ』と小さな母（中田澄江）･･ 29
大きな存在の父（荒川祐衣）････････ 78
おおきな　ちいさいぞう（寺村輝夫ほか）･･ 193
大きなマル（上間啓子）････････････ 13
おおきに（藤井仁司）････････････････ 74
おおきめに丸（楓まさみ）････････････ 4
大久保一翁―最後の幕臣（松岡英夫）･･ 289
大蔵省統制の政治経済学（真渕勝）････ 205
大阪（砂原庸介）･････････････････････ 209
大坂町筋鳥町通り（中田勝康）･･･････ 19
大坂本屋仲間記録　全18巻（大阪府立中之島図
　　書館（代表・中村政司））･･･････ 254
大阪路上生活報告―拡散する経済難民（村上
　　恭介）････････････････････････ 36
大地震にあったアレックス（松田英雄）･･ 88
大隅国止上神社の成立由来と歴史関係の考察
　　（小園公雄）･･････････････････ 185
大津事件の再評価（田岡良一）････････ 288
大西祝とその時代（平井洋）･････････ 317
大原麗子（立木義浩）･･････････････ 193
大晦日に（平澤佳奈）････････････････ 75
大向うの人々　歌舞伎座三階人情ばなし（山川
　　静夫）････････････････････････ 22
大村益次郎の建軍思想―『一新之名義』と仏
　　式兵制との関連を中心に（竹本知行）･･ 147
大文字の都市人類学的研究―左大文字を中心
　　にして（和崎春日）･････････････ 200
大森界隈職人往来（小関智弘）････････ 67
大森実の直撃インタビュー（大森実）････ 109
大山事件の一考察（影山好一郎）･･････ 146

大山不動信仰（松岡俊）･･･････････････ 264
大雪の朝（岩渕真理子）･････････････ 50
大雪の贈り物（内村和）･････････････ 28
大和田盛哀記（近藤明美）･･･････････ 81
お母さん（西本經子）･･･････････････ 31
お母さんから先生への百の質問　正・続（勝田
　　守一ほか）････････････････････ 284
おかあさんのたからもの（中津花）････ 78
お母さんの夢（安田那々）････････････ 78
お母さんへ（和泉まさ江）･･･････････ 32
お蚕讃（小松菜生子）･･･････････････ 55
岡倉天心（大久保喬樹）････････････ 319
岡田嘉子　雪の挽歌（松沢倫子）････ 85
お金をかせぐということ（齋藤雅也）･･ 30
お金で買えない大切な物（栄大樹）････ 70
お金のなる樹（谷垣吉彦）････････････ 4
お金持ち（小林浩子）････････････････ 5
岡本太郎の仮面（貝瀬千里）･･･････ 170
オカン（西川のりお）････････････････ 85
起きて、立って、服を着ること（正木ゆう子）･･ 114
沖縄―その二つの顔（久保田博二）････ 191
沖縄音楽の構造；歌詞のリズムと楽式の理論
　　（金城厚）･････････････････････ 228
沖縄が教えてくれた事（石川紀実）････ 79
"沖縄学"の誕生（興儀秀武）･･････････ 93
沖縄県・小浜島における生涯学習システムと
　　しての年中行事（加賀谷真梨）･･ 273
沖縄島（霜多正次）･･････････････････ 284
沖縄シマ豆腐物語（林真司）････････････ 8
おきなわ島のこえ（丸木俊ほか）･････ 193
沖縄大百科事典　上中下別巻1（沖縄大百科事典
　　刊行事務局）････････････････ 290
オキナワ的な、あまりに、オキナワ的な―東峰
　　夫の〈方法〉（鈴木次郎）････････ 93
沖縄独立を夢見た伝説の女傑　照屋敏子（高木
　　凛）･････････････････････････ 43
沖縄に生きて（池宮城秀意）････････ 60
沖縄における民俗宗教と新宗教―龍泉の事例
　　から（島村恭則）･･･････････････ 272
沖縄の祭祀と信仰（平敷令治）･･･････ 301
沖縄の祭と芸能（本田安次）････････ 301
沖縄返還をめぐる政治と外交―日米関係史の
　　文脈（河野康子）････････････ 155
沖縄返還と日米安保体制（中島琢磨）･･････ 209,295
沖縄宮古群島の祭祀体系（大本憲夫）･･ 272
沖縄無宿、二人（にしうらひろし）････ 69
沖縄物語（古波蔵保好）･･････････ 60
沖縄問題の起源（ロバート・D・エルドリッ
　　ヂ）････････････････････････ 207
お気に入りのもの（長房勇之介）･････ 28

オークウットの丘の上で(田村明子)............ 85
奥さんの巣立ち(浅野政枝)............... 11
屋上への誘惑(小池昌代).................. 22
お口に合うおいしさ(滝口純子)............... 4
お国言葉は不思議がいっぱい(川口有里花)..... 30
『奥の細道』蘇生と創作の旅(森本多岐子)..... 94
小熊秀雄全集 全5巻(小田切秀雄ほか)....... 289
奥三河(前田真三)....................... 290
奥村土牛(近藤啓太郎).................... 132
『おくりびと』の先に—ある火葬労働者の死が
　問うもの(和田通郎)................... 38
桶風呂の形態と使用域—滋賀県を中心とした
　事例研究(老文子)..................... 273
おさかなけいかく(岡崎佑哉)............... 118
大仏次郎(福島行一)...................... 95
小澤征爾さんと、音楽について話をする(小澤
　征爾ほか)........................... 106
お産と出会う(吉村典子).................. 290
おじいさんの台所(佐橋慶女)................ 61
おじいちゃんと私の帰り道(黒坂穂波)........ 74
おじさんとダービー(須原健太)............. 30
押してくれたのは誰だ(青木瑞歩)............ 27
オシラサマ伝説(神田由美子)............... 51
オスマン王家の始祖としてのヤペテとエサウ
　—古典期オスマン朝における系譜意識の一
　側面(小笠原弘幸)..................... 249
小津安二郎と茅ヶ崎館(石坂昌三)............ 61
オセロ日記(大津侑子).................... 25
雄叫び(原口清澄)....................... 81
小田富弥さしえ画集(資延勲)................ 95
小谷三志と富士信仰教典(岡田博)........... 186
おたふく面(今野紀昭).................... 75
おだまきの花(及川貞四郎)................ 64
おたまさんのおかいさん(長谷川義史ほか).... 196
オーダー・メイドの街づくり(鳥海基樹)...... 215
『落窪物語』「あこぎ」を通しての長寿者の役
　割について(渕上英理)................. 238
落ち葉の季節(柴田裕巳)................... 66
落穂ひろい—日本の子どもの文化をめぐる人
　びと 上下(福音館書店)............... 290
おちませんべい合格,大吉(池田宇三郎)....... 4
越知保夫とその時代—求道の文学(若松英輔).. 121
お月さん釣れた(宮嶋康彦).................. 76
おっちゃん(吉田陽)...................... 30
夫の仕事・妻の仕事(根本騎兄)............. 13
おつりは出ません(宮崎英明)................ 4
お父さんとお母さん(一宮美奈巳)............ 78
おとうさんはにんきもの(市野成美).......... 78
お父さんへ(山本治美).................... 31
弟(糸数沙恵).......................... 27

弟(牧野聡子).......................... 74
弟(石原慎太郎)........................ 292
弟になったおにいちゃん(水関実法子)...... 119
弟 晴文へ(安藤知明).................... 32
御伽草子「清水冠者物語」の一考察(和田京
　子).............................. 238
おとぎばなし 全10巻(藤沢衛彦)........... 286
お伽ばなしの王様—青山二郎論のために(永
　原孝道)........................... 121
男おいどん(松本零士).................. 191
男たちの大和(辺見じゅん)................ 57
男どうし(帰来冨士子).................... 73
男の肖像(稲越功一).................... 192
男の選択(金森久雄)..................... 61
お年寄りと話そう(岡部達美)............... 28
お兄ちゃん(山岸麻美)................... 73
お姉ちゃんへ(石井妙子)................. 120
小野二郎著作集 全3巻(小野二郎).......... 254
小野路城について(河合敦)................ 187
おばあちゃんのカラス実(金京順)........... 48
おばあちゃんのトネリコ(山田京子).......... 30
おばあちゃんへ(田﨑舞).................. 73
おばあちゃん 私の子供に 生まれてね(樋村萌
　花)............................... 5
オーバ、オーバ(高橋舞)................. 193
おばけドライブ(スズキコージ)............ 196
「おばすて」へ(日沼よしみ)................ 75
おはなしのえほん 全5巻(至光社).......... 285
お腹召しませ(浅田次郎)................. 211
お日様のにおい(森本宙花)................ 29
おふくろの味(日向雄一).................. 48
おふくろ弁当(林昭彦).................... 65
おふろ(竹内祐司)....................... 11
オペラ歌手誕生物語(畑中良輔)............. 62
オペラ座の怪人たち(益田洋介)............. 9
オペラの運命(岡田暁生).................. 207
オホーツク諜報船(西本正明)............... 67
溺れる人(藤﨑麻里)..................... 84
おぼろ月夜のグランドピアノ(二瓶みち子)... 77
おまえは競馬にグッドバイ(アタマでコンカ
　イ!)............................... 83
おまけのおまけの汽車ポッポ(小川弥栄子)... 85
おまじない(石田多重).................... 48
オマージュ(国斗純)..................... 107
お巡りさん(菅野正人).................... 32
オムライス(宮本晃子).................... 74
思いだすよ(渡辺未咲希).................. 32
思い出(岩野陽子)....................... 46
思い出さがし(菅野正人).................. 64
思い出ステンドグラス(達知瑚都海).......... 54

思い出のかけは（林久美子）……………… 28
思い出の人形（松並百合愛）……………… 28
思い出の間瀬峠（根岸保）………………… 65
思いやりのバトン（正田志保）…………… 52
おもかげ（山口トヨ子）…………………… 51
面影（新海紀佐子）………………………… 73
面影の旅（山田まさ子）…………………… 34
重き扉を開けて―日系ブラジル人と日本人労
　働者の現状（仙石英司）………………… 36
親子（望月要）……………………………… 5
親子と法―日米比較の試み（樋口範雄）…243
親父の味（北村大次）……………………… 27
おやじの国史とむすこの日本史（福田紀一）…202
親父の手探り（喜多嶋毅）………………… 41
おやすみ　ウメ、チョビン（冴綺子）…… 88
おやすみ、大好きなお母さん（鈴木紀子）…50
お雇い外国人エドアルド・キオッソーネ（近藤
　映子）………………………………………185
親の権利・子どもの自由・国家の関与―憲法
　理論と民法理論の統合的理解（横田光平）…161
親の懲戒権はいかに形成されたか―明治民法
　編纂過程からみる（小口恵巳子）………162
親馬鹿サッカー奮戦記（菊地友則）……… 81
お米をリュックにドイツ一人旅（娘のピアノ
　演奏会に～）（小澤正博）……………… 53
阿蘭陀通詞の研究（片桐一男）……………164
オランダ風説書と近世日本（松方冬子）…165
オリエンタリストの憂鬱（藤原貞朗）…209,215
折口信夫伝　その思想と学問（岡野弘彦）…320
おりづる、空に舞え（尾田みどり）……… 80
オルカ　アゲイン（水口博也）……………194
お礼肥（安慶名一郎）……………………… 64
俺たち団塊世代ぢゃ（内岡貞雄）………… 20
おれのことなら放っといて（中村伸郎）… 61
おれは鉄兵（ちばてつや）…………………192
オレは彦っぺだ（星野由樹子）…………… 85
愚か者たち、ほか（ヌデベレ、ジャブロ）…275
終わらざる夏（上・下）（浅田次郎）……294
終わりなき旅路～安住の地を求めて（美奈
　由紀）……………………………………… 36
終わらない伝言ゲーム（千街晶之）………111
音楽聞こえる―詩人たちの楽興のとき（高橋
　英夫）………………………………………126
音楽教室のイエスタディ（与田亜紀）……108
音楽の聴き方（岡田暁生）…………………128
音声学（安井泉）……………………………150
温泉王国はお熱いのがお好き（池上正子）…55
恩地孝四郎―つの伝記（池内紀）…………134
おんどりのねがい（油野誠一）……………191
おんな（高橋舁）……………………………193

女たちのジハード（井筒啓之）……………195
女と蛇―表徴の江戸文学誌（高田衛）……126
「女の仕事」のエスノグラフィ―バリ島の布・
　儀礼・ジェンダー（中谷文美）…………218
女の信心―妻が出家した時代（勝浦令子）…222
女の民俗誌―そのけがれと神秘（瀬川清子）…301
女ひとりアルジェリア（よしかわつねこ）…67
女ひとり原始部落に入る（桂ユキ子）……285
音盤考現学（片山杜秀）…………………128,208
音盤博物誌（片山杜秀）…………………128,208
おんぶ（杉山由枝）………………………… 26
オンライン共同分担目録作業―立教大学図書
　館における3年間のUTLAS利用分析を通し
　て（牛崎進）………………………………296

【か】

母ちゃんが流れた川（金田憲二）………… 18
母ちゃんの黄色いトラック（深貝裕子）… 84
海域イスラーム社会の歴史（早瀬晋三）…157
海域世界の民族誌―フィリピン島嶼部におけ
　る移動・生業・アイデンティティ（関恒樹）…158
海外授業（中江寛士）……………………… 52
改革開放後中国の愛国主義教育―社会の近代
　化と徳育の機能をめぐって（武小燕）…263
「開化の浮世絵師　清親」を中心として（酒井忠
　康）…………………………………………202
絵画の思考（持田季未子）…………………127
絵画の黄昏（稲賀繁美）………………206,214
絵画の東方（稲賀繁美）……………………320
貝殻の家（高橋光行）……………………… 74
海峡を越えたホームラン（関川夏央）…… 23
海峡のアリア（田月仙）…………………… 43
海軍軍縮条約離脱後の日本海軍（工藤美知尋）…146
『開元占経』の諸抄本と近世以降の伝来につい
　て（佐々木聡）……………………………259
外国人になった日本人（斉藤広志）……… 60
骸骨ビルの庭（上・下）（宮本輝）………211
海山のあいだ（池内紀）…………………… 21
会社はこれからどうなるのか（岩井克人）…105
外出禁止のホッチキス（橋本忠尚）……… 49
海上自衛隊の発足と米海軍・旧日本海軍人―
　艦艇建造再開の過程とその背景（畑野勇）…147
外食流民はクレームを叫ぶ―大手外食産業お
　客様相談室実録（ガンガーラ、田津美）…39
懐石の研究　わび茶の食礼（筒井紘一）…230
階層化日本と教育危機（苅谷剛彦）……… 97
回想の文学座（北見治一）………………… 61

改定増補明治大正詩史(日夏耿之介)............ 129
街道をゆく(須田剋太)..................... 193
カイト・サイト―レヴァント地方先土器新石
　器文化の一側面(藤井純夫)............... 247
海難事故としての「千島艦事件」に関する考
　察(山本政雄)........................... 147
絵はがきにされた少年(藤原章生)............. 16
開発経済学―経済学と現代アジア(渡辺利夫)... 154
ガイバ論における伝承の変遷:イブン・バー
　ブーヤとトゥースィーの伝承観の比較(吉
　田京子)................................. 248
解放への闘い(高知新聞社社会部)............ 110
海保青陵が出会った上毛文人の調査(本多勉)... 187
海洋工学入門(海域工学研究会ほか)........... 286
乖離する私―中村文則(田中弥生)............ 101
会話(富田直子).............................. 5
カーヴァーが死んだことなんてだあれも知ら
　なかった―極小主義者たちの午後(風丸良
　彦)..................................... 101
カヴァフィス全詩集(中井久夫)............... 132
カウラの突撃ラッパ―零戦パイロットはなぜ
　死んだか(中野不二男)..................... 67
カウントダウン・メルトダウン(上・下)(船
　橋洋一)................................... 16
花影(大岡昇平)............................ 285
帰らぬオオワシ(遠藤公男).................... 40
帰りたくなる町(笹原心)..................... 54
帰り道(鈴木梢)............................. 73
帰り途(加地理沙)........................... 75
蛙公(田中房夫)............................. 25
蛙の子は蛙(久野利春)....................... 19
科学アカデミーと「有用な科学」(隠岐さや
　香)................................. 209,278
科学ジャーナリズムの先駆者 評伝 石原純(西
　尾成子)................................. 190
化学症(横瀬浜三).......................... 289
科学する詩人 ゲーテ(石原あえか)........... 209
科学の学校 全5巻(岩波書店)................ 283
科学の考え方・学び方(池内了)............. 195
科学の事典(岩波書店編集部)................ 283
科学文化史年表(湯浅光朝).................. 283
かかし長屋(蓬田やすひろ)................. 194
案山子にも 軽く会釈す 退職日(鯉田みどり)... 5
画家たちの原風景(堀尾真紀子)............... 61
輝き続けるいのち(佐藤朱音)................. 28
かがやく命・明日へ(平山裕未花)............. 27
輝く未来を求めて(中路寛子)................. 87
輝ける挑戦者たち―俳句表現考序説(仲村青
　彦)..................................... 114
輝ける貧しき旅に(風越みなと).............. 94
輝ける闇(開高健).......................... 286
係り結びの研究(大野晋).................... 132
鍵(秋元宣籌)............................... 49
蠟崎波響の生涯(中村真一郎)................ 132
『買誼新書』の諸侯王國對策(工藤卓司)...... 258
柿の木(片山郷子)........................... 25
柿の木の下で(木村しづ子)................... 64
鍵の中(蒔田実穂)........................... 37
柿本人麻呂(山本健吉)...................... 130
限りない可能性を信じて(高橋徹)............. 41
覚悟の絆(村上千恵子)....................... 13
隠された思考(佐伯啓思).................... 203
隠された十字架(梅原猛).................... 287
学術雑誌出版状況から見るオープンアクセス
　ジャーナルの進展(横井慶子).............. 298
学術情報システム」の総体としての蔵書にお
　ける未所蔵図書の発生(氣谷陽子).......... 261
学術情報メディアとしてのarXivの位置づけ
　(三根慎二).............................. 297
革新幻想の戦後史(竹内洋).................. 135
楽人の都・上海(榎本泰子).............. 206,263
各ステークホルダーがもつ公共図書館像:競
　合可能性の定性的把握(塩崎亮)............ 297
学生の理科辞典(中教出版社)................ 283
郭店楚簡の文字の研究(瀬筒寛二)............ 137
角筆文献の国語学的研究(小林芳規).......... 164
核兵器と日米関係(黒崎輝).................. 208
かくも長き手紙(バ,マリアマ)............... 275
核融合への挑戦(吉川庄一).................. 288
神楽坂ホン書き旅館(黒川鍾信)............... 62
神楽と神がかり(牛尾三千男)................ 301
かくれ里(白洲正子)........................ 130
家計からみる日本経済(橘木俊詔)............. 91
夏珪と室町水墨画(山下裕二)................ 198
駆け落ち婚(神馬せつを)..................... 11
過去への旅(三田村博史)..................... 56
過去メタファー中国―ある『アフターダーク』
　論(水牛健太郎)........................... 101
囲われない批評―東浩紀と中原昌也(武田将
　明)..................................... 102
鵲の橋(牧野千穂).......................... 197
風花(山路ひろ子)............................ 9
カサブランカ(紀川しのろ)................... 65
ガザーリーの婚姻論:スーフィズムの視点か
　ら(青柳かおる).......................... 249
加紫久利神社と薩摩建国史(藤井重寿)........ 185
貸出回数による図書の分布のモデル化:経年
　変化を予測するモデルの拡張の試み(岸田
　和明)................................... 260
河岸忘日抄(堀江敏幸)...................... 133

〔画商の使徒〕テオ・ファン・ゴッホとカミーユ・ピサロ（鈴木弘子（筆名=桂木紫穂））…220
頭役祭祀の集権的構成―近江湖南の集落神社の一例（渡部圭一）………273
梶原水軍の成立と展開（佐藤和夫）………186
花信（国弘三恵）………71
霞が関が震えた日（塩田潮）………23
河西回廊のペンフレンド（内田和浩）………33
風を感じて（林瑠依）………82
風を裁く。（小堀隆司）………56
風が止むまで（高畑啓子）………18
化石の涙（羽生たまき）………74
風と娼婦（司正貴）………18
風に誘われ…（三嶋忠）………94
風の旋律（宮本まどか）………85
かぜのでんしゃ（谷内こうじ）………193
風の吹く道（竹田朋子）………65
風のゆくえ（金南一夫）………9
風のような（石神悦子）………73
画像認知の枠組みを利用した絵画データベースの索引法（秋山佳子）………297
かぞえてみよう（安野光雅）………192
「家族計画」への道―近代日本の生殖をめぐる政治（荻野美穂）………223
家族ごっこ（高山惠利子）………28
家族周期と家計構造（中鉢正美）………199
家族周期と児童養育費（中鉢正美）………199
家族周期と世代間扶養（中鉢正美）………199
家族とカースト（中根千枝）………217
家族の意味（坪田瑶）………26
家族のおいたち（南条岳彦）………68
家族の回転扉（高橋靖子）………85
家族のこれから（大橋茉莉奈）………74
家族の肖像（広川泰士）………193
家族の深淵（中井久夫）………292
家族法における子どもの権利（石川稔）………160
家族法の研究（米倉明）………161
家族待合室（洗平信子）………27
肩書きだけの世界（原田江里子）………48
肩書きのない名刺（三国一朗）………60
カタクリの群れ咲く頃（藤倉四郎）………96
形の科学百科事典（形の科学会）………294
蝸牛の詩―ある障害児教育の実践（植田昭一）………9
刀と真珠（兼光惠二郎）………78
語られなかった皇族たちの真実（竹田恒泰）………305
語りかける季語 ゆるやかな日本（宮坂静生）………134
語りかける花（志村ふくみ）………61
語りかける風景（鈴木喜一）………33
語り継ぐひと受け継ぐひと（今泉あずさ）………120
語りの自己現場（高原英理）………101

語る女たちの時代――一葉と明治女性表現（関礼子）………126
ガダルカナル戦記（亀井宏）………23
花鳥・山水画を読み解く（宮崎法子）………207
花鳥風月の日本史（高橋千劔破）………96
鰹節を削るとき（本間米子）………26
学級革命（小西健二郎）………284
学研新世紀大辞典（新世紀辞典編集部）………286
学校図書館文庫 第1期全50巻（河盛好蔵ほか）…284
学校図書館利用教育における批判的思想の育成：情報の評価スキルとしての役割（平久江祐司）………260
月山への遠い道（黒澤彦治）………94
活字文化の誕生（香内三郎）………254
合掌（内藤清枝）………63
勝田守一著作集 全7巻（勝田守一）………288
河童群像を求めて（暮安翠）………19
活版印刷技術調査報告書（森啓）………255
勝平城の城壁を解明する（山崎正治）………186
桂春団治（富士正晴）………286
桂離宮（堀口捨巳ほか）………283
桂離宮（岡本茂男ほか）………290
活力の造型（佐野金之助）………99
加藤楸邨―その父と「内部生命論」（神田ひろみ）………105
加藤弘之の倫理思想（源了円）………316
河東碧梧桐の基礎的研究（栗田靖）………114
角川日本地名大辞典 全47巻別巻2（竹内理三ほか）………291
かな書きの詩（平井照敏）………113
カナカナ蟬の声を聞きながら（上田博友）………27
金沢へ行った日（青木娃耶子）………82
哀しき主（ヘル）―小林秀雄と歴史（紺野馨）…101
カナダ・イヌイットの食文化と社会変化（世界思想社）………168
カナダ：大いなる孤高の地―カナダ的想像力の展開（彩流社）………168
カナダ現代政治（東京大学出版会）………167
カナダ社会の展し望（未来社）………167
カナダ政治入門（御茶の水書房）………167
カナダ先住民と近代産業の民族誌―北西海岸におけるサケ漁業と先住民漁師の技術的適応（御茶の水書房）………168
カナダ日系移民の軌跡（人間の科学社）………167
カナダの金融政策と金融制度改革（近代文芸社）………167
カナダの地域と民族―歴史的アプローチ（同文館出版）………167
カナダの土地と人々（古今書院）………168
カナダのナショナリズム（三交社）………168

カナダの労働関係と法（同文館出版） ………… 167
カナダ文学の諸相（開文社出版） ………… 167
ガーナの刑事訴訟（アミサー, オースチン・N. E.） ………… 275
「科日亭」伝奇流伝考（岡崎由美） ………… 257
蟹と彼と私（荻野アンナ） ………… 92
カニは横に歩く 自立障害者たちの半世紀（角岡伸彦） ………… 24
金蔵論 本文と研究（宮井里佳ほか） ………… 225
金子健太郎とドラム缶のイカダ（志村岳） ………… 76
金子光晴全集（司修） ………… 192
蚊のいない国（細井輝彦） ………… 283
狩野光信の時代（黒田泰三） ………… 237
彼女の名はラビット（斎藤博子） ………… 63
鹿野忠雄―台湾に魅せられたナチュラリスト（山崎柄根） ………… 61
カバキコマチグモとの出会い（今野和子） ………… 73
河伯洞余滴（かはくどうよてき）（玉井史太郎） ‥ 18
カビ博士奮闘記（宮治誠） ………… 196
荷風と東京（川本三郎） ………… 133
荷風へ、ようこそ（持田叙子） ………… 209
カフカスの小さな国―チェチェン独立運動始末（林克明） ………… 43
歌舞伎町（権徹） ………… 197
歌舞伎囃子方の楽師論的研究―近世上方を中心として（武内恵美子） ………… 228
歌舞伎ヒロインの誕生（利根川裕） ………… 96
歌舞伎ヒーローの誕生（利根川裕） ………… 96
壁（網中いづる） ………… 196
貨幣と象徴（吉沢英成） ………… 202
貨幣論（岩井克人） ………… 205
壁紙のジャポニスム（松村恵理） ………… 220
カマクラと雪室―その歴史的変遷と地域性（後藤麻衣子） ………… 273
窯焚き（泉直樹） ………… 75
髪を梳く風（佐藤香奈恵） ………… 120
神々の精神史（小松和彦） ………… 217
神々の闘争―折口信夫論（安藤礼二） ………… 101
神々の山・白神山地が教えるもの（角掛利雄） ‥ 45
神々の汚れた手 旧石器捏造・誰も書かなかった真相（奥野正男） ………… 293
神様からいただいた時間（沖西和子） ………… 69
神様のサジ加減（秋葉佳助） ………… 64
神様のメッセージ（小野正之） ………… 80
神様はいる（斉藤郁夫） ………… 85
神認識とエペクタシス―ニュッサのグレゴリオスによるキリスト教的神認識論の形成（土井健司） ………… 239
紙のいしぶみ 公害企業に立ち向かったある個人の軌跡（能瀬英太郎） ………… 37

神の木の島で（三浦俊彦） ………… 53
「神の国」思想の現代的展開―社会主義的・実践的キリスト教の根本構造（金井新二） ‥ 251
神の死とラディカリズム―創造的否定の志向（小原信） ………… 317
神の残した黒い穴（須山静夫） ………… 243
紙のフォルム（尾川宏） ………… 286
髪の環（田久保英夫） ………… 288
神、人を喰う（六車由実） ………… 207
紙風船（上條千秋） ………… 25
神も仏もありませぬ（佐野洋子） ………… 105
カムムスヒの資性（森陽香） ………… 238
亀井勝一郎論（松原新一） ………… 100
カメラ付きケータイ（千葉一郎） ………… 4
カメルーンの「レイ・ブーバ王国における国家形成と権力の構造」をめぐる4論文（嶋田義仁） ………… 217
仮面パフォーマンスの人類学―アフリカ、豹の森の仮面文化と近代（佐々木重洋） ………… 218
カモ狩り（稲花己桂） ………… 39
寡黙なる巨人（多田富雄） ………… 105
カモの授業料（田中晶善） ………… 51
萱野茂のアイヌ神話集成（全10巻）（萱野茂） ‥ 293
臥遊 中国山水画-その世界（小川裕充） ………… 199
歌謡祭を狙え（浜野彰親） ………… 192
カラヴァッジョ（宮下規久朗） ………… 208
がらくた（網中いづる） ………… 196
カラス（巴山はる美） ………… 49
カラス画家と共に（茅野りん） ………… 20
硝子障子のシルエット（島尾敏雄） ………… 287
身体のいいなり（内澤旬子） ………… 22
からだの読本 全2巻（暮しの手帖編集部） ………… 287
からだの見方（養老孟司） ………… 204
身体の零度（三浦雅士） ………… 133
「空の御座」考―諸宗教における至聖所の比較研究（田中かの子） ………… 279
カラハリ砂漠（木村重信） ………… 286
カラマーゾフの兄弟（全5巻） ………… 294
カリーライス屋一代記（吉沢岩子） ………… 85
ガリレオの迷宮（高橋憲一） ………… 294
ガルガンチュワとパンタグリュエル物語（渡辺一夫） ………… 130
カルダモンの思い出（南川亜樹子） ………… 54
カルチャーシック（竹化外記） ………… 53
カール・レーヴィットと昭和初期の日本―「コスモス」と「風土」を巡って（福島揚） ‥ 279
彼が泣いた夜（葛西薫） ………… 195
枯木灘（中上健次） ………… 288
枯葉剤がカワウソを殺した（成川順） ………… 39
枯れ逝く人 ドキュメント介護（栗生守） ………… 20

彼等の昭和（川崎賢子）………………… 205
川岸（伊藤由紀子）………………………… 50
川筋の生徒たち（原和義）………………… 75
川での出会い（田上慶一）………………… 75
河鍋暁斎の生涯と芸術（江戸建雄）…… 185
かわのおはなし（岡崎佑哉）…………… 118
川の着物（奥田富和）……………………… 4
川の健康診断（森下郁子）……………… 288
河のにおい（辻井良）……………………… 9
河原町の歴史と都市民俗学（森栗茂一）… 200
河原ノ者・非人・秀吉（服部英雄）…… 295
変わる世界（中山翠）…………………… 27
「変わる」ってこと（加藤葵）………… 120
ガン回廊の光と影（柳田邦男）………… 23
かんがえるカエルくん（いわむらかずお）… 195
考える子供たち（高森敏夫）…………… 282
宦官（三田村泰助）……………………… 285
漢魏思想史研究（堀池信夫）…………… 204
歓喜の仔（上下）（天童荒太）………… 295
環境リスク学（中西準子）……………… 294
漢魏六朝の誄について（林香奈）……… 258
関係節（長原幸雄）……………………… 149
観劇（森シズエ）………………………… 63
監獄裏の詩人たち（伊藤信吉）………… 133
韓国経済の政治分析―大統領の政策選択（大西裕）……………………………… 157
韓国現代詩選（茨木のり子）…………… 132
韓国公共図書館の読書教育プログラムにおける構成主義教授学習モデルの教育効果観察調査（林炯延）…………………… 261
韓国・サハリン鉄道紀行（宮powers俊三）… 32
韓国人は大阪のおばちゃん?!（加藤由貴）… 54
韓国・先進国経済論（深川由起子）…… 156
韓国・朝鮮の知を読む（野間秀樹）…… 279
韓国における「権威主義的」体制の成立（木村幹）……………………………… 207
韓国のイメージ―戦後日本人の隣国観（鄭大均）……………………………… 156
韓国の経営発展（服部民夫）…………… 154
韓国の才能教育制度-その構造と機能-（石川裕之）…………………………… 262
かんころもちの島で（柴田亮子）………… 85
関西と関東（宮本又次）………………… 59
感謝の言葉（米川稔也）………………… 76
漢書（小竹武夫）………………………… 131
感じるままに（内山みどり）…………… 28
間人主義の社会 日本（浜口恵俊）…… 202
寒村自伝（荒畑寒村）…………………… 285
漢代における序文の体例（内山直樹）… 258
環太平洋圏と日本の直接投資（関口末夫）… 154

環太平洋の時代（読売新聞経済部）…… 154
元旦の梅（堀川とし）…………………… 63
勘違い（市川廉）………………………… 34
カント『判断力批判』と現代―目的論の新たな可能性を求めて（佐藤康邦）…… 321
勘当しても家族（佐藤貴典）…………… 69
関東水墨画 型とイメージの系譜（相澤正彦ほか）…………………………………… 199
関東地方における摘田の伝承（下）（小川直之）…………………………………… 272
感動と勇気（芋縄由加里）……………… 54
ガンと戦った昭和史（上・下）（塚本哲也）… 23
カントと神 理性信仰・道徳・宗教（宇都宮芳明）…………………………………… 320
カントの定言命法について（小西国夫）… 316
がんと向き合って（上野創）…………… 62
広東への旅（近藤泰年）………………… 37
函南原生林（川村均）…………………… 30
ガンバって、ガンバって…（印南房吉）… 74
蒲原有明論（渋沢孝輔）………………… 99
『がんばれ』という言葉（佐々木実法）… 120
頑張れや。（石橋あすか）……………… 74
奸婦（かんぷ）にあらず（諸田玲子）… 58
漢文スタイル（齋藤希史）……………… 127
漢文と東アジア―訓読の文化圏（金文京）… 166
漢文脈の近代（齋藤希史）……………… 208
カンボジア（大石芳野）………………… 194
カンボジアを見つめて（大石芳野）…… 194
カンボジア農村の貧困と格差拡大（矢倉研二郎）…………………………………… 158
カンボジア 歴史の犠牲者たち（後藤勝）… 37
「完本 紙つぶて」を中心として（谷沢永一）… 202
冠島のオオミズナギドリ（岡本文良）… 40
換喩詩学（阿部恭昭）…………………… 89
咸臨丸海を渡る―曽父・長尾幸作の日記より（土居良三）…………………………… 319
甘露の恋と詩人たち―李商隠を中心として（詹満江）…………………………… 257

【き】

黄色い潜水艦（浜田亘代）……………… 107
黄色い鼠（小松久子）…………………… 192
黄色信号のすすめ（斉藤和也）………… 70
消えた『夏休み帳』（辰巳國雄）……… 37
消えた自転車（花田美佐子）…………… 48
消えたシュークリーム（成沢自由）…… 29
消えたヤルタ密約緊急電（岡部伸）…… 305

きにあ

消えた"夜桜"(原口登志子) ……………… 31
消える気配、消す気配(永盛勝也) ……… 45
奇縁氷人石の系譜(辻尾栄市) …………… 187
記憶(港千尋) ……………………………… 206
記憶絵本(佐藤球子) ……………………… 55
記憶の一ページめ(徳永名知子) ………… 64
記憶のつくり方(長田弘) ………………… 190
記憶の中の源氏物語(三田村雅子) ……… 86
記憶の中の古代―ルネサンス美術にみられる
　古代の受容(小佐野重利) …………… 116
記憶のメカニズム(高木貞敬) …………… 288
議会お茶出し物語(佐藤道子) …………… 81
機械化転換期における稲作技術の多様化とリ
　スク―秋田県大潟村を事例に(渡部鮎美) …… 273
「己亥雑詩」に現れた龔自珍の"落花"意識(竹
　村則行) ………………………………… 257
気がつけば騎手の女房(吉永みち子) …… 14
木から落ちるのは？(中川至) …………… 4
木々を渡る風(小塩節) …………………… 61
聞書水俣民衆史 全5巻(岡本達明ほか) …… 291
危機の経済政策―なぜ起きたのか、何を学ぶの
　か(若田部昌澄) ……………………… 91
危機のコスモロジー―ミクロネシアの神々と
　人間(石森秀三) ……………………… 154
気胸と成形(宮本忍) ……………………… 282
企業内専門図書館におけるアウトソーシング
　に関する一考察(青柳英治) ………… 261
「聴く」ことの力―臨床哲学試論(鷲田清一) …… 190
聴け!!南海の幽鬼の慟哭を 最後の一兵痛恨の
　記録(山口宗一) ……………………… 38
紀元一世紀前半におけるAlexandriaのユダヤ
　人〈πολιτευμα〉―Philoの歴史的背景(野町
　啓) …………………………………… 317
紀行「お伊勢まいり」(奥村せいち) ……… 94
紀行・お茶の時間(伊藤ユキ子) ………… 33
記号と再帰(田中久美子) ………………… 209
聞こえないアスリートを目指して(八橋萌) …… 75
帰国子女(上田勝彦) ……………………… 4
ギーコの青春(栗山佳子) ………………… 81
季語の底力(櫂未知子) …………………… 114
戯作研究(中野三敏) …………………… 163,202
木ささぎ(笠原さき子) …………………… 29
岸国士論(渡辺一民) ……………………… 99
雉子の声(角川源義) ……………………… 60
偽史冒険世界(長山靖生) ………………… 96
岸本英夫集 全6巻(岸本英夫) …………… 288
汽車に乗る中野重治(和田茂俊) ………… 101
紀州藩松坂御城番の士族商法(服部良一) …… 186
記述の国家(清水良典) …………………… 100
記述目録法のための3層構造モデル(谷口祥
　一) ……………………………………… 260
騎手の卵を作る法(小林常浩) …………… 83
戯場戯語(坂東三津五郎) ………………… 60
傷痕と回帰―＜月とかがり火＞を中心に(本村
　敏雄) …………………………………… 100
傷つけられた『飛騨の御嶽』『自然遺産』で進
　むリゾート開発(細川宗徳) ………… 36
絆(木原瑞希) ……………………………… 74
絆～ある海軍予備士官の足跡(山下凱男) …… 19
規制緩和(鶴田俊正) ……………………… 90
『奇跡』の一角(佐藤康智) ………………… 101
奇跡の土(木所喜代美) …………………… 4
奇跡の命(大石浩司) ……………………… 11
季節の神々(西谷勝也) …………………… 301
帰属と彷徨―芥川龍之介論(高橋勇夫) …… 100
貴族の徳、商業の精神―モンテスキューと専制
　批判の系譜(川出良枝) ……………… 214
木曽路・文献の旅(北小路健) …………… 287
北一輝(田中惣五郎) ……………………… 285
北一輝(渡辺京二) ………………………… 289
北国にて(馬場三枝子) …………………… 63
ギター大作戦(高橋政彦) ………………… 50
北朝鮮に消えた友と私の物語(萩原遼) …… 15
北朝鮮の日本人妻に、自由往来を！(西村秀
　樹) …………………………………… 38
北に死す(橘逸朗) ………………………… 81
北の海明け(佐江衆一) …………………… 57
「北の十字軍」を中心として(山内進) …… 206
北の無人駅から(渡辺一史) ……………… 209
北原白秋(三木卓) ………………………… 86
北へ―子を連れて(小川クニ) …………… 50
来た、見た、撮った！ 北朝鮮(山本皓一) …… 196
北村先生へ(古川未奈) …………………… 31
喜多村緑郎日記(喜多村緑郎) …………… 285
北メソポタミア土器新石器時代初頭の竪穴掘
　削行動(西秋良宏) …………………… 248
義太夫年表・近世篇 全5巻別巻1(義太夫年表
　近世篇刊行会) ……………………… 291
北ヨルダン、タバカト・アル=ブーマ遺跡にお
　ける後期新石器集落の構造―建築物と場の
　利用パターンに基づく世帯間関係の考察
　(門脇誠二) …………………………… 249
喜多流の成立と展開(表章) ……………… 164
奇談の時代(百目鬼恭三郎) ……………… 60
吉右衛門日記(中村吉右衛門ほか) ……… 284
気違い部落周游紀行(きだみのる) ……… 282
喫茶店の時代(林哲夫) …………………… 96
きつつきの路(内田亨) …………………… 59
木戸幸一日記 上下(木戸幸一ほか) ……… 286
木に会う(高田宏) ………………………… 132

記念写真（永吉喜恵子）………………… 72
きのう雨降り 今日は曇り あした晴れるか（野村沙知代）………………………………… 9
きのこの名優たち（永井真貴子）………… 214
木下順二論（宮岸泰治）…………………… 126
紀貫之（大岡信）…………………………… 130
木の文化の形成―日本の山野利用と木器の文化（須藤護）…………………………… 201
騎馬民族国家（江上波夫）………………… 286
厳しさを教えてくれた四十雀の巣立ち（宮原孝浩）………………………………… 11
「吉備の国原」に古代ロマンを訪ねて（矢沢昭郎）………………………………… 94
ぎふのすし（日比野光敏）………………… 264
義父の戦争（原千津子）…………………… 69
「希望」を見出す〜『氷点』を読んで（畔高貴晶）………………………………… 120
希望の箱（永田美穂）……………………… 75
「生まじめな戯れ」を中心として（西部邁）…… 203
木村の乱（木村和樹）……………………… 30
木村敏著作集第7巻 臨床哲学論文集（木村敏）…… 320
木村政彦はなぜ力道山を殺さなかったのか（増田俊也）…………………………… 15,47
決められた以外のせりふ（芥川比呂志）… 60
気持ちで聴かせる音楽（濱田実桜）……… 76
きものの思想（戸井田道三）……………… 60
逆説について（斎藤礎英）………………… 101
逆転（伊佐千尋）…………………………… 14
キャパになれなかったカメラマン―ベトナム戦争の語り部たち（上・下）（平敷安常）…… 15
キャパの十字架（沢木耕太郎）…………… 211
キャラメルの思い出（鈴木みのり）……… 79
旧堺港灯台築造時の復元と沿革（中井正弘）…… 186
九宮八風図の成立と河図・洛書伝承（白杉悦雄）………………………………… 258
嬉遊曲、鳴りやまず（中丸美絵）………… 61
帰有光の寿序―民間習俗に参加する古文（鷲野正明）………………………………… 257
九歳の養豚家（堀田正子）………………… 27
九十三歳差の友情（武仲浩美）…………… 27
『九十三歳の桜道』（スズキ恵里子）……… 31
鳩杖祈願で第3の人生の出発（上野佳平）…… 12
仇兆鰲『杜詩詳註』の音注について――萬を超す音注が意味するもの―（佐藤浩一）…… 258
宮廷女流日記文学の風俗史的研究（清田倫子）…… 152
9にんきょうだい（達裕貴）……………… 119
971日の慟哭（吉川雄三）………………… 81
救命センターからの手紙（浜辺祐一）…… 62
旧約における超越と象徴―解釈学的経験の系譜（関根清三）…………………………… 320

ギュスターヴ・フローベール「感情教育」草稿の生成批評研究序説―恋愛・金銭・言葉（松沢和宏）…………………………… 213
ギュスターヴ・モローと仏教美術（隠岐由紀子）………………………………… 220
キュルテペ文書中の結婚契約から見た女性の地位と結婚形態（川崎康司）……… 248
教育学事典 全6巻（海後宗臣ほか）……… 284
教育学全集 全15巻（大河内一男ほか）…… 287
教育活動における教員の記録情報利用―中学校教員を対象に実施した質問紙調査（安藤由美子）………………………………… 296
教育勅語国際関係史の研究―官定翻訳教育勅語を中心として（平田諭治）………… 262
「教育の世紀」を中心として（苅谷剛彦）… 208
教育の森 全12巻（村松喬）……………… 286
教員の読書指導への意識や実態を踏まえた学校図書館の支援のあり方：高等学校を対象とした調査をもとに（野口久美子）…… 261
経島（山下尚志）…………………………… 185
教科書密輸事件―奄美教育秘史（大山勝男）…… 37
狂気の左サイドバック―日の丸ニッポンはなぜ破れたか（一志治夫）………………… 42
京劇（加藤徹）……………………………… 207
狂言辞典 資料編（小林責）……………… 227
共産主義者宣言（鈴木成一）……………… 194
共生の作法（井上達夫）…………………… 203
共生のプラクシス 国家と宗教（中島隆博）…… 321
行政法学と行政判例―モーリス・オーリウ行政法学の研究（橋本博之）………… 214
競争社会の二つの顔（猪木武徳）………… 90
共同風呂とお月さん（味澤宏）…………… 48
行と行為―江渡狄嶺とフィヒテ（木村博也）…… 279
京都御所御常御殿の床の間（水谷昌義）… 264
京都出版史 明治元年〜昭和20年（日本書籍出版協会京都支部）……………………… 254
京都の医学史 全2巻（京都府医師会）…… 289
京都の美術史（赤井達郎）………………… 291
京に服飾を読む（奥村万亀子）…………… 153
京のしだれ桜（沼口満津男）……………… 64
きょうはなんてうんがいいんだろう（宮西達也）………………………………… 195
京文化と生活技術―食・職・農と博物館（印南敏秀）………………………………… 201
京舞井上流の誕生（岡田万里子）………… 209
今日は、良うございましたな（松野保子）…… 70
巨岩と花びら（舟越保武）………………… 60
きよき みたまよ―唱歌『ふるさと』『おぼろ月夜』の作曲者岡野貞一の生涯（岩城由榮）…… 82
極限のなかの人間（尾川正二）…………… 14

清沢洌(北岡伸一) 203
虚子の京都(西村和子) 114
居住福祉の論理(早川和男) 200
漁民信仰論序説(徳丸亜木) 272
漁民文化の民俗研究(亀山慶一) 301
キラキラかがやく宝物(武田早世) 78
きらきら光る白神山地のすばらしさ(宮崎翔子) 46
煌きを忘れない(滝田良美) 72
きりえ(柳徳子) 12
ギリシア人の歎き―悲劇に於ける宿命と自由との関係の考察(西村亘) 100
「ギリシァ文化の深層」を中心として(吉田敦彦) 203
キリシタン信仰と習俗・キリシタン風俗と南蛮文化(岡田章雄) 152
キリシタンと出版(豊島正之) 256
キリスト教神秘思想に於ける三一性の問題―新プラトン主義的一性とキリスト教的三一性の問題をめぐって(吉田喜久子) 279
キリスト教ソグド語の方言について(吉田豊) 246
キリスト教は如何にしてローマに広まったか(霜田美樹雄) 116
キリストの誕生(遠藤周作) 131
切通しの坂を走る花びら(坪井節子) 31
霧の密約(山野辺進) 194
キルケゴールとその思想風土―北欧ロマンティークと敬虔主義(中里巧) 252
儀礼の象徴性(青木保) 203
儀礼の政治学(山下晋司) 217
記録・土呂久(土呂久を記録する会) 292
極めて主夫業(岩谷隆司) 12
金色の言葉(藤原有子) 78
銀色の月 小川国夫との日々(小川恵) 22
金色の日(堀田有木) 26
銀河の道 虹の架け橋(大林太良) 293
「キング」の時代(佐藤卓己) 207,255
近現代女性史論 家族・戦争・平和(永原和子) 223
金工少年の秘密(アサレ,メサック) 275
金婚式にワルツを(高田郁) 34
銀座界隈ドキドキの日々(和田誠) 21
銀座の神々―都市に溶け込む宗教(石井研士) 252
銀さん帰還せず―タイ残留元日本兵の軌跡(安江俊明) 39
近世異国趣味美術の史的研究(勝盛典子) 199
近世陰陽道の研究(林淳) 153
近世貸本屋の研究(長友千代治) 253
近世京都の金銀出入と社会慣習(宇佐美英機) 237
近世近代出版史に関する研究書および論文と

書籍研究文献目録(鈴木俊幸) 255
近世公家社会の研究(橋本政宣) 236
近世芸能興行史の研究(守屋毅) 203
近世後期政治史と対外関係(藤田覚) 165
近世子どもの絵本集・江戸篇上方篇(鈴木重三ほか) 290
近世思想における「道」の展開(子安宣邦) 317
近世出版の板木研究(金子貴昭) 256
近世小説・営為と様式に関する私見(浜田啓介) 164
近世初期の外交(永積洋子) 319
近世前期・筆道伝書作成に関する一考察―「松花堂流」の確立をめぐって(川畑薫) 137
近世ゾロアスター教の救世主思想:ゾロアスター教神聖皇帝の到来から宗教思想の変容へ(青木健) 248
近世朝廷社会と地下官人(西村慎太郎) 237
近世における「無礼」の概念(谷口眞子) 274
近世西上総地方における相論(多田憲美) 186
近世日本儒学史上の荻生徂徠(相良亨) 316
近世能楽史の研究―東海地域を中心に(飯塚恵理人) 153
近世の在村文化と書物出版(杉仁) 237
近世の女性相続と介護(柳谷慶子) 222
近世文学の境界―個我と表現の変容(揖斐高) 126,165
近世邦楽研究ノート(竹内道敬) 228
近世遊行聖の研究―木食観正を中心として(西海賢二) 272
近世琉球国の構造(梅木哲人) 237
近代以前の日本の建築と都市―京の町の建築空間と14,15世紀の将軍の住まい(フィエーベ,ニコラ) 214
近代欧州経済史序説(大塚久雄) 282
近代学問理念の誕生(佐々木力) 205
近代家族団体論の形成と展開(高橋朋子) 161
『近代家族』とボディ・ポリティクス(田間泰子) 222
近代家族の成立と終焉(上野千鶴子) 205
近代歌舞伎年表 大阪篇 全9巻(国立劇場近代歌舞伎年表編纂室) 292
近代経済学教室 全4巻(木村健康ほか) 284
近代経済学史(杉本栄一) 283
近代芸術家の表象(三浦篤) 208
近代小説の表現機構(安藤宏) 127,165
近代西欧服飾発達文化史(丹野郁) 152
近代西洋のエートスを相対化するウェーバーの比較思想的視座(横田理博) 280
近代台湾女性史―日本の植民統治と「新女性」の誕生(洪郁如) 222

近代中国と「恋愛」の発見(張競) …………… 205
近代中国の海関(岡本隆司) ………………… 156
近代・中国の都市と建築—広州,蒲海,上海,南
　京,武漢,重慶,台北(田中重光) ………… 158
近代的学術図書館の先駆(津田純子) ……… 260
「近代的家族」の誕生—二葉幼稚園の事例から
　(大石茜) …………………………………… 170
近代都市パリの誕生(北河大次郎) ………… 209
近代奴隷制社会の史的展開—チェサピーク湾
　ヴァージニア植民地を中心として(池本幸
　三) …………………………………………… 243
近代における南北書派説の展開(菅野智明) … 137
近代日本外交とアジア太平洋秩序(酒井一臣) … 158
近代日本奇想小説史 明治篇(横田順彌) …… 97
近代日本総合年表(岩波書店) ……………… 286
近代日本の数学(小倉金之助) ……………… 284
近代日本の日蓮主義運動(大谷栄一) … 240,252
近代日本の分岐点(深津真澄) ………………… 91
近代の『美術』と茶の湯(依田徹) …………… 230
近代の神葬化と葬墓制の変容—河口湖町河口
　の事例(前田俊一郎) ……………………… 273
近代フランス音楽にあらわれたオリエントと
　日本(鶴園紫磯子) ………………………… 219
近代文学にみる感受性(中島国彦) ………… 126
近代ベトナム高等教育の政策史(近田政博) … 262
金ちゃんとの思い出(尾西英) …………………… 29
銀の雨降る(東美久) ………………………… 107
銀の針(峰谷良香) ……………………………… 85
銀の夢(渡瀬夏子) ……………………………… 23
『金瓶梅』の感情観—感情を動かすものへの認
　識とその表現(田中智行) ………………… 258
謹訳 源氏物語 全10巻(林望) ……………… 295
「金融デフレ」を中心として(高尾義一) …… 206

【く】

グイッチャルディーニの生涯と時代(末吉孝
　州) …………………………………………… 116
「食道楽」の人 村井弦斎(黒岩比佐子) …… 208
『悔いなく死ぬ』ことを目標に(今川有梨) …… 70
「寓意と象徴の女性像」を中心として(若桑み
　どり) ………………………………………… 202
空間<機能から様相へ>(原広司) ………… 204
偶像(上坪一郎) ………………………………… 49
「空洞化を超えて」を中心として(関満博) … 206
空白の軌跡(後藤正治) …………………………… 9
空白の五マイル—チベット,世界最大のツア
　ンポー峡谷に挑む(角幡唯介) ………… 15,17

食えぬサカナ(田中忠義) ……………………… 48
九鬼周造—偶然と自然(田中久文) ………… 239
公家茶道の研究(谷端昭夫) ………………… 230
鵠沼・東屋旅館物語(高三啓輔) ……………… 96
くさをはむ(おくはらゆめ) ………………… 197
草を引いた日(豊岡靖子) ……………………… 27
草を見ずして草を取る(渡辺季子) …………… 70
『草枕』の那美と辛亥革命(安住恭子) ……… 321
倶舎曼陀羅と天平復古(谷口耕生) ………… 199
九条道家の書について(丸山猶計) ………… 137
鯨を殺す!(石川梵) ………………………… 195
鯨と捕鯨の文化史(森田勝昭) ……………… 292
『ぐずぐず』の理由(鷲田清一) ……………… 134
楠木氏の周辺をめぐって(乾敬治) ………… 187
薬と信仰—身延日蓮寺院の諸薬とその法的規
　制をめぐって(越川次郎) ………………… 273
薬に目を奪われた人々(谷合規子) …………… 9
九頭竜川(大島昌宏) …………………………… 57
崩れゆく日本をどう救うか(松下幸之助) … 109
くせ髪(紙屋里子) ……………………………… 5
クセノポン『アナバシス』(松平千秋) …… 132
朽ちた墓標~シベリア捕虜体験と墓参の旅~
　(三澤正道) …………………………………… 81
口紅(山根幸子) ………………………………… 73
靴下(高石正八) ………………………………… 64
くつひも—独り立ち(佐藤みどり) …………… 11
グーテンベルク聖書と写本の伝統(安形麻理) … 297
工藤写真館の昭和(工藤美代子) ……………… 23
クニオとベニマシコ(島崎輝雄) ……………… 66
クビライの挑戦(杉山正明) ………………… 205
久保田万太郎の俳句(成瀬櫻桃子) ………… 114
熊谷元一写真全集 全4巻(熊谷元一) ……… 292
熊さんの杉(平松真紀子) ……………………… 50
くまとやまねこ(酒井駒子ほか) …………… 197
熊野中国語大辞典・新装版(熊野正平) …… 290
グミとチョコレート越しに(内海玲奈) ……… 75
汲み取り始末記(田口龍造) …………………… 63
久米桂一郎素描集(三輪英夫) ……………… 219
久米直と久米部についての一考察(玉置博司) … 187
雲の都 全5巻(加賀乙彦) …………………… 295
蜘蛛百態(錦三郎) ……………………………… 59
雲間からの光(佐藤和也) ……………………… 83
雲よ(吉田澄江) ………………………………… 50
苦悶するデモクラシー(美濃部亮吉) ……… 284
クラウン仏和辞典(多田道太郎ほか) ……… 289
暮らしの雑記帖(寄藤文平) ………………… 197
倉田百三—近代日本人と宗教(鈴木範久) … 251
グラッドストン 上下(神川信彦) ………… 286
倉俣史朗の仕事(石岡瑛子) ………………… 192
鞍馬天狗と憲法—大仏次郎の「個」と「国民」

（小川和也）..................................... 170
暗闘 スターリン、トルーマンと日本降伏（長谷
　　　川毅）... 135
グランドキャニオン川下りの旅（田中知子）..... 69
グランド・ツアー（本城靖久）..................... 203
栗隈寺院址の歴史的背景（山田良三）............ 185
クリスチャンの僕が考えている事（佐々木満
　　　ちる）... 118
クリスチャン・ボルタンスキー——死者のモ
　　　ニュメント（湯沢英彦）..................... 128
クリスマスツリー・スタンド——ポートフォリ
　　　オ・ジャナ1979～1982（折原恵）......... 76
車椅子ごと抱きしめて（山本栄子）................ 42
車いすのコンサート（芳賀吉則）................... 41
くるまろじい——自動車と人間の狂葬曲（津田
　　　康）... 109
グレッグ・イーガンとスパイラルダンスを
　　　『適切な愛』『祈りの海』『しあわせの理由』
　　　に読む境界解体の快楽（海老原豊）....... 112
グレン・グールド論（宮澤淳一）.................. 128
黒岩涙香——探偵小説の元祖（伊藤秀雄）....... 95
黒澤明vs.ハリウッド『トラ・トラ・トラ！』
　　　その謎のすべて（田草川弘）.......... 15,24
黒と白の天使たち（園部邦子）...................... 87
グローブのプレゼント（若林敏夫）................ 77
黒松内つくし園遺稿集 連（さざなみ）日記（工
　　　藤しま）... 80
クワガタクワジ物語（中島みち）................... 40
薪内の大型土偶仮面の系譜（力丸光雄）........ 186
軍港の街・横須賀エレジー（伊藤文夫）......... 19
郡司職分田試論（磐下徹）.......................... 274
群衆（松山巖）.. 133
群青——日本海軍の礎を築いた男（植松三十里）.. 58
軍政ビルマの権力構造——ネー・ウィン体制下
　　　の国家と軍隊 1962-1988（中西嘉宏）.... 158
君台観左右帳記の総合研究（矢野環）........... 230
軍手のうさぎ（草山律子）............................. 5
軍と革命——ペルー軍事政権の研究（大串和雄）.. 155
薫風（桜井優花）....................................... 27
群馬県下における戦没者慰霊施設の展開（今
　　　井昭彦）.. 186

【け】

慶応三年生まれ七人の旋毛曲（つむじまが）り
　　　（坪内祐三）..................................... 22
啓火心（岡田航也）.................................. 197
警官汚職（読売新聞大阪社会部）................... 67

景観にさぐる中世——変貌する村の姿と荘園史
　　　研究（服部英雄）............................ 164
恵子のこと（松岡香）................................. 85
経済から社会へ パレートの生涯と思想（松嶋
　　　敦茂）... 116
経済思想（猪木武徳）............................... 203
経済成長論（安場保吉）............................ 202
経済論戦は甦る（竹森俊平）...................... 135
警察（佐藤功）.. 284
刑事裁判ものがたり（渡部保夫）..................... 9
芸者論 神々に扮することを忘れた日本人（岩
　　　下尚史）.. 321
芸術的な握手（清岡卓行）......................... 131
藝術の国 日本 画文交響（芳賀徹）............... 86
芸術の理路（寺田透）............................... 287
京城まで（中丸明）.................................... 68
芸づくし忠臣蔵（関容子）......................... 133
携帯電話とコミュニケーション（高宮紗綾）..... 27
形態論（大石強）..................................... 149
刑法紀行（団藤重光）................................ 59
刑法講話（滝川幸辰）............................... 283
刑務所——禁断の一六〇冊（暮山悟郎）......... 35
『藝文類聚』編纂考（大渕貴之）.................. 259
形容詞（中村捷）..................................... 149
鶏龍山の男（朴真理子）.............................. 72
計量書誌学的分布における集中度：集中度の
　　　概念と指標の特徴（芳鐘冬樹）........... 260
劇的文体論序説 上下（田中千禾夫）............ 289
今朝の一徳（榎並掬水）.............................. 65
化粧（喜田久美子）.................................... 72
化粧直し（迫田勝恵）................................. 72
消せない記憶から（仁平井麻衣）................... 26
下駄の足音で（伊東静雄）............................. 5
決意（金田貴子）....................................... 26
結核の正しい知識（隈部英雄）.................... 282
結核の文化史（福田真人）......................... 292
月下美人（澤和江）.................................... 66
月下氷人（中村清次）................................. 64
欠陥車に乗る欠陥者（近藤武）.................... 109
結婚、おめでとう（大島由美子）................... 77
決定版 正伝 後藤新平（全8巻・別巻1）（鶴見
　　　祐輔ほか）..................................... 294
血統訴訟と真実志向（松倉耕作）................ 161
月曜日の席（上滝和洋）.............................. 64
欠落を生きる——江藤淳論（田中和生）....... 121
月齢階梯制における差異化のシステムと正当
　　　化（中野泰）................................... 273
ゲーテさんこんばんは（池内紀）................ 190
ケベックの生成と「新世界」（竹中豊）......... 168
けむりのゆくえ（早川良一郎）..................... 60

煙る鯨影（駒村吉重）……………… 43
欅しぐれ（岡本光夫）……………… 64
検閲と文学 1920年代の攻防（紅野謙介）…126
幻華―小樽花魁道中始末記（川嶋康男）………… 80
限界集落 吾の村なれば（曽根英二）………… 294
限界の文学（川村二郎）……………… 98
けんかしたお兄ちゃんへ（渡辺善行）………… 31
研究開発と設備投資の経済学（竹中平蔵）…… 203
幻化（梅崎春生）……………… 286
原形式に抗して（池田雄一）……………… 101
健康医学情報を伝える日本語テキストのリーダビリティの改善とその評価：一般市民向け疾病説明テキストの読みやすさと内容理解のしやすさの改善実験（酒井由紀子）…… 297
言語起源論の系譜（互盛央）……… 210
建国期におけるアメリカ社会と軍隊（中村好寿）………… 146
言語接触における音韻上の問題点（大江三郎）…149
言語についての小説―リービ英雄論（永岡杜人）…… 102
言語の脳科学―脳はどのようにことばを生みだすか（酒井邦嘉）……… 293
言語表現法講義―三島由紀夫私記（加藤典洋）…223
言語要素の認可（天野政千代）……… 150
原始キリスト教史の一断面（田川建三）…… 251
現実喪失の危機―離人症の短歌（高橋啓介）…103
賢治童話の方法（多田幸市）……… 123
源氏の恋文（尾崎左永子）……… 61
源氏物語写本の書誌学的研究（岡嶌偉久子）…227
源氏物語の英訳の研究（吉田拡ほか）……… 289
源氏物語の淵源（大津直子）……… 227
源氏物語の救済（張龍妹）……… 226
源氏物語の宮廷文化 後宮・雅楽・物語世界（植田恭代）……… 227
源氏物語の時代（山本淳子）……… 208
源氏物語の喩と王権（川添房江）……… 226
源氏物語の風景と和歌（清水婦久子）……… 226
源氏物語の和歌と人物造型―六条御息所の人物造型（東田愛子）……… 238
源氏物語（藤井貞和）……… 165
虔十の里通信（小川輝芳）……… 17
検証『ザ・セイホ』―現代のタコ部屋（平井千尋）……… 35
原色現代科学大事典 全10巻（久米又三ほか）…287
原色昆虫大図鑑 3巻（安松京三ほか）…… 286
原色茶花大事典（塚本洋太郎）……… 291
原色動物大図鑑 全4巻（岡田要ほか）…… 285
原色日本服飾史（井筒雅風）……… 152
原子力損害賠償制度の研究 東京電力福島原発事故からの考察（遠藤典子）……… 98

原子力ムラと学校―教育という名のプロパガンダ（川原茂雄）……… 39
元稹「和李校書新題楽府十二首」の創作意図（静永健）……… 258
幻想のかなたに（入江隆則）……… 99
現代アフリカの紛争と国家（武内進一）…… 209
現代アメリカ財政論（渋谷博史）……… 243
現代アメリカ政治（砂田一郎）……… 243
現代アラブの社会思想―終末論とイスラーム主義（池内恵）……… 98
現代英語の等位構造―その形式と意味機能（岡田禎之）……… 150
現代演奏家事典（渡辺護）……… 284
献体を志願して（石井勲）……… 64
現代カナダ経済研究―州経済の多様性と自動車産業（東京大学出版会）……… 168
現代芸術のエポック・エロイク（金関寿夫）…132
「現代建築・アウシュヴィッツ以後」を中心として（飯島洋一）……… 207
現代史資料 全45巻（内川芳美ほか）……… 288
現代社会主義の省察（渓内謙）……… 289
現代秀歌（永田和宏）……… 113
現代生物学大系 全14巻（八杉竜一ほか）…… 290
現代ソ連の労働市場（大津定美）……… 204
現代タイにおける仏教運動―タンマガーイ式瞑想とタイ社会の変容（矢野秀武）…… 252
現代短歌における『私』の変容（山下雅人）…103
現代中国相続法の原理（鈴木賢）……… 160
現代中国の外交（青山瑠妙）……… 158
現代中国の財政金融システム―グローバル化と中央-地方関係の経済学（梶谷懐）…… 159
現代中国の政治―その理論と実践（小島朋之）…156
「現代中国の政治と官僚制」を中心として（国分良成）……… 207
現代中国の中央・地方関係―広東省における地方分権と省指導者（磯部靖）……… 158
現代中東とイスラーム政治（小杉泰）……… 205
現代朝鮮語辞典（天理大学）……… 286
現代日本経済政策論（植草一秀）……… 91
現代日本経済論（奥村洋彦）……… 90
現代日本語方言大辞典 全9巻（平山輝男）…292
現代日本語ムード・テンス・アスペクト論（工藤真由美）……… 225
現代日本の『心ない』若者たち（三森創）…… 35
現代日本の政治権力経済権力（大嶽秀夫）……… 202
現代日本文芸総覧 全4巻（小田切進）……… 288
現代の企業（青木昌彦）……… 203
現代の記録・動物の世界 全6巻（浦本昌紀ほか）……… 286
現代の作家（秋山庄太郎）……… 192

作品名・論題索引　こうた

現代の内縁問題（太田武男）……………… 160
現代俳句との会話（片山由美子）………… 114
現代俳句の山河（大串章）………………… 114
現代文学論（青野季吉）…………………… 129
現代文学論大系 全8巻（青野季吉ほか）……… 283
現代米国における教員養成評価制度の研究―アクレディテーションの展開過程（佐藤仁）… 262
現代ミャンマーの農村経済―移行経済下の農民と非農民（高橋昭雄）………………… 157
現代ロシアの貧困研究（武田友加）……… 159
見たことなかタイ（川島功）……………… 49
ゲンダーヌ―ある北方少数民族のドラマ（田中了ほか）……………………………… 289
「建築有情」を中心として（長谷川堯）… 202
建築探偵の冒険・東京篇（藤森照信）…… 203
原著論文の機能構造の分析とその応用（神門典子）………………………………… 260
厳冬（後藤たづる）………………………… 63
遣唐使（東野治之）………………………… 294
原爆亭折ふし（中山士朗）………………… 61
原爆の子（長田新）………………………… 283
原発危機の経済学―社会科学者として考えたこと（齊藤誠）…………………………… 91
原発のコスト―エネルギー転換への視点（大島堅一）……………………………………… 98
元版「分類補註李太白詩」と蕭士贇（芳村弘道）…………………………………… 258
〈源平絵巻物語〉衣川のやかた（赤羽末吉）… 191
県別ふるさとの民話 全47巻別巻1（日本児童文学者協会）………………………………… 290
憲法9条の思想水脈（山室信一）………… 211
憲法で読むアメリカ史（阿川尚之）……… 135

【こ】

小石川大下水と嫁入橋縁起（石村与志）… 186
「小泉八雲」を中心として（平川祐弘）… 202
御一新とジェンダー（関口すみ子）……… 208
恋と伯爵と大正デモクラシー（山本一生）… 62
鯉取りのまぁしゃん（渡辺克己）………… 48
子犬のロクがやってきた（中川李枝子）… 289
恋の中国文明史（張競）…………………… 132
恋の文学誌―フランス文学の原風景を求めて（月村辰雄）…………………………… 213
恋の蛍（松本侑子）………………………… 58
こいのぼり（木村恭子）…………………… 74
こひぶみ（森玲子）………………………… 13
語彙論（柴田省三）………………………… 149

好意（二ノ宮一雄）………………………… 65
光悦（林屋辰三郎ほか）…………………… 285
公園通りの猫たち（早坂暁）……………… 21
公園の桜花（前西和夫）…………………… 32
『後悔先に立たず』と言う事（田中美有紀）… 74
公開自主講座・公害原論第2学期 全4巻（宇井純）……………………………………… 287
黄河断流―中国巨大河川をめぐる水と環境問題（福嶌義宏）………………………… 294
後期西田の自然哲学―20世紀物理学と後期西田の場所的論理（橋谷ひさき）………… 280
公共図書館サービスにおけるガバナンス概念の適用：住民セクターとの新たな関係性の構築に向けて（荻原幸子）……………… 297
公共図書館と文学作品書誌1,2（薬袋秀樹）… 259
公共図書館における費用便益分析（池内淳）… 260
公共図書館利用と文化活動の関連性（糸賀雅児）……………………………………… 260
講經文の上演に關する一考察―P.二四一八《佛説父母恩重經講經文》の分析を中心に―（橘千早）……………………………… 259
工具書（竹田稔和）………………………… 11
高原の牧場は楽園じゃない（太田昌吾）… 48
神々しい御座への畏敬―想い出多き白神山地周辺の旅（鍋倉勝夫）…………………… 46
広告の社会史（山本武利）………………… 254
口語聖書（日本聖書協会）………………… 284
口語訳古事記（完全版）（三浦佑之）…… 166
光厳院御集全釈（岩佐美代子）…………… 133
講座「食の文化」（石毛直道）…………… 200
黄沙が舞う日（寺田ふさ子）……………… 86
講座・東南アジア学 全10巻別巻1（矢野暢）… 291
黄山帰来不看山（辻本充子）……………… 57
甲子園を知らない球児たち（辰己寛）…… 56
「香紙切」寄合書論（高城弘一）………… 137
孔子の知識論（鈴木喜一）………………… 256
巧姐の「忽大忽小」と林黛玉の死―『紅樓夢』後四十回の構想考―（船越達志）……… 259
絞首刑台からの手紙 戦場を盥廻しされ戦後生活苦に喘ぎ彼が死刑台から送った愛の辞世句は…（有馬光男）…………………… 38
考証岡上景能（浅田晃彦）………………… 186
好色の風流―「長恨歌」をささえた中唐の美意識（諸田龍美）……………………… 258
荒神とミサキ―岡山県の民間信仰（三浦秀宥）… 301
構造的意味論（国広哲弥）………………… 149
江蘇省邗江県甘泉出土のモザイクガラス―漢代ガラスとその出自（谷一尚）………… 247
高台（佐野利恵）…………………………… 74
幸田露伴（塩谷賛）………………………… 130

ノンフィクション・評論・学芸の賞事典　401

講談社文芸文庫（講談社文芸文庫出版部）……294	獄窓記（山本譲司）……47
黄庭堅の「禽縦」表現をめぐって（直井誠人）……137	国体明徴運動と政友会（官田光史）……274
皇帝たちの都ローマ（青柳正規）……292	国鉄は生き残れるか（大谷健）……110
校庭に 球追う子らの 影長し（田中司）……5	国文学研究における発表メディアの特徴（真弓育子）……296
皇帝の文物と北宋初期の開封（塚本麿充）……199	国宝「碣石調幽蘭第五」の研究（山寺美紀子）……229
高等学校における食物教育の形成と展開（江原絢子）……153	国宝 全6巻（文化財保護委員会ほか）……286
口頭伝承伝（川田順造）……291	こぐまのたろの絵本 全3冊（きたむらえり）……287
公と私（三戸公）……288	国民の教育権（兼子仁）……287
興福寺南円堂四天王像と中金堂四天王像について（藤岡穣）……198	国民の権利としての図書館利用（渡辺重夫）……260
神戸で出会った中国人（諏訪山みどり）……18	国民の創世─〈第三次世界大戦〉後における〈宇宙の戦士〉の再読（磯部剛喜）……112
公民館長！ ションベンまりかぶったへ？（高倉忠義）……48	国民の天皇─戦後日本の民主主義と天皇制（ケネス・ルオフ）……98
虹滅記（足立巻一）……60	国立故宮博物院からの金属製文物の対日『献納』──一九四四〜一九四五（広中一成）……147
『高野山往生伝』撰者如寂について─その信仰と撰術意識を中心に（村上弘子）……265	語形成と音韻構造（窪薗晴夫）……150
曠野の花（石光真清）……284	苔のテレポーテーション（池田元）……49
荒野も歩めば径になる ロマンの猟人・尾崎秀樹の世界（峯島正行）……97	子孝行（石橋愛子）……63
康有為と礼教（後藤延子）……256	「孤高の歌声」─源氏物語の独詠歌（和田真季）……237
甲陽軍艦大成（酒井憲二）……126,225	孤高の桜（井上佳子）……10
功利と直観─英米倫理思想史入門（児玉聡）……318	ここが地獄の一丁目（黒鉄ヒロシ）……193
香林院のアロマセラピー（大西貴子）……13	湖国・如幻（小沢隆明）……33
高齢化社会の家族周期（中鉢正美）……199	ここに生きる 村の家・村の暮らし（古庄ゆき子）……62
高齢社会の成年後見法（新井誠）……160	ココブランコへようこそ！（羽石雅也）……54
声に出して読みたい日本語（齋藤孝）……293	心をつなぐローカル線（宮西祐里）……75
〈声〉の国民国家・日本（兵藤裕己）……126	心が疲れ果てるまで（山城屋哲）……108
声の祝祭─日本近代詩と戦争（坪井秀人）……263	心からの笑顔（八杉美紗子）……74
古大島（青宮智恵子）……63	こころとこころをつなぐもの（水木亮）……73
氷の鏡（青山治）……27	心に降り積もる雪（大西功）……28
古稀の初舞台（石川勝幸）……50	心のアルバム（杉本奈美）……77
ゴーギャンの世界（福永武彦）……285	心の置き場（佐々木まこと）……119
故郷（阿部敏広）……19	こころの介助犬 天ちゃん（林優子）……87
故郷の空き家（大澤幸子）……79	心の家族（雨宮敬子）……64
故郷のうた（山田三陽子）……48	心の傷を癒すということ（安克昌）……206
故郷の桜（鈴木誠子）……31	心の形而上学─ジェイムズ哲学とその可能性（冲永宜司）……252,318
故郷の証明（中島晶子）……28	心の声（佐藤みどり）……119
故郷は生命の源（山口宗一）……79	心の故郷（小野公子）……64
国語重複語の語構成論的研究（蜂矢真郷）……225	心の叫びのままに（杉山慶子）……19
「国語」という思想（イ・ヨンスク）……206	心の蟬（大舘勝治）……94
国際安全保障の構想（鴨武彦）……90	心の宝ばこ（福本菜津子）……54
国際私法における養子縁組の効力（金汶淑）……161	心の天秤（菅原武志）……83
国際政治経済の構図（猪口孝）……202	心の咎（佐々倉洋一）……64
国際政治史（岡義武）……284	心の二人三脚（根本騎兄）……13
国際政治とは何か（中西寛）……135	『心の花』へありがとう（豊島美代子）……31
国際相続法の研究（木棚照一）……160	心の風物詩（志摩末男）……72
国際対話の時代（松山幸雄）……90	心のページ（渡辺通枝）……64
国際マクロ経済学と日本経済（植田和男）……202	
極上の贈りもの（大熊奈留美）……77	

心の闇と星のしづく(川口明子)……………… 82	
虎山(こざん)へ(平岡泰博)………………… 16	
古事記注釈(西郷信綱)……………………… 164	
ゴシックとは何か(酒井健)………………… 207	
五十(佐藤淳子)………………………………… 50	
ゴーシュがチェロを弾いたのは(後藤ゆうひ)‥ 30	
弧状の島々—ソクーロフとネフスキー(金子遊)………………………………………… 121	
後白河院時代歌人伝の研究(中村文)……… 227	
五衰の人(徳岡孝夫)………………………… 223	
牛頭天王と蘇民将来伝説(川村湊)………… 134	
コスモスの知慧(加藤弘一)………………… 100	
瞽女(斎藤真一)………………………………… 60	
戸籍記載の真実性確保をめぐる諸問題について(虚偽記載の防止措置及び是正措置の検討)(上條聡子)……………………………… 162	
瞽女と瞽女唄の研究 研究篇・史料篇(ジェラルド・グローマー)……………………… 228	
ご先祖様はどちら様(高橋秀実)…………… 106	
子育て支援の理念と方法—ドイツ法の視点(倉田賀世)……………………………… 162	
子育て列車は各駅停車(穂里かほり)………… 81	
小袖の時代(篠山紀信)……………………… 191	
コソボ・ロマ受難(金井玲)…………………… 37	
古代エジプトにおける生者と死者との互恵関係に関する一考察(内田杉海)…………… 247	
古代蝦夷の考古学(工藤雅樹)……………… 307	
古代から19世紀初頭までの蝦夷地をめぐる交流、支配と対外関係(ノエミ・ゴドフロワ)‥ 216	
古代宮廷文学論—中日文化交流史の視点から(李宇玲)…………………………… 227	
古代国家の形成と衣服制(武田佐知子)…… 203	
古代さきたま紀行(荻野進一)………………… 94	
古代荘園史料の基礎的研究(上・下)(石上英一)……………………………………… 164	
個体性と邂逅の倫理—田辺元・九鬼周造往復書簡から見えるもの(宮野真生子)……… 318	
古代地方官衙遺跡の研究(山中敏史)……… 306	
古代伝承史の研究(上田正昭)……………… 153	
古代伝説と文学(土居光知)………………… 129	
古代都市ローマ(青柳正規)………………… 116	
古代における近江国蒲生郡の水田開発(胡口靖夫)……………………………………… 185	
五代の民(里見弴)…………………………… 130	
古代服飾の研究—縄文から奈良時代(増田美子)……………………………………… 153	
古代メソポタミアにおける神名の解釈学：シュメル語シュイラ祈禱 ur-sag úru ur4-ur4『勇士、逆巻く洪水』におけるマルドゥクの名前と称号(柴田大輔)…………… 249	
古代メソポタミアにおける鳥卜占(auspicium)について(月本昭男)……… 247	
古代大和の乳製品—酥(そ)と蘇についての考察(広野卓)……………………………… 187	
古代ユダヤ教の合理的分析(浜井修)……… 317	
古代和歌史論(鈴木日出男)………………… 164	
子宝と子返し—近世農村の家族生活と子育て(太田素子)………………………… 166,170	
壺中の天地(中岡毅雄)……………………… 114	
こちら川口地域新聞(岸田鉄也)……………… 10	
「国家主権」という思想(篠田英朗)………… 209	
国家と音楽(奥中康人)……………………… 208	
国家と情報(岡崎久彦)……………………… 202	
国家の罠(佐藤優)…………………………… 294	
国境を越えた鍵(上田純子)…………………… 53	
国境完全版(黒川創)…………………………… 92	
国境線上で考える(犬養道子)……………… 291	
滑稽な巨人 坪内逍遙の夢(津野海太郎)…… 58	
ごっつんちゃん(前田美乃里)………………… 28	
ゴッホ 契約の兄弟 フィンセントとテオ・ファン・ゴッホ(新関公子)……………… 128	
ゴッホの手紙(小林秀雄)…………………… 129	
古典世界からキリスト教世界へ(辻佐保子)‥ 202	
古典と現代文学(山本健吉)………………… 129	
ことあき(林明子)…………………………… 194	
孤島の土となるも—BC級戦犯裁判(岩川隆)‥ 23	
コートジボアールの都市 1893〜1940(キブレ、ピエール)…………………………… 275	
琴鳴る霊歌(武田裕)…………………………… 18	
古都に燃ゆ(乾谷敦子)………………………… 40	
ことば(岡部達美)……………………………… 28	
後鳥羽院(丸谷才一)………………………… 131	
ことばと時間—古代日本人の思想(伊藤益)‥ 317	
「詞」についての認識とその名称の変遷(村上哲見)……………………………………… 256	
コトバの〈意味づけ論〉(田中茂範)………… 150	
言葉の海へ(高田宏)…………………………… 99	
言葉の国のアリス—あなたにもわかる言語学(青柳悦子)…………………………… 214	
言葉の権力への挑戦(加藤秀男)…………… 103	
言葉のまほう(山本かおり)…………………… 78	
ことばの向こう(日野友紀)…………………… 53	
言葉のゆくえ—明治二十年代の文学(谷川恵一)……………………………………… 125	
子どもからの自立(伊藤雅子)……………… 288	
子供時代(里柳沙季)………………………… 64	
こどもだけの国(石井妙子)………………… 119	
子供達の野性の復権(寺田高久)……………… 45	
子供と住まい(小川信子)…………………… 200	
子ども日本風土記 全47巻(日本作文の会)‥ 288	

こども　　　　　　　　作品名・論題索引

子どものころ戦争があった(あかね書房編)……40
子どもの涙(徐京植)……61
子供や禁にブナの森を(山崎輝)……69
子供より古書が大事と思いたい(鹿島茂)……21
子どもらが道徳を創る(蜂屋慶ほか)……284
異様(ことやう)なるものをめぐって―徒然草論(川村湊)……100
この命、今果てるとも―ハンセン病『最後の闘い』に挑んだ90歳(入江秀子)……38
この命、義に捧ぐ―台湾を救った陸軍中将根本博の奇跡(門田隆将)……305
近衛文麿(杉森久英)……291
この壮大なる茶番 和歌山カレー事件『再調査』報告プロローグ(片岡健)……38
この宝物を胸に(伊東詩織)……28
この旅敦子と共に(小森洋司)……42
この時私は救われた(佐々木徳男)……3
この流れの中に(木下富砂子)……18
この百年の小説(中村真一郎)……288
此ほとりの一夜四歌仙評釈(中村幸彦)……131
この夕日 一休さんも みたんだね(井上こだま)……5
このゆびとーまれ(梅田俊作ほか)……193
この世この生(上田三四二)……132
子の利益のための面会交流―フランス訪問権論の視点から(栗林佳代)……162
小蓮の恋人(井田真木子)……23
コパートメントの友情(濱本久子)……48
小林秀雄(秋山駿)……99
小林秀雄の昭和(神山睦美)……89
小林批評のクリティカル・ポイント(山城むつみ)……101
コーヒーの水(塚本昌則)……214
500円の指定席券(河村清明)……83
こぶしの花(大日方妙子)……84
古武士のような建物たち(千原昭彦)……94
古墳時代親族構造の研究―人骨が語る古代社会(田中良之)……306
古墳と古墳群の研究(白石太一郎)……307
小堀遠州の茶会(深谷信子)……230
『小町集』における「あま」の歌の増補について(服部友香)……238
ごみを拾う犬もも子のねがい(中野英明)……87
コミュニケーションとは―in台湾(滝川沙也佳)……28
コミュニティを問いなおす―つながり・都市・日本社会の未来(広井良典)……98
コミュニティーの保健教育(アディ、フェリックス)……275
コムカラ峠～雲に架ける小さな橋～(萱場利通)……81

ゴム弾性(久保亮五)……282
米(デーリー東北新聞社報道部)……110
ご迷惑をおかけします(谷門展法)……73
米作りプロ(沢田欣子)……71
ごめんなさい すぐいえなくて ごめんなさい(川村望未)……5
ごめんねサチ(柴田正子)……87
子守唄(成沢希望)……76
子守に行って苦労した(小守ハリエ)……3
子守りのこと(倉田真理子)……72
古文書の面白さ(北小路健)……61
小屋の灯り(風越みなと)……26
コリアン世界の旅(野村進)……15,23
ごりちゃんはスーパーマン(四戸亜里沙)……26
凝る(水口純一)……63
コルシカの形成と変容―共和主義フランスから多元主義ヨーロッパへ(長谷川秀樹)……215
ゴルフのすべて(副田高行)……197
これから出会う 大切な人へ(山本裕美)……69
これからのすまい(西山夘三)……282
これが私の生きる道(吉岡ゆかり)……42
これはあなたの母(小坂井澄)……14
転がる香港に苔は生えない(星野博美)……15
ごろつき娘、旅に出る(高橋さつき)……53
コンクリートが危ない(小林一輔)……195
根源的体験とその描写―プロティノスとウパニシャッド比較再考(金澤修)……280
今昔物語集の文章研究―書きとめられた「ものがたり」(山口康子)……225
昆虫食文化事典(三橋淳)……295
コンディヤックの思想―哲学と科学のはざまで(山口裕之)……214
コントとデュルケームのあいだ―1870年代のフランス社会学(山下雅之)……213
こんな夜更けにバナナかよ(渡辺一史)……15,24
困難を楽しみに変えて～トラブルこそ人との出会い～(木島英登)……52
コンニャク屋漂流記(星野博美)……134
ゴンはオスでノンはメス(和秀雄)……290
コンピュータ新人類の研究(野田正彰)……14
昆布干しの食(近藤健)……26
婚礼披露における女客の優位(服部誠)……272
今和次郎「日本の民家」再訪(瀝青会)……201

【さ】

サイエンス・ウォーズ(金森修)……207
再会(末広由紀)……64

404　ノンフィクション・評論・学芸の賞事典

作品名・論題索引　さくら

再会、白壁の詩とともに(富岡次子) ………… 26
雑賀合戦の再検討―太田牛一「信長記」の記
　述をめぐって(鈴木真哉) ………………… 186
西鶴と出版メディアの研究(羽生紀子) ……… 255
西鶴の感情(富岡多恵子) …………………… 92
再起(岡崎朱美) ……………………………… 11
西行・兼好の伝説と芭蕉の画賛句(金田房子) ‥ 94
西行　その歌その生涯(松本章男) ………… 126
西行の思想史的研究(目崎徳衛) …………… 163
西行の和歌の研究(稲田利徳) ……………… 165
西行・芭蕉の詩学(伊藤博之(故人)) ……… 126
三枝博音著作集　全12巻(三枝博音) ……… 288
サイクリング(川村祥子) …………………… 28
債権回収屋"G"　野放しの闇金融・ある司法書
　士の記録(三宅勝久) ……………………… 37
最高のプレゼント(高村陽子) ……………… 70
最後の王者(西村章) ………………………… 44
最後の言葉(中村幸子) ……………………… 51
最期の言葉(橘立英樹) ……………………… 69
最後の志願兵(渡利與一郎) ………………… 74
最後の認罪(星徹) …………………………… 35
最後の一人、失われた母校(杉本和) ……… 69
最後の冒険家(石川直樹) …………………… 16
最後の嫁(土方五百子) ……………………… 48
サイゴンから来た妻と娘(近藤紘一) ……… 14
サイゴン日本語学校始末記(神田憲行) …… 10
賎産なんて―父母と私の戦後史(高松直躬) ‥ 19
財産分与・家事調停の道(高野耕一) ……… 160
再就職(木村久夫) …………………………… 11
最勝四天王院障子和歌全釈(渡邉裕美子) … 227
宰相鈴木貫太郎(小堀桂一郎) ……………… 14
西条八十(筒井清忠) …………………… 134,305
最新俳句歳時記(山本健吉) ………………… 130
財政赤字の正しい考え方(井堀利宏) ……… 90
財政改革の論理(石弘光) …………………… 202
「財政危機の構造」を中心として(野口悠紀
　夫) ………………………………………… 202
財政法理論の展開とその環境―モーリス・
　オーリウの公法総論研究(木村琢磨) …… 215
罪責感についての一考察(久重忠夫) ……… 317
斎藤喜博全集　全15巻別巻2(斎藤喜博) … 287
斎藤秀三郎伝(大村喜吉) …………………… 285
西東三鬼試論～日本語の「くらやみ」をめ
　ぐって(小野裕三) ………………………… 104
斎藤茂吉(品田悦一) …………………… 113,127
斉藤茂吉から塚本邦雄へ(坂井修一) ……… 113
斎藤茂吉伝(柴生田稔) ……………………… 131
斎藤茂吉論(成相夏男)(上田三四二) ……… 99
斎藤緑雨論(小林広一) ……………………… 100
在日のはざまで(金時鐘) …………………… 290

サイバーパンク・アメリカ(巽孝之) ……… 243
西遊記における猪八戒像の形成(磯部彰) … 257
サヴァイヴァル：現代カナダ文学入門(御茶の
　水書房) …………………………………… 168
サウイト事件の文化論的考察(関本照夫) … 217
酒井抱一筆　夏秋草図屏風(玉蟲敏子) …… 205
坂口安吾と中上健次(柄谷行人) …………… 92
坂口安吾　百歳の異端児(出口裕弘) …… 86,92
逆さ水平線(安岡裕介) ……………………… 52
さがしています(アーサー・ビナード) …… 197
サーカスが来た(亀山俊介) …………… 60,243
サーカスの少年(西園多佳子) ……………… 29
さかなの食事(佐原雄二) …………………… 289
魚は泳ぐ(印南房吉) ………………………… 73
魚料理(佐野遥太) …………………………… 30
相模国中郡雪ケ谷村における由井正雪一党搦
　取の一件―近世の治安に関する一考察(丸
　島隆雄) …………………………………… 187
索引過程における認知構造(後藤智範) …… 296
作者の家(河竹登志夫) ………………… 131,289
作庭記(ミッシェル・ビエイヤール・バロン) ‥ 215
作品の在りか―書の芸術学の課題(萱のり子) ‥ 137
作文(梅田文子) ……………………………… 64
作文集　泣くものか―子どもの人権10年の証言
　(養護施設協議会) ………………………… 289
桜さく(山本真央) …………………………… 75
桜咲く(水戸佐和子) ………………………… 118
桜とおんちゃん(佐藤節子) ………………… 31
桜のおかげ(吉村金一) ……………………… 31
桜の想い出(小暮晴美) ……………………… 31
桜の想い出(廣木美由貴) …………………… 31
桜の想い出(土田稚子) ……………………… 31
桜の想い出(秋本芳成) ……………………… 31
桜の想い出(田中かえで) …………………… 31
桜の想い出(吉川友理) ……………………… 31
桜の想い出(金子陽一郎) …………………… 31
桜の想い出(奥村実) ………………………… 31
桜の想い出(関根則子) ……………………… 31
桜の想い出(大鐘稔彦) ……………………… 31
桜の想い出(竹渕千鶴子) …………………… 31
桜の想い出(高田富子) ……………………… 31
桜の想い出(平田順三) ……………………… 31
桜の想い出(木田孝夫) ……………………… 31
桜の想い出(天倉純子) ……………………… 31
桜の想い出(下平万里子) …………………… 31
桜の想い出(毛利きぬ子) …………………… 31
桜の想い出(渡邉祥平) ……………………… 31
桜の想い出(堀池潤) ………………………… 31
桜の想い出(関口泰雄) ……………………… 31
桜の想い出(中原毅郎) ……………………… 31

ノンフィクション・評論・学芸の賞事典　405

桜の想い出（坂井良子）……… 31
桜の記憶（佐々木美保）……… 32
さくらの結婚（城芽ハヤト）……… 197
桜のネックレス（貫目桂子）……… 31
桜南風（まじ）に吹かれて（城山記井子）……… 64
さくらもち（滝本順子）……… 72
石榴（ざくろ）身をむき澄み行く空（渡辺千尋）… 86
サケをめぐる宗教的世界（管豊）……… 272
鎖国（和辻哲郎）……… 129
佐々城信子とその周辺の群像（龍泉）……… 80
笹の葉（岩崎まさえ）……… 94
細雪（谷崎潤一郎）……… 282
『細雪』試論（丸川哲史）……… 101
ささやかな日本発掘（青柳瑞穂）……… 129
囁く（下谷二助）……… 194
山茶花梅雨（軽部やす子）……… 65
挿絵入新聞「イリュスラシオン」にたどる
　19世紀フランス夢と創造（小倉孝誠）……… 213
サダさん（森千恵子）……… 29
さだすぎ果てて（熊谷優利枝）……… 63
『さだちゃん』と呼ぶ日々（長田ゆう子）……… 25
座談会・明治文学史（柳田泉ほか）……… 285
作家への道―イギリスの小説出版（清水一嘉）… 253
雑誌「E+D+P」（多川精一）……… 254
雑誌「糧友」にみる兵食と一般家庭の食との
　関連について（安原美帆）……… 265
雑誌で見る戦後史（福島鋳郎）……… 95
サッシャ・ギトリ―都市・演劇・映画（梅本洋
　一）……… 213
殺人犯はそこにいる―隠蔽された北関東連続
　幼女誘拐殺人事件（清水潔）……… 47
雑草のくらし（甲斐信枝）……… 193
サッチャリズムの世紀（豊永郁子）……… 206
左伝の成立に関する新視点―礼理論の再評価
　を通じて（近藤則之）……… 257
佐渡（富山治夫）……… 192
佐藤佐太郎短歌の研究（今西幹一）……… 113
佐藤泰正著作集（6）宮沢賢治論（佐藤泰正）… 123
佐渡金山の史的研究（田中圭一）……… 164
サト子さんの花（山田みさ子）……… 65
諭された娘の言葉（岩谷隆司）……… 70
聖の青春（大崎善生）……… 224
サドにおける言葉と物（秋吉良人）……… 214
里山の魅力は無限大！（吉本七永）……… 54
裁かれた命　死刑囚から届いた手紙（堀川惠子）… 47
さばくのきょうりゅう（康禹鉉ほか）……… 193
砂漠の修道院（山形孝夫）……… 61
サハリン鉄道の夜（関矢磨美）……… 51
サバンナからの手紙（岩合光昭）……… 193
淋しいアメリカ人（桐島洋子）……… 14

ザビット一家、家を建てる（長倉洋海）……… 196
〜the Beatles来日40's Anniversary リッケン
　バッカー2006&特別読み切りリッケンバッ
　カー2007（未来谷今芥）……… 108
錆びたネックレス（大森久美子）……… 48
さぶ（鈴木萬里代）……… 65
佐分利谷の奇遇（本田成親）……… 94
さまざまな属性からみた学術雑誌の定義（森
　岡倫子）……… 297
サミュエル・ビングと日本（宮島久雄）……… 219
さよなら　エルマおばあさん（大塚敦子）……… 195
さよなら、サイレント・ネイビー―地下鉄に
　乗った同級生（伊東乾）……… 16
さよなら日本（宇佐美承）……… 14
サヨナラホームラン（宮崎英明）……… 5
さらば胃袋（遠藤昭二郎）……… 67
さらば財務省！　官僚すべてを敵にした男の告
　白（髙橋洋一）……… 305
サリエーリ　モーツァルトに消された宮廷楽長
　（水谷彰良）……… 117
サリーガーデン（望月通陽）……… 194
サルヴァラクシタの「マハーサンヴァルタ
　ニーカター」―小乗仏教正量部の宇宙論に
　関するサンスクリット詩（岡野潔）……… 239
サルサ・ガムテープ（織口ノボル）……… 79
百日紅（岩本松平）……… 34
サルとインド（米田恵悟）……… 52
猿の子ども（網中いづる）……… 196
サロンにおける日本趣味―1850年〜1880年の
　パリのサロンに発表された日本を主題とす
　る絵画作品に関する研究（三浦篤）……… 220
散逸した物語世界と物語史（神野昭夫）……… 164
サンヴァラ系密教の諸相―行者・聖地・身体・
　時間・死生（杉木恒彦）……… 252
三階教の研究（西本照真）……… 239
「三角池」探検記（八重野充弘）……… 68
三角縁神獣鏡の研究（奥野正男）……… 186
三月は深き紅の淵を（クォン・ヨンジュ）……… 277
山歌の民族誌―歌で詞歌を交わす（梶丸岳）… 229
参議院とは何か 1947〜2010（竹中治堅）……… 98
散華（石川瑞枝）……… 25
懺悔（長谷川淳士）……… 63
懺悔道としての哲学（田辺元）……… 282
残酷な楽園―ライフ・イズ・シット・サンド
　イッチ（降旗学）……… 43
サンゴ礁の島における土地保有と資源利用の
　体系―ミクロネシア・サタワル島の事例分
　析（須藤健一）……… 217
38度線（佐々木祝雄）……… 59
三条西実隆と古典学（宮川葉子）……… 226

作品名・論題索引　　　しこそ

3勝40敗―再³就職（薛浩美）………………… 12
さんしろう（副島雄太）………………………… 28
散人（小門勝二）………………………………… 59
三途の川縁で（中村美技子）…………………… 29
三聖会談の地（大瀬久男）……………………… 65
山村の構造（古島敏雄）………………………… 283
サンダカン八番娼館（山崎朋子）……………… 14
サンタさんからの贈り物（田中伊出吾）……… 69
刪定集（さんていしゅう）（郡司正勝）……… 319
三人の参謀総長（守屋純）……………………… 146
三年（林屋祐子）………………………………… 18
山王海（野中康行）……………………………… 50
山王林だより（綾部仁喜）……………………… 114
山婆の涙（宮本義孝）…………………………… 50
サンフランシスコ講和への道（細谷千博）…… 290
三方の娘（加納孝子）…………………………… 19
刪補西鶴年譜考証（野間光辰）………………… 131
三位一体の神話 上下（亀山昌次）…………… 194
三文役者の泣き笑い（寺田テル）……………… 18
山陽路（二川幸夫ほか）………………………… 284

【し】

幸せを、ありがとう（斉藤秀世）……………… 81
幸せでした（冨永寶）…………………………… 69
幸せのイエローカード（鈴木みのり）………… 70
幸せの波紋（長友未来）………………………… 28
じいちゃん（高館作夫）………………………… 49
じいちゃんの自転車にのってきた木（牛房翔子）………………………………………………… 73
椎葉神楽「板起し」考―奥日向地方の霜月神楽と動物供犠」（永松敦）…………………… 272
シェイクスピア（吉田健一）…………………… 129
シェイクスピア全集（福田恒存）……………… 130
シェイクスピアのアナモルフォーズ（蒲池美鶴）………………………………………………… 206
シェイクスピアの面白さ（中野好夫）………… 286
ジェイムズ・ジョイス「若い藝術家の肖像」（丸谷才一）……………………………………… 134
使役動詞のアナトミー語彙的使役動詞の語彙概念構造（丸田忠雄）…………………………… 150
ジェットコースターのあとは七色の気球船に乗って（牧原万里）……………………………… 18
ジェネレーションギャップもなんのその in Egypt（財家美智子）……………………………… 52
シェリングの積極哲学（小倉志祥）…………… 316
史縁集団の伝承論―文字記録の読解と活用を中心に（武井基晃）………………………………… 273

ジェンダーの法史学―近代ドイツの家族とセクシュアリティ（三成美保）…………………… 161
しおあじ（小梢みなみ）………………………… 29
塩狩峠を読んで（田崎陽子）…………………… 120
塩狩峠から考えた『生きること』（鈴木美紀）… 120
潮鳴り（ヤマモトマサアキ）…………………… 197
死をはさんで君と僕（川島裕子）……………… 118
塩原まで（本多美也子）………………………… 94
死をみつめる心（岸本英夫）…………………… 285
「詩」をもつこと―シモーヌ・ヴェイユと鈴木大拙（今村純子）…………………………… 280
ジオラマ論（伊藤俊治）………………………… 203
自壊する帝国（佐藤優）………………………… 15,47
滋賀からの贈り物（舩津翔）…………………… 54
視覚（宮内勝）…………………………………… 41
仕掛けとしての演劇空間（橋本裕之）………… 272
シカゴ、シカゴ（亀倉雄策）…………………… 191
自家製味噌のすすめ（石村眞一）……………… 201
4月に雪っちゃ（中下重美）…………………… 11
志賀直哉（高橋英夫）…………………………… 131
志賀直哉 上下（阿川弘之）…………………… 292
私家版・日配史 出版業界の戦中・戦後を解明する年代記（荘司徳太郎）……………………… 254
私家版・ユダヤ文化論（内田樹）……………… 105
鹿よ おれの兄弟よ（パヴリーシン,G.D.ほか）… 196
時間を超える視線（川本千栄）………………… 103
時間と自我（大森荘蔵）………………………… 319
時間のかかる読書（宮沢章夫）………………… 92
時間の分子生物学（粂和彦）…………………… 196
時間の本性（植村恒一郎）……………………… 320
子規山脈の人々（室岡和子）…………………… 113
四季それぞれのうちの庭（大橋成美）………… 28
死刑囚監房のジャーナリスト ムミア・アブ・ジャマール（今井恭平）………………………… 36
死刑の基準―「永山裁判」が遺したもの（堀川惠子）……………………………………………… 24
シゲは夜間中学生（野口良子）………………… 85
試験の社会史（天野郁夫）……………………… 203
思考の死角を視る（増成隆士）………………… 203
自己救済のイメージ―大江健三郎論（利沢行夫）……………………………………………… 100
自己教育力を育成するための学校図書館利用指導：教育改革の観点から（平久江祐司）…… 260
地獄を読む（横尾忠則）………………………… 192
時刻表2万キロ（宮脇俊三）…………………… 66,110
四国遍路を歩いてみれば（高田京子）………… 33
自己啓発の時代―「自己」の文化社会学的探究（牧野智和）…………………………………… 256
自己創出する生命（中村桂子）………………… 292
自己組織性（今田高俊）………………………… 203

ノンフィクション・評論・学芸の賞事典　　407

| しこと | 作品名・論題索引 |

仕事（藤岡靖朝）……………………………… 5
仕事頭（高田外亀雄）………………………… 70
仕事のなかの曖昧な不安（玄田有史）…… 207
自殺（末井昭）………………………………… 22
獅子（尾崎広章）……………………………… 79
ジジイへ（小山謙二）………………………… 31
シジウィックと現代功利主義（奥野満里子）…318
資治通鑑考（三浦国雄）…………………… 256
事実婚の現代的課題（二宮周平）………… 160
死者たちの戦後誌―沖縄戦跡をめぐる人びと
　の記憶（北村毅）………………………… 218
詩集・サンチアゴのタラファル監獄を生きの
　びる（ジャシント、アントニオ）……… 275
思春期の悩み（原田侑美子）……………… 117
史上最高の投手はだれか（佐山和夫）……… 9
私小説論の成立をめぐって（大炊絶（小笠原
　克））……………………………………… 99
市場・道徳・秩序（坂本多加雄）………… 204
市場と経済発展―途上国における貧困消滅に
　向けて（澤田康幸ほか）………………… 157
市場と権力 『改革』に憑かれた経済学者の肖
　像（佐々木実）……………………… 16,47
市場のための紙上美術館―19世紀フランス、画
　商たちの複製イメージ戦略（陳岡めぐみ）…216
市場の秩序学（塩沢由典）………………… 204
自叙伝（河上肇）…………………………… 282
辞書になかったキーワード『BEATLES』（富
　田庸博）………………………………… 107
辞書になった男―ケンボー先生と山田先生
　（佐々木健一）…………………………… 62
詩人の妻（郷原宏）………………………… 202
地震予報に挑む（串田嘉男）……………… 195
静かなるシステム（佐飛通俊）…………… 101
自生した菜の花（伊集田ヨシ）……………… 65
至誠に生きた男―実業家新田長次郎の生涯
　（森山祐吾）……………………………… 82
市井に生きる（島田和世）…………………… 18
自然科学としての言語学―生成文法とは何か
　（福井直樹）……………………………… 150
自然科学の名著（湯浅光朝）……………… 283
自然と地元民の素敵な関係（山本幸一）…… 45
自然と共に生きる場としての白神山地をめざ
　して―都会人のための心の故郷づくり（稲
　村茂）………………………………………… 45
自然との共生への提言（去来川政明）……… 45
自然に優しい観光と人に優しい街づくりにつ
　いての提案（山崎秀樹）…………………… 45
自然認識の人類学（松井健）……………… 217
自然の力 白神山地に抱かれて（内田三千代）… 45
自然のままに（中村妙子）…………………… 74

思想兵・岡井隆の軌跡（大野道夫）……… 103
持続の志―岡部文夫論（坂出裕子）……… 103
時代小説盛衰史（大村彦次郎）……………… 96
『時代の鏡』諸写本研究序説（橋爪烈）…… 249
ドを向いて歩こう（松田正弘）……………… 83
舌ながばあさん（武建華ほか）…………… 196
下町の染屋（内村幸助）……………………… 3
師団長だった父と私（樋口大成）…………… 19
使庁と没官領―『宝鏡寺文書』所収売券案の
　考察（渡邉俊）………………………… 274
実親子関係確定における真実主義の限界（羽
　生香織）………………………………… 162
十回目の春（中島美咲）…………………… 118
実業之日本社の研究 近代日本雑誌史研究への
　序章（馬静）…………………………… 255
実習のヴェールの向こうへ（谷口ゆみ子）… 12
十体阿弥陀像の成立（泉武夫）…………… 198
十坪の店の物語（阿部照子）………………… 19
しっぽのついた娘（大橋千恵子）…………… 87
実録アヘン戦争（陳舜臣）………………… 287
実録テレビ時代劇史（能村庸一）…………… 96
シティズンシップと多文化国家―オーストラ
　リアから読み解く（飯笹佐代子）……… 158
自転車（金悠天）……………………………… 27
視点と主観性（沢田治美）………………… 149
字統（白川静）……………………………… 290
児童サービスの歴史：戦後日本の公立図書館
　における児童サービスの発展（汐﨑順子）…261
自動車の社会的費用（宇沢弘文）………… 288
自動車は永遠の乗物か（岡並木）………… 109
児童百科事典 全24巻（平凡社）………… 284
児童文学事典（日本児童文学学会）……… 291
死と再生の雪景色（真帆沁）………………… 27
死と誕生 ハイデガー・九鬼周造・アーレント
　（森一郎）………………………………… 321
死と向かい合って（横田進）………………… 19
シナイ山に登る（南埜徳三郎）……………… 51
信濃のおんな 上下（もろさわようこ）…… 286
信濃民俗記（向山雅重）…………………… 301
死なんようにせいよ（出川沙美雄）………… 18
死について（上西栄生）…………………… 119
「シヌーヘ物語」の文体構造（小山雅人）…246
詩のジャポニスムージュディット・ゴーチエ
　の自然と人間（吉川順子）……………… 216
死の中の笑み（徳永進）……………………… 23
ジーノの家 イタリア10景（内田洋子）… 22,62
芝居小屋から飛び出した人形師（新井由己）… 35
司馬江漢の肖像画制作を中心として―西洋画
　法による肖像画の系譜（成瀬不二雄）… 198
死は誰のものか（尾高亭）…………………… 36

408　ノンフィクション・評論・学芸の賞事典

ジハード(聖戦)論再考(中田考) 247
しばらくお待ちください(澤田颯) 29
縛られた巨人—南方熊楠の生涯(神坂次郎)... 95
司馬遼太郎とエロス(碓井昭雄) 97
司馬遼太郎の風音(磯貝勝太郎) 96
シビル・ミニマムの思想(松下圭一) 287
師風(竹中祐典) 19
死物におちいる病—明治期前半の歌人による
　　現実志向の歌の試み(矢部雅之) 103
事物の声 絵画の詩(杉田英明) 205
自分を信じて(カウマイヤー香代子) 84
自分を信じることの大切さ(矢野淳一) 118
自分探し(千葉桃) 51
自分で(関根このみ) 31
自分として生きる(稲葉美幸) 119
自分ならざる者を精一杯に生きる—町田康論
　　(矢野利裕) 102
自分に嘘はつかない—普通学級を選んだ私
　　(樫田秀樹) 35
自分の起源を訪ねる旅(島岡千紘) 54
シベリアの旧石器文化(木村英明) 306
志保ちゃん(河野由美子) 63
姉妹(畔柳二美) 283
島崎藤村(十川信介) 99
島はぼくらと(名久井直子) 197
染み込んだ記憶(川田恵理子) 70
市民参加(篠原一) 288
シモーヌ・ヴェイユ晩年における犠牲の観念
　　をめぐって(鈴木順子) 170
シャアラーニーの完全人間論—形而上学から
　　社会的側面への展開(遠藤春香) 249
社会科学大事典 全20巻(社会科学大事典編集
　　委員会) 287
社会主義思想の成立(城塚登) 316
社会心理学(南博) 282
釋迦空ノート(富岡多恵子) 293
尺八オデッセイ—天の音色に魅せられて(ブ
　　レイズデル, クリストファー遙盟) 86
芍薬(藤咲みつを) 66
ジャコメッティとともに(矢内原伊作) 287
捨児たちのルネサンス(高橋友子) 117
写真,「芸術」との界面に(光田由里) 250
写真図説総合日本史 9冊(日本近代史研究会)..284
写真美術館へようこそ(飯沢耕太郎) 206
写真文庫(岩波書店) 171
ジャスパーは呻く—インデギルガ号遭難の顛
　　末(菅忠淳) 80
『ジャスミンの残り香 ——「アラブの春」が
　　変えたもの』(田原牧) 17
写生の変容—フォンタネージから子規,そして

直哉へ(松井貴子) 263
斜線の旅(管啓次郎) 134
車窓の別れ(千葉守) 3
シャー・タフマースプのキジルバシ政策(羽田
　　正) 247
社長と呼ばないで(河原有伽) 84
ジャーナリストの誕生 チェチェン戦争とメ
　　ディア(林克明) 36
ジャパン(倉田精二) 195
ジャポニスム—幻想の日本(馬渕明子) 220
ジャポニスム小説の世界 アメリカ編(羽田美
　　也子) 220
三味線音楽の音高理論(大塚拝子) 228
三味線と箏の組歌—箏曲地歌研究(平野健次)..227
舎利荘厳美術の研究(内藤栄) 199
シャルル・ボードレール 現代性(モデルニテ)
　　の成立(阿部良雄) 320
謝霊運の山水詩論—山水の中の体験と詩(衣
　　川賢次) 257
シャーロック・ホームズの履歴書(河村幹夫).. 61
ジャワの仮面舞踊(福岡まどか) 228
シャングリラ—理想郷・白樺山地と町や村(伊
　　久美嘉男) 45
シャンソンのアーティストたち(藪内久) 292
上海時代(上・中・下)(松本重治) 60
上海の産業発展と日本企業(関満博) 156
「ジャン・ルノワール 越境する映画」を中心
　　として(野崎歓) 207
シュヴァイツァー—その倫理的神秘主義の構
　　造と展開(金子昭) 317
11時間 お腹の赤ちゃんは『人』ではないので
　　すか(江花優子) 43
周易正義の思想史的研究(高橋進) 316
周縁からの中国—民族問題と国家(毛里和子)..156
銃を持つ民主主義(松尾文夫) 62
週刊現代および週刊ポストの表紙(秋山庄太
　　郎) 192
習慣と身体—メルロ・ポンティを手がかりに
　　(片山洋之介) 317
蹴球女子(カテザ・ニャーシャ) 29
19世紀ドイツ徴兵制の一考察(遠藤芳信) ... 146
十九世紀の日本における西洋音楽の受容(塚
　　原康子) 228
宗教学的回心研究—新島襄・清沢満之・内村
　　鑑三・高山樗牛(徳田幸雄) 252
宗教経験と悟り—ジェイムズと白隠との比較
　　から(沖永宜司) 279
宗教経験の哲学—浄土教世界の解明(気多雅
　　子) 252
宗教言語の生誕—カール・アルプレヒトの言

語実践をめぐって（深沢英隆）……239
宗教者ウィトゲンシュタイン（星川啓慈）……252
宗教なんかこわくない！（橋本治）……223
宗教の深層（阿満利麿）……203
住居空間の人類学（石毛直道）……217
周公旦（酒見賢一）……58
十五歳ってオバン？（須藤舞子）……26
15歳の軌跡（佐々木結咲子）……119
十五世紀プロヴァンス絵画研究―祭壇画の図像プログラムをめぐる一試論（西野嘉章）……213
十五mの通学路（ごんだ淳平）……19
十五夜お月さん―本居長世 人と作品（金田一春彦）……290
十五夜の一日（伊波信光）……63
周五郎伝 虚空巡礼（齋藤愼爾）……127
周作人伝 ある知日派文人の精神史（劉岸偉）……321
十三歳の夏（佐久間美佳）……118
十七年蝉（安久利徳）……196
十四と十六の夏（一ノ瀬祥）……28
十姉妹（杉野久男）……64
就職（前原貴正）……11
就職（井田寿一）……12
銃声に醒めた（片岡真太郎）……191
重装備病棟の矛盾～7年目の司法精神医療～（浅野詠子）……39
自由と秩序競争社会の二つの顔（猪木武徳）……135
姑の気くばり（佐藤幸子）……64
17才（1）（髙橋咲紀）……70
十二月の花火（清井優子）……51
12年目の記憶（河野優司）……38
十二年目の奇跡（竹下妙子）……85
十年前の手紙（小川知恵）……74
十年目（関澤昌）……29
18年目のアンソロジー（三好智之）……107
十分間の過去と思い（大村結花）……118
十分の一の命（植村優香）……119
収容所から来た遺書（辺見じゅん）……14
14階段 検証 新潟少女9年2ヵ月監禁事件（窪田順生）……43
14歳の決意（栄大樹）……12
16～17世紀のアラビア語エジプト方言（西尾哲夫）……247
十六歳の僕の生きる（前川幹）……75
16歳のままの妹（中山智奈弥）……85
16世紀のオスマン朝における土地問題：東アナトリアにおける『ティマー制』の施行（三沢伸生）……248
修学院離宮（谷口吉郎ほか）……284
儒学殺人事件（小川和也）……210
狩行俳句の現代性（足立幸信）……114

シュク教の神の概念についての一考察―SukuとHukamuを中心として（保坂俊司）……279
熟女少女（オクランド早苗）……18
祝電（近藤健）……48
熟年夫婦の特訓ステイ（内山弘紀）……34
宿場大内茅葺きの家並み―下郷町大内宿伝統的建造物群保存地区見直し調査報告書（相沢韶男）……200
宿命『よど号』亡命者たちの秘密工作（高沢皓司）……23
主君「押込（おしこめ）」の構造（笠谷和比古）……204
修験道における調状の論理（宮家準）……251
修験道の地域的展開（宮家準）……237
『朱子訓蒙絶句』は如何に讀まれたか―朱子學の普及と傳播の一側面―（白井順）……258
首相政治の制度分析（待鳥聡史）……209
主人公の誕生 中世禅から近世小説へ（西田耕三）……126
繻子の靴（上・下）（ポール・クローデルほか）……294
守銭奴（佐々木楓乃）……120
酒中日記（多田進）……197
しゅちんの帯（井須はるよ）……72
出現頻度情報に基づく単語重み付けの原理（海野敏）……296
出産時 泣きだしたのは お父さん（林淳平）……5
出産と身体の近世（沢山美果子）……222
出産の歴史人類学―産婆世界の解体から自然出産運動へ（鈴木七美）……222
出産日 産まれた子より 泣いた親（上中直樹）……5
出版学序説（箕輪成男）……255
出版再生（賀川洋）……255
出版産業の変遷と書籍出版流通―日本の書籍出版産業の構造的特質（蔡星慧）……255
出版指標・年報（全国出版協会出版科学研究所）……255
出版と開発―出版開発における離陸現象の社会学的考察（箕輪成男）……253
出版と社会（小尾俊人）……255,278
出版と知のメディア論―エディターシップの歴史と再生（長谷川一）……255
出版文化の源流 京都書肆変遷史 江戸時代～昭和20年（京都府書店商業組合）……254
種の起源をもとめて―ウォーレスの「マレー諸島」探検（新妻昭夫）……292
朱筆（出版太郎）……253
〈主婦〉の誕生―婦人雑誌と女性たちの近代（木村涼子）……255
樹木を詠むという思想（山田航）……103

作品名・論題索引　　しよう

『ジュラシック・パーク』のフラクタル（進藤洋介）……………………………………… 112
首里城への坂道：鎌倉芳太郎と近代沖縄の群像（与那原恵）…………………………… 169
狩猟伝承の研究（千葉徳爾）……………… 301
手話の世界へ（サックス、オリバーほか）… 292
春夏秋冬帖（安住敦）……………………… 59
瞬間（小沢実）……………………………… 134
春帰家（清水ひさ子）……………………… 94
純錦の握り飯（松尾文雄）………………… 73
荀子における〈正しい言語の暴力とそのほころび〉（中島隆博）………………………… 239
春秋公羊伝における俠気の礼賛（日原利国）… 256
春秋左氏伝の方法とその思想（田上泰治）… 256
春宵十話（岡潔）…………………………… 285
巡礼体験の意味（星野英紀）……………… 251
巡礼ツーリズムの民族誌―消費される宗教経験（門田岳久）……………………………… 253
攘夷の韓国 開国の日本（呉善花）……… 305
上越の茶の湯（平丸誠）…………………… 229
昭応と削除（今西典子）…………………… 149
女王陛下の興行師たち（玉泉八州男）…… 203
障害者万歳（河合一）……………………… 41
場外乱闘！　エクセル田無！（川合茂美）… 83
消火器は家族の絆を救う（永坂佳緒里）… 74
小学館伊和中辞典（池田廉ほか）………… 116
小学館の学習百科図鑑8 人間（小泉明ほか）… 288
城下の人（石光真清）……………………… 284
小観音のまつり（佐藤道子）……………… 227
将棋の子（大崎善生）……………………… 24
承久三年五月十五日付の院宣と官宣旨 ―後鳥羽院宣と伝奏葉室光親（長村祥知）……… 274
将軍権力の創出（朝尾直弘）……………… 164
将軍と側用人の政治（大石慎三郎）……… 304
「蔣経国と李登輝」を中心として（若林正丈）… 206
証言（中島安祥）…………………………… 19
成玄英の思想について（砂山稔）………… 257
証言は消えない・広島の記録1（中国新聞社）… 286
証言・南スーダンの解放闘争（ニヤバ、ピーター・アドワック）……………………… 275
松斎梅譜校定解題（島田修二郎）………… 198
定山坊行不明の謎（合田一道）…………… 80
消失点、暗黒の塔―『暗黒の塔』V部、VI部、VII部を検討する（藤田直哉）……………… 112
少女時代のころに（大村富士子）………… 3
〈少女〉像の誕生―近代日本における「少女」規範の形成（渡部周子）………………… 223
『少女の友』創刊100周年記念号…………… 97
少女売買 インドに売られたネパールの少女たち（長谷川まり子）……………………… 47

蕭子良の精神生活（中嶋隆蔵）…………… 257
焼身（宮内勝典）…………………………… 133
小説家夏目漱石（大岡昇平）……………… 132
小説野中兼山 全3巻（田岡典夫）………… 289
小説の未来（加藤典洋）…………………… 190
小説フランス革命（全12巻完結）（佐藤賢一）… 295
小説渡辺華山 上下（杉浦明平）………… 287
正体不明の子守唄（小平田史穂）………… 108
象徴と権力―儀礼の一般理論（竹沢尚一郎）… 252
小児科（上村季詠）………………………… 11
小児がんサバイバー記（小出雪香）……… 30
小児病棟（江川晴）………………………… 84
商人道！（松尾匡）………………………… 170
少年H（上・下）（妹尾河童）……………… 292
少年少女新人物伝記全集20巻（最上書房編）… 40
少年少女のための論理学（沢田允茂）…… 284
少年美と男色における美意識について―『男色大鑑』巻三―四「薬はきかぬ房枕」を通して（鈴木明日香）……………………… 238
蕭白新論（佐藤康宏）……………………… 198
蒸発（倉島久子）…………………………… 63
"勝負する"ということ（田中綾乃）……… 73
娼婦と近世社会（曽根ひろみ）…………… 222
「正法眼蔵」と「存在と時間」における自己の所在について（辻口雄一郎）……………… 279
情報ニーズの認識レベルと表現レベル（斉藤泰則）……………………………………… 260
情報人間の時代（菊池誠）………………… 60
情報の圧縮化―言語学分野におけるメディアの性質を例として（須加井澄子）……… 296
情報の信頼性の問題をインド哲学から考える（岩崎陽一）……………………………… 280
情報リテラシー教育における関係論的アプローチの意義と限界：Christine S. Bruceの理論を中心に（瀬戸口誠）……………… 297
抄物の世界と禅林の文学（朝倉尚）……… 164
縄文社会の考古学（林謙作）……………… 307
浄瑠璃史考説（井野辺潔）………………… 228
昭和が明るかった頃（関川夏央）………… 22
昭和史 1926-1945（半藤一利）…………… 294
昭和史 戦後編（半藤一利）……………… 294
昭和18年の絶対国防圏構想について（清家基良）…………………………………… 146
昭和初期海軍における国防思想の対立と混迷（黒野耐）………………………………… 146
昭和初期考案の農村婦人作業服の復元とその形態的特質―地域に伝承される労働着との比較を通して（夫馬佳代子）…………… 264
昭和精神史（桶谷秀昭）…………………… 291
昭和短歌の精神史（三枝昻之）……… 113,126,166

昭和天皇（古川隆久）･････････････････209
昭和天皇（原武史）･･･････････････････211
昭和天皇伝（伊藤之雄）･･･････････････211
昭和の名人豊竹山城少掾（渡辺保）････127
昭和俳句の青春（澤木欣一）･･･････････114
昭和文学盛衰史 1,2（高見順）･････････284
昭和陸軍の軌跡（川田稔）･････････････305
女王（井筒俊之）･････････････････････195
『女王丸』牛窓に消ゆ（内海彰子）･･･････37
書を読んで羊を失う（鶴ヶ谷真一）･･･････62
女学生だったわたし―張愛玲『同学少年都不
　賎』における回想の叙事（濱田麻矢）･259
書簡にみる斎藤茂吉（藤岡武雄）･･･････113
初期浮世絵と歌舞伎（武藤純子）･198,236
初期王朝期の小神殿における中庭の形成（小
　池やよい）･････････････････････････247
初期完新世湿潤期とマラリア―先土器新石器
　時代に起きたヨルダン渓谷からヨルダン高
　地への集落シフトに関する一仮説（安部雅
　史）･･･････････････････････････････249
初期三味線の研究（蒲生郷昭）･････････229
初期中国華厳思想の研究（木村清孝）･･251
初期俳諧から芭蕉時代へ（今榮藏）･････165
「初期ハラッパー文化」の分布とその否定（徐
　朝龍）･････････････････････････････247
初期仏教教団史の研究（塚本啓祥）･････251
食塩―減塩から適塩へ（木村修一ほか）289
食肉の帝王 巨富をつかんだ男 浅田満（溝口
　敦）･･････････････････････････････ 24
職人（竹田米吉）･･････････････････････59
「食」の歴史人類学―比較文化論の地平（山内
　昶）･･･････････････････････････････320
植物誌（佐藤達夫）････････････････････59
植物と人間―生物社会のバランス（宮脇昭）287
植物人間（河北新報社報道部）･････････109
織豊期の国家と秩序（三鬼清一郎）･････237
織豊期の茶会と政治（竹本千鶴）･･･････230
食味風々録（阿川弘之）･･･････････････133
植民地経験のゆくえ―アリス・グリーンのサ
　ロンと世紀転換期の大英帝国（井野瀬久美
　惠）･･･････････････････････････････222
女子イスラーム教育における「近代性」の創
　出と展開―インドネシア・西スマトラ州の
　ケース・スタディー（服部美奈）･････262
女子高生（竹内真理）･･････････････････35
諸子百家（貝塚茂樹）･･･････････････････285
助手席の人（飯塚洋子）･･･････････････ 28
女性からみた中世社会と法（黒田弘子）222
女性雑誌を解読するComparepolitan―日・
　米・メキシコ比較研究（井上輝子ほか）254

女性表現の明治史―樋口一葉以前（平田由美）222
ジョゼッペ・デ・ニッティスのジャポニスム、
　19世紀末のフランスで活躍したイタリア人
　画家（マヌエラ・モスカティエッロ）･･･221
書棚と平台―出版流通というメディア（柴野
　京子）･････････････････････････････255
〈女中〉イメージの家族文化史（清水美知子）201
ジョットの芸術（佐々木英也）･････････116
助動詞システムの諸相―統語論・意味論イン
　ターフェイス研究（金子義明）･･･････150
書道全集 全25巻（田中親美ほか）･････285
初唐仏教美術の研究（肥田路美）･･･････199
書の終焉（石川九楊）･････････････････204
『恕』は先生の『一』だった（小泉博）･････78
［初評伝］坪野哲久（山本司）･････････113
書物について（清水徹）･･･････････････133
書物の中世史（五味文彦）･････････････165
書物の日米関係―リテラシー史に向けて（和
　田敦彦）･･･････････････････････････255
所有と分配の人類学―エチオピア農村社会の
　土地と富をめぐる力学（松村圭一郎）218
女優二代（大笹吉雄）･････････････････134
ジョルジュ・クレマンソーと極東（マチュー・
　セゲラ）･･･････････････････････････216
ショーン―横たわるエイズ・アクティビスト
　（山下柚実）････････････････････････ 42
ジョン・ケージ 混沌ではなくアナーキー（白
　石美雪）･･･････････････････････････128
ジョン・ミューア・トレイルを行く バッグ
　パッキング340キロ（加藤則芳）･････ 33
ジョン・レディ・ブラック―近代日本ジャー
　ナリズムの先駆者（奥武則）･････････127
白神環境文化の創造（小林公司）･･･････ 45
白神山地（喜田文選）･････････････････ 45
白神山地を遊ぶ（土井敏秀）･･･････････ 45
白神山地を遠くに見ながら（高橋充）･･･ 45
白神山地を日本の誇りとなる場所に（飯田桃
　子）･･･････････････････････････････ 45
白神山地からの贈りもの（村岡幸恵ほか）46
白神山地からの贈り物～ミクロなる生命の確
　かな証（大塚節子）･･････････････････ 46
『白神山地からの警告』―ブナの森と動物たち
　のかかわりに学ぶ（八柳明生菜ほか）･ 46
白神山地と反抗期―ぼくが白神山地から感銘
　を受けたこと（小田真也）････････････ 46
白神山地と私（小林治夫）･････････････ 46
白神山地に思う（牧野清利）･･･････････ 45
白神山地の自然と人間社会～森と樹木の言葉
　を聞け（大村一彦）･･････････････････ 45
白神山地のすばらしさと私の思い・その感動

し　　　　　　　　　　　　　　　しんし

（鈴木未央）………… 46
白神山地のすばらしさに気づき、大切にしよ
　うとする子どもを育てるための小さな試み
　（福司朝子）………… 45
白神山地の保全・活用に関する四つの提言
　（豊澤一明）………… 45
白神山地の恵み（佐藤栄喜）………… 46
白神山地の利活用に関する提言〜高齢化社会
　に向けての地域振興（畠山智）………… 45
白神山地はブナの海（安田ますみ）………… 46
白神山地への想い〜遙かなる時空を超えて
　（秋山和子）………… 46
白神三六景の提案―景観による街づくり（黒
　田長裕）………… 45
白神世界遺産のいのちを育む（川村四朗）………… 45
白神世界遺産の保存と後世の人へ（大山正則）………… 45
白神と生きる（藤田一夢）………… 46
白神と共に生きる（藤原雄太ほか）………… 46
白神の恵みを感じて！―われらのぶなっコプ
　ロジェクト（秋田県八森町立八森小学校5年
　生13名）………… 46
白菊の君へ（長谷川節子）………… 13
白洲次郎 占領を背負った男（北康利）………… 305
しらぬい（斎藤博之）………… 191
知られざる虚子（栗林圭魚）………… 114
知られざる魯山人（山田和）………… 15
ジランの『カギ』 難民申請した在日家族〜絆
　を守る闘いへの序章（中島由佳利）………… 37
シリア万歳！（松井香奈）………… 52
シリーズ「遺跡を学ぶ」（戸沢充則）………… 295
シリーズ現代中国経済 第3巻―労働市場の地
　殻変動（丸川知雄）………… 157
シリーズ「この人」（斎藤康一）………… 192
シリーズ・戦争の証言 全20巻（太平出版社）………… 289
シリーズ「病んだニッポン」（長谷川健郎）………… 195
『知りたい』という好奇心（橋本紗季）………… 27
自立する町づくり構想（加藤長光）………… 45
磁力と重力の発見（山本義隆）………… 278,293
シルクロード（林良一）………… 59
シロアリ 復興予算を食った人たち（福場ひと
　み）………… 44
白い運動靴（七里彰人）………… 49
白い道標（中野昭南）………… 41
白い夏野―高屋正國ときどき窓秋（松田ひろ
　む）………… 105
白い虹（川島義高）………… 18
素人酒場繁盛記（阿部敏広）………… 19
素人庖丁記（嵐山光三郎）………… 21
しろがねの雲（秦野純一）………… 10
ジロがゆく（真崎守）………… 191

白き嶺の男（谷甲州）………… 58
白き山の神のささやきを聴く―いまこそ大自
　然の念いを受け取る時（小沢悟）………… 45
白を黒といいくるめた日本読書新聞 『韓青同
　インタビュー』43年目の真実（長沼節夫）………… 39
シーワ・オアシスの祭りにて（富沢規子）………… 54
新伊和辞典（野上素一）………… 285
新大阪・被差別ブルース（和賀正樹）………… 38
『新下級民』にさせられそうな旧東ドイツの人
　びと（平野洋）………… 36
「心学五倫書」の基礎的研究（山本真功）………… 317
人格知識論の生成―ジョン・ロックの瞬間（一
　ノ瀬正樹）………… 239
人格知識論の生成 ジョン・ロックの瞬間（一
　ノ瀬正樹）………… 320
しんがり 山一証券 最後の12人（清武英利）………… 24
真贋（白崎秀雄）………… 59
新幹線のたび〜はやぶさ・のぞみ・さくらで
　日本縦断〜（コマヤスカン）………… 197
心気功（北山悦史）………… 67
新義真言声明集成 楽譜編（新井弘順ほか）………… 228
神曲（寿岳文章）………… 131
真空管の物理（小島昌治）………… 282
真空地帯（野間宏）………… 283
シングル・ルームとテーマパーク―綾辻行人
　『館』論（円堂都司昭）………… 111
シンクロニシティー（牛久保景子）………… 118
新経済主義宣言―政治改革論議を超えて（寺
　島実郎）………… 90
神経と夢想 私の『罪と罰』（秋山駿）………… 320
新劇・愉し哀し（宇野重吉）………… 287
新月譚（城芽ハヤト）………… 197
親権者による財産管理権の濫用的行使の規制
　（合田篤子）………… 161
親権と子どもの福祉―児童虐待時代に親の権
　利はどうあるべきか（平田厚）………… 162
人口から読む日本の歴史（鬼頭宏）………… 200
新稿社寺参詣の社会経済史的研究（新城常三）………… 163
人工水晶体（吉行淳之介）………… 21
新興俳人の群像（田島和生）………… 114
新古今時代の表現方法（渡邉裕美子）………… 165
神護寺薬師如来像の位相―平安時代初期の山
　と薬師（長岡龍作）………… 198
人材形成の国際比較―東南アジアと日本（小
　池和男ほか）………… 154
『信じがたい（ウングラウプリッヒ）！』は別
　れの言葉（不二陽子）………… 57
人事訴訟法（松本博之）………… 161
紳士トリストラム・シャンディの生涯と意見
　（朱牟田夏雄）………… 130

信州の土(信濃毎日新聞文化部)……110
真宗民俗史論(蒲池勢至)……302
「心中宵庚申」考―そのイメージ追求を軸に
　(倉元優子)……238
真珠採りの詩,高群逸枝の夢(丹野さきら)……170
人生どんとこい(高橋和子)……84
新青年読本(新青年研究会)……95
人生の価値を考える(武田修志)……305
人生の検証(秋山駿)……91
人生の夏休み(藤本仁美)……85
人生論風に(田中美知太郎)……130
シンセミア(上・下)(阿部和重)……293
親銭子銭(下谷二助)……194
深層の社会主義(袴田茂樹)……203
心臓病と闘って(渡部祥乃)……120
清代英雄伝奇小説成立の背景(上田望)……258
身体感覚を取り戻す―腰・ハラ文化の再生(斎
　藤孝)……224
新潮日本古典集成 全82巻(新潮社)……291
新潮ムック月刊シリーズ(藤代冥砂)……196
清帝国とチベット問題(平野聡)……208
死んでたまるか(岡田航也)……197
新田次郎文学事典(新田次郎記念会)……96
寝殿造の研究(太田清二)……164
新天地(後藤順)……11
神道の逆襲(菅野覚明)……207
新南島風土記(新川明)……289
新西洋事情(深田祐介)……14
心の声(泉朝子)……12
心の煤払い(今野芳彦)……12
人は放射線になぜ弱いか(近藤宗平)……193
新版フランス企業の経営戦略とリスクマネジ
　メント(亀井克之)……214
新文化運動における張厚載と胡適―旧劇改良
　論争を中心に(宮尾正樹)……257
新・文化産業論(日下公人)……202
新聞小説史年表(高木健夫)……291
新聞小説の時代―メディア・読者・メロドラ
　マ(関肇)……126
新聞小説の時代 メディア・読者・メロドラマ
　(関肇)……96
新聞の来ない日(鎌田宏)……64
新・平家物語(吉川英治)……171
心優しき健太君(小林良之)……5
深夜特急 第三便 飛光よ,飛光よ(沢木耕太郎)……32
深夜美術館(長屋みのる)……192
親鸞(上・下)(五木寛之)……295
心理学講座(日本応用心理学会)……283
心理学事典(海津八三ほか)……284
侵略者(齊藤尚規)……5

新緑や歳時記を手に初投句(長友啓典ほか)……196
森林大国カナダからの警鐘―脅かされる地球
　の未来と生物多様性(日本林業調査会)……168
神霊化する死者―サラワク・イバン族の死生
　観の一側面(内堀基光)……217

【す】

素足で大地を踏みしめて(キッフェル恵美子)……25
水魚―用水潴溉稲作地における稲作と漁撈の
　複合(安室知)……272
水滸伝(全19巻)(北方謙三)……211
水滸伝と日本人―江戸から昭和まで(高島俊
　男)……95
水神(帚木蓬生)……58
スイス宗教改革史研究(出村彰)……251
水族館 逆に魚に見られてる(尾崎結衣)……5
水族館の昼と夜(盛田勝寛)……9
水中庭園(山田智彦)……288
推定有罪 すべてはここから始まった―ある痴
　漢えん罪事件の記録と記憶(前川優)……38
水田の清少納言(池田麻侑美)……72
数学入門 上下(遠山啓)……285
数学の影絵(吉田洋一)……59
数学・まだこんなことがわからない(吉永良
　正)……194
須恵器生産の研究(山田邦和)……307
須恵器大成(田辺昭三)……289
須賀敦子を読む(湯川豊)……134
図解・日本の人類遺跡(日本第四紀学会ほか)……306
図解・日本の中世遺跡(小野正敏)……307
「菅江真澄全集」の解題と多年にわたる真澄研
　究(内田武志)……301
菅江真澄 みちのく漂流(簾内敬司)……62
すがちゃんの思い出(渡辺裕香子)……48
スカラベ紀行(海古渡)……68
杉浦茂のマンガ館(祖父江慎)……195
杉田久女(坂本宮尾)……114
好きなものを見つけなさい(冨田麻衣子)……70
少しだけ……(高井里沙)……26
鈴木茂三郎―二大政党制のつくりかた(佐藤
　信)……170
薄田泣童(松村緑)……59
鈴木六林男―その戦争俳句の展開(高橋修宏)……104
鈴虫に教えられたこと(西山由華)……29
進めないベビーカー 子連れ外出の苦労と障害
　(土居尚子)……35
雀百まで悪女に候(内田聖子)……20

図説 江戸考古学研究事典（江戸遺跡研究会）… 293
図説日本庶民生活史 全8巻（奈良本辰也）…… 285
図説 琉球語辞典（中本正智）……………………… 290
巣立ちたい（友田彩）……………………………… 12
巣立ちの日（佐藤弘志）…………………………… 12
すだちのきっかけ（菊沢将憲）…………………… 11
巣立ちの予感（仁平井清次）……………………… 10
巣立ちゆく（杉山しげ行）………………………… 11
スタート・ライン（西江英樹）…………………… 41
スターライト（井上洋子）………………………… 85
スタンダード和仏辞典（鈴木信太郎）………… 287
スタンピード！（楢喜八）……………………… 192
すっぱい想い（西容子）…………………………… 11
捨て犬フラワーの奇跡 余命一週間のダルメシ
　アン（樋浦知子）……………………………… 88
素敵な板挟み（高橋久美）………………………… 51
素敵なプレゼント（廣田晃士）…………………… 5
『捨て子』たちの民俗学─小泉八雲と柳田國男
　（大塚英志）…………………………………… 166
ステファヌ・マラルメ（菅野昭正）…………… 132
ステファヌ・マラルメ詩集考（鈴木信太郎）… 129
ストラヴィンスキー（船山隆）………………… 203
ストリートの歌─現代アフリカの若者文化
　（鈴木裕之）…………………………………… 214
ストロベリー・ロード（石川好）………………… 14
砂絵呪縛後日怪談（宮田雅之）………………… 191
砂時計の七不思議 粉粒体の動力学（田口善
　弘）……………………………………………… 194
砂に漂う神（河原崎理佳）………………………… 52
スノーボール・アース（ガブリエル・ウォー
　カーほか）……………………………………… 293
スパイシー・ジェネレーション（森直子）……… 9
すばらしい思い出─白神山地（嶋田修一郎）… 46
スハルト体制のインドネシア─個人支配の変
　容と一九九八年政変（増原綾子）………… 159
すばれすね（三浦由巳）…………………………… 64
スペイン内戦─老闘士たちとの対話（野々山
　真輝帆）……………………………………… 289
すまいの四季（清水一）…………………………… 59
スマイル美人（佐藤節子）………………………… 78
墨いろ（篠田桃紅）………………………………… 60
住み方の記（西山夘三）…………………………… 59
相撲（細川芳文）…………………………………… 64
スライアモン語形態法記述（渡辺己）………… 225
ズリ山と市長選 過ぎてゆく夕張（河野啓）…… 38
スリランカでの一日『総裁』体験記（筋原章
　博）……………………………………………… 34
スルタンガリエフの夢（山内昌之）…………… 204
スローカーブを、もう一球（山際淳司）………… 67
図録 日本医事文化史料集成 全5巻（日本医史
　学会）………………………………………… 289

【せ】

世阿弥の中世（大谷節子）……………………… 165
聖遺物崇敬の心性史（秋山聰）………………… 209
西欧精神の探究（堀米庸三）…………………… 288
性が語る─二〇世紀日本文学の性と身体（坪
　井秀人）………………………………………… 89
生活学の提唱（川添登）………………………… 200
生活財生態学─家庭における商品構成からみ
　たライフスタイルの研究（栗田靖之ほか）… 200
生活財の国際比較─ヨーロッパと日本（栗田
　靖之ほか）…………………………………… 200
生活福祉への助走（古林詩瑞香）……………… 200
生活文化論への招待（寺出浩司）……………… 200
盛夏風物語（犬木莉彩）…………………………… 49
正義と嫉妬の経済学（竹内靖雄）……………… 304
正義の人（久末伸一）……………………………… 4
世紀末と漱石（尹相仁）………………………… 205
世紀末までの大英帝国（長島伸一）…………… 204
生協の姿勢を問う─人工甘味料・アスパルテ
　ーム使用食品取り扱いをめぐって（山中純枝）… 36
「西京雑記」の伝承者たち（小南一郎）……… 256
正弦曲線（堀江敏幸）…………………………… 134
成功物語（船橋洋一）……………………………… 90
政策協調の経済学（石井菜穂子）……………… 204
「政策の総合と権力」を中心として（御厨貴）… 205
政治哲学へ─現代フランスとの対話（宇野重
　規）……………………………………………… 215
青磁の香合（福本直美）…………………………… 65
政治の美学─権力と表象（田中純）…………… 294
青春を可能性にかけて（宮部修一）……………… 41
青春を過ぎてこそ（近藤菜穂子）……………… 107
青春の終焉（三浦雅士）…………………………… 92
青春の旅立ち（山中基義）………………………… 11
娍子立后に対する藤原道長の論理（服部一隆）… 274
精神医学から臨床哲学へ（木村敏）…………… 294
精神医学雑誌における多国間の情報の流れ
　（斎藤陽子）…………………………………… 260
精神鑑定の事件史（中谷陽二）………………… 195
精神と物質（立花隆ほか）……………………… 223
生成する「非在」─古井由吉をめぐって（松下
　千里）………………………………………… 100
聖像画論争とイスラーム（若林啓史）………… 278
生存の技法─ALSの人工呼吸療法を巡る葛藤
　（川口有美子）………………………………… 170
贅沢な旅、贅沢な暮らし（松尾健太朗）……… 53

聖地と祈りの宗教社会学―巡礼ツーリズムが生み出す共同性(岡本亮輔)……253
成長した泣き虫(石本彩貴)……119
性転換する魚たち(桑村哲生)……196
「聖」と「凡人」―『日本霊異記』の執筆意図をめぐって(伊藤由希子)……318
性同一性障害と法(大島俊之)……161
政党内閣制の成立 一九一八~二七年(村井良太)……208
姓と性 近代文学における名前とジェンダー(高田知波)……127
制度と自由―モーリス・オーリウによる修道会教育規制法律批判をめぐって(小島慎司)……216
聖なる魂(デニス・J.バンクスほか)……71
聖馬昇天―坂本繁二郎と私(岩田礼)……18
生物学序説(藤井隆)……286
生物学大系 全8巻(三輪知雄)……283
生物学と宗教的世界観―西田幾多郎とJ.S.ホールデーンとの「収斂」をめぐって(佐々木慎吾)……280
生物時計の話(千葉喜彦)……288
生物と無生物のあいだ(福岡伸一)……208
「西方」のサマッラ土器―その地域性とハラフ土器の成立をめぐって(小高敬寛)……249
聖母出現をめぐる一考察(関一敏)……251
聖母のいない国(小谷野敦)……207
聖母の都市 シエナ(石鍋真澄)……116
聖母病院の友人たち(藤原作弥)……60
生命を探る(江上不二夫)……286
「生命尊重」の思想と実践―現代インドにおけるゾロアスター教とジャイナ教の場合(田中かの子)……279
生命誕生 地球史から読み解く新しい生命像(中沢弘基)……279
生命と分子(今堀和友)……286
生命の科学 全6巻(伏見康治ほか)……284
西洋絵画の到来 日本人を魅了したモネ,ルノワール,セザンヌなど(宮崎克己)……221
西洋家具文化史(崎山直ほか)……152
西洋化の構造(園田英弘)……205
西洋古典学事典(松原國師)……278
西洋の夢幻能(成恵卿)……207
西洋の夢幻能―イェイツとパウンド(成恵卿)……263
生理学講座 全18巻(日本生理学会)……283
精霊たちのフロンティア―ガーナ南部の開拓移民社会における<超常現象>の民族誌(石井美保)……218
精霊の子供―コモロ諸島における憑依の民族誌(花渕馨也)……218
清冽 詩人茨木のり子の肖像(後藤正治)……190

セオドア・ドライリー論―アメリカと悲劇(村山淳彦)……243
世界(馬場宏樹)……27
世界遺産『白神山地』からの恩恵(小沢興太郎)……46
世界遺産白神山地への思い(照井文雄)……46
世界遺産としての白神山地―保護に欠かせない住民の国際感覚(山地勤)……45
世界一大好きな両親(安部茉利子)……78
世界を駆けるゾ! 20代編(賀曽利隆)……33
『世界』を見つけに(大久保貴裕)……50
世界音楽全集・ピアノ編(井口基成)……283
世界が土曜の夜の夢なら―ヤンキーと精神分析(斎藤環)……166
世界が日本を見倣う日(長谷川慶太郎)……90
世界教育史大系 全40巻(梅根悟ほか)……289
世界経済をどう見るか(宮崎義一)……290
世界憲法集(宮沢俊義)……285
世界昆虫記(今森光彦)……292
世界自然遺産『白神山地』に学び自らの生き方を考える藤里中生の育成(伊藤博忠)……46
世界自然遺産『白神山地』 二ツ森からのメッセージ(角掛十三子)……46
『世界自然遺産・白神』」の保存と活用について(工藤義範)……45
世界大博物図鑑 第2巻 魚類(荒俣宏)……204
世界大百科事典 全32巻(下中弥三郎)……284
せかい―ちいさなクラス(河原茜)……118
世界で一番売れている薬(山内喜美子)……43
世界で最も住みやすい町(三井マリ子)……38
世界と日本 上下(飯塚浩二)……284
『世界内戦』とわずかな希望―伊藤計劃『虐殺器官』へ向き合うために(岡和田晃)……112
世界農村の旅(福武直)……285
世界の建築Carlo Scarpa(細谷巌)……193
世界の天然記念物 全9巻(小原秀雄)……291
世界の広場と彫刻(現代彫刻懇談会)……290
世界の翻訳家たち(辻由美)……61
世界の歴史・日本(遠山茂樹ほか)……282
世界美術全集 第8巻 隋唐編(平凡社)……283
世界歴史事典(平凡社)……283
赤道の向こう側(三嶋晶恵)……51
責任―ラバウルの将軍今村均(角田房子)……57
責任国家・日本への選択(中谷厳)……90
石油缶の桜(加藤恵子)……32
説教ゲーム(黒藪哲哉)……71
説教と話芸(関山和夫)……59
絶対音感(最相葉月)……43
切断の時代(河本真理)……208,215
攝津幸彦、その戦争詠の二重性(竹岡一郎)……105

説得―エホバの証人と輸血拒否事件（大泉実成） ………………………………… 23
ゼツメツ少年（重松清） …………… 295
説話と音楽伝承（磯水絵） ………… 228
瀬戸内島嶼部の生業におけるタビの位置（松田睦彦） ……………………………… 273
背中の記憶（長島有里枝） ………… 22
銭金平次のふるさと（松坂暲政） … 65
セネガルがくれた宝物（伊藤真奈） … 54
セネガルの夢判断（サンプ、ジブリル） … 275
瀬尾育生氏『詩的問伐―対話2002-2009』（稲川方人） ……………………………… 89
背番号「1」への途中（梅田明宏） … 56
セピアの客（山下勇三） …………… 195
蟬（田内大平） ……………………… 25
蟬の話（大野忠春） ………………… 64
せりふの構造（佐々木健一） ……… 202
ゼロの王国（帆足英里子） ………… 197
千一翁宗守 宗旦の子に生まれて（木津宗詮） … 230
千一夜物語（渡辺一夫ほか） ……… 129
1950年代韓国における図書館学教育の導入背景：「ピーボディ・プロジェクト」の展開を中心に（睦在順） ……………………… 261
一九三二年未発の『満州PKF』（等松春夫） … 147
1912年から1921年の森鷗外・林太郎（ローズラン、エマニュエル） ………………… 214
1920年代の都市における巡回産婆事業―経済学者、猪間驥一の調査研究を通して（和田みき子） ……………………………… 170
選挙カーちゃん（早川史織） ……… 28
筌漁の研究（神野善治） …………… 272
銭謙益の帰有光評価をめぐる諸問題（野村鮎子） ……………………………… 258
禅言語の逆説構造―ウィトゲンシュタインの規則論を手がかりに（沖永宜司） … 279
戦後アジア秩序の模索と日本（宮城大蔵） … 208
戦後エロマンガ史（米沢嘉博） …… 97
戦後オーストラリアの高等教育改革研究（杉本和弘） ……………………………… 262
戦後教育のジェンダー秩序（小山静子） … 223
戦国時代社会構造の研究（池上裕子） … 165
戦国時代論（勝俣鎮夫） …………… 164
全国11都道府県の公立図書館における音環境調査の総合報告と比較分析：図書館におけるサウンドスケープ・デザイン（加藤修子） … 297
戦国織豊期の貨幣と石高制（本多博之） … 165
戦後国際秩序とイギリス外交（細谷雄一） … 207
戦後雑誌発掘（福島鋳郎） ………… 287
戦後産業史への証言 全5巻（エコノミスト編集部） ……………………………… 289

戦後思想を考える（日高六郎） …… 289
戦後前衛映画と文学―安部公房×勅使河原宏（友田義行） ……………………… 264
戦後タイに見られる華人系学校の特質―国民総合政策との関連を中心として（鈴木康郎） … 262
戦後日本教育史料集成（戦後日本教育資料集成編集委員会） ……………………… 290
戦後日本教育史料集成 全12巻別巻1（戦後日本教育資料集成編集委員会） ……… 290
戦後日本における学校図書館改革の着手：1945-47（中村百合子） ……………… 260
戦後日本における貧困層の創出過程（笆山京） … 199
戦後日本の官僚制（村松岐夫） …… 202
戦後日本の君主制と民主主義（セイズレ、エリック） ……………………………… 213
戦後日本のジャズ文化（マイク・モラスキー） … 208
戦後日本の女性農業者の地位―男女平等の生活文化の創造へ（天野寛子） ………… 200
戦後日本の中国政策―1950年代東アジア国際政治の文脈（陳肇斌） …………… 156
戦後フランス政治の実験（中山洋平） … 214
戦後まんがの表現空間（大塚英志） … 205
戦後和解（小菅信子） ……………… 91
千載一遇の旅（高畠伶奈） ………… 53
戦時下の経済学者（牧野邦昭） …… 91
戦時下の言論（シリーズ大東亜戦争下の記録2）（福島鋳郎ほか） ………………… 253
戦時下の日本映画―人々は国策映画を観たか（古川隆久） ……………………… 96
千住宿から（長谷川知水） ………… 94
宣城時代の謝朓（佐藤正光） ……… 257
仙丈岳とスーパー林道（葛山朝三） … 34
戦場の精神史―武士道という幻影（佐伯真一） … 166
戦場の村（本多勝一） ……………… 286
戦場は人が人ではなくなってしまう所（川上万里花） ……………………………… 120
先進国・韓国の憂鬱（大西裕） …… 210
戦跡をたどる（笛田満里奈） ……… 27
戦前におけるレファレンス・ワークの導入（金津有紀子） ……………………… 297
戦争詩論 1910-1945（瀬尾育生） … 126
『戦争と虐殺』後の現代短歌（森本平） … 103
戦争と女性画家―もうひとつの近代「美術」（吉良智子） ……………………… 223
戦争の記憶をさかのぼる（坪井秀人） … 126
戦争の日本中世史―「下剋上」は本当にあったのか（呉座勇一） ………………… 166
戦争未亡人、大石りく（若林敏夫） … 13
選択（成沢自由） …………………… 120
戦中戦後 詩的時代の表現（平林敏彦） … 190

作品名・論題索引

銭湯で(梁湛旭) 26
銭湯の牛乳(小島瑞恵) 73
前7世紀のアッシュルにおける『マルドゥク予言』の受容(杉江拓磨) 249
仙人の桜、俗人の桜(赤瀬川原平) 32
千年(阿部昭) 287
千年—久留幸子写真集(高岡一弥) 193
千利休の創意—冷・凍・寂からの飛躍(矢部良明) 229
千利休の美学(戸田勝久) 229
1812年の雪(両角良彦) 60
1800年代のフランスにおける北斎評価の変遷(ペテルノッリ、ジョヴァンニ) 219
ぜんぶ馬の話(木下順二) 132
前方後円墳の型式学並に計測学的研究(上田宏範ほか) 185
専門図書館における人材育成：非正規職員を視野に入れた検討(長谷川昭子) 261
千夜一夜(須田栄) 59
前略 九〇歳を迎えた母上様—老人保健施設の実態(古賀正之) 36
川柳 川上三太郎(林えり子) 96
占領期初代図書館担当官 キーニーの来日・帰国の経緯および彼の業績について(三浦太郎) 260
禅林画賛—中世水墨画を読む(島田修二郎ほか) 291
全聾の作曲家はペテン師だった！ ゴーストライター懺悔実名告白(神山典士ほか) 16
線路工手の唄が聞えた(橋本克彦) 14

【そ】

そういうこともありましたかね(上田文子) 48
造園の歴史 全3巻(岡崎文彬) 290
曽おばさんの海(班忠義) 71
象を見にゆく 言語としての津沢マサ子論(松下カロ) 105
滄海の海人(あま)(伊達虔) 10
早歌の音楽的研究(蒲生美津子) 227
葬儀は踊る(柳原和平) 71
蒼頡たちの宴(武田雅哉) 205
綜合日本民俗語彙 全5巻(柳田国男ほか) 284
「喪失」の系譜—江藤淳の変遷と現代文学の「喪失感」(川崎秋光) 121
早春のチトラル—辺境へのビジネス特急(庄司晴彦) 56
装飾古墳(小林行雄ほか) 286

漱石先生ぞな、もし(半藤一利) 57
漱石の『猫』とニーチェ 稀代の哲学者に震撼した近代日本の知性たち(杉田弘子) 321
漱石の夏やすみ(高島俊男) 133
漱石俳句の評釈(小室善弘) 113
想像するちから(松沢哲郎) 295
相続財産の重層性をめぐって(金子敬明) 161
相続法逐条解説(中川淳) 160
双調 平家物語(全15巻)(橋本治) 294
一奏伝心(今泉あずさ) 119
『草堂詩餘』と書會(藤原祐子) 258
ゾウの時間ネズミの時間(本川達雄) 194
蔵版偽版・板権—著作権前史の研究(稲岡勝) 254
蒼氓の大地(高橋幸春) 23
増補 日本理科教育史 付・年表(板倉聖宣) 278
象虫(小檜山賢二) 197
相聞の社会性—結婚を接点として(久真八志) 103
贈与の歴史学—儀礼と経済のあいだ(桜井英治) 166
ソウル・ツイン・ブラザーズ(玉置和子) 85
ソウルの風景(四方田犬彦) 62
疎開学童の日記(中根実宝子) 286
続『TOGETHER WITH FOREST(森と共に)』構想(工藤金悦) 45
続天野忠詩集(天野忠) 290
続関西名作の風土(大谷晃一) 60
続斎藤茂吉伝(柴生田稔) 131
続・時代屋の女房(長友啓典) 193
続・信濃民俗記(向山雅重) 301
〈俗信〉覚書—概念の再検討に向けて(小島博巳) 272
ソクラテスの方法について(式部久) 316
そして殺人者は野に放たれる(日垣隆) 47
楚辞の研究(星川清孝) 130
そぞろ神の木偶廻し(清水ひさ子) 94
卒業歌(松山建爾) 11
卒業式前夜(岡本邦夫) 12
即興詩人のイタリア(森まゆみ) 33
属国と自主のあいだ(岡本隆司) 208
そっと耳を澄ませば(三宮麻由子) 62
その命を下さい(太田麻衣子) 78
その殺し文句で結婚を決意した！(中野香奈) 11
その時を待っていて(石上佐知子) 53
その名に魅せられて—金湯・銀湯(小田周行) 69
その名は(籠田菜子) 29
その名は娼婦(岡田嘉夫) 191
その眼、俳人につき(青木亮人) 114
蕎麦の花(阿久利千恵) 18
祖父(山田憧子) 76
ソフィアの白いばら(八百板洋子) 62

ソフィストとは誰か?(納富信留)………… 208
祖父から聞いた話(上西希生)………… 118
祖父からのメッセージ(山田紗冬)………… 76
祖父の贈り物(小林有里菜)………… 25
祖父の健康法(酒井麻貴)………… 73
祖父の秘密(竹内幹恵)………… 73
祖母から学ぶ生きるためのエコ(吉田知広)… 29
祖母と書道(加藤玲佳)………… 75
祖母に導かれて生まれ故郷へ(池田桂子)… 53
祖母の愛したパリ(片桐つぐみ)………… 53
祖母の秘密(加藤美恵子)………… 70
祖母のマフラー(三上操)………… 76
祖母、わたしの明治(志賀かう子)………… 60
ソマリア(村田信一)………… 194
空色を知る(吉田里沙)………… 75
空を飛ぶクモ(錦三郎)………… 40
空ぞ忘れぬ〈わたしの式子内親王抄〉(久高幸子)………… 94
空飛ぶ母子企業(三田公美子)………… 85
それいけナイン-黒獅子旗に燃えた男たち-(折世凡樹)………… 18
それぞれの七年(金井雅之)………… 25
それでも、日本人は『戦争』を選んだ(加藤陽子)………… 106
ソ連潜水艦L-19号応答なし・・・―留萌沖三船遭難、もうひとつの悲劇(矢野牧夫)… 81
ソ連抑留俳句 人と作品(阿部誠文)………… 114
そろそろ自立しなくっちゃ(今村ゆかり)… 11
存在論的、郵便的(東浩紀)………… 206
そんなバカな!(竹内久美子)………… 194

【た】

ダイアリー(板見陽子)………… 85
大英帝国哀亡史(中西輝政)………… 292,305
大学図書館効果の次元(池内淳)………… 297
大学図書館における無線綴じ図書の損傷(岡田将彦)………… 297
大学図書館の司書職法制化運動:昭和27年(1952)〜40年(1965)(利根川樹美子)… 261
大河の一滴(大森黎)………… 84
代官戸長の死と明治の戸長制度(立川初義)… 186
大逆事件―死と生の群像(田中伸尚)………… 62
大恐慌下の中国―市場・国家・世界経済(城山智子)………… 159
太極図の形成(吾妻重二)………… 258
大工道具の歴史(村松貞次郎)………… 287
大君の通貨―幕末『円ドル戦争』(佐藤雅美)… 57

タイ経済と鉄道―1885〜1935年(柿崎一郎)… 156
大系日本歴史と芸能 全14巻(網野善彦ほか)… 291
体現芸術として見た 寺事の構造(横道万里雄)………… 228
「太玄」の「首」と「贊」について(辛賢)… 258
大航海時代叢書 全11巻別巻1(岩生成一ほか)… 287
タイ国における識字教育の特質と問題点―キットペン政策の分析を通して(中園優子)……… 261
第3イザヤの編年体的解釈―イザヤ書61章1-3節の位置および意味付の問題を中心に(関根清三)………… 317
第三世界特急便(セローテ,モンガネ・ウオリィ)………… 275
大失敗(月川力江)………… 49
大衆化時代の短歌の可能性(柴田典昭)……… 103
大衆文学の歴史(尾崎秀樹)………… 95
大正歌壇史私稿(来嶋靖生)………… 113
大正期新興美術運動の研究(五十殿利治)… 292
大乗起信論読釈(竹村牧男)………… 251
大正期の絵本・絵雑誌の研究―少年のコレクションを通して(三宅興子ほか)………… 255
大正幻影(川本三郎)………… 204
大正自由教育の研究(中野光)………… 286
大正・昭和初期の着物図案―松坂屋の標準図案をめぐって(青木美保子)………… 265
大正政治史(信夫清三郎)………… 283
対称性人類学―カイエ・ソバージュⅤ(中沢新一)………… 105
大正前・中期の西園寺公望と「元老制」の再編(荒船俊太郎)………… 274
大正天皇(原武史)………… 293
大丈夫―二つの卒業(田北智之)………… 11
だいじょうぶ だいじょうぶ(いとうひろし)… 194
大女優(篠山紀信)………… 191
大好き!!先生(稲場瑞紀)………… 118
大好き! 白神山地(宮田浩一)………… 46
だいすきなおかあさん(中津花)………… 78
大介22歳の軌跡(戸澤富雄)………… 81
大切な、あなたへ(小畑美南海)………… 70
たいせつな場所(田辺るり子)………… 50
大切なもの(新屋和花)………… 29
大切なもの それは命(小泉藍香)………… 25
大地の咆哮(杉本信行)………… 305
大東亜会議の真実 アジアの解放と独立を目指して(深田祐介)………… 305
大東亜戦争書誌(シリーズ大東亜戦争下の記録1)(福島鋳郎ほか)………… 253
大塔宮・渕辺伝説の胚胎と形成(安西勝)…… 186
大統領の挫折(村田晃嗣)………… 206
台所空間学―その原型と未来(山口昌伴)… 200

タイにおける前期中等教育機会拡充後の農村児童の進路選択―農村における学校の多様化を中心として（森下稔）……262
第二次世界大戦外交史（芦田均）……284
第二・第三の豊島を許すな！―遠賀川流域における廃車・廃タイヤ活動を通じて（松隈一輝）……35
「だいのさか」と流行歌謡―ある盆踊り唄の変遷過程（神南葉子）……238
台風の島に生きる（谷真介）……40
大仏建立（杉山二郎）……287
大仏破壊（高木徹）……15
対米開戦史研究の諸段階（波多野澄雄）……146
太平記＜よみ＞の可能性（兵藤裕己）……206
太平経の生命観・長生説について（原田二郎）……257
太平洋国家のトライアングル―現代日米加関係（彩流社）……168
太平洋諸島百科事典（太平洋学会（代表・赤沢璋一））……154
太平洋戦争 上下（児島襄）……286
太平洋戦争と短歌という『制度』（猪熊健一）……103
太平洋戦争秘話 珊瑚礁に散った受刑者たち（森山祐吾）……81
太平洋島嶼国の憲法と政治文化―フィジー1997年憲法とパシフィック・ウェイ（東裕）……158
太平洋島嶼諸国論（小林泉）……156
太平洋の生還者（上前淳一郎）……14
太平洋の生還者（上前淳一郎）……66
太平洋のラスプーチン（春日直樹）……207
代役（大川進）……75
太陽がまぶしい（正岡真紀）……41
太陽と稲の神殿（小島瓔礼）……302
台湾における養子縁組の制度的特徴と現実の機能―特に日本法との対比で（黄浄愉）……162
台湾の主張（李登輝）……305
台湾の歴史（喜安幸夫）……68
台湾パイワン族の〈家族〉―M村における長子への贈与慣行Pasadaを中心として（末成道男）……217
ダウン・ザ・フェアウェイ（副田高行）……197
ダウン・タウンへ（沖野智津子）……85
逃（TAO）―異端の画家・曹勇の中国大脱出（合田彩）……23
たおやかに風の中（古賀ウタ子）……9
高い自己調整力をもつ日本経済（飯田経夫）……90
『高い城の男』―ウクロニーと『易教』（藤元登四郎）……112
高丘親王航海記（菊地信義）……193
高崎山のサル（日本動物記2）（伊谷純一郎ほか）……283

高取正男著作集 全5巻（高取正男）……200
高浜虚子 俳句の力（岸本尚毅）……114
高浜虚子論（中岡毅雄）……114
高群逸枝と柳田国男（村上信彦）……288
高柳重信―俳句とロマネスク（近藤栄治）……105
高山・白川（二川幸夫ほか）……284
宝よ、永遠に（河野華寿美）……54
滝桜に会えたから（宗像哲夫）……19
滝山コミューン一九七四（原武史）……24
沢彦（安久利徳）……196
啄木を愛した女たち―釧路時代の石川啄木（佐々木信恵）……81
たぐりよせる心（脇田彩衣）……119
武田泰淳伝（川西政明）……92
竹久夢二の俳句（松岡ひでたか）……53
多元化する『能力』と日本社会 ハイパーメリトクラシー化のなかで（本田由紀）……98
多元国家カナダの実験（未来社）……167
蛸（池田作之助）……34
たこの天ぷら（山本美穂）……83
太宰治『皮膚と心』のレトリック―方法としての身体（久保明恵）……238
太宰治という物語（東郷克美）……126
但馬出石藩幣制の沿革（宿南保）……186
他者と時間性―超越論的現象学とE.レヴィナス（斎藤慶典）……317
他者と倫理―現象学における他者問題の諸相（斎藤慶典）……317
他者の在処―芥川の言語論（伊藤氏貴）……101
ダスビダーニャ、我が樺太（道下匡子）……86
黄昏時のベランダ（渡辺祐子）……79
黄昏の明暗―おお定年されど（和田隆三）……18
黄昏のロンドンから（木村治美）……14
多属性教養理論による情報検索の再定式化（鈴木志元）……296
正された歴史―日系カナダ人への謝罪と補償（つむぎ出版）……168
忠直配流―その説話と史実（杉原丈夫）……186
タダの人の運動―斑鳩の実験（松village健一）……39
たたら吹製鉄の技術と構造の考古学的研究（河瀬正利）……306
タタリについての一考察―栃木県の事例を中心として（山中清次）……272
脱・田舎願望（足立有希）……11
ダッカへ帰る日―故郷を見失ったベンガル人（駒村吉重）……16
たった一人の革命（ふくおひろし）……71
たった1人の大リーグ（万波歌保）……79
たった一人の叛旗―宗森喬之と苦田ダムの42年（和賀士郎）……36

轌靶の馬(辻原登)……………………………211
脱皮(栗林恵里菜)……………………………118
田中外交と陸軍(黒沢文貴)…………………146
田中角栄研究―その金脈と人脈(立花隆)……109
田中正造全集 全19巻別巻1(田中正造全集編纂会)……………………………………289
田中正造の生涯(林竹二)……………………288
七夕人形考―長野県松本市の七夕人形を中心に(岩城邦子)………………………………186
谷崎潤一郎―散文家の執念(五味渕典嗣)…121
谷崎潤一郎―母恋いものに見られる父親の存在(福田博則)……………………………238
谷崎潤一郎とオリエンタリズム―大正日本の中国幻想(西原大輔)……………………263
谷崎潤一郎論(野口武彦)……………………99
谷崎文学と肯定の欲望(河野多恵子)………131
谷間の音(菅原孝)………………………………50
谷山茂著作集第5巻・新古今集とその歌人(谷山茂)………………………………………163
狸ビール(伊藤礼)……………………………21
田主丸町誌(全3巻)(田主丸町)……………292
たのしいおりがみ(吉沢章)…………………285
楽しい終末(池沢夏樹)…………………………92
楽しき熱帯(奥本大三郎)……………………205
ダバオ国の末裔たち(天野洋一)………………67
旅する巨人(佐野眞一)…………………………15
旅立ち(野中康行)………………………………50
旅立ちの場所(永田祐子)………………………74
旅立つ理由(旦敬介)…………………………134
旅日記(デビット・ゾペティ)…………………62
旅のかたち(森下陽)……………………………19
旅の途上で(山口仁奈子)………………………94
旅の半空(なかぞら)(森本哲郎)………………33
旅の花嫁(大舘勝治)……………………………94
ダブル(リー・小林)……………………………79
ダブル・エフェクトの原理―正戦論における適用とその問題―(松元雅和)……………318
食べられたメダカと食べた金魚(幸村愛果)…29
食べれども食べれども(入江翼)……………119
玉川百科大辞典 全30巻(小原国芳)………285
卵が私になるまで(柳沢桂子)………………194
たまご焼き記念日(浜詰涼子)…………………74
魂を燃焼し尽くした男―松本十郎の生涯(奥田静夫)……………………………………81
魂に対する態度―他人と他者の存在論的差異について(永井均)………………………317
魂の古代学―問いつづける折口信夫(上野誠)…166
魂の変容 心的基礎概念の歴史的構成(中畑正志)…………………………………………321
魂のランドスケープ(細川俊夫)………………61

"たま"身請けの件―箱館開港異聞(穂里かほり)……………………………………………81
民と神の住まい(川添登)……………………285
だらだら坂(岩上巌)……………………………28
たらちね(小柴温子)……………………………63
誰も書かなかったソ連(鈴木俊子)……………14
だれも知らない小さな国(佐藤暁)…………284
俵屋宗達(古田亮)……………………………209
単一民族神話の起源(小熊英二)……………206
単位の進化(高田誠二)………………………287
短歌(亀谷侑久)…………………………………12
短歌(松川靖)……………………………………12
短歌(二宮正博)…………………………………12
短歌散文化の性格(秋村功)…………………102
短歌と病(岩井謙一)…………………………103
短歌の口語化がもたらしたもの ――歌の『印象』からの考察(梶原さい子)……………103
短歌の鼓動(島田瞳)……………………………28
短歌の友人(穂村弘)……………………………92
短歌は記憶する(松村正直)…………………113
タンゲくん(片山健)…………………………194
誕生から死まで―カナダと日本の生活文化比較(勁草書房)……………………………167
誕生日を知らない女の子 虐待―その後の子どもたち(黒川祥子)…………………………17
誕生日の贈り物(山内美恵子)…………………64
誕生日のプレゼント(℃(月と地球))…………5
誕生日のプレゼント(西畑万葉)………………54
淡色の熱情 結城昌治論(中辻理夫)…………97
箪笥(小泉和子)………………………………152
タンスの中のブラウス(野見山潔子)…………27
淡淡有情―『忘れられた日本人』の物語(平野久美子)……………………………………43
ダンテ「神曲」講義(今道友信)……………117
ダンテの末裔たち(千種堅)…………………115
断髪(劉香織)…………………………………204
段ボールハウスで見る夢―新宿ホームレス物語(中村智志)……………………………23
談話の構造(福地肇)…………………………149

【ち】

地域を結ぶ(猪口泰徳ほか)……………………45
地域再生の経済学―豊かさを問い直す(神野直彦)………………………………………91
地域と社会史―野蒜築港にみる周縁の自我(西脇千瀬)……………………………170
地域の情報環境―情報アクセシビリティから

ちいき　　　　　　　　　　作品名・論題索引

みた情報格差(稲垣幾世枝) ……………… 296
地域のための『お産学』長野県のすてきなお
　産をめざして(宇敷香津美) ……………… 38
小さなことへの意識(滝川沙也佳) ………… 28
小さな三十五年目の旅(宗像哲夫) ………… 94
小さな島の明治維新―ドミンゴ松次郎の旅
　(若城希伊子) ……………………………… 57
小さな秘め事(家森澄子) …………………… 75
ちいさなモスクワ あなたに(浅井京子) …… 9
チェーザレ・ボルジア あるいは優雅なる冷酷
　(塩野七生) ………………………………… 287
チェシチ!―うねるポーランドへ(今井一) … 71
チェーホフ戯曲集(神西清) ………………… 284
近きより 全5巻(正木ひろし) ……………… 289
地下生活者たちの情景 ルーマニア・マンホー
　ルピープルの記録(早坂隆) ……………… 37
近松浄瑠璃の作劇法(原道生) ……………… 166
近松の世界(信多純一) ……………………… 164
地球からの発想(樋口敬二) ………………… 60
地球環境報告(石弘之) ……………………… 291
地球システムの崩壊(松井孝典) …………… 294
地球の海と生命―海洋生物地理学序説(西村
　三郎) ……………………………………… 289
地球の腹と胸の内(島村英紀) ……………… 193
地球へ―RIFT VALLEY ODYSSEY(野町和
　嘉) ………………………………………… 194
契システムにみられるch'in hai―saiの分析―
　韓国全羅南道における村落構造の一考察
　(伊藤亜人) ………………………………… 217
ちぎれ雲(植松二郎) ………………………… 75
竹人(山本貞子) ……………………………… 73
筑摩世界文学大系(全89巻・91冊)(筑摩書
　房) ………………………………………… 293
地図のたのしみ(堀淳一) …………………… 60
父(齋藤泰子) ………………………………… 32
父ありて(阿部周平) ………………………… 63
義父(ちち)を語れば、馬がいる(加藤エイ) … 83
父を恋う(藍友紀) …………………………… 19
父からの電話(大堂洋子) …………………… 74
父・吉五郎の洗濯機(蛯沢博行) …………… 75
父と自転車(嶋倉みどり) …………………… 11
父と鈴虫(池田智恵美) ……………………… 72
父と母の思いやり(川井良浩) ……………… 78
父と娘(本田由紀子) ………………………… 78
父 中野好夫のこと(中野利子) ……………… 61
父の遺骨を捜して(岡本正) ………………… 36
父のいた村(遠藤朝子) ……………………… 50
父のいびき(佐々木鮎美) …………………… 78
父の牛(大野かほる) ………………………… 28
父のカレンダー(小泉茉莉) ………………… 26

父の講義(中村キヨ子) ……………………… 50
父の行程表(太田崇) ………………………… 50
父の死の真相を求めて―『帰って来て欲し
　かった父』(熊谷きよ) …………………… 20
父の杉(高山恵利子) ………………………… 76
父の背中(藤田富美恵) ……………………… 9
父の通信(江尻純子) ………………………… 26
父の豆乳(大野かほる) ……………………… 76
父の中折れ帽(ソフト)(鳥山二郎) ………… 19
父の涙(山谷裕美子) ………………………… 50
父の涙(上田謙二) …………………………… 63
父の匂い(稗貫イサ) ………………………… 50
父の願い(山村勝子) ………………………… 65
父の花道(久松由理) ………………………… 26
父の万能薬(近藤幹夫) ……………………… 76
父のピンクのスニーカー(片山ひとみ) …… 52
父の帽子(森茉莉) …………………………… 59
父の指(文月はつか) ………………………… 48
『父の指』(大木戸浩子) ……………………… 50
父の『りく女』(池田淑子) ………………… 13
父・萩原朔太郎(萩原葉子) ………………… 59
秩父困民党(西野辰吉) ……………………… 284
秩父事件史料集成 全6巻(井上幸治ほか) … 291
父へ(小畑圭子) ……………………………… 32
父へのレクイエム(野上照代) ……………… 85
父娘チャリダー(自転車族)、白夜のアラスカ
　を行く(山田明希) ………………………… 34
父・矢代東村(小野弘之) …………………… 113
地中海からの手紙(村川堅太郎) …………… 59
地中海帝国の片影(工藤晶人) ……………… 210
父よ母よ(共同通信社社会部) ……………… 110
知的好奇心(波多野誼余夫ほか) …………… 287
知的障害者更生施設(福永毅彦) …………… 36
地の底のヤマ(岡孝治) ……………………… 197
地ひらく―石原莞爾と昭和の夢(福田和也) … 305
乳房再建(三島英子) ………………………… 42
チブサンケ1997年(青木茂) ………………… 35
チベット 上下(山口瑞鳳) ………………… 291
チベットのモーツァルト(中沢新一) ……… 203
地方債改革の経済学(土居丈朗) …………… 208
チャイコフスキー・コンクール(中村紘子) … 14
茶色名分化の源流と下染茶(片岸博子) …… 265
チャオ! ランボ 名犬ランボは旅のナビゲー
　タ(宮ゝ由美) ……………………………… 52
茶会記の風景(谷晃) ………………………… 229
茶事遍路(陳舜臣) …………………………… 132
茶と花の世界(村井康彦) …………………… 229
茶の香り研究ノート(川上美智子) ………… 230
茶の民俗学(中村羊一郎) …………………… 229
茶の湯と音楽(岡本文音) …………………… 230

422　ノンフィクション・評論・学芸の賞事典

茶の湯と筑前(松岡博和)……………230
茶の湯の科学入門(堀内國彦)……………230
チャールズ・ラム伝(福原麟太郎)………130
茶碗三題と乾山焼制作年代について(竹内順一)……………198
ちゃんと食べなさいね(山下純子)………70
チャンプールダブルス語(佐々木光紗)……70
ちゃんめろの山里で(山岸昭枝)…………85
中印戦争への道(村井友秀)……………146
中エジプト語のm=k構文の統語構造(永井正勝)……………248
中央アジア少数民族社会の変貌―カザフスタンの朝鮮人を中心に(李愛俐娥)………157
中学生になった母(孫美幸)………………75
中華中毒―中国的空間の解剖学(村松伸)…156
中華帝国の構造と世界経済(黒田明伸)…205
中華と対話するイスラーム(中西竜也)…210
中華料理屋の灯り(加山恵理)……………26
中国を知るために(竹内好)……………287
中国・改革開放の政治経済学(三宅康之)…158
中国共産党に消された人々(相馬勝)……43
中国近代外交の形成(川島真)…………207
中国・グラスルーツ(西倉一喜)…………14
中国経済統計・経済法解説(小島麗逸)…155
中国経済論―農工関係の政治経済学(中兼和津次)……………155
中国公共図書館の有料サービスに関する考察(李常慶)……………260
中国 静かなる革命―官製資本主義の終焉と民主化へのグランドビジョン(呉軍華)……158
中国食物史(篠田統)……………152
中国人・団体著者名典拠データの表記の相違：中国、日本、韓国を中心に(木村麻衣子)……297
中国台頭(津上俊哉)……………207
中国における「農民工子女」の教育機会に関する制度と実態(植村広美)……………262
中国における少数民族高等教育政策―「優遇」と「統制」のメカニズム(小川佳万)……262
中国におけるバイロン受容(藤井省三)…257
中国農村社会と革命―井岡山の村落の歴史的変遷(鄭浩瀾)……………158,159
中国の革命思想(小島祐馬)……………282
中国の経済発展と市場化―改革・開放時代の検証(加藤弘之)……………156
中国の草の根を探して(麻生晴一郎)………8
中国文学歳時記 全7巻(黒川洋一ほか)…291
中国返還後の香港(倉田徹)……………209
中国料理の迷宮(勝見洋一)……………207
中小規模の理工医学系国立大学における電子ジャーナルの需要と提供の実態(匂坂佳代子)……………261
中世天照大神信仰の研究(伊藤聡)………165
中世イスラーム世界のパスタ(鈴木貴久子)…248
中世イタリア商人の世界(清水廣一郎)…202
中世イタリア都市国家成立史研究(佐藤眞典)…117
中世を旅するひとびと(阿部謹也)………202
中世後期における外国使節と遣外国使節(伊川健二)……………274
中世寺院史料論(永村眞)……………165
中世初期 南都戒律復興の研究(蓑輪顕量)…239
中世書流の成立―世尊寺家と世尊寺流(宮崎肇)……………137
中世地中海世界とシチリア王国(高山博)…116,205
中世東寺と弘法大師信仰(橋本初子)……164
中世土器研究序論(橋本久和)……………306
「中世のことばと絵」を中心として(五味文彦)……………204
中世のなかに生まれた近世(山室恭子)…204
中世の美術(吉川逸治)……………282
中世の文学(唐木順三)……………129
中世屏風絵研究(泉万里)……………199
中世武家儀礼の研究(二木謙一)…………203
中世文献の表現論的研究(小林千草)……225
中世和歌研究(安田徳子)……………226
中世和歌論(川平ひとし)……………165
中ソ関係史の研究 1945―1950(石井明)…154
中ソ対立の史的構造(宮本信生)…………154
中尊寺金色堂と平安時代漆芸技法の研究(中里寿克)……………198
中東欧音楽の回路(伊東信宏)……………209
チュニジアの夜(此元美幸)……………53
超越と認識 20世紀神学史における神認識の問題(深井智朗)……………240
超音速スパイ機―嘉手納基地での22年(加茂昭)……………36
『鳥姫伝』評論―断絶に架かる一本の橋(横道仁志)……………112
鳥獣戯話(花田清輝)……………285
長州シックス 夢をかなえた白熊(伊野孝行)…197
聴衆の誕生(渡辺裕)……………204
挑戦(冨岡洋子)……………28
朝鮮近代の農民民族誌：慶北尚州の植民地経験(板垣竜太)……………218
朝鮮人送り(岸浩)……………186
朝鮮人、日本人、そして人間―広島の街を救った朝鮮人『日本兵』(星徹)………35
挑戦する流通(伊藤元重)……………90
朝鮮の海へ―日本特別掃海隊の軌跡(城内康伸)……………44
<朝鮮>表象の文化誌―近代日本と他者をめぐ

る知の植民地化(中根隆行) 263
超大国の回転木馬(関場誓子) 204
朝天虹(ちょうてんにじ)ヲ吐ク 志賀重昂『在札幌農学校第弐年期中日記』(亀井秀雄ほか) 126
蝶の系譜-言語の変容にみるもうひとつの現代俳句史(高岡修) 105
チョウはなぜ飛ぶか(日高敏隆) 288
超ミクロ世界への挑戦(田中敬一) 194
チョコレートの町(あずみ虫) 197
〈著者〉の出版史―権利と報酬をめぐる近代(浅岡邦雄) 255
ちょっと変わった私の友達(村瀬由衣) ... 25
散るぞ悲しき―硫黄島総指揮官・栗林忠道(梯久美子) 15
散るもよし 今を盛りの桜かな 『らい予防法』廃止10年、国賠訴訟5年。ハンセン病のいま(西尾雄志) 38
沈下(三井永一) 191
珍魂商才(山藤章二) 191
鎮魂の旅の歌(山之内朗子) 94
鎮西八郎為朝(大竹明輝) 193
チンチン電車道中記(橋本珠衣) 29
陳独秀と別れるに至った周作人―1922年非基督教運動の中での衝突を中心に(尾崎文昭) .. 257
沈黙するソシュール(前田英樹) 213
沈黙の坑口(肥後義弘) 39

【つ】

ツアー(前田静良) 65
『終の住処』考(仲馬達司) 94
終の夏かは(古越富美恵) 85
墜落の夏(吉岡忍) 23
通過駅・上大岡(佃陽子) 63
通学路(松倉有希) 118
通史 日本の科学技術 全5巻(中山茂) 292
通心技術(片桐聡子) 75
通知表 空気を読んで そっと出す(高畑潤) ... 5
通天閣(酒井隆史) 209
束の間の幻影―銅版画家駒井哲郎の生涯(中村稔) 132
塚本邦雄と三島事件―身体表現に向かう時代のなかで(小林幹也) 103
津軽山唄(大沼勝雄) 50
津軽三味線のルーツを求めて―その精神と風土(大條和雄) 186
月(小堀彰夫) 73

つぎ合わせの器は、ナイフで切られた果物となりえるか?(生田武志) 101
月島物語(四方田犬彦) 106
ツキヌキニンドウ(高橋正美) 75
月の宴(佐多稲子) 132
ツギ之助か、ツグ之助か―長岡藩総督、河井継之助をめぐる旅(小川与次郎) 68
次はどこに行こう(小志戸前紫乃) 52
月は東に日は西に(塩谷靖子) 30
月日の残像(山田太一) 106
月夜の散歩(工藤加代子) 11
月夜のじどうしゃ(井上洋介ほか) 194
月夜のできごと(徳光彩子) 64
机の中の記憶(川島裕介) 119
創られた「日本の心」神話(輪島裕介) ... 209
「つくられた桂離宮神話」を中心として(井上章一) 203
つづり方兄妹(野上丹治ほか) 284
津田梅子(大庭みな子) 132
伝えたい気持ち、『ありがとう』(川村菜津美) .. 77
伝える喜び(武田洋子) 51
蔦屋重三郎(松木寛) 204
つながる脳(藤井直敬) 294
つなぐ(松田くるみ) 54
津波(菅原康) 9
「つなみ」の子どもたち―作文に書かれなかった物語(森健と被災地の子どもたち) .. 15
つなみ 被災地のこども80人の作文集(森健と被災地の子どもたち) 15
椿油の香り(高山恵利子) 29
椿しらべ(中島かほる) 195
翼ある船は(峰岸達) 194
翼をもがれた天使たち(佐藤尚爾ほか) 85
翼のはえた指 評伝安川加寿子(青柳いづみこ) 127
つばなの旅路(矢野晶行) 94
壷(阿部恭子) 63
妻、紫陽花をきる(影山信輝) 25
妻の一言(浜田光則) 11
妻の午前さま(松本俊彦) 11
妻の聴力(槇勝馬) 49
爪(中川晶子) 27
釣りキチ三平(矢口高雄) 192
敦賀・金ヶ崎から(野波成恵) 73
鶴首の花瓶(山村信男) 49
鶴田錦史伝 大正、昭和、平成を駆け抜けた男 装の天才琵琶師の生涯(佐宮圭) 44
徒然草(杉本秀太郎) 132
徒然草序の説(西村準吉) 237
『徒然草』と出会って(陳秉珊) 19

徒然憲法草案～生かす法の精神～『修復的正義は機能しないのか』(山下由佳) ……… 38
ツンサイオカカと旅すれば(牧野誠義) ……… 69

【て】

出会い(八木智大) ……… 53
出会い,そして…(村松建夫) ……… 41
出会い,それは私の宝物(川浪みゆき) ……… 53
定型の力と日本語表現(松坂弘) ……… 113
鄭玄の「魯礼禘袷義」の構造とその意義(間嶋潤一) ……… 257
帝国日本の植民地法制―法域統合と帝国秩序(浅野豊美) ……… 158
「帝国」の映画監督坂根田鶴子 『開拓の花』(池川玲子) ……… 223
帝国の国際政治学(山本吉宣) ……… 135
帝国のたそがれ―冷戦下のイギリスとアジア(木畑洋一) ……… 156
ディスタンクシオン(石井洋二郎) ……… 213
ディスポの看護婦にはなりたくない(奥田昌美) ……… 85
T先生へ…(郷原美里) ……… 77
ディドロ 限界の思考―小説に関する試論(田口卓臣) ……… 216
定年考(松岡喬) ……… 34
定年後の名刺(居村哲也) ……… 4
定本 見田宗介著作集 全10巻(見田宗介) ……… 295
定本野鳥記(中西悟堂) ……… 130
ティリッヒと現代宗教論(芦名定道) ……… 252
デオダ・ド・セヴラック―南仏の風、郷愁の音画(椎名亮輔) ……… 128
デカダンス―それでも私は行く(織田作之助の苦悩)(吉川さちこ) ……… 39
手紙(浦田久美子) ……… 28
デカルト哲学とその射程(小林道夫) ……… 320
出来事の民族誌―フィリピン・ネグリート社会の変化と持続(清水展) ……… 218
テキサコ(星埜守之) ……… 214
テキヤ集団の構造と維持原理(厚香苗) ……… 273
テクストから遠く離れて(加藤典洋) ……… 190
テクノクラートの世界とナチズム(小野清美) ……… 320
デザイナー誕生(水尾比呂志) ……… 285
デザインのデザイン(原研哉) ……… 207
具体的(デジタル)な指触り(キータッチ)(橋本勝也) ……… 102
デジタル・ナルシス(西垣通) ……… 204
手塚治虫=ストーリーマンガの起源(竹内一郎) ……… 208
デスタン パラレル(トゥーレ,キッチャ) ……… 275
鉄を生みだした帝国―ヒッタイト発掘(大村幸弘) ……… 23
哲学原論 自然法および国家法の原理(T.ホッブズ) ……… 278
哲学と笑い(石井敏夫) ……… 317
哲学の使命―ヘーゲル哲学の精神と世界(加藤尚武) ……… 319
哲学の東北(中沢新一) ……… 106
哲学の歴史(全12巻・別巻1巻)(「哲学の歴史」編集委員会) ……… 294
鉄心がつなぐ(千々岩拓郎) ……… 76
てっせん(城地大祐) ……… 72
てつぞうはね(ミロコマチコ) ……… 197
でっちあげ―福岡『殺人教師』事件の真相(福田ますみ) ……… 47
徹底検証 21世紀の全技術(佐伯康治) ……… 278
鉄の時代を生きて(小野正之) ……… 19
徹夜の塊 亡命文学論(沼野充義) ……… 207
手と手(小林愛) ……… 72
手にかいた 買い物メモを 探す母(平石弘喜) ……… 5
手の知恵(藤原房子) ……… 202
手のぬくもり(伊藤靖子) ……… 77
手袋のグローブ(峯島明) ……… 77
デフレ繁栄論―日本を強くする逆転の発想(唐津一) ……… 304
デューイ価値論の仮説主義について(式部久) ……… 316
『テュルク・ユルドゥ』研究序説(新井政美) ……… 247
寺山修司コレクション(鈴木成一) ……… 194
寺山修司の見ていたもの(なみの亜子) ……… 103
寺山修二俳句論-私の墓は、私のことば(五十嵐秀彦) ……… 104
寺山修司・遊戯の人(杉山正樹) ……… 58
輝いたとき(前田優香) ……… 30
テロルの決算(沢木耕太郎) ……… 14
天下一名人 千利休(米原正義) ……… 229
澱河歌の周辺(安東次男) ……… 130
天からの贈り物(田中トミミ) ……… 61
天から降ってくる悔恨の声(宮城しず) ……… 斎藤 19
「転換期の安保」への寄与を中心として(斎藤明) ……… 201
転換期の家族法(島津一郎) ……… 160
転換期の中国・日本と台湾―1970年代中日民間経済外交の経緯(李恩民) ……… 157
転換期の日本経済(吉川洋) ……… 135
転換期の和歌表現 院政期和歌文学の研究(家永香織) ……… 227
伝記谷崎潤一郎(野村尚吾) ……… 287
天気予報(田中真紀) ……… 4

てんく　　　作品名・論題索引

天空のとんぼ（川中由美子） ……………… 53
天空の舟（宮城谷昌光） ……………………… 57
天国の兄へ（佐野正芳） ……………………… 32
天国のお義父さんへ（富山栄子） ………… 31
天国の母さんよ（美濃部八千江） ………… 31
天国の父へ（本田昭毅） ……………………… 32
天国のばあちゃんへ（高橋さき子） ……… 32
天国の息子へ（藤井満子） …………………… 31
天国へ行ける靴（須田洋子） ………………… 64
天才と異才の日本科学史―開国からノーベル賞まで、150年の軌跡（後藤秀機） ……… 62
電子ジャーナル黎明期の変遷：1998年から2002年までの定点観測（森岡倫子） …… 297
電子資料を対象にしたFRBRモデルの展開（錫田拓哉） ……………………………… 261
天使のいたずら（三条嘉子） ………………… 64
天の神論（梅野光興） ………………………… 272
天使の涙と歌声と（杉浦彰子） ……………… 72
電車ごっこ（松浦一彦） ……………………… 63
転写と伝承（須восき弘敏） ………………… 198
電車名人のススメ（小林沙貴） ……………… 27
天正以前の木曽川流路と濃尾国境（勝村公） … 186
伝承される開拓（前野雅彦） ………………… 273
伝聖徳太子筆法華義疏の書風―巻四第六紙の書風をめぐって（飯島広子） ……… 137
天職（落合洋子） ……………………………… 84
伝説・世間話の交錯と異伝の成立（斎藤純） … 272
天台円融論における弁証法的思惟―ヘーゲル哲学と関説させて（渡辺明照） ……… 279
天体建築論（本田晃子） ……………………… 210
伝統芸能に学ぶ 躾と父親（光森忠勝） …… 96
伝統と近代のはざまで―美術史家カール・ヴィートの日本滞在と『日本の仏教彫刻』（安永麻里絵） ……………………… 221
伝統の探求〈題詠文学論〉（筑紫磐井） … 114
天皇観の相剋（武田清子） …………………… 289
天皇機関説事件 上下（宮沢俊義） ………… 287
天皇・将軍・地下楽人の室町音楽史（三島暁子） ……………………………………… 229
天皇の世紀 全10巻（大仏次郎） ………… 288
天佑なり―高橋是清・百年前の日本国債（上・下）（幸田真音） ………………………… 58

【と】

砥石ひとつ（水野明日香） …………………… 11
戸板康二の歳月（矢野誠一） ………………… 96
ドイツ 傷ついた風景（足立邦夫） ……… 223
ドイツ現代史と国際教科書改善―ポスト国民国家の歴史意識（近藤孝弘） ……… 262
ドイツとの対話（伊藤光彦） ………………… 60
ドイツにおける〈日本＝像〉ユーゲントシュティールからバウハウスまで（クラウディア・デランク） ………………………… 220
ドイツにおける夫婦財産契約の自由とその制限（松久和彦） ……………………… 162
ドイツにおける夫婦財産制の検討―剰余共同制の限界と改正の動向（松久和彦） … 162
ドイツのヒバクシャたち 青い光のメッセージ（小石理生） …………………………… 37
ドイツ理工系出版界の構造分析（牧野正久）… 254
凍（とう）（沢木耕太郎） …………………… 24
燈下節（片山広子） …………………………… 59
闘牛士エル・コルドベス（佐伯泰英） …… 76
東京国立博物館保存十一面観音像（多武峯伝来）について（松田誠一郎） ………… 198
東京裁判（日暮吉延） ………………………… 209
東京時代（小木新造） ………………………… 289
東京市立日比谷図書館構想と設立経過：論議から開館まで（吉田昭子） ………… 297
東京ディズニーシー（小林伸一郎） …… 196
同行二人の一人旅（長岡鶴一） …………… 68
「東京の「地霊（ゲニウス・ロキ）」」を中心として（鈴木博之） ………………………… 204
東京の空間人類学（陣内秀信） …………… 203
東京プリズン（赤坂真理） …………… 211, 295
東京路上探険記（尾辻克彦） ……………… 21
東京湾景（陸求実） ………………………… 277
東京（とうけい）庶民生活史研究（小木新造）… 163
道元と中国禅思想（何燕生） ……………… 252
統合の終焉 EUの実像と論理（遠藤乾） … 135
東西交流の陶磁史（西田宏子） …………… 230
父さんと呼びたかった（石橋尚美） ……… 70
闘蟋（とうしつ）（瀬川千秋） …………… 207
東寺・東寺文書の研究（上島有） ………… 164
陶磁の道（三上次男） ……………………… 286
同潤会 大塚女子アパートメントハウスが語る（女性とすまい研究会） ………………… 201
同潤会に学べ 住まいの思想とそのデザイン（内田青蔵） ……………………………… 200
頭状花（多賀多津子） ……………………… 18
投書家時代の森鷗外 草創期活字メディアを舞台に（宗像和重） ………………………… 126
同窓会（牧野千穂） ………………………… 197
同窓会の夜（柏井史子） …………………… 79
逃走記 戦時朝鮮人強制徴用者柳乗（ユンジョン）熙（ヒ）の記録（橋しんご） ……… 38
同族集団の構造と社会的機能―口丹波の株を

事例に(大野啓) ……………………………… 273
盗賊のインド史―帝国・国家・無法者(アウトロー)(竹中千春) ……………………… 159
藤村のパリ(河盛好蔵) …………………… 133
東大寺修二会声明の旋律に関する研究(牧野英三) …………………………………… 227
銅鐸(藤森栄一) …………………………… 285
董仲舒の政治思想(宇佐美一博) ………… 257
道頓堀の雨に別れて以来なり(田辺聖子) … 133
東南アジアを知る事典(石井米雄) ……… 154
東南アジア諸国の経済発展―開発主義的政策体系と社会の反応(原洋之介) ……… 156
豆腐(高橋三郎) ……………………………… 63
動物系統分類学(全10巻・24冊)(山田真弓ほか) …………………………………… 293
動物と太陽とコンパス(桑原万寿太郎) … 285
動物の子どもたち(八杉竜一) …………… 283
逃亡『油山事件』戦犯告白録(小林弘忠) … 62
逃亡女(橋本忍) ……………………………… 52
東北の民俗に関する一連の論文(矢萩昭二) … 265
同盟漂流(船橋洋一) ……………………… 224
童遊文化史 全4巻別巻1(半沢敏郎) …… 289
東洋人の悲哀(劉岸偉) …………………… 205
東洋陶磁大観(原弘) ……………………… 192
東洋服装史論攷―古代編(杉本正年) …… 152
動乱の原油航路―あるタンカー船長の悲哀(小山田正) ………………………………… 39
同和教育入門(東上高志) ………………… 285
遠いあし音(小林勇) ……………………… 59
遠い宮殿―幻のホテルへ(稲葉なおと) …… 33
遠い接近―父と小笠原丸遺骨引上げ(村上輝行) …………………………………… 80
遠い山なみをもとめて(小川薫) …………… 18
遠い・・・旅立ちの日(遠藤薫) ……………… 75
遠いどこかの小さな旅路(瀬口愛) ………… 52
トオイと正人(瀬戸正人) ………………… 224
遠いリング(後藤正治) ……………………… 23
遠きにありてつくるもの(細川周平) …… 134
都会の果て、秘境の外れ―無印辺境に来てみれば(金井恵美) ……………………… 34
十勝野の空は青い(行宗登美) ……………… 85
十勝の広い空の下で(宝守満) ……………… 83
〈時〉をつなぐ言葉―ラフカディオ・ハーンの再話文学(牧野陽子) …………… 165
ドキドキ中国一人旅―南寧まで(酒井牧子) … 33
時の流れに苦笑い(安達光幸) ……………… 10
朱鷺の遺言(小林照幸) ……………………… 15
ドキュメント 戦争広告代理店―情報操作とボスニア紛争(高木徹) …………… 24,47
土岐頼康と応安の政変(山田徹) ………… 274

常磐津節の基礎的研究(安田文吉) ……… 228
毒―風聞・田中正造(立松和平) ………… 292
トクヴィルの憂鬱―フランス・ロマン主義と〈世代〉の誕生(高山裕二) …… 209,216
トクヴィル 平等と不平等の理論家(宇野重規) …………………………………… 208
徳川イデオロギー(オームス、ヘルマン) … 319
徳川家康 13(岳遠坤) ……………………… 277
徳川後期の学問と政治(眞壁仁) …… 165,237
特技(森合音) …………………………………… 72
独酌余滴(多田富雄) ………………………… 62
「読者」とのコミュニケーション/作者の介入―谷崎潤一郎大正期の〈語り〉(瀬崎圭二) … 237
読書地図帳 ヘロドトス「歴史」(古曳正夫) … 278
独身者たちの宴 上田早夕里『華竜の宮』論(渡邊利道) ……………………………… 112
独仏関係と戦後ヨーロッパ国際秩序：ドゴール外交とヨーロッパの構築 1959-1963(川嶋周一) ……………………………… 215
特別な教育的ニーズをもつ児童生徒に関わる学校職員の図書館に対する認識の変化のプロセス(松戸宏予) …………………… 261
匿名〈久保田あらヽぎ生〉考(福田はるか) … 121
どこかにいる私のお父さんへ(山田裕子) … 107
どこまで演れば気がすむの(吉行和子) …… 61
戸坂潤全集 全5巻(戸坂潤) ……………… 286
閉ざされた言語―サミン運動とその言語哲学(福島真人) …………………………… 217
閉ざした心(高畑早紀) …………………… 119
土佐民俗選集 全3巻(桂井和雄) ………… 301
都市を生きるための狡知(小川さやか) … 209
都市を生きる人々―バンコク都市下層民のリスク対応(遠藤環) ………………… 159
都市廻廊(長谷川堯) ……………………… 288
都市空間の近世史研究(宮本雅明) ……… 237
都市祝祭の社会学(松平誠) ……………… 200
都市と祭りの人類学(米山俊直) ………… 200
都市の思想(西川幸治) …………………… 287
都市の相貌(涛岡寿子) …………………… 111
都市のなかの絵-酒井抱一の絵事とその遺響(玉蟲敏子) ……………………… 198
途上国のグローバリゼーション(大野健一) … 97
「途上国のグローバリゼーション」を中心とし(大野健一) ……………………… 207
図書館学の基礎概念としての書誌コントロール(根本彰) ……………………… 260
図書館とラジオ・メディア：1920年代～40年代アメリカ公共図書館のラジオ放送活動(吉田右子) ……………………… 260
図書館未設置町村解消のための方策―組合立

図書館の可能性をめぐって(糸賀雅児)……296
図書の貸出頻度を記述する負の二項分布モデルの演繹的導出とその一般化(岸田和明)……296
ドストエフスキー(山城むつみ)……295
ドストエーフスキイ全集(米川正夫)……129
ドックの落日(大西功)……19
特攻隊員の思い出(平沢若子)……3
届かない住民の声—"民主的"な中部新国際空港計画(梅沢広昭)……35
ドナウ河紀行(加藤雅彦)……61
ドナウ漂流(北山青史)……19
隣の国で考えたこと(長坂覚)……60
となりのせきのますだくん(武田美穂)……194
「利根川図志」吟行(清水候鳥(長雄))……94
飛魚と漁撈儀礼―対島暖流沿岸域の漁撈民俗研究序論(野地恒有)……272
杜甫『兵車行』と古樂府(長谷部剛)……258
トマス・アクィナス 「存在」の形而上学(稲垣良典)……321
トマス・アクィナス神学大全 全45巻(稲垣良典ほか)……295
トマス・アクィナスの神学(稲垣良典)……321
トマス・グレイ研究抄(福原麟太郎)……129
弔いの焼き芋(山中れい子)……72
友(岡部憲和)……74
友子(高橋撰一郎)……57
友達(松木サトヨ)……12
ともだち(永田まゆみ)……77
友達(渡邉凜太郎)……119
友だち(太田愛子)……77
友だち(中村紗矢香)……78
友だち(大槻智紀)……78
友達依存症(大村まや)……119
友だちと『友情』という一曲(臼崎満朱美)……77
友だちと一緒に(靑光子)……77
友だちへ(村上奈央)……77
共に生きる(伊藤信義)……46
共に生きる言葉(田口兵)……78
『友へ』(赤松乃里恵)……31
友への詫び状(海老原英子)……64
土門拳の格闘(岡井耀毅)……250
とやま柿(松山良子)……28
豊臣『五大老』・『五奉行』についての再検討―その呼称に関して(堀越祐一)……274
豊臣政権の法と朝鮮出兵(三鬼清一郎)……237
虎の書跡—中島敦とボルヘス、あるいは換喩文学論(諸坂成利)……263
トラベランティア(岩谷泰幸)……52
ドラマの世界(木下順二)……284
トランジスタ(菊池誠)……284

トランペットとぼく(宮澤恒太)……26
鳥居峠にて(塩原恒子)……64
トリソミー 産まれる前から短命と定まった子(松永正訓)……44
トリックスター群像 中国古典小説の世界(井波律子)……190
鳥の飛翔に関する手稿(谷一郎ほか)……116
鳥はどこでなくのか(島瀬信博)……103
捕物帖の系譜(縄田一男)……95
努力の先に見えるもの〜私の生き方〜(加藤しおり)……118
トルコはトルコ人抜きにして成らず(廣澤純子)……52
ドルの歴史(牧野純夫)……286
トレイシー 日本兵捕虜秘密尋問所(中田整一)……24
徒労の人(樋口てい子)……85
ドン・ジュアン(小川和夫)……132

【 な 】

内閣政治と「大蔵省支配」(牧原出)……207
内緒話(菅野紫帆子)……30
内部(neibu)(船橋洋一)……203
無い、もないから(中村祥子)……75
直木三十五伝(植村鞆音)……96
長い命のために(早瀬圭一)……14
永井荷風(磯田光一)……202
永井荷風巡歴(菅野昭正)……126
永井荷風伝(秋庭太郎)……131
長生きしろよ(堀田光美)……11
ながいながいペンギンの話(いぬいとみこ)……284
中江藤樹の郷土史研究(松下亀太郎)……185
ナガオカケンメイのやりかた(寄藤文平)……197
中勘助の恋(富岡多恵子)……132
ナガサキ生まれのミュータント—ペリー・ローダンシリーズにおける日本語固有名詞に関する論考 および 命名者は長崎におけるオランダ人捕虜被爆者であったとする仮説(鼎元亨)……112
ながさきくんち(太田大八)……192
長崎唐人・林公琰と大村藩(相川淳)……187
中島敦全集 全3巻(中島敦)……282
中島敦の遍歴(勝又浩)……126
中野重治—連続する転向(林淑美)……125
中野重治論序説(月村敏行)……100
中原中也(佐々木幹郎)……204
中原中也の「履歴」(山岡頼弘)……101
中村屋のボース—インド独立運動と近代日本

のアジア主義(中島岳志) ……………… 98
長屋王の年齢二説考(長屋清臣) ……………… 187
中山義秀の生涯(清原康正) ……………… 95
流れ星たちの長野オリンピック―ある選手と
　あるコーチの物語(角皆優人) ……………… 10
亡き伯父へ(中川章治) ……………… 32
亡骸劇場(なきがらげきじょう)(小林伸一
　郎) ……………… 196
亡き祖母へ(藤島恵子) ……………… 32
泣き虫兵隊(千葉昂) ……………… 3
なくてはならない存在の人に(金子瞳) ……… 27
殴られる人(吉開若菜) ……………… 85
嘆きよ、僕をつらぬけ(小沢美智恵) ……… 86
ナージャとりゅうおう(于大武ほか) ……… 194
ナショナリズムの由来(大澤真幸) ………… 294
なぜ「陳述」は批判されねばならないか？―時
　枝誠記・西田幾太郎・ハイデガー(相楽勉) … 280
なぜ中国から離れると日本はうまくいくのか
　(石平) ……………… 305
なぜ日本の公教育費は少ないのか(中澤渉) … 210
謎だらけのT(百合草真里) ……………… 77
謎とき『悪霊』(亀山郁夫) ……………… 134
謎解き『張作霖爆殺事件』(加藤康男) …… 305
謎とき『罪と罰』(江川卓) ……………… 132
謎の1セント硬貨　真実は細部に宿る in USA
　(向井万起男) ……………… 22
謎の独立国家ソマリランド(高野秀行) …… 24
ナチス通りの出版社　ドイツの出版人と作家た
　ち―1886～1950(山口知三ほか) ………… 254
ナチスのキッチン(藤原辰史) ……………… 169
懐かしい故郷白神山地(吉崎晴子) ………… 45
懐かしき子供の遊び歳時記(榎本好宏) …… 114
夏樹と雅代(竹内みや子) ……………… 84
ナツコ　沖縄密貿易の女王(奥野修司) … 15,24
夏だけの故郷(阿知波憲) ……………… 79
夏の思い出(新納里子) ……………… 25
夏のできごと(田畑芙美子) ……………… 74
夏の名前(桑子麗以佳) ……………… 30
夏の日の思い出(城山記井子) ……………… 74
夏の山に(押久保千鶴子) ……………… 65
夏の忘れ物(三上和輝) ……………… 5
夏目漱石を読む(吉本隆明) ……………… 105
夏目漱石　眼は識る東西の字(池田美紀子) … 321
夏休みの長い一日(大和史郎) ……………… 81
夏休み　休めないのに　夏休み(南拓弥) … 5
七色の故郷(中嶋詩織) ……………… 54
7歳の先行馬(新間達子) ……………… 82
『何気に』使っている『微妙な』ことば(古藤
　有理) ……………… 26
何事も経験だ！(高橋俊也) ……………… 78

何も無い白神山地(鹿野雄一) ……………… 46
ナボコフ訳すのは『私』―自己翻訳がひらく
　テクスト(秋草俊一郎) ……………… 264
ナボドニス治世下のエアンナ神殿におけるsa
　res sarribel piqitti Eannaの地位について
　(鵜木元尋) ……………… 248
ナマコの眼(鶴見良行) ……………… 223
生半可な学者(柴田元幸) ……………… 21
涙の価値(佐々木麻梨奈) ……………… 73
悩む力　べてるの家の人びと(斉藤道雄) … 24
悩める管理人　マンション管理の実態(敦賀敏)‥36
奈良甲冑師の研究(宮崎隆旨) ……………… 199
鳴らない電話(多呂恵子) ……………… 48
成島柳北(前田愛) ……………… 99
南海漂蕩　ミクロネシアに魅せられた土方久
　功・杉浦佐助・中島敦(岡谷公二) …… 321
『南京大虐殺』のまぼろし(鈴木明) ……… 14
南国競馬珍道中(冨井穣) ……………… 83
汝自身のために泣け(関岡英之) ……………… 86
南城三余集私抄(日崎徳衛) ……………… 126
ナンセンスに賭ける(峯島正行) ……………… 95
南宋時代の福建地方劇について(田仲一成) … 256
難聴―それを克服するために(岡本途也) … 290
なんで英語やるの？(中津燎子) ……………… 14
なんでもない(森脇嘉菜) ……………… 54
南島貝文化の研究―貝の道の考古学(木下尚
　子) ……………… 306
南島文学論(外間守善) ……………… 164
ナントモ関係にみる家の統合と生活互助機能
　(飯島勇夫) ……………… 272
南蛮の陽(七尾一央) ……………… 94
南方における日本軍政の衝撃(太田弘毅) …146

【に】

新居浜にて(風野旅人) ……………… 33
新美南吉童話全集　全3巻(坪田譲治ほか) ……285
二河白道図試論(加須屋誠) ……………… 198
にぎりめし(錦糸帖始) ……………… 75
逃げる男(森高多美子) ……………… 56
逃げる民(鎌田慧) ……………… 110
二冊の「鳶火屋」―原石鼎の憧憬(岩淵喜代
　子) ……………… 114
西アジア銅石器時代の繊維利用：シリア,テ
　ル・コサック・シャマリ遺跡出土資料から
　の検討(須藤寛史) ……………… 249
虹をつくる男たち(向井敏) ……………… 203
西田幾多郎―統一の哲学(ミッシェル・ダリシ

エ)............215
西田幾多郎とK.フィードラー——その芸術論をめぐって(浅倉祐一朗)............280
西田哲学における「習慣」の意義——ラヴェッソン、ベルクソン、メーヌ・ド・ビランの受容において(熊谷征一郎)............280
西田とベルクソンにおける「空間」の意義について——行為的事項と逆理の図式(根田隆平)...279
西田における生命論の宗教的背景とその展開——仏基儒の生命観の受容と生物学との対話(浅見洋)............280
西日本諸神楽(かぐら)の研究(石塚尊俊)......301
西の季語物語(茨木和生)............114
西山太吉国賠訴訟(平野幸子)............38
二十一世紀ポップ歌集「ビートルズ編」五十首(名古屋山三)............108
「二重国籍」詩人 野口米次郎(堀まどか)......209
二十二歳の自分にのこしたい言葉(舘澤史岳)..70
二重らせんの私(柳沢桂子)............61
二条良基研究(小川剛生)............165
「偐紫田舎源氏」論(鳥島あかり)............238
『仁勢物語』における「浮世」観(小出千恵)............238
日英比較・語彙の構造(影山太郎)............149
日常=子供 日常=親(飯干彩子)............11
日米「愛憎」関係 今後の選択(天谷直弘)......90
日米オレンジ交渉(草野厚)............243
日米関係史 全4巻(細谷千博ほか)............287
日米経済摩擦の政治学(フクシマ、グレン・S.)............155
日米構造協議の政治過程——相互依存下の通商交渉と国内対立の構図(鈴木一敏)............159
日米衝突の萌芽 1898-1918(渡辺惣樹)......305
日米同盟の新しい可能性(中西輝政)............90
日米同盟の絆(坂元一哉)............206
日米の書字教育に関する比較研究——二十世紀における活字及び印字機器の普及と書字教育(小林比出代)............137
日米比較を通してみてる出版流通と図書館との関係(根本彰)............254
日露戦後財政と桂新党——桂系官僚と財界の動向を中心に(下重直樹)............274
二通の督促状(藤井正男)............73
日韓交渉の考古学——弥生時代篇(小田富士雄ほか)............306
日記・作文 がんばっています(梅井美帆)............118
日系アメリカ人(大谷勲)............66
日系アメリカ人のエスニシティ——強制収容と補償運動による変遷(竹沢泰子)............218
「日ソ新関係調整方針」の策定(戸部良一)......146
日商岩井が汚染したマタネコ・クリーク——熱帯雨林破壊とヒ素汚染(清水靖子)............36
日ソ国交回復の史的研究——戦後日ソ関係の起点:1945〜1956(田中孝彦)............155
日中関係——戦後から新時代へ(毛里和子)......91
日中国交正常化——田中角栄、大平正芳、官僚たちの挑戦(服部龍二)............98
日中国交正常化の政治史(井上正也)............209
日中戦争下の外交(劉傑)............156
日中戦争の全面化と米内光政(相澤淳)......146
にっぽん音吉漂流記(春名徹)............14,66
二度の春(梶田琴理)............74
二・二八事件(何義麟)............157
二人三脚(竹村実)............41
二人三脚(井上壽)............74
2年前、バスの中で見かけた女の子(加藤恵子)..32
ニヒリズム克服への仏教および異文化解釈——ニーチェにおける身体性へのパースペクティヴ変換(岩脇リーベル、豊美)............280
日本——ヒロヒトの時代(グラヴロー、ジャック)............212
日本蟻人(あま)伝統の研究(田辺悟)............301
日本映画史 全4巻(佐藤忠男)............292
日本を愛した科学者(加藤恭子)............61
日本を愛したティファニー(久我なつみ)......62
日本を捨てた男たち フィリピンに生きる『困窮邦人』(水谷竹秀)............17
日本外交 現場からの証言(孫崎亨)............304
日本海上交通史の研究——民俗文化史的考察(北見俊夫)............301
日本化石集 全58集・別集1(日本化石集編集委員会)............290
日本画 繚乱の季節(田中日佐夫)............203
日本漢字音の歴史的研究——体系と表記をめぐって(沼本克明)............225
日本<汽水>紀行(畠山重篤)............62
日本喫茶世界の成立(山田新市)............229
日本共産党の研究(上・下)(立花隆)............23
日本近世の行政と地域社会(吉村豊雄)......237
日本近代歌謡史 全3巻(西沢爽)............291
日本国の原則(原田泰)............91
日本軍のインテリジェンスなぜ情報が活かされないのか(小谷賢)............305
「日本経済展望」への寄与を中心として(香西泰)............202
日本経済の罠(小林慶一郎ほか)............97
日本憲政史(坂野潤治)............165
日本現代演劇史 明治・大正篇(大笹吉雄)......203
日本現代詩大系 全10巻(日夏耿之介ほか)......283
日本語アクセント史の諸問題(添田建治郎)......225
日本語が亡びるとき 英語の世紀の中で(水村

美苗） 105
日本国語大辞典 全20巻（日本大辞典刊行会） ‥288
日本国の正体 政治家・官僚・メディア―本当の権力者は誰か（長谷川幸洋） 305
日本語修飾構造の語用論的研究（加藤広重） 225
日本語手話辞典（日本手話研究所） 225
日本語存在表現の歴史（金水敏） 225
日本古代金石文の研究（東野治之） 165
日本古代銭貨流通史の研究（栄原永遠男） 164
日本古代都城の研究（山中章） 306
日本古代の祭祀と女性（義江明子） 222
日本国家思想史研究（長尾龍一） 202
日本語の変容と短歌――オノマトペからの一考察（藤島秀憲） 103
日本語の歴史（山口仲美） 62
日本語ぽこりぽこり（アーサー・ビナード） 22
日本雑誌協会 日本書籍出版協会 50年史（「50年史」編集委員会） 255
日本産業社会の『神話』（小池和男） 135
日本詩歌の伝統（川本皓嗣） 205
日本思想史新論（中野剛志） 305
日本児童演劇史（冨田博之） 288
日本児童文学史年表 全2巻（鳥越信） 288
日本史年表（歴史学研究会） 286
日本資本主義の思想像（内田義彦） 286
日本資本主義の農業問題（大内力） 282
日本社会の家族的構成（川島武宜） 282
日本出版関係書目1868-1996（布川角左衛門ほか） 255
日本書紀の謎を解く―述作者は誰か（森博達） .. 293
日本職人史の研究 全6冊（遠藤元男） 152
日本書史（石川九楊） 293
日本女性史（井上清） 282
日本庶民信仰史 全3巻（柴田実） 152
日本庶民生活史料集成 全20巻（谷川健一ほか） 288
日本新劇史（松本克平） 130
日本人としての誇りと志を高く持とう（越野みゆき） 69
日本人とすまい（上田篤） 60
日本人とユダヤ人（イザヤ・ベンダサン） 14
日本人の中東発見―逆遠近法のなかの比較文化史（杉田英明） 263
日本人の作った村へ―北の大河ユーコンを下る（大村嘉正） 52
日本人の病気観（大貫恵美子） 203
日本神話（上田正昭） 287
日本水産魚譜（桧山義夫ほか） 285
日本政治裁判史録 全5巻（我妻栄ほか） 287
日本政治思想史研究（丸山真男） 283

日本禅宗史論集（玉村竹二） 163
日本占領下のジャワ農村の変容（倉沢愛子） .. 205
日本占領と宗教改革（岡崎匡史） 159
日本禪林における中國の杜詩注釋書受容―『集千家註分類杜工部詩』から『集千家註批點杜工部詩集』へ（太田亨） 258
日本・中国・韓国産業技術比較―「比較技術論」からの接近（森谷正規） 153
日本中世開発史の研究（黒田日出男） 163
日本中世境界史論（村井章介） 166
日本中世社会の形成と王権（上島享） 165
日本中世の仏師と社会（根立研介） 198
日本中世被差別民の研究（脇田晴子） 165
日本的雇用慣行の経済学（八代尚宏） 90
日本での私の思い（カワーンシャノーク・ボリース） 70
日本伝説大系 全15巻別巻2（野村純一ほか） .. 291
日本動物図鑑（内田清之助） 282
日本と韓国への散文（荒堀みのり） 53
日本とジンバブエの違いから感じること（カテザ・ニャーシャ） 29
日本における近代政治学の発達（蠟山政道） .. 282
日本における朝鮮人の文学の歴史（任展慧） .. 292
日本の陰謀（ドウス昌代） 15,223
日本農業技術史 上下（古島敏雄） 282
日本農民運動史 全5巻（青木恵一郎） 285
日本農民詩史 上中下（松永伍一） 287
日本の漆（伊藤清三） 289
日本の衛星写真（丸安隆和ほか） 288
日本の鶯（関容子） 60
「日本の科学/技術はどこへいくのか」を中心として（中島秀人） 208
日本の科学思想（辻哲夫） 287
日本のガット加入問題（赤根谷達雄） 205
日本の川を旅する―カヌー単独行（野田知佑） .. 67
日本の近世 全18巻（辻達也ほか） 292
日本の国ができるまで（高橋磌一ほか） 283
日本の景観（樋口忠彦） 202
日本の経済外交と中国（徐承元） 157
日本の工業化と鉄鋼産業（岡崎哲二） 205
日本の考古学 全7巻（杉原荘介ほか） 286
日本の心（図師沙也佳） 30
日本の塩道―その歴史地理学的研究（富岡儀八） 289
日本の資源問題（安芸皎一） 283
日本の刺繡（今井むつ子） 152
日本の社会参加仏教―法音寺と立正佼成会の社会活動と社会倫理（ランジャナ・ムコパディヤーヤ） 252
日本の出版労働運動〈戦後・戦中編〉（横山和

雄）……254
日本の小学校図書館担当者の職務の現状と意識に関する研究：学習情報センターにおける図書館担当者の職務構成の在り方（平久江祐司）……297
日本の小説の1世紀（ゴトリーブ、ジョルジュ）…213
日本の食と農（神門善久）……208
日本の深層文化序説—三つの深層と宗教（津城寛文）……252
日本の政治と言葉 上下（石田雄）……291
日本の大学（永井道雄）……286
日本の大学図書館業務電算化における課題構造の解明：フォーカス・グループ・インタビューによる調査（長谷川豊祐）……297
日本の大衆文学（セシル・サカイ）……96
日本の中世 全12巻（網野善彦ほか）……293
日本の彫刻 全6巻（岡鹿之助ほか）……283
日本の統治構造（飯尾潤）……135,208
日本の農業（近藤康男）……283
日本の風俗と文化（中村太郎）……153
日本の風土病（佐々学）……285
日本の物理学者の生産性に影響を及ぼす要因（倉田敬子）……296
日本の不平等（大竹文雄）……208
日本の文庫：運営の現状と運営者の意識（汐﨑順子）……298
日本の防衛政策の決定要因と政治ゲーム（ギブール・ドラモット）……215
日本の放浪芸（小沢昭一）……96
日本のマラーノ文学（四方田犬彦）……190
日本の昔話—比較研究序説（関敬吾）……301
日本の名作スイッチョねこ（朝倉摂）……191
日本の名随筆（全200巻）（和田肇）……293
日本の唯物論者（三枝博音）……284
日本の夢信仰（河東仁）……207
日本の幼稚園（上笙一郎ほか）……286
日本の離島（宮本常一）……59
日本の歴史 全26巻（井上光貞ほか）……286
日本の路地を旅する（上原善広）……15
日本のロックとビートルズ（サザンオールスターズを例にして）（森泰宏）……108
日本のわらべ歌全集（浅野建二ほか）……292
日本版レコードジャケット写真の検証（木村秀樹）……108
日本美術市場の社会学的アプローチ 美術品の販売、流通、普及、価値形成のための仲介業者ネットワーク（クレア・パタン）……216
日本美術における「書」の造形史（笠嶋忠幸）…199
日本百名山（深田久弥）……130
『日本百名山』の背景—深田久弥・二つの愛

（安宅夏夫）……96
日本服制史 全3巻（太田臨一郎）……153
日本婦人問題資料集成 全10巻（丸岡秀子ほか）……289
日本婦人洋装史（中山千代）……152
日本文学色彩用語集成—中古（伊原昭）……152
日本文化史 全8巻（家永三郎ほか）……286
日本文化の基層を探る（佐々木高明）……200
日本文壇史（瀬沼茂樹）……131
日本ミステリー進化論（長谷部史親）……95
日本民俗文化大系 全14巻（谷川健一ほか）……290
日本民謡大観（沖縄・奄美）奄美諸島篇（久万田晋ほか）……228
日本民謡大観・東北編（日本放送協会）……283
日本陸軍における軍医制度の成立（西岡香織）…146
日本律令国家論攷（青木和夫）……164
日本倫理思想史 上下（和辻哲郎）……283
日本歴史大辞典 全20巻（河出書房新社）……285
日本列島の住民の起源に関する人類学的・考古学的考察—1870〜1990年（アルノ・ナンタ）……215
日本朗詠史 年表篇（青柳隆志）……228
日本労働組合運動史（末弘厳太郎）……283
二枚の百円玉（鈴木治雄）……73
入管戦記—「在日」差別、「日系人」問題、外国人犯罪と、日本の近未来（坂中英徳）……278
ニューディールとアメリカ資本主義（秋元英一）……243
ニューデリーの少年（向柳範雄）……53
ニュートン主義とスコットランド啓蒙（長尾伸一）……207
ニューヨーク・映画想い出の旅（浜村淳）……52
ニューヨークの友人へ（登丸しのぶ）……32
ニューロン人間（新谷昌宏）……212
楡家の人びと（北杜夫）……285
庭で（中井和子）……65
庭の世界（今井由子）……65
庭ひとすじ（森蘊）……288
人形が死んだ夜＋天狗の面 限定セット（川上成夫）……197
人形道祖神（神柳善治）……302
にんげんをかえせ・峠三吉全詩集（峠三吉）……287
人間オグリの馬遍歴（小栗康之）……82
人間を見つめて—戦禍の街サラエボに考えたこと（西大輔）……51
人間を撮る—ドキュメンタリーがうまれる瞬間（池谷薫）……62
人間存在の両義性―〈見ること〉と〈触れること〉をめぐって（長滝祥司）……317
人間的自然とは何か—言語の習得をめぐるウィ

トゲンシュタインの考察から(古田徹也)‥‥318
人間とつばめの絆(中村周平)‥‥‥‥‥‥27
人間の科学 全6巻(杉靖三郎ほか)‥‥284
人間の由来 上下(河合雅雄)‥‥‥‥‥291
人間復権シリーズ(北海道新聞社社会部)‥109
にんげん望艶鏡(灘本唯人)‥‥‥‥‥‥192
妊娠・出産をめぐる人間関係の変容(吉川宏志)‥‥‥‥‥‥‥‥‥‥‥‥‥‥‥‥103
認知意味論の原理(中右実)‥‥‥‥‥‥150
認知考古学の理論と実践的研究(松本直子)‥‥307
『認知症』病棟で働く(前澤ゆう子)‥‥‥39
認知と指示 定冠詞の意味論(小田涼)‥216

【ぬ】

ぬくもりの原点(水品彦平)‥‥‥‥‥‥‥65
ぬけられますか―私漫画家 滝田ゆう(桜條剛)‥96
塗物茶器の研究(内田篤呉)‥‥‥‥‥‥230
ヌンサヤーム(会津泰成)‥‥‥‥‥‥‥‥56

【ね】

義姉さん、私の故郷は貴女がいた村(横田郁子)‥‥‥‥‥‥‥‥‥‥‥‥‥‥‥‥‥79
ネクタイ屋 首絞められる クールビズ(竹内照美)‥‥‥‥‥‥‥‥‥‥‥‥‥‥‥‥‥‥5
ネグレクト 真奈ちゃんはなぜ死んだか(杉山春)‥‥‥‥‥‥‥‥‥‥‥‥‥‥‥‥‥‥43
猫(清水泰雄)‥‥‥‥‥‥‥‥‥‥‥‥‥26
猫と伯父さん(川島裕子)‥‥‥‥‥‥‥118
猫舐祭(沢野ひとし)‥‥‥‥‥‥‥‥‥194
猫娘(成田すず)‥‥‥‥‥‥‥‥‥‥‥‥72
ねじれ 医療の光と影を越えて(志治美世子)‥16
寝ずの番(山下勇三)‥‥‥‥‥‥‥‥‥195
鼠小僧次郎吉(山藤章二)‥‥‥‥‥‥‥191
ネッカー川清流 笑顔の人(横井秀治)‥‥20
熱帯の風と人と(鈴木博)‥‥‥‥‥‥‥‥61
ネットと愛国 在特会の『闇』を追いかけて(安田浩一)‥‥‥‥‥‥‥‥‥‥‥‥‥‥‥24
ねにもつタイプ(岸本佐知子)‥‥‥‥‥‥22
ネパール、ビャンスおよび周辺地域における儀礼と社会範疇に関する民族誌的研究―もう一つの「近代」の布置(名和克郎)‥‥218
ネパール浪漫紀行(小林内彦)‥‥‥‥‥‥33
涅槃経の研究―大乗経典の研究方法試論(下田正弘)‥‥‥‥‥‥‥‥‥‥‥‥‥‥‥‥252
涅槃と弥勒の図像学―インドから中央アジアへ(宮治昭)‥‥‥‥‥‥‥‥‥‥‥‥‥‥‥198
寝惚け始末記(石川起観雄)‥‥‥‥‥‥‥34
眠れぬ夜(岩崎太郎)‥‥‥‥‥‥‥‥‥‥63
眠れる美女(川端康成)‥‥‥‥‥‥‥‥285
狙うて候―銃豪村田経芳の生涯(東郷隆)‥58
ネワール村落の社会構造とその変化―カースト社会の変容(石井溥)‥‥‥‥‥‥‥217
年鑑広告美術(遠藤享)‥‥‥‥‥‥‥‥193
年金大崩壊/年金の悲劇 老後の安心はなぜ消えたか(岩瀬達哉)‥‥‥‥‥‥‥‥‥‥24
年月のあしおとに(広津和郎)‥‥‥‥‥285
念仏ひじり三国志―法然をめぐる人々 全5巻(寺内大吉)‥‥‥‥‥‥‥‥‥‥‥‥‥290

【の】

農学系研究者の情報要求(是友等子)‥‥296
農業革命を展望する(叶芳和)‥‥‥‥‥‥90
農業図説大系(野口弥吉)‥‥‥‥‥‥‥283
農作業から学ぶ(長合誠也)‥‥‥‥‥‥‥27
脳死(立花隆)‥‥‥‥‥‥‥‥‥‥‥‥291
脳死をこえて(藤村志保)‥‥‥‥‥‥‥‥85
農村から都市へ―1億3000万人の農民大移動(厳善平)‥‥‥‥‥‥‥‥‥‥‥‥‥‥158
農村社会科カリキュラムの実践(今井誉次郎)‥282
農村に広がる恐怖 特許侵害で告訴される北米の農民(本田進一郎)‥‥‥‥‥‥‥‥‥37
農地改革の諸問題(近藤康男)‥‥‥‥‥283
脳と仮想(茂木健一郎)‥‥‥‥‥‥‥‥105
農と田遊びの研究(新井恒易)‥‥‥‥‥163
脳にいどむ言語学(萩原裕子)‥‥‥‥‥150
脳の話(時実利彦)‥‥‥‥‥‥‥‥‥‥285
能の囃子事(横道万里雄ほか)‥‥‥‥‥228
能の囃子と演出(高桑いづみ)‥‥‥‥‥228
濃霧の里―あの子たちはいま(阿部信一)‥80
能面(白洲正子)‥‥‥‥‥‥‥‥‥‥‥130
農林技官(遊道渉)‥‥‥‥‥‥‥‥‥‥‥‥9
『野菊の墓』追想(柿本稔)‥‥‥‥‥‥‥26
残された時間は限られていようとも(中田澄江)‥‥‥‥‥‥‥‥‥‥‥‥‥‥‥‥‥‥74
のさりの山河(島一春)‥‥‥‥‥‥‥‥‥68
能代山本環境広域圏設立構想(提案書)〜環境によるまちづくりを目指して(平塚力)‥‥45
ノートに書いた手紙(渡部真理子)‥‥‥‥77
野中広務 差別と権力(魚住昭)‥‥‥‥‥24
野の舞台(竹内芳太郎)‥‥‥‥‥‥‥‥200
のぶくんへ(福田恵子)‥‥‥‥‥‥‥‥‥32
信長(秋山駿)‥‥‥‥‥‥‥‥‥‥‥‥292

のへの　　　　作品名・論題索引

野辺の花火（小柳なほみ）……… 55
ノボさん 小説 正岡子規と夏目漱石（伊集院静）……… 211
ノモンハンの夏（半藤一利）……… 305
野良になった猫（菊池きみ）……… 64
野良猫ラヴレター（山元梢）……… 74
呪われた詩人 尾崎放哉（見目誠）……… 114
のろまそろま狂言集成（信多純一）……… 288
ノワール作家・結城昌治（中辻理夫）……… 111
ノンバーマンの灌漑体系―ラーンナータイ稲作農民の民族誌的研究（1）（田辺繁治）……… 217
ノン・リケット（長沼明）……… 71

【は】

ばあちゃんのがまぐち（柴野裕治）……… 29
バアちゃんへ（波多野真喜子）……… 31
灰（原実）……… 251
灰色の国で見たちいさいもの（中村薫）……… 72
灰色の北壁（真保裕一）……… 58
煤煙の街から（中元大介）……… 18
バイオコンピュータ（廿利俊一）……… 193
俳諧誌（田村義也）……… 193
背教者ジョアン末次平蔵とアントニオ村山当安の対立（桐生敏明）……… 185
廃墟に立つ理性―戦後合理性論争における和辻哲郎学の位相（ラフルーア、ウィリアム・R.）……… 319
俳句（高谷宏）……… 12
俳句（志村紀昭）……… 12
俳句を読むということ（片山由美子）……… 114
「俳句が文学になるとき」を中心として（仁平勝）……… 206
俳句初心（川崎展宏）……… 114
俳句とハイクの世界（星野恒彦）……… 114
俳句の宇宙（長谷川櫂）……… 113,204
俳句の国際性（星野慎一）……… 61
俳句の射程（仁平勝）……… 114
俳句のジャポニスム クーシューと日仏文化交流（柴田依子）……… 221
俳句のはじまる場所（小澤實）……… 114
俳句の力学（岸本尚毅）……… 114
拝啓 伊藤桂一様（輪座鈴枝）……… 64
俳人青木月斗（角光雄）……… 114
俳人 安住敦（西嶋あさ子）……… 114
俳人 橋本鶏二（中村雅樹）……… 114
俳人風狂列伝（石川桂郎）……… 130
俳人松瀬青々（堀古蝶）……… 114

はいすくーる落書（多賀たかこ）……… 71
敗戦後論（加藤典洋）……… 92
ハイチ地震の傷跡（水島伸敏）……… 38
ハイデッガー研究―死と言葉の思索（小野真）……… 252
ばいばい、フヒタ（藤田直子）……… 85
パイプのけむり（正・続）（団伊玖磨）……… 130
敗北を抱きしめて（上・下）（ダワー、ジョン）……… 97
敗北の抒情（菱川善夫）……… 102
ハウス・グーテンベルクの夏（大和田暢子）……… 84
パウダア（上演台本）（菱田信也）……… 133
バウルを探して―地球の片隅に伝わる秘密の歌（川内有緒）……… 58
墓を生きる人々―マダガスカル、シハナカにおける社会的実践（森山工）……… 218
バカの壁（養老孟司）……… 293
萩原朔太郎（野村喜和夫）……… 89
萩原朔太郎（伊藤信吉）……… 131
白山麓の焼畑農耕―その民俗学的生態誌（橘礼吉）……… 302
白もくれん（石川のり子）……… 64
白秋望景（川本三郎）……… 92
爆心（青来有一）……… 92
ハクと過ごした8年間（三城南泉）……… 120
白髪の巣立ち（小堀彰夫）……… 11
幕藩領主の権力構造（藤井譲治）……… 236
幕末期薩摩藩の農業と社会（秀村選三）……… 236
幕末気分（野口武彦）……… 133
幕末のはやり唄（グローマー、ジェラルド）……… 228
剥落する青空（杉橋陽一）……… 113
はぐるま太鼓（大内雅惠）……… 17
歯車の話（成瀬政男）……… 283
は・げ・る（きひつかみ）……… 49
はげたランドセル（後藤順）……… 12
化け物について（朴沙羅）……… 73
箱族の街（舟越健之輔）……… 67
函館志海苔の埋蔵金考（清水清次郎）……… 186
箱館戦争と旧幕軍箱館病院（西沢朱実）……… 186
羽衣（清水啓子）……… 65
稲架（絵嶋恭子）……… 64
葉桜の頃（長谷川節子）……… 78
恥じぬ命として（田中恵子）……… 70
箸の文化史―世界の箸・日本の箸（一色八郎）……… 291
はじまりに山門あり（佐藤隆定）……… 30
始まりはワスオ道（千葉直子）……… 87
初めてのアルバイト（大西賢）……… 12
初めてのお小遣い（西川聡）……… 73
初めての注射（田上幸子）……… 11
はじめてのなつかしい国 韓国（宮田真知子）……… 51
はじめての山（小野瑞貴）……… 119
はじめての幼稚園（武藤洋子）……… 12

はじめて学ぶ日本の絵本史Ⅰ・Ⅱ・Ⅲ（鳥越信）………………………………………255
初めてもらった満点！（川田恵理子）……73
本のお口よごしですが（出久根達郎）……21
馬車が買いたい！（鹿島茂）……………204
覇者の誤算（上・下）（立石泰則）…………23
芭蕉—その旅と詩（徳岡弘之）……………94
芭蕉、その後（楠元六男）………………165
芭蕉の声を求めて—おくのほそ道の旅への旅（松丸春生）……………………………94
芭蕉の手紙（村松友次）…………………113
芭蕉の方法—連句というコミュニケーション（宮脇真彦）………………………166
芭蕉の誘惑（嵐山光三郎）…………………33
走らざる者たち（平塚晶人）………………56
走るワセダ（週刊現代写真班）…………192
走れ島鉄（与田久美子）……………………74
パスカル考（塩川徹也）…………………320
バスていくん（村松美悠加）……………119
バスト考—イラン近代史における宗教的慣習の一考察（嶋本隆光）……………247
バスと私（小澤郁美）………………………75
バースの宇宙論（伊藤邦武）……………321
バスの窓から見た上海（田中麻江）………53
長谷川四郎作品集 全4巻（長谷川四郎）…287
支倉常長 慶長遣欧使節の真相 肖像画に秘められた実像（大泉光一）………………321
裸の大将一代記—山下清の見た夢（小沢信男）…190
裸足の原始人たち（野本三吉）……………66
パターソン（沢崎順之助）………………133
波多野精一全集 全5巻（波多野精一）……282
破綻主義離婚法の研究（浦本寛雄）……160
八十歳の引っ越し、八十歳のロマン（福田茂）…29
80年代における情報検索モデル研究の展開：文献レビュー（谷口祥一）……………296
ハチの生活（岩田久二雄）………………288
パチンコ別れ旅（澤淳一）…………………33
離婚（バツイチ）を『マルイチ』とよぶ母強し（近）……………………………………12
客家—華南漢族のエスニシティーとその境界（瀬川昌久）…………………………218
パックス・パシフィカ—環太平洋構想の系譜と現状（村屋勲夫）…………………154
初恋の女性（葦乃原光晴）…………………64
八世紀における諸国の交易価格と估価（宮川麻紀）……………………………………274
服部南郭伝攷（日野龍夫）………………165
ハッピー・デイズ！（村松靖彦）…………26
果てしなき渇望 至高の肉体を求めて（増田晶文）……………………………………56
果てのないカレンの武装抵抗（宇田有三）…37
果てもない道中記（安岡章太郎）………133
波照間島民俗史（宮良高弘）……………217
バテレン追放令（安野眞幸）……………204
パートナー（西山由華）……………………29
ハートにインディアン・スパイスを（八田真貴子）……………………………………51
バトンタッチ（村野京子）…………………11
涙をたらした神（吉野せい）………………14
花を運ぶ妹（池澤夏樹）…………………293
花盛りじいさん（大谷明日香）……………12
花、咲きまっか（俣木聖子）………………83
花さき山（滝平二郎）……………………191
ばなし父さん（中西キヨ子）………………48
花束（二瓶義保）…………………………118
花と木の文化史（中尾佐助）……………291
バーナード・リーチの生涯と芸術（鈴木禎宏）……………………208,220,264
華日記—昭和いけ花戦国史（早坂暁）……57
ハナの気配（田辺郁）………………………85
花の百名山（田中澄江）…………………131
花の町にて（神田由美子）…………………50
花の夕張岳に魅せられた人々（新井喜美子）…80
花の別れ（豊田正子）………………………61
花の脇役（関容子）…………………………21
花は咲く（土居義彦）………………………75
花鋏（菅野俱子）……………………………72
花はどこへいった（三浦澄子）……………65
華火（牛山喜美子）…………………………26
花火（十川和樹）……………………………75
花火—北条ң雄の生涯（髙山文彦）……23
花冷え（荻原恵子）…………………………85
『花見』顛末紀（沼津孝雄）………………31
花見と月見（山本ひろし）…………………31
花筵（吐田文夫）……………………………19
花も嵐も 女優・田中絹代の生涯（古川薫）…96
花森安治の仕事（酒井寛）…………………61
離れ猿（森野昭）………………………………9
ハヌヌー・マンギャン社会の構成について（宮本勝）……………………………………217
羽地大川は死んだ—ダムに沈む"ふるさと"と反対運動の軌跡（浦島悦子）……………36
母（仲間秀典）………………………………70
母（上山トモ子）……………………………72
母を恋（こ）うる歌（三田地信一）………49
『母親』の解放（辻久美子）………………13
母が繋ぎとめたふるさと（上田幸一）……79
母颯爽（田原芳広）…………………………28
パパ・ジョン、ママ・ルーシー（村岡秀也）…107
母と芝居（寺田テル）………………………63

母と子（野々上浩美）……………… 4
母としてのりくへ（本田幸男）……… 13
母と針箱（浅田和子）………………… 51
ハハと私（後藤のはら）……………… 30
母と私の担任（斎藤一恵）…………… 77
母なる自然のおっぱい（池沢夏樹）…132
母なるもの―近代文学と音楽の場所（高橋英夫）……………………………… 92
母にあげた泥んこ桜（松田梨奈）…… 31
母に学んだ思いやり（渡部淳巳）…… 78
母の遺産（広石勝彦）………………… 65
母の置土産（おきみやげ）（佐藤勇子）… 50
母の想い（西野由美子）……………… 13
母の鏡台（小野寺玲華）……………… 30
母の黒髪（岩本紀子）………………… 64
母のことば（中道操）………………… 34
母の子宮（中村綾子）………………… 72
母の背中（佐藤明日香）……………… 29
母の背中に思う私の故郷（瀧下むつ子）… 79
パパの作ったママの家（上野真弓）… 4
母の手に引かれ（岡田道子）………… 32
母の微笑（福谷美那子）……………… 64
母の目蓋（小泉誠志）………………… 65
母への手紙（篠田綾乃）……………… 78
母よりの手紙 中支の戦場にて（井出正人）… 31
母・りくの悩みは今もなお（松井正明）… 13
パピルスが伝えた文明―ギリシア・ローマの本屋たち（箕輪成男）………………255
ハーフドームの月（宮城正枝）……… 10
バフリー・マムルーク朝時代史料としてのアイニーの年代記：ヒジュラ暦728年の記述を中心に（中町信孝）………………248
バベルの謎（長谷川三千子）………320
バーボン・ストリート（沢木耕太郎）… 21
浜口・若槻内閣の軍制改革問題と陸軍（纐纈厚）……………………………………146
はみだし野郎の子守唄（真崎守）……191
ハミルトン体制研究序説―建国初期アメリカ合衆国の経済史（田島恵児）………243
ハムレットは太っていた！（河合祥一郎）…207
ハヤカワ・ポケット・ミステリ（勝呂忠ほか）…197
林達夫著作集 全6巻（林達夫）……287
林芙美子の昭和（川本三郎）……190,293
葉柳に…（蓬田紀子）…………………114
速水宗達の研究（神原邦男）………229
ばら色のバラ（阿部孝）……………… 59
ハラスのいた日々（中野孝次）……… 57
パラダイスウォーカー（中村勝雄）… 43
原敬日記 全9巻（原奎一郎）………283
パラーディオ：建築四書：注解（桐敷真二郎）…116

薔薇（ばら）の鬼ごっこ（末永直海（本名＝直美））……………………………… 86
ハラブク・ヒレ助・ユラリの物語（峯村隆）… 25
薔薇物語（篠田勝英）………………133
パラレル・ワールド（深沢正雪）…… 10
葉（ば）らん（平沢和志）…………… 50
パリ国立図書館蔵未発表摺物アルバム三巻について（上中下）（近藤映子）………219
＜パリ写真＞の世紀（今橋映子）……250
パリちゃん（加藤雅子）……………… 41
パリでパパイア（大橋碓）…………… 33
針と糸（横山昭作）…………………… 34
パリ島（永渕康之）…………………206
パリ島の公開火葬（管洋志）………193
パリの扇（宇野亜喜良）……………192
パリの女は産んでいる（中島さおり）… 62
巴里のシャンソン（芦原英了）……284
巴里の空の下オムレツのにおいは流れる（石井好子）……………………………… 59
パリ風俗（鹿島茂）…………………133
遙かなるナイルの旅（島田浩治）…… 68
遙かなるニューヨーク（橋本康司郎）… 9
遥かな幻影（亀澤厚雄）……………… 49
遙かなるチベット（根深誠）………… 32
春煌いて（春月和佳）………………… 81
ハルさんの鳩サブレ（菊池和徳）…… 75
はるですよ ふくろうおばさん（長新太）…192
バルトーク～民謡を「発見」した辺境の作曲家（伊東信宏）………………………127
春の雨（工藤玲音）…………………… 50
春のうたがきこえる（市川里美）……192
春の数えかた（日高敏隆）…………… 62
馬鈴薯の花（鈴木紘子）……………… 81
パレオマニア 大英博物館からの13の旅（池澤夏樹）……………………………………190
晴れた空から（山下奈美）…………… 72
ハワイ紀行（池澤夏樹）……………… 33
反音楽史 さらば、ベートーヴェン（石井宏）…305
反旗の行方 大阪市環境局・改革への内部告発（水野稔隆）……………………………… 38
反逆者たちの挽歌～日本の夜明けはいつ来るのか～（松風爽）……………………… 21
バングラディシュ農村の初等教育制度受容（日下部達哉）…………………………262
ハングル（上田教雄）………………… 49
反骨―鈴木東民の生涯（鎌田慧）…… 57
犯罪における責任と人称―人称の修復的倫理の構築に向けて（山本史華）………318
半七は実在した―半七捕物帳江戸めぐり（今井金吾）……………………………… 95

反市民の政治学―フィリピンの民主主義と道徳（日下渉）……159
播州平野（宮本百合子）……282
晩翠橋を渡って（大出京子）……34
ハンス・デルブリュックとドイツ戦略論争（小堤盾）……146
反戦記者父と女子挺身隊員の記録（小林エミル）……38
ハンセン病差別の民俗学的研究に向けて（今野大輔）……273
藩祖土井利勝について（早川和見）……187
はんだがつないだ幸せ（小山隆司）……27
半島を出よ（上・下）（村上龍）……294
半島へ、ふたたび（蓮池薫）……47
パンとペン 社会主義者・堺利彦と『売文社』の闘い（黒岩比佐子）……134
反日本語論（蓮実重彦）……131
反貧困―『すべり台社会』からの脱出（湯浅誠）……98
反復（赤梨和則）……69
斑猫の宿（奥本大三郎）……33
煩悶青年と女学生の文学誌―『西洋』を読み替えて（平石典子）……264
判例先例 渉外親族法（大塚正之）……163
判例先例親権法 III 親権（清水節）……161
判例先例 親族法―扶養（中山直子）……162
判例先例相続法I遺産分割（松原正明）……160

【ひ】

ピアス・バトラーによる印刷史コレクションの形成：インクナブラの収集を中心に（若松昭子）……260
美意識と神さま（梅棹忠夫）……200
柊の花（石丸正）……64
被引用文献の概念シンボル化―医学雑誌論文を事例として（牛沢典子）……296
比較思想論の展開と問題としてのコスモポリタニズム―カント、ヘルダーリン、ニーチェ（岩脇リーベル、豊美）……280
比較俳句論 日本とドイツ（渡辺勝）……114
東アジア・イデオロギーを超えて（古田博司）……135
東アジアの国際分業と日本企業―新たな企業成長への展望（天野倫文）……157
「東アジアの思想風景」を中心として（古田博司）……206
東アジア冷戦と韓米日関係（李鍾元）……156
東アフリカ都市の近隣集団（日野舜也）……217
東ティモール、"2人目の英雄"（遠藤由次郎）……54
東トルキスタン共和国研究（王柯）……206
東日本大震災から得たこと（曽根レイ）……30
東パキスタン・チッタゴン地区・モスレム村落研究（原忠彦）……217
東播磨における悪党の質的転換について―東大寺領大部荘を中心として（坂田大爾）……186
東山水墨画の研究（渡辺一）……282
干潟のカニ・シオマネキ―大きなはさみのなぞ（武田正倫ほか）……291
ひかり（竹内浩樹）……75
光をかざす女たち―福岡県女性のあゆみ（福岡県女性史編纂委員会）……222
光を求めて（遠山まさし）……53
『ひかり』で月見（青木正）……33
光と影―ソル・イ・ソンブラ（隠田友子）……68
光に向って咲け―斉藤百合の生涯（粟津キヨ）……222,290
光の教会 安藤忠雄の現場（平松剛）……15
光のプロジェクト（深川雅文）……250
光の曼陀羅 日本文学論（安藤礼二）……92
光、求めて（鷲田早紀）……74
避寒旅行（中川織江）……48
引き継ぐ（石川啓子）……50
秘境ブータン（中尾佐助）……59
ビギン・ザ・ビギン―日本ショウビジネス楽屋（和田誠）……67
ピグミーチンパンジー（黒田末寿）……131
「非決定」の構図（森山優）……146
肥後国阿蘇神社の支配と権能（川副義敦）……186
ピコのさだめ（井原昭）……48
ピサロ／砂の記憶―印象派の内なる闇（有木宏二）……128
美術という見世物（木下直之）……205
美酒と革嚢 第一書房・長谷川巳之吉（長谷川郁夫）……126,255
飛翔（坏たけお）……65
美少女シリーズ（沢渡朔）……192
美食家の誕生―グリモと「食」のフランス革命（橋本周子）……216
美食者（宇野亜喜良）……192
美女とネズミと神々の島（秋吉茂）……59
『美人写真』のドラマトゥルギー―『にごりえ』における〈声〉の機能（笹尾佳代）……238
B神父様（矢代くるみ）……73
B'zをめぐる冒険（比屋根薫）……93
備前社軍隊（吉崎志保子）……185
肥前国一宮相論について（川副義敦）……186
陽だまりラウンジ（鈴木功男）……49
羊飼の食卓（太田愛人）……60

ひつじ雲（今野紀昭）……………… 50
ヒッタイト語における中性名詞の衰退について（大城光正）…… 247
否定極性現象（吉村あき子）……… 150
秀十郎夜話（千谷道雄）…………… 129
一筋の人（富永真紀子）…………… 63
ひとつ屋根の下（君和田未来）…… 27
ヒトという生きもの（柳澤嘉一郎）… 62
ヒトの足―この謎にみちたもの（水野祥太郎）… 290
ヒトの発見（尾本恵市）…………… 193
「人身御供」と祭―尾張大国霊神社の儺追祭をモデルケースにして（六車由実）… 273
ひとものこころ（天理大学）……… 292
人生（ひとよ）を謳ひし（浦上昭一）… 108
独り（金森由朗）…………………… 73
一人雑誌「アイハヌム」（加藤九祚（前・国立民族博物館教授））… 278
独り信ず（大澤恒保）……………… 86
ひとり旅一人芝居（渡辺美佐子）… 61
ひとりひとりのお産と育児の本（毛利子来）… 291
ビートルズが"あなたの街にやってくる"～およびビートルズメンバーの来日検証～（木村秀樹）… 108
人は傷つくべきだ（加古恵莉奈）… 78
日野先生（河村透）………………… 65
美の存立と生成（今道友信）……… 321
火の鳥（手塚治虫）………………… 191
桧原村紀聞（瓜生卓造）…………… 131
『日の丸』、レイテ、憲法（栃原哲則）… 37
美のヤヌス（馬渕明子）…………… 205
ビバーク（平塚晶人）……………… 33
火花（髙山文彦）…………………… 15
陽はまた昇る―経済力の活用と国際的な貢献（宮崎勇）… 90
ひばり（柴野裕治）………………… 30
日々を積み重ねて（安井佐和子）… 74
日比賠償外交交渉の研究―1949～1956（吉川洋子）… 155
日比谷公園100年の矜持に学ぶ（進士五十八）… 201
批評と文芸批評と（水谷真人）…… 101
批評の精神（高橋英夫）…………… 99
微風（古瀬陽子）…………………… 72
碑文及び考古学資料から見た古代エジプトと南アラビアの関係（徳永里砂）… 248
碑文 花の生涯（秋元藍）………… 95
ヒマラヤ・スルジェ館物語（平尾和雄）… 23
秘密の言葉（髙村薫子）…………… 70
悲鳴が漏れる管理・警備業界の裏側（松平純昭）… 38
姫がいく！（里中満智子）………… 192

ひめすいれん（早藤貞二）………… 64
百歳人 加藤シヅエ 生きる（加藤シヅエ）… 61
百歳の藍（佐々木時子）…………… 64
百歳の鼓動（岩田実）……………… 41
百姓入門記（小松恒夫）…………… 60
百代の過客（キーン, ドナルド）… 132
百人一首と百人一首の先生について（寺田夕樹乃）… 120
百年の時を超えて（野口孝志）…… 52
百年目の帰郷（鈴木洋史）………… 43
100の指令（有山達也）……………… 196
142号室（加賀ヒロ子）……………… 84
ヒューマンウェアの経済学（島田晴雄）… 204
ヒューマンサイエンス 全5巻（石井威望ほか）… 290
ヒューマンドキュメント（高橋昇）… 193
ヒューマン なぜヒトは人間になれたのか（NHKスペシャル取材班）… 278
ヒュームの文明社会（坂本達哉）… 206
病院で死ぬということ（山崎章郎）… 61
病院の時代（大西成明）…………… 195
『氷点』を読み終えて（照山遥己）… 120
氷点を読んで（安田沙弥華）……… 120
評伝 北一輝（全5巻）（松本健一）… 294
評伝 ジャン・デュビュッフェ アール・ブリュットの探求者（末永照和）… 128
評伝 壺井栄（鷺只雄）…………… 127
評伝D・H・ロレンス（井上義夫）… 320
評伝中野重治（松下裕）…………… 126
評伝 西脇順三郎（新倉俊一）…… 321
評伝 野上彌生子―迷路を抜けて森へ（岩橋邦枝）… 86
評伝 長谷川時雨（岩橋邦枝）…… 58
評伝 花咲ける孤独―詩人・尾崎喜八 人と時代（重本恵津子）… 10
漂泊の牙（熊谷達也）……………… 58
漂流者たちの楽園（横山一）……… 71
平賀源内（芳賀徹）………………… 202
平田篤胤 霊魂のゆくえ（吉田真樹）… 318
比良山（山本勉）…………………… 48
ビリトン・アイランド号物語（柳河勇馬）… 9
昼の月（藤森悠子）………………… 48
ビルマの竪琴（竹山道雄）………… 282
広重と浮世絵風景画（大久保純一）… 199
広島第二県女二年西組（関千枝子）… 61
ヒロシマの記録・年表・資料編（中国新聞社）… 286
広瀬淡窓の敬天思想―徂徠を手がかりに（小島康敬）… 317
広野の兵村（遠藤知里）…………… 81
火はわが胸中にあり―忘れられた近衛兵士の叛乱・竹橋事件（沢地久枝）… 66

ビワの木を持って（菊池百合子）.................. 50
びわの実学校名作選幼年・少年（坪田譲治）.... 287
ビンゲンのヒルデガルトの世界（種村季弘）.... 106
貧困の断絶（ウィルソン，フランシスほか）.... 275
貧困の民族誌—フィリピン・ダバオ市のサマの生活（青山和佳）.................. 157
瀕死のリヴァイアサン（山内昌之）.............. 291
ヒンドゥー教徒の集団歌謡-神と人との連鎖構造（田中多佳子）.................. 228
貧乏は恥ずかしくない（坂本ユミ子）............ 69
ピンポン イズ マイ ライフ（佐々木ちぐさ）.... 74

【ふ】

ファウスト（手塚富雄）.......................... 130
ファウスト（全2巻）（池内紀）.................. 293
ファダルの土地と予言者の遺産（医王秀行）.... 248
ファーティマ朝期イスマーイール派終末論の変容—ハミードゥッディーン・キルマーニーの役割と意義（菊地達也）............ 248
父阿部次郎（大平千枝子）...................... 59
ファミリー（山下奈美）........................ 25
ファルスの複層—小島信夫論（千石英世）...... 100
不安の海の中で〜JCO臨界事故と中絶の記録（葛西文子）.................. 80
フィガロの結婚（ボオマルシェ著）（辰野隆）.................. 283
フィリッピーナを愛した男たち（久田恵）...... 15
フィリピデスの懊悩（増田晶文）................ 43
フィリピンの公教育と宗教—成立と展開過程（市川誠）.................. 262
フィリピン発"ジャパンマネーによる環境破壊"（神林毅彦）.................. 37
フィールド・ノート（泉靖一）.................. 59
フィルハーモニーの風景（岩城宏之）............ 61
フィロソフィア・ヤポニカ（中沢新一）.......... 92
風雲北京（劉岸麗）.............................. 86
風景学入門（中村良夫）........................ 202
風景の生産・風景の解放（佐藤健）............ 200
諷刺の文学（池内紀）.......................... 99
風知草（宮本百合子）.......................... 282
風鎮（髙田千種）.............................. 75
風土病の民俗学〜六甲山東麓における『斑状歯』をめぐって〜（谷岡優子）............ 273
『風葉和歌集』の構造に関する研究（米田明美）.................. 226
風流としてのオフネ（三田村佳子）............ 302
フェルッチョ・ブゾーニ（長木誠司）.......... 127

フェノロサと魔女の町（久我なつみ）............ 86
フェルディナン・ド・ソシュール〈言語学〉の孤独、「一般言語学」の夢（互盛央）...... 321
フェルメールの世界—17世紀オランダ風俗画家の軌跡（小林頼子）.................. 128
フェルメール論〜神話解体の試み（小林頼子）.. 128
フォルディナン・ド・ソシュール—〈言語学〉の孤独、『一般言語学の』の夢（互盛央）...... 215
深樹の葬送（小森利絵）........................ 117
深沢七郎 この面妖なる魅力（相馬庸郎）...... 126
不可能性としての〈批評〉—批評家 中村光夫の位置（木村友彦）.................. 102
武鑑出版と近世社会（藤實久美子）............ 254
吹き下ろす風（塚田忠正）...................... 19
ふきまんぶく（田島征三）...................... 192
不器用なお父さん（藤谷百合）.................. 78
服役中の友（左古善嗣）........................ 32
複合動詞・派生動詞の意味と統語（由本陽子）.. 225
福島へ『おすそわけ』（木村依音）.............. 29
「フクシマ」論（開沼博）...................... 295
複数のテクストへ 樋口一葉と草稿研究（戸松泉）.................. 127
服装関連学術図書目録形成論（猿田佳那子）.... 264
福田繁雄作品集（福田繁雄）.................. 192
武家と文化と同朋衆（村井康彦）.............. 229
プサ マカシ（徳永瑞子）...................... 85
釜山（プサン）の初雪（高橋育恵）.............. 70
不思議な関係（秣原雅子）...................... 64
不思議な国イギリス（藤田信勝）................ 59
不思議なテレビ（水関実法子）................ 119
不思議な薬—サリドマイドの話（鳩飼きい子）.. 10
プーシキン伝（池田健太郎）.................. 131
藤沢周平 負を生きる物語（高橋敏夫）........ 96
藤田嗣治「異邦人」の生涯（近藤史人）........ 15
藤田嗣治 作品をひらく（林洋子）...... 208,215,264
不実な美女か貞淑な醜女か（米原万里）........ 133
武士の家計簿—『加賀藩御算用者』の幕末維新（磯田道史）.................. 47
藤の花（伊与田茂）............................ 64
藤村先生へ（後藤のはら）...................... 28
不条理のかなたに（遠藤誉）.................... 85
藤原定家研究（佐藤恒雄）...................... 165
藤原俊成と書写本（家入博徳）................ 137
藤原頼通の文化世界と更級日記（和田律子）.... 227
婦人各誌における一連の料理写真（佐伯義勝）.. 192
巫俗と他界観の民俗学的研究（高松敬吉）...... 302
不揃いのシルバーたち（大森テルエ）............ 65
蕪村自筆句帳（尾形仂）...................... 131
蕪村余響 そののちいまだ年くれず（藤田真一）.................. 127

双子（大村秀）	30
札所紀行『閻魔の笑い』（古賀信夫）	33
二つの「鏡地獄」―乱歩と牧野信一における複数の"私"（武田信明）	101
二つの顔の日本人（鳥羽欽一郎）	60
二つの国籍を持つ僕（砂川城二）	76
二つの時代に生きて（林鄭順娘）	18
二つの祖国（国本憲明）	85
ブタの丸かじり（東海林さだお）	21
二葉亭四迷伝（中村光夫）	129
二股口の戦闘 土方歳三の戦術（津本陽）	81
補陀落 観音信仰への旅（川村湊）	92
二人連れ（神栄作）	83
ふたりの距離の概算（あずみ虫）	197
ふたりの父（古賀高一）	12
ふたりのナマケモノ（高畠純）	197
二人の『りく女』（池田伸一）	13
"ふつう"は、やらない？（雨宮清子）	38
復活祭の朝に（山城屋哲）	107
ブッカンサン（北漢山）の寺を訪ねて（法月利紀）	52
仏教儀礼の構造比較（藤井正雄）	251
仏教語大辞典 全3巻（中村元）	288
仏教と女の精神史（野村育世）	222
仏教の事典（末木文美士ほか）	295
福建省西部地域の洗骨改葬―沖縄との若干の比較もかねて（蔡文高）	272
復興文化論（福嶋亮大）	210
『フッコの会』ありがとう（河野奈緒美）	118
フッサールの思索に特徴的な二つの態度について（松尾宣昭）	317
フッサールの倫理学 生き方の探究（吉川孝）	318
物質―その窮極構造（玉木英彦ほか）	282
フツー人たちのカクシュ（原均）	38
仏像一心とかたち（望月信成ほか）	286
ふってきました（石井聖岳ほか）	197
仏訳「銀河鉄道の夜」（森田エレーヌ）	213
『物理小識』の脳と心（齊藤正高）	259
不登校児の卒業式（森みゆき）	12
不登校のはざまで―親、教師たちの軌跡（平舘英明）	36
不当逮捕（本田靖春）	23
太棹に思いをのせて（中村美彦）	80
ふとしたことで（尾野亜裕美）	26
ふなひき太良（儀間比呂志）	287
ブナ林にて、さらなる環境保護の決意（桝井幸子）	46
腐敗の時代（渡部昇一）	60
〈普遍倫理〉を求めて―吉本隆明「人間の『存在の倫理』」論註（多羽田敏夫）	102
父母との細道（星野透）	94
父母の決断（甕岡裕美子）	10
父母の絶叫（菊池興安）	64
不眠の都市（到津伸子）	22
冬の歌（石川真知子）	107
冬の山陰・灯台紀行（渡部潤一）	68
冬のトマト（松浦勝子）	29
冬の実（上野道雄）	65
冬富士（田子雅子）	26
武揚伝（佐々木譲）	58
ブラガ地方文書館所蔵イエズス会エチオピア北部布教関係文書集MS779の内容と来歴―その史料的価値の解明のために（石川博樹）	249
ブラック企業 日本を食いつぶす妖怪（今野晴貴）	98
ブラック・ピープル、カルカッタ（久保田博二）	191
プラットホームに残った人（野島亜悠）	74
プラトンの呪縛 二十世紀の哲学と政治（佐々木毅）	320
プラハの春モスクワの冬（藤村信）	288
プラムディヤ・アナンタ・トゥール「人間の大地」4部作（「プラムディヤ選集2～7」）（押川典昭）	134
フランス革命と結社（竹中幸史）	215
フランス革命の憲法原理（辻村みよ子）	212
フランス家族法改革と立法学（大村敦志）	160
フランス親権法の発展（田中通裕）	160
フランスにおける親子関係の決定と民事身分の保護、親子関係否認訴訟の生成と戸籍訂正（水野紀子）	160
フランスにおける公的金融と大衆貯蓄 預金供託金庫と貯蓄金庫1816-1944（矢後和彦）	214
フランスにおけるルソーの『告白』（桑瀬章二郎）	215
フランス認識論の系譜―カンギレム、ダゴニエ、フーコー（金森修）	213
フランスの解体？―もうひとつの国民国家論（西川長夫）	214
フランス文壇史（河盛好蔵）	129
フランス法における遺産の管理（宮本誠子）	161
フランス法における親権の第三者への委譲（白須夏理子）	162
フランス法における非婚カップルの法的保護―パックスとコンキュビナージュの研究（大島梨沙）	162
フランソワとマルグリット―18世紀フランスの未婚の母と子どもたち（藤田苑子）	222
ブランデー・グラスの中で（又野京子）	64
プラントハンター（白幡洋三郎）	292

プリオン説はほんとうか？（福岡伸一）……… 196
振り返りながら（豆原啓介）……………… 72
ブリタニカ国際大百科事典 全28巻（ギブニー，フランク・B.）………………………… 288
ブリーモ・レーヴィへの旅（徐京植）……… 116
ブリューゲル（土方定一）………………… 285
ブリューゲルの「子供の遊戯」（森洋子）… 204
ブリューゲルへの旅（中野孝次）…………… 60
不良少年のままで〜放蕩のフリータ白書〜（横井哲也）…………………………………… 20
古いアルバムに導かれた旅（荒巻康子）…… 52
古い記憶の井戸（本多秋五）……………… 131
古い箸箱（竹本静夫）……………………… 64
ふるさとをつないでくれた平洲先生（中畑七代）…………………………………………… 79
ふるさとのすまい（日本建築協会）……… 285
プルースト 感じられる時（中野知律）… 214
プルターク英雄伝（河野与一）…………… 129
ブルーノ・シュルツ全集（工藤幸雄）…… 133
ブルベンから見える風景（フィールド）（木村公一）…………………………………………… 56
ブルーミントンまで（新田澪）……………… 68
ふれあい（田口兵）…………………………… 77
ふれあい、一期一会（日向夏海）…………… 73
ふれあいを通して（伊藤香織）……………… 73
ふれ合いの森 白神—失われつつある精神風土を引き戻すために（辻徹）……………… 45
プレイバック16（丹下京子）…………… 197
ブレークスルーの科学—ノーベル賞受賞学者 白川英樹博士の場合（五島綾子）……… 278
フレーゲ哲学の全貌 論理主義と意味論の原型（野本和幸）……………………………… 321
フロイス日本史 全12巻（松田毅一ほか）… 289
フロイトとユング（上山安敏）…………… 319
フロイトのイタリア（岡田温司）………… 134
風呂敷包み（和井田勢津）………………… 75
風呂焚き（羽田竹美）……………………… 65
ブローチ（渡辺良重）……………………… 196
プロト工業化の時代（斎藤修）…………… 203
プロの仕事（青木せい子）………………… 72
プロレス少女伝説（井田真木子）…………… 15
文化遺産としての中世—近代フランスの知・制度・感性に見る過去の保存（泉美知子）… 216
文学を〈凝視する〉（阿部公彦）………… 210
文学を探せ（木村裕治）…………………… 195
文学五十年（青野季吉）…………………… 284
文学と国民性—19世紀日本における文学史の誕生（エマニュエル・ロズラン）……… 215
文学と日本的感性—近代作家と聖なるもの（永藤武）……………………………………… 251

文学の位置—森鷗外試論（千葉一幹）… 101
文学の輪郭（中島梓）……………………… 100
文化大革命と中国の社会構造（楊麗君）… 157
文化大革命の記憶と忘却—回想録の出版にみる記憶の個人化と共同化（福岡愛子）… 158
文化の「発見」（吉田憲司）……………… 206
文化の政治と生活の詩学—中国雲南省徳宏タイ族の日常的実践（長谷千代子）……… 253
文芸時評（平野謙）………………………… 285
文芸時評という感想（荒川洋治）………… 105
文芸にあらわれた日本の近代 社会科学と文学のあいだ（猪木武徳）……………………… 190
文献方言史研究（迫野虔徳）……………… 225
文豪たちの大喧嘩（谷沢永一）…………… 133
文庫本（角千鶴）…………………………… 64
「分散する理性」および『モードの迷宮』（鷲田清一）……………………………………… 204
文章読本さん江（斎藤美奈子）…………… 105
文壇栄華物語（大村彦次郎）……………… 58
文法の説明力（長谷川欣佑）……………… 149
文法論（池谷彰ほか）……………………… 149
文明史のなかの明治憲法—この国のかたちと西洋体験（瀧井一博）…………………… 98
『文明』の裁きをこえて（牛村圭）……… 305
文明のなかの博物学 西欧と日本（西村三郎）… 320
文明史のなかの明治憲法（滝井一博）… 166
文楽（田中一光）…………………………… 191

【へ】

平安・鎌倉時代散逸物語の研究（樋口芳麻呂）………………………………………… 163
平安鎌倉時代における日本漢音の研究 研究篇・資料篇（佐々木勇）………………… 225
平安鎌倉時代における表白・願文の文体の研究（山本真吾）……………………………… 225
平安貴族の婚姻慣習と源氏物語（胡潔）… 226
平安京 音の宇宙（中川真）……………… 205
平安京と京都（村井康彦）………………… 229
平安時代古記録の国語学的研究（峰岸明）… 164
平安時代の信仰と宗教儀礼（三橋正）… 239
平安時代の年中行事にかんする論文（菅原嘉孝）…………………………………………… 265
平安朝音楽制度史（荻美津夫）…………… 228
平安朝の雅楽 古楽譜による唐楽曲の楽理的研究（遠藤徹）……………………………… 225
平安朝の年中行事（山中裕）……………… 152
平安朝の母と子（服藤早苗）……………… 222

平曲譜本による近世京都アクセントの史的研究（上野和昭）……………………………………225
米国教育情報システムERICの組織構造（黄純原）……………………………………………………260
米国の公共図書館における専門的職務と非専門的職務の分離（大庭一郎）………………260
米国の日本占領政策（五百旗頭真）……………203
兵士に聞け（杉山隆男）……………………………223
平成の『踏み絵』地獄—香川県豊島に不法投棄された推定五〇トンの産業廃棄物（岸田隆）‥36
平成の大三郎（山田公子）………………………13
平成野生家族（原水音）…………………………19
兵隊を持ったアブラムシ（青木重幸）…………193
米芾「画史」註解（古原宏伸）…………………199
「平凡」の時代—1950年代の大衆娯楽雑誌と若者たち（阪本博志）………………………255
平面論—1880年代西欧（松浦寿輝）……………213
平和—その現実と認識（坂本義和）……………288
平和を生きる私達（荒木沙都子）…………………74
平和・開発・人権（坂本義和）……………………90
平和構築と法の支配（篠田英朗）…………………98
平和主義とは何か—政治哲学で考える戦争と平和（松元雅和）……………………………91
平和の実現に向けて（堀香澄）…………………119
平和のリアリズム（藤原帰一）……………………91
北京近代科学図書館史の研究（小黒浩司）……260
北京三十五年 上下（山本市朗）………………289
北京陳情村（田中奈美）…………………………43
北京烈烈（中嶋嶺雄）……………………………202
北京ロッカーがくれた土産（新田由起子）……51
ヘーゲル初期におけるロゴス解釈の変遷（尾田幸雄）……………………………………316
ヘーゲル哲学形成の過程と論理（笹沢豊）……317
ヘーゲルにおける理性・国家・歴史（権左武志）……………………………………………321
ヘシオドス 全作品（中務哲郎）………………134
別冊太陽 発禁本（城市郎ほか）………………254
ベッド（新美千尋）…………………………………27
ペットは責任を持って飼って！（山田香里）……87
ペトラルカ研究（近藤恒一）……………………116
ペナン島の一人ぼっちのおかん（岩井三笑）……53
蛇（水口理恵子）…………………………………196
蛇の情（中田裕子）…………………………………48
ヘボンの生涯と日本語（望月洋子）……………132
ヘヤー・インディアンとその世界（原ひろ子）‥223
ベラルーシの林檎（岸恵子）………………………61
ベランダ菜園（鬼頭あゆみ）………………………29
ベルクソンの知覚理論（石井敏夫）……………317
ヘルパー奮戦の記—お年寄りとともに（井上千津子）……………………………………289

ベルリンの瞬間（平出隆）…………………………33
ペロニズム・権威主義と従属—ラテンアメリカの政治外交研究（松下洋）………………154
変化を生きぬくブッシュマン—開発政策と先住民運動のはざまで（丸山淳子）…………218
ペンギンが教えてくれた物理のはなし（渡辺佑基）……………………………………295
ペンギンの本（スギヤマ,カナヨほか）…………195
変形文法の視点（原口庄輔）……………………149
編集者国木田独歩の時代（黒岩比佐子）………166
変身放火論（多田道太郎）…………………………92
変な気持（中井秀則）……………………………101
ヘンな日本美術史（山口晃）……………………106
辺鄙を求めて（原田治）……………………………94
ペン・フレンドを訪ねて（磯部映次）……………56
変貌する中国政治—漸進路線と民主化（唐亮）‥157

【ほ】

方眼美術論（三輪英夫）…………………………219
望郷（菅野由美子）…………………………………50
抱月のベル・エポック（岩佐壯四郎）…………206
法源・解釈・民法学—フランス民法総論研究（大村敦志）………………………………213
方言学的日本語史の方法（小林隆）……………225
封建社会の展開過程（藤田五郎）………………283
方言生活30年の変容 上下（松田正義ほか）‥225
ぼうし（瀬川康男）………………………………193
方丈記私記（堀田善衛）…………………………287
「豊饒の海」あるいは夢の折り返し点（森孝雅）……………………………………………101
坊主の不信心（平出伊弘）…………………………63
法制官僚の時代（山室信一）……………………290
宝石の文学（足立康）………………………………99
法という企て（井上達夫）………………………321
報道写真初体験（菊地忠雄）………………………63
報道電報検閲秘史（竹山恭二）……………………62
法と経済学（J.マーク・ラムザイヤー）………204
法の執行停止—森鷗外の歴史小説（青木純一）‥101
訪問者たち（橘良一）………………………………63
抱卵（岩森道子）……………………………………85
法律学全集 全60巻（鈴木竹雄ほか）…………290
法律上の親子関係の構成原理—ドイツにおける親子関係法の展開を手がかりとして（木村敦子）……………………………………162
暴力と歓待の民族誌—東アフリカ牧畜社会の戦争と平和（佐川徹）………………………218
放老記（肥岡暎）……………………………………68

ほおずき(稗貫イサ) …………………… 50
北緯43度の雪(河野啓) ………………… 44
墨家集団の質的変化―説話類の意味するもの
　(浅野裕一) …………………………… 257
僕がピンポンです(後藤順) ……………… 5
僕が忘れられない言葉(小原裕樹) ……… 78
北斎と名古屋書肆永楽屋(東京北斎会) … 185
朴散華(大垣千枝子) ……………………… 64
僕、死ぬんですかね(佐藤忠広) ………… 80
牧場犬になったマヤ(中島晶子ほか) …… 88
北針(大野芳) ……………………………… 9
ボクシング中毒者(ジャンキー)(高橋直人) … 56
ぼくちゃん(船波幸雄) …………………… 72
僕とじいちゃんときつねうどん(萩尾健司) … 28
僕にとっての二つの故郷(高橋直之) …… 79
ぼくには歴史がない(谷都留子) ………… 49
ぼくのいもうと(林龍之介) ……………… 118
ぼくのお父さん(牧原尚輝) ……………… 78
ぼくのお父さん(佐藤隆光) ……………… 78
僕の失敗(上西希生) ……………………… 118
ぼくの好きなことば(佐野淳一) ………… 78
ぼくのすきなさか道(久野敬統) ………… 79
ぼくのすだち(戸田亮輔) ………………… 12
僕の"StrawberryFields"(松阪表) ……… 108
ぼくのすばらしいふるさと(嶋田修一郎) … 79
ぼくの鳥の巣絵日記(鈴木まもる) …… 196
僕のマリアさま(沢田清敏) ……………… 41
ぼくの両親(堤一馬) ……………………… 78
ぼくは王さま(寺村輝夫) ………………… 285
牧夫フランチェスコの一日(谷泰) ……… 66
ぼくもいくさに征くのだけれど(稲泉連) … 15
北洋海軍と日本(馮青) ………………… 147
北洋船団女ドクター航海記(田村京子) … 61
僕らにできることは(安藤優記) ……… 119
ぼくらの時代には貸本屋があった(菊池仁) … 97
保健室のカタツムリ(佐藤香奈恵) …… 119
星新一 一〇〇一話をつくった人(最相葉月) … 24
ポジテブで行こう(柳瀬ふみ子) ………… 4
星亨(有泉貞夫) ………………………… 203
星になれたら(高橋由紀子) ……………… 51
星の王子の影とかたちと(内藤初穂) …… 78
ポスターを盗んでください(原研哉) … 194
母性を問う―歴史的変遷 上下(脇田晴子) … 222
母性のありか(喜多昭夫) ……………… 103
ホセイン・コリー・ハーンの叛乱.1769～1777
　(小牧昌平) ………………………… 247
細川三斎 茶の湯の世界(矢部誠一郎) … 230
ボタニカル・ライフ(いとうせいこう) … 22
ホタルのくつ(河野真知子) ……………… 76
牡丹江からの道(長嶋富士子) …………… 64

補聴器(玉木太) …………………………… 5
北海道開拓に賭けた陸軍中将(原口清澄) … 81
北海道爾志郡熊石町(富田祐行) ………… 81
北海道北部を占領せよ―1945年夏、スターリ
　ンの野望(矢野牧夫) ………………… 81
北方から来た交易民―絹と毛皮とサンタン人
　(佐々木史郎) ………………………… 218
北方領土問題 4でも0でも,2でもなく(岩下明
　裕) …………………………………… 98
ポートピア騒動始末記―ポートピア建設阻止
　を勝ち取るまで(山崎千津子) ……… 37
ボードレール雑話(佐藤正彰) ………… 131
ボーナス点(伊東静雄) …………………… 5
母乳(山本高次郎) ……………………… 290
骨(ホーベ,チェンジェライ) …………… 275
炎の日から20年・広島の記録2(中国新聞社) … 286
墓標なき草原(上・下)(楊海英) ……… 211
補文の構造(稲田俊明) ………………… 149
ほぼ完走、やや無謀 しまなみ海道自転車旅行
　記(浅見ゆり) ………………………… 34
ホームランに夢をのせて(北野いなほ) … 82
ボランティアガイド一年生(中村弘之) … 11
堀辰雄作品集 全7巻(堀辰雄) ………… 283
ボルソ・デステとスキファノイア壁画(京谷啓
　徳) …………………………………… 117
ボルネオ(水越武) ……………………… 194
彫る、彫る、僕の生命を彫る―版画に祈りを
　こめた阿部貞夫の生涯(森山祐吾) … 82
ポール・リクールの思想―意味の探索(杉村靖
　彦) …………………………………… 252
ほろ苦い勝利：戦後日系カナダ人リドレス運
　動史(現代書館) …………………… 167
本が好き、悪口言うのはもっと好き(高島俊
　男) …………………………………… 21
梵漢和対照・現代語訳 法華経(上・下)(植木
　雅俊) ………………………………… 294
梵漢和対照・現代語訳 維摩経(植木雅敏) … 278
本郷(平野甲賀) ………………………… 193
香港艇生的研究(加兒弘明) …………… 217
凡常の発見 漱石・谷崎・太宰(細谷博) … 126
本草学と洋学(遠藤正治) ……………… 236
ホンダ神話 教祖のなき後で(佐藤正明) … 15
ポンチャックバスで行こう(坂井美水) … 52
本当の友達(森紗奈美) ………………… 78
本当のともだち(高山和香奈) …………… 78
ほんとうの私を求めて(宮田征) ……… 118
本と活字の歴史事典(印刷史研究会) … 254
本とシェイクスピア時代(山田昭広) … 253
翻訳権の戦後史(宮田昇) ……………… 254
翻訳史のプロムナード(辻由美) ……… 254

翻訳と雑神(四方田犬彦) …………………… 190
本屋風情(岡茂雄) ……………………………… 66

【ま】

マイクログローリー漂流記(奥野歩) ………… 52
毎日新聞マイクロ版(毎日新聞社) ………… 285
マイフレンドサスケ(小田昭子) ……………… 87
マイ ライト フット(MY RIGHT FOOT)
　(リー・小林) ………………………………… 56
マウマウ獄中記(ガカラ・ワ・ワンジャウ) … 275
前田普羅(中坪達哉) ………………………… 114
前へ(堀内祐輔) ………………………………… 30
マオキッズ 毛沢東のこどもたちを巡る旅(八
　木澤高明) …………………………………… 44
蒔かれた「西洋の種」—宣教師が伝えた洋風
　生活(川崎衿子) …………………………… 200
幕が下りてから(安岡章太郎) ……………… 286
マクロ経済学研究(吉川洋) ………………… 203
まぐろ土佐船にわかコック奮戦記(斎藤健次) … 43
負け犬の遠吠え(酒井順子) ………………… 22
負けるもんか!(畠山かなこ) ………………… 73
孫太郎虫(上柿早苗) …………………………… 50
孫の夢(石田亘) ………………………………… 11
孫娘たちと一緒に(竹本秀子) ……………… 65
正岡子規(粟津則雄) ………………………… 99
正岡子規、従軍す(末延芳晴) ……………… 321
正岡子規と俳句分類(柴田奈美) …………… 114
まさか母が(河上尚美) ……………………… 118
摩擦の話(曽田範宗) ………………………… 287
正宗白鳥(後藤亮) …………………………… 130
マサリクとチェコの精神(石川達夫) ……… 205
摩周湖(前田武) ……………………………… 82
魔術的観念論の根源(久野昭) ……………… 316
魔女のユダース(米原万里) …………………… 21
益田勝実の仕事(全5巻)(益田勝実) ……… 294
また会いたい また会いたいから『またね』だ
　よ(糺亜緒衣) ……………………………… 5
街角の犬(服部ゆう子) ……………………… 87
街並みの美学(芦原義信) …………………… 116
街並みの美学(芦原義信) …………………… 289
町のにおい(伊藤葉る香) ……………………… 54
まちのねずみといなかのねずみ(中谷千代子) … 191
マチャプチャレへ(張山秀一) ………………… 69
待つ(鈴木博之) ………………………………… 65
松江の俳人・大谷繞石(日野雅之) ………… 114
マッカーサーの二千日(袖井林二郎) …… 14,288
マッキンリーに死す(長尾三郎) ……………… 23

マックス・ヴェーバーとインド—甦るクシャ
　トリヤ(前川輝光) ………………………… 239
マックス・ヴェーバーの呪縛—「倫理」におけ
　るヴェーバーの魔術からの解放(羽入辰郎) … 317
マックス・ヴェーバーの犯罪—『倫理』論文
　における資料操作の詐術と「知的誠実性」
　の崩壊(羽入辰郎) ………………………… 305
待ってるよ(能隅チトセ) ……………………… 11
松と日本人(有岡利幸) ……………………… 292
松之山・大島村、棚田茅屋根ロケハン行(山崎
　夏代) ………………………………………… 33
マッハの恐怖(柳田邦男) ……………………… 14
松本清張 時代の闇を見つめた作家(権田萬治) … 97
松本清張の時代小説(中島誠) ……………… 96
祭りに行かない男(北條弘晟) ……………… 119
窓(高島香代) …………………………………… 52
窓(松浦初恵) …………………………………… 64
マドゥーラ島へようこそ(村越英之) ………… 51
窓際を 堂々渡る 橋ないか(松川涙紅) ……… 5
窓ぎわのトットちゃん(黒柳徹子) ………… 110
窓口のお客(三浦豊) …………………………… 29
魔都上海—日本知識人の『近代』体験(劉建
　輝) ………………………………………… 263
的と胞衣—中世人の生と死(横井清) ……… 291
マナス(こころ)の原風景 上中下(久保田力) … 239
真鶴(まなづる)(大久保明子) ……………… 196
『学びの森』に創る『総合的な学習』の構想
　(多賀谷雅人) ……………………………… 46
マネの肖像(吉田秀和) ……………………… 132
マハムード、いわく(葉宮寧) ………………… 51
マハラバの息吹—もうひとつの1960年代(藤
　井孝良) ……………………………………… 38
マフラー(渡辺つぎ) …………………………… 64
魔法使いの弟子たち(牧野千穂) …………… 197
魔法の香り(伊藤舞) …………………………… 74
魔法のことば(竹澤美惠子) …………………… 66
魔法の言葉(上野絢七) ……………………… 70
幻の川(小畠吉晴) ……………………………… 17
幻の花(宮本瀧夫) ……………………………… 65
幻の牧水かるた(水上洪一) …………………… 25
幻の木製戦闘機キ〜106(佐々木農) ………… 80
幻の楽園(高橋幸春) ……………………………… 9
ママから娘へ(山本恵理) ……………………… 32
まみと学校(堀切綾子) ………………………… 65
まみの選択(坂上富志子) ……………………… 85
マムルーク朝期のタサウウフの位置をめぐる
　一考察(東長靖) …………………………… 247
『麻薬戦争』に隠されて 米国の策略とコロン
　ビアの内戦を追う(橋間素基) …………… 37
マヤコフスキー事件(小笠原豊樹) ………… 134

マヤ文明(石田英一郎) ……………………… 286
真山青果(田辺明雄) ………………………… 288
迷いたくなる町(竹内佐代子) ……………… 54
マラソン(小林なつみ) ……………………… 75
マリアとの出会い(高橋彩由美) ………… 119
マリアンヌの裏切り(ナンガ,ベルナール) ……275
マーリク派におけるヒヤルの適用:サハヌーン『ムダッワナ』より(堀井聡江) ……248
マリファナとヘンプの最後進国(山田塊也) ……38
丸岡明小説全集(新潮社出版部) ………… 191
マルクスその可能性の中心(柄谷行人) ……99
マルチルの刻印(渡辺千尋) ………………… 43
マール・デコのパッケージ(仲條正義) …… 193
円山八十八ヶ所(本間素登) ………………… 73
「丸山眞男」を中心として(苅部直) …… 208
丸山真男論(鎌田哲哉) ……………………… 101
マレーシアが教えてくれたこと(久保千夏) …… 54
マレーシア人留学生の日本留学選択動機(永岡まり波) ………………………………… 262
マレーシア青年期女性の進路形成(鴨川明子) ……262
マレーシアの教育政策とマイノリティ―国民統合のなかの華人学校(杉熊美紀) ……… 262
マレーシアの民族教育制度研究(竹熊尚夫) ……262
マンガ産業論(中野晴行) ………………… 255
マングローブ テロリストに乗っ取られたJR東日本の真実(西岡研介) ……………… 24
満月の下で(高橋信夫) ……………………… 78
マンザナール(尾西英一) …………………… 54
満州国皇帝の秘録(中田整一) ……………… 294
満州事変における参謀総長委任命令(白石博司) ……………………………………… 146
満洲出版史(岡村敬二) …………………… 255
マンションをふるさとにしたユーコート物語―これからの集合住宅育て(乾亨ほか) ……201
マンションラッシュ宴のあと(加藤譲二) …… 37
曼陀羅薄荷考(桜川郁) ……………………… 80
マンハイムにおける構造論的方法(浜井修) ……317
万馬券親子(澁谷浩一) ……………………… 83
万馬券が当たるとき(横山美加) …………… 83
万葉開眼 上下(土橋寛) ………………… 289
万葉集の比較文学的研究(中西進) ……… 130
万葉集抜書(佐竹昭広) …………………… 163
万葉と海彼(中西進) ……………………… 319

【み】

見えない絆(村松健夫) ……………………… 41
未開の顔・文明の顔(中根千枝) ………… 284
三笠附(十居悦之助) ……………………… 186
ミカドの肖像(猪瀬直樹) …………… 14,220
身から出た錆(豊丘時竹) …………………… 65
三河での日々(熊沢佳子) …………………… 82
未刊史料による日本出版文化 第1〜5巻(弥吉光長) ………………………………… 254
未完成アレルギーっ子行進曲(佐藤のり子) …… 20
密柑の味(山崎歩美) ……………………… 119
みかんの花咲く丘(西村虎治) ……………… 65
未完のファシズム―「持たざる国」日本の運命(片山杜秀) …………………………… 211
未完の平和―米中和解と朝鮮問題の変容、1969-1975年(李東俊) ……………… 159
みかん畑に帰りたかった(埜口保男) ……… 43
三毛猫物語(松川章) ……………………… 119
ミシェル城館の人(堀田善衞) …………… 320
三島由紀夫『暁の寺』,その戦後物語―覗き見にみるダブルメタファー(武内佳代) …… 238
三島由紀夫『サーカス』成立考―執筆時間と改稿原因をめぐって(田中裕也) ……… 238
三島由紀夫と大江健三郎(渡辺広士) …… 100
『三島由紀夫』とはなにものだったのか(橋本治) ……………………………………… 105
未熟な旅(綾部真紀) ……………………… 73
見知らぬ戦場(長部日出雄) ………………… 57
ミシンのうた(名久井直子) ……………… 197
水色の羽衣(横山明) ……………………… 194
水色の浴衣(谷口友布稀) …………………… 75
湖の一生(湊正雄) ………………………… 283
水をすくう(児島誉人) ……………………… 53
『みずき』と金木犀(石橋勇喜) …………… 65
水底の家(斎藤洋大) ………………………… 9
ミスターゴルバチョフの奇跡(川上由起) …… 76
見すてられた島の集団自決(石上正夫) …… 38
水の音を聞く(寺尾麻実) …………………… 26
水のない池(山田小夏) ……………………… 73
水の風景(岡部かずみ) ……………………… 74
ミズバショウの花いつまでも 尾瀬の自然を守った平野長英(蜂谷緑作ほか) ……… 290
三角寛『サンカ小説』の誕生(今井照容) …… 97
魅せられて(宮城直子) ……………………… 82
溝口健二の人と芸術(依田義賢) ………… 286
味噌君(及川博方) …………………………… 50
三十一文字の世界(滝川ゆず) ……………… 27
道を尋ねる(豊田裕美) ……………………… 27
みちくさ生物哲学―フランスからよせる「こころ」のイデア論(大谷悟) …………… 214
道草、寄り道、冒険の始まり(合田優) …… 74
みちのく山河行(真壁仁) ………………… 289
道、はるかに遠く(こっsy) …………………… 55

ミッション・ロード―証言・アメリカを生きる日本人（渡辺正清）......9
光瀬龍『百億の昼と千億の夜』小論 旧ハヤカワ文庫版「あとがきにかえて」の謎（宮野由梨香）......112
ミッテラン時代のフランス（渡辺啓貴）......213
密約なかりしか・SACO合意に隠された米軍の長期計画を追う―西山太吉記者へのオマージュ（真喜志好一）......36
満つる月の如し 仏師・定朝（澤田瞳子）......58
ミトコンドリア・ミステリー（林純一）......196
ミドリがひろった ふしぎなかさ（岡野薫子ほか）......192
南方熊楠―日本民俗文化大系 第4巻（鶴見和子）......289
南方熊楠におけるヨーロッパ的科学思想と密教的世界観の統合（千田智子）......280
水俣病―20年の研究と今日の課題（有馬澄雄）......289
水俣病事件資料集 1926-1968 全2巻（水俣病研究会）......292
水俣病の科学（西村肇ほか）......293
南から来た人々（黒野美智子）......39
南九州の柴祭、打植祭の研究（小野重朗）......301
南佐渡の漁村と漁業（真島俊一ほか）......199
南三陸から 2011.3.11〜2011.9.11（佐藤信一）......197
南次郎総督時代における中央朝鮮協会（李炯植）......274
南太平洋物語―キャプテン・クックは何を見たか（石川栄吉）......290
ミニSL"トッテポ"の光と影―異色の私鉄・十勝鉄道裏面史（笹川幸震）......80
見沼草子（高橋正美）......27
ミネト・エル・ベイダ出土新資料の考古学的検討―埋葬遺構の年代考察を中心に（長谷川敦章）......249
身分帳（佐木隆三）......91
見守られて（石川岳祥）......64
見守るちから（藤井順子）......78
宮城県に住む大学時代の友人へ（山影茂之）......32
「脈望館鈔古今雑劇」考（小松謙）......258
三宅嘯山の芭蕉神聖化批判―『葎亭画譜集』『芭蕉翁讃』をめぐって（山形彩美）......94
宮古路節の研究（根岸正海）......228
ミヤコワスレ（白金英美）......50
宮崎兄弟伝 日本篇 全2巻（上村希美雄）......290
宮崎地方に於ける逃散一揆と隠れ念仏（米村竜治）......186
宮崎滔天全集 全5巻（宮崎竜介ほか）......288
宮崎駿の＜世界＞（切通理作）......207
宮沢賢治『春と修羅』論（奥山文幸）......123
宮沢賢治をフランス語で読む（ガブリエル・メランベルジェ）......123
宮沢賢治 幻想空間の構造（鈴木健司）......122
宮沢賢治という身体（齋藤孝）......123
宮沢賢治 東北砕石工場技師論（佐藤通雅）......123
宮沢賢治 透明な軌道の上から（栗原敦）......125
宮沢賢治・童話の読解（中野新治）......122
宮沢賢治の美学（押野武志）......123
宮沢賢治のモナドロジー（酒井潔）......279
宮沢賢治 北方への志向（秋枝美保）......123
宮柊二・人と作品（杜澤光一郎）......113
宮柊二全歌集（宮柊二）......284
宮武外骨（吉野孝雄）......67
宮本常一著作集 第1期全25巻（宮本常一）......199
ミュンヘンの小学生（子安美知子）......288
明恵上人―鎌倉時代・華厳宗の一僧（ジェラール, フレデリック）......213
明恵夢を生きる（河合隼雄）......223
みょうとなか（本宮八重子）......66
未来ちゃん（川島小鳥）......197
未来への一言（外山沙絵）......118
ミラノ 霧の風景（須賀敦子）......21
魅了する詩型 現代俳句私論（小川軽舟）......114
見る脳・描く脳―絵画のニューロサイエンス（岩田誠）......292
ミロク信仰の研究―日本における伝統的メシア観（宮田登）......251
民家の庭（西村貞）......283
民間信仰（堀一郎）......283
民衆生活史研究（西岡虎之助）......282
民主化の虚像と実像（玉田芳史）......157
民主化の比較政治―東アジア諸国の体制変動過程（武田康裕）......157
＜民主政治＞の自由化と秩序―マレーシア政治体制論の再構築（鈴木絢女）......158
〈民主〉と〈愛国〉（小熊英二）......98, 293
民族音楽学（徳丸吉彦）......228
「民族音楽研究ノート」を中心として（小泉文夫）......202
民俗学辞典（柳田国男ほか）......283
民俗慣行としての隠居の研究（竹田旦）......301
民俗芸能における見立てと再解釈（上野誠）......272
民俗探検の旅・第2集東南アジア（岩田慶治）......288
民族の語りの文法―中国青海省モンゴル族の日常・紛争・教育（シンジルト）......218
民俗服飾文化―刺し子の研究（徳永幾久）......153
民俗文学講座 全6巻（高崎正秀ほか）......285
民俗文化複合体論（芳井敬郎）......153

作品名・論題索引　　めいし

明代前半期の思想動向(佐野公治) …… 256
「民都」大阪対「帝都」東京(原武史) … 206
みんなそろって(伊集院美奈) ………… 30
みんなも科学を(緒方富雄) …………… 282
閔妃暗殺(角田房子) …………………… 223
民法典相続法と農民の戦略―19世紀フランスを対象に(伊丹一浩) ………… 161

【む】

無縁仏(平野芳子) ……………………… 65
迎え坂(清水まち子) …………………… 85
迎え火(束央早亜) ……………………… 5
昔をたずねて今を知る 読売新聞で読む明治(出久根達郎) ……………………… 96
昔話伝承の研究(野村純一) …………… 163
無冠の疾走者たち(生江有二) ………… 67
ムク(北山綾真) ………………………… 27
木槿(むくげ)(有本庸夫) ……………… 72
無限軌道(木下順二) …………………… 286
夢幻の山旅(西木正明) ………………… 58
《無限》の地平の《彼方》へ〜チェーホフのリアリズム(岩月悟) ……………… 102
武蔵野のローレライ(城島充) ………… 56
武蔵悲田処の研究(東原那美) ………… 187
蒸し芋と緑先生(岩越義正) …………… 73
無時性の芸術へ―推理小説の神話的本質についての試論(波多野健) ………… 111
虫の宇宙誌(奥本大三郎) ……………… 131
虫のつぶやき聞こえたよ(沢口たまみ) … 61
無邪気で危険なエリートたち―現代を支配する技術合理主義を批判する(竹内啓) … 90
ムスアブ・ブン・アッズバイル墓参詣：ブワイフ朝の宗派騒乱と『第2次内乱』(清水和裕) … 248
息子からの贈りもの(和多田俊子) …… 69
息子、健次ありがとう(足立義久) …… 41
息子の恩返し(与田久美子) …………… 75
息子へ愛を込めて(西田昌代) ………… 69
結びの宿(稗貫イサ) …………………… 50
娘(仲田サチ子) ………………………… 64
娘道成寺(渡辺保) ……………………… 132
娘の結婚(浜本多美子) ………………… 11
娘へ(豊田裕子) ………………………… 31
『娘への手紙』(山内ゆかり) ………… 31
ムスリム・ニッポン(田沢拓也) ……… 43
無制限一本勝負(村本浩平) …………… 56
無戦世代(前田愛美) …………………… 73
無想庵物語(山本夏彦) ………………… 132

無題(村松麻里) ………………………… 11
ムッソリーニを逮捕せよ(木村裕主) … 23
無敵のハンディキャップ―障害者がプロレスラーになった日(北島行徳) … 23
ムファントシピム中等学校とガーナ建国(ボアヘン、アルバート・アデュー) … 275
無文字社会の歴史―西アフリカ・モシ族の事例を中心に(1)～(7)(川田順造) … 217
村上鬼城の研究(松本旭) ……………… 113
むらぎも(中野重治) …………………… 284
むらさきくさ(前田千寸) ……………… 284
むらの再生(安達生恒) ………………… 110
村の図書室(岩波書店) ………………… 283
「村の年齢」をさずける者―近江における長老と「座人帖」(関沢まゆみ) … 272
群れなす星とともに(小島淑子) ……… 85
室生犀星(新保千代子) ………………… 59
室生寺(土門拳ほか) …………………… 283
室町時代物語大成(松本隆信) ………… 164
ムンダ族の農耕文化(山田隆治) ……… 217

【め】

迷宮の女たち(野島秀勝) ……………… 99
迷魚図鑑(黒田征太郎) ………………… 193
明治維新とナショナリズム(三谷博) … 206
明治維新の分析視点(上山春平) ……… 286
明治期「太陽」の受容構造(永嶺重敏) … 254
明治期における日本新聞史(セギ、クリスチャンヌ) ………………………… 213
明治キワモノ歌舞伎 空飛ぶ五代目菊五郎(矢内賢二) …………………… 209
明治国家と雅楽-伝統の近代化/国楽の創成(塚原康子) …………………… 228
明治国家と近代美術(佐藤道信) ……… 206
明治商売往来(仲田定之助) …………… 60
明治初期の文学思想(柳田泉) ………… 130
明治前期教育政策史の研究(土屋忠雄) … 285
明治 大正 昭和 莫連女と少女ギャング団(平山亜佐子) …………………… 170
明治天皇(上・下)(キーン、ドナルドほか) … 293
明治ニュース事典 全8巻索引(枝松茂之ほか) … 290
明治の政治家たち 上下(服部之総) … 283
明治の彫塑―「像ヲ作ル術」以後(中村伝三郎) ……………………………… 291
明治の東京計画(藤森照信) …………… 290
明治文学全集 全99巻(臼井吉見ほか) … 290
明治文壇外史(巌谷大四) ……………… 95

ノンフィクション・評論・学芸の賞事典　　447

名手名言（山川静夫）……………………… 61
迷走都市（荒木有希）……………………… 36
明と暗のノモンハン戦史（秦郁彦）………295
名優犬トリス（山田三千代）……………… 87
名優・滝沢修と激動昭和（滝沢荘一）…… 62
名誉と快楽—エルヴェシウスの功利主義（森
　村敏己）……………………………………213
明和年間から天明年間における池上太郎左衛
　門幸豊の白砂糖生産法—精糖技術「分蜜法」
　を中心として（荒尾美代）………………265
メインバンク資本主義の危機（ポール・シェ
　アード）……………………………………206
目が合った（三越あき子）………………… 55
メキシコにラカンドン族を尋ねて（若宮道子）…68
めぐりあうものたちの群像（青木深）……210
メコンの夕焼け（酢葉祐子）……………… 52
めし代（稲葉哲栄）………………………… 65
メダカは目高（佐藤翔）…………………… 25
めっこりちゃん（松川明子）……………… 87
メディアの興亡（杉山隆男）……………… 14
メディアの支配者（上・下）（中川一徳）…24,47
目で見る繊維の考古学（布目順郎）………291
眼の神殿（北澤憲昭）………………………204
眼の冒険—デザインの道具箱（松田行正）…196
目のみえぬ子ら（赤座憲久）………………285
眩暈を鎮めるもの（上田三四二）………… 99
メラネシアの位階階梯制社会—北部ラガにおけ
　る親族・交換・リーダーシップ（吉岡政徳）…156
「メランコリーの水脈」を中心として（三浦雅
　士）…………………………………………203
メルヴィル（杉浦銀策）……………………243
メルトダウン ドキュメント福島第一原発事故
　（大鹿靖明）……………………………… 24
メロディ（甲州たかね）…………………… 29
メロディアの笛（渡英子）…………………113
メロン（中井勝人）………………………… 49

【も】

『も』『かも』の歌の試行—歌集『草の庭』を
　めぐって（小澤正邦）……………………103
もういいよ（今岡久美）…………………… 11
もう一度輝いて（吉田美希）………………117
もう一度始めませんか（阿部緑）………… 31
盲学校図書館における地域の視覚障害者に対
　する図書館サービスの構想と展開：学校図
　書館法成立期前後から1960年代の検討を通
　して（野口武悟）…………………………260

孟子における天と人（内山俊彦）…………257
もうしわけなし（鈴木美紀）……………… 73
妄想の森（岸田今日子）…………………… 61
毛沢東戦略思想の源流（高田甲子太郎）…146
毛沢東の朝鮮戦争（朱建栄）………………155
もう一つの家・家族（松岡香）…………… 25
もう一つの子供の家（ホーム）—教護院から児
　童自立支援施設へ（阿部祥子）…………201
もう一つの食糧危機（西村満）…………… 35
もう一つの中世像（ルーシュ、バーバラ）…222
もう一つの俘虜記（矢吹正信）…………… 85
もうひとりの僕（石河真知子）……………107
もがり笛（玉木恭子）……………………… 65
黙阿弥の明治維新（渡辺保）………………133
モクセイの咲くとき（神坂春美）………… 63
文字のないSF—スフェークを探して（高槻真
　樹）…………………………………………112
門司発沖縄行きD51列車発車（山田辰二郎）…18
もしも、僕が女の子だったら（田熊亮介）… 28
モスクワの孤独（米田綱路）………………209
モダニストの矜持—勝本清一郎論（岡本英敏）…121
モダニズム出版社の光芒—プラトン社の1920
　年代（小野高裕ほか）……………………255
モチベーション（本田しおん）…………… 28
モーツァルト 心の軌跡（井上和雄）……203
木琴デイズ（通崎睦美）………………128,210
求められる現代の言葉（今井恵子）………103
モニュメントと記憶—八甲田山雪中行軍遭難
　事件をめぐる記憶の編成（丸山泰明）…273
ものいわぬ農民（大牟羅良）……………59,284
物語芸術論（佐伯彰一）……………………131
ものがたり 芸能と社会（小沢昭一）……224
物語戦後文化史 3巻（本多秋五）…………286
物語の外部・構造化の軌跡—武田泰淳論序説
　（日比勝敏）………………………………101
物語の身体—中上健次論（井口時男）……100
物語 フィリピンの歴史（鈴木静夫）……305
もの食う人びと（辺見庸）………………23,32
喪の途上にて（野田正彰）………………… 23
物と眼 明治文学論集（オリガス、ジャン・
　ジャック）…………………………………126
もののみごと 江戸の粋を継ぐ職人たちの、確
　かな手わざと名デザイン。（菊地敦己）…197
物干し台は天文台（倉持れい子）………… 26
モハーの叫び（上原亜樹子）……………… 51
モハメッドの卒業（大城未沙央）………… 75
「模範的工場」の労働史的研究—江口章子の
　「女工解放」を手がかりとして（成田一江）…274
模倣犯（宮部みゆき）………………………293
樅ノ木は残った 上下（山本周五郎）……284

桃栗三年（小熊捍）………………………………… 59
桃太郎像の変容（滑川道夫）……………………… 289
モランディとその時代（岡田温司）……………… 128
森内先生（神谷沙紀）……………………………… 119
モリエール全集（鈴木力衛）……………………… 131
森鷗外（高橋義孝）………………………………… 129
森鷗外・歴史文学研究（山崎一穎）……………… 126
森銑三著作集（森銑三）…………………………… 130
森になった男（蛇澤美鈴）………………………… 26
森の石松の世界（橋本勝三郎）…………………… 95
森の息吹（石岡リホ）……………………………… 45
森の絵本（荒井良二ほか）………………………… 195
森のおばあさん（竹内昭人）……………………… 52
森の回廊（吉田敏浩）……………………………… 15
森の形森の仕事（稲本正ほか）…………………… 292
森のくまさんに寄せて（山崎春香）……………… 27
森のゲリラ―宮沢賢治（西成彦）………… 123,263
森のバロック（中沢新一）………………………… 132
森の翡翠（岸本和子）……………………………… 12
森広の軌跡―新渡戸稲造と片山潜（秋庭功）…… 80
森亮訳詩集 晩国仙果1～3（森亮）……………… 132
モルグ街で起こらなかったこと（または起源
　の不在）（並木士郎）…………………………… 111
モーロク俳句ますます盛ん 俳句百年の遊び
　（坪内稔典）……………………………………… 190
モロッコ流謫（四方田犬彦）…………………… 22,92
文観僧正私論―元弘の乱と西大寺律宗（坂田
　大爾）……………………………………………… 187
モンゴル時代におけるペルシャ語インシャー
　術指南書（渡部良子）…………………………… 248
モンゴル朝廷と「三国志」（宮紀子）……………… 258
モンゴル当たり前の日々（川原峰子）…………… 52
モンゴルの風のうた（山内陽子）………………… 51
モンスーン文書と日本（高橋弘一郎）…………… 237
文部省蔵版教科書の地方における翻刻実態
　（渡辺慎也）……………………………………… 254

【や】

八重山古謡 上下（喜舎場永珣）………………… 301
「夜鶴庭訓抄」の研究（永田徳夫）……………… 137
焼き芋（本島マスミ）……………………………… 64
野球狂の詩（水島新司）…………………………… 191
野球に憑かれた男・日本大学野球部監督鈴木
　博識（岡邦行）…………………………………… 79
約束（松浦勝子）…………………………………… 26
やくそく（藤堂船子）……………………………… 64
やくそく（伊藤とも子）…………………………… 77

約束された場所で（村上春樹）…………………… 190
約束の時効（片山ひとみ）………………………… 72
櫓太鼓（小林孝俊）………………………………… 30
優しい背中（牧野千春）…………………………… 5
やさしき長距離ランナーたち（山崎摩耶）……… 9
やさしさを（田口兵）……………………………… 64
優しさと寛容の国マレーシア（十川和樹）……… 53
優しさと温もりのある町（近藤光恵）…………… 79
優しさの直送便（浜勝江）………………………… 77
『椰子の実』と私（結那禮子）…………………… 29
「夜色楼台雪万家図」巡礼（江連晴生（剛））…… 94
野性の一族（立風書房）…………………………… 167
野生のエンジニアリング―タイ中小工業にお
　ける人とモノの人類学（森田敦郎）…………… 218
野鳥と生きて（中西悟堂）………………………… 59
柳田国男と近代文学（井口時男）………………… 92
「柳屋」活鰻御用50年の足跡―家伝書による時
　代考証（川村たづ子）…………………………… 187
柳家活鰻三代目長十郎と日野屋三右衛門―二
　人は同一人物か（川村たづ子）………………… 187
屋根のある家（丸林愛）…………………………… 25
ヤノマミ（国分拓）………………………………… 15
野蛮から秩序へ（松森奈津子）…………………… 209
野蛮な読書（平松洋子）…………………………… 22
藪の中の家―芥川自死の謎を解く（山崎光夫）… 58
病という名のあなたへ（高間史絵）……………… 69
山を貫く（もりたなるお）………………………… 57
山城カモ氏の研究―葛城原説批判（境淳伍）… 187
山田風太郎明治小説全集（南伸坊）……………… 195
ヤマツバキ（飯田浅子）…………………………… 34
山寺や石にしみつく蟬の声（杉本員博）………… 94
大和絵史論（小林太市郎）………………………… 282
大和川付替運動史の虚構をつく（中好幸）……… 187
大和都祁村上深川の宮座"題目立"（芸能）につ
　いて（福山義一）………………………………… 185
大和における寺院跡の研究（網干善教）………… 185
ヤマトンチュー（市川靖人）……………………… 63
山の思想史（三田博雄）…………………………… 287
山への思いと二一世紀の白神山地（下野健一）… 46
病みあがりのアメリカ（山崎正和）……………… 288
闇に出会う旅（高野文生）………………………… 94
闇の男 野坂参三の百年（小林峻一ほか）………… 15
闇のなかの黒い馬（杉浦康平）…………………… 191
闇は我を阻まず―山本覚馬伝（鈴木由紀子）…… 43
弥生時代ガラスの研究（藤田等）………………… 306
弥生時代の鉄器文化（川越哲志）………………… 306
柔の恩人 『女子柔道の母』ラスティ・カノコ
　ギが夢見た世界（小倉孝保）…………………… 44

【ゆ】

遺言における受遺者の処分権の制限―相続の
　秩序と物権の理念(石綿はる美) ……… 163
遺言の補充的解釈(浦野由紀子) ……… 161
唯識思想と現象学―比較論的諸観点の提示を
　通して(司馬春英) ……………… 279
唯識の哲学(横山紘一) ………………… 251
優雅なる眠り姫(鈴木美彩) ……………… 30
勇気を出して(小林達矢) ……………… 120
勇気(横山隆一漫画集)(横山隆一) …… 286
夕暮れの空と帰り道(山中佳織) ………… 27
夕暮れのトラクター(森中公子) ………… 53
友情の反乱(蟹江緋沙) ………………… 85
夕鶴の住む島(荒木有希) ……………… 36
ゆうたくんちのいばりいぬ(きたやまようこ) … 193
夕映え(吉田澄江) ……………………… 51
有斐閣百年史(矢作勝美) ……………… 253
夕日と貝殻(小川クニ) ………………… 51
夕日果つるまで(矢野晶子) ……………… 18
夕焼け道を歩きたい(榎本佳余子) ……… 85
湯灌(佐藤憲明) ………………………… 49
ユ・ガンスンに導かれて(保坂美季) …… 75
雪男は向こうからやって来た(角幡唯介) … 58
雪が降ったら(大森知佳) ……………… 78
雪国動物記(高橋喜平) ………………… 59
雪国のたより(渡部京子) ……………… 84
逝きし世の面影 日本近代素描I(渡辺京二) … 320
雪の扇(野村かほり) …………………… 10
雪の慟哭(水根義雄) …………………… 80
雪野山古墳の研究(報告編)(考察編)(雪野山
　古墳発掘調査団(団長・都出比呂志)) … 306
湯気のむこう(後藤康子) ……………… 29
柚子の女(武村好郎) …………………… 13
油性マジックな人生(高畑早紀) ……… 119
ユートピア文学論(沼野充義) ………… 133
指輪(井上ミツ) ………………………… 63
由美ちゃんとユミヨシさん―庄司薫と村上春
　樹の『小さき母』(川田宇一郎) …… 101
夢―かかあ天下(松下弘美) ……………… 11
ゆめいらんかね―やしきたかじん伝(角岡伸
　彦) ……………………………………… 44
夢だった結婚(藤野かおり) ……………… 12
夢とミメーシスの人類学―インドを生き抜く
　商業移動民ヴァギリ(岩谷彩子) …… 253
夢に向かって(京田華英) ……………… 119
夢の浮橋―『源氏物語』の詩学(ハルオ・シラ
　ネ) ………………………………… 164
夢の蕾(林紫乃) ………………………… 26
夢運び人(山内いせ子) ………………… 64
「夢分析」を中心として(新宮一成) … 207
夢へ向かって(白水玖望) ……………… 28
ゆりかご(平野孝子) …………………… 50
ゆりかごごっこ(小川クニ) …………… 51
ゆりかごの死(阿部寿美代) …………… 15
「ユリシーズ」の謎を歩く(結城英雄) … 206
緩みゆく短歌形式(小塩卓哉) ………… 103
ユングにおける心と体験世界(渡辺学) … 252
尹致昊と金教臣その親日と抗日の論理(梁賢
　恵) ………………………………… 239

【よ】

夜あけ朝あけ(住井すゑ) ……………… 283
『夜遊び』議員の辞職を求めた長い道のり(小
　高真由美) ………………………… 38
良い子からの脱出(佐々木美由紀) …… 78
養育院百年史(一番ヶ瀬康子) ………… 199
妖怪形成論―「キチキチ」伝承の成立と展開
　(宮島正人) ……………………… 187
8日間のカナダ(矢野リエ) ……………… 52
洋学の書誌的研究(松田清) …………… 225
楊家將の系譜と石碑―楊家將故事發展との關
　わりから(松浦智子) …………… 259
幼児の心理(波多野勤子) ……………… 283
楊時の立場(土田健次郎) ……………… 257
養子法の研究(山本正憲) ……………… 160
妖星伝(横尾忠則) ……………………… 192
ようち園生へ(久保木里紗) …………… 31
羊蹄山麓(下山光雄) …………………… 82
ヨウル―フィンランドのクリスマス(小林晴
　美) ………………………………… 52
楊令伝 全15巻(北方謙三) …………… 295
よかよ、よか、よか(福島千佳) ……… 70
抑圧され、記号化された自然～機会詩につい
　ての考察(三宅勇介) …………… 103
欲望の世紀と俳句―真実の探求(五島高資) … 104
「ヨコ」社会の構造と意味―方言性向語彙に見
　る(室山敏昭) …………………… 225
横浜から林業に就職したK君へ(岡部晋一) … 11
与謝野鉄幹(青井史) ………………… 113
吉村貞司著作集(早川良雄) ………… 192
よし、やるぞ！(岸野洋介) …………… 11
四畳半からゾウに乗って(中山智晴) …… 51
四畳半調理の拘泥(浅賀行雄) ………… 193

作品名・論題索引　　　　　　　　　　　りくさ

寄席の人たち 現代寄席人物列伝（秋山真志）.... 96
夜空が教えてくれたこと（平野真悠）............ 29
余多歩き 菊池山哉の人と学問（前田速夫）..... 133
四日かんだけのともだち（早713裕希）............ 78
四人の兵士（茂見義勝）.......................... 34
四年目を迎えて（岡田三智子）.................... 31
「ヨブ記」の正義論—同書三十八〜四十二章を
　中心に（朽木祐二）........................... 318
甦ったホタテの浜—猿払村の苦闘のものがた
　り（前田保仁）................................ 81
よみがえる化石（上田敏雄）..................... 50
よみがえる山（亀井真理子）..................... 68
よみがえれ地方自治（北日本新聞地方自治取
　材班）...................................... 287
蓬餅（よもぎもち）（沼倉規子）................... 51
夜の足音（片岡純子）........................... 25
夜の散歩（福永葵）.............................. 30
夜はこれから（八木沼笙子）..................... 84
ヨーロッパ政治思想の誕生（将基面貴巳）...... 210
ヨーロッパ手帖（小島亮一）..................... 59
ヨーロッパとの対話（木村尚三郎）............... 60
ヨーロッパの生活美術と服飾文化1.2（服部照
　子）....................................... 152
ヨーロッパの精神と現実（高柳先男）............ 291
40歳からの就職活動、現在24敗中（放生充）.... 81
四十歳ちがいの同級生（福山源太郎）............. 77
45年目の約束（岩切寿美）....................... 74
四十七人の刺客（池宮彰一郎）................... 57
四十二回目のひな飾り（高橋由紀雄）............ 29
42歳の父へ（橋本真紀）......................... 31
四とそれ以上の国（池田進吾）................. 197
四百字のデッサン（野見山暁治）................. 60
四枚目の卒業証書（大島由美子）................. 41

【ら】

ライオンの夢—コンデ・コマ＝前田光世伝（神
　山典士）..................................... 43
頼山陽（見延典子）.............................. 58
ライシテ、道徳、宗教学（伊達聖伸）.. 209,216,253
『ライトヴァース』の残した問題（谷岡亜紀）... 103
ラインの川底へ（安田順子）..................... 66
ラオス少数民族の教育問題（乾美紀）........... 262
ラオスで感じたこと（平林美穂）................. 53
ラオスゆらゆら日記（古谷綾）................... 52
楽園（水口理恵子）............................ 196
楽園喪失者の行方—村上春樹『ノルウェイの
　森』（添田理恵子）........................... 238

楽園に帰ろう（新妻香織）....................... 86
落語はいかにして形成されたか（延広真治）.... 204
落日（徳田有美）............................... 12
落日燃ゆ（城山三郎）.......................... 288
落日論（宇佐美斉）............................ 319
らくだこぶ書房21世紀古書目録（吉田篤弘ほ
　か）....................................... 195
ラクダの文化誌（堀内勝）..................... 203
洛中生息（杉本秀太郎）......................... 60
収容所（ラーゲリ）から来た遺書（辺見じゅん）.. 23
ラジオ体操の旅（名越康次）..................... 69
ラ・ジャポネジー（ペルティエ，フィリップ）.. 214
落花は枝に還らずとも—会津藩士・秋月悌次
　郎（中村彰彦）............................... 58
ラテンアメリカ危機の構図—累積債務と民主
　化のゆくえ（細野昭雄ほか）................. 154
ラバーソウルの弾みかた（佐藤良明）........... 243
裸婦（操上和美）.............................. 192
ラファエル・コランの極東美術コレクション
　—新出旧蔵品について（三谷理華）......... 221
ラフカディオ・ハーン 植民地化・キリスト教
　化・文明開化（平川祐弘）................... 320
ラブレー「ガルガンチュアとパンタグリュエ
　ル（全5巻）」（宮下志朗）................... 134
ラボルさんの話（内田道子）..................... 18
ラ・メモワール・アンビュテ（ウェレウェレ・
　リキン）................................... 276
ラン（池田進吾）.............................. 197
乱視読者の英米短篇講義（若島正）............ 133
ランティエ叢書（鈴木一誌）................... 195
ランドセル（木村富美子）....................... 64

【り】

リアル・クローン—クローンが当たり前にな
　る日（若山三千彦）........................... 43
リアルなフィクション『サージェント』（麗
　呑）....................................... 107
リオ族における農耕儀礼の記述と解釈（杉島
　敬志）..................................... 218
李賀における道教的側面（森瀬寿三）.......... 257
李賀の詩にみる循環する時間と神仙の死（遠
　藤星希）................................... 259
力士漂泊（宮本徳蔵）.......................... 132
利休の逸話と徒然草（生形貴重）............... 230
陸軍将校の教育社会史（広田照幸）............ 206
りく様のごとく（山崎正子）..................... 13
りく様へ（石山孝子）........................... 13

ノンフィクション・評論・学芸の賞事典　　451

りく 賛歌(石川悟) ……………………… 13
りく女からのメッセージ(岡善博) ……… 13
りく女に学ぶ(小林祐道) ………………… 13
りく女の光と影(杉村栄子) ……………… 13
りく女へのメッセージ(中島静美) ……… 13
りく女へのメッセージ(平井芙美子) …… 13
りくという名の母(小崎愛子) …………… 13
理玖になれなかった母より(黒木由紀子) … 13
りくの告白(堀田雅司) …………………… 13
りくのようでありたい(岡崎英子) ……… 13
理系選択(中屋望) ………………………… 72
離婚後の父母共同監護について—ドイツ法を
　手がかりに(稲垣朋子) ………………… 162
離婚給付の決定基準(鈴木真次) ………… 160
李二曲の「反身實踐」思想—その四書解釈を
　めぐって(久米晋平) …………………… 259
理想主義的理性的信仰—T.H.グリーンの心霊
　的原理と西田幾太郎の純粋経験(水野友晴) … 280
『李卓吾先生批評西遊記』の版本について(上
　原究一) ………………………………… 259
リターンマッチ(後藤正治) ……………… 15
立身いたしたく候 水練男子(伊野孝行) … 197
リッチモンドの風(野中康行) …………… 50
律令公民制の研究(鎌田元一) …………… 165
律令国家と古代の社会(吉田孝) ………… 163
律令社会の考古学的研究—北陸を舞台として
　(宇野隆夫) ……………………………… 306
リトル・ダマスカス(原田裕介) ………… 39
リハビリの夜(熊谷晋一郎) ……………… 47
離別の四十五年—戦争とサハリンの朝鮮人
　(宇野淑子) ……………………………… 9
琉球の民謡(金井喜久子) ………………… 284
琉球列島における死霊祭祀の構造(酒井卯作) … 301
流行歌—西條八十物語(吉川潮) ………… 96
流行人類学クロニクル(武田徹) ………… 207
流通データでみる出版界'74〜'95(清田修) … 254
龍の伝人たち(富坂聡) …………………… 42
劉堡—中国東北地方の家族とその変容(聶莉
　莉) ……………………………………… 218
流民の都市とすまい(上田篤) …………… 290
龍安寺庭園の歴史的背景(大槻満) ……… 187
良寛(東郷豊治) …………………………… 129
聊斎志異 全10巻(柴田天馬) …………… 283
利用者研究の新たな潮流：C.C.Kuhlthauの認
　知的利用者モデルの世界(渡辺智山) … 260
量子力学の世界(片山泰久) ……………… 286
両親の米作り(遠藤カオル) ……………… 50
梁の武帝と楽府詩(岡村貞雄) …………… 256
虜人日記(小松真一) ……………………… 288
隣家の坪庭(渡辺瑞代) …………………… 49

リンゴ侍と呼ばれた開拓者—汚名を返上した
　会津藩士の軌跡(森山祐吾) …………… 82
リンゴの絵(山本鍛) ……………………… 12
隣居(リンジュイ)—お隣さん(田口佐紀子) … 8
凛然たる青春(高柳克弘) ………………… 114
林望のイギリス観察事典(林望) ………… 21
倫理学におけるアメリカ実在論と道徳的な相
　対主義の二つの形態(田村圭一) ……… 318
倫理学の成立(吉沢伝三郎) ……………… 316
倫理的な戦争—トニー・ブレアの栄光の挫折
　(細谷雄一) ……………………………… 135

【る】

類聚名義抄の文献学的研究(望月育子) … 226
類書の伝来と軍記物語(遠藤光正) ……… 257
ルイズ—父に貰いし名は(松下龍一) …… 23
縷紅草(海野光祥) ………………………… 49
ルソー研究(桑原武夫) …………………… 283
「ルソーと音楽」を中心として(海老沢敏) … 202
ルソーの教育思想—利己的情念の問題をめ
　ぐって(坂倉裕治) ……………………… 214
ルドルフの複勝を200円(江島新) ……… 82
ルナティックス(松岡正剛) ……………… 106
ルネ・マルグリット展(矢萩喜従郎) …… 194
ルノー家の人々(岡固一美) ……………… 71
ルポ 貧困大国アメリカ(堤未果) ………… 62
ルーマニア(大石芳野) …………………… 194
ルリユールおじさん(いせひでこ) ……… 196
ルルド傷病者巡礼の世界(寺戸淳子) …… 215
ルワンダ中央銀行総裁日記(服部正也) … 287

【れ】

霊異の凌霄花(のうぜんかずら)(大江武夫) … 65
例外な私(寺阪明莉) ……………………… 75
冷戦後の世界と日本(船橋洋一) ………… 90
冷蔵庫(桐原祐子) ………………………… 63
零の力—J.Lボルヒスをめぐる断章(室井光
　広) ……………………………………… 100
隷変における造形美の推移について—筆画の
　変容とその書法的分析(矢野千載) …… 137
レヴァント鉄器時代の鉢形土器に見るアッシ
　リアの影響について(足立拓朗) ……… 248
玲音の予感— 『serial experiments lain』の描
　く未来(関竜司) ………………………… 112
歴史学研究(歴史学研究会) ……………… 282

歴史学的方法の基準（中井信彦）............... 287
歴史語りの人類学―複数の過去を生きるインドネシア東部の小地域社会（山口裕子）....... 218
歴史紀行 死の風景（立川昭二）............... 202
歴史経験としてのアメリカ帝国―米比関係史の群像（中野聡）................... 158
歴史主体の構築技術と人類学―ヴィシー政権期・仏領西アフリカにおける原住民首長の自殺事件から（真島一郎）............... 218
歴史的省察の新対象（上原専禄）............... 282
歴史と文明のなかの経済摩擦（大沼保昭）...... 90
歴史の教師 植村清二（植村鞆音）.............. 62
歴史の桎梏を越えて―20世紀日中関係への新視点（小林道彦ほか）................. 159
レクイエム（鎮魂曲）（大江和子）............... 19
レーザー・メス 神の指先（中野不二男）...... 14
レジーム間競争の思想史―通貨システムとデフレーションの関連、そしてアジア主義の呪縛（安達誠司）........................ 169
レタス農家に生まれて（由井夏子）............ 29
裂（岡孝治）................................ 197
列車ダイヤの話（阪田貞之）................... 59
レット・イット・ビー讃歌（早坂彰二）......... 107
列島創世記（松木武彦）....................... 209
レディ・ジョーカー（上・下）（高村薫）....... 292
レファレンス・ライブラリアンが用いる知識と判断の枠組み―質問応答プロセスにおける適切性の判断を中心に（池谷のぞみ）... 296
連帯の哲学I―フランス社会連帯主義（重田園江）.................................. 216
蓮のうてな（千葉美由樹）..................... 52
連邦主義の思想と構造（御茶の水書房）........ 167
連邦制入門（関西学院大学出版会）............ 168
蕾輿の雨皮（佐多芳彦）....................... 264

【ろ】

浪曲的（平岡正明）........................... 106
老後の祖父母の安全で快適な生活（堀内祐輔）.. 30
老師（大津七郎）.............................. 64
「老子西昇経」考（前田繁樹）.................. 258
老樟の下で（高柳和子）....................... 72
老人（岩手日報社報道部）..................... 109
老人とハモニカ（坂口公代）................... 25
老人力（赤瀬川原平）......................... 293
「労働者の経営参加」を中心として（小池和男）................................. 201
労働と生活 1886〜1940年―ランドの工場・町・民衆文化（カリニコス、ルリ）....... 275
朗読者（シュリンク、ベルンハルトほか）....... 293
ローカル航空（エア）ショーの裏方達（村主次郎）..................................... 57
6-7世紀中部エジプトにおける宗教的対立―地域社会の視点から（貝原哲生）............ 249
6000日後の一瞬（工藤亜希子）.................. 9
鹿鳴館の系譜（磯田光一）..................... 131
六本指のゴルトベルク（青柳いづみこ）......... 22
ロゴスとイデア（田中美知太郎）............... 282
ロシア精神史における戦争道徳論の系譜について（中川雅博）....................... 318
ロシアについて（司馬遼太郎）................. 132
ロシヤ・ソヴェト文学史（昇曙夢）............. 129
魯迅革命文学論に於けるトロツキー文芸理論（長堀祐造）............................ 257
魯迅事典（藤井省三）......................... 157
ロダン（菊池一雄）........................... 283
六ケ所村の記録 上下（鎌田慧）............... 291
ロッキーの麓の学校から―第2次世界大戦中の日系カナダ人収容所の学校教育（東信堂）.. 168
ロックな親父（須藤舞子）..................... 26
ロッテルダムの灯（庄野英二）................. 59
ロートレアモン―他者へ（原大地）............ 215
ロバータさあ歩きましょう（佐々木たづ）....... 59
ローマ人の物語1 ローマは一日にして成らず（塩野七生）............................ 223
ロマネスク美術（柳宗玄）..................... 287
ローマの泉の物語（竹山博英）................. 117
ロラン・バルト「ラシーヌ論」（渡辺守章）..... 134
ロールズのカント的構成主義―理由の倫理学（福間聡）............................. 318
ロールレタリング〜手を洗う私〜（大島千代子）..................................... 84
ロレッタ（吉田真人）......................... 50
ロレンツォ・デ・メディチ―ルネサンス期フィレンツェ社会における個人の形成（根占献一）.............................. 116
論集・近世女性史（林玲子ほか）............... 222
ロン太 十六年の犬生（木佐木翠子）........... 87
ロンドン骨董街の人びと（六嶋由岐子）......... 22

【わ】

Y先生（中尾賢吉）............................ 65
Y先生へ（佐藤節子）.......................... 31
和音羅読―詩人が読むラテン文学（高橋睦郎）.. 89
我が愛すべき弟について（高城望）............. 72

我が愛する詩人の伝記(室生犀星)……284
和解のために(朴裕河)……98
わが荷風(野口冨士男)……131
若かりし頃の友人(佐藤百合子)……32
若き数学者のアメリカ(藤原正彦)……60
若き日の森鷗外(小堀桂一郎)……130
若きヘーゲル(藤田正勝)……317
若きマルクスの思想的エートス(谷嶋喬四郎)……316
わが切抜帖より(永井龍男)……130
わが国における専門辞書の成立と発展(佐藤隆司ほか)……254
我が国の医療情報の伝達と収集における製薬企業の医薬情報担当者の役割と機能(松山典子)……296
我が国の経済政策はどこに向かうのか―「失われた10年」以降の日本経済(片岡剛士)……170
わが国の公共図書館の都道府県域総合目録ネットワークに関する考察:目録データ処理方式を中心に(森山光良)……260
わが国の耳鼻咽喉科研究者の発表した欧文研究論文(沢井清)……296
わが国の知覚心理学者間の非公式コミュニケーション(舘田鶴子ほか)……296
わが久保田万太郎(後藤杜三)……14
わが光太郎(草野心平)……130
わが心の遍歴(長与善郎)……129
わが小林一三―清く正しく美しく(阪田寛夫)……290
和菓子の甘さ(柴理恵)……11
わが師・山本周五郎(早乙女貢)……96
わが障害人生ありのまま記(須藤叔彦)……42
わが昭和史・暗黒の記録 軍国、官僚主義に反抗した青春の軌跡(有馬光男)……37
我が闘争 こけつまろびつ闇を撃つ(野坂昭如)……21
我が名はエリザベス(入江曜子)……57
わが母の記(国方勲)……29
和歌文学史の研究 和歌編・短歌編(島津忠夫)……164
わがままいっぱい名取洋之助(三神真彦)……23
我が身を守る(岸野由夏里)……5
和歌・物語の倫理的意義について―本居宣長の『もののあはれ』論を手がかりに(板東洋介)……318
若者組の研究―能登柴垣の若者組(天野武)……301
和歌太郎の伝承論における社会規範概念(柏木亨介)……273
我が家にテレビがやってきた(倉内清隆)……48
我が家のおとぎばなし(永尾美典)……5
我が家の家宝(加藤望)……70
わが家の日米文化合戦(村山元英)……110
わが家の嫁、朋子さんへ(鈴木玉喜)……32

わが立坑独立愚連隊(野木英雄)……18
『惑星ソラリス』理解のために―『ソラリス』はどう伝わったのか(忍澤勉)……112
ワクチン(野島徳吉)……287
倭国史の展開と東アジア(鈴木靖民)……165
和算学者佐藤雪山とその周辺(五十嵐秀太郎)……186
鷲尾雨工の生涯(塩浦林也)……95
わしは、あなたに話したい(堀井教)……83
ワシントンの街から(ハロラン芙美子)……14
ワシントンハイツ―GHQが東京に刻んだ戦後(秋尾沙戸子)……62
ワシントン村 大使は走る―体験的対米交渉の教訓(彩流社)……168
忘れ得ぬ告白(熊谷文夫)……3
忘れがたき人々(中田朋樹)……75
忘れ形見(髙橋郁子)……83
忘れてほしい(峰岸達)……194
忘れ得ぬ薄蒙の短歌人(佐伯恭教)……52
忘れない(白鳥由莉)……28
忘れ水(松久保正行)……20
忘れられた日本(岡本太郎)……285
忘れられない、あの人のあの一言(沼田明美)……78
忘れられない、あの人のあの一言(桜井敏彦)……78
忘れられない、あの人の一言(濱田美喜)……78
忘れられない詩(竹内優子)……78
忘れられる過去(荒川洋治)……22
早稲田の森(井伏鱒二)……130
和船 全2巻(石井謙治)……292
わ・た・し(大野牧子)……42
私を抱いてそしてキスして(家田荘子)……15
私を知る旅(韓旭)……26
私を蘇生させた旅(戸谷知恵子)……52
私が成長できる町(土切さつき)……30
私が忘れられない言葉(福田めぐみ)……78
私が忘れられない言葉(木村恵利香)……78
私だけの母の日(佐藤二三江)……64
わたくしたちの憲法(宮沢俊義ほか)……283
私たちの生活百科事典 第1巻 家(小山書店)……283
私にとって(寺田昭子)……78
"私"の存在(やまもとくみこ)……9
わたし(宇土京子)……41
わたし(稲場優美)……118
私を支える七つ道具(伊藤圭子)……41
私が生きた朝鮮 一九二二年植民地朝鮮に生まれる(佐久間慶子)……36
私が進んだ一歩(小林由季)……118
私が初めて心の響きを感じた時(瀬川けい子)……3
私がペンを取るワケ(大内美季)……119
私が忘れられない言葉(岡安美穂)……78
私だけの出発(若栗ひとみ)……72

私たちの夏は、銀賞（田之上聖佳）……… 119
私と妹の初デート（谷井弘美）……… 31
私と妻の戦争史（小堀文一）……… 19
私と母と大阪弁（櫨本万里野）……… 28
私と屋代線（田中ひかる）……… 30
私にしかできないこと（荻野晴）……… 30
私にとっての故郷（金田夏輝）……… 79
私にとっての故郷（藤井麻未）……… 79
わたしの赤ちゃん（鈴木政子）……… 19
私の浅草（沢村貞子）……… 60
私の中の百年の断層（大田倭子）……… 19
私のアフリカ物語～意味を捨てられる国（長尾光玲）……… 54
私のアラブ・私の日本（ユスフザイ，U・D・カーン）……… 110
私の大切なもの（中谷由衣）……… 25
わたしのお父さん（坂野愛）……… 78
わたしのお父さん（白川みゆ希）……… 78
私のお父さん、お母さん（竹之内友美）……… 78
私の看護師物語（小木亜津子）……… 26
私の頑張れる時（角田和歌子）……… 118
私の帰る場所（相馬史子）……… 79
私の競馬昔物語（久保田将照）……… 82
私の原点（神代佐和子）……… 11
私の故郷、東京タワー（田所和子）……… 79
「私の国語教室」と昨年度の諸作品（福田恒存）……… 129
私のご飯茶碗（宮原さくら）……… 30
私の詩と真実（河上徹太郎）……… 129
私のじまんの先生（有馬智）……… 77
私の自慢の母親（佐野絵里子）……… 78
私の終戦日十月二十八日（有馬光男）……… 70
私の出会った国（上西のどか）……… 118
私の昭和史（大内貞子）……… 3
私の心のふるさと（重根梨花）……… 76
わたしのすきなことば（岡田麻友子）……… 79
私の好きな先生（小島りさ）……… 77
私の住む町（吉岡絵梨香）……… 79
わたしの住んでいる町（井沢美加子）……… 79
私の住んでいる町（三宅真由美）……… 79
私の卒業新婚家族旅行（丸井葡萄）……… 51
私の祖母（上野雅奈）……… 120
わたしのだいすきなおとうさん（近藤史菜）……… 78
私の大好きなお父さんお母さん（鴻巣彩）……… 78
私の大好きな言葉（佐藤李香）……… 78
私の大好きな言葉（吉岡絵梨香）……… 79
私の大好きな先生（花田美咲）……… 77
私の大好きな先生（大石麻里子）……… 77
私の大好きな先生（前田佳子）……… 77
私の大好きな先生（奥山麻里奈）……… 77

私の大好きな先生（八巻いづみ）……… 77
私の宝物（川上香織）……… 25
私の旅 墓のある風景（松本黎子）……… 94
私の旅はサメの旅（矢野憲一）……… 68
私の小さな家族（片山彩花）……… 26
わたしの渡世日記（高峰秀子）……… 60
私の中のシャルトル（二宮正之）……… 61
わたしの中の蝶々夫人（奈良迫ミチ）……… 63
私のなかのビートルズ（増井潤子）……… 107
私の中のユダヤ人（広河ルティ）……… 76
私の夏（飯森七重）……… 27
私の名前（黒瀬長生）……… 65
私の二十世紀書店（長田弘）……… 290
私のパートナーその名は"情熱"（村上冴子）……… 41
私のピアノ人生（田島優花）……… 120
わたしのひとり旅（加藤みさ）……… 53
私のふるさと『人吉』（五島智美）……… 79
私のふるさと、故郷（都筑麻貴）……… 79
わたしのぼうし（さのようこ）……… 192
私のみたこと聞いたこと（秋山ちえ子）……… 59
私の見た昭和の思想と文学の五十年 上下（小田切秀雄）……… 291
わたしの夢（尾崎真也）……… 41
私の忘れ得ぬ先生（前田美香）……… 77
私の忘れられない言葉（林宏明）……… 78
私の忘れられない言葉（山中尚香）……… 78
私はこまちになりたい（阿南さちこ）……… 87
私は0じゃない（瀬戸佑美）……… 118
私は、村っ子です（中根絵美子）……… 79
私、反抗期卒業します（小田真愛）……… 30
私 負けたくない（北地恵）……… 18
渡辺海旭研究―その思想と行動（芹川博通）……… 251
渡辺白泉私論『支那事変群作』を巡って（山田征司）……… 105
和田誠肖像画集PEOPLE（和田誠）……… 192
渡りの足跡（梨木香歩）……… 134
「和辻哲郎」を中心として（坂部恵）……… 203
和辻哲郎と解釈学―比較思想的探求（頼住光子）……… 279
和辻哲郎とカール・レーヴィト―二つの「人-間」存在論（福島揚）
和辻哲郎の思想における"かたち"の意義について―その成立と展開に関する比較思想的探求（頼住光子）……… 239
和時計（塚田泰三郎）……… 59
ワード・ポリティクス（田中明彦）……… 135
輪の中へ（太田代公）……… 50
ワープロ爺さん（浅賀行雄）……… 193
笑いじわをつないで（小田真愛）……… 30
笑いのユートピア『吾輩は猫である』の世界

（清水孝純）……………………………126
笑うカイチュウ（藤田紘一郎）……………194
わらじ医者京日記（早川一光）……………289
ワルシャワ猫物語（工藤久代）……………67
我思う、ゆえに我あり（小川善照）………43
我を求めて―中島敦による私小説論の試み
　（勝又浩）………………………………100
我、ものに遭う（菅野盾樹）………………203
われよりほかに―谷崎潤一郎最後の十二年
　（伊吹和子）……………………………61
われら動物みな兄弟（畑正憲）……………60

【英字】

1968（上・下）（小熊英二）………………166
A3（森達也）…………………………………24
A Cognitive Linguistic Analysis of the
　English Imperative: With Special
　Reference to Japanese Imperatives（高橋英
　光）………………………………………150
A Drehem Text CT32,BM 103431（五味亨）…246
A Generative Transformational study of
　Semi―Aux（梶田優）……………………149
「A la croisee du texte et de l'image:
　cryptiques et poemes caches（Ashide）
　dans le Japon classique et medieval」（「文
　章と絵画の交差点で」）（クレール＝碧子・ブ
　リッセ）…………………………………216
Alignment Despite Antagonism: The US-
　Korea-Japan Security Triangle（Cha,
　Victor D.）………………………………156
An Age in Motion: Popular Radicalism in
　Java,1912―1926（Shiraishi,Takashi）……154
An Empire in Eclipse: Japan in the Postwar
　American Alliance System（Welfield,
　John）……………………………………155
APOLOGIA 31D・32Dについて（小林一
　郎）………………………………………316
ASEAN シンボルからシステムへ（山影進）…155
A Unified Theory of Verbal and Nominal
　Projection（小川芳樹）…………………150
Avoiding the Apocalypse: the Future of the
　Two Koreas（Noland,Marcus）…………157
A・シュッツの「日常生活世界論」（星川啓慈）…252
Banking on Stability: Japan and the Cross-
　Pacific Dynamics of International
　Financial Management（片田さおり）…157
BEGINNINGS OF A DREAM（ザカリハ・
　ラポーラ）………………………………276

Bridging and Relevance（松井智子）……150
Brookesの《基本方程式》と「情報」概念（柏木
　美穂）……………………………………297
Capital Accumulation in Thailand 1855―
　1985（末広昭）…………………………154
Case Absorption and WH-Agreement（渡辺
　明）………………………………………150
Cattle Colour Symbolism and Inter―Tribal
　Homicide among the Bodi（福井勝義）…217
Checking Theory and Grammatical
　Functions in Universal Grammar（浦啓
　三）………………………………………150
China's Urban Labor Market -A Structural
　Econometric Approach（リュウ・ヨウ）…159
Conceptual Blending and Anaphoric
　Phenomena: A Cognitive Semantics
　Approach（安原和也）…………………151
Conversion and Back-Formation in English:
　Toward a Theory of Morpheme-based
　Morphology（長野明子）………………150
Crisis and Compensation（Calder,Kent E.）…154
Cultures of Commemoration―The Politics
　of War, Memory, and History in the
　Mariana Islands（キース・L.カマチョ）…159
Currency and Contest in East Asia: The
　Great Power Politics of Financial
　Regionalism（グライムズ、ウィリアム・
　W.）………………………………………158
Darstellungen der Parabel vom
　barmherzigen Samariter, Michael Imhof
　Verlag（細脇あや子）……………………252
Das radikal Böse bei Kant（門脇卓爾）……316
David said"Japanese is beautiful"（川上景
　子）………………………………………52
Derivational Linearization at the Syntax-
　Prosody Interface（塩原佳世乃）………150
Descriptive Syntax of C.Marlowe's Language
　（安藤貞雄）……………………………149
Development of the Burial Assemblage of
　the Eighteenth Dynasty Royal Tombs（河
　合望）……………………………………248
Die adê・Vereidigung Anlässlich der
　Thronfolgergelung Asarhaddons（渡辺和
　子）………………………………………252
Die Gottesgeburt in der Seele und der
　Durchbruch zur Gottheit,1965,Gutersloher
　Verlagshaus Gerd Mohn（上田閑照）…251
dlugal-é-mùs│ 雑纂（小林登志子）………247
DNA蠢動記（谷口善一）…………………19
DNAの時代―期待と不安（大石道夫）……278

East Asian Regionalism（Dent,Christopher M.） 158
Elfreda A. Chatmanの研究視点が情報利用研究に持つ意義（粟村倫久） 297
Emerging Civil Society in the Asia Pacific Community（山本正） 156
Emperor Hirohito & Shōwa Japan：a political biography（Large,Stephen S.） 155
Environmental Politics in Japan：Network of Power and Protest（Broadbent,Jeffrey） 157
Ernst Troeltsch：Systematic Theologian of Radical Historicality（安酸敏眞） 252
Factionalism in Chinese Communist Politics （Huang,Jing） 157
FF戦記（吉田司） 14
Fish as "Primitive Money"：Barter Markets of the Songola（安渓遊地） 217
Formation of Verbal Logograms （Aramaeograms）in Parthian（春田晴郎） ··248
FRBR OPAC構築に向けた著作の機械的同定法の検証：JAPAN/MARC書誌レコードによる実験（谷口祥一） 297
Freer Markets, More Rules：Regulatory Reform in Advanced Industrial Countries （Vogel,Steven K.） 156
Gemeinde und Welt im Johannesevangelium. Ein Beitrag zur Frage nach der theologischen und pragmatischen Funktion des johanneischen Dualismus.（大貫隆） 251
Generative Semantic Studies of Conceptual Nature of Pred（山梨正明） 149
Ghazali on Prayer（中村広治郎） 251
GREEN（与田弘志） 191
Growing out of the Plan：Chinese Economic Reform 1978-1993（ノートン，バリー） 156
H.チェルヌスキ（1821-1890）その政治・経済活動と東洋美術蒐集（マルケ，クリストフ）..220
Hegels Weg zum System. Die Entwicklung der Phirosophie Hegels 1797-1803（寄川条路） 317
High Victorian Japonisme（渡辺俊夫） 220
HIMALAYA（水越武） 194
How Policies change：the Japanese Government and the Aging Society （Campbell,John Creighton） 155
Ibn Tumart時代のアルモハード・ヒエラルヒー（私市正年） 246
Idiomaticity（秋元実治） 149
Ifa Festival（ヨルバ人の伝統宗教祭儀・Ifaの歴史的考察）（Emanuel,Abosede） 275
Imperative Sentences in Early Mod.English （宇賀治正朋） 149
Importing Diversity：Inside Japan's JET Program（McConnel,David I.） 157
In a Ribbon of Rhythm（レボガン・マシーレ） 276
IRON STILLS ─ アメリカ，鉄の遺構（半田也寸志） 197
I will never forget America!!（織田翔子） 52
Japan：Facing Economic Maturity（Lincoln, Edward J.） 154
Japan's Dual Civil Society - Members Without Advocates（Pekkanen,Robert） 158
Japan's Financial Crisis-Institutional Rigidity and Reluctant Change（Amyx, Jennifer） 157
Japan's High Schools（Rohlen,Thomas P.） 153
Japan's National Security：Structures, Norms and Policy Responses in a Changing World（Katzenstein,Peter J.ほか） 155
Japanese Way of Politics（Curtis,Gerald L.） 154
Japonisme in Britain Whistler,Menpes, Henry,Hornel and nineteenth-century Japan（小野文子） 220
Japonismus：Ostasien—Europa Begegnungen in der Kunst des 19.und 20. Jahrhunderts（ヴィッヒマン，ジークフリート） 219
"Japon Rêvé-Edmond de Goncourt et Hayashi Tadamasa"（小山ブリジット） 220
JUST JAPAN'82（高橋舜） 193
Keeping Up with the Demand for Oil？：Reconsidering the Unique Oil Press from Late Bronze Age IIB to Iron Age IIA in the Southern Levant（小野塚拓造） 249
La pensée sociale de Luc-Actes,〔Presses Universitaires de France, Paris 1997〕（邦題「ルカ文書の社会思想」〔フランス大学出版会〕）（加藤隆） 239
LAWLESS & Other Stories（セフィ・アッタ） 276
LDK研究─くつろぎの場における人間と生活財のかかわり（栗田靖之ほか） 200
'Le Japonisme et les livres ornementés à la fin du dix-neuvième siècle en Belgique'（高木陽子） 220
Le saké une exception japonaise（ニコラ・

ボーメール) ·· 216
LES JAPONAIS 日本人(カリン・プペ) ········ 215
Little People 榎並悦子写真集(榎並悦子) ······ 196
Long Long Long(市原琢哉) ···························· 108
LUBBER SOUL(須藤敦子) ································ 107
Made In America(The MIT Commission on Industrial Productivity(代表・マイケル・L.ダートウゾス)) ·· 154
M.K.ガンディーの心理と非暴力をめぐる言説史―ヘンリー・ソロー,R.K.ナラヤン,V.S.ナイポール,映画『ガンジー』を通して(加瀬佳代子) ·· 264
Motoori Norinaga,1730―1801(松本滋) ········ 251
Multinationals and East Asian Integration (Dobson,Wendyほか) ······································ 156
MY HERO(大沼祥子) ·· 52
Nabulusi's Commentary on Ibn al‐Fāriḍ's Khamrīyah(鎌田繁) ···································· 247
NEVER SAY GOODBYE(三品麻衣) ············ 53
NEW DIMENSION(石川直樹) ························ 197
ONE FINE MESS 世間はスラップスティック(景山民夫) ·· 21
ORGANIZING CHINA:The Problem of Bureaucracy 1949～1976(Harding,Harry) ··· 154
P-5インマイライフ(鈴木やえ) ·························· 84
Pacific Basin industries in Distress(Patrick,Hugh) ··· 155
PASYON AND REVOLUTION(Ileto,Reynaldo Clemena) ····································· 154
Patterns and Categories in English Suffixation and Stress Placement:A Theoretical and Quantitative Study(三間英樹) ··· 151
PEC statistics(PBEC(太平洋経済委員会)日本委員会) ·· 154
POLAR(石川直樹) ··· 197
Poverty, Equality and Growth:The Politics of Economic Need in Postwar Japan (Milly,Deborah J.) ··· 156
Prajñapāramitā‐hrdayaの基礎的研究(副島正光) ·· 316
Predication and Modification:A Minimalist Approach(池内正幸) ····································· 150
Preposition Stranding(京見健一) ····················· 149
Present Subjunctives in Present―Day English(千葉修司) ··· 149
R130-#34 封印された写真―ユージン・スミスの『水俣』(山口由美) ······························· 44
Reference and Noun Phrases(武田修一) ······ 149

Regionalism and Rivalry:Japan and the United States in Pacific Asia(Frankel,J.A.ほか) ··· 155
Reporting Discourse,Tense,and Cognition (﨑田智子) ·· 150
R.M.ヘアの道徳哲学(佐藤岳詩) ···················· 318
Ronta On You Crazy Diamond(木佐木淳平) ·· 87
SANPATSUYA(益本光章) ································ 72
Sarvaraksitas Mahasamvartamkatha"―Ein Sanskrit-Kāvya über die Kosmologie der Sāmmitiya-Schule des Hīnayāna-Buddhismus(岡野潔) ····································· 239
Śaṁkara's Theory of Samnyāsa(沢井義次) ·· 252
SHE LOVES YOU(高山信哉) ························ 107
Sidney Ditzionと図書館史研究(川崎良孝) ·· 259
Solo in the New Order―Language and Hierarchy in an Indonesian City(Siegel,James T.) ·· 154
Songs of Spirits:An Ethnography of Sounds in a Papua New Guinea Society (山田陽一) ·· 228
SOUL BOX-あるボクサーの彷徨(早川竜也) ·· 56
Soviet Foreign Policy Southeast Asia (Buszynski,Leszek) ······································· 154
Strategic Pragmatism:Japanese Lessons in the Use of Economic Theory (Schmiegelow,Michèleほか) ······················ 155
STRIFE(シマー・チノジャ) ···························· 276
STRONG IN THE RAIN SELECTED POEMS(ロジャー・パルバース) ··············· 277
SURF RESCUE(金原以苗) ································ 56
Tattoo:An Anthropology(桑原牧子) ·········· 218
Technology Transfer and Human Factors (Stewart,Charles T.Jr.ほか) ······················ 154
Territory of Information(神尾昭雄) ············· 150
Texts and Grammar of Malto(小林正人) ····· 225
THAILAND‐The Politics of Despotic Paternalism(Chaloemtiarana,Thak) ·········· 153
The Business of the Japanese State―Energy Markets in Comparative and Historical Perspective(Samuels,Richard J.) ·············· 154
THE CROSS OF GUNS(朝霧圭悟) ················· 20
The Economics of Rapid Growth:The Experience of Japan and Koria(Pilat,Dirk) ··· 156
The Emergence of Japan's Foreign Aid Power(ORR.,Robert M.Jr.) ······················· 155
The Expansion of the Muslims and Mountain Folk of Northern Syria(太田敬

子）……247
The Fable of the Keiretsu： Urban Legends of the Japanese Economy（三輪芳朗ほか）…157
The Japanese Experience of Economic Reforms（Teranishi,Juroほか）……155
"The Last Biwa Singer： A Blind Musician in History, Imagination and Performance"（Cornell University.）（Hugh de Ferranti）……228
The Manners,Customs,and Mentality of Pilgrims to the Egyptian City of the Dead： 1100〜1500A.D.（大稔哲也）……248
The Market and Beyond： Cooperation and Competition in Information Technology in the Japanese System（Fransman,Martin）…155
Thematic Structure： A Theory of Argument Linking and Comparative Syntax（加賀信広）……150
The Pacific Century： America and Asia in a changing world（Gibney,Frank）……155
The Pacific Theater： Island Representations of World War II（White,G.M.ほか）……155
The Politics of Agriculture in Japan（Mulgan,Aurelia George）……157
The Postwar Rapprochement of Malaya and Japan, 1945-61： The Roles of Britain and Japan in South-East Asia（都丸潤子）……156
The Problem of Bureaucratic Rationality： Tax Politics in Japan（加藤淳子）……155
THERME BOOKS 未来ちゃん（川島小鳥）…197
The Samvarodaya‐Tantra ： Selected Chapters（津田真一）……251
The Semological Structure of the English Verbs of Motion（池上嘉彦）……149
The Traditional Festival in Urban Society（薗田稔）……251
The US-Japan Alliance—Balancing soft and hard power in East Asia（デビッド・アラセほか）……159
Trans-Pacific Racisms and the U.S. Occupation of Japan（小代有希子）……156
Triomf（トゥリオンフ）（ナイケルク,マリーヌ・ヴァン）……275
Ufundishaji wa Fasihi： Nadharia na Mbinu（Njogo,Kimaniほか）……275
Unfinished Business（井口治夫）……157
Untersuchung zur Totenpfegen（Kispum） in alten Mesopotamien（月本昭男）……252
Vernunft und Affektivitaet： Untersuchungen zu Spinozas Theorie der Politik（吉田量

彦）……318
「W.M.Rossetti's Hoxai'」（谷田博幸）……219
War without Mercy： Race and Power in the Pacific War（Dower,John W.）……154
Welfare and Capitalism in Postwar Japan（Estevez-Abe,Margarita）……158
Welfare Policy and Politics in Japan— Beyond the Developmental State（Anderson,Stephen J.）……155
Why Adjudicate？ -Enforcing Trade Rules in the WTO（クリスティーナ・デイビス）…159

ノンフィクション・評論・学芸の賞事典

2015 年 6 月 25 日　第 1 刷発行

発　行　者／大高利夫
編集・発行／日外アソシエーツ株式会社
　　　　　　〒143-8550 東京都大田区大森北 1-23-8 第 3 下川ビル
　　　　　　電話 (03)3763-5241(代表)　FAX(03)3764-0845
　　　　　　URL http://www.nichigai.co.jp/
発　売　元／株式会社紀伊國屋書店
　　　　　　〒163-8636 東京都新宿区新宿 3-17-7
　　　　　　電話 (03)3354-0131(代表)
　　　　　　ホールセール部(営業)　電話 (03)6910-0519

　　　　　　電算漢字処理／日外アソシエーツ株式会社
　　　　　　印刷・製本／光写真印刷株式会社

不許複製・禁無断転載　　《中性紙H-三菱書籍用紙イエロー使用》
〈落丁・乱丁本はお取り替えいたします〉
　　ISBN978-4-8169-2543-6　　Printed in Japan,2015

本書はディジタルデータでご利用いただくことが
できます。詳細はお問い合わせください。

小説の賞事典

A5・540頁　定価(本体13,500円＋税)　2015.1刊

国内の純文学、ミステリ、SF、ホラー、ファンタジー、歴史・時代小説、経済小説、ライトノベルなどの小説に関する賞300賞を収録した事典。各賞の概要と歴代の全受賞者記録を掲載。

演劇・舞踊の賞事典

A5・690頁　定価(本体15,000円＋税)　2015.3刊

主に国内の演劇・舞踊に関する賞145賞を収録した事典。現代劇・ミュージカル・ストリートプレイ・歌舞伎などの演劇、戯曲・バレエ・日舞などのダンスや舞踊に関するさまざまな賞の概要と歴代の受賞情報を掲載。

女性の賞事典

A5・390頁　定価(本体13,800円＋税)　2014.5刊

国内の女性に関する賞156賞を収録した事典。男女共同参画、女性文化、ビジネス・産業、科学・医学、文学、美術、芸能などの女性に関する賞の概要と歴代の受賞情報を掲載。

環境・エネルギーの賞事典

A5・360頁　定価(本体14,000円＋税)　2013.8刊

国内の環境・エネルギー分野の主要な58賞を収録した事典。おおさか環境賞、環境デザイン賞、日韓国際環境賞、ブループラネット賞、省エネ大賞、石油学会賞、日本原子力学会賞などの賞の概要と、第1回からの全受賞者情報を掲載。

漫画・アニメの賞事典

A5・660頁　定価(本体15,000円＋税)　2012.11刊

国内外で主催される漫画賞、アニメ賞、アニメ映画祭、映画賞アニメ部門など主要94賞(国内79賞・海外15賞)がわかる事典。各賞の概要と歴代の全受賞者記録を掲載。

データベースカンパニー
日外アソシエーツ

〒143-8550　東京都大田区大森北1-23-8
TEL.(03)3763-5241　FAX.(03)3764-0845　http://www.nichigai.co.jp/